Oscar Wilde
Werke in zwei Bänden

Erster Band

Oscar Wilde

Werke in zwei Bänden

Gedichte in Prosa
Märchen
Erzählungen
Versuche und Aphorismen

Erster Band

Herausgegeben von
Rainer Gruenter

Zweitausendeins

Printed in Germany.

Dieses Buch gibt es nur bei Zweitausendeins im
Versand (Postfach, D-60381 Frankfurt am Main) oder in
den Zweitausendeins-Läden in Berlin, Essen, Frankfurt, Freiburg,
Hamburg, Köln, München, Nürnberg, Saarbrücken, Stuttgart.

In der Schweiz über buch 2000,
Postfach 89, CH-8910 Affoltern a. A.

Gedichte in Prosa

Übersetzt von Hannelore Neves

Der Künstler

Eines Abends kam der Wunsch in seine Seele, ein Bildnis zu schaffen von der *Lust, die einen Augenblick verweilet.* Und er ging hinaus in die Welt, um nach Bronze zu suchen. Denn er konnte nur in Bronze denken.

Doch die Bronze der ganzen Welt war verschwunden, und nirgends auf der ganzen Welt war Bronze zu finden, ausgenommen die Bronze des Bildnisses vom *Leid, das ewig währet.*

Nun hatte er dieses Bildnis selber mit seinen eigenen Händen geschaffen und es über dem Grabmal des einzigen Wesens aufgerichtet, das er in seinem Leben geliebt hatte. Über dem Grabmal des toten Wesens, das er am meisten geliebt, hatte er dies Werk seiner Hände aufgerichtet, daß es ein Zeichen der Menschenliebe sei, die nicht stirbt, und ein Sinnbild des Menschenleides, das ewig währet. Und auf der ganzen Welt gab es keine Bronze, ausgenommen die Bronze dieses Bildnisses.

Und er nahm das Werk, das er geschaffen, und stellte es in einen großen Schmelzofen und überließ es dem Feuer.

Und aus der Bronze des Bildnisses vom *Leid, das ewig währet,* schuf er ein Bildnis von der *Lust, die einen Augenblick verweilet.*

Der Wohltäter

Es war Nacht, und Er war allein.

Und Er sah in der Ferne die Wälle einer runden Stadt und ging auf die Stadt zu.

Und als Er sich näherte, hörte Er aus dem Innern der Stadt den Schritt der Füße der Freude und das Lachen des Mundes der Fröhlichkeit und das Geräusch vieler Lauten. Und Er pochte ans Tor, und einige Torwächter öffneten Ihm.

Und Er gewahrte ein Haus, das war aus Marmor, und es standen schöne Marmorsäulen davor. Die Säulen waren mit Girlanden behangen, und drinnen und draußen brannten Fackeln aus Zeder. Und Er trat in das Haus.

Und als Er die Halle aus Chalzedon und die Halle aus Jaspis durchschritten und die lange Halle der Festlichkeiten erreicht hatte, da sah Er auf einem Lager von Purpur einen liegen, dessen Haar war von roten Rosen bekränzt, und dessen Lippen waren rot vom Weine.

Und Er trat hinter ihn und berührte seine Schulter und sprach zu ihm: »Warum lebst du auf solche Art?«

Und der Jüngling wandte sich um und erkannte Ihn, und er antwortete und sprach: »War ich doch aussätzig einst, und du hast mich geheilt. Wie sonst sollte ich leben?«

Und Er verließ das Haus und trat wieder auf die Straße.

Und nach einer kleinen Weile erblickte Er eine, deren Antlitz geschminkt, deren Kleid bunt und deren Füße bedeckt mit Perlen waren. Und hinter ihr schlich, langsam wie ein Jäger, ein junger Mann in einem zwiefarbenen Umhang. Das Antlitz des Weibes aber war wie das schöne Antlitz eines Götzenbildes, und des jungen Mannes Augen glänzten vor Begierde.

Und Er folgte ihnen rasch und berührte des jungen Mannes Hand und sprach zu ihm: »Was blickst du nach diesem Weibe, und auf solche Art?«

Und der junge Mann wandte sich um und erkannte Ihn und sagte: »War ich doch einst blind, und du gabst mir das Gesicht. Wonach sonst sollte ich blicken?«

Und Er lief vorwärts und berührte das bunte Gewand des Weibes und sprach zu ihr: »Ist kein anderer Pfad, darauf zu wandeln, als nur der Pfad der Sünde?«

Und das Weib wandte sich um und erkannte Ihn, und sie lachte und sprach: »Meine Sünden hast du mir vergeben, und dieser Pfad gefällt mir wohl.«

Und Er schritt hinaus aus der Stadt.

Und als Er die Stadt verlassen hatte, da sah Er am Wegrand einen Jüngling sitzen, welcher weinte.

Und Er trat auf ihn zu und berührte die langen Locken seines Haares und sprach zu ihm: »Was weinest du?«

Und der Jüngling blickte auf und erkannte Ihn und gab Ihm zur Antwort: »Einst war ich tot, und du hast mich von den Toten auferweckt. Was sonst sollte ich tun als weinen?«

Der Schüler

Als Narziß starb, da verwandelte sich der Weiher seiner Lust aus einer Schale voll süßen Wassers in eine Schale voll salziger Tränen, und die Oreaden eilten weinend herbei durch den Wald, um dem Weiher zu singen und Trost zu geben.

Und als sie sahen, daß der Weiher aus einer Schale voll süßen Wassers sich in eine Schale voll salziger Tränen verwandelt hatte, da lösten sie die grünen Flechten ihres Haares und riefen dem Weiher zu und sprachen: »Kein Wunder, daß du auf solche Art um Narziß trauerst – er war so schön.«

»War Narziß denn schön?« fragte der Weiher.

»Wer wüßte es besser als du?« antworteten die Oreaden. »An uns ging er immer achtlos vorüber, dich aber suchte er auf und lag an deinen Ufern und sah hinab auf dich, und im Spiegel deiner Wasser spiegelte er seine eigene Schönheit.«

Und der Weiher entgegnete: »Ich aber liebte Narziß, weil ich, wie er an meinen Ufern lag und auf mich niederblickte, im Spiegel seiner Augen stets meine eigene Schönheit gespiegelt schaute.«

Der Meister

Als nun die Dunkelheit sich über die Erde senkte, da entzündete Joseph von Arimathäa eine Fackel von Kiefernholz und stieg vom Hügel herunter ins Tal. Denn er hatte in seinem Hause zu tun.

Da sah er auf den Kieseln im Tal der Einöde einen Jüngling knien, der war nackt und weinte. Sein Haar war von der Farbe des Honigs und sein Leib wie eine weiße Blume; doch er hatte seinen Leib mit Dornen verwundet und Asche wie eine Krone über sein Haar gestreut.

Und er, der reich an Besitztümern war, sprach zu dem Jüngling, der nackt war und weinte: »Ich wundere mich nicht, daß dein Schmerz so groß ist, denn Er war wahrlich ein Gerechter.«

Und der Jüngling antwortete: »Nicht um seinetwillen weine ich, sondern um meinetwillen. Auch ich habe Wasser in Wein verwandelt, Aussätzige geheilt und Blinden das Gesicht gegeben. Ich bin auf den Wassern gewandelt und habe Teufel ausgetrieben aus denen, die in Gräbern wohnen. Die Hungrigen habe ich gespeist in der Wüste, wo keine Nahrung ist, und die Toten aus ihren engen Häusern erhoben, und auf mein Geheiß verdorrte ein unfruchtbarer Feigenbaum im Angesicht einer großen Menge Volkes. Alles, was dieser Mann getan hat, habe auch ich getan. Und doch haben sie mich nicht gekreuzigt.«

Das Haus des Gerichts

Und es war Stille im Haus des Gerichts, und der Mensch trat nackt vor Gott.

Und Gott öffnete das Buch des Lebens dieses Menschen.

Und Gott sprach zu dem Menschen: »Dein Leben ist übel gewesen, und Grausamkeit hast du denen erwiesen, die der Hilfe bedurften, und bitter und hartherzig warst du gegen die, denen es an Beistand mangelte. Die Armen riefen dich an, und du hörtest sie nicht, und deine Ohren waren dem Schrei Meiner Betrübten verschlossen. Das Erbe der Waisen rissest du an dich, und die Füchse sandtest du in deines Nachbarn Weinberg. Den Kindern nahmst du das Brot und gabst es den Hunden zu fressen, und Meine Aussätzigen, die in den Sümpfen lebten und in Frieden waren und Mich lobten, jagtest du fort auf die Landstraßen, und auf Meiner Erde, daraus ich dich schuf, hast du unschuldig Blut vergossen.«

Und der Mensch antwortete und sprach: »Also tat ich.«

Und wieder öffnete Gott das Buch des Lebens dieses Menschen.

Und Gott sprach zu dem Menschen: »Dein Leben ist übel gewesen, und nach dem Schönen, das offenbar ist, hast du getrachtet, und des Guten, das ich verbarg, hast du nicht geachtet. Die Wände deiner Kammer waren mit Bildern bemalt, und vom Bett deiner Laster erhobst du dich zum Klang der Flöten. Sieben

Altäre errichtetest du den Sünden, die ich in der Welt beließ; du aßest von dem, was nicht gegessen werden darf, und der Purpur deines Kleides war bestickt mit den drei Zeichen der Schande. Deine Götzen waren weder von Gold noch von Silber, die von Dauer sind, sondern vom Fleisch, das stirbt. Du färbtest ihr Haar mit Wohlgerüchen und legtest Granatäpfel in ihre Hände. Du färbtest ihre Füße mit Safran und breitetest Teppiche vor ihnen aus. Mit Antimon färbtest du ihre Lider und salbtest ihre Leiber mit Myrrhe. Bis zur Erde neigtest du dich vor ihnen, und die Throne deiner Götzen waren in der Sonne aufgestellt. Der Sonne wiesest du deine Schande und dem Mond deinen Wahnsinn.«

Und der Mensch antwortete und sprach: »Also tat ich.«

Und ein drittes Mal öffnete Gott das Buch des Lebens dieses Menschen.

Und Gott sprach zu dem Menschen: »Übel ist dein Leben gewesen, und mit Übel hast du Gutes vergolten und Güte mit Untaten. Die Hände, die dich nährten, schlugst du, und den Brüsten, die dich säugten, gabst du Verachtung. Der mit Wasser zu dir kam, ging durstig weg, und die Geächteten, die dich zur Nachtzeit in ihren Zelten verbargen, verrietest du vor der Morgendämmerung. Deine Feinde, die dich verschonten, locktest du in den Hinterhalt, und den Freund, der mit dir ging, verkauftest du um Geld, und denen, die dir Liebe schenkten, gabst du dafür nur Lust.«

Und der Mensch antwortete und sprach: »Also tat ich.«

Und Gott schloß das Buch des Lebens dieses Menschen und sprach: »Wahrlich, ich will dich zur Hölle senden. Ja, hinab zur Hölle will ich dich senden.«

Und der Mensch schrie: »Das kannst du nicht.«

Und Gott sprach zu dem Menschen: »Warum kann ich dich nicht zur Hölle senden und aus welchem Grunde?«

»Weil ich immer in der Hölle gelebt habe«, antwortete der Mensch. Und Stille war im Hause des Gerichts.

Und nach einer Weile sprach Gott und sagte zu dem Menschen: »Da ich dich denn nicht zur Hölle senden kann, so will ich dich wahrlich in den Himmel senden. Ja, empor zum Himmel will ich dich senden.«

Und der Mensch schrie: »Das kannst du nicht.«

Und Gott sprach zu dem Menschen: »Warum kann ich dich nicht in den Himmel senden und aus welchem Grunde?«

»Weil ich nirgends und niemals mir den Himmel denken konnte«, antwortete der Mensch.

Und Stille war im Hause des Gerichts.

Der Lehrer der Weisheit

Von Kindheit an war er gewesen wie einer, der erfüllt von der vollkommenen Erkenntnis Gottes war, und schon da er noch ein Knabe war, erregte er viele Heilige wie auch manche frommen Frauen, die in der freien Stadt seiner Geburt wohnten, zu großem Staunen über die ernste Weisheit seiner Reden.

Und als seine Eltern ihm Kleid und Ring des Mannes gegeben hatten, da küßte er sie und verließ sie und ging hinaus in die Welt, auf daß er der Welt von Gott spräche. Denn zu jener Zeit waren viele in der Welt, die Gott entweder gar nicht kannten oder nur ein unvollkommenes Wissen von Ihm hatten, oder die falsche Götter anbeteten, welche in Hainen wohnten und sich nicht um die kümmerten, die sie anbeteten.

Und er wandte sein Antlitz der Sonne zu und wanderte, ohne Sandalen an den Füßen, wie er die Heiligen wandern gesehen hatte, und an seinem Gürtel trug er einen ledernen Beutel und eine kleine Wasserflasche aus gebranntem Ton.

Und da er die Landstraße entlangging, war er erfüllt von der Freude, welche aus der vollkommenen Erkenntnis Gottes kommt, und er sang ohne Unterlaß Loblieder auf Gott; und nach einer Weile gelangte er in ein fremdes Land, darin viele Städte waren.

Und er wanderte durch elf Städte. Und einige von diesen Städten lagen in Tälern, andere wieder an den Ufern breiter Flüsse, und andere waren auf Hügeln erbaut. Und in jeder Stadt fand er einen Jünger, der ihn liebte und ihm nachfolgte, und aus jeder Stadt folgte ihm auch eine große Menge Volkes, und die Erkenntnis Gottes verbreitete sich im ganzen Land, und von den Mächtigen wurden viele bekehrt, und die Priester jener Tempel, darin Götzenbilder standen, sahen ihren halben Gewinn dahinschwinden, und wenn sie am Mittag auf ihre Trommeln schlugen, da kam keiner, oder doch nur wenige, mit Pfauen und anderen lebenden Opfergaben, wie es vor seiner Ankunft hierzulande der Brauch gewesen war.

Doch je mehr Leute ihm folgten und je größer die Zahl seiner Jünger wurde, desto größer wurde auch seine Betrübnis. Und er wußte nicht, warum diese Betrübnis so groß war. Denn allezeit sprach er von Gott aus der Fülle der vollkommenen Erkenntnis Gottes heraus, die Gott selbst ihm gegeben hatte.

Und eines Abends schritt er aus der elften Stadt heraus, welche eine Stadt in Armenien war, und seine Jünger und eine große Menge Volkes folgten ihm nach; und er stieg einen Berg hinauf und setzte sich auf einen Felsen, der auf dem Berge war, und seine Jünger standen um ihn, und die Menge kniete unten im Tal.

Und er barg das Haupt in seine Hände und weinte und sprach zu seiner Seele: »Wie kommt es, daß ich voller Angst und Betrübnis bin und daß jeder meiner Jünger mir ein Feind ist, der im Licht des Mittags schreitet?«

Und seine Seele antwortete ihm und sprach: »Gott erfüllte dich mit der vollkommenen Erkenntnis Seiner selbst, und du hast diese Erkenntnis an andere hinweggegeben. Die Perle von großem Wert hast du verteilt, aufgetrennt hast du das nahtlose Kleid. Wer Weisheit verschenkt, beraubt sich selber. Er ist wie einer, der seinen Schatz einem Räuber überläßt. Ist Gott nicht weiser als du? Wer bist du, daß du das Geheimnis verschenkst, das Gott dir gesagt hat? Einst war ich reich, du hast mich arm gemacht. Einst sah ich Gott, nun hast du Ihn vor mir verborgen.«

Und wieder weinte er, denn er wußte, daß seine Seele ihm die Wahrheit sagte und daß er die vollkommene Erkenntnis Gottes an andere gegeben hatte und daß er wie einer war, der sich an den Saum von Gottes Gewand hing, und daß sein Glaube ihn verließ um der großen Zahl derer willen, die nun an ihn selber glaubten.

Und er sprach zu sich: »Ich will nicht länger über Gott reden. Wer Weisheit verschenkt, beraubt sich selber.«

Und als einige Stunden verstrichen waren, traten die Jünger zu ihm und neigten sich bis zum Boden und sprachen: »Meister, rede uns über Gott, denn du hast die vollkommene Erkenntnis Gottes, und kein Mensch außer dir hat diese Erkenntnis.«

Und er antwortete ihnen und sprach: »Über alle anderen Dinge im Himmel und auf Erden will ich zu euch reden, aber über Gott will ich nicht zu euch reden. Nicht jetzt noch irgendein anderes Mal will ich zu euch über Gott reden.«

Und sie wurden zornig über ihn und sprachen: »Du hast uns in die Wüste geführt, auf daß wir deinen Worten lauschten. Willst du uns hungrig fortsenden, wie auch die große Menge, die du mit dir ziehen hießest?«

Und er antwortete ihnen und sprach: »Ich will nicht über Gott zu euch reden.«

Und die Menge murrte wider ihn und sprach: »Du hast uns in die Wüste geführt und uns keine Speise zu essen gegeben. Rede zu uns über Gott, und es wird uns genügen.«

Aber er antwortete ihnen nicht mit einem Wort. Denn er wußte, wenn er zu ihnen über Gott redete, würde er seinen Schatz dahingeben.

Und seine Jünger stahlen sich traurig fort, und die Menge Volkes kehrte heim in ihre Häuser. Und viele starben unterwegs.

Und als er allein war, erhob er sich und wandte sein Antlitz dem Mond zu und wanderte sieben Monde lang, und in dieser Zeit sprach er mit keinem Menschen, noch gab er jemals Antwort. Und als der siebente Mond verflossen war, gelangte er zu jener Wüste, welche die Wüste des Großen Flusses ist. Und als er eine Höhle gefunden hatte, darin ein Zentaur einst gehaust, nahm er sie als seine Wohnung, knüpfte sich eine Matte aus Schilf, um darauf zu liegen, und wurde ein Einsiedler. Und zu jeder Stunde pries der Einsiedler nun Gott, daß Er ihm erlaubt hatte, noch etwas von der Erkenntnis Seines Wesens und Seiner herrlichen Größe zu bewahren.

Eines Abends nun, als der Einsiedler vor jener Höhle saß, die er zu seiner Wohnung gemacht hatte, da gewahrte er einen Jüngling von bösem und schönem Aussehen, der in geringer Kleidung und mit leeren Händen vorüberging. Jeden Abend ging der Jüngling vorbei mit leeren Händen, und jeden Morgen kehrte er wieder, die Hände voll von Purpur und Perlen. Denn er war ein Räuber und raubte die Karawanen der Kaufleute aus.

Und der Einsiedler blickte ihn an, und er bemitleidete ihn. Doch er sprach nicht ein Wort. Denn er wußte, daß der, der auch nur ein Wort spricht, seinen Glauben verliert.

Und eines Morgens, als der Jüngling zurückkehrte, die Hände voll von Purpur und Perlen, da hielt er inne und runzelte die Stirn und stampfte mit dem Fuß auf den Sand und sagte zu dem Einsiedler: »Was siehst du mich immer an mit solchen Augen, wenn ich vorübergehe? Was ist es, was ich in deinen Augen sehe? Denn kein Mensch hat mich jemals zuvor auf solche Weise angesehen. Und das ist mir ein Stachel und ein Ärgernis.«

Und der Einsiedler antwortete ihm und sprach: »Was du in meinen Augen siehst, ist Mitleid. Mitleid ist es, was aus meinen Augen dich ansieht.«

Und der Jüngling lachte verächtlich und rief dem Einsiedler mit bitterem Ton zu und sagte: »Ich habe Purpur und Perlen in meinen Händen, du aber hast nichts als eine Matte aus Schilf, um darauf zu liegen. Was für ein Mitleid willst du mit mir haben? Und aus welchem Grund hast du dieses Mitleid?«

»Ich habe Mitleid mit dir«, sagte der Einsiedler, »weil du nicht die Erkenntnis Gottes besitzt.«

»Ist diese Erkenntnis Gottes etwas Kostbares?« fragte der Jüngling und näherte sich dem Eingang der Höhle.

»Sie ist kostbarer als aller Purpur und alle Perlen der Welt«, entgegnete der Einsiedler.

»Und du hast sie?« fragte der junge Räuber und trat noch näher heran.

»Einstmals wohl«, antwortete der Einsiedler, »einstmals besaß ich die vollkommene Erkenntnis Gottes. Doch in meiner Torheit trennte ich mich von ihr und verschenkte sie an andere. Doch selbst jetzt noch ist die Erkenntnis, welche mir verblieben ist, kostbarer als Purpur und Perlen.«

Und als der junge Räuber das hörte, schleuderte er Purpur und Perlen, die er in seinen Händen trug, von sich und zog ein gebogenes Schwert von scharfem Stahl und sagte zu dem Einsiedler: »Gib mir auf der Stelle die Erkenntnis Gottes, die du besitzt, oder ich will dich gewißlich töten. Weshalb sollte ich den nicht töten, der einen Schatz besitzt, der größer ist als mein Schatz?«

Und der Einsiedler breitete die Arme aus und erwiderte: »Wäre es mir nicht besser, in die fernsten Höfe Gottes zu gehen und ihn zu preisen, als in der Welt zu leben und ihn nicht zu erkennen? Töte mich, wenn dein Sinn danach steht. Doch meine Erkenntnis Gottes will ich nicht dahingeben.«

Und der junge Räuber kniete nieder und flehte ihn an, aber der Einsiedler wollte nicht über Gott zu ihm reden, noch ihm seinen Schatz überlassen, und so erhob sich der junge Räuber und sprach zum Einsiedler: »Es sei, wie du willst. Ich selber aber will hingehen zur Stadt der Sieben Sünden, welche nur drei Tagesreisen von diesem Ort entfernt ist, und für meinen Purpur werden sie mir Genuß geben und für meine Perlen Freude verkaufen.« Und er nahm Purpur und Perlen an sich und eilte von dannen.

Und der Einsiedler schrie auf und lief ihm nach und flehte ihn an. Drei Tage lang folgte er dem jungen Räuber auf der Straße und beschwor ihn, umzukehren und die Stadt der Sieben Sünden nicht zu betreten.

Und dann und wann blickte der junge Räuber auf den Einsiedler zurück und rief ihm zu und sprach: »Willst du mir jene Erkenntnis Gottes geben, welche kostbarer ist als Purpur und Perlen? Gibst du mir diese, so will ich die Stadt nicht betreten.«

Und jedesmal antwortete der Einsiedler: »Alles, was ich habe, will ich dir geben, nur dieses eine nicht. Denn dieses hinzugeben ist nicht recht.«

Und in der Abenddämmerung des dritten Tages näherten sie sich den hohen, scharlachfarbenen Toren der Stadt der Sieben Sünden. Und von der Stadt her scholl der Lärm von lautem Gelächter.

Und der junge Räuber lachte zurück und machte sich daran, ans Tor zu klopfen. Und als er das tat, stürzte der Einsiedler herbei und faßte ihn am Saum seines Gewandes und sagte zu ihm: »Breite deine Hände aus und lege deine Arme um meinen Nacken und bring dein Ohr nahe an meine Lippen, und ich will dir geben, was mir von der Erkenntnis Gottes geblieben ist.« Und der junge Räuber hielt inne.

Und als der Einsiedler seine Erkenntnis Gottes dahingegeben hatte, da fiel er zu Boden und weinte, und eine große Finsternis verbarg vor ihm die Stadt und den jungen Räuber, daß er sie nicht sah.

Und als er weinend lag, gewahrte er Einen, der stand ihm zur Seite; und Er, der ihm zur Seite stand, hatte Füße aus Messing und Haar aus feiner Wolle. Und Er hob den Einsiedler auf und sprach zu ihm: »Einst besaßest du die vollkommene Erkenntnis Gottes. Nun sollst du die vollkommene Liebe Gottes gewinnen. Was also weinest du?« Und Er küßte ihn.

Märchen

Übersetzt von Hannelore Neves

Der junge König

Es war am Vorabend des Tages, an dem er gekrönt werden sollte, und der junge König saß allein in seinem prächtigen Gemach. Seine Höflinge hatten alle Urlaub von ihm genommen, indem sie nach dem zeremoniellen Brauch der Zeit den Kopf bis zum Boden neigten und sich in die große Halle des Palastes zurückzogen, um vom Kämmerer noch einige letzte Belehrungen zu empfangen; einige von ihnen hatten nämlich noch ganz natürliche Manieren, was an einem Höfling, wie ich kaum zu sagen brauche, ein sehr schwerer Fehler ist.

Dem Knaben – denn mit seinen sechzehn Jahren war er nicht mehr als ein Knabe – war ihr Abschied nicht leid; mit einem tiefen Seufzer der Erleichterung hatte er sich auf die weichen Kissen seines bestickten Lagers geworfen, und hier lag er nun, mit flammenden Augen und offenem Mund, wie ein brauner Faun des Waldes, oder wie ein junges Tier aus dem Forst, eben erst von den Jägern gefangen.

Und wirklich waren es Jäger gewesen, die ihn gefunden hatten, fast durch Zufall waren sie auf ihn gestoßen, wie er, barfuß und die Flöte in seiner Hand, hinter der Herde des armen Schäfers herwanderte, der ihn aufgezogen und für dessen Sohn er sich immer gehalten hatte. Er, des Königs einziger Tochter Kind, entsprossen einer heimlichen Ehe mit einem, der an Geburt weit unter ihr stand – einem Fremdling, sagten manche, der durch die wunderbare Kraft seines Lautenspiels die junge Prinzessin bezaubert hatte, daß sie ihn lieben mußte; andere wieder munkelten von einem Künstler aus Rimini, dem die Prinzessin viel, ja vielleicht allzuviel Ehre erwies und der mit einem Mal aus der Stadt verschwand und sein Werk in der Kathedrale unvollendet zurückließ – er also wurde, kaum eine Woche alt, von der Seite seiner Mutter gerissen, während sie schlief, und einem einfachen Bauern und dessen Weib in Obhut gegeben, die kinderlos in einem abgelegenen Teil des Waldes lebten, mehr als einen Tagesritt von der Stadt entfernt. Gram oder die Pest, wie der Hofarzt behauptete, oder, wie andere vermuteten, ein rasch wirkendes italienisches Gift, in einem Becher voll gewürzten Weines verabreicht, raffte schon eine Stunde nach dem Erwachen das bleiche Kind dahin, das ihn geboren hatte; und als der getreue Bote, der das Kind quer überm Sattelbogen forttrug, von seinem müden Pferd stieg und an die grob gezimmerte Tür der Hirtenhütte klopfte, da senkte man gerade den Leichnam der Prinzessin in ein offenes Grab, das man in einem verlassenen Friedhof jenseits der Stadtmauern ausgehoben hatte, in ein Grab, darin, wie es hieß, schon ein anderer Leichnam lag, der eines jungen Mannes von wunderbarer und fremdartiger Schönheit, dessen Hände mit verschlungenen Stricken auf den Rücken gebunden und dessen Brust von vielen roten Wunden bedeckt war.

So wenigstens wußte es das Gerücht, das die Leute einander zuflüsterten. Gewiß aber war, daß der alte König auf seinem Totenbett, ob nun bewegt von Reue über seine große Sünde oder einfach in dem Wunsch, seinem Haus die Königskrone zu erhalten, nach dem Knaben gesandt und ihn in Gegenwart des Kronrats als seinen Erben anerkannt hatte.

Und es scheint, daß dieser vom allerersten Augenblick seiner Anerkennung an jene seltsame Leidenschaft für die Schönheit zeigte, der ein so großer Einfluß auf sein Leben beschieden sein sollte. Die ihn zu jener Flucht von Zimmern geleitet hatten, welche für ihn bestimmt war, sprachen oft von dem Schrei des Vergnügens, der ihm beim Anblick der köstlichen Gewänder und reichen Juwelen, welche für ihn bereitet waren, von den Lippen brach, und von der beinahe wilden Freude, mit welcher er seinen groben Lederkittel und seinen rauhen Umhang aus Schafsfell zur Seite schleuderte. Wohl vermißte er zuzeiten die Freiheit des Lebens im Wald, und leicht brachten ihn die ermüdenden Hofzeremonien in Harnisch, die so viele Stunden eines jeden Tages verschlangen; aber der herrliche Palast – *Joyeuse* wurde er genannt –, dessen Herr er nun geworden, schien ihm eine neue Welt, neu geschaffen zu seinem Entzücken; und sobald er nur dem Kronrat oder dem Audienzsaal entfliehen konnte, lief er die breite Treppe mit ihren Löwen aus vergoldeter Bronze und ihren Stufen aus schimmerndem Porphyr hinunter und wanderte von Gemach zu Gemach, von Gang zu Gang, wie einer, der in der Schönheit Balsam für den Schmerz, ja Genesung von Siechtum zu finden sucht.

Auf diesen Entdeckungsfahrten, wie er sie gerne nannte – und für ihn bedeuteten sie wahrhaft Reisen durch ein Land der Wunder –, war er manchmal von den schlanken, blondhaarigen Hofpagen mit den wehenden Mänteln und flatternden Bändern begleitet; öfter aber blieb er allein, denn er empfand mit einem raschen, sicheren Gefühl, das fast einer Eingebung glich, daß die Geheimnisse der Kunst sich am besten im geheimen erkennen lassen, und daß Schönheit wie Weisheit den lieben, der sie einsam verehrt.

Zu jener Zeit erzählte man sich über ihn viele seltsame Geschichten. Es hieß, ein dicker Bürgermeister, gekommen, um im Namen der Bürger der Stadt eine blumige, wortreiche Ansprache zu halten, habe ihn in aufrichtiger Anbetung vor einem großen Gemälde kniend erblickt, das eben aus Venedig gebracht worden war und die Anbetung neuer Götter anzukünden schien. Bei einer anderen Gelegenheit hatte man ihn mehrere Stunden lang vermißt und erst nach langem Suchen in einer kleinen Kammer in einem der nördlichen Türmchen des Palastes entdeckt, wie er gleichsam verzückt auf eine griechische Gemme starrte, darauf die Gestalt des Adonis geschnitten war. Man hatte ihn gesehen, so ging die Rede, wie er seine warmen Lippen auf die Marmorstirn einer antiken Statue preßte, die man beim Bau der steinernen Brücke im Flußbett gefunden und darauf der Name des bithynischen Sklaven des Hadrian geschrieben stand. Eine ganze Nacht hatte er damit zugebracht, die Wirkung des Mondlichts auf ein silbernes Bild des Endymion zu beobachten.

Alle seltenen und kostbaren Stoffe übten in Wahrheit eine große Anziehung auf ihn aus, und in seiner Begierde, sie sich zu verschaffen, hatte er viele Kaufleute ausgesandt: die einen, um mit den rauhen Fischern der nördlichen Meere um Bernstein zu handeln; andere nach Ägypten, um nach jenem seltsamen grünen Türkis zu forschen, den man nur in den Gräbern der Könige findet und von dem es heißt, er besitze magische Eigenschaften; andere schickte er nach Persien um seidene Teppiche und bemalte Töpferware, und wieder andere nach Indien, um Schleierstoffe zu kaufen und gefärbtes Elfenbein, Mondsteine und Armreifen aus Jade, Sandelholz und blaues Email und Schals aus feiner Wolle.

Was ihn aber am meisten beschäftigte, war das Gewand, das er zu seiner Krönung tragen sollte, das Gewand aus gewebtem Gold, und die rubinenbesetzte Krone, und das Zepter mit seinen Reihen und Ringen von Perlen. Das war es in der Tat, woran er an diesem Abend dachte, als er sich auf seinem üppigen Lager zurücklehnte und das schwere Tannenscheit betrachtete, das sich im offenen Kaminfeuer verzehrte. Die Entwürfe, welche von den Händen der berühmtesten Künstler der Zeit stammten, waren ihm schon vor vielen Monaten vorgelegt worden, und er hatte Befehl gegeben, daß die Handwerker sich Tag und Nacht mühen sollten, sie auszuführen, und daß die ganze Welt nach Juwelen zu durchsuchen sei, die ihrer Arbeit würdig wären. In Gedanken sah er sich bereits, wie er, angetan mit dem prächtigen königlichen Kleid, vor dem Hochaltar der Kathedrale stand, und ein Lächeln spielte um seine Knabenlippen und verweilte dort und erhellte mit klarem Glanz seine dunklen Waldaugen.

Nach einer Weile erhob er sich von seinem Sitz, lehnte sich gegen den geschnitzten Kaminsims und blickte in dem spärlich erleuchteten Raum um sich. Die Wände waren verhangen mit reichen Gobelins, die den Triumph der Schönheit darstellten. Ein großer Schrank, mit Achat und Lapislazuli eingelegt, füllte eine Ecke, und gegenüber dem Fenster stand ein seltsam geformter Schrein mit lackierten Füllungen von Goldstaub und Goldmosaik, und darauf standen zierliche Trinkbecher aus venezianischem Glas und eine Schale aus dunkel geädertem Onyx. Bleiche Mohnblumen waren auf die seidene Bettdecke gestickt, als wären sie den müden Händen des Schlafes entglitten, und schlanke Stäbe aus kanneliertem Elfenbein hoben den Samtbaldachin empor, von dem ein großes Büschel Straußenfedern wie weißer Gischt dem bleichen Silber der Kassettendecke entgegensprang. Ein lachender Narziß in grüner Bronze hielt einen glatten Spiegel über seinem Haupt. Auf dem Tisch stand eine flache Schale aus Amethyst.

Draußen konnte er die gewaltige Kuppel der Kathedrale sehen, die sich wie eine Seifenblase über den dunklen Häusern ausbreitete, und die müden Schildwachen, wie sie die neblige Terrasse am Fluß auf und nieder schritten. Fern in einem Obsthain sang eine Nachtigall. Schwacher Duft nach Jasmin kam durch das offene Fenster. Er strich seine braunen Locken aus der Stirn, nahm eine Laute und ließ seine Finger über die Saiten gleiten. Seine schweren Lider senkten sich, und eine seltsame Mattigkeit überkam ihn. Nie zuvor hatte er so heftig und mit so erlesener Freude Zauber und Geheimnis der schönen Dinge empfunden.

Als es von der Turmuhr Mitternacht schlug, berührte er eine Klingel, und seine Pagen traten ein und entkleideten ihn unter vielen Zeremonien, gossen Rosenwasser über seine Hände und streuten Blumen auf sein Kissen. Wenige Augenblicke, nachdem sie das Zimmer verlassen hatten, fiel er in Schlaf.

Und da er schlief, träumte ihm ein Traum, und dieses war sein Traum.

Ihm war, als stünde er in einer langen, niedrigen Dachstube, mitten im Geschwirr und Geklapper vieler Webstühle. Spärliches Tageslicht drang durch die vergitterten Fenster und fiel auf die hageren Gestalten der Weber, die sich über ihre Rahmen beugten. Blasse, kränklich aussehende Kinder hockten auf den mächtigen Querbalken. Wenn die Schiffchen durch die Kette schossen, hoben sie die schweren Laden, und wenn die Schiffchen standen, ließen sie die Laden fallen und schoben die Fäden zusammen. Ihre Gesichter waren schmal vor Hunger, und ihre dünnen Hände zuckten und zitterten. Abgehärmte Frauen saßen an einem Tisch und nähten. Ein gräßlicher Geruch erfüllte den Raum. Die Luft war stickig und schwer, und die Wände troffen und tropften vor Feuchtigkeit.

Der junge König trat zu einem der Weber und stellte sich neben ihn und sah ihm zu.

Und der Weber blickte ihn zornig an und sprach: »Was siehst du mir zu? Bist du ein Späher, den unser Herr über uns gesetzt hat?«

»Wer ist dein Herr?« fragte der junge König.

»Unser Herr!« rief der Weber bitter aus. »Er ist ein Mensch wie ich. Wahrlich, es gibt nur diesen einen Unterschied zwischen uns – daß er kostbare Kleider trägt, während ich in Fetzen gehe, und daß ich vor Hunger schwach bin, während er nicht wenig leidet an Übersättigung.«

»Das Land ist frei«, sagte der junge König, »und du bist keines Menschen Sklave.«

»Im Krieg«, gab der Weber zur Antwort, »machen die Starken die Schwachen zu Sklaven, und im Frieden versklaven die Reichen die Armen. Wir müssen arbeiten, um zu leben, und sie geben uns so kargen Lohn, daß wir sterben. Den ganzen Tag lang plagen wir uns ab für sie, und sie häufen Gold auf in ihren Kästen, und unsere Kinder welken dahin vor der Zeit, und die Gesichter derer, die wir lieben, werden hart und böse. Wir keltern die Traube, und andere trinken den Wein. Wir säen das Korn, und unser eigener Tisch ist leer. Wir tragen Ketten, wenn auch kein Auge sie wahrnimmt; wir sind Sklaven, wenn auch die Menschen uns frei nennen.«

»Ist es so mit allen?« fragte er.

»So ist es mit allen«, erwiderte der Weber, »mit den Jungen wie mit den Alten, mit den Weibern wie mit den Männern, mit den kleinen Kindern wie mit denen, die hoch an Jahren sind. Die Händler saugen uns aus, und wir müssen tun, was sie verlangen. Der Priester geht vorüber und betet seinen Rosenkranz, und keiner schert sich um uns. Durch unsere von der Sonne gemiedenen Straßen kriecht die Armut mit hungrigen Augen, und mit gedunsenem Gesicht folgt die Sünde ihr auf den Fersen. Elend weckt uns am Morgen, und Schande wacht mit uns in der Nacht. Was aber sind dir diese Dinge? Du bist keiner von uns. Dein Gesicht ist zu glücklich.« Und mürrisch wandte er sich ab und schoß das Schiffchen durch den Webstuhl, und der junge König sah, daß es mit einem goldenen Faden eingefädelt war. Und großes Entsetzen ergriff ihn, und er sprach zu dem Weber: »Was ist es für ein Kleid, das du hier webst?«

»Es ist das Kleid für die Krönung des jungen Königs«, antwortete er, »was geht's dich an?«

Und der junge König stieß einen lauten Schrei aus und erwachte, und siehe! er war in seinem eigenen Zimmer, und durch das Fenster erblickte er den großen honigfarbenen Mond in der schwärzlichen Luft hängen.

Und wieder fiel er in Schlaf und träumte, und dieses war sein Traum.

Ihm war, als läge er auf dem Deck einer großen Galeere, die von hundert Sklaven gerudert wurde. Auf einem Teppich zu seiner Seite saß der Herr der Galeere. Er war schwarz wie Ebenholz, und sein Turban war von karmesinroter Seide. Große Ohrringe aus Silber zogen an seinen dicken Ohrläppchen, und in seinen Händen hielt er eine Waage aus Elfenbein.

Die Sklaven waren nackend bis auf ein zerfetztes Lendentuch, und jeder war an seinen Nachbarn gekettet. Die heiße Sonne stach glühend auf sie nieder, und Neger liefen die Laufplanke auf und ab und schlugen mit Riemen auf sie ein. Sie streckten ihre mageren Arme aus und zogen die schweren Ruder durch das Wasser. Salziger Gischt sprühte von den Ruderblättern.

Endlich erreichten sie eine kleine Bucht und machten sich ans Loten. Ein leichter Wind wehte von der Küste her und überzog das Deck und das große Lateinsegel mit einem feinen roten Staub. Drei Araber auf wilden Eseln sprengten heran und schleuderten Speere nach ihnen. Der Herr der Galeere nahm einen bemalten Bogen zur Hand und schoß einem von ihnen durch die Kehle. Schwer fiel dieser in die Brandung, und seine Gefährten galoppierten davon. Eine in einen gelben Schleier gehüllte Frau folgte ihnen langsam auf einem Kamel und blickte dann und wann über die Schulter zurück auf den Leichnam.

Sobald sie den Anker ausgeworfen und das Segel eingeholt hatten, stiegen die Neger in den Bauch des Schiffes und holten eine lange, mit Blei beschwerte Strickleiter heraus. Der Herr der Galeere befestigte die Enden an zwei eisernen Haken und warf sie über Bord. Dann packten die Neger den jüngsten der Sklaven und nahmen ihm die Fußfesseln ab, verstopften ihm Nasenlöcher und Ohren mit Wachs und banden einen großen Stein um seinen Leib. Mit müden Bewegungen kroch er schwer die Leiter hinab und verschwand im Meer. Ein paar Blasen stiegen dort auf, wo er versunken war. Einige von den anderen Sklaven spähten neugierig über Bord. Im Bug der Galeere saß ein Haifischbeschwörer und schlug einförmig auf einer Trommel.

Nach einer Weile kam der Taucher aus dem Wasser herauf und klammerte sich keuchend an die Leiter, eine Perle in seiner rechten Hand. Die Neger entrissen sie ihm und stießen ihn zurück. Die Sklaven schliefen über ihren Rudern ein.

Wieder und wieder tauchte er empor, und jedesmal brachte er eine wunderschöne Perle mit. Der Herr der Galeere wog sie und legte sie in einen kleinen Beutel von grünem Leder.

Der junge König versuchte zu sprechen, aber die Zunge schien ihm am Gaumen zu kleben, und seine Lippen wollten sich nicht bewegen. Die Neger schwatzten miteinander und fingen an, sich um eine Schnur von glänzenden Perlen zu streiten. Zwei Kraniche umkreisten unablässig das Schiff.

Dann kam der Taucher zum letzten Mal herauf, und die Perle, die er mitbrachte, war schöner als alle Perlen des Ormuzd, denn sie hatte die Gestalt des vollen Mondes und war weißer als der Morgenstern. Aber das Gesicht des Sklaven war seltsam bleich, und als er auf das Deck fiel, schoß ihm Blut aus Nase und Ohren. Ein Zittern überlief ihn, dann rührte er sich nicht mehr. Die Neger zuckten die Schultern und warfen den Leichnam über Bord.

Und der Herr der Galeere lachte, streckte seine Hand aus nach der Perle, und als er sie sah, preßte er sie an seine Stirn und neigte sich. »Sie soll für das Zepter des jungen Königs sein«, sprach er und machte den Negern ein Zeichen, den Anker zu lichten.

Und als der junge König das hörte, stieß er einen Schrei aus und erwachte, und durchs Fenster sah er die langen grauen Finger der Dämmerung nach den erbleichenden Sternen greifen.

Und wieder fiel er in Schlaf und träumte, und dieses war sein Traum.

Ihm war, als wanderte er durch einen dämmerigen Wald, der behangen war mit fremdartigen Früchten und wunderschönen, giftigen Blumen. Die Nattern zischten ihm nach, da er vorbeiging, und bunte Papageien flogen kreischend von Zweig zu Zweig. Riesige Schildkröten lagen schlafend im heißen Schlamm. Die Bäume waren voll von Affen und Pfauen.

Weiter und weiter ging er, bis er den Rand des Waldes erreichte, und dort erblickte er eine ungeheure Menge von Menschen im Bett eines vertrockneten Flusses arbeiten. Wie Ameisen liefen sie an den Uferfelsen hinauf. Sie gruben tiefe Schächte in die Erde und stiegen darin hinunter. Manche spalteten mit großen Äxten die Felsblöcke; andere wühlten im Sand. Kakteen rissen sie an ihren Wurzeln aus und zertrampelten die scharlachfarbenen Blüten. Sie hasteten umher und riefen einander zu, und keiner war müßig.

Aus der Dunkelheit einer Höhle schauten Tod und Habsucht ihnen zu, und der Tod sagte: »Ich bin es müde; gib mir ein Dritteil und laß mich ziehen.«

Aber die Habsucht schüttelte den Kopf. »Sie sind meine Knechte«, erwiderte sie.

Und der Tod sprach zu ihr: »Was hast du in deiner Hand?«

»Drei Weizenkörner«, antwortete sie, »was kümmert es dich?«

»Gib mir eins von den Körnern«, rief der Tod, »daß ich es in meinem Garten säe; nur eines, und ich will gehen.«

»Ich werde dir überhaupt nichts geben«, sagte die Habsucht und verbarg die Hand in den Falten ihres Gewandes.

Und der Tod lachte und nahm einen Becher und tauchte ihn in eine Pfütze, und aus dem Becher stieg das Wechselfieber. Es ging durch die große Menschenmenge, und ein Dritteil von ihnen blieb tot liegen. Kalter Nebel folgte ihm, und Wasserschlangen krochen ihm zur Seite.

Und als die Habsucht sah, daß ein Dritteil der Menge tot war, schlug sie ihre Brust und weinte. Sie schlug ihren vertrockneten Busen und wehklagte laut. »Ein Dritteil meiner Knechte hast du getötet«, rief sie, »hebe dich hinweg. Krieg ist in den Bergen der Tataren, und die Könige auf jeder Seite rufen nach dir. Die Afghanen haben den schwarzen Stier geschlachtet und ziehen in den Kampf. Mit den Speeren haben sie auf ihre Schilde geschlagen und sich die eisernen Helme aufs Haupt gesetzt. Was ist dir mein Tal, daß du darin verweilest? Weiche, Tod, und kehre niemals wieder.«

»Nein«, entgegnete der Tod, »ich gehe nicht eher, bis du mir ein Weizenkorn gegeben hast.«

Aber die Habsucht schloß ihre Hand und preßte ihre Zähne zusammen. »Ich werde dir nicht das geringste geben«, stieß sie hervor.

Und der Tod lachte und hob einen schwarzen Stein auf und schleuderte ihn in den Wald, und aus einem Dickicht von wildem Schierling trat das Fieber in flammendem Gewande. Es schritt durch die Menge und berührte sie, und jeder, den es berührte, starb. Das Gras verwelkte unter seinen Füßen, wie es dahinschritt. Und die Habsucht erschauerte und streute Asche auf ihr Haupt. »Grausam bist du«, rief sie, »du bist grausam. Hungersnot herrscht in den ummauerten Städten Indiens, und die Zisternen von Samarkand sind vertrocknet. Hungersnot herrscht in den ummauerten Städten Ägyptens, und die Heuschrecken sind heraufgezogen aus der Wüste. Der Nil ist nicht über seine Ufer getreten, und die Priester haben Isis und Osiris verflucht. Scher dich weg, geh hin zu denen, die dich brauchen, und laß mir meine Knechte.«

»Nein«, versetzte der Tod, »erst wenn du mir ein Weizenkorn gegeben hast, will ich gehen, nicht eher.«

»Ich werde dir gar nichts geben«, versetzte die Habsucht.

Und wieder lachte der Tod und pfiff durch die Finger, und ein Weib kam durch die Luft geflogen. Pest stand auf ihrer Stirn geschrieben, und ein Haufen von hageren Geiern umkreiste sie. Sie bedeckte das Tal mit ihren Schwingen, und kein Mensch blieb am Leben.

Und laut schreiend floh die Habsucht durch den Wald, und der Tod schwang sich auf sein rotes Pferd und galoppierte hinweg, und sein Galopp war schneller als der Wind. Und aus dem Schlamm am Grunde des Tales krochen Drachen und gräßlich geschupptes Getier, und die Schakale kamen über den Sand getrottet und witterten mit ihren Nüstern in der Luft.

Und der junge König weinte und sprach: »Wer waren diese Menschen, und wonach suchten sie?«

»Sie suchten nach Rubinen für eines Königs Krone«, entgegnete einer, der hinter ihm stand.

Und der junge König fuhr auf und wandte sich um und erblickte einen Mann, wie ein Pilger gekleidet, der in seiner Hand einen silbernen Spiegel hielt.

Und er erbleichte und sprach: »Für welchen König?«

Und der Pilger versetzte: »Schau in diesen Spiegel, und du sollst ihn sehen.«

Und er blickte in den Spiegel, und als er sein eigenes Gesicht erkannte, stieß er einen lauten Schrei aus und erwachte, und heller Sonnenschein strömte in das Gemach, und von den Bäumen in Garten und Hain sangen die Vögel.

Und der Kämmerer und die hohen Würdenträger des Staates kamen herein und huldigten ihm, und die Pagen brachten ihm das Gewand aus gewebtem Gold und legten Krone und Zepter vor ihn hin.

Und der junge König sah die Dinge an, und sie waren sehr schön. Herrlicher waren sie als alles, was er je gesehen. Doch er gedachte seiner Träume und sprach zu seinen Großen: »Schafft diese Dinge fort, denn ich will sie nicht tragen.«

Und die Höflinge waren erstaunt, einzelne lachten sogar, denn sie meinten, er habe gescherzt.

Doch ernst wandte er sich wieder an sie und sprach: »Schafft diese Dinge fort und verbergt sie vor mir. Ist auch heute der Tag meiner Krönung, so will ich sie doch nicht tragen. Denn auf dem Webstuhl der Sorge und von den weißen Händen des Leides wurde dieses Kleid gewoben. Blut ist im Herzen des Rubins und Tod im Herzen der Perle.« Und er erzählte ihnen seine drei Träume.

Und als die Höflinge sie gehört hatten, blickten sie einander an und flüsterten und sprachen: »Er ist bestimmt wahnsinnig – denn was ist ein Traum anderes als ein Traum, und ein Gesicht anderes als ein Gesicht? Sie sind nichts Wirkliches, daß man ihrer achten sollte. Und was haben wir zu schaffen mit dem Leben derer, die sich für uns plagen? Soll ein Mensch kein Brot essen, ehe er nicht den Sämann kennt, noch Wein trinken, ehe er den Winzer sprach?«

Und der Kämmerer sprach zu dem jungen König und sagte: »Mein Gebieter, ich bitte dich, laß ab von diesen schwarzen Gedanken und lege dein schönes Gewand an und setze die Krone auf dein Haupt. Denn wie soll das Volk wissen, daß du ein König bist, wenn du nicht eines Königs Kleider trägst?«

Und der junge König sah ihn an. »Ist es so, wie du sagst?« fragte er. »Werden sie mich nicht als König erkennen, wenn ich nicht eines Königs Kleider trage?«

»Sie werden dich nicht erkennen, mein Gebieter«, rief der Kämmerer.

»Ich glaubte, es gebe Männer, deren Wesen königlich ist«, gab er zur Antwort, »aber es mag sein, wie du sagst. Und dennoch will ich dieses Kleid nicht tragen, noch mit dieser Krone gekrönt werden, sondern wie ich zu dem Palast kam, so will ich ihn auch wieder verlassen.« Und er hieß sie alle hinausgehen, bis auf einen Pagen, den er als Begleiter behielt, einen Knaben, der ein Jahr jünger war als er. Ihn behielt er zu seiner Bedienung. Und nachdem er in klarem Wasser gebadet hatte, öffnete er eine große, bemalte Truhe und zog daraus den Lederkittel und den Mantel aus rauhem Schaffell, die er getragen hatte, als er noch die zottigen Ziegen des Geißhirten in den Hügeln gehütet hatte. Dieses nun legte er an, und in die Hand nahm er seinen derben Hirtenstab.

Und der kleine Page sperrte seine großen blauen Augen vor Verwunderung weit auf und sprach lächelnd zu ihm: »Mein Fürst, ich sehe dein Kleid und dein Zepter, aber wo ist deine Krone?«

Da brach der junge König einen wilden Rosenzweig, der über den Balkon kletterte, bog ihn und machte einen Reif daraus und setzte sich ihn auf das Haupt. »Das soll meine Krone sein«, antwortete er.

Und so angetan verließ er das Gemach und ging hinaus in den großen Saal, wo die Edelleute auf ihn warteten.

Und die Edelleute lachten laut, und einige von ihnen riefen ihm zu: »Mein Gebieter, das Volk wartet auf seinen König, und du zeigst ihm einen Bettler«, und andere wurden zornig und sprachen: »Er bringt Schande über unser Land und ist nicht würdig, unser Herr zu sein.« Aber er antwortete ihnen nicht ein Wort, sondern schritt weiter, die Treppe von schimmerndem Porphyr hinunter und hinaus durch die bronzenen Tore, und stieg auf sein Roß und ritt zur Kathedrale, und der kleine Page lief neben ihm her.

Und das Volk lachte und sagte: »Es ist des Königs Narr, der da vorüberreitet«, und sie verspotteten ihn.

Und er zügelte sein Roß und sagte: »Nein, ich selber bin der König.« Und er erzählte ihnen seine drei Träume.

Da trat ein Mann heraus aus der Menge und sprach voll Bitterkeit zu ihm und sagte: »Herr, weißt du nicht, daß das Leben der Armen vom Überfluß der Reichen genährt wird? Euer Prunk ist es, der uns sättigt, und eure Laster geben uns Brot. Hart ist es, für einen Herrn zu arbeiten, aber keinen Herrn zu haben, für den man arbeiten kann, ist noch härter. Glaubst du, die Raben werden uns speisen? Und welches Heilmittel hast du für diese Not? Willst du dem Käufer vorschreiben: ›Für soundso viel sollst du kaufen‹, und dem Kaufmann: ›Zu diesem Preis sollst du verkaufen‹? Ich glaube nicht. Darum geh zurück in deinen Palast und lege deinen Purpur an und dein feines Leinen. Was kümmern dich wir und unsere Leiden?«

»Sind nicht der Reiche und der Arme Brüder?« fragte der junge König.

»Ja«, erwiderte der Mann, »und der Name des reichen Bruders ist Kain.«

Und des jungen Königs Augen füllten sich mit Tränen, und er ritt weiter durch das murrende Volk, und den kleinen Pagen ergriff die Furcht, und er ließ ihn im Stich.

Und als er vor das große Portal der Kathedrale kam, stießen die Wachen ihre Hellebarden vor und sagten: »Was suchst du hier? Keiner tritt durch dieses Tor als der König.«

Und sein Gesicht rötete sich vor Zorn, und er sprach zu ihnen: »Ich bin der König«, stieß ihre Hellebarden zur Seite und trat ein.

Und als der alte Bischof ihn kommen sah in seinem Hirtenkleid, erhob er sich voll Verwunderung von seinem Thron und kam ihm entgegen und sagte zu ihm: »Mein Sohn, ist dies der Aufzug eines Königs? Und mit welcher Krone soll ich dich krönen und welches Zepter in deine Hand legen? Wahrlich, ein Tag der Freude sollte dieser Tag für dich sein, und nicht ein Tag der Erniedrigung.«

»Soll Freude tragen, was Leid geschaffen hat?« entgegnete der junge König. Und er erzählte ihm seine drei Träume.

Und als der Bischof ihn angehört hatte, runzelte er die Stirn und sprach: »Mein Sohn, ich bin ein alter Mann und im Winter meiner Tage, und ich weiß, daß viel Übel geschieht in der weiten Welt. Die grimmigen Räuber kommen herunter von den Bergen und verschleppen die kleinen Kinder und verkaufen sie an die Mohren. Die Löwen lauern den Karawanen auf und stürzen sich auf die Kamele. Der wilde Eber reißt das Korn im Tale an den Wurzeln aus, und die Füchse benagen die Reben auf dem Hügel. Die Seeräuber verwüsten die Küste und verbrennen die Boote der Fischer und stehlen ihnen ihre Netze. In den Salzsümpfen leben die Aussätzigen, sie haben Häuser aus geflochtenem Schilf, und keiner darf ihnen nahe kommen. Die Bettler wandern durch die Städte und essen ihr Brot mit den Hunden. Kannst du bewirken, daß alles dies nicht ist? Willst du den Aussätzigen zu deinem Bettgenossen machen und den Bettler an deine Tafel laden? Soll der Löwe deinem Geheiß folgen und der wilde Eber dir gehorchen? Ist nicht Er, der das Elend gemacht hat, weiser als du? Deshalb lobe ich dich nicht für das, was du getan hast, sondern bitte dich, reite zurück zu deinem Palast und laß dein Antlitz vor Freude leuchten, kleide dich in Gewänder, würdig eines Königs, und mit der goldenen Krone will ich dich krönen, und das Zepter von Perlen will ich in deine Hand legen. Deine Träume aber vergiß. Die Bürde dieser Welt ist zu groß, als daß ein einziger sie tragen könnte, und das Leid der Welt zu schwer, als daß ein einziges Herz es erdulde.«

»Sagst du das in diesem Haus?« sprach der junge König, schritt vorbei am Bischof und stieg die Stufen des Altars empor und stand vor Christi Bild.

Er stand vor Christi Bild, und zu seiner Rechten und zu seiner Linken glänzten die herrlichen Gefäße aus Gold, der Kelch voll gelben Weines und die Phiole mit dem heiligen Öl. Er kniete nieder vor Christi Bild, und die großen Kerzen brannten hell vor dem juwelenbesetzten Schrein, und der Weihrauch kräuselte sich in dünnen grauen Rauchwölkchen durch den Dom. Er neigte seinen Kopf im Gebet, und die Priester in ihren steifen Chorröcken schlichen sich fort vom Altar.

Und plötzlich kam von der Straße draußen ein wilder Tumult, und mit gezogenen Schwertern und wippenden Federn und Schilden von glänzendem Stahl drangen die Edelleute herein. »Wo ist dieser Träumer von Träumen?« riefen sie. »Wo ist dieser König, der sich wie ein Bettler kleidet – dieser Knabe, der Schande bringt über unser Land? Wahrlich, wir wollen ihn töten, denn er ist nicht würdig, über uns zu herrschen.«

Und wieder neigte der junge König sein Haupt und betete, und als er sein Gebet beendet hatte, erhob er sich, wandte sich um und blickte sie traurig an.

Und siehe! durch die bunten Fenster strömte das Sonnenlicht über ihn hin, und die Strahlen der Sonne woben um ihn ein gewebtes Gewand, viel schöner noch als jenes Kleid, das zu seinem Vergnügen gefertigt worden. Der tote Stab blühte und trug Lilien, die weißer waren als Perlen. Der dürre Dorn blühte und trug Rosen, die röter waren als Rubine. Weißer als reine Perlen waren die Lilien, und ihre Stempel waren aus lauterem Silber. Röter als glutrote Rubine waren die Rosen, und ihre Blätter waren aus getriebenem Gold.

Da stand er im Gewand eines Königs, und die Türen des juwelenbesetzten Schreines flogen auf, und vom Kristall der vielstrahligen Monstranz leuchtete ein wunderbares und mystisches Licht. Da stand er im Gewand eines Königs, und die Herrlichkeit Gottes erfüllte den Raum, und die Heiligen in ihren gemeißelten Nischen schienen sich zu bewegen. Im strahlenden Kleid eines Königs stand er vor ihnen, und die Orgel strömte ihre Melodien aus, und die Trompeter bliesen auf ihren Trompeten, und die Sängerknaben sangen.

Und das Volk fiel in Ehrfurcht auf die Knie, und die Edelleute steckten ihre Schwerter ein und huldigten ihm, und des Bischofs Angesicht erbleichte, und seine Hände zitterten. »Ein Größerer als ich hat dich gekrönt«, rief er und sank vor ihm auf die Knie.

Und der junge König trat hernieder vom Hochaltar und schritt mitten durch sein Volk nach Hause. Aber keiner wagte sein Gesicht anzuschauen, denn es war wie das Gesicht eines Engels.

Der Geburtstag der Infantin

Es war der Geburtstag der Infantin. Sie war gerade zwölf Jahre alt geworden, und die Sonne schien hell in die Gärten des Palastes.

Wenn sie auch eine richtige Prinzessin war und die Infantin von Spanien, so hatte sie doch jedes Jahr nur einmal Geburtstag, wie die Kinder von ganz armen Leuten auch, und daher war es für das ganze Land natürlich von großer Bedeutung, daß sie zu diesem Anlaß einen wirklich schönen Tag hatte. Und ein wirklich schöner Tag war es gewiß. Die hohen, gestreiften Tulpen standen wie lange Reihen von Soldaten aufrecht auf ihren Stengeln und blickten herausfordernd über das Gras hinüber zu den Rosen und sagten: »Wir sind jetzt genauso prächtig wie ihr.« Die purpurnen Schmetterlinge flatterten umher, Goldstaub auf ihren Flügeln, und besuchten der Reihe nach jede Blume; die kleinen Eidechsen schlüpften aus den Mauerritzen und sonnten sich im weißen Glast; und die Granatäpfel splitterten und barsten vor Hitze und zeigten ihre blutenden roten Herzen. Selbst die bleichen gelben Zitronen, die in Fülle von den verwitterten Spalieren und entlang den dunklen Bogengängen hingen, schienen in dem wunderbaren Sonnenschein eine stärkere Farbe anzunehmen, und die Magnolienbäume öffneten ihre großen, kugelrunden Blüten, die wie gefaltetes Elfenbein waren, und erfüllten die Luft mit ihrem süßen, schweren Duft.

Die kleine Prinzessin ging mit ihren Gefährten die Terrasse auf und ab und spielte rund um die steinernen Vasen und die alten, moosüberwachsenen Statuen Verstecken. An gewöhnlichen Tagen durfte sie nur mit Kindern ihres Ranges spielen, also spielte sie immer allein; aber an ihrem Geburtstag machte man eine Ausnahme, und der König hatte angeordnet, daß sie von ihren jungen Freunden einladen sollte, wen sie wollte, um sich mit ihnen zu vergnügen. Eine gemessene Grazie umgab diese schlanken spanischen Kinder, wie sie da vorüberglitten: Die Knaben trugen federgeschmückte Hüte und kurze, flatternde Umhänge, die Mädchen hoben die Schleppen ihrer langen Brokatkleider hoch und schützten ihre Augen mit riesengroßen schwarzen und silbernen Fächern vor der Sonne. Aber die Infantin war die anmutigste von allen, sie war am geschmackvollsten gekleidet, wenn auch nach der etwas schwerfälligen Mode der Zeit. Ihr Kleid war aus grauem Satin, der Saum und die weiten Puffärmel mit Silber reich bestickt, das steife Mieder übersät mit Reihen von makellosen Perlen. Zwei winzige Pantoffel mit großen, rosenroten Schleifen guckten unter ihrem Kleid hervor, wenn sie ging. Rosenrot und perlfarben war ihr großer Gazefächer, und in ihrem Haar, das wie eine Aureole von mattem Gold steif um ihr bleiches kleines Gesicht stand, hatte sie eine wunderschöne weiße Rose.

Von einem Fenster des Palastes schaute der traurige, melancholische König den Kindern zu. Neben ihm stand sein Bruder, Don Pedro von Aragon, den er haßte; und sein Beichtvater, der Großinquisitor von Granada, saß an seiner Seite. Der König war noch trauriger als gewöhnlich, denn wenn er auf die Infantin blickte, wie sie mit kindlichem Ernst die versammelten Höflinge grüßte, oder wie sie hinter dem Fächer über die mürrische Herzogin von Albuquerque lachte, die sie immer begleitete, mußte er an die junge Königin, ihre Mutter, denken, die vor so kurzer Zeit erst – so schien es ihm – aus dem heiteren Lande Frankreich gekommen und im düsteren Glanz des spanischen Hofes dahingewelkt war; sechs Monate nach der Geburt ihres Kindes war sie gestorben, ehe sie die Mandelbäume im Garten zweimal hatte blühen sehen, oder die Frucht des zweiten Jahres von dem alten knorrigen Feigenbaum gepflückt hatte, der in der Mitte des nun grasüberwachsenen Hofes stand. So groß war seine Liebe zu ihr gewesen, daß er es selbst dem Grab nicht erlaubte, sie vor ihm zu verbergen. Sie wurde von einem maurischen Arzt einbalsamiert, dem man zum Dank für diesen Dienst sein Leben schenkte, welches, wie es hieß, wegen Ketzerei und des Verdachts auf zauberische Praktiken schon dem Heiligen Offizium verfallen war; noch immer lag ihr Leib auf der teppichgeschmückten Bahre in der schwarzen Marmorkapelle des Palastes, genau so wie die Mönche sie an jenem windigen Tag im März vor nahezu zwölf Jahren hereingetragen hatten. Einmal in jedem Monat ging der König, eingehüllt in einen dunklen Umhang und eine abgedeckte Laterne in der Hand, hinein und kniete an ihrer Seite nieder und rief aus: »Mi reina! Mi reina!« Und bisweilen durchbrach er die förmliche Etikette, die in Spanien jede einzelne Handlung des Lebens beherrscht und selbst dem Gram eines Königs Grenzen setzt, und umklammerte die bleichen juwelengeschmückten Hände in wilder Qual des Schmerzes, und versuchte, mit seinen irren Küssen das kalte, bemalte Gesicht aufzuerwecken.

Heute war ihm, als sähe er sie wieder, wie er sie zum erstenmal gesehen hatte, im Schloß von Fontainebleau, da er erst fünfzehn Jahre gewesen, und sie noch jünger. Damals wurden sie vom päpstlichen Nuntius in Gegenwart des französischen Königs und des ganzen Hofes in aller Form miteinander verlobt, und er war in den Escorial zurückgekehrt und hatte ein Löckchen gelben

Haares mit sich getragen und die Erinnerung an zwei Kinderlippen, die sich niederbeugten, um seine Hand zu küssen, als er in seinen Wagen stieg. Später war die Hochzeit gefolgt, eilig vollzogen in Burgos, einer kleinen Stadt an der Grenze zwischen den beiden Ländern, und darauf der großartige öffentliche Einzug in Madrid mit der herkömmlichen Feier des Hochamtes in der Kirche von La Atocha, und ein Autodafé, feierlicher als gewöhnlich, bei welchem an die dreihundert Ketzer, unter ihnen viele Engländer, der weltlichen Obrigkeit für den Scheiterhaufen ausgeliefert wurden.

Er hatte sie wahrlich bis zum Wahnsinn geliebt und, wie viele meinten, bis zum Verderben seines Landes, das sich damals gerade im Krieg mit England befand um die Herrschaft über die Neue Welt. Kaum jemals hatte er ihr gestattet, sich aus seiner Nähe zu entfernen; um ihretwillen hatte er, so schien es wenigstens, alle ernsthaften Staatsgeschäfte vergessen; und in jener fürchterlichen Blindheit, die die Leidenschaft über ihre Diener verhängt, war es ihm entgangen, daß die ausgewählten Zeremonien, mit denen er sie zu erheitern suchte, die seltsame Krankheit, an der sie litt, nur verschlimmerten. Als sie starb, war er eine Zeitlang wie von Sinnen. Und es ist in der Tat nicht daran zu zweifeln, daß er in aller Form dem Thron entsagt und sich ins große Trappistenkloster in Granada zurückgezogen hätte, dessen Titularprior er bereits war, hätte er sich nicht gescheut, die kleine Infantin in den Händen seines Bruders zurückzulassen, der wegen seiner Grausamkeit selbst in Spanien berüchtigt war, und den viele im Verdacht hatten, mit Hilfe eines Paares von vergifteten Handschuhen, die er ihr anläßlich eines Besuchs auf seinem Schloß in Aragon überreichte, den Tod der Königin herbeigeführt zu haben. Auch nach Ablauf der dreijährigen öffentlichen Trauer, die er durch königliches Edikt im ganzen Umkreis seiner Herrschaft angeordnet hatte, erlaubte er es seinen Ministern niemals, von einer neuen Verbindung zu sprechen; und als der Kaiser selber Boten sandte und ihm die Hand der lieblichen Erzherzogin von Böhmen, seiner Nichte, zur Ehe anbot, da befahl er den Gesandten, ihrem Herrn zu melden, der König von Spanien sei mit der Trauer vermählt, und wenn sie auch nur eine kärgliche Braut sei, so sei sie ihm doch lieber als die Schönheit – eine Antwort, die seiner Krone die reichen Provinzen der Niederlande kostete, welche bald darauf auf Anstiftung des Kaisers sich unter der Führung von einigen Fanatikern der Reformierten Kirche gegen ihn empörten.

Die ganze Zeit seiner Ehe, mit ihren wilden, feuerfarbenen Freuden und der entsetzlichen Qual ihres jähen Endes, schien heute wieder vor ihm zu erstehen, da er die Infantin auf der Terrasse spielen sah. Sie glich ganz der Königin in ihrem bezaubernd übermütigen Benehmen, sie hatte die gleiche eigensinnige Art, ihren Kopf zurückzuwerfen, den gleichen stolzgeschwungenen, schönen Mund, das gleiche wunderbare Lächeln – wahrlich ein *vrai sourire de France* –, wenn sie hin und wieder zum Fenster aufblickte oder ihre kleine Hand den würdevollen spanischen Edelleuten zum Kuß hinstreckte. Aber das laute Gelächter der Kinder war seinen Ohren schmerzhaft, und das helle, erbarmungslose Licht der Sonne verhöhnte sein Leid, und ein fader Geruch von fremdartigen Gewürzen, wie die Einbalsamierer sie gebrauchen, schien die klare Morgenluft – oder war es Einbildung? – zu vergiften. Er vergrub das Gesicht in seine Hände, und als die Infantin wieder aufblickte, waren die Vorhänge zugezogen, und der König hatte sich entfernt.

Sie machte eine kleine *moue* der Enttäuschung und zuckte die Schultern. An ihrem Geburtstag wenigstens hätte er bei ihr bleiben können. Was lag schon an den dummen Staatsgeschäften? Oder war er in diese düstere Kapelle gegangen, wo die Kerzen immer brannten, und wo sie niemals eintreten durfte? Wie töricht von ihm, wenn die Sonne so hell schien und jeder so glücklich war! Außerdem würde er nun das Stierkampfspiel versäumen, zu dem schon die Fanfare lud, vom Puppentheater und den anderen herrlichen Dingen ganz zu schweigen. Ihr Onkel und der Großinquisitor waren doch viel vernünftiger. Sie waren auf die Terrasse herausgekommen und machten ihr artige Komplimente. Also warf sie ihren hübschen Kopf zurück, nahm Don Pedro bei der Hand und ging langsam die Stiegen hinab auf ein langes Zelt aus purpurner Seide zu, das am anderen Ende des Gartens aufgestellt war, und die anderen Kinder folgten in strenger Rangordnung, wobei die mit den längsten Namen vorangingen.

Eine Prozession von vornehmen Knaben, phantastisch gekleidet als *toreadors,* kam ihr entgegen, und der junge Graf von Tierra-Nueva, ein wunderbar hübscher Knabe im Alter von etwa vierzehn Jahren, entblößte seinen Kopf mit aller Anmut eines geborenen Hidalgo und Grande von Spanien und geleitete sie feierlich hinein zu einem kleinen Stuhl aus Gold und Elfenbein, der auf einem erhöhten Podium über der Arena stand. Die Kinder verteilten sich ringsumher, bewegten ihre großen Fächer und flüsterten miteinander, und Don Pedro und der Großinquisitor standen lachend am Eingang. Selbst die Herzogin – Camerera-Mayor wurde sie genannt –, eine dünne Dame mit harten Zügen und einer gelben Halskrause, sah nicht ganz so schlechtgelaunt aus wie üblich, und etwas wie ein frostiges Lächeln huschte über ihr faltiges Gesicht und zerrte an ihren dünnen, blutleeren Lippen.

Es war sicherlich ein herrlicher Stierkampf, viel schöner, dachte die Infantin, als der wirkliche Stierkampf, zu dem man sie in Sevilla mitgenommen hatte, als der Herzog von Parma ihren Vater besuchte. Einige von den Knaben paradierten auf reich aufgeputzten Steckenpferden und schwangen lange Wurfspieße, die mit bunten Bändern lustig bewimpelt waren; andere waren zu Fuß und schwenkten ihre scharlachroten Umhänge vor dem Stier und sprangen leichtfüßig über die Schranke, wenn er sie angriff. Was nun den Stier selber angeht, so war er ganz wie ein lebender Stier, obwohl er doch nur aus Flechtwerk und gespanntem Fell war und manchmal darauf bestand, auf seinen Hinterbeinen rund um die Arena zu laufen, was einem lebenden Stier auch nicht im Traum einfiele. Er lieferte aber auch einen großartigen Kampf, und die Kinder wurden so aufgeregt, daß sie auf die Bänke stiegen und ihre Spitzentaschentücher schwenkten und ausriefen: *»Bravo toro! Bravo toro!«*, ganz so verständig, als wären sie erwachsene Leute. Zu guter Letzt jedoch, nach einem erbitterten Kampf, in dessen Verlauf mehrere Steckenpferde völlig durchbohrt und ihre Reiter aus dem Sattel geworfen worden waren, zwang der junge Graf von Tierra-Nueva den Stier in die Knie; und nachdem er von der Infantin die Erlaubnis erhalten hatte, ihm den *Coup de grace* zu geben, stieß er sein hölzernes Schwert mit solcher Kraft in den Nacken des Tieres, daß der Kopf auf der Stelle herunterfiel und das lachende Gesicht des kleinen Monsieur de Lorraine, des Sohnes des französischen Gesandten in Madrid, zum Vorschein kam.

Darauf wurde unter viel Applaus die Arena geräumt, die toten Steckenpferde von zwei maurischen Pagen in gelben und schwarzen Livreen feierlich weggeschleppt; und nach einem kurzen Zwischenspiel, in dem ein französischer Akrobat auf dem Drahtseil seine Künste vorführte, erschienen auf der Bühne eines kleinen Theaters, das eigens zu diesem Zweck errichtet worden war, mehrere italienische Marionetten in der halb-klassischen Tragödie *Sophonisbe*. Sie spielten so gut und agierten so ungemein natürlich, daß am Schluß des Stückes die Augen der Infantin ganz trüb vor Tränen waren. Einige von den Kindern weinten wirklich und mußten mit Zuckerwerk getröstet werden, und der Großinquisitor selber war so ergriffen, daß er Don Pedro gegenüber die Bemerkung nicht unterdrücken konnte, es sei ihm unerträglich, daß Puppen, die nur aus Holz und bemaltem Wachs bestünden und mechanisch an Drähten bewegt würden, so unglücklich sein und solch gräßliches Mißgeschick erleiden sollten.

Ein afrikanischer Gaukler folgte; er trug einen breiten, flachen Korb herein, der mit rotem Tuch bedeckt war, und nachdem er ihn in die Mitte der Arena gestellt hatte, nahm er aus seinem Turban eine eigenartige Flöte aus Schilf und blies darauf. Nach wenigen Augenblicken fing es unter dem Tuch an, sich zu regen, und als die Flöte schriller und schriller wurde, steckten zwei grüngoldene Schlangen ihre seltsamen, keilförmigen Köpfe heraus und erhoben sich langsam und wiegten sich hin und her im Takt der Musik, wie Pflanzen im Wasser. Die Kinder jedoch hatten Angst vor ihren gesprenkelten Kronen und ihren schnell herausschießenden Zungen, und es gefiel ihnen viel besser, als der Gaukler ein winziges Orangenbäumchen aus dem Sand wachsen und es prächtige weiße Blüten und Trauben von echten Früchten tragen ließ; und als er den Fächer der kleinen Tochter des Marquis de Las-Torres nahm und ihn in einen blauen Vogel verwandelte, der im Pavillon umherflog und sang, da kannten ihr Jubel und ihr Staunen keine Grenzen. Auch das feierliche Menuett war bezaubernd, das die Tanzknaben der Kirche von Nuestra Señora del Pilar vorführten. Die Infantin hatte diese wunderbare Zeremonie, die jedes Jahr im Mai vor dem Hochaltar der Jungfrau und ihr zu Ehren stattfindet, nie zuvor gesehen; und wirklich hatte auch kein Mitglied der königlichen Familie Spaniens die große Kathedrale von Saragossa jemals wieder betreten, seit ein wahnsinniger Priester, der nach Meinung vieler im Sold Elisabeths von England gestanden, versucht hatte, dem Prinzen von Asturien eine vergiftete Hostie zu reichen. Deshalb hatte sie »Unserer Frauen Tanz«, wie er genannt wurde, nur vom Hörensagen gekannt, und es war wirklich ein herrliches Schauspiel. Die Knaben trugen altmodische Hofgewänder aus weißem Samt, ihre seltsamen, dreieckigen Hüte waren mit Silber eingefaßt und von riesigen Straußenfedern gekrönt, und das blendende Weiß ihrer Gewänder, wie sie sich da im Sonnenlicht bewegten, wurde noch gehoben durch ihre dunkelhäutigen Gesichter und ihr langes schwarzes Haar. Jedermann war fasziniert von der ernsthaften Würde, mit der sie sich in den verschlungenen Figuren des Tanzes bewegten, von der kunstvollen Grazie ihrer langsamen Gebärden und würdigen Verneigungen; und als sie ihren Auftritt beendet und ihre großen federngeschmückten Hüte vor der Infantin gezogen hatten, da nahm sie ihre Huldigung sehr gnädig auf und gelobte, eine große Wachskerze nach dem Heiligtum Unserer Lieben Frau von Pilar zu senden, als Dank für das Vergnügen, das sie ihr verdankte.

Eine Schar von schönen Ägyptern – wie die Zigeuner damals genannt wurden – rückte sodann in die Arena ein; mit gekreuzten Beinen setzten sie sich in einem Kreis nieder und begannen, leise auf ihren Zithern zu spielen, bewegten ihre Leiber im Takt der Musik und summten fast unhörbar eine leise, träumerische Melodie. Als sie Don Pedro gewahrten, blickten sie finster drein, und einige von ihnen sahen ganz entsetzt aus, denn nur wenige Wochen zuvor hatte er zwei von ihrem Stamm wegen Hexerei auf dem Marktplatz von Sevilla hängen lassen. Aber die hübsche Infantin bezauberte sie, wie sie zurückgelehnt saß und mit ihren großen blauen Augen verstohlen über ihren Fächer blickte, und sie fühlten, daß ein so liebliches Kind wie sie gegen niemanden jemals grausam sein könnte. So spielten sie also sehr sanft weiter, gerade daß sie die Saiten der Zithern mit ihren langen bemalten Nägeln berührten, und ihre Köpfe begannen zu nicken, als wollten sie in Schlaf versinken. Plötzlich aber, mit einem Schrei, so schrill, daß alle Kinder jäh auffuhren und Don Pedros Hand den Achatgriff seines Dolches umklammerte, sprangen sie auf und wirbelten wie verrückt rund um die Einfassung und schlugen auf ihren Tambourinen und intonierten in ihrer fremdartigen, kehligen Sprache wilde Liebeslieder. Dann, auf ein anderes Zeichen hin, warfen sie sich alle zu Boden und lagen ganz still, und das einförmige Gezirp der Zithern war der einzige Laut, der die Stille durchbrach. Nachdem sie das mehrere Male wiederholt hatten, verschwanden sie für einen Augenblick und kehrten mit einem braunen, zottigen Bär an einer Kette zurück und trugen kleine Berberäffchen auf ihren Schultern. Der Bär stand höchst würdevoll auf seinem Kopf, und die verhutzelten Affen führten mit zwei Zigeunerjungen, anscheinend ihren Lehrmeistern, alle Arten von unterhaltenden Kunststücken auf: Sie fochten mit winzigen Schwertern und feuerten Gewehre ab und exerzierten einen regelrechten militärischen Drill vor, genau wie des Königs eigene Leibwache. Kurzum, die Zigeuner waren ein großer Erfolg.

Aber der lustigste Teil der ganzen Morgenunterhaltung war ohne Zweifel der Tanz des kleinen Zwerges. Als er in die Arena torkelte, auf seinen krummen Beinen watschelnd und mit seinem gewaltigen, unförmigen Kopf von einer Seite zur anderen wakkelnd, da brachen die Kinder in laute Schreie des Entzückens aus, und die Infantin selber lachte so sehr, daß die Camerera gezwungen war, sie zu erinnern: man habe in Spanien zwar viele Präzedenzfälle dafür, wie eine Königstochter vor ihresgleichen geweint, doch keinen, wie eine Prinzessin von königlichem Geblüt so ausgelassen vor jenen sich benommen hätte, die von niedrigerer Geburt wären. Der Zwerg war aber wirklich ganz unwiderstehlich, und nicht einmal am spanischen Hof, seit jeher bekannt für seine raffinierte Vorliebe für das Gräßliche, hatte man ein derart groteskes Ungeheuer jemals erblickt. Es war noch dazu sein erster öffentlicher Auftritt. Wild durch den Wald laufend, war er erst am Tag zuvor von zwei Edelleuten entdeckt worden, die zufällig in einem abgelegenen Teil jenes Korkwaldes jagten, der die Stadt umgab, und diese beiden hatten ihn zum Palast gebracht als Geburtstagsüberraschung für die Infantin; sein Vater, ein armer Köhler, war nur zu erfreut gewesen, ein so häßliches und nutzloses Kind loszuwerden. Das Ergötzlichste an ihm war vielleicht die völlige Unkenntnis seiner grotesken Erscheinung. Er schien in der Tat ganz glücklich und in bester Laune zu sein. Wenn die Kinder lachten, so lachte er so leicht und fröhlich wie nur eines von ihnen, und am Ende eines jeden Tanzes machte er jedem von ihnen die allerlustigste Verneigung, lächelte und nickte ihnen zu, ganz so, als wäre er wirklich eines von ihnen und nicht ein kleines, ungestaltes Ding, das die Natur in einer launigen Stimmung geschaffen hatte, damit andere seiner spotteten. Was nun die Infantin angeht, so war er völlig von ihr bezaubert. Er konnte seine Augen nicht von ihr lassen, schien für sie allein zu tanzen, und als am Ende der Vorstellung die Infantin sich erinnerte, wie die großen Damen des Hofes dem berühmten italienischen Kastraten Cafarelli, den der Papst aus seiner eigenen Kapelle nach Madrid gesandt hatte, daß er durch den Wohllaut seiner Stimme des Königs Schwermut heile, Blumensträuße zugeworfen hatten, da nahm sie die wunderschöne weiße Rose aus ihrem Haar und warf sie, teils im Scherz, teils um die Camerera zu ärgern, mit ihrem reizendsten Lächeln über die ganze Arena hin dem Zwerg zu; und dieser nahm die Sache ganz ernst, preßte die Blume an seine rissigen, unförmigen Lippen, legte die Hand aufs Herz, sank vor ihr aufs Knie, grinste von einem Ohr zum andern, und seine kleinen, strahlenden Augen funkelten vor Vergnügen.

Dies brachte die Infantin so sehr aus aller Fassung, daß sie noch immer lachte, lange nachdem der kleine Zwerg aus der Arena gelaufen war, und ihrem Onkel gegenüber den Wunsch äußerte, der Tanz möge sogleich wiederholt werden. Unter dem Vorwand jedoch, daß die Sonne jetzt zu heiß schiene, entschied die Camerera, es wäre für ihre Hoheit besser, unverzüglich in den Palast zurückzukehren, wo schon ein herrliches Festmahl für sie bereitet war und dazu eine echte Geburtstagstorte mit ihren eigenen Initialen in bemaltem Zucker darauf und einer lieblichen silbernen Flagge, die von der Spitze wehte. Also erhob sich die Infantin höchst würdevoll, und nachdem sie Befehl gegeben, daß der kleine Zwerg nach der Stunde der Siesta noch einmal für sie tanzen sollte, und dem jungen Grafen von Tierra-Nueva ihren Dank für den reizenden Empfang übermittelt hatte, ging sie zurück in ihre Gemächer, und die Kinder folgten in der gleichen Reihenfolge, in der sie gekommen waren.

Als nun der kleine Zwerg hörte, daß er ein zweites Mal vor der Infantin tanzen sollte, und zwar auf ihren eigenen ausdrücklichen Befehl, da war er so stolz, daß er in den Garten hinauslief und in einer unsinnigen Ekstase des Vergnügens die weiße Rose küßte und in den linkischsten und plumpsten Gebärden sein Entzücken kundtat.

Die Blumen waren recht ungehalten darüber, daß er es wagte, in ihr schönes Heim einzudringen, und als sie ihn die Wege auf und ab Luftsprünge machen und die Arme in derart lächerlicher Weise über seinem Kopf schwenken sahen, da konnten sie ihre Empfindungen nicht länger zurückhalten.

»Er ist wirklich viel zu häßlich, als daß er jemals an einem Ort spielen dürfte, wo wir uns aufhalten«, riefen die Tulpen. »Er sollte Mohnsaft trinken und tausend Jahre schlafen!« sagten die großen scharlachroten Lilien, und sie wurden ganz heiß vor lauter Ärger.

»Er ist ein wahres Scheusal!« zeterte der Kaktus. »Was, ist er nicht verkrümmt und ein Stumpen, und steht nicht sein Kopf in gar keinem Verhältnis zu seinen Beinen? Wirklich, es läuft mir kalt über den Rücken, wenn ich ihn sehe, und wenn er mir nahe kommt, will ich ihn mit meinen Stacheln stechen.«

»Und er hat doch wahrhaftig eine meiner schönsten Blüten erwischt«, rief der weiße Rosenstock aus. »Diesen Morgen gab ich sie selber der Infantin als Geburtstagsgeschenk, und er hat sie ihr gestohlen.« Und er rief: »Dieb! Dieb!«, so laut er nur konnte.

Sogar die roten Geranien, die sich für gewöhnlich nicht wichtig machten und von denen man wußte, daß sie selber eine große Zahl armer Verwandter hatten, kräuselten sich vor Ekel, als sie ihn sahen, und als die Veilchen bescheiden bemerkten, daß er zwar außerordentlich häßlich sei, doch schließlich nicht durch seine Schuld, da versetzten sie schlagfertig und mit einem gewissen Recht, eben dies sei sein ärgster Fehler, und man hätte keinen Grund, eine Person nur deshalb zu bewundern, weil sie unheilbar wäre; und wirklich empfanden selbst einige Veilchen, daß die Häßlichkeit des kleinen Zwerges fast etwas Prahlerisches hatte, und daß er weit besseren Geschmack bewiesen hätte, traurig zu blicken oder wenigstens nachdenklich, anstatt fröhlich herumzuhüpfen und sich in derart grotesken und dummen Stellungen zu gefallen.

Was die alte Sonnenuhr angeht, die eine höchst bedeutende Persönlichkeit war und die Tageszeit einst keinem Geringeren als Kaiser Karl V. selber angezeigt hatte, so war sie vom Auftreten des kleinen Zwerges so bestürzt, daß sie fast vergessen hätte, mit ihrem langen, schattigen Finger zwei volle Minuten anzuzeigen, und sie konnte es sich nicht versagen, dem großen milchweißen Pfau gegenüber, der sich auf der Balustrade sonnte, zu bemerken, jedermann wisse, daß die Kinder von Königen Könige wären und die Kinder von Köhlern Köhler, und es sei absurd, zu behaupten, dem wäre nicht so; eine Feststellung, welcher der Pfau völlig beistimmte, und wirklich rief er aus: »Sicherlich! Sicherlich!« in einer derart lauten, grellen Stimme, daß die Goldfische, die in dem Bassin des kühlen, sprudelnden Springbrunnens lebten, ihre Köpfe aus dem Wasser reckten und die riesigen steinernen Tritonen fragten, was um des Himmels willen denn los sei.

Die Vögel aber liebten ihn. Sie hatten ihn oft im Wald gesehen, wenn er wie ein Kobold hinter den wirbelnden Blättern herantanzte, oder wenn er, in die Höhlung eines Eichbaums gekauert, seine Nüsse mit den Eichhörnchen teilte. Seine Häßlichkeit störte sie nicht im geringsten. Sah doch auch die Nachtigall, die des Nachts so süß in den Orangenhainen sang, daß manchmal der Mond sich niederbeugte, um zu lauschen, nach gar nichts Besonderem aus; und außerdem war er gut zu ihnen gewesen, und in jenem furchtbar bitteren Winter, als es keine Beeren an den Bäumen gab und der Boden hart war wie Eisen und die Wölfe bis hinab vor die Tore der Stadt gekommen waren, um nach Futter zu suchen, da hatte er sie kein einziges Mal vergessen, sondern ihnen immer Krumen gegeben von seinem kleinen Stück schwarzen Brotes und auch das kärglichste Frühstück noch mit ihnen geteilt.

So flogen sie rund um ihn herum und berührten im Vorbeifliegen leicht seine Wangen und schwatzten miteinander, und der kleine Zwerg freute sich so sehr, daß er sich nicht enthalten konnte, ihnen die wunderschöne weiße Rose zu zeigen und zu erzählen, daß die Infantin selber sie ihm gegeben hatte, weil sie ihn liebte.

Die Vögel verstanden kein einziges Wort von dem, was er sagte, aber das machte gar nichts, denn sie legten ihre Köpfe auf die Seite und blickten weise – und das ist ebenso gut wie richtig verstehen, und so viel leichter.

Auch die Eidechsen faßten eine große Zuneigung zu ihm, und als er des Herumlaufens müde wurde und sich ins Gras warf, um auszuruhen, da balgten und tollten sie ausgelassen über ihn hin und versuchten, ihn zu unterhalten, so gut sie konnten. »Es kann nicht jeder so schön sein wie eine Eidechse«, riefen sie, »das wäre zuviel verlangt. Und wenn es auch unsinnig klingt, das zu sagen, so ist er schließlich gar nicht so häßlich, vorausgesetzt natürlich, daß man die Augen schließt und ihn nicht ansieht.« Die Eidechsen waren von Natur aus äußerst philosophisch; oft saßen sie Stunden um Stunden und dachten nach, wenn sonst nichts weiter zu tun war, oder wenn ihnen das Wetter zu regnerisch war zum Ausgehen.

Jedoch die Blumen waren über ihr Benehmen und das Benehmen der Vögel außerordentlich verärgert. »Das zeigt nur«, sagten sie, »was dieses unausgesetzte Herumflitzen und -fliegen für eine verrohende Wirkung hat. Wohlerzogene Leute bleiben immer an einem Ort, so wie wir. Keiner sah uns jemals die Wege auf und ab hopsen oder wie verrückt hinter Libellen durchs Gras galoppieren. Wenn wir eine Luftveränderung wünschen, senden wir nach dem Gärtner, und er trägt uns in ein anderes Bett. Dies ist ein würdiges Benehmen, wie es sich eben schickt. Aber Vögel und Eidechsen haben keinen Sinn für Ruhe, ja, Vögel haben nicht einmal eine ständige Anschrift. Sie sind einfach Vagabunden, wie die Zigeuner, und man sollte sie ganz genauso behandeln wie diese.« Und sie steckten ihre Nasen in die Luft und blickten sehr hochmütig drein und waren ganz entzückt, als sie nach einer Weile den kleinen Zwerg aus dem Gras krabbeln und über die Terrasse auf den Palast zugehen sahen.

»Für den Rest seines Lebens sollte er auf keinen Fall mehr ins Freie gelassen werden«, sagten sie.»Seht seinen Buckel und seine Säbelbeine«, und sie begannen zu kichern.

Aber der kleine Zwerg bemerkte gar nichts von alledem. Er liebte die Vögel und die Eidechsen über alles, und er hielt die Blumen für die wunderbarsten Wesen in der ganzen Welt, ausgenommen natürlich die Infantin; aber sie hatte ihm ja die herrliche weiße Rose geschenkt, und sie liebte ihn, und das machte einen großen Unterschied. Wie sehr wünschte er, er wäre mit ihr gegangen! Sie hätte ihn zu ihrer Rechten gesetzt und ihm zugelächelt, und er wäre niemals von ihrer Seite gewichen, sondern hätte sie zu seiner Gespielin gemacht und sie alle Arten von köstlichen Kunststücken gelehrt. Denn wenn er auch nie zuvor in einem Palast gewesen war, so kannte er doch sehr viele wunderbare Dinge. Er konnte aus Binsen kleine Käfige für die Grashüpfer machen, damit sie darin sangen, und den langgliedrigen Bambus zu jener Flöte zurechtschneiden, die Pan so gerne hört. Er kannte den Schrei eines jeden Vogels, er konnte den Star vom Baumwipfel rufen und den Reiher vom See. Er kannte die Spur eines jeden Tiers, er konnte den Hasen an seinen feinen Fußabdrücken verfolgen und den Eber an den niedergetrampelten Blättern. Alle die wilden Tänze kannte er, den rasenden Tanz im roten Gewande mit dem Herbst, den leichten Tanz in blauen Sandalen über dem Korn, den Tanz mit weißen Flockenkränzen im Winter und den Blütentanz durch die Obstgärten im Frühling. Er wußte, wo die Ringeltauben ihre Nester bauten, und als einmal ein Vogelsteller die Vogeleltern gefangen hatte, da hatte er die Jungen selber aufgezogen und im Riß einer gekappten Ulme einen kleinen Taubenschlag für sie gebaut. Sie waren ganz zahm und fraßen ihm jeden Morgen aus der Hand. Sie würden ihr gefallen, auch die Kaninchen, die im langen Farn umherhoppelten, und die Eichelhäher mit ihren stahlblauen Federn und ihren schwarzen Schnäbeln, und die Igel, die sich zu stachligen Kugeln aufrollen konnten, und die großen weisen Schildkröten, die langsam herumkrochen, ihre Köpfe schüttelten und an den jungen Trieben knabberten. Ja, sie mußte unbedingt in den Wald kommen und mit ihm spielen. Er würde ihr sein eigenes kleines Bett überlassen und vor dem Fenster Wache halten bis zur Morgendämmerung, damit das wilde, gehörnte Vieh ihr kein Leid zufügte, und die hohläugigen Wölfe sich nicht zu nahe an die Hütte schlichen. Und bei Tagesanbruch würde er an die

Fensterläden klopfen und sie wecken, und sie würden hinausgehen und den ganzen Tag lang miteinander tanzen. Es war wirklich gar nicht einsam im Wald. Manchmal ritt ein Bischof auf seinem weißen Maultier durch den Wald und las in einem bunten Buch. Manchmal gingen die Falkner vorbei, in ihren grünen Samtkappen und Wämsen aus gegerbtem Wildleder, mit bekappten Falken auf ihren Fäusten. Zur Weinlese kamen die Traubentreter mit purpurnen Händen und Füßen, mit glänzendem Efeu bekränzt, triefende Weinschläuche tragend; und die Köhler saßen des Nachts rund um ihre riesigen Kohlenpfannen und sahen den trockenen Holzblöcken zu, wie sie langsam im Feuer verkohlten; sie rösteten Kastanien in der Asche, und die Räuber kamen aus ihren Höhlen und waren fröhlich mit ihnen. Einmal hatte er auch eine prächtige Prozession sich die lange staubige Straße nach Toledo winden gesehen. Vorn gingen die Mönche und sangen lieblich und trugen helle Banner und Kreuze aus Gold, und dann, in silbernem Harnisch, mit Musketen und Spießen, kamen die Soldaten, und in ihrer Mitte gingen drei Männer, barfuß, in fremdartigen gelben Gewändern, die über und über mit wunderbaren Zeichen bemalt waren, und trugen brennende Kerzen in ihren Händen. O ja, vieles gab es im Wald zu sehen; und wenn sie müde war, würde er eine weiche Moosbank für sie finden oder sie in seinen Armen tragen, denn er war sehr stark, wenn er auch wußte, daß er nicht groß war. Er würde ihr eine Halskette aus roten Beeren machen, das wäre ganz ebenso hübsch wie die weißen Beeren, die sie auf ihrem Kleid trug, und wenn sie genug davon hatte, konnte sie sie wegwerfen, und er würde ihr andere suchen. Er würde ihr Eichelnäpfe bringen und betaute Anemonen und winzige Glühwürmchen als Sterne in dem matten Gold ihres Haares.

Aber wo war sie? Er fragte die weiße Rose, doch sie gab ihm keine Antwort. Der ganze Palast schien zu schlafen, und sogar dort, wo die Fensterläden nicht geschlossen waren, hatte man schwere Vorhänge vor die Fenster gezogen, um die Glut auszusperren. Er wanderte rund um den Palast und suchte nach einer Stelle, wo er eintreten könnte, und erspähte schließlich eine kleine Seitentür, die offenstand. Er schlüpfte hinein und fand sich in einem prachtvollen Saal, viel prächtiger noch, so fürchtete er, als der Wald; denn da war überall so viel mehr vergoldet, und sogar der Boden war aus großen farbigen Steinen aneinandergefügt in der Art eines geometrischen Musters. Aber die kleine Infantin war nicht hier, nur ein paar wunderbare weiße Statuen, die von ihren Jaspissockeln mit traurigen, leeren Augen und seltsam lächelnden Lippen auf ihn herabblickten.

Am Ende des Saales hing ein reichbestickter Vorhang aus schwarzem Samt, mit Sonne und Sternen bestreut, des Königs liebsten Zeichen, und in seiner Lieblingsfarbe bestickt. Vielleicht versteckte sie sich dahinter? Er würde jedenfalls nachsehen.

Also stahl er sich leise hinüber und zog den Vorhang zur Seite. Nein, da war nur noch ein Raum, ein schönerer allerdings, so meinte er, als der, den er eben verlassen hatte. Die Wände waren verhangen mit vielgestaltigen, grünen, handgewirkten Teppichen, die eine Jagd darstellten; flämische Künstler hatten mehr als sieben Jahre an ihrer Vollendung gearbeitet. Das war einmal das Zimmer von *Jean le Fou* gewesen, wie man ihn nannte, jenes wahnsinnigen Königs, den die Jagdleidenschaft so sehr besaß, daß er in seinen Rasereien oft versucht hatte, die mächtigen, sich aufbäumenden Rosse zu besteigen und den Hirsch herunterzureißen, auf den die großen Rüden sprangen; dabei blies er sein Jagdhorn und stach mit dem Hirschfänger nach dem bleichen, fliehenden Wild. Diesen Raum benutzte man jetzt als Ratssaal, und auf dem Tisch in der Mitte lagen die roten Portefeuilles der Minister, bedruckt mit der goldenen Tulpe Spaniens und mit dem Wappen und den Emblemen des Hauses Habsburg.

Der kleine Zwerg blickte verwundert um sich und fürchtete sich fast, weiterzugehen. Die seltsamen, schweigenden Reiter, die so schnellfüßig und ohne jedes Geräusch über die langen Lichtungen galoppierten, erschienen ihm wie jene schrecklichen Gespenster, von denen er die Köhler hatte reden hören – jene Comprachos, die nur zur Nacht jagen und den, der ihnen begegnet, in eine Hirschkuh verwandeln und hetzen. Doch dann dachte er an die reizende Infantin und faßte wieder Mut. Er wollte sie gern allein antreffen und ihr sagen, daß auch er sie liebe. Vielleicht war sie im nächsten Zimmer.

Er lief über die weichen maurischen Teppiche und öffnete die Tür. Nein! Hier war sie auch nicht. Das Zimmer war ganz leer.

Es war ein Thronsaal, in dem die ausländischen Gesandten empfangen wurden, wenn der König, was in letzter Zeit nicht oft geschah, eingewilligt hatte, ihnen eine persönliche Audienz zu gewähren; derselbe Saal, in dem vor vielen Jahren die Abgesandten Englands erschienen waren, um Vorbereitungen zu treffen für die Vermählung ihrer Königin, damals eine der katholischen Fürstinnen Europas, mit des Kaisers ältestem Sohn. Die Tapeten waren aus vergoldetem Leder von Cordoba, und ein schwerer, vergoldeter Kronleuchter mit Armen für dreihundert Wachskerzen hing nieder von der schwarz-weißen Decke. Unter einem großen Baldachin aus Goldtuch, auf den die Löwen und Türme von Kastilien mit Staubperlen gestickt waren, stand der Thron selber, mit einem reichen Überwurf aus schwarzem Samt verhangen, den silberne Tulpen und kunstvolle Fransen aus Silber und Perlen zierten. Auf der zweiten Stufe des Thrones stand der Knieschemel der Infantin mit seinem Kissen aus silberdurchwirktem Tuch, und noch weiter unten und schon nicht mehr im Bereich des Baldachins stand der Sessel für den päpstlichen Nuntius, der allein das Recht hatte, bei jeder öffentlichen Zeremonie in Gegenwart des Königs zu sitzen; der Kardinalshut mit seinen verschlungenen, scharlachfarbenen Quasten lag davor auf einem purpurnen Taburett. An der Wand gegenüber dem Thron hing ein lebensgroßes Porträt von Karl V. im Jagdkostüm, mit einer großen Dogge ihm zur Seite; und ein Gemälde von Philipp II., der die Huldigung der Niederlande entgegennimmt, füllte die Mitte der anderen Wand. Zwischen den Fenstern stand ein Geheimschrank aus schwarzem Ebenholz, mit Elfenbeinplatten eingelegt, auf denen die Figuren aus Holbeins Totentanz eingeschnitten waren – von des berühmten Meisters eigener Hand, wie manche sagten.

Aber der kleine Zwerg machte sich gar nichts aus dieser ganzen Herrlichkeit. Nicht für alle Perlen des Baldachins hätte er seine Rose hergegeben, noch ein weißes Blütenblatt seiner Rose für den Thron selber. Er wollte nichts weiter als die Infantin sehen, bevor sie zum Pavillon hinunterging, und sie bitten, mit ihm fortzugehen, wenn er seinen Tanz beendet hätte. Hier im Palast war die Luft drückend und schwer, aber im Wald blies ein frischer Wind, und mit wandernden Goldhänden schob das Sonnenlicht die bebenden Blätter zur Seite. Auch Blumen gab es im Wald, nicht so prächtige vielleicht wie die Blumen in den Gärten, aber dafür dufteten sie um so süßer; Hyazinthen im Vorfrühling, die mit wogendem Purpur die kühlen Felsschluchten und grasgrünen Hügel überfluteten; gelbe Himmelsschlüssel, die sich in kleinen Büscheln um die knorrigen Wurzeln der Eichen schmiegten; leuchtendes Schellkraut, blauer Ehrenpreis und lila und goldene Iris. Graue Kätzchen hingen von den Haselsträuchern, und der rote Fingerhut neigte sich unterm Gewicht seiner gesprenkelten, von Bienen umschwirrten Blüten. Die Kastanie hatte ihre Türme von weißen Sternen und der Weißdorn seine bleichen Monde der Schönheit. Ja, sicherlich würde sie kommen, wenn er sie nur finden konnte! Sie würde mit ihm in den holden Wald kommen, und den ganzen Tag würde er zu ihrer Freude tanzen. Bei diesem Gedanken erhellte ein Lächeln seine Augen, und er trat ins nächste Zimmer.

Von allen Zimmern war dieses das glänzendste und das schönste. Die Wände waren mit rosablumigem Damast aus Lucca bespannt, mit Vögeln gemustert und mit zierlichen Blüten aus Silber bestreut; die Möbel waren aus massivem Silber, behangen mit blühenden Girlanden und schaukelnden Amoretten; vor den beiden mächtigen Kaminen standen große, mit Papageien und Pfauen bestickte Wandschirme, und der Boden aus seegrünem Onyx schien sich weit in die Ferne zu dehnen. Auch war er nicht allein. Im Schatten der Tür, am äußersten Ende des Saales, erblickte er eine kleine Gestalt, die ihn ansah. Sein Herz erbebte, ein Schrei der Freude brach von seinen Lippen, und er trat hinaus ins Sonnenlicht. Als er sich so bewegte, trat auch die Gestalt näher, und er sah sie nun deutlich.

Die Infantin! Nein, ein Scheusal war es, das wunderlichste Scheusal, das er je gesehen hatte. Nicht wohlgestalt wie alle anderen Menschen, sondern bucklig und krummbeinig, mit einem riesengroßen, wackelnden Kopf und einer Mähne von schwarzem Haar. Der kleine Zwerg runzelte die Stirn, und auch das Scheusal runzelte die seine. Er lachte, und es lachte mit ihm und stemmte die Hände in die Seiten, ganz ebenso wie er. Er machte ihm eine spöttische Verbeugung, und es antwortete ihm mit einer tiefen Reverenz. Er ging darauf zu, und es kam ihm entgegen, machte jeden seiner Schritte nach und blieb stehen, wenn auch er stehenblieb. Er schrie vor Vergnügen, lief vorwärts und streckte seine Hand aus, und die Hand des Scheusals berührte die seine, und sie war so kalt wie Eis. Da erschrak er und bewegte seine Hand hin und her, und flink folgte ihr die Hand des Scheusals. Er versuchte weiterzugehen, aber etwas Glattes und Hartes hielt ihn zurück. Das Gesicht des Scheusals war nun ganz nah an dem seinen und schien voll Entsetzen. Er strich sich das Haar aus den Augen. Das Scheusal machte ihn nach. Er schlug nach ihm, und es gab ihm Schlag um Schlag zurück. Er verzog das Gesicht vor Ekel, und es schnitt ihm scheußliche Grimassen. Er wich zurück, und es entfernte sich.

Was war das? Er dachte einen Augenblick lang nach und blickte sich im Saal um. Es war seltsam, aber alles schien in dieser unsichtbaren Wand von klarem Wasser sein Ebenbild zu haben. Ja, Bild für Bild wiederholte sich, Sessel für Sessel. Der schlafende Faun, der im Alkoven bei der Tür lag, hatte seinen schlummernden Zwillingsbruder, und die silberne Venus im Sonnenlicht streckte ihre Arme einer Venus entgegen, die ebenso lieblich war wie sie selber.

War es das Echo? Einmal hatte er im Tal nach ihm gerufen, und es hatte ihm Wort für Wort zurückgegeben. Konnte es das Auge ebenso täuschen wie das Ohr? Konnte es eine Welt des Scheins schaffen, die völlig der wirklichen glich? Konnten die Schatten der Dinge Farbe haben und Leben und Bewegung? War es möglich, daß ...?

Er sprang auf, nahm die herrliche weiße Rose von seiner Brust, wandte sich um und küßte sie. Auch das Scheusal hatte eine Rose, Blatt für Blatt die gleiche! Er küßte sie mit den gleichen Küssen und preßte sie mit gräßlichen Gebärden an sein Herz.

Als ihm die Wahrheit aufdämmerte, stieß er einen wilden Schrei der Verzweiflung aus und stürzte schluchzend zu Boden. Er war es also, der bucklig und verkrüppelt war, scheußlich anzusehen und grotesk. Er selber war das Scheusal, über ihn hatten die Kinder gelacht; und die kleine Prinzessin, von der er gedacht hatte, sie liebe ihn – auch sie hatte nur über seine Häßlichkeit gespottet und sich über seine verkrümmten Glieder lustig gemacht. Warum hatten sie ihn nicht im Wald gelassen, wo es keinen Spiegel gab, der ihm sagte, wie widerlich er war? Warum hatte ihn sein Vater nicht lieber getötet, anstatt ihn zu seiner Schande zu verkaufen? Heiße Tränen flossen ihm die Wange herab, und er riß die weiße Rose in Stücke. Das kriechende Scheusal tat das gleiche und streute die welken Rosenblätter in die Luft. Bäuchlings lag es auf dem Boden, und wenn er es anblickte, so starrte es ihm mit vor Schmerz verzerrtem Gesicht entgegen. Er kroch hinweg, um es nicht mehr zu sehen, und bedeckte die Augen mit seinen Händen. Wie ein verwundetes Tier kroch er in den Schatten, und dort blieb er stöhnend liegen.

Und in diesem Augenblick kam durch die offene Balkontür die Infantin selber mit ihren Gespielen herein, und als sie sahen, wie der häßliche kleine Zwerg auf der Erde lag und in höchst närrischer und übertriebener Art mit geballten Fäusten auf den Boden hämmerte, da brachen sie in lautes, glückliches Lachen aus und standen alle um ihn und sahen ihm zu.

»Sein Tanz war lustig«, sagte die Infantin, »aber sein Spiel ist noch viel lustiger. Er ist wirklich fast so gut wie die Marionetten, nur nicht so natürlich, das ist ja klar.« Und sie fächelte mit ihrem großen Fächer und applaudierte.

Aber der kleine Zwerg blickte nicht auf, und sein Schluchzen wurde schwächer und schwächer, und plötzlich schnappte er merkwürdig nach Luft und faßte sich an die Seite. Und dann fiel er wieder zurück und lag ganz still.

»Das war großartig«, sagte die Infantin nach einer Pause, »aber jetzt mußt du für mich tanzen.«

»Ja«, riefen alle Kinder, »du mußt aufstehen und tanzen, denn du bist ebenso klug wie die Berberäffchen und noch viel mehr zum Lachen.« Aber der kleine Zwerg gab keine Antwort.

Und die Infantin stampfte mit dem Fuß auf und rief nach ihrem Onkel, der mit dem Kanzler auf der Terrasse auf und ab ging und einige Depeschen las, die gerade aus Mexiko gekommen waren, wo die Heilige Inquisition vor kurzem eingeführt worden war. »Mein komischer kleiner Zwerg schmollt«, rief sie, »du mußt ihn aufwecken und ihm sagen, daß er für mich tanzen soll.«

Die Herren lächelten einander an und schlenderten hinein, und Don Pedro beugte sich nieder und schlug den Zwerg mit seinem gestickten Handschuh auf die Wange. »Du sollst tanzen«, sagte er, »*petit monstre*. Du sollst tanzen. Die Infantin von Spanien und beiden Indien will amüsiert sein.«

Aber der kleine Zwerg rührte sich nicht.

»Man sollte nach dem Peitschenmeister senden«, sagte Don Pedro gelangweilt und ging wieder hinaus auf die Terrasse. Aber der Kanzler machte ein ernstes Gesicht, kniete an der Seite des kleinen Zwerges nieder und legte die Hand auf sein Herz. Und nach wenigen Augenblicken zuckte er die Achseln, erhob sich, machte der Infantin eine tiefe Verbeugung und sprach:

»*Mi bella princesa*, Euer komischer kleiner Zwerg wird nie wieder tanzen. Schade, denn er ist so häßlich, daß er vielleicht sogar den König zum Lächeln gebracht hätte.«

»Aber warum wird er nie wieder tanzen?« fragte die Infantin lachend.

»Weil ihm das Herz gebrochen ist«, antwortete der Kanzler. Und die Infantin runzelte die Stirn, und ihre zierlichen, rosenblättrigen Lippen kräuselten sich in anmutiger Verachtung. »In Zukunft mögen die, die mit mir spielen, keine Herzen haben«, rief sie und lief hinaus in den Garten.

Der Fischer und seine Seele

Jeden Abend fuhr der junge Fischer hinaus auf das Meer und warf seine Netze ins Wasser.

Wenn der Wind vom Land her wehte, fing er nichts oder nur wenig, denn es war ein bitterer Wind mit schwarzen Schwingen, und schwere Wellen bäumten sich ihm entgegen. Doch wenn der Wind zur Küste hin wehte, kamen die Fische aus der Tiefe herauf und schwammen in die Maschen seiner Netze, und er trug sie zum Markt und verkaufte sie.

Jeden Abend fuhr er hinaus auf das Meer, und eines Abends war das Netz so schwer, daß er es kaum ins Boot ziehen konnte. Und er lachte und sprach bei sich selber: »Sicherlich habe ich alle Fische gefangen, die schwimmen, oder eines der trägen Ungeheuer, über die die Leute sich wundern werden, oder sonst einen Gegenstand des Grauens, wonach die große Königin verlangen wird«, und er nahm alle Kraft zusammen und zog an den groben Tauen, bis die langen Adern an seinen Armen hervortraten wie Linien von blauem Email auf einem Bronzegefäß. Er zog an den dünnen Tauen, und näher und näher kam der Ring aus flachen Korken, und endlich stieg das Netz an die Oberfläche des Wassers.

Aber kein Fisch war darin, auch kein Ungeheuer noch ein Gegenstand des Grauens, sondern nur eine kleine Meerjungfer, die fest schlief. Ihr Haar war wie ein feuchtes Vlies aus Gold, und jedes einzelne Haar wie ein Faden aus lauterem Gold in einer gläsernen Schale. Ihr Leib war wie weißes Elfenbein, ihr Schwanz aus Silber und Perlmutt. Aus Silber und Perlmutt war ihr Schwanz, und grüner Seetang schlang sich darum; und wie Seemuscheln waren ihre Ohren und ihre Lippen wie Meerkorallen. Die kalten Wogen schlugen über ihre kalten Brüste, und das Salz glitzerte auf ihren Augenlidern.

So schön war sie, daß der junge Fischer bei ihrem Anblick von Staunen erfüllt wurde, und er streckte seine Hand aus und zog das Netz nahe zu sich heran, lehnte sich über den Bootsrand und umfaßte sie mit seinen Armen. Und als er sie berührte, stieß sie einen Schrei aus wie eine aufgescheuchte Möwe, erwachte und blickte ihn mit ihren malven- und amethystfarbenen Augen voll Entsetzen an und wand sich, um ihm zu entkommen. Er aber drückte sie fest an sich und wollte sie nicht von sich lassen.

Und da sie merkte, daß sie ihm auf keine Art entfliehen konnte, fing sie an zu weinen und sprach: »Ich bitte dich, laß mich gehen, denn ich bin eines Königs einzige Tochter, und mein Vater ist alt und einsam.«

Aber der junge Fischer antwortete: »Ich lasse dich nicht gehen, es sei denn, du gibst mir das Versprechen, daß du kommst, wann immer ich dich rufe, und für mich singst, denn die Fische lauschen gern dem Gesang des Meervolks, und so werden meine Netze sich füllen.«

»Wirst du mich wahrhaftig gehen lassen, wenn ich dir das verspreche?« rief die Meerjungfer.

»Ich werde dich wahrhaftig gehen lassen«, sagte der junge Fischer. So gab sie ihm das Versprechen, das er verlangte, und beschwor es mit dem Eid des Meervolks. Und er löste seine Arme von ihrem Leib, und sie sank nieder ins Wasser und erzitterte in fremdartiger Furcht.

Jeden Abend fuhr der junge Fischer hinaus auf das Meer und rief nach der Meerjungfer, und sie stieg aus dem Wasser und sang für ihn. Rund um sie herum schwammen die Delphine, und die wilden Möwen kreisten über ihrem Kopf.

Und sie sang ein herrliches Lied. Denn sie sang vom Meervolk, das seine Herden von Höhle zu Höhle treibt und die kleinen Kälber auf der Schulter trägt; von den Tritonen mit langen, grünen Bärten und einer behaarten Brust, die in gewundene Muschelhörner blasen, wenn der König vorbeizieht; vom Palast des Königs, der ganz aus Bernstein ist, mit einem Dach aus klarem Smaragd und einem Boden aus strahlenden Perlen; und von den Gärten der See, wo die großen Filigranfächer der Korallen den ganzen Tag auf und nieder wallen und die Fische umherflitzen gleich silbernen Vögeln und die Anemonen sich an die Felsen schmiegen und in geribbtem, gelbem Sand die Nelken knospen. Sie sang von den Sirenen, die von so herrlichen Dingen sagen, daß die Kaufleute ihre Ohren mit Wachs verstopfen müssen, damit sie sie nicht hören und ins Wasser springen und ertrinken; von den versunkenen Galeeren mit ihren hohen Masten, und den erfrorenen Matrosen, die sich ans Takelwerk klammern, und den Makrelen, die durch die offenen Bullaugen aus und ein schwimmen; von den kleinen Entenmuscheln, die große Reisen machen, sich an die Kiele der Schiffe heften und rund um die weite Welt fahren; und von den Tintenfischen, die an den Rändern der Klippen leben und ihre langen schwarzen Arme ausstrecken und Nacht machen können, wann sie wollen. Sie sang vom Nautilus, der ein eigenes Boot hat, aus einem Opal geschnitzt und gesteuert mit einem seidenen Segel; von den glücklichen Meermännern, die auf der Harfe spielen und den großen Kraken in Schlaf zaubern können; von den kleinen Kindern, die die glitschigen Meerschweinchen einfangen und lachend auf ihren Rücken reiten; von den Meerjungfrauen, die im weißen Gischt liegen und ihre Arme ausstrecken nach den Matrosen; und von den Seelöwen mit ihren krummen Fangzähnen und von den Seepferden mit ihren dahintreibenden Mähnen.

Und wie sie so sang, kamen alle die Thunfische aus der Tiefe herauf, um ihr zu lauschen, und der junge Fischer warf seine Netze um sie und fing sie, und andere erlegte er mit dem Speer. Und wenn sein Boot wohlgeladen war, sank die Meerjungfer hinab ins Meer und lächelte ihm zu.

Niemals jedoch kam sie ihm so nahe, daß er sie hätte berühren können. Oft rief er sie und flehte sie an, aber sie kam nicht; und wenn er sie zu fassen suchte, tauchte sie wie eine Robbe ins Wasser und ließ sich den ganzen Tag nicht mehr sehen. Und jeden Tag wurde der Klang ihrer Stimme seinen Ohren süßer. So süß war ihre Stimme, daß er seiner Netze und seiner List vergaß und sich nicht kümmerte um sein Handwerk. Mit zinnoberroten Flossen und Augen aus gebuckeltem Gold schwammen die Thunfische in Scharen vorbei, er aber beachtete sie nicht. Müßig lag der Speer an seiner Seite, und seine Körbe aus Weidengeflecht blieben leer. Mit offenem Mund und vor Staunen dunklen Augen saß er reglos in seinem Boot und lauschte und lauschte, bis die Seenebel um ihn krochen und der wandernde Mond seine braunen Glieder silbern färbte.

Und eines Abends rief er sie und sprach: »Kleine Meerjungfer, kleine Meerjungfer, ich liebe dich. Nimm mich zu deinem Bräutigam, denn ich liebe dich.«

Aber die Meerjungfer schüttelte den Kopf. »Du hast eine menschliche Seele«, antwortete sie. »Wenn du nur deine Seele fortsenden wolltest, dann könnte ich dich lieben.«

Und der junge Fischer sprach bei sich selber: »Was nützt mir meine Seele? Ich kann sie nicht sehen. Ich kann sie nicht berühren. Ich kenne sie nicht. Wahrlich, ich will sie von mir senden, und große Freude wird meiner warten.« Und ein Freudenruf brach von seinen Lippen, er stand auf in dem bunten Boot und streckte seine Arme aus nach der Meerjungfer. »Ich will meine Seele fortsenden«, rief er, »und du sollst meine Braut sein und ich dein Bräutigam, und in den Tiefen des Meeres werden wir zusammen wohnen, und alles, wovon du gesungen hast, sollst du mir zeigen, und alles, was du begehrst, will ich tun, und nichts soll unsere Leben trennen.«

Und die kleine Nixe lachte vor Vergnügen und barg das Gesicht in ihren Händen.

»Aber wie soll ich meine Seele von mir senden?« rief der junge Fischer. »Sag mir, wie ich es tun kann, und siehe! es wird geschehen.«

»Ach! Ich weiß es nicht«, sprach die kleine Meerjungfer. »Das Meervolk hat keine Seelen.« Und sie sank hinab in die Tiefe und blickte ihn sehnsuchtsvoll an.

Früh am nächsten Morgen, bevor die Sonne die Spanne einer Manneshand hoch über dem Hügel stand, ging der junge Fischer zum Haus des Priesters und klopfte dreimal an die Tür.

Der Novize schaute durchs Guckloch heraus, und als er sah, wer es war, schob er den Riegel zurück und sprach: »Tritt ein.« Und der junge Fischer trat ein und kniete auf den süßduftenden Binsen des Bodens nieder und rief den Priester an, der aus der Heiligen Schrift las, und sprach zu ihm: »Vater, ich liebe eine aus dem Meervolk, und meine Seele hindert mich, nach meiner Lust zu tun. Sag mir, wie ich meine Seele von mir sende, denn fürwahr, ich bedarf ihrer nicht. Welchen Wert hat meine Seele für mich? Ich kann sie nicht sehen. Ich kann sie nicht berühren. Ich kenne sie nicht.«

Und der Priester schlug sich die Brust und antwortete: »Wehe, wehe, dein Geist ist irr, oder du hast von giftigen Kräutern gegessen; denn die Seele ist des Menschen edelster Teil, uns von Gott gegeben, auf daß wir uns ihrer in edler Weise bedienen. Kein kostbarer Ding ist als eine menschliche Seele, nichts Irdisches kann sie aufwiegen. Alles Gold ist sie wert, das in der Welt ist, wertvoller ist sie als die Rubine der Könige. Deshalb, mein Sohn, denk nicht weiter daran, denn dies ist eine Sünde, die nicht vergeben wird. Und was das Meervolk anlangt, so sind sie alle verloren, und verloren ist, wer Umgang pflegt mit ihnen. Sie sind wie die Tiere des Feldes, die nicht das Gute vom Üblen scheiden, und für sie ist der Herr nicht gestorben.«

Als er die bitteren Worte des Priesters hörte, füllten die Augen des jungen Fischers sich mit Tränen, und er erhob sich von den Knien und sprach zu ihm: »Vater, die Faune leben im Wald und sind froh, und auf den Klippen sitzen die Meermänner mit ihren Harfen aus rotem Gold. Laß mich sein wie sie, ich flehe dich an, denn ihre Tage sind wie die Tage der Blumen. Und meine Seele, was nützt sie mir, wenn sie zwischen mir steht und dem, was ich liebe?«

»Nichtswürdig ist die Liebe des Leibes«, rief der Priester und zog die Brauen zusammen, »und verächtlich und böse sind die heidnischen Wesen, die Gott durch Seine Welt wandern läßt. Fluch über die Faune des Waldes, und Fluch über die Sänger des Meeres! Zur Nachtzeit habe ich sie gehört, und sie haben mich von meinem Rosenkranz wegzulocken gesucht. Sie klopfen ans Fenster und lachen. Ins Ohr raunen sie mir die Mär ihrer verderblichen Wonnen. Sie versuchen mich mit Versuchungen, und wenn ich bete, schneiden sie mir Fratzen. Verloren sind sie, sage ich dir, sie sind verloren. Für sie gibt es weder Himmel noch Hölle, und weder da noch dort sollen sie den Namen Gottes preisen.«

»Vater«, rief der junge Fischer, »du weißt nicht, was du sagst. Einmal fing ich eine Königstochter in meinem Netz. Sie ist schöner als der Morgenstern und weißer als der Mond. Für ihren Leib will ich meine Seele hingeben, und für ihre Liebe den Himmel abtreten. Sage mir, worum ich dich bitte, und laß mich in Frieden ziehen.«

»Hinweg! Hinweg!« schrie der Priester. »Deine Buhle ist verloren, und du sollst mit ihr verloren sein.« Und er gab ihm keinen Segen, sondern jagte ihn von seiner Tür.

Und der junge Fischer ging hinunter auf den Marktplatz, und er ging langsam, mit gebeugtem Kopf, wie jemand, der ein Leid trägt. Und als die Kaufleute ihn kommen sahen, begannen sie, miteinander zu tuscheln, und einer von ihnen ging ihm entgegen und rief ihn beim Namen und sprach zu ihm: »Was hast du zu verkaufen?«

»Ich will dir meine Seele verkaufen«, antwortete er. »Ich bitte dich, kauf sie mir ab, denn ich bin ihrer müde. Was nützt mir meine Seele? Ich kann sie nicht sehen. Ich kann sie nicht berühren. Ich kenne sie nicht.«

Aber die Kaufleute verhöhnten ihn und sprachen: »Was nützt denn uns eines Menschen Seele? Keine gekippte Silbermünze ist sie wert. Verkaufe uns deinen Leib als Sklave, und wir wollen dich in Seepurpur kleiden und einen Ring an deinen Finger stekken und dich zum Liebling der großen Königin machen. Aber rede uns nicht von der Seele, denn uns ist sie ein Nichts, noch besitzt sie Wert für unser Geschäft.«

Und der junge Fischer sprach bei sich selber: »Wie seltsam! Der Priester sagt, die Seele sei alles Gold der Welt wert, und die Kaufleute sagen, sie sei weniger wert als eine gekippte Silbermünze.« Und er verließ den Marktplatz und ging hinunter ans Gestade des Meeres und begann zu überlegen, was er tun sollte.

Und zu Mittag fiel ihm ein, wie einer seiner Gefährten, der ein Sammler von Meerfenchel gewesen, ihm von einer jungen Hexe erzählt hatte, die am Ende der Bucht in einer Höhle wohnte und in Hexenkünsten sehr beschlagen war. Und er machte sich auf und rannte, so begierig war er, seine Seele loszuwerden, und wie er rund um das Ufer der Bucht lief, folgte ihm eine Staubwolke. Am Jucken ihrer hohlen Hand erriet die junge Hexe, daß er kam, und sie lachte und löste ihr rotes Haar. Umwallt von ihrem roten Haar stand sie am Eingang der Höhle, und in der Hand hielt sie einen blühenden Zweig von wildem Schierling.

»Was brauchst? Was brauchst?« rief sie, als er keuchend den Abhang heraufkam und sich vor ihr neigte. »Fische für dein Netz, wenn der Wind flau ist? Ich habe eine kleine Rohrpfeife, und wenn ich darauf blase, kommen die Meeräschen in die Bucht gezogen. Aber sie hat ihren Preis, schöner Knabe, sie hat ihren Preis. Was brauchst? Was brauchst? Einen Sturm, der die Schiffe scheitern läßt und Kisten voll reicher Schätze ans Land spült? Ich habe mehr Stürme als der Wind, denn ich diene einem, der stärker ist als dieser, und mit einem Sieb und einem Eimer Wasser kann ich die großen Galeeren in den Meeresgrund schikken. Aber es hat seinen Preis, schöner Knabe, es hat seinen Preis. Was brauchst? Was brauchst? Ich weiß eine Blume, die blüht im Tal, keiner kennt sie, nur ich. Purpurne Blätter hat sie und einen Stern im Herzen, und ihr Saft ist weiß wie Milch. Berührtest du mit dieser Blume die harten Lippen der Königin, durch die ganze Welt würde sie dir folgen. Heraus aus dem Bett des Königs würde sie steigen, und durch die ganze Welt würde sie dir folgen. Und das hat seinen Preis, schöner Knabe, das hat seinen Preis. Was brauchst? Was brauchst? Ich kann eine Kröte im Mörser zerstampfen und Brühe daraus machen, und die Brühe rühren mit der Hand eines Toten. Sprenge sie auf deinen Feind, wenn er schläft, und er wird zu einer schwarzen Natter werden, und seine eigene Mutter wird ihn erschlagen. Mit einem Rad kann ich den

Mond vom Himmel ziehen und in einem Kristall dir den Tod zeigen. Was brauchst? Was brauchst? Sag mir, was du begehrst, und ich will es dir geben, und du sollst mir einen Preis zahlen, schöner Knabe, sollst mir einen Preis zahlen.«

»Mein Wunsch geht nur nach einem kleinen Ding«, sagte der junge Fischer, »und doch hat der Priester mir gezürnt und mich fortgejagt. Es ist nur nach einem kleinen Ding, und doch haben die Kaufleute mich verhöhnt und mir's versagt. Deshalb komme ich zu dir, wenn auch die Menschen dich böse nennen, und was dein Preis auch sei, ich will ihn zahlen.«

»Was willst du?« fragte die Hexe und kam näher.

»Ich will meine Seele von mir senden«, antwortete der junge Fischer.

Die Hexe erbleichte und schauerte und verbarg ihr Gesicht in ihrem blauen Umhang. »Schöner Knabe, schöner Knabe«, murmelte sie, »furchtbar ist, was du tun willst.«

Er schüttelte seine braunen Locken und lachte. »Meine Seele achte ich für nichts«, erwiderte er. »Ich kann sie nicht sehen. Ich kann sie nicht berühren. Ich kenne sie nicht.«

»Was willst du mir geben, wenn ich es dir verrate?« fragte die Hexe und blickte mit ihren schönen Augen auf ihn nieder.

»Fünf Goldstücke«, versetzte er, »und meine Netze und das Haus aus Flechtwerk, in dem ich wohne, und das bunte Boot, mit dem ich aufs Meer fahre. Sag mir nur, wie ich meine Seele loswerde, und ich will dir alles geben, was ich besitze.«

Spöttisch lachte sie ihm ins Gesicht und schlug ihn mit dem Schierlingszweig. »Ich kann die Blätter des Herbstes in Gold verwandeln«, antwortete sie, »und ich kann die bleichen Mondstrahlen zu Silber weben, wenn ich es will. Er, dem ich diene, ist reicher als alle Könige dieser Welt, und er herrscht über ihre Länder.«

»Was sonst soll ich dir geben«, rief er, »wenn dein Preis nicht Gold noch Silber ist?«

Mit ihrer schmalen weißen Hand strich die Hexe ihm übers Haar. »Du mußt mit mir tanzen, schöner Knabe«, murmelte sie und lächelte ihm zu, während sie sprach.

»Nichts als das?« rief der junge Fischer verwundert aus und stand auf.

»Nichts als das«, antwortete sie und lächelte ihm wieder zu.

»Dann wollen wir bei Sonnenuntergang an einem geheimen Ort miteinander tanzen«, sagte er, »und wenn wir getanzt haben, sollst du mir sagen, was ich zu wissen begehre.«

Sie schüttelte den Kopf. »Wenn der Mond voll ist, wenn der Mond voll ist«, murmelte sie. Dann spähte sie um sich und horchte. Ein blauer Vogel erhob sich schreiend aus seinem Nest und kreiste über den Dünen, und drei gefleckte Vögel raschelten durch das harte, graue Gras und pfiffen einander zu. Sonst war kein Laut zu hören, außer dem Laut einer Woge, die sich unten an den glatten Kieselsteinen rieb. Da streckte sie ihre Hand aus und näherte sich ihm und brachte ihre trockenen Lippen nahe an sein Ohr.

»Heut nacht mußt du kommen, zum Gipfel des Berges«, flüsterte sie. »Sabbath ist, und Er wird dort sein.«

Der junge Fischer fuhr zusammen und sah sie an, und sie zeigte ihre weißen Zähne und lachte. »Wer ist Er, von dem du sprichst?« fragte er.

»Was liegt daran?« antwortete sie. »Komm du heut nacht und steh unter den Ästen der Hainbuche und warte, bis ich komme. Wenn ein schwarzer Hund auf dich zuläuft, schlag ihn mit einer Weidenrute, und er wird von dir ablassen. Wenn eine Eule dich anruft, gib ihr keine Antwort. Wenn der Mond voll ist, bin ich bei dir, und auf dem Gras wollen wir miteinander tanzen.«

»Aber schwörst du, mir zu sagen, wie ich meine Seele von mir senden kann?« drang er in sie.

Sie trat hinaus ins Sonnenlicht, und der Wind schlängelte sich durch ihr rotes Haar. »Bei den Hufen des Geißbocks, ich schwöre es«, gab sie zur Antwort.

»Du bist die beste der Hexen«, rief der junge Fischer, »und gewiß will ich heute nacht auf dem Gipfel des Berges mit dir tanzen. Ich wünschte zwar, du hättest Gold oder Silber von mir verlangt. Doch was dein Preis auch sei, du sollst ihn haben, denn es ist nur ein Kleines.« Und er zog seine Mütze vor ihr und neigte tief sein Haupt, und von großer Freude erfüllt lief er zurück in die Stadt.

Und die Hexe sah ihm nach, wie er ging, und als er ihr aus den Augen war, trat sie in ihre Höhle; und sie nahm aus einer

Lade von geschnitzter Zeder einen Spiegel und stellte ihn auf einen Balken, und auf glühenden Holzkohlen verbrannte sie davor Eisenkraut und spähte durch das Gekringel des Rauchs. Und nach einer Weile ballte sie die Hände im Zorn. »Mein hätte er werden müssen«, murmelte sie heiser. »Ich bin so schön wie sie.«

Und diesen Abend, als der Mond aufgegangen war, stieg der junge Fischer hinauf zum Gipfel des Berges und stellte sich unter die Äste der Hainbuche. Wie ein Schild von blankem Metall lag das Rund des Meeres zu seinen Füßen, und die Schatten der Fischerboote trieben in der kleinen Bucht. Eine große Eule mit gelben, schwefeligen Augen rief ihn beim Namen, aber er gab ihr keine Antwort. Ein schwarzer Hund lief auf ihn zu und knurrte. Er schlug ihn mit einer Weidenrute, und jaulend lief der Hund weg.

Um Mitternacht kamen wie Fledermäuse die Hexen durch die Luft geflogen. »Hui!« riefen sie, als sie auf die Erde herabstießen, »hier ist einer, den wir nicht kennen!« Und sie schnüffelten umher und schwatzten miteinander und winkten einander zu. Als allerletzte kam die junge Hexe, und ihr rotes Haar flatterte im Wind. Sie trug ein Kleid aus Goldgewebe, mit Pfauenaugen bestickt, und eine kleine Mütze aus grünem Samt saß auf ihrem Kopf.

»Wo ist er, wo ist er?« kreischten die Hexen, als sie sie sahen, aber sie lachte nur und lief zur Hainbuche, nahm den Fischer an der Hand, führte ihn hinaus ins Mondlicht und begann zu tanzen.

Rundherum im Kreis wirbelten sie, und die junge Hexe sprang so hoch, daß er die scharlachroten Absätze ihrer Schuhe sehen konnte. Dann kam quer durch die Tanzenden das Geräusch eines galoppierenden Pferdes, aber kein Pferd war zu sehen, und er fürchtete sich.

»Schneller«, rief die Hexe, und sie warf ihre Arme um seinen Nacken, und ihr Atem war heiß auf seinem Gesicht. »Schneller, schneller!« rief sie, und die Erde schien sich unter seinen Füßen zu drehen, und sein Hirn trübte sich, und eine große Angst überfiel ihn, wie vor Bösem, das ihn belauerte, und endlich gewahrte er, daß unter dem Schatten eines Felsens eine Gestalt war, die zuvor nicht dort gewesen. Es war ein Mann, gekleidet in ein

Gewand aus schwarzem Samt, nach spanischer Mode geschnitten. Sein Gesicht war seltsam bleich, aber seine Lippen waren wie eine stolze rote Blume. Er schien müde, lehnte sich zurück und tändelte achtlos mit dem Knauf seines Dolches. Im Gras neben ihm lagen ein Federhut und ein Paar Reithandschuhe, mit vergoldeten Schnüren besetzt und mit Staubperlen bestickt, die sich zu einem wunderlichen Muster fügten. Ein kurzer, mit Zobel gesäumter Umhang hing von seiner Schulter, und seine feinen weißen Hände waren mit Ringen besetzt. Schwere Lider senkten sich über seine Augen.

Der junge Fischer starrte ihn an, als bannte ihn ein Zauber. Endlich trafen ihre Augen einander, und wo er auch tanzte, stets war ihm, als folgten ihm die Augen des Mannes. Er hörte die Hexe lachen und griff sie um den Leib und wirbelte sie wie rasend um und um.

Plötzlich bellte ein Hund im Wald, und die Tänzer hielten inne und gingen in Paaren hin, knieten nieder und küßten des Mannes Hände. Als sie dies taten, berührte der Anflug eines Lächelns seine stolzen Lippen, wie eines Vogels Schwinge das Wasser berührt, daß es sich lachend kräuselt. Doch lag Verachtung darin. Noch immer war sein Blick auf den jungen Fischer gerichtet.

»Komm! Laß uns anbeten«, raunte die Hexe, und sie führte ihn hin, und eine große Begierde erfaßte ihn, zu tun, was sie verlangte, und er folgte ihr. Doch als er nahe heran war, schlug er, ohne zu wissen warum, auf seiner Brust das Zeichen des Kreuzes und sprach den heiligen Namen aus.

Kaum hatte er das getan, so kreischten die Hexen auf wie Falken und flogen hinweg, und das bleiche Gesicht, das ihn angeblickt, zuckte in einem Schmerzenskrampf. Der Mann schritt hinüber zu einem kleinen Gehölz und pfiff. Ein kleines spanisches Pferd mit silbernem Geschirr kam ihm entgegengetrabt. Als er sich in den Sattel schwang, wandte er sich um und blickte den jungen Fischer traurig an.

Und die Hexe mit den roten Haaren versuchte ebenfalls wegzufliegen, aber der Fischer packte sie bei den Handgelenken und hielt sie fest.

»Gib mich frei«, rief sie, »und laß mich gehen. Denn du hast ausgesprochen, was nicht ausgesprochen werden soll, und jenes Zeichen gezeigt, das nicht erblickt werden darf.«

»O nein«, erwiderte er, »ich lasse dich nicht gehen, du sagtest mir denn das Geheimnis.«

»Welches Geheimnis?« sagte die Hexe, rang mit ihm wie eine wilde Katze und biß sich auf die schaumgefleckten Lippen.

»Du weißt es«, gab er zur Antwort.

Ihre grasgrünen Augen wurden trüb vor Tränen, und sie sagte zum Fischer: »Verlange alles von mir, nur dies nicht.«

Er lachte und hielt sie nur um so fester.

Und als sie sah, daß sie sich nicht befreien konnte, flüsterte sie ihm zu: »Ich bin wohl auch so schön wie die Tochter der See und so anmutig wie sie, die in den blauen Wassern wohnen«, und schmeichelnd schmiegte sie sich an ihn und brachte ihr Gesicht dicht an das seine.

Er aber stieß sie finster zurück und sprach: »Wenn du nicht das Versprechen hältst, das du mir gegeben, will ich dich als eine falsche Hexe erschlagen.«

Sie wurde grau wie die Blüte des Judasbaumes und erschauerte. »Sei es denn«, murmelte sie. »Es ist deine Seele und nicht meine. Mach damit, was du willst.« Und sie zog aus ihrem Gürtel ein kleines Messer mit einem Griff aus grüner Natternhaut und gab es ihm.

»Wozu soll mir das dienen?« fragte er verwundert.

Eine kleine Weile schwieg sie, und ein Ausdruck des Entsetzens flog über ihr Gesicht. Dann strich sie ihr Haar aus der Stirn zurück, lächelte ihn seltsam an und sagte: »Was die Menschen den Schatten des Leibes nennen, ist nicht der Schatten des Leibes, sondern der Leib der Seele. Stelle dich ans Ufer des Meeres mit dem Rücken zum Mond und schneide rund um deine Füße deinen Schatten weg, der der Leib deiner Seele ist, und heiß deine Seele, dich zu verlassen, und sie wird es tun.«

Der junge Fischer zitterte. »Ist das wahr?« murmelte er.

»Es ist wahr, und ich wollte, ich hätte es dir nicht gesagt«, rief sie und umfaßte weinend seine Knie.

Er schob sie von sich und ließ sie im üppigen Gras, trat an des Gipfels Rand, steckte das Messer in seinen Gürtel und begann hinabzusteigen.

Und seine Seele, die in ihm war, rief heraus zu ihm und sprach: »Siehe! Alle diese Jahre habe ich bei dir gewohnt und war deine Dienerin. Sende mich jetzt nicht von dir; denn was habe ich dir Übles getan?«

Und der junge Fischer lachte. »Du hast mir nichts Übles getan, aber ich brauche dich nicht«, antwortete er. »Die Welt ist weit, und da sind der Himmel und auch die Hölle und jenes trübe, dämmrige Haus, das zwischen beiden liegt. Gehe, wohin du willst, aber belästige mich nicht, denn meine Liebste ruft nach mir.«

Und seine Seele beschwor ihn flehentlich, aber er achtete ihrer nicht, sondern sprang wie eine wilde Ziege mit sicherem Fuß von Klippe zu Klippe, und endlich erreichte er ebenen Grund und das gelbe Gestade des Meeres.

Mit bronzenen Gliedern und anmutiger Gestalt, gleich einer von den Griechen geformten Statue, stand er am Strand, den Rücken zum Mond gekehrt, und aus dem Gischt hoben sich weiße Arme, die ihm zuwinkten, und aus den Wogen erhoben sich Nebelgestalten, die ihm huldigten. Vor ihm lag sein Schatten, der der Leib seiner Seele war, und hinter ihm hing der Mond in der honigfarbenen Luft. Und seine Seele sprach zu ihm: »Wenn du mich denn wirklich von dir treiben mußt, so sende mich nicht ohne Herz fort. Die Welt ist grausam, gib mir dein Herz, daß ich es mitnehmen kann.«

Er schüttelte seinen Kopf und lächelte. »Womit sollte ich meine Liebste lieben, wenn ich dir mein Herz gäbe?« rief er.

»Ach, habe Erbarmen mit mir«, bat seine Seele. »Gib mir dein Herz, denn die Welt ist sehr grausam, und ich fürchte mich.«

»Mein Herz gehört meiner Liebsten«, antwortete er, »daher verweile nicht, sondern gehe mir aus den Augen.«

»Soll nicht auch ich lieben?« fragte seine Seele.

»Hebe dich hinweg, denn ich bedarf deiner nicht«, rief der junge Fischer, und er nahm das kleine Messer mit dem Griff aus grüner Natternhaut, und rings um seine Füße schnitt er seinen Schatten weg, und der Schatten erhob sich und stand vor ihm und blickte ihn an, und es war einer gerade so wie der andere.

Der Fischer wich zurück und stieß das Messer in seinen Gürtel, und ein Gefühl des Grauens überkam ihn. »Hebe dich hinweg«, murmelte er, »und laß mich dein Gesicht nicht mehr sehen.«

»Und doch müssen wir einander wiederbegegnen«, versetzte die Seele. Ihre Stimme war leise und flötengleich, und wenn sie sprach, bewegten sich kaum ihre Lippen.

»Wie sollten wir einander wiederbegegnen?« rief der junge Fischer. »Du willst mir doch nicht folgen in die Tiefen des Meeres?«

»Einmal im Jahr will ich an diesen Ort hier kommen und dich rufen«, erwiderte die Seele. »Vielleicht, daß du dann meiner bedarfst.«

»Wie sollte ich deiner bedürfen?« rief der junge Fischer. »Doch es sei, wie du willst«, und er tauchte hinab in die Flut, und die Tritonen stießen in ihre Hörner, und die kleine Meerjungfer kam herauf, ihm entgegen, und sie schlang ihre Arme um seinen Hals und küßte ihn auf den Mund.

Und die Seele stand am einsamen Strand und sah ihnen zu. Und als sie hinuntergesunken waren ins Meer, ging sie weinend über die Marschen davon.

Und als ein Jahr vorüber war, kam die Seele herab ans Gestade des Meeres und rief den jungen Fischer, und er stieg empor aus der Tiefe und sagte: »Weshalb rufst du mich?« Und die Seele antwortete: »Komm näher, auf daß ich mit dir rede, denn ich habe wunderbare Dinge gesehen.«

Da kam er näher und lagerte sich im seichten Wasser, stützte den Kopf in die Hand und lauschte.

Und die Seele sagte zu ihm: »Als ich dich verlassen hatte, wandte ich mein Antlitz nach Osten und wanderte. Aus dem Osten kommt alles, was weise ist. Sechs Tage wanderte ich, und am Morgen des siebenten Tages gelangte ich an einen Hügel, der im Land der Tataren liegt. Im Schatten eines Tamariskenbaumes setzte ich mich nieder, um Schutz vor der Sonne zu suchen. Das Land war dürr und ganz versengt von der Hitze. Menschen bewegten sich auf der Ebene hin und her wie Fliegen, die über eine blanke Kupferscheibe kriechen.

Zur Mittagsstunde erhob sich am flachen Horizont des Landes eine Wolke von rotem Staub. Als die Tataren sie gewahrten, spannten sie ihre bemalten Bogen, schwangen sich auf ihre kleinen Pferde und jagten ihr entgegen. Kreischend flohen die Weiber zu den Wagen und versteckten sich hinter Vorhängen aus Fellen.

In der Dämmerung kehrten die Tataren zurück, aber fünf von ihnen fehlten, und von denen, die zurückgekommen, waren nicht wenige verwundet. Sie schirrten ihre Pferde vor die Wagen und zogen eilig davon. Drei Schakale kamen aus einer Höhle und schauten ihnen nach. Dann witterten sie mit ihren Nüstern in die Luft und trotteten in die entgegengesetzte Richtung davon.

Als der Mond aufging, sah ich ein Lagerfeuer auf der Ebene brennen und ging darauf zu. Rund um das Feuer auf Teppichen saß eine Gesellschaft von Kaufleuten. Ihre Kamele waren hinter ihnen angepflockt, und die Neger, die ihre Diener waren, stellten Zelte aus gegerbten Häuten im Sand auf und errichteten einen hohen Wall aus Opuntien.

Als ich mich ihnen genähert hatte, erhob sich der Oberste der Händler, zog sein Schwert und fragte mich nach meinem Begehr.

Ich erwiderte, ich sei ein Fürst in meinem Land und den Tataren entflohen, die getrachtet hätten, mich zu ihrem Sklaven zu machen. Der Anführer lächelte und wies auf fünf Köpfe, die auf hohen Bambusstangen staken.

Dann fragte er mich, wer der Prophet Gottes sei, und ich antwortete: Mohammed.

Als er den Namen des falschen Propheten hörte, verneigte er sich, nahm mich bei der Hand und hieß mich an seiner Seite sitzen. Ein Neger brachte mir Stutenmilch in einer hölzernen Schale und ein Stück gebratenen Lammfleisches.

Bei Tagesanbruch machten wir uns auf die Reise. Ich ritt auf einem rothaarigen Kamel an der Seite des Anführers, und ein Läufer, der einen Speer trug, lief vor uns her. Links und rechts von uns schritten die Krieger, und die Maultiere folgten mit den Waren. Vierzig Kamele zählte ich, und die Maultiere waren zweimal vierzig an der Zahl.

Wir zogen vom Land der Tataren ins Land derer, die den Mond verfluchen. Auf den weißen Felsen sahen wir die Greife ihr Gold hüten und die schuppigen Drachen in ihren Höhlen schlafen. Wenn wir über die Gebirge stiegen, hielten wir den

Atem an, daß der Schnee nicht auf uns fiele, und jeder von uns band sich einen Gazeschleier vor die Augen. Wenn wir durch die Täler kamen, schossen aus den Höhlungen der Bäume die Pygmäen mit Pfeilen nach uns, und zur Nachtzeit hörten wir die Wilden ihre Trommeln schlagen. Als wir zum Turm der Affen kamen, stellten wir Früchte vor sie hin, und sie taten uns kein Leid. Als wir zum Turm der Schlangen kamen, gaben wir ihnen warme Milch in Messingschalen, und sie ließen uns vorüberziehen. Dreimal auf unserer Reise stießen wir an die Ufer des Oxus. Wir überquerten ihn auf Flößen aus Holz und prallen Schwimmblasen aus Tierhäuten. Die Flußpferde wüteten gegen uns und wollten uns töten. Wenn die Kamele sie sahen, so zitterten sie.

Die Könige einer jeden Stadt erhoben Zoll von uns, verwehrten uns aber, durch ihre Tore zu schreiten. Sie warfen uns Brot über die Mauern, kleine, in Honig gebackene Maiskuchen, und Kuchen aus feinem Mehl, mit Datteln gefüllt. Für jedes Hundert Körbe gaben wir ihnen eine Bernsteinperle.

Wenn die Bewohner der Dörfer uns kommen sahen, vergifteten sie die Brunnen und flohen auf die Berggipfel. Wir kämpften gegen die Magadäer, die alt zur Welt kommen und jedes Jahr jünger und jünger werden und sterben, wenn sie kleine Kinder sind; und gegen die Laktroiten, die von sich sagen, sie wären die Söhne von Tigern, und sich selber gelb und schwarz bemalen; und gegen die Auranten, die ihre Toten in den Wipfeln der Bäume bestatten und selbst in dunklen Höhlen leben, auf daß die Sonne, die ihr Gott ist, sie nicht töte; und gegen die Krimnier, die ein Krokodil anbeten und ihm Ohrringe aus grünem Gras geben und es mit Butter und frischem Geflügel nähren; und gegen die Agazomben, die Hundsgesichtigen, und gegen die Silbaner, die Pferdefüße haben und schneller laufen als Pferde. Ein Dritteil unserer Schar fiel in der Schlacht, und ein Dritteil erlag dem Mangel. Die übrigen murrten gegen mich und sagten, ich hätte ihnen Unglück gebracht. Da griff ich unter einen Stein, holte eine Hornviper hervor und ließ mich von ihr stechen. Als sie sahen, daß ich davon nicht erkrankte, erschraken sie.

Im vierten Monat erreichten wir die Stadt Illel. Es war Nacht, als wir bei dem Hain anlangten, der außerhalb ihrer Mauern liegt, und die Luft war schwül, denn der Mond stand im Zeichen des Skorpions. Wir pflückten die reifen Granatäpfel von den Bäumen und brachen sie auf und tranken ihren süßen Saft. Dann legten wir uns nieder auf unsere Teppiche und warteten auf die Morgendämmerung.

Und in der Morgendämmerung erhoben wir uns und klopften ans Tor der Stadt. Es war aus roter Bronze geschmiedet und mit Seedrachen und Drachen, die Flügel haben, ziseliert. Die Wächter blickten von ihren Zinnen herab und fragten nach unserem Begehr. Der Dolmetscher der Karawane erwiderte, wir kämen mit viel Ware von der Insel Syrien.

Sie nahmen Geiseln und sagten, sie wollten zu Mittag das Tor für uns öffnen, und hießen uns bis dahin warten.

Als es Mittag war, öffneten sie das Tor, und als wir die Stadt betraten, kamen die Menschen in Scharen aus den Häusern, uns anzugaffen, und ein Ausrufer ging durch die ganze Stadt und rief durch eine Muschel. Wir standen auf dem Marktplatz, und die Neger schnürten die bunten Stoffballen auf und öffneten die geschnitzten Kästen aus Sykomorenholz. Und als sie damit geendet hatten, breiteten die Händler ihre seltenen Waren aus: gewachstes Linnen aus Ägypten, gefärbtes Linnen aus dem Land der Äthiopier, Purpurschwämme aus Tyrus und blaue Wandbehänge aus Sidon, Schalen aus kühlem Bernstein, feine Gefäße aus Glas und seltsame Gefäße aus gebranntem Ton. Vom Dach eines Hauses sah uns eine Schar von Frauen zu. Eine von ihnen trug eine Maske aus vergoldetem Leder.

Und am ersten Tag kamen die Priester und tauschten mit uns, und am zweiten Tag kamen die Vornehmen, und am dritten Tag kamen die Handwerker und die Sklaven. Und so ist es bei ihnen Brauch mit allen Kaufleuten, solange sie in ihrer Stadt weilen.

Und wir verweilten einen Mond lang, und als der Mond im Abnehmen war, wurde ich des Treibens müde und wanderte durch die Straßen der Stadt und gelangte zum Hain ihres Gottes. Schweigend wandelten die Priester in ihren gelben Gewändern dahin unter den grünen Bäumen, und auf einem Pflaster aus schwarzem Marmor erhob sich das rosenrote Haus, in dem der Gott seine Wohnung hatte. Seine Tore waren mit gestäubtem Lack bedeckt, und in erhabener Arbeit prangten darauf Stiere und Pfaue aus glänzendem Gold. Das Dach deckten Ziegel von meergrünem Porzellan, und die vorspringenden Traufen waren mit Glöckchen behangen. Wenn die weißen Tauben vorüberflogen, schlugen sie mit ihren Flügeln an die Glöckchen und ließen sie klingeln.

Vor dem Tempel war ein Teich von klarem Wasser, mit geädertem Onyx gepflastert. Ich legte mich daneben hin, und mit meinen bleichen Fingern berührte ich die breiten Blätter. Einer der Priester kam auf mich zu und blieb hinter mir stehen. An den Füßen hatte er Sandalen, eine aus weicher Schlangenhaut, die andere aus Vogelgefieder. Auf seinem Kopf trug er eine Mitra aus schwarzem Filz, geschmückt mit silbernen Mondsicheln. In siebenfältigem Gelb war sein Gewand gewoben, und sein gekräuseltes Haar war mit Antimon gefärbt.

Und nach einer kleinen Weile redete er mich an und fragte mich nach meinem Begehr.

Ich sagte ihm, mein Begehren wäre, den Gott zu sehen.

›Der Gott ist auf der Jagd‹, sprach der Priester und blickte mich mit seinen schmalen, schrägen Augen seltsam an.

›Sag mir, in welchem Wald, und ich will mit ihm reiten‹, antwortete ich.

Er kämmte mit seinen langen, gespitzten Nägeln durch die weichen Fransen seiner Tunika. ›Der Gott schläft‹, murmelte er.

›Sag mir, auf welchem Lager, und ich will bei ihm wachen‹, erwiderte ich.

›Der Gott ist beim Festmahl‹, rief er.

›Ist der Wein süß, so will ich mit ihm trinken, und ist er bitter, so will ich gleichfalls mit ihm trinken‹, war meine Antwort.

Staunend neigte er den Kopf, faßte mich an der Hand, half mir auf und führte mich in den Tempel hinein.

Und in der ersten Kammer sah ich ein Götzenbild auf einem Thron aus Jaspis sitzen, besetzt mit großen, glänzenden Perlen. Es war aus Ebenholz geschnitzt, und seine Gestalt war gleich der Gestalt eines Mannes. Auf seiner Stirn leuchtete ein Rubin, und dickflüssiges Öl tropfte von seinem Haar nieder auf seine Schenkel. Seine Füße waren gerötet vom Blut eines frisch geschlachteten Zickleins, seine Lenden gegürtet mit einem Kupfergürtel, der mit sieben Beryllen besetzt war.

Und ich sprach zu dem Priester: ›Ist das der Gott?‹, und er antwortete: ›Das ist der Gott.‹

›Zeig mir den Gott‹, rief ich, ›oder ich werde dich gewißlich töten.‹ Und ich berührte seine Hand, und sie verdorrte.

Und der Priester flehte mich an und sprach: ›Möge mein Herr seinen Diener heilen, und ich will ihm den Gott zeigen.‹ Da blies ich mit meinem Atem auf seine Hand, und sie ward wieder heil, und er erzitterte und führte mich in die zweite Kammer, und ich sah ein Götzenbild auf einem Lotus aus Jade stehen, behängt mit großen Smaragden. Es war aus Elfenbein geschnitzt, und seine Gestalt war doppelt so groß wie die Gestalt eines Mannes. Auf seiner Stirn glänzte ein Chrisolyt, und seine Brüste waren mit Myrrhen und Zimt gesalbt. In einer Hand hielt es ein gebogenes Zepter aus Jade, in der anderen einen runden Kristall. Es stand auf Kothurnen aus Messing, und von seinem dicken Nacken wand sich ein Kranz von Seleniten.

Und ich sprach zu dem Priester: ›Ist das der Gott?‹, und er antwortete mir: ›Das ist der Gott.‹

›Zeig mir den Gott‹, schrie ich, ›oder ich werde dich gewißlich töten.‹ Und ich berührte seine Augen, und sie waren blind.

Und der Priester flehte mich an und sprach: ›Möge mein Herr seinen Diener heilen, und ich will ihm den Gott zeigen.‹

Da blies ich mit meinem Atem über seine Augen, und das Gesicht kam ihm zurück; er erzitterte wieder und führte mich in die dritte Kammer, und siehe! dort war kein Götzenbild, noch ein Bild von anderer Art, sondern nur ein runder Spiegel aus Metall auf einem steinernen Altar.

Und ich sprach zu dem Priester: ›Wo ist der Gott?‹

Und er antwortete mir: ›Es gibt keinen Gott außer diesem Spiegel, den du siehst, denn dies ist der Spiegel der Weisheit. Und er spiegelt alle Dinge wider, die im Himmel und auf Erden sind, ausgenommen allein das Antlitz dessen, der in ihn hineinblickt. Dies allein spiegelt er nicht wider, auf daß er, der hineinblickt, weise sei. Viele andere Spiegel sind hier, doch sie sind nur Spiegel der Meinungen. Dieser allein ist der Spiegel der Weisheit. Und die diesen Spiegel besitzen, sind allwissend, und nichts bleibt ihnen verborgen. Und die ihn nicht besitzen, haben auch keine Weisheit. Deshalb ist er der Gott, und wir beten ihn an.‹ Und ich blickte in den Spiegel, und es war, wie er mir gesagt hatte. Und ich tat etwas Seltsames; doch was es war, ist nicht wichtig, denn in einem Tal, nur eine Tagesreise von hier, habe ich den Spiegel der Weisheit verborgen. Laß mich nur wieder in dich ein und dein Diener sein, und du sollst weiser sein als alle Weisen, und alle Weisheit soll dein sein. Laß mich nur wieder in dich eingehen, und keiner wird so weise sein wie du.«

Aber der junge Fischer lachte. »Liebe ist besser als Weisheit«, rief er, »und die kleine Meerjungfer liebt mich.«

»Nein, nichts ist besser als Weisheit«, sagte die Seele.

»Die Liebe ist besser«, antwortete der junge Fischer und tauchte hinab in die Tiefe, und die Seele ging weinend weg über die Marschen davon.

Und als das zweite Jahr vorüber war, kam die Seele herab ans Gestade des Meeres und rief den jungen Fischer, und er stieg empor aus der Tiefe und sagte: »Was rufst du mich?«

Und die Seele antwortete: »Komm näher, auf daß ich mit dir rede, denn ich habe wunderbare Dinge gesehen.«

Da kam er näher und lagerte sich im seichten Wasser und stützte den Kopf in die Hand und lauschte.

Und die Seele sagte zu ihm: »Als ich dich verließ, wandte ich mein Antlitz nach Süden und wanderte. Aus dem Süden kommt alles, was kostbar ist. Sechs Tage wanderte ich über die Landstraßen, die zu der Stadt Aschter führen, über die staubigen, rötlichen Landstraßen wanderte ich, wo die Pilger ziehen, und am Morgen des siebenten Tages erhob ich meine Augen, und siehe! die Stadt lag zu meinen Füßen, denn sie liegt in einem Tal.

Neun Tore führen in diese Stadt, und vor jedem Tor steht ein bronzenes Roß, das wiehert, wenn die Beduinen niedersteigen von den Bergen. Die Mauern sind mit Kupfer gepanzert, die Wachttürme auf den Wällen mit Messing überdacht. In jedem Turm steht ein Bogenschütze mit einem Bogen in der Hand. Bei Sonnenuntergang stößt er in ein hürnenes Horn.

Als ich die Stadt betreten wollte, hielten die Wachen mich auf und fragten mich, wer ich sei. Ich gab zur Antwort, ich sei ein Derwisch und auf dem Weg nach der Stadt Mekka, wo man einen grünen Schleier habe, worauf in silbernen Lettern von der

Hand der Engel der Koran gestickt wäre. Von Staunen erfüllt, forderten sie mich auf, einzutreten.

Drinnen war es wie in einem Basar. Wahrlich, du hättest mit mir sein sollen. Über den engen Gassen flattern bunte Papierlaternen gleich großen Schmetterlingen. Wenn der Wind über die Dächer bläst, steigen und fallen sie wie farbige Seifenblasen. Auf Seidenteppichen sitzen die Kaufleute vor ihren Buden. Sie haben glatte, schwarze Bärte, und ihre Turbane sind mit goldenen Zechinen bedeckt, und lange Schnüre von Bernstein und geschnitzten Pfirsichkernen gleiten durch ihre kühlen Finger. Einige von ihnen verkaufen Galbanum und Narde, und seltsames Räucherwerk von den Inseln des Indischen Meeres, und das dickflüssige Öl der roten Rosen, und Myrrhe und kleine, nagelförmige Nelken. Bleibt einer stehen, um mit ihnen zu sprechen, so werfen sie Weihrauchkörner auf ein Kohlenbecken und machen damit die Luft süß. Ich sah einen Syrer, der in seinen Händen einen Stab hielt, dünn wie ein Schilfrohr. Graue Rauchfäden stiegen davon auf, und sein Geruch, da er brannte, war wie der Duft von rosa Mandelblüten im Frühling. Andere verkaufen silberne Armreifen, über und über besetzt mit milchigblauen Türkisen, und Knöchelreifen aus Messingdraht, mit kleinen Perlen gesäumt, und in Gold gefaßte Tigerklauen, und die Klauen jener güldenen Katze, des Leoparden, gleichfalls in Gold gefaßt, und Ohrringe aus durchbohrtem Smaragd, und Fingerringe aus gehöhlter Jade. Aus den Teehäusern steigt der Klang der Gitarre, und die Opiumraucher mit ihren weißen, lächelnden Gesichtern blicken heraus auf die Vorübergehenden.

Wahrlich, du hättest mit mir sein sollen. Mit ihren Ellbogen bahnen die Weinverkäufer sich den Weg durch die Menge, große schwarze Schläuche auf ihren Schultern. Die meisten von ihnen verkaufen den Wein aus Schiraz, der so süß ist wie Honig. Sie schenken ihn aus in kleinen metallenen Näpfen und streuen Rosenblätter darauf. Auf dem Marktplatz stehen die Obsthändler, die alle Arten von Früchten feilbieten: reife Feigen mit ihrem aufbrechenden purpurnen Fleisch, Melonen, nach Moschus duftend und gelb wie Topase, Zitronen und Rosenäpfel und Trauben von weißem Wein, runde, rotgoldene Orangen und ovale Limonen von grünem Gold. Einmal sah ich einen Elefanten vorübergehen. Sein Rüssel war mit Zinnober und Gelbwurz bemalt, und über seine Ohren spannte sich ein Netz von karmesinfarbenen seidenen Schnüren. Gegenüber einer der Buden hielt er an und begann, die Orangen zu fressen, und der Händler lachte nur. Du kannst dir nicht vorstellen, was für ein seltsames Volk das ist. Wenn sie fröhlich sind, gehen sie zu den Vogelhändlern und kaufen einen gefangenen Vogel im Käfig und lassen ihn frei, auf daß ihre Freude noch größer werde, und wenn sie traurig sind, geißeln sie sich selber mit Dornen, auf daß ihre Trauer sich nicht mindere.

Eines Abends begegnete ich Negern, die eine schwere Sänfte durch den Basar trugen. Sie war aus vergoldetem Bambus gemacht, und die Tragstangen waren aus zinnoberrotem Lack, mit Pfauen aus Messing beschlagen. Vor den Fenstern hingen dünne Vorhänge aus Musselin, bestickt mit Käferflügeln und feinen Staubperlen, und als die Sänfte vorüberzog, sah eine bleiche Zirkassierin heraus und lächelte mir zu. Ich folgte der Sänfte, und die Neger blickten finster und beschleunigten ihre Schritte. Doch das kümmerte mich nicht. Ich fühlte, wie eine große Neugier über mich kam.

Endlich verhielten sie vor einem würfelförmigen weißen Haus. Es hatte keine Fenster, nur eine kleine Pforte, wie der Eingang zu einer Gruft. Sie setzten die Sänfte nieder und klopften dreimal mit einem kupfernen Hammer. Ein Armenier in einem Kaftan aus grünem Leder spähte heraus, und da er sie erblickte, öffnete er und breitete einen Teppich auf den Boden, und die Frau stieg aus der Sänfte. Als sie hineinging, wandte sie sich um und lächelte mir abermals zu. Nie hatte ich jemanden gesehen, der so bleich war.

Als der Mond aufging, kehrte ich an denselben Ort zurück und hielt Ausschau nach dem Haus, aber es war nicht mehr da. Als ich das sah, wußte ich, wer die Frau war, und warum sie mir zugelächelt hatte.

Wahrlich, du hättest mit mir sein sollen. Beim Fest des Neuen Mondes trat der junge Kaiser heraus aus seinem Palast und ging in die Moschee, um zu beten. Sein Haar und Bart waren mit Rosenblättern gefärbt, und seine Wangen mit feinem Goldstaub gepudert. Die Flächen seiner Füße und Hände waren gelb von Safran.

Bei Sonnenaufgang schritt er heraus aus seinem Palast in einem Gewand aus Silber, und bei Sonnenuntergang kehrte er in einem Gewand aus Gold dahin zurück. Das Volk warf sich auf die Erde und verbarg sein Gesicht, aber ich verhielt mich nicht ebenso. Ich stand neben der Bude eines Dattelverkäufers und wartete. Als der Kaiser mich erblickte, hob er seine bemalten Brauen und hielt an. Ich stand ganz ruhig und erwies ihm keine Huldigung. Die Leute erstaunten über meine Verwegenheit und rieten mir, aus der Stadt zu fliehen. Ich beachtete sie nicht, sondern ging hin und setzte mich zu den Verkäufern fremder Götter, die man um ihres Gewerbes willen verabscheut. Als ich ihnen erzählte, was ich getan hatte, gab mir jeder von ihnen einen Gott und bat mich, sie zu verlassen.

Diese Nacht, da ich in dem Teehaus in der Straße der Granatäpfel auf einem Kissen lag, traten des Kaisers Wachen ein und führten mich zum Palast. Als ich eintrat, schlossen sie jedes Tor hinter mir zu und legten eine Kette davor. Drinnen war ein großer Hof, um den ein Arkadengang lief. Die Mauern waren aus weißem Alabaster, hier und dort mit blauen und grünen Ziegeln eingelegt. Die Pfeiler waren aus grünem Marmor, das Pflaster aus Marmor in der Farbe von Pfirsichblüten. Nie zuvor hatte ich Ähnliches gesehen.

Da ich über den Hof ging, sahen zwei verschleierte Frauen von einem Balkon herab und verwünschten mich. Die Wachen hasteten vorwärts, und die Schäfte ihrer Lanzen hallten auf dem blanken Boden. Sie öffneten ein Tor aus geschnitztem Elfenbein, und ich fand mich in einem wohlbewässerten, in sieben Terrassen ansteigenden Garten. Er war bepflanzt mit Tulpen und Mondblumen und silberdurchwirkten Aloen. Wie ein schlankes Schilfrohr aus Kristall hing ein Springbrunnen in der schwärzlichen Luft. Die Zypressen glichen ausgebrannten Fackeln. Auf einer von ihnen sang eine Nachtigall.

Am Ende des Gartens stand ein kleiner Pavillon. Als wir uns ihm näherten, traten zwei Eunuchen heraus und kamen uns entgegen. Ihre fetten Leiber schwappten beim Gehen, und mit ihren gelblidrigen Augen blickten sie mich neugierig an. Der eine von ihnen zog den Hauptmann der Wache beiseite und flüsterte ihm mit leiser Stimme etwas zu. Der andere kaute schmatzend duftende Pastillen, die er mit einer gezierten Geste einer ovalen Dose aus lila Email entnahm.

Nach wenigen Augenblicken entließ der Hauptmann der Wache die Soldaten. Sie gingen zurück zum Palast; langsam folgten ihnen die Eunuchen, die im Vorübergehen süße Maulbeeren von den Bäumen pflückten. Einmal wandte der ältere der beiden sich um und lächelte mir zu mit einem üblen Lächeln.

Dann winkte mich der Hauptmann der Wache zum Eingang des Pavillons. Ohne Zittern schritt ich vorwärts, schlug den schweren Vorhang zur Seite und trat ein.

Der junge Kaiser ruhte ausgestreckt auf einem Lager aus gegerbten Löwenfellen, und ein Gerfalke hockte auf seinem Handgelenk. Hinter ihm stand ein Nubier mit einem Turban aus Messing, nackt bis zu den Hüften und mit schweren Ohrringen in seinen gespaltenen Ohren. Auf einem Tisch neben dem Ruhebett lag ein mächtiger Türkensäbel aus Stahl.

Als der Kaiser mich erblickte, runzelte er die Stirn und sagte zu mir: ›Was ist dein Name? Weißt du nicht, daß ich der Kaiser dieser Stadt bin?‹ Aber ich gab ihm keine Antwort.

Er deutete mit seinem Finger auf den Türkensäbel, und der Nubier ergriff ihn, stürzte vorwärts und hieb nach mir mit großer Gewalt. Die Klinge zischte durch mich hindurch und tat mir keinen Schaden. Der Mann fiel der Länge nach auf den Boden, und als er aufstand, klapperten seine Zähne vor Entsetzen, und er verbarg sich hinter dem Lager.

Der Kaiser sprang auf, riß eine Lanze aus einem Waffenständer und schleuderte sie auf mich. Ich fing sie in ihrem Flug und zerbrach den Schaft in zwei Teile. Er schoß nach mir mit einem Pfeil, aber ich hob meine Hände empor, und der Pfeil stand mitten in der Luft still. Da zückte der Kaiser einen Dolch aus einem Gürtel aus weißem Leder und bohrte ihn dem Nubier in den Hals, daß der Sklave seine Schmach nicht verriete. Der Mann krümmte sich wie eine zertretene Schlange, und roter Schaum troff von seinen Lippen.

Kaum war er tot, wandte sich der Kaiser zu mir, und nachdem er mit einem kleinen Mundtuch aus bestickter purpurfarbener Seide sich den glänzenden Schweiß von der Stirn gewischt hatte, sprach er: ›Bist du ein Prophet, daß ich dir kein Leid tun kann, oder der Sohn eines Propheten, daß ich dich nicht zu verwunden vermag? Ich bitte dich, verlaß meine Stadt noch diese Nacht, denn solange du in ihr weilst, bin ich nicht länger ihr Herr.‹

Und ich antwortete ihm: ›Um die Hälfte deines Schatzes will ich gehen. Gib mir die Hälfte deines Schatzes, und ich will von hinnen ziehen.‹

Er nahm mich bei der Hand und führte mich hinaus in den Garten. Als der Hauptmann der Garde mich sah, erstaunte er sehr. Als die Eunuchen mich erblickten, schlotterten ihre Knie, und sie fielen in Furcht zu Boden.

Im Palast gibt es eine Kammer mit acht Wänden aus rotem Porphyr und einer messinggeschuppten Decke, die mit Lampen behangen ist. Der Kaiser berührte eine der Wände, und sie öffnete sich, und wir schritten einen Gang hinunter, der von vielen Fackeln erhellt war. In den Nischen zur Linken und zur Rechten standen große Weinkrüge, bis zum Rand gefüllt mit Silberstücken. Als wir die Mitte des Ganges erreicht hatten, sprach der Kaiser das Wort aus, das nicht genannt werden darf, und von einer geheimen Feder bewegt, sprang eine granitene Tür auf, und er legte die Hände vor das Gesicht, daß seine Augen nicht geblendet würden.

Du kannst nicht ermessen, was dieser für ein herrlicher Ort war. Da waren ungeheure Schildkrötenschalen voll mit Perlen, und gehöhlte Mondsteine von seltener Größe, überhäuft von roten Rubinen. In Koffern aus Elefantenhaut war das Gold gelagert und der Goldstaub in ledernen Flaschen. Da waren Opale und Saphire, jene in Schalen von Kristall, diese in Schalen von Jade. Runde grüne Smaragde reihten sich auf feinen Platten von Elfenbein, und in einer Ecke lehnten seidene Beutel, die einen gefüllt mit Türkisen, die anderen mit Beryllen. Aus Füllhörnern von Elfenbein quollen purpurfarbene Amethyste, aus Füllhörnern von Messing Chalzedone und Karneole. Die Pfeiler aus Zedernholz waren mit Schnüren von gelben Luchssteinen behangen. In flachen, ovalen Schilden lagen Karfunkel, weinfarbene und solche von der Farbe des Grases. Und doch habe ich dir erst ein Zehntel von dem beschrieben, was dort war.

Und als der Kaiser die Hände vom Gesicht genommen hatte,

sprach er zu mir: ›Dies ist mein Schatzhaus, und die Hälfte von dem, was darin ist, sei dein, wie ich es dir versprochen habe. Und ich will dir Kamele geben und Kameltreiber, und sie sollen tun, wie du ihnen heißt, und deinen Teil des Schatzes an jeden Ort der Welt bringen, wohin du auch ziehen möchtest. Und das soll noch heute nacht geschehen, denn ich will nicht, daß der Gott der Sonne, der mein Vater ist, in meiner Stadt einen Mann erblickt, den ich nicht töten kann.‹

Ich aber erwiderte ihm: ›Das Gold, das hier ist, ist dein, und auch das Silber ist dein, und dein sind die kostbaren Juwelen und die wertvollen Dinge. Denn ich selber bedarf ihrer nicht. Nichts will ich von dir nehmen als den kleinen Ring, den du am Finger deiner Hand trägst.‹

Und der Kaiser runzelte die Stirn. ›Es ist nur ein Ring aus Blei‹, rief er, ›und er hat keinen Wert. Nimm deshalb die Hälfte meines Schatzes und gehe aus meiner Stadt.‹

›Nein‹, antwortete ich, ›ich will nichts nehmen als nur diesen Ring aus Blei, denn ich weiß, was darin geschrieben steht und zu welchem Zweck.‹

Und der Kaiser erzitterte und flehte mich an und sprach: ›Nimm den ganzen Schatz und gehe aus meiner Stadt. Auch die Hälfte, die mein ist, soll noch dir gehören.‹

Und ich tat etwas Seltsames, doch was ich tat, ist nicht wichtig, denn in einer Höhle, die nur eine Tagesreise von hier ist, habe ich den Ring der Reichtümer verborgen. Es ist nur eine Tagesreise von hier, und er erwartet dein Kommen. Er, der den Ring hat, ist reicher als alle Könige der Welt. Komm daher und nimm ihn, und die Reichtümer der Welt sollen dein sein.«

Aber der junge Fischer lachte. »Liebe ist besser als Reichtum«, rief er, »und die kleine Meerjungfer liebt mich.«

»Nein, nichts ist besser als Reichtum«, sagte die Seele.

»Die Liebe ist besser«, antwortete der junge Fischer, und er tauchte hinab in die Tiefe, und die Seele ging weinend über die Marschen davon.

Und da das dritte Jahr vorüber war, kam die Seele herab ans Gestade des Meeres und rief den jungen Fischer, und er stieg herauf aus der Tiefe und sagte: »Weshalb rufst du mich?«

Und die Seele antwortete: »Komm näher, auf daß ich mit dir rede, denn ich habe wunderbare Dinge gesehen.«

Da kam er näher, lagerte sich im seichten Wasser, stützte den Kopf in die Hand und lauschte.

Und die Seele sprach zu ihm: »In einer Stadt, die ich kenne, steht eine Schenke am Ufer des Flusses. Dort saß ich mit Matrosen, die von zwei verschiedenfarbenen Weinen tranken und Gerstenbrot aßen und kleine gesalzene Fische, die auf Lorbeerblättern mit Essig gereicht wurden. Und als wir da saßen und fröhlich waren, da trat zu uns ein alter Mann, der trug einen Teppich aus Leder und eine Laute mit zwei Schnecken aus Bernstein. Und als er den Teppich auf den Boden gebreitet hatte, schlug er mit einem Federkiel die Drahtsaiten seiner Laute, und ein Mädchen mit verschleiertem Gesicht lief herein und begann, vor uns zu tanzen. Ihr Gesicht war mit einem Schleier von Gaze verhangen, doch ihre Füße waren nackt. Nackt waren ihre Füße, und sie schwebten über den Teppich wie kleine weiße Tauben. Nie habe ich etwas so Herrliches gesehen, und die Stadt, in der sie tanzt, ist nur eine Tagesreise von hier.«

Als nun der junge Fischer diese Worte seiner Seele vernahm, fiel ihm ein, daß die kleine Meerjungfer keine Füße hatte und nicht tanzen konnte. Und ein großes Verlangen überkam ihn, und er sprach bei sich selber: »Es ist nur eine Tagesreise von hier, und ich kann zu meiner Liebsten zurückkehren«, und er lachte und stand auf in dem seichten Wasser und schritt zum Ufer.

Und als er das trockene Ufer erreicht hatte, lachte er wieder und breitete die Arme seiner Seele entgegen. Und seine Seele stieß einen lauten Freudenschrei aus und lief auf ihn zu und ging in ihn ein, und vor sich auf den Sand hingeworfen sah der junge Fischer jenen Schatten des Leibes, der der Leib der Seele ist.

Und seine Seele sprach zu ihm: »Laß uns nicht säumen, sondern uns sogleich aufmachen, denn die Meeresgötter sind eifersüchtig und haben Ungeheuer, die ihrem Geheiß folgen.«

Sie eilten also von hinnen und zogen die ganze Nacht dahin unter dem Mond, und den ganzen nächsten Tag wanderten sie dahin unter der Sonne, und am Abend dieses Tages kamen sie zu einer Stadt.

Und der junge Fischer sprach zu seiner Seele: »Ist das die Stadt, in der sie tanzt, von der du mir gesagt hast?«

Und seine Seele antwortete ihm: »Es ist nicht diese Stadt, sondern eine andere. Dennoch laß uns hineingehen.«

Sie gingen also hinein und wanderten durch die Straßen, und als sie durch die Straße der Juweliere kamen, sah der junge Fischer eine schöne Silberschale in einer Bude ausgestellt. Und seine Seele sprach zu ihm: »Nimm diese Silberschale und verbirg sie.«

Da nahm er die Schale und verbarg sie in den Falten seiner Tunika, und sie verließen eilends die Stadt.

Und nachdem sie sich eine Wegstunde von der Stadt entfernt hatten, runzelte der junge Fischer die Stirn und schleuderte die Schale von sich und sprach zu seiner Seele: »Warum hießest du mich, diese Schale zu nehmen und zu verbergen, da dies doch übel gehandelt war?«

Aber seine Seele erwiderte ihm: »Sei ruhig, sei ruhig!«

Und am Abend des zweiten Tages kamen sie zu einer Stadt, und der junge Fischer sprach zu seiner Seele: »Ist das die Stadt, in der sie tanzt, von der du mir gesagt hast?«

Und seine Seele antwortete: »Es ist nicht diese Stadt, sondern eine andere. Dennoch laß uns hineingehen.«

Sie gingen also hinein und wanderten durch die Straßen, und als sie durch die Straße der Sandalenverkäufer kamen, sah der junge Fischer neben einem Wasserkrug ein Kind stehen. Und seine Seele sprach zu ihm: »Ohrfeige dieses Kind.« Da ohrfeigte er das Kind, bis es weinte, und als er das getan hatte, verließen sie eilends die Stadt.

Und nachdem sie sich eine Wegstunde von der Stadt entfernt hatten, da wurde der junge Fischer zornig und sprach zu seiner Seele: »Warum hießest du mich dieses Kind ohrfeigen, da dies doch übel gehandelt war?«

Aber seine Seele erwiderte ihm: »Sei ruhig, sei ruhig.«

Und am Abend des dritten Tages kamen sie zu einer Stadt, und der junge Fischer sprach zu seiner Seele: »Ist das die Stadt, in der sie tanzt, von der du mir gesagt hast?«

Und seine Seele antwortete ihm: »Es kann sein, daß es diese Stadt ist, laß uns daher hineingehen.«

Also betraten sie die Stadt und wanderten durch die Straßen, aber nirgends konnte der junge Fischer den Fluß finden, noch die Schenke, die an seinem Ufer stand. Und die Bewohner der Stadt blickten ihn neugierig an, und er begann, sich zu fürchten, und sprach zu seiner Seele: »Laß uns weiterziehen, denn sie, die mit weißen Füßen tanzt, ist nicht hier.«

Doch seine Seele versetzte: »Nein, laß uns noch verweilen, denn die Nacht ist finster, und es werden Räuber auf dem Weg sein.« Da setzte er sich hin auf den Marktplatz und rastete, und nach einer Weile kam ein Kaufmann vorüber, der sich in einen Umhang aus Tatarentuch gehüllt hatte und auf der Spitze eines knotigen Rohres eine Laterne trug, die aus durchbrochenem Horn war. Und der Kaufmann sprach zu ihm: »Was sitzest du hier auf dem Marktplatz, da die Buden geschlossen und die Ballen verschnürt sind?«

Und der junge Fischer antwortete ihm: »Ich kann keine Herberge finden in dieser Stadt, noch habe ich Vetter oder Bruder, der mir Obdach gäbe.«

»Sind wir nicht alle Brüder?« versetzte der Kaufmann. »Hat nicht ein Gott uns alle geschaffen? Daher komme mit mir, denn ich habe Raum für einen Gast.«

Da erhob sich der junge Fischer und folgte dem Kaufmann zu seinem Haus. Und als er durch einen Garten mit Granatäpfelbäumen geschritten war und das Haus betreten hatte, brachte der Kaufmann ihm Rosenwasser in einem kupfernen Becken, daß er sich die Hände wasche, und reife Melonen, daß er seinen Durst stille, und stellte eine Schale voll Reis und ein Stück gebratenen Zickleins vor ihn hin.

Und nachdem er sein Mahl beendet hatte, führte der Kaufmann ihn ins Gastzimmer und hieß ihn schlafen und wohl ruhen. Und der junge Fischer dankte ihm und küßte den Ring, der an seiner Hand war, und legte sich nieder auf die Teppiche aus gefärbtem Ziegenhaar. Und nachdem er sich mit einer Decke aus schwarzer Schafwolle zugedeckt hatte, fiel er in Schlaf.

Und drei Stunden vor der Morgendämmerung, da es noch Nacht war, weckte ihn seine Seele und sprach zu ihm: »Erhebe dich und geh ins Zimmer des Kaufmanns, in das Zimmer, darin er schläft, und erschlage ihn, und nimm ihm sein Gold, denn wir können es wohl gebrauchen.«

Und der junge Fischer erhob sich und schlich zum Zimmer des Kaufmanns, und quer über den Füßen des Kaufmanns lag ein krummes Schwert, und auf dem Tisch neben dem Kaufmann lagen neun Börsen voll Gold. Und er streckte seine Hand aus und griff nach dem Schwert, und als er es berührte, fuhr der Kaufmann zusammen und erwachte, sprang auf und griff selber nach dem Schwert und rief dem jungen Fischer zu: »Vergiltst du so Gutes mit Üblem und zahlst mit Blutvergießen für die Güte, die ich dir erwies?«

Und seine Seele sagte zu dem jungen Fischer: »Schlag ihn!« Und er schlug den Kaufmann derart, daß diesem die Sinne vergingen, und der junge Fischer ergriff die neun Börsen voll Gold und floh hastig durch den Granatäpfelgarten und wandte sein Antlitz nach jenem Stern, der der Stern des Morgens ist.

Und als sie sich eine Wegstunde von der Stadt entfernt hatten, da schlug sich der junge Fischer an die Brust und sprach zu seiner Seele: »Warum hießest du mich den Händler schlagen und sein Gold stehlen? Wahrlich, du bist von Übel.« Aber seine Seele erwiderte ihm: »Sei ruhig, sei ruhig.«

»Nein«, rief der junge Fischer, »ich will nicht ruhig sein, denn ich hasse alles, was du mich tun ließest. Auch dich hasse ich, und ich bitte dich, mir zu sagen, warum du so mit mir umgehst.«

Und seine Seele gab ihm zur Antwort: »Als du mich in die Welt hinausstießest, gabst du mir kein Herz; so lernte ich alle diese Dinge tun und mich daran erfreuen.«

»Was sagst du da?« murmelte der junge Fischer.

»Du weißt es«, versetzte seine Seele, »du weißt es wohl. Hast du vergessen, daß du mir kein Herz gabst? Ich glaube kaum. Und nun quäle weder dich selber noch mich, sondern sei ruhig, denn da ist kein Schmerz, den du nicht geben, noch ein Vergnügen, das du nicht empfangen sollst.« Und als der junge Fischer diese Worte hörte, zitterte er und sagte zu seiner Seele: »Nein, du bist von Übel, hast mich meine Liebste vergessen lassen, mich mit Versuchungen versucht und meinen Fuß den Pfad der Sünde geführt.«

Und seine Seele antwortete ihm: »Du hast es nicht vergessen, daß du mir kein Herz gabst, als du mich in die Welt hinaussandtest. Komm, laß uns in eine andere Stadt ziehen und lustig sein, denn wir haben neun Börsen voll Gold.«

Aber der junge Fischer nahm die neun Börsen voll Gold und warf sie auf die Erde und trat sie unter seine Füße.

»Nein«, rief er, »nein, ich will nichts mit dir zu schaffen haben, noch will ich irgendwohin mit dir gehen; sondern wie ich dich zuvor von mir stieß, also will ich dich auch jetzt verstoßen, denn du hast mir nichts als Unheil gebracht.« Und er wandte seinen Rücken dem Mond zu, und mit dem kleinen Messer, dessen Griff aus grüner Natternhaut war, versuchte er, von seinen Füßen jenen Schatten des Leibes wegzuschneiden, der der Leib der Seele ist.

Doch seine Seele wich nicht von ihm, noch achtete sie seines Gebotes, sondern sprach zu ihm: »Der Zauber, den die Hexe dich lehrte, hilft dir nichts mehr, denn ich kann dich nicht verlassen, noch kannst du mich von hinnen senden. Einmal in seinem Leben kann der Mensch seine Seele fortsenden, aber der seine Seele wieder bei sich aufnimmt, muß sie von nun an bei sich behalten, und das ist seine Strafe und sein Lohn.«

Und der junge Fischer erbleichte und ballte die Hände und schrie: »Sie war eine falsche Hexe, daß sie mir das nicht gesagt hat.«

»Das war sie nicht«, antwortete seine Seele, »sie war nur Ihm treu, den sie anbetet und dessen Magd sie immer sein wird.«

Und da nun der junge Fischer wußte, daß er seine Seele nie wieder loswerden konnte und daß sie eine böse Seele war und immer bei ihm wohnen würde, da fiel er zu Boden und weinte bitterlich.

Und als es Tag geworden, erhob sich der junge Fischer und sprach zu seiner Seele: »Ich werde meine Hände binden, daß ich deinem Geheiß nicht folge leiste, und meine Lippen schließen, daß ich nicht deine Worte spreche, und an den Ort zurückkehren, wo sie ihre Wohnung hat, die ich liebe. Sogleich will ich zum Meer zurückkehren und in die kleine Bucht, wo sie zu singen pflegte, und ich will nach ihr rufen und ihr das Übel bekennen, das ich getan habe, und das Übel, das du über mich gebracht hast.«

Und seine Seele versuchte ihn und sagte: »Wer ist deine Liebste, daß du zu ihr zurückkehren solltest? Die Welt hat viele, die schöner sind als sie. Da sind die Tänzerinnen von Samaris, die tanzen in der Art der Vögel und der vierbeinigen Tiere. Ihre Füße sind mit Henna gefärbt, und in ihren Händen haben sie kleine kupferne Schellen. Sie lachen, während sie tanzen, und ihr Lachen ist so hell wie das Lachen des Wassers. Komm mit mir, und ich will sie dir zeigen. Denn was ist es, was dich an der Sünde ängstigt? Ist, was vergnüglich ist zu essen, nicht gemacht für den Esser? Ist Gift in dem Getränk, das süß ist zu zu trinken? Ängstige dich nicht, sondern komm mit mir in eine andere Stadt. Nahe von hier ist eine kleine Stadt, darin steht ein Garten von Tulpenbäumen. Und in diesem anmutigen Garten hausen weiße Pfauen und Pfauen mit blauer Brust. Wenn sie in der Sonne ihre Räder schlagen, so sind sie wie Scheiben von Elfenbein und wie Scheiben von Gold. Und die sie füttert, tanzt zu ihrer Lust, und manchmal tanzt sie auf den Händen und ein anderes Mal auf den Füßen. Ihre Augen sind mit Antimon gefärbt, und ihre Nasenflügel sind wie die Schwingen einer Schwalbe. Von einem Häkchen aus ihrer Nase hängt eine Blume herab, und die ist aus einer Perle geschnitzt. Während sie tanzt, lacht sie, und die silbernen Spangen rund um ihre Knöchel klingeln wie silberne Glocken. Betrübe dich also nicht länger, sondern komm mit mir in diese Stadt.«

Aber der junge Fischer gab seiner Seele keine Antwort, sondern verschloß seine Lippen mit dem Siegel des Schweigens; mit einer straffen Schnur band er seine Hände, und so reiste er zurück an den Ort, von dem er gekommen war, bis zu jener kleinen Bucht, wo seine Liebste zu singen pflegte. Und wieder und wieder versuchte ihn seine Seele, während sie wanderten, aber er gab ihr keine Antwort, noch tat er etwas von all dem Bösen, das sie ihn tun hieß, so groß war die Macht der Liebe, die in ihm war.

Und als er das Gestade des Meeres erreicht hatte, da löste er den Strick von seinen Händen und nahm das Siegel des Schweigens von seinen Lippen und rief nach der kleinen Meerjungfer. Aber sie kam nicht auf seinen Ruf, obwohl er den ganzen Tag nach ihr rief und flehte.

Und seine Seele verhöhnte ihn und sprach: »Du hast wahrlich nicht viel Freude an deiner Liebe. Du bist wie einer, der zur

Zeit der Dürre Wasser schöpft mit einem zerbrochenen Gefäß. Du gibst hin, was du hast, und nichts wird dir dafür gegeben. Es wäre besser für dich, du kämst mit mir, denn ich weiß, wo das Tal der Lust liegt und welche Dinge dort getan werden.« Aber der junge Fischer gab seiner Seele keine Antwort, sondern baute sich in einer Felsenkluft eine Hütte aus Flechtwerk und verweilte hier ein volles Jahr. Und jeden Morgen rief er nach der Meerjungfer, und jeden Mittag rief er wieder nach ihr, und am Abend nannte er ihren Namen. Doch niemals stieg sie herauf aus der See, um ihn zu sehen, und an keinem Ort des Meeres konnte er sie finden, obgleich er in den Höhlen und im grünen Wasser nach ihr suchte, in den Wassern der Gezeiten und in den Brunnen am Grund des Meeres.

Und immer wieder versuchte ihn seine Seele mit Übel und raunte ihm von gräßlichen Dingen. Doch sie vermochte damit bei ihm nichts, so groß war die Macht seiner Liebe.

Und als das Jahr vorüber war, da dachte die Seele in ihm: »Ich habe meinen Herrn mit Übel versucht, und seine Liebe ist stärker als ich. Nun will ich ihn mit Gutem versuchen, und es mag sein, daß er dann mit mir kommt.«

So redete sie also den jungen Fischer an und sprach: »Ich habe dir von den Freuden der Welt erzählt, und du hast mir ein taubes Ohr geliehen. Laß mich dir nun vom Leid der Welt berichten, vielleicht daß du mir Gehör gibst. Denn das Leid ist in Wahrheit Herr dieser Welt, und keiner ist, der seinem Netz entschlüpft. Den einen fehlt es an Kleidern, den anderen an Brot. Witwen gibt es, die schreiten in Purpur einher, und andere, die gehen in Fetzen. Hin und her auf den Mooren gehen die Aussätzigen, und sie sind grausam gegeneinander. Die Bettler ziehen die Landstraßen auf und ab, und ihre Ranzen sind leer. Durch die Straßen der Stadt schleicht die Hungersnot, und vor ihren Toren hockt die Pest. Komm, laß uns hingehen und den Jammer lindern und dem Elend abhelfen. Was sollst du hier verweilen und nach deiner Liebsten rufen, da sie doch nicht kommt auf deinen Ruf? Und was ist die Liebe, daß du ihr so hohen Wert zuerkennst?« Aber der junge Fischer gab ihr keine Antwort, so groß war die Macht seiner Liebe. Und jeden Morgen rief er nach der Meerjungfer, und jeden Mittag rief er wieder nach ihr, und am Abend nannte er ihren Namen. Doch niemals stieg sie herauf aus der See, um ihn zu sehen, und an keinem Ort des Meeres konnte er sie finden, obgleich er nach ihr suchte in den Strömen der See und in den Tälern, die unter den Wogen sind, im Meer, das die Nacht purpurn färbt, und im Meer, das die Morgendämmerung grau hinter sich läßt.

Und als das zweite Jahr vorüber war, sprach die Seele des Nachts zu dem jungen Fischer, da er allein saß in seiner Hütte aus Flechtwerk: »Siehe! Nun habe ich dich mit Bösem versucht, und ich habe dich mit Gutem versucht, und deine Liebe ist stärker als ich. Ich will dich deshalb nicht länger versuchen, sondern dich bitten, du mögest mich einlassen in dein Herz, auf daß ich eins werde mit dir wie zuvor.«

»Du bist in meinem Herzen willkommen«, erwiderte der junge Fischer. »Denn in den Tagen, da du ohne Herz durch die Welt gingst, magst du wohl viel gelitten haben.«

»Ach!« rief die Seele, »ich kann keine Stelle für einen Eingang finden, so ganz umschlossen von Liebe ist dein Herz.«

»Und doch wollte ich, ich könnte dir helfen«, antwortete der junge Fischer.

Und als er das sagte, da erklang vom Meer her ein lauter Schmerzensschrei, jener Schrei, den die Menschen hören, wenn jemand vom Meervolk gestorben ist. Und der junge Fischer sprang auf und verließ sein geflochtenes Haus und stürzte hinunter ans Ufer. Und die schwarzen Wogen kamen eilends ans Ufer gerollt und führten mit sich eine Last, die weißer war als Silber. Weiß wie die Brandung war sie, und wie eine Blume trieb sie auf den Wogen. Und die Brandung entriß sie den Wogen, und der Schaum entriß sie der Brandung, und das Gestade empfing sie, und zu seinen Füßen liegend erblickte der junge Fischer den Leib der kleinen Meerjungfer. Tot lag sie zu seinen Füßen.

Weinend wie einer, den der Schmerz zu Boden drückt, warf er sich an ihrer Seite nieder und küßte das kalte Rot des Mundes und spielte mit dem feuchten Bernstein des Haares. An ihrer Seite warf er sich hin auf den Sand und weinte wie jemand, der vor Lust erschauert, und in seinen braunen Armen drückte er sie an seine Brust. Kalt waren die Lippen, und doch küßte er sie. Salz war der Honig des Haares, doch er kostete ihn mit bitterer

Freude. Er küßte die geschlossenen Augenlider, und der wilde Gischt, der auf den Hügeln ihrer Augen lag, war weniger salzig als seine Tränen.

Und dem toten Leib beichtete er. In die Muscheln ihrer Ohren goß er den herben Wein seiner Geschichte. Er legte die kleinen Hände um seinen Nacken, und mit seinen Fingern berührte er das zarte Rohr des Halses. Bitter, bitter war seine Freude, und voll fremdartiger Freude war sein Schmerz.

Die schwarze See kam näher, und der weiße Schaum ächzte wie ein Aussätziger. Mit weißen Tatzen aus Schaum griff die See ans Ufer. Aus dem Palast des Meerkönigs kam wieder der Schrei der Trauer, und weit draußen auf dem Meer bliesen die großen Tritonen heiser auf ihren Hörnern.

»Flieh hinweg«, sprach seine Seele, »denn siehe, näher und näher rollt die See, und wenn du säumst, wird sie dich verderben. Fliehe, denn ich fürchte mich, weil deiner großen Liebe wegen dein Herz vor mir verschlossen ist. Flieh hinweg an einen sicheren Ort. Du willst mich doch nicht ohne Herz in eine andere Welt senden wollen?«

Aber der junge Fischer hörte nicht auf seine Seele, sondern rief die kleine Meerjungfer an und sprach: »Liebe ist besser als Weisheit und kostbarer als Reichtum und schöner als die Füße der Menschentöchter. Feuer kann sie nicht zerstören, noch Wasser sie löschen. In der Morgendämmerung rief ich dich, und du kamst nicht auf meinen Ruf. Der Mond hörte deinen Namen, doch du schenktest mir kein Gehör. Zum Bösen hatte ich dich verlassen, und zu meinem eigenen Schmerze war ich fortgegangen. Jedoch immer war deine Liebe bei mir, und immer war sie stark, und nichts kam gegen sie auf, ob ich auf Übles sah oder auf Gutes. Und nun, da du tot bist, nun will ich wahrlich mit dir sterben.«

Und seine Seele beschwor ihn, aufzubrechen, aber er wollte nicht, so groß war seine Liebe. Und die See kam näher und suchte ihn mit ihren Wogen zu bedecken, und als er sah, daß das Ende nahe war, küßte er mit irren Lippen die kalten Lippen der Meerjungfer, und sein Herz im Leibe brach ihm. Und als durch die Fülle seiner Liebe sein Herz brach, da fand die Seele einen Eingang und ging hinein und war eins mit ihm wie zuvor. Und die See bedeckte den jungen Fischer mit ihren Wogen.

Und am Morgen ging der Priester hinaus, um das Meer zu segnen, denn es war stürmisch gewesen. Und mit ihm gingen die Mönche und die Musikanten und die Kerzenträger und die Weihrauchschwinger und eine große Gesellschaft.

Und als der Priester das Ufer erreichte, da sah er den jungen Fischer ertrunken in der Brandung liegen, und in seinen Armen lag der Leib der kleinen Meerjungfer. Und erzürnt wandte er sich ab und machte das Zeichen des Kreuzes und rief laut und sprach: »Ich will das Meer nicht segnen, noch irgend etwas, das darin ist. Verflucht sei das Meervolk und verflucht seien alle, die mit ihm Umgang treiben. Und was ihn anlangt, der um der Liebe willen Gott verließ und hier liegt mit seiner Buhle, erschlagen von Gottes Urteil – nehmt auf seinen Leichnam und den Leichnam seiner Buhle und begrabt sie in der Ecke des Schindangers und setzt kein Mal darauf, noch ein Zeichen von irgendeiner Art, auf daß keiner den Ort ihrer Ruhe wisse. Denn verflucht waren sie zu ihren Lebzeiten, und verflucht sollen sie auch in ihrem Tode sein.«

Und die Leute taten, wie er sie geheißen, und in der Ecke des Schindangers, wo keine süßen Kräuter wachsen, gruben sie eine tiefe Grube und legten die toten Leiber hinein.

Und als das dritte Jahr vorüber war, an einem Tag, der ein heiliger Tag war, ging der Priester hinauf zur Kapelle, daß er dem Volk die Wunden des Herrn zeige und zu ihnen spreche von Gottes Zorn.

Und als er, in seine Gewänder gekleidet, eintrat und sich vor dem Altar neigte, da sah er, daß der Altar mit fremdartigen Blumen bedeckt war, wie man sie niemals zuvor gesehen hatte. Seltsam waren sie anzuschauen und von eigenartiger Schönheit, und ihre Schönheit verwirrte ihn, und ihr Duft war süß in seiner Nase, und er war froh und wußte nicht, warum.

Und als er den Tabernakel geöffnet und die Monstranz darin beweihräuchert und die schöne Hostie dem Volk gezeigt und sie wieder hinter dem Schleier der Schleier verborgen hatte, begann er, zum Volk zu sprechen, und er wollte ihm sagen von Gottes Zorn. Aber die Schönheit der weißen Blumen verwirrte ihn, und ihr Duft war süß in seiner Nase, und ein anderes Wort kam auf seine Lippen, und er sprach nicht von Gottes Zorn, sondern von dem Gott, dessen Name Liebe heißt. Und warum er so sprach, wußte er nicht.

Und als er seine Predigt geendet hatte, da weinten die Leute, und der Priester ging zurück in seine Sakristei, und seine Augen waren voll Tränen. Und die Diakone traten herein und begannen, ihn zu entkleiden, und nahmen ihm die Alba und den Gürtel ab, die Manipel und die Stola. Und er stand da wie im Traum.

Und da sie ihm die Kleider abgenommen hatten, blickte er sie an und sprach: »Was sind das für Blumen, die auf dem Altar stehen, und woher kommen sie?«

Und sie antworteten ihm: »Was das für Blumen sind, können wir nicht sagen, aber sie kommen von der Ecke des Schindangers.«

Und der Priester erzitterte und kehrte ein in sein Haus und betete.

Und am Morgen, da es noch dämmerte, ging er hinaus mit den Mönchen und den Musikanten, den Kerzenträgern und den Weihrauchschwingern und einer großen Gesellschaft und gelangte ans Gestade des Meeres und segnete das Meer und alle die wilden Geschöpfe, die darin sind. Auch die Faune segnete er und die kleinen Geschöpfe, die im Walde tanzen, und die Wesen mit den glänzenden Augen, die zwischen den Blättern herausspähen. Alle Lebewesen in Gottes Welt segnete er, und die Leute waren erfüllt von Freude und Staunen. Doch niemals wieder blühten in der Ecke des Schindangers Blumen von irgendeiner Art, sondern das Feld blieb unfruchtbar wie zuvor. Und auch das Meervolk kam nicht mehr in die Bucht wie früher, denn es zog in einen anderen Teil der See.

Das Sternkind

Es waren einmal zwei arme Holzfäller, die gingen durch einen großen Tannenwald nach Hause. Es war Winter, und die Nacht war bitterkalt. Hoch lag der Schnee auf der Erde und auf den Ästen der Bäume. Zu ihrer Rechten und Linken knackte, wenn sie vorübergingen, der Frost die kleinen Zweige, und als sie zu dem Gebirgsbach kamen, hing er reglos in der Luft, denn die Eiskönigin hatte ihn geküßt.

So kalt war es, daß selbst die Tiere des Waldes und die Vögel nicht wußten, was sie davon halten sollten.

»Huuu!« knurrte der Wolf, als er durchs Unterholz humpelte, den Schwanz zwischen den Beinen. »Das ist doch tatsächlich ein scheußliches Wetter. Warum tut denn die Regierung nichts dagegen?« – »Uitt! Uitt! Uitt!« zwitscherten die grünen Hänflinge, »die alte Erde ist tot, und sie haben sie in ihrem weißen Leichentuch aufgebahrt.«

»Die Erde will Hochzeit halten, und das ist ihr Brautkleid«, gurrten die Turteltauben einander zu. Ihre kleinen rosa Füße waren schon ganz erfroren, aber sie hielten es für ihre Pflicht, die Lage in romantischem Licht zu betrachten.

»Unsinn!« brummte der Wolf. »Ich sage euch, das ist alles Schuld der Regierung, und wenn ihr es nicht glaubt, werde ich euch fressen.« Der Wolf war eine durch und durch praktische Natur und nie um ein schlagendes Argument verlegen.

»Nun, ich meinerseits«, versetzte der Specht, der ein geborener Philosoph war, »ich kümmere mich kein Atom um Erklärungen. Wenn etwas so ist, ist es so, und zur Zeit ist es entsetzlich kalt.«

Entsetzlich kalt war es nun allerdings wirklich. Die kleinen Eichhörnchen, die im Inneren des hohen Tannenbaums wohnten, rieben in einem fort ihre Nasen aneinander, um sich warm zu halten, und die Kaninchen lagen zusammengerollt in ihren Löchern und wagten es nicht einmal, zur Tür hinauszugucken. Die einzigen, die sich wohl zu fühlen schienen, waren die großen Uhus. Ihr Gefieder war ganz steif vom Reif, aber das störte sie nicht. Sie rollten ihre großen gelben Augen und riefen einander quer durch den Wald zu: »Tu-uitt! Tu-wu! Tu-uitt! Tu-wuu! Was haben wir doch für ein herrliches Wetter!«

Weiter und weiter stapften die beiden Holzfäller, hauchten sich kräftig auf die Finger und stampften mit ihren riesigen eisenbeschlagenen Stiefeln auf dem festgefrorenen Schnee. Einmal versanken sie in einer tiefen Schneewehe und kamen so weiß heraus wie die Müller, wenn die Mühlsteine gerade Korn mahlen. Und einmal glitten sie aus auf dem harten, glatten Eis über dem gefrorenen Sumpf, und ihr Reisig fiel heraus aus den Bündeln, und sie mußten es aufklauben und wieder zusammenbinden. Und einmal glaubten sie schon, sie hätten den Weg verloren, und eine große Angst befiel sie, denn sie wußten, wie grausam der Schnee zu denen ist, die in seinen Armen einschlafen. Aber sie setzten ihr Vertrauen auf den guten Heiligen Martin, der über allen Wanderern wacht, gingen auf ihren Spuren zurück und dann sehr vorsichtig weiter, und endlich erreichten sie den Waldrand und sahen tief unten im Tal unter sich die Lichter des Dorfes, in welchem sie lebten.

So überglücklich waren sie über ihre Rettung, daß sie aus vollem Halse lachten, und die Erde kam ihnen vor wie eine Blume aus Silber und der Mond wie eine Blume aus Gold.

Doch nachdem sie gelacht hatten, wurden sie traurig, denn sie dachten an ihre Armut, und der eine von ihnen sagte zu dem andern: »Warum haben wir uns nur so gefreut, wo doch das Leben für die Reichen ist und nicht für solche wie uns? Besser wären wir im Wald umgekommen vor Kälte, oder ein wildes Tier hätte uns angefallen und zerrissen.«

»Wahrlich«, erwiderte sein Gefährte, »manchen ist viel gegeben, anderen aber nur wenig. Das Unrecht hat die Welt verteilt, und nur der Kummer ist einem jeden gleich zugemessen.« Doch während sie einander ihr Elend klagten, geschah etwas Seltsames: Vom Himmel fiel ein hellglänzender, schöner Stern. Er glitt am Himmel seitlich herab, vorbei an den anderen Sternen auf seinem Lauf, und da sie ihm staunend mit den Augen folgten, kam es ihnen vor, als ginge er hinter einer Gruppe von Weidenbäumen nieder, die nahe an einer kleinen Schafhürde stand, nicht mehr als einen Steinwurf von ihnen entfernt.

»Hoho! Da liegt ein Topf voll Gold für den, der ihn findet«, riefen sie und stürzten los und rannten, so begierig waren sie auf das Gold.

Und der eine von ihnen lief schneller als sein Gefährte und überholte ihn und bahnte sich einen Weg durch die Weiden und kam auf der anderen Seite wieder heraus, und siehe! da lag wirklich etwas Goldenes auf dem weißen Schnee. Er eilte also darauf zu, beugte sich nieder und berührte es mit den Händen, und es war ein Umhang aus Goldgewebe, mit Sternen wundersam durchwirkt und in viele Falten geschlungen. Und er rief seinem Gefährten zu, er hätte den Schatz gefunden, der vom Himmel gefallen war, und als sein Gefährte herzukam, setzten sie sich in den Schnee und lösten die Knoten des Umhangs, daß sie die Goldstücke unter sich teilten. Aber ach! Da war weder Gold darin noch Silber, noch sonst ein Schatz, sondern nur ein kleines Kind, das ruhig schlief.

Und der eine von ihnen sagte zu dem andern: »Das ist ein bitteres Ende für unsere Hoffnung, und gar kein Glück ist uns beschieden, denn was bringt ein Kind dem Manne für einen Nutzen? Wir wollen es hier liegenlassen und unseres Weges gehen, denn wir sind arme Leute und haben selber Kinder, deren Brot wir nicht an ein fremdes Kind verschenken dürfen.«

Aber sein Gefährte entgegnete ihm: »Nein, es wäre übel gehandelt, wenn wir das Kind hier im Schnee umkommen ließen. Bin ich gleich ebenso arm wie du und habe viele Mäuler zu stopfen und nur wenig im Topf, so will ich es doch mit mir nach Haus tragen, und mein Weib soll sich seiner annehmen.«

Und er hob das Kind behutsam auf und hüllte es in den Umhang, um es vor der grimmigen Kälte zu schützen, und ging den Hügel hinab auf das Dorf zu; und sein Gefährte wunderte sich sehr über seine Torheit und sein weiches Herz.

Und als sie ins Dorf kamen, sagte sein Gefährte zu ihm: »Du hast das Kind, so gib mir den Umhang, denn es ist nur recht und billig, daß wir teilen.«

Doch der andere erwiderte: »Nein, denn der Umhang gehört weder mir noch dir, sondern einzig dem Kind«, und er sagte ihm Lebewohl und gelangte zu seinem eigenen Haus und klopfte an.

Und als sein Weib die Tür öffnete und sah, daß ihr Mann heil zu ihr zurückgekehrt war, schlang sie ihre Arme um seinen Hals und küßte ihn und nahm ihm das Reisigbündel vom Rücken und bürstete den Schnee von seinen Stiefeln und hieß ihn eintreten.

Er aber sagte zu ihr: »Ich habe im Wald etwas gefunden und dir mitgebracht, auf daß du dich seiner annimmst«, und er wich nicht von der Schwelle.

»Was ist es?« rief sie. »Zeig es mir, denn das Haus ist leer, und es fehlt uns an vielen Dingen.« Da schlug er den Umhang zurück und zeigte ihr das schlafende Kind.

»Ach, lieber Mann!« murrte sie. »Haben wir nicht genug eigene Kinder, daß du uns noch einen Wechselbalg ins Haus schleppen mußt? Und wer weiß, ob es nicht Unglück bringt? Und wie sollen wir es aufziehen?« Und sie war sehr zornig über ihn.

»Ja, aber es ist ein Sternkind«, antwortete er und erzählte ihr, auf wie seltsame Art er es gefunden hatte. Aber sie wollte sich nicht beschwichtigen lassen, sondern spottete seiner und sprach im Zorn und rief: »Unsere Kinder haben kein Brot, und wir sollen das Kind eines anderen füttern? Wer kümmert sich denn um uns? Und wer gibt uns Brot?«

»Gott behütet auch die Sperlinge und gibt ihnen Brot«, antwortete er.

»Sterben nicht die Sperlinge im Winter vor Hunger?« fragte sie. »Und ist jetzt nicht Winter?« Und der Mann erwiderte nichts, wich aber nicht von der Schwelle. Und ein bitterer Wind wehte vom Wald herein durch die offene Tür und ließ sie erzittern, und sie schauderte und sagte zu ihm: »Willst du nicht die Tür schließen? Bitterer Wind bläst herein ins Haus, und mir ist kalt.«

»In ein Haus, in dem ein hartes Herz ist, bläst da nicht immer ein bitterer Wind?« fragte er. Und die Frau gab ihm keine Antwort, sondern rückte nur näher ans Feuer.

Und nach einer Weile wandte sie sich um und blickte ihn an, und ihre Augen waren voll Tränen. Und geschwind trat er ein und legte das Kind in ihre Arme, und sie küßte es und legte es in ein kleines Bett, wo das jüngste ihrer eigenen Kinder schlief. Und am Morgen nahm der Holzfäller den seltsamen Umhang aus Gold und tat ihn in eine große Truhe, und die Frau nahm eine Bernsteinkette, die um des Kindes Nacken lag, und tat sie gleichfalls dazu.

Und so wuchs das Sternkind auf mit den Kindern des Holzfällers, saß mit ihnen am selben Tisch und war ihr Spielgefährte. Und mit jedem Jahr war es schöner anzusehen, so daß alle, die im Dorf wohnten, mit Staunen erfüllt wurden. Denn während sie selber schwärzliche Haut und schwarze Haare hatten, so war das Kind weiß und zart, wie aus Elfenbein geschnitzt, und seine Locken glichen den Blütenblättern einer roten Blume, und seine Augen waren wie Veilchen an einem Bach voll klaren Wassers, und sein Leib wie die Narzisse auf einem Feld, dahin der Schnitter nicht kommt.

Und doch geriet seine Schönheit ihm zum Bösen, denn es wurde stolz und grausam und selbstsüchtig. Es verachtete die Kinder des Holzfällers und die anderen Kinder aus dem Dorf und sagte, sie seien von niederer, es selber jedoch von vornehmer Herkunft, einem Stern entsprossen, und es warf sich zum Herrn auf über sie und nannte sie seine Knechte. Kein Mitleid hatte es mit den Armen, noch mit denen, die blind oder verkrüppelt waren oder sonst vom Schicksal geschlagen, sondern es warf ihnen Steine nach und jagte sie hinaus auf die Landstraße und hieß sie anderswo um ihr Brot betteln, so daß außer den Geächteten keiner zweimal ins Dorf kam, um Almosen zu erbitten. Es war in der Tat wie verliebt in die Schönheit, verhöhnte die Kranken und Häßlichen und trieb seinen Spott mit ihnen; sich selber aber liebte es, und im Sommer, wenn die Winde ruhten, lag es oft am Brunnen im Garten des Priesters und blickte hinab auf das Wunder seines eigenen Antlitzes und lachte vor Vergnügen über seine eigene Schönheit.

Oft schalten es der Holzfäller und seine Frau und sagten: »Wir haben nicht so an dir gehandelt, wie du an denen tust, die verlassen sind und niemanden haben, der ihnen zu Hilfe käme. Was bist du so grausam zu allen, die Mitleid brauchen?« Oft auch sandte der alte Priester nach ihm und suchte, ihn die Liebe zu allem Lebenden zu lehren, und sagte zu ihm: »Die Fliege ist dein Bruder. Tu ihr kein Leid. Die wilden Vögel, die durch den Wald schwärmen, haben ihre Freiheit. Fange sie nicht zu deinem Vergnügen. Gott schuf die Blindschleiche und den Maulwurf, und jedes hat seinen Platz. Wer bist du, daß du Schmerz in Gottes Welt bringen solltest? Selbst die Tiere auf dem Felde preisen Ihn.«

Aber das Sternkind achtete nicht auf diese Worte, sondern verzog das Gesicht und spottete und ging wieder zurück zu seinen Gefährten und war ihr Anführer. Und seine Gefährten folgten ihm, denn es war schön und leichtfüßig und konnte tanzen und flöten und musizieren. Und wo immer das Sternkind sie hinführte, da folgten sie ihm nach, und was auch das Sternkind sie tun hieß, das taten sie. Und wenn es mit einem spitzen Rohr die trüben Augen des Maulwurfs durchstieß, so lachten sie, und wenn es die Aussätzigen mit Steinen bewarf, so lachten sie wieder. Und in allen Dingen herrschte es über sie, und ihre Herzen wurden ebenso hart wie das seine.

Eines Tages nun zog ein armes Bettelweib durch das Dorf. Ihre Kleider waren zerrissen und zerlumpt, und ihre Füße bluteten von der rauhen Straße, welche sie gewandert, und sie war in großem Elend. Und weil sie müde war, ließ sie sich unter einem Kastanienbaum nieder, um zu rasten.

Doch als das Sternkind sie erblickte, sagte es zu seinen Gespielen: »Seht! Dort sitzt ein garstiges Bettelweib unter dem schönen, grünblättrigen Baum. Kommt, wir wollen sie fortjagen, denn sie ist häßlich und ungestalt.«

Also näherte es sich ihr und bewarf sie mit Steinen und verhöhnte sie, und sie blickte es voll Entsetzen an und wandte das Auge nicht von ihm. Und als der Holzfäller, der nebenan in einem Schuppen Holz spaltete, sah, was das Sternkind tat, lief er herbei und schalt es und sagte zu ihm: »Wahrlich, du bist hartherzig und kennst kein Erbarmen, denn was hat diese arme Frau dir Böses getan, daß du ihr so begegnest?«

Und das Sternkind wurde rot vor Zorn und stampfte mit dem Fuß auf die Erde und sagte: »Wer bist du, daß du mich meiner Taten wegen zur Rede stellst? Ich bin nicht dein Sohn, daß ich dir gehorchen müßte.«

»Du sagst die Wahrheit«, versetzte der Holzfäller, »und doch erzeigte ich dir Mitleid, da ich dich im Walde fand.«

Als das Weib diese Worte vernahm, stieß sie einen lauten Schrei aus und sank ohnmächtig nieder. Und der Holzfäller trug sie in sein eigenes Haus, und seine Frau nahm sich ihrer an, und als sie erwachte aus der Ohnmacht, in die sie gefallen war, setzten sie ihr Speise und Trank vor und baten sie, guten Muts zu sein.

Aber sie wollte weder essen noch trinken, sondern sprach zu dem Holzfäller: »Sagtest du nicht, dieses Kind wäre im Walde gefunden worden? Und war es nicht heute vor zehn Jahren?«

Und der Holzfäller entgegnete: »Wohl, im Wald war es, wo ich es fand, und heute sind es zehn Jahre her.«

»Und welche Zeichen fandest du mit ihm?« rief sie. »Trug es nicht eine Kette von Bernstein um seinen Hals? War es nicht gehüllt in einen Umhang aus Goldgewebe, bestickt mit Sternen?«

»Wahrhaftig«, versetzte der Holzfäller, »es war so, wie du sagst.« Und er holte den Umhang und die Bernsteinkette aus der Truhe, darin sie lagen, und zeigte sie ihr.

Und als sie diese Dinge sah, brach sie in Tränen der Freude aus und rief: »Es ist mein kleiner Sohn, den ich im Walde verlor. Ich bitte dich sehr, sende eilends nach ihm, denn nach ihm habe ich die ganze Welt durchwandert.«

Also gingen der Holzfäller und sein Weib hinaus und riefen das Sternkind und sagten zu ihm: »Gehe hinein in das Haus, und dort sollst du deine Mutter finden, die auf dich wartet.«

Der Knabe lief hinein, erfüllt von Staunen und von einer großen Freude. Doch als er sah, wer auf ihn wartete, lachte er verächtlich und rief: »Nun, wo ist denn meine Mutter? Denn ich sehe niemanden hier als nur das scheußliche Bettelweib.«

Und das Weib erwiderte ihm: »Ich bin deine Mutter.«

»Du bist von Sinnen, daß du so sprichst«, schrie das Sternkind voll Zorn. »Ich bin nicht dein Sohn, denn du bist ein Bettelweib, häßlich und in Lumpen. Darum scher dich fort, und laß mich dein garstiges Gesicht nicht länger sehen.«

»Und doch bist du in Wahrheit mein kleiner Sohn, den ich im Walde gebar«, rief sie und fiel auf die Knie und streckte ihre Arme nach ihm aus. »Die Räuber entrissen dich mir und gaben dich dem Tode preis«, stieß sie hervor, »doch ich erkannte dich, als ich dich sah, und auch die Zeichen habe ich erkannt, den Umhang aus Goldgewebe und die Bernsteinkette. Daher bitte ich dich, komm mit mir, denn dich zu suchen bin ich durch die ganze Welt gewandert. Komm mit mir, mein Sohn, denn ich bedarf deiner Liebe.«

Aber das Sternkind rührte sich nicht von der Stelle, sondern verschloß die Tür seines Herzens vor ihr, und kein Laut war zu hören außer dem Weinen der Frau in ihrem großen Schmerz. Und endlich sprach der Knabe zu ihr, und seine Stimme war hart und bitter. »Wenn du wirklich und wahrhaftig meine Mutter bist«, sagte er, »so wärest du besser fern geblieben und hättest mir die Schande erspart, da ich doch glaubte, das Kind eines Sterns zu sein und nicht eines Bettlers Kind, wie du mir sagst. Daher scher dich weg und laß mich dich nicht länger sehen.«

»Ach, mein Sohn!« rief sie. »Willst du mich nicht küssen, eh' ich gehe? Denn ich habe viel erduldet, um dich zu finden.«

»Nein«, erwiderte das Sternkind, »denn du bist garstig anzusehen, und eher wollte ich die Natter und die Kröte küssen als dich.« Da stand das Weib auf und ging fort in den Wald und weinte bitterlich; und als das Sternkind sah, daß sie gegangen war, freute es sich und lief zurück zu seinen Spielgefährten, um mit ihnen zu spielen.

Doch als diese ihn kommen sahen, verspotteten sie ihn und sagten: »Oh, du bist garstig wie die Kröte und abscheulich wie die Natter. Scher dich weg von hier, denn wir lassen dich nicht mehr mit uns spielen«, und sie trieben ihn hinaus aus dem Garten.

Und das Sternkind zog die Stirn kraus und sagte zu sich selber: »Was sagen sie da zu mir? Ich will zum Brunnen gehen und hineinsehen, und er soll mir meine Schönheit beweisen.«

Also ging er hin zu dem Brunnen und blickte hinein, und ach! sein Antlitz war wie das Antlitz einer Kröte, und sein Leib war geschuppt wie der Leib einer Natter. Und er warf sich nieder ins Gras und sagte zu sich selber: »Wahrlich, um meiner Sünde willen ist dieses über mich gekommen. Denn ich habe meine Mutter verleugnet und sie fortgejagt, und ich bin stolz und grausam zu ihr gewesen. Daher will ich hingehen und durch die ganze Welt nach ihr suchen und nicht rasten, ehe ich sie gefunden habe.«

Da kam die kleine Tochter des Holzfällers zu ihm und legte ihre Hand auf seine Schulter und sagte: »Was tut es, wenn du nicht mehr schön und lieblich bist? Bleib bei uns, und ich will dich nicht verspotten.«

Und er erwiderte ihr: »Nein, denn ich war grausam gegen meine Mutter, und als Strafe ist mir dieses Übel gesandt worden. Daher muß ich fort und durch die ganze Welt wandern, bis ich sie gefunden und ihre Vergebung erlangt habe.«

Also lief er hinaus in den Wald und rief nach seiner Mutter, daß sie zu ihm komme, aber er erhielt keine Antwort. Den ganzen Tag rief er nach ihr, und als die Sonne unterging, legte er sich auf ein Bett von Blättern zum Schlafen nieder, und die Vögel und die vierfüßigen Tiere des Waldes flohen ihn, denn sie erinnerten sich an seine Grausamkeit; ganz verlassen war er, nur die Kröte glotzte ihn an, und die träge Natter kroch an ihm vorüber.

Und am Morgen erhob er sich und pflückte bittere Beeren von den Bäumen und aß sie und ging seinen Weg durch den großen Wald und weinte sehr. Und jedes Wesen, das er traf, befragte er, ob es nicht vielleicht seine Mutter gesehen hätte.

Er sprach zum Maulwurf: »Du kannst unter die Erde kriechen. Sag mir, ist meine Mutter dort?«

Und der Maulwurf erwiderte: »Du hast meine Augen geblendet. Wie kann ich es wissen?«

Er sprach zum Hänfling: »Du kannst über die Wipfel der hohen Bäume fliegen und die ganze Welt sehen. Sag mir, siehst du meine Mutter?« Und der Hänfling versetzte: »Du hast mir zum Spaß die Flügel beschnitten. Wie soll ich fliegen?«

Und zu dem kleinen Eichhörnchen, das in der Tanne lebte und einsam war, sagte er: »Wo ist meine Mutter?«

Und das Eichhörnchen antwortete: »Meine Mutter hast du getötet. Willst du nun auch deine Mutter töten?«

Und das Sternkind weinte und neigte sein Haupt und erflehte Verzeihung von den Geschöpfen Gottes, und weiter ging es durch den Wald und suchte nach dem Bettelweib. Und am dritten Tag erreichte der Knabe die andere Seite des Waldes und stieg hinauf in die Ebene.

Und wenn er durch die Dörfer wanderte, verhöhnten ihn die Kinder und warfen Steine nach ihm, und die Bauern ließen ihn nicht einmal in ihren Scheunen schlafen, aus Furcht, er brächte Meltau über ihr gespeichertes Korn, so ekelhaft war er anzusehen, und ihre Taglöhner verjagten ihn, und da war keiner, der Mitleid mit ihm hatte. Und nirgends konnte er etwas über das Bettelweib erfahren, welches seine Mutter war, obgleich er drei Jahre lang durch die Welt wanderte und oft meinte, sie vor sich auf der Straße zu erblicken, nach ihr rief und ihr nacheilte, bis die scharfen Kieselsteine seine Füße bluten ließen. Aber einholen konnte er sie nicht, und die, die am Wege wohnten, leugneten stets, sie gesehen zu haben oder eine, die ihr glich, und sie spotteten über seinen Gram.

Drei volle Jahre wanderte er durch die Welt, und er fand nicht Liebe noch Herzensgüte, noch Erbarmen darin, sondern es war eine Welt, wie er sie in den Tagen seiner großen Hoffart selbst geschaffen hatte.

Und eines Abends kam er ans Tor einer stark befestigten Stadt, die an einem Fluß stand, und obgleich er müde war und die Füße ihn schmerzten, schickte er sich doch an, hineinzugehen. Doch die Soldaten, die Wache hielten, senkten ihre Hellebarden quer vor den Eingang und fragten ihn barsch: »Was willst du hier in dieser Stadt?«

»Ich suche meine Mutter«, antwortete er, »und ich bitte euch sehr, laßt mich hinein, denn es könnte sein, daß sie in dieser Stadt ist.«

Doch sie verhöhnten ihn, und einer von ihnen schüttelte seinen schwarzen Bart, stieß seinen Schild auf den Boden und rief: »Bei meiner Ehre, deine Mutter wird sich nicht freuen über deinen Anblick, denn du bist greulicher als die Kröte im Moor und häßlicher als die Natter, die im Sumpf kriecht. Scher dich fort! Scher dich fort! Deine Mutter wohnt nicht in dieser Stadt.«

Und ein anderer, der ein gelbes Banner in der Hand trug, sagte zu ihm: »Wer ist deine Mutter, und warum suchst du nach ihr?«

Und er antwortete: »Meine Mutter ist eine Bettlerin, wie ich ein Bettler bin. Ich habe übel an ihr gehandelt, deshalb bitte ich euch sehr, laßt mich hinein, auf daß ich ihre Verzeihung erlange, wenn sie in dieser Stadt weilt.« Doch sie ließen ihn nicht ein, sondern stachen mit ihren Speeren nach ihm.

Und als er sich weinend abwandte, da kam einer hinzu, dessen Rüstung mit goldenen Blumen eingelegt war und auf dessen Helm ein geflügelter Löwe lag, und befragte die Soldaten, wer es denn wäre, der Einlaß begehrte. Und sie sagten ihm: »Es ist ein Bettler und das Kind eines Bettlers, und wir haben ihn fortgejagt.«

»Nicht doch«, rief er lachend, »laßt uns das greuliche Geschöpf doch als Sklaven verkaufen, und sein Preis soll sein, was man für eine Schale süßen Weines zahlt.«

Und ein alter Mann mit bösem Gesicht, der gerade vorbeiging, rief aus und sagte: »Um diesen Preis will ich ihn kaufen«, und als er den Preis bezahlt hatte, nahm er das Sternkind an der Hand und führte es in die Stadt.

Und nachdem sie durch viele Straßen gegangen waren, kamen sie an eine kleine Tür, die war eingelassen in eine Mauer, welche von einem Granatapfelbaum überwachsen war. Und der alte Mann berührte die Tür mit einem Ring aus geschnittenem Jaspis, und sie sprang auf, und über fünf Stufen aus Messing gingen sie hinunter in einen Garten voll schwarzer Mohnblumen und grüner Krüge von gebranntem Ton. Und der alte Mann löste aus seinem Turban ein Tuch von gemusterter Seide, verband damit die Augen des Sternkindes und stieß es vor sich her. Und als ihm das Tuch wieder von den Augen genommen wurde, fand das Sternkind sich in einem Verlies, das eine Hornlaterne erhellte.

Und der alte Mann setzte ihm auf einem Holzbrett schimmeliges Brot vor und sagte: »Iß«, und in einem Napf reichte er ihm brackiges Wasser und sagte: »Trink!« Und als der Knabe gegessen und getrunken hatte, ging der alte Mann hinaus und versperrte die Tür hinter sich und verschloß sie mit einer eisernen Kette.

Und am Morgen kam der alte Mann, der in Wahrheit der verschlagenste aller Zauberer Libyens war und seine Kunst von einem gelernt hatte, der in den Grabmälern am Nil hauste, zu ihm herein und blickte ihn finster an und sprach: »In einem Wald nahe den Toren dieser Stadt der Giauren liegen drei Stück Gold verborgen. Das eine ist von weißem Gold, das andere von gelbem, und das Gold des dritten ist rot. Heute sollst du mir das Stück von weißem Gold bringen, und wenn du es nicht bringst, so werde ich dich mit hundert Hieben schlagen. Mach, daß du schnell fortkommst, und bei Sonnenuntergang werde ich an der Tür dieses Gartens auf dich warten. Sieh zu, daß du das weiße Gold bringst, oder es wird dir übel ergehen, denn du bist mein Sklave, und ich habe dich gekauft um den Preis einer Schale süßen Weines.«

Und mit einem Schal aus gemusterter Seide verband er dem Sternkind die Augen und führte es durch das Haus und durch den Garten voller Mohnblumen und hinauf über die fünf Stufen aus Messing. Und nachdem er mit seinem Ring die kleine Tür geöffnet hatte, schob er es auf die Straße.

Und das Sternkind ging hinaus durch das Stadttor und kam zu dem Wald, von welchem der Zauberer gesprochen hatte.

Dieser Wald nun war von außen sehr lieblich anzusehen, er schien voll von singenden Vögeln und süß duftenden Blumen, und fröhlich betrat ihn das Sternkind. Aber diese Schönheit nützte ihm wenig; denn wo er sich auch hinwandte, schossen rauhe Stacheln und Dornen aus dem Boden und umklammerten ihn, und böse Nesseln stachen ihn und bohrten ihm ihre Dolche ins Fleisch, so daß er in große Bedrängnis kam. Und nirgends konnte er das Stück weißen Goldes finden, von dem der Magier gesprochen hatte, obwohl er von Morgen bis Mittag suchte und von Mittag bis Sonnenuntergang. Und bei Sonnenuntergang wandte er sein Antlitz heimwärts und weinte bitterlich, denn er wußte, welches Schicksal seiner harrte.

Doch als er den Saum des Waldes erreicht hatte, hörte er aus dem Dickicht einen Schrei, wie von einem, der in Not ist. Da vergaß er seinen eigenen Kummer und lief zurück zu der Stelle und erblickte einen kleinen Hasen in einer Falle gefangen, die ein Jäger ihm gestellt hatte. Und das Sternkind hatte Erbarmen mit ihm und befreite ihn und sagte zu ihm: »Ich bin selber nur ein Sklave, und doch kann ich dir die Freiheit geben.«

Und der Hase antwortete ihm und sprach: »Wahrlich, du hast mir die Freiheit geschenkt, was kann ich dir zum Dank dafür geben?«

Und das Sternkind sprach zu ihm: »Ich suche nach einem Stück weißen Goldes und kann es nirgends finden, und wenn ich es meinem Herrn nicht bringe, wird er mich schlagen.«

»Komm mit mir«, sagte der Hase, »und ich will dich dahin führen, denn ich weiß, wo es verborgen ist und zu welchem Zweck.«

Also ging das Sternkind mit dem Hasen, und siehe! in dem Spalt einer großen Eiche erblickte er das Stück von weißem Gold, das er gesucht hatte. Freude erfüllte ihn, und er ergriff es und sagte zu dem Hasen: »Den Dienst, den ich dir erwies, hast du mir vielfältig vergolten, und die Güte, die ich dir erzeigte, hast du mir hundertfach zurückgezahlt.«

»Nein«, versetzte der Hase, »allein wie du an mir getan, so tat ich nun an dir«, und flink lief er davon, und das Sternkind ging auf die Stadt zu.

Nun saß aber am Tor der Stadt einer, der war aussätzig. Vor seinem Gesicht hing eine Kapuze aus grauem Linnen, und durch die Augenschlitze glommen seine Augen wie rote Kohlen. Und als er das Sternkind kommen sah, schlug er auf einen hölzernen Napf und rasselte mit seiner Klapper und rief ihm zu und sagte: »Gib mir ein Geldstück, oder ich muß Hungers sterben. Denn sie haben mich aus der Stadt geworfen, und da ist keiner, der sich meiner erbarmte.«

»Ach!« rief das Sternkind. »Ich habe nur ein einziges Goldstück in der Tasche, und wenn ich es meinem Herrn nicht bringe, wird er mich schlagen, denn ich bin sein Sklave.«

Aber der Aussätzige flehte ihn an und beschwor ihn, bis das Sternkind sich erbarmte und ihm das Stück weißen Goldes gab.

Und als er zu dem Haus des Zauberers kam, da öffnete ihm dieser und ließ ihn ein und sagte zu ihm: »Hast du das Stück weißen Goldes?« Und das Sternkind antwortete: »Ich habe es nicht.« Und der Zauberer stürzte sich auf ihn und schlug ihn und stellte ein leeres Holzbrett vor ihn und sagte: »Iß!«, und reichte ihm einen leeren Becher und sagte: »Trink!«, und stieß ihn wieder in das Verlies.

Und am Morgen kam der Magier zu ihm und sagte: »Wenn du mir heute nicht das Stück gelben Goldes bringst, so will ich dich wahrlich als meinen Sklaven behalten und dir dreihundert Streiche aufzählen.«

Da ging das Sternkind in den Wald, und den ganzen Tag lang suchte er nach dem Stück gelben Goldes, konnte es aber nirgends finden. Und bei Sonnenuntergang ließ er sich nieder und begann zu weinen, und wie er so weinte, da kam der kleine Hase zu ihm, den er von der Falle gerettet hatte.

Und der Hase sagte zu ihm: »Warum weinst du? Und was suchst du im Wald?«

Und das Sternkind erwiderte: »Ich suche nach einem Stück gelben Goldes, das hier verborgen liegt, und wenn ich es nicht finde, wird mein Herr mich schlagen, und ich muß sein Sklave bleiben.«

»Komm mit mir«, rief der Hase und lief durch den Wald, bis er zu einem Tümpel voll Wasser kam. Und am Grunde des Tümpels lag das Stück gelben Goldes.

»Wie soll ich dir danken?« sagte das Sternkind. »Denn siehe! dies ist das zweite Mal, daß du mir zu Hilfe kommst.«

»Hast du doch zuerst dich meiner erbarmt«, versetzte der Hase und lief hurtig davon.

Und das Sternkind nahm das Stück gelben Goldes und steckte es in die Tasche und eilte der Stadt zu. Aber der Aussätzige sah ihn kommen und lief ihm entgegen und kniete nieder und rief: »Gib mir ein Geldstück, oder ich sterbe vor Hunger.«

Und das Sternkind antwortete ihm: »Ich habe nur ein Stück gelben Goldes in meiner Tasche, und wenn ich es nicht meinem Herrn bringe, wird er mich schlagen, und ich muß sein Sklave bleiben.«

Aber der Aussätzige beschwor ihn so inbrünstig, daß das Sternkind sich seiner erbarmte und ihm das Stück gelben Goldes gab.

Und als er zu dem Haus des Zauberers kam, öffnete ihm dieser und ließ ihn ein und fragte: »Hast du das Stück gelben Goldes?« Und das Sternkind erwiderte ihm: »Ich habe es nicht.« Da stürzte sich der Magier auf ihn und schlug ihn, belud ihn mit Ketten und warf ihn wieder in das Verlies.

Und am Morgen kam der Zauberer zu ihm und sagte: »Wenn du mir heute das Stück roten Goldes bringst, will ich dir die Freiheit geben, wenn aber nicht, so will ich dich wahrlich töten.«

Also ging das Sternkind in den Wald und suchte den ganzen Tag nach dem Stück roten Goldes, konnte es aber nirgends finden. Und am Abend setzte er sich hin und weinte, und noch während er weinte, kam der kleine Hase zu ihm.

Und der Hase sprach: »Das Stück roten Goldes, das du suchst, liegt in der Höhle hinter dir. Daher weine nicht länger, sondern sei guten Muts.«

»Wie soll ich es dir lohnen?« rief das Sternkind. »Denn siehe! dies ist das dritte Mal, daß du mir geholfen hast.«

»Du aber hast dich zuerst meiner erbarmt«, entgegnete der Hase und lief hurtig davon.

Und das Sternkind betrat die Höhle, und im hintersten Winkel fand er das Stück roten Goldes. Er steckte es in die Tasche und eilte der Stadt zu. Und als der Aussätzige ihn kommen sah, stellte er sich mitten auf den Weg und rief aus: »Gib mir das Stück roten Goldes, oder ich muß sterben«, und wieder hatte das

Sternkind Mitleid mit ihm und gab ihm das Stück roten Goldes und sprach: »Deine Not ist größer als die meine.« Doch sein Herz war schwer, denn er wußte, welch bitteres Geschick seiner harrte.

Doch siehe! als er durch das Stadttor schritt, da neigten sich die Wächter tief und huldigten ihm und sprachen: »Wie schön ist unser Herr!« Und ein Haufen Leute folgte ihm und rief: »Wahrlich, niemand auf der ganzen Welt ist so schön wie er!«, so daß das Sternkind weinte und zu sich selber sagte: »Sie treiben ihren Spott mit mir und haben nicht Achtung vor meinem Elend.« Und so groß war die Menge der Menschen, die zusammenliefen, daß er die Richtung seines Weges verlor und sich endlich auf einem großen Platz wiederfand, wo der Palast des Königs stand.

Und das Tor des Palastes öffnete sich, und die Priester und die hohen Würdenträger der Stadt kamen ihm entgegen und demütigten sich vor ihm und sprachen: »Du bist unser Herr, auf den wir gewartet haben, und der Sohn unseres Königs.«

Und das Sternkind antwortete ihnen und sprach: »Ich bin keines Königs Sohn, sondern das Kind eines armen Bettelweibs. Und wie könnt ihr sagen, ich sei schön, da ich doch weiß, daß ich übel anzusehen bin?«

Da hob jener, dessen Rüstung mit goldenen Blumen eingelegt war und auf dessen Helm ein geflügelter Löwe ruhte, seinen Schild empor und rief: »Wie mag mein Gebieter sagen, er sei nicht schön?«

Und das Sternkind schaute hinein, und siehe! sein Antlitz war, wie es gewesen, und seine Lieblichkeit war ihm zurückgekehrt, und er sah etwas in seinen Augen, das er noch nie zuvor gesehen hatte.

Und die Priester und die hohen Würdenträger knieten nieder und sprachen zu ihm: »Es war uns seit alten Zeiten geweissagt, daß an diesem Tag er kommen sollte, der über uns regieren wird. Möge daher unser Gebieter diese Krone und dieses Zepter nehmen und in Gerechtigkeit und Gnade König sein über uns.«

Doch er entgegnete ihnen: »Ich bin nicht würdig, denn ich habe die Mutter verleugnet, die mich gebar, und ich will nicht ruhen, bis ich sie gefunden und ihre Verzeihung erlangt habe.

Daher laßt mich ziehen, denn ich muß wieder durch die Welt wandern und darf nicht hier verweilen, wenn ihr mir auch Krone und Zepter bringt.«

Und als er so redete, wandte er sein Gesicht von ihnen hin zu der Straße, die zum Stadttor führte, und siehe! mitten in der Menge, die sich um die Soldaten drängte, sah er das Bettelweib, welches seine Mutter war, und an ihrer Seite stand der Aussätzige, der an der Straße gesessen hatte.

Und ein Schrei der Freude brach von seinen Lippen, und er lief hin und kniete nieder und küßte die Wunden an seiner Mutter Füße und netzte sie mit seinen Tränen. Er neigte sein Haupt in den Staub und schluchzte wie einer, dessen Herz brechen will, und sagte zu ihr: »Mutter, ich verleugnete dich in der Stunde meiner Hoffart. Nimm mich an in der Stunde meiner Demut. Mutter, ich gab dir Haß. Gib du mir Liebe. Mutter, ich stieß dich zurück. Nimm du mich jetzt auf als dein Kind.« Aber das Bettelweib antwortete ihm nicht ein Wort.

Und er streckte seine Hände aus und umklammerte die weißen Füße des Aussätzigen und sagte zu ihm: »Dreimal hatte ich mit dir Erbarmen. Bitte meine Mutter, sie möge nur einmal zu mir sprechen.« Aber der Aussätzige antwortete ihm nicht ein Wort.

Und wieder schluchzte er und sagte: »Mutter, mein Leid ist größer, als ich tragen kann. Gewähre mir deine Verzeihung, und laß mich zurückkehren in den Wald.« Und das Bettelweib legte ihre Hand auf sein Haupt und sprach zu ihm: »Stehe auf«, und der Aussätzige legte seine Hand auf sein Haupt und sprach gleichfalls zu ihm: »Stehe auf.«

Und er erhob sich von den Knien und blickte sie an, und siehe! sie waren ein König und eine Königin.

Und die Königin sprach zu ihm: »Dies ist dein Vater, welchem du geholfen hast.«

Und der König sprach: »Dies ist deine Mutter, deren Füße du mit deinen Tränen gewaschen hast.«

Und sie fielen ihm um den Hals und küßten ihn und führten ihn in den Palast und kleideten ihn in köstliche Gewänder, und sie setzten die Krone auf sein Haupt und gaben das Zepter in seine Hand, und er herrschte über die Stadt am Fluß und war ihr Gebieter.

Viel Gerechtigkeit und Gnade erzeigte er allen, und den bösen Zauberer verbannte er, und dem Holzfäller und seiner Frau sandte er viele kostbare Geschenke, und ihren Kindern erwies er hohe Ehren. Er duldete keine Grausamkeiten, weder an gefiedertem noch an gehörntem Getier, sondern lehrte Liebe und Güte und Barmherzigkeit, und die Hungrigen nährte er, und die Nackten kleidete er, und Friede und Fülle herrschten im ganzen Land.

Aber er regierte nicht lange, so groß war sein Leiden und so bitter das Feuer seiner Prüfung gewesen, denn nach drei Jahren starb er. Und der nach ihm kam, regierte übel.

Der Glückliche Prinz

Hoch über der Stadt auf einer schlanken Säule stand die Statue des Glücklichen Prinzen. Er war über und über mit feinem Blattgold bedeckt, als Augen hatte er zwei strahlende Saphire, und ein großer roter Rubin glühte an seinem Schwertknauf. Alle Welt bewunderte ihn sehr. »Er ist so schön wie ein Wetterhahn«, bemerkte einer der Stadträte, der gern in den Ruf eines Kunstkenners gekommen wäre. »Nur ist er nicht ganz so nützlich«, fügte er hinzu, aus Angst, man könnte ihn sonst für unpraktisch halten, was er durchaus nicht war.

»Warum kannst du nicht sein wie der Glückliche Prinz?« fragte eine vernünftig denkende Mutter ihren kleinen Jungen, der weinend nach dem Mond verlangte. »Dem Glücklichen Prinzen fiele es nicht im Traum ein, um etwas zu weinen.«

»Ich freue mich, daß es wenigstens einen auf dieser Welt gibt, der ganz glücklich ist«, murmelte ein Enttäuschter und starrte auf die wunderbare Statue.

»Er sieht ganz wie ein Engel aus«, sagten die Waisenkinder, wenn sie in ihren leuchtenden, scharlachfarbenen Umhängen und sauberen weißen Kittelschürzen aus der Kathedrale kamen.

»Wie wollt ihr das wissen?« sagte der Mathematiklehrer. »Ihr habt ja nie einen gesehen.«

»O doch, in unseren Träumen«, antworteten die Kinder; und der Mathematiklehrer runzelte die Stirn und machte ein strenges Gesicht, denn er billigte es nicht, wenn Kinder träumten.

Eines Nachts flog über die Stadt eine kleine Schwalbe, genau genommen war es ein Schwalbenjüngling. Seine Freunde waren vor sechs Wochen nach Ägypten abgereist, er aber war zurückgeblieben, denn er hatte sich in das hübscheste aller Schilfrohre verliebt. Er hatte sie zu Anfang des Frühlings kennengelernt, als er den Fluß hinab hinter einem großen gelben Falter hergeflogen war, und war von ihrer schlanken Taille so betört gewesen, daß er anhielt, um mit ihr zu plaudern.

»Soll ich dich lieben?« fragte der Schwalbenjüngling, der sogleich zum Thema zu kommen pflegte, und das Schilfrohr machte ihm eine tiefe Verneigung. Da zog er um sie seine Kreise und berührte mit den Flügeln leicht das Wasser, daß es sich silbern kräuselte. Auf diese Art machte er ihr den Hof, und so ging es den ganzen Sommer.

»Das ist eine lächerliche Verbindung«, zwitscherten die anderen Schwalben. »Sie hat kein Geld und viel zu viele Verwandte.« In der Tat war der ganze Fluß voller Röhricht. Als dann der Herbst kam, flogen alle Schwalben davon.

Nach ihrem Aufbruch fühlte der Schwalbenjüngling sich einsam und fing an, seiner Dame überdrüssig zu werden. »Sie hat keine Konversation«, sagte er, »und ich befürchte fast, sie ist eine Kokette, denn sie flirtet ständig mit dem Wind.« Und wahrhaftig, wann immer der Wind wehte, machte das Schilfrohr die zierlichsten Knickse. »Ich gebe zu, sie ist häuslich«, fuhr er fort, »aber ich reise gern, und folglich sollte auch meine Frau das Reisen lieben.«

»Willst du mit mir kommen?« fragte er sie schließlich, aber sie schüttelte nur das Haupt, sie war zu sehr mit ihrer Heimat verwachsen.

»Du hast dein Spiel mit mir getrieben!« schluchzte er. »Ich verreise nach den Pyramiden. Leb wohl!«, und flog davon.

Er flog den ganzen Tag und erreichte gegen Abend die Stadt. »Wo soll ich absteigen?« sagte er. »Ich hoffe, die Stadt hat Vorkehrungen getroffen.«

Dann erblickte er die Statue auf der hohen Säule.

»Hier will ich absteigen«, rief er. »Die Lage ist reizend, und es ist genügend frische Luft hier.«
Damit landete er genau zwischen den Füßen des Glücklichen Prinzen.

»Ich habe ein goldenes Schlafgemach«, sagte er leise zu sich selber, als er um sich blickte, und bereitete sich zum Schlafen; aber als er gerade den Kopf unter seine Flügel stecken wollte, fiel ein großer Wassertropfen auf ihn herab. »Wie seltsam!« rief er. »Keine einzige Wolke steht am Himmel, die Sterne scheinen klar und hell, und dennoch regnet es. Das Klima im nördlichen Europa ist wirklich schauderhaft. Das Schilfrohr schwärmte zwar für Regen, aber das kam nur von ihrem Egoismus.«

Dann fiel noch ein Tropfen.

»Wofür ist eine Statue gut, wenn sie den Regen nicht abhalten kann?« sagte er. »Ich muß mich nach einem guten Schornstein umsehen«, und er beschloß, abzufliegen.

Aber bevor er seine Flügel öffnete, fiel ein dritter Tropfen, und er blickte auf und sah – Ah! was sah er da?

Die Augen des Glücklichen Prinzen waren gefüllt mit Tränen, und Tränen liefen seine goldenen Wangen herab. Im Mondlicht war sein Gesicht so schön, daß die kleine Schwalbe von Mitleid erfüllt wurde.

»Wer bist du?« sagte sie.

»Ich bin der Glückliche Prinz.«

»Warum weinst du dann?« fragte die Schwalbe. »Du hast mich ganz naß gemacht.«

»Als ich noch lebte und ein menschliches Herz hatte«, antwortete die Statue, »da wußte ich nicht, was Tränen sind, denn ich lebte im Schloß Sanssouci, wo die Sorge keinen Zutritt hat. Tagsüber spielte ich mit meinen Gefährten im Garten, und am Abend führte ich in der großen Halle den Tanz an. Rund um den Garten lief eine sehr hohe Mauer, aber ich kam nie auf den Gedanken, zu fragen, was dahinter läge, denn alles um mich her war so schön. Meine Höflinge nannten mich den Glücklichen Prinzen, und glücklich war ich in der Tat, wenn Vergnügen Glück bedeutet. So lebte ich, und so starb ich. Und nun, da ich tot bin, haben sie mich hier so hoch oben aufgestellt, daß ich alle Häßlichkeit und alles Elend meiner Stadt sehen kann, und wenn mein Herz auch aus Blei ist, kann ich doch nicht anders als weinen.«

»Was! Ist er nicht aus gediegenem Gold?« sagte die Schwalbe zu sich selber; sie war zu höflich, als daß sie eine so persönliche Bemerkung laut geäußert hätte.

»Fern von hier«, fuhr die Statue fort mit einer leisen, melodischen Stimme, »weit draußen in einer kleinen Straße steht ein armseliges Haus. Eines der Fenster ist geöffnet, und durch dieses Fenster sehe ich eine Frau an einem Tisch sitzen. Ihr Gesicht ist schmal und verhärmt, und sie hat rauhe und rote Hände, ganz von der Nadel zerstochen, denn sie ist Näherin. Sie stickt Passionsblumen auf ein Atlaskleid, das die lieblichste unter den Hofdamen der Königin beim nächsten Hofball tragen wird. In einem Bett in der Ecke der Kammer liegt ihr kleiner Junge krank zu Bett. Er hat Fieber und verlangt nach Orangen. Seine Mutter kann ihm aber nichts geben als Wasser aus dem Fluß, deshalb weint er. Schwalbe, Schwalbe, kleine Schwalbe, willst du ihr nicht den Rubin aus meinem Schwertknauf bringen? Meine Füße sind an diesem Sockel befestigt, und ich kann mich nicht bewegen.«

»Ich werde in Ägypten erwartet«, sagte die Schwalbe. »Meine Freunde fliegen den Nil auf und nieder und plaudern mit den großen Lotosblumen. Bald werden sie im Grabmal des großen Königs schlafen gehen. Der König selber liegt dort in seinem bemalten Sarg. Er ist in gelbes Linnen gewickelt und mit Spezereien einbalsamiert. Um seinen Hals schlingt sich eine Kette von blaßgrüner Jade, und seine Hände sind wie welkes Laub.«

»Schwalbe, Schwalbe, kleine Schwalbe«, sagte der Prinz, »willst du nicht eine Nacht lang bei mir bleiben und mein Bote sein? Der Junge ist so durstig und die Mutter so betrübt.«

»An sich mache ich mir nichts aus Jungen«, antwortete die Schwalbe. »Im letzten Sommer, als ich am Fluß wohnte, gab es da zwei ungezogene Jungen, die Söhne des Müllers, die immer mit Steinen nach mir warfen. Sie trafen mich natürlich niemals; dafür fliegen wir Schwalben viel zu schnell, und außerdem stamme ich aus einer Familie, die berühmt ist für ihre Gewandtheit; immerhin war das jedoch ein Zeichen von Respektlosigkeit.«

Aber der Glückliche Prinz blickte so traurig drein, daß er der kleinen Schwalbe leid tat. »Es ist sehr kalt hier«, sagte sie. »Aber ich will eine Nacht lang bei dir bleiben und dein Bote sein.«

»Dank dir, kleine Schwalbe«, entgegnete der Prinz.

Da pickte die Schwalbe den großen Rubin aus des Prinzen Schwert, nahm ihn in den Schnabel und flog damit über die Dächer der Stadt.

Sie flog am Turm der Kathedrale vorbei, wo die weißen Marmorengel stehen. Sie flog am Palast vorbei und hörte den Lärm des Balles. Ein wunderschönes Mädchen trat mit seinem Verehrer auf den Balkon. »Wie wunderbar sind die Sterne«, sprach er zu ihr. »Und wie herrlich ist die Macht der Liebe!«

»Ich hoffe, mein Kleid wird rechtzeitig fertig für den Staatsball«, erwiderte sie, »ich habe Passionsblumen darauf sticken lassen; aber die Näherinnen sind so faul.«

Sie flog über den Fluß und sah die Laternen an den Masten der Schiffe hängen. Sie flog über das Ghetto und sah die alten Juden miteinander handeln und Geld abwiegen auf kupfernen Waagen. Endlich erreichte sie das armselige Haus und blickte hinein.

Der Junge warf sich im Fieber auf dem Bett hin und her, und die Mutter war eingeschlafen, sie war so müde. Hinein hüpfte die Schwalbe und legte den großen Rubin auf den Tisch neben den Fingerhut der Frau. Dann flog sie sanft rund ums Bett und fächelte des Knaben Stirn mit ihren Flügeln. »Wie kühl mir ist!« sagte der Knabe. »Ich glaube, es geht mir besser«, und er versank in einen köstlichen Schlummer.

Darauf flog die Schwalbe zurück zum Glücklichen Prinzen und berichtete ihm, was sie getan hatte. »Seltsam«, bemerkte sie, »mir ist ganz warm geworden, obwohl es doch so kalt ist.«

»Das kommt daher, weil du eine gute Tat getan hast«, sagte der Prinz. Und die kleine Schwalbe begann, darüber nachzudenken, und dann schlief sie ein. Vom Nachdenken wurde sie immer schläfrig.

Bei Tagesanbruch flog sie hinunter zum Fluß und nahm ein Bad.

»Welch bemerkenswertes Phänomen!« sprach der Professor der Ornithologie, als er über die Brücke ging. »Eine Schwalbe im Winter!« Und er schrieb einen langen Brief darüber an das Lokalblatt. Jedermann zitierte ihn, er war voll von so vielen Ausdrücken, die sie nicht verstanden.

»Heute abend verreise ich nach Ägypten«, rief die Schwalbe, und diese Aussicht stimmte sie fröhlich. Sie besuchte alle Denkmäler und bedeutenden Bauten der Stadt und saß längere Zeit ganz oben auf der Kirchturmspitze. Wo sie auch hinging, zirpten die Spatzen und sagten einer zum andern: »Was für ein vornehmer Fremder!« Und so unterhielt sich die Schwalbe ganz ausgezeichnet.

Als der Mond aufging, flog sie zurück zum Glücklichen Prinzen.

»Hast du irgendwelche Aufträge für Ägypten?« rief sie. »Ich fliege gleich ab.«

»Schwalbe, Schwalbe, kleine Schwalbe«, sagte der Prinz, »willst du nicht noch eine Nacht lang bei mir bleiben?«

»Ich werde in Ägypten erwartet«, erwiderte die Schwalbe. »Morgen fliegen meine Freunde zum zweiten Katarakt hinauf. Das Nilpferd lagert dort im Schilf, und auf einem hohen granitenen Thron sitzt der Gott Memnon. Die ganze Nacht betrachtet er die Sterne, und wenn der Morgenstern erglänzt, stößt er einen Schrei der Freude aus, dann schweigt er wieder still. Zu Mittag kommen die gelben Löwen herab ans Ufer des Wassers, um zu trinken. Sie haben Augen wie grüne Berylle, und ihr Gebrüll ist mächtiger als das Brüllen des Katarakts.«

»Schwalbe, Schwalbe, kleine Schwalbe«, sagte der Prinz, »weit weg von hier, am anderen Ende der Stadt, sehe ich einen jungen Mann in einer Dachkammer. Er beugt sich über einen mit Papieren bedeckten Tisch, und neben ihm in einem Becher steht ein Strauß verwelkter Veilchen. Sein Haar ist braun und kraus, seine Lippen sind rot wie Granatäpfel, und er hat große und träumerische Augen. Er bemüht sich, ein Stück für den Theaterdirektor zu beenden, aber er friert so sehr, daß er nicht schreiben kann. Kein Feuer ist im Kamin, und vor Hunger ist er ganz entkräftet.«

»Ich will diese eine Nacht noch bei dir bleiben«, sagte die Schwalbe, die wirklich ein gutes Herz hatte. »Soll ich ihm auch einen Rubin bringen?«

»Ach! Ich habe keinen Rubin mehr«, entgegnete der Prinz. »Meine Augen sind alles, was mir geblieben ist. Sie sind aus seltenen Saphiren gemacht, vor wohl tausend Jahren aus Indien gebracht. Reiß eines davon heraus und bring es ihm. Er wird es dem Juwelier verkaufen und Brennholz dafür beschaffen und sein Stück beenden können.«

»Lieber Prinz«, sagte die Schwalbe, »das kann ich nicht tun.« Und sie begann zu weinen.

»Schwalbe, Schwalbe, kleine Schwalbe«, sagte der Prinz, »tu, was ich dir sage.«

Also riß die Schwalbe des Prinzen Auge aus und flog fort zur Dachkammer des Studenten. Man konnte leicht hineingelangen, denn das Dach hatte ein Loch. Da flog sie hindurch und kam hinein in die Kammer. Der junge Mann hatte den Kopf in den Händen vergraben, deshalb hörte er nicht das Flattern der Vogelschwingen, und als er aufblickte, fand er den herrlichen Saphir auf den verwelkten Veilchen liegen.

»Endlich beginnt man, mich anzuerkennen«, rief er. »Das hier kommt gewiß von einem großen Bewunderer. Nun kann ich mein Stück beenden«, und er sah ganz glücklich aus.

Am nächsten Tag flog die Schwalbe hinunter zum Hafen. Sie setzte sich auf den Mast eines großen Schiffes und beobachtete die Matrosen, wie sie große Kisten mit Stricken aus dem Laderaum zerrten. »Hievt, a-hoi!« schrien sie, wie eine Kiste nach der anderen heraufkam. »Ich verreise nach Ägypten!« rief die Schwalbe, aber keiner beachtete sie, und als der Mond aufging, flog sie zurück zum Glücklichen Prinzen.

»Ich bin gekommen, um dir Lebewohl zu sagen«, rief sie.

»Schwalbe, Schwalbe, kleine Schwalbe«, sagte der Prinz, »willst du nicht noch eine Nacht lang bei mir bleiben?«

»Es ist Winter«, versetzte die Schwalbe, »und der frostige Schnee wird bald hier sein. In Ägypten scheint die Sonne warm auf die grünen Palmbäume, und die Krokodile liegen im Schlamm und blinzeln träge vor sich hin. Meine Gefährten bauen ein Nest im Tempel von Baalbeck, und die weißen und rosenfarbenen Tauben schauen ihnen zu und gurren. Lieber Prinz, ich muß dich verlassen, aber ich will dich nie vergessen, und im nächsten Frühling will ich dir zwei prächtige Edelsteine bringen für die, die du verschenkt hast. Der Rubin soll röter sein als eine rote Rose, und der Saphir so blau wie die große See.«

»Auf dem Platz da unten«, sagte der Glückliche Prinz, »steht ein kleines Mädchen und verkauft Streichhölzer. Sie hat ihre Hölzchen in den Rinnstein fallen lassen, und nun sind alle verdorben. Ihr Vater wird sie schlagen, wenn sie kein Geld heimbringt, und jetzt weint sie. Sie hat keine Schuhe und Strümpfe, und ihr Köpfchen ist bloß. Reiß mein anderes Auge aus und gib es ihr, so wird ihr Vater sie nicht schlagen.«

»Ich will noch diese Nacht bei dir bleiben«, antwortete die Schwalbe, »aber ich kann nicht dein Auge ausreißen. Du wärest dann ja ganz blind.«

»Schwalbe, Schwalbe, kleine Schwalbe«, sagte der Prinz, »tu, was ich dir sage.«

So riß sie des Prinzen zweites Auge aus und stieß damit hinab. Sie schwirrte an dem Streichholzmädchen vorbei und ließ den Edelstein in seine Hand gleiten. »Was für ein schönes Stück Glas!« rief das kleine Mädchen; und lachend rannte es nach Haus.

Darauf kam die Schwalbe zurück zum Prinzen. »Nun bist du blind«, sagte sie, »so will ich immer bei dir bleiben.«

»Nein, kleine Schwalbe«, sagte der arme Prinz, »du mußt fortfliegen nach Ägypten.«

»Ich will immer bei dir bleiben«, entgegnete die Schwalbe und schlief zu des Prinzen Füßen ein.

Den ganzen nächsten Tag saß sie auf der Schulter des Prinzen und erzählte ihm, was alles sie in fernen Ländern gesehen hatte. Sie erzählte ihm von den roten Ibissen, die in langen Reihen an den Ufern des Nils stehen und mit ihren Schnäbeln Goldfische fangen; von der Sphinx, die so alt ist wie die Welt selber, in der Wüste lebt und alles weiß; von den Kaufleuten, die langsam neben ihren Kamelen schreiten und Bernsteinketten in den Händen tragen; vom König des Mondgebirges, der schwarz ist wie Ebenholz und einen riesigen Kristall anbetet; von der großen grünen Schlange, die in einer Palme schläft und zwanzig Priester um sich hat, die sie mit Honigkuchen füttern; und von den Pygmäen, die auf breiten, flachen Blättern über einen großen See segeln und immer im Krieg mit den Schmetterlingen liegen.

»Liebe kleine Schwalbe«, sagte der Prinz, »du erzählst mir von wunderbaren Dingen, aber wunderbarer als alles ist das Leiden der Menschen. Kein Geheimnis ist so tief wie das Elend. Flieg über meine Stadt, kleine Schwalbe, und sag mir, was du dort siehst.«

So flog die Schwalbe über die große Stadt und sah, wie die Reichen in ihren prächtigen Häusern sich vergnügten, während die Bettler draußen an den Toren saßen. Sie flog in dunkle Gassen und sah die weißen Gesichter hungernder Kinder gleichgültig in die schwarzen Straßen starren. Unter einem Brückenbogen lagen zwei kleine Knaben, einer in des anderen Arm geschmiegt, um sich aneinander zu wärmen. »Wir haben solchen Hunger«, sagten sie. »Hier dürft ihr nicht liegen«, brüllte der Wächter, und so gingen sie hinaus in den Regen.

Dann flog die Schwalbe zurück und erzählte dem Prinzen, was sie gesehen hatte. »Ich bin ganz mit feinem Gold bedeckt«, sagte der Prinz, »du mußt es abnehmen, Blatt für Blatt, und meinen Armen geben; die Lebenden glauben immer, daß Gold sie glücklich machen kann.«

Blatt für Blatt pickte die Schwalbe das feine Gold weg, bis der Glückliche Prinz ganz stumpf und grau aussah. Blatt für Blatt des feinen Goldes brachte sie den Armen, und die Gesichter der Kinder wurden rosiger, und sie lachten und spielten ihre Spiele auf den Straßen. »Jetzt haben wir Brot!« riefen sie.

Dann kam der Schnee, und nach dem Schnee kam der Frost. Die Straßen sahen aus, als wären sie aus Silber gemacht, sie leuchteten und glänzten; lange Eiszapfen hingen, kristallenen Dolchen gleich, von den Dachrinnen der Häuser, jedermann ging in Pelz einher, und die kleinen Jungen trugen scharlachrote Mützen und liefen auf dem Eis Schlittschuh.

Der armen kleinen Schwalbe wurde kälter und kälter, aber sie wollte den Prinzen nicht verlassen, dazu hatte sie ihn zu lieb. Vor den Türen der Bäcker pickte sie Krumen auf, wenn der Bäcker gerade nicht hinsah, und sie versuchte, sich zu wärmen, indem sie mit den Flügeln schlug.

Endlich aber erkannte sie, daß sie sterben würde. Sie hatte gerade genug Kraft, um noch einmal zu des Prinzen Schulter hinaufzufliegen. »Leb wohl, lieber Prinz!« sagte sie leise. »Darf ich deine Hand küssen?«

»Ich freue mich, daß du endlich nach Ägypten reist, kleine Schwalbe«, sagte der Prinz, »du bist zu lange hiergeblieben; aber du mußt mich auf die Lippen küssen, denn ich liebe dich.«

»Nicht nach Ägypten reise ich«, sagte die Schwalbe, »ich gehe zum Haus des Todes. Der Tod ist der Bruder des Schlafs, ist es nicht so?« Und sie küßte den Glücklichen Prinzen auf die Lippen und fiel tot zu seinen Füßen nieder.

In diesem Augenblick tönte aus dem Innern der Statue ein seltsames Knacken, als wäre etwas zerbrochen. Und wahrhaftig war das bleierne Herz in zwei Hälften gesprungen. Es war ja auch wirklich ein grimmig kalter Frost.

Früh am nächsten Morgen ging der Bürgermeister in Gesellschaft der Stadträte unten über den Platz. Als sie an der Säule vorbeikamen, blickten sie zu der Statue auf: »Du liebe Zeit! Wie schäbig der Glückliche Prinz aussieht!« sagte er.

»In der Tat, wie schäbig!« riefen die Stadträte, die dem Bürgermeister immer beipflichteten; und sie stiegen hinauf, um ihn zu betrachten.

»Der Rubin ist aus seinem Schwert gefallen, die Augen sind weg, und vergoldet ist er auch nicht mehr«, sagte der Bürgermeister. »Er sieht wahrhaftig nicht viel besser aus als ein Bettler!«

»Nicht viel besser als ein Bettler!« sagten die Stadträte.

»Und hier liegt doch tatsächlich ein toter Vogel zu seinen Füßen!« fuhr der Bürgermeister fort. »Wir müssen wirklich eine Bekanntmachung herausgeben, wonach es Vögeln nicht gestattet sein soll, hier zu sterben.« Und der Stadtschreiber notierte sich diesen Vorschlag. Und so riß man die Statue des Glücklichen Prinzen nieder. »Da er nicht länger schön ist, ist er auch nicht länger nützlich«, sprach der Kunstprofessor an der Universität.

Dann schmolzen sie die Statue in einem Hochofen, und der Bürgermeister berief eine Versammlung ein, um zu beschließen, was mit dem Metall geschehen sollte. »Wir brauchen selbstverständlich ein neues Denkmal«, sagte er, »und zwar soll es ein Denkmal von mir selbst werden.«

»Von mir«, sagte jeder der Stadträte, und sie stritten sich. Als ich zum letztenmal von ihnen hörte, stritten sie noch immer.

»Wie seltsam!« sagte der Werkmeister in der Schmelzhütte. »Dieses gesprungene Bleiherz will im Hochofen nicht schmelzen. Wir müssen es wegwerfen.« So warfen sie es auf einen Kehrichthaufen, wo auch die tote Schwalbe lag.

»Bring mir die beiden kostbarsten Dinge in der Stadt«, sprach Gott zu einem von seinen Engeln; und der Engel brachte ihm das bleierne Herz und den toten Vogel.

»Du hast recht gewählt«, sprach Gott, »denn in meinem Paradiesgarten soll dieser kleine Vogel ewig singen, und in meiner goldenen Stadt der Glückliche Prinz mich preisen.«

Die Nachtigall und die Rose

»Sie sagte, sie würde mit mir tanzen, wenn ich ihr rote Rosen brächte«, rief der junge Student, »aber in meinem ganzen Garten gibt es keine rote Rose.«

In ihrem Nest in der Steineiche hörte ihn die Nachtigall, und sie spähte durch das Laub und wunderte sich.

»Keine einzige Rose in meinem ganzen Garten«, rief er, und seine schönen Augen füllten sich mit Tränen. »Ach, an was für kleinen Dingen hängt das Glück! Ich habe alles gelesen, was weise Männer schrieben, ich bin im Besitz aller Geheimnisse der Philosophie, und doch wird mangels einer roten Rose mein Leben dem Unglück verfallen.«

»Hier endlich ist ein wahrhaft Liebender«, sagte die Nachtigall. »Nacht für Nacht habe ich von ihm gesungen, obwohl ich ihn nicht kannte; Nacht für Nacht habe ich seine Geschichte den Sternen erzählt, und nun sehe ich ihn. Sein Haar ist dunkel wie die Hyazinthenblüte, und seine Lippen sind rot wie die Rose seiner Sehnsucht; aber die Leidenschaft hat sein Gesicht zu Elfenbein gebleicht, und der Gram hat ihm sein Siegel auf die Stirn gedrückt.«

»Morgen abend gibt der Prinz einen Ball«, murmelte der junge Student, »und meine Liebste wird mit von der Gesellschaft sein. Wenn ich ihr eine rote Rose bringe, will sie bis zum Morgen mit mir tanzen. Wenn ich ihr eine rote Rose bringe, werde ich sie in meinen Armen halten, und sie wird ihren Kopf an meine Schulter lehnen, und ihre Hand wird in meiner liegen. Aber in meinem Garten gibt es keine rote Rose, so werde ich einsam sitzen, und sie wird an mir vorübergehen. Sie wird mir keine Beachtung schenken, und mir wird das Herz brechen.«

»In der Tat, hier ist ein wahrhaft Liebender«, sagte die Nachtigall. »Wovon ich singe, daran leidet er; was mir Freude bereitet, das ist ihm Schmerz. Liebe ist gewiß etwas Wunderbares. Sie ist kostbarer als Smaragd, teurer als reiner Opal. Perlen und Granatäpfel können sie nicht kaufen, noch wird sie auf dem Markt feilgeboten. Sie kann nicht von Kaufleuten gehandelt, noch wie Gold auf der Waage gewogen werden.«

»Die Musikanten werden in ihrer Galerie sitzen«, sagte der junge Student, »und auf ihren Streichinstrumenten spielen, und meine Liebste wird tanzen zum Klang der Harfen und Violinen. Sie wird so leicht tanzen, daß ihre Füße den Boden nicht berühren, und die Höflinge in ihren bunten Kleidern werden sich um sie drängen. Aber mit mir wird sie nicht tanzen, denn ich habe keine rote Rose für sie«, und er warf sich nieder ins Gras, vergrub sein Gesicht in den Händen und weinte.

»Warum weint er?« fragte eine kleine grüne Eidechse, während sie eilig mit dem Schwänzchen in der Luft an ihm vorbeischlüpfte.

»Ja, warum?« fragte ein Schmetterling, der hinter einem Sonnenstrahl herflatterte.

»Ja, warum?« flüsterte ein Gänseblümchen mit sanfter, schwacher Stimme seiner Nachbarin zu.

»Er weint wegen einer roten Rose«, sagte die Nachtigall.

»Wegen einer roten Rose?« riefen sie. »Ist das aber komisch!« Und die kleine Eidechse, die so etwas wie ein Zyniker war, lachte lauthals.

Aber die Nachtigall verstand das Geheimnis von des Studenten Kummer; still saß sie in der Eiche und sann über das Mysterium der Liebe nach.

Plötzlich breitete sie ihre braunen Flügel zum Flug aus und schwang sich in die Luft. Sie flog durch den Hain wie ein Schatten, und wie ein Schatten segelte sie über den Garten.

Da stand mitten auf dem Rasen ein wunderschöner Rosenstrauch, und als sie ihn sah, flog sie hinüber zu ihm und landete im Gezweig.

»Gib mir eine rote Rose«, rief sie, »und ich will dir mein süßestes Lied singen.«

Aber der Rosenstrauch schüttelte den Kopf.

»Meine Rosen sind weiß«, antwortete er, »so weiß wie der Schaum der See und weißer als der Schnee auf den Bergen. Aber geh zu meinem Bruder, der rund um die alte Sonnenuhr wächst, vielleicht gibt er dir, was du wünschest.«

So flog die Nachtigall hinüber zu dem Rosenstrauch, der rund um die alte Sonnenuhr wuchs.

»Gib mir eine rote Rose«, rief sie, »und ich will dir mein süßestes Lied singen.«

Aber der Rosenstrauch schüttelte den Kopf.

»Meine Rosen sind gelb«, antwortete er, »so gelb wie das Haar der Meerjungfer, die auf einem Thron aus Bernstein sitzt, und gelber als die Narzisse, die auf der Wiese blüht, bevor der Mäher kommt mit seiner Sense. Aber geh zu meinem Bruder, der unter des Studenten Fenster wächst, vielleicht gibt er dir, was du wünschest.«

Also flog die Nachtigall hinüber zu dem Rosenstrauch, der unter des Studenten Fenster wuchs.

»Gib mir eine rote Rose«, rief sie, »und ich will dir mein süßestes Lied singen.«

Aber der Rosenstrauch schüttelte den Kopf.

»Meine Rosen sind rot«, antwortete er, »so rot wie die Füße der Taube und röter als die großen Korallenfächer, die in den Meeresgrotten hin und wider wogen. Aber der Winter hat meine Adern erstarren lassen, der Frost hat meine Knospen erstickt und der Sturm meine Zweige gebrochen, und ich werde in diesem ganzen Jahr keine Rosen tragen.«

»Eine rote Rose ist alles, was ich will«, rief die Nachtigall, »nur eine einzige rote Rose! Gibt es keinen Weg, sie zu erlangen?«

»Es gibt einen Weg«, sagte der Rosenstock, »aber er ist so fürchterlich, daß ich nicht wage, ihn dir zu nennen.«

»Nenne ihn mir«, erwiderte die Nachtigall, »ich fürchte mich nicht.«

»Wenn du eine rote Rose willst«, sagte der Rosenstrauch, »so mußt du sie im Mondlicht weben aus Gesang und sie mit deinem eigenen Herzblut färben. Deine Brust gegen einen Dorn gedrückt, mußt du für mich singen. Die ganze Nacht lang mußt du für mich singen, und der Dorn muß dein Herz durchbohren, und dein Lebensblut muß in meine Adern fließen und zu dem meinen werden.«

»Der Tod ist ein hoher Preis für eine rote Rose«, rief die Nachtigall, »und das Leben ist uns allen sehr teuer. Lieblich ist es, im grünen Wald zu sitzen und die Sonne in ihrem goldenen Wagen zu betrachten und den Mond in seinem Wagen aus Perlen. Süß ist der Duft des Weißdorns, süß sind die blauen Glockenblumen, die sich im Tal verbergen, und das Heidekraut, das auf den Hügeln blüht. Und doch ist die Liebe besser als das Leben, und was ist das Herz eines Vogels gegen ein Menschenherz?«

So breitete sie ihre braunen Flügel zum Flug aus und schwang sich in die Luft. Wie ein Schatten streifte sie über den Garten, und wie ein Schatten segelte sie durch den Hain.

Der junge Student lag noch immer im Gras, wie sie ihn verlassen hatte, und die Tränen in seinen schönen Augen waren noch nicht getrocknet.

»Freue dich«, rief die Nachtigall, »freue dich; du sollst deine rote Rose haben. Aus Gesang will ich sie im Mondlicht weben und sie mit meinem eigenen Herzblut färben. Alles, was ich von dir zum Dank dafür verlange, ist, daß du deiner Liebe treu bleiben sollst, denn Liebe ist besser als Weisheit, auch wenn diese weise ist, und besser als Macht, auch wenn diese mächtig ist. Flammenfarben sind ihre Schwingen, und von der Farbe des Feuers ist ihr Leib. Ihre Lippen sind süß wie Honig, und ihr Atem ist wie Weihrauch.«

Der Student blickte aus dem Gras auf und lauschte, aber er konnte nicht verstehen, was die Nachtigall zu ihm sagte, denn er verstand nur Dinge, die in Büchern stehen.

Aber der Eichbaum verstand sie und war traurig, denn er liebte die Nachtigall, die ihr Nest in seinen Zweigen gebaut hatte.

»Sing mir ein letztes Lied«, flüsterte er. »Ich werde einsam sein, wenn du fort bist.«

Da sang die Nachtigall für den Eichbaum, und ihre Stimme war wie Wasser, das aus einem silbernen Krug sprudelt.

Als sie ihr Lied beendet hatte, stand der Student auf und zog Notizbuch und Bleistift aus seiner Tasche.

»Sie hat Form«, sagte er zu sich selber, während er sich durch den Hain entfernte, »das kann man ihr nicht absprechen; aber hat sie auch Gefühl? Ich fürchte nicht. Sie ist eben wie die meisten Künstler: ganz Stil, ohne jede echte Empfindung. Sie würde sich nicht für andere opfern. Sie hat nur Musik im Kopf, und man weiß ja, daß die Künste selbstsüchtig sind. Immerhin, man muß zugeben, daß sie einige herrliche Töne in ihrer Stimme hat. Wie schade, daß sie nichts bedeuten, noch irgend etwas wirklich Gutes tun!« Und er ging in seine Kammer und legte sich auf das schmale Feldbett und begann, an seine Liebste zu denken; und nach einer Weile fiel er in Schlaf.

Und als der Mond an den Himmeln erglänzte, da flog die Nachtigall zum Rosenstrauch und drückte ihre Brust gegen den Dorn. Die ganze Nacht sang sie, die Brust gegen den Dorn gepreßt, und der kalte, kristallene Mond neigte sich herab und lauschte. Die ganze Nacht sang sie, und der Dorn drang tiefer und tiefer in ihre Brust, und das Lebensblut ebbte hinweg von ihr.

Zuerst sang sie von der Geburt der Liebe im Herzen eines Jünglings und eines Mädchens. Und auf dem höchsten Zweig des Rosenstocks erblühte eine wunderbare Rose, Blütenblatt um Blütenblatt, wie Lied auf Lied folgte. Bleich war sie zuerst wie der Nebel, der über dem Fluß hängt, bleich wie die Füße des Morgens und silbrig wie die Schwingen der Morgenröte. Wie das Schattenbild einer Rose in einem Spiegel aus Silber, wie das Schattenbild einer Rose im Teich, so war die Rose, die auf dem höchsten Zweig des Rosenstocks erblühte.

Aber der Rosenstock rief der Nachtigall zu, fester gegen den Dorn zu drücken. »Drück fester, kleine Nachtigall«, rief der Rosenstock, »sonst kommt der Tag, noch ehe die Rose vollendet ist.«

Da drückte die Nachtigall fester gegen den Dorn, voller und voller ertönte ihr Lied, denn sie sang vom Erwachen der Leidenschaft in der Seele eines Mannes und einer Jungfrau.

Und ein zarter Anhauch von Rosa kam in die Blätter der Rose, wie das Erröten ins Gesicht des Bräutigams, wenn er die Lippen der Braut küßt. Aber der Dorn hatte ihr Herz noch nicht erreicht, so blieb das Herz der Rose noch weiß, denn nur das Herzblut einer Nachtigall kann das Herz einer Rose färben.

Und der Rosenstrauch rief der Nachtigall zu, fester gegen den Dorn zu drücken. »Drück fester, kleine Nachtigall«, rief der Rosenstock, »sonst kommt der Tag, noch ehe die Rose vollendet ist.«

So drückte die Nachtigall fester gegen den Dorn, und der Dorn berührte ihr Herz, und ein jäher, wilder Schmerz durchfuhr sie. Bitter, bitter war der Schmerz, stürmisch und stürmischer ertönte ihr Lied, denn sie sang von der Liebe, die im Tod sich erfüllt, von der Liebe, die auch im Grabe nicht stirbt.

Und die herrliche Rose wurde blutrot wie die Rose des östlichen Himmels. Blutrot war der Gürtel der Blütenblätter, und blutrot wie ein Rubin war das Herz.

Aber die Stimme der Nachtigall wurde schwächer, und ihre kleinen Flügel begannen zu flattern, und ein Schleier legte sich vor ihre Augen. Matt und matter wurde ihr Lied, und in ihrer Kehle fühlte sie ein Ersticken.

Da brach zum letztenmal ein Lied aus ihr hervor. Der weiße Mond vernahm es, und er vergaß die Morgendämmerung und verweilte noch am Himmel. Die rote Rose vernahm es, und sie erzitterte über und über in Verzückung und öffnete ihren Kelch der kühlen Morgenluft. Das Echo trug es zu seiner purpurnen Höhle in den Bergen und weckte die schlafenden Hirten aus ihren Träumen. Es schwebte über dem Schilf am Fluß, und er trug die Botschaft dem Meer zu.

»Siehe! Siehe«, rief der Rosenstrauch, »nun ist die Rose vollendet!« Doch die Nachtigall gab keine Antwort, denn sie lag tot im hohen Gras, den Dorn in ihrem Herzen.

Und zu Mittag öffnete der Student sein Fenster und blickte hinaus.

»Nein, was für ein unglaubliches Glück!« rief er. »Hier ist eine rote Rose! In meinem ganzen Leben habe ich keine solche Rose gesehen. Sie ist so schön, daß sie sicher einen langen lateinischen Namen hat«, und er beugte sich hinaus und pflückte sie.

Dann setzte er seinen Hut auf und lief mit der Rose in der Hand hinauf zum Haus des Professors.

Die Tochter des Professors saß in der Tür und wand blaue Seide auf eine Spule, und ihr kleiner Hund lag zu ihren Füßen.

»Du sagtest, du würdest mit mir tanzen, wenn ich dir eine rote Rose brächte«, rief der Student. »Hier ist die röteste Rose auf der ganzen Welt. Du wirst sie heute nacht an deinem Herzen tragen, und wenn wir miteinander tanzen, werde ich dir sagen, wie sehr ich dich liebe.«

Aber das Mädchen verzog das Gesicht.

»Leider paßt sie nicht zu meinem Kleid«, antwortete sie. »Und außerdem hat mir des Kammerherrn Neffe echte Juwelen geschickt, und jedermann weiß, daß Juwelen viel mehr kosten als Blumen.«

»Nun, auf mein Wort, du bist sehr undankbar«, rief der Student zornig und warf die Rose auf die Straße. Sie fiel in den Rinnstein, und ein Wagenrad fuhr darüber hinweg.

»Undankbar!« sagte das Mädchen. »Und ich will dir etwas sagen: Du bist unverschämt. Wer bist du denn überhaupt? Nur ein Student. Wahrscheinlich hast du nicht einmal silberne Schnallen für deine Schuhe wie des Kammerherrn Neffe!« Und sie erhob sich von ihrem Stuhl und ging ins Haus.

»Wie töricht ist doch die Liebe!« sagte der Student beim Fortgehen. »Sie ist nicht halb so nützlich wie die Logik, denn sie beweist nichts, und sie schwatzt einem immer von Dingen, die nicht eintreffen, und sie macht einen Dinge glauben, die nicht wahr sind. Sie ist in der Tat gänzlich unpraktisch, und da in unserer Zeit Praktischsein alles ist, werde ich zur Philosophie zurückkehren und Metaphysik studieren.«

Also ging er heim in sein Zimmer, zog ein großes, staubiges Buch hervor und begann zu lesen.

Der selbstsüchtige Riese

Jeden Nachmittag, wenn die Kinder aus der Schule kamen, gingen sie in den Garten des Riesen, um darin zu spielen.

Es war ein großer, lieblicher Garten mit weichem, grünem

Gras. Hier und da schauten wunderschöne Blumen aus dem Gras wie Sterne, und zwölf Pfirsichbäume standen da, die im Frühling köstliche rosa- und perlenfarbene Blüten trugen und im Herbst reiche Frucht brachten. Die Vögel saßen in den Bäumen und sangen so süß, daß die Kinder oft in ihren Spielen innehielten, um ihnen zu lauschen. »Wie glücklich wir hier sind!« rief eines dem anderen zu.

Eines Tages kam der Riese nach Haus. Er war auf Besuch gewesen bei seinem Freund, dem Menschenfresser von Cornwall, und war sieben Jahre bei ihm geblieben. Als die sieben Jahre um waren, hatte er alles gesagt, was er zu sagen hatte, denn das war nicht viel; und so beschloß er, in sein eigenes Schloß zurückzukehren. Als er ankam, sah er die Kinder in seinem Garten spielen.

»Was macht ihr hier?« schrie er mit sehr barscher Stimme, und die Kinder liefen weg.

»Mein eigener Garten ist mein eigener Garten«, sagte der Riese. »Das wird jeder einsehen, und ich erlaube keinem, darin zu spielen, außer mir selber.« Also baute er eine hohe Mauer rundherum und stellte eine Warntafel auf, darauf stand:

UNBEFUGTEN IST DER ZUTRITT BEI STRAFE VERBOTEN

Er war ein sehr selbstsüchtiger Riese.

Die armen Kinder konnten jetzt nirgends mehr spielen. Sie versuchten es auf der Straße, aber die Straße war sehr staubig und voll von harten Steinen, und das gefiel ihnen gar nicht. Wenn der Unterricht vorbei war, gingen sie jetzt oft rund um die hohen Mauern und unterhielten sich über den herrlichen Garten dahinter. »Wie glücklich waren wir dort!« sagten sie zueinander.

Dann kam der Frühling, und überall im ganzen Land gab es kleine Blüten und kleine Vögel. Nur im Garten des selbstsüchtigen Riesen herrschte noch immer Winter. Die Vögel hatten keine Lust, darin zu singen, weil keine Kinder da waren, und die Bäume vergaßen zu blühen. Einmal steckte eine wunderschöne Blume ihren Kopf aus dem Gras heraus, aber als sie die Warntafel sah, taten ihr die Kinder so leid, daß sie wieder zurück in die Erde schlüpfte und weiterschlief. Die einzigen, die sich freuten, waren der Schnee und der Frost. »Der Frühling hat diesen Garten vergessen«, riefen sie, »so wollen wir das ganze Jahr hier wohnen bleiben.« Mit seinem großen, weiten Mantel bedeckte der Schnee das Gras, und der Frost bemalte alle Bäume mit Silber. Sie luden den Nordwind ein, bei ihnen zu wohnen, und er kam. Er war in Pelze eingemummt, heulte den ganzen Tag durch den Garten und fegte die Schornsteinaufsätze herunter. »Das ist ein reizender Ort«, sagte er, »wir müssen den Hagel zu Besuch bitten.« So kam der Hagel. Jeden Tag prasselte er drei Stunden lang auf das Dach des Schlosses, bis die meisten Dachschiefer zerbrochen waren, und dann lief er rund um den Garten, so schnell er nur konnte. Er war in Grau gekleidet, und sein Atem war wie Eis. »Ich kann nicht begreifen, warum der Frühling sich mit seinem Kommen so lange Zeit läßt«, sagte der selbstsüchtige Riese, als er am Fenster saß und in seinen kalten, weißen Garten hinausblickte. »Ich hoffe, das Wetter ändert sich bald.«

Aber der Frühling kam nicht und auch nicht der Sommer. Der Herbst brachte jedem Garten goldene Früchte, doch dem Garten des Riesen brachte er nichts. »Er ist zu selbstsüchtig«, sagte er. So blieb es hier immer Winter, und Nordwind und Hagel, Frost und Schnee tanzten zwischen den Bäumen.

Eines Morgens lag der Riese wach im Bett; da hörte er eine liebliche Musik. So süß klang es seinen Ohren, daß er meinte, die Musikanten des Königs zögen vorbei. In Wirklichkeit sang nur ein kleiner Hänfling draußen vor seinem Fenster, aber es war so lange her, seit er einen Vogel in seinem Garten singen gehört hatte, daß es ihm schien wie die herrlichste Musik in der Welt. Dann hörte der Hagel auf, über seinem Kopf zu tanzen, der Nordwind hörte auf zu heulen, und durch den offenen Fensterflügel drang ein köstlicher Duft. »Ich glaube, der Frühling ist endlich gekommen«, sagte der Riese; und er sprang aus dem Bett und sah hinaus.

Und was sah er?

Er sah ein höchst wunderbares Bild. Durch ein kleines Loch der Mauer waren die Kinder hereingekrochen und saßen nun in den Zweigen der Bäume. In jedem Baum, den er sehen konnte, saß ein kleines Kind. Und die Bäume freuten sich so sehr, die Kinder wiederzuhaben, daß sie sich in Blüten gekleidet hatten und ihre Arme sanft über den Köpfen der Kinder wehen ließen. Die Vögel schwirrten umher und zwitscherten vor Vergnügen, und die Blumen blickten aus dem grünen Gras heraus und lachten. Es war ein wunderschöner Anblick; nur in einer Ecke war noch Winter. Es war der entfernteste Winkel des Gartens, und dort stand ein kleiner Junge. Er war so klein, daß er nicht hinaufreichen konnte zu den Ästen des Baumes, und so lief er rundherum und weinte bitterlich. Der arme Baum war noch immer mit Frost und Schnee bedeckt, und der Nordwind blies und heulte darüber hin. »Steig herauf, kleiner Junge«, sagte der Baum und neigte seine Äste so weit herunter, wie er nur konnte; aber der Junge war zu winzig.

Und das Herz des Riesen schmolz, als er hinausblickte. »Wie selbstsüchtig bin ich doch gewesen!« sagte er. »Jetzt weiß ich, warum der Frühling nicht hierherkommen wollte. Ich werde diesen armen kleinen Jungen in den Wipfel des Baumes setzen, und dann werde ich die Mauer niederreißen, und mein Garten soll für immer ein Spielplatz der Kinder sein.« Und er bedauerte wirklich sehr, was er getan hatte.

Er schlich also hinunter, öffnete ganz sachte die Haustür und trat hinaus in den Garten. Aber als die Kinder ihn sahen, erschraken sie so, daß sie alle davonliefen, und im Garten wurde es wieder Winter. Nur der kleine Junge lief nicht davon, denn seine Augen waren so voll Tränen, daß er den Riesen nicht kommen sah. Und der Riese stahl sich hinter ihn, hob ihn sanft auf seine Hand und setzte ihn hinauf in den Baum. Und mit einem Male brach der Baum in Blüten aus, und die Vögel kamen und sangen darauf, und der kleine Junge streckte seine beiden Arme aus und schlang sie um des Riesen Nacken und küßte ihn. Und als die anderen Kinder sahen, daß der Riese nicht länger böse war, kamen sie zurückgelaufen, und mit ihnen kam der Frühling. »Das ist jetzt euer Garten, ihr kleinen Kinder«, sagte der Riese, und er nahm eine große Axt und riß die Mauer nieder. Und als die Leute um zwölf Uhr auf den Markt gingen, sahen sie den Riesen mit den Kindern spielen in dem herrlichsten Garten, den sie jemals erblickt hatten.

Den ganzen Tag lang spielten sie, und am Abend kamen sie zum Riesen, um sich zu verabschieden.

»Aber wo ist euer kleiner Spielgefährte«, sagte er, »der Junge, den ich in den Baum gesetzt habe?« Der Riese hatte ihn am liebsten, weil er ihn geküßt hatte.

»Wir wissen es nicht«, antworteten die Kinder, »er ist weggegangen.«

»Ihr müßt ihm sagen, daß er morgen ganz sicher wiederkommen soll«, sagte der Riese. Aber die Kinder erwiderten, sie wüßten nicht, wo er wohne, und hätten ihn niemals zuvor gesehen; da wurde der Riese sehr traurig.

Jeden Nachmittag, wenn die Schule vorbei war, kamen die Kinder und spielten mit dem Riesen. Aber der kleine Junge, den der Riese liebte, wurde niemals wieder gesehen. Der Riese war sehr freundlich zu allen Kindern, aber er sehnte sich nach seinem ersten kleinen Freund und sprach oft von ihm. »Wie gern würde ich ihn sehen!« sagte er dann immer.

Jahre vergingen, und der Riese wurde recht alt und schwach. Er konnte nicht mehr draußen spielen, also saß er in einem riesigen Lehnstuhl, sah den Kindern bei ihren Spielen zu und freute sich an seinem Garten. »Ich habe viele herrliche Blumen«, sagte er, »aber die Kinder sind die allerschönsten.«

Eines Wintermorgens, als er sich eben ankleidete, blickte er aus einem Fenster. Jetzt haßte er den Winter nicht mehr, denn er wußte, daß der Frühling nur schlief und die Blumen sich ausruhten.

Plötzlich rieb er sich seine Augen vor Erstaunen und schaute und schaute. Und wahrhaftig hatte er einen herrlichen Anblick. Im entferntesten Winkel des Gartens war ein Baum ganz bedeckt mit lieblichen weißen Blüten. Seine Äste waren golden, und silberne Früchte hingen von ihnen, und darunter stand der kleine Knabe, den er geliebt hatte.

Voller Freude lief der Riese hinunter und hinaus in den Garten. Er hastete über das Gras und näherte sich dem Kind. Und als er ganz nahe war, rötete sich sein Gesicht vor Zorn, und er sagte: »Wer hat es gewagt, dich zu verwunden?« Denn auf der Handfläche des Kindes waren die Male zweier Nägel, und Male zweier Nägel waren auf den kleinen Füßen.

»Wer hat es gewagt, dich zu verwunden?« rief der Riese. »Sage es mir, daß ich mein großes Schwert nehme und ihn erschlage.«

»Laß nur dein Schwert in der Scheide«, erwiderte das Kind, »denn dies sind die Wunden der Liebe.«

»Wer bist du?« fragte der Riese, und eine fremdartige Scheu überfiel ihn, und er kniete nieder vor dem kleinen Kind. Und das Kind lächelte dem Riesen zu und sagte zu ihm: »Du ließest mich einst in deinem Garten spielen, heute sollst du mit mir in meinen Garten kommen, der da ist das Paradies.«

Und als die Kinder an diesem Nachmittag hereinliefen, da fanden sie den Riesen tot unter dem Baum liegen, und er war ganz bedeckt mit weißen Blüten.

Der ergebene Freund

Eines Morgens steckte der alte Wasserratz den Kopf aus seinem Loch. Er hatte glänzende Knopfaugen und einen steifen grauen Schnurrbart, und sein Schwanz war wie ein langes Stück schwarzer Kautschuk. Die kleinen Enten schwammen auf dem Weiher umher und sahen genau wie ein Haufen gelber Kanarienvögel aus, und ihre Mutter, die rein weiß war mit echten roten Beinen, versuchte ihnen beizubringen, wie man im Wasser kopfsteht.

»Ihr werdet nie zur besten Gesellschaft gehören, wenn ihr nicht kopfstehen könnt«, wiederholte sie unaufhörlich; und alle Augenblicke führte sie ihnen vor, wie man's macht. Aber die kleinen Enten waren überhaupt nicht aufmerksam. Sie waren so jung, daß sie noch nicht wußten, wie vorteilhaft es ist, zur besten Gesellschaft zu gehören.

»Was für ungehorsame Kinder!« rief der alte Wasserratz, »sie verdienten es wahrhaftig, daß man sie ertränkte.«

»Beileibe nicht«, erwiderte die Ente, »aller Anfang ist schwer, und Eltern können nie zu geduldig sein.«

»Ach ja? Ich verstehe nichts von elterlichen Gefühlen«, sagte der Wasserratz. »Ich habe keinen Sinn für Familie. Ich war allerdings niemals verheiratet und habe auch keinerlei Absicht, es jemals zu sein. Liebe ist auf ihre Art recht schön und gut, aber Freundschaft steht viel höher. Ich wüßte wahrhaftig nichts auf der Welt, das edler oder auch seltener wäre als eine ergebene Freundschaft.«

»Und was, wenn ich bitten darf, ist Ihre Vorstellung von den Pflichten eines ergebenen Freundes?« fragte ein grüner Hänfling, der auf einem Weidenbaum gleich daneben saß und der Unterhaltung gefolgt war.

»Ja, genau das möchte ich auch erfahren«, sagte die Ente, schwamm weg zum anderen Ende des Teiches und machte einen Kopfstand, um ihren Kindern ein gutes Beispiel zu geben.

»Was für eine dumme Frage!« rief der Wasserratz. »Ich würde von meinem ergebenen Freund selbstverständlich erwarten, daß er mir ergeben ist.«

»Und was würden Sie zum Dank dafür für ihn tun?« fragte der kleine Vogel, wippte auf einem silbrigen Zweig und flatterte mit seinen zierlichen Flügeln.

»Ich verstehe Sie nicht«, antwortete der Wasserratz.

»Dann will ich Ihnen zu diesem Thema eine Geschichte erzählen«, sagte der Hänfling.

»Handelt die Geschichte von mir?« fragte der Wasserratz. »In diesem Fall will ich sie mir anhören, denn ich schätze Geschichten ganz außerordentlich.«

»Die Geschichte läßt sich auf Sie anwenden«, versetzte der Hänfling; und er flog herunter, ließ sich am Ufer nieder und erzählte die Geschichte vom ergebenen Freund.

»Es war einmal«, begann der Hänfling, »ein redlicher kleiner Bursche, der hieß Hans.«

»War er in irgendeiner Hinsicht bemerkenswert?«

»Nein«, versetzte der Hänfling, »ich glaube nicht, daß er irgendwie bemerkenswert war, außer wegen seines gütigen Herzens und seines lustigen runden, gutgelaunten Gesichts. Er lebte ganz allein in einer winzigen Hütte und arbeitete jeden Tag in seinem Garten. In der ganzen Gegend war kein Garten so lieblich wie seiner. Bartnelken wuchsen da, Goldlack und Hirtentäschelkraut und Hahnenfuß. Da gab es Damaszenerrosen und gelbe Rosen, lila und goldenen Krokus, purpurne und weiße Veilchen. Akelei und Wiesenschaumkraut, Majoran und Basilienkraut, Primeln und Lilien, Narzissen und Nelken sproßten und blühten jedes zu seiner Zeit, wie die Monate kamen und gingen; eine Blume trat an die Stelle einer andern, so daß es immer etwas Schönes zum Anschauen und etwas Angenehmes zum Riechen gab.

Der kleine Hans hatte eine große Zahl von Freunden, aber der treueste Freund von allen war Hugo, der Müller. In der Tat, so ergeben war der reiche Müller dem kleinen Hans, daß er niemals an seinem Garten vorbeiging, ohne sich über den Zaun zu lehnen und einen stattlichen Blumenstrauß oder eine Handvoll Küchenkräuter zu pflücken oder sich die Taschen mit Pflaumen und Kirschen zu füllen, wenn die Zeit der Früchte war.

›Wahre Freunde sollten alles miteinander teilen‹, pflegte der Müller zu sagen, und der kleine Hans nickte und lächelte und war sehr stolz darauf, einen Freund mit so erbaulichen Gedanken zu haben.

Manchmal fanden es die Nachbarn zwar recht sonderbar, daß der reiche Müller dem kleinen Hans nicht auch einmal etwas schenkte, obwohl er in seiner Mühle Hunderte von Mehlsäcken aufgestapelt hatte, sechs Milchkühe besaß und eine große Herde wolliger Schafe; aber Hans beschwerte seinen Kopf nicht mit diesen Dingen, und nichts machte ihm mehr Vergnügen, als den wunderbaren Worten zu lauschen, die der Müller über die Selbstlosigkeit wahrer Freundschaft zu sagen wußte.

So arbeitete der kleine Hans tagein, tagaus in seinem Garten. Im Frühling, im Sommer und im Herbst war er sehr glücklich, aber wenn der Winter kam, hatte er keine Früchte oder Blumen mehr, um sie zum Markt zu bringen, er litt recht unter Kälte und Hunger und ging oft ins Bett ohne ein anderes Abendbrot als ein paar getrockneten Birnen oder einigen harten Nüssen. Im Winter war er auch sehr einsam, denn der Müller besuchte ihn dann nie.

›Es hätte keinen Sinn, den kleinen Hans zu besuchen, solange der Schnee liegt‹, sagte der Müller dann immer zu seiner Frau, ›denn wenn ein Mensch Sorgen hat, soll man ihn allein lassen und ihn nicht mit Besuchen belästigen. Das ist wenigstens meine Vorstellung von Freundschaft, und ich bin überzeugt, daß ich im Recht bin. Daher will ich warten, bis der Frühling kommt, und ihn dann aufsuchen; dann kann er mir einen großen Korb voll Schlüsselblumen schenken, und das wird ihn ganz glücklich machen.‹

›Du bist wirklich sehr rücksichtsvoll gegen andere‹, antwortete die Frau, die in ihrem bequemen Lehnstuhl neben dem großen Kiefernfeuer saß, ›wirklich sehr rücksichtsvoll. Es ist ein wahrer Genuß, dich über Freundschaft sprechen zu hören. Ich bin sicher, daß der Pfarrer selber nicht so schöne Sachen darüber sagen könnte wie du, wenn er auch in einem dreistöckigen Haus wohnt und einen goldenen Ring an seinem kleinen Finger trägt.‹

›Aber könnten wir den kleinen Hans nicht zu uns einladen?‹ fragte des Müllers jüngster Sohn. ›Wenn der arme Hans in Not ist, werde ich ihm die Hälfte von meinem Porridge geben und ihm meine weißen Hasen zeigen.‹

›Was bist du doch für ein dummer Bub!‹ rief der Müller. ›Ich weiß wirklich nicht, wozu ich dich in die Schule schicke. Du scheinst da überhaupt nichts zu lernen. Nun, wenn der kleine Hans zu uns käme und unser warmes Feuer sähe und unser gutes Abendbrot und unser großes Faß voll roten Weines, da könnte er neidisch werden, und der Neid ist etwas ganz Schlimmes und verdirbt jeden Charakter. Ich aber werde es sicherlich nicht gestatten, daß Hans' Charakter verdorben wird. Ich bin sein bester Freund, und ich werde immer meine Hand über ihn halten und darauf sehen, daß man ihn nicht in Versuchung führt. Übrigens, wenn Hans hierherkäme, würde er mich vielleicht bitten, ihm auf Kredit etwas Mehl zu leihen, und das könnte ich nicht tun. Mehl ist eine Sache, und Freundschaft ist eine andere, und man soll die beiden nicht durcheinanderbringen. Die Wörter werden unterschiedlich buchstabiert und bedeuten ganz verschiedene Dinge. Das sieht schließlich jedes Kind.‹

›Wie schön du sprichst!‹ sagte des Müllers Weib und goß sich ein großes Glas Warmbier ein, ›mir wird schon ganz schläfrig dabei. Es ist genauso, als wäre man in der Kirche.‹

›Es gibt eine Menge Leute, die gut handeln‹, antwortete der Müller, ›aber nur sehr wenige sprechen auch gut, woraus verständlich wird, daß Sprechen bei weitem das Schwierigere ist von den beiden Dingen und auch bei weitem das Feinere.‹ Und er blickte streng über den Tisch auf seinen kleinen Sohn, der vor lauter Scham seinen Kopf hängen ließ und ganz scharlachrot anlief und in seinen Tee hinein zu weinen begann. Aber er war ja noch so klein, daß man ihm das nicht übelnehmen darf.«

»Ist die Geschichte zu Ende?« fragte der Wasserratz.

»Aber nein«, versetzte der Hänfling, »das ist der Anfang.«

»Dann sind Sie aber gar nicht auf dem laufenden«, sagte der Wasserratz. »Heutzutage beginnt jeder gute Erzähler mit dem Ende, geht dann über zum Anfang und schließt mit der Mitte. Das ist die moderne Methode. Ich habe neulich alles darüber gehört, und zwar von einem Kritiker, der mit einem jungen Mann rund um den Teich spazierenging. Er sprach sehr ausführlich über die Angelegenheit, und ich bin überzeugt, daß er recht hatte, denn er trug blaue Brillen und hatte eine Glatze, und immer, wenn der junge Mann irgendeine Bemerkung machte, sagte er nur: ›Bah!‹ Doch fahren Sie bitte fort mit Ihrer Geschichte. Ich schätze den Müller ganz außerordentlich. Ich habe selbst alle Arten von erhabenen Gefühlen, so daß eine tiefe seelische Verwandtschaft zwischen uns besteht.«

»Nun«, sagte der Hänfling und hüpfte von einem Bein aufs andere, »als der Winter vorüber war und die Schlüsselblumen ihre bleichen, gelben Sterne gerade öffneten, sagte der Müller zu seiner Frau, er wolle hinuntergehen und den kleinen Hans besuchen.

›Ach, was hast du für ein gutes Herz!‹ rief seine Frau. ›Immer denkst du an andere. Und vergiß ja nicht, den großen Korb für die Blumen mitzunehmen.‹

Der Müller band also mit einer starken Eisenkette die Flügel der Windmühle fest und ging mit dem Korb überm Arm den Hügel hinunter.

›Guten Morgen, kleiner Hans‹, sagte der Müller.

›Guten Morgen‹, sagte Hans, auf seinen Spaten gelehnt, und lachte von einem Ohr zum anderen.

›Und wie ist es dir den ganzen Winter über ergangen?‹ fragte der Müller.

›Ach‹, rief Hans, ›es ist sehr gütig von dir, danach zu fragen, wirklich sehr gütig. Ich habe leider eine recht schwere Zeit gehabt, aber jetzt ist der Frühling gekommen, und ich bin ganz glücklich, und alle meine Blumen gedeihen.‹

›Wir haben den Winter über oft von dir gesprochen, Hans‹, sagte der Müller, ›und uns gefragt, wie es dir wohl ginge.‹

›Das war sehr freundlich von euch‹, sagte Hans, ›ich fürchtete schon fast, ihr hättet mich vergessen.‹

›Hans, ich muß mich über dich wundern‹, erwiderte der Müller, ›Freundschaft vergißt niemals. Das ist ja das Wunderbare daran; aber ich fürchte, du begreifst die Poesie des Lebens nicht. Übrigens, nebenbei gesagt, wie entzückend deine Schlüsselblumen aussehen!‹

›Ja, sie sind wirklich sehr schön‹, sagte Hans, ›und es ist ein großes Glück für mich, daß ich so viele davon habe. Ich will sie zum Markt bringen und der Tochter des Bürgermeisters verkaufen und mit dem Geld meinen Schubkarren auslösen.‹

›Deinen Schubkarren auslösen? Du willst doch nicht sagen, daß du ihn verkauft hast? Das war aber sehr dumm von dir!‹

›Nun ja, Tatsache ist‹, entgegnete Hans, ›daß ich dazu gezwungen war. Verstehst du, der Winter war eine sehr schlechte Zeit für mich, und ich hatte wirklich gar kein Geld, um mir Brot zu kaufen. Daher verkaufte ich zuerst die silbernen Knöpfe von meinem Sonntagsmantel und dann meine silberne Kette und dann meine große Pfeife, und als letztes verkaufte ich meinen Schubkarren. Aber jetzt werde ich das alles wieder zurückkaufen.‹

›Hans‹, sagte der Müller, ›ich will dir meinen Schubkarren schenken. Er ist nicht eben in bestem Zustand; eine Seite ist in der Tat ganz hin, und mit den Radspeichen ist etwas nicht in Ordnung. Ich weiß, es ist sehr großzügig von mir, und viele Leute würden mich für äußerst töricht halten, daß ich ihn hergebe; aber ich bin nicht wie die anderen. Ich glaube, daß Großzügigkeit das Wesen der Freundschaft ausmacht, und außerdem habe ich für mich bereits einen neuen Schubkarren angeschafft. Ja, du darfst nun in Ruhe schlafen, denn ich will dir meinen Schubkarren schenken.‹

›Ach, das ist wirklich sehr großzügig von dir‹, sagte der kleine Hans, und sein lustiges rundes Gesicht strahlte über und über vor Freude. ›Ich kann ihn leicht selber richten, denn ich habe eine Holzplanke im Haus.‹

›Eine Holzplanke!‹ sagte der Müller. ›Das ist ja genau das,

was ich für das Dach meiner Scheune brauche. Das hat ein weites Loch, und wenn ich nichts dagegen unternehme, wird das Getreide ganz feucht. Wie gut, daß du davon gesprochen hast! Es ist doch erstaunlich, wie eine gute Tat immer eine andere nach sich zieht. Ich habe dir meinen Schubkarren geschenkt, und du wirst mir nun dein Brett geben. Selbstverständlich ist der Schubkarren bei weitem mehr wert als das Brett. Aber wahre Freundschaft beachtet solche Dinge nicht. Ich bitte dich, hole es gleich, damit ich noch heute mit der Arbeit an meiner Scheune beginnen kann.‹

›Aber gern‹, rief der kleine Hans, lief in den Schuppen und schleppte das Brett heraus.

›Es ist kein sehr großes Brett‹, sagte der Müller und sah es an, ›und ich fürchte, wenn mein Scheunendach geflickt ist, wird nichts für dich übrigbleiben, womit du den Schubkarren flicken könntest; aber das ist selbstverständlich nicht meine Schuld. Und nun, da ich dir meine Schubkarre gegeben habe, wirst du mir sicherlich zum Dank dafür gern ein paar Blumen schenken wollen. Hier ist der Korb, mach ihn nur ganz voll.‹

›Ganz voll?‹ sagte der kleine Hans ziemlich bekümmert, denn es war wirklich ein sehr großer Korb, und er sah, daß ihm keine Blumen mehr für den Markt bleiben würden, wenn er ihn bis oben füllte, und ihm lag sehr viel daran, seine Silberknöpfe wiederzubekommen.

›Nun, ich muß schon sagen‹, versetzte der Müller, ›wo ich dir meinen Schubkarren gegeben habe, finde ich es wirklich nicht zuviel verlangt, wenn ich dich um ein paar Blumen bitte. Bitte, vielleicht irre ich mich, aber ich hatte angenommen, daß Freundschaft, wahre Freundschaft, von jedweder Selbstsucht gänzlich frei wäre.‹

›Mein lieber Freund, mein bester Freund‹, rief der kleine Hans, ›ich gebe dir gern alle Blumen in meinem Garten. Mir liegt allezeit viel mehr an deiner guten Meinung als an meinen Silberknöpfen‹, und er lief und pflückte alle seine schönen Primeln und füllte des Müllers Korb.

›Adieu, kleiner Hans‹, sagte der Müller und stieg mit dem Brett auf der Schulter und dem großen Korb in seiner Hand den Hügel hinauf.

›Guten Tag‹, sagte der kleine Hans und machte sich lustig wieder ans Graben; er freute sich so über den Schubkarren.

Am nächsten Tag machte er gerade Geißblattranken über der Tür fest, als er die Stimme des Müllers hörte, der ihn von der Straße her rief. Gleich sprang er von der Leiter, lief in den Garten hinunter und blickte über den Zaun. Da stand der Müller mit einem großen Mehlsack auf seinem Rücken.

›Mein lieber kleiner Hans‹, sagte der Müller, ›würde es dir etwas ausmachen, mir diesen Sack mit Mehl auf den Markt zu tragen?‹

›Ach, es tut mir so leid‹, versetzte Hans, ›aber ich habe heute wirklich viel zu tun. Ich muß alle meine Schlingpflanzen aufbinden und alle meine Blumen gießen und meinen ganzen Rasen walzen.‹

›Nun, ich muß schon sagen‹, sagte der Müller, ›ich finde, in Anbetracht dessen, daß ich dir meinen Schubkarren schenken will, ist deine Weigerung doch einigermaßen unfreundlich.‹

›Ach, sage das nicht‹, rief der kleine Hans, ›ich möchte um alles in der Welt nicht unfreundlich sein‹, und er lief um seine Mütze und schleppte sich mit dem großen Sack auf seinen Schultern mühselig davon.

Es war ein sehr heißer Tag, und die Landstraße war schrecklich staubig; und bevor Hans den sechsten Meilenstein erreichte, war er so müde, daß er sich hinsetzen und ausruhen mußte. Aber gleich marschierte er wieder tapfer weiter und erreichte endlich den Markt.

Nachdem er eine Weile dort gewartet hatte, verkaufte er den Sack voll Mehl zu einem sehr guten Preis und machte sich darauf sogleich auf den Heimweg, denn er fürchtete, es könnten ihn Räuber auf dem Weg überfallen, wenn er sich zu lange aufhielte.

›Das war schon ein schwerer Tag heute‹, sagte der kleine Hans beim Bettgehen zu sich selber, ›aber ich bin froh, daß ich den Müller nicht abgewiesen habe, denn er ist mein bester Freund, und noch dazu will er mir seinen Schubkarren schenken.‹

Früh am nächsten Morgen kam der Müller herunter, um das Geld für seinen Mehlsack zu holen, aber der kleine Hans war so müde, daß er noch im Bett lag.

›Auf mein Wort‹, sagte der Müller, ›du bist sehr faul. Wirklich, in Anbetracht der Tatsache, daß ich dir meinen Schubkarren schenken will, finde ich, daß du härter arbeiten könntest. Müßiggang ist eine schwere Sünde, und ich kann es an meinen Freunden durchaus nicht leiden, wenn sie faul oder träge sind. Du darfst es mir nicht übelnehmen, wenn ich ganz aufrichtig mit dir rede. Selbstverständlich würde ich nicht im Traum an so etwas denken, wenn ich nicht dein Freund wäre. Aber wozu ist Freundschaft gut, wenn man nicht deutlich sagen kann, was man denkt? Komplimente machen, Annehmlichkeiten und Schmeicheleien sagen, das kann ein jeder; aber der wahre Freund sagt immer unangenehme Dinge, und es macht ihm nichts aus, wenn er dem anderen damit weh tut. Ja, wenn er in Wahrheit ein treuer Freund ist, dann ist ihm das sogar lieber, denn er weiß, daß er damit nur Gutes bewirkt.‹

›Es tut mir sehr leid‹, sagte der kleine Hans, rieb sich die Augen und zog die Schlafmütze vom Kopf, ›aber ich war so müde, daß ich dachte, ich würde noch ein wenig im Bett liegenbleiben und dem Gesang der Vögel lauschen. Weißt du, daß ich immer besser arbeite, wenn ich die Vögel singen gehört habe?‹

›Nun, das freut mich‹, versetzte der Müller und schlug dem kleinen Hans auf die Schultern, ›denn ich möchte, daß du, sobald du angekleidet bist, zur Mühle hinaufkommst und das Scheunendach für mich flickst.‹

Dem armen kleinen Hans lag sehr viel daran, in seinem Garten arbeiten zu können, denn er hatte seine Blumen seit zwei Tagen nicht mehr gegossen; aber er wollte den Müller nicht abweisen, da ihm dieser doch ein so guter Freund war.

›Würdest du es für unfreundlich von mir halten, wenn ich sagte, ich hätte viel zu tun?‹ fragte er schüchtern und vorsichtig.

›Nun, ich muß schon sagen‹, versetzte der Müller, ›ich finde, es ist nicht zuviel von dir verlangt, wenn man bedenkt, daß ich dir meinen Schubkarren schenken will; aber selbstverständlich, wenn du nicht willst, dann muß ich eben hingehen und es selber machen.‹

›Oh, auf keinen Fall‹, rief der kleine Hans; und er sprang aus dem Bett und kleidete sich an und lief hinauf zur Scheune. Dort arbeitete er den ganzen Tag, bis Sonnenuntergang, und bei Sonnenuntergang kam der Müller, um zu sehen, wie es mit der Arbeit vorwärtsginge.

›Hast du das Loch im Dach schon geflickt, kleiner Hans?‹ rief der Müller ihm mit heiterer Stimme zu.

›Es ist fast fertig‹, rief der kleine Hans zurück und kam die Leiter herunter.

›Ah!‹ sagte der Müller. ›Es ist doch keine Arbeit so erhebend wie die, die man für andere tut.‹

›Sicherlich ist es eine große Gnade, dich reden hören zu dürfen‹, antwortete der kleine Hans, setzte sich hin und wischte sich den Schweiß von der Stirn, ›eine sehr große Gnade. Aber ich fürchte, ich werde niemals so schöne Gedanken haben wie du.‹

›Oh, das wird schon werden‹, sagte der Müller, ›du mußt dir nur mehr Mühe geben. Vorläufig hast du nur die Praxis der Freundschaft; eines Tages wirst du auch ihre Theorie begreifen.‹

›Glaubst du wirklich?‹ fragte der kleine Hans.

›Ich zweifle nicht daran‹, erwiderte der Müller. ›Aber nun, da du das Dach geflickt hast, gehe lieber nach Haus und ruhe dich aus, denn ich möchte, daß du morgen meine Schafe in die Berge treibst.‹

Der arme kleine Hans traute sich nicht, etwas dagegen zu sagen. So brachte der Müller früh am nächsten Morgen seine Schafe herunter zur Hütte, und Hans machte sich mit ihnen auf in die Berge. Er brauchte den ganzen Tag für den Hin- und den Rückweg, und als er heimkam, war er so müde, daß er in seinem Stuhl einschlief und erst erwachte, als es heller Tag war.

›Was für einen herrlichen Tag werde ich in meinem Garten haben‹, sagte er und machte sich sogleich an die Arbeit.

Aber er kam nie dazu, sich um seine Blumen zu kümmern, denn sein Freund, der Müller, kam immer herunter und schickte ihn fort mit langwierigen Aufträgen oder holte ihn, damit er in der Mühle half. Manchmal war der kleine Hans sehr betrübt, denn er fürchtete, seine Blumen könnten glauben, er habe sie vergessen; aber dann tröstete er sich mit dem Gedanken, daß der Müller doch sein bester Freund war. ›Außerdem‹, pflegte er zu sagen, ›will er mir seinen Schubkarren schenken, und das ist eine Tat der reinen Großzügigkeit.‹

So arbeitete der kleine Hans für den Müller, und der Müller sagte allerhand Schönes über die Freundschaft, was Hans in ein

Notizbuch eintrug und des Nachts wieder durchlas, denn er war ein sehr gewissenhafter Schüler.

Eines Abends, als Hans vor seinem Kamin saß, wurde plötzlich laut an die Tür geklopft. Es war eine sehr stürmische Nacht, und der Wind blies und heulte rund ums Haus so fürchterlich, daß Hans zuerst dachte, es wäre der Sturm. Aber ein zweites Klopfen ertönte, darauf ein drittes, jedesmal lauter als zuvor.

›Das ist ein armer Wanderer‹, sagte der kleine Hans zu sich selber und lief zur Tür.

Da stand der Müller mit einer Laterne in einer Hand und einem großen Stock in der anderen.

›Lieber kleiner Hans‹, rief der Müller, ›ich bin in einer großen Notlage. Mein kleiner Junge ist eine Leiter herabgefallen und hat sich verletzt, und ich muß den Arzt holen. Aber er wohnt so weit weg, und die Nacht ist so schlimm, daß mir eben einfiel, es wäre doch viel besser, wenn du an meiner Statt gingest. Du weißt, daß ich dir meinen Schubkarren schenken will, und so ist es nur billig, daß du zum Dank dafür auch etwas für mich tust.‹

›Aber gewiß‹, rief der kleine Hans, ›ich betrachte es als eine Ehre, daß du zu mir gekommen bist, und werde mich sogleich auf den Weg machen. Aber du mußt mir deine Laterne leihen, denn die Nacht ist so finster, daß ich fürchte, ich könnte in einen Graben fallen.‹

›Ich bedaure sehr‹, versetzte der Müller, ›aber das ist meine neue Laterne, und es wäre für mich ein großer Verlust, sollte ihr nur das geringste zustoßen.‹

›Nun, das macht nichts, ich werde schon zurechtkommen‹, rief der kleine Hans, holte seinen großen Pelzrock herunter und seine warme, scharlachfarbene Mütze, schlang ein wollenes Tuch um seinen Hals und machte sich auf den Weg.

Was tobte da für ein entsetzlicher Sturm! Die Nacht war so schwarz, daß Hans kaum sehen konnte, und der Wind so heftig, daß er sich kaum auf den Beinen zu halten vermochte. Dennoch kämpfte er sich tapfer vorwärts, und nachdem er drei Stunden gegangen war, langte er beim Haus des Arztes an und pochte an die Tür.

›Wer ist da?‹ rief der Arzt und steckte den Kopf aus dem Schlafzimmerfenster.

›Der kleine Hans, Herr Doktor.‹

›Was willst du, kleiner Hans?‹

›Des Müllers Sohn ist von der Leiter gefallen und hat sich verletzt, und der Müller läßt sagen, Ihr möchtet gleich kommen.‹

›In Ordnung!‹ sagte der Doktor; und er rief nach seinem Pferd und seinen Stiefeln und seiner Laterne, kam die Stiegen herunter und ritt weg in Richtung auf des Müllers Haus, und der kleine Hans stapfte hinter ihm drein.

Aber der Sturm wurde schlimmer und schlimmer, und der Regen fiel in Strömen, und der kleine Hans konnte nicht sehen, wohin er ging, noch konnte er mit dem Pferd Schritt halten. Schließlich verlor er den Weg und verirrte sich ins Moor, das sehr gefährlich war, denn es war voller tiefer Löcher; und dort ertrank der arme kleine Hans. Am nächsten Tag fanden Ziegenhirten seinen Leichnam auf einem großen Tümpel treiben und brachten ihn zurück zu seiner Hütte.

Die ganze Gegend ging zur Beerdigung des kleinen Hans, denn alle hatten ihn gekannt und gern gemocht; und der Müller war der Hauptleidtragende.

›Da ich sein bester Freund war‹, sagte der Müller, ›ist es nur billig, daß ich den besten Platz bekomme.‹ Und so schritt er in einem langen schwarzen Umhang an der Spitze des Trauerzugs und wischte sich mit einem großen Taschentuch dann und wann die Augen.

›Der kleine Hans ist für jeden ein großer Verlust‹, sagte der Schmied, als das Begräbnis vorbei war und sie alle gemütlich im Gasthof saßen, gewürzten Wein tranken und süße Kuchen aßen.

›Auf jeden Fall ein großer Verlust für mich‹, erwiderte der Müller. ›Jawohl, ich hatte ihm meinen Schubkarren so gut wie geschenkt, und jetzt weiß ich wirklich nicht, was ich damit tun soll. Zu Hause steht er mir sehr im Weg herum, und er ist in so schlechtem Zustand, daß ich überhaupt nichts dafür bekäme, wenn ich ihn verkaufte. Ich werde mich sicherlich hüten, jemals wieder etwas zu verschenken. Unter seiner eigenen Großzügigkeit hat man doch nur zu leiden.‹«

»Und?« sagte der Wasserratz nach einer langen Pause.

»Und nichts, das ist das Ende«, versetzte der Hänfling.

»Aber was wurde aus dem Müller?« fragte der Wasserratz.

»Oh, das weiß ich wirklich nicht«, erwiderte der Hänfling, »und es ist mir auch völlig gleichgültig.«

»Daraus ersieht man deutlich, daß Sie nicht des leisesten Mitgefühls fähig sind«, sagte der Wasserratz.

»Ich fürchte, Sie haben die Moral dieser Geschichte nicht völlig begriffen«, bemerkte der Hänfling.

»Die was?« kreischte der Wasserratz.

»Die Moral.«

»Wollen Sie damit sagen, daß die Geschichte eine Moral hat?«

»Allerdings«, erwiderte der Hänfling.

»Nun, ich muß schon sagen«, sagte der Wasserratz höchst erbost, »das hätten Sie mir aber wirklich vorher mitteilen können. Dann hätte ich Ihnen nämlich auf keinen Fall zugehört; ich hätte höchstens ›Bah!‹ gesagt wie jener Kritiker. Das kann ich übrigens auch jetzt noch tun«, und so schrie er aus vollem Halse »Bah!«, peitschte mit seinem Schwanz einmal kurz das Wasser und verschwand in seinem Loch.

»Und wie gefällt Ihnen der Wasserratz?« fragte die Ente, die einige Minuten darauf angepaddelt kam. »Er hat zwar viele gute Seiten, aber was mich betrifft, so hege ich die Gefühle einer Mutter und kann einen eingefleischten Junggesellen nie ansehen, ohne daß mir die Tränen in die Augen kommen.«

»Ich muß befürchten, daß ich ihn geärgert habe«, antwortete der Hänfling. »Ich habe ihm nämlich eine Geschichte mit einer Moral erzählt.«

»Ah! Das ist immer sehr gefährlich«, sagte die Ente.

Und ich bin ganz ihrer Meinung.

Die bemerkenswerte Rakete

Der Königssohn sollte Hochzeit halten, und so feierte man Feste im ganzen Land. Er hatte ein volles Jahr auf seine Braut gewartet, und endlich war sie gekommen. Sie war eine russische Prinzessin, und in einem von sechs Rentieren gezogenen Schlitten war sie den ganzen Weg von Finnland hierhergefahren. Der Schlitten hatte die Gestalt eines großen goldenen Schwans, und zwischen den Flügeln des Schwans lag die kleine Prinzessin selber. Ihr langer Hermelinumhang reichte ihr bis zu den Füßen, auf ihrem Kopf trug sie ein zierliches Käppchen aus Silbergespinst, und ihr Antlitz war so blaß wie der Schneepalast, in dem sie bisher gewohnt hatte. So bleich war sie, daß die Leute sich alle wunderten, wie sie durch die Straßen fuhr.

»Sie ist wie eine weiße Rose!« riefen sie und warfen von den Balkonen Blumen auf sie hinab.

Am Tor des Schlosses wartete der Prinz, um sie zu empfangen. Er hatte träumerische, violette Augen, und sein Haar war wie feines Gold. Als er sie erblickte, sank er aufs Knie und küßte ihre Hand.

»Dein Bildnis war wunderschön«, murmelte er, »aber du bist noch viel schöner als dein Bildnis«, und die kleine Prinzessin errötete.

»Vorher war sie wie eine weiße Rose«, sagte ein junger Page zu seinem Nachbarn, »nun aber ist sie wie eine rote Rose«, und der ganze Hof war entzückt.

Die folgenden drei Tage ging jedermann umher und sagte: »Weiße Rose, rote Rose, rote Rose, weiße Rose«, und der König ordnete an, daß des Pagen Gehalt verdoppelt würde. Da er ohnehin kein Gehalt bekam, hatte er nicht sehr viel davon, aber es galt als große Ehre und wurde in der Hof-Gazette geziemend hervorgehoben.

Als die drei Tage vorüber waren, wurde die Hochzeit gefeiert. Es war eine prunkvolle Zeremonie, und Braut und Bräutigam schritten Hand in Hand unter einem Baldachin aus purpurnem Samt, bestickt mit kleinen Perlen. Dann gab es ein Staatsbankett, das fünf Stunden dauerte. Prinz und Prinzessin saßen obenan im großen Saal und tranken aus einem Becher von klarem Kristall. Nur wahre Liebende konnten aus diesem Becher trinken, denn wenn falsche Lippen ihn berührten, so wurde er grau und trüb und wolkig.

»Es ist ganz klar, daß sie einander lieben«, sagte der kleine Page, »so klar wie Kristall«, und der König verdoppelte ein zweites Mal sein Gehalt.

»Welche Ehre!« riefen alle Höflinge.

Nach dem Bankett sollte ein Ball stattfinden. Braut und Bräutigam sollten miteinander den Rosentanz tanzen, und der König hatte versprochen, die Flöte zu spielen. Er spielte sehr schlecht, aber niemand hatte jemals gewagt, ihm das zu sagen, denn er war der König. Er kannte in der Tat nur zwei Melodien und war niemals ganz sicher, welche er gerade spielte; aber das machte nichts aus, denn was immer er auch tat, jeder rief aus: »Charmant! Charmant!«

Der letzte Punkt des Programms war eine große Feuerwerksvorführung, welche genau um Mitternacht abgebrannt werden sollte. Die kleine Prinzessin hatte noch nie in ihrem Leben ein Feuerwerk gesehen, daher war vom König Befehl gegeben worden, daß der königliche Feuerwerker am Hochzeitstag Dienst tun möge.

»Was ist das, ein Feuerwerk?« hatte sie eines Morgens den Prinzen gefragt, als sie auf der Terrasse spazierten.

»Das ist wie die Aurea Borealis«, erwiderte der König, der immer alle Fragen beantwortete, die an andere gerichtet waren, »nur viel natürlicher. Mir persönlich sind Feuerwerke lieber als Sterne, da man immer weiß, wann sie erscheinen werden, und sie sind so reizend wie mein eigenes Flötenspiel. Du mußt das unbedingt sehen.«

Am anderen Ende des königlichen Gartens war daher ein großer Stand aufgebaut worden, und sobald der königliche Feuerwerker jedes Ding an seinen Ort gestellt hatte, begannen die Feuerwerkskörper, sich miteinander zu unterhalten.

»Die Welt ist wahrlich wunderschön«, rief ein kleiner Schwärmer. »Betrachten Sie nur einmal diese gelben Tulpen, wie? Und wenn sie Schwärmer wären, sie könnten nicht schöner sein. Ich bin sehr froh, daß ich viel gereist bin. Reisen bildet den Geist ganz ungemein, und es räumt auf mit allen Vorurteilen.«

»Des Königs Garten ist nicht die Welt, du närrischer Schwärmer«, sagte eine große Römische Kerze, »die Welt ist riesig, und du würdest drei Tage brauchen, um alles darin zu sehen.«

»Jede Stätte, die man liebt, ist einem die Welt«, meinte ein tiefsinniges Feuerrad, das in früher Jugend einer alten Spanschachtel verbunden gewesen und nun nicht wenig stolz war auf sein gebrochenes Herz. »Aber Liebe ist heutzutage nicht mehr modern, die Dichter haben sie getötet. Sie haben so viel darüber geschrieben, daß kein Mensch ihnen mehr glaubt, und das überrascht mich nicht. Wahre Liebe duldet und schweigt. Ich entsinne mich, wie ich selbst einst ... Doch das ist ja jetzt nicht mehr wichtig. Romantische Liebe gehört der Vergangenheit an.«

»Unsinn!« sagte die Römische Kerze. »Romantische Liebe stirbt nie. Sie ist wie der Mond, sie ist unsterblich. Nehmen Sie nur den Bräutigam und die Braut zum Beispiel, sie lieben einander von Herzen. Ich hörte alles über sie heute morgen von einem Braunpapierschwärmer, der sich zufällig in derselben Kommode aufhielt wie ich und die letzten Hofnachrichten kannte.«

Aber das Feuerrad schüttelte den Kopf. »Romantische Liebe ist tot, Liebe ist tot, Liebe ist tot«, murmelte es vor sich hin. Es gehörte zu jenen, die meinen, wenn man etwas nur sehr oft wiederholt, wird es schließlich auch wahr.

Plötzlich vernahm man ein trockenes, scharfes Husten, und alle wandten sich um.

Das kam von einer schlanken, hochmütig aussehenden Rakete, die ans Ende eines langen Steckens gebunden war. Sie hustete immer, bevor sie eine Bemerkung machte, um so die Aufmerksamkeit auf sich zu lenken.

»Ehem! Ehem!« sprach sie, und jeder spitzte die Ohren, außer dem armen Feuerrad, das noch immer seinen Kopf schüttelte und murmelte: »Romantische Liebe ist tot.«

»Zur Ordnung! Zur Ordnung!« schrie da ein Knallfrosch. Er war so etwas wie ein Politiker und hatte immer eine hervorragende Rolle bei den Gemeindewahlen gespielt, daher verstand er sich auf die richtigen parlamentarischen Fachausdrücke.

»Ganz tot«, flüsterte das Feuerrad, dann fiel es in Schlaf.

Sobald völlige Ruhe eingetreten war, hustete die Rakete ein drittes Mal und begann. Sie sprach sehr langsam und deutlich, als diktierte sie ihre Memoiren, und blickte dabei immer über die Schultern desjenigen hinweg, mit dem sie gerade sprach. Sie hatte in der Tat höchst vornehme Manieren. »Wie günstig trifft es sich für den Königssohn«, stellte sie fest, »daß er an ebendem Tag Hochzeit macht, an dem ich abgeschossen werden soll! Tatsächlich, und wenn es vorher arrangiert worden wäre, es hätte nicht besser für ihn kommen können. Aber Prinzen haben immer Glück.«

»Guter Gott!« sagte der kleine Schwärmer. »Ich hätte gedacht, es wäre andersherum, daß nämlich wir zu Ehren des Prinzen abgeschossen würden.«

»So wird es wohl in Ihrem Fall sein«, antwortete sie, »in der Tat, ich zweifle nicht daran, daß es sich mit Ihnen so verhält; doch mit mir ist es anders. Ich bin eine höchst ungewöhnliche Rakete und stamme von ungewöhnlichen Eltern. Meine Mutter war das gefeiertste Feuerrad ihrer Zeit, weithin berühmt für ihren anmutigen Tanz. Als sie ihren großen öffentlichen Auftritt hatte, wirbelte sie neunzehnmal herum, ehe sie ausging, und bei jeder Umdrehung streute sie sieben rosa Sterne in die Luft. Sie maß drei Fuß und einen halben im Durchmesser und war aus dem allerbesten Schießpulver gemacht. Mein Vater war eine Rakete wie ich selber, von französischer Abstammung. Er flog so hoch, daß die Leute schon fürchteten, er würde nie mehr zurückkommen. Doch er kam zurück, denn er hatte eine liebenswürdige Natur, und in einem Schauer von goldenem Regen machte er einen höchst eindrucksvollen Abstieg. Die Zeitungen schrieben in den schmeichelhaftesten Tönen über seinen Auftritt. Ja, die Hof-Gazette nannte ihn sogar einen Triumph der pylotechnischen Kunst.«

»Pyrotechnisch, pyrotechnisch meinen Sie wohl«, sagte ein Bengalisches Licht; »ich weiß, es heißt pyrotechnisch, denn ich las es auf meinem eigenen Kanister.«

»Nun, ich sagte pylotechnisch«, antwortete die Rakete in strengem Ton, und das Bengalische Licht fühlte sich derart gedemütigt, daß es sogleich anfing, die kleinen Schwärmer anzuschnauzen, um zu zeigen, daß es immer noch eine Persönlichkeit von Bedeutung war.

»Ich sprach gerade«, fuhr die Rakete fort, »ich sprach gerade – worüber sprach ich gerade?«

»Sie sprachen gerade von Ihrer Person«, versetzte die Römische Kerze.

»Selbstverständlich; ich wußte, ich sprach über einen interessanten Gegenstand, als ich auf so grobe Art unterbrochen wurde. Ich hasse jede Art von Grobheit und schlechten Manieren, denn ich bin außerordentlich sensibel. Kein Wesen in der ganzen Welt ist so sensibel wie ich, davon bin ich völlig überzeugt.«

»Was ist denn das, ein sensibles Wesen?« fragte der Knallfrosch die Römische Kerze.

»Jemand, der selber Hühneraugen hat und deshalb anderen Leuten immer auf die Zehen tritt«, gab die Römische Kerze flüsternd zur Antwort; und der Knallfrosch zersprang fast vor Lachen.

»Verzeihung, worüber lachen Sie?« erkundigte sich die Rakete. »Ich lache nicht.«

»Ich lache, weil ich glücklich bin«, versetzte der Knallfrosch.

»Das ist ein sehr egoistischer Grund«, sagte die Rakete zornig. »Woher nehmen Sie das Recht, glücklich zu sein? Sie sollten an andere denken. Sie sollten überhaupt an mich denken. Ich denke immer an mich, und ich erwarte von jedem, daß er das gleiche tut. Das ist es, was man Anteilnahme nennt. Es ist eine herrliche Tugend, und ich besitze sie in hohem Grad. Nehmen wir zum Beispiel an, mir stieße heute nacht etwas zu – welch ein Unglück für jedermann! Prinz und Prinzessin würden ihres Lebens nie mehr froh, ihr ganzes Eheleben wäre vergiftet; und was den König anlangt – er könnte es nie verwinden. Tatsächlich, wenn ich die Wichtigkeit meiner Stellung überdenke, so rührt es mich fast zu Tränen.«

»Wenn Sie anderen Vergnügen bereiten wollen«, rief die Römische Kerze, »dann halten Sie sich besser trocken.«

»Jawohl«, rief das Bengalische Licht aus, das nun wieder in besserer Laune war. »Das sagt einem ja der gewöhnliche Menschenverstand.«

»Gewöhnlich, allerdings!« erwiderte die Rakete verächtlich. »Ihr vergeßt aber, daß ich durchaus ungewöhnlich bin und höchst bemerkenswert. Gewöhnlichen Verstand haben kann schließlich jeder, vorausgesetzt, daß er keine Phantasie besitzt. Ich aber besitze Phantasie, denn ich denke über die Dinge nie, wie sie wirklich sind; ich denke sie mir immer ganz anders. Und was nun das Trockenhalten angeht, so ist ganz offensichtlich niemand hier in der Lage, eine gefühlvolle Natur zu begreifen. Glücklicherweise kümmere ich mich nicht darum. Das einzige, was einen im Leben aufrechterhält, ist das Bewußtsein von der abgrundtiefen Inferiorität aller anderen, und dieses Bewußtsein habe ich jederzeit kultiviert. Ihr habt ja allesamt kein Herz.

Hier lacht ihr und vergnügt euch ganz so, als hätten Prinz und Prinzessin nicht eben Hochzeit gefeiert.«

»Also so etwas«, rief ein kleiner Feuerballon aus, »warum denn auch nicht? Hochzeitmachen ist eine erfreuliche Sache, und wenn ich in die Luft aufsteige, habe ich die Absicht, den Sternen alles darüber zu berichten. Ihr werdet sie noch blinzeln sehen, wenn ich ihnen von der hübschen Braut erzähle.«

»Ah! Was für eine triviale Lebenseinstellung!« sagte die Rakete. »Aber es ist schließlich nur das, was ich von euch erwartete. In euch steckt gar nichts; ihr seid hohl und leer. Nun, der Prinz und die Prinzessin übersiedeln vielleicht einmal in ein Land, wo es einen tiefen Fluß gibt, und vielleicht haben sie einen einzigen Sohn, einen kleinen Knaben mit hellen Haaren und violetten Augen wie der Prinz selber; und vielleicht geht er eines Tages mit seiner Kinderfrau spazieren; und vielleicht schläft die Kinderfrau unter einem großen Holunderbaum ein; und vielleicht fällt der kleine Knabe in den tiefen Fluß und ertrinkt. Was für ein schreckliches Unglück! Die armen Leute, ihren einzigen Sohn zu verlieren! Es ist wirklich zu gräßlich! Ich werde nie darüber hinwegkommen!«

»Aber sie haben ihren einzigen Sohn ja gar nicht verloren«, sagte die Römische Kerze, »ihnen ist überhaupt nichts zugestoßen.«

»Das sagte ich auch nicht«, versetzte die Rakete, »ich sagte, es könnte so kommen. Wenn sie ihren einzigen Sohn verloren hätten, so hätte es keinen Sinn, noch weiter darüber zu sprechen. Ich hasse Leute, die über Dinge jammern, die man doch nicht ändern kann. Aber wenn ich mir vorstelle, daß sie ihren einzigen Sohn verlieren könnten, so bin ich davon sicherlich sehr touchiert.«

»Touchiert?« rief das Bengalische Licht. »Sie sind tatsächlich die affektierteste Person, die mir in meinem Leben begegnet ist.«

»Und du die unhöflichste Person«, versetzte die Rakete, »du kannst meine Freundschaft für den Prinzen nicht begreifen.«

»Ach was, Sie kennen ihn doch gar nicht«, brummte die Römische Kerze.

»Das sagte ich auch nie«, antwortete die Rakete. »Ich wage zu behaupten, daß ich wahrscheinlich keineswegs sein Freund wäre, wenn ich ihn kennte. Es ist gefährlich, seine eigenen Freunde zu kennen.«

»Sie sollten wirklich lieber auf sich aufpassen und trocken bleiben«, sagte der Feuerballon. »Das ist es, was hier zählt.«

»Was für Sie zählt, ohne Zweifel«, antwortete die Rakete. »Ich aber werde weinen, wenn es mir gefällt«, und sie brach tatsächlich in echte Tränen aus, die wie Regentropfen ihren Stock hinunterflossen und fast zwei kleine Mistkäfer ertränkt hätten, die gerade beschlossen hatten, ein eigenes Heim zu gründen, und sich nach einer netten, trockenen Stelle dafür umsahen.

»Sie muß eine wahrhaftig romantische Natur haben«, sagte das Feuerrad, »denn sie weint, wenn es wirklich gar nichts zu weinen gibt.« Und es stieß einen tiefen Seufzer aus und dachte an seine Spanschachtel.

Aber die Römische Kerze und das Bengalische Licht waren recht aufgebracht und sagten immer wieder im Brustton der Überzeugung: »Humbug! Humbug!« Sie waren eben sehr praktisch veranlagt, und alles, was ihren Widerspruch weckte, nannten sie Humbug.

Dann ging der Mond auf wie ein herrlicher Schild aus Silber; und die Sterne begannen zu leuchten, und aus dem Palast ertönte Musik.

Prinz und Prinzessin führten den Tanz an. Sie tanzten so schön, daß die hohen weißen Lilien durchs Fenster spähten und ihnen zusahen, und die großen roten Mohnblumen nickten mit ihren Köpfchen und schlugen den Takt.

Dann schlug die Uhr zehn, dann elf, und dann zwölf, und beim letzten Schlag der Mitternacht kamen alle heraus auf die Terrasse, und der König sandte nach dem königlichen Feuerwerker.

»Das Feuerwerk möge beginnen«, sprach der König; und der königliche Feuerwerker machte eine tiefe Verbeugung und schritt hinunter zum Ende des Gartens. Er hatte sechs Diener bei sich, deren jeder am Ende einer langen Stange eine brennende Fackel trug.

Es war wirklich ein herrliches Schauspiel. Wizz! Wizz! machte das Feuerrad, als es sich um und um drehte. Bum! Bum! machte die Römische Kerze. Dann tanzten die Schwärmer über den Himmel, und das Bengalische Licht tauchte alles in Purpur. »Auf Wiedersehen!« rief der Feuerballon, als er aufstieg und dabei winzige blaue Funken sprühte. Päng! Päng! antworteten die Knallfrösche, die die Sache ganz ungemein genossen. Jeder einzelne war ein großer Erfolg – nur nicht die bemerkenswerte Rakete. Sie war vom Weinen so feucht geworden, daß sie überhaupt nicht losgehen konnte. Das beste an ihr war noch das Schießpulver, und auch das war von den Tränen so naß, daß es zu nichts mehr taugte. Alle ihre armen Verwandten, mit denen sie nie anders als höhnisch gesprochen hatte, schossen hinauf in den Himmel wie herrliche, goldene Blumen mit feurigen Blüten. Heißa! Heißa! rief der Hof; und die kleine Prinzessin lachte vor Vergnügen.

»Ich nehme an, man spart mich für eine besonders feierliche Gelegenheit auf«, sagte die Rakete. »Dies ist ohne Zweifel der Sinn der Sache«, und sie blickte hochmütiger denn je.

Am nächsten Tag kamen die Arbeiter, um alles wieder aufzuräumen. »Hier kommt offenbar eine Deputation«, sagte die Rakete. »Ich werde sie mit geziemender Würde empfangen.« Also steckte sie ihre Nase in die Luft und begann, finster die Stirn zu runzeln, als überlegte sie höchst bedeutende Fragen.

Aber die Arbeiter beachteten sie überhaupt nicht. Erst beim Weggehen erblickte einer von ihnen die Rakete. »Holla«, rief er, »was für eine schlechte Rakete!« Und er schleuderte sie über die Mauer in einen Graben.

»Schlechte Rakete? Schlechte Rakete?« sagte sie, als sie durch die Luft kreiselte. »Unmöglich! Mächtige Rakete, das ist es, was der Mann gesagt hat. Schlecht und mächtig klingt sehr ähnlich, in der Tat bedeutet es ja auch oft dasselbe«, und sie fiel in den Schlamm.

»Sehr gemütlich ist es hier nicht«, bemerkte sie, »aber es handelt sich ohne Zweifel um einen eleganten Badeort, in den man mich zur Wiederherstellung meiner Gesundheit geschickt hat. Meine Nerven sind ja in der Tat völlig zerrüttet, und ich bedarf der Ruhe.«

Da schwamm ein kleiner Frosch mit glänzenden Edelsteinaugen und einem grünen, getupften Rock zu ihr heran.

»Ein neuer Gast, wie ich sehe!« sagte der Frosch. »Nun, schließlich und endlich geht nichts über Schlamm. Regnerisches Wetter und ein Graben, das ist alles, was ich brauche, um glücklich zu sein. Meinen Sie, wir bekommen einen feuchten Nachmittag? Ich hoffe es von Herzen, aber der Himmel ist ganz blau und wolkenlos. Was für ein Jammer!«

»Ehem! Ehem!« sagte die Rakete und begann zu husten.

»Was für eine reizende Stimme Sie haben!« rief der Frosch. »Es klingt wie Quaken, und Quaken ist natürlich der melodischste Laut von der Welt. Heute abend werden Sie unsere Liedertafel zu hören kriegen. Wir sitzen in dem alten Ententeich nahe dem Bauernhaus, und sobald der Mond aufgeht, fangen wir an. Es ist so hinreißend, daß jedermann wach liegt und uns zuhört. Tatsächlich hörte ich gestern die Frau des Bauern zu ihrer Mutter sagen, sie könne unseretwegen des Nachts kein Auge zutun. Es freut einen schon sehr, wenn man findet, daß man so populär ist.«

»Ehem! Ehem!« sagte die Rakete zornig. Sie war sehr verärgert, daß sie nicht zu Wort kam.

»Eine bezaubernde Stimme, gewiß«, fuhr der Frosch fort. »Ich hoffe, Sie werden hinüberkommen zum Ententeich. Doch ich verabschiede mich, ich muß mich um meine Töchter kümmern. Ich habe sechs wunderschöne Töchter und lebe in ständiger Angst, daß der Hecht sie entdeckt. Er ist ein wahres Ungeheuer und würde sie ohne Zögern zum Frühstück verspeisen. Nun, auf Wiedersehen; ich versichere Ihnen, ich habe unsere Unterhaltung sehr genossen.«

»Unterhaltung, das kann man wohl sagen!« versetzte die Rakete. »Sie haben die ganze Zeit selbst gesprochen. Das ist keine Unterhaltung.«

»Einer muß immer zuhören«, antwortete der Frosch, »und ich liebe es, die Unterhaltung ganz allein zu bestreiten. Das spart Zeit und Streit.«

»Aber ich schätze eine Auseinandersetzung«, sagte die Rakete.

»Das will ich nicht hoffen«, versetzte der Frosch behaglich. »Auseinandersetzungen sind höchst vulgär, denn in der guten Gesellschaft vertritt jedermann haargenau die gleichen Meinungen. Auf Wiedersehen zum zweitenmal; ich sehe meine Töchter in der Ferne«, und der kleine Frosch schwamm weg.

»Sie sind eine sehr ärgerliche Erscheinung«, sagte die Rakete,

»und im höchsten Grad unerzogen. Ich hasse Leute, die über sich selber sprechen, wie Sie, wenn man über sich selber sprechen möchte, wie ich. Das ist es, was ich Selbstsucht nenne, und Selbstsucht ist eine höchst verabscheuungswürdige Sache, besonders für jemanden von meinem Temperament, denn ich bin wohl bekannt für mein mitfühlendes Wesen. Sie sollten sich wirklich ein Beispiel an mir nehmen; ein besseres Vorbild können Sie nicht finden. Nun, da Ihnen diese Chance geboten wird, sollten Sie sie am besten nützen, denn ich werde so gut wie augenblicklich zum Hofe zurückkehren. Ich bin ein großer Günstling bei Hofe; tatsächlich wurden Prinz und Prinzessin gestern mir zu Ehren vermählt. Sie sind in diesen Dingen selbstverständlich nicht im Bild, Sie sind ja nur ein Provinzler.«

»Es hat keinen Zweck, mit ihm zu reden«, sagte eine Libelle, die auf der Spitze eines großen, braunen Rohrkolbens saß; »überhaupt keinen Zweck, denn er ist schon weg.«

»Nun, das ist sein Schaden, nicht meiner«, versetzte die Rakete. »Ich denke nicht daran, nur einfach deshalb nicht mehr mit ihm zu reden, weil er nicht zuhört. Ich liebe es, mich selbst sprechen zu hören. Das ist eines meiner größten Vergnügen. Ich unterhalte mich oft lange ganz allein mit mir selber, und ich bin so klug, daß ich oft nicht ein einziges Wort von dem verstehe, was ich sage.«

»Dann sollten Sie aber sicher philosophische Vorlesungen halten«, sagte die Libelle, breitete ein Paar herrlicher Gazeflügel aus und schoß hinauf in den Himmel.

»Wie sehr einfältig von ihr, nicht hierzubleiben!« sagte die Rakete. »Ich bin überzeugt, daß sie nicht oft eine derartige Gelegenheit bekommt, sich zu bilden. Aber das kümmert mich nicht im geringsten. Ein Genie wie ich darf sicher sein, eines Tages anerkannt zu werden«, und sie sank noch ein wenig tiefer in den Schlamm.

Nach einer Weile schwamm eine große weiße Ente zu ihr heran. Sie hatte gelbe Beine und Füße mit Schwimmhäuten, und aufgrund ihres Watschelns galt sie für eine große Schönheit.

»Quack, quack, quack«, sagte sie. »Was haben Sie für eine seltsame Figur! Darf ich fragen, ob Sie so geboren wurden, oder ist das die Folge eines Unfalls?«

»Sie haben ganz offenbar immer auf dem Land gelebt«, antwortete die Rakete, »sonst würden Sie wissen, wer ich bin. Doch ich entschuldige Ihre Unwissenheit. Es wäre nicht fair, von anderen Leuten zu erwarten, daß sie so bemerkenswert sind wie man selber. Es wird Sie ohne Zweifel überraschen, zu hören, daß ich in den Himmel hinauffliegen und in einem Schauer von goldenem Regen wieder herunterkommen kann.«

»Davon halte ich nicht viel«, sagte die Ente, »da ich nicht einsehen kann, was das irgend jemandem nützen soll. Nun, wenn Sie Felder pflügen könnten wie ein Ochse oder einen Wagen ziehen wie ein Pferd oder sich um die Schafe kümmern wie ein Schäferhund, das wäre noch etwas.«

»Mein gutes Geschöpf«, rief die Rakete mit äußerst hochmütiger Stimme, »ich sehe, Sie gehören zu den niederen Ständen. Eine Persönlichkeit meines Ranges ist niemals nützlich. Wir haben bestimmte Fähigkeiten und Talente, und das ist mehr als genug. Ich persönlich habe nichts übrig für Arbeit von irgendeiner Art, am wenigsten für jene Art von Arbeit, die Sie zu empfehlen scheinen. Ich habe in der Tat immer die Meinung vertreten, daß harte Arbeit einfach eine Ausflucht von Leuten ist, die sonst überhaupt nichts zu tun haben.«

»Nun, nun«, sagte die Ente, die eine sehr friedfertige Natur hatte und nie mit jemandem stritt, »die Geschmäcker sind verschieden. Ich hoffe jedenfalls, daß Sie hier Ihren Wohnsitz aufschlagen werden.«

»O nein, meine Liebe«, rief die Rakete, »ich bin hier nur Besuch, ein vornehmer Besuch. Ich muß sagen, daß ich diesen Ort reichlich langweilig finde. Hier findet sich weder Gesellschaft noch Einsamkeit. Es ist hier doch im Grunde ziemlich spießbürgerlich. Wahrscheinlich werde ich zum Hof zurückkehren, denn es ist mir bestimmt, eine Sensation in der Welt hervorzurufen.«

»Ich hatte selber daran gedacht, ins öffentliche Leben zu treten«, bemerkte die Ente. »Es gibt so vieles, was einer Reform bedarf. Ich führte auch tatsächlich den Vorsitz bei einer Versammlung, das ist schon länger her, und wir verabschiedeten Resolutionen, in denen wir alles verurteilten, was wir nicht mochten. Sie schienen allerdings nicht sehr viel Wirkung zu haben. Jetzt lebe ich vor allem für die Häuslichkeit und kümmere mich um meine Familie.«

»Ich bin geschaffen für ein Leben in der Öffentlichkeit«, sagte die Rakete, »und das gleiche trifft zu für alle meine Verwandten, auch für die bescheidensten. Wann immer wir erscheinen, erregen wir größte Aufmerksamkeit. Ich persönlich bin zwar noch nicht aufgetreten, doch sobald dieser Fall eintritt, wird es ein herrliches Schauspiel sein. Was nun die Häuslichkeit betrifft, so läßt sie einen sehr schnell alt werden und lenkt den Geist ab von allen höheren Dingen.«

»Ach! Die höheren Dinge des Lebens, wie schön sind sie!« sagte die Ente. »Dabei fällt mir ein, wie hungrig ich bin«, und sie schwamm weg, den Bach hinunter, und sagte dabei: »Quack, quack, quack.«

»Kommen Sie zurück! Kommen Sie zurück!« schrie die Rakete. »Ich habe Ihnen noch vieles zu sagen«, aber die Ente beachtete sie nicht. »Ich bin froh, daß sie fort ist«, sagte die Rakete zu sich selber, »sie hat entschieden eine Spießbürgerseele«, und sie sank noch ein wenig tiefer in den Schlamm und fing an, nachzudenken über die Einsamkeit des Genies, als plötzlich zwei kleine Buben in weißen Kitteln mit einem Kessel und Reisigbündeln den Graben entlanggelaufen kamen.

»Das muß die Deputation sein«, sagte die Rakete und versuchte, sich ein würdevolles Ansehen zu geben.

»Hallo«, rief einer der Knaben, »schau dir diesen alten Stekken an! Wie mag der nur hergekommen sein?« Und er zog die Rakete aus dem Graben.

»Alter Stecken!« sagte die Rakete. »Unmöglich! Goldener Stecken, das ist es, was er gesagt hat. Goldener Stecken, das ist sehr schmeichelhaft. Er hält mich doch tatsächlich für einen von den Hofwürdenträgern.«

»Legen wir ihn ins Feuer!« sagte der andere Knabe. »So wird unser Kessel schneller kochen.« Sie schichteten also die Reisigbündel übereinander, legten die Rakete obendrauf und steckten Feuer an.

»Das ist großartig«, rief die Rakete, »sie lassen mich am hellichten Tag aufsteigen, damit jedermann mich sehen kann.«

»Gehen wir jetzt ein wenig schlafen«, sagten die Knaben, »und wenn wir aufwachen, wird der Kessel kochen«, und sie legten sich ins Gras und schlossen die Augen.

Die Rakete war sehr feucht, und so dauerte es eine Weile, bis sie anbrannte. Zu guter Letzt jedoch fing sie Feuer.

»Jetzt gehe ich los!« rief sie und straffte und reckte sich. »Ich weiß, ich werde viel höher fliegen als die Sterne, viel höher als der Mond, viel höher als die Sonne. Ich werde überhaupt so hoch fliegen, daß ...«

Fizz! Fizz! Fizz! Und sie schoß geradewegs hinauf in die Luft.

»Herrlich!« rief sie, »ich werde immer so fort fliegen. Was bin ich doch für ein Erfolg!«

Aber keiner sah sie.

Dann empfand sie plötzlich über und über ein seltsam kribbelndes Gefühl.

»Ich explodiere«, rief sie, »ich werde die ganze Welt in Brand setzen und einen derartigen Lärm machen, daß man ein Jahr lang über nichts anderes sprechen wird.« Und sie explodierte allerdings. Bäng! Bäng! Bäng! machte das Schießpulver. Daran gab es keinen Zweifel.

Aber keiner hörte sie, nicht einmal die zwei kleinen Jungen, denn sie waren fest eingeschlafen.

Alles, was jetzt noch von ihr übrigblieb, war der Stecken, und dieser fiel herunter auf den Rücken einer Gans, die am Rand des Grabens einen Spaziergang machte.

»Um Himmels willen!« rief die Gans. »Jetzt regnet es Stöcke!« Und sie stürzte sich ins Wasser.

»Ich wußte ja, daß ich eine große Sensation verursachen würde«, keuchte die Rakete – und erlosch.

Erzählungen

Übersetzt von Christine Koschel und Inge von Weidenbaum
(Das Bildnis des Dorian Gray) und Gertrud Baruch

Das Bildnis des Dorian Gray

Vorrede

Der Künstler ist der Schöpfer schöner Dinge.

Die Kunst zu offenbaren, den Künstler zu verbergen, das ist das Ziel der Kunst.

Ein Kritiker ist, wer es versteht, seinen Eindruck von schönen Dingen in einen anderen Stil oder in ein neues Material zu übertragen.

Die höchste wie die niedrigste Form der Kritik ist eine Art Autobiographie.

Wer in schönen Dingen einen häßlichen Sinn entdeckt, ist verdorben, ohne zu bezaubern. Das ist ein Fehler.

Wer in schönen Dingen einen schönen Sinn entdeckt, hat Kultur. Für ihn gibt es Hoffnung.

Das sind die Auserwählten, denen schöne Dinge nichts bedeuten als Schönheit.

Es gibt kein moralisches oder unmoralisches Buch. Bücher sind gut oder schlecht geschrieben. Weiter nichts.

Die Abneigung des neunzehnten Jahrhunderts gegen den Realismus ist die Wut Calibans, der sein eigenes Gesicht im Spiegel sieht. Die Abneigung des neunzehnten Jahrhunderts gegen die Romantik ist die Wut Calibans, der sein eigenes Gesicht nicht im Spiegel sieht.

Das moralische Leben des Menschen ist ein Teil des Stoffes für den Künstler, aber die Moralität der Kunst besteht im vollendeten Gebrauch eines unvollkommenen Mittels.

Kein Künstler will etwas beweisen. Selbst Dinge, die wahr sind, lassen sich beweisen.

Kein Künstler hat ethische Sympathien. Eine ethische Sympathie ist beim Künstler unverzeihliche Manieriertheit des Stils.

Gedanke und Sprache sind dem Künstler Werkzeuge einer Kunst.

Laster und Tugend sind dem Künstler Stoffe für seine Kunst.

Vom Gesichtspunkt der Form ist die Kunst des Musikers der Inbegriff aller Künste. Vom Gesichtspunkt des Gefühls ist die Kunst des Schauspielers die höchste.

Alle Kunst ist zugleich Oberfläche und Symbol.

Wer unter die Oberfläche dringt, tut es auf eigene Gefahr.

Wer das Symbol liest, tut es ebenfalls auf eigene Gefahr.

Es ist der Betrachter und nicht das Leben, den die Kunst in Wahrheit spiegelt.

Verschiedene Meinungen über ein Kunstwerk zeigen, daß es neu, vielfältig und vital ist.

Wenn die Kritiker sich streiten, ist der Künstler im Einklang mit sich selbst.

Wir können jemand verzeihen, daß er etwas Nützliches tut, solange er es nicht bewundert. Die einzige Entschuldigung, etwas Nutzloses zu tun, ist, daß man es maßlos bewundert.

Alle Kunst ist gänzlich nutzlos.

I

Das Atelier war von weichem Rosengeruch erfüllt, und sooft der leichte Sommerwind durch die Bäume des Gartens strich, drang durch die offene Tür der schwere Duft des Flieders oder der zarte des rotblühenden Dorns.

Aus seinem Winkel, wo er auf einem Diwan aus persischem Sattelzeug lag und wie gewöhnlich unzählige Zigaretten rauchte, konnte Lord Henry Wotton gerade noch das Leuchten der honigsüßen und honigfarbenen Goldregenblüten sehen, deren zitternde Zweige kaum die Last ihrer flammenden Schönheit zu tragen schienen; und hie und da huschten die phantastischen Schatten fliegender Vögel über die seidenen Vorhänge, die vor das große Fenster gezogen waren, und riefen den flüchtigen Eindruck japanischer Bilder hervor; er dachte an die blassen Jadegesichter der Maler, die durch eine Kunst, welche nur unbeweglich sein kann, die Empfindung von Schnelligkeit und Bewegung hervorzubringen suchen. Das gereizte Summen der Bienen, die zwischen dem hohen, ungemähten Gras dahintorkelten oder mit eintöniger Beharrlichkeit um die schwärzlichen Staubfäden der ersten Junirosen kreisten, machte die Stille noch eindringlicher, und das dumpfe Tosen Londons glich dem dunklen Ton einer fernen Orgel.

In der Mitte des Raumes lehnte auf einer senkrechten Staffelei das lebensgroße Bild eines jungen Mannes von außerordentlicher Schönheit, und davor saß in einiger Entfernung Basil Hallward, der Künstler, dessen plötzliches Verschwinden vor einigen Jahren so viel Aufsehen erregt und Anlaß zu den seltsamsten Vermutungen gegeben hatte.

Als er die bezaubernde und anmutige Gestalt betrachtete, die er durch seine Kunst so vortrefflich wiedergegeben hatte, flog ein Lächeln der Zufriedenheit über seine Züge und schien zögernd zu verweilen. Plötzlich aber fuhr er auf, schloß die Augen und legte die Finger auf die Lider, als versuche er, einen sonderbaren Traum in seinem Kopf einzuschließen, aus dem zu erwachen er fürchtete.

»Es ist dein bestes Werk, Basil, das beste, das du je gemacht hast«, sagte Lord Henry gleichmütig, »du mußt es im nächsten Jahr auf die Grosvenor-Ausstellung schicken. Die Akademie ist zu groß und zu gewöhnlich. Da bleibt nur die Grosvenor-Galerie.«

»Ich glaube, ich werde es nirgendwohin schicken«, antwortete er und warf dabei in jener seltsamen Art den Kopf zurück, über die seine Freunde in Oxford so oft gelacht hatten. »Nein: Ich werde es nirgends hinschicken.«

Lord Henry zog die Augenbrauen hoch und sah ihn durch die dünnen blauen Rauchringe, die in phantastischen Wirbeln von seiner schweren, opiumgetränkten Zigarette aufstiegen, erstaunt an. »Nirgends hinschicken? Ja warum denn nicht, mein Lieber? Hast du irgendeinen Grund dafür? Ihr Maler seid wirklich seltsame Burschen! Um alles in der Welt versucht ihr euch einen Namen zu machen. Ist es euch aber gelungen, so setzt ihr alles daran, ihn wieder loszuwerden. Das ist töricht von dir, denn es gibt nur eine Sache in der Welt, die schlimmer ist, als im Gerede zu sein, nämlich die, daß niemand über einen redet. Ein solches Porträt würde dich weit über alle jungen Männer in England stellen, und es würde die alten eifersüchtig machen, soweit alte Leute überhaupt einer Gefühlsregung fähig sind.«

»Ich weiß, du wirst über mich lachen«, antwortete er, »aber ich kann es wirklich nicht ausstellen. Ich habe zu viel von mir selbst hineingemalt.«

Lord Henry streckte seine langen Beine auf dem Diwan aus und schüttelte sich vor Lachen.

»Ja, ich wußte, daß du lachen würdest, aber es ist trotzdem wahr.«

»Zu viel von dir selbst! Glaub mir, Basil, ich hätte nie gedacht, daß du so eitel bist; und ich kann wirklich keine Ähnlichkeit entdecken zwischen dir mit deinem unebenmäßigen, strengen Gesicht und deinem kohlschwarzen Haar und diesem jungen Adonis, der aussieht wie ein Wesen aus Elfenbein und Rosenblättern. Nein, mein lieber Basil, er ist ein Narziß, und du – nun, natürlich hast du ein geistvolles Gesicht und alles, was dazu gehört. Aber Schönheit – wirkliche Schönheit hört auf, wo der geistvolle Ausdruck beginnt. Geistigkeit ist an sich schon eine

Übersteigerung und zerstört die Harmonie in jedem Gesicht. Sobald man sich hinsetzt, um zu denken, wird man ganz Nase oder ganz Stirn oder sonst etwas Abscheuliches. Sieh dir nur die erfolgreichen Leute in irgendeinem gelehrten Beruf an. Sie sind allesamt widerwärtig! Ausgenommen natürlich in der Kirche. Aber dafür denken sie in der Kirche nicht. Ein Bischof sagt als Achtzigjähriger noch genau dasselbe, was man ihn als Achtzehnjährigen gelehrt hat, und deshalb sieht er unverändert entzückend aus. Dein junger Freund, dessen Namen du mir nie genannt hast, dessen Bild mich aber wirklich bezaubert, denkt sicherlich nie. Dessen bin ich ganz gewiß. Er ist ein gedankenloses, schönes Geschöpf, wie wir es immer im Winter um uns haben sollten, wenn es keine Blumen gibt, und im Sommer, wenn wir etwas brauchen, unseren Geist zu kühlen. Schmeichle dir nicht, Basil, du siehst ihm nicht im geringsten ähnlich.«

»Du verstehst mich nicht, Harry, natürlich seh' ich ihm nicht ähnlich. Das weiß ich so gut wie du. Es wäre mir gar nicht recht, wenn ich ihm ähnlich sähe. Du zuckst mit den Schultern? Aber ich sage die Wahrheit. Es schwebt ein Verhängnis über jeder physischen und geistigen Auszeichnung, jenes Verhängnis, das die stockenden Schritte der Könige durch die Geschichte verfolgt. Es ist besser, nicht anders zu sein als seine Mitmenschen. Die Häßlichen und die Dummen haben es am besten in dieser Welt. Sie können ruhig dasitzen und dem Spiel zuschauen. Wenn sie vom Siege nichts wissen, so bleibt ihnen auch das Wissen von der Niederlage erspart. Sie leben dahin, wie wir alle leben sollten, ungestört, gleichgültig und ohne Unruhe. Sie bringen weder Unheil über andere, noch erdulden sie es von fremder Hand. Dein Rang und dein Wohlstand, Harry; mein Geist, so wie er beschaffen ist, meine Berühmtheit, was sie auch wert sein mag; Dorian Grays Schönheit – wir werden alle für das büßen, was uns die Götter gaben, schrecklich büßen.«

»Dorian Gray? So heißt er also?« fragte Lord Henry, indem er durch das Atelier auf Basil Hallward zuging.

»Ja, so heißt er. Ich hatte nicht die Absicht, es dir zu sagen.«

»Aber warum nicht?«

»Oh, ich kann dir das nicht erklären. Wenn ich jemand sehr gern habe, verrate ich niemandem seinen Namen. Es käme mir vor, als gäbe ich einen Teil von ihm preis. Du weißt, wie ich das Geheimnisvolle liebe. Es ist das einzige, was unser modernes Leben wunderbar oder rätselhaft machen kann. Das Gewöhnlichste wird reizvoll, wenn man es verbirgt. Wenn ich London verlasse, sage ich niemand, wohin ich gehe. Tue ich's, verderbe ich mir das ganze Vergnügen. Vielleicht ist es dumm, aber mir scheint, es trägt ein Stück Romantik in unser Leben. Du wirst mich für furchtbar kindisch halten, nicht wahr?«

»Durchaus nicht«, antwortete Lord Henry und legte ihm die Hand auf die Schulter, »durchaus nicht, mein lieber Basil. Du hast wohl vergessen, daß ich verheiratet bin und der Reiz der Ehe eben darin liegt, daß sie ein Leben der Täuschung für beide Teile unumgänglich macht. Ich weiß nie, wo meine Frau ist, und meine Frau weiß nie, was ich tue. Wenn wir uns begegnen – und wir begegnen uns bisweilen, wenn wir zugleich eingeladen sind oder zum Herzog aufs Land fahren –, dann erzählen wir uns die absurdesten Geschichten mit dem ernstesten Gesicht. Meine Frau versteht das glänzend – viel besser als ich. Sie verwickelt sich nie in Widersprüche, ich dagegen tue das stets. Aber wenn sie mich einmal ertappt, macht sie mir darum keine Szene. Ich wünschte manchmal, sie täte es; aber sie lacht mich nur aus.«

»Mir mißfällt die Art, wie du über deine Ehe sprichst, Harry«, sagte Basil Hallward, indem er seine Hand abschüttelte und auf die Tür zutrat, die in den Garten führte. »Ich glaube, du bist in Wirklichkeit ein sehr guter Ehemann und schämst dich nur deiner Tugenden. Du bist ein merkwürdiger Mensch. Du sagst nie etwas Moralisches und tust nie etwas Amoralisches. Dein Zynismus ist nichts als Pose.«

»Natürlichkeit ist nichts als Pose, und sie ist die ärgerlichste Pose, die ich kenne«, rief Lord Henry lachend; und die beiden jungen Männer gingen zuammen in den Garten hinaus, und eine Weile sprach keiner ein Wort.

Nach einer langen Pause zog Lord Henry seine Uhr.

»Ich fürchte, ich muß gehen, Basil«, sagte er leise, »aber ehe ich gehe, bestehe ich darauf, daß du mir die Frage beantwortest, die ich dir vorhin gestellt habe.«

»Welche Frage?« sagte Basil Hallward, die Augen auf den Boden geheftet.

»Das weißt du sehr gut.«

»Nein, wirklich nicht, Harry.«

»Nun, ich will sie wiederholen.«

»Bitte tu's nicht.«

»Ich muß es aber, ich möchte, daß du mir erklärst, warum du Dorian Grays Bild nicht ausstellen willst. Ich möchte den wahren Grund wissen.«

»Ich hab dir den wahren Grund genannt.«

»O nein. Du sagtest, weil zu viel von dir selbst in dem Bilde sei. Das ist doch kindisch.«

»Harry«, sagte Basil Hallward und sah ihm offen ins Gesicht, »jedes Bild, das mit Empfindung gemalt ist, ist ein Portrait des Künstlers, nicht des Modells. Der Gemalte ist nur der Anlaß, die Gelegenheit. Der Maler offenbart nicht ihn, sondern sich selbst auf der farbigen Leinwand. Der Grund, warum ich dies Bild nicht ausstellen will, ist, daß ich fürchte, ich habe in ihm das Geheimnis meiner eigenen Seele gezeigt.«

Lord Henry lachte. »Und das ist?« fragte er.

»Das will ich dir sagen«, sagte Hallward; und ein Ausdruck der Verlegenheit ging über sein Gesicht.

»Ich bin voller Erwartung, Basil«, sagte sein Gefährte leise und sah auf ihn.

»Oh, eigentlich ist da wenig zu erzählen, Harry«, antwortete der junge Maler; »und ich fürchte, du wirst es kaum verstehen. Vielleicht wirst du's mir nicht einmal glauben.«

Lord Henry lächelte, beugte sich nieder, pflückte ein rosa gezeichnetes Gänseblümchen im Gras und betrachtete es.

»Ich glaube sicher, ich werde es verstehen«, erwiderte er, während er aufmerksam auf den kleinen goldenen, weißgefiederten Kranz blickte, »und ich kann alles glauben, wenn es nur einigermaßen unglaublich ist.«

Der Wind schüttelte ein paar Blüten von den Bäumen, und die schweren Fliederdolden mit ihren Sterntrauben wiegten sich hin und her in der schwülen Luft. Eine Grille begann im Gras zu zirpen, und eine lange, dünne Libelle mit braunen Schleierflügeln schwirrte vorüber. Lord Henry hatte ein Gefühl, als hörte er Basil Hallwards Herz schlagen, und er wartete mit Verwunderung auf das, was nun kommen würde.

»Es ist in der Tat unglaublich«, wiederholte Hallward in fast bitterem Ton, »zeitweilig sogar für mich selbst. Ich weiß nicht, was es zu bedeuten hat. Die Sache trug sich folgendermaßen zu. Vor zwei Monaten ging ich auf eine Gesellschaft bei Lady Brandon. Du weißt, von Zeit zu Zeit müssen wir armen Maler uns in der Gesellschaft zeigen, um die Herrschaften daran zu erinnern, daß wir keine Wilden sind. Im Abendanzug mit weißer Binde, sagtest du mir einmal, kann jedermann, selbst ein Börsenmakler, zivilisiert aussehn. Nun, als ich ungefähr zehn Minuten da war und mit gräßlich aufgeputzten Witwen und langweiligen Mitgliedern der Akademie redete, fühlte ich plötzlich, daß mich jemand ansah. Ich drehte mich halb um und sah Dorian Gray zum erstenmal. Als unsere Augen sich trafen, merkte ich, daß ich blaß wurde. Ein sonderbares Angstgefühl überkam mich. Ich wußte, ich stand jemandem gegenüber, dessen Persönlichkeit so faszinierend war, daß sie, wenn ich es ihr erlaubte, mein ganzes Wesen, meine ganze Seele, ja selbst meine Kunst aufsaugen würde. Ich wünschte keinen äußeren Einfluß auf mein Leben. Du weißt selbst, Harry, wie unabhängig ich von Natur aus bin. Mein Vater hatte mich für die militärische Laufbahn bestimmt. Ich bestand darauf, nach Oxford zu gehn. Dann wollte er mich zwingen, Jura zu studieren. Aber noch ehe ich an einem halbdutzend Dinners teilgenommen hatte, gab ich die Juristerei auf und beschloß, Maler zu werden. Ich bin immer mein eigener Herr gewesen, oder ich war es wenigstens, bis ich Dorian Gray traf. Dann – aber ich weiß nicht, wie ich es dir erklären soll. Irgend etwas schien mir zu sagen, daß ich am Rande einer schrecklichen Krise in meinem Leben stehe. Ich hatte ein seltsames Vorgefühl, daß das Schicksal einzigartige Freuden und einzigartige Leiden für mich bereithalte. Ich wußte, in dem Augenblick, wo ich zu Dorian sprach, würde ich ihm verfallen, und daß ich darum nicht zu ihm sprechen dürfte. Ich schauderte und schickte mich an, den Raum zu verlassen. Nicht das Gewissen trieb mich hinaus: Es war Feigheit. Ich will es nicht beschönigen, daß ich zu entkommen versuchte.«

»Gewissen und Feigheit sind in Wirklichkeit dasselbe, Basil. Gewissen ist der Name, unter dem die Firma eingetragen ist. Das ist alles.«

»Das glaube ich nicht, Harry. Doch was auch der Grund war

– und vielleicht war es Stolz, denn ich war sehr stolz –, jedenfalls strebte ich zur Tür. Dort lief ich natürlich Lady Brandon in die Arme. ›Sie wollen doch nicht schon gehen, Mr. Hallward?‹ kreischte sie. Du kennst ja ihre schrille, entsetzliche Stimme.«

»O ja; sie ist ein Pfau in allem, bis auf die Schönheit«, sagte Lord Henry, indem er das Gänseblümchen mit seinen langen, nervösen Fingern zerpflückte.

»Ich konnte sie nicht loswerden. Sie schleppte mich zu königlichen Hoheiten und Leuten mit Sternen und Orden und ältlichen Damen mit gewaltigen Diademen und Hakennasen. Sie nannte mich ihren teuersten Freund. Ich hatte sie vorher erst ein einziges Mal gesehen, aber sie hatte es sich in den Kopf gesetzt, mich zum Löwen ihrer Gesellschaft zu machen. Ich glaube, irgendein Bild von mir hatte gerade großen Erfolg gehabt, oder man hatte wenigstens in den Zeitungen darüber gesprochen; und danach bemißt man im neunzehnten Jahrhundert die Unsterblichkeit. Plötzlich stand ich dem jungen Mann gegenüber, dessen Persönlichkeit mich so seltsam erregt hatte. Wir standen uns ganz nahe, berührten uns fast. Unsere Augen trafen sich wieder. Es war unbesonnen von mir, aber ich bat Lady Brandon, mich vorzustellen. Vielleicht war es im Grunde doch nicht so unbesonnen. Es war einfach unvermeidlich. Wir würden auch ohne Vorstellung miteinander gesprochen haben. Dessen bin ich sicher. Auch Dorian sagte es mir später. Auch er fühlte, daß es unser Schicksal war, uns kennenzulernen.«

»Und wie hat Lady Brandon diesen wunderbaren jungen Mann beschrieben? Ich weiß, sie gibt stets ein kurzes *precis* von allen ihren Gästen. Ich erinnere mich, wie sie mich zu einem brutal aussehenden, rotgesichtigen alten Herrn führte, der ganz mit Orden und Bändern behängt war, und wie sie mir mit einem tragischen Flüstern, das jedermann im Raum hat hören können, ins Ohr zischelte: ›Sir Soundso – Sie wissen schon – an der Grenze von Afghanistan – russische Intrigen: sehr erfolgreicher Mann – Frau durch einen Elefanten ums Leben gekommen – ganz und gar untröstlich – wird sich mit einer wunderschönen amerikanischen Witwe verheiraten – das tut heutzutage jedermann – haßt Mr. Gladstone – aber sammelt Käfer: Fragen Sie ihn, was er über Schouvaloff denkt.‹ Ich bin einfach geflohen. Ich ziehe es vor, selbst hinter die Leute zu kommen. Aber Lady Brandon behandelt ihre Gäste wie ein Auktionator seine Waren. Entweder sie deckt sie mit ihren Erklärungen vollkommen zu oder erzählt einem alles über sie, nur nicht das, was man wissen möchte. Aber was sagte sie über Dorian Gray?«

»Ach, etwas wie ›reizender Junge – die gute Mutter und ich ganz unzertrennlich gewesen – verlobt, hat den gleichen Mann geheiratet – ich meine, noch am gleichen Tag – was für einen Unsinn ich rede! Ganz vergessen, was er tut – fürchte, gar nichts – doch, spielt Klavier – oder Geige, lieber Mr. Gray?‹ – Wir mußten beide lachen und waren sofort Freunde.«

»Lachen ist kein schlechter Anfang für eine Freundschaft und gewiß ihr bestes Ende«, sagte Lord Henry, indem er ein zweites Gänseblümchen pflückte.

Hallward bedeckte das Gesicht mit den Händen. »Du verstehst nicht, was Freundschaft ist, Harry«, sagte er ganz leise, »und nicht, was Feindschaft ist. Du magst jeden gern, und das heißt, dir ist jeder gleichgültig.«

»Wie ungerecht du bist!« rief Lord Henry, indem er seinen Hut zurückschob und zu den kleinen Wolken hinaufsah, die wie zerfaserte Flocken glänzender Seide über den gewölbten Türkis des Sommerhimmels trieben. »Ja, schrecklich ungerecht. Ich mache große Unterschiede zwischen Menschen. Ich wähle meine Freunde wegen ihrer Schönheit, meine Bekannten wegen ihres Charakters und meine Feinde wegen ihrer Klugheit. Ein Mann kann in der Wahl seiner Feinde gar nicht aufmerksam genug sein. Ich habe keinen, der ein Hohlkopf wäre. Alle sind Leute von geistiger Kraft, und folglich schätzen auch sie mich alle. Ist das sehr eitel? Ich glaube, es ist ziemlich eitel.«

»Das würde ich meinen, Harry. Aber nach deiner Einteilung zähle ich wohl nur zu den Bekannten.«

»Mein lieber Basil, du bist viel mehr als ein Bekannter.«

»Und viel weniger als ein Freund. Eine Art Bruder vermutlich?«

»Was heißt Bruder! Ich mache mir nicht viel aus Brüdern. Mein älterer Bruder will nicht sterben, und meinen jüngeren Brüdern fällt offenbar nichts Besseres ein.«

»Harry!«

»Mein lieber Junge, das war nicht ganz ernst gemeint. Aber ich kann mir nicht helfen, ich muß meine Verwandten verabscheuen. Vielleicht liegt es daran, daß wir andere Leute nicht ausstehn können, wenn sie die gleichen Fehler haben wie wir. Ich verstehe die Wut der englischen Demokratie gegen das, was sie die Laster der oberen Klassen nennt, vollkommen. Sie fühlen, daß Trunksucht, Dummheit und Immoralität ihre Privilegien sind und daß, wenn jemand von uns einen Esel aus sich macht, er in ihren Gehegen wildert. Als der arme Southwark vor den Ehescheidungshof kam, war ihre Entrüstung geradezu phänomenal. Und doch glaube ich nicht, daß auch nur zehn Prozent der unteren Klassen ein einwandfreies Leben führen.«

»Ich billige nicht ein einziges Wort von allem, was du sagst, und was mehr ist, ich bin sicher, daß auch du es nicht tust.«

Lord Henry strich sich den braunen Spitzbart und schlug mit seinem quastenverzierten Malaccastock an die Spitze seines Lackstiefels. »Wie englisch du bist, Basil. Wenn man einem echten Engländer eine Idee vorträgt – was immer voreilig ist –, denkt er nie daran, zu untersuchen, ob die Idee richtig oder falsch ist. Für ihn ist einzig wichtig, ob man selbst an sie glaubt. Nun hat aber der Wert einer Idee nichts mit der Aufrichtigkeit dessen zu tun, der sie ausdrückt. Ja, es ist sogar wahrscheinlich, daß eine Idee um so intellektueller ist, je unaufrichtiger der Mensch selbst ist; denn um so weniger wird sie von seinen Bedürfnissen, seinen Wünschen oder seinen Vorurteilen gefärbt sein. Doch ich will weder Politik noch Soziologie, noch Metaphysik mit dir diskutieren. Mir sind Menschen lieber als Prinzipien. Erzähle mir mehr über Dorian Gray. Wie oft siehst du ihn?«

»Jeden Tag. Ich wäre nicht glücklich, wenn ich ihn nicht täglich sähe. Freilich sind es mitunter nur wenige Minuten. Aber schon ein paar Minuten mit einem Menschen, den man anbetet, sind kostbar.«

»Aber betest du ihn denn an?«

»Ja.«

»Wie merkwürdig! Ich dachte, du würdest dich nie um etwas anderes kümmern als um deine Malerei – deine Kunst wollte ich sagen. Kunst klingt besser, nicht wahr?«

»Er ist jetzt der Inbegriff meiner Kunst. Ich glaube bisweilen,

Harry, es gibt nur zwei wichtige Epochen in der Weltgeschichte. Die eine ist das Auftreten eines neuen Mediums in der Kunst, und die zweite ist das Auftreten einer neuen Persönlichkeit für die Kunst. Was für die Venezianer die Erfindung der Ölmalerei war, das war das Gesicht des Antinous für die spätgriechische Plastik. Und für mich wird es eines Tages das Gesicht Dorian Grays sein. Nicht nur, daß ich nach ihm male, zeichne, modelliere. Natürlich habe ich all das getan. Er hat mir als Paris in einer kunstvollen Rüstung Modell gestanden und als Adonis in Jägerkleidung mit glänzendem Speer. Geschmückt mit schweren Lotosblüten, saß er auf dem Schnabel von Hadrians Barke und schaute in den schmutziggrünen Nil. Er hat sich über den stillen Weiher einer griechischen Waldlandschaft gebeugt und in dem unbewegten Silberspiegel die Wunder seiner eigenen Schönheit betrachtet. Aber er ist viel mehr für mich als das. Ich will dir nicht erzählen, ich sei unzufrieden mit dem, was ich aus ihm gemacht habe, oder seine Schönheit sei dergestalt, daß die Kunst sie nicht ausdrücken kann. Es gibt nichts, was die Kunst nicht ausdrücken könnte, und ich weiß, daß das, was ich gemacht habe, seit ich Dorian Gray traf, gute Arbeit ist, die beste Arbeit meines Lebens. Aber seltsamerweise – ich weiß nicht, ob du mich verstehen wirst – hat seine Persönlichkeit mir eine ganz neue Sehweise in der Kunst, einen neuen Stil offenbart. Ich sehe jetzt die Dinge anders, ich empfinde sie ganz anders. Ich kann jetzt in einer Weise Leben neu schaffen, die mir bisher verborgen war. ›Ein Traum von der Form in Tagen der Klarheit‹ –: wer hat das gesagt? Ich habe es vergessen; aber es drückt aus, was Dorian Gray mir gewesen ist. Die bloße Gegenwart dieses Knaben, denn er ist wenig mehr als ein Knabe, obgleich er schon über zwanzig ist –, seine bloße Gegenwart – ah, ich möchte wissen, ob du empfinden kannst, was mir das alles bedeutet? Unbewußt bestimmt er für mich die Linien einer neuen Schule, die in sich zugleich die ganze Leidenschaft des romantischen Geistes und alle Vollkommenheit des griechischen Geistes umfassen soll. Harmonie von Körper und Seele, wie viel ist das doch! Wir haben in unserem Wahnsinn beides getrennt und haben einen Realismus erfunden, der bestialisch, und eine Idealität, die leer ist. Harry, Harry, wenn du wüßtest, was mir Dorian Gray bedeutet! Du erinnerst dich an die Landschaft, für die Agnew mir einen so unerhörten Preis bot, von der ich mich aber nicht trennen wollte. Sie gehört zum Besten, was ich je gemacht habe. Und warum? Weil Dorian Gray neben mir saß, als ich sie malte.«

»Basil, das ist ja wunderbar! Ich muß Dorian Gray kennenlernen.«

Hallward stand auf und ging im Garten auf und ab. Nach einiger Zeit kam er zurück. »Das begreifst du nicht, Harry«, sagte er, »Dorian Gray ist für mich nur ein künstlerisches Motiv. Er ist nie mehr in meiner Arbeit gegenwärtig, als wenn sie sein Abbild nicht enthält. Er ist einfach der Anreger zu einem neuen Stil, wie ich bereits sagte. Ich sehe ihn in den Kurven gewisser Linien, in der Schönheit und Zartheit gewisser Farben. Das ist alles.«

»Und warum willst du dann sein Bild nicht ausstellen?«

»Weil ich die ausgefallenste Romantik hineingelegt habe, obwohl ich nie gewagt habe, mit ihm darüber zu sprechen. Er weiß nichts davon. Er soll nie etwas darüber erfahren. Aber die Welt könnte es erraten: Und vor ihren einfältigen, lüsternen Augen will ich meine Seele nicht entblößen. Ich will mein Herz nicht unter ihr Mikroskop legen. Es ist zu viel von mir in dem Bild, Harry – zu viel von mir!«

»Dichter machen sich nicht so viel Skrupel wie du. Sie wissen, wie nützlich die Leidenschaft für den Absatz ihrer Bücher ist. Heutzutage bringt es ein gebrochenes Herz zu vielen Auflagen.«

»Ich hasse sie darum. Ein Künstler sollte Schönes schaffen, aber von seinem eigenen Leben nichts hineinlegen. Wir leben in einer Zeit, wo die Menschen die Kunst behandeln, als sei sie zu einer Autobiographie bestimmt. Wir haben den abstrakten Sinn für die Schönheit verloren. Wenn ich lange genug lebe, werde ich der Welt eines Tages zeigen, was es damit auf sich hat; und darum soll sie mein Bild von Dorian Gray niemals kennenlernen.«

»Ich glaube, du irrst dich, Basil, aber ich will nicht mit dir streiten. Nur Hohlköpfe streiten. Doch sage mir, liebt dich Dorian Gray sehr?«

Hallward überlegte einen Augenblick. »Er hat mich sehr gern«, antwortete er nach einer Pause; »ich weiß, er hat mich gern.

Natürlich schmeichle ich ihm fürchterlich. Es macht mir ein eigenartiges Vergnügen, ihm Dinge zu sagen, von denen ich weiß, daß ich sie bereuen werde. Ich gebe mich aus der Hand. In der Regel ist er reizend zu mir, und wir gehen vom Klub Arm in Arm nach Hause, oder wir sitzen im Atelier und reden von tausend Dingen. Hin und wieder ist er schrecklich gedankenlos und scheint geradezu Vergnügen daran zu finden, mich zu quälen. Dann fühle ich, Harry, daß ich meine Seele jemandem ausgeliefert habe, der sie behandelt wie eine Blume, die man ins Knopfloch steckt, ein bißchen Dekoration, seiner Eitelkeit zu schmeicheln, ein Schmuck für einen kurzen Sommertag.«

»Im Sommer, Basil, pflegen die Tage zu verweilen, vielleicht wirst du seiner eher müde als er deiner. Es ist traurig, wenn man darüber nachdenkt, aber Genie währt länger als die Schönheit. Das erklärt die Tatsache, daß wir uns alle so viel Mühe geben, übergebildet zu werden. In dem unerbittlichen Kampf ums Dasein brauchen wir etwas, was dauert, und so füllen wir unseren Geist mit Tatsachenplunder, in der törichten Hoffnung, unseren Platz zu behaupten. Der mit Tatsachen vollgestopfte Mensch – das ist das Ideal unserer Zeit. Und die Seele eines solchen gründlich informierten Menschen ist etwas Monströses. Sie ist wie ein Ramschladen voll verstaubter Ungeheuer, in dem alles über seinen Wert geschätzt wird. Immerhin glaube ich, du wirst seiner zuerst müde werden. Eines Tages wirst du Gray ansehn, und du wirst finden, er sei ein wenig verzeichnet, oder seine Farben werden dir mißfallen oder irgend etwas Ähnliches. Du wirst ihm dann im Herzen bittere Vorwürfe machen und allen Ernstes denken, daß er sich sehr schlecht gegen dich benommen hat. Wenn er dich wieder besucht, wirst du vollkommen kalt und gleichgültig gegen ihn sein. Das ist traurig, denn es wird dich verändern. Das schlimmste an einer Romanze ist, daß sie einen am Ende so unromantisch zurückläßt.«

»Harry, sprich nicht so! Solange ich lebe, wird die Gestalt Dorian Grays Macht über mich haben. Du kannst nicht fühlen, was ich fühle. Du bist zu unbeständig.«

»Ah, mein lieber Basil, gerade darum kann ich es fühlen. Wer treu ist, kennt nur die beglückende Seite der Liebe: Von ihrer Tragik wissen nur die Treulosen.« Und Lord Henry zündete an einer zierlichen Silberdose ein Zündholz an und begann mit so selbstbewußter und selbstzufriedener Miene eine Zigarette zu rauchen, als hätte er den Sinn des Lebens in einen Satz zusammengefaßt. Im Efeu raschelten tschilpende Spatzen, und blaue Wolkenschatten jagten wie Schwalben über das Gras. Es war so schön in diesem Garten! Und wie entzückend waren die Gefühle anderer Menschen – viel entzückender als ihre Gedanken, so schien es ihm. Die eigene Seele und die Leidenschaften seiner Freunde – das waren die Dinge, die dem Leben seinen Zauber gaben. Er dachte mit Vergnügen an das langweilige Frühstück, das er versäumt hatte, weil er so lange bei Basil Hallward geblieben war. Wäre er zu seiner Tante gegangen, so hätte er dort sicherlich Lord Goodbody getroffen, und die ganze Unterhaltung hätte sich um die Ernährung der Armen gedreht und die Notwendigkeit von Mustersiedlungen. Wie erfreulich, all dem entgangen zu sein! Beim Gedanken an seine Tante kam ihm eine Erinnerung. Er wandte sich zu Hallward und sagte: »Mein lieber Junge, jetzt fällt mir's ein.«

»Was denn, Harry?«

»Wo ich den Namen Dorian Gray gehört habe.«

»Und wo war das?« fragte Hallward mit einem leichten Stirnrunzeln.

»Sieh mich nicht so böse an, Basil. Es war bei meiner Tante, Lady Agatha. Sie sagte mir, sie habe einen wundervollen jungen Mann entdeckt, der ihr im East-End helfen wolle, und er heiße Dorian Gray. Ich muß zugeben, daß sie mir nie von seiner Schönheit erzählt hat. Frauen verstehen die Schönheit nicht zu würdigen, wenigstens anständige Frauen nicht. Sie sagte mir, er sei sehr ernst und hätte einen liebenswerten Charakter. Ich malte mir schon ein Wesen mit Brille, dünnem Haar, schrecklichen Sommersprossen und riesigen Füßen aus. Ich wünschte, ich hätte gewußt, daß es dein Freund war.«

»Ich bin froh, daß du es nicht wußtest, Harry.«

»Warum?«

»Weil ich nicht möchte, daß du ihn kennenlernst.«

»Mr. Dorian Gray ist im Atelier, gnädiger Herr«, sagte der Diener, der soeben in den Garten heraustrat.

»Nun mußt du mich vorstellen«, rief Lord Henry lachend.

Basil Hallward wandte sich zu seinem Diener, der blinzelnd in der Sonne stand.

»Bitten Sie Mr. Gray zu warten, Parker. Ich komme gleich.«

Der Diener verneigte sich und ging.

Dann sah er Lord Henry an. »Dorian Gray ist mein liebster Freund«, sagte er. »Er ist von Natur schlicht und liebenswürdig. Deine Tante hatte recht in allem, was sie von ihm sagte. Verdirb ihn mir nicht. Versuche nicht, Einfluß auf ihn zu gewinnen. Dein Einfluß würde ihn verderben. Die Welt ist so groß, und es gibt viele wunderbare Geschöpfe. Nimm mir darum nicht den einzigen Menschen, der mir das Leben lebenswert macht und der meiner Kunst ihren höchsten Reiz verleiht. Denke daran, Harry, ich vertraue auf dich.« Er sprach sehr langsam, und es war, als ob er sich die Worte wider seinen Willen abringe.

»Was für Unsinn du redest!« sagte Lord Henry lächelnd, und indem er Hallwards Arm nahm, zog er ihn fast ins Haus.

2

Als sie eintraten, sahen sie Dorian Gray. Er saß mit dem Rücken zu ihnen am Klavier und blätterte in einem Band von Schumanns ›Waldszenen‹. »Das mußt du mir leihen, Basil«, rief er, »ich möchte sie üben. Sie sind einfach entzückend.«

»Das hängt ganz davon ab, wie du mir heute sitzen wirst, Dorian.«

»Oh, ich hab das Sitzen satt, und mir liegt gar nichts an einem lebensgroßen Bild von mir«, antwortete der junge Mann und schwang sich voller Übermut und Eigensinn auf dem Klavierstuhl herum. Als er Lord Henry erblickte, errötete er leicht und sprang auf: »Verzeihung, Basil, aber ich wußte nicht, daß du Besuch hast.«

»Das ist Lord Henry Wotton, Dorian, ein alter Freund von Oxford her. Ich habe ihm gerade erzählt, was für ein unvergleichliches Modell du bist, und jetzt hast du mir alles verdorben.«

»Mein Vergnügen, Sie kennenzulernen, haben Sie nicht verdorben, Mr. Gray«, sagte Lord Henry, indem er ihm einen Schritt entgegentrat und ihm die Hand reichte. »Meine Tante hat oft von Ihnen erzählt. Sie stehen in ihrer Gunst, und ich fürchte, Sie sind auch eins ihrer Opfer.«

»Im Augenblick bin ich auf Lady Agathes schwarzer Liste«, antwortete Dorian mit einem Ausdruck gespielter Reue. »Ich hatte ihr versprochen, sie am letzten Dienstag in ihren Klub in Whitechapel zu begleiten, und dann hab ich es einfach vergessen. Wir hätten dort zusammen vierhändig spielen sollen – drei Stücke, wenn ich mich recht erinnere. Ich weiß nicht, ob sie mir Vorhaltungen machen wird. Ich hab viel zu viel Angst, sie zu besuchen.«

»Oh, ich werde Sie mit meiner Tante aussöhnen. Sie ist Ihnen sehr zugetan, und ich glaube nicht, daß Ihre Abwesenheit viel verdorben hat. Die Zuhörer haben wahrscheinlich gemeint, es handle sich um ein Duo. Wenn Tante Agatha sich ans Klavier setzt, macht sie genug Lärm für zwei.«

»Das ist wenig schmeichelhaft für sie und kaum ein Kompliment für mich«, antwortete Dorian lachend.

Lord Henry sah ihn an. Ja, er war wirklich wunderschön mit seinen feingeschnittenen dunkelroten Lippen, seinen freimütigen blauen Augen, seinem krausen goldblonden Haar. In seinem Gesicht lag etwas, was einem sofort Zutrauen einflößte, alle Offenheit der Jugend lag darin und alle leidenschaftliche Reinheit. Man fühlte, daß er bisher von der Welt unberührt war. Kein Wunder, daß Basil Hallward ihn verehrte. Er war dafür geschaffen, verehrt zu werden.

»Sie sind viel zu charmant, um Philanthrop zu sein, Mr. Gray – viel zu charmant.« Lord Henry ließ sich auf den Diwan fallen und öffnete sein Zigarettenetui.

Hallward hatte inzwischen seine Farben gemischt und seine Pinsel zurechtgelegt. Er sah aus, als quäle ihn etwas, und als er Lord Henrys letzte Bemerkung hörte, sah er ihn an, zögerte einen Augenblick und sagte dann: »Harry, ich möchte das Bild heute fertig malen. Würdest du es mir sehr übelnehmen, wenn ich dich bitte, zu gehn?«

Lord Henry lächelte und sah Dorian Gray an.

»Soll ich gehn, Mr. Gray?« fragte er.

»Bitte nicht, Lord Henry! Basil ist wieder einmal in schlechter Laune, und dann kann ich ihn nicht ausstehen. Außerdem müssen Sie mir sagen, warum ich nicht zum Philanthropen tauge.«

»Ich glaube nicht, daß ich Ihnen das sagen werde, Mr. Gray. Aber nun werde ich sicher nicht fortgehen, da Sie mich bitten zu bleiben. Du bist doch nicht wirklich böse, Basil? Du hast mir oft gesagt, es sei dir sogar recht, wenn dein Modell sich mit jemandem unterhalten kann.«

Hallward biß sich auf die Lippen. »Wenn Dorian es wünscht, mußt du natürlich bleiben. Dorians Launen sind für jedermann Gesetz, außer für ihn selbst.«

Lord Henry griff nach Hut und Handschuhen. »Du bist ja äußerst liebenswürdig, Basil, aber ich fürchte, ich muß gehn. Ich bin im Orleans verabredet – auf Wiedersehn, Mr. Gray. Besuchen Sie mich doch einmal nachmittags in der Curzon-Street. Um fünf Uhr bin ich fast immer zu Hause. Schreiben Sie mir vorher, wenn Sie kommen. Es täte mir leid, wenn Sie mich nicht antreffen würden.«

»Basil«, rief Dorian Gray, »wenn Lord Henry geht, gehe ich auch. Du sprichst nie ein Wort, wenn du malst, und es ist schrecklich langweilig, auf einem Podium zu stehn und dabei eine freundliche Miene zu machen. Bitte ihn, dazubleiben. Ich bestehe darauf.«

»Bleib da, Harry, Dorian zuliebe und auch mir zuliebe«, sagte Hallward, ohne den Blick von seinem Bild zu wenden. »Er hat ganz recht, ich spreche nie während der Arbeit und höre auch nicht zu. Es muß furchtbar langweilig für meine unglücklichen Modelle sein. Ich bitte dich, bleib.«

»Und was wird aus meiner Verabredung im Orleans?«

Hallward lachte. »Das wird wohl kein Problem sein. Setz dich wieder hin, Harry. – Und du, Dorian, steig auf das Podium und halt dich möglichst still. Kümmere dich nicht darum, was Lord Henry sagt. Er übt auf alle seine Freunde einen schlechten Einfluß aus, außer auf mich.«

Dorian stieg mit der Miene eines geschundenen griechischen Helden auf das Podium und schnitt eine Grimasse des Unmuts zu Lord Henry, der ihm außerordentlich gut gefiel. Er war ganz anders als Hallward. Sie bildeten einen köstlichen Gegensatz. Und er hatte eine so angenehme Stimme. Nach einer kleinen Weile sagte Dorian zu ihm: »Üben Sie wirklich einen so schlimmen Einfluß aus, Lord Henry, wie Basil das behauptet?«

»Es gibt keinen guten Einfluß, Mr. Gray. Jeder Einfluß ist unmoralisch – vom wissenschaftlichen Standpunkt aus.«

»Und warum?«

»Weil jemand zu beeinflussen dasselbe ist, wie ihm eine fremde Seele zu geben. Er denkt nicht mehr seine eigenen Gedanken, er wird nicht mehr von seinen eigenen Leidenschaften verzehrt. Seine Tugenden gehören nicht mehr ihm. Selbst seine Sünden – wenn es so etwas wie Sünden gibt – sind nur geliehen. Er wird zum Echo der Töne eines andern, zum Schauspieler einer Rolle, die nicht für ihn geschrieben ist. Das Ziel des Lebens ist Selbstverwirklichung. Das eigene Wesen zu verwirklichen, dazu sind wir hier. Heutzutage fürchten sich die Menschen vor sich selbst. Sie haben die höchste Pflicht vergessen, die Pflicht, die sie sich selber schulden. Natürlich ist man wohltätig. Man speist die Hungernden und kleidet die Bettler. Aber die eigene Seele darbt und ist nackt. Unserem Geschlecht ist der Mut verlorengegangen. Vielleicht haben wir ihn nie besessen. Die Furcht vor der Gesellschaft, auf der die Moral sich aufbaut, die Furcht vor Gott, die das Geheimnis der Religion ist – das sind die beiden Gewalten, die uns beherrschen. Und dennoch ...«

»Sei so nett und dreh den Kopf ein ganz klein wenig nach rechts, Dorian«, sagte Hallward, der ganz in seine Arbeit vertieft war und nur wahrnahm, daß im Gesicht des Jungen ein Ausdruck lag, den er nie zuvor darin gesehen hatte.

»Und dennoch«, fuhr Lord Henry mit seiner leisen, melodischen Stimme und der anmutigen Handbewegung fort, die ihm von jeher eigen gewesen und die er schon in Eton gehabt hatte, »dennoch glaube ich, wenn auch nur ein Mensch sein Leben voll und ganz auslebte, jedem Gefühl Form, jedem Gedanken Ausdruck, jedem Traum Wirklichkeit verliehe – es würde ein so neuer Strom der Freude in die Welt fließen, daß wir alles Krankhafte des Mittelalters vergessen müßten und zurückkehrten zum hellenischen Ideal – zu etwas Schönerem, Reicherem als dem hellenischen Ideal vielleicht. Aber noch der Tapferste unter uns fürchtet sich vor sich selbst. Die Selbstverstümmelung des Wilden lebt schaurig fort in der Selbstverleugnung, die unser Leben zerstört. Wir werden bestraft für unsere Entsagungen. Jede Begierde, die wir ersticken, brütet in unserer Seele und vergiftet uns. Der Körper sündigt einmal, und dann ist seine Sünde abgetan, denn die Handlung ist eine Art der Reinigung. Nichts bleibt als die Erinnerung an eine Lust oder der Luxus eines Bedauerns. Der einzige Weg, eine Versuchung loszuwerden, ist, daß man ihr nachgibt. Widerstehen Sie ihr, und Ihre Seele wird krank vor Sehnsucht nach dem, was sie sich selbst verboten hat, vor Begierde nach dem, was ihre widernatürlichen Gesetze widernatürlich und ungesetzlich machten. Man hat gesagt, die größten Ereignisse der Welt spielten sich im Gehirn ab. Im Gehirn und nur im Gehirn geschehen auch die größten Sünden der Welt. Auch Sie, Mr. Gray, Sie selbst in Ihrer unberührten Jugend, haben Leidenschaften gehabt, die Sie mit Schrecken erfüllten, Gedanken, die Ihnen angst machten, Träume am Tage und in der Nacht, deren bloße Erinnerung Ihnen die Schamröte ins Gesicht treiben könnte ...«

»Hören Sie auf!« flüsterte Dorian Gray. »Hören Sie auf! Sie bringen mich in Verwirrung. Ich weiß nicht, was ich sagen soll. Es gibt eine Antwort, aber ich kann sie nicht finden. Sprechen Sie nicht. Lassen Sie mich nachdenken oder besser, lassen Sie mich versuchen, nicht nachzudenken.«

Fast zehn Minuten stand er bewegungslos da mit geöffneten Lippen und seltsam glänzenden Augen. Er war sich dunkel bewußt, daß völlig neue Einflüsse in ihm arbeiteten, und es schien ihm, als kämen sie ganz aus seinem eigenen Inneren. Die wenigen Worte, die Basils Freund zu ihm gesprochen hatte – ohne Zweifel leicht hingeworfene Worte, die manches willkürliche Paradox enthielten –, hatten gleichwohl in ihm eine geheime Saite berührt, die nie zuvor angeschlagen worden war, die er aber nun schwingen und sonderbar tönen fühlte.

So hatte ihn nur die Musik erregt. Sie hatte ihn manches Mal aufgewühlt. Aber Musik spricht nicht in Worten. Nicht eine neue Welt, ein neues Chaos schafft sie in uns. Aber Worte! Bloße Worte! Wie schrecklich sie waren! Wie klar und lebendig und grausam! Ihnen konnte man sich nicht entziehen. Und doch, welch tiefer Zauber in ihnen lag! Es schien, als könnten sie formlosen Dingen plastische Gestalt verleihen und eine eigene Musik bewahren, nicht minder süß als die der Viola oder der Laute. Bloße Worte! Gab es etwas, das wirklicher war als Worte?

Ja. In seiner Kindheit hatte es Dinge gegeben, die er nicht verstand. Jetzt verstand er sie. Das Leben bekam plötzlich flammende Farben für ihn. Es schien ihm, als sei er im Feuer gewandelt. Warum hatte er es bisher nicht gewußt?

Lord Henry beobachtete ihn mit schwermütigem Lächeln. Er erriet mit sicherem psychologischem Instinkt, wann er nicht reden durfte. Er fühlte das heftigste Interesse. Er war erstaunt über den unerwarteten Eindruck, den seine Worte gemacht hatten. Er erinnerte sich eines Buches, das er mit sechzehn Jahren gelesen und das ihm vieles offenbarte, was er bis dahin nicht gekannt hatte, und er hätte gern gewußt, ob Dorian Gray dieselbe Erfahrung machen würde. Er hatte nur einen Pfeil in die Luft geschossen. Hatte er getroffen? Wie faszinierend dieser Junge war!

Hallward arbeitete mit seinem wunderbar kühnen Pinselstrich weiter, der die echte Feinheit und vollendete Feinfühligkeit hatte, die nur aus der Kraft kommen kann. Er hatte das Schweigen nicht bemerkt.

»Basil, ich hab keine Lust mehr, zu stehn«, rief Dorian Gray plötzlich. »Ich muß mich in den Garten setzen, die Luft hier ist erstickend.«

»Das tut mir wirklich leid, mein Lieber. Wenn ich male, kann ich an nichts andres denken. Aber du warst nie besser, ganz ruhig bist du gestanden, und ich habe endlich den Ausdruck erfaßt, den ich immer gesucht habe – die halboffenen Lippen und den Glanz in den Augen. Ich weiß nicht, was Harry mit dir gesprochen hat, auf jeden Fall hat er den wundervollsten Ausdruck bei dir hervorgerufen. Vermutlich hat er dir Komplimente gemacht. Du darfst ihm kein Wort glauben.«

»Nein, er hat mir keine Komplimente gemacht. Und vielleicht glaube ich ihm eben darum kein einziges Wort.«

»Sie wissen, daß Sie doch alles glauben«, sagte Lord Henry und sah ihn versunken unter schweren Lidern an. »Ich gehe mit Ihnen in den Garten, es ist schrecklich heiß im Atelier. – Basil, laß uns etwas Kaltes zu trinken holen, vielleicht etwas mit Erdbeeren drin.«

»Sehr gern, Harry. Drück auf die Klingel, und wenn Parker kommt, will ich es ihm sagen. Ich muß den Hintergrund noch fertigmalen und komme dann später nach. Aber halte Dorian nicht zu lange fest. Ich bin niemals besser in Schwung gewesen als heute. Dies wird mein Meisterwerk. Es ist schon jetzt mein Meisterwerk.«

Lord Henry ging in den Garten hinaus und fand Dorian Gray, der sein Gesicht in den großen kühlen Fliederdolden vergrub und ihren Duft fieberhaft eintrank, als wäre es Wein. Er trat nahe an ihn heran und legte ihm die Hand auf die Schulter. »Wie richtig«, sagte er leise. »Nur die Sinne können die Seele heilen, wie nur die Seele die Sinne heilen kann.«

Der junge Mann schrak auf und trat zurück. Er war barhäuptig, und die Blätter hatten seine widerspenstigen Locken verwirrt. Es lag etwas wie Schrecken in seinem Blick, den Menschen haben, die man plötzlich aus dem Schlaf weckt. Seine feingeschnittenen Nasenflügel zitterten, und eine heimliche Erschütterung ließ seine scharlachroten Lippen erbeben.

»Ja«, fuhr Lord Henry fort, »das ist eins der größten Geheimnisse des Lebens – die Seele durch die Sinne zu heilen und die Sinne durch die Seele. Sie sind ein wunderbares Geschöpf. Sie wissen mehr, als Sie zu wissen glauben, und doch wissen Sie weniger, als Sie wissen möchten.«

Dorian Gray zog die Stirn zusammen und wandte den Kopf ab. Es zog ihn wider seinen Willen zu dem hochgewachsenen, schönen jungen Mann, der neben ihm stand. Sein olivfarbenes Gesicht mit dem geistesabwesenden, etwas verlebten Ausdruck interessierte ihn. In seiner leisen, gleichmütigen Stimme war etwas, das ihn gänzlich faszinierte. Selbst die kühlen weißen Hände, die wie Blumen aussahen, hatten einen seltsamen Reiz. Sie begleiteten seine Worte wie Musik und bewegten sich, als hätten sie ihre eigene Sprache. Aber er fürchtete sich vor ihm und schämte sich seiner Furcht. Warum mußte ein Fremder kommen, ihm die eigene Seele zu offenbaren. Er kannte Basil Hallward seit Monaten, aber ihre Freundschaft hatte ihn nie verändert. Plötzlich war jemand in sein Leben getreten, der ihm die Geheimnisse des Lebens zu enthüllen schien. Und doch – wovor sollte er sich fürchten. War er denn ein Schuljunge oder ein Mädchen? Es war absurd, sich zu fürchten.

»Kommen Sie, wir setzen uns in den Schatten«, sagte Lord

Henry. »Parker hat uns etwas zu trinken gebracht. Wenn Sie noch länger in dieser Glut stehnbleiben, werden Sie sich die Haut verderben, und Basil wird Sie nicht mehr malen. Sie dürfen sich keinen Sonnenbrand holen. Das würde Ihnen nicht stehn.«

»Was liegt denn daran«, rief Dorian lachend und setzte sich am Ende des Gartens auf eine Bank.

»Ihnen sollte alles daran liegen, Mr. Gray.«

»Und warum?«

»Weil Sie noch so wundervoll jung sind und Jugend der einzig wertvolle Besitz ist.«

»Ich finde das nicht, Lord Henry.«

»Nein, jetzt noch nicht. Aber eines Tages, wenn Sie alt und runzlig und häßlich geworden sind, wenn der Gedanke Ihre Stirn mit seinen Furchen gezeichnet und die Leidenschaft Ihre Lippen mit schrecklichen Flammen verzehrt hat, dann werden Sie es empfinden, und Sie werden es furchtbar empfinden. Jetzt mögen Sie gehen, wohin Sie wollen, Sie bezaubern die Welt. Wird das immer so bleiben?

Sie haben ein wundervoll schönes Gesicht, Mr. Gray. Ziehen Sie nicht die Stirn kraus. Es ist wahr. Und Schönheit ist eine Form des Genies –, sie ist mehr als Genie, denn sie bedarf keiner Erklärung. Sie gehört zu den großen Wirklichkeiten der Welt, wie die Sonne, wie der Frühling oder der Widerschein einer silbernen Sichel auf dunklen Wassern, die wir den Mond nennen. Sie läßt sich nicht anfechten. Sie hat ein göttliches Recht auf Herrschaft. Sie macht zu Fürsten, die sie besitzen. Sie lächeln? Ach, wenn Sie sie erst verloren haben, werden Sie nicht mehr lächeln.

Die Menschen sagen wohl, die Schönheit sei etwas Äußerliches. Mag sein. Aber gewiß ist sie nicht so äußerlich wie das Denken. Für mich ist die Schönheit das Wunder der Wunder. Nur Hohlköpfe urteilen nicht nach dem Äußeren. Das wahre Geheimnis der Welt liegt im Sichtbaren, nicht im Unsichtbaren.

Ja, Mr. Gray, Ihnen waren die Götter hold. Aber was die Götter schenken, das nehmen sie bald zurück. Sie haben nur wenige Jahre, um wirklich zu leben. Wenn Ihre Jugend Sie verläßt, dann wird auch Ihre Schönheit schwinden, und plötzlich werden Sie entdecken, daß keine Triumphe mehr auf Sie warten, es sei denn, Sie geben sich mit jenen billigen Triumphen zufrieden, die Ihnen die Erinnerung Ihrer Vergangenheit bitterer machen wird als die Niederlagen. Jeder Monat, der dahingeht, führt Sie etwas Schrecklichem näher. Die Zeit ist eifersüchtig und kämpft gegen Ihre Lilien und Rosen. Sie werden bleich werden und hohlwangig und Ihre Augen trübe. Sie werden unsäglich leiden.

Nutzen Sie Ihre Jugend, solange sie da ist. Vergeuden Sie nicht das Gold Ihrer Tage, hören Sie nicht auf die Langweiligen, versuchen Sie nicht, hoffnungslosen Zerfall aufzuhalten. Werfen Sie Ihr Leben nicht weg für die Törichten, die Niedrigen, die Gemeinen, das sind falsche Ziele und Ideale unserer Zeit. Leben Sie! Leben Sie das herrliche Leben, das in Ihnen ist! Versagen Sie sich nichts! Probieren Sie immer neue Reize aus. Fürchten Sie nichts. Ein neuer Hedonismus, das ist es, was unser Jahrhundert braucht. Sie könnten sein sichtbares Symbol sein. Ihre Persönlichkeit erlaubt Ihnen, alles zu wagen. Die Welt gehört Ihnen – einen Frühling lang.

In dem Augenblick, da ich Sie traf, habe ich gesehn, daß Sie nichts davon wußten, wer Sie eigentlich sind, wer Sie sein könnten. Ich sah so viel in Ihnen, was mich bezauberte, daß ich mich gezwungen fühlte, Ihnen etwas von Ihnen zu erzählen. Ich dachte daran, wie tragisch es wäre, wenn Sie verschwendet würden. Denn Ihre Jugend währt ja nur so kurze Zeit – so kurze Zeit.

Die Wiesenblumen verwelken, aber sie blühen wieder. Der Goldregen wird im nächsten Jahr genauso leuchten wie heute. In einem Monat hat die Klematis purpurne Sterne, und Jahr um Jahr wird die grüne Nacht ihrer Blätter solche Purpursterne bergen. Aber die Jugend kehrt nie mehr zurück. Das Pulsen der Freude, das uns mit zwanzig bestürmt, wird träge. Unsere Glieder versagen, die Sinne stumpfen ab. Wir entarten zu gräßlichen Gliederpuppen, in denen die Erinnerung an Leidenschaften spukt, die wir uns versagten, und an erlesene Versuchungen, denen wir nachzugeben wagten. Jugend! Jugend! Es gibt nichts in der Welt außer der Jugend!« Dorian Gray hörte zu, staunend und mit weit geöffneten Augen. Der Fliederzweig fiel aus seiner Hand auf den Kies. Eine behaarte Biene kam und umflog einen Augenblick lang summend den Zweig. Dann kletterte sie über das violette Blütengekräusel. Er beobachtete sie mit jener seltsamen

Aufmerksamkeit für kleine Dinge, die wir zu zeigen versuchen, wenn uns Dinge von großer Bedeutung erschrecken oder wenn uns ein neues Gefühl erregt, für das wir keinen Ausdruck finden können, oder wenn ein furchtbarer Gedanke unsere Vorstellung lähmt und uns bezwingen will. Nach einer Weile flog die Biene fort. Er sah sie in den gefleckten Kelch einer tyrischen Winde kriechen. Die Blüte schien zu erbeben und schwankte dann leise hin und her.

Plötzlich erschien Hallward in der Tür des Ateliers und machte ihnen heftige Zeichen, hereinzukommen. Sie sahen sich an und lächelten.

»Ich warte«, rief Hallward. »Kommt herein. Das Licht ist vorzüglich. Ihr könnt eure Gläser ja mitbringen.«

Sie standen auf und schlenderten den Weg hinunter. Zwei grünweiße Schmetterlinge flatterten an ihnen vorbei, und in dem Birnbaum am Ende des Gartens fing eine Drossel zu singen an.

»Sie freuen sich, daß Sie mir begegnet sind, Mr. Gray«, sagte Lord Henry, indem er ihn ansah.

»Ja, jetzt bin ich froh darüber. Ich weiß nicht, ob ich mich immer freuen werde.«

»Immer! Das ist ein unerträgliches Wort. Mich schaudert es, wenn ich es höre. Die Frauen gebrauchen es so gern. Sie verderben jedes Abenteuer, indem sie versuchen, ihm ewige Dauer zu verleihen. Nebenbei – es ist ein sinnloses Wort. Der einzige Unterschied zwischen einer Laune und lebenslanger Leidenschaft ist, daß die Laune etwas länger dauert.«

Als sie ins Atelier eintraten, legte Dorian Gray seine Hand auf Lord Henrys Arm. »Dann soll unsere Freundschaft eine Laune sein«, sagte er leise und errötete über die eigene Kühnheit, dann stieg er auf das Podium und nahm seine Stellung wieder ein.

Lord Henry warf sich in einen bequemen Rohrsessel und beobachtete ihn. Das Hin- und Herstreichen des Pinsels auf der Leinwand war der einzige Ton, der die Stille unterbrach, außer wenn Hallward dann und wann zurücktrat, um seine Arbeit aus der Entfernung zu betrachten. In den schrägen Sonnenstrahlen, die durch die offene Tür strömten, tanzten goldene Stäubchen. Über allem hing der schwere Duft der Rosen.

Etwa nach einer Viertelstunde hörte Hallward zu malen auf, sah Dorian Gray lange an und dann das Bild, wobei er lächelnd am Pinselstiel kaute. »Es ist fertig«, rief er schließlich aus, beugte sich nieder und schrieb in dünnen, karminroten Buchstaben seinen Namen links unten auf die Leinwand.

Lord Henry kam herüber und betrachtete das Bild. Es war in der Tat ein herrliches Kunstwerk und auch ein herrliches Portrait. »Mein Lieber«, sagte er, »nimm meinen herzlichsten Glückwunsch. – Mr. Gray, kommen Sie und sehen Sie sich selbst an.«

Der junge Mann fuhr auf, wie aus einem Traum erwacht. »Ist es wirklich fertig?« flüsterte er und stieg vom Podest.

»Ganz fertig«, sagte Hallward, »und du hast heute ausgezeichnet gestanden. Ich bin dir sehr dankbar.«

»Das ist nur mein Verdienst«, warf Lord Henry dazwischen. »Nicht wahr, Mr. Gray?«

Dorian gab keine Antwort, sondern trat unbekümmert vor das Bild. Als er es sah, machte er einen Schritt zurück und errötete, so sehr gefiel er sich selbst. Ein Ausdruck der Freude kam in seine Augen, als hätte er sich zum ersten Male erkannt. Er stand bewegungslos und staunend da, und er hörte nur undeutlich, daß Hallward zu ihm sprach, aber den Sinn der Worte erfaßte er nicht. Die Empfindung seiner eigenen Schönheit überkam ihn wie eine Offenbarung. Nie zuvor hatte er sie gespürt. Basil Hallwards Komplimente hatte er nur für charmante Übertreibungen der Freundschaft gehalten. Er hatte sie angehört, über sie gelacht, sie vergessen. Sein Wesen hatten sie nie beeinflußt. Dann war Lord Henry gekommen, mit seinem erstaunlichen Hymnus auf die Jugend, seiner schrecklichen Warnung vor ihrer Vergänglichkeit. Das hatte ihn aus der Fassung gebracht, und nun, da er sich dem Abbild seiner eigenen Schönheit gegenüber sah, begriff er erst die volle Wahrheit des Gesagten. Ja, eines Tages würde sein Gesicht runzlig und welk, seine Augen trübe und glanzlos, die Anmut seiner Gestalt gebrochen und entstellt sein. Das Rot würde von seinen Lippen schwinden und das Gold aus seinen Haaren bleichen. Das Leben, das seine Seele führte, würde seinen Körper foltern. Unwürdig, abstoßend und aufgedunsen würde er werden.

Bei diesem Gedanken durchdrang ihn ein scharfer Schmerz

wie ein Messerstich und ließ jede Faser seines Wesens erbeben. Seine Augen verdunkelten sich zu Amethysten, und ein Tränenschimmer stieg darin auf. Es war ihm, als hätte sich eine eiskalte Hand auf sein Herz gelegt.

»Gefällt es dir nicht?« rief Hallward endlich, ein wenig gereizt durch das Schweigen des Jungen, das er sich nicht erklären konnte.

»Natürlich gefällt es ihm«, sagte Lord Henry, »wem sollte es nicht gefallen? Es gehört zu den größten Schöpfungen in der modernen Kunst. Ich gebe dir alles, was du verlangst; ich muß das Bild haben.«

»Es gehört nicht mir, Harry.«

»Wem denn?«

»Dorian natürlich.«

»Er hat ein unerhörtes Glück.«

»Wie traurig das ist!« flüsterte Dorian Gray, der noch immer die Augen auf sein eigenes Bild gerichtet hielt. »Wie traurig das ist. Ich soll alt werden, häßlich und abstoßend. Aber dies Bild wird ewig jung bleiben. Es wird nie älter werden, als es heute, an diesem Junitag, ist ... Wenn es doch umgekehrt wäre! Wenn ich ewig jung bliebe und das Bild altern würde! Ich würde alles – alles dafür hingeben! Ja, es gibt nichts in der ganzen Welt, das ich nicht dafür hingäbe!«

»An einem solchen Tausch würde dir wohl nichts liegen, Basil«, rief Lord Henry lachend. »Er würde dir ziemlich schwerfallen.«

»Ich würde mich energisch sträuben, Harry.«

Dorian Gray wandte sich um und sah ihn an. »Ja, das glaube ich, Basil. Du liebst deine Kunst mehr als deine Freunde. Ich bin für dich nicht mehr als eine grünspanige Bronzefigur. Vielleicht nicht einmal soviel.«

Hallward sah ihn entsetzt an. So zu sprechen, war nicht Dorians Art. Was war geschehn? Er schien beinah zornig. Sein Gesicht hatte sich gerötet, und seine Wangen brannten.

»Ja«, fuhr er fort, »ich bin weniger für dich als dein elfenbeinerner Hermes oder dein silberner Faun. Sie wirst du immer gern haben. Wie lange wirst du mich mögen? Wohl bis ich meine erste Falte habe. Jetzt weiß ich es, wenn man seine Schönheit einbüßt, was sie auch sei, dann hat man alles verloren. Dein Bild hat mich das gelehrt. Lord Henry hat vollkommen recht. Die

Jugend ist das einzige auf der Welt, das einen Wert besitzt. Wenn ich entdecke, daß ich alt werde, töte ich mich.«

Hallward wurde bleich und ergriff seine Hand. »Dorian, Dorian«, rief er aus, »sag so etwas nicht. Ich habe nie einen Freund gehabt wie dich, und ich werde nie einen zweiten finden. Bist du denn eifersüchtig auf leblose Dinge?«

»Ich bin eifersüchtig auf alles, dessen Schönheit nicht vergeht. Ich bin eifersüchtig auf das Porträt, das du von mir gemalt hast. Warum soll es bewahren, was ich verlieren muß? Jeder Augenblick, der verfliegt, nimmt mir etwas weg und gibt es ihm. Oh, wenn es doch umgekehrt wäre. Könnte das Bild sich verändern, und ich ewig derselbe bleiben! Warum hast du es gemalt? Es wird mich eines Tages verhöhnen – schrecklich verhöhnen!« Heiße Tränen traten ihm in die Augen; er zog seine Hand zurück, warf sich auf den Diwan und vergrub sein Gesicht in den Kissen, als betete er.

»Das ist dein Werk, Harry«, sagte Hallward bitter.

»Mein Werk?«

»Jawohl, und das weißt du genau.«

Lord Henry zuckte die Schultern. »Es ist der wahre Dorian Gray – weiter nichts«, entgegnete er.

»Das ist nicht wahr.«

»Wenn er es nicht ist, was habe ich damit zu schaffen?«

»Du hättest gehen sollen, als ich dich darum bat.«

»Ich blieb auf deine Bitte.«

»Harry, ich kann nicht mit meinen beiden besten Freunden zu gleicher Zeit streiten, aber laßt es euch gesagt sein, ihr habt mich dazu gebracht, daß ich das schönste Bild, das mir je gelungen ist, hasse, und ich werde es zerstören. Was ist es mehr als Leinwand und Farbe. Es soll nicht in unser Leben eingreifen und uns alle quälen.«

Dorian Gray hob seinen goldblonden Kopf von den Kissen und sah ihn mit blassem Gesicht und verweinten Augen an, als er zu dem Farbentisch aus Kiefernholz hinüberging, der unter dem hohen, verhangenen Atelierfenster stand. Was suchte er dort? Seine Finger wühlten unter dem Haufen von Zinntuben und trockenen Pinseln, als wollten sie etwas Bestimmtes finden. Ja, es war das lange Palettenmesser mit der dünnen Schneide aus biegsamem Stahl. Endlich fand er es. Er wollte die Leinwand zerschneiden.

Mit einem erstickten Schluchzen sprang Dorian vom Diwan auf, stürzte auf Hallward zu, entriß ihm das Messer und schleuderte es in den entferntesten Winkel. »Tu das nicht, Basil«, rief er, »tu's nicht, es wäre Mord!«

»Es freut mich, daß du schließlich meine Arbeit doch noch würdigst, Dorian«, sagte Hallward kalt, nachdem er sich von seinem Erstaunen erholt hatte. »Ich hätte es nicht für möglich gehalten.«

»Würdigen? Ich liebe das Bild, Basil. Es ist ein Teil von mir selbst. Das fühle ich.«

»Schön, sobald du trocken bist, sollst du gefirnißt und gerahmt werden. Dann schicke ich dich in deine Wohnung. Dort kannst du mit dir tun, was du willst.« Und er ging durch das Atelier und läutete nach dem Tee. »Du bleibst doch zum Tee, Dorian? Und du auch, Harry? Tee ist der einzige einfache Genuß, der uns geblieben ist.«

»Ich habe nichts für einfache Genüsse übrig«, sagte Lord Henry, »und ich mag keine Szenen, es sei denn auf der Bühne. Was für seltsame Menschen ihr beide seid! Ich möchte wissen, wer den Menschen als das vernünftige Tier definiert hat. Es war die voreiligste Definition, die je gemacht wurde. Der Mensch ist vielerlei, aber er ist keineswegs vernünftig. Ich bin übrigens ziemlich froh darüber. Trotzdem wäre es mir lieber, ihr hättet euch nicht über das Bild gezankt. Du solltest es lieber mir geben, Basil. Dieser törichte Junge will es ja gar nicht wirklich haben, aber ich will es.«

»Wenn du es irgend jemandem andern gibst, Basil, verzeih ich dir nie!« rief Dorian Gray. »Und ich erlaube niemandem, mich einen törichten Jungen zu nennen.«

»Du weißt, das Bild gehört dir, Dorian. Ich habe es dir geschenkt, ehe es überhaupt existierte.«

»Und Sie wissen auch, daß Sie ein wenig töricht waren, Mr. Gray. Sie haben doch im Ernst nichts dagegen einzuwenden, wenn man Sie einen Jungen nennt.«

»Heute morgen hätte ich sehr viel dagegen einzuwenden gehabt, Lord Henry.«

»Oh, heute morgen! Aber seitdem haben Sie gelebt.«

Es wurde an die Tür geklopft, und der Butler trat mit einem Teetablett herein und setzte es auf einem kleinen japanischen Tischchen nieder. Es war das Klirren von Tassen und Löffeln zu hören und das Summen eines georgischen Samowars. Ein Knabe brachte zwei runde chinesische Schalen. Dorian Gray trat heran und schenkte den Tee ein. Die beiden andern kamen langsam nach, um den Inhalt der Schalen zu prüfen.

»Laßt uns heute abend ins Theater gehn«, sagte Lord Henry. »Irgendwo wird bestimmt etwas los sein. Ich habe zwar versprochen, bei White zu speisen, aber es ist nur ein alter Freund, und ich kann ihm ein Telegramm schicken, daß ich krank bin oder durch eine spätere Verabredung verhindert. Ich finde, das wäre eine ganz hübsche Entschuldigung: Sie würde so überraschend offen klingen.«

»Es ist so langweilig, sich den Frack anzuziehn«, brummte Hallward. »Und wenn man ihn anhat, sieht man so häßlich aus.«

»Ja«, antwortete Lord Henry versonnen, »die Kleidung unserer Zeit ist abscheulich. Sie ist so düster, so deprimierend. Die Sünde ist die einzige Farbe, die im modernen Leben geblieben ist.«

»Du solltest solche Dinge wirklich nicht vor Dorian sagen, Harry.«

»Vor welchem Dorian, vor dem, der uns den Tee einschenkt, oder vor dem im Bild?«

»Vor beiden nicht.«

»Ich würde Sie gern ins Theater begleiten, Lord Henry«, sagte der Junge.

»Dann kommen Sie doch mit; und du kommst auch mit, Basil, nicht wahr?«

»Ich kann wirklich nicht, ich habe sehr viel zu tun. Ich möchte lieber nicht.«

»Gut, dann gehn wir beide allein, Mr. Gray.«

»Mit Vergnügen.«

Basil Hallward biß sich auf die Lippen und trat mit der Tasse in der Hand vor das Bild. »Ich bleibe mit dem wahren Dorian«, sagte er traurig.

»Ist das der wahre Dorian?« rief das Modell für das Portrait und trat zu ihm. »Sehe ich wirklich so aus?«

»Ja, du siehst genauso aus.«

»Wie herrlich, Basil!«

»Jedenfalls gleichst du ihm in der äußeren Erscheinung. Aber es wird sich niemals verändern«, sagte Hallward. »Das ist wenigstens etwas.«

»Was für ein Wesen die Leute um die Treue machen!« sagte Lord Henry wie zu sich selbst. »Und dabei ist sie doch nur eine Frage der Physiologie. Mit unserem Willen hat sie nichts zu tun. Sie ist entweder eine unglückliche Veranlagung oder eine lästige Folge des Temperaments. Junge Leute möchten treu sein und können's nicht; die Alten möchten treulos sein und können's nicht: Das ist alles, was man darüber sagen kann.«

»Geh heute abend nicht ins Theater, Dorian«, sagte Hallward. »Bleib zum Abendessen bei mir!«

»Ich kann wirklich nicht.«

»Und warum nicht?«

»Weil ich Lord Henry versprochen habe, ihn zu begleiten.«

»Er wird dich nicht lieber mögen, wenn du dein Versprechen hältst. Seine eignen bricht er immer. Ich bitte dich, nicht zu gehn.«

Dorian Gray schüttelte lachend den Kopf.

»Ich bitte dich dringend.«

Der Junge zögerte und sah zu Lord Henry hinüber, der am Teetisch saß und den beiden mit spöttischem Lächeln zusah.

»Ich muß gehn, Basil«, antwortete er.

»Gut«, sagte Hallward, trat an den Tisch und setzte seine Tasse auf das Tablett. »Es ist schon spät, und da ihr euch umziehn müßt, dürft ihr keine Zeit verlieren. Adieu, Harry. Adieu, Dorian. Komm bald wieder, komm morgen!«

»Bestimmt.«

»Du vergißt es nicht?«

»Aber natürlich nicht.«

»Und ... Harry!«

»Ja, Basil?«

»Vergiß nicht, worum ich dich heute morgen gebeten habe, als wir im Garten waren.«

»Ich hab es vergessen.«

»Ich verlasse mich auf dich.«

»Ich wollte, ich könnte mich auf mich selbst verlassen«, sagte

Lord Henry lachend. – »Kommen Sie, Mr. Gray, mein Wagen steht draußen, und ich kann Sie bei Ihrer Wohnung absetzen. – Adieu, Basil. Es war ein interessanter Nachmittag.«

Als sich die Tür hinter ihnen schloß, warf sich Hallward auf den Diwan, und ein Ausdruck des Schmerzes trat in sein Gesicht.

3

Einen Monat später saß Dorian Gray eines Nachmittags in einem prächtigen Armsessel der kleinen Bibliothek in Lord Henrys Haus in der Curzon Street. Es war in seiner Art ein entzückender Raum mit hoher Wandverkleidung aus olivgrün gebeiztem Eichenholz mit gelbgetöntem Fries und einer reichverzierten Stuckdecke. Auf dem weichen, dicken Teppich lagen Perserbrükken mit langen seidenen Fransen. Auf einem zierlichen Tischchen aus Seidenholz stand eine Statuette von Clodion, und daneben lag ein Band der »Cent Nouvelles«, der von Clovis Eve für Margarete von Valois gebunden war und die Prägung der goldenen Maßliebchen trug, die die Königin sich als Wappenzeichen erwählt hatte. Einige große blaue chinesische Vasen, mit Papageientulpen gefüllt, waren auf dem Kaminsims aufgestellt, und durch die kleinen bleigefaßten Scheiben des Fensters drang das aprikosenfarbene Licht eines Londoner Sommertags.

Lord Henry war noch nicht da. Er kam prinzipiell zu spät, denn es war sein Grundsatz, Pünktlichkeit stehle einem die Zeit. Der junge Mann sah daher ziemlich verdrießlich drein, während er nervös die Seiten einer kostbar illustrierten Ausgabe der »Manon Lescaut« umblätterte, die er in einem der Bücherregale gefunden hatte. Das abgemessene, eintönige Ticken der Louis-Quatorze-Uhr störte ihn. Ein- oder zweimal dachte er schon daran, zu gehn.

Endlich hörte er draußen Schritte, und die Tür ging auf.

»Wie spät du kommst, Harry«, sagte er leise.

»Leider ist es nicht Harry«, antwortete eine Frauenstimme.

Er drehte sich rasch um und sprang auf. »Ich bitte um Verzeihung! Ich dachte . . .«

»Sie dachten, es wäre mein Mann. Es ist leider nur seine Frau.

Sie müssen mir erlauben, mich selbst vorzustellen. Ich kenne Sie ganz genau von Ihren Fotografien, ich glaube, mein Mann besitzt mindestens siebenundzwanzig.«

»Sind es wirklich siebenundzwanzig, Lady Henry?«

»Nun, dann sechsundzwanzig. Und ich sah Sie gestern abend mit ihm zusammen in der Oper.« Sie lachte nervös, während sie sprach, und musterte ihn mit ihren unsteten Vergißmeinnichtaugen. Sie war eine merkwürdige Frau. Ihre Kleider sahen immer so aus, als seien sie in Wut entworfen und im Sturm angezogen. Sie war immer in jemanden verliebt, und da ihre Leidenschaft nie erwidert wurde, hatte sie ihre Illusionen alle behalten. Sie versuchte, malerisch auszusehen, und wirkte statt dessen unordentlich. Sie hieß Victoria und war eine leidenschaftliche Kirchgängerin.

»Das war im ›Lohengrin‹, glaube ich, Lady Henry?«

»Ja, es war in meinem lieben ›Lohengrin‹. Ich liebe Wagners Musik mehr als jede andere. Sie ist so laut, daß man die ganze Zeit reden kann, ohne daß andere einen verstehn. Das ist doch ein großer Vorteil, nicht wahr, Mr. Gray?«

Von ihren dünnen Lippen kam wieder das fahrige Lachen, und ihre Finger begannen mit einem langen Papiermesser zu spielen. Dorian lächelte und schüttelte den Kopf: »Ich fürchte, ich bin nicht Ihrer Meinung, Lady Henry. Ich rede nie während der Musik – wenigstens nicht bei guter Musik. Wenn man schlechte Musik hört, ist man allerdings verpflichtet, sie im Gespräch zu übertönen.«

»Ach, das ist eine von Harrys Ansichten, nicht wahr, Mr. Gray? Aber Sie dürfen nicht von mir denken, daß ich keine gute Musik mag. Ich liebe sie, aber ich fürchte mich vor ihr. Sie macht mich zu romantisch. Ich habe geradezu geschwärmt für Pianisten – manchmal für zwei zu gleicher Zeit. Ich weiß nicht, was sie an sich haben. Vielleicht, weil sie Ausländer sind. Das sind sie doch alle, oder? Selbst wenn sie in England geboren sind, werden sie nach einiger Zeit Ausländer, nicht wahr? Das ist geschickt von ihnen und eine Verbeugung vor der Kunst. Sie wird ganz kosmopolitisch, hab' ich recht? Sie sind nie auf meinen Gesellschaften gewesen, Mr. Gray. Sie müssen einmal kommen. Orchideen kann ich mir nicht leisten, aber ich treibe großen Aufwand mit Ausländern. Sie geben den Räumen so etwas Malerisches. Aber da kommt Harry! – Harry, ich wollte dich etwas fragen, ich hab vergessen, was es war, – und ich traf Mr. Gray hier. Wir haben uns so nett über Musik unterhalten. Wir haben genau dieselben Ansichten. Nein; ich glaube, unsere Standpunkte sind ganz verschieden. Aber er war reizend. Ich bin so froh, ihn getroffen zu haben.«

»Ich bin entzückt, meine Liebe, ganz entzückt«, sagte Lord Henry und zog seine dunklen, halbmondförmigen Brauen in die Höhe, während er beide mit einem spöttischen Lächeln ansah. – »Verzeih, Dorian, daß ich so spät komme. Ich ging in die Wardour Street, um mir einen alten Brokat anzusehn, und mußte stundenlang darum handeln. Heutzutage wissen die Leute von allem den Preis, aber von nichts den Wert.«

»Ich fürchte, ich muß gehn«, rief Lady Henry und unterbrach ein verlegenes Schweigen mit ihrem jähen, törichten Lachen. »Ich habe versprochen, mit der Herzogin auszufahren. – Adieu, Mr. Gray. – Adieu Harry. Du wirst vermutlich außerhalb speisen? Ich auch. Vielleicht seh ich dich bei Lady Thornbury.«

»Höchstwahrscheinlich, meine Liebe«, sagte Lord Henry, als er die Tür hinter ihr schloß. Sie war aus dem Zimmer geschwirrt wie ein Paradiesvogel, den der Regen durchnäßt hat, und hinterließ einen leichten Patschuligeruch. Lord Henry gab Dorian Gray die Hand, zündete sich eine Zigarette an und warf sich aufs Sofa.

»Heirate nie eine Frau mit strohblonden Haaren, Dorian«, sagte er nach einigen Zügen.

»Weshalb, Harry?«

»Weil sie so sentimental sind.«

»Aber ich liebe sentimentale Leute.«

»Heirate überhaupt nicht, Dorian. Die Männer heiraten, weil sie müde sind, die Frauen aus Neugierde: Beide werden enttäuscht.«

»Ich glaube nicht, daß ich heiraten werde, Harry, ich bin zu sehr verliebt. Das ist ein Aphorismus von dir. Ich setze ihn in die Praxis um, wie alles, was du mir sagst.«

»In wen bist du verliebt?« fragte Lord Henry und sah ihn mit einem seltsamen Lächeln an.

»In eine Schauspielerin«, sagte Dorian Gray errötend.

Lord Henry zuckte die Schultern. »Du debütierst mit einem Gemeinplatz«, sagte er leise.

»Du würdest nicht so reden, wenn du sie gesehen hättest, Harry.«

»Wer ist sie?«

»Sie heißt Sibyl Vane.«

»Habe nie von ihr gehört.«

»Das hat niemand. Aber man wird von ihr hören. Sie ist ein Genie.«

»Mein lieber Junge, keine Frau ist ein Genie: Die Frauen sind ein dekoratives Geschlecht. Sie haben nie etwas zu sagen, aber sie sagen es mit Charme. Die Frau verkörpert den Triumph der Materie über den Geist, wie der Mann den Triumph des Geistes über die Moral verkörpert. Es gibt im Grunde nur zwei Arten von Frauen, häßliche und geschminkte. Häßliche Frauen sind sehr nützlich. Wenn du dir einen achtbaren Ruf verschaffen willst, brauchst du sie nur zum Souper auszuführen. Die anderen Frauen sind entzückend. Sie begehen nur einen Fehler. Sie malen sich an, um jung auszusehen. Unsere Großmütter schminkten sich, um in der Unterhaltung zu glänzen. Rouge und Esprit gehörten zusammen. Das ist vorüber. Solange es eine Frau fertigbringt, zehn Jahre jünger auszusehn als ihre Tochter, ist sie ganz zufrieden. Was die Unterhaltung anbelangt, so gibt es in London nur fünf Frauen, mit denen zu sprechen sich lohnt, und zwei von ihnen kann man in anständiger Gesellschaft nicht zulassen. Erzähl mir lieber von deinem Genie. Wie lange kennst du sie?«

»Ungefähr drei Wochen. Nicht ganz. Ungefähr zwei Wochen und zwei Tage.«

»Und wo hast du sie getroffen?«

»Ich will's dir erzählen, Harry, aber du darfst nicht so gefühllos sein. Schließlich wäre es nie geschehn, wenn ich dich nicht kennengelernt hätte. Du hast mich mit dem heftigen Verlangen erfüllt, das ganze Leben kennenzulernen. Noch tagelang nach unserer ersten Begegnung schien etwas in meinen Adern zu pochen. Wenn ich durch den Park lief oder Piccadilly hinunterschlenderte, sah ich jeden, der mir begegnete, an, und hätte aus einer verrückten Neugier wissen mögen, was für ein Leben er führt. Manche faszinierten mich. Andere erfüllten mich mit Schrecken. Es lag ein erlesenes Gift in der Luft. Ich sehnte mich leidenschaftlich nach Sensationen.

Schließlich, eines Abends um sieben, ging ich aus, ein Abenteuer zu suchen. Ich fühlte, daß dieses graue, ungeheure London mit seinen Myriaden von Menschen, seinen glänzenden Sündern und seinen schmutzigen Sünden, wie du es einmal ausgedrückt hast, für mich etwas bereithalten müsse. Ich malte mir tausenderlei Dinge aus. Das bloße Gefühl der Gefahr versetzte mich in einen Taumel. Mir fiel ein, was du mir an jenem wundervollen Abend gesagt hast, als wir das erste Mal zusammen dinierten: Das giftige Geheimnis des Lebens liegt in der Suche nach der Schönheit. Ich weiß nicht, was ich erwartete, aber ich ging hinaus und wendete mich ostwärts. Und alsbald verlor ich meinen Weg in einem Labyrinth von schmutzigen Straßen und finsteren baumlosen Plätzen. Gegen halb neun kam ich an ein kleines drittklassiges Theater mit großen flackernden Gasflammen und prahlerischen Theaterzetteln. Ein widerwärtiger Jude stand in dem unglaublichsten Rock, den ich je gesehen habe, am Eingang und rauchte eine ordinäre Zigarre. Er hatte schmierige Locken, und ein riesiger Diamant glänzte mitten auf seiner schmutzigen Hemdbrust. ›Nehmen Sie eine Loge, Mylord?‹ sagte er, als er mich sah, und zog mit einer Gebärde grandioser Unterwürfigkeit den Hut. Er hatte etwas an sich, das mich amüsierte, Harry. Er war so ungeheuerlich. Du wirst mich auslachen, ich weiß, aber ich ging wirklich hinein und bezahlte eine ganze Guinee für die Proszeniumsloge. Bis heute kann ich mir nicht erklären, warum ich es tat; und doch, wenn ich es nicht getan hätte! – Mein lieber Harry, wenn ich es nicht getan hätte, ich hätte die größte Romanze meines Lebens versäumt. Ich sehe, du lachst. Das ist häßlich von dir!«

»Ich lache nicht, Dorian; zumindest nicht über dich. Aber du solltest nicht sagen, die größte Romanze deines Lebens. Du sollst sagen, die erste Romanze deines Lebens. Du wirst immer geliebt werden, und du wirst immer in die Liebe verliebt sein. Es warten besondere Dinge auf dich. Dies ist erst der Anfang.«

»Hältst du mich für so oberflächlich?« rief Dorian Gray entrüstet.

»Nein, ich halte dich für so tief.«

»Wie meinst du das?«

»Mein lieber Junge, die Leute, die nur einmal in ihrem Leben lieben, sind die wirklich Oberflächlichen. Was sie ihre Loyalität und Treue nennen, nenne ich die erschlaffende Wirkung der Gewohnheit oder einen Mangel an Phantasie. Treue ist für das Gefühlsleben, was Beständigkeit für das Leben des Intellekts ist – nämlich das Eingeständnis des eigenen Versagens. Aber ich will dich nicht unterbrechen, erzähle weiter.«

»Ich saß also in einer scheußlichen, kleinen Privatloge, und ein ordinärer Theatervorhang starrte mir ins Gesicht. Hinter der Portiere verborgen, konnte ich das ganze Haus überschauen. Es war ein Flimmerkasten, lauter Amoretten und Füllhörner, wie ein billiger Hochzeitskuchen. Galerie und Parterre waren dicht besetzt, aber die beiden schmuddligen Parkettreihen waren ganz leer, und es saß kaum jemand auf dem Platz, den sie wahrscheinlich den ersten Rang nennen. Frauen gingen mit Orangen und Ingwerbier herum, und eine Unmenge Nüsse wurden verzehrt.«

»Es muß also genauso gewesen sein wie zur Blütezeit des englischen Dramas.«

»Genauso, nehme ich an, wirklich abscheulich. Ich fing schon an zu überlegen, was ich um Himmels willen tun sollte, als mein Blick auf den Theaterzettel fiel. Was meinst du wohl, welches Stück sie spielten, Harry?«

»Wahrscheinlich ›Das idiotische Knäbchen oder Blöde aber unbescholten‹. Unsere Väter hatten eine Vorliebe für solche Stücke, wenn ich nicht irre. Je länger ich lebe, Dorian, um so deutlicher fühle ich, daß alles, was für unsere Väter gut genug war, für uns nicht mehr gut genug ist. In der Kunst wie in der Politik, ›les grandpères ont toujours tort‹.«

»Dieses Stück war gut genug für uns, Harry, es war ›Romeo und Julia‹. Ich muß gestehn, ich war ziemlich entsetzt bei dem Gedanken, daß ich Shakespeare in einem so elenden Loch gespielt sehen sollte. Und doch war ich in gewissem Sinne interessiert. Auf alle Fälle wollte ich den ersten Akt abwarten. Das Orchester war schauerlich, ein junger Jude saß vor einem verstimmten Klavier, das mich schier in die Flucht gejagt hätte, aber endlich wurde der Vorhang aufgezogen, und das Stück begann. Romeo war ein feister, älterer Mann mit geschwärzten Augenbrauen, heiserer Tragödenstimme und einer Figur wie ein Bierfaß. Mercutio war beinah ebenso schlimm. Er wurde von einem Chargenspieler dargestellt, der eigene Witze einflocht und mit dem Parterre auf vertrautem Fuße stand. Sie waren beide so grotesk wie die Dekoration, und die sah aus, als stamme sie aus einer Pantomime von vor fünfzig Jahren. Aber Julia! Harry, stell dir ein Mädchen von kaum siebzehn Jahren vor, mit einem kleinen Blumengesicht, einem schmalen griechischen Kopf, umrahmt von einer Fülle dunkelbrauner Locken, mit Augen wie veilchenblaue Quellen der Leidenschaft und Lippen, die wie Rosenblätter waren. Sie ist das lieblichste Geschöpf, das ich je in meinem Leben gesehn habe. Du sagtest mir einmal, daß Pathos dich kalt läßt, aber Schönheit, bloße Schönheit dich zu Tränen rührt. Ich sage dir, Harry, ich konnte dieses Mädchen kaum sehen, weil sich ein Tränenschleier über meine Augen legte. Und ihre Stimme – ich habe noch nie eine solche Stimme gehört. Zuerst war sie sehr leise, mit tiefen melodischen Tönen, die einzeln in das Ohr zu fallen schienen. Dann wurde sie etwas lauter und klang wie eine Flöte oder eine ferne Oboe. In der Gartenszene hatte sie all die vibrierende Verzückung, die man vor Sonnenaufgang hört, wenn die Nachtigallen singen. Später kamen Augenblicke, in denen sie die ungestüme Leidenschaft der Violinen hatte. Du weißt, wie eine Stimme einen erregen kann. Deine Stimme und die Stimme Sibyl Vanes werde ich nie vergessen. Wenn ich die Augen schließe, höre ich sie, und beide sagen mir etwas Verschiedenes. Ich weiß nicht, welcher ich folgen soll. Warum sollte ich sie nicht lieben? Harry, ich liebe sie. Sie ist mir alles im Leben. Jeden Abend gehe ich hin, um sie spielen zu sehn. Einen Abend ist sie Rosalinde, am nächsten Abend Imogen. Ich habe sie sterben sehn in einem finstern italienischen Grabgewölbe, wo sie das Gift von den Lippen des Geliebten saugt. Ich habe sie durch die Ardennenwälder streifen sehn, als zierlicher Knabe verkleidet, mit Hose, Wams und prächtigem Barett. Sie ist wahnsinnig gewesen und trat vor einen schuldigen König und gab ihm Raute zu tragen und bittere Kräuter zu kosten. Sie war unschuldig, und die schwarzen Hände der Eifersucht haben ihren Nacken wie einen Halm zerbrochen. Ich habe sie in jeder Epoche gesehn und in jedem Kostüm. Gewöhnliche Frauen bewegen nie unsere Phantasie. Sie sind auf ihr Zeitalter beschränkt. Kein Zauber verwandelt sie je. Man kennt ihre Seele so leicht wie ihre Hüte. Man findet sie überall. In ihnen ist kein Geheimnis. Morgens reiten sie in den Park, und nachmittags treffen sie sich zum Teeklatsch. Sie haben ihr stereotypes Lächeln und ihre eleganten Formen. Sie sind vollkommen durchschaubar. Aber eine Schauspielerin! Wie anders ist eine Schauspielerin! Warum hast du mir nicht gesagt, daß das einzige Wesen, das wert ist, geliebt zu werden, eine Schauspielerin ist?«

»Weil ich so viele von ihnen geliebt habe, Dorian.«

»O ja, schreckliche Mädchen mit gefärbtem Haar und geschminkten Gesichtern.«

»Lästere nicht über gefärbtes Haar und ein geschminktes Gesicht. Manchmal liegt darin ein eigentümlicher Reiz.«

»Ich wünschte, ich hätte dir nicht von Sibyl Vane erzählt.«

»Du hättest gar nicht anders können, Dorian. Dein ganzes Leben lang wirst du mir alles erzählen, was du tust.«

»Ja, Harry, das glaube ich auch. Ich muß dir alles erzählen. Du hast eine sonderbare Macht über mich. Wenn ich je ein Verbrechen beginge, käme ich zu dir, um es zu beichten. Du würdest mich verstehn.«

»Menschen wie du – übermütige Sonnenstrahlen des Lebens – begehen keine Verbrechen, Dorian. Trotzdem danke ich dir für das Kompliment. Und nun sage mir – sei so gut, gib mir Streichhölzer, danke –, wie sind deine wirklichen Beziehungen zu Sibyl Vane?«

Dorian Gray sprang auf, seine Wangen waren gerötet, seine Augen flammten: »Harry, Sibyl Vane ist mir heilig!«

»Nur heilige Dinge sind wert, berührt zu werden, Dorian«, sagte Lord Henry mit einem unerwarteten Anflug von Pathos in seiner Stimme. »Aber warum nimmst du mir die Frage übel? Ich glaube, eines Tages wird sie dein sein. Wenn man verliebt ist, täuscht man anfangs immer sich selbst und später die andern. Das nennt die Welt eine Romanze. Du hast sie aber kennengelernt, nehme ich an?«

»Natürlich habe ich sie kennengelernt. Den ersten Abend, als ich im Theater war, kam der widerliche alte Jude nach der Vorstellung zu mir in die Loge und bot mir an, mich hinter die Bühne zu führen und mich vorzustellen. Ich war wütend über ihn und sagte, Julia sei seit Jahrhunderten tot, und ihr Leichnam läge in einem Marmorgrab in Verona. Aus seinem erstaunten Blick schloß ich, daß er dachte, ich hätte zuviel Champagner getrunken.«

»Das wundert mich nicht.«

»Mich auch nicht. Dann fragte er, ob ich für irgendeine Zeitung schreibe. Ich entgegnete, daß ich sie nicht einmal lese. Er schien darüber furchtbar enttäuscht zu sein und vertraute mir an, daß die ganze Theaterkritik sich gegen ihn verschworen habe und daß alle Kritiker käuflich seien.«

»In diesem Punkt hat er wahrscheinlich ganz recht. Noch dazu sind die meisten billig zu haben.«

»Trotzdem meinte er wohl, daß seine Mittel nicht ausreichten. Inzwischen wurden die Lampen im Theater gelöscht, und ich mußte gehn. Ich sollte noch eine Zigarre probieren, die er mir sehr empfahl. Ich lehnte ab. Am nächsten Abend war ich natürlich wieder im Theater. Als er mich sah, verneigte er sich tief und versicherte mir, ich sei ein Wohltäter der Kunst. Er war ein aufdringlicher Kerl, aber er hatte eine große Leidenschaft für Shakespeare. Er erzählte mir einmal mit stolzer Miene, seine drei Pleiten habe er einzig und allein dem Dichter zu verdanken, den er nur ›den Barden‹ nannte. Er hielt das offensichtlich für ein Verdienst.«

»Es war ein Verdienst, mein lieber Dorian, – ein großes Verdienst. Aber wann hast du zum erstenmal mit Miß Sibyl Vane gesprochen?«

»Am dritten Abend. Sie hatte die Rosalinde gespielt. Ich konnte nicht anders, ich mußte hinter die Bühne gehn. Ich hatte ihr Blumen zugeworfen, und sie hatte mich angesehn; zumindest glaubte ich es. Der alte Jude war hartnäckig. Er bestand darauf, mich hinter die Kulissen zu führen, und so gab ich nach. War es nicht sonderbar, daß ich sie gar nicht kennenlernen wollte?«

»Nein; ich finde nicht.«

»Und warum nicht, Harry?«

»Das werde ich dir ein andermal sagen. Jetzt erzähle mir von dem Mädchen.«

»Von Sibyl? Oh, sie war so scheu und so lieb. Sie hat etwas von einem Kind. Ihre Augen weiteten sich in naivem Erstaunen, als ich ihr sagte, was ich von ihrem Spiel dachte, und sie schien von ihrer eigenen Macht nichts zu wissen. Ich glaube, wir waren beide ziemlich aufgeregt. Der alte Jude stand grinsend an der Tür der elenden Garderobe und erging sich in schwülstigen Reden über uns beide, während wir uns wie Kinder ansahn. Er hörte nicht auf, mich ›Mylord‹ zu nennen, und ich mußte Sibyl versichern, daß ich nichts dergleichen wäre. Sie sagte einfach, ›Sie sehen eher wie ein Prinz aus‹.«

»Auf mein Wort, Dorian, Miß Sibyl versteht Komplimente zu machen.«

»Du begreifst sie nicht, Harry. Sie sah mich eben als Gestalt in einem Stück. Sie weiß nichts vom Leben. Sie lebt mit ihrer Mutter, einer verwelkten, müden Frau, die am ersten Abend die Lady Capulet in einer Art karminrotem Frisiermantel gespielt hat und die aussieht, als hätte sie bessere Tage gekannt.«

»Ich kenne diesen Anblick, er macht immer melancholisch.«

»Der Jude wollte mir ihre Lebensgeschichte erzählen, aber ich sagte, sie interessiere mich nicht.«

»Das war gut so. Die Tragödien anderer haben immer etwas Erbärmliches.«

»Mir liegt einzig und allein an Sibyl. Was geht es mich an, woher sie stammt? Von ihrem kleinen Kopf bis zu den kleinen Füßen ist sie einfach göttlich. Jeden Abend meines Lebens werde ich hingehn, um sie spielen zu sehen, und an jedem Abend ist sie wunderbarer.«

»Das ist wohl auch der Grund, warum du am Abend nicht mehr mit mir speist. Ich dachte mir schon, daß du eine geheime Romanze haben müßtest. Du hast sie; aber es ist nicht ganz, was ich erwartet habe.«

»Mein lieber Harry, wir sehen uns jeden Tag entweder zum Lunch oder zum Souper, und ich bin mehrere Male mit dir in der Oper gewesen.«

»Du kommst immer furchtbar spät.«

»Mag sein, ich kann mir nicht versagen, Sibyl spielen zu sehen, wenn auch nur einen Akt. Ich hungere nach ihrer Gegenwart. Und wenn ich an die herrliche Seele denke, die in dem kleinen Elfenbeinkörper verborgen ist, erfüllt mich eine Scheu.«

»Aber heute abend kannst du doch mit mir essen, Dorian?«

Er schüttelte den Kopf. »Heute abend ist sie Imogen. Und morgen abend wird sie Julia sein.«

»Wann ist sie Sibyl Vane?«

»Niemals.«

»Ich gratuliere dir.«

»Wie böse du bist. Sie verkörpert alle großen Heldinnen in einer Person. Sie ist mehr als ein Einzelwesen. Du lachst, aber ich sage dir, sie hat Genie. Ich liebe sie, und ich möchte von ihr geliebt werden. Du, der du alle Geheimnisse des Lebens kennst, sage mir, wie ich Sibyl Vane bezaubere, daß sie mich liebt! Ich möchte Romeo eifersüchtig machen. Ich will, daß die toten Liebespaare der ganzen Welt unser Lachen hören und traurig werden. Ich will, daß ein Atemzug unserer Leidenschaft ihren Staub zum Bewußtsein regt, ihre Asche zum Schmerz erweckt. Mein Gott, Harry, wie ich sie anbete!« Er ging im Zimmer auf und ab, während er sprach. Eine hektische Röte brannte auf seinen Wangen. Er war furchtbar aufgeregt.

Lord Henry beobachtete ihn mit einem heimlichen Gefühl der Genugtuung. Wie anders er jetzt war, nicht mehr der scheue, erschrockene Junge, den er in Basil Hallwards Atelier kennengelernt hatte! Sein Wesen hatte sich wie eine Blume entfaltet, die scharlachrote Blütenflammen trug. Aus ihrem verborgenen Versteck war eine Seele ausgeschlüpft, und das Verlangen wurde ihr beigegeben.

»Und was wirst du tun?« fragte Lord Henry schließlich.

»Ich möchte, daß du und Basil an einem Abend mit mir kommt, um sie spielen zu sehn. Ich habe nicht die geringste Angst vor dem Ergebnis. Ihr werdet nicht anders können als zugeben, daß sie Genie besitzt. Dann müssen wir sie aus den Händen des Juden befreien. Sie ist auf drei Jahre verpflichtet, zumindest noch auf zwei Jahre und acht Monate, von jetzt an gerechnet. Natürlich werde ich ihm etwas bezahlen müssen. Wenn alles in Ordnung ist, werde ich im Westend ein Theater mieten und sie richtig herausbringen. Sie wird die Welt ebenso verzaubern wie mich.«

»Das ist unmöglich, mein lieber Junge!«

»Doch, sie wird es, sie hat nicht nur Kunst, höchsten Kunstinstinkt, sie hat auch eine Persönlichkeit; und du hast mir oft gesagt, Persönlichkeiten, nicht Prinzipien bewegen die Welt.«

»Also, an welchem Abend wollen wir hingehn?«

»Laß mich überlegen. Heute ist Dienstag. Sagen wir morgen. Morgen abend spielt sie die Julia.«

»Gut. Um acht Uhr im Bristol. Ich werde Basil mitbringen.«

»Nicht um acht, Harry, bitte. Um halb sieben. Wir müssen dort sein, ehe der Vorhang aufgeht. Ihr müßt sie im ersten Akt sehn, wenn sie Romeo begegnet.«

»Um halb sieben! Was für eine Zeit! Das wird ja wie eine Teegesellschaft mit kaltem Büfett. Aber wie du willst. Wirst du inzwischen Basil treffen? Oder soll ich ihm schreiben?«

»Ach, der gute Basil! Ich hab ihn seit einer Woche nicht mehr gesehn. Es ist eigentlich häßlich von mir, er hat mir mein Bild in einem prachtvollen Rahmen geschickt, den er selbst entworfen hat, und obwohl ich ein wenig eifersüchtig auf das Bild bin, weil es einen ganzen Monat jünger ist als ich, muß ich zugeben, daß es mich entzückt. Vielleicht schreibst du ihm lieber. Ich möchte ihn nicht allein sehen. Er sagt mir Dinge, die mir lästig sind.«

Lord Henry lächelte. »Er gibt dir gute Ratschläge, nehme ich an. Die Menschen geben nur zu gerne weg, was sie selbst am meisten brauchen.«

»Du willst doch nicht etwa sagen, daß Basil irgendeine Leidenschaft oder ein Abenteuer hat?«

»Ich weiß nicht, ob er eine Leidenschaft hat, aber Abenteuer hat er sicherlich«, sagte Lord Henry mit einem belustigten Blick. »Hat er dir das nie verraten?«

»Nie. Ich muß ihn danach fragen. Es überrascht mich, das zu hören. Er ist der beste Mensch von der Welt, aber mir scheint, er ist ein ganz klein wenig Philister. Seit ich dich kenne, Harry, bin ich dieser Meinung.«

»Mein lieber Junge, Basil überträgt alles, was an ihm bezaubert, in seine Kunst. Die Folge ist, daß ihm nichts fürs Leben bleibt als seine Vorurteile, seine Prinzipien und sein Menschenverstand. Die einzigen Künstler, die ich kenne und die durch ihre Persönlichkeit entzücken, sind schlechte Künstler. Gute Künstler legen alles in ihre Kunst und sind als Personen folglich uninteressant. Ein großer Dichter, ein wirklich großer Dichter, ist das unpoetischste Wesen von der Welt. Aber unbedeutende Dichter sind durchaus faszinierend. Je schlechter ihre Reime sind, desto malerischer sehn sie aus. Die bloße Tatsache, daß jemand einen Band mittelmäßiger Sonette veröffentlicht hat, macht ihn einfach unwiderstehlich. Er lebt die Poesie, die er nicht schreiben kann. Die andern schreiben die Poesie, die zu leben sie nicht wagen.«

»Ist das wirklich so, Harry?« sagte Dorian Gray, indem er aus einer großen Flasche mit goldenem Verschluß, die auf dem Tisch stand, etwas Parfüm auf sein Taschentuch tropfte. »Es wird wohl so sein, wenn du es sagst. Und nun muß ich gehn. Imogen wartet auf mich. Vergiß es nicht morgen. Adieu.«

Als er das Zimmer verlassen hatte, schloß Lord Henry seine schweren Augenlider und begann nachzudenken. Gewiß hatten ihn wenige Menschen so sehr gefesselt wie Dorian Gray, und doch verursachte ihm des Jungen wahnsinnige Liebe zu jemand anderem nicht den leisesten Stich des Ärgers oder der Eifersucht. Er freute sich darüber. Er wurde ein um so interessanteres Problem. Die Methoden der Naturwissenschaft hatten ihn immer angezogen, aber das Objekt ihrer Forschung war ihm trivial und belanglos erschienen. So hatte er angefangen, sich selbst zu vivisezieren, und kam schließlich darauf, es bei anderen zu versuchen. Das menschliche Leben – das war das einzige, was zu erforschen sich lohnte. Damit verglichen, war alles andere wertlos. Freilich, wer das Leben in seinem Schmelztiegel aus Schmerzen und Lust beobachten wollte, der durfte vor seinem Gesicht keine gläserne Maske tragen und die Schwefeldämpfe nicht hindern, das Gehirn zu verwirren und die Phantasie mit monströsen Ausgeburten und wüsten Träumen zu vergiften. Es gab Gifte, so fein, daß man an ihnen erkranken mußte, um ihre Wirkungen zu erkennen. Es gab Krankheiten, so seltsam, daß man sie durchmachen mußte, um ihr Wesen zu verstehn. Und doch, welch köstlicher Lohn einem dadurch zuteil wurde. Wie wunderbar einem die Welt erschien! Die merkwürdige, strenge Logik der Leidenschaft zu ergründen und das aufregende, farbige Leben des Intellekts – zu beobachten, wo sie sich trafen und wo sie sich trennten, wo sie eins wurden und an welchem Punkt sie auseinanderstrebten –, darin lag ein tiefer Genuß. Was spielte der Preis für eine Rolle? Für Gefühle konnte man nicht hoch genug bezahlen.

Er war sich bewußt – und dieser Gedanke ließ seine braunen Achataugen freudig aufleuchten –, daß durch gewisse Worte von ihm, melodische Worte, in melodischem Tonfall gesprochen, Dorian Grays Seele diesem unschuldigen Mädchen sich zugewandt hatte und sich in Anbetung vor ihr neigte. Der Junge war zum großen Teil seine Schöpfung. Er hatte ihn frühreif gemacht. Das war nicht wenig. Gewöhnliche Menschen warteten, bis das Leben ihnen seine Geheimnisse erschloß, aber den wenigen, den Auserwählten, wurden die Mysterien offenbart, ehe der Schleier weggezogen war. Manchmal war das die Wirkung der Kunst, und vor allem der Dichtkunst, die sich unmittelbar mit den Leidenschaften und dem Intellekt befaßte. Aber dann und wann nahm eine komplizierte Persönlichkeit den Platz ein und erfüllte das Amt der Kunst, war auf ihre Weise selbst ein Kunstwerk, denn auch das Leben hat seine großen Meisterwerke wie die Dichtung, die Skulptur oder die Malerei.

Ja, der Junge war frühreif. Er sammelte seine Ernte, während es noch Frühling war. Er besaß den Schwung und die Leidenschaftlichkeit der Jugend und wurde sich doch schon seiner selbst bewußt. Es war ein Genuß, ihn zu beobachten. Mit seinem schönen Gesicht und seiner schönen Seele war er dafür geschaffen, bewundert zu werden. Was lag daran, wie das alles endete oder enden mußte. Er war wie eine der anmutigen Gestalten in einem Festzug oder einem Schauspiel, deren Freuden uns unendlich fern erscheinen, deren Leiden aber unsern Schönheitssinn erregen und deren Wunden wie rote Rosen sind.

Seele und Körper, Körper und Seele – wie geheimnisvoll sie waren. Da gab es etwas Animalisches in der Seele, und der Körper hatte seine Augenblicke der Vergeistigung. Die Sinne können sich verfeinern, und der Geist kann sich erniedrigen. Wer vermag zu sagen, wo das fleischliche Verlangen endet oder das seelische beginnt? Wie oberflächlich waren die willkürlichen Definitionen der Schulpsychologen! Und doch wie schwierig, sich zwischen den Ansprüchen der verschiedenen Schulen zu entscheiden! War die Seele ein Schatten, der im Haus der Sünde wohnt? Oder war wirklich der Körper in der Seele eingeschlossen, wie Giordano Bruno glaubte? Die Trennung des Geistes von der Materie war ein Geheimnis, und die Vereinigung des Geistes mit der Materie war gleichfalls ein Geheimnis.

Er begann darüber nachzudenken, ob es je gelingen würde, die

Psychologie zu einer so exakten Wissenschaft zu machen, daß sich uns jeder kleinste Lebensquell enthüllt. Bis jetzt verstanden wir uns immer falsch, und selten verstanden wir die andern. Die Erfahrung hatte keinen ethischen Wert. Sie war der Name, den wir unsern Irrtümern gaben. Die Menschen haben sie in der Regel als eine Art Warnung angesehn, sie maßen ihr eine gewisse moralische Wirkung für die Bildung des Charakters bei und priesen sie als ein Mittel, das uns lehre, was wir tun und was wir unterlassen sollen. Aber es lag keine treibende Kraft in der Erfahrung. Sie war sowenig eine wirkende Ursache wie das Gewissen. Alles was sie in Wahrheit bewies, war einzig, daß unsere Zukunft sein würde wie unsere Vergangenheit, und daß wir die Sünde, die wir einmal mit Ekel begingen, oft und mit Genuß wiederholen würden.

Es war ihm klar, daß die experimentelle Methode die einzige war, die eine wissenschaftliche Analyse der Leidenschaften möglich machte. Und sicher war Dorian Gray ein Objekt, wie für ihn geschaffen, das reiche und fruchtbare Ergebnisse zu versprechen schien. Seine plötzliche wahnsinnige Liebe zu Sibyl Vane war ein psychologisches Phänomen von großem Interesse. Zweifellos war viel Neugier dabei im Spiel, Neugier und das Verlangen nach neuen Erfahrungen. Und dennoch war es keine einfache, sondern eher eine sehr komplizierte Leidenschaft. Was in ihr von den rein sinnlichen Instinkten der Jugend lag, das war durch die Arbeit der Phantasie umgeformt, verwandelt in etwas, das dem Jungen selbst fern von allem Sinnlichen zu sein schien, und eben darum war es noch gefährlicher. Gerade die Leidenschaften, über deren Ursprung wir uns täuschen, beherrschen uns am tyrannischsten. Unsere schwächsten Triebe sind jene, über deren Natur wir uns bewußt sind. Es geschah oft, wenn wir mit andern zu experimentieren glaubten, daß wir in Wahrheit mit uns selbst experimentieren.

Während Lord Henry in solchen Träumen versunken dasaß, klopfte es an der Tür; sein Diener trat ein und erinnerte ihn, daß es Zeit sei, sich zum Essen umzuziehn. Er stand auf und sah auf die Straße hinaus. Der Sonnenuntergang hatte die oberen Fenster der gegenüberliegenden Häuser in scharlachrotes Gold getaucht. Die Scheiben glühten wie Platten von erhitztem Metall.

Der Himmel darüber war wie eine welke Rose. Er dachte an Dorian Grays junges flammendes Leben und sann darüber nach, wie alles enden würde.

Als er gegen halb eins nach Hause kam, sah er ein Telegramm auf dem Tisch in der Halle liegen. Er öffnete es und las, daß es von Dorian kam. Er teilte ihm mit, daß er sich mit Sibyl Vane verlobt hatte.

4

»Ich nehme an, du hast die Neuigkeit schon gehört, Basil?« sagte Lord Henry am folgenden Abend, als Hallward in einen kleinen Salon im Hotel Bristol eintrat, wo für drei Personen gedeckt war.

»Nein, Harry«, antwortete Hallward und gab Hut und Mantel dem Kellner, der sie mit einer Verbeugung entgegennahm. »Was ist los, hoffentlich nichts Politisches? Das interessiert mich nicht. Im Unterhaus sitzt kaum jemand, der verdiente, gemalt zu werden; obwohl viele ein wenig Tünche nötig hätten.«

»Dorian Gray hat sich verlobt«, sagte Lord Henry und beobachtete ihn, während er sprach.

Hallward wurde leichenblaß, und ein seltsames Glimmen trat für einen Moment in seine Augen, ehe es einem Ausdruck der Trostlosigkeit wich. »Dorian verlobt!« rief er. »Unmöglich!«

»Es ist wirklich wahr.«

»Mit wem?«

»Mit irgendeiner kleinen Schauspielerin.«

»Das kann ich nicht glauben. Dorian ist viel zu vernünftig.«

»Dorian ist viel zu klug, um nicht hin und wieder eine Dummheit zu begehn, mein lieber Basil.«

»Heiraten ist kaum etwas, das man hin und wieder tun kann, Harry«, sagte Hallward lächelnd.

»Außer in Amerika. Aber ich habe nicht gesagt, er ist verheiratet, ich sagte, er hat sich verlobt. Das ist ein großer Unterschied. Ich erinnere mich deutlich, verheiratet zu sein, aber ich erinnere mich durchaus nicht, je verlobt gewesen zu sein. Ich glaube fast, ich war nie verlobt.«

»Aber denk an Dorians Herkunft, seine Stellung und seinen

Reichtum. Es wäre absurd, wenn er so tief unter seinem Stand heiraten würde.«

»Wenn du willst, daß er dieses Mädchen heiratet, dann sag ihm das, Basil. Dann tut er es bestimmt. Wenn ein Mann eine Torheit begeht, so geschieht es immer aus den edelsten Motiven.«

»Ich hoffe, das Mädchen ist unverdorben. Ich möchte Dorian nicht an irgendein gemeines Geschöpf gebunden sehn, das seinem Wesen Schaden zufügt und seinen Geist zerstört.«

»Oh, sie ist nicht nur unverdorben – sie ist schön«, sagte Lord Henry leise, indem er an einem Glas Wermut mit Orangenbitter schlürfte. »Dorian sagt, sie ist schön; und in diesen Dingen irrt er sich selten. Dein Bild von ihm hat sein Urteil über die äußere Erscheinung anderer rasch geschärft. Unter anderem hat es auch diese bestechende Wirkung gehabt. Wir sollen sie heute abend sehn, wenn der Junge seine Verabredung nicht vergißt.«

»Aber billigst du es denn, Harry?« fragte Hallward, indem er auf und ab ging und sich auf die Lippe biß. »Du kannst es doch unmöglich billigen. Das Ganze ist eine törichte Verblendung.«

»Ich billige und mißbillige nie mehr etwas. Das ist eine lächerliche Haltung dem Leben gegenüber. Wir sind nicht in der Welt, um unseren moralischen Vorurteilen Luft zu machen. Ich kümmere mich nie darum, was die gewöhnlichen Leute sagen, und mische mich niemals ein in das, was entzückende Leute tun. Wenn jemand mich fesselt, mag er tun, was er will, es bleibt für mich ein vollkommener Genuß. Dorian Gray verliebt sich in ein schönes Mädchen, das Shakespeare spielt, und will sie heiraten. Warum nicht? Wenn er Messalina heiratete, wäre er darum nicht minder interessant. Du weißt, ich breche keine Lanze für die Ehe. Der wirkliche Nachteil der Ehe ist der, daß sie uns selbstlos macht. Und selbstlose Menschen sind fade. Es fehlt ihnen an Individualität. Allerdings gibt es Temperamente, die durch die Ehe komplizierter werden. Sie bewahren ihren Egoismus und gewinnen viele neue Egos hinzu. Sie sind gezwungen, mehr als ein Leben zu führen. Sie organisieren sich höher. Außerdem ist jede Erfahrung wertvoll, und was man auch gegen die Ehe einwendet, eine Erfahrung ist sie gewiß. Ich hoffe, daß Dorian Gray dieses Mädchen heiraten wird, sie sechs Monate lang leidenschaftlich anbetet und dann plötzlich von einer anderen fasziniert ist. Es wäre wunderbar, ihn zu studieren.«

»Du meinst kein einziges Wort im Ernst, Harry; das weißt du genau. Wenn Dorian Grays Leben zerstört würde, niemandem würde es mehr leid tun als dir. Du bist viel besser, als du dich hinstellst.«

Lord Henry lachte. »Der Grund, weshalb wir so gut von anderen denken, ist, daß wir alle für uns selber fürchten. Die Wurzel des Optimismus ist pures Grauen. Wir halten uns für großmütig, weil wir unserem Nachbarn jene Tugenden zutrauen, aus denen wir für uns wahrscheinlich einen Vorteil ziehen können. Wir loben den Bankier, damit wir unser Konto überziehen können, und finden gute Eigenschaften im Räuber, weil wir hoffen, daß er unsre Taschen verschont. Mir ist es ernst mit jedem Wort. Ich habe die größte Verachtung für den Optimismus. Und was das zerstörte Leben anbetrifft: Kein Leben ist zerstört, es sei denn, sein Wachstum wäre unterbunden. Wenn du das Wesen eines Menschen verderben willst, brauchst du's nur umzuformen. Aber hier ist Dorian selbst. Er wird dir mehr sagen können als ich.«

»Mein lieber Harry, mein lieber Basil, ihr müßt mir beide gratulieren!« sagte der junge Mann, indem er seinen satingefütterten Abendmantel abwarf und seinen beiden Freunden nacheinander die Hand schüttelte. »Ich bin nie so glücklich gewesen. Natürlich kommt es ganz unerwartet; alle wirklichen Freuden kommen unerwartet. Und doch scheint es mir, als hätte ich mein ganzes Leben lang nichts anderes gewollt als dies.« Er war vor Aufregung und Freude errötet und sah wunderschön aus.

»Ich hoffe, du wirst immer sehr glücklich sein, Dorian«, sagte Hallward, »aber ich verzeihe dir nicht ganz, daß du mir nichts von deiner Verlobung gesagt hast. Harry hast du es wissen lassen.«

»Und ich verzeihe dir nicht, daß du zu spät zum Essen kommst«, unterbrach ihn Lord Henry lächelnd, während er dem Jungen die Hand auf die Schulter legte. »Kommt, wir wollen uns setzen und probieren, was der neue *chef* hier kann, und dann wirst du uns erzählen, wie es dazu gekommen ist.«

»Es gibt wirklich nicht viel zu erzählen«, rief Dorian, als sie sich an den kleinen runden Tisch setzten. »Was geschehen ist, war einfach dies: Als ich gestern abend von dir fortgegangen war, Harry, aß ich etwas in dem komischen kleinen italienischen Restaurant in der Rupert Street, wo du mich eingeführt hast, und ging dann ins Theater. Sibyl spielte die Rosalinde. Natürlich war die Szenerie scheußlich und der Orlando lächerlich. Aber Sibyl! Ihr hättet sie sehen sollen! Sie war einfach wundervoll, als sie in ihrem Knabenanzug auftrat. Sie trug ein moosgrünes Samtwams mit zimtfarbenen Ärmeln, eine enganliegende, braune, kreuzweis geschnürte Bundhose, ein zierliches grünes Barett mit einer Falkenfeder, an der ein Edelstein befestigt war, und einen dunkelrot gefütterten Kapuzenmantel. Nie war sie mir betörender erschienen. Sie hatte die zarte Anmut des Tanagrafigürchens, das in deinem Atelier steht, Basil. Ihr Haar schmiegte sich um ihr Gesicht wie dunkle Blätter um eine blasse Rose. Und ihr Spiel – nun, ihr werdet sie heut abend sehn. Sie ist einfach eine geborene Künstlerin. Ich saß vollkommen verzaubert in der schmutzigen Loge. Ich vergaß, daß ich in London war, und im neunzehnten Jahrhundert. Ich war mit meiner Geliebten in einem Wald, den nie jemand gesehen hat. Nach der Vorstellung ging ich hinter die Bühne und sprach mit ihr. Als wir beieinander saßen, kam plötzlich ein Ausdruck in ihre Augen, den ich nie zuvor gesehen hatte. Meine Lippen näherten sich ihren. Wir küßten uns. Ich kann euch nicht beschreiben, was ich in diesem Augenblick empfand. Mir schien, als hätte sich mein ganzes Leben in einen vollkommenen Punkt rosenfarbener Freude verdichtet. Sie zitterte am ganzen Körper und bebte wie eine weiße Narzisse. Dann warf sie sich auf die Knie und küßte meine Hände. Ich fühle wohl, ich sollte euch das alles nicht erzählen, aber ich kann nicht anders. Natürlich ist unsere Verlobung tiefstes Geheimnis. Sie hat es nicht einmal ihrer Mutter gesagt. Ich weiß nicht, was meine Vormünder dazu sagen werden. Lord Radley wird sicher wütend sein. Das ist mir einerlei. In weniger als einem Jahr bin ich volljährig, und dann kann ich tun, was ich will. Habe ich nicht recht getan, Basil, meine Liebe in der Poesie zu suchen und meine Frau in Shakespeares Dramen zu finden? Lippen, die Shakespeare das Sprechen gelehrt hat, haben mir ihr Geheimnis ins Ohr geflüstert. Rosalinds Arme haben um meinen Hals gelegen, und ich küßte Julia auf den Mund.«

»Ja, Dorian, ich glaube, du hattest recht«, sagte Hallward langsam.

»Hast du sie heute gesehn?« fragte Lord Henry.

Dorian Gray schüttelte den Kopf. Ich habe sie im Ardennenwald verlassen und werde sie in einem Garten in Verona wiederfinden.«

Lord Henry schlürfte nachdenklich seinen Champagner. »In welchem besonderen Augenblick hast du das Wort Heirat ausgesprochen, Dorian? Und was antwortete sie darauf? Vielleicht hast du das alles vergessen.«

»Mein lieber Harry, ich habe es nicht als geschäftliche Transaktion aufgefaßt und habe auch keinen förmlichen Antrag gemacht. Ich sagte ihr, daß ich sie liebe, und sie sagte, sie sei nicht wert, meine Frau zu sein. Nicht wert! Und dabei ist mir die ganze Welt nichts im Vergleich zu ihr.«

»Frauen sind wunderbar praktisch«, sagte Lord Henry vor sich hin – »viel praktischer als wir. In solchen Situationen vergessen wir oft, von Heirat zu reden, aber sie erinnern uns immer daran.«

Hallward legte die Hand auf seinen Arm. »Nicht doch, Harry. Du hast Dorian gekränkt. Er ist nicht wie andere Menschen. Er würde nie jemand unglücklich machen. Sein Wesen ist zu feinfühlig.«

Lord Henry sah über den Tisch. »Dorian ist nie böse auf mich«, gab er zur Antwort. »Ich habe aus dem besten Grunde gefragt, aus dem einzigen Grund, der Fragen entschuldigt – einfach aus Neugier. Nach meiner Theorie sind es immer die Frauen, die uns einen Antrag machen, und nicht wir den Frauen, natürlich mit Ausnahme des Mittelstandes. Aber der Mittelstand ist schließlich nicht modern.«

Dorian Gray lachte und schüttelte den Kopf. »Du bist einfach unverbesserlich, Harry; aber ich bin dir nicht böse. Man kann dir nichts übelnehmen. Wenn du Sibyl Vane siehst, wirst du fühlen, daß der Mann, der ihr Leid zufügen könnte, eine herzlose Bestie wäre. Ich verstehe nicht, wie man ein Wesen, das man liebt, freiwillig in Schande bringen kann. Ich liebe Sibyl Vane. Ich möchte sie auf einen goldenen Sockel heben und sehen, wie die Welt der Frau, die mein ist, huldigt. Was ist die Ehe? Ein unwiderrufliches Gelübde. Und ein unwiderrufliches Gelübde will ich ablegen. Ihr Vertrauen macht mich treu, ihr Glaube macht mich gut. Wenn ich bei ihr bin, bereue ich alles, was du mich gelehrt hast. Ich werde anders, als du mich gekannt hast. Ich bin verwandelt, und die bloße Berührung mit Sibyl Vanes Hand läßt mich dich vergessen und all deine falschen, faszinierenden, giftigen, verlockenden Theorien.«

»Du wirst mich immer mögen, Dorian«, sagte Lord Henry. »Wollt ihr Kaffee? – Ober, bringen Sie Kaffee und Fine-Champagner und Zigaretten. Nein: keine Zigaretten; ich habe selber welche. – Basil, du darfst keine Zigarren rauchen. Nimm eine Zigarette. Die Zigarette ist das vollendete Beispiel eines vollendeten Genusses. Sie ist köstlich und läßt einen unbefriedigt. Was kann man mehr verlangen? – Ja, Dorian, du wirst mich immer gern haben. Ich verkörpere für dich all die Sünden, die zu begehn du nicht den Mut hattest.«

»Welchen Unsinn du redest, Harry!« rief Dorian Gray und zündete seine Zigarette an einem feuerspeienden Silberdrachen an, den der Kellner auf den Tisch gestellt hatte. »Laßt uns ins Theater gehn. Wenn ihr Sibyl seht, werdet ihr ein neues Ideal des Lebens haben. Sie wird euch etwas offenbaren, was ihr nie gekannt habt.«

»Ich habe alles kennengelernt«, sagte Lord Henry mit einem düsteren Ausdruck in den Augen, »aber ich bin immer zu einem neuen Gefühl bereit. Nur fürchte ich, daß es für mich so etwas nicht mehr gibt. Immerhin, vielleicht wird mich dein wundervolles Mädchen fesseln. Ich liebe die Schauspielkunst. Sie ist so viel wirklicher als das Leben. Laßt uns jetzt gehn. Dorian, du kommst mit mir, es tut mir leid, Basil, aber in meinem Wagen ist nur Platz für zwei. Komm in einer Droschke hinterher.«

Sie standen auf, zogen ihre Mäntel an und schlürften den Kaffee im Stehen. Hallward war schweigsam und in Gedanken versunken. Ein dunkles Vorgefühl war in ihm. Er konnte diese Heirat nicht ertragen, und doch schien sie ihm besser als vieles andere, was hätte geschehen können. Ein paar Minuten später gingen sie alle hinunter. Er fuhr allein, wie verabredet, und starrte auf die blinkenden Lichter des kleinen Wagens vor ihm. Ein seltsames Gefühl des Verlustes überkam ihn. Er fühlte, daß ihm Dorian Gray nie mehr sein würde, was er ihm einmal gewesen war. Es wurde ihm dunkel vor den Augen, so daß die überfüllten, grellen Straßen verschwammen. Als die Droschke vor den Türen des Theaters hielt, fühlte er sich um Jahre gealtert.

5

Aus irgendeinem Grunde war das Theater an diesem Abend voll besetzt, und der dicke jüdische Direktor, der sie am Eingang mit einem schmierigen, zitternden Lächeln empfing, strahlte von einem Ohr zum andern. Er begleitete sie mit prahlerischer Unterwürfigkeit zu ihrer Loge, während er mit seinen fetten ringgeschmückten Händen gestikulierte und laut auf sie einredete. Dorian Gray verabscheute ihn mehr als je. Ihm war, als sei er gekommen, Miranda zu besuchen, und Caliban sei ihm in den Weg getreten. Lord Henry hingegen fand beinahe Gefallen an ihm. Wenigstens behauptete er es und bestand darauf, ihm die Hand zu schütteln, und versicherte, er sei stolz, einen Mann kennenzulernen, der ein wirkliches Genie entdeckt habe und über Shakespeare bankrott gegangen sei. Hallward unterhielt sich damit, die Gesichter im Parterre zu betrachten. Die Hitze war furchtbar drückend, und der große Kronleuchter flammte wie eine ungeheure Dahlie mit Blütenblättern aus gelbem Feuer. Die jungen Leute auf der Galerie hatten ihre Röcke und Westen ausgezogen und über die Brüstung gehängt. Sie redeten miteinander quer durchs Theater und teilten ihre Orangen mit den aufgetakelten Mädchen, die neben ihnen saßen. Frauen lachten unten im Parterre; ihre Stimmen klangen widerlich schrill und kreischend. Vom Büfett kam das Geräusch von knallenden Korken.

»Was für ein Ort, um eine Göttin zu finden!« sagte Lord Henry.

»Ja«, antwortete Dorian Gray. »Hier habe ich sie gefunden, und sie ist erhabener als alles Lebendige. Wenn sie spielt, wirst du alles vergessen. Diese gewöhnlichen Leute mit ihren groben Gesichtern und ihren brutalen Gesten sind ganz verändert, wenn sie auf der Bühne ist. Sie sitzen stumm da und folgen ihr, sie weinen und lachen, wie sie es will. Sie stimmt sie ein wie eine

Violine. Sie entzündet ihre Phantasie, und man fühlt, daß sie vom gleichen Fleisch und Blut sind wie wir selbst.«

»Oh, ich hoffe nicht!« sagte Lord Henry leise, der die Zuschauer auf der Galerie durch sein Opernglas betrachtete.

»Hör nicht auf ihn, Dorian«, sagte Hallward. »Ich verstehe, was du sagen willst, und ich glaube an dieses Mädchen. Wen du liebst, der muß wundervoll sein, und jedes Mädchen, das so wirkt, wie du es beschreibst, muß schön und makellos sein. Seine Zeit zu vergeistigen – das ist eine Tat. Wenn dieses Mädchen denen eine Seele geben kann, die ohne sie gelebt haben, wenn sie den Sinn für die Schönheit in Menschen erwecken kann, deren Leben gewöhnlich und abstoßend war, wenn sie sie ihrer Selbstsucht entreißen kann und ihnen Tränen entlockt für Leiden, die nicht die ihren sind, so ist sie all deiner Anbetung wert, ist der Anbetung der ganzen Welt wert. Diese Heirat ist ganz richtig. Ich dachte zuerst nicht so, aber jetzt gebe ich es zu. Gott hat Sibyl Vane für dich geschaffen. Ohne sie wärst du unvollkommen gewesen.«

»Ich danke dir, Basil«, antwortete Dorian Gray und drückte ihm die Hand. »Ich wußte, du würdest mich verstehn. Harry ist so zynisch, er erschreckt mich. Doch da beginnt das Orchester. Es ist ganz fürchterlich, aber es dauert nur fünf Minuten. Dann geht der Vorhang auf, und du wirst das Mädchen sehn, dem ich mein ganzes Leben widmen will, dem ich alles geweiht habe, was gut in mir ist.«

Eine Viertelstunde später betrat Sibyl Vane unter einem wahren Beifallssturm die Bühne. Ja, sie war in der Tat hinreißend anzuschaun – eines der hinreißendsten Geschöpfe, dachte Lord Henry, die er je gesehen hatte. Sie hatte etwas von einem Reh in ihrer schüchternen Anmut und dem scheuen Blick. Eine leichte Röte wie der Schatten einer Rose im silbernen Spiegel huschte über ihre Wangen, als sie in das volle, begeisterte Haus sah. Sie trat ein paar Schritte zurück, und ihre Lippen schienen zu beben. Basil Hallward sprang auf und klatschte Beifall. Dorian Gray saß bewegungslos wie im Traum und sah sie an. Lord Henry schaute durch sein Opernglas und flüsterte: »Entzückend; entzückend!«

Es war die Szene in der Halle von Capulets Haus, und Romeo

war in seinem Pilgergewand mit Mercutio und seinen Freunden eingetreten. Die Musik spielte, so gut es ging, ein paar Takte, und der Tanz begann. Mitten unter den unbeholfenen, schäbig gekleideten Schauspielern bewegte sich Sibyl Vane wie ein Wesen aus einer schöneren Welt. Ihr Körper wiegte sich im Tanz hin und her, wie eine Blume im Wasser sich wiegt. Ihre Halslinie war wie eine weiße Lilie geschwungen. Ihre Hände waren wie aus kühlem Elfenbein.

Doch sie wirkte merkwürdig teilnahmslos. Sie verriet kein Zeichen der Freude, als ihre Augen auf Romeo fielen. Die wenigen Worte, die sie zu sprechen hatte:

Nein, Pilger, lege nichts der Hand zuschulden
Für ihren sittsam-andachtsvollen Gruß;
Der Heil'gen Rechte darf Berührung dulden,
Und Hand in Hand ist frommer Waller Kuß,

mit dem kurzen Dialog, der folgt, sprach sie völlig gekünstelt. Die Stimme war vorzüglich, aber vom Standpunkt der Intonation war sie vollkommen falsch. Ihre Färbung war unecht. Sie nahm dem Vers alles Leben. Sie machte die Leidenschaft unwahr.

Dorian Gray erblaßte, als er sie so sah. Keiner seiner Freunde wagte, ihn anzusprechen. Sie schien ihnen ganz talentlos zu sein. Sie waren furchtbar enttäuscht.

Aber sie fühlten, daß der Prüfstein für jede Julia die Balkonszene im zweiten Akt ist. Darauf warteten sie. Wenn sie da versagte, war nichts an ihr.

Sie sah wundervoll aus, als sie ins Mondlicht hinaustrat. Das konnte man nicht leugnen. Das Gezwungene ihres Spiels war unerträglich, und es wurde immer schlimmer. Ihre Bewegungen wirkten lächerlich gekünstelt. Sie übertrieb alles, was sie zu sagen hatte. Die herrliche Stelle:

Du weißt, die Nacht verschleiert mein Gesicht,
Sonst färbte ein Erröten meine Wangen
Um das, was du mich vorhin sagen hörtest, –

sprach sie mit der peinlichen Artikulierung eines Schulmädchens, das von einem mittelmäßigen Vortragslehrer unterrichtet worden war. Als sie sich über den Balkon beugte und zu den wunderschönen Zeilen kam:

Obwohl ich dein mich freue
Freu' ich mich nicht des Bundes dieser Nacht.
Er ist zu rasch, zu unbedacht, zu plötzlich;
Gleicht allzu sehr dem Blitz, der nicht mehr ist
Noch eh man sagen kann: es blitzt. – Schlaf süß!
Des Sommers warmer Hauch kann diese Knospe
Der Liebe wohl zur schönen Blum entfalten,
Bis wir das nächste Mal uns wiedersehn.

sprach sie die Worte, als hätten sie keinen Sinn für sie. Es war nicht Lampenfieber. Ja, weit davon entfernt, schien sie ganz in sich zu ruhen. Es war einfach schlechte Schauspielkunst. Sie war ein völliger Versager.

Selbst das gewöhnliche, ungebildete Publikum im Parterre und auf der Galerie verlor das Interesse an dem Stück. Die Leute wurden unruhig und fingen an, laut zu sprechen und zu pfeifen. Der jüdische Theaterdirektor, der auf dem ersten Rang im Hintergrund stand, stampfte und fluchte vor Wut. Der einzige Mensch, der ruhig blieb, war das Mädchen selbst.

Als der zweite Akt zu Ende war, brach ein wüstes Pfeifkonzert los, und Lord Henry stand auf und zog seinen Mantel an. »Sie ist wirklich wunderschön, Dorian«, sagte er, »aber sie kann nicht spielen. Gehn wir.«

»Ich will das Stück bis zu Ende sehn«, antwortete der Junge hart und bitter. »Es tut mir furchtbar leid, daß ihr meinetwegen einen Abend vergeudet habt, Harry. Ich bitte euch beide um Entschuldigung.«

»Mein lieber Dorian, ich glaube, Miß Vane war krank«, unterbrach ihn Hallward. »Wir wollen ein andermal wiederkommen.«

»Ich wünschte, sie wäre krank«, erwiderte er. »Mir erscheint sie nur gefühllos und kalt. Sie ist vollständig verändert. Gestern abend war sie eine große Künstlerin. Heute abend ist sie nur eine mittelmäßige Schauspielerin.«

»Sprich nicht so über jemand, den du liebst, Dorian. Die Liebe ist etwas viel Wundersameres als die Kunst.«

»Es sind beide nur Formen der Nachahmung«, murmelte Lord Henry.

»Aber bitte, laßt uns gehn. Dorian, du darfst nicht länger hierbleiben. Es wirkt demoralisierend, schlechtes Schauspiel zu sehn. Außerdem glaube ich, wirst du nicht wollen, daß deine Frau Theater spielt. Was macht es also, wenn sie Julia wie eine Holzpuppe spielt. Sie ist wirklich bezaubernd, und wenn sie vom Leben genauso wenig versteht wie vom Theaterspielen, wird sie eine köstliche Erfahrung sein. Es gibt nur zwei Arten von Menschen, die wirklich faszinieren – die, welche absolut alles wissen, und jene, die absolut nichts wissen. Um Himmels willen, mein Lieber, mach kein so tragisches Gesicht. Das Geheimnis, jung zu bleiben, liegt darin, niemals ein Gefühl zu haben, das einem schlecht bekommt. Komm mit Basil und mir in den Klub. Wir wollen Zigaretten rauchen und auf die Schönheit von Sibyl Vane trinken. Sie ist schön. Was verlangst du mehr?«

»Bitte, geh, Harry«, rief der Junge. »Ich will allein sein. – Basil, du bist nicht böse, wenn ich dich auch bitte, zu gehn? Seht ihr denn nicht, daß mir das Herz bricht?« Heiße Tränen kamen ihm in die Augen. Seine Lippen zitterten, er drehte sich mit einer heftigen Bewegung zur Wand und barg das Gesicht in den Händen.

»Laß uns gehn, Basil«, sagte Lord Henry mit einer seltsamen Zärtlichkeit in der Stimme; und die beiden jungen Männer gingen zusammen hinaus.

Ein paar Augenblicke später flammten die Rampenlichter auf, und der Vorhang hob sich zum dritten Akt. Dorian Gray kehrte auf seinen Platz zurück. Er sah bleich und hochmütig und gleichgültig aus. Das Spiel schleppte sich weiter und schien nicht enden zu wollen. Die Hälfte des Publikums ging fort, mit schweren Stiefeln trampelnd und lachend. Die ganze Vorstellung war ein Fiasko. Der letzte Akt wurde vor fast leeren Bänken gespielt.

Sobald es zu Ende war, stürzte Dorian Gray hinter die Bühne in die Garderobe. Das Mädchen stand allein da, einen Ausdruck des Triumphes im Gesicht. In ihren Augen leuchtete ein tiefes Feuer. Ein Strahlen ging von ihr aus. Ihre geöffneten Lippen lächelten über ein Geheimnis, das ihnen allein gehörte.

Als er eintrat, sah sie ihn an, und ein Ausdruck unendlicher Freude kam über sie. »Wie schlecht hab ich heute abend gespielt, Dorian!« rief sie.

»Schrecklich«, antwortete er und sah sie voller Verwirrung an, »schrecklich! Es war entsetzlich. Bist du krank? Du ahnst nicht, wie es war. Du ahnst nicht, was ich gelitten habe.«

Das Mädchen lächelte. »Dorian«, antwortete sie, indem sie seinen Namen mit einer Innigkeit dehnte, als wäre er süßer als Honig für die rote Blüte ihres Mundes –, »Dorian, du solltest mich verstanden haben. Aber jetzt verstehst du, nicht wahr?«

»Was soll ich verstehen?« rief er zornig.

»Warum ich heut abend so schlecht gespielt habe. Warum ich immer schlecht spielen werde. Warum ich nie mehr gut spielen werde.«

Er zuckte mit den Schultern. »Du bist krank, vermute ich. Wenn du krank bist, solltest du nicht spielen. Du machst dich lächerlich. Meine Freunde haben sich gelangweilt. Ich hab mich gelangweilt.«

Sie schien ihn nicht zu hören. Sie war verwandelt vor Freude. Eine Ekstase des Glückes beherrschte sie.

»Dorian, Dorian«, rief sie aus. »Bevor ich dich kannte, war Spielen die einzige Wirklichkeit in meinem Leben. Ich lebte nur im Theater. Ich hielt alles für wahr. An einem Abend war ich Rosalinde, an einem andern Portia. Beatrices Freude war meine Freude, und Cordelias Leiden waren meine Leiden. Ich glaubte an alles. Die gewöhnlichen Menschen, die mit mir spielten, schienen mir göttergleich. Die gemalten Bühnenbilder waren meine Welt. Ich kannte nichts als Schatten und hielt sie für lebendig. Da kamst du, mein schöner Geliebter, und befreitest meine Seele aus ihrem Gefängnis. Du hast mich gelehrt, was Wirklichkeit ist. Heut abend durchschaute ich zum erstenmal in meinem Leben die Hohlheit, die Täuschung, das Alberne des leeren Prunks, in dem ich immer gespielt hatte. Heute abend wurde ich mir zum erstenmal bewußt, daß Romeo häßlich und alt und geschminkt war, das Mondlicht im Garten künstlich, das Bühnenbild armselig, und daß die Worte, die ich zu sprechen hatte, unwirklich waren, nicht meine Worte, nicht, was ich hätte sagen wollen. Du hast mir etwas Höheres gebracht, etwas, wovon alle Kunst nur ein Abglanz ist. Durch dich hab ich verstanden, was die Liebe wirklich ist. Mein Geliebter, mein Geliebter! Ich bin die Schatten leid. Du bist mir mehr, als alle Kunst mir jemals sein kann. Was hab ich mit den Puppen in einem Schauspiel zu tun? Als ich heute abend auftrat, konnte ich nicht verstehn, wie es kam, daß all das von mir abgefallen war. Plötzlich dämmerte es in meiner Seele, was es bedeutete. Das Bewußtsein war wundervoll. Ich hörte sie zischen, und ich lächelte. Was konnten sie von der Liebe wissen? Nimm mich mit, Dorian – nimm mich mit dir, wo wir ganz allein sein können. Ich hasse die Bühne. Ich könnte eine Leidenschaft spielen, die ich nicht fühle, aber eine zu spielen, die in mir wie Feuer brennt, das kann ich nicht. O Dorian, Dorian, verstehst du jetzt, was es alles bedeutet? Selbst wenn ich es könnte, es wäre Entweihung für mich, die Liebe zu spielen, während ich liebe. Du hast mir die Augen geöffnet.«

Er warf sich auf das Sofa und wandte sein Gesicht ab. »Du hast meine Liebe getötet«, flüsterte er.

Sie sah ihn ungläubig an und lachte. Er gab kein Zeichen. Sie kam zu ihm und strich mit ihren kleinen Fingern durch sein Haar. Sie kniete nieder und preßte seine Hände an die Lippen. Er zog sie weg, und ein Schauer durchlief ihn.

Dann sprang er auf und ging zur Tür. »Ja«, rief er aus, »du hast meine Liebe getötet. Sonst hast du meine Phantasie beflügelt, jetzt reizt du nicht einmal meine Neugier. Du rufst keine Wirkung hervor. Ich liebte dich, weil du wunderbar warst, weil du Genie und Geist besaßest, weil du die Träume großer Dichter verwirklicht hast und den Schatten der Kunst Gestalt und Inhalt gabst. Das alles hast du fortgeworfen. Du bist oberflächlich und dumm. Mein Gott, wie verrückt von mir, dich zu lieben! Was für ein Narr bin ich gewesen! Jetzt bedeutest du mir nichts. Ich will dich nie wieder sehn. Ich will nie mehr an dich denken. Ich will deinen Namen nie mehr nennen. Du weißt nicht, was du mir einmal warst. Ja, einmal ... Oh, ich ertrage nicht, daran zu denken! Ich wünsche, ich hätte dich nie gesehn! Du hast den Roman meines Lebens zerstört. Wie wenig kannst du von der Liebe wissen, wenn du sagst, sie vernichte deine Kunst. Was bist du ohne deine Kunst? Nichts. Ich hätte dich berühmt und groß und glänzend gemacht. Die Welt wäre dir zu Füßen gelegen, und du hättest mir gehört. Was bist du jetzt? Eine drittklassige Schauspielerin mit einem hübschen Gesicht.«

Das Mädchen wurde weiß und zitterte. Sie preßte ihre Hände zusammen, und die Stimme schien ihr in der Kehle steckenzubleiben. »Das ist nicht dein Ernst, Dorian?« flüsterte sie. »Du spielst mir etwas vor.«

»Spielen! Das überlasse ich dir. Du kannst es ja so gut«, antwortete er bitter.

Sie erhob sich von den Knien und trat mit einem jammervollen Ausdruck des Schmerzes auf ihn zu. Sie legte die Hand auf seinen Arm und sah ihm in die Augen. Er stieß sie zurück. »Rühr mich nicht an!« rief er.

Ein leises Stöhnen brach aus ihr hervor, und sie warf sich ihm zu Füßen und lag da wie eine zertretene Blume. »Dorian, Dorian, verlaß mich nicht!« stammelte sie. »Ich bereue so sehr, daß ich nicht gut gespielt habe. Ich dachte immer nur an dich. Aber ich will es versuchen – ja, ich will es versuchen. Die Liebe kam so plötzlich über mich. Ich glaube, ich hätte nie davon gewußt, wenn du mich nicht geküßt hättest, – wenn wir uns nicht geküßt hätten. Küß mich wieder, Liebster. Verlaß mich nicht. Ich könnte es nicht ertragen. Kannst du mir für heute abend nicht vergeben? Ich will fleißig arbeiten und versuchen, besser zu werden. Sei nicht grausam zu mir, denn ich liebe dich mehr als irgend etwas in der Welt. Es ist doch nur einmal, daß ich dir nicht gefallen habe. Aber du hast ganz recht, Dorian. Ich hätte mich mehr als Künstlerin erweisen müssen. Es war töricht von mir; und doch konnte ich nicht anders. Oh, verlaß mich nicht, verlaß mich nicht.« Ein heftiger Weinkrampf schüttelte sie. Sie kauerte am Boden wie ein verwundetes Tier, und Dorian Gray sah mit seinen schönen Augen auf sie hinunter, und seine feingeschnittenen Lippen kräuselten sich vor Verachtung. Es ist immer etwas Lächerliches um die Gefühle der Menschen, die man zu lieben aufgehört hat. Sibyl Vane erschien ihm lächerlich melodramatisch. Ihre Tränen und ihr Schluchzen ärgerten ihn.

»Ich gehe«, sagte er schließlich mit seiner ruhigen, klaren Stimme. »Ich möchte nicht unfreundlich sein, aber ich kann dich nicht wiedersehn. Du hast mich enttäuscht.«

Sie weinte still und antwortete nicht, aber sie kroch näher zu ihm hin. Ihre kleinen Hände tasteten blind um sich, als würden sie ihn suchen. Er wandte sich auf dem Absatz um und verließ den Raum. Wenige Minuten später hatte er das Theater verlassen. Wohin er ging, merkte er kaum. Er erinnerte sich, daß er durch schwach beleuchtete Straßen wanderte, mit engen, dunklen Torwegen, und an übel aussehenden Häusern vorbei. Weiber mit heiseren Stimmen und schrillem Lachen hatten hinter ihm hergerufen. Betrunkene torkelten fluchend vorbei und schnatterten vor sich hin wie scheußliche Menschenaffen. Er sah mißgestaltete Kinder auf Türschwellen hocken und hörte Schreie und Verwünschungen aus finsteren Höfen.

Als der Morgen anbrach, fand er sich am Covent Garden wieder. Große Karren, mit nickenden Lilien beladen, rumpelten langsam die öde, gekehrte Straße hinab. Die Luft war schwer vom Duft der Blumen, und ihre Schönheit schien ihm Linderung für seinen Schmerz. Er folgte auf den Markt und sah zu, wie die Männer ihre Wagen entluden. Ein Händler in weißem Hemd bot ihm Kirschen an. Er dankte ihm und wunderte sich, warum er kein Geld dafür annehmen wollte, und begann, sie zerstreut zu essen. Sie waren um Mitternacht gepflückt und von der Kühle des Mondes durchdrungen. In langer Reihe zogen Burschen mit Körben voll gestreifter Tulpen und gelben und roten Rosen an ihm vorbei und eilten zwischen den großen blaßgrünen Bergen von Gemüse hindurch. In der Halle, unter den grauen, sonnengebleichten Pfeilern, lungerte eine Schar von schmuddligen Mädchen ohne Kopfbedeckung, die auf das Ende der Auktion warteten. Nach einer Weile rief er eine Droschke und fuhr nach Hause. Der Himmel war jetzt wie ein reiner Opal, und die Dächer der Häuser standen silbern dagegen. Als er durch die Bibliothek auf die Tür seines Schlafzimmers zuging, fiel sein Blick auf das Bild, das Basil Hallward von ihm gemalt hatte. Er fuhr erstaunt zurück, und dann trat er näher und prüfte es. In dem schwachen, gedämpften Licht, das durch die cremefarbenen Seidenvorhänge fiel, erschien ihm das Gesicht ein wenig verändert. Der Ausdruck war anders. Man hätte sagen können, daß ein Anflug von Grausamkeit um den Mund lag. Es war höchst merkwürdig.

Er wandte sich um, ging ans Fenster und zog den Vorhang beiseite. Das helle Morgenlicht flutete herein und jagte die phantastischen Schatten in dunkle Winkel, wo sie erschauernd liegenblieben. Aber der seltsame Ausdruck, den er auf dem Gesicht des Bildes entdeckt hatte, blieb, ja schien sich sogar verstärkt zu haben. Das zitternde, scharfe Sonnenlicht zeigte ihm die grausamen Linien um den Mund so deutlich, als würde er nach einer furchtbaren Tat in einen Spiegel sehen.

Er erschrak, und er nahm vom Tisch einen ovalen Spiegel, den elfenbeinerne Cupidos hielten, ein Geschenk von Lord Henry; hastig blickte er hinein. Nicht eine dieser Linien verunstaltete seine roten Lippen. Was bedeutete das?

Er rieb sich die Augen, trat dicht vor das Bild und untersuchte es von neuem. An der Malerei selbst waren keine Anzeichen einer Veränderung zu entdecken, und doch gab es keinen Zweifel, daß der ganze Ausdruck sich verwandelt hatte. Es war nicht bloße Einbildung von ihm. Die Sache war entsetzlich augenfällig.

Er warf sich in einen Stuhl und begann nachzudenken. Plötzlich blitzte in ihm auf, was er an dem Tage, als das Bild fertig wurde, in Basil Hallwards Atelier gesagt hatte. Ja, er erinnerte sich deutlich. Er hatte den irrwitzigen Wunsch ausgesprochen, daß er selbst jung bleiben und das Bild altern möge; daß seine eigene Schönheit unbefleckt bleiben und das Gesicht auf der Leinwand die Last seiner Leidenschaften und seiner Sünden tragen solle; daß das gemalte Bildnis von den Linien des Leidens und den Gedanken versehrt werde und er den zarten Hauch und die Frische seiner Jugend, die ihm soeben bewußt geworden war, behalte. War denn sein Wunsch in Erfüllung gegangen? Solche Dinge gab es doch nicht. Schon der Gedanke war ungeheuerlich. Und doch, da war das Bild vor ihm mit dem grausamen Zug um den Mund.

Grausamkeit! War er grausam gewesen? Es war die Schuld des Mädchens, nicht seine. Er hatte von ihr als von einer großen Künstlerin geträumt, hatte ihr seine Liebe gegeben, weil er sie für groß hielt. Aber sie hatte ihn enttäuscht. Sie war oberflächlich und unwürdig gewesen. Und doch überkam ihn ein Gefühl unendlichen Mitleids, als er daran dachte, wie sie zu seinen Füßen gelegen und wie ein kleines Kind geschluchzt hatte. Er erinnerte sich, mit welcher Gefühllosigkeit er sie betrachtet hatte. Warum war er so geartet? Warum war ihm eine solche Seele gegeben? Aber auch er hatte gelitten. In den drei schrecklichen Stunden, die das Spiel gedauert hatte, hatte er Jahrhunderte des Leidens durchlebt, Ewigkeiten über Ewigkeiten der Qual. Sein Leben war gewiß das ihre wert. Sie hatte ihn für einen Augenblick vernichtet, wenn er sie fürs Leben verwundet hatte. Außerdem waren Frauen besser geeignet, Leiden zu ertragen, als Männer. Sie lebten von ihren Gefühlen. Sie dachten nur an ihre Gefühle. Wenn sie sich einen Geliebten nahmen, so hauptsächlich, um jemanden zu haben, dem sie Szenen machen konnten. Das hatte ihm Lord Henry gesagt, und Lord Henry kannte die Frauen. Warum sollte er sich über Sibyl Vane aufregen? Sie bedeutete ihm jetzt nichts mehr.

Aber das Bild? Was sollte er davon halten? Es barg das Geheimnis seines Lebens und verriet seine Geschichte. Es hatte ihn gelehrt, seine eigene Schönheit zu lieben. Würde es ihn lehren, seine eigene Seele zu verabscheuen? Würde er es jemals wieder ansehn?

Nein; es war nur eine Täuschung seiner verwirrten Sinne. Die schreckliche Nacht, die er durchlebt hatte, ließ ihre Gespenster zurück. Plötzlich war sein Gehirn von diesem kleinen scharlachroten Fleck befallen, der den Menschen wahnsinnig macht. Das Bild hatte sich nicht verändert. Es war Unsinn, es nur zu denken.

Und doch sah es ihn an mit seinem schönen entstellten Gesicht und seinem grausamen Lächeln. Sein helles Haar glänzte im frühen Sonnenlicht. Die blauen Augen begegneten seinen eigenen. Ein Gefühl grenzenlosen Mitleids, nicht mit sich selbst, sondern mit dem gemalten Abbild, überkam ihn. Es war schon verändert und würde sich noch mehr verändern. Sein Gold würde zu Grau bleichen. Seine roten und weißen Rosen würden welken. Für jede Sünde, die er beginge, würde ein Makel hervortreten und seine Schönheit trüben. Aber er wollte nicht sündigen. Das Bildnis, verändert oder unverändert, sollte für ihn das sichtbare Zeichen seines Gewissens sein. Er wollte der Versuchung widerstehn. Er wollte Lord Henry nicht wiedersehen, wollte keinesfalls mehr auf jene subtilen, vergiftenden Theorien hören, die in Basil Hallwards Garten zum erstenmal die Leidenschaft für unmögliche Dinge in ihm erregt hatten. Er wollte zu Sibyl Vane zurückkehren, ihr Abbitte leisten, sie heiraten, versuchen, sie wieder zu lieben. Ja, es war seine Pflicht, das zu tun. Sie mußte mehr gelitten haben als er. Armes Kind! Er war selbstsüchtig und grausam gegen sie gewesen. Der Zauber, den sie auf ihn ausgeübt hatte, würde wiederkehren. Sie würden glücklich zusammen sein. Mit ihr würde sein Leben schön und rein werden.

Er stand von seinem Stuhl auf und zog einen großen Wandschirm vor das Bild, ihn schauderte, als er hinsah. »Wie widerlich!« sagte er leise vor sich hin, ging zur Fenstertür und öffnete sie. Als er auf den Rasen hinaustrat, holte er tief Atem. Die frische Morgenluft schien alle seine düsteren Leidenschaften zu verscheuchen. Er dachte nur an Sibyl Vane. Ein schwaches Echo seiner Liebe kehrte zurück. Er wiederholte ihren Namen immer und immer wieder. Die Vögel, die im taufeuchten Garten sangen, schienen den Blumen von ihr zu erzählen.

6

Mittag war längst vorüber, als er erwachte. Sein Diener war mehrmals auf den Zehenspitzen ins Zimmer geschlichen, um zu sehen, ob er sich rühre, und hatte sich gewundert, weshalb sein junger Herr so spät noch schlafe. Endlich schellte er, und Victor trat leise herein mit einer Tasse Tee und einem Stoß Briefe auf einem kleinen Tablett aus altem Sèvres-Porzellan und zog die olivgrünen Atlasvorhänge mit dem blauschimmernden Futter zur Seite, die vor den drei großen Fenstern hingen.

»Monsieur haben heute morgen gut geschlafen«, sagte er lächelnd. »Wieviel Uhr ist es, Victor?« fragte Dorian Gray schläfrig.

»Viertel nach eins, Monsieur.«

Wie spät es war! Er richtete sich auf, schlürfte etwas Tee und sah seine Briefe durch. Einer kam von Lord Henry und war heute morgen von einem Boten gebracht worden. Er zögerte einen Augenblick und legte ihn aus der Hand. Die anderen öffnete er zerstreut. Sie enthielten wie gewöhnlich eine Menge Karten, Dinnereinladungen, Billets zu Privatveranstaltungen, Programme von Wohltätigkeitskonzerten und dergleichen mehr, mit denen junge Leute der Gesellschaft während der Saison jeden Morgen überschüttet werden. Es war eine ziemlich hohe Rechnung für eine Toilettengarnitur im Louis-Quinze-Stil aus getriebenem Silber dabei, die er seinen Vormündern noch nicht zu schicken gewagt hatte, weil es sehr altmodische Leute waren, die nicht begriffen, daß in unserer Zeit nur die entbehrlichen Dinge unentbehrlich sind; schließlich waren da noch sehr höfliche Angebote von Geldverleihern aus der Jermyn Street, die ihm antrugen, jederzeit jede beliebige Summe zu mäßigen Zinsen vorzustrecken.

Nach ungefähr zehn Minuten stand er auf, warf sich einen eleganten Morgenmantel um und ging in das onyxgekachelte Badezimmer. Das kühle Wasser erfrischte ihn nach seinem langen Schlaf. Es schien, als hätte er alles vergessen, was er durchgemacht hatte. Ein dunkles Gefühl, daß er in einer seltsamen Tragödie eine Rolle gespielt habe, überkam ihn ein- oder zweimal, aber die Unwirklichkeit eines Traums lag darüber.

Sobald er angekleidet war, ging er in die Bibliothek und setzte sich zu einem leichten französischen Frühstück, das auf einem kleinen runden Tisch am offenen Fenster für ihn gedeckt war. Es war ein herrlicher Tag. Die warme Luft war schwer von Wohlgerüchen. Eine Biene flog herein und summte um die blaue Drachenschale, die mit schwefelgelben Rosen gefüllt vor ihm stand. Er fühlte sich vollkommen glücklich.

Plötzlich fiel sein Blick auf den Wandschirm, den er vor das Bild gestellt hatte, und er fuhr zusammen.

»Zu kalt für Monsieur?« fragte sein Diener, der ihm eine Omelette servierte. »Soll ich das Fenster schließen?«

Dorian schüttelte den Kopf. »Mir ist nicht kalt«, murmelte er. War es denn wahr? Hatte sich das Bild wirklich verändert? Oder war es nur seine Einbildung, die ihm einen bösen Zug vorgespiegelt hatte, wo ein Zug der Freude war? Eine bemalte Leinwand konnte sich doch nicht verändern? Es war absurd. Eines Tages würde es eine Geschichte für Basil abgeben. Er würde darüber lächeln. Und doch, wie lebendig war seine Erinnerung an die ganze Sache! Zuerst im unsicheren Zwielicht und dann in der hellen Morgendämmerung hatte er den Zug von Grausamkeit um die verzerrten Lippen gesehen. Er fürchtete sich förmlich, daß der Diener hinausgehen könnte. Er wußte, wenn er allein war, würde er das Bild untersuchen müssen. Er fürchtete die Gewißheit. Als der Mann den Kaffee und die Zigaretten gebracht hatte und sich anschickte, zu gehn, fühlte er das jähe Verlangen, ihm zu sagen, daß er bleiben solle. Als die Tür sich hinter ihm schloß, rief er ihn zurück. Der Mann wartete auf seine Befehle. Dorian sah ihn einen Augenblick an. »Ich bin für niemand zu Hause, Victor«, sagte er mit einem Seufzer. Der Mann verbeugte sich und ging.

Dann stand er vom Tisch auf, zündete eine Zigarette an und warf sich auf ein Ruhelager mit kostbaren Kissen, das dem Wandschirm gegenüber stand. Es war ein alter Wandschirm aus vergoldetem spanischem Leder, in das ein ziemlich überladenes Louis-Quatorze-Muster gepreßt war. Er betrachtete ihn neugierig und sann darüber nach, ob er schon einmal das Geheimnis eines Menschenlebens verborgen hatte. Sollte er ihn überhaupt zur Seite schieben? Warum ihn nicht dort stehenlassen? Was nützte es ihm, wenn er's wußte? Sollte es wahr sein, war es furchtbar. War es nicht wahr, weshalb sich beunruhigen? Aber wenn nun durch ein Verhängnis oder einen teuflischen Zufall fremde Augen dahinter spähten und die schreckliche Verwandlung entdeckten? Was sollte er tun, wenn Basil Hallward käme und sein eigenes Bild sehen wollte. Er würde es sicherlich tun. Nein, die Sache mußte untersucht werden, und zwar sofort. Alles wäre besser als dieser fürchterliche Zustand der Ungewißheit.

Er stand auf und sperrte beide Türen zu. Wenigstens würde er allein sein, wenn er auf die Maske seiner Schande blickte. Dann zog er den Wandschirm beiseite und sah sich von Angesicht zu Angesicht. Es war nicht zu leugnen. Das Bild hatte sich verändert.

Wie er sich später oft erinnerte, und jedesmal mit leichter Verwunderung, betrachtete er das Bild zuerst mit einem beinahe wissenschaftlichen Interesse. Daß eine solche Verwandlung vor sich gegangen sein sollte, erschien ihm unglaublich. Und doch war es eine Tatsache. Gab es eine geheime Verwandtschaft zwischen den chemischen Atomen, die Form und Farbe auf der Leinwand angenommen hatten, und der Seele, die in ihm war? War es möglich, daß sie vollendeten, was diese Seele dachte? – Daß sie verwirklichten, was diese Seele träumte? Oder gab es einen anderen, noch furchtbareren Grund? Ihn schauderte, und er hatte Angst; er ging zu dem Ruhelager zurück, legte sich nieder und starrte, krank vor Grauen, auf das Bild. Etwas freilich, das fühlte er, hatte es für ihn getan. Es hatte ihm zum Bewußtsein gebracht, wie ungerecht, wie grausam er gegen Sibyl Vane gewesen war. Es war nicht zu spät, alles wiedergutzumachen. Noch konnte sie seine Frau werden. Seine unwahre und selbstsüchtige Liebe würde einer höheren Empfindung weichen, würde sich in eine edlere Leidenschaft verwandeln, und das Bild, das Basil Hallward von ihm gemalt hatte, sollte für ihn ein Führer durchs Leben, sollte ihm das sein, was die Heiligkeit den einen, das Gewissen den andern und die Furcht vor Gott uns allen ist. Es gab Opiate gegen die Reue, Drogen, die das moralische Gefühl einschläfern konnten. Aber hier war ein sichtbares Symbol der Erniedrigung durch die Sünde. Hier war ein immer gegenwärtiges Zeichen des Verderbens, das die Menschen über ihre Seele bringen.

Es schlug drei und vier und halb fünf, aber er rührte sich nicht. Er versuchte, die scharlachroten Fäden des Lebens zu fassen und sie in ein Muster zu verweben; seinen Weg zu finden in der blutigen Wirrnis der Leidenschaft, in der er umherirrte. Er wußte nicht, was er tun und denken sollte. Endlich ging er an den Tisch und schrieb einen leidenschaftlichen Brief an das Mädchen, das er geliebt hatte, flehte sie um Vergebung an und beschuldigte sich des Wahnsinns. Er bedeckte eine Seite nach der andern mit ungestümen Worten der Trauer und des Schmerzes. Es gibt ein Schwelgen in der Selbstbeschuldigung. Wenn wir uns selbst anklagen, fühlen wir, daß kein anderer das Recht hat, uns anzuklagen. Die Beichte, nicht der Priester, gibt uns Absolution. Als Dorian Gray den Brief beendet hatte, fühlte er, daß ihm vergeben sei.

Plötzlich klopfte es an die Tür, und er hörte draußen Lord Henrys Stimme. »Dorian, mein Lieber, ich muß mit dir sprechen. Mach mir auf. Ich kann nicht zulassen, daß du dich so einsperrst.«

Er antwortete zuerst nicht, sondern blieb ganz still. Das Klopfen wiederholte sich und wurde lauter. Ja, es war besser, Lord Henry hereinzulassen und ihm zu erklären, daß er ein neues Leben beginnen wollte, mit ihm zu streiten, wenn es sein mußte, sich von ihm zu trennen, wenn es unvermeidlich war. Er sprang auf, zog hastig den Wandschirm vor das Bild und öffnete die Tür.

»Es tut mir alles so leid, mein lieber Junge«, sagte Lord Henry, als er eintrat. »Aber du darfst nicht zuviel darüber nachdenken.«

»Du sprichst von Sibyl Vane?« fragte Dorian.

»Ja, natürlich«, antwortete Lord Henry, indem er sich in einen Sessel fallen ließ und langsam seine Handschuhe auszog. »Es ist furchtbar, von einem Gesichtspunkt aus, aber es war nicht deine Schuld. Sag mir, hast du sie nach der Vorstellung noch gesehen?«

»Ja.«

»Das hatte ich erwartet. Hast du ihr eine Szene gemacht?«

»Ich war brutal, Harry – entsetzlich brutal. Aber jetzt ist alles gut. Was geschehen ist, tut mir nicht leid. Ich habe mich dadurch selbst besser kennengelernt.«

»Ach, Dorian, ich bin so froh, daß du es von dieser Seite nimmst. Ich fürchtete, ich würde dich in Reue versunken finden, und du würdest deine schönen Locken raufen.«

»Das habe ich alles durchgemacht«, sagte Dorian lächelnd und schüttelte den Kopf. »Jetzt bin ich ganz glücklich. Vor allem weiß ich, was das Gewissen ist. Es ist nicht das, was du mir gesagt hast. Es ist das Göttliche in uns. Spotte nicht mehr darüber, Harry – wenigstens nicht vor mir. Ich will gut sein. Ich kann den Gedanken nicht ertragen, daß meine Seele häßlich ist.«

»Eine blendende artistische Grundlage der Moral, Dorian! Ich gratuliere dir. Aber womit willst du anfangen?«

»Indem ich Sibyl Vane heirate.«

»Sibyl Vane heiraten!« rief Lord Henry, stand auf und sah ihn voller Entsetzen an. »Aber mein lieber Dorian ...«

»Ja Harry, ich weiß, was du sagen willst. Etwas Unangenehmes über die Ehe. Sag es nicht. Sage mir nie mehr solche Dinge. Vor zwei Tagen bat ich Sibyl, mich zu heiraten. Ich werde mein Wort nicht brechen. Sie soll meine Frau werden.«

»Deine Frau! Dorian ...! Hast du denn meinen Brief nicht bekommen? Ich schrieb dir heute morgen und sandte das Billett durch meinen Diener her.«

»Deinen Brief? O ja, ich erinnere mich. Ich habe ihn noch nicht gelesen, Harry. Ich fürchtete, daß etwas drinsteht, was mir nicht gefällt.«

Lord Henry ging zu Dorian Gray hinüber, setzte sich neben ihn, nahm seine beiden Hände und hielt sie fest. »Dorian«, sagte er, »mein Brief – erschrick nicht – sollte dir sagen, daß Sibyl Vane tot ist.«

Ein Schrei des Schmerzes brach von den Lippen des jungen Mannes, er sprang auf und entzog seine Hände Lord Henrys Griff. »Tot! Sibyl tot! Das ist nicht wahr! Das ist eine gemeine Lüge!«

»Es ist wahr, Dorian«, sagte Lord Henry ernst. »Es steht in allen Morgenzeitungen. Ich schrieb dir, du solltest niemanden empfangen, bis ich komme. Es wird natürlich eine Untersuchung stattfinden, und du darfst nicht hineingezogen werden. Solche Geschichten bringen in Paris einen Mann in Mode. Aber in London haben die Leute zu viele Vorurteile. Hier sollte man sein Debüt nie mit einem Skandal machen. Den sollte man sich fürs Alter aufsparen, um interessant zu bleiben. Ich nehme an, im Theater kennen sie deinen Namen nicht. In diesem Fall ist alles in Ordnung. Hat dich irgend jemand in ihre Garderobe gehen sehn? Das ist ein wichtiger Punkt.«

Dorian antwortete eine Weile nicht. Er war vor Schrecken betäubt. Endlich stammelte er mit erstickter Stimme: »Harry, sagtest du – eine Untersuchung? Was meinst du damit? Hat Sibyl ...? O Harry, ich ertrage es nicht! Aber mache es kurz. Sag mir alles, jetzt gleich.«

»Ich bin sicher, daß es kein Unfall war, Dorian, obwohl es der Öffentlichkeit so dargestellt werden muß. Als sie mit ihrer Mutter gegen halb eins das Theater verließ, sagte sie, sie hätte oben etwas vergessen. Man wartete eine Zeitlang auf sie, aber sie kam nicht wieder herunter. Schließlich fand man sie tot auf dem Boden in ihrer Garderobe. Sie hatte aus Versehen etwas geschluckt, irgend etwas Scheußliches, das man im Theater benutzt. Ich weiß nicht, was es war, aber es hat entweder Blausäure oder Bleiweiß enthalten. Ich nehme an, es war Blausäure, denn sie scheint sofort tot gewesen zu sein. Es ist natürlich sehr tragisch, aber du darfst dich nicht in diese Affäre verwickeln lassen. Ich sehe aus dem Standard, daß sie siebzehn Jahre alt war. Ich hätte sie eher für noch jünger gehalten. Sie sah so kindlich aus und schien so wenig vom Spielen zu verstehn. Dorian, du darfst dir das nicht so zu Herzen nehmen. Komm, wir wollen zusammen essen, und nachher gehen wir in die Oper. Die Patti singt, und alle Welt wird da sein. Du kannst in die Loge meiner Schwester kommen. Sie bringt ein paar bezaubernde Frauen mit.«

»Ich habe also Sibyl Vane ermordet«, sagte Dorian Gray halb zu sich selbst, »so gewiß ermordet, als hätte ich ihr den zarten Hals mit einem Messer durchschnitten. Aber die Rosen blühen darum nicht weniger lieblich. Die Vögel singen genauso fröhlich in meinem Garten. Und heute abend soll ich mit dir essen und nachher in die Oper gehn und schließlich irgendwo soupieren. Wie hochdramatisch das Leben ist! Wenn ich das alles in einem Buch gelesen hätte, Harry, ich glaube, ich hätte darüber geweint. Jetzt, da es wirklich geschehen ist und mir geschehen ist, scheint es mir fast zu wunderbar für Tränen. Hier ist der erste leidenschaftliche Liebesbrief, den ich in meinem Leben geschrieben habe. Seltsam, daß mein erster Liebesbrief an ein totes Mädchen gerichtet ist. Ich möchte wohl wissen, ob sie fühlen können, diese bleichen, stillen Menschen, die wir die Toten nennen. Sibyl! Kann sie fühlen, wahrnehmen oder hören? O Harry, wie hab ich sie einmal geliebt. Mir scheint, es ist Jahre her. Sie war mir alles. Dann kam dieser schreckliche Abend – war es wirklich erst gestern abend? –, als sie so schlecht spielte und mir fast das Herz brach. Sie hat mir alles erklärt. Es war furchtbar rührend. Aber mich hat es nicht im mindesten bewegt. Ich hielt sie für oberflächlich. Dann geschah etwas, was mich entsetzte. Ich kann dir nicht sagen, was, aber es war grauenhaft. Ich nahm mir vor, zu ihr zurückzukehren. Ich fühlte, daß ich unrecht getan hatte. Und jetzt ist sie tot. Mein Gott! Mein Gott! Harry, was soll ich tun? Du kennst nicht die Gefahr, in der ich bin, und es gibt nichts, was mich stützen könnte. Sie würde es für mich getan haben. Sie hatte kein Recht, sich zu töten. Es war selbstsüchtig von ihr.«

»Mein lieber Dorian, eine Frau kann einen Mann immer nur dadurch verwandeln, daß sie ihn so beharrlich quält, bis er jedes Interesse am Leben verliert. Hättest du dieses Mädchen geheiratet, wärest du unglücklich geworden. Natürlich hättest du sie freundlich behandelt. Man kann immer freundlich sein gegen jemand, aus dem man sich nichts mehr macht. Aber sie hätte bald herausgefunden, daß sie dir vollkommen gleichgültig ist. Und wenn eine Frau das bei ihrem Mann herausgefunden hat, zieht sie sich entweder furchtbar nachlässig an, oder sie trägt die elegantesten Hüte, die der Ehemann einer andern zu bezahlen hat. Ich rede gar nicht erst von dem gesellschaftlichen Mißgriff, aber ich versichere dir, die Sache wäre in jedem Fall ein absoluter Fehlschlag gewesen.«

»Ich glaube es beinahe auch«, murmelte der Junge, indem er im Zimmer auf und ab ging, er sah erschreckend blaß aus. »Aber ich hielt es für meine Pflicht. Es ist nicht meine Schuld, daß diese schreckliche Tragödie mich gehindert hat, das Rechte zu tun. Ich erinnere mich, wie du einmal sagtest, daß um alle guten Vorsätze ein Verhängnis schwebe, sie würden immer zu spät gefaßt. Auf meinen trifft das gewiß zu.«

»Gute Vorsätze sind nutzlose Versuche, in wissenschaftliche Gesetze einzugreifen. Ihr Ursprung ist bloße Eitelkeit. Ihr Ergebnis ist gleich Null. Sie verschaffen uns ab und zu den Luxus jener unfruchtbaren Empfindungen, die einen gewissen Reiz für uns besitzen. Das ist alles, was man zu ihren Gunsten sagen kann.«

»Harry«, sagte Dorian und setzte sich neben ihn, »wie kommt es, daß ich diese Tragödie nicht so tief empfinde, wie ich es möchte? Ich glaube nicht, daß ich herzlos bin, oder?«

»Du hast zu viele törichte Dinge in deinem Leben begangen, als daß du dich so nennen dürftest, Dorian«, antwortete Lord Henry mit seinem einnehmenden, melancholischen Lächeln.

Der Junge zog die Stirn kraus. »Mir gefällt die Erklärung nicht, Harry«, erwiderte er, »aber ich bin froh, daß du mich nicht für herzlos hältst. Ich bin's bestimmt nicht. Ich weiß, daß ich's nicht bin. Und doch muß ich zugeben, daß mich dieses Ereignis nicht so berührt, wie es sollte. Es scheint mir einfach das wunderbare Ende eines wunderbaren Stückes zu sein. Es hat die schreckliche Schönheit der großen Tragödie, einer Tragödie, in der ich eine Rolle spielte, ohne darin verwundet worden zu sein.«

»Das ist ein interessantes Problem«, sagte Lord Henry, dem es einen hohen Genuß bereitete, mit dem unbewußten Egoismus des Jungen zu spielen, »ein äußerst interessantes Problem. Ich denke eine Erklärung dafür zu haben. Es geschieht oft, daß die wirklichen Tragödien des Lebens sich so unkünstlerisch abspielen, daß sie uns durch ihre rohe Gewalt, das absolut Zusammenhanglose, ihre gespenstische Sinnlosigkeit und das vollständige Fehlen jeden Stils verletzen. Sie wirken auf uns, wie die Gemeinheit wirkt. Sie machen auf uns den Eindruck schierer, brutaler Gewalt, und wir empören uns dagegen. Manchmal jedoch kommt eine Tragödie in unser Leben, die künstlerische Elemente der Schönheit enthält. Sind diese Elemente der Schönheit echt, so rührt das Ganze nur an unseren dramatischen Sinn. Plötzlich entdecken wir, daß wir nicht mehr die Darsteller, sondern die Zuschauer des Stückes sind. Oder eigentlich sind wir beides. Wir beobachten uns, und das bloße Wunder des Schauspiels bezaubert uns. Im gegenwärtigen Fall, was ist da wirklich geschehen? Jemand hat sich aus Liebe zu dir getötet. Ich wollte, mir wäre eine solche Erfahrung zuteil geworden. Ich wäre für den Rest meines Lebens in die Liebe verliebt gewesen. Die Menschen, die mich angebetet haben – es waren nicht viele, aber immerhin einige –, haben immer auf dem Weiterleben bestanden, wenn ich schon längst nichts mehr für sie empfand und sie nichts mehr für mich. Sie sind dick und langweilig geworden, und wenn ich sie treffe, wollen sie sofort in Erinnerungen schwelgen. Dieses gräßliche Gedächtnis der Frauen! Es ist schauderhaft! Und welches Ausmaß von geistigem Stillstand es offenbart! Man sollte die Farbe des Lebens auf sich wirken lassen, aber nie sich an Einzelheiten erinnern. Einzelheiten sind immer vulgär.

Natürlich dauern die Dinge bisweilen an. Einmal trug ich eine ganze Saison lang nur Veilchen, als Trauer um eine Romanze, die nicht sterben wollte. Schließlich starb sie doch. Ich weiß nicht, woran. Ich glaube, an ihrem Vorschlag, die ganze Welt für mich zu opfern. Das ist immer ein furchtbarer Augenblick. Es erfüllt einen mit dem Schrecken der Ewigkeit. Nun – würdest du's für möglich halten? – Vor einer Woche saß ich beim Dinner bei Lady Hampshire neben der betreffenden Dame, und sie bestand darauf, die ganze Geschichte noch einmal durchzukauen, die Vergangenheit auszugraben und in der Zukunft herumzustochern. Ich hatte meine Romanze unter Mohnblüten begraben. Sie zerrte sie wieder hervor und versicherte mir, ich hätte ihr Leben zerstört. Ich muß zugeben, daß sie ein gewaltiges Dinner verschlang, und so fühlte ich mich nicht beunruhigt. Aber wie wenig Geschmack sie bewies! Der einzige Reiz der Vergangenheit ist, daß sie vergangen ist. Aber Frauen wissen nie, wann der Vorhang gefallen ist. Sie verlangen immer einen sechsten Akt, und gerade wenn jedes Interesse an dem Stück vorbei ist, schlagen sie vor, es weiterzuspielen. Wenn man ihnen den Willen ließe, so hätte jede Komödie einen tragischen Schluß, und jede Tragödie würde als Farce enden. Sie sind bezaubernd künstlich, aber sie haben keinen Sinn für Kunst. Du hast mehr Glück gehabt als ich. Ich versichre dir, Dorian, nicht eine einzige Frau, die ich gekannt habe, hätte für mich getan, was Sibyl Vane für dich tat. Gewöhnliche Frauen trösten sich immer. Die einen entwickeln eine Vorliebe für sentimentale Farben. Trau nie einer Frau, die Mauve trägt, wie alt sie auch sei, und nie einer Frau über fünfunddreißig, die rosa Schleifchen liebt. Es bedeutet immer, daß sie eine Vergangenheit haben. Andere finden einen Trost darin, plötzlich die guten Eigenschaften ihres Ehemanns zu entdecken. Sie schleudern einem ihr eheliches Glück ins Gesicht, als wäre es die faszinierendste Sünde. Andere trösten sich mit der Religion. Ihre Geheimnisse haben alle Reize eines Flirts, sagte mir einmal eine Frau; und ich begreife das recht gut. Außerdem schmeichelt uns nichts so sehr, als wenn man uns sagt, wir seien Sünder. Es gibt unendliche Tröstungen, die die Frauen im modernen Leben finden. Dabei habe ich noch nicht einmal die wichtigste genannt.«

»Und die ist, Harry?« fragte Dorian Gray gleichgültig.

»Oh, das übliche. Einer anderen Frau den Anbeter wegzunehmen, wenn man seinen verloren hat. In der guten Gesellschaft gibt das jeder Frau ihre Frische wieder. Aber wirklich, Dorian, wie anders muß Sibyl Vane gewesen sein als all die Frauen, die man trifft! In ihrem Tod liegt für mich etwas wahrhaft Schönes. Ich bin froh, in einem Jahrhundert zu leben, in dem solche Wunder geschehn. Sie geben einem den Glauben an die Wirklichkeit der Dinge, aus denen wir ein oberflächliches Gesellschaftsspiel gemacht haben, an Romantik, Leidenschaft und Liebe.«

»Ich war furchtbar grausam gegen sie. Das vergißt du.«

»Ich glaube, Frauen schätzen Grausamkeit höher als alles andere. Sie haben wundervoll primitive Instinkte. Wir haben sie emanzipiert, aber sie bleiben Sklavinnen, die nach ihrem Herrn ausschauen. Sie lieben es, beherrscht zu werden. Ich bin sicher, du warst glänzend. Ich hab dich nie wirklich zornig gesehen, aber ich kann mir vorstellen, wie herrlich du aussahst. Und schließlich hast du mir vorgestern etwas gesagt, was mir im Augenblick als phantastischer Einfall erschien, aber jetzt sehe ich, daß es wahr gewesen ist, und es erklärt alles.«

»Was war das?«

»Du sagtest mir, daß Sibyl Vane für dich alle Heldinnen der Leidenschaft verkörpert – daß sie heute Desdemona sei und morgen Ophelia; daß sie als Julia sterbe und als Imogen zum Leben erwache.«

»Jetzt wird sie nie mehr zum Leben erwachen«, flüsterte der junge Mann und barg sein Gesicht in den Händen.

»Nein, sie wird nie mehr zum Leben erwachen. Sie hat ihre letzte Rolle gespielt. Aber du mußt an den einsamen Tod im jämmerlichen Ankleideraum denken wie an das seltsam düstere Fragment einer Tragödie aus der Zeit König Jakobs, wie an eine wundervolle Szene von Webster, Ford oder Cyril Tourneur. Das Mädchen hat nie wirklich gelebt, darum ist sie auch nie wirklich gestorben. Für dich wenigstens war sie immer ein Traum, ein Trugbild, das durch Shakespeares Dramen huschte und sie herrlicher machte durch seine Gegenwart, ein Rohr, durch das Shakespeares Musik reicher und froher erklang. Im Augenblick, da sie an das wirkliche Leben rührte, zerstörte sie es, und es zerstörte sie, und sie schwand dahin. Traure um Ophelia, wenn du willst. Streu Asche auf dein Haupt, weil Cordelia erdrosselt wurde; fluche dem Himmel, weil Brabantios Tochter starb. Aber verschwende nicht deine Tränen um Sibyl Vane. Sie war unwirklicher als jene.«

Es entstand ein Schweigen. Der Abend hüllte das Zimmer in Dunkel. Geräuschlos, auf silbernen Füßen, glitten die Schatten vom Garten herein. Die Farben der Gegenstände verblaßten.

Nach einer Weile blickte Dorian Gray auf. »Du hast mich mir selber erklärt«, flüsterte er erleichtert. »Ich habe all das gefühlt, was du gesagt hast, aber ich fürchtete mich davor und konnte es mir nicht erklären. Wie gut du mich kennst! Aber wir wollen von dem Geschehenen nicht mehr sprechen. Es war eine wunderbare Erfahrung. Weiter nichts. Ich möchte wissen, ob das Leben noch einmal etwas so Wunderbares für mich bereithält.«

»Das Leben hält alles für dich bereit, Dorian. Es gibt nichts, was du mit deiner Schönheit nicht erreichen kannst.«

»Aber stell dir vor, wenn ich nun knochendürr und grau und runzlig werde, Harry? Was geschieht dann?«

»Nun, dann ...«, erwiderte Lord Henry und stand auf, um zu gehn, »dann, mein lieber Dorian, würdest du um deine Siege kämpfen müssen. Jetzt bringt man sie dir entgegen. Nein, du mußt deine Schönheit behalten. Wir leben in einer Zeit, die zu viel liest, um weise, und zu viel denkt, um schön zu sein. Wir können dich nicht entbehren. Aber nun solltest du dich umziehn und in den Klub fahren. Wir kommen ohnehin schon zu spät.«

»Ich glaube, ich werde dich erst in der Oper treffen, Harry. Ich fühle mich zu müde, um zu essen. Welche Nummer hat die Loge deiner Schwester?«

»Siebenundzwanzig, glaube ich. Im ersten Rang. Du wirst ihren Namen an der Tür finden. Schade, daß du nicht mit zum Essen kommst.«

»Ich bin zu abgespannt«, sagte Dorian teilnahmslos. »Aber ich bin dir schrecklich dankbar für alles, was du mir gesagt hast. Du bist gewiß mein bester Freund. Niemals hat mich jemand so verstanden wie du.«

»Wir sind erst am Anfang unserer Freundschaft, Dorian«, antwortete Lord Henry und schüttelte ihm die Hand. »Adieu. Ich hoffe, ich werde dich vor halb zehn sehen. Vergiß nicht, die Patti singt.«

Als er die Tür hinter sich schloß, griff Dorian Gray nach der Glocke, und ein paar Minuten später kam Victor mit den Lampen und ließ die Rouleaus herunter. Er wartete ungeduldig, bis er ging. Ihm war, als ob sich der Mann endlos Zeit zu allem ließe.

Sobald er draußen war, stürzte er zu dem Wandschirm und zog ihn zur Seite. Nein; das Bild hatte sich nicht mehr verändert. Es hatte die Nachricht von Sibyl Vanes Tod empfangen, ehe er selbst davon wußte. Es hatte Kenntnis von den Ereignissen des Daseins, wenn sie geschahen. Der gemeine Zug von Grausamkeit, der die feinen Linien des Mundes verzerrte, war ohne Zweifel in dem Augenblick erschienen, als das Mädchen das Gift getrunken hatte, was immer es gewesen sein mochte. Oder war es gleichgültig gegenüber den Tatsachen? Hielt es nur fest, was in der

Seele vorging? Er fragte sich und hoffte darauf, daß eines Tages die Verwandlung vor seinen Augen geschähe – und doch graute ihm davor.

Die arme Sibyl! Welche Romanze! Sie hatte so oft das Sterben auf der Bühne dargestellt, und nun hatte sie der Tod selbst berührt und mit sich genommen. Wie hatte sie jene furchtbare letzte Szene gespielt? Hatte sie ihm geflucht, als sie starb? Nein; sie war aus Liebe zu ihm gestorben. Und von nun an sollte ihm die Liebe ein Sakrament sein. Sie hatte für alles gebüßt durch das Opfer ihres Lebens. Er wollte nicht mehr daran denken, was er um ihretwillen durchgemacht hatte an jenem schrecklichen Abend im Theater. Wenn er an sie dachte, würde sie ihm als eine wunderbare tragische Gestalt erscheinen, welche die Liebe als höchste Wirklichkeit verkörpert hatte. Eine wunderbar tragische Gestalt? Tränen kamen ihm in die Augen, als er sich an ihren Kinderblick erinnerte, an ihre gewinnende, phantasievolle Art und die scheue, vibrierende Anmut. Er wischte hastig die Tränen weg und schaute wieder auf das Bild.

Er fühlte, daß die Zeit gekommen war, seine Wahl zu treffen. Oder war seine Wahl schon getroffen? Ja, das Leben hatte für ihn entschieden – das Leben und seine eigene Neugier auf das Leben. Ewige Jugend, unendliche Leidenschaft, heimliche und subtile Genüsse, wilde Freuden und wildere Sünden – all das sollte er haben. Das Bildnis mußte die Last seiner Schande tragen: so war es entschieden.

Ein Gefühl des Schmerzes überkam ihn, als er an die Entweihung dachte, die das schöne Antlitz auf der Leinwand erwartete. Einmal hatte er in kindlicher Nachahmung des Narzissus die gemalten Lippen, die ihn jetzt so grausam anlächelten, geküßt oder doch so getan, als ob er sie küsse. Jeden Morgen hatte er in Verwunderung über seine Schönheit vor dem Bild gesessen und sich beinah in sie verliebt, wie ihm bisweilen schien. Sollte es sich nun mit jeder Laune, der er nachgab, verändern? Sollte es zu etwas Häßlichem, Ekelhaftem werden, das man in einem verschlossenen Raum verstecken mußte, ausgeschlossen vom Licht der Sonne, die so oft das wogende Wunder des Haares in glänzenderes Gold getaucht hatte? Oh, dieser Jammer! Dieser Jammer!

Einen Augenblick dachte er daran zu beten, damit die grauenhafte Beziehung zwischen ihm und dem Bild aufhören möge. Es hatte sich als Antwort auf ein Gebet verwandelt; vielleicht würde es als Antwort auf ein Gebet unverändert bleiben. Und dennoch – wer etwas vom Leben wußte, würde er die Möglichkeit, immer jung zu bleiben, aufgeben, so phantastisch diese Möglichkeit schien, so verhängnisvoll die Folgen auch sein mochten? Überdies, stand es wirklich in seiner Macht? War es wirklich das Gebet, das die Wandlung hervorgerufen hatte? Gab es nicht doch noch eine ausgefallene wissenschaftliche Erklärung für das Ganze? Wenn der Gedanke auf einen lebenden Organismus einwirken konnte, konnte er dann nicht vielleicht auch auf tote, anorganische Dinge wirken? Ja, mehr noch, konnten nicht ohne Gedanken oder bewußte Wünsche die außerhalb unserer Person liegenden Dinge im Einklang mit unseren Launen und Leidenschaften vibrieren, indem ein Atom das andere in heimlicher Liebe oder in seltsamer Affinität anzog? Die Ursache spielte dabei keine Rolle. Nie mehr wollte er durch Gebet eine furchtbare Macht versuchen. Wenn dem Bild bestimmt war, sich zu ändern, so mochte es sich ändern. Warum sich zu eng darauf einlassen? Denn es würde sogar ein Genuß sein, es zu beobachten. Er würde imstande sein, seinem Geist in die geheimsten Schlupfwinkel zu folgen. Dieses Bildnis würde ein magischer Spiegel für ihn sein. Wie es ihm seinen Körper offenbart hatte, würde es ihm nun seine Seele offenbaren. Und wenn der Winter über das Bild kam, würde er noch stehen, wo der Frühling am Rande des Sommers zittert. Wenn das Blut aus seinen Wangen wich und eine kreidige Larve mit glasigen Augen zurückließ – würde er den Glanz der Jugend um sich bewahren. Nicht eine Blüte seiner Schönheit sollte welken. Nicht ein Pulsschlag seines Lebens schwächer werden. Wie die Götter der Griechen würde er stark sein, geschmeidig und froh. Was ging es ihn an, was dem gemalten Abbild auf der Leinwand widerfuhr? Er würde sicher sein. Darauf kam es an.

Er zog den Wandschirm wieder vor das Bild und lächelte dabei, und dann ging er in sein Schlafzimmer, wo der Diener schon auf ihn wartete. Eine Stunde später war er in der Oper, und Lord Henry lehnte sich über seinen Stuhl.

7

Als er am nächsten Morgen beim Frühstück saß, trat Basil Hallward ein. »Ich bin so froh, daß ich dich antreffe, Dorian«, sagte er ernst. »Ich war gestern abend hier, und man sagte mir, du seist in der Oper. Ich wußte natürlich, daß das unmöglich ist. Aber ich wünschte, du hättest hinterlassen, wo du wirklich hingegangen bist. Ich habe einen schrecklichen Abend verbracht und fürchtete beinahe, eine Tragödie würde der andern folgen. Ich finde, du hättest mir telegrafieren können, als du davon hörtest. Ich hab es ganz zufällig in einer Abendausgabe des *Globe* gelesen, die mir im Klub in die Hände fiel. Ich kam sofort hierher und war ganz unglücklich, daß ich dich nicht fand. Ich kann dir gar nicht sagen, wie mir die ganze Sache zu Herzen geht. Ich kann dir nachfühlen, wie du leidest. Aber wo warst du? Hast du die Mutter des Mädchens besucht? Einen Augenblick hab ich daran gedacht, dir dorthin nachzufahren. Die Adresse stand in der Zeitung. Irgendwo in der Euston Road, nicht wahr? Aber ich wollte mich bei einem Schmerz nicht aufdrängen, den ich doch nicht lindern konnte. Die arme Frau! In was für einer Verfassung muß sie sein! Und noch dazu ihr einziges Kind! Was hat sie zu all dem gesagt?«

»Mein lieber Basil, wie soll ich das wissen?« sagte Dorian leise und schlürfte einen blaßgelben Wein aus einem zarten, venezianischen Glas mit eingeschmolzenen Goldtropfen; er sah höchst gelangweilt aus. »Ich war in der Oper. Du hättest auch hinkommen sollen. Ich habe Lady Gwendolyn, Harrys Schwester, kennengelernt. Wir waren in ihrer Loge. Sie ist unerhört charmant; und die Patti sang göttlich. Sprich nicht von unangenehmen Dingen. Etwas, worüber man nicht spricht, ist gar nicht geschehen. Es ist einfach der Ausdruck, wie Harry sagt, der den Dingen die Realität gibt. Erzähl mir von dir und was du gerade malst.«

»Du bist in die Oper gegangen?« sagte Hallward sehr langsam und mit verhaltenem Schmerz in der Stimme. »Du bist in die Oper gegangen, während Sibyl Vane tot in irgendeiner schäbigen Mietwohnung lag? Du kannst mir von andern charmanten Frauen erzählen und daß die Patti göttlich gesungen hat, ehe das Mädchen, das du geliebt hast, auch nur die Ruhe des Grabes zum Schlafen hat? Bedenke doch, welchen Schrecken ihr kleiner weißer Körper ausgeliefert ist!«

»Hör auf, Basil! Ich will das nicht hören!« rief Dorian und sprang auf. »Du darfst nicht davon reden. Was geschehen ist, ist geschehen. Was vergangen ist, ist vergangen.«

»Nennst du gestern Vergangenheit?«

»Was hat die tatsächlich verstrichene Zeit damit zu tun? Nur oberflächliche Menschen brauchen Jahre, um sich von einem Gefühl zu befreien. Jemand, der Herr über sich selbst ist, kann ein Leid so schnell überwinden, wie er ein Vergnügen erfinden kann. Ich will mich nicht der Willkür meiner Gefühle preisgeben. Ich will sie benutzen, sie genießen und sie beherrschen.«

»Dorian, das ist entsetzlich! Irgend etwas hat dich vollkommen verändert. Du siehst noch genauso aus wie der wunderschöne Junge, der jeden Tag in mein Atelier kam, um für sein Bild zu sitzen. Aber damals warst du einfach, natürlich und liebevoll. Du warst das unverdorbenste Geschöpf von der Welt. Ich weiß nicht, was jetzt über dich gekommen ist. Du sprichst, als hättest du kein Herz, kein Mitgefühl. Das ist alles Harrys Einfluß. Ich weiß es wohl.«

Der junge Mann errötete, trat ans Fenster und sah eine Weile in den grünen, flimmernden Garten hinaus. »Ich verdanke Harry sehr viel, Basil«, sagte er schließlich, »mehr, als ich dir verdanke. Du hast mich nur die Eitelkeit gelehrt.«

»Nun, ich bin gestraft dafür, Dorian –, oder werde eines Tages gestraft.«

»Ich weiß nicht, was du meinst, Basil«, rief er aus und drehte sich um. »Ich weiß nicht, was du willst. Was willst du?«

»Ich will den Dorian Gray, den ich gekannt habe.«

»Basil«, sagte der junge Mann, ging auf ihn zu und legte ihm die Hand auf die Schulter, »du bist zu spät dran. Gestern, als ich hörte, daß Sibyl Vane sich getötet hat...«

»Sich getötet! Großer Gott! Ist das sicher?« rief Hallward und sah mit einem Ausdruck des Entsetzens zu ihm auf.«

»Mein lieber Basil! Du glaubst doch nicht, daß es ein gewöhnlicher Unfall war? Natürlich hat sie sich getötet! Es ist eine der großen, romantischen Tragödien unserer Zeit. In der Regel führen Schauspieler das alltäglichste Leben. Sie sind gute Ehemänner oder treue Frauen oder sonst etwas Langweiliges. Du weißt, was ich meine – Mittelstandstugend und alles was dazugehört. Wie anders war Sibyl! Sie durchlebte ihre unvergleichliche Tragödie. Sie ist immer eine Heldin gewesen. An ihrem letzten Abend, als du sie gesehen hast, spielte sie schlecht, weil sie die Wirklichkeit der Liebe kennengelernt hatte. Als sie ihre Unwirklichkeit erlitt, starb sie, wie Julia gestorben wäre. Sie war wieder in das Reich der Kunst zurückgekehrt. Sie hat etwas von einer Märtyrerin. Ihr Tod hat all die pathetische Vergeblichkeit des Martyriums, all seine verschwendete Schönheit. Aber wie ich schon sagte, du darfst nicht denken, daß ich nicht gelitten habe. Wenn du gestern in einem bestimmten Augenblick gekommen wärst – um halb sechs vielleicht oder um Viertel vor sechs –, so hättest du mich in Tränen gefunden. Selbst Harry, der hier war, der mir die Nachricht brachte, hatte keine Ahnung davon, was ich wirklich durchgemacht habe. Ich litt unsäglich, dann ging es vorüber. Ich kann ein Gefühl nicht wiederholen. Das kann niemand, nur die Sentimentalen. Und du bist furchtbar ungerecht, Basil. Du kommst, um mich zu trösten. Das ist lieb von dir. Du findest mich getröstet, und das macht dich wütend. Wie typisch für einen mitfühlenden Menschen! Du erinnerst mich an eine Geschichte, die mir Harry von einem Philanthropen erzählt hat, der zwanzig Jahre seines Lebens damit verbrachte, irgendein Unrecht abzuschaffen oder die Abänderung eines ungerechten Gesetzes zu erreichen –, ich hab vergessen, worum es sich handelte. Schließlich hatte er Erfolg damit, und nichts war größer als seine Enttäuschung. Er hatte überhaupt nichts mehr zu tun, starb fast vor *ennui* und wurde ein unverbesserlicher Misanthrop. Und außerdem, mein lieber alter Basil, wenn du mich wirklich trösten willst, so lehre mich lieber, das Geschehnis zu vergessen oder es vom rein Künstlerischen her zu betrachten. War es nicht Gautier, der über *la consolation des arts* geschrieben hat? Ich erinnere mich, daß ich einmal einen kleinen Pergamentband in deinem Atelier fand und auf diesen wundervollen Satz stieß. Weißt du, ich bin nicht wie jener junge Mann, von dem du mir erzähltest, als wir zusammen nach Marlow fuhren, der zu sagen pflegte, gelber Atlas könne einen über alles Elend des Lebens hinwegtrösten. Ich liebe schöne Dinge, die man berührt und mit denen man umgehen kann. Alten

Brokat, grüne Bronzen, Lackarbeiten, geschnitztes Elfenbein, eine schöne Umgebung, Luxus, Prunk –, das kann einem viel geben. Aber das künstlerische Temperament, das sie schaffen oder zumindest entwickeln, ist mir noch wichtiger. Der Zuschauer seines eigenen Lebens werden, sagt Harry, das heißt dem Leiden des Lebens entgehen. Ich weiß, du wunderst dich, daß ich so mit dir rede. Du hast noch nicht begriffen, daß ich erwachsener geworden bin. Ich war ein Schuljunge, als du mich kennenlerntest. Jetzt bin ich ein Mann. Ich habe neue Leidenschaften, neue Gedanken, neue Begriffe. Ich bin anders, aber du darfst mich deswegen nicht weniger mögen. Ich bin verwandelt, aber du mußt immer mein Freund bleiben. Natürlich habe ich Harry sehr gern. Aber ich weiß, du bist besser als er. Du bist nicht stärker – du fürchtest dich zu sehr vor dem Leben –, aber du bist besser. Und wie glücklich wir zusammen waren. Verlaß mich nicht, Basil, und zerstreite dich nicht mit mir. Ich bin, was ich bin. Das läßt sich nicht ändern.«

Hallward fühlte sich seltsam bewegt. Mochte er schroff und geradeheraus sein, in seiner Natur lag doch eine nahezu feminine Zärtlichkeit. Der Junge war ihm unendlich teuer, und seine Persönlichkeit war der große Wendepunkt in seiner Kunst geworden. Er konnte den Gedanken nicht ertragen, ihm länger Vorwürfe zu machen. Vielleicht war seine Gleichgültigkeit nur eine vorübergehende Laune. Es war so viel Gutes in ihm und so viel Nobles.

»Gut, Dorian«, sagte er endlich mit einem traurigen Lächeln. »Von nun an will ich nicht mehr mit dir über dieses schreckliche Ereignis sprechen. Ich hoffe nur, daß dein Name im Zusammenhang damit nicht genannt wird. Die Untersuchung findet heute nachmittag statt. Haben sie dich vorgeladen?«

Dorian schüttelte den Kopf, und ein Ausdruck des Verdrusses ging über sein Gesicht, als er das Wort »Untersuchung« hörte. All diesen Dingen haftete etwas so Rohes und Gemeines an. »Sie kennen meinen Namen nicht«, erwiderte er.

»Aber sie hat ihn doch gekannt?«

»Nur meinen Vornamen, aber ich bin sicher, daß sie ihn vor niemandem erwähnt hat. Sie sagte mir einmal, daß sie alle so neugierig wären zu erfahren, wer ich sei, und daß sie ihnen immer nur antwortete, ich hieße der Märchenprinz. Es war süß von ihr. Du mußt eine Zeichnung von ihr machen, Basil. Ich möchte etwas mehr von ihr haben als nur die Erinnerung an ein paar Küsse und abgerissene, leidenschaftliche Worte.«

»Ich will es versuchen, Dorian, wenn ich dir damit eine Freude mache. Aber du mußt zu mir kommen und mir wieder sitzen. Ohne dich komme ich nicht voran.«

»Ich kann dir nie wieder sitzen, Basil. Das ist unmöglich!« rief Dorian erschrocken.

Hallward starrte ihn an. »Mein lieber Junge, was für ein Unsinn! Willst du sagen, daß dir mein Bild nicht gefällt? Wo ist es? Warum hast du den Wandschirm vorgeschoben? Laß es mich anschaun. Es ist das beste Bild, das ich je gemalt hab. Nimm den Wandschirm weg, Dorian. Es ist einfach abscheulich von deinem Diener, daß er mein Werk so versteckt. Schon als ich hereinkam, fühlte ich, daß das Zimmer verändert war.«

»Mein Diener hat nichts damit zu tun, Basil. Du glaubst doch nicht, daß ich ihn in meinem Zimmer Veränderungen vornehmen lasse? Er arrangiert mir höchstens einmal die Blumen – das ist alles. Nein; ich hab es selbst getan. Das Licht war zu grell auf dem Bild.«

»Zu grell? Das glaubst du doch selbst nicht, mein lieber Junge. Der Platz ist genau richtig dafür. Laß es mich sehen.« Und Hallward ging auf die Zimmerecke zu.

Ein Angstschrei brach von Dorian Grays Lippen, und er stürzte zwischen Hallward und den Wandschirm. »Basil«, sagte er sehr blaß, »du darfst es nicht anschaun. Ich will es nicht.«

»Meine eigene Arbeit nicht ansehn? Das ist nicht dein Ernst. Warum sollte ich es nicht ansehn?« rief Hallward lachend.

»Wenn du versuchst, es zu sehen, Basil, auf mein Ehrenwort, werde ich nie mehr in meinem Leben mit dir reden. Es ist mir ganz ernst. Ich gebe dir keine Erklärung, und du darfst auch keine verlangen. Aber denk daran, wenn du diesen Wandschirm berührst, ist alles aus zwischen uns.«

Hallward war wie vom Donner gerührt. Er sah Dorian sprachlos an. So hatte er ihn nie zuvor gesehen. Der Junge war blaß vor Zorn. Seine Hände waren geballt, und seine Augen sprühten wie blaues Feuer. Er zitterte am ganzen Körper.

»Dorian!«

»Sag nichts!«

»Aber was ist geschehen? Natürlich werde ich es nicht anschauen, wenn du es nicht willst«, sagte er kühl, wandte sich um und ging zum Fenster. »Aber wirklich, es ist doch reichlich absurd, daß ich mein eigenes Bild nicht sehen soll, da ich es doch im Herbst in Paris ausstellen werde. Ich werde es wahrscheinlich zuvor neu firnissen müssen, so daß ich es doch eines Tages sehen muß, warum also nicht heute?«

»Ausstellen? Du willst es ausstellen?« rief Dorian Gray, und eine nie gekannte Angst überfiel ihn. Sollte sein Geheimnis vor der Welt preisgegeben werden? Sollten die Leute das Geheimnis seines Lebens begaffen? Das war nicht möglich. Es mußte sofort etwas geschehen, er wußte nur noch nicht, was.

»Ja; ich denke, du wirst nichts dagegen haben. George Petit stellt meine besten Bilder für eine Sonderausstellung in der Rue de Sèze zusammen, die in der ersten Oktoberwoche eröffnet wird. Das Bild wird nur einen Monat fort sein. Ich denke, du könntest es leicht so lange entbehren. Bestimmt wirst du sogar verreist sein. Und wenn du es immer hinter einem Wandschirm versteckst, kann dir nicht sehr viel daran liegen.«

Dorian Gray strich sich mit der Hand über die Stirn. Es standen Schweißperlen darauf. Er fühlte, daß er am Rand einer furchtbaren Gefahr stand. »Vor einem Monat hast du mir gesagt, daß du es niemals ausstellen willst«, sagte er. »Warum hast du dich anders entschieden? Menschen wie du, die immer behaupten, konsequent zu sein, haben ebenso viele Launen wie die andern. Der einzige Unterschied ist, daß eure Launen ziemlich sinnlos sind. Du kannst nicht vergessen haben, daß du mir feierlich versichert hast, nichts auf der Welt könnte dich bewegen, das Bild auf eine Ausstellung zu schicken. Zu Harry hast du das gleiche gesagt.« Er hielt plötzlich inne, und ein Gedanke blitzte in seinen Augen auf. Er erinnerte sich, wie ihm Lord Henry einmal halb ernsthaft und halb im Scherz gesagt hatte: »Wenn du dir einmal eine interessante Viertelstunde verschaffen willst, laß dir von Basil erzählen, warum er dein Bild nicht ausstellen will. Mir hat er es gesagt, und es war für mich eine Offenbarung.« Ja, wahrscheinlich hatte auch Basil sein Geheimnis. Er würde ihn fragen und ihn auf die Probe stellen.

»Basil«, sagte er, trat ganz nahe an ihn heran und sah ihm dabei gerade ins Gesicht, »jeder von uns hat ein Geheimnis. Laß mich deins wissen, und dann will ich dir meins erzählen. Warum hattest du dich geweigert, mein Bild auszustellen?«

Hallward zuckte wider seinen Willen zusammen. »Dorian, wenn ich dir das sage, würdest du mich vielleicht weniger gern haben und bestimmt würdest du über mich lachen. Ich könnte weder das eine noch das andere ertragen. Wenn du wünschst, daß ich dein Bild nie wieder ansehe, will ich mich damit abfinden. Ich kann immer dich betrachten. Wenn du verlangst, daß mein bestes Werk vor der Welt verborgen bleibt, ich bin es zufrieden. Deine Freundschaft ist mir teurer als Ruhm und Ehren.«

»Nein, Basil, du mußt es mir sagen«, entgegnete Dorian Gray leise, »ich denke, ich habe ein Recht, es zu wissen.« Seine Angst war verschwunden und hatte der Neugier Platz gemacht. Er war entschlossen, hinter Basil Hallwards Geheimnis zu kommen.

»Setzen wir uns, Dorian«, sagte Hallward blaß und gequält. »Setzen wir uns. Ich werde mich in den Schatten setzen, und du setzt dich in die Sonne. So kommt es uns zu. Beantworte mir zuerst eine Frage. Ist dir etwas an dem Bild aufgefallen, das dir nicht gefällt? Etwas, das du wahrscheinlich nicht gleich bemerkt hast, aber das sich dir plötzlich offenbart hat?«

»Basil«, rief der junge Mann, umklammerte die Armlehnen seines Stuhls mit zitternden Händen und sah ihn mit aufgerissenen, verstörten Augen an.

»Ich sehe, du hast es bemerkt. Sage nichts. Warte, bis du hörst, was ich zu sagen habe. Es ist wahr, daß ich dich leidenschaftlicher verehrt habe, als dies unter Freunden üblich ist. Ich weiß nicht, warum, aber ich habe nie eine Frau geliebt. Vielleicht, weil ich nie Zeit dazu hatte. Wahrscheinlich hat Harry recht, daß eine *grande passion* das Vorrecht jener ist, die nichts zu tun haben, und das ist der Brauch in der müßigen Gesellschaft eines Landes. Von dem Augenblick an, als ich dich traf, hat deine Persönlichkeit einen ganz außerordentlichen Einfluß auf mich gehabt. Ich gebe zu, daß ich dich wahnsinnig, maßlos, wie von Sinnen angebetet habe. Ich war eifersüchtig auf jeden, mit dem du sprachst. Ich wollte dich ganz für mich allein haben. Ich war nur glücklich, wenn ich mit dir zusammen war. Wenn ich von dir getrennt war, bliebst du gegenwärtig in meiner Kunst. Es war alles falsch und töricht und ist es noch immer. Natürlich hab ich dich niemals etwas davon wissen lassen. Das wäre unmöglich gewesen. Du hättest es nicht verstanden; ich selbst habe es nicht verstanden. Eines Tages beschloß ich, ein herrliches Bild von dir zu malen. Es sollte mein Meisterwerk werden. Es ist mein Meisterwerk. Und während ich daran arbeitete, schien mir jeder Tupfer und jede Farbschicht mein Geheimnis zu verraten. Ich fürchtete, daß die Welt meine abgöttische Anbetung entdecken könnte. Ich fühlte, Dorian, daß ich zu viel preisgegeben hatte. Damals faßte ich den Entschluß, das Bild niemals auszustellen. Du warst etwas enttäuscht; aber du wußtest ja nicht, was es für mich bedeutete. Harry, dem ich davon erzählte, lachte mich aus. Aber ich nahm es ihm nicht übel. Als das Bild fertig war, und ich allein vor ihm saß, fühlte ich, daß ich recht hatte. Nach ein paar Tagen wurde das Bild aus meinem Atelier abgeholt, und sobald ich von der unerträglichen Bezauberung seiner Gegenwart befreit war, schien es mir töricht, daß ich mehr darin gesehen hatte, als daß du sehr schön bist und daß ich malen kann. Noch jetzt halte ich es für einen Fehler, zu glauben, daß die Leidenschaft, die man während des Schaffens empfindet, jemals in dem geschaffenen Werk zum Ausdruck kommt. Die Kunst ist abstrakter, als wir meinen. Form und Farbe sagen uns nur etwas über Form und Farbe – das ist alles. Mir scheint oft, daß die Kunst den Künstler weit mehr verbirgt, als sie ihn enthüllt. Und als ich dann das Angebot aus Paris erhielt, beschloß ich, dein Bild zum Mittelpunkt der Ausstellung zu machen. Es kam mir nie in den Sinn, du könntest es verweigern. Ich sehe nun, daß du recht hattest. Das Bild darf nicht ausgestellt werden. Sei mir nicht böse, Dorian, weil ich dir das gestanden habe. Wie ich einmal zu Harry sagte, du bist zur Anbetung geschaffen.«

Dorian Gray holte tief Atem. Die Farbe kehrte in seine Wangen zurück, und ein Lächeln spielte um seine Lippen. Die Gefahr war vorüber. Für den Augenblick war er sicher. Doch fühlte er ein unendliches Mitleid mit dem jungen Mann, der ihm eben die sonderbare Beichte abgelegt hatte. Er fragte sich, ob er selbst jemals von der Persönlichkeit eines Freundes so beherrscht werden könnte. Lord Henry besaß den Reiz, sehr gefährlich zu sein. Aber mehr nicht. Er war zu klug und zu zynisch, um wirklich liebenswert zu sein. Würde es je einen Menschen geben, den er abgöttisch verehrte? War es etwas, das das Leben für ihn bereithielt?

»Es ist merkwürdig, Dorian«, sagte Hallward, »daß du das in dem Bild gesehen hast. Hast du es wirklich gesehen?«

»Natürlich.«

»Dann erlaubst du mir doch, es jetzt anzusehen?«

Dorian schüttelte den Kopf. »Verlang es nicht von mir, Basil. Ich kann dich unmöglich vor das Bild treten lassen.«

»Aber später einmal?«

»Niemals!«

»Gut, vielleicht hast du recht. Und nun adieu, Dorian. Du bist der einzige Mensch in meinem Leben, den ich wirklich geliebt habe. Ich glaube nicht, daß ich dich oft wiedersehen werde. Du kannst dir nicht vorstellen, was es mich gekostet hat, dir all das zu sagen.«

»Mein lieber Basil«, rief Dorian, »was hast du mir gesagt? Doch nichts anderes, als daß du mich zu gern gehabt hast? Das ist nicht einmal ein Kompliment.«

»Es war nicht als Kompliment beabsichtigt, es war eine Beichte.«

»Eine sehr enttäuschende.«

»Was hast du denn erwartet, Dorian? Du hast doch sonst nichts an dem Bild bemerkt, oder? War denn sonst noch etwas daran?«

»Nein, sonst nichts. Warum fragst du? Aber du darfst nicht davon sprechen, daß du mich nicht wiedersehen wirst, oder etwas dergleichen. Du und ich, wir sind Freunde, Basil, und müssen es auch bleiben.«

»Du hast ja Harry«, sagte Hallward traurig.

»Ach, Harry!« rief der Junge mit einem leisen Auflachen. »Harry verbringt den ganzen Tag damit, unglaubliche Dinge zu sagen, und den Abend, unwahrscheinliche Dinge zu tun. Das ist genau das Leben, das ich führen möchte. Aber ich weiß nicht, ob ich zu Harry gehen würde, wenn ich in Schwierigkeiten bin. Ich käme lieber zu dir, Basil.«

»Aber du willst mir nicht mehr sitzen?«

»Unmöglich!«

»Du zerstörst mein Leben als Künstler, Dorian, durch diese Weigerung. Kein Mensch begegnet zweimal einem Ideal. Wenige treffen eins.«

»Ich kann es dir nicht erklären, Basil, aber ich darf nie wieder sitzen. Ich werde zum Tee zu dir kommen. Das wird genauso hübsch sein.«

»Hübscher für dich, fürchte ich«, murmelte Hallward bekümmert. »Und nun adieu. Wie schade, daß du mich das Bild nicht noch einmal sehen läßt. Aber daran läßt sich nichts ändern. Ich verstehe ganz gut, was du dabei fühlst.«

Als er das Zimmer verlassen hatte, lächelte Dorian Gray vor sich hin. Der arme Basil! Wie wenig er über den wahren Grund wußte. Und wie seltsam war es, daß er sein eigenes Geheimnis nicht hatte preisgeben müssen, sondern fast zufällig seinem Freund ein Geheimnis entlockt hatte! Wieviel ihm klar wurde durch diese seltsame Beichte! Basils komische Eifersuchtsanfälle, seine ungestüme Hingabe, seine übertriebenen Lobreden –, jetzt verstand er alles, und es tat ihm leid. Er sah etwas Tragisches in einer Freundschaft, die so von Romantik gefärbt war. Seufzend griff er nach der Glocke. Das Bild mußte um jeden Preis versteckt werden. Er konnte sich der Gefahr einer Entdeckung nicht noch einmal aussetzen. Es war wahnsinnig von ihm, daß er das Ding auch nur eine Stunde lang in einem Zimmer gelassen hatte, in das alle seine Freunde Zutritt hatten.

8

Als sein Diener eintrat, sah er ihn fest an und überlegte, ob er versucht hatte, hinter den Wandschirm zu schauen. Der Mann blickte gleichgültig und wartete auf seine Befehle. Dorian zündete sich eine Zigarette an, ging zum Spiegel hinüber und sah hinein. Er konnte Victors Gesicht genau beobachten. Es war eine ausdruckslose Maske der Servilität. Da war nichts zu befürchten. Doch hielt er es für das beste, auf der Hut zu bleiben.

Sehr gelassen trug er ihm auf, er solle der Haushälterin sagen, daß er sie zu sprechen wünsche, und dann solle er zum Rahmentischler gehen, damit er sogleich zwei Gehilfen herüberschicke. Als der Mann das Zimmer verließ, schien es ihm, als ob er in die Richtung des Wandschirms spähte. Oder war es nur Einbildung?

Nach ein paar Minuten kam Mrs. Leaf, eine liebenswürdige alte Dame in einem schwarzen Seidenkleid, am Hals eine große Goldbrosche mit der Fotografie des verstorbenen Mr. Leaf, und altmodischen Zwirnhandschuhen an den runzligen Händen, ins Zimmer getrippelt.

»Nun, Master Dorian«, sagte sie, »was darf ich für Sie tun? Ich bitte um Entschuldigung, gnädiger Herr« – hier folgte ein Knicks –, »ich dürfte Sie nicht mehr Master nennen. Aber, Gott segne Sie, gnädiger Herr, ich hab Sie schon als ganz kleinen Jungen gekannt, und Sie haben der alten Leaf gar manchen Streich gespielt. Nicht, daß Sie nicht immer ein braves Kind gewesen wären, gnädiger Herr; aber Jungen sind Jungen, und Marmelade ist eine Versuchung, wenn man jung ist, nicht wahr, gnädiger Herr?«

Er lachte. »Sie müssen mich immer Master Dorian nennen, Leaf. Ich bin Ihnen sehr böse, wenn Sie's nicht tun. Und ich versichere Ihnen, daß ich Marmelade noch genauso gerne mag wie früher. Nur bekomme ich nie welche angeboten, wenn ich zum Tee geladen bin. Ich möchte, daß Sie mir den Schlüssel zum Mansardenzimmer geben.«

»Das alte Schulzimmer, Master Dorian? Oh, das ist voller Staub. Ich muß es erst saubermachen und in Ordnung bringen lassen. So können Sie's nicht sehn, Master Dorian. Wirklich nicht.«

»Ich will es nicht aufgeräumt haben, Leaf. Ich will nur den Schlüssel.«

»Aber Master Dorian, Sie werden sich mit Spinnweben beschmutzen, wenn Sie hineingehen. Es ist seit fast fünf Jahren nicht mehr geöffnet worden – seit Seine Lordschaft starb.«

Bei der Erwähnung seines verstorbenen Onkels fuhr er zusammen. Er hatte ihn in hassenswerter Erinnerung. »Das schadet nichts, Leaf«, entgegnete er. »Ich will nur den Schlüssel.«

»Hier ist der Schlüssel, Master Dorian«, sagte die alte Frau, indem sie mit zittrigen Fingern den Schlüsselbund durchschaute.

»Hier ist der Schlüssel. Ich werde ihn sofort vom Ring losmachen. Aber Sie wollen doch nicht dort oben wohnen, Master Dorian, wo Sie es hier so schön bequem haben?«

»Nein, Leaf, das will ich nicht. Ich möchte den Raum nur ansehen und vielleicht etwas dort abstellen – sonst nichts. Danke, Leaf. Ich hoffe, Ihr Rheumatismus ist besser. Und denken Sie daran, mir Marmelade zum Frühstück heraufzuschicken.«

Mrs. Leaf schüttelte den Kopf. »Diese Fremden verstehen nichts von Marmelade, Master Dorian. Sie nennen es ›Kompott‹. Aber ich bring Ihnen selbst einmal in der Frühe welche, wenn Sie erlauben.«

»Das ist sehr liebenswürdig von Ihnen, Leaf«, antwortete er mit einem Blick auf den Schlüssel; und mit einem schwerfälligen Knicks verließ die alte Frau freudestrahlend das Zimmer. Sie hatte eine unüberwindliche Abneigung gegen den französischen Diener. Nach ihrer Meinung war jeder arm dran, der im Ausland geboren war.

Als sich die Tür geschlossen hatte, steckte Dorian den Schlüssel in die Tasche und sah sich im Zimmer um. Sein Blick fiel auf eine große purpurrote Atlasdecke mit schwerer Goldstickerei, ein kostbares Stück venezianischer Arbeit aus dem späten siebzehnten Jahrhundert, das sein Onkel in einem Kloster bei Bologna entdeckt hatte. Ja, diese Decke eignete sich, das schreckliche Ding zu verhüllen. Sie hatte vielleicht oft als Bahrtuch für die Toten gedient. Nun sollte sie etwas zudecken, das einer Verwesung eigener Art anheimgegeben wurde, schlimmer als die Verwesung durch den Tod – etwas, das Schrecken gebar und doch nicht sterben würde. Was die Made dem Leichnam antut, das würden die Sünden dem gemalten Abbild auf der Leinwand zufügen. Sie würden seine Schönheit zerstören und seine Anmut aufzehren. Sie würden es besudeln und schänden. Und doch würde es weiterleben. Es würde immer lebendig bleiben.

Ihn schauderte, und einen Augenblick lang bereute er, daß er Basil den wahren Grund nicht genannt hatte, weshalb er das Bild zu verbergen wünschte. Basil hätte ihm geholfen, Lord Henrys Einfluß zu widerstehen und den noch giftigeren Einflüssen seiner eigenen Natur. Die Liebe, die er ihm entgegenbrachte – und es war wirklich Liebe –, enthielt etwas Edles und

Geistiges. Es war nicht nur jene physische Bewunderung der Schönheit, die aus den Sinnen geboren ist und stirbt, wenn die Sinne ermüden. Es war eine Liebe, wie Michelangelo sie gekannt hatte und Montaigne und Winckelmann und Shakespeare. Ja, Basil hätte ihn retten können. Aber jetzt war es zu spät. Die Vergangenheit konnte man immer aufheben. Reue, Ableugnung oder Vergeßlichkeit vermochten es. Aber die Zukunft war unvermeidlich. Es waren Leidenschaften in ihm, die ihren furchtbaren Ausweg finden, Träume, die den Schatten ihres Unheils wirklich machen würden.

Er nahm den schweren Purpurgoldstoff vom Ruhebett und trat damit hinter den Wandschirm. War das Gesicht auf der Leinwand gemeiner als zuvor? Es schien ihm unverändert; und doch war sein Abscheu dagegen heftiger geworden. Das goldene Haar, die blauen Augen, das Rosenrot der Lippen – nichts fehlte. Nur der Ausdruck war verändert. Er war furchtbar in seiner Grausamkeit. Verglichen damit, was an Vorwurf oder Tadel darin sichtbar wurde, wie milde waren Basils Vorwürfe wegen Sibyl Vane! – wie milde und unwesentlich! Seine eigene Seele sah ihn von der Leinwand an und rief ihn zum Gericht. Ein schmerzlicher Blick kam in seine Augen, und er warf das prächtige Bahrtuch über das Bild. In diesem Augenblick klopfte es. Er trat hervor, als sein Diener die Tür öffnete.

»Die Leute sind da, Monsieur.«

Er fühlte, daß er den Mann sogleich wegschicken mußte. Er durfte nicht wissen, wohin das Bild geschafft wurde. Er hatte etwas Lauerndes und aufmerksame, verräterische Augen. Er setzte sich an den Schreibtisch und schrieb hastig ein Billett an Lord Henry; er bat, ihm etwas zu lesen zu schicken und erinnerte ihn daran, daß sie sich am Abend um Viertel nach acht treffen wollten.

»Warten Sie auf die Antwort«, sagte er, als er ihm das Billett gab, »und schicken Sie die Leute herein.«

Zwei oder drei Minuten später klopfte es von neuem, und der berühmte Rahmentischler Mr. Ashton aus der South Audley Street trat mit einem ziemlich grobknochigen, jungen Gehilfen ein. Mr. Ashton war ein kleiner Mann von blühender Gesichtsfarbe und mit einem roten Backenbart, dessen Bewunderung für die Kunst beträchtlich gedämpft worden war durch die chronische Zahlungsunfähigkeit der Künstler, mit denen er zu tun hatte. In der Regel verließ er niemals sein Geschäft. Er wartete, daß die Leute zu ihm kamen. Aber für Dorian Gray machte er immer eine Ausnahme. Dorian hatte etwas, das jedermann bezauberte. Ihn nur zu sehen war ein Genuß.

»Womit kann ich Ihnen dienen, Mr. Gray?« fragte er und rieb seine dicken, sommersprossigen Hände. »Ich dachte, ich will mir die Ehre geben, selbst herüberzukommen. Ich habe gerade ein Prachtstück von einem Rahmen da. Auf einer Auktion erstanden. Altflorentinisch. Kommt aus Fonthill, glaube ich. Wunderbar geeignet für ein religiöses Bild, Mr. Gray.«

»Es tut mir leid, daß Sie sich selbst herbemüht haben, Mr. Ashton. Ich werde bestimmt vorbeikommen und mir den Rahmen ansehen – obwohl ich mich nicht sehr für religiöse Kunst interessiere –, für heute hätte ich nur gerne ein Bild nach oben in die Mansarde getragen. Es ist ziemlich schwer, und ich dachte, ein paar von Ihren Leuten könnten mir zur Hand gehen.«

»Nicht der Mühe wert, Mr. Gray. Ich bin entzückt, Ihnen zu Diensten zu stehen. Wo ist das Kunstwerk, gnädiger Herr?«

»Hier«, erwiderte Dorian und schob den Wandschirm beiseite. »Können Sie's hinaufbringen, mit der Decke, so wie es ist? Ich möchte nicht, daß es unterwegs verkratzt wird.«

»Das wird schon gehn, gnädiger Herr«, sagte der Rahmentischler gutgelaunt und hakte mit Hilfe seines Gesellen die langen Messingketten aus, an denen das Bild befestigt war. »So, und wohin sollen wir's jetzt tragen, Mr. Gray?«

»Ich werde Ihnen den Weg zeigen, Mr. Ashton, wenn Sie mir bitte folgen wollen. Oder vielleicht gehen Sie besser voraus. Es tut mir leid, aber es ist ganz oben im Haus. Wir wollen die Haupttreppe nehmen, sie ist breiter.« Er hielt ihnen die Tür auf, sie traten in die Halle hinaus und begannen die Treppe hinaufzusteigen. Durch den kostbaren Rahmen war das Bild sehr sperrig geworden, und hie und da legte Dorian mit Hand an trotz der ehrerbietigen Proteste von Mr. Ashton, der die echte Abneigung eines Handwerkers zeigte, wenn er einen Gentleman etwas Nützliches tun sah.

»Ein ziemlicher Brocken, gnädiger Herr«, japste der kleine

Mann, als sie den letzten Treppenabsatz erreichten. Und er trocknete sich die glänzende Stirn.

»Eine furchtbare Last«, sagte Dorian leise, als er die Tür zu dem Zimmer aufschloß, wo das Geheimnis seines Lebens streng bewahrt und seine Seele vor den Augen der Menschen verborgen werden sollte.

Er hatte das Zimmer seit mehr als vier Jahren nicht mehr betreten – seit er als Kind darin gespielt und es später, als er größer wurde, als Studierzimmer benutzt hatte. Es war ein großer Raum von harmonischen Maßen, den der verstorbene Lord Sherard für seinen Neffen hatte eigens ausbauen lassen; vielleicht weil er kinderlos war und auch aus anderen Gründen hatte er ihn immer gehaßt und gewünscht, ihn von sich fernzuhalten. Er schien Dorian kaum verändert. Da stand der mächtige italienische *cassone* mit der phantastisch bemalten Täfelung und den verblichenen Goldornamenten, in dem er sich als Knabe so oft versteckt hatte. Dort war das Bücherregal aus Seidenholz mit seinen Schulbüchern voller Eselsohren. An der Wand dahinter hing derselbe zerschlissene flämische Gobelin, auf dem ein verblichener König und eine Königin in einem Garten Schach spielen, während eine Schar von Falkenjägern vorbeireitet, die auf ihren Panzerhandschuhen Jagdfalken mit der Kappe über dem Kopf tragen. Wie genau erinnerte er sich an alles! Jeder Augenblick seiner einsamen Kindheit kam ihm zurück, während er sich umsah. Er dachte an die fleckenlose Reinheit seines Kinderlebens, und es erschien ihm furchtbar, daß gerade hier das verhängnisvolle Bild verborgen werden sollte. Wie wenig hatte er in jenen vergangenen Tagen von alledem geahnt, was auf ihn wartete!

Aber im ganzen Haus gab es keinen anderen Ort, der vor spähenden Augen so sicher war. Er hatte den Schlüssel, und niemand außer ihm konnte hier eintreten. Unter dem purpurnen Bahrtuch konnte das gemalte Antlitz tierisch, verquollen und unflätig werden. Was schadete es. Niemand konnte es sehen. Er selbst würde es nicht sehen. Warum sollte er die zügellose Verderbnis seiner Seele beobachten? Er behielt seine Jugend – das war genug. Und dann, konnte sich sein Charakter nicht vorteilhaft wandeln? Es gab keinen Grund, weshalb die Zukunft so schändlich sein sollte. Eine Liebe konnte ihm begegnen, ihn reinigen und ihn vor den Sünden bewahren, die sich schon in Geist und Körper regten – jene seltsamen, unaussprechlichen Sünden, deren Verschwiegenheit sie so erlesen und betörend machte. Vielleicht würde eines Tages der grausame Zug um den scharlachroten sensiblen Mund verschwinden, und er könnte der Welt Basil Hallwards Meisterwerk zeigen.

Nein, das war unmöglich. Das Ding auf der Leinwand alterte von Stunde zu Stunde, von Woche zu Woche. Mochte es der Häßlichkeit der Sünde entgehen, die Häßlichkeit des Alters war ihm sicher. Die Wangen würden hohl werden oder erschlaffen. Gelbe Krähenfüße würden sich um die matten Augen bilden und sie verunstalten. Das Haar würde seinen Glanz verlieren, der Mund würde klaffen oder einfallen, lächerlich oder boshaft wirken, wie die Münder alter Männer sind. Der Hals würde schrumpfen, die Hände kalt und blaugeädert, der Körper verkrümmt werden, wie er es von seinem Onkel in Erinnerung hatte, der in seiner Kindheit so streng zu ihm gewesen war. Das Bild mußte verborgen werden. Es ging nicht anders.

»Bringen Sie es bitte herein, Mr. Ashton«, sagte er düster, während er sich umwandte. »Ich bedaure, daß ich Sie so lange aufgehalten habe. Ich habe an etwas anderes gedacht.«

»War ganz gut, eine Pause zu machen«, erwiderte der Rahmentischler, der immer noch nach Luft schnappte. »Wo sollen wir's hinstellen, gnädiger Herr?«

»Ach, irgendwo; hier, das ist gut so. Ich möchte es nicht aufgehängt haben. Lehnen Sie es einfach gegen die Wand. Ich danke Ihnen.«

»Darf man das Kunstwerk betrachten, gnädiger Herr?«

Dorian erschrak. »Es würde Sie nicht interessieren, Mr. Ashton«, sagte er und sah den Mann durchdringend an. Er wußte, daß er sich auf ihn stürzen und ihn zu Boden schlagen würde, wenn er es wagte, den prunkvollen Behang hochzuheben, der das Geheimnis seines Lebens verbarg. »Ich werde Sie nicht länger aufhalten. Ich danke Ihnen, daß Sie sich selbst herbemüht haben.«

»Keine Ursache, Mr. Gray, keine Ursache. Bin Ihnen stets zu Diensten, gnädiger Herr.« Und Mr. Ashton stieg schweren

Schrittes die Treppe hinunter, gefolgt von seinem Gehilfen, der sich mit einem Ausdruck scheuer Bewunderung in dem groben, unregelmäßigen Gesicht nach Dorian umsah. Er hatte nie einen so schönen Menschen gesehen.

Als der Lärm ihrer Schritte verhallt war, schloß Dorian die Tür und steckte den Schlüssel in die Tasche. Endlich fühlte er sich sicher. Niemand würde je das entsetzliche Ding sehen. Kein Auge außer seinem eigenen würde seiner Schande begegnen.

Als er in die Bibliothek zurückkam, sah er, daß es kurz nach fünf und der Tee bereits heraufgebracht war. Auf einem kleinen Tisch aus dunklem, wohlriechendem Holz, der reich mit Perlmutter eingelegt war, einem Geschenk von Lady Radley, der Frau seines Vormunds, die den letzten Winter in Kairo verbracht hatte, lag ein Billett von Lord Henry und daneben ein in gelbes Papier gebundenes Buch, dessen Deckel abgegriffen und dessen Ecken leicht beschmutzt waren. Eine Nummer der Nachmittagsausgabe der »St. James' Gazette« lag auf dem Teetablett. Victor war also zurückgekehrt. Er hätte wissen mögen, ob er den Männern in der Halle begegnet war, als sie das Haus verließen, und sie über den Zweck ihres Besuchs ausgehorcht hatte. Bestimmt würde er das Bild vermissen – hatte es ohne Zweifel schon vermißt, als er das Teegeschirr aufdeckte. Er hatte den Schirm nicht an seinen Platz zurückgestellt, und an der Wand war der leere Fleck sichtbar. Vielleicht würde er ihn eines Nachts ertappen, während er die Treppen hinaufschlich und die Tür des Zimmers gewaltsam zu öffnen versuchte. Es war schrecklich, einen Spion im Haus zu haben. Er hatte von reichen Leuten gehört, die ihr ganzes Leben lang von irgendeinem Diener erpreßt worden waren, der einen Brief gelesen, eine Unterhaltung belauscht, eine Karte mit einer Adresse vom Boden aufgehoben oder unter einem Kissen eine welke Blume oder ein Stückchen zerknitterte Spitze gefunden hatte.

Seufzend goß er sich den Tee ein und öffnete Lord Henrys Billett. Es stand nur darin, daß er ihm die Abendzeitung schickte und ein Buch, das ihn interessieren könnte, und daß er um Viertel nach acht im Klub sein würde. Lustlos öffnete er die Zeitung und überflog sie. Auf der fünften Seite fand er eine rot unterstrichene Stelle. Er las den folgenden Abschnitt:

»Leichenschau an Schauspielerin. – Heute morgen fand durch den Leichenbeschauer des Bezirks, Mr. Danby, in der Bell Tavern, Hoxton Road, die Leichenschau an Sibyl Vane statt, einer jungen Schauspielerin, die zuletzt am Royal Theatre, Holborn, engagiert war. Es wurde auf Tod durch Unglücksfall erkannt. Reges Mitgefühl erweckte die Mutter der Verstorbenen, die bei ihrer Vernehmung und während der Aussage des Dr. Birrel, der die Obduktion vorgenommen hatte, gänzlich fassungslos war.«

Ein leichter Unmut überkam ihn, er riß die Zeitung entzwei, ging durchs Zimmer und warf die beiden Hälften in einen vergoldeten Papierkorb. Wie häßlich das alles war! Und wie aufdringlich real die Dinge durch Häßlichkeit wurden! Er ärgerte sich ein wenig über Lord Henry, weil er ihm den Bericht geschickt hatte. Jedenfalls war es ungeschickt von ihm, ihn rot anzustreichen. Victor hätte ihn lesen können. Dafür verstand der Mann genug Englisch.

Vielleicht hatte er ihn gelesen und begonnen, etwas zu argwöhnen. Aber was bedeutete das schon? Was hatte Dorian Gray mit dem Tod von Sibyl Vane zu tun? Es war nichts zu befürchten. Dorian Gray hatte sie nicht getötet.

Sein Blick fiel auf das gelbe Buch, das Lord Henry ihm geschickt hatte. Was mochte es enthalten? Er trat an das kleine perlmuttfarbene achteckige Tischchen, das ihm immer wie das Werk von rätselhaften ägyptischen Bienen erschien, die ihre Waben aus Silber bauen; er griff nach dem Buch, warf sich in einen Sessel und begann darin zu blättern. Nach einer Weile vergaß er seine Umgebung. Es war das fremdartigste Buch, das er je gelesen hatte. Die Sünden der Welt schienen in betörenden Gewändern zum zarten Klang der Flöten wie ein stummer Aufzug an ihm vorüberzuziehen. Dinge, die er dunkel geträumt hatte, wurden plötzlich zur Wirklichkeit. Dinge, die er nie geträumt hatte, offenbarten sich langsam.

Es war ein Roman ohne Handlung und nur mit einer einzigen Figur; er war nichts anderes als eine psychologische Studie über einen jungen Pariser, der danach trachtete, im neunzehnten Jahrhundert alle Leidenschaften und Denkweisen der vergangenen

Jahrhunderte, außer seinem eigenen, zu durchleben; er wollte in sich gleichsam alle Zustände, durch die der Weltgeist je hindurchgegangen war, zusammenfassen, indem er jene Entsagungen, die die Menschen törichterweise Tugenden nennen, um ihrer Künstlichkeit willen ebenso sehr liebte wie die natürlichen Rebellionen, die die Weisen noch heute als Sünde bezeichnen. Der Stil des Buches war jene seltsam prunkende Sprache, lebendig und dunkel zugleich, mit zahlreichen *argot*-Ausdrücken und Archaismen, von technischen Ausdrücken und sorgfältigen Umschreibungen, durch die sich einige der besten Werke der französischen *Décadents* auszeichnen. Es waren Metaphern darin, so fremdartig wie Orchideen und ebenso brennend in ihrer Farbe. Das Leben der Sinne wurde in den Begriffen mystischer Philosophie geschildert. Man wußte bisweilen kaum, ob man die geistigen Ekstasen eines Heiligen aus dem Mittelalter oder die morbiden Konfessionen eines modernen Sünders las. Es war ein vergiftendes Buch. Der schwere Duft von Weihrauch schien den Seiten zu entströmen und das Gehirn zu umnebeln. Die bloße Kadenz der Sätze, die satte Eintönigkeit ihrer Melodie, die doch so reich war an verschlungenen Wiederholungen und fortschreitenden Bewegungen, rief in dem jungen Mann, wie er Seite um Seite atemlos überflog, eine bestimmte Art zu träumen, ja eine Traumsucht hervor, die ihn den sinkenden Tag und die fallenden Schatten vergessen ließen.

Wolkenlos, von einem einsamen Stern durchstrahlt, glänzte ein kupfergrüner Himmel durch das Fenster. Er las in seinem dämmernden Licht weiter, bis er nichts mehr lesen konnte. Dann, nachdem ihn sein Diener mehrmals auf die späte Stunde aufmerksam gemacht hatte, stand er auf, ging ins Nebenzimmer, legte das Buch auf das kleine Florentiner Tischchen, das immer neben seinem Bett stand, und begann sich zum Abendessen umzuziehen.

Es war fast neun Uhr, als er den Klub betrat, wo Lord Henry allein und sehr gelangweilt im Rauchzimmer saß.

»Es tut mir furchtbar leid, Harry«, rief er, »aber es ist wirklich deine eigene Schuld. Das Buch, das du mir schicktest, hat mich so fasziniert, daß ich die Zeit völlig vergaß.«

»Ich dachte mir, daß es dir gefallen würde«, erwiderte sein Gastgeber, indem er aufstand.

»Ich sagte nicht, daß es mir gefällt, Harry. Ich sagte, es fasziniert mich. Das ist ein großer Unterschied.«

»Ah, wenn du das entdeckt hast, hast du große Fortschritte gemacht«, erwiderte Lord Henry leise mit seinem seltsamen Lächeln. »Komm, laß uns zum Essen hinübergehen. Es ist schrecklich spät, und ich fürchte, der Champagner wird schon zu kalt sein.«

9

Jahrelang konnte Dorian Gray sich von dem Erlebnis dieses Buches nicht befreien. Oder vielleicht wäre es genauer, zu sagen, daß er nie den Versuch machte, sich davon zu befreien. Er verschaffte sich aus Paris nicht weniger als fünf Exemplare der Erstausgabe in Großformat und ließ sie in verschiedenen Farben binden, so daß sie zu seinen Stimmungen und den wechselnden Seelenzuständen paßten, über die er bisweilen jede Gewalt verloren zu haben schien. Der Held, der wundervolle junge Mann aus Paris, in dem sich der romantische und der wissenschaftliche Geist so eigenartig vermischten, wurde für ihn zu einer Art Vorbild. Und wirklich schien es ihm, als ob das ganze Buch die Geschichte seines eigenen Lebens enthielte, die geschrieben war, ehe er sie erlebt hatte.

In einem Punkt war er glücklicher als der phantastische Held des Buches. Er kannte nie – und hatte auch niemals Ursache dazu – die etwas wunderliche Furcht vor Spiegeln, polierten Metallflächen und unbewegtem Wasser, die den jungen Franzosen so früh im Leben befiel und durch den jähen Verfall seiner Schönheit entstanden war, die dem Anschein nach so außerordentlich gewesen sein mußte. Mit einer fast grausamen Freude – und vielleicht liegt in jeder Freude wie sicher in jedem Genuß Grausamkeit – pflegte er den letzten Teil des Buches zu lesen, mit der wirklich tragischen, wenn auch etwas übertriebenen Schilderung des Leidens und der Verzweiflung eines Mannes, der das verloren hatte, was ihm an anderen und in der Welt am teuersten war.

Er hatte jedenfalls keine Ursache, das zu befürchten. Die knabenhafte Schönheit, die Basil Hallward und außer ihm so viele andere bezaubert hatte, schien ihn nie zu verlassen. Selbst diejenigen, die die schlimmsten Dinge über ihn gehört hatten (und von Zeit zu Zeit liefen sonderbare Gerüchte über seine Lebensweise in London um und wurden zum Gespräch in den Klubs), konnten nichts Schimpfliches über ihn glauben, wenn sie ihn sahen. Er hatte immer das Aussehen eines Menschen, der unbefleckt von der Welt geblieben war. Männer, die unflätige Reden führten, schwiegen, wenn Dorian Gray den Raum betrat. Es lag etwas in der Reinheit seines Gesichtes, das sie zurechtwies. Seine bloße Gegenwart schien sie an die Unschuld zu gemahnen, die sie beschmutzten. Sie staunten darüber, daß jemand, der so bezaubernd und anmutig war, dem Schmutz eines niederträchtigen und sinnlichen Zeitalters entgehen konnte.

Er hingegen, wenn er von einer jener geheimnisvollen und langen Abwesenheiten zurückkehrte, die solch seltsamen Vermutungen unter seinen Freunden oder denen, die es zu sein glaubten, Raum gaben, pflegte zu dem verschlossenen Zimmer hinaufzuschleichen, öffnete die Tür mit dem Schlüssel, den er immer bei sich trug, und stellte sich mit einem Spiegel vor das Bild, das Basil Hallward von ihm gemalt hatte, und sah bald in das böse und alternde Gesicht auf der Leinwand, bald auf das schöne, jugendliche Gesicht, das ihm aus dem Spiegel entgegenlachte. Der leibhaftige Gegensatz steigerte seinen Genuß. Er verliebte sich mehr und mehr in seine Schönheit und interessierte sich mehr und mehr für den Zersetzungsprozeß seiner Seele. Er untersuchte mit peinlicher Sorgfalt und bisweilen mit gierigem und grausamem Entzücken die häßlichen Linien, die die gefurchte Stirn und den vollen, sinnlichen Mund verunstalteten; und er fragte sich, was scheußlicher sei, die Zeichen der Sünde oder die Zeichen des Alters. Er hielt seine weißen Finger neben die rauhen, geschwollenen Hände auf dem Bild und lächelte. Er verhöhnte den entstellten Körper und die schlaffen Glieder.

Freilich gab es Augenblicke, wenn er nachts schlaflos in seinem von erlesenen Düften erfüllten Zimmer lag oder in der schmutzigen Kammer der kleinen verrufenen Kneipe bei den Docks, wo er unter falschem Namen und verkleidet zu verkehren pflegte, in denen er an die Verderbnis, die er über seine Seele gebracht hatte, mit einem Mitgefühl dachte, das um so ätzender war, weil es aus reiner Selbstsucht kam. Aber solche Augenblicke waren selten. Jene Neugier auf das Leben, die Lord Henry vor vielen Jahren in ihm erweckt hatte, als sie zusammen im Garten ihres Freundes saßen, schien mit der Befriedigung zu wachsen. Je mehr er wußte, um so mehr wollte er wissen. Er hatte einen wahnsinnigen Lebenshunger, der desto rasender wurde, je mehr er ihn stillte.

Und doch war er nicht wirklich rücksichtslos, wenigstens nicht in seinen gesellschaftlichen Beziehungen. Ein- oder zweimal im Monat während des Winters und jeden Mittwochabend, solange die Saison dauerte, öffnete er der Welt sein schönes Haus und lud die berühmtesten Musiker seiner Zeit zu sich, um die anderen Gäste mit den Wundern ihrer Kunst zu entzücken. Seine kleinen Diners, bei deren Arrangement ihm Lord Henry immer half, waren ebenso sehr wegen der sorgfältigen Auswahl und Placierung der Eingeladenen berühmt wie für den ausgesuchten Geschmack in der Tafeldekoration mit ihrer phantasievoll abgestimmten Anordnung von exotischen Blumen, gestickten Tüchern und altem Gold- und Silbergeschirr. In der Tat, viele, besonders unter den jungen Leuten, sahen oder meinten in Dorian Gray die Verwirklichung eines Typus zu sehen, von dem sie oft in Eton oder Oxford geträumt hatten; eines Typus, in dem sich die wahre Kultur des Gelehrten mit aller Anmut und Vornehmheit und vollendeten Form eines Weltmannes verband. Ihnen schien es, als ob er zu jenen gehöre, von denen Dante sagt: »Sie suchen sich durch die Verehrung der Schönheit zu vervollkommnen.« Wie Gautier gehörte er zu denen, für die die »sichtbare Welt existierte«.

Und gewiß war für ihn das Leben die erste, die größte aller Künste, für die alle anderen nur Vorstufen zu sein schienen. Die Mode, durch die das wirklich Phantastische für einen Augenblick allgemein wird, und das Dandytum, welches in seiner Art ein Versuch ist, die absolute Modernität der Schönheit zu verfechten, sie übten natürlich ihren Zauber auf ihn aus. Seine Art, sich zu kleiden, und die persönlichen Stile, die er von Zeit zu Zeit erfand, beeinflußten auffallend die eleganten jungen Leute der Mayfair-Bälle und der Pall-Mall-Klubs, die ihn in allem kopierten, was er tat, und versuchten, den spielerischen Charme seiner anmutigen, nicht ganz ernst gemeinten Narreteien nachzuahmen.

Denn er nahm zwar nur allzu bereitwillig die Stellung an, die sich ihm sofort, als er mündig war, anbot, und fand sogar ein subtiles Vergnügen in der Vorstellung, daß er für das London seiner Tage wirklich das werden könne, was für das kaiserliche Rom Neros einst der Verfasser des »Satyrikon« gewesen war; aber im Grunde seines Herzens wollte er mehr sein als ein bloßer »arbiter elegantiarum«, den man über das Tragen eines Schmukkes, den Knoten einer Krawatte oder die Haltung eines Stockes befragte. Er suchte eine neue Lebensform zu entwickeln, die ihre auf Vernunft begründete Philosophie haben sollte und ihre festen Prinzipien und ihre höchste Verwirklichung in der Vergeistigung der Sinne finden sollte.

Den Sinnen verfallen sein, ist nur zu oft und mit einer gewissen Berechtigung verdammt worden, denn der Mensch hat eine instinktive Angst vor Trieben und Empfindungen, die stärker als wir selbst erscheinen, und von denen wir wissen, daß wir sie mit weniger hochorganisierten Lebewesen teilen. Dorian Gray hingegen war der Meinung, daß man die wahre Natur der Sinne niemals verstanden hatte, und daß sie wild und tierisch geblieben waren, nur weil die Welt versucht hatte, sie durch Aushungerung zu bändigen und durch Schmerzen abzutöten, anstatt danach zu trachten, sie in Elemente einer neuen Geistigkeit zu verwandeln, deren bezeichnendes Merkmal ein geschärfter Sinn für die Schönheit sein sollte. Wenn er zurückblickte auf den Weg des Menschen durch die Geschichte, verfolgte ihn das Gefühl eines Verlustes. Wieviel war hingegeben worden! Und doch beinahe vergeblich! Es hatte wahnsinnige, durch den Willen erzwungene Verzichte gegeben, ungeheuerliche Formen der Selbstgeißelung und der Selbstverleugnung, deren Ursprung die Angst und deren Ergebnis eine Erniedrigung war, schrecklicher als die eingebildete Erniedrigung, der sie in ihrer Unwissenheit zu entgehen suchten. Die Natur in ihrer wundervollen Ironie treibt den Anachoreten, sich zu den wilden Tieren der Wüste zu gesellen, und gibt dem Eremiten die Tiere des Feldes zu Gefährten.

Ja, es mußte, wie Lord Henry prophezeit hatte, ein neuer Hedonismus kommen, der das Leben neu gestalten und es vor jenem strengen, unschönen Puritanertum retten sollte, das in unsern Tagen seine sonderbare Auferstehung feiert. Gewiß sollte dieser Hedonismus sich des Intellekts bedienen; aber niemals durfte er eine Theorie oder ein System annehmen, das das Opfer einer leidenschaftlichen Erfahrung forderte. In der Tat war sein Ziel die Erfahrung selbst und nicht die Früchte der Erfahrung, mochten sie süß oder bitter sein. Er sollte die Askese nicht kennen, die die Sinne tötet, noch die gemeine Verworfenheit, die sie abstumpft. Er sollte die Menschen lehren, sich zu konzentrieren auf die Augenblicke eines Lebens, das selbst nur ein Augenblick ist.

Jeder von uns ist vielleicht schon einmal vor Morgengrauen erwacht, sei es nach einer traumlosen Nacht, die uns beinah in den Tod verliebt machte, oder nach einer jener Nächte des Schreckens und der dämonischen Freuden, wenn durch die Kammern des Gehirns Phantome jagen, grauenhafter noch als die Wirklichkeit und voll von jenem zappelnden Leben, das in allem Grotesken lauert und das auch der gotischen Kunst ihre dauernde Lebenskraft verleiht; denn diese Kunst, so möchte man meinen, ist vor allem die Kunst derer, deren Seelen von der Krankheit des Traumes verstört sind. Lautlos greifen weiße Finger durch die Vorhänge, und sie scheinen zu beben. Schwarze, unheimliche Schatten kriechen in die Ecken des Zimmers und bleiben dort kauern. Draußen ist das Rascheln der Vögel in den Zweigen oder die Schritte der Menschen, die an ihr Tagewerk gehen, oder das Seufzen und Stöhnen des Windes, der von den Hügeln kommt und um das stille Haus streicht, als fürchte er, die Schläfer zu wecken. Schleier um Schleier hebt sich der zarte Nebelflor, und nach und nach gewinnen die Dinge ihre Formen und Farben zurück, und wir sehen die Welt aus der Dämmerung tauchen in ihrer vertrauten Gestalt. Die blinden Wandspiegel erlangen ihre reflektierende Kraft wieder. Die erloschenen Wachskerzen stehen noch am gleichen Ort, und neben ihnen liegt das aufgeschlagene Buch, in dem wir begierig gelesen haben, oder die drahtumflochtene Blume, die wir auf dem Ball trugen, oder der Brief, den wir zu lesen gefürchtet oder den wir zu oft gelesen haben. Nichts erscheint uns verändert. Aus den leblosen Schatten der Nacht tritt das wirkliche Leben, das wir kannten, hervor. Wir müssen es aufnehmen, wo wir es fallenließen, und ein beklemmendes Gefühl vor der Notwendigkeit überfällt uns, ewig in dem gleichen, ermüdenden Kreislauf einförmiger Gewohnheiten unsere Kraft zu verbrauchen; oder vielleicht auch eine wilde Sehnsucht, unsere Augen möchten sich eines Morgens über einer Welt öffnen, die in der Dunkelheit zu unserem Entzücken neu geschaffen wäre, einer Welt, in der die Dinge neue Umrisse und Farben hätten und verwandelt wären oder neue Geheimnisse bergen würden, einer Welt, in der das Vergangene wenig oder gar keinen Platz einnähme oder doch wenigstens in keiner bewußten Form der Verpflichtung oder der Reue fortlebte, denn selbst die Erinnerung an die Freude hat ihre Bitterkeit und die Erinnerung an den Genuß ihren Schmerz.

Die Schöpfung solcher Welten hielt Dorian Gray für die wahre Aufgabe oder für eine unter den wahren Aufgaben des Lebens; und auf seiner Suche nach Gefühlen, die neu und köstlich sein und jenes Element des Fremdartigen besitzen sollten, das zum Wesen der Romantik gehört, folgte er oftmals Gedankengängen, die, wie er wußte, seiner Natur fremd waren, und gab sich ihren subtilen Einflüssen hin; aber hatte er dann gleichsam ihre Farbe erkannt und seine geistige Neugier gestillt, so gab er sie mit jener merkwürdigen Gleichgültigkeit auf, die mit einer wahren Glut des Temperaments nicht unvereinbar ist, ja, nach der Meinung mancher modernen Psychologen, sie oftmals bedingt.

Einmal ging das Gerücht, er wolle den römisch-katholischen Glauben annehmen; und tatsächlich hatte der katholische Ritus immer eine große Anziehung auf ihn ausgeübt. Das tägliche Opfer, wahrlich schrecklicher als alle Opfer der antiken Welt, erregte ihn ebenso sehr durch seinen hochmütigen Verzicht auf allen sinnlichen Augenschein wie durch die ursprungliche Einfachheit seiner Elemente und das unvergängliche Pathos der menschlichen Tragödie, die es symbolisierte. Er liebte es, auf dem kalten Marmorboden niederzuknien und dem Priester zuzusehen, der in seinem steifen, prunkvollen Ornat langsam und mit weißen Händen den Schleier des Tabernakels beiseitezieht und die juwelengeschmückte, laternenförmige Monstranz mit jener blassen Hostie emporhebt, die man bisweilen für das wahre »panis caelestis«, das Brot der Engel, halten möchte; oder wie er, in die Gewänder der Passion gekleidet, die Hostie über dem Kelch bricht und sich um seiner Sünden willen an die Brust schlägt. Die entzündeten Weihrauchfässer, die ernste Knaben in Spitzen und Scharlach wie große, goldene Blüten durch die Lüfte schwangen, übten ihren eigenen Zauber auf ihn. Wenn er hinausging, blickte er voller Neugier auf die schwarzen Beichstühle und sehnte sich, in ihrem gedämpften Schatten zu sitzen und den Männern und Frauen zu lauschen, die durch das schmutzige Gitter die Wahrheit ihres Lebens flüstern.

Aber nie verfiel er in den Irrtum, seine geistige Entwicklung durch die formelle Annahme eines Bekenntnisses oder eines Systems zu hemmen oder auch als ein Haus zum Wohnen anzusehen, was nur eine Herberge ist, um eine Nacht darin zu verweilen oder nur ein paar Stunden der Nacht, in der kein Stern am Himmel steht und der Mond mit den Wolken kämpft. Der Mystizismus, der die betörende Macht besitzt, uns die gewöhnlichen Dinge in ein neues Licht zu tauchen, und die feine Antinomie, die ihm immer beigegeben scheint, fesselten ihn für eine Saison; und eine Saison lang neigte er zu den materialistischen Lehren des Darwinismus in Deutschland und fand einen seltsamen Reiz darin, die Gedanken und Leidenschaften des Menschen bis zu einer perlgroßen Zelle im Gehirn oder einem weißen Nerv im Körper zu verfolgen, fasziniert von der Vorstellung der absoluten Abhängigkeit des Geistes von bestimmten physischen Bedingungen, seien sie krankhaft oder nicht, normal oder anomal. Aber wie schon gesagt, keine Theorie über das Leben schien ihm von irgendwelcher Bedeutung, verglichen mit dem Leben selbst. Er war sich deutlich bewußt, wie unfruchtbar alle intellektuelle Spekulation ist, wenn sie vom Handeln und Experimentieren losgelöst bleibt. Er wußte, daß die Sinne nicht weniger als die Seele ihre Geheimnisse zu offenbaren hatten.

Und so studierte er die Wohlgerüche und die Geheimnisse ihrer Herstellung, destillierte betäubende Öle und verbrannte duftendes Gummiharz aus dem Orient. Er erkannte, daß es keine Gemütsstimmung gibt, die nicht ihr Widerspiel im Leben der Sinne hat, und er wollte ihre wahren Beziehungen ergründen, wollte herausfinden, was im Gummiharz des Weihrauchbaums die mystische Stimmung, was im Ambra die Leidenschaften erregt, warum der Veilchenduft die Erinnerung an tote Romanzen weckt, der Moschus das Gehirn verwirrt, das Champaca die

Phantasie befleckt; und er versuchte, eine eigene Psychologie der Düfte zu entwickeln und die verschiedenen Wirkungen süß riechender Wurzeln, betäubender pollenbeladener Blüten, aromatischer Balsamstauden und dunkler, duftender Hölzer zu bestimmen; die Wirkung der Narde, die zum Erbrechen reizt, der Hovenie, die den Menschen toll macht, und der Aloen, von denen es heißt, daß sie die Schwermut der Seele lösen.

Ein anderes Mal widmete er sich ganz der Musik, und in einem langen Gittersaal mit zinnoberroter und goldener Decke und olivgrünen Lackwänden veranstaltete er ungewöhnliche Konzerte, in denen Zigeuner unbändige, verhexte Klänge aus kleinen Zithern lockten oder würdevolle Tunesier in gelben Gewändern die straffen Saiten fremdartiger Lauten zupften, während lachende Neger eintönig kupferne Trommeln schlugen, oder mit Turbanen bekleidete Inder, die auf purpurnen Matten saßen, lange Rohr- und Messingpfeifen bliesen und breitköpfige Schlangen und greuliche Hornvipern verzauberten oder zu verzaubern vorgaben. Die schroffen Intervalle und harten Dissonanzen der fremdartigen Musik hielten ihn bisweilen in ihrem Bann, wenn Schuberts Anmut, Chopins dunkle Trauer und selbst Beethovens gewaltige Harmonien unbeachtet an sein Ohr drangen. Aus allen Teilen der Welt sammelte er die merkwürdigsten Instrumente, die sich finden ließen, aus den Gräbern untergegangener Völker oder bei den wenigen wilden Stämmen, die die Berührung mit der westlichen Zivilisation überlebt haben, und er liebte es, sie in die Hand zu nehmen und zu versuchen. Er besaß das geheimnisvolle *Juruparis* der Rio-Negro-Indianer, das Frauen nicht ansehen dürfen und das selbst die jungen Männer erst zu Gesicht bekommen, wenn sie gefastet und sich mit Peitschen gegeißelt haben, und die irdenen Gefäße der Peruaner, die den schrillen Schrei von Vögeln nachahmen; Flöten aus Menschenknochen, wie sie Alfonso de Ovalle in Chile hörte, und die tönenden grünen Steine, die man in der Nähe von Cuzco findet und die einen Ton von unvergleichlicher Süße geben. Er hatte bemalte, mit Kieselsteinen gefüllte Kürbisflaschen, die beim Schütteln rasselten; die lange Zinke der Mexikaner, in die der Spieler nicht hineinbläst, sondern durch die er die Luft einzieht; die rauhe *Ture* der Amazonasstämme, welche die Späher blasen, die den ganzen Tag in den Bäumen hocken, und die, wie es heißt, drei Meilen weit zu hören ist; das *Teponaztli* mit seinen beiden vibrierenden Zungen aus Holz, das mit Stöcken geschlagen wird, auf die man zähflüssigen Gummi aus milchigen Pflanzensäften streicht; die *Yotl*-Glocken der Azteken, die wie Weintrauben gebündelt werden; und eine große zylindrische Trommel, mit der Haut von Riesenschlangen bespannt, ähnlich wie jene, die Bernal Diaz vorfand, als er mit Cortez den mexikanischen Tempel betrat, und deren unheimlich klagenden Ton er uns so lebhaft beschreibt. Das Phantastische dieser Instrumente zog ihn an, und er empfand ein eigenartiges Vergnügen bei dem Gedanken, daß die Kunst wie die Natur ihre Ungeheuer hat, Dinge von irrationaler Gestalt und dämonischer Stimme. Aber nach einiger Zeit wurde er all dessen überdrüssig und saß wieder in seiner Loge in der Oper, allein oder mit Lord Henry, und lauschte verzückt dem »Tannhäuser«, und fand in diesem großen Kunstwerk eine Darstellung seiner eigenen Seelentragödie.

Ein anderes Mal begann er, sich mit Edelsteinen zu befassen, und erschien auf einem Kostümball als Anne de Joyeuse, Admiral von Frankreich, in einer Robe, mit fünfhundertsechzig Perlen bestickt. Er verbrachte oft einen ganzen Tag damit, die Steine, die er gesammelt hatte, in ihren Kästchen neu zu ordnen: den olivgrünen Chrysoberyll, der im Lampenlicht rot wird, den Kymophan mit seinen drahtartigen Silberlinien, den pistaziengrünen Peridot, rosarote und weingelbe Topase, Karfunkel aus feurigem Scharlach mit zitternden, vierstrahligen Sternchen, flammenrote Kaneelsteine, orangefarbene und violette Spinelle und Amethyste mit ihren wechselnden Schichten von Rubin und Saphir. Er liebte das rote Gold des Sonnensteins und des Mondsteins perlfarbene Weiße und den gebrochenen Regenbogen des milchigen Opals. Aus Amsterdam hatte er sich drei Smaragde von ungewöhnlicher Größe und Farbpracht kommen lassen, und er besaß einen Türkis *de la vieille roche,* der den Neid aller Kenner erregte.

Er entdeckte auch wunderbare Geschichten über Edelsteine. In Alfonsos *Clericalis Disciplina* wurde eine Schlange mit Augen aus echtem Hyacinth erwähnt, und in der romantischen Geschichte Alexanders wurde erzählt, er habe im Jordantal Schlangen gefunden, »denen Schnüre von Smaragden auf dem Rücken wuchsen«. Im Gehirn des Drachen, erzählt uns Philostratos, sei eine Gemme, und man könne das Ungeheuer in einen magischen Schlaf versetzen und erschlagen, wenn man »ihm goldene Buchstaben und ein scharlachrotes Gewand vorhielte«. Nach der Meinung des großen Alchimisten Pierre de Boniface macht der Diamant einen Menschen unsichtbar, und der indische Achat verleiht ihm Beredsamkeit. Der Karneol beschwichtigt den Zorn, der Hyacinth ruft Schlaf hervor, und der Amethyst vertreibt den Weindunst. Der Granat verjagt die Dämonen, und der Hydropicus raubt dem Mond das Licht. Der Selenit nimmt mit dem Mond ab und zu, und der Melokeus, der den Dieb verrät, trübt sich nur, wenn er mit dem Blut eines Zickleins in Berührung kommt. Leonardus Camillus hatte einen weißen Stein gesehen, der dem Gehirn einer frisch getöteten Kröte entnommen war und ein sicheres Mittel gegen Vergiftung ist. Der Bezoar, den man im Herzen des arabischen Hirsches findet, ist ein Zaubermittel gegen die Pest. In den Nestern arabischer Vögel lagen Aspilaten, die, nach den Angaben des Demokrit, den Träger vor Feuergefahr schützen.

Der König von Ceylon ritt bei seiner Krönung mit einem großen Rubin in der Hand durch seine Hauptstadt. Die Palasttore von Johannes dem Priester waren »aus Sardios gefertigt und mit dem Horn der Hornviper verziert, damit niemand Gift hineintragen konnte«. Über dem Giebel waren »zwei goldene Äpfel, die zwei Karfunkelsteine enthielten«, damit das Gold bei Tage scheine und die Karfunkelsteine bei Nacht. In Lodges seltsamem Roman »Eine Margarite von Amerika« heißt es, daß im Zimmer der Margarite »alle edlen Frauen der Welt als Silberstatuen zu sehen waren, wie sie durch glatte Spiegel aus Chrysolithen, Karfunkeln, Saphiren und grünen Smaragden schauen«. Marco Polo hatte beobachtet, wie die Einwohner von Zipangu ihren Toten rosenfarbene Perlen in den Mund legten. Ein Seeungeheuer war in die Perle verliebt, die ein Taucher ihm raubte und dem König Perozes brachte; es erschlug den Dieb und trauerte sieben Monde um seinen Verlust. Als die Hunnen den König in die große Grube lockten, schleuderte er die Perle von sich – so erzählt Procopius –, und sie wurde nie wiedergefunden, obgleich der Kaiser Anastasius fünfhundert Pfund Goldstücke dafür bot. Der König von Malabar hatte einem Venezianer einen Rosenkranz aus hundertundvier Perlen gezeigt, von denen jede einem Gott galt, den er verehrte.

Als der Sohn Alexanders VI., der Herzog von Valentinois, Ludwig XII. von Frankreich besuchte, war sein Roß, wie Brantôme berichtet, mit goldenen Blättern behangen, und an seinem Barett trug er eine Doppelreihe von Rubinen, die ein strahlendes Licht verbreiteten. Karl von England ritt in Steigbügeln, die mit dreihunderteinundzwanzig Diamanten besetzt waren. Richard II. trug ein Gewand, das auf dreißigtausend Mark geschätzt wurde und das von Balasrubinen bedeckt war. Hall beschreibt Heinrich VIII., wie er vor seiner Krönung zum Tower ritt; er trug »einen golddurchwirkten Rock, die Brust mit Diamanten und anderen Edelsteinen bestickt, und ein langes Gehänge aus roten Spinellen um den Hals«. Die Günstlinge Jakobs I. trugen Ohrringe aus Smaragden, die in Goldfiligran gefaßt waren. Edward II. schenkte Piers Gaveston eine rotgoldene Rüstung, mit Hyacinthsteinen verziert, eine Kette aus goldenen Rosen, in die Türkise eingelassen waren, und einen perlenübersäten Helm. Heinrich II. trug Handschuhe, die bis zum Ellbogen bestickt waren, und besaß einen Handschuh für die Falkenjagd, auf dem zwölf Rubine und zweiundfünfzig große Perlen glänzten. Der Herzogshut Karls des Kühnen von Burgund, des letzten Herzogs seines Geschlechts, war mit Saphiren besetzt und mit birnenförmigen Perlen behangen.

Wie prächtig das Leben einst war! Wie glanzvoll in seinem Gepränge und seinem Schmuck! Allein zu lesen über den Luxus der Vergangenheit war ein Genuß.

Dann wandte er seine Aufmerksamkeit den Stickereien zu und den Gobelins, die in den kalten Räumen der nördlichen Völker Europas die Stelle der Fresken einnahmen. Als er sich in dieses Studium vertiefte – und er besaß immer in höchstem Grade die Fähigkeit, sich ganz in die Sache zu versenken, die ihn im Augenblick beschäftigte –, wurde er beinahe von Trauer ergriffen bei dem Gedanken an den Ruin, den die Zeit über schöne und wunderbare Dinge bringt. Er wenigstens war ihm entgangen. Sommer folgte auf Sommer, und die gelben Jonquillen blühten und starben viele Male, und Nächte des Grauens wiederholten die Geschichte ihrer Schmach – aber er blieb unverändert. Kein Winter zerstörte sein Gesicht oder befleckte seine blumengleiche Unschuld. Wie anders war es mit stofflichen Dingen! Was geschah ihnen? Wo war das große krokusfarbene Gewand, auf dem die Götter mit den Giganten kämpften und das für Athene gewebt worden war? Wo war das gewaltige Velarium, das Nero über das Colosseum in Rom spannen ließ, auf dem der besternte Himmel abgebildet war und Apollo auf einem Wagen, der die weißen Rosse an goldenen Zügeln lenkt. Ihn verlangte, die seltsamen Tafeltücher zu sehen, die Elagabalus anfertigen ließ, und auf denen all die Leckerbissen und Wildspeisen eingewebt waren, die man sich zu einem Festmahl wünschen konnte; das Leichentuch von König Hilperich mit seinen dreihundert goldenen Bienen; die phantastischen Gewänder, die die Entrüstung des Bischofs von Pontus erregten und von »Löwen, Panthern, Bären, Hunden, Wäldern, Felsen, Jägern belebt waren – kurz von allem, was ein Maler aus der Natur kopieren kann«; und das Gewand, das Karl von Orleans einst trug, auf dessen Ärmeln die Verse eines Liedes gestickt waren, das anfing »Madame, je suis tout joyeux«, dessen musikalische Begleitung in Goldfäden ausgeführt, und jede Note, damals noch viereckig, aus vier Perlen zusammengesetzt war. Er las über das Gemach, das im Schloß zu Reims für die Königin Johanna von Burgund ausgeschmückt worden war, mit »dreizehnhundertundeinundzwanzig gestickten Papageien, die das Wappen des Königs trugen, und fünfhundertundeinundsechzig Schmetterlingen, auf deren Flügeln das Wappen der Königin zu sehen war, und all dies in Gold ausgeführt«. Katharina von Medici hatte sich ein Trauerbett aus schwarzem Samt machen lassen, das mit Mondsicheln und Sonnen wie überstäubt war. Die Vorhänge waren aus Damast mit Blattgewinden und Girlanden auf Gold- und Silbergrund, und am Rand mit Perlenstickerei eingefaßt, und es stand in einem Raum, der einen Buchstabenfries aus geschorenem schwarzem Samt auf Silberstoff mit dem Wahlspruch der Königin hatte. Ludwig XIV. hatte in seinen Wohngemächern goldgestickte, fünfzehn Fuß hohe Karyatiden. Das Prunkbett des Königs Sobieski von Polen war aus Smyrnagoldbrokat, in Türkisen mit Versen des Koran bestickt.

Die Stützen waren aus vergoldetem Silber, schön getrieben und reich besetzt mit Medaillons aus Emaille und Edelsteinen. Es war vor Wien aus dem türkischen Lager erbeutet worden, und die Fahne Mohammeds hatte unter seinem Baldachin gestanden.

Und so sammelte er ein Jahr lang die kostbarsten Muster der Webkunst und Stickerei; er verschaffte sich zarten Musselin aus Delhi, mit Palmetten aus Goldfaden und irisierenden Käferflügeln benäht; Dakka-Gaze, die im Orient wegen ihrer Transparenz »gewebte Luft«, »rinnendes Wasser« und »Abendtau« genannt wird; mit fremdartigen Figuren geschmückte Stoffe aus Java; kunstvolle gelbe chinesische Tapeten; in lohfarbenen Atlas oder glänzendblaue Seide gebundene Bücher, die mit *fleurs de lys*, Vögeln und Bildern geschmückt waren; durchbrochene Schleier aus ungarischer Spitze; sizilianische Brokate und steifen, spanischen Samt; mit goldenen Münzen besetzte Tücher aus Georgien; und japanische Foukousas mit ihrem grüngetönten Gold und ihren buntgefiederten Vögeln.

Er hatte auch eine besondere Leidenschaft für geistliche Gewänder, wie für alles, was mit dem Gottesdienst zusammenhing. In den langen Truhen aus Zedernholz, die die westliche Galerie seines Hauses säumten, hatte er viele seltene und schöne Stücke von dem eigentlichen Gewand der »Braut Christi« aufbewahrt, die Purpur und Juwelen und feines Linnen tragen muß, um den bleichen, abgezehrten Körper zu verhüllen, der gemartert ist von Leiden, die sie sucht, und von Wunden gezeichnet, die sie sich selbst zufügt. Er hatte ein prunkvolles Meßgewand aus karminroter Seide und goldgewirktem Damast, bestickt mit einem sich wiederholenden Muster aus goldenen Granatäpfeln, die auf sechsblättrigen, stilisierten Blütenblättern saßen und zu beiden Seiten von einem Tannenzapfen aus Staubperlen eingefaßt waren. Die Borten waren in Felder geteilt und enthielten Darstellungen aus dem Leben der Jungfrau, und die Krönung der Jungfrau war in farbiger Seide auf der Kapuze abgebildet. Dies war eine italienische Arbeit aus dem fünfzehnten Jahrhundert. Ein anderes Meßgewand war aus grünem Samt, mit herzförmig angeordneten Akanthusblättern bestickt, aus denen sich langstielige weiße Blüten entfalteten, deren Einzelheiten mit Silberfäden und farbigen Kristallen ausgeführt waren. Auf die Spange war mit feinen Stichen erhaben der Kopf eines Seraphs genäht. Die Borten waren aus roter und goldener Seide in fortlaufendem Muster gewebt und besetzt mit den Medaillons von vielen Heiligen und Märtyrern, unter ihnen der heilige Sebastian. Er besaß auch Chorröcke aus bernsteinfarbener und blauer Seide, aus Goldbrokat und aus gelbseidenem Damast und Goldtuch, mit Darstellungen der Passion und Kreuzigung Christi, mit Löwen und Pfauen und anderen Emblemen bestickt. Dalmatiken aus weißer Seide und rosa Seidendamast, mit Tulpen, Rittersporn und *fleurs de lys* verziert, Altardecken aus zinnoberrotem Samt und blauem Linnen; und viele Meßdecken, Kelchschleier und Schweißtücher. In den mystischen Handlungen, denen diese Dinge dienten, lag etwas, das seine Phantasie aufstachelte.

Denn diese Sachen und alles, was er in seinem schönen Haus sammelte, waren für ihn nur ein Mittel, zu vergessen; Möglichkeiten, durch die er einen Sommer lang der Furcht entfliehen konnte, die ihn manchmal fast überwältigte. An die Wand des einsamen, verschlossenen Raumes, in dem so viele Tage seiner Kindheit dahingegangen waren, hatte er mit eigener Hand das schreckliche Bild gehängt, dessen veränderte Züge ihm den wahren Absturz seines Lebens zeigten, und davor das purpurrote Bahrtuch als Vorhang drapiert. Wochenlang ging er nicht dorthin und vergaß das schändliche Ding, und sein Herz wurde wieder leicht, sein wundervoller Übermut, seine leidenschaftliche Lust am bloßen Dasein kehrten wieder. Dann plötzlich schlich er sich eines Nachts aus dem Haus und ging in eine schaurige Gegend bei Blue Gate Fields und blieb dort tagelang, bis es ihn forttrieb. Wenn er zurückkam, saß er vor dem Bild, manchmal voller Haß gegen sich und seine wirkliche Gestalt, und ein andermal in hochmütiger Empörung, die den halben Reiz der Sünde ausmacht, und lächelte mit geheimer Genugtuung dem mißgestalteten Spiegelbild zu, das die Bürde tragen mußte, die ihm eigentlich bestimmt war.

Nach ein paar Jahren ertrug er es nicht mehr, England längere Zeit fern zu bleiben, und gab die Villa auf, die er in Trouville mit Lord Henry geteilt hatte, und ebenso das kleine, von weißen Mauern umschlossene Haus in Algier, wo er mehr als einmal den Winter verbracht hatte. Er hielt es nicht aus, von dem Bild getrennt zu sein, das so sehr ein Teil seines Lebens geworden war, und er befürchtete auch, jemand könnte sich während seiner Abwesenheit Zutritt zu dem Raum verschafft haben trotz der schweren Riegel und Schlösser, die er an der Tür hatte anbringen lassen.

Er war ganz sicher, daß niemandem etwas auffallen würde. Wohl hatte das Bild noch immer in der Verkommenheit und Häßlichkeit des Gesichts eine deutliche Ähnlichkeit mit ihm bewahrt; aber was konnte man daraus schließen? Er würde jeden auslachen, der es wagte, eine Anspielung zu machen. Er hatte es nicht gemalt. Was ging es ihn an, wie gemein und schändlich es wirkte? Selbst wenn er es jemandem erklärte, würde man ihm glauben?

Und doch hatte er Angst. Oftmals, wenn er in seinem großen Landhaus in Nottinghamshire war und die eleganten jungen Leute seines Standes unterhielt, mit denen er sich umgab, und wenn er die Grafschaft durch den üppigen Luxus und den prunkvollen Glanz seiner Lebensführung in Erstaunen setzte, verließ er plötzlich seine Gäste und eilte in die Stadt zurück, um zu sehen, ob die Tür nicht nachgegeben hatte und das Bild an seinem Platz hing. Und wenn es gestohlen wäre? Der bloße Gedanke erfüllte ihn mit kaltem Entsetzen. Dann würde die Welt sein Geheimnis erfahren. Vielleicht argwöhnte die Welt es schon. Denn wie er viele bezauberte, so gab es nicht wenige, die ihm mißtrauten. Er wurde in einem West-End-Klub nicht zugelassen, obwohl ihn Geburt und gesellschaftliche Stellung selbstverständlich zur Mitgliedschaft berechtigt hätten, und bei einer andern Gelegenheit, als ihn ein Freund ins Rauchzimmer des Carlton mitnahm, standen der Herzog von Berwick und ein anderer Herr ostentativ auf und gingen hinaus. Seltsame Gerüchte waren über ihn im Umlauf, nachdem er sein fünfundzwanzigstes Jahr vollendet hatte. Es hieß, er sei im Streit mit fremden Matrosen in einer verrufenen Kneipe in einem entlegenen Teil von Whitechapel gesehen worden und er verkehre mit Dieben und Falschmünzern und kenne die Geheimnisse ihres Gewerbes. Sein extravagantes Verschwinden wurde bekannt, und wenn er danach wieder in der Gesellschaft erschien, tuschelte man untereinander in den Ecken oder ging mit einem höhnischen Seitenblick an ihm vorbei oder sah ihm kalt und forschend ins Gesicht, als wolle man sein Geheimnis ergründen.

Von solchen Anmaßungen und versuchter Nichtachtung nahm er natürlich keine Notiz, und in den Augen der meisten Leute waren seine offene, liebenswürdige Art, sein bezauberndes, jungenhaftes Lächeln und die unzerstörbare Anmut seiner wundervollen Jugend, die nicht zu schwinden schien, an sich eine hinreichende Antwort auf die Verleumdungen (denn so nannten sie es), die über ihn umliefen. Immerhin bemerkte man, daß jene, die am intimsten mit ihm gewesen waren, ihn nach einiger Zeit zu meiden schienen. Von all seinen Freunden oder sogenannten Freunden war Lord Henry Wotton der einzige, der ihm die Freundschaft hielt. Frauen, die ihn leidenschaftlich geliebt hatten und um seinetwillen den Vorwurf der Gesellschaft herausgefordert und die Konvention verachtet hatten, sah man erbleichen vor Scham und Schrecken, wenn Dorian Gray ins Zimmer trat.

Diese Skandale, die man sich über ihn zuraunte, erhöhten für viele noch seinen fremden und gefährlichen Charme. Sein großer Reichtum gewährte ihm Sicherheit. Die Gesellschaft, die zivilisierte Gesellschaft wenigstens, glaubt niemals gern etwas zum Nachteil derer, die reich und faszinierend zugleich sind. Sie fühlt instinktiv, daß Formen wichtiger sind als Moral, und in ihren Augen ist die höchste Ehrbarkeit weit weniger wert als der Besitz eines guten Kochs. Und es ist wirklich ein schwacher Trost, wenn einem erzählt wird, daß der Mann, der ein schlechtes Dinner und elenden Wein aufgetischt hat, ein einwandfreies Privatleben führe. Selbst die Kardinaltugenden können nicht für kalt gewordene *entrées* entschädigen, wie Lord Henry bei Gelegenheit zu diesem Thema bemerkte; und vieles spricht für seine Ansicht. Denn die Regeln der guten Gesellschaft sind die gleichen wie die Regeln der Kunst oder sollten es wenigstens sein. Die Form ist das Wesentliche daran. Sie sollten die Würde einer Zeremonie haben und auch ihre Unwirklichkeit; sie sollten den unaufrichtigen Charakter eines romantischen Spieles mit dem Witz und der Schönheit verbinden, die solche Spiele zum Genuß macht. Ist Unaufrichtigkeit etwas so Schlimmes? Ich glaube nicht. Sie ist nur ein Mittel, unsere Persönlichkeit zu vervielfältigen.

Das wenigstens war Dorian Grays Meinung. Er wunderte sich

über die oberflächliche Psychologie jener, die das Ego im Menschen als etwas Einfaches, Beständiges, Verläßliches und Einheitliches auffassen. Für ihn war der Mensch ein Wesen mit Myriaden Leben und Myriaden Gefühlen, ein komplexes, vielfältiges Geschöpf, das in sich heimliche Vermächtnisse des Denkens und der Leidenschaft trug und dessen Fleisch von monströsen Krankheiten der Toten vergiftet war. Er liebte es, durch die gespenstische kalte Ahnengalerie auf seinem Landsitz zu schlendern und die verschiedenartigen Bilder jener zu betrachten, deren Blut in seinen Adern floß. Da war Philip Herbert, den Francis Osborne in seinen »Memoiren über die Regierungszeit der Königin Elisabeth und König Jakobs« als einen Jüngling schildert, »der vom ganzen Hof umschmeichelt wurde wegen seines schönen Gesichts, das er nicht lange behielt«. Führte er wohl zuweilen das Leben des jungen Herbert? War ein geheimnisvoller Giftkeim von Körper zu Körper gewandert, bis er in seinen eigenen gelangte? War es ein dunkles Gefühl von jener verlorenen Schönheit, das ihn plötzlich und nahezu grundlos in Basil Hallwards Atelier den tollen Wunsch aussprechen ließ, der sein Leben so verändert hatte? Hier, in einem goldgestickten, roten Wams, dem juwelengeschmückten Waffenrock, mit goldgesäumter Krause und Manschetten, stand Sir Anthony Sherard, zu seinen Füßen die schwarzglänzende Rüstung. Was war sein Vermächtnis? Hatte der Geliebte der Giovanna di Napoli ihm ein Erbteil der Sünde und Schmach hinterlassen? Waren seine eigenen Handlungen nichts als die Träume, die der Tote nicht gewagt hatte auszuleben? Hier lächelte von der verblassenden Leinwand Lady Elisabeth Devereux in ihrer durchsichtigen Haube, dem Perlenmieder und geschlitzten rosa Ärmeln. In ihrer rechten Hand hielt sie eine Blume, und ihre Linke umfaßte ein emailliertes Halsband aus weißen und Damaszenerrosen. Auf einem Tisch neben ihr lagen eine Mandoline und ein Apfel. Auf ihren kleinen, spitzen Schuhen saßen große grüne Rosetten. Er kannte ihr Leben und die seltsamen Geschichten, die über ihre Liebhaber erzählt wurden. Hatte er etwas von ihrem Naturell? Diese ovalen Augen mit den schweren Lidern schienen ihn neugierig anzusehen. Und George Willoughby mit seinem gepuderten Haar und seinen phantastischen Schönheitspflästerchen? Das dunkle

Gesicht war voller Schwermut, und Überdruß schien die sinnlichen Lippen zu entstellen. Zarte Spitzenmanschetten fielen über die mageren gelblichen Hände, die mit Ringen so überladen waren. Er war ein Don Juan des achtzehnten Jahrhunderts und in seiner Jugend mit Lord Ferrars befreundet. Und der zweite Lord Sherard, der Freund des Prinzregenten in seiner ausschweifendsten Zeit und einer der Zeugen bei der heimlichen Hochzeit mit Mrs. Fitzherbert? Wie stolz und schön er aussah mit seinen kastanienbraunen Locken und seiner herausfordernden Haltung! Welche Leidenschaften hatte er ihm vermacht? Die Welt hatte ihn für verrucht gehalten. Er hatte die Orgien im Carlton House veranstaltet. Der Stern des Hosenbandordens strahlte auf seiner Brust. Neben ihm hing das Bild seiner Frau, einer bleichen, schmallippigen Dame in Schwarz. Auch ihr Blut floß in seinen Adern. Wie seltsam war das alles!

Aber man hatte Vorfahren auch in der Literatur, nicht nur in seinem eigenen Geschlecht, und viele von ihnen standen einem vielleicht näher in ihrer Wesensart, in ihrem Temperament, und übten ganz sicher einen Einfluß aus, dessen man sich deutlicher bewußt war. Es gab Zeiten, da es Dorian Gray schien, als wäre die Weltgeschichte nur eine Niederschrift seines eigenen Lebens, nicht wie er es handelnd und erleidend gelebt hatte, sondern wie seine Phantasie es ihm erschuf, und sein Gehirn und seine Leidenschaften es verlangten. Er fühlte, daß er sie alle gekannt hatte, jene hoffärtigen, gewalttätigen Gestalten, die über die Bühne der Welt geschritten waren und die Sünde so großartig und das Böse so überaus herrlich machten. Ihm war, als sei ihr Leben auf geheimnisvolle Weise sein eigenes gewesen.

Auch der Held des gefährlichen Buches, das solchen Einfluß auf sein Leben gewann, hatte dies merkwürdige Gefühl gekannt. In einem Kapitel erzählt er, wie er mit Lorbeer bekränzt, damit ihn der Blitz nicht treffe, als Tiberius in einem Garten auf Capri gesessen und die schändlichen *libros Elephantis* gelesen hatte, während um ihn Zwerge und Pfauen stolzierten und der Flötenspieler den Weihrauchschwinger neckte; wie er als Caligula mit den grünröckigen Pferdeknechten in ihren Ställen gezecht und mit einem Roß, das ein juwelengeschmücktes Stirnband trug, aus einer Elfenbeinkrippe gegessen hatte; wie er sich als Domitian durch einen Flur aus Marmorspiegeln geschlichen und mit irren Augen nach dem Blitzen eines Dolches umgesehen, der seine Tage enden sollte; er, der an jenem *ennui*, dem *taedium vitae*, litt, das alle befällt, denen das Leben keinen Wunsch versagt; und wie er durch einen klaren Smaragd auf das blutige Gemetzel in der Zirkusarena schaute und sich danach in einer mit Purpur und Perlen besetzten Sänfte von silberbeschlagenen Maultieren durch die Granatäpfelstraße in die Domus Aurea tragen ließ und im Vorbeiziehen hörte, wie das Volk »Nero Caesar« schrie; und wie er als Elagabalus, sein Gesicht mit Farben bemalt, den Spinnrocken unter den Frauen gedreht und den Mond von Karthago geholt, um ihn der Sonne mystisch zu vermählen.

Immer wieder las Dorian dieses phantastische Kapitel und das anschließende, worin der Held die schaurigen Szenen auf den Gobelins beschreibt, die er sich nach Entwürfen von Gustave Moreau weben ließ, und auf denen die verderbten, schönen Gestalten jener dargestellt waren, die Laster, Überdruß und Blutgier zu Scheusalen oder Wahnsinnigen gemacht hatten: Filippo, Herzog von Mailand, der seine Frau erschlug und ihre Lippen mit einem scharlachroten Gift bestrich; der Venezianer Pietro Barbi, als Paul II. bekannt, der sich in seiner Eitelkeit den Beinamen »Formosus« gab und dessen Tiara im Wert von zweihunderttausend Gulden um den Preis einer schrecklichen Sünde erkauft war; Giovan Maria Visconti, der mit Hetzhunden auf Menschenjagd ging und dessen gemordeter Leichnam von einer Dirne, die ihn liebte, mit Rosen bedeckt ward; Borgia auf seinem weißen Roß, neben ihm reitet Fratricida, und sein Mantel ist besudelt vom Blut des Perotto; Pietro Riario, der junge Kardinal-Erzbischof von Florenz, der Sohn und Liebling Sixtus IV., dessen Schönheit nur von seinen Ausschweifungen übertroffen wurde, und der Leonora von Aragon in einem Zelt aus weißer und zinnoberroter Seide empfing, das voll von Nymphen und Zentauren war, und der einen Knaben vergoldete, daß er ihr als Ganymed oder Hylas die Speisen beim Feste reiche; Ezzelino, dessen Schwermut nur das Schauspiel des Todes heilte, und der nach rotem Blut dürstete wie andere nach rotem Wein – den man den Sohn des Teufels nannte und einen, der seinen Vater beim Würfeln betrog, als er mit ihm um die eigene Seele spielte;

Giambattista Cibo, der aus Hohn den Namen Innozenz annahm und in dessen erschlaffte Adern ein jüdischer Arzt das Blut von drei Knaben flößte; Sigismondo Malatesta, der Geliebte von Isotta und Herrscher über Rimini, der in effigie als ein Feind Gottes und der Menschen in Rom verbrannt wurde, der Polyssena mit einem Tuch erdrosselte, der Ginevra d'Este in einem Smaragdbecher Gift reichte und einer schändlichen Leidenschaft zu Ehren eine heidnische Kirche für den christlichen Gottesdienst errichtete; und Karl VI., der seines Bruders Weib so wahnsinnig liebte, daß ein Aussätziger ihn vor dem Irrsinn warnte, der über ihn kommen würde, und der nur durch sarazenische Spielkarten Linderung fand, auf die die Bilder von Liebe, Tod und Wahnsinn gemalt waren; und in seinem enganliegenden Wams, der juwelengeschmückten Kappe und den akanthusgleichen Locken Grifonetto Baglione, der Astorre mit seiner Braut erschlug und Simonetto mit seinem Pagen, und dessen Schönheit so groß war, daß, als er sterbend auf der gelben Piazza in Perugia lag, alle, die ihn gehaßt hatten, weinen mußten, und Atalanta, die ihn verflucht hatte, ihn segnete.

Sie alle besaßen eine furchtbare Faszination. Er sah sie bei Nacht, und am Tage verwirrten sie seine Phantasie. Die Renaissance verstand es, auf geheimnisvolle Arten zu vergiften – durch einen Helm oder eine brennende Fackel, einen bestickten Handschuh oder einen juwelenbesetzten Fächer, ein vergoldetes Riechdöschen und eine Bernsteinkette. Dorian Gray war durch ein Buch vergiftet worden. Es gab Augenblicke, in denen er das Böse nur als ein Mittel ansah, seine Vorstellung vom Schönen zu verwirklichen.

10

Es war am 7. November, dem Vorabend seines zweiunddreißigsten Geburtstages, wie er sich später oft erinnerte.

Er ging gegen elf Uhr von Lord Henry nach Hause, bei dem er gespeist hatte, und war in schwere Pelze gehüllt, denn es war eine kalte und neblige Nacht. An der Ecke Grosvenor Square und South Adley Street überholte ihn im Nebel ein Mann, der rasch ausschritt und den Kragen seines grauen Ulsters hochgeschlagen hatte. Er trug eine Reisetasche in der Hand. Dorian erkannte ihn. Es war Basil Hallward. Ein seltsames Gefühl der Furcht, das er sich nicht erklären konnte, überkam ihn. Er tat, als hätte er ihn nicht erkannt, und ging langsam in der Richtung seines Hauses weiter.

Aber Hallward hatte ihn gesehen. Dorian hörte, wie er stehenblieb und ihm dann nacheilte. Wenige Augenblicke später legte er ihm die Hand auf den Arm.

»Dorian! Was für ein Glück! Ich habe seit neun Uhr in deiner Bibliothek auf dich gewartet. Schließlich tat mir dein Diener leid, der müde war, und ich sagte ihm, er solle zu Bett gehn, als er mich hinausließ. Ich fahre mit dem Zug um Mitternacht nach Paris, und ich wollte dich vor meiner Abreise unbedingt sehen. Ich dachte, das bist du oder zumindest dein Pelzmantel, als du an mir vorbeikamst. Aber ich war nicht ganz sicher. Hast du mich nicht erkannt?«

»Mein lieber Basil, in diesem Nebel? Ich erkenne nicht einmal den Grosvenor Square. Ich glaube, mein Haus muß hier irgendwo sein, aber ich bin keineswegs sicher. Es tut mir leid, daß du wegfährst, ich hab dich ewig nicht mehr gesehn. Aber ich hoffe, du kommst bald zurück?«

»Nein: ich bleibe sechs Monate von England weg. Ich möchte in Paris ein Atelier mieten und mich einschließen, bis ich ein großes Bild fertig habe, das mir vorschwebt. Aber ich wollte nicht über mich sprechen. Hier sind wir an deiner Tür. Laß mich einen Augenblick mit hineinkommen. Ich habe dir etwas zu sagen.«

»Es wird mir ein Vergnügen sein. Aber versäumst du nicht deinen Zug?« sagte Dorian Gray kühl, als er die Stufen hinaufging und die Tür mit seinem Schlüssel öffnete.

Das Lampenlicht drang durch den Nebel, und Hallward schaute auf seine Uhr. »Ich hab reichlich Zeit«, antwortete er. »Der Zug geht um zwölf Uhr fünfzehn, und jetzt ist es erst elf. Eigentlich war ich auf dem Weg zum Klub, um dich zu suchen, als wir uns begegneten. Ich brauche mich nämlich nicht um das Gepäck zu kümmern, da ich meine schweren Sachen vorausgeschickt habe. Alles, was ich bei mir habe, ist in dieser Tasche, und ich erreiche den Victoria-Bahnhof bequem in zwanzig Minuten.«

Dorian sah ihn an und lächelte. »So reist ein erfolgreicher Maler! Mit einer Reisetasche und einem Ulster! Komm herein, sonst fließt der Nebel ins Haus. Und ich bitte dich, sprich über nichts Ernsthaftes. Nichts ist ernst heutzutage. Sollte es wenigstens nicht sein.«

Hallward schüttelte den Kopf, als er eintrat, und folgte Dorian in die Bibliothek. Ein helles Holzfeuer flackerte in dem großen offenen Kamin. Die Lampen waren angezündet, und ein offenes holländisches Likörschränkchen aus Silber stand mit ein paar Siphons Sodawasser und hohen geschliffenen Gläsern auf einem kleinen Tisch.

»Du siehst, dein Diener hat für mich gesorgt, Dorian. Er brachte mir alles, was man sich wünschen kann, sogar deine besten Zigaretten. Er ist ein äußerst gastfreundliches Wesen. Ich finde ihn viel sympathischer als den Franzosen, den du früher hattest. Was ist übrigens aus dem Franzosen geworden?«

Dorian zuckte die Schultern. »Ich glaube, er hat Lady Ashtons Zofe geheiratet und sie in Paris als englische Schneiderin etabliert. Anglomanie ist jetzt dort drüben Mode, höre ich. Es scheint mir albern von den Franzosen, meinst du nicht auch? Aber weißt du – eigentlich war er kein schlechter Diener. Ich konnte ihn nie leiden, aber ich hatte keinen Grund zur Klage. Man bildet sich oft ganz absurde Dinge ein. Er war mir sehr ergeben und schien ganz traurig, als er fortging. Nimmst du noch einen Brandy mit Soda? Oder lieber Rheinwein mit Selterswasser? Ich trinke immer Rheinwein und Selterswasser. Bestimmt ist welcher im Nebenzimmer.«

»Danke, ich mag nichts mehr«, sagte Hallward, legte seine Mütze und seinen Mantel ab und warf sie über die Reisetasche, die er in die Ecke gestellt hatte. »Und nun, mein lieber Junge, muß ich ernsthaft mit dir reden. Zieh die Stirn nicht so kraus. Du machst es mir nur noch schwerer.«

»Was soll das alles?« rief Dorian verdrießlich und warf sich auf das Sofa. »Ich hoffe, es handelt sich nicht um mich. Ich bin meiner heute abend leid. Ich wollte, ich wäre ein anderer.«

»Es geht um dich«, erwiderte Hallward mit seiner ernsten,

tiefen Stimme, »und ich muß es dir sagen. Ich werde dich nur eine halbe Stunde aufhalten.«

Dorian seufzte und zündete sich eine Zigarette an. »Eine halbe Stunde!« murmelte er.

»Das ist nicht zuviel von dir verlangt, Dorian, und ich spreche nur um deinetwillen. Ich halte es für richtig, wenn du erfährst, daß man sich in London die schlimmsten Dinge über dich erzählt – Dinge, die ich nicht vor dir wiederholen möchte.«

»Ich möchte nichts davon hören. Ich liebe die Skandale anderer Leute, aber Klatsch über mich interessiert mich nicht. Ihm fehlt der Reiz des Neuen.«

»Du mußt dich dafür interessieren, Dorian. Jeder Gentleman achtet auf seinen guten Namen. Du willst doch nicht, daß die Leute von dir als einem gemeinen und verkommenen Menschen reden. Natürlich hast du deine Stellung und deinen Reichtum und alles, was dazu gehört. Aber Stellung und Reichtum sind nicht alles. Wohlgemerkt, ich glaube nicht an all diese Gerüchte. Zumindest kann ich nicht daran glauben, wenn ich dich sehe. Die Sünde ist etwas, das das Gesicht des Menschen zeichnet. Sie läßt sich nicht verheimlichen. Man spricht von geheimen Lastern. So etwas gibt es nicht. Wenn ein Unglücklicher ein Laster hat, zeigt es sich in den Mundlinien, den schlaffen Augenlidern, ja sogar in der Form seiner Hände. Jemand – ich möchte seinen Namen nicht nennen, aber du kennst ihn – kam im vergangenen Jahr zu mir, um sich malen zu lassen. Ich hatte ihn nie gesehn und bis dahin nie von ihm gehört, obwohl ich inzwischen sehr viel von ihm weiß. Er bot mir einen ungewöhnlichen Preis. Ich wies ihn ab. In der Form seiner Finger war etwas, das mich abstieß. Sein Leben ist schrecklich. Aber du, Dorian, mit deinem reinen, klaren, unschuldigen Gesicht und deiner wundervollen, ungetrübten Jugend – ich kann nichts glauben, was gegen dich spricht. Und doch sehe ich dich sehr selten, und du kommst jetzt nie mehr in mein Atelier, und wenn ich dich nicht sehe und all diese häßlichen Gerüchte höre, die man sich über dich erzählt, so weiß ich nicht, was ich sagen soll. Woher kommt es, Dorian, daß ein Mann wie der Herzog von Berwick das Klubzimmer verläßt, wenn du eintrittst? Was bedeutet es, daß so viele Gentlemen nicht in dein Haus kommen und dich nicht zu sich laden? Du bist mit Lord Cawdor befreundet gewesen. Ich traf ihn vergangene Woche bei einem Dinner. Dein Name fiel im Gespräch, im Zusammenhang mit den Miniaturen, die du für die Dudley-Ausstellung geliehen hast. Cawdor verzog den Mund und sagte, daß du vielleicht einen äußerst künstlerischen Geschmack besitzt, aber daß du ein Mann seist, den kein anständiges Mädchen kennenlernen und mit dem keine unbescholtene Frau im gleichen Zimmer sitzen dürfte. Ich erinnerte ihn daran, daß ich dein Freund bin, und fragte, was er damit sagen wollte. Er erklärte es mir. Er sagte es mir geradeheraus vor allen Anwesenden. Es war schrecklich. Warum ist deine Freundschaft so verhängnisvoll für junge Leute? Da war der unselige Junge in der Garde, der Selbstmord beging. Du warst eng mit ihm befreundet. Da war Sir Henry Ashton, der England mit beflecktem Namen verlassen mußte. Ihr beide seid unzertrennlich gewesen. Und Adrian Singleton und sein furchtbares Ende? Und der einzige Sohn von Lord Kent und seine Karriere? Ich traf seinen Vater gestern in der St. James Street. Er schien vor Scham und Kummer gebrochen. Und der junge Herzog von Perth? Was für ein Leben führt er jetzt? Welcher Gentleman würde noch mit ihm verkehren? Dorian, Dorian, du hast einen fürchterlichen Ruf. Ich weiß, du und Harry, ihr seid große Freunde. Darüber möchte ich jetzt nichts sagen, aber ganz gewiß hättest du den Namen seiner Schwester nicht zu einem Schimpfwort machen dürfen. Als du Lady Gwendolyn kennenlerntest, war sie nicht vom leisesten Hauch eines Skandals berührt. Gibt es jetzt eine einzige anständige Frau in London, die mit ihr im Park ausfahren würde? Selbst ihren Kindern erlaubt man nicht, bei ihr zu leben. Aber es gibt noch andere Geschichten – daß man dich im Morgengrauen aus verrufenen Häusern hat schleichen sehen und daß du verkleidet in die verworfensten Kneipen von London verschwunden bist. Ist das wahr? Kann das wahr sein? Als ich zum erstenmal davon hörte, habe ich gelacht. Wenn ich es jetzt höre, packt mich das Grauen. Und was geht in deinem Landhaus vor sich, und was für ein Leben führt man dort? Dorian, du weißt nicht, was man über dich spricht. Ich will nicht behaupten, daß ich dir keine Predigt halten will. Ich weiß noch, wie Harry einmal sagte, daß jeder, der sich für den Augenblick zu einem

Amateurpfaffen macht, das von sich sagt, um gleich darauf sein Wort zu brechen. Ich will dir eine Predigt halten. Ich will, daß du ein Leben führst, das dir die Achtung der Welt verschafft. Ich möchte, daß dein Name rein sei und dein Ruf makellos. Ich wünschte, daß du die gräßlichen Leute los wirst, mit denen du verkehrst. Zuck nicht so mit den Schultern. Sei nicht so gleichgültig. Du hast einen großen Einfluß. Laß ihn zum Guten wirken, nicht zum Bösen. Man sagt, du verdirbst jeden, mit dem du vertraut wirst, und es genüge, daß du ein Haus betrittst, um Schande irgendwelcher Art hineinzutragen. Ich weiß nicht, ob das wahr ist oder nicht. Wie sollte ich es wissen? Aber man sagt es von dir. Man hat mir Dinge erzählt, an denen ich kaum zweifeln kann. Lord Gloucester war einer meiner besten Freunde in Oxford. Er zeigte mir einen Brief von seiner Frau, den sie ihm geschrieben hatte, als sie sterbend und allein in ihrer Villa in Mentone lag. Es war das schrecklichste Bekenntnis, das ich je gelesen habe, und darin stand dein Name. Ich sagte ihm, das sei absurd, daß ich dich sehr genau kenne und daß du solcher Dinge nicht fähig seist. Kenne ich dich? Ich bin nicht sicher, ob ich dich kenne. Ehe ich darauf antworten könnte, müßte ich deine Seele sehen.«

»Meine Seele sehen!« stotterte Dorian Gray, indem er vom Sofa aufsprang, beinahe weiß vor Schrecken.

»Ja«, antwortete Hallward ernst und mit unendlicher Trauer in der Stimme – »deine Seele sehen. Aber nur Gott kann das.«

Ein bitteres Hohngelächter brach von den Lippen des Jüngeren. »Du sollst sie selbst sehen, heute nacht!« rief er und nahm eine Lampe vom Tisch. »Komm! Es ist das Werk deiner eigenen Hand. Warum solltest du es nicht sehen? Du kannst nachher aller Welt davon erzählen, wenn du willst. Niemand würde dir glauben. Wenn man dir Glauben schenkte, würde man mich nur um so lieber haben. Ich kenne die Zeit besser als du, obwohl du so langweilig darüber schwätzt. Komm, sage ich. Du hast genug über Lasterhaftigkeit geredet. Jetzt sollst du sie sehen, von Angesicht zu Angesicht.«

In jedem Wort, das er sprach, lag ein wahnwitziger Hochmut. Er stampfte in seiner knabenhaft anmaßenden Weise mit dem Fuß auf. Er empfand eine triumphierende Freude bei der Vorstellung, daß ein anderer nun sein Geheimnis teilen sollte, und daß der Mann, der das Bild, den Ursprung all seiner Schande, gemalt hatte, für den Rest seines Lebens beladen sein würde mit der gräßlichen Erinnerung an das, was er getan hatte.

»Ja«, fuhr erfort, indem er auf ihn zutrat und ihm fest in die Augen sah, »ich werde dir meine Seele zeigen. Du sollst sehen, was nach deiner Meinung nur Gott zu sehen vermag.«

Hallward wich zurück. »Das ist Blasphemie, Dorian!« rief er aus. »So etwas darfst du nicht sagen. Es ist vermessen und es ist sinnlos.«

»So, meinst du?« Er lachte wieder.

»Ich weiß es. Was ich heute abend zu dir sagte, hab ich zu deinem Besten gesagt. Du weißt, daß ich dir immer treu ergeben war.«

»Rühr mich nicht an. Sage, was du noch zu sagen hast.«

Ein Ausdruck des Schmerzes flog über Hallwards Gesicht. Er hielt einen Augenblick inne, und ein jähes Gefühl des Mitleids überkam ihn. Was gab ihm das Recht, sich in Dorian Grays Leben einzumischen? Wenn er nur einen Bruchteil von dem begangen hatte, was man ihm nachsagte, wie mußte er gelitten haben! Er stand auf, ging zum Kamin hinüber und blieb dort stehn, versunken in den Anblick der brennenden Scheite mit ihrer schneeigen Asche und ihrem glühenden Kern.

»Ich warte, Basil«, sagte der junge Mann mit harter, klarer Stimme.

Er drehte sich um. »Was ich zu sagen habe, ist dies«, rief er. »Du mußt mir eine Antwort geben auf die furchtbaren Anklagen, die man gegen dich erhebt. Wenn du mir sagst, daß sie von Anfang bis Ende vollkommen unwahr sind, will ich dir glauben. Streite sie ab, Dorian, streite sie ab! Siehst du denn nicht, was ich durchmache? Mein Gott, sag mir nicht, daß du ehrlos bist!«

Dorian Gray lächelte. Er verzog verächtlich die Lippen. »Komm mit mir hinauf, Basil«, sagte er ruhig. »Ich führe ein Buch über mein Leben, von Tag zu Tag, und es bleibt immer in dem Raum, in dem es geschrieben wird. Ich will es dir zeigen, wenn du mit mir kommst.«

»Ich komme mit dir, Dorian, wenn du es wünschst. Ich sehe, ich hab meinen Zug verpaßt. Das macht nichts. Ich kann morgen fahren. Aber verlange nicht, daß ich heut abend noch etwas lese. Alles, was ich will, ist eine offene Antwort auf meine Frage.«

»Die will ich dir oben geben. Hier kann ich es nicht. Du wirst nicht lange zu lesen haben. Laß mich nicht warten.«

11

Er ging aus dem Zimmer und begann die Treppe emporzusteigen. Basil Hallward folgte ihm auf dem Fuße. Sie traten leise auf, wie man es nachts instinktiv tut. Die Lampe warf phantastische Schatten auf die Wand des Treppenhauses. Ein Wind hatte sich erhoben und rüttelte an den Fensterscheiben.

Als sie den obersten Treppenabsatz erreichten, stellte Dorian die Lampe zu Boden, nahm den Schlüssel heraus und steckte ihn ins Schloß. »Du bestehst darauf, es zu wissen, Basil?« fragte er leise.

»Ja.«

»Das freut mich«, antwortete er lächelnd. Dann fügte er beinahe bitter hinzu: »Du bist der einzige Mensch in der Welt, der das Recht hat, alles über mich zu wissen. Du hast mit meinem Leben mehr zu tun, als du ahnst.« Er nahm die Lampe auf, öffnete die Tür und ging hinein. Ein kalter Luftzug traf sie, und das Licht flackerte einen Augenblick lang zu einer düsteren gelben Flamme auf. Er fröstelte. »Schließ die Tür hinter dir zu«, sagte er, als er die Lampe auf den Tisch stellte.

Hallward schaute sich verwirrt um. Das Zimmer sah aus, als wäre es seit Jahren nicht mehr bewohnt. Ein zerschlissener flämischer Gobelin, ein verhangenes Bild, ein alter italienischer *cassone* und ein fast leeres Bücherregal – das war alles, was es außer einem Tisch und einem Stuhl enthielt. Als Dorian Gray auf dem Kaminsims eine halb niedergebrannte Kerze anzündete, sah er, daß der ganze Raum mit Staub bedeckt und der Teppich zerlöchert war. Eine Maus raschelte hiner der Täfelung. Dumpfer Modergeruch lag in der Luft.

»Du glaubst also, daß nur Gott die Seele sehen kann, Basil? Zieh diesen Vorhang zurück, und du wirst meine Seele sehen.« Die Stimme klang kalt und grausam.

»Du bist verrückt, Dorian, oder du spielst Theater«, sagte Hallward stockend und mit gerunzelter Stirn.

»Du willst nicht? Dann muß ich es selbst tun«, sagte der junge Mann; und er riß den Vorhang von der Stange und schleuderte ihn zu Boden.

Hallward stieß einen Schrei des Entsetzens aus, als ihn im düstern Licht der böse Blick des Monstrums von der Leinwand traf. In seinem Ausdruck war etwas, das ihn mit Ekel und Abscheu erfüllte. Großer Gott! Es war Dorian Grays Gesicht, in das er sah! Noch hatte das Entsetzliche, was immer es war, jene herrliche Schönheit nicht ganz zerstört. Noch lag ein Hauch von Gold auf dem gelichteten Haar und ein schwacher Purpur auf den sinnlichen Lippen. Die verquollenen Augen hatten etwas von ihrem lieblichen Blau bewahrt, die edlen Linien der geschwungenen Nasenflügel und des schönen Halses waren noch nicht ganz verschwunden. Ja, es war Dorian. Aber wer hatte das gemalt? Er glaubte, seinen Pinselstrich zu erkennen, und der Rahmen war sein eigener Entwurf. Der Gedanke war ungeheuerlich, und eine Angst ergriff ihn.

Er nahm die brennende Kerze und hielt sie vor das Bild. In der linken Ecke stand sein eigener Name, in dünnen, karminroten Buchstaben.

Es war eine gemeine Parodie, eine infame, elende Satire. Und doch war es sein eigenes Bild. Er erkannte es, und ihm war, als verwandle sich sein erhitztes Blut in stechendes Eis. Sein Bild! Was sollte das bedeuten? Warum hatte es sich verändert? Er drehte sich um und sah Dorian Gray mit fiebrigen Augen an. Sein Mund zuckte, und seine trockene Zunge konnte kein Wort hervorbringen. Er strich sich mit der Hand über die Stirn. Sie klebte von Schweiß.

Der junge Mann lehnte am Kaminsims und beobachtete ihn mit jenem merkwürdigen Ausdruck, den man auf den Gesichtern von Menschen sieht, die in das Spiel eines großen Schauspielers vertieft sind. Es lag weder wirklicher Schmerz noch wirkliche Freude darin. Es war einfach die Leidenschaft des Zuschauers und höchstens in den Augen ein triumphierendes Leuchten. Er hatte die Blume aus seinem Knopfloch genommen und roch daran, oder er tat wenigstens so.

»Was bedeutet das?« stieß Hallward endlich hervor. Seine eigene Stimme klang ihm schrill und fremd in den Ohren.

»Vor Jahren, als ich ein Knabe war«, sagte Dorian Gray, »hast du mich kennengelernt, mich angebetet, mir geschmeichelt und mich gelehrt, auf meine Schönheit eitel zu sein. Eines Tages stelltest du mich einem Freund von dir vor, der mir das Wunder der Jugend offenbarte. In einem Augenblick des Wahnsinns, von dem ich noch heute nicht weiß, ob ich ihn bereuen soll oder nicht, sprach ich einen Wunsch aus. Du würdest es vielleicht ein Gebet nennen ...«

»Ich erinnere mich! Wie gut ich mich daran erinnere! Nein, es ist unmöglich. Das Zimmer ist feucht. Der Schimmel hat die Leinwand zerstört. In den Farben, die ich benutzt hab, muß ein zersetzendes mineralisches Gift gewesen sein. Glaube mir, so etwas ist unmöglich!«

»Ach, was ist unmöglich?« flüsterte der junge Mann, ging zum Fenster hinüber und preßte seine Stirn gegen die kalte, nebelfeuchte Scheibe.

»Du hast mir gesagt, du hättest es zerstört.«

»Das war nicht wahr. Es hat mich zerstört.«

»Ich kann nicht glauben, daß das mein Bild ist.«

»Erkennst du deine Liebe nicht darin?« fragte Dorian scharf.

»Meine Liebe, wie du es nennst ...«

»Wie du es nanntest.«

»Darin lag nichts Böses, nichts Schändliches. Das ist das Gesicht eines Satyrs.«

»Es ist das Gesicht meiner Seele.«

»Mein Gott, was für ein Wesen hab ich angebetet! Es hat die Augen eines Teufels.«

»Jeder von uns hat Himmel und Hölle in sich, Basil«, rief Dorian mit einer wilden Gebärde der Verzweiflung.

Hallward wandte sich wieder dem Bild zu und starrte es an. »Mein Gott! Wenn das wahr ist«, rief er, »und wenn du das aus deinem Leben gemacht hast, mußt du noch schlimmer sein, als man dir nachsagt!« Er hielt das Licht wieder vor die Leinwand und prüfte sie. Die Oberfläche schien ganz unberührt zu sein und so, wie er sie zum letztenmal gesehen hatte. Es war offensichtlich, daß die Fäulnis und das Entsetzliche von innen kamen.

Durch einen unerklärlichen inneren Verfallsprozeß fraß sich der Aussatz der Sünde langsam in die Gestalt. Die Verwesung eines Leichnams in einem feuchten Grab war nicht so schaurig.

Seine Hand zitterte, und die Kerze fiel aus dem Leuchter zu Boden und blieb flackernd liegen. Er zertrat sie mit dem Fuß. Dann warf er sich in den wackligen Stuhl, der am Tisch stand, und vergrub sein Gesicht in den Händen.

»Großer Gott, Dorian, was für eine Lehre! Was für eine schreckliche Lehre!« Es kam keine Antwort, aber er hörte den jungen Mann am Fenster schluchzen.

»Bete, Dorian, bete«, sagte er leise. Was hat man uns in der Kindheit gelehrt? ›Führe uns nicht in Versuchung. Vergib uns unsere Sünden. Wasche uns rein von unseren Missetaten.‹ Laß es uns gemeinsam sagen. Das Gebet deines Stolzes wurde erhört. Das Gebet deiner Reue wird auch erhört werden. Ich habe dich zu sehr geliebt. Ich bin dafür gestraft. Du hast dich selbst zu sehr geliebt. Wir sind beide gestraft.«

Dorian Gray wandte sich langsam um und sah ihn mit tränenverdunkelten Augen an. »Es ist zu spät, Basil«, flüsterte er.

»Es ist nie zu spät, Dorian. Laß uns niederknien und versuchen, uns an ein Gebet zu erinnern. Gibt es nicht irgendwo einen Vers: ›Und ob deine Sünden wie Scharlach sind, so will ich sie weiß machen wie Schnee‹?«

»Diese Worte haben für mich ihren Sinn verloren.«

»Still, sag das nicht. Du hast genug Böses in deinem Leben getan. Mein Gott! Siehst du nicht, wie uns das verfluchte Ding anstarrt?«

Dorian Gray sah nach dem Bild, und plötzlich überfiel ihn ein zügelloses Gefühl des Hasses gegen Basil Hallward. Die blinde Wut eines gehetzten Tieres stieg in ihm auf, und er haßte den Mann, der da am Tisch saß, mehr, als er jemals etwas in seinem Leben gehaßt hatte. Wie ein Rasender sah er sich um. Etwas Schimmerndes lag auf der bemalten Truhe vor ihm. Sein Blick fiel darauf. Er wußte, was es war. Es war ein Messer, das er vor einigen Tagen heraufgebracht hatte, um ein Stück Schnur abzuschneiden, und das er vergessen hatte. Er bewegte sich an Hallward vorbei langsam darauf zu. Kaum war er hinter ihm, griff er danach und drehte sich um. Hallward machte eine Bewegung, als wollte er vom Stuhl aufstehen. Er stürzte sich auf ihn und stieß das Messer in die große Ader hinter dem Ohr, dabei drückte er den Schädel des Mannes auf die Tischplatte, immer und immer wieder zustechend.

Ein schwaches Röcheln war zu hören und das fürchterliche Gurgeln eines Menschen, der im Blut erstickt. Dreimal fuhren die ausgestreckten Arme krampfhaft in die Höhe, und die steif-fingrigen Hände griffen marionettenhaft in die Luft. Er stach noch einmal zu, aber der Mann rührte sich nicht. Etwas begann auf den Boden zu tropfen. Er wartete einen Augenblick, indem er noch immer den Kopf nach unten drückte. Dann warf er das Messer auf den Tisch und lauschte.

Er hörte nichts als das Tropfen auf den zerschlissenen Teppich. Er öffnete die Tür und trat ins Treppenhaus. Es war ganz still. Niemand war wach.

Er zog den Schlüssel heraus, trat ins Zimmer zurück und schloß sich ein.

Die Gestalt saß noch immer in dem Stuhl, mit gesenktem Kopf über den Tisch gelehnt, mit gekrümmtem Rücken und langen, grotesken Armen. Wäre nicht der rote, gezackte Riß im Hals gewesen und die dunkle, gerinnende Blutlache, die sich langsam auf dem Tisch ausbreitete, hätte man denken können, daß der Mann nur schläft.

Wie schnell alles geschehen war! Er fühlte sich seltsam ruhig, ging ans Fenster, öffnete es und trat auf den Balkon hinaus. Der Wind hatte den Nebel zerrissen, und der Himmel war wie ein gewaltiger Pfauenschweif, mit Myriaden von goldenen Augen bestirnt. Er blickte hinunter und sah den Polizisten, der seine Runde machte und seine Blendlaterne auf die Türen der schweigenden Häuser richtete. Das rote Licht eines vorbeifahrenden Wagens tauchte an der Straßenecke auf und verschwand dann. Eine Frau im wehenden Schal schob sich langsam und stolpernd an den Gittern entlang. Ab und zu blieb sie stehen und sah sich um. Einmal begann sie, mit heiserer Stimme zu singen. Der Polizist kam herüber und sagte etwas zu ihr. Lachend schwankte sie weiter. Ein scharfer Wind fegte über den Platz. Die Gaslaternen flackerten bläulich auf, und die entblätterten Bäume schüttelten stöhnend ihre schwarzen, schweren Äste. Er fröstelte, trat zurück und schloß das Fenster hinter sich.

Er ging zur Tür, drehte den Schlüssel um und öffnete sie. Er sah sich nicht einmal mehr nach dem Ermordeten um. Er fühlte, daß das Geheimnis der ganzen Sache darin liege, sich die Situation nicht klarzumachen. Der Freund, der das verhängnisvolle Bild gemalt hatte, das an all seinem Elend schuld war, war aus seinem Leben verschwunden. Das genügte. Dann fiel ihm die Lampe ein. Es war eine ziemlich seltene maurische Arbeit, aus mattem Silber getrieben und mit Arabesken aus poliertem Stahl eingelegt. Sein Diener könnte sie vermissen und ihn danach fragen. Er kehrte um und nahm sie vom Tisch. Wie unbeweglich der Mann war! Wie unerträglich weiß die langen Hände aussahen! Er sah aus wie eine schauerliche Wachsfigur.

Er sperrte die Tür zu und schlich sich leise die Treppe hinab. Die hölzernen Stufen knarrten und schienen zu ächzen. Er blieb mehrere Male stehen und lauschte. Nein: Alles war still. Es war nur der Widerhall seiner eigenen Schritte.

Als er in die Bibliothek zurückkam, entdeckte er die Reisetasche und den Mantel in der Ecke. Er mußte sie irgendwo verbergen. Er öffnete ein geheimes Fach in der Wandtäfelung und stellte sie hinein. Er konnte sie später leicht verbrennen. Dann zog er seine Uhr heraus. Es war zwanzig Minuten vor zwei.

Er setzte sich hin und überlegte. Jedes Jahr – beinahe jeden Monat – wurden in England Leute für das gehenkt, was er getan hatte. Es hatte ein mörderischer Wahnsinn in der Luft gelegen. Ein rotes Gestirn war der Erde zu nahe gekommen.

Beweise? Welche Beweise lagen gegen ihn vor? Basil Hallward hatte das Haus um elf Uhr verlassen. Niemand hatte ihn zurückkommen sehen. Die meisten Dienstboten waren auf Selby Royal. Sein Kammerdiener war zu Bett gegangen.

Paris! Ja, Basil war mit dem Mitternachtszug nach Paris gefahren, wie er es beabsichtigte. Durch seine seltsame, zurückhaltende Lebensart würden Monate vergehen, ehe sich ein Argwohn bildete. Monate? Alles konnte lange vorher vernichtet sein.

Plötzlich kam ihm ein Gedanke. Er zog seinen Pelz an, setzte den Hut auf und ging in die Halle hinaus. Dort blieb er stehen und lauschte auf den langsamen, schweren Tritt des Polizisten draußen auf dem Pflaster und sah den Widerschein der Laterne im Fenster. Er wartete mit angehaltenem Atem.

Nach ein paar Augenblicken öffnete er die Tür, schlüpfte hinaus und zog sie leise hinter sich zu. Dann zog er die Klingel. Nach etwa zehn Minuten erschien sein Diener, halb angezogen und sehr verschlafen. »Es tut mir leid, daß ich Sie habe wecken müssen, Francis«, sagte er und trat ein; ich habe meinen Schlüssel vergessen. Wieviel Uhr ist es?«

»Fünf Minuten nach zwei, gnädiger Herr«, antwortete der Mann, indem er gähnend auf die Uhr schaute.

»Fünf Minuten nach zwei? Schrecklich spät! Sie müssen mich morgen um neun Uhr wecken. Ich habe etwas zu tun.«

»Sehr wohl, gnädiger Herr.«

»War jemand hier, heute abend?«

»Mr. Hallward, gnädiger Herr. Er blieb bis elf und ging dann weg, um seinen Zug zu erreichen.«

»Oh, es tut mir leid, daß ich ihn nicht mehr gesehen habe. Hat er eine Nachricht hinterlassen?«

»Nein, gnädiger Herr, nur daß er Ihnen schreiben würde.«

»Gut, Francis. Vergessen Sie nicht, mich morgen um neun zu wecken.«

»Nein, gnädiger Herr.«

Der Mann schlurfte in seinen Pantoffeln den Gang hinunter.

Dorian Gray warf Hut und Mantel auf den gelben Marmortisch und ging in die Bibliothek. Eine Viertelstunde lang ging er mit zusammengekniffenen Lippen auf und ab und überlegte. Dann nahm er das Blaubuch aus einem Regal und fing an, darin zu blättern. »Alan Campbell, 152 Hertford Street, Mayfair.« Ja; das war der Mann, den er brauchte.

12

Am nächsten Morgen um neun trat sein Diener herein mit einer Tasse Schokolade auf dem Tablett und öffnete die Läden. Dorian schlief ganz ruhig, er lag auf der rechten Seite und hatte eine Hand unter seine Wange geschoben. Er sah aus wie ein Knabe, der beim Spiel oder beim Lernen müde geworden war.

Der Mann mußte ihn zweimal an der Schulter berühren, ehe er aufwachte, und als er die Augen öffnete, ging ein leichtes Lächeln über seine Lippen, als hätte er einen köstlichen Traum gehabt. Doch er hatte nicht geträumt. Sein Schlaf war von keinem Bild der Freude oder des Schmerzes gestört. Denn die Jugend lächelt ohne Grund. Das ist einer ihrer größten Reize.

Er drehte sich um, stützte sich auf den Ellbogen und begann die Schokolade zu trinken. Die milde Novembersonne strömte ins Zimmer. Der Himmel war leuchtend blau, und eine göttliche Wärme lag in der Luft. Es war fast wie ein Morgen im Mai.

Allmählich kamen auf leisen, blutbefleckten Sohlen die Ereignisse der vergangenen Nacht in sein Gedächtnis zurück und richteten sich dort in furchtbarer Deutlichkeit auf. Er erschauerte bei der Erinnerung an alles, was er durchlitten hatte, und für einen Augenblick kehrte das gleiche seltsame Haßgefühl gegen Basil Hallward zurück, das ihn getrieben hatte, den Freund zu töten, als dieser im Stuhl saß, und ihm wurde kalt vor Zorn. Der Tote saß noch immer dort, und jetzt gar im Sonnenlicht. Wie entsetzlich das war! So gräßliche Dinge waren für die Dunkelheit, nicht für den Tag.

Er fühlte, wenn er darüber grübelte, was er durchgemacht hatte, würde er krank oder wahnsinnig werden. Es gab Sünden, deren Reiz mehr in der Erinnerung lag als in der Tat, heimliche Triumphe, die mehr den Stolz als die Leidenschaft befriedigten, und dem Intellekt ein sublimeres Gefühl der Freude verschafften, als sie es jemals den Sinnen bereiten konnten. Aber dies hier gehörte nicht dazu. Es war etwas, das man aus dem Gedächtnis vertreiben, mit Mohnsaft einschläfern und ersticken mußte, um nicht selbst daran zu ersticken.

Er strich sich mit der Hand über die Stirn, dann stand er schnell auf und kleidete sich mit fast noch größerer Sorgfalt an als gewöhnlich, indem er sehr viel Aufmerksamkeit auf die Wahl seiner Krawatte und der Nadel verwandte und seine Ringe mehrmals wechselte.

Er saß lange beim Frühstück, kostete von den verschiedenen Speisen, sprach mit seinem Diener über einige neue Livreen, die er für die Dienerschaft auf Selby machen lassen wollte, und sah seine Korrespondenz durch. Bei einigen Briefen lächelte er. Drei ärgerten ihn. Einen las er mehrmals durch und zerriß ihn dann mit einem Ausdruck der Ungeduld. »Wie gräßlich das Gedächtnis der Frauen war!« hatte Lord Henry einmal gesagt.

Als er den Kaffee getrunken hatte, setzte er sich an den Tisch und schrieb zwei Briefe. Einen steckte er in die Tasche, den andern gab er dem Diener.

»Bringen Sie das zur Hertford Street 152, Francis, und wenn Mr. Campbell verreist ist, lassen Sie sich seine Adresse geben.«

Sobald er allein war, zündete er sich eine Zigarette an und begann auf einem Stück Papier zu zeichnen, erst Blumen, dann architektonische Schnörkel, schließlich Gesichter. Plötzlich bemerkte er in jedem Gesicht, das er zeichnete, eine phantastische Ähnlichkeit mit Basil Hallward. Leicht verärgert stand er auf, ging an den Bücherschrank und nahm aufs Geratewohl ein Buch heraus. Er war entschlossen, an das Geschehene nicht eher zu denken, als bis es absolut notwendig war.

Als er sich auf dem Sofa ausgestreckt hatte, schaute er auf den Titel des Buches. Es war Gautiers *Émaux et Camées*, in der Ausgabe von Charpentier auf Japanpapier, mit Radierungen von Jaquemart. Der Einband war aus zitronengrünem Leder mit einem Muster aus goldenem Gitterwerk und mit Granatäpfeln überstreut. Es war ein Geschenk von Adrian Singleton. Als er darin blätterte, fiel sein Blick auf das Gedicht über die Hand Lacenaires, jene kalte, gelbe Hand »du supplice mal lavée«, mit dem roten Flaum und den »doigts de faune«. Er sah seine eigenen weißen schlanken Finger an und blätterte weiter, bis er zu jenen schönen Versen über Venedig kam:

Sur une gamme chromatique,
Le sein de perles ruisselant,
La Vénus de l'Adriatique
Sort de l'eau son corps rose et blanc.

Les dômes, sur l'azur des ondes
Suivant la phrase au pur contour,
S'enflent comme des gorges rondes
Que soulève un soupir d'amour.

L'esquif aborde et me dépose,
Jetant son amarre au pilier,
Devant une façade rose,
Sur le marbre d'un escalier.

Wie köstlich sie waren! Wenn man sie las, glaubte man, in einer schwarzen Gondel mit silbernem Bug und schleifenden Vorhängen auf grünen Wasserstraßen in jener rosen- und perlfarbenen Stadt dahinzugleiten. Sogar die Zeilen wirkten auf ihn wie die geraden, türkisblauen Linien, die einem folgen, wenn man zum Lido hinausfährt. Die plötzlichen Farbblitze erinnerten ihn an das Schimmern der irisierenden und opalisierenden Vogelkehlen, an die Vögel, die um den schlanken, wabenartig durchbrochenen Campanile flattern oder mit so vornehmer Anmut durch die schattigen Arkaden stelzen. Mit halbgeschlossenen Augen zurückgelehnt, sagte er immer und immer wieder:

Devant une façade rose,
Sur le marbre d'un escalier.

Das ganze Venedig lag in diesen beiden Zeilen. Er dachte an den Herbst, den er dort verlebt hatte, und an eine wunderbare Liebe, die ihn zu entzückenden, phantastischen Torheiten verleitet hatte. Wohl besaß jeder Ort seine Romantik. Aber Venedig hatte gleich Oxford den Hintergrund für Romantik bewahrt, und Hintergrund bedeutete alles oder doch fast alles. Basil hatte einen Teil der Zeit mit ihm verbracht und war ganz außer sich vor Bewunderung für Tintoretto. Armer Basil! Wie furchtbar für einen Menschen, so zu sterben!

Seufzend nahm er das Buch wieder auf und versuchte zu vergessen. Er las von den Schwalben, die in dem kleinen Café in Smyrna aus und ein fliegen, wo die Hadschis sitzen und ihre Bernsteinperlen zählen, und wo die Kaufleute im Turban ihre langen Troddelpfeifen rauchen und sich mit ernsten Gesichtern unterhalten; er las von dem Obelisken auf der Place de la Concorde, der in seinem einsamen, sonnenarmen Exil granitene Tränen weint und sich nach dem heißen, lotosbewachsenen Nil sehnt, wo die Sphinxe sind und rosarote Ibisse und weiße Geier mit güldenen Klauen und Krokodile mit kleinen Beryllaugen, die über den grünen, dampfenden Schlamm kriechen; und von der fremdartigen Statue, die Gautier mit einem Contr'alto vergleicht, das »monstre charmant«, das im Porphyrsaal des Louvre liegt. Aber nach einiger Zeit ließ er das Buch fallen. Er wurde nervös, und eine schreckliche Angst überkam ihn. Was geschah, wenn Alan Campbell nicht in England war? Es konnten Tage vergehen, ehe er zurückkehrte. Vielleicht weigerte er sich, zu kommen. Was sollte er dann tun? Jeder Augenblick war lebenswichtig.

Sie waren einmal große Freunde gewesen, vor fünf Jahren – beinahe unzertrennlich. Dann hörte die Vertrautheit plötzlich auf. Wenn sie sich jetzt in Gesellschaft trafen, so war es nur Dorian Gray, der lächelte: Alan Campbell tat es nie.

Er war ein außerordentlich kluger junger Mann, obwohl er keinen Sinn für die bildende Kunst besaß, und das wenige Verständnis für die Schönheit der Poesie ausschließlich Dorian verdankte. Seine dominierende intellektuelle Begabung lag in der Wissenschaft. In Cambridge hatte er die meiste Zeit bei der Arbeit im Laboratorium zugebracht und ein gutes Examen in den Naturwissenschaften gemacht. Er studierte noch immer Chemie und hatte ein eigenes Laboratorium, in dem er sich oft den ganzen Tag lang einschloß, zur großen Enttäuschung seiner Mutter, die sich in den Kopf gesetzt hatte, daß er fürs Parlament kandidieren sollte, und die von einem Chemiker nur die Vorstellung hatte, daß er Rezepte zusammenstellt. Er war aber auch ein ausgezeichneter Musiker und spielte Geige und Klavier besser als die meisten Liebhaber. Die Musik war es auch, die ihn zuerst mit Dorian Gray zusammengeführt hatte, die Musik und jene undefinierbare Anziehungskraft, die Dorian ausübte, auf wen er wollte, und oftmals ohne es zu wissen. Sie hatten sich an dem Abend bei Lady Berkshire kennengelernt, als Rubinstein dort spielte, und seitdem sah man sie immer zusammen in der Oper und überall, wo es gute Musik gab. Ihre Freundschaft dauerte achtzehn Monate. Campbell war immer entweder in Selby Royal oder am Grosvenor Square. Dorian war für ihn, wie für viele andere, die Verkörperung all dessen, was im Leben herrlich und bezaubernd ist. Ob es einen Streit zwischen ihnen gegeben hatte, erfuhr man nie. Aber plötzlich bemerkte man, daß sie kaum miteinander sprachen, wenn sie sich trafen, und daß Campbell jede Gesellschaft früh verließ, wenn Dorian Gray anwesend war. Er war auch verändert – war zuweilen seltsam melancholisch, schien es beinah zu hassen, ernster Musik zuzuhören, und wenn er aufgefordert wurde, zu spielen, entschuldigte er sich, daß er so sehr von der Wissenschaft in Anspruch genommen sei, und ihm keine Zeit zum Üben bliebe. Und so war es auch. Von Tag zu Tag interessierte er sich mehr für die Biologie, und sein Name tauchte ein- oder zweimal in wissenschaftlichen Zeitschriften auf in Verbindung mit gewissen merkwürdigen Experimenten.

Das war der Mann, den Dorian Gray erwartete, während er im Zimmer auf und ab ging, jede Sekunde auf die Uhr sah, und wie die Minuten verstrichen, immer erregter wurde. Endlich öffnete sich die Tür, und sein Diener trat ein.

»Mr. Alan Campbell, gnädiger Herr.«

Ein Seufzer der Erleichterung kam von seinen trockenen Lippen, und die Farbe kehrte in seine Wangen zurück.

»Bitten Sie ihn, gleich hereinzukommen, Francis.«

Der Mann verbeugte sich und ging hinaus. Kurz darauf erschien Alan Campbell; er sah ernst und ziemlich bleich aus, und seine Blässe wurde durch das kohlschwarze Haar und die dunklen Augenbrauen noch betont.

»Alan! Das ist lieb von dir. Ich danke dir, daß du gekommen bist.«

»Ich hatte mir vorgenommen, dein Haus nie wieder zu betreten, Gray. Aber du schriebst, es gehe um Leben und Tod.« Seine Stimme klang kalt und hart. Er sprach langsam, jedes Wort abwägend. Ein Ausdruck von Verachtung lag in dem ruhigen, forschenden Blick, den er auf Dorian richtete. Er behielt die Hände in den Taschen seines Persianermantels und übersah die Geste, mit der er begrüßt worden war.

»Ja, es handelt sich um Leben und Tod, Alan, und für mehr als einen Menschen. Setz dich.«

Campbell nahm einen Stuhl am Tisch, und Dorian setzte sich ihm gegenüber. Die Augen der beiden Männer trafen sich. In Dorians Blick war unendliches Mitleid. Er wußte, was er zu tun beabsichtigte, war schrecklich.

Nach einem gespannten Schweigen beugte er sich vor und sagte sehr ruhig und indem er die Wirkung jedes einzelnen Wortes auf dem Gesicht des Mannes, den er hatte holen lassen, beobachtete: »Alan, in einem verschlossenen Zimmer unter dem Dach dieses Hauses, zu dem außer mir niemand Zutritt hat, sitzt ein Toter am Tisch. Er ist seit zehn Stunden tot. Steh nicht auf und schau mich nicht so an. Wer der Mann ist, warum er starb, wie er starb, sind Dinge, die dich nichts angehen. Was du zu tun hast, ist dies ...«

»Halt, Gray. Ich will nichts mehr hören. Ob das wahr ist oder nicht, ist mir gleichgültig. Ich lehne entschieden ab, in dein Leben hineingezogen zu werden. Behalte deine fürchterlichen Geheimnisse für dich. Sie interessieren mich nicht mehr.«

»Alan, sie werden dich interessieren müssen. Dieses eine wenigstens. Du tust mir furchtbar leid, Alan. Aber ich kann es dir nicht ersparen. Du bist der einzige Mensch, der imstande ist, mich zu retten. Ich bin gezwungen, dich in die Sache hineinzuziehen. Ich habe keine Wahl. Alan, du bist ein Wissenschaftler. Du weißt in der Chemie Bescheid und in ähnlichen Dingen. Du hast Experimente gemacht. Was du tun mußt, ist, das Ding dort oben zu vernichten –, vernichten, so daß keine Spur davon übrigbleibt. Niemand hat diesen Menschen ins Haus kommen sehen. Tatsächlich denkt man, er sei im Augenblick in Paris. Man wird ihn monatelang nicht vermissen. Wenn er vermißt wird, darf hier keine Spur von ihm zu finden sein. Du, Alan, mußt ihn und alles, was ihm gehört, in eine Handvoll Asche verwandeln, die ich in die Winde streuen kann.«

»Du bist wahnsinnig, Dorian.«

»Ah – ich habe darauf gewartet, daß du mich Dorian nennst.«

»Du bist wahnsinnig, sag ich dir –, wahnsinnig, wenn du glaubst, daß ich nur einen Finger rühren werde, um dir zu helfen, wahnsinnig, mir dieses ungeheuerliche Bekenntnis zu machen. Ich will nichts damit zu tun haben, was es auch ist. Bildest du dir ein, ich setze um deinetwillen meinen Ruf aufs Spiel? Was geht es mich an, welche Teufelei du angerichtet hast?«

»Es war Selbstmord, Alan.«

»Das freut mich. Aber wer hat ihn dazu getrieben? Du doch, vermute ich.«

»Weigerst du dich noch immer, es für mich zu tun?«

»Natürlich weigere ich mich. Ich will absolut nichts damit zu tun haben. Es ist mir gleichgültig, welche Schande dich trifft. Du hast sie verdient. Es würde mir nicht leid tun, dich entehrt zu sehen, öffentlich entehrt. Wie kannst du es wagen, gerade mich von allen Menschen in der Welt in diese grauenhafte Angelegenheit hineinzuziehen. Ich hätte gedacht, daß du mehr von menschlichem Charakter verstehst. Dein Freund Lord Henry Wotton kann dich nicht viel Psychologie gelehrt haben, was er dich auch sonst gelehrt haben mag. Nichts kann mich bewegen, auch nur einen Schritt zu tun, um dir zu helfen. Du bist an den Falschen geraten. Geh zu einem deiner Freunde. Komm nicht zu mir.«

»Alan, es war Mord. Ich hab ihn getötet. Du weißt nicht, was ich durch ihn gelitten habe. Was immer mein Leben ist, er hat es mehr beeinflußt und verdorben, als der arme Henry es je getan hat. Es mag nicht in seiner Absicht gelegen haben, das Ergebnis war das gleiche.«

»Mord! Großer Gott, Dorian, so weit ist es mit dir gekommen? Ich werde dich nicht anzeigen. Das ist nicht meine Sache. Außerdem wirst du auch ohne mein Zutun sicher gefaßt werden. Niemand begeht einen Mord, ohne eine Dummheit zu machen. Aber ich will nichts damit zu tun haben.«

»Alles, was ich von dir verlange, ist, daß du ein wissenschaftliches Experiment ausführst. Du gehst in Spitäler und Leichenhäuser, und das Grausige, was du dort tust, berührt dich nicht. Wenn dieser Mann in einem scheußlichen Seziersaal oder einem stinkenden Laboratorium auf einem Bleitisch mit roten Abflußrinnen liegen würde, so würdest du ihn einfach als ein wunderbares Studienobjekt betrachten. Kein Haar würde sich dir sträuben. Du hättest nicht das Gefühl, etwas Unrechtes zu tun. Im Gegenteil, du würdest wahrscheinlich der Meinung sein, daß du der Menschheit etwas Gutes tust, die Erkenntnis bereicherst oder intellektuelle Neugier befriedigst und dergleichen mehr. Was ich von dir verlange, ist etwas, das du schon oft getan hast. Eigentlich muß es weniger schlimm sein, einen Leichnam zu vernichten, als was du sonst zu tun gewohnt bist. Und vergiß nicht, es ist das einzige Beweisstück gegen mich. Wird es entdeckt, so bin ich verloren; und es wird ganz gewiß entdeckt, wenn du mir nicht hilfst.«

»Ich hab keine Lust, dir zu helfen. Das vergißt du. Mir ist die ganze Sache einfach gleichgültig. Ich hab nichts mit ihr zu tun.«

»Alan, ich beschwöre dich. Denke, in welcher Lage ich mich befinde. Ehe du kamst, war ich fast ohnmächtig vor Angst. Nein, denk nicht daran. Sieh die Sache nur vom wissenschaftlichen Standpunkt aus. Du fragst nicht, woher die Leichen kommen, an denen du experimentierst. Frag auch jetzt nicht. Ich habe dir ohnehin zuviel gesagt. Aber ich bitte dich, tu es. Wir waren doch einmal Freunde, Alan.«

»Sprich nicht von jenen Tagen, Dorian: sie sind tot.«

»Manchmal verweilen die Toten. Der Mann dort oben geht nicht fort. Er sitzt am Tisch mit hängendem Kopf und ausgespreizten Armen. Alan, Alan, wenn du mir nicht hilfst, bin ich verloren. Sie werden mich hängen, Alan. Begreifst du denn nicht? Sie werden mich hängen für das, was ich getan habe.«

»Es hat keinen Sinn, diese Szene zu verlängern. Ich lehne es absolut ab, etwas in der Sache zu tun. Es ist irrsinnig von dir, mich darum zu bitten.«

»Du weigerst dich endgültig?«

»Ja.«

Wieder kam ein Ausdruck des Mitleids in Dorians Augen. Er streckte die Hand nach einem Stück Papier aus und schrieb etwas darauf. Er las es zweimal durch, faltete es sorgfältig zusammen und schob es über den Tisch. Dann stand er auf und trat ans Fenster.

Campbell sah ihn verwundert an, nahm das Papier und öffnete es. Als er es las, wurde sein Gesicht geisterhaft bleich, und er fiel in seinen Stuhl zurück. Ein fürchterliches Gefühl der Schwäche überkam ihn. Ihm war, als schlage sein Herz sich zu Tode.

Nach zwei bis drei Minuten eines furchtbaren Schweigens drehte sich Dorian um, trat hinter ihn und legte ihm die Hand auf die Schulter.

»Es tut mir so leid, Alan«, sagte er leise, »aber du läßt mir keine Wahl. Ich habe schon einen Brief geschrieben. Hier ist er. Du kennst die Adresse. Wenn du mir nicht hilfst, muß ich ihn abschicken. Du weißt, was die Folgen sein werden. Aber du wirst mir helfen. Du kannst es mir nicht mehr verweigern. Ich wollte dir das ersparen. Du wirst mir das gerechterweise zugestehen müssen. Du warst hart, scharf, beleidigend. Du hast mich behandelt, wie kein Mensch je gewagt hat, mich zu behandeln – jedenfalls kein lebender. Ich habe alles ertragen. Jetzt ist es an mir, die Bedingungen zu diktieren.«

Campbell vergrub sein Gesicht in den Händen, und ein Schauer durchlief ihn.

»Ja, jetzt ist die Reihe an mir, Alan, die Bedingungen zu diktieren. Du kennst sie. Die Sache ist ganz einfach. Komm, steigere dich nicht in dieses Fieber. Es muß getan werden. Sieh der Sache ins Gesicht und tu es.«

Ein Stöhnen kam von Campbells Lippen, und er bebte am ganzen Körper. Das Ticken der Uhr auf dem Kaminsims schien die Zeit in einzelne Atome eines Todeskampfes zu zerteilen, jedes von ihnen zu grauenhaft, um ertragen zu werden. Er hatte die Empfindung, als würde ein eiserner Ring langsam um seine Stirn zusammengezogen, als ob das Unheil, von dem er bedroht war, schon über ihn gekommen sei. Die Hand auf seiner Schulter wog schwer wie Blei. Sie war ihm unerträglich. Sie schien ihn zermalmen zu wollen.

»Komm, Alan, du mußt dich sofort entscheiden.«

Er zögerte einen Augenblick. »Ist ein Ofen dort oben im Zimmer?« fragte er leise.

»Ja, ein Gasofen mit Asbest.«

»Ich muß nach Hause gehn und verschiedenes aus dem Laboratorium holen.«

»Nein, Alan, du brauchst das Haus nicht zu verlassen. Schreib auf ein Blatt Papier, was du brauchst, und mein Diener wird einen Wagen nehmen und dir die Sachen bringen.«

Campbell schrieb ein paar Zeilen, löschte sie und adressierte einen Umschlag an seinen Assistenten. Dorian nahm das Blatt und las es sorgfältig durch. Dann klingelte er und gab es seinem Diener mit dem Auftrag, so schnell wie möglich zurückzukehren und die Sachen mitzubringen. Als die Haustür ins Schloß fiel, sprang Campbell auf und ging zum Kamin hinüber. Er zitterte wie in einem Fieberfrost. Fast zwanzig Minuten vergingen, und keiner der Männer sprach ein Wort. Eine Fliege summte laut durchs Zimmer, und das Ticken der Uhr war wie Hammerschläge. Als es ein Uhr schlug, wandte sich Campbell um, und als er Dorian Gray anschaute, sah er, daß seine Augen mit Tränen gefüllt waren. In den reinen, edlen Zügen dieses traurigen Gesichts schien ihn etwas zu empören.

»Du bist ein Schurke, ein gemeiner Schurke!« sagte er tonlos.

»Sei still, Alan, du hast mir das Leben gerettet«, sagte Dorian.

»Dein Leben? O Gott! Was ist das für ein Leben! Du bist von Niedertracht zu Niedertracht gegangen, und jetzt hast du in einem Verbrechen den Gipfel erreicht. Wenn ich tue, was du mich zu tun zwingst, so denke ich dabei nicht an dein Leben.«

»Ach, Alan«, flüsterte Dorian mit einem Seufzer, »ich wünschte, daß du nur den tausendsten Teil des Mitleids für mich hättest, das ich für dich empfinde.« Er wandte sich um, während er sprach, und sah in den Garten hinaus. Campbell gab keine Antwort.

Zehn Minuten später klopfte es an der Tür, und der Diener trat ein; er brachte einen großen Mahagonikasten mit Chemikalien, darauf stand eine kleine Elektrobatterie. Er stellte das Ganze auf den Tisch, ging hinaus und kam mit einer langen Rolle Stahl- und Platindraht und zwei merkwürdig geformten Eisenklammern zurück. »Soll ich die Sachen hier lassen, gnädiger Herr?« fragte er Campbell.

»Ja«, sagte Dorian. »Und es tut mir leid, Francis, daß ich noch einen Auftrag für Sie habe. Wie heißt der Mann in Richmond, der die Orchideen für Selby liefert?«

»Harden, gnädiger Herr.«

»Ach ja, Harden. Sie müssen gleich nach Richmond fahren und mit Harden sprechen, er soll doppelt so viel Orchideen schicken, wie ich bestellt hatte, und so wenig weiße wie möglich. Eigentlich möchte ich überhaupt keine weißen. Es ist ein schöner Tag heute, Francis, und Richmond ist ein sehr hübscher Ort, sonst würde ich Sie nicht damit behelligen.«

»Keine Sorge, gnädiger Herr. Wann soll ich zurück sein?«

Dorian sah zu Campbell. »Wie lange wird dein Experiment dauern, Alan?« fragte er mit ruhiger, gleichgültiger Stimme. Die Gegenwart eines Dritten schien ihm seine Gelassenheit wiederzugeben.

Campbell runzelte die Stirn und biß sich auf die Lippen. »Ungefähr fünf Stunden wird es dauern«, gab er zur Antwort.

»Dann ist es früh genug, wenn Sie um halb acht zurück sind, Francis. Oder warten Sie: Legen Sie mir meine Sachen zum Ankleiden bereit, Sie können den Abend für sich haben. Ich esse nicht zu Hause und brauche Sie also nicht.«

»Ich danke Ihnen, gnädiger Herr«, sagte der Mann und ging.

»Und jetzt, Alan, ist kein Augenblick zu verlieren. Wie schwer dieser Kasten ist! Ich werde ihn tragen, nimm du das übrige.« Er sprach schnell und in befehlendem Ton. Campbell fühlte sich ausgeliefert. Sie gingen zusammen hinaus.

Als sie den obersten Treppenabsatz erreichten, zog Dorian den Schlüssel heraus und drehte ihn im Schloß. Dann hielt er inne, und ein verstörter Ausdruck kam in sein Gesicht. Er schauderte. »Ich glaube, ich kann nicht hineingehn, Alan«, flüsterte er.

»Das macht mir nichts aus. Ich brauche dich nicht«, erwiderte Campbell kalt.

Dorian öffnete die Tür zur Hälfte. Dabei sah er, wie ihn das Gesicht vom Bild her angrinste. Am Boden lag der heruntergerissene Vorhang. Er erinnerte sich, daß er in der Nacht zuvor zum erstenmal in seinem Leben vergessen hatte, es zu verdecken, als er aus dem Zimmer schlich. Was war das für ein widerlicher roter Fleck, der feucht und glänzend auf der einen Hand leuchtete, als hätte die Leinwand Blut geschwitzt? Wie grauenhaft das war! In diesem Augenblick kam es ihm schlimmer vor als das schweigende Ding, das über den Tisch gestreckt lag, das Ding, dessen grotesker, unförmiger Schatten auf dem befleckten Teppich ihm zeigte, daß es sich nicht bewegt hatte, sondern noch da war, wo er es gelassen hatte.

Er öffnete die Tür etwas weiter und ging mit halbgeschlossenen Augen und abgewendetem Kopf schnell hinein, entschlossen, den Toten nicht anzusehen. Er bückte sich, hob die purpurgoldene Decke auf und warf sie über das Bild.

Dann blieb er stehen, voller Angst, sich umzudrehen, und seine Augen hefteten sich auf das verschlungene Muster. Er hörte, wie Campbell den schweren Kasten hereinbrachte, die Eisenklammern und die übrigen Sachen, die er für seine fürchterliche Arbeit verlangt hatte. Er fragte sich, ob er Basil Hallward jemals begegnet war, und wenn ja, was sie voneinander gedacht hatten.

»Laß mich jetzt allein«, sagte Campbell.

Er drehte sich um und ging rasch hinaus, wobei er gerade noch wahrnahm, daß der Tote in seinem Stuhl zurückgelehnt worden war und Campbell in ein wächsernes, gelbliches Gesicht starrte. Als er hinunterging, hörte er, wie der Schlüssel im Schloß umgedreht wurde.

Es war lange nach sieben Uhr, als Campbell in die Bibliothek zurückkam. Er war bleich, aber vollkommen ruhig. »Ich habe getan, was du von mir verlangt hast«, sagte er leise. »Und nun adieu. Wir werden uns nie wiedersehen.«

»Du hast mich vor dem Untergang gerettet, Alan. Ich kann dir das nicht vergessen«, sagte Dorian schlicht.

Sobald Campbell fort war, ging er hinauf. Es war ein schrecklicher Geruch von Chemikalien im Raum. Aber das Ding, das am Tisch gesessen hatte, war verschwunden.

13

»Es hat keinen Sinn, mir zu sagen, daß du jetzt gut werden willst, Dorian«, rief Lord Henry, der seine weißen Finger in eine rote Kupferschale mit Rosenwasser tauchte. »Du bist ganz vollkommen. Bitte ändere dich nicht.«

Dorian schüttelte den Kopf. »Nein, Harry, ich hab zu viele Ungeheuerlichkeiten in meinem Leben begangen. So soll es nicht weitergehn. Gestern hab ich meine guten Taten begonnen.«

»Wo bist du gestern gewesen?«

»Auf dem Lande, Harry. Ich war ganz allein in einem kleinen Gasthaus.«

»Mein lieber Junge«, sagte Lord Henry lächelnd, »auf dem Land kann jeder gut sein. Da gibt es keine Versuchungen. Das ist der Grund, warum Leute, die nicht in der Stadt leben, so unzivilisiert sind. Es gibt nur zwei Wege, zivilisiert zu werden. Der eine führt über die Kultur, der andere über die Verderbtheit. Die Leute auf dem Land haben weder zum einen noch zum andern Gelegenheit, deshalb geraten sie in Stagnation.«

»Kultur und Verderbtheit«, sagte Dorian leise. »Ich habe beides kennengelernt. Jetzt erscheint es mir seltsam, daß man sie jemals gemeinsam vorfindet. Denn ich habe ein neues Ideal, Harry. Ich will mich ändern. Ich glaube, ich bin schon verändert.«

»Du hast mir deine gute Tat noch nicht genannt. Oder sagtest du, daß du mehr als eine begangen hast?«

»Ich will es dir sagen. Es ist eine Geschichte, die ich nicht jedem erzählen könnte. Ich habe jemand verschont. Es klingt eitel, aber du weißt, was ich meine. Sie war sehr schön und erinnerte mich an Sibyl Vane. Ich glaube, das zog mich zuallererst an. Du erinnerst dich an Sibyl, nicht wahr? Wie lange das vergangen scheint. Hetty gehörte natürlich nicht unserm Stand an. Sie war nur ein Mädchen in einem Dorf. Aber ich hab sie wirklich geliebt. Ich bin sicher, daß ich sie geliebt habe. Den ganzen wundervollen Mai hindurch, den wir hatten, fuhr ich jede Woche zwei- oder dreimal hinaus, um sie zu sehen. Gestern erwartete sie mich in einem kleinen Obstgarten. Die Apfelblüten fielen auf ihr Haar, und sie lachte. Wir wollten heute morgen in der Dämmerung zusammen fortgehen. Plötzlich faßte ich den Entschluß, sie so unberührt zu lassen, wie ich sie gefunden hatte.«

»Ich vermute, die Neuheit der Empfindung hat dir einen tiefen Schauer des Entzückens bereitet, Dorian«, unterbrach ihn Lord Henry. »Aber ich kann deine Idylle zu Ende erzählen. Du gabst ihr gute Lehren und hast ihr das Herz gebrochen. Das war der Anfang deiner Besserung.«

»Harry, du bist abscheulich! Du darfst nicht so häßliche Dinge sagen. Hetty ist das Herz nicht gebrochen. Natürlich weinte sie und so weiter. Aber sie ist von keiner Schande betroffen. Sie kann weiterleben wie Perdita in ihrem Garten.«

»Und über einen treulosen Florizel weinen«, sagte Lord Henry lachend. »Mein lieber Dorian, du hast die wunderlichsten Knabenlaunen. Glaubst du, dieses Mädchen wird sich jemals mit einem Mann ihres eigenen Standes zufriedengeben? Wahrscheinlich wird sie eines Tages mit einem derben Fuhrmann oder mit einem Bauerntölpel verheiratet werden. Daß sie dich gekannt und geliebt hat, wird zur Folge haben, daß sie ihren Gatten verachtet und wird sie unglücklich machen. Vom moralischen Standpunkt aus halte ich nicht viel von deinem Verzicht. Selbst als Anfang ist er bescheiden. Außerdem, woher weißt du, daß Hetty in diesem Augenblick nicht in irgendeinem Mühlteich treibt, mit Wasserlilien umkränzt wie Ophelia?«

»Ich kann das nicht ertragen, Harry! Du spottest über alles, und dann malst du die schrecklichsten Tragödien aus. Es tut mir leid, daß ich dir davon erzählt habe. Es ist mir gleich, was du dazu sagst, ich weiß, daß ich richtig gehandelt habe. Die arme Hetty. Als ich heute morgen an dem Gehöft vorbeiritt, sah ich ihr Gesicht, weiß wie ein Jasminreis, am Fenster. Aber laß mich nicht mehr darüber reden, und versuche nicht, mich zu überzeugen, daß die erste gute Tat seit Jahren, das erste kleine Opfer, das ich gebracht habe, im Grunde eine Sünde sei. Ich will besser werden. Und ich werde besser werden. Erzähl mir von dir. Was gibt es Neues in der Stadt? Ich bin seit Tagen nicht im Klub gewesen.«

»Die Leute reden immer noch über das Verschwinden des armen Basil.«

»Ich hätte gedacht, sie wären dessen inzwischen müde geworden«, sagte Dorian mit einem leichten Stirnrunzeln, während er sich einen Schluck Wein einschenkte.

»Mein lieber Junge, sie reden erst seit sechs Wochen darüber, und das Publikum ist der geistigen Anstrengung von mehr als einem Thema in drei Monaten wirklich nicht gewachsen. Immerhin sind sie in der letzten Zeit besonders glücklich dran gewesen. Da war meine eigene Scheidung und der Selbstmord von Alan Campbell. Jetzt haben sie das geheimnisvolle Verschwinden eines Künstlers. Scotland Yard besteht immer noch darauf, daß der Mann im grauen Ulster, der am 7. November mit dem Mitternachtszug vom Victoria-Bahnhof abfuhr, der arme Basil gewesen sei, und die französische Polizei erklärt, daß Basil niemals in Paris angekommen ist. Vermutlich hören wir in vierzehn Tagen, er sei in San Franzisko aufgetaucht. Es ist merkwürdig, aber wer verschwindet, soll immer in San Franzisko gesehen worden sein. Das muß eine entzückende Stadt sein, die alle Verlockungen des Jenseits besitzt.«

»Was glaubst du, ist Basil zugestoßen?« fragte Dorian und hielt seinen Burgunder gegen das Licht; er wunderte sich, daß er so ruhig über das Thema sprechen konnte.

»Ich hab nicht die leiseste Ahnung. Wenn Basil es für richtig hält, sich zu verbergen, so geht mich das nichts an. Wenn er tot ist, so mag ich nicht an ihn denken. Seit jeher ist der Tod das einzige, was mich in Schrecken hält. Ich hasse ihn. Man kann heutzutage alles überleben außer ihm. Der Tod und die Vulgarität, das sind die beiden einzigen Tatsachen im neunzehnten Jahrhundert, die sich nicht wegerklären lassen. Komm, wir wollen den Kaffee im Musikzimmer nehmen. Du mußt mir Chopin vorspielen. Der Mann, mit dem meine Frau davongelaufen ist, spielte hinreißend Chopin. Die arme Victoria! Ich hatte sie sehr gern. Das Haus ist ganz verlassen ohne sie.«

Dorian sagte nichts, sondern stand vom Tisch auf, ging in das Nebenzimmer, setzte sich ans Klavier und ließ seine Finger über die Tasten gleiten. Als der Kaffee hereingebracht wurde, hörte er auf zu spielen, und zu Lord Henry gewandt, sagte er: »Harry, ist dir niemals der Gedanke gekommen, daß Basil ermordet wurde?«

Lord Henry gähnte. »Basil hatte keine Feinde und trug immer eine Waterbury-Uhr. Warum hätte er ermordet werden sollen? Er war nicht klug genug, um Feinde zu haben. Natürlich war er ein genialer Maler. Aber einer kann malen wie Velasquez und doch unerhört langweilig sein. Basil war wirklich ziemlich fade. Er hat mich nur ein einziges Mal interessiert, und das war, als er mir vor vielen Jahren erzählte, daß er eine wahnsinnige Leidenschaft für dich hätte.«

»Ich habe Basil sehr gern gemocht«, sagte Dorian mit einem Ausdruck der Trauer in den Augen. »Aber heißt es nicht, daß er ermordet wurde?«

»Ach, in manchen Zeitungen wird das behauptet. Ich halte es nicht für wahrscheinlich. Ich weiß, es gibt fürchterliche Orte in Paris, aber Basil war nicht der Mensch, dorthin zu gehen. Er besaß keine Neugier. Das war sein Hauptfehler. Spiel mir ein Nocturne, Dorian, und während du spielst, erzähl mir leise, wie du deine Jugend bewahrt hast. Du mußt ein Geheimnis haben. Ich bin nur zehn Jahre älter als du, und ich bin faltig, kahl, und meine Haut ist gelb. Du bist wirklich wunderbar, Dorian. Du hast nie bezaubernder ausgesehn als heute abend. Du erinnerst mich an den Tag, als ich dich zum erstenmal sah. Du warst ein wenig eigensinnig, sehr schüchtern und ganz ungewöhnlich. Du hast dich natürlich verändert, aber nicht äußerlich. Ich wünschte, du würdest mir dein Geheimnis verraten. Ich würde alles in der Welt tun, um meine Jugend zurückzuerhalten, außer Gymnastik machen, früh aufstehn und ehrbar werden. Jugend! Nichts kommt ihr gleich. Es ist unsinnig, von der Unerfahrenheit der Jugend zu reden. Die einzigen Leute, auf deren Meinungen ich jetzt etwas gebe, sind viel jünger als ich selbst. Sie scheinen mir voraus zu sein. Das Leben hat ihnen sein letztes Geheimnis enthüllt. Was die Alten betrifft, den Alten widerspreche ich immer. Ich tue es aus Prinzip. Wenn du wissen willst, wie sie über ein Ereignis von gestern denken, geben sie dir feierlich die Urteile wieder, die 1820 in Umlauf waren, als die Leute hohe Halsbinden trugen und absolut nichts wußten. Wie schön das Stück ist, das du spielst. Ich möchte wissen, ob Chopin es auf Mallorca schrieb, wenn die Wogen heranrollten und der Salzschaum gegen das Fenster sprühte. Es ist hinreißend romantisch. Was für ein Segen, daß uns wenigstens eine Kunst geblieben ist, die nicht nachahmt! Hör nicht auf. Ich brauche Musik heute abend. Ich stelle mir vor, du seist der junge Apoll, und ich bin Marsyas, der dir zuhört. Ich kenne eine Pein, Dorian, von der nicht einmal du etwas ahnst. Die Tragödie des Alters ist nicht, daß man alt, sondern daß man jung ist. Ich erschrecke zuweilen über meine eigene Aufrichtigkeit. Ach, Dorian, wie glücklich bist du! Was für ein herrliches Leben hast du gehabt! Du hast alles bis zur Neige genossen! Du hast die Trauben an deinem Gaumen zergehen lassen. Nichts ist dir verborgen geblieben. Aber alles war für dich nicht mehr als der Klang von Musik! Es hat dich nicht gezeichnet. Du bist noch der gleiche.

Ich möchte wissen, wie dein Leben weiter verlaufen wird. Verdirb es nicht durch Entsagungen. Jetzt bist du als Typus vollkommen. Mach dich nicht unvollkommen. Du bist makellos. Du brauchst nicht den Kopf zu schütteln. Du weißt es selbst. Und außerdem, Dorian, darfst du dich nicht betrügen. Das Leben läßt sich nicht durch den Willen oder durch Vorsätze beherrschen. Das Leben ist eine Frage der Nerven und Fibern und von langsam sich aufbauenden Zellen, in denen sich der Gedanke verbirgt und die Leidenschaft ihre Träume hat. Du magst dich sicher wähnen und für stark halten. Aber ein zufälliger Farbton in einem Zimmer oder am Morgenhimmel, ein bestimmter Duft, den du einst liebtest und der heimliche Erinnerungen weckt, eine Zeile aus einem vergessenen Gedicht, die du wiederfindest, die Kadenz aus einem Musikstück, das du längst nicht mehr spielst –, glaube mir, Dorian, das sind die Dinge, von denen unser Leben abhängt. Browning hat einmal darüber geschrieben, aber unsere eigenen Sinne bestätigen es uns. Es gibt Augenblicke, in denen der Duft des Heliotrop mich plötzlich streift, und ich muß noch einmal durch das seltsamste Jahr meines Lebens hindurchgehen.

Ich wollte, ich könnte mit dir tauschen, Dorian. Wir sind beide von der Welt verschrien worden, aber dich hat sie immer angebetet. Sie wird dir weiter zu Füßen liegen. Du bist das Leitbild, nach dem die Zeit sucht und das sie fürchtet, gefunden zu haben. Ich bin so froh, daß du niemals etwas getan hast, nie eine Statue gemeißelt oder ein Bild gemalt, nie etwas aus dir herausgestellt hast. Deine Kunst war das Leben. Du hast dich selbst in Musik gesetzt. Deine Tage sind deine Sonette gewesen.«

Dorian stand vom Klavier auf und strich sich mit der Hand durch das Haar. »Ja, das Leben ist herrlich gewesen«, sagte er leise, »aber ich werde dieses Leben nicht weiterführen, Harry. Und du darfst nicht solche übertriebenen Dinge zu mir sagen. Du weißt nicht alles über mich. Ich glaube, wenn es so wäre, würdest auch du dich von mir abwenden. Du lachst. Lach nicht.«

»Warum hast du aufgehört zu spielen, Dorian? Setz dich und spiel das Nocturne noch einmal. Sieh den großen, honigfarbenen Mond, der in der dämmrigen Luft hängt. Er wartet, daß du ihn verzauberst, und wenn du spielst, wird er sich der Erde nähern. Du willst nicht? Dann laß uns in den Klub gehen. Es war ein reizender Abend, und wir müssen ihn angenehm beenden. Im Klub ist jemand, der dich durchaus kennenlernen möchte –, der junge Lord Poole, Bournmouths ältester Sohn. Er kopiert schon deine Krawatten und hat mich gebeten, ihn dir vorzustellen. Er ist ganz entzückend und erinnert mich sogar an dich.«

»Hoffentlich nicht«, erwiderte Dorian mit einem Anflug von Pathos in der Stimme. »Aber ich bin heute abend müde, Harry. Ich möchte nicht mehr in der Klub. Es ist fast elf, und ich will zeitig zu Bett.«

»Bitte bleib noch. Du hast nie so schön gespielt wie heute abend. Es war etwas Wundervolles in deinem Anschlag. Er hatte mehr Ausdruck, als ich je darin gehört habe.«

»Das ist, weil ich gut werden will«, antwortete er lächelnd. »Ich bin schon ein wenig verändert.«

»Ändre dich nicht, Dorian; oder wenigstens ändere dich nicht gegen mich. Wir müssen immer Freunde bleiben.«

»Und doch hast du mich einmal mit einem Buch vergiftet. Ich

sollte dir das nicht verzeihen. Harry, versprich mir, daß du dies Buch niemandem mehr leihen wirst. Es richtet Unheil an.«

»Mein lieber Junge, jetzt fängst du wirklich an zu moralisieren. Bald wirst du herumgehn und die Leute vor den Sünden warnen, deren du müde bist. Du bist viel zu charmant, um so etwas zu tun. Außerdem nützt es nichts. Du und ich, wir sind, was wir sind, und werden es immer bleiben. Komm morgen vorbei. Ich möchte um elf ausreiten. Wir könnten zusammen gehen. Der Park ist jetzt wunderschön. Ich glaube, einen solchen Flieder hat es nicht mehr gegeben seit dem Jahr, als ich dich kennenlernte.«

»Gut, ich werde um elf Uhr hier sein«, sagte Dorian. »Gute Nacht, Harry.« Als er an der Tür stand, zögerte er einen Augenblick, als hätte er noch etwas zu sagen. Dann seufzte er und ging.

Es war eine klare Nacht und so warm, daß er den Mantel über den Arm nahm und nicht einmal den Seidenschal umlegte. Als er, seine Zigarette rauchend, nach Hause schlenderte, gingen zwei junge Leute im Abendanzug an ihm vorbei. Er hörte, wie einer dem andern zuflüsterte: »Das ist Dorian Gray.« Er erinnerte sich, wie angenehm es ihm gewesen war, wenn man auf ihn aufmerksam machte, ihn ansah oder von ihm sprach. Jetzt war er es müde, seinen Namen zu hören. Der Zauber des kleinen Dorfes, wo er sich in letzter Zeit so häufig aufgehalten hatte, lag zur Hälfte darin, daß niemand wußte, wer er war. Er hatte dem Mädchen, dessen Liebe er erweckt hatte, erzählt, daß er arm sei, und sie hatte ihm geglaubt. Er hatte einmal zu ihr gesagt, er sei schlecht, und sie hatte ihn ausgelacht und gemeint, daß schlechte Menschen immer sehr alt und sehr häßlich sind. Wie sie lachen konnte! – Wie eine Singdrossel! Und wie hübsch sie gewesen war in ihren Baumwollkleidern und den großen Hüten! Sie war unwissend, aber sie besaß alles, was er verloren hatte.

Als er nach Hause kam, fand er den Diener noch auf, der ihn erwartete. Er schickte ihn zu Bett und warf sich in der Bibliothek aufs Sofa und begann über einige Dinge nachzudenken, die Lord Henry zu ihm gesagt hatte.

War es wirklich wahr, daß man sich nicht mehr ändern konnte?

Er fühlte eine brennende Sehnsucht nach der Reinheit seiner Jugend – den Rosen und Lilien seiner Jugend, wie Lord Henry sie einmal genannt hatte. Er wußte, daß er sich mit Schmach bedeckt, seine Seele vergewaltigt und seiner Phantasie das Grauen gelehrt hatte; wußte, daß er einen bösen Einfluß auf andere ausgeübt und dabei ein teuflisches Vergnügen empfunden hatte; und daß er von allen Menschen, die sein Leben kreuzten, die besten und verheißungsvollsten in Schande gebracht hatte. Aber war das nie wiedergutzumachen? Gab es keine Hoffnung für ihn?

Es war besser, nicht an das Vergangene zu denken. Daran ließ sich nichts mehr ändern. An sich selbst und an seine Zukunft mußte er denken. Alan Campbell hatte sich eines Nachts in seinem Laboratorium erschossen, aber das Geheimnis, zu dessen Mitwisserschaft er ihn gezwungen hatte, nicht verraten. Die Aufregung über das Verschwinden von Basil Hallward würde sich schließlich legen. Sie ließ jetzt schon nach. Er fühlte sich vollständig sicher. Nein, es war auch nicht Basil Hallwards Tod, der sein Gemüt am schwersten belastete. Es war der lebendige Tod seiner eigenen Seele, der ihn quälte. Basil hatte das Bild gemalt, das sein Leben zerstörte. Das konnte er ihm nicht verzeihen. Das Bild hatte alles getan. Basil hatte ihm unerträgliche Dinge gesagt, und doch hatte er sie geduldig ertragen. Der Mord war nur der Wahnsinn eines Augenblicks. Und was Alan Campbell betraf, so war sein Selbstmord seine eigene Wahl. Er hatte sich entschieden, es zu tun. Ihn ging es nichts an.

Ein neues Leben! Das wünschte er sich. Das war es, worauf er wartete. Gewiß, er hatte es bereits begonnen. Jedenfalls hatte er ein unschuldiges Wesen geschont. Er würde nie wieder die Unschuld in Versuchung führen. Er wollte gut sein.

Bei dem Gedanken an Hetty Merton fragte er sich, ob sich das Bild in dem geschlossenen Zimmer verändert hatte. Sicherlich war es nicht mehr so schrecklich wie vorher? Vielleicht, wenn sein Leben rein würde, konnte er jedes Zeichen böser Leidenschaft aus dem Gesicht löschen. Vielleicht waren die Zeichen des Bösen schon verschwunden. Er wollte nachsehen.

Er nahm die Lampe vom Tisch und schlich die Treppe hinauf. Als er die Tür aufschloß, glitt ein frohes Lächeln über sein jugendliches Gesicht und verweilte einen Augenblick auf seinen Lippen. Ja, er wollte gut werden, und das scheußliche Ding, das er verborgen hielt, würde ihn nicht länger in Schrecken versetzen. Er hatte ein Gefühl, als sei die Last bereits von ihm genommen.

Er trat ruhig hinein und sperrte die Tür wie gewöhnlich hinter sich zu und riß den Purpurvorhang von dem Bild. Ein Schrei des Schmerzes und der Empörung entrang sich ihm. Er konnte keine Veränderung entdecken, außer einem listigen Ausdruck in den Augen und einer heuchlerischen Falte um den Mund. Das Ding war noch genauso ekelhaft – vielleicht noch ekelhafter als zuvor –, und der scharlachrote Fleck schien glänzender und eher wie frisch vergossenes Blut.

War es nur die Eitelkeit gewesen, die ihn seine einzige gute Tat begehen hieß? Oder das Verlangen nach einer neuen Empfindung, wie Lord Henry mit seinem spöttischen Lachen angedeutet hatte? Oder der leidenschaftliche Hang, eine Rolle zu spielen, in der wir Dinge tun, die edler sind als wir selbst? Oder vielleicht alles zusammen?

Warum war der rote Fleck größer als zuvor? Er hatte sich wie eine schreckliche Krankheit über die runzligen Finger ausgebreitet. Blut war auf den gemalten Füßen, als wäre es herabgetropft – Blut selbst auf der Hand, die nicht das Messer gehalten hatte.

Ein Geständnis ablegen? Hieß es, daß er ein Geständnis ablegen sollte? Sich ausliefern und hingerichtet werden? Er lachte. Er fand den Einfall ungeheuerlich. Und außerdem, wer würde ihm glauben, selbst wenn er ein Geständnis ablegte? Nirgends war eine Spur des Ermordeten. Alles, was ihm gehört hatte, war vernichtet. Er selbst hatte verbrannt, was unten geblieben war. Die Welt würde ihn einfach für wahnsinnig halten. Sie würden ihn einsperren, wenn er auf seiner Geschichte beharrte.

Dennoch war es seine Pflicht, zu bekennen, öffentliche Schande zu ertragen und öffentlich Sühne zu leisten. Es gab einen Gott, der die Menschen aufrief, ihre Sünden auf Erden wie auch im Himmel zu bekennen. Nichts, was er auch tat, konnte ihn reinigen, bis er seine Sünde gestanden hatte. Seine Sünde? Er zuckte die Schultern. Der Tod Basil Hallwards galt ihm wenig. Er dachte an Hetty Merton.

Es war ein ungerechter Spiegel, dieser Spiegel seiner Seele, in dem er sich erblickte. Eitelkeit? Neugier? Heuchelei? Hatte in seinem Verzicht nicht mehr gelegen als das? Es war mehr. Wenigstens glaubte er es. Aber wer konnte das sagen?

Und dieser Mord – sollte er ihn sein ganzes Leben lang verfolgen? Sollte er die Vergangenheit nie loswerden? Mußte er wirklich gestehn? Nein. Es gab nur ein einziges Beweisstück gegen ihn. Das Bild selbst – das war der Beweis.

Er wollte es zerstören. Warum hatte er es so lange behalten? Früher hatte es ihm Vergnügen bereitet, zu beobachten, wie es sich verwandelte und alterte. In der letzten Zeit fand er kein Vergnügen mehr daran. Es hatte ihn nachts wachgehalten. Wenn er fort gewesen war, lähmte ihn die Angst, daß fremde Augen es sehen könnten. Es hatte Schwermut über seine Leidenschaften gebracht. Die bloße Erinnerung hatte ihm viele Augenblicke der Freude vergällt. Es war gleichsam sein Gewissen geworden. Ja, es war sein Gewissen. Er mußte es zerstören.

Er sah sich um und entdeckte das Messer, mit dem er Basil Hallward erstochen hatte. Er hatte es unzählige Male gereinigt, bis kein Fleck mehr darauf war. Es war blank und glänzte. Wie es den Maler getötet hatte, so sollte es das Werk des Malers töten und alles, was es bedeutete. Es sollte die Vergangenheit töten, und war sie tot, so würde er frei sein. Er griff danach und stieß es in die Leinwand, indem er das Ding von oben bis unten aufschlitzte.

Ein Schrei war zu hören und ein Fall. Der Schrei war so furchtbar in seiner Todesqual, daß die Diener erschreckt auffuhren und aus ihren Zimmern schlichen. Zwei Herren, die unten über den Platz gingen, standen still und sahen an dem großen Haus hinauf. Sie gingen weiter, bis sie einen Polizisten trafen, und kamen mit ihm zurück. Der Mann zog mehrmals die Klingel, aber es blieb ruhig. Das ganze Haus war dunkel, bis auf ein Licht im obersten Stockwerk. Nach einiger Zeit ging er weg, stellte sich unter den Portico des Nachbarhauses und wartete.

»Wem gehört das Haus, Konstabler?« fragte der ältere der beiden Herren. »Mr. Dorian Gray«, antwortete der Polizist.

Sie sahen einander an, gingen weiter und lachten. Der eine von ihnen war Sir Henry Ashtons Onkel.

Drinnen, im Gesindeteil des Hauses, flüsterten die halbangekleideten Diener miteinander. Die alte Mrs. Leaf weinte und rang die Hände. Francis war totenbleich.

Nach einer Viertelstunde holte er den Kutscher und einen Lakaien, und sie schlichen hinauf. Sie klopften, aber es kam keine Antwort. Sie riefen. Alles blieb still. Schließlich, nachdem sie vergebens versucht hatten, die Tür zu sprengen, stiegen sie auf das Dach und sprangen auf den Balkon hinunter. Die Fenster gaben leicht nach: Die Riegel waren alt.

Als sie eintraten, fanden sie an der Wand ein herrliches Porträt ihres Herrn, wie sie ihn zuletzt gesehen hatten, in dem ganzen Zauber seiner unvergleichlichen Jugend und Schönheit. Auf dem Boden lag ein toter Mann im Gesellschaftsanzug mit einem Messer im Herzen. Er war welk, runzlig und abscheuerregend von Angesicht. Erst als sie die Ringe untersuchten, erkannten sie, wer es war.

Lord Arthur Saviles Verbrechen
Eine Studie über die Pflicht

I

Es war Lady Windermeres letzter Empfang vor Ostern, und in Bentinck House herrschte ein noch größeres Gedränge als sonst. Sechs Kabinettsminister, geschmückt mit Orden und Ehrenzeichen, waren geradewegs vom Empfang des Unterhaussprechers gekommen; die vielen hübschen Frauen trugen ihre elegantesten Toiletten, und am Ende der Bildergalerie stand Prinzessin Sophia von Karlsruhe, eine gewichtig aussehende Dame mit einem Tatarengesicht, kleinen schwarzen Augen und herrlichen Smaragden; sie unterhielt sich mit durchdringender Stimme in schlechtem Französisch und lachte unmäßig über alles, was man ihr erzählte. Es war wirklich eine fabelhaft gemischte Gesellschaft. Blendende Aristokratinnen plauderten leutselig mit hitzigen Radikalen, populäre Prediger hatten Tuchfühlung mit berühmten Freidenkern, ein wahres Rudel von Bischöfen folgte einer korpulenten Primadonna von einem Salon in den anderen, am Treppenaufgang standen mehrere Mitglieder der Royal Academy, als Künstler verkleidet, und von einem bestimmten Zeitpunkt an soll es im Speisezimmer von Genies nur so gewimmelt haben. Jedenfalls war es eine der gelungensten Abendgesellschaften Lady Windermeres, und die Prinzessin blieb bis kurz vor halb zwölf.

Als sie gegangen war, kehrte Lady Windermere in die Bildergalerie zurück, wo gerade ein gefeierter Nationalökonom einem indignierten ungarischen Virtuosen allen Ernstes einen Vortrag über Musiktheorie hielt, und begann ein Gespräch mit der Herzogin von Paisley. Die Lady sah wunderschön aus mit ihrem edelgeformten, elfenbeinfarbenen Hals, ihren großen blauen Vergißmeinnichtaugen und ihrem schweren goldblonden Haar. Es hatte den Glanz reinen Goldes – nicht jene blasse Strohfarbe, der man heutzutage die anspruchsvolle Bezeichnung »golden« zugesteht, sondern den Goldschimmer, der in Sonnenstrahlen eingewoben und in besonders schönem Bernstein verborgen ist. Ihr Haar verlieh ihr beinahe das Aussehen einer Heiligen, zugleich aber ganz unverkennbar etwas von der Faszination einer Sünderin. Sie war ein merkwürdiger psychologischer Fall. Schon frühzeitig hatte sie die bedeutsame Entdeckung gemacht, daß nichts so sehr den Eindruck der Unschuld erweckt wie der gelegentliche Verzicht auf Konventionen, und durch mehrere unbekümmerte Eskapaden, die Hälfte davon recht harmloser Natur, hatte sie sich die Privilegien erworben, die man einer Persönlichkeit einräumt. Mehr als einmal hatte sie den Gatten gewechselt – in Debretts Adelsregister steht sie mit drei Ehen verzeichnet –, da sie aber niemals den Liebhaber wechselte, hatten die Leute längst aufgehört, über sie zu klatschen. Sie war vierzig, kinderlos und begabt mit jener unbändigen Lust am Vergnügen, die das Geheimnis ewiger Jugend ist.

Plötzlich blickte sie suchend um sich und fragte mit klarer Altstimme: »Wo ist mein Chiromant?«

»Ihr was, Gladys?« rief, unwillkürlich zusammenzuckend, die Herzogin.

»Mein Chiromant, Herzogin. Ich kann zur Zeit einfach nicht ohne ihn leben.«

»Meine liebe Gladys, Sie sind immer so originell«, murmelte die Herzogin, versuchte krampfhaft, sich zu erinnern, was ein Chiromant eigentlich tat, und hoffte, daß es sich nicht um einen Chiropodisten handelte.

»Er kommt regelmäßig zweimal in der Woche, um sich meine Hand anzusehen«, fuhr Lady Windermere fort, »und er sagt mir immer sehr interessante Dinge.«

»Du lieber Himmel!« dachte die Herzogin. »Er ist also doch so etwas wie ein Chiropodist. Wie gräßlich! Hoffentlich ist er wenigstens Ausländer. Dann wär's nicht ganz so schlimm.«

»Ich muß Sie unbedingt mit ihm bekannt machen!«

»Bekannt machen?« rief die Herzogin. »Soll das heißen, daß er hier ist?« Und schon begann sie, nach ihrem kleinen Schildpattfächer und dem bereits ziemlich schäbigen Spitzenschal zu suchen, um notfalls sofort aufbrechen zu können.

»Natürlich ist er hier. Es würde mir nicht einfallen, eine Gesellschaft ohne ihn zu geben. Er behauptet, ich hätte eine absolut spirituelle Hand, und wenn mein Daumen nur eine Kleinigkeit kürzer wäre, hätte ich mich zu einer ausgesprochenen Pessimistin entwickelt und wäre ins Kloster gegangen.«

»Ach so!« sagte die Herzogin sichtlich erleichtert. »Er sagt den Leuten ihr Glück voraus.«

»Und ihr Unglück«, erwiderte Lady Windermere, »ganz gleich, wie groß es sein mag. Mir zum Beispiel droht nächstes Jahr große Gefahr zu Wasser und zu Lande. Ich werde also in einem Ballon leben und jeden Abend mein Essen in einem Korb an Bord ziehen. Das ist alles von meinem kleinen Finger abzulesen – oder von meiner Handfläche, ich weiß es nicht mehr genau.«

»Gladys, heißt das nicht die Vorsehung versuchen?«

»Liebe Herzogin, die Vorsehung hat sicher inzwischen gelernt, der Versuchung zu widerstehen. Ich finde, jeder sollte sich einmal im Monat aus der Hand lesen lassen, um zu erfahren, was er nicht tun soll. Natürlich tut man es dann doch, aber es ist so angenehm, gewarnt zu werden. Also, wenn jetzt nicht sofort jemand Mr. Podgers holt, muß ich's selbst tun.«

»Gestatten Sie, daß ich ihn hole, Lady Windermere«, ließ sich ein hochgewachsener, gutaussehender junger Mann vernehmen, der in der Nähe gestanden und der Unterhaltung amüsiert zugehört hatte.

»Vielen Dank, Lord Arthur, aber ich fürchte, Sie würden ihn nicht erkennen.«

»Wenn er wirklich so fabelhaft ist, wie Sie sagen, Lady Windermere, kann ich ihn wohl kaum übersehen. Beschreiben Sie ihn, und ich werde ihn sofort herbringen.«

»Ach, wissen Sie, wie ein Chiromant sieht er eigentlich gar nicht aus. Er wirkt nämlich weder geheimnisvoll noch esoterisch noch romantisch. Er ist ein kleiner, beleibter Mann mit einem komischen Glatzkopf und einer großen Brille mit Goldrand; eine Mischung aus Hausarzt und Dorfadvokat. Es tut mir wirklich leid, aber ich kann nichts dafür. Meine Klavierspieler sehen alle wie Dichter aus und meine Dichter wie Klavierspieler. Und ich kann mich erinnern, daß ich letzten Winter einen ganz fürchterlichen Verschwörer zum Dinner einlud, der schon Gott weiß wie viele Leute in die Luft gesprengt hatte und immer ein Panzerhemd trug und einen Dolch im Hemdärmel stecken hatte; und stellen Sie sich vor, er sah wie ein netter alter Pfarrer aus und erzählte den ganzen Abend lang Witze! Sicher, er war sehr amüsant, aber ich war trotzdem schrecklich enttäuscht. Und als ich ihn nach dem Panzerhemd fragte, lachte er nur und sagte, für England sei so etwas viel zu kalt. Aber da ist ja Mr. Podgers! Hören Sie, Mr. Podgers, ich möchte, daß Sie der Herzogin von Paisley aus der Hand lesen! Herzogin, Sie müssen den Handschuh ausziehen! Nein, nicht die linke Hand, die andere!«

»Meine liebe Gladys, ich halte das wirklich für nicht ganz passend«, sagte die Herzogin, während sie zögernd ihren ziemlich schmuddeligen Glacéhandschuh aufknöpfte.

»Interessante Dinge sind nie ganz passend«, entgegnete Lady Windermere. »*On a fait le monde ainsi*. Aber jetzt muß ich Sie miteinander bekannt machen. Herzogin, das ist Mr. Podgers, mein Lieblingschiromant. Mr. Podgers, das ist die Herzogin von Paisley, und wenn Sie sagen, ihr Mondberg sei größer als meiner, werde ich Ihnen kein Wort mehr glauben.«

»Gladys, ich bin sicher, daß nichts dergleichen in meiner Hand zu finden ist«, sagte die Herzogin streng.

»Hoheit haben völlig recht«, sagte Mr. Podgers, während er die kleine, fette Hand mit den kurzen, stumpfen Fingern betrachtete. »Der Mondberg ist nicht entwickelt. Aber die Lebenslinie ist ganz ausgezeichnet. Wollen Sie bitte das Handgelenk abbiegen! Danke sehr. Drei deutliche Querlinien! Sie werden sehr alt und überaus glücklich werden, Herzogin. Ehrgeiz – sehr gemäßigt, Verstandeslinie – nicht sonderlich ausgeprägt, Herzenslinie ...«

»Weiter, Mr. Podgers, sagen Sie doch endlich etwas Indiskretes!« rief Lady Windermere.

»Nichts täte ich lieber«, antwortete Mr. Podgers mit einer Verbeugung, »vorausgesetzt, daß die Herzogin mir Anlaß dazu gäbe. Aber ich muß leider gestehen, daß ich eine große Beständigkeit in der Liebe, verbunden mit starkem Pflichtgefühl, entdecke.«

»Bitte sprechen Sie weiter, Mr. Podgers«, sagte die Herzogin angenehm berührt.

»Sparsamkeit ist nicht die geringste Tugend Eurer Hoheit«, fuhr Mr. Podgers fort, woraufhin Lady Windermere sich vor Lachen ausschütten wollte.

»Sparsamkeit ist eine sehr gute Eigenschaft«, bemerkte die Herzogin selbstzufrieden. »Als ich Paisley heiratete, hatte er elf Schlösser, aber kein einziges Haus, in dem man anständig wohnen konnte.«

»Und jetzt hat er zwölf Wohnhäuser und kein einziges Schloß«, rief Lady Windermere.

»Nun ja, meine Liebe«, sagte die Herzogin, »ich bin eben für ...«

»Komfort«, warf Mr. Podgers ein, »und moderne Errungenschaften und fließendes warmes Wasser in allen Schlafzimmern. Hoheit haben ganz recht. Komfort ist das einzige, was unsere Zivilisation uns zu bieten hat.«

»Sie haben den Charakter der Herzogin bewunderungswürdig beschrieben, Mr. Podgers. Jetzt ist Lady Flora an der Reihe.«

Einem Wink der lächelnden Gastgeberin folgend, kam ein hochaufgeschossenes Mädchen mit strohblondem Haar und spitzen Schultern, das hinter dem Sofa gestanden hatte, linkisch herbei und streckte eine lange, knochige Hand mit spachtelförmigen Fingern aus.

»O, eine Klavierspielerin!« rief Mr. Podgers. »Ja, eine ausgezeichnete Klavierspielerin, aber wohl kaum eine echte Musikerin. Sehr zurückhaltend, sehr aufrichtig und ungemein tierliebend.«

»Stimmt!« rief die Herzogin Lady Windermere zu. »Stimmt genau! Flora hält in Macloskie zwei Dutzend Collies und würde bestimmt auch unser Stadthaus in eine Menagerie verwandeln, wenn ihr Vater es zuließe.«

»Genau das tue ich jeden Donnerstagabend mit meinem Haus«, rief Lady Windermere lachend, »nur, daß ich Löwen lieber mag als Collies!«

»Ihr einziger Fehler, Lady Windermere«, sagte Mr. Podgers mit einer ausladenden Verbeugung.

»Eine Frau, die es nicht versteht, ihre Schwächen attraktiv zu machen, ist eben nur ein weibliches Lebewesen«, war die Antwort. »Aber jetzt müssen Sie sich noch einige andere Hände ansehen. Kommen Sie, Sir Thomas, zeigen Sie Mr. Podgers Ihre Hand!«

Ein jovial wirkender alter Herr in weißem Jackett trat heran und streckte eine plumpe, verwitterte Hand mit einem sehr langen Mittelfinger aus.

»Eine abenteuerliche Natur. Sie haben vier lange Seereisen hinter und eine vor sich. Dreimal Schiffbruch erlitten. Nein, nur zweimal, aber bei Ihrer nächsten Reise besteht Schiffbruchgefahr. Streng konservativ, sehr pünktlich, leidenschaftlicher Kuriositätensammler. Zwischen dem sechzehnten und achtzehnten Lebensjahr eine schwere Krankheit überstanden. Mit ungefähr dreißig ein Vermögen geerbt. Starke Abneigung gegen Katzen und Radikale.«

»Fabelhaft!« rief Sir Thomas. »Sie müssen unbedingt auch meiner Frau aus der Hand lesen.«

»Ihrer zweiten Frau«, sagte Mr. Podgers gelassen, während er noch immer Sir Thomas' Hand hielt. »Ihrer zweiten Frau. Mit Vergnügen!« Aber Lady Marvel, eine melancholisch wirkende Dame mit braunem Haar und gefühlvollem Augenaufschlag, lehnte es entschieden ab, ihre Vergangenheit oder Zukunft enthüllen zu lassen. Und Monsieur de Koloff, den russischen Botschafter, konnte Lady Windermere nicht einmal dazu bewegen, die Handschuhe auszuziehen. Es schien tatsächlich, als scheuten sich viele Anwesende, dem wunderlichen kleinen Mann mit dem stereotypen Lächeln, der goldgeränderten Brille und den runden, blanken Augen gegenüberzutreten. Und als er dann der armen Lady Fermor auf den Kopf zusagte, sie habe für Musik nicht das mindeste, für Musiker dagegen ungeheuer viel übrig, war man allgemein der Ansicht, die Chiromantie sei eine höchst gefährliche Wissenschaft, die man keineswegs fördern sollte, es sei denn, man täte es unter vier Augen.

Lord Arthur Savile allerdings, der nichts von Lady Fermors unglückseliger Geschichte wußte, Mr. Podgers sehr interessiert beobachtet hatte, ungeheuer begierig darauf war, ihm seine Hand zu zeigen, aber davor zurückscheute, sich in den Vordergrund zu drängen, ging hinüber zu Lady Windermere und fragte mit charmantem Erröten, ob sie wohl glaube, daß Mr. Podgers etwas dagegen hätte.

»Natürlich nicht, dazu ist er ja hier. Alle meine Löwen sind dressiert, Lord Arthur, und springen durch Reifen, sobald ich's von ihnen verlange. Aber ich muß Sie schon jetzt davor warnen, daß ich Sibyl alles weitersagen werde. Sie kommt morgen zum Lunch, um mit mir über Hüte zu sprechen, und wenn Mr. Podgers feststellt, daß Sie einen schlechten Charakter oder eine Veranlagung zur Gicht oder eine Ehefrau in Bayswater haben, werde ich es ihr bestimmt erzählen.«

Lord Arthur schüttelte lächelnd den Kopf. »Das kann mich nicht schrecken. Sibyl kennt mich so gut wie ich sie.«

»Ach, wirklich? Das finde ich etwas bedauerlich. Die wahre Grundlage einer Ehe ist das gegenseitige Mißverstehen. Nein, ich bin keineswegs zynisch, ich habe nur meine Erfahrungen, was allerdings so ziemlich das gleiche ist. Mr. Podgers, Lord Arthur Savile brennt darauf, sich aus der Hand lesen zu lassen. Aber erzählen Sie ihm bloß nicht, daß er mit einem der schönsten Mädchen Londons verlobt ist, das stand nämlich schon vor einem Monat in der *Morning Post*.«

»Lady Windermere«, rief die Marquise von Jedburgh, »lassen Sie mir Mr. Podgers doch noch ein paar Minuten! Gerade hat er mir gesagt, ich sollte zur Bühne gehen, und das finde ich so interessant!«

»Lady Jedburgh, wenn er Ihnen das wirklich gesagt hat, werde ich ihn augenblicklich wegholen. Mr. Podgers, kommen Sie sofort herüber und lesen Sie Lord Arthur aus der Hand!«

»Also gut«, sagte Lady Jedburgh, zog einen Schmollmund und erhob sich vom Sofa. »Wenn ich schon nicht zur Bühne darf, will ich wenigstens zum Publikum gehören.«

»Natürlich«, erwiderte Lady Windermere. »Wir alle werden zum Publikum gehören. Und jetzt müssen Sie, Mr. Podgers, uns etwas Nettes berichten. Lord Arthur ist nämlich einer meiner speziellen Favoriten.«

Doch als Mr. Podgers Lord Arthurs Hand betrachtete, wurde er merkwürdig blaß und sagte kein Wort. Er schien zu erschauern, und seine starken, buschigen Brauen zuckten krampfhaft – eine irritierende Eigenheit, die man immer, wenn er verblüfft war, an ihm beobachten konnte. Dann erschienen auf seiner Stirn ein paar riesige Schweißtropfen, die wir giftiger Tau aussahen, und seine fetten Finger wurden kalt und feucht.

Lord Arthur entgingen diese seltsamen Zeichen innerer Unruhe nicht, und zum erstenmal im Leben wurde auch er von Furcht gepackt. Am liebsten wäre er fortgerannt, aber er bezwang diesen Impuls. Es war besser, das Schlimmste zu erfahren, was es auch sein mochte, als dieser gräßlichen Ungewißheit ausgesetzt zu sein.

»Ich warte, Mr. Podgers«, sagte er.

»Wir alle warten«, rief Lady Windermere, lebhaft und ungeduldig wie stets. Aber der Chiromant schwieg.

»Ich glaube, Arthur wird zur Bühne gehen«, sagte Lady Jedburgh, »und weil Sie vorhin so geschimpft haben, wagt Mr. Podgers nicht, es ihm zu sagen.«

Plötzlich ließ Mr. Podgers Lord Arthurs rechte Hand los, griff nach der linken und beugte sich so tief darüber, daß der Goldrand seiner Brille fast die Handfläche berührte. Einen Augenblick lang erstarrte sein Gesicht zu einer weißen Schreckensmaske, doch bald hatte er sich wieder in der Gewalt. Mit einem gezwungenen Lächeln sah er zu Lady Windermere auf. »Das ist die Hand eines charmanten jungen Mannes.«

»Natürlich! Aber wird er auch ein charmanter Ehemann sein? Das möchte ich gern erfahren.«

»Das werden alle charmanten jungen Männer«, erwiderte Mr. Podgers.

»Ich glaube, ein Ehemann sollte nicht allzu faszinierend sein«, murmelte Lady Jedburgh nachdenklich. »Es ist so gefährlich.«

»Liebes Kind, zu faszinierend sind sie nie«, rief Lady Windermere. »Aber was ich hören möchte, sind Details. Details sind das einzig Interessante. Was wird Lord Arthur erleben?«

»Im Verlauf der nächsten Monate wird Lord Arthur eine Reise unternehmen ...«

»Sicher, während der Flitterwochen natürlich!«

»... und jemanden aus seiner Verwandtschaft verlieren.«

»Doch hoffentlich nicht seine Schwester?« fragte Lady Jedburgh mitleidsvoll.

»Bestimmt nicht seine Schwester«, antwortete Mr. Podgers mit einer mißbilligenden Handbewegung. »Nur einen entfernten Verwandten.«

»Jetzt bin ich aber schrecklich enttäuscht«, sagte Lady Windermere. »Rein gar nichts werde ich Sibyl morgen erzählen können. Wer kümmert sich heutzutage noch um entfernte Verwandte! Die sind schon vor Jahren aus der Mode gekommen. Immerhin sollte sie ein Schwarzseidenes bereithalten, das macht sich in der Kirche immer gut, finden Sie nicht? Und jetzt wollen wir zu Abend essen. Sicher haben die andern schon alles aufgegessen, aber vielleicht bekommen wir noch eine heiße Suppe. François hat früher ausgezeichnete Suppen gekocht, aber zur Zeit regt ihn die Politik derart auf, daß ich nicht für ihn garantieren kann. Ich wollte, General Boulanger gäbe endlich Ruhe. Herzogin, Sie sind doch sicher müde?«

»Ganz und gar nicht, liebe Gladys.« Die Herzogin watschelte auf die Tür zu. »Ich habe mich großartig unterhalten und finde den Chiropodisten, ich meine den Chiromanten, äußerst interessant. Flora, wo ist bloß mein Schildpattfächer? O, vielen Dank, Sir Thomas, wirklich zu gütig!« Und die ehrenwerte Dame brachte es schließlich fertig, die Treppe hinunterzusteigen, ohne ihr Riechfläschchen öfter als zweimal fallen zu lassen.

Lord Arthur war die ganze Zeit über am Kamin stehengeblieben, und das Gefühl der Angst, das bedrückende Bewußtsein künftigen Unheils, war nicht von ihm gewichen. Traurig lächelte er seiner Schwester zu, die am Arm Lord Plymdales vorüberrauschte und in ihrem rosa Brokatkleid und dem Perlenschmuck reizend aussah. Und er hörte kaum, daß Lady Windermere ihm zurief, er solle mitkommen. Er dachte an Sibyl Merton, und der Gedanke, daß sich etwas zwischen sie und ihn drängen könnte, trieb ihm die Tränen in die Augen.

Bei seinem Anblick hätte man glauben können, Nemesis habe den Schild der Pallas Athene geraubt und ihm das Gorgonenhaupt gezeigt. Er wirkte wie versteinert, und sein melancholisches Gesicht schien aus Marmor zu sein. Bisher hatte er das kultivierte, luxuriöse Leben eines vermögenden jungen Mannes von Stand geführt, ein köstliches Leben, frei von Alltagssorgen und voll herrlicher, jugendlicher Unbekümmertheit. Jetzt aber war ihm zum erstenmal bewußt geworden, wie furchtbar geheimnisvoll das Schicksal waltete, wie drohend das Verhängnis über ihm hing.

Wie verrückt und ungeheuerlich ihm das alles erschien! War es denkbar, daß in einer Schrift, die er selbst nicht lesen, die jedoch ein anderer entziffern konnte, das schreckliche Geheimnis einer Sünde, das blutige Zeichen des Verbrechens in seine Hand eingegraben war? Gab es kein Entrinnen? Waren die Menschen nichts anderes als Schachfiguren, hin und her geschoben von einer unsichtbaren Macht, Gefäße, vom Töpfer nach Lust und Laune geformt, sei es zur Ehre oder zur Schande? Sein Verstand empörte sich dagegen, und dennoch spürte er, daß irgendein Unheil über ihm schwebte und er plötzlich aufgerufen war, eine unerträgliche Bürde auf sich zu nehmen. Wie gut haben es doch die Schauspieler! Sie können sich aussuchen, ob sie in einer Tragödie oder in einer Komödie auftreten, ob sie leiden oder lustig sein, lachen oder weinen wollen. Im wirklichen Leben ist es anders. Die meisten Männer und Frauen sind gezwungen, Rollen zu spielen, für die sie sich nicht eignen. Unsere Güldensterns spielen uns den Hamlet vor, und unsere Hamlets müssen scherzen wie Prinz Heinz. Die Welt ist eine Bühne, aber die Besetzung des Stückes ist schlecht.

Plötzlich trat Mr. Podgers ins Zimmer. Als er Lord Arthur erblickte, zuckte er zusammen, und sein grobes, feistes Gesicht wurde grünlichgelb. Die beiden sahen einander an, und einen Augenblick lang herrschte Schweigen.

»Lord Arthur, die Herzogin hat einen Handschuh liegengelassen und mich gebeten, ihn zu holen«, sagte Mr. Podgers endlich. »Ach, er liegt hier auf dem Sofa! Guten Abend.«

»Mr. Podgers, ich bestehe darauf, daß Sie mir die Frage, die ich Ihnen jetzt stellen werde, ehrlich beantworten.«

»Ein andermal, Lord Arthur; die Herzogin ist ungeduldig. Ich muß jetzt wirklich gehen.«

»Sie werden nicht gehen! Die Herzogin hat's nicht eilig.«

»Damen darf man nicht warten lassen, Lord Arthur.« Mr. Podgers lächelte süßlich. »Das schöne Geschlecht verliert leicht die Geduld.«

Lord Arthur kräuselte verächtlich die feingeschnittenen Lippen. Die arme Herzogin schien ihm in diesem Moment recht unwichtig zu sein. Er durchquerte den Salon, blieb vor Mr. Podgers stehen und streckte ihm die Hand hin.

»Sagen Sie mir, was Sie darin gelesen haben! Sagen Sie mir die Wahrheit! Ich muß es wissen. Ich bin schließlich kein Kind mehr.«

Mr. Podgers blinzelte hinter seiner goldgeränderten Brille, trat voller Unbehagen von einem Fuß auf den andern und spielte nervös mit seiner protzigen Uhrkette.

»Lord Arthur, warum glauben Sie, ich hätte in Ihrer Hand etwas gelesen, das ich Ihnen verschwiegen habe?«

»Ich weiß es, und ich verlange, daß Sie es mir sagen. Ich werde Sie dafür bezahlen. Ich werde Ihnen einen Scheck über hundert Pfund ausstellen.«

Die grünen Augen flackerten kurz auf, dann wurden sie wieder matt.

»Hundert Guineen?« fragte Mr. Podgers schließlich mit leiser Stimme.

»In Ordnung. Ich werde Ihnen den Scheck morgen zusenden. Wie heißt Ihr Klub?«

»Ich gehöre keinem Klub an. Das heißt, zur Zeit nicht. Meine Adresse ist – aber gestatten Sie, daß ich Ihnen meine Karte überreiche.« Er zog ein Pappkärtchen mit Goldrand aus der Westentasche und präsentierte es Lord Arthur mit einer tiefen Verbeugung. Dieser las: *Mr. Septimus R. Podgers, Berufschiromant, 1030 West Moon Street.*

»Meine Sprechstunde ist von zehn bis vier«, murmelte Mr. Podgers automatisch. »Familien erhalten Preisermäßigung.«

»Beeilen Sie sich!« rief Lord Arthur, der sehr blaß aussah, und hielt ihm die Hand hin.

Mr. Podgers sah sich nervös um, ging zur Tür und zog die schwere Portiere zu.

»Wir müssen uns etwas Zeit dafür nehmen, Lord Arthur. Sie sollten sich setzen.«

»Beeilen Sie sich, Sir!« rief Lord Arthur nochmals und stampfte wütend aufs blanke Parkett.

Mr. Podgers lächelte, zog ein kleines Vergrößerungsglas aus der Brusttasche und putzte es sorgfältig mit dem Taschentuch.

»Ich bin bereit«, sagte er.

2

Zehn Minuten später stürzte Lord Arthur Savile mit schreckensbleichem Gesicht und verstörtem Blick aus der Tür von Bentinck House, bahnte sich einen Weg durch die Ansammlung von Lakaien, die in ihren Pelzjacken unter der großen gestreiften Markise standen, und schien nicht zu hören und zu sehen, was um ihn vorging. Es war eine bitterkalte Nacht, und die Gaslaternen rings um den Platz flackerten und flimmerten im scharfen Wind. Und dennoch waren seine Hände fiebrig heiß, und seine Stirn brannte wie Feuer. Er lief und lief, und fast schien es, als sei er betrunken. Ein Polizist sah dem Vorübereilenden aufmerksam nach, und ein Bettler, der unter einem Torbogen hervorschlurfte und um ein Almosen bitten wollte, bekam Angst, als er sah, daß hier jemand noch elender war als er selbst. Einmal blieb Lord Arthur unter einer Laterne stehen und betrachtete seine Hände. Er glaubte, bereits Blutflecken darauf zu entdecken, und seinen zitternden Lippen entrang sich ein leiser Schrei.

Mord! Das war es, was der Chiromant aus seiner Hand gelesen hatte. Mord! Sogar die Nacht schien es zu wissen, und der Wind schien es ihm klagend ins Ohr zu heulen. Die dunklen Straßenecken waren voll davon. Von den Dächern herab grinste es ihn an.

Er gelangte zum Park, dessen düstere Bäume und Sträucher ihn offenbar magisch anzogen. Er lehnte sich erschöpft ans Gitter, kühlte seine Stirn am feuchten Metall und lauschte dem vibrierenden Schweigen der Bäume. »Mord! Mord!« sagte er immer wieder vor sich hin, als könnte die Wiederholung den Schrecken dieses Wortes dämpfen. Der Klang seiner eigenen Stimme ließ ihn erschauern, und doch hoffte er fast, das Echo möge ihm antworten und die schlummernde Stadt aus ihren Träumen wecken. Er verspürte ein irres Verlangen, zufällig auftauchende Passanten anzusprechen und ihnen alles zu erzählen.

Dann überquerte er die Oxford Street und lief durch enge, verrufene Gassen. Zwei Frauen mit geschminkten Gesichtern machten sich über ihn lustig. Aus einem finsteren Hof drangen Flüche, das Geräusch von Schlägen und schrille Schreie, und auf einer feuchten Türschwelle sah er die zusammengekrümmten Gestalten der Armut und des Elends kauern. Ein seltsames Mitleid überkam ihn. War das Schicksal dieser Kinder der Sünde und der Not vorausbestimmt wie sein eigenes? Waren sie, gleich ihm, nur Marionetten in einem monströsen Schauspiel?

Und doch machte ihn nicht das Geheimnis, sondern die Komödie des Leidens betroffen, seine völlige Nutzlosigkeit, seine groteske Sinnlosigkeit. Wie zusammenhanglos das alles erschien! Wie bar jeder Harmonie! Er war bestürzt über die Diskrepanz zwischen dem seichten Optimismus der Zeit und den Tatsachen des Lebens. Er war noch sehr jung.

Etwas später stand er vor der Marylebone-Kirche. Die stille Straße glich einem langen Band aus poliertem Silber, auf dem sich da und dort die dunklen Arabesken hin und her gleitender Schatten abzeichneten. Der leicht geschwungene Saum aus flakkernden Gaslaternen verlor sich in der Ferne, und vor einem kleinen, von einer Mauer umgebenen Haus stand eine einsame Droschke, deren Kutscher im Wageninneren schlief. Lord Arthur eilte in Richtung Portland Place weiter; dann und wann sah er sich um, als fürchtete er, verfolgt zu werden. An der Einmündung der Rich Street standen zwei Männer vor einem Bretterzaun und lasen einen Anschlag. Von einer seltsamen Neugierde ergriffen, ging er hinüber. Als er näher kam, fiel ihm ein in schwarzen Lettern gedrucktes Wort in die Augen: »Mord!« Er zuckte zusammen, und das Blut stieg ihm ins Gesicht. Es war eine Bekanntmachung, derzufolge jedermann Anspruch auf eine Belohnung hatte, dessen Hinweise zur Ergreifung eines mittelgroßen Mannes zwischen dreißig und vierzig Jahren führen würden, der mit einer Melone, einer schwarzen Jacke und einer karierten Hose bekleidet war und auf der rechten Wange eine Narbe hatte. Er las den Anschlag immer wieder und fragte sich, ob man den armen Teufel fassen würde und wie er wohl zu der Narbe gekommen war. Vielleicht würde eines Tages sein eigener Name an den Mauern Londons angeschlagen werden. Eines Tages würde man vielleicht auch auf seinen Kopf einen Preis setzen.

Bei diesem Gedanken wurde ihm vor Entsetzen übel. Er machte kehrt und lief in die Nacht hinaus.

Wohin er ging, war ihm kaum bewußt. Später erinnerte er sich nur noch schwach, daß er durch ein Labyrinth schäbiger

Häuser geirrt war. Der Tag war bereits angebrochen, als er schließlich den Piccadilly Circus erreichte. Auf dem Heimweg zum Belgrave Square begegnete er den großen Fuhrwerken, die unterwegs nach Covent Garden waren. In weißen Kitteln, mit freundlichen, gebräunten Gesichtern unter widerspenstigem Kraushaar, schritten die Fuhrleute kräftig aus, ließen die Peitschen knallen und riefen einander hin und wieder etwas zu. Auf einem großen grauen Pferd, dem Handpferd eines rasselnden Gespanns, saß ein pausbäckiger Junge. Er hatte sich einen Schlüsselblumenstrauß an den zerbeulten Hut gesteckt, hielt sich mit den kleinen Händen an der Mähne fest und lachte. Vor dem Hintergrund des Morgenhimmels sahen die Gemüseberge wie riesige Jadeblöcke aus, grüne Jade vor den rosaroten Blütenblättern einer herrlichen Rose. Lord Arthur fühlte sich eigentümlich ergriffen – warum, wußte er nicht. Die sanfte, liebliche Morgendämmerung hatte etwas an sich, das ihm unsagbar rührend erschien, und er dachte an die vielen Tage, die in Schönheit beginnen und in Sturm enden. Diese Bauern mit ihren rauhen, gutmütigen Stimmen und ihrer Unbekümmertheit – was für ein seltsames London bekamen sie zu sehen! Ein London ohne die Sünden der Nacht und den Qualm des Tages, eine fahle, geisterhafte Stadt, eine öde Stadt der Gräber! Er fragte sich, was sie davon halten mochten und ob sie eine Ahnung vom Glanz und der Schmach dieser Stadt hatten, von ihren wilden, flammendroten Freuden und ihrem entsetzlichen Hunger, von all dem, was sie von morgens bis abends erzeugte und zerstörte. Für sie war London wahrscheinlich nichts anderes als ein Markt, auf dem sie ihr Gemüse ablieferten und sich höchstens ein paar Stunden aufhielten. Wenn sie aufbrachen, waren die Straßen noch still, und die Häuser schliefen noch. Es machte ihm Freude, sie zu beobachten, während sie an ihm vorüberzogen. Mochten sie in ihren plumpen Nagelschuhen und mit ihrem schwerfälligen Gang noch so derb wirken – sie brachten trotzdem ein kleines Stück Arkadien mit sich. Er spürte, daß sie mit der Natur gelebt und von ihr gelernt hatten, was Frieden ist. Er beneidete sie um alles, was sie nicht wußten.

Als er am Belgrave Square ankam, war der Himmel bereits blaßblau, und in den Gärten begannen die Vögel zu zwitschern.

3

Als Lord Arthur aufwachte, war es zwölf Uhr, und die Mittagssonne drang durch die elfenbeinfarbenen Seidenvorhänge. Er stand auf und sah aus dem Fenster. Ein leichter Hitzeschleier lag über der Stadt, und die Dächer schienen aus mattem Silber gemacht. Drunten auf dem Platz huschten ein paar Kinder wie weiße Schmetterlinge durchs flimmernde Grün, und der Gehsteig war voll von Menschen, die hinüber zum Park gingen. Nie zuvor war ihm das Leben so schön, nie zuvor das Böse so weit entrückt erschienen.

Dann brachte sein Diener ein Tablett mit einer Tasse Schokolade. Als er sie ausgetrunken hatte, zog er die schwere pfirsichfarbene Plüschportiere zur Seite und ging ins Badezimmer. Durch die dünnen, durchsichtigen Onyxplatten an der Decke drang sanftes Licht, und das Wasser in der Marmorwanne schimmerte wie Mondstein. Er ließ sich rasch hineinsinken, bis das kühle Wasser ihm Hals und Haar umspülte, und tauchte dann ganz unter, so, als wollte er den Makel einer schmachvollen Erinnerung wegwaschen. Als er aus der Wanne stieg, fühlte er sich fast beruhigt. Das köstliche Gefühl körperlichen Wohlbehagens, das dieser Augenblick ihm verschaffte, ergriff ganz Besitz von ihm – ein Vorgang, den feinnervige Menschen häufig erleben, da die Sinne, wie das Feuer, ebenso zu läutern wie zu zerstören vermögen.

Nach dem Frühstück warf er sich auf den Diwan und zündete sich eine Zigarette an. Auf dem Kaminsims stand, in einem Rahmen aus exquisitem altem Brokat, eine große Fotografie von Sibyl Merton, wie er sie auf dem Ball bei Lady Noel zum erstenmal gesehen hatte. Der kleine, edelgeformte Kopf war ein wenig zur Seite geneigt, als könnte der lange, schlanke Hals die Last von so viel Schönheit kaum noch tragen, die Lippen waren leicht geöffnet und schienen für den Klang süßer Melodien geschaffen, und aus dem fragenden Blick der verträumten Augen sprach die ganze zarte Reinheit einer jungen Mädchenseele. In ihrem weichen, anliegenden Kleid aus Crêpe de Chine, den großen, blattförmigen Fächer in der Hand, wirkte sie wie eines jener zerbrechlichen Figürchen, die man in den Olivenhainen von Tanagra finden kann; und ihre Haltung war von fast klassischer

Anmut. Dennoch war sie nicht *petite*. Ihre Gestalt besaß vollkommenes Ebenmaß – eine Seltenheit in einer Zeit, in der viele Frauen entweder übergroß oder so klein sind, daß man sie kaum bemerkt.

Als Lord Arthur das Bild betrachtete, überkam ihn jenes schreckliche Mitleid, das der Liebe entspringt. Wenn er, über dessen Haupt das Verhängnis eines künftigen Mordes hing, sie heiratete, so käme das, davon war er überzeugt, dem Verrat des Judas gleich und wäre eine Sünde, wie sie schlimmer keinem Borgia hätte einfallen können. Gäbe es denn ein Glück für sie beide, wenn das Schicksal jederzeit von ihm verlangen konnte, die entsetzliche Prophezeiung zu erfüllen, die in seiner Hand geschrieben stand? Was für ein Leben würden sie führen, wenn sein furchtbares Los noch immer in den Waagschalen der Vorsehung ruhte? Die Hochzeit mußte verschoben werden, koste es, was es wolle. Er war fest dazu entschlossen. Obwohl er das Mädchen glühend liebte, obwohl, wenn sie nebeneinander saßen, schon die Berührung ihrer Hand jede Faser seines Körpers in höchster Lust erbeben ließ, erkannte er klar, was die Pflicht ihm vorschrieb, war er sich voll und ganz bewußt, daß er nicht das Recht hatte, sich zu verheiraten, bevor er den Mord begangen hatte. Erst dann würde er mit Sibyl Merton vor den Altar treten und sein Leben in ihre Hände legen können, ohne von dem entsetzlichen Gefühl bedrückt zu sein, Unrecht zu tun. Erst dann würde er sie in dem sicheren Bewußtsein in die Arme nehmen können, daß sie seinetwegen niemals vor Scham erröten und die Augen niederschlagen müßte. Zuvor aber mußte es getan werden, je eher, desto besser für sie beide.

Viele Männer in seiner Lage hätten zweifellos den Rosenpfad der Liebelei dem steilen Weg der Pflichterfüllung vorgezogen. Lord Arthur aber war zu gewissenhaft, um das Vergnügen über die Moral zu stellen. Seine Liebe war mehr als bloße Leidenschaft, und für ihn verkörperte Sibyl alles, was gut und edel war. Einen Augenblick lang empfand er einen natürlichen Widerwillen gegen das, was von ihm verlangt wurde, aber diese Regung ging rasch vorüber. Sein Herz sagte ihm, daß er keine Sünde begehen, sondern ein Opfer bringen würde, und sein Verstand sagte ihm, daß es keinen anderen Ausweg gab. Er hatte zu wählen, ob er nur für sich selbst oder für andere leben wollte, und wenn die Aufgabe, die ihm zufiel, auch noch so furchtbar war, so wußte er doch, daß er die Selbstsucht nicht über die Liebe triumphieren lassen durfte. Früher oder später werden wir alle vor diese Entscheidung gestellt, muß jeder von uns diese Frage beantworten. Von Lord Arthur wurde es in jungen Jahren verlangt, noch bevor der berechnende Zynismus des mittleren Lebensalters seinen Charakter verdorben, bevor der seichte Egoismus, der heutzutage Mode ist, sein Herz zerfressen hatte, und er zögerte nicht, seine Pflicht zu tun. Glücklicherweise war er weder ein eitler Träumer noch ein müßiger Dilettant. Wäre er's gewesen, dann hätte er wie Hamlet gezaudert und durch Unentschlossenheit seinem Vorhaben geschadet. Aber er war ein praktisch veranlagter Mensch. Leben bedeutete für ihn Handeln, nicht Nachdenken. Er besaß die seltenste aller Gaben: gesunden Menschenverstand.

Die heftigen, verworrenen Empfindungen der vergangenen Nacht waren endgültig gewichen, und jetzt dachte er fast beschämt daran, daß er wie irr durch die Straßen gelaufen war und entsetzliche seelische Qualen erlitten hatte. Daß sie echt gewesen waren, ließ sie ihm jetzt um so unwirklicher erscheinen. Er konnte nicht verstehen, warum er so töricht gewesen war, gegen das Unvermeidliche zu eifern. Die einzige Frage, die ihn beunruhigte, war, wen er umbringen sollte; denn er verschloß die Augen nicht vor der Tatsache, daß zu einem Mord, ähnlich wie zu den religiösen Riten der Heiden, ein Opfer ebenso gehört wie ein Priester. Da er kein Genie war, hatte er keine Feinde, und zudem war er der Meinung, dies sei nicht der richtige Augenblick, um privatem Groll oder persönlicher Abneigung freien Lauf zu lassen. Dazu war seine Mission viel zu bedeutungsvoll, viel zu ernst und feierlich. So schrieb er denn auf ein Blatt Papier die Namen seiner Freunde und Verwandten und entschied sich nach reiflicher Überlegung für Lady Clementina Beauchamp, eine reizende alte Dame, die in der Curzon Street wohnte und seine Kusine zweiten Grades – mütterlicherseits – war. Er hatte Lady Clem, wie sie allgemein genannt wurde, immer sehr gern gehabt, und da er selbst sehr reich war – als er volljährig wurde, hatte er Lord Rugbys Vermögen geerbt –, würde niemand auf den

Gedanken kommen, er zöge aus ihrem Tod schnöden finanziellen Nutzen. Je länger er darüber nachdachte, desto fester war er davon überzeugt, daß sie die einzig Richtige war, und da er jeden weiteren Aufschub als unfaires Verhalten gegenüber Sybil betrachtete, beschloß er, sofort ans Werk zu gehen.

Zuerst mußte er natürlich die Angelegenheit mit dem Chiromanten in Ordnung bringen. Er setzte sich an den kleinen Sheraton-Schreibtisch beim Fenster, schrieb einen Scheck über einhundertundfünf Pfund aus, zahlbar an Mr. Septimus Podgers, steckte ihn in einen Briefumschlag und beauftragte seinen Diener, ihn in der West Moon Street abzugeben. Dann rief er in den Stallungen an, bestellte seinen Wagen und machte sich für die Ausfahrt fertig. Beim Verlassen des Zimmers warf er noch einen Blick auf die Fotografie Sibyl Mertons und schwor sich, ihr niemals, ganz gleich, wie sich die Dinge entwickeln würden, zu sagen, was er um ihretwillen getan hatte, sondern das Geheimnis seiner Selbstaufopferung für immer in seinem Herzen zu verschließen.

Auf dem Weg zum Buckingham-Klub ließ er vor einem Blumengeschäft halten, sandte Sibyl einen Korb herrlicher Narzissen – zarte weiße Blütenkronen mit starren Fasanenaugen. Im Klub ging er sofort in die Bibliothek und bestellte beim Kellner Sodawasser mit Zitrone und ein Buch über Toxikologie. Er war überzeugt davon, daß er seine schwierige Aufgabe am besten mit Hilfe von Gift bewältigen würde. Alles, was Gewaltanwendung erforderte, war ihm absolut zuwider, und außerdem lag ihm viel daran, Lady Clementina auf eine Art und Weise zu ermorden, die kein öffentliches Aufsehen erregen würde; denn der Gedanke, in Lady Windermeres Salon als Held des Tages bestaunt, oder in den Klatschspalten vulgärer Gesellschaftsblätter genannt zu werden, war ihm unerträglich. Überdies mußte er auf Sibyls Eltern Rücksicht nehmen, die ziemlich altmodisch waren und sich, sollte es zu einem Skandal kommen, möglicherweise der Heirat widersetzen würden. Allerdings war er sicher, daß sie, falls er ihnen den ganzen Sachverhalt erklärte, die ersten wären, die seine Motive zu würdigen wüßten. Jedenfalls hatte er allen Grund, sich für Gift zu entscheiden. Es war für ihn selbst ungefährlich, wirkte sicher und geräuschlos und schloß von vornherein peinliche Szenen aus, die er, wie die meisten Engländer, zutiefst verabscheute.

Von Toxikologie hatte er allerdings keine blasse Ahnung, und da der Kellner offenbar nicht fähig war, in der Bibliothek etwas anderes als *Ruff's Guide und Bailey's Magazine* zu finden, sah er selbst die Regale durch und stieß schließlich auf eine attraktiv gebundenen Ausgabe der *Pharmacopaeia* und ein Exemplar von Erskines *Toxicology*, herausgegeben von Sir Mathew Reid, dem Präsidenten des königlichen Ärztekollegiums, einem der ältesten Mitglieder des Buckingham-Klubs, in den er versehentlich anstelle eines andern aufgenommen worden war – ein Vorfall, der das Komitee so aufgebracht hatte, daß es, als der richtige Bewerber zur Wahl stand, diesen einstimmig durchfallen ließ. Lord Arthur fühlte sich von den Fachausdrücken in beiden Werken ziemlich verwirrt und bereute fast schon, daß er in Oxford die alten Sprachen vernachlässigt hatte, als er plötzlich im zweiten Band von Erskines Werk eine interessante, umfassende und in einigermaßen verständlichem Englisch geschriebene Abhandlung über die Eigenschaften des Akonitins entdeckte. Es schien genau das Gift zu sein, das er brauchte. Es wirkte rasch, sogar augenblicklich, verursachte keine Schmerzen und schmeckte, wenn man es, wie Sir Mathew empfahl, in einer Gelatinekapsel schluckte, keineswegs unangenehm. Er notierte die tödliche Dosis auf seiner Manschette, stellte die Bücher ins Regal zurück und schlenderte dann die St. James's Street hinauf zur berühmten Apotheke von Pestle und Humbey. Mr. Pestle, der die Aristokratie stets persönlich bediente, war einigermaßen überrascht und murmelte in ehrerbietigem Ton etwas von einem ärztlichen Rezept. Doch als Lord Arthur ihm erklärte, er brauche das Gift für eine große norwegische Bulldogge, die er töten müsse, weil sie Symptome beginnender Tollwut zeige und den Kutscher bereits zweimal in die Wade gebissen habe, sagte er, das genüge ihm völlig, machte Lord Arthur Komplimente über seine erstaunlichen toxikologischen Kenntnisse und ließ das Präparat sofort zubereiten.

Lord Arthur legte die Kapsel in eine hübsche kleine Silberbonbonniere, die er in der Bond Street in einem Schaufenster gesehen hatte, warf Pestle und Humbeys häßliche Pillenschachtel weg und fuhr geradewegs zu Lady Clementina.

»Sieh da, *monsieur le mauvais sujet*!« rief die alte Dame, als er ins Zimmer trat. »Warum hast du dich so lange nicht sehen lassen?«

»Meine liebe Lady Clem, mir bleibt wirklich keine Minute Zeit für mich selbst«, erwiderte Lord Arthur lächelnd.

»Damit willst du wohl sagen, daß du den ganzen Tag mit Miß Sibyl Merton unterwegs bist, Seidenstoffe kaufst und Unsinn redest? Ich kann einfach nicht verstehen, warum die Leute so viel Wirbel wegen der Heiraterei machen. Zu meiner Zeit hätte sich's niemand einfallen lassen, in aller Öffentlichkeit zu küssen und zu kosen, und heimlich übrigens auch nicht.«

»Lady Clem, ich versichere Ihnen, daß ich Sibyl seit vierundzwanzig Stunden nicht gesehen habe. Soviel ich weiß, widmet sie sich ganz ihren Modistinnen.«

»Natürlich. Und das ist auch der einzige Grund, warum du eine alte häßliche Frau wie mich besuchst. Ich weiß nicht, warum ihr Männer euch durch nichts warnen laßt. *On a fait des folies pour moi*, und schau mich jetzt an – ein altes, rheumatisches Frauenzimmer mit falschen Stirnlocken und schlechter Laune! Wirklich, wenn die gute Lady Jansen mir nicht ständig die schlechtesten französischen Romane, die sie auftreiben kann, schicken würde, wüßte ich nicht, wie ich die Zeit totschlagen soll. Die Ärzte sind zu rein gar nichts nütze, nur wie sie einem das Honorar abluchsen können, das wissen sie. Nicht einmal mein Sodbrennen können sie kurieren.«

»Ich habe Ihnen ein Heilmittel dafür mitgebracht, Lady Clem«, sagte Lord Arthur ernst. »Es ist ausgezeichnet; ein Amerikaner hat es erfunden.«

»Ich fürchte, ich habe für amerikanische Erfindungen nichts übrig, Arthur. Nein, bestimmt nicht. Kürzlich habe ich ein paar amerikanische Romane gelesen, und sie waren ziemlich blödsinnig.«

»Aber Lady Clem, das hier ist nicht im mindesten blödsinnig! Glauben Sie mir, es ist die perfekte Medizin. Sie müssen mir versprechen, sie auszuprobieren.« Lord Arthur zog die kleine Dose aus der Tasche und überreichte sie ihr.

»Arthur! Die Dose ist ja reizend! Soll das wirklich ein Geschenk sein? Wie lieb von dir! Und das hier ist das Wundermittel? Es sieht wie ein Bonbon aus. Ich werde es sofort einnehmen.«

»Um Gottes willen, Lady Clem!« rief Lord Arthur und hielt ihre Hand fest. »Das dürfen Sie keinesfalls tun! Es ist ein homöopathisches Mittel, und wenn Sie es einnehmen, ohne Sodbrennen zu haben, kann es Ihnen ungeheuer schaden. Warten Sie auf den nächsten Anfall und nehmen Sie's erst dann ein! Die Wirkung wird Sie verblüffen.«

»Ich würde es aber gern sofort einnehmen«, sagte Lady Clementina und hielt die kleine, durchsichtige Kapsel, in der das flüssige Akonitin wie eine Blase eingeschlossen war, gegen das Licht. »Es schmeckt sicher köstlich. Um die Wahrheit zu sagen: Ich hasse zwar die Ärzte, aber ich liebe Arzneien. Trotzdem werde ich diese hier bis zum nächsten Anfall aufbewahren.«

»Und wann rechnen Sie damit?« fragte Lord Arthur gespannt. »Schon bald?«

»Ich hoffe, er läßt sich eine Woche Zeit. Erst gestern morgen hatte ich einen sehr schlimmen. Aber man kann nie wissen.«

»Und Sie glauben bestimmt, daß Sie den nächsten noch vor Ende des Monats haben werden?«

»Ich fürchte, ja. Aber du bist ja heute so mitfühlend, Arthur! Wirklich, Sibyl hat einen guten Einfluß auf dich. Aber jetzt mußt du gehen, denn ich diniere heute mit sehr langweiligen Leuten, die für Klatsch nichts übrig haben, und wenn ich jetzt nicht ein Nickerchen mache, werde ich während des Essens bestimmt nicht wach bleiben. Auf Wiedersehen, Arthur, grüß Sibyl, und vielen Dank für die amerikanische Medizin!«

»Sie werden nicht vergessen, sie einzunehmen, nicht wahr, Lady Clem?« fragte Lord Arthur beim Aufstehen.

»Natürlich nicht, du alberner Junge! Ich finde es sehr lieb von dir, daß du daran gedacht hast, und ich werde dir schreiben, falls ich mehr davon haben will.«

Lord Arthur verließ das Haus in bester Laune und fühlte sich unendlich erleichtert.

Am Abend hatte er eine Unterredung mit Sibyl Merton. Er sagte ihr, er sei ganz plötzlich in schreckliche Schwierigkeiten geraten, und weder seine Ehre noch sein Pflichtgefühl erlaubten ihm, ihnen aus dem Weg zu gehen. Er erklärte, die Hochzeit müsse verschoben werden, denn bevor er nicht diese gräßlichen Komplikationen hinter sich gebracht hätte, sei er kein freier Mann. Er beschwor sie, ihm zu vertrauen und sich keine Sorgen um die Zukunft zu machen. Alles würde gut werden, sie müsse nur Geduld haben.

Das Gespräch fand im Wintergarten von Mr. Mertons Haus in der Park Lane statt, wo Lord Arthur wie gewöhnlich diniert hatte. Sibyl hatte einen so ausnehmend glücklichen Eindruck gemacht, daß er einen Augenblick lang versucht gewesen war, den Feigling zu spielen, Lady Clementina schriftlich um Rückgabe der Pille zu bitten und die Hochzeit stattfinden zu lassen, als gäbe es auf der ganzen Welt keinen Mr. Podgers. Aber dann siegte sein besseres Ich, und selbst als Sibyl sich ihm weinend in die Arme warf, wurde er nicht schwankend. Ihre Schönheit erregte seine Sinne, aber sie hatte auch sein Gewissen angerührt. Er wußte, daß es ein Unrecht wäre, um einiger kurzer Monate des Genusses willen ein so reines Leben zu zerstören.

Er blieb bis kurz vor Mitternacht bei Sibyl, tröstete sie, wurde wiedergetröstet und reiste am frühen Morgen nach Venedig ab, nachdem er Mr. Merton in einem mannhaft entschlossenen Brief von dem unvermeidlichen Aufschub der Hochzeit in Kenntnis gesetzt hatte.

4

In Venedig traf er seinen Bruder, Lord Surbiton, der zufällig mit seiner Jacht von Korfu herübergekommen war. Die beiden jungen Herren verbrachten zwei herrliche Wochen miteinander. Morgens ritten sie auf dem Lido spazieren oder glitten in ihrer langen schwarzen Gondel den grünen Kanal hinauf und hinunter, nachmittags empfingen sie meist Gäste auf der Jacht, und abends speisten sie bei Florian und rauchten auf der Piazza unzählige Zigaretten. Und doch war Lord Arthur nicht glücklich. Tag für Tag studierte er die Todesanzeigen in der *Times* in der Erwartung, etwas über Lady Clems Ableben zu lesen, aber jedesmal wurde er enttäuscht. Allmählich fürchtete er, sie habe irgendeinen Unfall gehabt, und bereute oft, daß er sie daran gehindert hatte, das Akonitin damals, als sie es unbedingt ausprobieren wollte, einzunehmen. Zudem klang in Sibyls Briefen – so viel Liebe, Vertrauen und Zärtlichkeit auch aus ihnen sprachen – häufig ein sehr trauriger Ton an, und manchmal glaubte er, bereits für immer von ihr getrennt zu sein.

Nach vierzehn Tagen fand Lord Surbiton Venedig langweilig und beschloß, entlang der Küste nach Ravenna zu segeln: Er hatte erfahren, daß dort in den Pinienwäldern die Schnepfenjagd superb sein sollte. Lord Arthur weigerte sich zunächst entschieden, mitzukommen, ließ sich aber schließlich von Surbiton, den er ausnehmend gern hatte, davon überzeugen, daß er sich zu Tode langweilen würde, wenn er allein bei Danielli wohnen bliebe. Sie fuhren am 15. los, bei steifem Nordost und ziemlich bewegter See. Die Jagd war ausgezeichnet, und das ungezwungene Leben im Freien brachte wieder Farbe in Lord Arthurs Gesicht, aber um den 22. befiel ihn bei dem Gedanken an Lady Clementina die alte Unruhe, und trotz Surbitons Protest fuhr er per Bahn nach Venedig zurück.

Als er an den Hotelstufen aus der Gondel stieg, kam ihm der Besitzer mit einem Stoß von Telegrammen entgegen. Lord Arthur riß sie ihm aus der Hand und öffnete sie hastig. Alles war nach Wunsch gegangen. Lady Clementina war in der Nacht zum 17. ganz plötzlich gestorben!

Sein erster Gedanke galt Sibyl, und er teilte ihr telegrafisch seine sofortige Rückkehr nach London mit. Dann befahl er seinem Diener, das Gepäck für den Nachtzug fertig zu machen, schickte seinen Gondolieri etwa das Fünffache des Normaltarifs und eilte leichten Fußes und heiteren Herzens hinauf in seinen Salon. Dort fand er drei Briefe vor. Der eine war von Sibyl – ein teilnahmsvolles Kondolenzschreiben. Die beiden anderen kamen von seiner Mutter und von Lady Clementinas Anwalt. Aus ihnen ging hervor, daß die alte Dame an jenem Abend bei der Herzogin diniert, alle Anwesenden mit ihrer Intelligenz und ihrem Esprit entzückt, sich aber zeitig verabschiedet und über Sodbrennen geklagt hatte. Am nächsten Morgen fand man sie tot im Bett liegen. Allem Anschein nach hatte sie nicht leiden müssen. Man hatte sofort nach Sir Mathew Reid geschickt, der natürlich nichts mehr tun konnte. Die Beisetzung in Beauchamp Chalcote war auf den 22. festgesetzt worden. Ein paar Tage vor ihrem Tod hatte sie ihr Testament gemacht und Lord Arthur ihr kleines Haus in der Curzon Street, das gesamte Mobiliar, ihre persönliche Habe und die Bilder hinterlassen, mit Ausnahme der Miniaturensammlung, die ihrer Schwester, Lady Margaret Rufford, und des Amethystkolliers, das Sibyl Merton zufallen sollte. Die Hinterlassenschaft war nicht sonderlich wertvoll, aber Mr. Mansfield, der Anwalt, bat Lord Arthur dringend, möglichst sofort zurückzukehren, da zahlreiche Rechnungen zu bezahlen seien und Lady Clementina niemals genau Buch geführt habe.

Lord Arthur war tief gerührt, daß Lady Clementina seiner so freundlich gedacht hatte, und fand, Mr. Podgers habe allerhand zu verantworten. Aber seine Liebe zu Sibyl überwog alle anderen Empfindungen, und das Bewußtsein, seine Pflicht erfüllt zu haben, gab ihm Trost und Frieden. Als er auf dem Charing-Cross-Bahnhof ankam, war er vollkommen glücklich.

Bei den Mertons wurde er sehr herzlich empfangen. Er mußte Sibyl versprechen, niemals wieder etwas zwischen sie beide treten zu lassen, und dann setzte man die Hochzeit auf den 7. Juni fest. Das Leben erschien ihm wieder licht und schön, seine ganze alte Fröhlichkeit kehrte zurück.

Eines Tages jedoch, als er zusammen mit Lady Clementinas Anwalt und Sibyl das Haus in der Curzon Street in Augenschein nahm, Bündel vergilbter Briefe verbrannte und mit allerlei Krimskrams vollgestopfte Schubladen aufzog, stieß das junge Mädchen plötzlich einen Entzückensschrei aus.

»Was hast du denn entdeckt, Sibyl?« Lord Arthur sah lächelnd auf.

»Hier, diese hübsche kleine Silberbonbonniere. Sicher ein altes Stück, holländische Arbeit, nicht wahr? Bitte, Arthur, schenk sie mir! Die Amethyste werden mir sowieso erst stehen, wenn ich über achtzig bin.«

Es war die Dose, in der sich das Akonitin befunden hatte.

Lord Arthur fuhr zusammen, und eine leichte Röte stieg ihm ins Gesicht. Er hatte fast ganz vergessen, was er getan hatte, und es schien ihm ein merkwürdiger Zufall, daß ausgerechnet Sibyl, um derentwillen er diese furchtbare Bedrängnis durchgestanden hatte, ihn als erste daran erinnern mußte.

»Natürlich kannst du sie haben, Sibyl. Ich selbst habe sie der armen Lady Clem geschenkt.«

»O, vielen Dank, Arthur! Und darf ich das Bonbon auch behalten? Ich hatte keine Ahnung, daß Lady Clem Süßigkeiten mochte. Ich dachte immer, dafür sei sie viel zu intellektuell.«

Lord Arthur wurde totenblaß, und ein entsetzlicher Gedanke fuhr ihm durch den Kopf.

»Ein *Bonbon,* Sibyl? Wovon sprichst du eigentlich?« fragte er stockend und mit heiserer Stimme.

»Es ist nur ein einziges drin. Es sieht schon ganz alt und staubig aus, und ich denke nicht daran, es zu essen. Was ist denn los, Arthur? Du bist ja ganz blaß!«

Lord Arthur stürzte auf sie zu und riß ihr die Dose aus der Hand. Sie enthielt die bernsteinfarbene Kapsel mit dem Gifttropfen. Lady Clementina war also eines natürlichen Todes gestorben!

Der Schock dieser Entdeckung war fast zu viel für ihn. Er schleuderte die Kapsel ins Feuer und sank mit einem Verzweiflungsschrei aufs Sofa.

5

Mr. Merton war ziemlich ungehalten darüber, daß die Trauung ein zweites Mal verschoben wurde, und Lady Julia, die bereits ihr Kleid für die Hochzeit bestellt hatte, versuchte mit allen Mitteln, Sibyl zur Lösung der Verlobung zu bewegen. Aber so zärtlich Sibyl ihre Mutter liebte – sie hatte ihr Leben ganz in Lord Arthurs Hände gegeben, und kein Argument Lady Julias konnte ihre Treue ins Wanken bringen. Was Lord Arthur betraf, so dauerte es Tage, bis er seine furchtbare Enttäuschung überwunden hatte, und eine Zeitlang war er nur noch ein Nervenbündel. Dann aber setzte sich sein gesunder Menschenverstand durch, und sein Sinn fürs Praktische ließ ihn nicht lange im unklaren darüber, was jetzt zu tun war. Da Gift sich als völliger Fehlgriff erwiesen hatte, lag es nahe, einen Versuch mit Dynamit oder irgendeinem anderen Sprengstoff zu machen.

Er sah also wieder die Liste seiner Freunde und Verwandten

durch und beschloß nach reiflicher Überlegung, seinen Onkel, den Dekan von Chichester, in die Luft zu jagen. Der Dekan, ein hochgebildeter und gelehrter Mann, war ein ausgesprochener Uhrenliebhaber und besaß eine herrliche Sammlung, in der Chronometer vom fünfzehnten Jahrhundert bis zur Gegenwart vertreten waren. Lord Arthur sah in dem Steckenpferd des guten Dekans eine ausgezeichnete Möglichkeit, seinen Plan zu verwirklichen. Wo er eine Höllenmaschine auftreiben sollte, das stand natürlich auf einem anderen Blatt. Das Londoner Adreßbuch half ihm in dieser Sache nicht weiter, und Scotland Yard um Auskunft zu bitten, hielt er für zwecklos, da man dort offenbar immer erst dann etwas über die Unternehmungen der Bombenleger wußte, wenn sich die Explosion bereits ereignet hatte, und selbst dann nicht eben viel.

Plötzlich fiel ihm sein Freund Rouvaloff ein, ein junger Russe mit sehr, sehr revolutionären Neigungen, den er im Winter bei Lady Windermere kennengelernt hatte. Es hieß, Graf Rouvaloff arbeite an einer Biographie Peters des Großen und sei nach England gekommen, um Dokumente aus jener Zeit einzusehen, in der sich der Zar, als Schiffszimmermann verkleidet, hier aufgehalten hatte. Allerdings hatte man den Grafen allgemein im Verdacht, ein Agent der Nihilisten zu sein, und ohne Zweifel war seine Anwesenheit in London der russischen Botschaft alles andere als angenehm. Lord Arthur war überzeugt, daß dieser Mann für seine Zwecke genau der Richtige war, und fuhr eines Morgens zu ihm nach Bloomsbury, um sich Rat und Hilfe zu holen.

»Sie wollen sich also ernsthaft mit der Politik beschäftigen?« fragte Graf Rouvaloff, nachdem Lord Arthur ihm den Zweck seines Besuchs mitgeteilt hatte. Da Lord Arthur jede Art von Prahlerei verabscheute, fühlte er sich verpflichtet, zuzugeben, daß er an sozialen Problemen nicht im mindesten interessiert sei und die Höllenmaschine einzig und allein zur Regelung einer Familienangelegenheit benötige, die nur ihn selbst etwas anginge.

Graf Rouvaloff sah ihn einige Sekunden lang verblüfft an, merkte dann, daß er es ernst meinte, schrieb eine Adresse auf, setzte seine Initialen darunter und reichte Lord Arthur den Zettel über den Tisch.

»Scotland Yard würde viel darum geben, diese Adresse zu erfahren, lieber Freund.«

»Von mir nicht!« rief Lord Arthur lachend. Dann schüttelte er dem jungen Russen herzlich die Hand, lief die Treppe hinunter, las den Zettel und befahl dem Kutscher, zum Soho Square zu fahren.

Dort schickte er ihn weg und schlenderte die Greek Street hinunter, bis er vor einem Gebäudekomplex namens Bayle's Court stand. Er trat durch den Torbogen und befand sich nun in einer eigentümlichen Sackgasse. Hier hatte sich offenbar eine Weißwäscherei niedergelassen, denn zwischen den Häusern spannte sich ein wahres Netz von Leinen, an denen die Wäsche im Morgenwind flatterte. Er ging bis zum Ende der Gasse und klopfte an die Tür eines kleinen grünen Hauses.

Nachdem er eine Weile gewartet und beobachtet hatte, wie hinter den Fenstern ringsum die verschwommenen Silhouetten neugieriger Gesichter auftauchten, wurde die Tür von einem ziemlich derb wirkenden Ausländer geöffnet, der ihn in sehr schlechtem Englisch fragte, was er wolle. Lord Arthur gab ihm Graf Rouvaloffs Zettel. Der Mann las ihn, verbeugte sich und bat Lord Arthur in das schäbige Vorderzimmer im Erdgeschoß. Kurz darauf eilte Herr Winckelkopf – wie er sich in England nannte – geschäftig herbei, einer Serviette voller Weinflecken um den Hals, eine Gabel in der Linken.

»Graf Rouvaloff hat mir eine Empfehlung mitgegeben«, sagte Lord Arthur mit einer Verbeugung, »und es liegt mir viel daran, eine geschäftliche Angelegenheit kurz mit Ihnen zu besprechen. Mein Name ist Smith, Robert Smith. Ich wollte Sie bitten, mir eine Uhr mit Sprengladung zu besorgen.«

»Erfreut, Sie kennenzulernen, Lord Arthur«, sagte der kleine joviale Deutsche lachend. »Sehen Sie mich nicht so erschrocken an! Es ist meine Pflicht, jeden zu kennen, und ich entsinne mich, daß ich Sie bei einer Abendgesellschaft im Hause Lady Windermeres gesehen habe. Ich hoffe, die Lady befindet sich wohl. Hätten Sie etwas dagegen, mir beim Frühstück Gesellschaft zu leisten? Es gibt eine ausgezeichnete Pastete, und meine Freunde behaupten liebenswürdigerweise, mein Rheinwein sei besser als der, den sie in der deutschen Botschaft bekommen.« Und bevor

Lord Arthur sich von der Überraschung, erkannt worden zu sein, erholen konnte, saß er bereits im Hinterzimmer, trank aus einem zartgelb getönten Pokal mit eingraviertem kaiserlichen Monogramm den köstlichsten Markobrünner und plauderte aufs angenehmste mit dem berühmten Verschwörer.

»Uhren mit Sprengladung«, sagte Herr Winckelkopf, »eignen sich nicht für den Export. Selbst wenn sie unangefochten durch den Zoll kommen, sorgt der unregelmäßige Eisenbahnverkehr meist dafür, daß sie losgehen, bevor sie an Ort und Stelle sind. Falls Sie aber eine für den Inlandgebrauch wünschen, kann ich Ihnen etwas Ausgezeichnetes liefern und einen vollen Erfolg garantieren. Darf ich wissen, für wen sie bestimmt ist? Sollte es sich um die Polizei handeln oder um jemanden, der etwas mit Scotland Yard zu tun hat, dann kann ich Ihnen leider nicht dienen. Die englischen Detektive sind nämlich unsere besten Freunde, und ich habe immer die Erfahrung gemacht, daß wir genau das tun können, was wir wollen, wenn wir uns auf ihre Stupidität verlassen. Ich möchte keinen von ihnen missen.«

»Ich versichere Ihnen, daß es absolut nichts mit der Polizei zu tun hat. Die Uhr ist für den Dekan von Chichester bestimmt.«

»Du liebe Güte! Ich hatte keine Ahnung, daß Sie sich so sehr für Religion interessieren! Bei jungen Leuten ist das heutzutage selten.«

»Herr Winckelkopf, ich fürchte, Sie überschätzen mich«, sagte Lord Arthur errötend. »Von Theologie verstehe ich nicht das mindeste.«

»Dann handelt es sich wohl um eine rein private Angelegenheit?«

»Ja, rein privat.«

Herr Winckelkopf zuckte die Achseln und ging aus dem Zimmer. Ein paar Minuten später brachte er einen runden Sprengsatz von der Größe eines Pennys und eine hübsche kleine Stutzuhr mit einer vergoldeten Figur, einer Darstellung der Freiheit, die gerade die Hydra des Despotismus zertritt.

Beim Anblick der Uhr hellte sich Lord Arthurs Gesicht auf. »Das ist genau das Richtige! Und wie explodiert sie?«

»Das ist mein Geheimnis«, erwiderte Herr Winckelkopf und betrachtete seine Erfindung mit berechtigtem Stolz. »Sagen Sie mir, wann sie losgehen soll, und ich werde sie auf die Sekunde genau einstellen.«

»Also gut. Heute ist Dienstag, und wenn Sie sie sofort absenden ...«

»Ganz unmöglich! Ich habe für ein paar Freunde in Moskau noch eine Menge wichtiger Dinge zu erledigen. Aber ich könnte sie vielleicht morgen abschicken.«

»O ja, das ist früh genug!« sagte Lord Arthur höflich. »Es genügt, wenn sie morgen abend oder Donnerstag früh zugestellt wird. Und was den Zeitpunkt der Explosion betrifft – sagen wir Freitagmittag, Punkt zwölf. Um diese Zeit ist der Dekan immer zu Hause.«

»Freitag, zwölf Uhr«, wiederholte Herr Winckelkopf und trug die Zeit in ein dickes Kontobuch ein, das auf dem Schreibtisch neben dem Kamin lag.

Lord Arthur erhob sich. »Und jetzt sagen Sie mir bitte, was ich Ihnen schulde.«

»Lord Arthur, das Ganze ist wirklich eine solche Lappalie, daß ich am liebsten überhaupt nichts dafür nähme. Das Dynamit kostet sieben Schilling sechs Pence, die Uhr drei Pfund zehn Schilling und die Zustellung etwa fünf Schilling. Ich freue mich immer, wenn ich einem Freund des Grafen Rouvaloff helfen kann.«

»Und Ihre eigenen Bemühungen, Herr Winckelkopf?«

»Ach, das ist nicht der Rede wert! Es ist mir ein Vergnügen. Ich arbeite nicht für Geld, ich lebe nur meiner Kunst.«

Lord Arthur legte vier Pfund zwei Schilling sechs Pence auf den Tisch und dankte dem kleinen Deutschen für seine Liebenswürdigkeit. Nachdem es ihm gelungen war, die Einladung, bei einem Teeimbiß am folgenden Samstag einige Anarchisten kennenzulernen, abzuschlagen, verließ er das Haus und ging in den Park.

Die nächsten zwei Tage verbrachte er in höchster Erregung, und am Freitag fuhr er in den Buckingham-Klub, um dort auf Nachrichten zu warten. Den ganzen Nachmittag über schlug der Portier mit unerschütterlicher Ruhe Telegramme aus verschiedenen Teilen des Landes am Schwarzen Brett an – Ergebnisse von Pferderennen, Scheidungsurteile, den Wetterbericht und dergleichen, während der Telegraf langweilige Einzelheiten über eine Nachtsitzung des Unterhauses und eine kleine Börsenpanik meldete. Um vier Uhr kamen die Abendzeitungen, und Lord Arthur verschwand mit der *Pall Mall*, der *St. James's*, dem *Globe* und dem *Echo* in der Bibliothek – zur maßlosen Entrüstung von Colonel Goodchild, der die Berichte über eine Rede lesen wollte, die er am Vormittag im Mansion House über die Missionsarbeit in Südafrika und die für die Einsetzung schwarzer Bischöfe in allen Provinzen sprechenden Umstände gehalten hatte, und der aus irgendeinem Grund ein starkes Vorurteil gegen die *Evening News* hegte. Aber in keiner Zeitung war Chichester auch nur erwähnt, und Lord Arthur hatte das Gefühl, daß der Anschlag mißlungen war.

Es war ein furchtbarer Schlag für ihn, und eine Zeitlang fühlte er sich völlig entmutigt. Herr Winckelkopf, den er am nächsten Tag aufsuchte, erging sich in umständlichen Entschuldigungen und erbot sich, ihm kostenlos eine andere Uhr oder, zum Selbstkostenpreis, eine Kiste Nitroglyzerinbomben zur Verfügung zu stellen. Aber Lord Arthur hatte jedes Vertrauen in Sprengstoff verloren, und Herr Winckelkopf konnte nicht umhin, einzuräumen, daß heutzutage alle Produkte verfälscht würden und sogar Dynamit kaum mehr in reiner Form zu haben sei. Doch obwohl er zugab, daß der Mechanismus irgendwie versagt haben mußte, hatte der kleine Deutsche die Hoffnung, daß die Uhr doch noch losgehen würde, nicht ganz aufgegeben. In diesem Zusammenhang erzählte er von einem Barometer, das er einst dem Militärgouverneur von Odessa zugeschickt hatte und das, obwohl die Explosion genau zehn Tage danach erfolgen sollte, erst drei Monate später losgegangen war. Zugegeben, als es endlich funktionierte, hatte es zwar nur ein Hausmädchen in Atome aufgelöst – der Gouverneur hatte sechs Wochen zuvor die Stadt verlassen –, aber immerhin hatte dieser Fall bewiesen, daß Dynamit, falls seine Zerstörungskraft durch einen Mechanismus unter Kontrolle gehalten wurde, ein starker, wenn auch etwas unpünktlicher Bundesgenosse war. Lord Arthur fühlte sich durch diese Argumente ein wenig getröstet, aber auch diesmal stand ihm eine Enttäuschung bevor. Als er zwei Tage später die Treppe zu seiner Wohnung hinaufstieg, rief ihn die Herzogin in ihr

Boudoir und zeigte ihm einen Brief, den sie gerade aus dem Dekanat erhalten hatte.

»Jane schreibt reizende Briefe«, sagte die Herzogin. »Du mußt ihren letzten unbedingt lesen. Er ist tatsächlich ebenso gut wie die Romane, die Mudie uns schickt.

Lord Arthur nahm ihr den Brief hastig aus der Hand und las:

Dekanat Chichester, den 27. Mai

Liebste Tante!

Vielen herzlichen Dank für den Flanell für den Dorcas-Verein und auch für den Baumwollstoff. Ich bin ganz Ihrer Meinung, daß es Unsinn ist, wenn diese Leute hübsche Sachen tragen wollen, aber da sie heutzutage alle so radikal und gottlos sind, ist es schwierig, ihnen klarzumachen, daß sie nicht versuchen sollten, sich wie die oberen Klassen zu kleiden. Ich weiß wirklich nicht, wo das hinführen soll. Wie Papa so oft in seinen Predigten gesagt hat – wir leben in einer Zeit des Unglaubens.

Wir hatten großen Spaß mit einer Uhr, die Papa letzten Donnerstag von einem unbekannten Verehrer zugeschickt bekam. Sie wurde in einem Holzkistchen frei Haus aus London zugestellt. Papa glaubt, sie stammt von jemandem, der seine interessante Predigt »Ist Zügellosigkeit Freiheit?« gelesen hat, denn auf dem Uhrgehäuse ist eine weibliche Figur mit einer Kopfbedeckung, die nach Papas Meinung eine Freiheitsmütze darstellt. Ich finde sie nicht besonders kleidsam, aber Papa sagt, sie ist historisch, also muß es wohl in Ordnung sein. Parker packte die Uhr aus, und Papa stellte sie auf den Kaminsims in der Bibliothek. Als wir am Freitagmittag alle dort saßen, hörten wir, gerade als die Uhr zwölf schlug, ein Surren, dann kam aus dem Sockel der Figur ein Rauchwölkchen, und die Freiheitsgöttin fiel herunter und schlug sich am Kamingitter die Nase ab. Maria war ganz erschrocken, aber es sah so komisch aus, daß James und ich Lachkrämpfe bekamen, und sogar Papa war amüsiert. Als wir die Uhr näher betrachteten, entpuppte sie sich als eine Art Wecker. Man braucht sie nur auf eine bestimmte Zeit einzustellen und etwas Schießpulver und ein Zündhütchen unter einen kleinen Hammer zu legen, dann geht sie genau im richtigen Moment los. Papa sagte, sie dürfe nicht in der Bibliothek blei-

ben, weil sie Lärm macht, also trug Reggie sie ins Schulzimmer, und jetzt hat er den ganzen Tag nichts anderes zu tun, als sie knallen zu lassen. Glauben Sie, daß Arthur sich freuen würde, wenn wir ihm so eine Uhr zur Hochzeit schenkten? Sicher sind sie in London gerade große Mode. Papa sagt, sie könnten sehr nützlich sein, weil sie zeigen, daß die Freiheit sich nicht halten kann, sondern untergehen muß. Papa sagt, die Freiheit sei während der Französischen Revolution erfunden worden. Wie gräßlich das klingt!

Jetzt muß ich in den Dorcas-Verein gehen und dort werde ich Ihren höchst lehrreichen Brief vorlesen. Liebe Tante, wie recht haben Sie mit Ihrer Auffassung, daß Leute dieser Schicht unkleidsame Sachen tragen sollten! Es ist wirklich absurd, daß sie sich Gedanken über ihre Kleidung machen, wo es doch im Diesseits und im Jenseits so viele wichtigere Dinge gibt. Es freut mich, daß Ihr geblümtes Popelinkleid so schön geworden ist und daß Sie das Spitzenkleid nicht zerrissen haben. Ich werde das gelbe Atlaskleid, das Sie mir gütigerweise geschenkt haben, am Mittwoch zur Einladung beim Bischof anziehen, und ich glaube, es wird sich gut machen. Würden Sie Schleifen dazu tragen oder nicht? Mrs. Jennings sagt, daß jetzt alles Schleifen trägt und daß der Unterrock Rüschen haben muß. Gerade hat Reggie die Uhr wieder knallen lassen, und Papa hat angeordnet, daß sie in den Stall gebracht wird. Ich glaube, sie gefällt ihm jetzt nicht mehr so gut wie am Anfang, obwohl er sich geschmeichelt fühlt, daß man ihm ein so hübsches und kunstvolles Spielzeug geschickt hat. Es beweist, daß die Leute seine Predigten lesen und etwas daraus lernen.

Papa läßt herzlich grüßen, James, Reggie und Maria schließen sich an. In der Hoffnung, daß Onkel Cecils Gicht nachgelassen hat, grüßt Sie, liebe Tante,

Ihre Sie innig liebende Nichte
Jane Percy

PS: Bitte geben Sie mir Bescheid wegen der Schleifen. Mrs. Jennings behauptet, sie seien große Mode.

Lord Arthur las den Brief mit einem so ernsten, unglücklichen Gesicht, daß die Herzogin in Lachen ausbrach.

»Lieber Arthur, ich werde dir nie wieder den Brief einer jungen Dame zeigen! Aber was soll man bloß zu dieser Uhr sagen? Ich glaube, es ist eine großartige Erfindung, und ich hätte auch gern eine.«

»Ich halte nicht viel davon«, sagte Lord Arthur mit traurigem Lächeln, küßte seine Mutter und ging hinaus. Droben warf er sich auf ein Sofa, und die Tränen stiegen ihm in die Augen. Er hatte getan, was er konnte, um einen Mord zu begehen, aber beide Male war es mißlungen und nicht durch seine Schuld. Er hatte versucht, seine Pflicht zu tun, aber es schien, als übe die Vorsehung selbst Verrat an ihm. Die Erkenntnis, wie unfruchtbar gute Vorsätze sind und wie nutzlos es ist, ehrenhaft handeln zu wollen, lastete schwer auf ihm. Vielleicht, so dachte er, wäre es besser, die Heirat ganz aufzugeben. Sibyl würde darunter leiden, aber Leid konnte einer so edlen Seele nicht wirklich schaden. Und er selbst – was lag schon an ihm? Irgendwo gibt es immer einen Krieg, in dem ein Mann sterben, oder eine gute Sache, für die er sein Leben hingeben kann, und nun, da das Leben keine Freude mehr für ihn bereithielt, hatte der Tod seinen Schrecken verloren. Mochte das Schicksal das Urteil über ihn fällen! Er selbst würde keinen Finger mehr rühren, um dabei mitzuhelfen.

Um halb acht zog er sich an und ging in den Klub. Surbiton war in Gesellschaft mehrerer junger Herren da, und Arthur mußte mit ihnen zu Abend essen. Ihre trivialen Gespräche und faden Witze interessierten ihn nicht, und sobald der Kaffee serviert war, verabschiedete er sich mit dem Vorwand, verabredet zu sein. Als er den Klub verlassen wollte, überreichte ihm der Portier einen Brief. Er war von Herrn Winckelkopf, der ihn bat, ihn am nächsten Abend zu besuchen, um sich einen Regenschirm mit Sprengladung anzusehen, der beim Aufspannen explodierte. Es war die allerneuste Erfindung, soeben aus Genf eingetroffen. Er zerriß den Brief in kleine Fetzen. Er war fest entschlossen, keine weiteren Experimente zu machen. Dann ging er hinunter zum Themseufer und blieb stundenlang am Fluß sitzen. Wie das Auge eines Löwen spähte der Mond durch eine Mähne gelbbrauner Wolken, und das von unzähligen Sternen übersäte Himmelsgewölbe glich einer mit Goldstaub gesprenkelten Purpurkuppel. Dann und wann schob sich ein Lastkahn in die trübe Flut hinaus und trieb flußabwärts, und die Eisenbahnsignale wechselten von Grün zu Rot, wenn die Züge schrill pfeifend über die Brücke rollten. Nach einer Weile schlug es vom hohen Westminsterturm zwölf Uhr, und bei jedem dröhnenden Glockenschlag schien die Nacht zu erbeben. Dann gingen die Eisenbahnlichter aus, nur eine einsame Lampe leuchtete wie ein großer Rubin an einem riesigen Mast, und der tosende Lärm der Stadt verebbte allmählich.

Um zwei Uhr stand er auf und schlenderte auf die Blackfriars Bridge zu. Wie unwirklich alles aussah! Wie in einem seltsamen Traum! Die Häuser drüben am andern Ufer schienen aus Dunkelheit erbaut. Es war, als hätten Silberglanz und Schatten die Welt neu gestaltet. Die Riesenkuppel der St. Pauls-Kathedrale zeichnete sich wie eine Luftblase gegen den düsteren Himmel ab.

Als er auf »Kleopatras Nadel« zuschritt, sah er einen Mann, der sich übers Geländer beugte. Bei seinem Näherkommen blickte der Mann auf, und der Schein der Gaslaterne fiel auf sein Gesicht.

Es war Mr. Podgers, der Chiromant! Das dicke, schlaffe Gesicht mit der goldgeränderten Brille, das widerwärtige, matte Lächeln und der sinnliche Mund waren unverkennbar.

Lord Arthur blieb stehen. Urplötzlich kam ihm ein blendender Einfall, und vorsichtig schlich er sich von hinten an den andern heran. Im Nu hatte er Mr. Podgers an den Beinen gepackt und in die Themse geschleudert. Ein ordinärer Fluch, ein lautes Aufklatschen – dann war alles still. Lord Arthur sah gespannt hinunter, aber von dem Chiromanten war nichts mehr zu entdecken; nur ein hoher Hut tanzte auf einem im Mondschein aufglänzenden Wasserwirbel. Auch er ging kurz darauf unter, und nun war die letzte Spur von Mr. Podgers verschwunden.

Einmal war ihm, als sehe er die massige, unförmige Gestalt auf die Treppe neben der Brücke zuschwimmen, und das entsetzliche Gefühl, gescheitert zu sein, überkam ihn. Doch dann merkte er, daß es nur eine Spiegelung war, die sofort verschwand, als der Mondschein durch eine Wolke brach. Endlich schien er die Aufgabe erfüllt zu haben, die das Schicksal ihm zugewiesen hatte. Er stieß einen tiefen Seufzer der Erleichterung aus, und Sibyls Name drängte sich ihm auf die Lippen.

»Ist Ihnen etwas hinuntergefallen, Sir?« fragte plötzlich jemand hinter ihm.

Er wandte sich um und sah einen Polizisten mit einer Blendlaterne.

»Nichts von Bedeutung, Sergeant«, erwiderte er lächelnd, winkte einer vorbeifahrenden Droschke, sprang hinein und befahl dem Kutscher, zum Belgrave Square zu fahren.

Ein paar Tage lang war er zwischen Furcht und Hoffnung hin und her gerissen. Es gab Augenblicke, in denen er fast damit rechnete, daß Mr. Podgers ins Zimmer treten würde, und andere, in denen er überzeugt war, daß das Schicksal ihn nicht so ungerecht behandeln konnte. Zweimal ging er in die West Moon Street zum Haus des Chiromanten, konnte sich aber nicht überwinden zu läuten. Er sehnte sich nach Gewißheit und hatte gleichzeitig Angst davor.

Schließlich erhielt er sie. Er saß gerade im Rauchsalon des Klubs und hörte sich ziemlich gelangweilt Surbitons Bericht über das neuste Couplet im Gaiety-Theater an, als der Kellner mit den Abendzeitungen hereinkam. Er griff nach der *St. James's* und blätterte sie gleichgültig durch – da sprang ihm eine merkwürdige Schlagzeile in die Augen:

»SELBSTMORD EINES CHIROMANTEN«

Er wurde blaß vor Erregung und begann zu lesen. Die Notiz lautete wie folgt:

»Gestern morgen um sieben Uhr wurde die Leiche des berühmten Chiromanten Mr. Septimus R. Podgers in Greenwich, direkt vor dem Ship Hotel, an Land gespült. Der Unglückliche galt seit einigen Tagen als vermißt, und in Chiromantenkreisen hatte man sich bereits ernsthaft Sorgen um ihn gemacht. Man nimmt an, daß er in einem durch Überarbeitung verursachten Anfall geistiger Umnachtung Selbstmord begangen hat; entsprechend lautet auch der heute nachmittag bekanntgegebene Befund der Leichenschaukommission. Mr. Podgers hatte gerade eine ausführliche Abhandlung über das Thema ›Die menschliche Hand‹ vollendet, die in Kürze erscheinen und zweifellos starke Beachtung finden wird. Der Verblichene war fünfundsechzig Jahre alt und hinterläßt, soweit bekannt, keine Angehörigen.«

Mit der Zeitung in der Hand stürzte Lord Arthur aus dem Klub – zur maßlosen Verwunderung des Portiers, der ihn vergeblich aufzuhalten suchte – und fuhr geradewegs in die Park Lane. Sibyl sah ihn vom Fenster aus ankommen und hatte aus irgendeinem Grund das Gefühl, daß er gute Nachricht brachte. Sie lief ihm entgegen, und als sie sein Gesicht sah, wußte sie, daß alles gut war.

»Sibyl, Liebste«, rief Lord Arthur, »laß uns morgen heiraten!«

»Du dummer Junge! Die Hochzeitstorte ist doch noch gar nicht bestellt!« sagte Sibyl und lachte unter Tränen.

6

Als drei Wochen später die Hochzeit stattfand, erlebte die Kirche von St. Peter einen regelrechten Ansturm der eleganten Welt. Die Trauung wurde höchst eindrucksvoll vom Dekan von Chichester vollzogen, und man war sich einig darüber, daß Braut und Bräutigam das schönste Paar waren, das man je gesehen hatte. Aber die beiden waren nicht nur schön, sie waren auch glücklich. Keinen einzigen Augenblick bereute Lord Arthur, was er um Sibyls willen ausgestanden hatte, und Sibyl wiederum gab ihm das Beste, das eine Frau einem Mann geben kann: Verehrung, Zärtlichkeit und Liebe. Für diese beiden wurde die Romantik nicht von der Realität getötet. Sie fühlten sich immer jung.

Einige Jahre später, als sie bereits zwei Kinder hatten, besuchte sie Lady Windermere auf Alton Priory, dem schönen alten Landsitz, den der Herzog seinem Sohn zur Hochzeit geschenkt hatte. Als sie eines Nachmittags mit Lady Arthur im Garten unter einer Linde saß und zusah, wie die beiden Kleinen, ein Junge und ein Mädchen, auf dem Rosenpfad spielten und, aufblitzenden Sonnenstrahlen gleich, bald hier, bald dort auftauchten, griff sie plötzlich nach der Hand der Gastgeberin und fragte: »Sind Sie glücklich, Sibyl?«

»Aber natürlich, Lady Windermere, natürlich bin ich glücklich. Sie etwa nicht?«

»Ich habe keine Zeit zum Glücklichsein. Ich habe immer den gern, den man mir gerade vorgestellt hat. Aber meist werden mir die Leute langweilig, sobald ich sie näher kennengelernt habe.«

»Sind Sie mit Ihren Löwen nicht zufrieden, Lady Windermere?«

»Du liebe Güte, nein! Löwen sind immer nur für eine Saison geeignet. Sobald man ihnen die Mähnen stutzt, sind sie die langweiligsten Geschöpfe, die man sich vorstellen kann. Außerdem benehmen sie sich sehr schlecht, wenn man sie wirklich nett behandelt. Erinnern Sie sich an den entsetzlichen Mr. Podgers? Er war ein fürchterlicher Schwindler. Das hat mich natürlich nicht gestört, und ich habe ihm sogar verziehen, daß er sich Geld von mir borgen wollte, aber ich konnte es nicht ertragen, daß er mir den Hof machte. Er hat mir die Chiromantie gründlich verleidet. Ich schwärme jetzt für Telepathie. Sie ist viel amüsanter.«

»Sie dürfen bei uns kein Wort gegen die Chiromantie sagen, Lady Windermere. Das ist das einzige Thema, über das man sich in Arthurs Gegenwart nicht lustig machen darf. Glauben Sie mir, er nimmt sie völlig ernst.«

»Sibyl, Sie wollen doch nicht etwa sagen, daß er daran glaubt?«

»Fragen Sie ihn selbst, Lady Windermere, dort kommt er.« Lord Arthur, einen großen Strauß gelber Rosen in der Hand, kam vom Garten her auf sie zu, während die beiden Kinder um ihn herumhüpften.

»Lord Arthur!«

»Lady Windermere?«

»Wollen Sie im Ernst behaupten, daß Sie an die Chiromantie glauben?«

»Natürlich glaube ich daran«, erwiderte der junge Mann lächelnd.

»Und warum?«

»Weil ich ihr mein Lebensglück verdanke«, sagte er leise und ließ sich in einen Korbsessel fallen.

»Mein lieber Lord Arthur, was verdanken Sie ihr?«

»Sibyl«, sagte er, reichte seiner Frau die Rosen und sah ihr in die Veilchenaugen.

»So ein Unsinn!« rief Lady Windermere. »In meinem ganzen Leben habe ich noch keinen solchen Unsinn gehört!«

Das Gespenst von Canterville
Eine hylo-idealistische Romanze

I

Als Mr. Hiram B. Otis, der amerikanische Gesandte, Schloß Canterville kaufte, sagte ihm jeder, er begehe eine große Torheit, da es dort ohne jeden Zweifel spuke. Sogar Lord Canterville, ein Mann, dem die Ehre über alles ging, hatte sich verpflichtet gefühlt, Mr. Otis darauf hinzuweisen, bevor er mit ihm über die Verkaufsbedingungen sprach.

»Wir selbst mochten nicht mehr dort wohnen«, sagte Lord Canterville, »seit meine Großtante, die Herzoginwitwe von Bolton, einen Schock erlitt, von dem sie sich nie mehr ganz erholt hat. Eines Tages, als sie sich gerade zum Abendessen umzog, sah sie, wie sich die Hände eines Skeletts auf ihre Schultern legten. Und ich halte es ebenfalls für meine Pflicht, Ihnen, Mr. Otis, mitzuteilen, daß das Gespenst auch von einigen noch lebenden Mitgliedern meiner Familie gesehen worden ist und außerdem vom Gemeindepfarrer, Hochwürden Augustus Dampier, der das King's College in Cambridge absolviert hat. Nach dem unglückseligen Erlebnis der Herzogin wollte keiner der jüngeren Dienstboten bei uns bleiben, und Lady Canterville konnte nachts kaum mehr schlafen, seit sie auf dem Gang und in der Bibliothek diese geheimnisvollen Geräusche gehört hatte.«

»Mylord«, erwiderte der Gesandte, »ich übernehme das Mobiliar und das Gespenst zum Schätzwert. Ich komme aus einem fortschrittlichen Land, das alles besitzt, was für Geld zu haben ist. Und wenn ich so sehe, wie unsere schlauen jungen Leute die Alte Welt unsicher machen und Ihnen die besten Schauspielerinnen und Primadonnen wegschnappen, glaube ich bestimmt, daß wir, falls es in Europa tatsächlich so etwas wie ein Gespenst gibt, es in kürzester Zeit drüben haben werden, in einem unserer Museen oder in einem Wanderzirkus.«

»Ich fürchte, das Gespenst existiert wirklich«, sagte Lord

Canterville lächelnd, »wenn es auch den Annäherungsversuchen Ihrer unternehmungslustigen Impresarios bisher widerstanden hat. Es ist seit dreihundert Jahren bekannt, genau gesagt, seit 1584, und es erscheint immer, wenn der Tod eines Familienmitglieds bevorsteht.«

»Na ja, das tut der Hausarzt auch, Lord Canterville. Aber es gibt keine Gespenster, Sir, und ich glaube nicht, daß sich die Naturgesetze um der britischen Aristokratie willen außer Kraft setzen lassen.«

»Ihr Amerikaner seid wirklich sehr natürliche Menschen«, erwiderte Lord Canterville, der Mr. Otis' letzte Bemerkung nicht ganz verstanden hatte. »Wenn es Sie also nicht stört, ein Gespenst im Haus zu haben, soll's mir recht sein. Vergessen Sie aber bitte nicht, daß ich Sie gewarnt habe.«

Ein paar Wochen später war der Kauf perfekt, und am Ende der Saison fuhr der Gesandte mit seiner Familie nach Canterville. Mrs. Otis, die, als sie noch Miß Lucretia R. Tappan, West 53rd Street, war, zu den gefeierten Schönheiten New Yorks gezählt hatte, war eine noch immer gutaussehende Frau in mittleren Jahren, mit schönen Augen und einem tadellosen Profil. Im Gegensatz zu vielen Amerikanerinnen, die, sobald sie ihr Geburtsland verlassen haben, so tun, als hätten sie ein chronisches Leiden, weil sie das für ein Zeichen europäischer Kultiviertheit halten, war Mrs. Otis nie in diesen Fehler verfallen. Sie besaß eine prächtige Konstitution und ein wahrhaft erstaunliches Maß an Ursprünglichkeit. In vieler Hinsicht war sie wirklich völlig englisch – ein ausgezeichnetes Beispiel dafür, daß wir heutzutage tatsächlich alles mit Amerika gemeinsam haben, ausgenommen natürlich die Sprache. Ihr ältester Sohn, den die Eltern in einer patriotischen Anwandlung »Washington« getauft hatten, was er zeitlebens bedauerte, war ein blonder, recht gutaussehender junger Mann, der sich für den diplomatischen Dienst seines Landes dadurch qualifiziert hatte, daß er drei Winter lang im Kasino von Newport den Kotillon anführte, und der sogar in London als ausgezeichneter Tänzer galt. Gardenien und Adelsregister waren seine einzigen Schwächen. Sonst war er ausnehmend vernünftig. Miß Virginia E. Otis war ein Mädchen von fünfzehn Jahren, grazil und reizend wie ein junges Reh. Aus ihren großen blauen Augen sprach eine schöne Freimütigkeit. Sie war eine Amazone par excellence und veranstaltete eines Tages ein Rennen im Park, bei dem sie auf ihrem Pony den alten Lord Bilton direkt vor der Achillesstatue um eineinhalb Pferdelängen schlug – zum stürmischen Entzücken des jungen Herzogs von Cheshire, der ihr auf der Stelle einen Heiratsantrag machte, woraufhin er, tränenüberströmt, noch am selben Abend von seinen Vormunden nach Eton zurückbeordert wurde. Nach Virginia kamen die Zwillinge, meist »Das Sternenbanner« genannt, weil sie ständig herumflatterten und gehörig gezaust wurden. Die Burschen waren eine wahre Freude und mit Ausnahme des ehrenwerten Gesandten die einzigen echten Republikaner in der Familie.

Da Schloß Canterville sieben Meilen von Ascot, der nächsten Bahnstation, entfernt liegt, hatte Mr. Otis telegrafisch einen Wagen bestellt, und die Familie fuhr in bester Laune los. Es war ein herrlicher Juliabend, und die Luft war vom köstlichen Duft der Kiefernwälder erfüllt. Dann und wann vernahmen sie das melancholisch-süße Gurren einer Ringeltaube oder sahen im raschelnden Farnkraut die Brustfedern eines Fasans aufschimmern. Von den Buchen spähten Eichhörnchen auf die Vorüberfahrenden herab, und Wildkaninchen huschten, die weißen Schwänzchen in die Höhe gestreckt, durchs Unterholz und über bemooste Wurzelknollen davon. Doch als sie in die Schloßauffahrt einbogen, überzog sich der Himmel plötzlich mit Wolken, eine merkwürdige Stille breitete sich aus, ein großer Schwarm Krähen flog lautlos über ihre Köpfe hinweg, und noch ehe sie das Haus erreicht hatten, fielen die ersten schweren Tropfen.

Auf der Freitreppe erwartete sie eine alte Frau in adrettem schwarzseidenem Kleid, weißer Haube und Schürze: Mrs. Umney, die Haushälterin, die Mrs. Otis auf Lady Cantervilles ausdrücklichen Wunsch übernommen hatte. Sie begrüßte jeden mit einem Knicks und sagte auf anheimelnd altmodische Art: »Ich heiße Sie auf Schloß Canterville willkommen!« Sie folgten ihr ins Haus, durchquerten die schöne, im Tudorstil erbaute Halle und betraten die Bibliothek, einen langen, niedrigen Raum mit schwarzer Eichentäfelung und einem großen Fenster aus buntem

Glas. Hier war der Teetisch gedeckt. Sie zogen die Mäntel aus, setzten sich und nahmen, während Mrs. Umney sie bediente, das Zimmer in Augenschein.

Plötzlich entdeckte Mrs. Otis auf dem Fußboden vor dem Kamin einen matten roten Flecken und sagte – ohne sich im geringsten seiner Bedeutung bewußt zu sein – zu Mrs. Umney: »Ich glaube, dort hat jemand etwas ausgegossen.«

»Ja, gnädige Frau«, erwiderte die alte Haushälterin leise, »dort ist Blut vergossen worden.«

»Wie gräßlich!« rief Mrs. Otis. »Ich habe absolut nichts für Blutflecken im Wohnzimmer übrig. Es muß sofort weggewischt werden!«

Die alte Frau lächelte und sagte in dem gleichen leisen, geheimnisvollen Ton: »Es ist das Blut der Lady Eleanore de Canterville, die im Jahr 1575 genau an dieser Stelle von ihrem eigenen Gemahl, Sir Simon de Canterville, ermordet wurde. Sir Simon überlebte sie um neun Jahre, dann verschwand er plötzlich unter höchst mysteriösen Umständen. Seine Leiche wurde nie gefunden, aber sein schuldbeladener Geist geht noch heute im Schloß um. Der Blutfleck ist von Touristen und anderen Besuchern oft bewundert worden und läßt sich durch nichts entfernen.«

»Das ist doch alles Unsinn!« rief Washington Otis. »Pinkertons Universal-Fleckentferner mit Superreinigungskraft wird ihn sofort beseitigen.« Und ehe die entsetzte Haushälterin ihn zurückhalten konnte, kniete er am Boden und rieb die Stelle blitzschnell mit einem kleinen Stift ein, der wie schwarze Bartwichse aussah. Wenige Augenblicke später war von dem Blutfleck keine Spur mehr zu sehen.

»Ich hab's doch gleich gesagt – Pinkerton schafft das spielend!« rief Washington triumphierend der Familie zu, die ihn bewundernd beobachtete. Aber er hatte kaum ausgesprochen, als ein schrecklicher Blitz den düsteren Raum jäh erhellte und ein fürchterlicher Donnerschlag alle von den Stühlen riß. Mrs. Umney fiel in Ohnmacht.

»Ein scheußliches Klima!« bemerkte der amerikanische Gesandte gelassen und zündete sich eine lange Manilazigarre an. »Mir scheint, das alte England ist so übervölkert, daß das gute

Wetter nicht mehr für alle ausreicht. Ich war schon immer der Meinung, daß Auswandern die einzige Chance für England ist.«

»Aber Hiram«, rief Mrs. Otis, »was sollen wir bloß mit einer Frau anfangen, die immer gleich ohnmächtig wird?«

»Zieh's ihr genauso vom Lohn ab wie das Geschirr, das sie zerbricht«, sagte der Gesandte, »dann wird sie sich's schon abgewöhnen.« Und tatsächlich kam Mrs. Umney kurz darauf wieder zu sich. Aber sie war offenbar äußerst erregt und warnte Mr. Otis eindringlich vor drohendem Unheil.

»Sir, ich habe mit eigenen Augen Dinge gesehen, bei deren Anblick jedem Christenmenschen die Haare zu Berge stehen würden, und so manche Nacht habe ich kein Auge zugetan, weil hier so Entsetzliches geschieht.« Doch Mr. Otis und seine Frau beruhigten die treue Seele und versicherten ihr, sie hätten keine Angst vor Gespenstern. Nachdem sie den Segen des Himmels auf ihre neue Herrschaft herabgefleht und eine Lohnerhöhung ausgehandelt hatte, wankte die alte Haushälterin in ihr Zimmer.

2

Der Sturm wütete die ganze Nacht, sonst aber ereignete sich nichts Ungewöhnliches. Doch als sie am nächsten Morgen zum Frühstück erschienen, war der schreckliche Blutfleck wieder auf dem Fußboden.

»Ich glaube nicht, daß es am Fleckentferner liegt«, sagte Washington, »denn der hat mich bisher nie im Stich gelassen. Es muß tatsächlich das Gespenst sein.« Dann rieb er den Flecken zum zweitenmal weg, aber am nächsten Morgen war er wieder da. Und am dritten Morgen ebenfalls, obwohl Mr. Otis die Bibliothek am Abend persönlich abgeschlossen und den Schlüssel mit nach oben genommen hatte. Jetzt begann sich die ganze Familie für den Fall zu interessieren. Mr. Otis fragte sich, ob er die Existenz von Geistern nicht doch allzu kategorisch geleugnet habe, Mrs. Otis äußerte die Absicht, der spiritistischen Gesellschaft beizutreten, und Washington entwarf ein langes Schreiben an die Firma Myers und Podmore, in dem er sich über das

Problem der Unaustilgbarkeit von Blutflecken, die mit einem Verbrechen in Zusammenhang stehen, ausließ. In der folgenden Nacht wurden alle Zweifel an der Existenz von Gespenstern endgültig beseitigt.

Der Tag war warm und sonnig gewesen, und in der abendlichen Kühle unternahm die ganze Familie eine Ausfahrt. Sie kehrte erst um neun Uhr zurück und nahm ein leichtes Abendessen ein. Da in der Unterhaltung Gespenster überhaupt nicht erwähnt wurden, konnte jene erwartungsvolle Stimmung, die so oft dem Erscheinen spiritistischer Phänomene vorausgeht, gar nicht erst aufkommen. Wie ich von Mr. Otis gehört habe, sprach man nur über die bei gebildeten Amerikanern gehobener Schichten üblichen Themen, zum Beispiel die enorme schauspielerische Überlegenheit Miß Fanny Davenports über Sarah Bernhardt, die selbst in den besten englischen Häusern auftretende Schwierigkeit, Mais in der Milchreife, Buchweizenkuchen und Maisgrütze serviert zu bekommen, die Bedeutung Bostons für die Entwicklung der Weltseele, die Vorzüge des Gepäckaufgabesystems bei Eisenbahnreisen und den Unterschied zwischen dem melodiösen New Yorker Akzent und der gedehnten Aussprache der Londoner. Auf übernatürliche Dinge kam man überhaupt nicht zu sprechen, und auch Sir Simon de Canterville wurde nicht erwähnt. Um elf Uhr zog sich die Familie zurück, und um halb zwölf waren alle Lichter gelöscht. Etwas später wurde Mr. Otis durch ein seltsames Geräusch auf dem Korridor vor seinem Schlafzimmer geweckt. Es klang wie das Klirren von Metall und schien immer näher zu kommen. Er stand sofort auf, zündete ein Streichholz an und sah auf die Uhr. Es war Punkt eins. Er blieb ganz ruhig, fühlte seinen Puls und konnte nicht die mindeste Beschleunigung feststellen. Noch immer vernahm er das merkwürdige Geräusch, und jetzt hörte er auch deutlich den Klang von Schritten. Er schlüpfte in die Pantoffeln, nahm ein längliches Fläschchen aus seinem Necessaire und öffnete die Tür. Im fahlen Mondlicht sah er einen alten Mann vor sich, der einen schrecklichen Anblick bot: Seine Augen waren rot wie glühende Kohlen, das lange graue Haar fiel ihm in verfilzten Strähnen auf die Schultern, seine Kleidung, ein Gewand im Stil einer längstvergangenen Zeit, war verschmutzt und zerschlissen, und an den Handgelenken und Fußknöcheln trug er schwere Fesseln, von denen rostige Ketten herabhingen.

»Verehrter Sir«, sagte Mr. Otis, »ich muß Sie dringend bitten, Ihre Ketten zu ölen, und habe Ihnen zu diesem Zweck ein Fläschchen Tammanys Aurora-Schmieröl gebracht. Es ist bekannt für seine sofortige Wirkung, und wie Sie den auf der Verpackung abgedruckten Empfehlungen entnehmen können, haben einige unserer prominentesten Geistlichen dies bestätigt. Ich stelle es hier neben die Nachtkerzen und werde Ihnen auf Wunsch gern mehr davon besorgen.« Mit diesen Worten stellte der Gesandte der Vereinigten Staaten die Flasche auf einen Marmortisch, zog sich wieder ins Schlafzimmer zurück und schloß die Tür.

Einen Augenblick lang blieb das Gespenst von Canterville in verständlicher Entrüstung wie angewurzelt stehen. Dann schleuderte es die Flasche wütend auf den gebohnerten Fußboden und floh durch den Korridor, wobei es ein hohles Stöhnen von sich gab und ein geisterhaftes grünes Licht ausstrahlte. Es hatte gerade den oberen Absatz der großen Eichentreppe erreicht, als plötzlich eine Tür aufgerissen wurde, zwei kleine weißgekleidete Gestalten erschienen und ein großes Kopfkissen dicht an seinem Kopf vorbeiflog! Da jetzt offenbar keine Zeit mehr zu verlieren war, flüchtete sich das Gespenst eilends in die vierte Dimension und verschwand durch die Wandtäfelung. Danach war es im Haus wieder ganz still.

Als es in einem kleinen Geheimgemach im rechten Flügel des Schlosses angelangt war, lehnte sich das Gespenst gegen einen Mondstrahl, um Atem zu schöpfen, und versuchte, sich über seine Situation klarzuwerden. Während seiner glänzenden Karriere, die im Verlauf von dreihundert Jahren keine einzige Unterbrechung erfahren hatte, war es noch nie so schmählich beleidigt worden. Es dachte an die Herzoginmutter, der es einen furchtbaren Schrecken eingejagt hatte, als sie gerade in ihrem Spitzenkleid und dem Diamantschmuck vor dem Spiegel stand; an die vier Hausmädchen, die einen hysterischen Anfall bekamen, nur weil es ihnen durch die Vorhänge eines unbenutzten Schlafzimmers zugegrinst hatte; an den Gemeindepfarrer, dessen Kerze es ausgeblasen hatte, als er eines Nachts zu später Stunde aus der Bibliothek kam, und der von diesem Tag an, von nervösen

Störungen regelrecht gemartert, bei Sir William Gull in Behandlung gewesen war; und an die alte Madame de Tremouillac, die eines Morgens früher als sonst aufwachte, im Kaminsessel ein Skelett sitzen sah, das ihr Tagebuch las, und die daraufhin Hirnhautentzündung bekam, sechs Wochen lang das Bett hüten mußte, nach ihrer Genesung in den Schoß der Kirche zurückkehrte und jede Verbindung zu dem notorischen Atheisten Monsieur de Voltaire abbrach. Es dachte an die schreckliche Nacht, in der man den ruchlosen Lord Canterville halb erstickt in seinem Ankleidezimmer fand; er hatte den Karobuben im Hals stecken, und bevor er starb, gestand er, daß er mit eben dieser Karte Charles James Fox in Crockfords Etablissement um 50 000 Pfund geprellt hatte. Er schwor, das Gespenst habe ihn gezwungen, die Karte zu verschlucken. Alle seine großartigen Erfolge rief sich das Gespenst ins Gedächtnis zurück, beginnend bei dem Butler, der sich in der Speisekammer erschoß, weil er eine grüne Hand an die Fensterscheibe klopfen sah, bis hin zur schönen Lady Stutfield, die stets ein schwarzes Samtband um den Hals tragen mußte, damit niemand die auf ihrer weißen Haut eingebrannten Male von fünf Fingern bemerkte, und die sich schließlich im Karpfenteich am Ende der Königspromenade ertränkte. Mit der leidenschaftlichen Egozentrik des wahren Künstlers vergegenwärtigte sich das Gespenst seine berühmtesten Rollen und lächelte bitter, als es seines letzten Auftritts als »Roter Ruben oder Der erwürgte Säugling« gedachte, seines Debüts als »Finsterer Gibeon, der Blutsauger vom Bexley-Moor« und des Aufsehens, das es eines stillen Juliabends erregt hatte, nur weil es auf dem Tennisplatz mit seinen eigenen Knochen Kegel spielte. Und nach alledem mußten ein paar erbärmliche moderne Amerikaner kommen, ihm Aurora-Schmieröl anbieten und Kissen an den Kopf werfen! Es war nicht zum Aushalten! Und zudem war noch nie in der Geschichte ein Gespenst so schlecht behandelt worden. So beschloß es denn, Rache zu nehmen, und blieb bis zum Morgengrauen in tiefes Nachdenken versunken.

3

Als die Familie Otis sich am nächsten Morgen zum Frühstück einfand, wurde ziemlich ausgiebig über das Gespenst gesprochen. Der Gesandte der Vereinigten Staaten war natürlich etwas verärgert darüber, daß es sein Geschenk nicht angenommen hatte. »Es liegt mir fern, das Gespenst in irgendeiner Weise zu beleidigen, und ich muß sagen, daß ich es in Anbetracht der langen Zeit, die es schon in diesem Haus verbracht hat, keineswegs für höflich halte, mit Kopfkissen nach ihm zu werfen« – eine durchaus angebrachte Bemerkung, nach der die Zwillinge leider in schallendes Gelächter ausbrachen. »Andrerseits«, fuhr er fort, »werden wir ihm, falls es sich weigern sollte, Aurora-Schmieröl zu benutzen, die Ketten wegnehmen müssen. Bei einem derartigen Lärm vor den Schlafzimmern kann man unmöglich zur Ruhe kommen.«

Für den Rest der Woche blieben sie jedoch unbehelligt; nur die Tatsache, daß der Blutfleck in der Bibliothek immer wieder erschien, erregte ihre Neugier. Die Sache war deshalb so merkwürdig, weil Mr. Otis jede Nacht die Tür abschloß und weil die Fenster stets fest verriegelt wurden. Daß der Flecken seine Farbe wie ein Chamäleon wechselte, gab ebenfalls Anlaß zu den verschiedensten Vermutungen. Manchmal war er braunrot (fast indianerrot), dann wieder zinnoberrot, ein anderes Mal purpurfarben und einmal, als sie sich gerade zur Familienandacht nach dem schlichten Ritus der Freien Amerikanischen Reformierten Episkopalkirche versammelten, erstrahlte er in einem Smaragdgrün. Dieser kaleidoskopische Wechsel machte der Familie natürlich großen Spaß, und jeden Abend wurden Wetten abgeschlossen. Die einzige, die sich nicht an diesen Scherzen beteiligte, war die kleine Virginia, die aus einem unerfindlichen Grund beim Anblick des Blutflecks immer sehr betrübt war und an dem Morgen, an dem er sich smaragdgrün präsentierte, fast in Tränen ausbrach.

Zum zweitenmal erschien das Gespenst Sonntagnacht. Kurz nach dem Schlafengehen wurde die Familie plötzlich von einem fürchterlichen Gepolter in der Halle aufgeschreckt. Alle rannten hinunter, und da sahen sie, daß sich eine große alte Ritterrüstung vom Podest gelöst hatte und auf den Steinboden gefallen war. Daneben saß auf einem hochlehnigen Stuhl das Gespenst und rieb sich mit schmerzverzerrtem Gesicht die Knie. Die Zwillinge, die ihre Schleudern mitgebracht hatten, ließen sofort zwei Geschosse schwirren – mit einer Treffsicherheit, wie man sie nur durch langes, konzentriertes Training an einem Schreiblehrer erwerben kann –, und der Gesandte der Vereinigten Staaten richtete den Revolver auf das Gespenst und forderte es nach bester kalifornischer Etikette auf, die Hände hochzunehmen. Das Gespenst fuhr mit einem schrillen Wutschrei hoch, fegte wie ein Nebelschwaden durch sie hindurch, löschte dabei Washington Otis' Kerze und ließ alle im Stockdunkeln zurück. Als es den oberen Treppenabsatz erreicht hatte, schöpfte es neue Kraft und beschloß, in sein berühmtes diabolisches Gelächter auszubrechen. Mehr als einmal hatte es damit die besten Erfahrungen gemacht. Man erzählte sich, dieses Gelächter habe Lord Rakers Perücke in einer einzigen Nacht ergrauen lassen, und es ist erwiesen, daß es drei von Lady Cantervilles französischen Gouvernanten bewogen hatte, noch vor Ablauf des ersten Monats zu kündigen. Das Gespenst lachte also sein fürchterliches Lachen, bis das alte Dachgewölbe davon widerhallte, doch kaum war das letzte grausige Echo verklungen, als eine Tür aufging und Mrs. Otis in einem hellblauen Morgenrock erschien. »Ich fürchte, es geht Ihnen gar nicht gut«, sagte sie. »Hier bringe ich Ihnen eine Flasche ›Dr. Dobells Tinktur‹. Falls Sie an Verdauungsstörungen leiden, ist das die allerbeste Medizin.« Das Gespenst starrte sie wütend an und machte augenblicklich Anstalten, sich in einen großen schwarzen Hund zu verwandeln, ein Trick, für den es zu Recht berühmt war und auf den der Hausarzt die unheilbare Verblödung von Lord Cantervilles Onkel, dem ehrenwerten Thomas Horton, zurückführte. Doch da der Klang näherkommender Schritte das Gespenst an seinem grausigen Vorhaben hinderte, begnügte es sich mit einem leichten Phosphoreszieren und verschwand mit einem dumpfen Friedhofsstöhnen genau in dem Moment, als die Zwillinge oben ankamen.

In seinem Gemach erlitt es einen völligen Nervenzusammenbruch und wurde von heftigster Erregung geschüttelt. Die Vulgarität der Zwillinge und Mrs. Otis' krasser Materialismus waren schon empörend genug, was ihm jedoch den größten Kummer bereitete, war die Tatsache, daß es außerstande gewesen war, die Rüstung zu tragen. Es hatte gehofft, daß sogar moderne Amerikaner beim Anblick eines Gespenstes in voller Rüstung erschauern würden – wenn nicht aus einem vernünftigen Grund, so doch wenigstens aus Respekt vor ihrem Nationaldichter Longfellow, dessen anmutige, reizvolle Verse ihm selbst schon oft über die langweiligen Tage hinweggeholfen hatten, an denen die Cantervilles sich in London aufhielten. Noch dazu handelte es sich um seine eigene Rüstung! Es hatte sie mit Erfolg bei den Turnieren in Kenilworth getragen, und keine Geringere als die Jungfräuliche Königin hatte ihm höchst schmeichelhafte Dinge darüber gesagt. Aber als es sie heute anlegen wollte, war es von dem Gewicht des mächtigen Brustpanzers und des stählernen Helms fast erdrückt worden und auf den Steinboden gestürzt, wobei es sich beide Knie arg aufgeschürft und die Knöchel der rechten Hand gequetscht hatte.

Nach diesem Vorfall war das Gespenst einige Tage lang furchtbar krank und verließ sein Gemach nur, wenn der Blutfleck aufgefrischt werden mußte. Aber da es sich sehr schonte, wurde es wieder gesund und beschloß, zum drittenmal zu versuchen, dem Gesandten der Vereinigten Staaten und seiner Familie einen Schrecken einzujagen. Es entschied sich für Freitag, den 17. August, und verbrachte den größten Teil dieses Tages damit, seine Garderobe durchzusehen. Schließlich wählte es einen großen Schlapphut mit roter Feder, ein Leichengewand mit Rüschen an den Ärmeln und am Kragen sowie einen rostigen Dolch. Gegen Abend zog ein schweres Unwetter auf, und der Sturm tobte so heftig, daß die Fenster und Türen des alten Hauses nur so ratterten. Das war genau sein Lieblingswetter! Es hatte folgenden Plan: Zuerst wollte es sich in Washington Otis' Zimmer schleichen, ihm vom Fußende des Bettes aus etwas zukrächzen und sich dann beim Klang leiser Musik den Dolch dreimal in die Kehle stoßen. Auf Washington war es besonders böse, da es genau wußte, daß er es war, der den berühmten Blutfleck der Cantervilles ständig mit Pinkertons Universal-Fleckentferner beseitigte. Hatte es erst diesen rücksichtslosen, tollkühnen jungen Mann in abgrundtiefen Schrecken versetzt, dann wollte es ins

Schlafzimmer des Gesandten der Vereinigten Staaten und seiner Frau schlüpfen, Mrs. Otis die feuchtkalte Hand auf die Stirn legen und ihrem zitternden Gatten die entsetzlichen Geheimnisse des Beinhauses ins Ohr zischeln. Was die kleine Virginia betraf, so stand sein Entschluß noch nicht ganz fest. Von ihr war es noch nie im geringsten beleidigt worden, und zudem war sie hübsch und liebenswürdig. Ein paar dumpfe Seufzer aus ihrem Kleiderschrank waren seiner Meinung nach mehr als genug; sollte sie davon nicht aufwachen, dann würde es vielleicht mit konvulsiv zuckenden Fingern an ihrer Bettdecke herumtasten. Dagegen war es fest entschlossen, den Zwillingen eine Lektion zu erteilen. Natürlich mußte es sich ihnen zuerst auf die Brust setzen, damit sie sich wie von einem Alpdruck beklemmt fühlten. Dann würde es sich, da ihre Betten nahe beieinander standen, in Gestalt eines grünen, eisige Kälte ausströmenden Leichnams zwischen beide stellen, bis sie vor Furcht gelähmt waren, schließlich das Totenhemd abwerfen und mit ausgebleichten Knochen und einem einzigen rollenden Augapfel im Zimmer herumkriechen – als »Stummer David oder Das Skelett des Selbstmörders«, eine Rolle, die es bereits mehrmals höchst wirkungsvoll verkörpert hatte und für ebenso gut hielt wie seinen berühmten Auftritt als »Martin der Wahnsinnige oder Das vermummte Geheimnis«.

Um halb elf hörte es die Familie zu Bett gehen. Eine Zeitlang wurde es noch durch das unbändige Gelächter der Zwillinge gestört, die, unbeschwert und ausgelassen wie Schuljungen eben sind, vor dem Einschlafen ihre Späße trieben; doch um Viertel nach elf war alles still, und Schlag Mitternacht machte sich das Gespenst auf den Weg. Eulen flogen gegen die Fensterscheiben, Raben krächzten in der alten Eibe, und der Wind strich, einer verdammten Seele gleich, seufzend ums Haus. Die Familie Otis aber schlief und ahnte nichts von ihrem nahen Verderben. Das regelmäßige Schnarchen des Gesandten der Vereinigten Staaten übertönte Regen und Sturm. Das Gespenst schlüpfte verstohlen aus der Wandtäfelung, ein böses Lächeln spielte um seinen grausamen, runzligen Mund, und als es an dem großen Erkerfenster vorbeischlich, auf das in Himmelblau und Gold sein Wappen und das seiner ermordeten Gemahlin gemalt war, verbarg der Mond sein Gesicht hinter einer Wolke. Wie ein unheimlicher

Schatten glitt es weiter, und selbst die Dunkelheit schien die vorüberhuschende Gestalt zu verabscheuen. Einmal glaubte das Gespenst, jemanden rufen zu hören, aber es war nur das Bellen eines Hundes, das von der Roten Farm herüberklang. Es schlich weiter, murmelte wunderliche Flüche aus dem sechzehnten Jahrhundert und fuchtelte im mitternächtlichen Dunkel unaufhörlich mit dem Dolch um sich. Endlich gelangte es an die Ecke des Korridors, von der ein Gang zum Zimmer des unseligen Washington führte. Einen Augenblick lang blieb es stehen. Der Wind blies ihm die langen grauen Locken um den Kopf, verfing sich in den Falten des unsäglich schauerlichen Leichengewandes und verlieh ihm etwas Grotesk-Phantastisches. Dann schlug die Uhr Viertel nach zwölf, und nun hielt das Gespenst die Zeit für gekommen. Es kicherte vor sich hin und huschte um die Ecke, aber im selben Moment zuckte es zurück, stieß einen jammervollen Entsetzensschrei aus und verbarg sein bleiches Gesicht hinter den langen, knochigen Händen. Dicht vor ihm stand eine gräßliche Erscheinung, bewegungslos wie eine Statue und abscheulich wie der Traum eines Wahnsinnigen! Der Kopf war kahl und spiegelglatt, das Gesicht rund, fett und weiß; ein abscheuliches Grinsen schien seine Züge für immer verzerrt zu haben. Die Augen sandten feurige Strahlen aus, der Mund war eine einzige breite Flammenhöhle, und ein grauenhaftes Gewand, weiß wie Schnee und seinem eigenen ähnlich, umhüllte die riesige Gestalt. Auf der Brust trug sie ein Schild mit einer seltsamen Aufschrift in altertümlichen Lettern – wahrscheinlich eine Art Schandtafel, ein Dokument wüster Missetaten, ein furchtbares Verbrechensregister – und in der hoch erhobenen Rechten hielt sie ein blitzendes Schwert.

Da es nie zuvor einen Geist gesehen hatte, wurde dem Gespenst natürlich schrecklich angst und bange und es floh, nachdem es nochmals einen hastigen Blick auf das Phantom geworfen hatte, in sein Gemach. Als es durch den Korridor raste, stolperte es über das lange Leichengewand und ließ schließlich den Dolch in einen Reitstiefel des Gesandten fallen, wo der Butler ihn am nächsten Morgen entdeckte. In seinen eigenen vier Wänden angekommen, warf sich das Gespenst auf eine schmale Pritsche und vergrub sein Gesicht in der Bettdecke. Doch nach einer Weile regte sich der alte tapfere Geist der von Cantervilles wieder in ihm, und es beschloß, gleich nach Tagesanbruch das andere Gespenst aufzusuchen und mit ihm zu sprechen. Sobald die Morgendämmerung die Hügel silbrig malte, ging es zu der Stelle zurück, an der es das gräßliche Phantom erblickt hatte. Schließlich, so sagte es sich, waren zwei Gespenster besser als eins, und vielleicht würde es ihm mit Hilfe des neuen Freundes gelingen, die Zwillinge Mores zu lehren. Aber als es an Ort und Stelle ankam, bot sich ihm ein entsetzlicher Anblick. Offenbar war dem Geist etwas zugestoßen, denn das Licht in seinen Augenhöhlen war erloschen, das blitzende Schwert war ihm aus der Hand gesunken, und er selbst lehnte in verkrampfter, unbequemer Haltung an der Wand. Es stürzte auf ihn zu und fing ihn in seinen Armen auf – da fiel zu seinem Entsetzen der Kopf des anderen herunter und rollte über den Fußboden. Es spürte, wie die Gestalt zusammensackte, merkte, daß es einen weißen, baumwollnen Bettvorhang umklammert hielt und sah zu seinen Füßen einen Besen, ein Küchenbeil und einen hohlen Kürbis liegen! Außerstande, diese seltsame Verwandlung zu verstehen, griff das Gespenst hastig nach dem Schild und las in der grauen Morgendämmerung die fürchterlichen Worte:

Das Otis-Gespenst
Einzig echter und originaler Spuk
Vor Nachahmung wird gewarnt
Alle anderen sind Fälschungen

Plötzlich ging ihm ein Licht auf. Es war getäuscht, hereingelegt und überlistet worden! In seinen Augen glomm der alte Canterville-Blick auf; es knirschte mit den zahnlosen Kiefern, reckte die verdorrte Hand empor und schwor in der bilderreichen Ausdrucksweise einer versunkenen Zeit, daß, sobald Chanteclers fröhlicher Hornruf zweimal erklungen sei, blutige Taten geschehen würden und auf leisen Sohlen Mord umgehen sollte. Kaum hatte es diesen entsetzlichen Schwur getan, als vom roten Ziegeldach eines abseits gelegenen Bauernhofs ein Hahn krähte.

Das Gespenst lachte ein langes, dumpfes, bitteres Lachen und wartete. Stunde um Stunde verging, aber aus einem unerfindlichen Grund krähte der Hahn kein zweites Mal. Als um halb acht die Hausmädchen erschienen, sah sich das Gespenst gezwungen, seine schaurige Wache abzubrechen. Seinen fruchtlosen Hoffnungen und vereitelten Plänen nachsinnend, schlich es in sein Gemach zurück. Dort schlug es in einigen alten Ritterbüchern nach, denen seine besondere Vorliebe galt, und stellte fest, daß immer, wenn jener Schwur geleistet worden war, Chantecler ein zweites Mal gekräht hatte. »Zur Hölle mit diesem ungezogenen Federvieh!« murmelte es. »Zu meiner Zeit hätte ich ihm mit meinem starken Speer die Gurgel durchbohrt und es vor dem Sterben noch einmal zum Krähen gebracht.« Dann kroch es in einen bequemen Bleisarg und blieb bis zum Abend darin liegen.

4

Am nächsten Tag fühlte sich das Gespenst sehr schwach und müde. Die entsetzlichen Aufregungen der vergangenen vier Wochen begannen sich auszuwirken. Seine Nerven waren völlig zerrüttet, und beim leisesten Geräusch zuckte es zusammen. Fünf Tage lang blieb es in seinem Gemach, und schließlich beschloß es sogar, sich nicht mehr um den Blutfleck in der Bibliothek zu kümmern. Wenn die Familie Otis ihn nicht haben wollte, war sie seiner eben nicht würdig. Offensichtlich standen diese Leute auf einem niedrigen, von materialistischem Denken bestimmten Niveau und waren gänzlich unfähig, den Symbolwert sinnlich wahrnehmbarer Phänomene zu erkennen. Die Entscheidung, ob es weiterhin als Geist oder als Astralleib erscheinen sollte, stand allerdings nicht in seiner Macht. Es war seine heilige Pflicht, einmal wöchentlich im Korridor zu spuken und jeden ersten und dritten Mittwoch im Monat am großen Erkerfenster zu erscheinen und wirres Zeug zu schwatzen, und es sah keine Möglichkeit, sich dieser Verpflichtung auf ehrenhafte Weise zu entziehen. Denn soviel Böses es auch zu Lebzeiten getan hatte, in allen Angelegenheiten, die mit dem Übernatürlichen zusammenhingen, war es äußerst gewissenhaft. So wanderte es denn an den nächsten drei Samstagen wie gewöhnlich zwischen Mitternacht und drei Uhr früh durch den Korridor, wobei es größte Vorsicht walten ließ, um weder gehört noch gesehen zu werden. Es zog die Stiefel aus, schlich so leise wie möglich über die wurmstichigen Dielen, trug einen langen schwarzen Samtumhang und vergaß nie, seine Ketten mit Aurora-Schmieröl einzureiben. Ich darf allerdings nicht verschweigen, daß es dem Gespenst sehr schwer fiel, sich zu der zuletzt genannten Vorsichtsmaßnahme zu entschließen. Aber eines Abends, als die Familie gerade beim Essen saß, stahl es sich dann doch in Mr. Otis' Schlafzimmer und nahm die Flasche an sich. Anfangs fühlte es sich etwas gedemütigt, dann aber sah es vernünftigerweise ein, daß vieles für diese Erfindung sprach und daß sie ihm einigermaßen zustatten kam. Aber trotz allem blieb das Gespenst nicht unbehelligt. Ständig waren Schnüre quer über den Korridor gespannt, über die es im Dunkeln stolperte, und eines Nachts, als es sich gerade als »Schwarzer Isaak oder Der Jäger vom Hogley-Forst« verkleidet hatte, rutschte es aus und stürzte: Die Zwillinge hatten den Fußboden von der Tür des Gobelinzimmers bis zur Eichentreppe mit Butter eingeschmiert. Diese neuerliche Beleidigung versetzte das Gespenst derart in Wut, daß es sich vornahm, einen letzten Versuch zu machen, um seine persönliche Würde und gesellschaftliche Position zu demonstrieren: Es wollte in der folgenden Nacht die beiden unverschämten Etonboys in seiner berühmten Rolle als »Verwegener Rupert oder Der Graf ohne Kopf« heimsuchen.

Seit es zum letztenmal in dieser Verkleidung aufgetreten war, waren mehr als siebzig Jahre vergangen. Damals hatte es der hübschen Lady Barbara Modish einen solchen Schrecken eingejagt, daß sie urplötzlich mit ihrem Verlobten, dem Großvater des jetzigen Lord Canterville, brach und mit dem attraktiven Jack Castleton nach Gretna Green floh. Sie erklärte, keine Macht der Welt könnte sie bewegen, in eine Familie zu heiraten, die es zulasse, daß ein so entsetzliches Phantom in der Abenddämmerung auf der Terrasse herumspazierte. Der arme Jack wurde später von Lord Canterville in einem Duell auf dem Gemeindeanger von Wandsworth erschossen, und Lady Barbara starb noch vor Ablauf eines Jahres in Turnbridge Wells an gebrochenem Herzen – also ein Erfolg auf der ganzen Linie! Die erforderliche

»Kostümierung« (falls ich diesen Theaterausdruck überhaupt im Zusammenhang mit einem der geheimnisvollsten Phänomene aus dem Bereich des Übernatürlichen, oder wissenschaftlich ausgedrückt, der Metaphysik, gebrauchen darf) kostete allerdings große Mühe, und das Gespenst war volle drei Stunden damit beschäftigt. Dann aber war es über das Resultat sehr erfreut. Die ledernen Reitstiefel, die zu dem Kostüm gehörten, waren ihm zwar etwas zu groß, und außerdem konnte es nur noch eine der beiden Sattelpistolen finden, aber im großen und ganzen war es mit seinem Aussehen recht zufrieden. Um Viertel nach eins schlüpfte es durch die Wandtäfelung und schlich den Gang hinunter. Als es am Zimmer der Zwillinge ankam, das nach der Farbe seiner Vorhänge »Das Blaue Schlafzimmer« genannt wurde, sah es, daß die Tür nur angelehnt war. Um seinen Auftritt möglichst eindrucksvoll zu gestalten, stieß es sie weit auf – da fiel ein schwerer Wasserkrug herab, durchnäßte es bis auf die Haut und streifte im Fallen fast seine Schulter. Im gleichen Moment vernahm es vom Himmelbett her unterdrücktes Gelächter. Es erlitt einen fürchterlichen Nervenschock, floh, so rasch es konnte, in sein Gemach und mußte am nächsten Tag mit einer schweren Erkältung das Bett hüten. Der einzige Trost in dieser ganzen Angelegenheit war, daß es seinen Kopf nicht mitgenommen hatte. Andernfalls wären die Folgen vielleicht sehr ernst gewesen.

Jetzt gab das Gespenst jede Hoffnung auf, dieser ungehobelten Familie aus Amerika jemals einen Schrecken einjagen zu können, und begnügte sich damit, in Pantoffeln durch die Gänge zu schlurfen, wobei es aus Angst vor Zugluft einen dicken roten Schal um den Hals trug und aus Furcht vor einer Attacke der Zwillinge eine kleine Hakenbüchse in der Hand hielt. Der letzte schwere Schlag traf das Gespenst am 19. September. Es war in die große Halle hinuntergegangen, weil es glaubte, man würde es wenigstens dort nicht belästigen, und vergnügte sich damit, sarkastische Bemerkungen über die großen Saroni-Fotografien des Gesandten der Vereinigten Staaten und seiner Gattin zu machen, die jetzt die Stelle der Cantervilleschen Ahnenbilder einnahmen. Es war einfach aber sauber gekleidet, nämlich in ein langes, mit Kirchhofsmoder gesprenkeltes Leichentuch, hatte sein Kinn mit einem gelben Leinwandstreifen hochgebunden und trug eine kleine Laterne und einen Totengräberspaten bei sich. Es hatte sich als »Jonas der Grablose oder Der Leichenräuber von Chertsey Barn« kostümiert, eine seiner bemerkenswertesten Rollen. Die Cantervilles hatten allen Grund, sich daran zu erinnern, denn diese Erscheinung hatte ihren Streit mit Lord Rufford, ihrem Nachbarn, ausgelöst. Es war jetzt ungefähr Viertel nach zwei, und soviel das Gespenst feststellen konnte, war im Haus alles still. Doch als es in die Bibliothek gehen und nachsehen wollte, ob noch Spuren von dem Blutfleck vorhanden waren, sprangen aus einer dunklen Ecke plötzlich zwei Gestalten, fuchtelten wild mit den Armen und brüllten ihm »Buh!« in die Ohren.

Von panischem Schrecken ergriffen, was unter diesen Umständen nur zu verständlich war, stürzte das Gespenst auf die Treppe zu, an der aber bereits Washington Otis mit der großen Gartenspritze wartete. Als es sich von seinen Feinden umzingelt und in die Enge getrieben sah, verschwand das Gespenst in den großen eisernen Ofen, der zum Glück nicht geheizt war, und mußte sich den Heimweg durch die Ofenrohre und Kamine bahnen. Entsetzlich verschmutzt, zerrupft und völlig verzweifelt kam es in seinem Gemach an.

Danach wurde es nie mehr bei einem nächtlichen Streifzug gesehen. Die Zwillinge lagen zwar noch einige Male auf der Lauer und streuten zum großen Ärger ihrer Eltern und der Dienstboten jede Nacht Nußschalen in den Gängen aus, aber es nutzte nichts. Allem Anschein nach fühlte sich das Gespenst so tief verletzt, daß es nicht mehr spuken wollte. So nahm denn Mr. Otis wieder seine Arbeit an dem großen Werk über die Geschichte der Demokratischen Partei auf, an dem er schon seit einigen Jahren schrieb; Mrs. Otis arrangierte ein ausgezeichnetes Muschelessen im Freien, das die ganze Grafschaft in Staunen setzte; die Jungen beschäftigten sich mit Lacrosse, Euchre, Poker und anderen amerikanischen Nationalspielen, und Virginia ritt auf ihrem Pony im Park spazieren, in Begleitung des jungen Herzogs von Cheshire, der die letzten Ferienwochen auf Schloß Canterville verbrachte. Man war allgemein der Ansicht, das Gespenst sei ausgezogen, und Mr. Otis teilte dies sogar Lord Canterville mit, der in seinem Antwortbrief seiner großen Freude über diese Nachricht Ausdruck gab und der verehrungswürdigen Gattin des Gesandten seine herzlichsten Glückwünsche übermitteln ließ.

Aber die Familie Otis hatte sich getäuscht: Das Gespenst befand sich noch im Haus und war, obgleich es fast schon als Invalide bezeichnet werden konnte, keineswegs bereit, die Angelegenheit auf sich beruhen zu lassen, zumal es erfahren hatte, daß unter den Gästen auch der junge Herzog von Cheshire war, dessen Großonkel, Lord Francis Stilton, einst mit Colonel Carbury um hundert Guineen gewettet hatte, daß er das Gespenst zum Würfelspiel einladen würde, und den man am nächsten Morgen im Spielsalon auf dem Boden liegend gefunden hatte, so hoffnungslos gelähmt, daß er, obwohl er sehr alt wurde, nie mehr etwas anderes zu sagen vermochte als »Zwei Sechsen«. Diese Geschichte war damals in aller Munde, wenngleich man aus Rücksicht auf die Gefühle der beiden vornehmen Familien alles versuchte, um sie totzuschweigen. Ein umfassender Bericht über sämtliche Einzelheiten findet sich im dritten Band von Lord Tattles *Erinnerungen an den Prinzregenten und seine Freunde*. Unter diesen Umständen war das Gespenst natürlich darauf erpicht, zu beweisen, daß es seine Macht über die Stiltons noch nicht eingebüßt hatte, um so mehr, als es entfernt mit ihnen verwandt war, da seine Kusine ersten Grades *en secondes noces* * mit dem Sieur de Bulkeley verheiratet war, von dem, wie jedermann weiß, die Herzöge von Cheshire in direkter Linie abstammen. Es bereitete sich also darauf vor, Virginias jungem Verehrer in seiner berühmten Rolle als »Der Vampirmönch oder Der blutlose Benediktiner« zu erscheinen, eine Rolle, die so schaurig war, daß die alte Lady Startup, die es an jenem verhängnisvollen Silvesterabend des Jahres 1764 in dieser Gestalt heimgesucht hatte, einen heftigen Schlagfluß erlitt und drei Tage später starb, nicht ohne die Cantervilles, ihre nächsten Verwandten, enterbt und ihr ganzes Vermögen ihrem Londoner Apotheker vermacht zu haben. Im letzten Moment jedoch bewog die schreckliche Angst vor den Zwillingen das Gespenst dazu, sein

* in zweiter Ehe

Gemach nicht zu verlassen, und so schlief der junge Herzog friedlich unter dem großen, mit Federbüschen verzierten Betthimmel des königlichen Schlafzimmers und träumte von Virginia.

5

Einige Tage später ritt Virginia mit ihrem kraushaarigen Kavalier über die Wiesen von Brockley, wo sie beim Durchqueren einer Hecke ihren Reiterdreß so zerriß, daß sie es bei der Heimkehr vorzog, die Hintertreppe zu benutzen, um unbemerkt in ihr Zimmer zu gelangen. Als sie am Gobelinzimmer vorbeikam, dessen Tür gerade offenstand, glaubte sie, drinnen jemanden zu sehen, nahm an, es sei die Zofe ihrer Mutter, die sich manchmal mit ihrer Arbeit dorthin zurückzog, und wollte sie bitten, ihr Reitkleid auszubessern. Doch zu ihrer grenzenlosen Überraschung sah sie sich dem Gespenst von Canterville höchstpersönlich gegenüber! Es saß am Fenster, sah zu, wie der Wind das fahle Gold von den vergilbten Bäumen riß und durch die Luft wirbelte und wie die roten Blätter auf der langen Allee einen irren Tanz vollführten. Es hatte den Kopf auf die Hand gestützt, und seine Haltung erweckte den Eindruck äußerster Niedergeschlagenheit. Es wirkte so verlassen, so völlig aus den Fugen geraten, daß die kleine Virginia, die zunächst davonlaufen und sich in ihr Zimmer einschließen wollte, von Mitleid ergriffen wurde und beschloß, es zu trösten. So leise näherte sie sich, und so tief war das Gespenst in Schwermut versunken, daß es sie erst bemerkte, als sie zu sprechen begann.

»Sie tun mir so leid«, sagte sie, »aber meine Brüder fahren morgen nach Eton zurück, und dann wird Sie niemand mehr ärgern, vorausgesetzt, daß Sie sich anständig benehmen.«

»Es ist absurd, anständiges Benehmen von mir zu verlangen«, erwiderte das Gespenst und betrachtete verwundert das hübsche kleine Mädchen, das gewagt hatte, mit ihm zu sprechen, »völlig absurd. Ich *muß* mit den Ketten rasseln und durch Schlüssellöcher stöhnen und nachts herumlaufen – wenn Sie das gemeint haben. Es ist mein einziger Daseinszweck.«

»Das ist absolut kein Daseinszweck, und außerdem wissen Sie

genau, daß Sie sehr böse gewesen sind. Gleich als wir hier eintrafen, hat Mrs. Umney uns erzählt, daß Sie Ihre Frau umgebracht haben.«

»Nun ja, ich gebe es zu«, sagte das Gespenst gereizt, »aber es war eine reine Familienangelegenheit und geht niemand sonst etwas an.«

»Es ist eine Sünde, jemanden zu töten«, sagte Virginia, die zuweilen einen reizenden puritanischen Ernst an den Tag legte, den sie von irgendeinem neuenglischen Vorfahren mitbekommen hatte.

»Wie ich die billige Strenge dieser abstrakten Moralauffassung hasse! Meine Frau war sehr unansehnlich, hat meine Halskrausen nie richtig gestärkt und hatte keine Ahnung vom Kochen. Stellen Sie sich vor, eines Tages schoß ich im Hogley-Forst einen kapitalen Rehbock, und wollen Sie wissen, wie sie ihn serviert hat? Nein, lieber nicht, das spielt jetzt sowieso keine Rolle mehr, das ist alles vorbei. Aber ich finde es nicht besonders nett von Ihren Brüdern, daß sie mich verhungern ließen, auch wenn ich meine Frau umgebracht habe.«

»Verhungern lassen? Aber lieber Herr Geist, Verzeihung, Sir Simon, Sie sind doch nicht etwa hungrig? Ich habe ein belegtes Brot in der Tasche, wollen Sie's haben?«

»Nein, danke. Ich esse überhaupt nichts mehr. Aber es ist trotzdem sehr lieb von Ihnen. Sie sind wirklich viel netter als Ihre abscheulichen, rohen, vulgären, unredlichen Angehörigen.«

»Schweigen Sie!« rief Virginia und stampfte mit dem Fuß auf. »*Sie* sind roh und abscheulich und vulgär! Und was die Unredlichkeit betrifft: *Sie* haben die Farben aus meinem Malkasten gestohlen, um den lächerlichen Blutfleck in der Bibliothek aufzufrischen! Zuerst haben Sie alle roten Farben genommen, sogar das Zinnoberrot, dann das Smaragdgrün und das Chromgelb, und schließlich waren nur noch das Indigoblau und das Chinesischweiß übrig, und ich mußte mich auf Mondscheinlandschaften beschränken, die immer so deprimierend wirken und gar nicht leicht zu malen sind. Ich habe Sie nie verraten, obwohl ich mich sehr geärgert habe, und überhaupt war die ganze Angelegenheit höchst lächerlich, denn wer hat schon jemals von smaragdgrünem Blut gehört?«

»Aber ich bitte Sie«, sagte das Gespenst ziemlich kleinlaut, »was blieb mir denn übrig? Echtes Blut aufzutreiben, ist heutzutage sehr schwierig, und da es Ihr Bruder war, der mit seinem Universal-Fleckentferner die Sache ins Rollen brachte, sah ich keinen Grund, warum ich nicht Ihre Farben nehmen sollte. Übrigens sind Farben immer Geschmackssache. Die Cantervilles zum Beispiel haben blaues Blut, das blauste in ganz England. Aber ich weiß, daß ihr Amerikaner für dergleichen nichts übrig habt.«

»Gar nichts wissen Sie von uns, und es wäre das beste für Sie, auszuwandern und etwas dazuzulernen. Mein Vater wird Ihnen mit größtem Vergnügen eine kostenlose Überfahrt verschaffen. Auf Importwaren geistiger Art liegt zwar ein hoher Zoll, aber es wird schon keine Schwierigkeiten machen, denn sämtliche Zollbeamten sind Demokraten. Wenn Sie erst einmal in New York sind, werden Sie bestimmt sehr erfolgreich sein. Ich kenne dort eine Menge Leute, die hunderttausend Dollar für einen Großvater geben würden und noch viel mehr für ein Familiengespenst.«

»Ich glaube nicht, daß Amerika mir gefallen würde.«

»Wahrscheinlich weil wir keine Ruinen und keine Antiquitäten haben«, sagte Virginia spöttisch.

»Keine Ruinen? Keine Antiquitäten? Aber Sie haben doch Ihre Kriegsmarine und Ihre Manieren!«

»Guten Abend. Ich gehe jetzt und bitte Papa, den Zwillingen noch eine Woche Ferien zu verschaffen.«

»Bitte gehen Sie nicht, Miß Virginia!« rief das Gespenst. »Ich bin so einsam und unglücklich und weiß wirklich nicht, was ich tun soll. Ich möchte so gern schlafen, aber ich kann nicht.«

»Das ist reiner Unsinn! Sie brauchen doch nur zu Bett zu gehen und die Kerze auszublasen. Es ist zwar manchmal sehr schwer, wach zu bleiben, besonders in der Kirche, aber einzuschlafen ist doch überhaupt kein Problem. Schon Babys wissen, wie man das macht, und die sind bestimmt nicht besonders klug.«

»Ich habe seit dreihundert Jahren nicht mehr geschlafen«, sagte das Gespenst traurig, und Virginias blaue Augen wurden groß vor Staunen. »Seit dreihundert Jahren habe ich nicht mehr geschlafen, und ich bin so müde.«

Virginia wurde ganz ernst, und ihre feinen Lippen bebten wie

Rosenblätter. Sie ging auf das Gespenst zu, kniete neben ihm nieder und sah ihn in das alte, welke Gesicht.

»Armes, armes Gespenst«, flüsterte sie. »Gibt es denn nirgends ein Plätzchen, wo Sie schlafen könnten?«

»Weit von hier, jenseits der Kiefernwälder, liegt ein kleiner Garten«, sagte das Gespenst mit leiser, träumerischer Stimme. »Dort wächst hohes, dichtes Gras, dort leuchten die großen weißen Blütensterne des Schierlings, dort singt die Nachtigall die ganze Nacht. Sie singt die ganze Nacht, und der kalte, kristallne Mond blickt herab, und die Eibe breitet ihre riesigen Arme über die Schläfer.«

Virginia stiegen die Tränen in die Augen, und sie verbarg das Gesicht in den Händen.

»Sie meinen den Garten des Todes«, flüsterte sie.

»Ja, des Todes. Der Tod muß wunderbar sein. In der weichen braunen Erde zu liegen, während droben das Gras sich im Wind wiegt, und dem Schweigen zu lauschen. Die Zeit zu vergessen, dem Leben zu vergeben, Frieden zu haben. Sie können mir helfen. Sie können mir die Tore zum Haus des Todes öffnen, denn Sie bringen stets Liebe mit sich, und die Liebe ist stärker als der Tod.«

Ein kalter Schauder machte Virginia erbeben, und eine Weile herrschte Schweigen. Ihr war, als träumte sie einen schrecklichen Traum.

Dann sprach das Gespenst wieder, und seine Stimme klang wie das Seufzen des Windes.

»Haben Sie schon einmal die alte Prophezeiung auf dem Fenster in der Bibliothek gelesen?«

»O ja, schon oft!« rief das junge Mädchen und blickte auf. »Ich kenne sie genau. Sie ist in altmodischen schwarzen Lettern gemalt und schwer zu entziffern. Es sind nur sechs Zeilen:

Wenn's einst gelingt einem blonden Kinde,
Zum Beten zu bringen die Lippen der Sünde,
Wenn der dürre Mandelbaum Früchte trägt,
Wenn ein kleines Mädchen zu Tränen bewegt,
Dann wird es in diesem Haus wieder still,
Und Frieden zieht ein in Canterville.

Aber ich weiß nicht, was das bedeutet.«

»Es bedeutet«, sagte das Gespenst traurig, »daß Sie um meiner Sünden willen für mich weinen müssen, weil ich selbst keine Tränen habe. Und wenn Sie immer lieb und gut und fromm gewesen sind, wird sich der Engel des Todes meiner erbarmen. Aus dem Dunkel werden schreckliche Gestalten vor Ihnen auftauchen, und böse Stimmen werden auf Sie einflüstern, aber sie werden Ihnen nichts anhaben können, denn gegen die Reinheit eines Kindes kommen die Mächte der Hölle nicht an.«

Virginia gab keine Antwort; das Gespenst starrte auf ihren gesenkten Blondkopf und rang in wilder Verzweiflung die Hände. Plötzlich stand sie auf. Ihr Gesicht war sehr blaß, und in ihren Augen war ein seltsames Leuchten. »Ich fürchte mich nicht«, sagte sie mit fester Stimme, »und ich werde den Engel des Todes bitten, sich Ihrer zu erbarmen.«

Mit einem leisen Freudenschrei erhob sich das Gespenst, griff nach ihrer Hand, beugte sich mit altmodischer Grandezza darüber und küßte sie. Seine Finger waren kalt wie Eis, und seine Lippen brannten wie Feuer, doch Virginia beherrschte sich und ließ sich quer durch das dämmrige Gemach führen. Auf den verblaßten grünen Gobelins waren kleine, gestickte Jägerfiguren zu erkennen. Sie stießen in ihre mit Troddeln geschmückten Hörner und bedeuteten ihr mit den winzigen Händen umzukehren. »Kehr um, kleine Virginia!« riefen sie. »Kehr um!« Aber das Gespenst umklammerte ihre Hand nur noch fester, und sie schloß die Augen, um die Gestalten nicht mehr sehen zu müssen. Entsetzliche Tiere mit Eidechsenschwänzen und Glotzaugen blinzelten sie vom verzierten Kaminsims her an und flüsterten: »Vorsicht, kleine Virginia, Vorsicht!« Aber das Gespenst huschte nur noch schneller weiter, und Virginia hörte nicht auf die Stimmen. Als sie das Zimmer durchquert hatten, blieb das Gespenst stehen und murmelte etwas Unverständliches. Virginia öffnete die Augen und sah, wie die Mauer sich gleichsam in Nebel auflöste und eine große schwarze Höhle sich auftat. Ein eiskalter Wind ließ sie erschauern, und sie spürte etwas an ihrem Kleid zerren. »Schnell, schnell!« rief das Gespenst. »Sonst ist es zu spät!« Im nächsten Moment schloß sich die Wandtäfelung hinter ihnen, und das Gobelinzimmer war leer.

6

Etwa zehn Minuten später wurde zum Tee geläutet, und da Virginia nicht herunterkam, schickte Mrs. Otis einen Diener zu ihr. Kurz darauf kehrte er zurück und meldete, er habe Miß Virginia nirgends finden können. Da sie jeden Abend in den Garten ging, um Blumen für den Eßtisch zu holen, machte sich Mrs. Otis zunächst keine Sorgen, aber als es sechs schlug und Virginia noch immer nicht erschienen war, wurde sie unruhig. Sie bat die Jungen, draußen nach ihr zu suchen, während sie selbst und Mr. Otis in sämtlichen Zimmern des Schlosses nachsahen. Um halb sieben kamen die Jungen herein und berichteten, sie hätten nicht die geringste Spur entdeckt. Jetzt waren alle in höchster Aufregung und wußten nicht, was sie tun sollten. Plötzlich erinnerte sich Mr. Otis, daß er vor einigen Tagen einer Zigeunerbande erlaubt hatte, ihr Lager im Park aufzuschlagen. Sofort machte er sich in Begleitung seines ältesten Sohnes und zweier Gutsarbeiter nach Blackfell Hollow auf, wo sich seines Wissens die Zigeuner jetzt aufhielten. Der junge Herzog von Cheshire, der vor Angst außer sich war, bat flehentlich, mitkommen zu dürfen, aber Mr. Otis schlug es ihm ab, weil er befürchtete, es könnte zu einem Handgemenge kommen. In Blackfell Hollow stellte er fest, daß die Zigeuner weitergezogen waren und daß alles auf einen ziemlich hastigen Aufbruch deutete: Das Lagerfeuer brannte noch, und im Gras lagen ein paar Teller. Nachdem er Washington und die beiden Männer beauftragt hatte, das Gelände zu durchsuchen, eilte er nach Hause und sandte an alle Polizeistellen der Grafschaft die telegrafische Bitte, Ausschau nach einem jungen Mädchen zu halten, das von Landstreichern oder Zigeunern entführt worden sei. Dann ließ er sein Pferd satteln, bat seine Frau und die drei Jungen dringend, zu Abend zu essen, und sprengte in Begleitung des Reitknechts in Richtung Ascot davon. Kaum hatte er ein paar Meilen zurückgelegt, als er hinter sich jemanden herangaloppieren hörte. Er drehte sich um und erblickte den jungen Herzog auf seinem Pony, mit glühendem Gesicht und ohne Hut. »Es tut mir schrecklich leid, Mr. Otis«, keuchte er, »aber ich kann keinen Bissen essen, solange Virginia verschwunden ist. Bitte seien Sie nicht böse! Wenn Sie uns erlaubt hätten, uns letztes Jahr zu verloben, wäre das alles nicht passiert! Schikken Sie mich bloß nicht zurück! Ich kann einfach nicht umkehren! Und ich will auch nicht umkehren!«

Der Gesandte konnte es sich nicht verkneifen, über den hübschen jungen Heißsporn zu lächeln, dessen Verehrung für Virginia ihn rührte. Er beugte sich zu ihm hinunter, klopfte ihn freundlich auf die Schulter und sagte: »Also gut, Cecil, wenn Sie nicht umkehren wollen, müssen Sie eben mit mir weiterreiten. Aber in Ascot müssen Sie sich einen Hut besorgen.«

»Ich pfeife auf den Hut! Ich will Virginia!« rief der kleine Herzog lachend, und dann galoppierten sie zur Bahnstation. Mr. Otis erkundigte sich beim Vorsteher, ob man auf dem Perron eine junge Dame gesehen habe, auf die die Beschreibung Virginias zutraf, erfuhr aber nichts Neues. Der Stationsvorsteher verständigte jedoch telegrafisch alle Bahnhöfe auf der Strecke und versicherte Mr. Otis, man würde überall scharfe Kontrollen durchführen. Nachdem Mr. Otis bei einem Schnittwarenhändler, der gerade seinen Laden schließen wollte, einen Hut für den jungen Herzog erstanden hatte, ritten sie weiter nach Bexley, einem etwa vier Meilen entfernten Dorf, das dem Vernehmen nach ein beliebter Aufenthaltsort der Zigeuner war, da gleich daneben ein großer Gemeindeanger lag. Sie weckten den Dorfgendarm, der ihnen jedoch keinerlei Auskunft geben konnte, ritten den ganzen Anger ab, machten sich dann auf den Heimweg und kamen gegen elf Uhr todmüde und verzweifelt am Schloßpark an. Washington und die Zwillinge erwarteten sie am Tor, ausgerüstet mit Laternen, da es in der Auffahrtsallee sehr dunkel war. Nirgends hatte man eine Spur von Virginia entdeckt. Die Zigeuner waren auf den Wiesen von Broxley gestellt worden, doch Virginia war nicht bei ihnen. Als Erklärung für ihren plötzlichen Aufbruch gaben sie an, sie hätten erfahren, daß der Jahrmarkt in Chorton früher als erwartet beginnen würde, und hätten sich beeilen müssen, um noch rechtzeitig hinzukommen. Die Nachricht vom Verschwinden Virginias habe sie tief betroffen, zumal sie Mr. Otis sehr zu Dank verpflichtet seien, weil er ihnen erlaubt hatte, in seinem Park zu kampieren. Vier von ihnen seien zurückgeblieben, um sich an der Suche zu beteiligen. Man hatte den Karpfenteich mit einem Schleppnetz abgesucht und das ganze Gelände durchstöbert – vergebens. Alles deutete darauf hin, daß Virginia zum mindesten in dieser Nacht nicht wieder auftauchen würde. Völlig niedergeschlagen kehrten Mr. Otis und die Jungen ins Haus zurück, gefolgt von dem Reitknecht, der die beiden Pferde und das Pony führte. In der Halle standen die verängstigten Dienstboten herum, und auf dem Sofa in der Bibliothek lag, außer sich vor Angst und Schrecken, die arme Mrs. Otis, umsorgt von der alten Haushälterin, die ihr die Schläfen mit Eau de Cologne einrieb. Mr. Otis bestand sofort darauf, daß sie etwas zu sich nähme, und bestellte ein leichtes Abendessen für die ganze Familie. Es war eine trübselige Mahlzeit. Kaum einer sprach, und sogar die Zwillinge, die sehr an ihrer Schwester hingen, waren verstört und kleinlaut. Nach dem Essen schickte Mr. Otis trotz der inständigen Bitten des jungen Herzogs alle zu Bett. In dieser Nacht, so sagte er, könnte ja doch nichts mehr unternommen werden, und am Morgen würde er Scotland Yard telegrafisch bitten, sofort einige Detektive herzuschicken. Gerade als sie das Speisezimmer verließen, schlug es vom Turm Mitternacht. Beim letzten Glockenschlag vernahmen sie ein lautes Krachen und einen schrillen Schrei. Ein furchtbarer Donnerschlag ließ die Mauern erbeben, der Klang überirdischer Musik erfüllte die Luft, im oberen Treppenhaus öffnete sich laut polternd die Wandtäfelung, und heraus trat, totenblaß, ein Kästchen in der Hand – Virginia. Im Nu war sie von den anderen umringt.

Mrs. Otis riß sie in die Arme, der Herzog erstickte sie fast mit leidenschaftlichen Küssen, und die Zwillinge führten einen wilden Kriegstanz auf.

»Um Himmels willen, Kind, wo warst du?« fragte Mr. Otis ziemlich verärgert; er glaubte, sie habe ihnen einen dummen Streich gespielt. »Cecil und ich sind in der ganzen Gegend herumgeritten, um dich zu finden, und deine Mutter hat sich zu Tode geängstigt. Solche Streiche wirst du uns in Zukunft nicht mehr spielen!«

»Nur noch dem Gespenst! Nur noch dem Gespenst!« schrien die Zwillinge und tobten weiter um die anderen herum.

»Mein Liebling, Gott sei Lob und Dank, daß du wieder da bist. Ich werde nie mehr von deiner Seite weichen«, flüsterte

Mrs. Otis, während sie das zitternde junge Mädchen küßte und sein zerzaustes Goldhaar glattstrich.

»Papa«, sagte Virginia leise, »ich war beim Gespenst. Es ist tot, und du mußt mitkommen und es dir ansehen. Es ist früher sehr böse gewesen, aber es hat wirklich alles bereut, und bevor er gestorben ist, hat es mir dieses Kästchen voller wunderschöner Juwelen geschenkt.«

Die ganze Familie starrte sie in stummer Verblüffung an, doch Virginia blieb ernst und still. Dann drehte sie sich um und führte die anderen durch die offene Täfelung in einen engen Geheimgang. Washington kam als letzter, mit einer Kerze in der Hand, die er noch rasch vom Tisch genommen hatte. Endlich standen sie vor einer großen, mit rostigen Nägeln beschlagenen Eichentür. Als Virginia sie berührte, bewegte sie sich in den schweren Angeln und gab den Zugang zu einem kleinen, niedrigen Raum mit gewölbter Decke und einem winzigen vergitterten Fenster frei. In die Mauer war ein mächtiger Eisenring eingelassen, an den ein schauriges Gerippe gekettet war. Es lag ausgestreckt auf dem Steinboden und schien mit seinen langen, entfleischten Fingern nach einem altertümlichen Holzteller und einem Krug greifen zu wollen, die nur um weniges außer Reichweite auf dem Boden standen. Offenbar hatte der Krug einst Wasser enthalten, denn seine Innenseite war mit grünem Schimmel überzogen. Auf dem Holzteller lag nur ein Häufchen Staub. Virginia kniete neben dem Gerippe nieder, faltete die kleinen Hände und betete stumm, während die anderen angesichts der furchtbaren Tragödie, deren Geheimnis sich ihnen jetzt enthüllte, in schweigendem Staunen verharrten.

»Seht doch!« rief plötzlich einer der Zwillinge, der aus dem Fenster gespäht hatte, um festzustellen, in welchem Flügel des Schlosses sie sich befanden. »Seht doch! Der alte dürre Mandelbaum blüht! Ich kann's im Mondschein genau erkennen!«

»Gott hat ihm vergeben«, sagte Virginia ernst und erhob sich. Auf ihrem Gesicht lag ein wunderbares Leuchten.

»Du bist ein Engel!« rief der junge Herzog, schlang die Arme um ihren Hals und küßte sie.

7

Vier Tage nach diesen seltsamen Ereignissen verließ gegen elf Uhr nachts ein Trauerzug Schloß Canterville. Den Leichenwagen zogen acht Rappen, die mit großen Panaschen aus wippenden Straußenfedern geschmückt waren, und den Bleisarg verhüllte eine schwere Purpurdecke, die in Goldstickerei das Wappen der Cantervilles trug. Neben dem Leichenwagen und den Kutschen schritt die Dienerschaft mit brennenden Fackeln. Es war ein überaus eindrucksvoller Zug. Lord Canterville, der Hauptleidtragende, war eigens aus Wales gekommen, um der Beerdigung beizuwohnen und saß zusammen mit Virginia in der ersten Kutsche. Ihnen folgte der Gesandte der Vereinigten Staaten und seine Gattin, dann kamen Washington und die drei Jungen, und in der letzten Kutsche fuhr Mrs. Umney. Alle waren sich einig gewesen, daß es ihr, die fünfzig Jahre ihres Lebens in Furcht vor dem Gespenst verbracht hatte, zustand, es auf seinem letzten Weg zu begleiten. In der Ecke des kleinen Kirchhofs, direkt unter der alten Eibe, war ein tiefes Grab ausgehoben worden. Den Trauergottesdienst zelebrierte Hochwürden Augustus Dampier aufs eindrucksvollste. Nach der Zeremonie löschte die Dienerschaft gemäß einem Familienbrauch der Cantervilles die Fackeln, und als der Sarg in die Erde gesenkt wurde, legte Virginia ein großes Kreuz aus weißen und rosafarbenen Mandelblüten darauf. In diesem Augenblick kam der Mond hinter einer Wolke hervor und tauchte den kleinen Kirchhof in stillen Silberglanz, und in der Ferne begann eine Nachtigall zu schlagen. Virginia dachte an den Garten des Todes, den das Gespenst ihr geschildert hatte. Die Tränen stiegen ihr in die Augen, und während der Heimfahrt sagte sie kaum ein Wort.

Bevor Lord Canterville am nächsten Morgen in die Stadt fuhr, sprach Mr. Otis mit ihm über die Juwelen, die das Gespenst Virginia gegeben hatte. Sie waren von vollendeter Schönheit – besonders ein Rubinhalsband, ein Meisterwerk venezianischer Goldschmiedekunst des sechzehnten Jahrhunderts – und so wertvoll, daß Mr. Otis Bedenken hatte, seiner Tochter die Annahme dieses Geschenks zu erlauben.

»Mylord«, sagte er, »ich weiß, daß man in Ihrem Land

Schmuckstücke ebenso zum unveräußerlichen Erbgut zählt wie Grundbesitz, und ich bin mir klar darüber, daß diese Juwelen alte Erbstücke Ihrer Familie sind, beziehungsweise sein sollten. Ich muß Sie deshalb bitten, sie mit nach London zu nehmen und sie als einen Teil Ihres Eigentums zu betrachten, der Ihnen unter merkwürdigen Umständen zurückerstattet worden ist. Was meine Tochter betrifft, so ist sie schließlich noch ein Kind und interessiert sich zum Glück noch wenig für derlei nutzlose Luxusgegenstände. Außerdem weiß ich von meiner Frau, die, wie ich wohl sagen darf, eine ganze Menge von Kunst versteht – sie hatte nämlich als junges Mädchen das Glück, einige Winter in Boston verbringen zu dürfen –, daß diese Edelsteine sehr wertvoll sind und bei einem eventuellen Verkauf einen hohen Preis erzielen würden. Unter diesen Umständen werden Sie, Lord Canterville, bestimmt verstehen, daß ich sie unmöglich in den Besitz eines meiner Familienmitglieder übergehen lassen kann. Und außerdem wäre dieser glitzernde Putz und Tand, so passend oder notwendig er für die britische Aristokratie sein mag, völlig fehl am Platz unter Leuten, die nach den strengen und, wie ich glaube, unsterblichen Maximen schlichten Republikanertums erzogen worden sind. Ich sollte wohl auch erwähnen, daß Virginia viel daran gelegen ist, das Kästchen selbst als Erinnerung an Ihren unglücklichen Vorfahren behalten zu dürfen. Da es sehr alt und dementsprechend reparaturbedürftig ist, werden Sie vielleicht nichts dagegen haben, ihr diesen Wunsch zu erfüllen. Ich persönlich muß allerdings meine Überraschung darüber gestehen, daß eines meiner Kinder sich überhaupt für etwas Mittelalterliches interessiert, und ich kann es mir nur damit erklären, daß Virginia in einem Londoner Vorort zur Welt gekommen ist, und zwar kurz nachdem meine Frau Athen besucht hatte.«

Lord Canterville hörte sich die Ausführungen des ehrenwerten Gesandten mit ernster Miene an und zupfte nur dann und wann an seinem grauen Schnurrbart, um ein unfreiwilliges Lächeln zu verbergen. Als Mr. Otis fertig war, schüttelte er ihm herzlich die Hand und sagte: »Verehrter Sir, Ihre reizende kleine Tochter hat meinem unglückseligen Ahnherrn, Sir Simon, einen sehr großen Dienst erwiesen, und ich und meine Familie sind ihr für ihren fabelhaften Mut und ihre Beherztheit zu tiefem Dank verpflichtet. Die Juwelen gehören selbstverständlich ihr, und bei Gott, ich bin überzeugt, daß, falls ich so herzlos wäre, sie ihr wegzunehmen, der ruchlose alte Bursche in spätestens zwei Wochen aus dem Grab steigen und mir das Leben zur Hölle machen würde. Um auf Ihre Meinung über Erbstücke zurückzukommen: Nichts ist ein Erbstück, das nicht in einem Testament oder einer anderen rechtskräftigen Urkunde als solches bezeichnet ist, und von der Existenz dieser Juwelen wußte bisher kein Mensch. Glauben Sie mir, ich habe sowenig Anspruch darauf wie Ihr Butler, und wenn Miß Virginia erwachsen sein wird, wird sie meiner Meinung nach Freude daran haben, so schöne Dinge zu tragen. Außerdem, Mr. Otis, haben Sie vergessen, daß Sie damals das Mobiliar samt dem Gespenst zum Schätzwert übernommen haben und daß daher alles, was dem Gespenst gehörte, automatisch in Ihren Besitz übergegangen ist, da Sir Simon, ganz gleich, was er nachts auf dem Gang getrieben haben mag, nach dem Gesetz tot war und Sie sein Eigentum käuflich erworben haben.«

Mr. Otis war über Lord Cantervilles Weigerung ziemlich bekümmert und bat ihn, seine Entscheidung noch einmal zu überdenken, aber der gutherzige Edelmann beharrte auf seiner Meinung und konnte den Gesandten schließlich dazu überreden, seiner Tochter zu erlauben, das Geschenk des Gespenstes zu behalten. Und als im Frühling des Jahres 1890 die junge Herzogin von Cheshire anläßlich ihrer Hochzeit bei Hofe vorgestellt und von der Königin empfangen wurde, erregten ihre Juwelen allgemeine Bewunderung. Virginia erhielt nämlich tatsächlich die Adelskrone, mit der alle braven kleinen amerikanischen Mädchen belohnt werden, und heiratete ihren jugendlichen Verehrer, sobald er großjährig geworden war. Die beiden waren so reizend und liebten einander so zärtlich, daß jedermann über ihre Verbindung entzückt war, ausgenommen die alte Marquise von Dumbleton, die versucht hatte, den Herzog für eine ihrer sieben unverheirateten Töchter einzufangen und zu diesem Zweck nicht weniger als drei kostspielige Dinnerpartys gegeben hatte, und ausgenommen – so seltsam es klingt – Mr. Otis. Er konnte den jungen Herzog persönlich sehr gut leiden, hatte aber grundsätzlich etwas gegen Adelstitel und konnte sich, um seine eigenen Worte zu gebrauchen, »der Befürchtung nicht ganz erwehren, daß unter dem enervierenden Einfluß der vergnügungssüchtigen Aristokratie die echten Grundsätze schlichten Republikanertums in Vergessenheit geraten könnten«. Seine Einwände wurden jedoch völlig überstimmt, und ich glaube, daß er in dem Augenblick, als er mit seiner Tochter am Arm durch den Mittelgang der St. Georgs-Kirche schritt, der stolzeste Mann in ganz England war.

Nach den Flitterwochen fuhren der Herzog und die Herzogin nach Canterville und gingen gleich am nächsten Nachmittag in den kleinen Kirchhof hinter dem Kiefernwäldchen. Wegen der Inschrift auf Sir Simons Grabstein hatte es zuerst große Schwierigkeiten gegeben, aber schließlich hatte man sich darauf geeinigt, nur die Anfangsbuchstaben seines Namens und das Gedicht vom Bibliotheksfenster eingravieren zu lassen. Die Herzogin hatte ein paar wunderschöne Rosen mitgebracht, die sie aufs Grab streute, und nachdem die beiden eine Weile dort stehengeblieben waren, gingen sie in den verfallenen Altarraum der alten Abtei. Die Herzogin setzte sich auf eine umgestürzte Säule, ihr Gatte ließ sich zu ihren Füßen nieder, rauchte eine Zigarette und sah ihr in die schönen Augen. Plötzlich warf er die Zigarette weg, griff nach ihrer Hand und sagte: »Virginia, eine verheiratete Frau sollte keine Geheimnisse vor ihrem Mann haben.«

»Aber Cecil, ich habe vor dir keine Geheimnisse.«

»Das ist nicht wahr«, erwiderte er lächelnd. »Du hast mir nie erzählt, was damals passiert ist, als du mit dem Gespenst eingeschlossen warst.«

»Das habe ich niemandem erzählt, Cecil«, sagte Virginia ernst.

»Ich weiß, aber mir könntest du es doch sagen.«

»Bitte frag mich nicht danach, Cecil. Ich kann's dir nicht erzählen. Armer Sir Simon! Ich verdanke ihm so viel. Lach nicht, Cecil, es ist wahr. Er hat mich gelehrt, was das Leben ist und was der Tod bedeutet und warum die Liebe stärker ist als beide.«

Der Herzog stand auf und küßte seine Frau zärtlich.

»Du kannst dein Geheimnis behalten, solange dein Herz mir gehört«, flüsterte er.

»Es hat dir immer gehört, Cecil.«

»Aber eines Tages wirst du unseren Kindern davon erzählen, nicht wahr?«

Virginia errötete.

Die Sphinx ohne Geheimnis
Eine Radierung

Eines Nachmittags saß ich vor dem Café de la Paix, betrachtete Glanz und Schäbigkeit des Pariser Lebens und machte mir bei einem Glas Vermouth Gedanken über das seltsame Gemisch aus Pracht und Armut, das an mir vorüberzog. Da hörte ich jemanden meinen Namen rufen. Ich wandte mich um und erblickte Lord Murchison. Wir waren uns seit den gemeinsamen Collegetagen nicht mehr begegnet. Ich freute mich sehr, ihn wiederzusehen, und wir schüttelten uns herzlich die Hände. In Oxford waren wir eng befreundet gewesen. Ich hatte ihn ausnehmend gut leiden können: Er war so hübsch, so temperamentvoll und so ehrenhaft. Wir anderen hatten damals immer gesagt, er wäre bestimmt der Beste von allen, wenn er es bloß mit der Wahrheit nicht so genau nähme, aber ich glaube, in Wirklichkeit bewunderten wir ihn seiner Aufrichtigkeit wegen nur um so mehr. Jetzt kam er mir ziemlich verändert vor. Er machte einen unruhigen und verwirrten Eindruck und schien sich über irgend etwas unschlüssig zu sein. Dem modernen Skeptizismus konnte er meiner Meinung nach nicht verfallen sein, denn Murchison war überzeugter Tory und glaubte genauso fest an den Pentateuch wie an das Oberhaus. Also schloß ich, es müsse sich um eine Frau handeln, und fragte ihn, ob er inzwischen geheiratet habe.

»Ich verstehe die Frauen nicht gut genug«, erwiderte er.

»Mein lieber Gerald, Frauen sind da, um geliebt, nicht, um verstanden zu werden.«

»Ich kann nicht lieben, ohne zu vertrauen.«

»Gerald, mir scheint, du hast ein Geheimnis!« rief ich. »Erzähl mir davon!«

»Laß uns eine Spazierfahrt machen, hier sind zu viele Menschen. Nein, keine gelbe Kutsche, irgendeine andere Farbe – dort, die dunkelgrüne ist mir recht!« Und kurz darauf rollten wir den Boulevard in Richtung Madeleine hinunter.

»Wohin wollen wir fahren?« fragte ich.

»Wohin du willst – sagen wir, ins Restaurant im Bois. Wir dinieren dort, und du erzählst mir, was du inzwischen erlebt hast.«

»Zuerst möchte ich etwas von dir erfahren. Verrate mir dein Geheimnis!«

Er zog ein kleines Lederetui mit einem silbernen Verschluß aus der Tasche und reichte es mir. Ich öffnete es. Es enthielt die Fotografie einer Frau. Sie war hochgewachsen und schlank; die großen verschleierten Augen und das lose herabfallende Haar verliehen ihr ein eigenartig malerisches Aussehen. Sie wirkte wie eine Hellseherin und war in kostbares Pelzwerk gehüllt.

»Was hältst du von diesem Gesicht?« fragte er. »Ist es vertrauenswürdig?«

Ich studierte es sorgfältig. Es erschien mir wie das Gesicht eines Menschen, der ein Geheimnis hat, aber ob es ein gutes oder ein böses war, konnte ich nicht sagen. Die Schönheit der Züge schien aus vielen Geheimnissen geformt – es war eine Schönheit seelischer, nicht körperlicher Art –, und das schwache Lächeln, das um die Lippen spielte, war viel zu wissend, um echten Liebreiz auszustrahlen.

»Nun sag schon, was hältst du von ihr?« rief er ungeduldig.

»Sie ist eine Gioconda in Zobel. Ich möchte alles über sie erfahren!«

»Nicht jetzt. Nach dem Essen.« Und dann wechselte er das Thema.

Als der Ober Kaffee und Zigaretten gebracht hatte, erinnerte ich Gerald an sein Versprechen. Er stand auf, ging einige Male im Zimmer auf und ab, ließ sich dann in einen Sessel fallen und erzählte mir folgende Geschichte:

»Eines Nachmittags gegen fünf Uhr ging ich die Bond Street hinunter. Auf der Fahrbahn drängten sich die Kutschen so dicht, daß der Verkehr fast ganz stockte. Dicht am Gehsteig hielt ein kleiner gelber Zweisitzer, der aus irgendeinem Grund meine Aufmerksamkeit erregte. Im Vorübergehen erblickte ich darin das Gesicht, das ich dir heute nachmittag gezeigt habe. Es faszinierte mich auf den ersten Blick. Die ganze Nacht und den ganzen nächsten Tag mußte ich daran denken. Immer wieder ging ich jene verfluchte Straße auf und ab, spähte in jede Kutsche und wartete auf den gelben Zweisitzer. Aber ich konnte *ma belle inconnue* nicht wiederfinden und glaubte schließlich, alles sei nur ein Traum gewesen. Etwa eine Woche später war ich bei Madame de Rastail zum Diner geladen. Es sollte um acht Uhr beginnen, aber um halb neun warteten wir noch immer im Salon. Schließlich öffnete der Diener die Tür und meldete Lady Alroy. Sie war die Frau, nach der ich gesucht hatte. Sie trat sehr langsam ins Zimmer und wirkte in ihrem grauen Spitzenkleid wie ein Mondstrahl. Zu meinem Entzücken wurde ich zu ihrem Tischherrn bestimmt. Als wir Platz genommen hatten, sagte ich ganz harmlos: ›Lady Alroy, ich glaube, ich habe Sie vor einiger Zeit zufällig in der Bond Street gesehen.‹ Sie wurde sehr blaß und sagte leise: ›Bitte sprechen Sie nicht so laut, man könnte Sie hören.‹ Ich war höchst unglücklich über diesen schlechten Auftakt und begann unvermittelt eine Unterhaltung über französische Theaterstücke. Sie selbst sagte sehr wenig und sprach stets mit leiser, melodischer Stimme; anscheinend fürchtete sie, jemand könnte uns zuhören. Törichterweise verliebte ich mich leidenschaftlich in sie. Die geheimnisvolle Atmosphäre, die sie umgab, erregte meine brennende Neugier. Als Lady Alroy kurz nach dem Essen aufbrach, fragte ich sie, ob ich ihr einen Besuch abstatten dürfte. Sie zögerte einen Augenblick, vergewisserte sich, daß niemand in der Nähe stand und sagte dann: ›Ja, morgen um Viertel vor fünf.‹ Ich bat Madame de Rastail um Auskunft über sie, erfuhr aber nur, daß sie verwitwet war und ein schönes Haus in der Park Lane besaß. Als dann irgendein trockener Wissenschaftler begann, einen Vortrag über Witwen und die Theorie vom Überleben des ehetauglichsten Partners zu halten, verließ ich die Gesellschaft und ging nach Hause.

Am nächsten Tag fand ich mich pünktlich auf die Minute in der Park Lane ein, erfuhr jedoch vom Butler, Lady Alroy sei soeben ausgegangen. Recht unglücklich und völlig verwirrt begab ich mich in den Klub. Nach langem Nachdenken schrieb ich ihr einen Brief, in dem ich mich erkundigte, ob ich mein Glück an einem anderen Nachmittag versuchen dürfte. Mehrere Tage lang blieb ich ohne Antwort, dann erhielt ich ein kurzes Schreiben, in dem sie mir mitteilte, sie sei am Sonntagnachmittag um vier Uhr zu Hause, und dem folgendes sonderbares Postskriptum angefügt war: ›Bitte schreiben Sie mir nicht mehr hierher. Ich werde Ihnen alles erklären, wenn Sie mich besuchen.‹ Am Sonntag empfing sie mich und war einfach bezaubernd. Aber als ich mich verabschiedete, bat sie mich für den Fall, daß ich ihr wieder einmal schreiben sollte, den Brief an Mr. Knox, p. A. Whittaker-Bibliothek, Green Street, zu adressieren. ›Es gibt zwingende Gründe‹, sagte sie, ›warum ich in meinem eigenen Haus keine Briefe empfangen kann.‹

Den ganzen Winter über traf ich sie häufig, aber stets war jene geheimnisvolle Atmosphäre um sie. Manchmal kam mir der Gedanke, daß irgendein Mann Macht über sie haben könnte, doch da sie so unnahbar wirkte, konnte ich das nicht glauben. Es fiel mir wirklich sehr schwer, mir ein Urteil über sie zu bilden; sie glich einem jener seltsamen Kristalle, die man in Museen betrachten kann: Zuerst erscheinen sie völlig durchsichtig, im nächsten Augenblick getrübt. Schließlich beschloß ich, ihr einen Heiratsantrag zu machen. Ich hatte die ständige Geheimnistuerei satt, die sie bei meinen Besuchen und den wenigen Briefen, die ich ihr schrieb, von mir verlangte. Ich sandte ihr also über die Bibliothek ein Schreiben, in dem ich anfragte, ob sie mich am folgenden Montag um sechs Uhr empfangen wolle. Sie sagte zu, und ich fühlte mich wie im siebten Himmel. Ich war ihr völlig verfallen – trotz ihres Geheimnisses, wie ich damals dachte, gerade wegen ihres Geheimnisses, wie ich jetzt weiß. Aber nein – es war die Frau selbst, die ich liebte. Ihr Geheimnis bedrückte mich, machte mich rasend. Warum mußte ich ihm durch Zufall auf die Spur kommen?«

»Du hast es also entdeckt?« rief ich.

»Ich fürchte, ja. Urteile selbst!«

»An dem bewußten Montag aß ich mit meinem Onkel zu Mittag, und gegen vier Uhr ging ich die Marylebone Road hinunter. Wie du weißt, wohnt mein Onkel in Regent's Park. Ich wollte zum Piccadilly und ging, um den Weg abzukürzen, durch mehrere ärmliche Gassen. Plötzlich erblickte ich Lady Alroy, die tiefverschleiert war und sehr schnell die Straße entlangging. Vor dem letzten Haus hielt sie ein, stieg die Stufen hinauf, schloß die Tür auf und trat ein. ›Hier also ist ihr Geheimnis‹, sagte ich mir, eilte hin und betrachtete das Haus. Es schien eine Art Pension zu sein. Vor der Tür lag ein Taschentuch, das sie fallengelassen hatte. Ich hob es auf und steckte es ein. Dann überlegte ich, was ich tun sollte. Ich kam zu der Einsicht, daß ich nicht das Recht hatte, ihr nachzuspionieren, und fuhr in den Klub. Um sechs Uhr sprach ich bei ihr vor. Sie lag auf einem Sofa, in einem silberdurchwirkten Hausgewand, das mit mehreren eigenartigen Mondsteinen, die sie stets trug, zusammengehalten war. Sie sah bezaubernd aus. ›Ich freue mich so über Ihren Besuch‹, sagte sie. ›Ich bin den ganzen Tag nicht ausgegangen.‹ Verblüfft starrte ich sie an. Dann zog ich das Taschentuch heraus und hielt es ihr hin. ›Das haben Sie heute nachmittag in der Cumnor Street verloren, Lady Alroy‹, sagte ich ganz ruhig. Zutiefst erschrocken sah sie mich an, machte aber keine Anstalten, das Taschentuch zu nehmen. ›Was haben Sie dort gemacht?‹ fragte ich. ›Mit welchem Recht stellen Sie mir diese Frage?‹ – ›Mit dem Recht des Mannes, der Sie liebt. Ich bin heute zu Ihnen gekommen, um Sie zu bitten, meine Frau zu werden.‹ Sie schlug die Hände vors Gesicht und brach in Tränen aus. ›Sie müssen es mir erzählen!‹ fuhr ich fort. Sie erhob sich, sah mir fest in die Augen und sagte: ›Lord Murchison, da ist nichts zu erzählen.‹ – ›Sie haben sich dort mit jemandem getroffen!‹ rief ich. ›Das ist Ihr ganzes Geheimnis!‹ Sie wurde furchtbar blaß. ›Ich habe niemanden getroffen.‹ – ›Können Sie denn nicht die Wahrheit sagen?‹ – ›Ich habe die Wahrheit gesagt‹, erwiderte sie. Ich war außer mir vor Erregung. Ich weiß nicht mehr, was ich sagte, aber es müssen schreckliche Dinge gewesen sein. Schließlich stürzte ich aus dem Haus. Am nächsten Morgen erhielt ich einen Brief von ihr. Ich sandte ihn ungeöffnet zurück und reiste mit Alan Colville nach Norwegen. Vier Wochen später kehrte ich zurück, und das erste, was ich in der *Morning Post* las, war die Nachricht von Lady Alroys Tod. Sie hatte sich in der Oper erkältet und war fünf Tage später an einer Lungenentzündung gestorben. Ich schloß mich zu Hause ein und sprach mit niemandem. Ich habe sie so geliebt, ich habe sie wahnsinnig geliebt. Großer Gott! Wie ich diese Frau geliebt habe!«

»Bist du später in jene Straße und in das Haus gegangen?«

»Ja. Eines Tages ging ich in die Cumnor Street. Ich konnte nicht anders, die Ungewißheit marterte mich. Ich klopfte an, und eine sehr ehrbar aussehende Frau öffnete. Auf meine Frage, ob sie Zimmer zu vermieten habe, antwortete sie: ›Ja, Sir. Die Salons sind eigentlich an eine Dame vermietet, aber sie hat sich seit Monaten nicht sehen lassen, und da sie mir Miete schuldet, können Sie die Zimmer haben.‹ – ›Ist das die Dame?‹ fragte ich und zeigte ihr die Fotografie. ›Ja, das ist sie. Wissen Sie, wann sie zurückkommt, Sir?‹ – ›Die Dame ist tot.‹ – ›O Gott, das kann doch nicht wahr sein! Sie war meine beste Mieterin. Sie hat mir drei Guineen die Woche bezahlt, nur um dann und wann in meinen Salons sitzen zu können.‹ – ›Sie hat sich doch sicher mit jemandem getroffen?‹ fragte ich. Aber die Frau versicherte mir, daß sie stets allein gekommen sei und niemanden empfangen habe. ›Was um alles in der Welt hat sie dann hier gemacht?‹ rief ich. ›Sie saß ganz einfach im Salon, Sir, las Bücher und ließ sich manchmal Tee servieren‹, antwortete die Frau. Ich wußte nicht, was ich sagen sollte, gab ihr einen Sovereign und ging. Und nun frage ich dich, was das alles zu bedeuten hatte. Du glaubst doch wohl nicht, daß die Frau die Wahrheit gesagt hat?«

»Doch.«

»Und warum ist Lady Alroy dorthin gegangen?«

»Mein lieber Gerald, Lady Alroy hatte eben eine Sucht nach dem Mysteriösen. Sie mietete die Zimmer, weil es ihr Spaß machte, tiefverschleiert in jene Straße zu gehen und sich vorzustellen, sie sei eine Romanheldin. Geheimnistuerei war ihre Leidenschaft, aber sie selbst war nichts weiter als eine Sphinx ohne Geheimnis.«

»Glaubst du das wirklich?«

»Ich bin überzeugt davon.«

Er zog das Lederetui heraus, öffnete es und betrachtete die Fotografie. »Wer weiß?« sagte er dann.

Der Modellmillionär

Aufgezeichnet mit dem Ausdruck der Bewunderung

Wenn man nicht wohlhabend ist, hat es keinen Zweck, charmant zu sein. Romantische Dinge zu tun, ist das Vorrecht der Reichen, nicht die Aufgabe der Erwerbslosen. Der Arme sollte praktisch und prosaisch sein. Es ist besser, ein festes Einkommen zu haben als faszinierend zu sein. Das sind die großen Wahrheiten des modernen Lebens, die Hughie Erskine niemals begreifen konnte. Armer Hughie! Zugegeben – ein Mann von Geist war er nicht gerade. Sein Leben lang gab er nichts Brillantes, ja nicht einmal etwas Boshaftes von sich. Dafür aber sah er blendend aus mit seinem braunen Kraushaar, seinem klaren Profil und seinen grauen Augen. Er war bei Männern ebenso beliebt wie bei Frauen und eignete sich zu allem außer zum Geldverdienen. Sein Vater hatte ihm einen Kavalleriesäbel und die fünfzehnbändige *Geschichte des Peninsular War* vermacht. Hughie hängte den Säbel über den Spiegel, stellte die Bücher ins Regal und lebte von den zweihundert Pfund, die eine alte Tante ihm jährlich bewilligte. Er hatte alles ausprobiert. Sechs Monate lang hatte er sein Glück an der Börse versucht, aber was sollte ein Schmetterling unter lauter Bullen und Bären? Etwas länger hatte er mit Tee gehandelt, aber dann waren ihm die Pekoe- und Souchongmischungen auf die Nerven gegangen. Danach hatte er es mit trockenem Sherry versucht, aber auch das war nicht das Richtige; der Sherry war nämlich etwas zu trocken. Am Ende war nichts aus ihm geworden, nichts als ein reizender, nutzloser junger Mann mit einem vollendeten Profil und ohne Beruf.

Zu allem Unglück war er auch noch verliebt. Das Mädchen hieß Laura Merton und war die Tochter eines pensionierten Obersten, der in Indien seine gute Laune und seine gute Verdauung eingebüßt und beides seither nicht wiedergefunden hatte. Laura betete Hughie an, und er war bereit, den Saum ihres Kleides zu küssen. Die beiden waren das hübscheste Paar in ganz London und hatten keinen roten Heller. Der Oberst mochte Hughie sehr gern, wollte aber nichts von Verlobung wissen.

»Sprechen Sie wieder bei mir vor, mein Junge, wenn Sie zehntausend Pfund besitzen; dann werden wir weitersehen«, pflegte er zu sagen. Hughie blickte dann immer sehr finster drein und mußte sich von Laura trösten lassen.

Eines Morgens, als er gerade auf dem Weg zum Holland Park war, wo die Mertons wohnten, ging er auf einen Sprung zu Alan Trevor, einem seiner besten Freunde. Trevor war Maler. Tatsächlich entgehen heutzutage nur wenige diesem Schicksal, aber er war noch dazu ein echter Künstler, und echte Künstler sind ziemlich selten. Rein äußerlich war er ein merkwürdig grober Bursche mit sommersprossigem Gesicht und wildem rotem Bart. Nahm er jedoch den Pinsel in die Hand, dann erwies er sich als Meister seines Faches, und seine Bilder waren sehr begehrt. Zugegebenermaßen hatte er sich anfangs nur deshalb so stark zu Hughie hingezogen gefühlt, weil dieser so viel Charme besaß. »Ein Maler«, pflegte er zu sagen, »sollte nur mit Menschen verkehren, die zugleich *bête* und schön sind, mit Menschen, die zu betrachten ein ästhetischer Genuß und mit denen zu reden eine Erholung für den Geist ist. Männer, die Dandys, und Frauen, die süße Geschöpfe sind, bestimmen den Lauf der Welt – oder sollten es wenigstens tun.« Doch nachdem er Hughie näher kennengelernt hatte, fand er Gefallen an dessen fröhlichem, lebhaftem Temperament und großzügigem, unbekümmertem Wesen. Für ihn stand sein Atelier immer offen.

Als Hughie eintrat, legte Trevor gerade letzte Hand an das herrliche, lebensgroße Bildnis eines Bettlers. Dieser selbst stand auf einem Podest in der Ecke des Ateliers. Er war ein verhutzelter alter Mann, dessen Gesicht verknittertem Pergament glich und einen mitleiderregenden Ausdruck zeigte. Über die Schultern hing ihm ein brauner Mantel aus grobem Stoff, der nur noch aus Fetzen bestand, seine plumpen Stiefel waren geflickt, mit der einen Hand stützte er sich auf einen derben Stock, in der andern hielt er, um Almosen bittend, seinen zerbeulten Hut.

»Ein erstaunliches Modell!« flüsterte Hughie, als er seinem Freund die Hand drückte.

»Ein erstaunliches Modell?« rief Trevor mit schallender Stimme. »Das will ich meinen! Bettler wie ihn trifft man nicht jeden Tag! Eine *trouvaille, mon cher*, ein lebender Velasquez!

Herrgott, was für eine Radierung hätte Rembrandt daraus gemacht!«

»Der arme alte Kerl!« sagte Hughie. »Wie erbärmlich er aussieht! Aber für euch Maler ist sein Gesicht sicher sein wertvollster Besitz, nicht wahr?«

»Du erwartest doch wohl nicht, daß ein Bettler glücklich aussieht?«

»Wieviel bekommt ein Modell für eine Sitzung?« fragte Hughie, während er sich bequem auf dem Diwan niederließ.

»Einen Schilling pro Stunde.«

»Und wieviel bekommst du für dein Bild?«

»Für das hier? Zweitausend.«

»Pfund?«

»Guineen. Maler, Dichter und Ärzte bekommen immer Guineen.«

»Also wirklich, meiner Meinung nach sollten die Modelle Prozente erhalten!« rief Hughie lachend. »Sie arbeiten ebenso schwer wie du.«

»Was für ein Unsinn! Denk doch nur, wie anstrengend es allein schon ist, die Farbe aufzutragen und den ganzen Tag vor der Staffelei zu stehen! Du hast leicht reden, Hughie, aber ich kann dir versichern, daß es Momente gibt, in denen die Kunst beinahe den Rang schwerer körperlicher Arbeit erreicht. Aber schwatz nicht so viel, ich bin sehr beschäftigt. Rauch eine Zigarette und halt den Mund!«

Nach einer Weile kam der Diener herein und meldete Trevor, der Rahmenmacher wünsche ihn zu sprechen.

»Lauf nicht weg, Hughie«, sagte Trevor im Hinausgehen, »ich bin gleich wieder da.«

Der alte Bettler benutzte die Abwesenheit des Malers, um sich ein wenig auf der hinter ihm stehenden Holzbank auszuruhen. Er sah so unglücklich und elend aus, daß Hughie Mitleid empfand und in seinen Taschen nach Geld suchte. Ein Sovereign und ein paar Kupfermünzen waren alles, was er fand. »Der arme Alte braucht's nötiger als ich«, dachte er. »Allerdings werde ich mir zwei Wochen lang keine Droschke mehr leisten können.« Dann ging er hinüber zu dem Bettler und drückte ihm den Sovereign in die Hand.

Der alte Mann stutzte, und ein schwaches Lächeln spielte um seine welken Lippen. »Vielen Dank, Sir«, sagte er, »vielen Dank!«

Dann kam Trevor zurück, und Hughie, etwas verlegen über seine gute Tat, verabschiedete sich. Er verbrachte den Tag in Gesellschaft Lauras, bekam eine reizende Gardinenpredigt über seine Verschwendungssucht und mußte zu Fuß nach Hause zurückkehren.

Gegen elf Uhr nachts schlenderte er in den Paletten-Klub, wo er Trevor allein im Rauchsalon sitzen und Rheinwein mit Selterswasser trinken sah.

»Na, Alan, ist das Bild fertig geworden?« fragte er, während er sich eine Zigarette anzündete.

»Ja, alter Junge, es ist fertig und bereits gerahmt. Übrigens, du hast eine Eroberung gemacht! Mein altes Modell ist ganz begeistert von dir. Ich mußte ihm alles über dich erzählen – wer du bist, wo du wohnst, wie hoch dein Einkommen ist, was für Zukunftsaussichten du hast ...«

»Du liebe Güte, Alan«, rief Hughie, »dann wird er wahrscheinlich schon auf mich warten, wenn ich heimkomme! Aber du hast bestimmt nur einen Scherz gemacht. Der arme Teufel! Ich wollte, ich könnte etwas für ihn tun. Es ist doch furchtbar, daß so viel Elend überhaupt möglich ist! Ich habe daheim haufenweise alte Sachen – meinst du, er würde etwas davon tragen? Seine Lumpen sind ihm ja fast vom Leib gefallen.«

»Aber er sieht doch großartig darin aus«, sagte Trevor. »Um keinen Preis würde ich ihn im Gehrock malen. Was du Lumpen nennst, nenne ich Romantik. Was dir als Armut erscheint, ist für mich malerisch. Aber ich werde ihm auf jeden Fall von deinem Angebot erzählen.«

»Alan«, sagte Hughie ernst, »ihr Maler seid wirklich eine herzlose Bande.«

»Das Herz eines Künstlers ist sein Kopf. Und außerdem ist es unsere Aufgabe, die Welt so darzustellen, wie wir sie sehen, und nicht, sie zu bessern aufgrund dessen, was wir von ihr wissen. *A chacun son métier*. Und wie geht's Laura? Mein altes Modell hat sich sehr für sie interessiert.«

»Soll das heißen, daß du mit ihm über sie gesprochen hast?«

»Natürlich. Er weiß genau Bescheid über den unnachgiebigen Oberst, die reizende Laura und die zehntausend Pfund.«

»Du hast diesem alten Bettler meine Privatangelegenheiten erzählt?« rief Hughie rot vor Zorn.

»Mein Bester«, sagte Trevor lächelnd, »dieser alte Bettler, wie du ihn nennst, ist einer der reichsten Männer Europas. Er könnte morgen ganz London kaufen, ohne sein Konto zu überziehen. Er besitzt ein Haus in jeder Hauptstadt, ißt von goldenen Tellern und kann, wenn er will, Rußland daran hindern, einen Krieg zu führen.«

»Was um alles in der Welt meinst du damit?«

»Genau das, was ich gesagt habe. Der alte Mann, den du heute in meinem Atelier getroffen hast, ist Baron Hausberg. Er ist ein guter Freund von mir, kaufte alle meine Gemälde und anderes und hat mich vor vier Wochen beauftragt, ihn als Bettler zu malen. *Que voulez-vous? La fantaisie d'un millionaire!* Und ich muß sagen, er sah großartig aus in seinen Lumpen, oder besser, in meinen Lumpen. Das alte Zeug habe ich nämlich aus Spanien mitgebracht.«

»Baron Hausberg!« rief Hughie. »Um Himmels willen, ich habe ihm einen Sovereign geschenkt!«

»Was? Einen Sovereign geschenkt?« Trevor brach in schallendes Gelächter aus. »Alter Junge, das Geld siehst du nie wieder. *Son affaire c'est l'argent des autres.*«

»Du hättest es mir sagen sollen, Alan, anstatt zuzulassen, daß ich mich derart lächerlich mache«, sagte Hughie vorwurfsvoll.

»Also hör mal, Hughie, erstens hatte ich keine blasse Ahnung, daß du so unbekümmert Almosen verteilst. Ich könnte es verstehen, wenn du ein hübsches Modell küssen würdest, aber daß du einem häßlichen einen Sovereign schenkst – du liebe Güte, nein! Und zweitens war ich heute für niemanden zu sprechen, und als du plötzlich erschienst, wußte ich nicht, ob Hausberg beim Namen genannt sein wollte. Schließlich war er nicht korrekt gekleidet.«

»Er muß mich für einen ausgemachten Trottel halten«, sagte Hughie.

»Keineswegs. Er war in bester Laune, als du gegangen warst. Er kicherte ständig in sich hinein und rieb sich die runzligen

Hände. Ich konnte mir nicht erklären, warum er unbedingt alles über dich erfahren wollte. Jetzt weiß ich's. Hughie, er wird deinen Sovereign für dich anlegen und dir alle sechs Monate Zinsen zahlen. Und außerdem hat er jetzt eine großartige Geschichte, die er nach dem Essen zum besten geben kann.«

»Ich bin wirklich vom Unglück verfolgt«, knurrte Hughie. »Das beste für mich ist, schlafen zu gehen. Und, mein teurer Alan, sprich mit niemandem darüber! Sonst wage ich mich nicht mehr auf die Straße.«

»Unsinn! Das Ganze macht deiner philanthropischen Einstellung alle Ehre. Lauf jetzt nicht davon. Rauch noch eine Zigarette und erzähle mir von Laura, so viel du willst!«

Aber Hughie wollte nicht bleiben. Völlig niedergeschlagen machte er sich auf den Heimweg, während Alan von Lachkrämpfen geschüttelt wurde.

Als Hughie am nächsten Morgen beim Frühstück saß, brachte ihm sein Diener eine Visitenkarte mit folgender Aufschrift: »Monsieur Gustave Naudin, *de la part* de M. le Baron Hausberg«. »Wahrscheinlich verlangt er eine Entschuldigung von mir«, dachte Hughie und ließ den Besucher zu sich bitten.

Ein alter Herr mit goldgeränderter Brille und grauen Haaren trat ein und sagte mit leichtem französischem Akzent: »Habe ich die Ehre mit Monsieur Erskine?«

Hughie verneigte sich.

»Ich komme von Baron Hausberg. Der Baron ...«

»Darf ich Sie bitten, Sir, ihm meine aufrichtigste Entschuldigung zu übermitteln«, stammelte Hughie.

»Der Baron hat mich beauftragt, Ihnen diesen Brief auszuhändigen«, sagte der alte Herr lächelnd und reichte Hughie ein versiegeltes Kuvert.

Es trug die Aufschrift »Ein Hochzeitsgeschenk für Hugh Erskine und Laura Merton von einem alten Bettler« und enthielt einen Scheck über zehntausend Pfund.

Bei der Hochzeit war Alan Trevor Brautführer, und der Baron hielt eine Tischrede.

»Millionärmodelle«, bemerkte Alan, »sind selten genug, aber Modellmillionäre sind weiß Gott noch seltener!«

Versuche und Aphorismen

Übersetzt von Christine Koschel und Inge von Weidenbaum
und Hedda Soellner (Aphorismen)

Der Verfall der Lüge
Eine Betrachtung

Ein Dialog

Personen: Cyril und Vivian.
Ort: *Die Bibliothek eines Landhauses in Nottinghamshire.*

CYRIL *(kommt von der Terrasse durch die offene Glastür herein).* Mein lieber Vivian, sperr dich doch nicht den ganzen Tag lang in der Bibliothek ein. Es ist ein wunderschöner Nachmittag. Die Luft ist köstlich. Über dem Wald liegt ein Schleier wie der Purpurhauch auf einer Pflaume. Komm, wir wollen uns ins Gras legen und Zigaretten rauchen und die Natur genießen.

VIVIAN. Die Natur genießen! Ich bin froh, daß ich das längst verlernt habe. Man sagt, die Kunst lehre uns die Natur mehr lieben als bisher, daß sie uns ihre Geheimnisse offenbare und daß wir nach einem sorgfältigen Studium von Corot und Constable, Dinge in ihr sähen, die unserem Auge entgangen waren. Meine eigene Erfahrung ist die: Je mehr wir die Kunst studieren, desto weniger kümmert uns die Natur. In Wirklichkeit offenbart uns die Kunst den Mangel an planvoller Absicht in der Natur, ihre merkwürdigen Roheiten, ihre außergewöhnliche Eintönigkeit, das völlig Unfertige ihres Zustands. Zweifellos hat die Natur gute Absichten, aber, wie Aristoteles einmal sagte, sie kann sie nicht ausführen. Wenn ich eine Landschaft betrachte, sehe ich auch gleich alle ihre Mängel. Zu unserem Glück jedoch ist die Natur so unvollkommen, sonst wäre nie die Kunst entstanden. Die Kunst ist unser geistvoller Protest, unser kühner Versuch, der Natur ihren eigentlichen Platz zuzuweisen. Die Rede von der unendlichen Mannigfaltigkeit der Natur ist ein reiner Mythos. Sie ist in der Natur selbst gar nicht vorhanden. Sie entspringt der Einbildung, der Phantasie oder der anerzogenen Blindheit des Betrachters.

CYRIL. Schön, du brauchst ja die Landschaft nicht zu betrachten. Du kannst im Gras liegen und rauchen und plaudern.

VIVIAN. Die Natur ist aber so unbequem. Der Rasen ist hart und bucklig und feucht und wimmelt von schrecklichem Ungeziefer. Der schlechteste Arbeiter bei Morris macht dir eine bequemere Sitzgelegenheit, als die ganze Natur es vermag. Die Natur verblaßt vor den Zimmereinrichtungen »der Straße, die von Oxford den Namen entlehnt hat«, wie der Dichter, den du so liebst, sie einmal umständlich nannte. Ich beklage es nicht. Wäre die Natur wohnlich, dann hätten die Menschen nie die Architektur erfunden, und ich ziehe die Häuser dem freien Himmel vor. In einem Haus fühlen wir uns alle im richtigen Verhältnis. Alles ist uns untergeordnet, für uns und zu unserem Behagen eingerichtet. Selbst der Egoismus, der für ein gesundes Gefühl der menschlichen Würde so unentbehrlich ist, entsteht ganz und gar aus dem Leben im Hause. Außerhalb des Hauses werden wir abstrakt und unpersönlich. Wir verlieren unsere Individualität. Und außerdem ist die Natur so teilnahmslos, so verständnislos. So oft ich hier im Park spazierengehe, fühle ich, daß ich ihr nicht mehr bedeute als das Vieh, das am Abhang weidet, oder die Klette, die im Graben blüht. Die Natur haßt den Geist, das ist offensichtlich. Es gibt nichts Ungesunderes als das Denken, und die Menschen gehen daran zugrunde, wie an irgendeiner anderen Krankheit. Zum Glück ist das Denken, in England jedenfalls, nicht ansteckend. Unsere strotzende Gesundheit als Volk verdanken wir lediglich unserer nationalen Dummheit. Ich hoffe nur, es wird uns gelingen, dieses große geschichtliche Bollwerk unseres Glückes noch viele Jahre zu erhalten; aber ich befürchte fast, wir beginnen übergebildet zu werden; wenigstens verlegt sich jeder, der nicht fähig ist zu lernen, sogleich aufs Lehren – soweit ist es mit unserem Bildungsenthusiasmus gekommen. In der Zwischenzeit wäre es besser, du gingst wieder zu deiner langweiligen unbequemen Natur zurück, damit ich meinen Aufsatz überarbeiten kann.

CYRIL. Du schreibst einen Aufsatz?! Das finde ich nicht sehr konsequent, nach allem, was du gerade gesagt hast.

VIVIAN. Wer verlangt Konsequenz? Der Dummkopf und der Doktrinär, diese langweiligen Leute, die immer an ihren Prinzipien festhalten bis zum bitteren Ende, bis die Praxis sie ad absurdum führt. Ich verlange sie wahrhaftig nicht. Ich schreibe, wie Emerson, über die Tür meiner Bibliothek das Wort »Laune«. Übrigens ist mein Aufsatz eine höchst heilsame und dem Augenblick entsprechende Warnung. Wird sie aufgenommen, dann könnte es zu einer erneuten Renaissance der Kunst kommen.

CYRIL. Was für ein Thema ist es?

VIVIAN. Ich will es »Der Verfall der Lüge: Ein Protest« nennen.

CYRIL. Der Lüge! Man sollte meinen, unsere Politiker pflegen diese Gewohnheit.

VIVIAN. Wirklich Cyril, das ist keineswegs der Fall. Sie bringen es nie weiter als bis zur Verdrehung der Tatsachen, und sie lassen sich obendrein noch auf langwierige Beweisführungen, Diskussionen und Rechtsgründe ein. Wie verschieden ist dagegen die Gesinnung des echten Lügners, mit seinen freimütigen, furchtlosen Behauptungen, seiner stolzen Verantwortungslosigkeit, seiner gesunden, natürlichen Verachtung jeglicher Beweise. Worin besteht denn das Wesen der schönen Lüge? Einfach darin, daß sie den Beweis in sich trägt. Ist einer so arm an Phantasie und muß seine Lüge beweisen, sollte er lieber gleich die Wahrheit sprechen. Nein, die Politiker nützen uns nichts. Einiges kann man vielleicht zugunsten der Advokaten anführen. Der Schleier der Sophisten fiel auf sie. Ihre erheuchelte Leidenschaft und falsche Rhetorik ist hinreißend. Sie lassen die schlechtere Sache als die bessere erscheinen, so als kämen sie direkt aus der Leontinischen Schule*, und sie haben es verstanden, widerstrebenden Geschworenen triumphierend Freisprüche für ihre Klienten zu entlocken, sogar, was nicht selten der Fall ist, wenn die Unschuld der Klienten außer allem Zweifel stand. Aber sie haben einen prosaischen Anlaß und schämen sich nicht, Präzedenzfälle heranzuziehen. Trotz ihrer Bemühungen kommt die Wahrheit ans Licht. Selbst die Zeitungen sind entartet. Sie sind jetzt absolut vertrauenswürdig. Man spürt es, wenn man ihre Spalten durchkaut. Nur das, was nicht lesenswert ist, kommt einem vor Augen.

* Sophistenschule im 5. Jahrh. v. Ch., nach der griechischen Stadt Leontivi auf Sizilien benannt.

Ich fürchte, zugunsten des Advokaten und des Journalisten läßt sich nicht viel anführen. Außerdem ist das, wofür ich plädiere, die Lüge in der Kunst. Soll ich dir vorlesen, was ich darüber geschrieben habe? Es könnte dich sehr interessieren.

CYRIL. Gewiß, wenn ich eine Zigarette haben kann. Danke. Für welche Zeitschrift ist übrigens der Aufsatz bestimmt?

VIVIAN. Für die »Retrospective Review«. Ich glaube, ich sagte dir schon, daß die Auserwählten sie wieder ins Leben gerufen haben.

CYRIL. Wen meinst du mit »den Auserwählten«?

VIVIAN. Die »Tired Hedonists« natürlich. Sie sind ein Klub, dem ich angehöre. Wir tragen welke Rosen im Knopfloch bei unseren Zusammenkünften und verehren Domitian. Dich würde man wahrscheinlich nicht auswählen. Du machst dir zu viel aus einfachen Vergnügen.

CYRIL. Ich nehme an, ich würde wegen sinnlicher Neigungen durchfallen.

VIVIAN. Vermutlich. Außerdem bist du ein bißchen zu alt. Leute gewöhnlichen Alters nehmen wir nicht.

CYRIL. Na gut, aber ich finde, ihr ödet euch alle ganz schön an.

VIVIAN. Das tun wir. Das ist ein Ziel des Klubs. Jetzt werde ich dir aber meinen Aufsatz vorlesen, wenn du mir versprichst, mich nicht zu oft zu unterbrechen.

CYRIL. Ich werde ganz Ohr sein.

VIVIAN *(liest mit sehr deutlicher, klangvoller Stimme). »Der Verfall der Lüge: Ein Protest.* – Eine der Hauptursachen, die sich für den erstaunlich trivialen Charakter des größten Teiles der Literatur unserer Zeit anführen lassen, ist unzweifelbar der Verfall der Lüge als einer Kunst, einer Wissenschaft und einem geselligen Vergnügen. Die alten Geschichtsschreiber hinterließen uns wundervolle Dichtungen in der Form von Tatsachen; der moderne Romanschriftsteller langweilt uns mit Tatsachen, die er als Dichtung ausgibt. Der Aktenstil wird mehr und mehr sein Vorbild in Methode und Manier. Er hat sein langweiliges ›document humain‹, seinen elenden kleinen ›coin de la création‹, den er mit dem Mikroskop untersucht. Man findet ihn in der Librairie Nationale oder im Britischen Museum, wo er schamlos seinen Gegenstand studiert. Er besitzt nicht einmal den

Mut, sich in die Vorstellungen anderer Menschen hineinzuversetzen, sondern besteht darauf, auf das Leben direkt loszugehen und zu guter Letzt, zwischen Enzyklopädien und persönlicher Erfahrung, gelangt er an die Quelle; seine Figuren hat er dem Familienkreis oder der Waschfrau entliehen, und er hat eine Menge nützlicher Kenntnisse erworben, von denen er sich niemals, nicht in seinen nachdenklichsten Augenblicken, völlig zu befreien vermag.

Der Verlust, den unsere gesamte Literatur durch dieses falsche Ideal unserer Zeit erfährt, kann gar nicht hoch genug eingeschätzt werden. Die Leute sprechen leichtsinnigerweise von einem ›geborenen Lügner‹, wie man von einem geborenen Dichter spricht. Aber in beiden Fällen haben sie unrecht. Das Lügen und das Dichten sind Künste – Künste, die, wie Plato erkannte, miteinander in Zusammenhang stehen –, und sie verlangen das gewissenhafteste Studium und die uneigennützigste Hingabe. Und in der Tat haben sie beide ihre Technik, wie die stofflicheren Künste, die Malerei und die Bildhauerkunst ihre subtilen Form- und Farbengeheimnisse besitzen, ihre Handwerksgeheimnisse und wohldurchdachten künstlerischen Methoden. Wie man den Dichter an seinem beglückenden Ton erkennt, so kann man den Lügner an seiner üppigen rhythmischen Sprache erkennen, und bei keinem von beiden vermag die zufällige Eingebung des Augenblicks zu genügen. Hier, wie überall, muß die Übung der Vollkommenheit vorangehn. Aber während heutzutage das Verseschreiben zu sehr in Mode geraten ist, und man sollte es so viel wie möglich hindern, geriet das Lügen beinahe in Verruf. Mancher junge Mensch beginnt das Leben mit einer natürlichen Gabe zur Übertreibung; würde diese Begabung in entsprechender und angenehmer Umgebung gepflegt oder durch Nachahmung der höchsten Vorbilder gefördert, dann könnte etwas wirklich Großes und Wunderbares entstehen. In der Regel aber bringt es ein solcher Mensch zu nichts. Er verfällt entweder der gedankenlosen Gewohnheit der Akkuratesse ...«

CYRIL. Aber mein Lieber!

VIVIAN. Bitte, unterbrich mich nicht mitten im Satz. »Er verfällt entweder der gedankenlosen Gewohnheit der Akkuratesse, oder er sucht die Gesellschaft der Alten und der Alleswisser. Beides ist seiner Phantasie, und in der Tat der Phantasie eines jeden, verhängnisvoll; es dauert nicht lange, und er beginnt eine krankhafte und schädliche Neigung für die Wahrheit zu zeigen, er untersucht alles, was in seiner Gegenwart geäußert wird, und zögert nicht, den Leuten zu widersprechen, die viel jünger sind als er; schließlich schreibt er so lebensnahe Romane, daß niemand imstande ist, an ihre Wahrscheinlichkeit zu glauben. Das ist kein vereinzeltes Beispiel. Es ist eines unter vielen; und wenn nichts unternommen wird, unsere ungeheuerliche Anbetung der Tatsachen aufzuhalten oder wenigstens einzudämmen, wird die Kunst steril werden, und die Schönheit wird schwinden.

Selbst Robert Louis Stevenson, dieser höchst erfreuliche Meister der zarten und phantasievollen Prosa, ist durch dieses moderne Laster, und es läßt sich wahrlich nicht anders ausdrükken, befleckt. Man kann eine Geschichte ihrer Wahrhaftigkeit berauben, wenn man versucht, sie allzu wirklichkeitsgetreu zu gestalten, und ›The Black Arrow‹ ist so unkünstlerisch, daß er sich nicht eines einzigen Anachronismus rühmen kann, während die Verwandlung des Dr. Jekyll sich so lebensgefährlich wie ein Experiment aus der medizinischen Wochenzeitschrift ›Lancet‹ liest. Was Rider Haggard betrifft, der das Talent zu einem grandiosen Lügner besitzt, oder wenigstens einmal besaß, fürchtet er sich jetzt so sehr, der Genialität bezichtigt zu werden, daß er es für notwendig hält, eine persönliche Erinnerung zu erfinden, wenn er uns etwas Wunderbares erzählt und in einer Fußnote auf diese Erinnerung, als eine Art feiger Bestätigung, zu verweisen. Andere Romanschriftsteller sind nicht viel besser. Henry James schreibt Romane, als sei es eine peinliche Pflicht, und verschwendet seinen sauberen literarischen Stil an nichtswürdige Motive, seine treffenden Formulierungen, seine geistreiche und beißende Satire an nicht nachvollziehbare Anschauungen. Hall Caine strebt zweifellos nach dem Großartigen, aber seine Stimme überschlägt sich dabei. Er ist so laut, daß man nicht hört, was er sagt. James Payn ist ein Meister in der Kunst des Verbergens, was nicht verdient, gefunden zu werden. Er erjagt mit der Begeisterung eines kurzsichtigen Detektivs, was in die Augen springt. Je länger man liest, um so unerträglicher wird das Hinhalten durch den Autor. Die Rosse in William Blacks

Phaeton erheben sich nicht zur Sonne. Sie versetzen den Abendhimmel nur in wilde lithographische Farbdruckeffekte. Sobald sie nahen, flüchten die Bauern in den Dialekt. Mrs. Oliphant plaudert munter über Geistliche, Tennisgesellschaften, häusliche Angelegenheiten und ähnlich langweilige Dinge. Marion Crawford hat sich dem Lokalkolorit verschrieben. Er gleicht jener Dame in dem französischen Lustspiel, die unausgesetzt vom ›beau ciel d'Italie‹ spricht. Außerdem hat er die schlimme Angewohnheit, sich in moralischen Platitüden zu ergehen. Er versichert uns andauernd, gut sein, bedeute gut sein und böse sein, bedeute böse sein. Manchmal wirkt er fast erbaulich. ›Robert Elsmere‹ ist natürlich ein Meisterwerk – ein Meisterwerk des ›genre ennuyeux‹, der einzigen literarischen Form, an der die Engländer wirklich Gefallen zu finden scheinen. Ein gescheiter junger Mann bei uns bemerkte einmal, ihn erinnere das Buch an die Art von Gesprächen, die man beim Nachmittagstee im Hause einer ernsthaften Nonkonformistenfamilie führt, und das ist sicher zutreffend. In der Tat sind solche Bücher nur in England möglich. England ist die Heimat der abgestandenen Ansichten. Was die große und täglich anwachsende Schule der Romanschriftsteller betrifft, für die die Sonne stets im East-End aufgeht, so kann über sie nur das eine gesagt werden, sie finden das Leben roh vor und lassen es ungeformt.

In Frankreich, das freilich ein so langweiliges Produkt wie *Robert Elsmere* nicht hervorgebracht hat, stehen die Dinge nicht viel besser. Guy de Maupassant mit seiner bitteren, ätzenden Ironie und seinem grausam lebendigen Stil, beraubt das Leben seiner letzten armseligen Fetzen, mit denen es noch bedeckt ist, um uns stinkende Geschwüre und schwärende Wunden zu zeigen. Er schreibt düstere kleine Tragödien, in denen jede Gestalt lächerlich erscheint, bittere Komödien, über die man vor Tränen nicht lachen kann. Zola, getreu seinem hochmütigen Grundsatz: ›L'homme de génie n'a jamais d'esprit‹, den er in einer seiner programmatischen Schriften zur Literatur niederlegte, ist entschlossen, uns zu überzeugen, daß er zwar kein Genie besitzt, uns aber wenigstens zu langweilen versteht. Und wie gut ihm das gelingt! Er ist nicht ohne Wirkung. Ja, zuweilen, wie in *Germinal*, zeigt er fast etwas Episches in seinem Werk. Aber sein Werk ist vom Anfang bis zum Ende gänzlich verfehlt, und verfehlt nicht vom Standpunkt der Moral aus, sondern vom Standpunkt der Kunst. Von jedem ethischen Gesichtspunkt aus ist es ganz unantastbar. Der Verfasser ist vollkommen aufrichtig, und er beschreibt die Dinge genauso, wie sie geschehen. Was kann man als Moralist mehr verlangen? Wir haben durchaus kein Verständnis für die moralische Entrüstung, die sich heutzutage gegen Zola geltend macht. Es ist einfach die Entrüstung des entlarvten Tartuffe. Aber was kann vom Standpunkt der Kunst aus, zugunsten des Verfassers von *L'Assommoir*, *Nana* und *Pot-Bouille* vorgebracht werden? Nichts. Ruskin vergleicht einmal die Charaktere in den Romanen von George Eliot mit dem Gesindel eines Pentonviller Omnibus, aber Zolas Charaktere sind weit schlimmer. Sie haben ihre trostlosen Laster und ihre trostlosen Tugenden. Die persönliche Geschichte ihres Lebens ist völlig ohne Reiz. Wer kümmert sich darum, was ihnen gerade widerfährt? Von der Literatur verlangen wir Würde, Bezauberung, Schönheit und Phantasie. Wir wollen nicht belästigt und angeekelt sein durch die Schilderung von Begebenheiten, die sich in den unteren Volksschichten abspielen. Mit Daudet steht es besser. Er besitzt Witz, eine lebhafte Empfindung und einen fesselnden Stil. Aber er hat kürzlich literarischen Selbstmord verübt. Niemand kann sich in irgendeiner Weise für Delobelle mit seinem ›Il faut lutter pour l'art‹ interessieren oder für Valmajour mit seinem ewigen Refrain über die Nachtigall, oder für den Dichter in *Jack* mit seinen ›mots cruels‹, seit wir aus *Vingt Ans de ma Vie littéraire* erfahren haben, daß diese Charaktere direkt aus dem Leben genommen sind. Für uns haben sie plötzlich ihre ganze Lebendigkeit verloren, alle die wenigen Qualitäten, die sie je besaßen. Nur solche Gestalten sind wahr, die niemals existiert haben, und wenn ein Romanschriftsteller erbärmlich genug ist, seine Figuren dem Leben zu entlehnen, dann sollte er wenigstens den Anschein erwecken, daß sie erfunden wären und sich nicht rühmen, sie seien dem Leben nachgebildet. Ein Charakter in einem Roman rechtfertigt sich nicht dadurch, daß er ist, was andere Leute sind, sondern daß er ist, was der Autor ist. Sonst ist der Roman kein Kunstwerk. Was Paul Bourget betrifft, den Meister des ›roman psychologique‹, so ist er in dem

Wahn befangen, die Männer und Frauen von heute ließen sich unzählige Kapitelfolgen hindurch bis ins kleinste hinein analysieren. Was wirklich interessant ist an Menschen in der guten Gesellschaft – und Bourget bewegt sich kaum außerhalb des Faubourg St. Germain, außer um nach London zu kommen –, das ist die Maske, die jeder trägt, nicht die Wirklichkeit, die hinter der Maske steckt. Es ist ein demütigendes Geständnis, aber wir sind alle aus dem gleichen Stoff. In Falstaff ist etwas von Hamlet, in Hamlet ist nicht wenig von Falstaff. Der feiste Ritter hat seine Anfälle von Melancholie, und der junge Prinz seine Augenblicke derben Humors. Worin wir uns voneinander unterscheiden, sind lediglich Unwesentlichkeiten: in der Kleidung, in der Sitte, im Klang der Stimme, in religiösen Anschauungen, in der persönlichen Erscheinung, in Angewohnheiten und dergleichen. Je mehr man die Menschen analysiert, desto mehr verschwinden alle Gründe, sie zu analysieren. Früher oder später stößt man auf dieses schreckliche universelle Etwas, das wir die menschliche Natur nennen. Es ist wahrlich kein bloßer Dichtertraum, daß alle Menschen Brüder sind, sondern eine deprimierende und demütigende Wahrheit, das wissen diejenigen nur zu gut, die einmal unter Armen gearbeitet haben; und wenn ein Schriftsteller durchaus die oberen Gesellschaftsklassen analysieren will, könnte er gleich ebensogut über Streichholzverkäuferinnen und Fischhändler schreiben.« Ich will dich aber gerade hiermit nicht länger aufhalten, mein lieber Cyril. Ich gebe gerne zu, daß die modernen Romane viele gute Einzelheiten enthalten. Ich behaupte nur, daß sie als Gattung völlig unlesbar sind.

CYRIL. Das ist freilich ein sehr hartes Urteil, doch finde ich auch manches ziemlich ungerecht in deinen kritischen Bemerkungen. Ich mag *The Deemster* und *The Daughter of Heth* und *Le Disciple* und *Mr. Isaacs*, und *Robert Elsmere* verehre ich geradezu. Allerdings betrachte ich dieses Buch nicht als ein ernsthaftes Werk. Als Darstellung der Probleme, mit denen sich der aufrichtige Christ konfrontiert sieht, ist es lächerlich und veraltet. Es ist nichts anderes als Arnolds *Literature and Dogma* ohne die Literatur. Es bleibt so weit hinter der Zeit zurück wie Paleys ›Evidences‹ oder Colensos Methode der Bibelexegese. Man kann sich kaum etwas Reizloseres vorstellen als den unglückseligen Helden, der feierlich eine Morgenröte verkündigt, die schon längst aufstieg, und ihre wahre Bedeutung so sehr verkennt, daß er vorschlägt, das Geschäft der alten Firma unter einem neuen Namen fortzuführen. Andererseits enthält der Roman einige kluge Karikaturen und eine Fülle hübscher Zitate, und die Philosophie Greens versüßt in höchst angenehmer Weise die recht bittere Pille des eigentlichen Buches. Ich kann auch mein Erstaunen darüber nicht verbergen, daß du zwei Romanciers, die du immer liest, nämlich Balzac und George Meredith, unerwähnt gelassen hast. Das sind doch wohl beide Realisten?

VIVIAN. Ah! Meredith! Wer will ihn beschreiben? Sein Stil ist Chaos, von zuckenden Blitzen erhellt. Als Schriftsteller hat er alles gemeistert, außer der Sprache: als Romanschriftsteller kann er alles, nur keine Geschichte erzählen: als Künstler ist er alles, nur nicht klar. Bei Shakespeare spricht jemand – ich glaube Touchstone ist es – über einen Menschen, der sich immer an seinem eigenen Witz die Schienbeine zerbricht, und mir scheint, man könne dies als Grundlage zu einer Kritik an Merediths Schreibweise anwenden. Was er aber auch sein mag, ein Realist ist er nicht. Man könnte besser sagen, er ist ein Kind des Realismus, das sich mit seinem Vater entzweit hat. Aus freier Wahl ist er zum Romantiker geworden. Er hat sich geweigert, vor Baal das Knie zu beugen, und wenn sich trotz allem des Mannes empfindlicher Geist nicht empörte gegen diese lärmenden Anmaßungen des Realismus, es genügte sein bloßer Stil, um das Leben in gebührender Entfernung zu halten. Durch diesen Stil hat er eine Hecke um seinen Garten gezogen, eine Hecke voll Dornen und dem Rot der prächtigsten Rosen. Und um auf Balzac zu kommen, so stellte er eine höchst ungewöhnliche Verbindung zwischen künstlerischem Temperament und wissenschaftlichem Geist dar. Letzteren vermachte er seinen Schülern, aber das künstlerische Temperament blieb ganz sein eigen. Der Unterschied zwischen einem Buch wie Zolas *L'Assommoir* und Balzacs *Illusions Perdues* ist der Unterschied zwischen unschöpferischem Realismus und schöpferischer Realität. »Alle Charaktere Balzacs«, bemerkte Baudelaire, »sind mit derselben Lebensglut begabt, die ihn beseelte. Alle seine Dichtungen sind schillernd wie Träume. Jeder Geist ist eine Waffe, geladen mit Willen. Selbst die Küchenjungen haben Genie.« Eine dauernde Beschäftigung mit Balzac läßt unsere lebenden Freunde zu Schattengestalten verblassen, und unsere Bekannten zu Schatten von Schattengestalten. Seine Charaktere besitzen ein glühendes, vielfarbiges Leben. Sie ergreifen uns und vernichten jeden Zweifel. Der Tod von Lucien de Rubempré ist eine der größten Tragödien meines Lebens. Er hat einen Schmerz in mir verursacht, den ich nie ganz vergessen kann. Er verfolgt mich selbst in den glücklichen Augenblicken, auch wenn ich lache. Aber ein Realist ist Balzac so wenig wie Holbein. Sein Werk ist Schöpfung, nicht Nachbildung. Ich gebe jedoch zu, daß er der Modernität der Form viel zu viel Bedeutung beimaß, und darum kann keines seiner Bücher als artistisches Meisterwerk neben *Salammbô* oder *Esmond* oder *The Cloister and the Hearth* oder *Vicomte de Bragelonne* bestehen.

CYRIL. Du bist also gegen die Modernität der Form?

VIVIAN. Ja. Sie ist ein zu hoher Preis für ein sehr bescheidenes Ergebnis. Bloße Modernität der Form bringt immer etwas Herabsetzendes mit sich, und zwar notwendigerweise. Das Publikum glaubt, weil es an seiner unmittelbaren Umgebung interessiert ist, auch die Kunst müsse sich für sie interessieren und sollte sie zu ihrem Gegenstande wählen. Aber allein die Tatsache, daß sie diesen Gegenständen verhaftet sind, macht sie für die Kunst unbrauchbar. Die einzigen wirklich schönen Dinge, sagte einmal jemand, sind die Dinge, die uns nicht betreffen. Solange uns ein Ding nützlich oder notwendig erscheint oder uns irgendwie bewegt, uns mit Schmerz oder Freude erfüllt, unsere Gefühle heftig erregt, solange es einen wesentlichen Bestandteil unserer Umgebung darstellt, ist es jenseits der Kunstsphäre. Dem Gegenstand der Kunst sollten wir mehr oder weniger gleichgültig gegenüberstehen. Auf jeden Fall sollten wir frei sein von Vorlieben, keine Vorurteile und keinerlei parteiische Gefühle besitzen. Gerade weil Hekuba uns nichts bedeutet, sind ihre Leiden ein so großartiger Vorwurf zur Tragödie. Ich kenne in der ganzen Literaturgeschichte nichts Traurigeres als die künstlerische Entwicklung von Charles Reade. Er schrieb ein einziges wunderschönes Buch, *The Cloister and the Hearth*, ein Buch, das ebensohoch über *Romola* wie *Romola* über *Daniel Deronda* steht, und er vergeudete den Rest seines Lebens mit dem törichten Versuch, modern zu sein, die Öffentlichkeit auf den Zustand unserer Gefängnisse und die Leitung unserer privaten Irrenhäuser aufmerksam zu machen. Es war schon in vieler Hinsicht entmutigend, daß ein Charles Dickens versuchte, unsere Teilnahme für die Opfer der Armengesetzbehörde zu erwecken; aber ein Künstler, ein Gelehrter, ein Mann mit wahrhaftem Schönheitssinn wie Charles Reade, der gegen die Mißstände des heutigen Lebens wettert und wütet wie ein gemeiner Pamphletist, ein sensationslüsterner Zeitungsschreiber, ist wahrlich ein Anblick zum Weinen. Glaube mir, mein lieber Cyril, Modernität der Form und Modernität des Gegenstandes sind ganz und gar verfehlt. Wir haben unser heutiges Alltagskleid mit dem Gewand der Musen verwechselt, und wir verbringen in den schmutzigen Straßen, in den häßlichen Vororten unserer abscheulichen Großstädte unsere Tage, während wir draußen auf den Hügeln mit Apoll verweilen sollten. Wir sind wahrlich ein ermattetes Geschlecht, und wir haben unser Erstgeburtsrecht für ein Gericht von Tatsachen verkauft.

CYRIL. Es ist etwas Wahres daran; mag uns auch die Lektüre eines reinen Modellromans unterhalten, beim Wiederlesen empfinden wir selten eine künstlerische Befriedigung. Und das ist vielleicht der beste Prüfstein, ob etwas Literatur ist oder nicht. Wenn man ein Buch nicht immer und immer wieder zu seiner Freude lesen kann, hat es keinen Wert, es überhaupt zu lesen. Aber was denkst du über die Rückwendung zum Leben und zur Natur? Dies ist das Allheilmittel, das uns ständig empfohlen wird.

VIVIAN. Ich werde dir vorlesen, was ich zu diesem Gedanken zu sagen habe. Die Stelle kommt zwar erst später in meinem Aufsatz, aber ich kann sie ebensogut gleich zitieren: –

»Der allgemeine Ruf unserer Zeit lautet: ›Laßt uns zum Leben und zur Natur zurückkehren, sie werden uns die Kunst neu erschaffen und ihren Pulsschlag wiederbeleben, sie werden ihren Schritt beflügeln und ihrer Hand Kraft verleihen.‹ Aber leider! unsere freundlichen und wohlmeinenden Bestrebungen gehen irre. Die Natur ist immer hinter der Zeit zurück. Und das Leben – es ist das Zersetzungsmittel, das die Kunst schwächt, der Feind, der ihr Haus verwüstet.«

CYRIL. Was heißt das, die Natur ist immer hinter der Zeit zurück?

VIVIAN. Nun, das klingt vielleicht etwas geheimnisvoll. Ich meine Folgendes: Wenn wir unter Natur den natürlichen, einfachen Instinkt verstehn, im Gegensatz zu einer sich selbst bewußten Kultur, so ist ein Werk, das unter diesem Einfluß entsteht, altmodisch, antiquiert und unzeitgemäß. Ein wenig Natur macht die ganze Welt verwandt, aber ein wenig zu viel Natur muß jedes Kunstwerk verderben. Wenn wir andererseits die Natur als die Summe aller äußeren Erscheinungen betrachten, so entdecken wir in ihr nur das, was wir in sie hineinlegen. Sie suggeriert nichts Eigenes. Wordsworth ging an die Seen, aber er hat sie nie als Dichter besungen. Er fand in den Felsen die Predigten, die er bereits dort verborgen hatte. Er zog als Moralprediger im Land umher, doch seine wertvollen Werke schuf Wordsworth, als er zurückkehrte, nicht zur Natur, sondern zur Poesie. Die Poesie schenkte ihm *Laodamia* und die herrlichen Sonette und die große Ode, die wirklich wundervoll ist. Die Natur hat ihm *Martha Ray* und *Peter Bell* und die Widmung an Mr. Wilkingsons Spaten gegeben.

CYRIL. Ich glaube, über diese Anschauung ließe sich streiten. Ich bin eher geneigt, an die »inspirierende Wirkung durch einen Frühlingswald« zu glauben, obgleich natürlich der künstlerische Wert einer solchen Anregung vollkommen von der Art des Temperamentes bedingt wird, das sie empfängt, so daß die Rückkehr zur Natur also einfach die Vervollkommnung zur großen Persönlichkeit bedeuten würde. Damit stimmst du wohl überein, nehme ich an. Doch lies deinen Aufsatz weiter.

VIVIAN *(liest vor)*. »Die Kunst beginnt mit dem geometrischen Ornament, mit Werken, die aus der Phantasie und zum reinen Vergnügen geschaffen sind, und mit dem Unwirklichen, dem Nichtexistenten zu tun haben. Das ist die erste Phase. Dann wird das Leben durch dieses neue Wunder bezaubert und verlangt, aufgenommen zu werden in den Zauberkreis. Die Kunst betrachtet das Leben als Teil ihres ungeformten Materials, gestaltet es um und gibt ihm neue Formen; sie ist den Fakten gegenüber vollkommen gleichgültig, sie erfindet, erdichtet, träumt und errichtet zwischen sich und der Wirklichkeit die geheimnisvolle

Grenze des schönen Stils, der ornamentalen oder idealen Gestaltung. Es ist die dritte Phase, in der das Leben die Oberhand gewinnt und die Kunst in die Wüste treibt. Dies ist die eigentliche Dekadenz, und unter ihr haben wir heute zu leiden.

Nehmen wir zum Beispiel das englische Drama. Zuerst, bei den Mönchen, war die dramatische Kunst abstrakt, dekorativ und mythologisch. Dann zog sie das Leben in ihren Dienst, und indem sie gewisse äußere Formen des Lebens verwendete, schuf sie ein völlig neues Geschlecht, dessen Leiden furchtbarer waren als alle Leiden, die der Mensch je erlitten hatte, dessen Entzükken heftiger war als das Entzücken des Liebenden, das die Stärke der Titanen und die Ruhe der Götter besaß, ein Geschlecht mit ungeheuerlichen und unvergleichlichen Sünden, mit ungeheuerlichen und unvergleichlichen Tugenden. Ihm verlieh sie eine Sprache, die sich von der alltäglichen unterschied, eine Sprache voll klingender Musik und süßen Rhythmen, erhaben gemacht durch einen feierlichen Tonfall, oder anmutig durch einen geschmeidigen Reim, mit herrlichen Worten geschmückt wie mit Edelsteinen und reich an kühnem Schwung. Die Kunst kleidete ihre Kinder in unerhörte Gewänder, sie gab ihnen Masken, und auf ihr Geheiß erhob sich die antike Welt aus ihrem marmornen Grabe. Ein neuer Cäsar schritt durch die Straßen des wiedererstandenen Rom, und mit Purpursegel und flötenbezauberten Ruderern eilte eine neue Cleopatra flußaufwärts nach Antiochia. Alte Mythen und Legenden nahmen Gestalt und Inhalt an. Die Geschichte wurde vollkommen neu geschrieben, und es gab fast keinen Dramatiker, der nicht erkannte, daß das Ziel der Kunst nicht die einfache Wahrheit, sondern die vollkommene Schönheit ist. Darin hatten sie vollständig recht. Die Kunst selbst ist in der Tat eine Form der Übertreibung; und die Auswahl, die das eigentliche Prinzip in der Kunst darstellt, ist nichts anderes als ein höchster Ausdruck von Übersteigerung.

Aber das Leben zerbrach bald die Vollkommenheit der Form. Selbst bei Shakespeare finden wir schon den Anfang vom Ende. Er zeigt sich im allmählichen Verfall des Blankverses in seinen späteren Stücken, dem Vorrang, den er der Prosa gibt, und der übergroßen Wichtigkeit, die er der Charakterisierung beimißt. Die Stellen bei Shakespeare – und es gibt deren viele –, wo die

Sprache roh, vulgär, überladen, bizarr, sogar obszön ist, haben alle ihren Ursprung im Leben, das nach einem Echo seiner eigenen Stimme ruft und die Vermittlung des schönen Stils zurückweist, durch den allein das Leben erfahren werden sollte, um Ausdruck zu finden. Shakespeare ist durchaus nicht makellos als Künstler. Er hält sich allzu gern an das Leben selbst und leiht sich seine natürlichen Erscheinungen aus. Er vergißt, daß die Kunst alles preisgibt, wenn sie ihre schöpferischen Ausdrucksmittel preisgibt. Goethe sagt einmal:

›In der Beschränkung zeigt sich erst der Meister!‹

Und die Beschränkung, die eigentliche Bedingung jeder Kunst, ist der Stil. Doch wir brauchen uns nicht länger bei Shakespeares Realismus aufzuhalten. *Der Sturm* ist die vollendetste Palinodie. Wir wollten nur darauf hinweisen, daß das großartige Werk der elisabethanischen und jakobinischen Künstler die Keime seines Verfalls in sich trug, und wenn dieses Werk einen Teil seiner Kraft aus der Verwendung des Lebens als Rohmaterial gewann, so rührte seine ganze Schwäche davon her, daß es das Leben als eine künstlerische Methode benutzte. Als unvermeidliche Folge dieser Einsetzung eines nachahmenden anstelle eines schöpferischen Mediums, dieses Aufgebens einer phantasievollen Form haben wir das moderne englische Melodrama. Die Charaktere dieser Stücke sprechen auf der Bühne genauso, wie sie im Leben sprechen: sie haben weder Aspiration noch Aspirata; sie sind unmittelbar dem Leben entnommen und geben seine Vulgarität bis ins kleinste Detail wieder; sie zeigen Gang, Sitte, Kostüm und Aussprache wirklicher Leute; sie würden in einem Zugabteil dritter Klasse nicht die geringste Aufmerksamkeit erregen. Und wie langweilig sind doch diese Dramen! Es gelingt ihnen nicht einmal, jenen Eindruck der Wirklichkeit hervorzurufen, den sie beabsichtigen und um dessentwillen sie eigentlich existieren. Als Methode ist der Realismus ein vollkommener Irrtum.

Was vom Drama und vom Roman gilt, trifft nicht weniger auf die sogenannten dekorativen Künste zu. Die Geschichte dieser Künste in Europa ist die Geschichte einer Auseinandersetzung zwischen dem Orientalismus und unserem eigenen nachahmenden Prinzip; der Orientalismus lehnt die Nachahmung entschieden ab, er hat eine Vorliebe für die künstlerische Konvention und eine Abneigung gegen die realistische Darstellung der Gegenstände in der Natur. Wo immer der Orientalismus dominiert hat und direkten Einfluß ausübte, wie in Byzanz, Sizilien und Spanien und im übrigen Europa durch die Kreuzzüge, sind herrliche Werke der Phantasie entstanden, in denen die sichtbaren Dinge des Lebens künstlerisch verwandelt, und solche, die das Leben nicht kennt, zu seinem Entzücken erfunden und geformt wurden. Überall aber, wo wir zum Leben und zur Natur zurückgekehrt sind, ist unser Werk immer gewöhnlich, roh und uninteressant geworden. Die modernen Tapisserien mit ihren atmosphärischen Wirkungen, ihren ausgeklügelten Perspektiven, den weiten, öden Himmelsflächen, ihrem ehrlichen und fleißigen Realismus, lassen jede Schönheit vermissen. Die Glasmalerei in Deutschland ist ganz abscheulich. In England beginnt man erträgliche Teppiche zu weben, aber nur weil wir zur Methode und zum Geist des Orients zurückgefunden haben. Unsere Decken und Teppiche, die vor zwanzig Jahren in Mode waren, erscheinen heute mit ihrem steifen, einengenden Wirklichkeitsanspruch, ihrer geistlosen Naturanbetung, ihrer stumpfsinnigen Wiedergabe sichtbarer Dinge selbst dem Philister lächerlich. Ein gebildeter Mohammedaner bemerkte uns gegenüber einmal: ›Ihr Christen seid so sehr damit beschäftigt, das vierte Gebot zu mißdeuten, daß ihr nie daran gedacht habt, das zweite Gebot künstlerisch anzuwenden.‹ Er hatte ganz recht, und dies ist der Kern der Sache: Die eigentliche Lehrmeisterin der Kunst ist nicht das Leben, sondern die Kunst.«

Und nun möchte ich dir eine Stelle vorlesen, die mir die Frage vollständig zu klären scheint.

»Es war nicht immer so. Wir brauchen nicht von den Dichtern zu reden, denn sie sind, mit der einen unglücklichen Ausnahme Wordsworths, ihrer hohen Mission wirklich treu geblieben und besitzen den universellen Ruf der vollkommenen Unzuverlässigkeit. Aber in den Werken Herodots, den man trotz der dummen und kleinlichen Versuche moderner Halbwisser, seine Geschichtsaufzeichnungen mit der Wahrheit in Einklang zu bringen, mit Recht den ›Vater der Lüge‹ nennen darf; in den veröffentlichten Reden Ciceros und den Lebensbeschreibungen des Sueton; bei Tacitus, wo er am größten ist; in der *Naturgeschichte* des Plinius; in *Periplus* des Hanno; in den gesamten frühen Chroniken; in den Lebensbeschreibungen der Heiligen; bei Froissart und Sir Thomas Mallory; in den Reisebeschreibungen von Marco Polo; bei Olaus Magnus und Aldrovandus und in Konrad Lycosthenes herrlichem *Prodigiorum et Ostentorum Chronicon;* in der Autobiographie von Benvenuto Cellini; in Casanovas Memoiren; in Defoes *History of the Plague*; in Boswells *Life of Johnson*; in den Depeschen Napoleons und in den Werken unseres eigenen Carlyle, dessen *French Revolution* einer der faszinierendsten historischen Romane ist, die je geschrieben wurden – in all diesen Werken nehmen die Tatsachen entweder die ihnen gebührende untergeordnete Stellung ein, oder sie sind wegen ihrer Langweiligkeit völlig ausgeschlossen worden. Heute ist das Gegenteil der Fall. Die Tatsachen finden nicht nur in der Geschichtsschreibung einen festen Raum, sie maßen sich auch die Herrschaft über die Phantasie an und haben Einzug gehalten im Reich der Dichtung. Ihre Einwirkung läßt alles erstarren. Sie vulgarisieren die Menschheit. Amerikas grober Geschäftsgeist, sein materialistisches Prinzip, seine Gleichgültigkeit gegenüber der poetischen Seite der Dinge, sein Mangel an Phantasie und hohen, unerreichbaren Idealen, rührt lediglich davon, daß dieses Land einen Mann zu seinem Nationalhelden erhoben hat, der nach eigener Aussage unfähig war, zu lügen, und es ist nicht übertrieben, wenn wir behaupten, daß die Anekdote von George Washington und dem Kirschbaum mehr Unheil angerichtet hat, und in einem kürzeren Zeitraum als irgendeine andere Moralgeschichte in der ganzen Weltliteratur.«

CYRIL. Aber mein Lieber!

VIVIAN. Wirklich, es ist so, und das Amüsanteste an der Sache bleibt, daß die Geschichte mit dem Kirschbaum nichts als ein Märchen ist. Du darfst jedoch nicht denken, daß ich für die künstlerische Zukunft Amerikas oder unseres eigenen Landes alle Hoffnung aufgegeben habe. Hör das Folgende:

»Es unterliegt nicht dem geringsten Zweifel, daß noch vor dem Ende dieses Jahrhunderts eine Umwandlung stattfinden wird. Gelangweilt durch die ermüdende und dozierende Unterhaltung derer, die weder die Phantasie zum Übertreiben noch das Genie zur Dichtung besitzen, jener klugen Leute überdrüssig, deren

Reminiszenzen stets auf dem Gedächtnis beruhen, deren Aussagen beständig durch die Wahrscheinlichkeit eingeschränkt sind, und die jederzeit leicht bestätigt werden durch den beliebigsten Philister, der gerade anwesend ist, muß die Gesellschaft früher oder später zu ihrem verlassenen Führer, dem gebildeten und fesselnden Lügner, zurückkehren. Wer er war, der zuerst, ohne jemals auf die primitive Jagd gezogen zu sein, den staunenden Höhlenmenschen beim Sonnenuntergang erzählte, wie er das Riesenfaultier aus der purpurnen Finsternis seiner Jaspishöhle geschleppt hat oder das Mammut ganz allein getötet und seine goldenen Stoßzähne erbeutet hat, wir können es nicht sagen, und kein einziger moderner Anthropologe, mit all dem vielgerühmten Wissen, hat den gewöhnlichen Mut besessen, es zu sagen. Wie immer er geheißen und welcher Rasse er angehört haben mag, ganz gewiß ist er der wahrhafte Begründer der gesellschaftlichen Vereinigung. Denn das Ziel des Lügners ist einfach, zu bezaubern, zu entzücken und Vergnügen zu bereiten. Er ist das eigentliche Ferment der zivilisierten Gesellschaft, und ohne ihn bleibt eine Tafelrunde, selbst in den Palästen der Großen, so langweilig wie eine Vorlesung in der ›Royal Society‹ oder eine Debatte bei den ›Incorporated Authors‹ oder wie ein possenhaftes Lustspiel von Burnand.

Und nicht nur die Gesellschaft wird ihn willkommen heißen. Die Kunst wird das Gefängnis des Realismus zerbrechen und ihn begrüßen, sie wird ihn auf seine falschen, wundervollen Lippen küssen, denn sie weiß, daß er allein das große Geheimnis aller ihrer Offenbarungen kennt, das Geheimnis, daß die Wahrheit einzig und vollkommen eine Frage des Stils ist; das Leben aber – das arme, wahrscheinliche, uninteressante menschliche Leben – Herbert Spencers, aller Geschichtsforscher und emsigen Statistiker überdrüssig, zu deren Nutzen es sich immer von neuem wiederholt, wird dem Lügner andächtig folgen und auf seine eigene einfache und ungelehrte Weise versuchen, manche der Wunderdinge zu reproduzieren, von denen er spricht.

Zweifellos wird es immer Kritiker geben, wie jenen Schreiber in der ›Saturday Review‹, die den Märchenerzähler wegen seiner lückenhaften Naturgeschichtskenntnisse ernstlich kritisieren, die den Maßstab für das schöpferische Werk aus ihrem eigenen schöpferischen Unvermögen nehmen und die entsetzt die tintenbekleckten Hände heben, wenn ein ehrbarer Gentleman, der nie über die Eibenbäume seines Gartens hinausgekommen ist, ein spannendes Buch mit Reiseberichten schreibt, wie Sir John Mandeville zum Beispiel, oder wie der große Raleigh eine ganze Weltgeschichte geschrieben hat, ohne das Geringste von der Vergangenheit zu wissen. Zu ihrer eigenen Rechtfertigung werden sie sich hinter dem Schilde jenes Mannes verschanzen, der Prospero den Zauberer schuf und ihm Caliban und Ariel als Diener beigab, der erlauschte, wie die Tritonen an den Korallenriffen der Zauberinsel in ihre Hörner blasen, und im Hain nahe bei Athen den Wechselgesang der Nymphen vernahm, der die Geisterkönige in düsterem Zuge über die neblige schottische Heide führte und der Hekate mit den Schicksalsschwestern in einer Höhle verbarg. Sie werden sich auf Shakespeare berufen – das tun sie immer – und eine abgedroschene Stelle zitieren, in der die Kunst der Natur den Spiegel vorhält, ohne zu bedenken, daß dieser unglückselige Aphorismus von Hamlet vorsätzlich geäußert wird, um die Anwesenden von seinem vollkommenen Wahnsinn in allen Gedanken der Kunst zu überzeugen.«

CYRIL. Hm! Gib mir noch eine Zigarette, bitte.

VIVIAN. Du magst einwenden, was du willst, mein Lieber, es handelt sich um eine bloße dramatische Äußerung, und sie vertritt Shakespeares wirkliche Ansichten über die Kunst ebensowenig, wie die Reden Jagos seine wirklichen Ansichten über Moral bekunden. Aber laß mich mit dem Abschnitt zu Ende kommen:

»Die Kunst gelangt in sich, nicht außerhalb ihrer selbst, zur Vollendung. Sie kann nicht an einem beliebigen äußeren Maßstab der Ähnlichkeit gemessen werden. Sie ist eher ein Schleier als ein Spiegel. Sie hat Blumen, die nie ein Wald gekannt, Vögel, die keine Waldlandschaft je besessen hat. Sie läßt Welten entstehen und vergehen, sie vermag den Mond mit einem Scharlachfaden vom Himmel zu ziehen. Ihr sind die ›Formen, die wirklicher sind als der lebendige Mensch‹, zu eigen und die großen Archetypen, vor denen die bestehenden Dinge nichts als unvollendete Abbilder sind. Die Natur hat in ihren Augen weder Gesetze noch Gleichförmigkeit. Sie kann nach ihrem Willen Wunder vollbringen, und wenn sie Ungeheuer aus der Tiefe ruft, erscheinen sie. Sie kann den Mandelbaum im Winter blühen heißen und den Schnee über das reife Kornfeld treiben. Ein Wort von ihr, und der Frost legt seinen silbernen Finger auf den glühenden Junimund, und die geflügelten Löwen schleichen aus den Höhlen der lydischen Hügel hervor. Die Dryaden spähen ihr aus dem Dickicht nach, wenn sie vorübergeht, und die braunen Faune lächeln listig, wenn sie ihnen naht. Götter mit Falkenköpfen neigen sich in Ehrfurcht vor ihr, und Kentauren galoppieren an ihrer Seite.«

CYRIL. Das gefällt mir. Ich sehe, was du meinst. Ist das der Schluß?

VIVIAN. Nein. Es kommt noch ein Abschnitt, der ist rein praktisch zu verstehen. Er schlägt einige Methoden vor, mit deren Hilfe wir die verlorene Kunst des Lügens wiederbeleben könnten.

CYRIL. Schön, aber ehe du weiterliest, möchte ich dir eine Frage stellen. Was meinst du, wenn du sagst, daß das Leben, »das arme, wahrscheinliche, uninteressante menschliche Leben«, versuchen wird, die Wunderdinge der Kunst zu reproduzieren? Ich begreife sehr wohl, daß du Einspruch dagegen erhebst, wenn man die Kunst als einen Spiegel betrachtet. Du bist der Meinung, dadurch würde das Genie in die Lage eines zerbrochenen Spiegels versetzt werden. Aber du willst doch nicht im Ernst behaupten, daß das Leben die Kunst nachahmt, daß das Leben tatsächlich der Spiegel ist und die Kunst die Wirklichkeit?

VIVIAN. Gewiß glaube ich das. Obwohl es paradox erscheinen mag – und Paradoxien sind immer gefährliche Dinge –, ist es darum nicht weniger wahr, daß das Leben die Kunst weit mehr nachahmt als die Kunst das Leben. Wir alle haben es in England miterlebt, wie ein bestimmtes, seltsames, bezauberndes Schönheitsideal, das von zwei schöpferischen Malern erfunden und hervorgehoben wurde, das Leben derartig beeinflußte, daß, sooft wir auf eine private Gesellschaft oder in einen Kunstsalon gehen, wir hier den geheimnisvollen Augen begegnen, von denen Rosetti träumte, dem schlanken Elfenbeinhals, dem eigentümlich eckig geschnittenen Kinn, dem losen, dunklen Haar, das er so glühend liebte, und dort der süßen Jungfräulichkeit der *Golden Stair*, dem Blütenmund und der müden Schönheit der

Laus Amoris, dem bleichen Leidensgesicht der Andromeda, den schmalen Händen und der geschmeidigen Anmut des Vivian in *Merlin's Dream.* Und es ist seit jeher so gewesen. Ein großer Künstler erfindet eine Idealfigur, und das Leben versucht sie nachzubilden, in einer leichtverständlichen Form zu reproduzieren, wie ein geschäftstüchtiger Verleger. Weder Holbein noch Van Dyck haben in England vorgefunden, was sie uns gaben. Sie trugen ihre Urbilder in sich, und das Leben mit seiner Bereitwilligkeit zur Nachahmung, verschaffte den Meistern die Modelle. Die Griechen mit ihrem raschen künstlerischen Auffassungsvermögen, haben das erkannt, darum stellten sie eine Statue des Hermes oder des Apollon im Gemach der Braut auf, damit sie Kinder gebäre, so lieblich wie die Werke der Kunst, die sie schaute in ihrer Wonne und ihrer Qual. Sie wußten, daß das Leben nicht nur Geistigkeit, Gedankentiefe und Tiefe des Gefühls, Seelenqual oder Seelenfrieden aus der Kunst schöpft, daß es sich vielmehr selbst nach den gleichen Formen und Farben der Kunst heranbilden kann und die Hoheit eines Phidias, wie die Grazie eines Praxiteles zu reproduzieren vermag. So erklärt sich ihre Abneigung gegen den Realismus. Sie mißbilligten ihn aus rein gesellschaftlichen Gründen. Sie fühlten, daß er den Menschen unweigerlich häßlich macht, und sie hatten völlig recht. Wir versuchen die Lebensbedingungen der Menschen zu verbessern, indem wir für gute Luft, freies Licht, gesundes Wasser sorgen und häßliche, kahle Häuser bauen, damit die unteren Volksschichten menschenwürdiger wohnen. Aber diese Einrichtungen ermöglichen vielleicht die Gesundheit, ganz gewiß erzeugen sie keine Schönheit. Dazu bedarf es der Kunst, und die wahren Schüler der großen Künstler sind nicht die akademischen Nachahmer, sondern diejenigen, die ihren Kunstwerken selbst ähnlich werden, mögen sie wie die Plastik bei den Griechen sein, oder wie die Malerei in unserer Zeit; mit einem Wort, das Leben ist der Kunst bester, der Kunst einziger Schüler.

Wie mit den bildenden Künsten verhält es sich auch mit der Literatur. Das schlagendste und zugleich gröbste Beispiel ist der Fall jener dummen Jungen, die die Abenteuer von Jack Sheppard oder Dick Turpin gelesen hatten und hernach die Buden unglücklicher Obstfrauen plünderten, nachts in Süßwarenläden

Einbrüche verübten und alte Herren, die aus der City heimkehrten, in Vorortstraßen mit schwarzen Masken und ungeladenen Revolvern bedrohten. Dieses interessante Phänomen, das jedesmal nach einer Neuauflage eines der beiden Bücher auftritt, wird gewöhnlich dem Einfluß der Literatur auf die Phantasie zugeschrieben. Aber das ist ein Irrtum. Die Phantasie ist ihrem Wesen nach schöpferisch und sucht immer nach einer neuen Ausdrucksform. Der jugendliche Einbrecher ist nur die unvermeidliche Folge des Nachahmungstriebes, der dem Leben inhärent ist. Er verkörpert die Wirklichkeit und ist darum bemüht, einer allgemeinen Tendenz der Wirklichkeit folgend, das Erdichtete zu reproduzieren, und was wir an ihm wahrnehmen, trifft in größerem Maßstab auf das ganze Leben zu. Schopenhauer hat den Pessimismus analysiert, der das moderne Denken bestimmt, aber Hamlet hat ihn erfunden. Die Menschen sind schwermütig geworden, weil eine Theaterfigur einmal an Melancholie krankte. Der Nihilist, dieser wunderliche Märtyrer ohne Glauben, der ohne Inbrunst an den Pfahl geht und für etwas stirbt, woran er nicht glaubt, ist ein reines Produkt der Literatur. Er ist von Turgenjew erfunden und von Dostojewski vollendet worden. Robespierre ist aus den Werken Rousseaus hervorgegangen, genauso wie der Peoples-Palace aus den »débris« eines Romans emporwuchs. Die Literatur greift immer dem Leben vor. Sie ahmt das Leben nicht nach, sondern formt es nach ihrer Absicht. Das neunzehnte Jahrhundert, wie wir es kennen, ist zum großen Teil eine Erfindung Balzacs. Unsere Luciens de Rubempré, unsere Rastignacs und De Marsays erschienen zuerst auf der Bühne der *Comédie Humaine*. Wir vervollständigen nur mit Randbemerkungen und überflüssigen Ergänzungen die Laune, die Phantasie, die schöpferische Vision eines großen Romanciers. Ich fragte einmal eine Dame, die mit Thackeray eng befreundet war, ob er Becky Sharp nach einem lebenden Vorbild geschaffen habe. Sie erzählte mir, Becky sei eine erfundene Figur; der Einfall dazu sei ihm aber durch eine Gouvernante gekommen, die in der Nähe des Kensington Square als Gesellschafterin einer sehr egoistischen, reichen, alten Dame lebte. Ich erkundigte mich nach dem Schicksal der Gouvernante, worauf sie mir sagte, sie wäre merkwürdigerweise einige Jahre nach dem Erscheinen von *Vanity*

Fair mit dem Neffen der Dame, bei der sie wohnte, davongelaufen und habe kurze Zeit in der Gesellschaft großes Aufsehen erregt, ganz im Stile der Mrs. Rawdon Crawley und mit den gleichen Methoden. Schließlich erlitt sie Schiffbruch, verschwand nach dem Kontinent und wurde hin und wieder in Monte Carlo und anderen Spielkasinos gesehen. Jener vornehme Mann, aus dem der große Dichter den Colonel Newcome schuf, starb wenige Monate, nachdem die »Newcomes« die vierte Auflage erreicht hatten, mit dem Worte »Adsum« auf den Lippen. Bald nachdem Stevenson seine merkwürdige psychologische Verwandlungsgeschichte veröffentlicht hatte, war ein Freund von mir, Mr. Hyde, im Norden Londons, und da er schnell auf einen Bahnhof wollte, schlug er einen vermeintlich kürzeren Weg ein, verlor dabei die Richtung und fand sich plötzlich in einem Gewirr von ärmlichen, finsteren Gassen. Er wurde ziemlich nervös und begann sehr schnell zu gehen, als ihm plötzlich aus einem Torweg ein Kind direkt zwischen die Beine lief. Es fiel aufs Pflaster, er wollte drübersteigen und trat darauf. Da es natürlich sehr erschrocken und ein bißchen verletzt war, fing es an zu schreien, und im Nu wimmelte die ganze Straße von allerlei ungehobeltem Volk, das wie Ameisen aus den Häusern strömte. Sie umringten ihn und wollten seinen Namen wissen. Er war schon bereit, ihn zu nennen, als ihm plötzlich die Anfangsszene in Stevensons Geschichte einfiel. Es packte ihn ein solches Entsetzen, weil er in eigener Person jene furchtbare und glänzend geschriebene Szene zur Wirklichkeit gemacht und, was der Mr. Hyde der Dichtung in wohlüberlegter Absicht tat, selbst zwar nur zufällig, aber nichtsdestoweniger getan hatte, daß er so rasch er konnte davonlief. Man folgte ihm jedoch dicht auf den Fersen, und schließlich flüchtete er sich in das Sprechzimmer eines Arztes, dessen Tür zufällig offenstand; dem anwesenden jungen Assistenten erklärte er den ganzen Vorfall. Der Menschenknäuel ließ sich bewegen, abzuziehen, als er ihnen eine kleine Geldsumme gab, und sobald die Gefahr vorüber war, eilte er weg. Beim Hinausgehen fiel sein Blick auf das Messingschild der Praxis. Der Name »Jekyll« stand darauf. Wenigstens hätte er so lauten sollen.

Hier war die Nachahmung, soweit sie reichte, natürlich zufällig. Im folgenden Fall war sie bewußt. Im Jahre 1879 – ich hatte eben Oxford verlassen – begegnete ich bei einem Empfang im Hause eines Außenministers einer Frau von ganz seltener exotischer Schönheit. Wir wurden enge Freunde und waren dauernd zusammen. Und doch war es nicht ihre Schönheit, die mich am meisten fesselte, sondern ihr Charakter, das gänzlich Unfaßbare ihres Charakters. Sie schien keinerlei Persönlichkeit zu besitzen, sondern nur die Möglichkeit zu vielen Personen. Manchmal widmete sie sich vollkommen der Kunst, verwandelte ihren Salon in ein Atelier und verbrachte zwei, drei Tage in der Woche in Bildergalerien oder Museen. Dann plötzlich besuchte sie Pferderennen, trug Reitkostüme und sprach über nichts anderes als Wetten. Sie gab die Religion für den Mesmerismus, den Mesmerismus für die Politik und die Politik für den seelenvollen Kitzel der Philanthropie auf. Sie war wirklich eine Proteusnatur und in allen ihren Verwandlungen nicht minder fehlbar als jener wunderliche Meergott, als Odysseus ihn ergriff. Eines Tages erschien in einer französischen Zeitschrift eine Erzählung in Fortsetzungen. Damals las ich Fortsetzungsgeschichten, und ich erinnere mich deutlich, wie überrascht ich war, als ich zu der Beschreibung der Heldin gelangte. Sie glich so sehr meiner Freundin, daß ich ihr die Zeitschrift brachte, und sie erkannte sich sogleich darin und schien von der Ähnlichkeit fasziniert. Nebenbei muß ich dir sagen, daß die Erzählung aus den Schriften eines verstorbenen russischen Schriftstellers übersetzt war, so daß der Verfasser seine Figur unmöglich meiner Freundin nachgebildet haben konnte. Nun, um mich kurz zu fassen, einige Monate später befand ich mich in Venedig und entdeckte die Zeitschrift im Lesezimmer des Hotels wieder. Ich nahm sie unschlüssig zur Hand, um zu erfahren, was aus der Heldin inzwischen geworden war. Es war eine höchst traurige Geschichte, denn das Mädchen war schließlich mit einem Mann davongelaufen, der ihr sehr unterlegen war, nicht nur in gesellschaftlicher Hinsicht, sondern auch charakterlich und geistig. Noch am gleichen Abend schrieb ich meiner Freundin meine Eindrücke über Giovanni Bellini, erzählte von dem köstlichen Eis im Café Florio und der künstlerischen Form der Gondeln, fügte aber in einem Postskriptum bei, ihr Ebenbild in der Erzählung habe recht töricht gehandelt. Ich weiß nicht, warum ich diesen Nachsatz schrieb, doch erinnere ich mich, daß ich das schreckliche Gefühl nicht loswerden konnte, sie könnte das gleiche tun. Noch ehe mein Brief sie erreicht hatte, war sie mit einem Mann davongelaufen, der sie nach sechs Monaten verließ. Ich sah sie dann im Jahre 1884 in Paris, wo sie mit ihrer Mutter lebte, und fragte sie, ob die Erzählung in irgendeinem Zusammenhang mit ihrer Handlungsweise stünde. Sie gestand mir, daß sie einen unwiderstehlichen Antrieb empfand, der Heldin auf ihrem seltsamen verhängnisvollen Wege Schritt für Schritt zu folgen, und sie habe mit einem Gefühl wirklicher Angst die letzten Kapitel der Geschichte erwartet. Als sie erschienen, fühlte sie sich getrieben, sie in Wirklichkeit nachzuleben, und sie tat es auch. Es war dies ein höchst einleuchtendes Beispiel jenes Nachahmungstriebes, von dem ich vorhin sprach, freilich auch ein außerordentlich tragisches.

Ich will mich aber nicht länger bei einzelnen Fällen aufhalten. Persönliche Erfahrungen sind äußerst mangelhaft und beschränkt. Was ich ausführen möchte ist nur, und dies kann als allgemeines Gesetz gelten, daß das Leben die Kunst weit mehr nachahmt als die Kunst das Leben, und ich bin überzeugt, du wirst mir recht geben, wenn du ernstlich darüber nachdenkst. Das Leben hält der Kunst den Spiegel vor und reproduziert entweder den ausgefallenen Typus, den der Maler oder Bildhauer geschaffen hat, oder es verwirklicht in der Tat den Traum des Dichters. Philosophisch gesprochen ist die Grundlage des Lebens – die Energie des Lebens, wie Aristoteles sagen würde – einfach das Verlangen nach Ausdruck, und die Kunst bietet immer die mannigfaltigsten Formen dar, durch welche der Ausdruck erreicht werden kann. Das Leben greift sie auf und benutzt sie, selbst wenn sie zu seinem Verderben sind. Junge Männer haben nach dem Beispiele Rollas Selbstmord begangen, haben sich das Leben genommen, weil Werther sich das Leben nahm. Bedenke, was wir der Nachahmung Christi, der Nachahmung Cäsars verdanken.

CYRIL. Das ist wirklich eine höchst merkwürdige Theorie, aber um sie zu vervollständigen, mußt du klarstellen, daß die Natur nicht weniger als das Leben eine Nachbildung der Kunst ist. Bist du bereit, das zu beweisen?

VIVIAN. Ich bin bereit, alles zu beweisen, mein Lieber.

CYRIL. Die Natur richtet sich also nach dem Landschaftsmaler und erhält ihre Wirkungen von ihm?

VIVIAN. Gewiß. Woher, wenn nicht von den Impressionisten, stammen jene wundervollen braunen Nebel, die durch unsere Straßen ziehn, die Gaslampen verschleiern und die Häuser in ungeheuerliche Schatten verwandeln? Wem verdanken wir die köstlichen Silbernebel, die über unserem Fluß brauen und die die geschwungene Brücke, die schwankende Barke in die zarten Linien vergänglicher Anmut hüllen, wenn nicht ihnen und ihrem Meister? Der ungewöhnliche Umschwung, der während der letzten zehn Jahre in den klimatischen Verhältnissen Londons stattfand, ist einzig und allein einer besonderen Kunstrichtung zuzuschreiben. Du lächelst. Betrachte die Sache vom wissenschaftlichen oder metaphysischen Standpunkt, und du wirst einsehen, daß ich recht habe. Denn was ist die Natur? Die Natur ist keineswegs die große Urmutter, die uns gebar. Sie ist unsere Schöpfung. Es ist unsere Einbildungskraft, die sie beseelt. Die Dinge sind, weil wir sie sehen, und was wir sehen und wie wir sehen, hängt von den Künsten ab, die uns beeinflußt haben. Es ist ein großer Unterschied, ob man ein Ding ansieht, oder ob man es sieht. Man sieht nichts, solange man nicht seine Schönheit sieht. Dann, und erst dann, wird es lebendig. Jetzt sehen die Leute die Nebel, nicht weil es Nebel gibt, sondern weil die Dichter und Maler ihnen die geheimnisvolle Schönheit solcher Erscheinungen offenbarten. Es hat vielleicht schon seit Jahrhunderten in London Nebel gegeben. Das glaube ich sogar ganz sicher. Aber niemand hat sie gesehen, und deshalb wissen wir nichts darüber. Sie waren nicht vorhanden, bis die Kunst sie erfunden hatte. Nun, das muß man zugeben, sind die Nebel bis zum Exzeß verbraucht. Sie sind zur bloßen Maniriertheit einer Clique geworden, und der übertriebene Realismus ihrer Darstellung verursacht Dummköpfen Bronchitis. Wo die Gebildeten Eindrücke erhaschen, holen sich die Ungebildeten eine Erkältung. Seien wir also menschenfreundlich, fordern wir die Kunst auf, ihre wundervollen Augen anderswohin zu wenden. Sie hat es ja auch schon getan. Jenes weiße, zitternde Sonnenlicht, das man jetzt in Frankreich sieht, mit seinen seltsamen, malvenfarbigen Flecken und seinen unruhigen, violetten Schatten, ist das neueste Phantasiegebilde; und im ganzen betrachtet, gibt die Natur es höchst bewunderungswürdig wieder. Wo sie uns früher Corots und Daubignys gab, bietet sie uns jetzt erlesene Monets und entzückende Pissarros. Es gibt in der Tat Augenblicke, wenige allerdings, dennoch kann man sie von Zeit zu Zeit beobachten, in denen die Natur ganz modern wird. Natürlich darf man nicht immer auf sie bauen. Tatsache ist, daß sie sich in dieser unglücklichen Position befindet. Die Kunst erzeugt eine unvergleichliche und einzigartige Wirkung und wendet sich danach anderen Dingen zu. Die Natur hingegen vergißt, daß die Nachahmung zur reinsten Beleidigung werden kann; sie wiederholt diese Wirkung, bis sie uns alle völlig langweilt. Heutzutage spricht zum Beispiel kein wirklich Gebildeter mehr von der Schönheit des Sonnenuntergangs. Sonnenuntergänge sind ganz aus der Mode. Sie gehören einer Zeit an, da Turner noch tonangebend war. Sie zu bewundern, ist ein untrügliches Zeichen für einen provinziellen Geschmack. Trotzdem gibt es weiter Sonnenuntergänge. Gestern abend wollte Mrs. Arundel durchaus von mir, daß ich ans Fenster trete, um den grandiosen Himmel, wie sie sich ausdrückte, zu betrachten. Natürlich mußte ich es tun. Sie ist eine jener verrückten, allerliebsten Philisterinnen, denen man keinen Wunsch abschlagen kann. Und was sah ich? Nichts weiter als einen zweitklassigen Turner, einen Turner aus seiner schlechten Zeit, die größten Fehler des Malers auf die Spitze getrieben. Natürlich gebe ich gerne zu, daß das Leben sehr oft den gleichen Fehler begeht. Es bringt unechte Renés und falsche Vautrins hervor, ebenso wie die Natur uns bald einen zweifelhaften Cuyp und bald einen mehr als fragwürdigen Rousseau schenkt. Doch irritiert uns die Natur durch solche Fälschungen weit mehr. Es erscheint so dumm, so einleuchtend, so nutzlos. Ein falscher Vautrin kann uns immerhin ergötzen. Ein zweifelhafter Cuyp ist unerträglich. Aber ich will mit der Natur nicht allzu hart ins Gericht gehn. Ich wünschte nur, daß der Kanal, besonders bei Hastings, nicht ganz so oft einem Henry Moore gleichen würde, perlgrau mit gelben Lichtern; aber andererseits, wenn die Kunst mannigfaltiger wird, so wird ohne Zweifel auch die Natur mannigfaltiger werden. Daß sie die Kunst nachahmt, werden wohl heute nicht einmal ihre ärgsten Feinde leugnen. Gerade dadurch bleibt die Natur in Berührung mit dem zivilisierten Menschen. Nun, habe ich meine Theorie zu deiner Zufriedenheit bewiesen?

CYRIL. Du hast sie zu meiner Unzufriedenheit bewiesen, das ist noch besser. Aber selbst, wenn man zugibt, daß das Leben und die Natur diesen seltsamen Nachahmungstrieb besitzen, wirst du doch sicherlich anerkennen, daß die Kunst das Lebensgefühl ihres Zeitalters ausdrückt, den Geist ihrer Zeit, die moralischen und gesellschaftlichen Bedingungen, von denen sie umgeben und unter deren Einwirkung sie entstanden ist.

VIVIAN. Keineswegs! Die Kunst drückt nichts als sich selbst aus. Das ist der Hauptsatz meiner neuen Ästhetik; und dies ist es, mehr als der lebendige Zusammenhang zwischen Form und Stoff, den Pater betont, was die Musik zur Urform aller Künste macht. Freilich sind die Völker, wie jeder einzelne Mensch, mit dieser gesunden, natürlichen Eitelkeit, die das Geheimnis des Lebens ist, in der Vorstellung befangen, daß sie es sind, von denen die Musen sprechen; sie suchen beständig in der stillen Würde der erfinderischen Kunst ein Abbild ihrer eigenen trüben Leidenschaften und vergessen immer, daß nicht Apollo, sondern Marsyas das Leben besingt. Der Wirklichkeit entrückt, den Blick von den Schatten der Höhle abgewandt, offenbart uns die Kunst ihre eigene Vollkommenheit, und die staunende Menge, die schaut, wie sich die wundervolle, vielblättrige Rose entfaltet, glaubt, daß es ihre eigene Geschichte ist, die ihr erzählt wird, ihre eigene Seele, die in einer neuen Form Ausdruck findet. Aber so verhält es sich nicht. Die höchste Kunst weist die Last des menschlichen Geistes zurück, sie gewinnt einem neuen Medium oder einem neuen Stoff mehr ab als irgendeiner Begeisterung für die Kunst oder einer erhabenen Leidenschaft oder einem großen Erwachen des menschlichen Bewußtseins. Die Kunst entfaltet sich lediglich in der ihr eigenen Bahn. Sie ist nie ein Symbol des Zeitalters, die Zeitalter sind ihre Symbole.

Selbst diejenigen, die der Ansicht sind, daß die Kunst repräsentativ für Zeit, Land und Leute ist, können nicht in Abrede stellen, daß die Kunst, je mehr sie zur Nachahmung neigt, um so weniger den Geist ihrer Zeit vertritt. Die verruchten Gesichter der römischen Kaiser starren uns aus verwittertem Porphyr und fleckigem Jaspis an, dem Lieblingsmaterial der realistischen Künstler jener Zeit, und wir glauben, in diesen grausamen Lippen, diesen schweren sinnlichen Kinnladen das Geheimnis für den Untergang des Kaiserreichs zu finden. Doch ist dies gewiß falsch. Die Laster des Tiberius vermochten ebensowenig jene höchste Kultur zu zerstören, wie die Tugenden der Antonier sie zu erhalten vermochten. Andere, weit belanglosere Gründe richteten sie zugrunde. Die Sibyllen und Propheten der Sixtina mögen in der Tat dazu beitragen, die Wiedergeburt des befreiten Geistes, die wir die Renaissance nennen, andeutungsweise zu erklären; was aber erfahren wir in den Trunkenbolden und händelsüchtigen Bauern der holländischen Kunst von der großen Seele Hollands? Je abstrakter und ideeller eine Kunst ist, um so mehr offenbart sie uns den Charakter ihrer Zeit. Wenn wir ein Volk durch seine Kunst begreifen wollen, müssen wir seine Architektur und seine Musik betrachten.

CYRIL. Darin stimme ich dir völlig zu. Der Geist eines Zeitalters spiegelt sich am deutlichsten in den abstrakten und ideellen Künsten, denn der Geist selbst ist abstrakt und ideell. Wollen wir hingegen die sichtbare, äußere Erscheinung eines Zeitalters, seine Physiognomie, wie man es nennt, kennenlernen, so müssen wir uns selbstverständlich an die nachahmenden Künste halten.

VIVIAN. Dieser Ansicht bin ich nicht. Denn was bieten uns die nachahmenden Künste im Grunde anderes als verschiedene Stilarten der einzelnen Künstler und Schulen? Glaubst du etwa, daß die Menschen im Mittelalter auch nur im entferntesten eine Ähnlichkeit hatten mit den Figuren der mittelalterlichen Glasmalerei, der Bildhauer- und Holzschnitzkunst oder der mittelalterlichen Bronzearbeit, den Wandteppichen oder den illustrierten Handschriften? Es waren vermutlich ganz gewöhnlich aussehende Leute, die nichts Groteskes, Auffallendes oder Phantastisches an sich hatten. Das Mittelalter, wie wir es in der Kunst kennen, ist nichts als eine bestimmte Stilform, und es liegt überhaupt kein Grund vor, warum das neunzehnte Jahrhundert nicht einen Künstler mit diesem Stil hervorbringen sollte. Kein großer Künstler sieht die Dinge, wie sie wirklich sind. Täte er es, so wäre er kein Künstler mehr. Nehmen wir ein ganz modernes

Beispiel. Dir gefallen Kunstgegenstände aus Japan. Meinst du nun wirklich, daß die Japaner so sind, wie sie uns durch die Kunst dargestellt werden? Wenn du das glaubst, dann hast du die japanische Kunst nie begriffen. Die Japaner sind die wohldurchdachte, selbstbewußte Schöpfung einzelner Künstler. Vergleiche irgendein Bild von Hokusai oder Hokkei oder einem anderen großen japanischen Maler mit einem echten Japaner oder einer Japanerin, und du wirst entdecken, daß auch nicht die kleinste Ähnlichkeit zwischen ihnen besteht. Die wirklichen Menschen in Japan gleichen dem Durchschnittstyp der Engländer; was nichts anderes heißt, als daß sie äußerst trivial sind und nichts Bemerkenswertes oder Außergewöhnliches an sich haben. Eigentlich ist das ganze Japan eine reine Erfindung. Es gibt kein solches Land, keine solchen Menschen. Einer unserer entzückendsten Maler begab sich vor kurzem in das Land der Chrysanthemen, in der törichten Hoffnung, er werde die Japaner sehen. Alles, was er sah, und alles, was er malen konnte, waren einige Lampions und Fächer. Die Einwohner zu entdecken, war ihm unmöglich, wie seine reizende Ausstellung in der Galerie der Herren Dowdeswell nur zu deutlich zeigte. Er wußte nicht, daß die Japaner, wie ich eben sagte, einfach eine Stilart, ein erlesener Kunsteinfall sind. Und deshalb, wenn du einen japanischen Effekt zu sehen wünschst, wirst du dich nicht wie ein Tourist verhalten und nach Tokio reisen. Im Gegenteil, du wirst zu Hause bleiben und dich in die Arbeit bestimmter japanischer Künstler vertiefen, und danach, wenn du den Geist ihres Stils in dich aufgenommen und ihre schöpferische Art des Sehens begriffen hast, wirst du eines Nachmittags im Park sitzen oder die Piccadilly hinunterschlendern, und falls du dort nicht einen entschieden japanischen Effekt gewahrst, wirst du ihn nirgends sehen. Aber kehren wir in die Vergangenheit zurück, nehmen wir als ein anderes Beispiel die alten Griechen. Meinst du, durch die griechische Kunst erfahren wir, wie die Griechen ausgesehen haben? Glaubst du, die Frauen Athens hatten Ähnlichkeit mit den stolzen, würdevollen Gestalten des Parthenonfrieses oder mit jenen wunderbaren Göttinnen, die in den dreieckigen Giebelfeldern dieses Tempels thronten? Wenn du nach den Kunstwerken urteilst, waren sie sicher so. Aber lies einen maßgebenden

Zeitgenossen, wie zum Beispiel Aristophanes. Du wirst die Entdeckung machen, daß sich die athenischen Damen eng schnürten, Schuhe mit hohen Absätzen trugen, sich ihre Haare gelb färbten, ihre Gesichter schminkten, genauso wie die albernen Mode- und Halbweltgeschöpfe in unserer Zeit. Tatsache ist, daß wir nur durch das Medium der Kunst auf die Zeiten zurückblicken, und die Kunst hat uns glücklicherweise nie die Wahrheit gesagt.

CYRIL. Was sagst du aber zu den modernen Portraitbildern der englischen Maler? Sie sehen doch gewiß den Menschen ähnlich, die sie darstellen wollen?

VIVIAN. Das ist es ja. Sie sind ihnen so ähnlich, daß ihnen in hundert Jahren keiner mehr Glauben schenken wird. Die einzig glaubwürdigen Portraits sind Bilder, in denen sehr wenig von dem Modell und sehr viel vom Künstler enthalten ist. Holbeins Zeichnungen der Männer und Frauen seiner Zeit beeindrucken uns durch ein Gefühl von ihrer völligen Glaubwürdigkeit. Das liegt aber einfach daran, daß Holbein das Leben zwang, seine Bedingungen anzunehmen, die Grenzen, die er ihm setzte, zu wahren, den Typus, den er erfand, wieder hervorzubringen und in die Erscheinung zu treten, in der er es wünschte. Der Stil allein macht uns die Dinge glaubhaft – und nur der Stil. Die meisten unserer modernen Portraitmaler sind zur absoluten Vergessenheit verdammt. Sie malen nie, was sie sehen. Sie malen, was das Publikum sieht, und das Publikum sieht nie etwas.

CYRIL. Gut, aber nach alldem möchte ich den Schluß deines Aufsatzes hören.

VIVIAN. Sehr gern. Ob er Anklang finden wird, weiß ich freilich nicht. Unser Zeitalter ist sicherlich das unerfreulichste und prosaischste, das man sich vorstellen kann. Was meinst du, selbst der Schlaf hat uns betrogen und hat die Elfenbeintore geschlossen und die Tore aus Horn geöffnet. Nichts hat mich je so niedergedrückt wie die beiden dicken Bände von Myers, in denen die Träume der breiten Mittelschichten unseres Landes aufgezeichnet sind und die Protokolle der »Psychical Society«. Es gibt nicht einmal einen schönen Alptraum darunter. Sie sind alltäglich, langweilig und gemein. Was die Kirche angeht, so kann ich mir nichts Besseres für die Kultur eines Landes vorstellen als das Vorhandensein einer Gemeinschaft von Menschen, deren Pflicht es ist, an das Übernatürliche zu glauben, täglich Wunder zu vollziehn und die mythenbildende Kraft lebendig zu erhalten, die so wesentlich für die Phantasie ist. Doch kommt in der Englischen Kirche derjenige zu Ehren, der fähig ist zu zweifeln, nicht der, der fähig ist zu glauben. Nur in unserer Kirche steht der Skeptiker am Altar, und der heilige Thomas gilt als die ideale Apostelgestalt. Mancher verdienstvolle Geistliche, der sein Leben lang bewunderungswürdige Taten der Nächstenliebe vollbringt, lebt und stirbt unbeachtet und unbekannt; doch braucht nur irgendein platter, ungebildeter Kandidat, der eben von irgendeiner Universität kommt, auf seine Kanzel zu steigen und seine Zweifel über die Arche Noah oder den Esel Bileams oder Jonas und den Walfisch verkünden, so schart sich halb London um ihn und hört ihm mit offenem Mund, in begeisterter Verzückung über seinen unerhörten Scharfsinn zu. Das Überhandnehmen des »common sense« in der Englischen Kirche ist eine Sache, die man nicht genug bedauern kann. Es ist wirklich eine entwürdigende Konzession an eine niedrige Form des Realismus. Außerdem ist es dumm. Es entspringt einer vollkommenen psychologischen Unkenntnis. Die Menschheit kann an das Unmögliche glauben, aber an das Unwahrscheinliche wird sie nie glauben. Doch will ich jetzt den Schluß meines Aufsatzes lesen:

»Was wir zu tun haben, was unsere Pflicht ist um jeden Preis, ist diese alte Kunst des Lügens zu erneuern. Vieles kann natürlich erreicht werden, indem das Publikum durch Kunstliebhaber im häuslichen Kreis, auf literarischen Zusammenkünften und bei Teegesellschaften erzogen wird, obgleich dies nur die heitere und anmutige Seite des Lügens ist, wie sie wahrscheinlich auf den Gastmählern der Kreter geübt wurde. Es gibt aber noch viele andere Arten. Das Lügen, durch das man sich zum Beispiel einen unmittelbaren, persönlichen Vorteil verschafft – das Lügen aus moralischer Absicht, wie man zu sagen pflegt –, obwohl es heute beinahe verpönt ist, war in der Antike weit verbreitet. Athene lacht, als Odysseus ihr ›seine listig erdachten Worte‹ erzählt, wie William Morris es bezeichnet, und der Ruhm der Lüge leuchtet auf der blassen Stirn des reinen Helden in der Tragödie des Euripides, und er reiht die junge Braut aus einer der herrlichsten Oden des Horaz unter die edelsten Frauen der Vergangenheit. Was zuerst nur ein natürlicher Instinkt war, wurde später zu einer eigenständigen Wissenschaft erhoben. Sorgfältig durchdachte Regeln wurden aufgestellt als Richtschnur für die Menschen, und ein wichtiger Zweig der Literatur bildete sich um diesen Gegenstand. In der Tat, sobald man sich an die glänzende, philosophische Abhandlung von Sanchez zu der ganzen Frage erinnert, muß man bedauern, daß noch nie jemand auf den Gedanken kam, eine verbilligte Auswahl aus den Werken dieses großen Kasuisten zu veröffentlichen. Eine kurze Einführung, ›Wann und wie man lügen soll‹, falls man sie in einer ansprechenden und nicht zu teuren Ausgabe publizierte, würde zweifellos großen Absatz finden und vielen ernsthaften und tiefdenkenden Menschen von wahrhaft praktischem Nutzen sein. Das Lügen mit dem Ziel, die Jugend zu veredeln, das die Grundlage der häuslichen Erziehung bildet, ist hier und da noch Sitte bei uns, und seine Vorzüge sind in den frühen Schriften von Platos Buch ›Über den Staat‹ in so bewunderungswürdiger Weise dargestellt, daß ich an dieser Stelle nicht mehr auf sie einzugehen brauche. Es ist eine Art des Lügens, für die alle guten Mütter ein besonderes Talent haben, aber sie ist zu weiterer Entwicklung fähig, was von der Schulbehörde leider ignoriert wurde. Das Lügen um eines monatlichen Gehaltes willen, ist natürlich nur allzu bekannt in der Fleet Street, und der Beruf eines politischen Leitartikelschreibers ist nicht ohne Vorteile. Doch soll das eine ziemlich miserable Beschäftigung sein, die zu nichts führt als zu einer Art wichtigtuerischer Obskurität. Die einzige Form des Lügens, die keine Kritik antasten kann, ist das Lügen um seiner selbst willen, und wie wir bereits ausgeführt haben, ist ihre höchste Entwicklungsstufe die Lüge in der Kunst. Wie die Schwelle der Akademie nur überschreiten darf, wer Plato mehr liebt als die Wahrheit, so wird jenen, die die Wahrheit mehr lieben als die Schönheit, das letzte Geheimnis der Kunst immer verborgen bleiben. Der strenge, törichte, britische Intellekt ruht im Wüstensand, wie die Sphinx in Flauberts wunderbarer Erzählung, und die Phantasie, ›La Chimère‹, tanzt um ihn herum und lockt ihn mit ihrer falschen Flötenstimme. Jetzt erhört er sie vielleicht noch nicht, aber sicher wird er eines Tages, wenn wir alle durch den trivialen Charakter der modernen Dichtung zu Tode gelangweilt sind, ihre Stimme vernehmen und versuchen, sich ihrer Schwingen zu bedienen.

Und wenn dieser Tag anbricht oder der Abend sich rötet, wie freudig werden wir alle gestimmt sein! Die Tatsachen werden als etwas Schmachvolles gelten, die Wahrheit wird man über ihre Fesseln trauern sehn, und die Dichtung mit ihrer Wundernatur zieht wieder ins Land. Die Welt wird vor unseren staunenden Augen verwandelt sein. Aus dem Meer werden sich Behemoth und Leviathan erheben und die hochragenden Ruderschiffe umkreisen, wie man es auf den entzückenden Landkarten jener Zeiten dargestellt findet, in denen geographische Bücher noch lesbar waren. Drachen werden in verödeten Gefilden hausen, und aus seinem Feuernest wird der Phönix auffliegen. Unsere Hand werden wir auf den Basilisk legen und den Edelstein im Kopf der Kröte erblicken. Den goldenen Hafer fressend, wird der Hippogryph in unserem Stall stehn, und über uns wird das Blaukehlchen fliegen und vom Wunderbaren und Unmöglichen singen, von Dingen, die lieblich sind und die niemals geschahen, von Dingen, die nicht sind und die sein sollten. Aber ehe dies geschieht, müssen wir die verlorengegangene Kunst des Lügens wieder üben.«

CYRIL. Dann sollten wir sie allerdings gleich üben. Um jedoch jeden Irrtum auszuschließen, möchte ich, daß du mir kurz die Grundsätze der neuen Ästhetik nennst.

VIVIAN. Kurz gefaßt sind es folgende: Die Kunst drückt nichts als sich selbst aus. Sie führt ein freies Dasein wie das Denken und entfaltet sich lediglich in der ihr eigenen Bahn. Sie ist nicht notwendigerweise realistisch in einem realistischen Zeitalter, noch religös in einem Zeitalter des Glaubens. Weit davon entfernt, ein Geschöpf ihrer Zeit zu sein, befindet sie sich gewöhnlich im direkten Gegensatz zu ihr, und die einzige Geschichte, die sie uns überliefert, ist die Geschichte ihres eigenen Wachstums. Manchmal nimmt sie Früheres wieder auf und erweckt irgendeine antike Form, wie es in der archaistischen Bewegung der spätgriechischen Kunst geschah und im Präraffaelitentum unserer Tage. Zuweilen ist die Kunst ihrer Zeit weit voraus und schafft in einem Jahrhundert Werke, die erst in einem kommenden Jahrhundert verstanden, geschätzt und genossen werden. In keinem Fall gibt sie ihre Zeit wieder. Aus der Kunst einer Zeit auf die Zeit selbst schließen zu wollen, ist der große Fehler aller Historiker.

Der zweite Grundsatz lautet: Jede schlechte Kunst entsteht durch die Rückkehr zum Leben und zur Natur, und indem man sie zu Idealen erhebt. Das Leben und die Natur mögen der Kunst zuweilen als rohes Material dienen, doch ehe sie der Kunst von wirklichem Nutzen sein können, müssen sie in künstlerische Übereinstimmung gebracht werden. Sobald die Kunst auf ihr schöpferisches Ausdrucksmittel verzichtet, gibt sie alles auf. Als Methode ist der Realismus ein völliger Irrtum, und die beiden Dinge, die jeder Künstler vermeiden sollte, sind Modernität der Form und Modernität des Inhalts. Für uns, die wir im neunzehnten Jahrhundert leben, eignet sich jedes Jahrhundert als Gegenstand der Kunst, außer unser eigenes. Die einzigen wirklich schönen Dinge sind die Dinge, die uns nicht betreffen. Eben weil Hekuba uns nichts bedeutet – ich zitiere mich selbst –, sind ihre Leiden ein so großartiger Vorwurf zur Tragödie. Außerdem wird immer nur das Moderne altmodisch. Zola setzt sich hin und entwirft uns ein Bild des zweiten Kaiserreichs. Wen interessiert heutzutage das zweite Kaiserreich? Es ist aus der Mode. Das Leben ist schneller als der Realismus, aber die Schöpfungen der Phantasie sind immer dem Leben voraus.

Der dritte Grundsatz ist, daß das Leben die Kunst weit mehr nachahmt als die Kunst das Leben. Dies erklärt sich nicht nur durch den Nachahmungstrieb des Lebens, sondern aus der Tatsache, daß das Leben in aller Bewußtheit sein Ziel darauf richtet, Ausdruck zu finden, und daß die Kunst ihm bestimmte schöne Formen bietet, durch die es diese Energie verwirklichen kann. Es ist eine Theorie, die nie zuvor aufgestellt wurde, aber sehr fruchtbar ist und auf die Geschichte der Kunst ein völlig neues Licht wirft.

Die Schlußfolgerung hieraus lautet, daß auch die sichtbare Natur die Kunst nachahmt. Die einzigen Eindrücke, die sie uns bieten kann, sind die Eindrücke, die wir bereits durch die Poesie oder die Malerei kennen. Dies ist das Geheimnis für den Zauber der Natur und zugleich die Erklärung ihrer Schwäche.

Die entscheidende Entdeckung ist, daß das Lügen, das Erzählen von schönen, unwahren Dingen, das eigentliche Ziel der Kunst ist. Aber darüber habe ich wohl ausführlich genug gesprochen. Und jetzt wollen wir auf die Terrasse hinausgehen, wo »der milchweiße Pfau niedersinkt wie ein Geist«, während der Abendstern »die Dämmerung in Silber badet«. Im Dämmerlicht erhält die Natur eine wunderbar anregende Wirkung, da ist sie nicht ohne Lieblichkeit, obwohl es vielleicht ihre Hauptbestimmung ist, die Aussprüche der Dichter zu illustrieren. Komm! Wir haben lange genug geredet.

Feder, Pinsel und Gift
Eine Studie in Grün

Man hat den Künstlern und Literaten immer wieder den Vorwurf gemacht, es fehle ihnen an Ganzheit und Vollständigkeit des Wesens. In der Regel kann das nicht anders sein. Die Konzentration, die dem Sehen innewohnt und die Intensität des Beabsichtigten, die das künstlerische Temperament auszeichnen, sind an sich eine Form der Beschränkung. Wer sein ganzes Sinnen auf die Schönheit der Form richtet, dem erscheint alles andere von geringerer Bedeutung. Doch es gibt viele Ausnahmen von dieser Regel.

Rubens diente als Gesandter, Goethe war Minister und Milton lateinischer Sekretär von Cromwell. Sophokles bekleidete ein Bürgeramt in seiner Vaterstadt; die Humoristen, Essayisten und Romanciers des modernen Amerika haben offensichtlich keinen höheren Wunsch, als diplomatische Vertreter ihres Landes zu werden; und Charles Lambs Freund, Thomas Griffiths Wainewright, von dem dieser kurze Aufsatz handelt, hatte ein bedeutendes künstlerisches Temperament und diente außer der Kunst noch vielen anderen Herren: Er war nicht nur Dichter und Maler, Kunstkritiker, Kunstsammler und Prosaschriftsteller, ein Liebhaber alles Schönen und Dilettant in allen gefälligen Künsten, sondern auch ein Betrüger von nicht geringer oder gewöhnlicher Begabung, und als heimlicher und verschlagener Giftmischer steht er in unserer und nicht nur in unserer Zeit fast ohne Beispiel da.

Dieser erstaunliche Mann, gleichermaßen der »Feder, des Pinsels und des Giftes« mächtig, wie ein großer Dichter unserer Tage so treffend von ihm gesagt hat, wude 1794 in Chiswick geboren. Sein Vater war der Sohn eines hervorragenden Anwalts am Grays Inn und Hatton Garden. Seine Mutter war die Tochter des berühmten Dr. Griffiths, des Herausgebers und Gründers der »Monthly Review«, der sich noch an einem anderen literarischen Unternehmen beteiligte, nämlich dem des berühmten Buchhändlers Thomas Davis, von dem Johnson sagte, er sei kein Buchhändler, sondern »ein Gentleman, der sich mit dem Verkauf von Büchern beschäftige«; er war mit Goldsmith und Wedgwood befreundet und einer der bekanntesten Männer seiner Zeit. Mrs. Wainewright starb bei der Geburt des Kindes im Alter von nur einundzwanzig Jahren, und eine Todesanzeige im »Gentleman's Magazine« spricht von ihrem »liebenswürdigen Charakter und ihren vielen Talenten« und fügt etwas manieriert hinzu, daß »sie die Schriften von Locke vermutlich so gut verstanden habe, wie nur irgendeiner ihrer Zeitgenossen beiderlei Geschlechts«. Der Vater überlebte seine junge Frau nicht lange, und es scheint, der Knabe wurde von seinem Großvater aufgezogen und nach dessen Tode im Jahre 1803, von seinem Onkel, George Edward Griffiths, den er später vergiftete. Seine Kindheit verbrachte er in Linden House, Turnham Green, auf einem jener vielen schönen Herrensitze im georgischen Stil, die leider durch das Eindringen der vorstädtischen Bauunternehmer verschwunden sind. Seinen schönen Gärten und dem wohlbestandenen Park verdankte er die einfache und leidenschaftliche Liebe zur Natur, die ihn sein ganzes Leben lang nicht verließ und die ihn für die geistigen Einflüsse der Wordsworthschen Dichtung so besonders empfänglich machte. Er besuchte die Charles Burney-Akademie in Hammersmith. Burney war der Sohn des Musikhistorikers und ein naher Verwandter des begabten Jungen, der einmal sein bedeutendster Schüler werden sollte. Er scheint ein Mann von hoher Kultur gewesen zu sein, und noch nach Jahren sprach Wainewright oft mit großer Liebe von ihm als einem Philosophen, einem Archäologen und vortrefflichen Lehrer, der, indem er auf die intellektuelle Seite der Erziehung Wert legte, die Wichtigkeit der moralischen Erziehung nicht übersah. Unter Burney entwickelte er zuerst seine künstlerischen Anlagen, und Hazlitt erzählt, das Skizzenbuch, das er auf der Schule benutzte, sei noch vorhanden und zeige großes Talent und ein natürliches Empfinden. In der Tat war die Malerei die erste Kunst, die ihn fesselte. Erst viel später versuchte er sich mit der Feder auszudrücken oder mit Gift.

Vorher jedoch hat er sich scheinbar durch Knabenträume von der Romantik und der Ritterschaft des Soldatenlebens verführen lassen und ist Gardist geworden. Aber das sorglose Leben der Zerstreuung, das seine Kameraden führten, befriedigte das feine künstlerische Temperament eines Menschen nicht, der für andere Dinge geschaffen war. Nach kurzer Zeit war er den Militärdienst müde. Mit Worten, die noch immer durch ihre flammende Offenheit und ihre seltene Glut ergreifen, sagte er: »Die Kunst berührte den Abtrünnigen; durch ihre reine und hohe Kraft wurde die ungesunde Verdunkelung hinweggenommen; meine ausgedörrte, hitzige und getrübte Gefühlswelt wurde neu geboren zu kühler frischer Blüte, einfach und schön für das naive Gemüt.« Aber die Kunst war nicht die einzige Ursache dieser Veränderung. Er fährt fort: »Die Schriften von Wordsworth trugen viel dazu bei, den verwirrenden Sog, der bei so plötzlichen Mutationen vorkommt, zu beruhigen Ich weinte dabei Tränen des Glückes und der Dankbarkeit.« Er verließ also die Armee mit ihrem rauhen Kasernenleben und ihrem groben Tischgeschwätz in der Messe und kehrte nach Linden House zurück, erfüllt von seiner neuen Begeisterung für die Kultur. Eine schwere Krankheit, die ihn, wie er selbst sagt, »wie ein irdenes Gefäß zerbrach«, warf ihn für einige Zeit nieder. Sein zarter Organismus war, trotz seiner Gleichgültigkeit gegen fremdes Leiden, für den eigenen Schmerz außerordentlich empfindlich. Er schrak vor dem Leiden zurück als vor etwas, das das menschliche Leben entstellt und lähmt, und anscheinend mußte auch er durch das schreckliche Tal der Melancholie gehen, aus dem so manche großen, vielleicht größere Geister nie mehr aufgetaucht sind. Aber er war jung – erst 25 Jahre alt –, und bald kehrte er aus den »toten schwarzen Wassern«, wie er sie nannte, zurück in die freiere Luft der humanistischen Kultur. Als er sich von der Krankheit erholte, die ihn an den Rand des Grabes gebracht hatte, kam ihm der Gedanke, sich der Literatur als Kunst zu widmen. »Ich sagte mit John Woodvil«, schreibt er, »es müßte ein göttliches Leben sein, in einem solchen Element zu verweilen«, kostbare Dinge zu sehen, zu hören und zu schreiben: –

> In solchen Lebens starken, wilden Trank
> mischt sich kein Tropfen der Vergänglichkeit.

Man kann nicht umhin, in dieser Stelle die Äußerung eines Mannes zu erkennen, der eine wahre Leidenschaft für die Literatur besaß. »Kostbare Dinge zu sehen, zu hören und zu schreiben«, das war sein Ziel.

Scott, dem Herausgeber des »London Magazine« fiel das Genie des jungen Mannes auf, oder er geriet in den Bann der seltsamen Faszination, die er auf alle, die ihn kannten, ausübte; jedenfalls forderte er ihn auf, eine Reihe von Aufsätzen über künstlerische Fragen zu schreiben, und er fing an, unter mehreren phantastischen Pseudonymen zur Literatur seiner Zeit beizutragen. Janus Weathercock, Egomet Bonmot und Van Vinkvooms, das waren einige der grotesken Masken, unter denen er seinen Ernst verbarg oder seinem Leichtsinn die Zügel schießen ließ. Eine Maske sagt uns mehr als ein Gesicht. Diese Verkleidungen verstärkten seine Persönlichkeit. Er scheint in unglaublich kurzer Zeit seinen Weg gemacht zu haben. Charles Lamb spricht von dem »freundlichen, leichtherzigen Wainewright«, dessen Prosa »hervorragend« ist. Wir hören von ihm, daß er Macready, John Forster, Maginn, Talfourd, Sir Wentworth Dilke, den Dichter John Clare und andere bei einem petit-dîner unterhielt. Wie Disraeli, beschloß er, als Dandy die Stadt zu schockieren und seine herrlichen Ringe, seine antike Gemme als Krawattennadel und seine blaßgelben Glacéhandschuhe waren überall bekannt, ja Hazlitt sah sie sogar als Zeichen eines neuen Stils in der Literatur an: Dazu gaben ihm sein volles lockiges Haar, seine schönen Augen und seine feingliedrigen, weißen Hände den gefährlichen und reizvollen Vorzug, anders als die anderen zu sein. Er hatte etwas von Balzacs Lucien de Rubempré. Zuweilen ererinnerte er an Julien Sorel. De Quincey sah ihn einmal. Es war bei einem Diner von Charles Lamb. »In der Gesellschaft saß unter lauter Literaten ein Mörder«, erzählt er und fährt fort zu schildern, wie er an diesem Tag krank gewesen war und den Anblick von Männern und Frauen haßte und sich doch dabei ertappte, daß er mit intellektueller Neugier über den Tisch hinüber den jungen Schriftsteller beobachtete, hinter dessen affektierten Gebärden so viel natürliche Sinnlichkeit lag; und er malt sich aus, »welch anderes Interesse wohl plötzlich in ihm aufgestiegen wäre und seine Stimmung verändert haben würde, wenn er gewußt hätte, welches schrecklichen Vergehens der Gast, dem Lamb so viel Aufmerksamkeit erwies, schon damals schuldig war.

Sein Lebenswerk fällt ganz von selbst unter die drei von Swinburne vorgeschlagenen Hauptpunkte, und man kann in gewissem Grade zugeben, daß er, abgesehen von seinen Heldentaten im Bereich des Gifts, kaum etwas hinterlassen hat, was seinen Ruhm rechtfertigt.

Aber andererseits versuchen nur Philister eine Persönlichkeit an dem gemeinen Maßstab der Produktion zu messen. Dieser junge Dandy suchte jemand zu sein, anstatt etwas zu tun. Er erkannte, daß das Leben selbst eine Kunst ist und seine Stilformen hat, nicht weniger als die Künste, die es auszudrücken versuchen. Aber auch sein Werk ist nicht uninteressant. William Blake erzählt uns, er habe in der Königlichen Akademie vor einem seiner Bilder verweilt und es »sehr schön« gefunden. Seine Essays nehmen vieles vorweg, was inzwischen verwirklicht wurde. Er scheint manches von jenen Zufälligkeiten der modernen Kultur vorweggenommen zu haben, was viele als das wahrhaft Wesentliche betrachten. Er schreibt über die Gioconda, über die provencalische Troubadourdichtung und die italienische Renaissance. Er liebt griechische Gemmen und persische Teppiche, elisabethanische Übersetzungen von Amor und Psyche und die *Hypnerotomachia*, Bucheinbände und Erstausgaben und breitrandige Abzüge. Er hat einen geschärften Sinn für den Wert einer schönen Umgebung und wird nicht müde uns die Räume zu schildern, in denen er wohnte oder gerne gewohnt hätte. Er besaß jene merkwürdige Vorliebe für das Grün, die beim Einzelnen immer das Zeichen eines subtilen künstlerischen Temperamentes ist, bei Völkern jedoch eine Verweichlichung, wenn nicht gar einen Verfall der Sitten bedeutet. Wie Baudelaire war er in Katzen vernarrt, und wie Gautier faszinierte ihn jenes zweigeschlechtliche »liebliche Monstrum aus Marmor«, das wir noch jetzt in Florenz und im Louvre sehen.

Natürlich läßt vieles in seinen Schilderungen und seinen Anregungen für die dekorative Kunst erkennen, daß er sich nicht ganz von dem falschen Geschmack seiner Zeit befreien konnte. Doch es ist klar, daß er als einer der ersten erkannte, welches in Wirklichkeit der Grundton des ästhetischen Eklektizismus ist, ich meine die echte Übereinstimmung aller wirklich schönen Dinge, ohne Ansehen von Zeit, Ort, Schule und Stil. Er erkannte, daß wir beim Ausschmücken eines Zimmers, das nicht zum Vorzeigen, sondern zum Bewohnen bestimmt ist, niemals eine archäologische Wiederherstellung der Vergangenheit erstreben, noch uns mit einem eingebildeten Zwang zur historischen Genauigkeit belasten sollten. Mit dieser künstlerischen Anschauung hatte er vollkommen recht. Alle schönen Dinge gehören der gleichen Zeit an.

Und so finden wir in seiner eigenen Bibliothek, wie er sie beschreibt, die zarte griechische Tonvase mit ihren vollkommen gemalten Figuren und dem blassen *ΚΑΛΟΣ** leicht auf ihren Bauch geschrieben; dahinter hängt ein Stich nach der *Delphischen Sibylle* Michelangelos oder der *Pastorale* Giorgiones. Hier ist ein Stück florentinischer Majolika, dort eine einfache Lampe aus einem alten römischen Grab. Auf dem Tisch liegt ein Stundenbuch »in einer Einbanddecke aus massivem vergoldetem Silber, geschmückt mit seltsamen allegorischen Darstellungen und mit kleinen Brillanten und Rubinen besetzt«, und dicht daneben »hockt ein kleines häßliches Ungetüm, ein Lar vielleicht, ausgegraben auf den sonnigen Feldern des kornreichen Sizilien«. Dunkle antike Bronzen bilden das Gegenstück »zu dem bleichen Glanz von zwei edlen *Christi Crucifixi*, von denen eines aus Elfenbein geschnitzt, das andere aus Wachs geformt ist«. Er besitzt seine Präsentierteller mit Taxis-Gemmen, seine kleine Louis-Quatorze-Bonbonniere mit einem Miniaturbild von Petitot, seine vielgerühmten »braunen Bisquit-Teekannen mit Filigranwerk«, seine zitronenfarbene Saffian-Briefschatulle und seinen »pomona-grünen« Sessel.

Man kann sich ihn vorstellen, wie er umgeben von seinen Büchern, Abgüssen und Stichen daliegt, ein wahrer Kunstliebhaber und ein feiner Kenner, wie er in seiner Sammlung von Marc Antonios blättert oder in Turners *Liber Studiorum*, den er sehr bewunderte, oder wie er mit einer Lupe alte Gemmen und Kameen prüft: »den Kopf Alexanders auf einem doppelschichtigen Onyx« oder »jenes herrliche *altissimo relievo* mit dem Jupiter des Aigiochos auf einem Karneol«. Er war immer ein großer Liebhaber von Stichen, und er machte einige sehr brauchbare

* schön

Vorschläge, wie man am besten eine Sammlung anlegt. Doch verlor er niemals, wie sehr er auch die moderne Kunst zu schätzen wußte, den Blick für die Bedeutung der Reproduktion von großen Meisterwerken der Vergangenheit; und was er über den Wert von Gipsabgüssen sagt, ist ganz bewunderungswürdig.

Als Kunstkritiker beschäftigte er sich vor allem mit dem Gesamteindruck, den ein Kunstwerk hervorruft, und sicherlich liegt der Anfang aller ästhetischen Kritik darin, seine eigenen Eindrücke darzustellen. Abstrakte Erwägungen über das Wesen des Schönen kümmerten ihn nicht, und die historische Methode, die seither so reiche Früchte trug, war seiner Zeit fremd; aber er verlor niemals die große Wahrheit aus den Augen, daß sich die Kunst zunächst weder an den Intellekt noch an das Gefühl wendet, sondern ganz allein an das künstlerische Temperament, und mehr als einmal weist er darauf hin, daß dieses Temperament, dieser »Geschmack«, wie er es nennt, durch häufigen Umgang mit den besten Werken unbewußt geleitet und vervollkommnet, sich schließlich zu einer Form des richtigen Urteilsvermögens entwickelt. Natürlich gibt es in der Kunst ebenso wie in der Kleidung Moden, und wahrscheinlich vermag sich niemand ganz von den Einflüssen der Gewohnheit und der Neuheit zu befreien. Er wenigstens konnte es nicht, und er bekennt freimütig, wie schwierig es ist, zu einer gerechten Beurteilung zeitgenössischer Werke zu gelangen. Aber im ganzen war sein Geschmack gut und wohl begründet. Er bewunderte Turner und Constable zu einer Zeit, als man von ihnen nicht so viel sprach wie heute und erkannte, daß zur vollendeten Kunst der Landschaftsmalerei mehr gehört als »bloßer Fleiß und genaues Kopieren«. Er bemerkt über Cromes *Heideszene bei Norwich*, daß sie zeige, »wie viel eine scharfe Beobachtung der Elemente in ihren phantastischen Stimmungen aus einem höchst uninteressanten Flachland macht«, und über die typische Landschaftsmalerei seiner Zeit sagt er, sie sei einfach eine Aufzählung von Tal und Hügel, Baumstümpfen, Sträuchern, Wasser, Wiesen, Häusern und Hütten; kaum mehr als Topographie, eine Art gemalter Landkarten, auf denen Regenbogen und Hagelschauer, Nebel, Halonen und Strahlenbündel, die durch zerklüftete Wolken brechen, Stürme und Sternenlicht, das ganze höchst wertvolle Material des echten Malers fehlen. Er hatte eine gründliche Abscheu vor allem, was in der Kunst augenfällig und gewöhnlich ist, und während es ihm Vergnügen bereitete, Wilkie beim Dîner zu unterhalten, lag ihm wenig an den Bildern von Sir David und an Crabbes Gedichten. Für die nachahmende, realistische Tendenz seiner Zeit besaß er keine Sympathie, und er gesteht offen, seine große Bewunderung für Füßli beruhe hauptsächlich darauf, daß dieser kleine Schweizer es nicht für notwendig halte, daß ein Künstler nur malt, was er sieht. Die Qualitäten, die er in einem Bild suchte, waren Komposition, Schönheit und Adel der Linie, Farbenreichtum und Kraft der Phantasie. Er war andererseits kein Doktrinär. »Ich bin der Ansicht, kein Kunstwerk kann nach Gesetzen beurteilt werden, die nicht aus ihm selbst abgeleitet sind: die Frage ist, ob es in sich geschlossen ist oder nicht.« Dies ist einer seiner ausgezeichneten Aphorismen. Und seine kritische Beurteilung so verschiedener Maler wie Landseer und Martin, Stothard und Etty bekundet, daß er, um einen klassisch gewordenen Satz zu gebrauchen, versucht »den Gegenstand so zu sehen, wie er wirklich ist«.

Doch wie ich vorher sagte, fühlt er sich bei der Kritik über die Werke seiner Zeitgenossen nie ganz in seinem Element. »Die Gegenwart«, meint er, »bringt mich in eine ähnlich angenehme Verwirrung wie Ariost, als ich ihn zum erstenmal genau las... Das Moderne blendet mich. Ich muß die Dinge durch das Fernrohr der Zeit betrachten. Elia beklagt, daß ihm der Wert eines Gedichtes im Manuskript nicht ganz klar sei; der Druck, sagt er treffend, entscheidet darüber. Fünfzig Jahre Nachdunkeln tun bei einem Gemälde den gleichen Dienst.« Er fühlt sich wohler, sobald er über Watteau und Lancret, über Rubens und Giorgione, über Rembrandt, Corregio und Michelangelo schreibt und am wohlsten, wenn er über griechische Kunst schreibt. Für die Gotik hatte er wenig übrig, aber die klassische Kunst und die Renaissance-Kunst liebte er immer. Er wußte, was die englische Schule durch das Studium griechischer Vorbilder gewinnen konnte und wird nicht müde, den jungen Studenten die künstlerischen Möglichkeiten aufzuzeigen, die im hellenischen Marmor und der hellenischen Arbeitstechnik schlummern. In seinen Urteilen über die großen italienischen Meister, sagt De Qincey, »lag ein Ton von Aufrichtigkeit und angeborener Empfindung, wie in jemandem, der aus sich selbst spricht und nicht nur aus Büchern schöpft«. Das höchste Lob, das wir ihm zollen können, ist, daß er versuchte, den Stil als eine bewußte Tradition wieder zu beleben. Doch wußte er, daß keine noch so große Anzahl von Vorlesungen über Kunst oder Kunstkongresse oder »Pläne zur Förderung der schönen Künste« dies jemals bewirken können. Die Menschen, sagt er sehr klug und im wahren Geiste von Toynbee Hall, »müssen immer die besten Vorbilder fest vor Augen haben«.

Wie es von einem Maler zu erwarten ist, sind seine Kunstkritiken häufig rein technischer Art. Über Tintorettos Gemälde »der heilige Georg befreit die ägyptische Prinzessin vom Drachen« bemerkt er:

»Das Gewand der Sabra, warm lasiert mit Preußischblau, ist durch ein rotes Tuch vom blaßgrünen Hintergrund abgehoben; und diese beiden kräftigen Farben finden gleichsam ihren Widerhall in den gedämpfteren Tönen der purpurlackfarbenen Stoffe und der bläulichen Eisenrüstung des Heiligen; außerdem bildet die lebhafte azurblaue Draperie im Vordergrund einen prächtigen Ausgleich zu den Indigo-Schatten des wilden Forstes, der die Burg umgibt.«

An anderen Stellen spricht er sachverständig über einen »köstlichen Schiavone, mannigfaltig wie ein Tulpenbeet mit vielfach gebrochenen Farben«, über »ein leuchtendes Porträt des seltenen Moroni, das sich durch *Morbidezza* auszeichnet«, und ein anderes Bild nennt er: »saftig in seinem Inkarnat«.

In der Regel jedoch behandelt er seine Eindrücke von einem Werk als einem künstlerischen Ganzen und versucht diese Eindrücke in Worte zu übertragen, um gleichsam die Wirkung auf Phantasie und Intellekt in der literarischen Entsprechung wiederzugeben. Er hat als einer der ersten die sogenannte Kunst-Literatur des 19. Jahrhunderts entwickelt, jene literarische Form, die in Ruskin und Browning ihre beiden vollendetsten Vertreter gefunden hat. Seine Beschreibung von Lancrets *Repas Italien* in der »ein dunkelhaariges Mädchen ›in die Bosheit verliebt‹ auf der mit Gänseblumen übersäten Wiese liegt«, ist in mancher

Hinsicht sehr reizvoll. Hier folgt seine Schilderung von Rembrandts »Kreuzigung«. Sie ist äußerst bezeichnend für seinen Stil:

»Finsternis – schwarze, schauerliche Finsternis – bedeckt die ganze Szene: nur über dem verwunschenen Wald strömt wie durch einen grausigen Riß in der düsteren Himmelsdecke eine Regenflut herab – ›vom Hagelsturm verfärbtes Wasser‹ – und verbreitet ein schreckliches Geisterlicht, furchtbarer noch als diese greifbare Nacht. Schon stöhnt die Erde schwer und heftig! Das verdunkelte Kreuz erbebt! Die Winde stocken – die Luft steht still – ein rollendes Dröhnen grollt unter ihren Füßen, und einzelne aus der ärmlichen Menge fliehen bereits den Hügel hinab. Die Pferde wittern das nahende Grauen und sind in ihrer Angst nicht mehr zu zügeln. Der Augenblick tritt schnell ein, da – fast entzweigerissen vom eigenen Gewicht, ohnmächtig durch den Verlust des Blutes, das jetzt in dichteren Bächen aus den geöffneten Adern rinnt, von seinen Schläfen und seiner Brust, in Schweiß ertränkt und seine schwarze Zunge ausgedorrt vom brennenden Todesfieber – Jesus schreit: ›Mich dürstet.‹ Man reicht ihm den tödlichen Essig.

Sein Haupt sinkt nieder und der heilige Leichnam ›baumelt leblos am Kreuz‹. Eine rote Flammenzunge schießt steil durch die Luft und verlöscht; die Felsen des Karmel und des Libanon bersten; das Meer wälzt seine schwarzen rollenden Wogen hoch von den Sandbänken herab. Die Erde klafft und die Gräber speien ihre Bewohner aus. Die Toten und die Lebenden sind auf widernatürliche Weise durcheinandergemengt und rennen durch die heilige Stadt. Neue Schrecken erwarten sie dort. Der Vorhang des Tempels – der undurchdringliche Vorhang – ist von oben bis unten zerrissen, und jener gefürchtete Ort, der die Mysterien der Juden enthält – die schicksalhafte Bundeslade mit den Gesetzestafeln und dem siebenarmigen Leuchter – wird der gottverlassenen Menge in einem überirdischen Flammenschein enthüllt.

Rembrandt hat diese Skizze nie gemalt und mit Recht. Sie hätte fast all ihre Magie verloren, indem sie den bestürzenden Schleier der Undeutlichkeit eingebüßt, der einen so unbegrenzten Raum ermöglicht, darin die unsichere Phantasie Betrachtungen anstellen kann. Jetzt wirkt sie wie etwas aus einer anderen Welt. Ein finsterer Abgrund liegt zwischen uns. Sie entzieht sich der körperlichen Berührung. Wir können ihr nur mit der Seele nahen.«

Diese Stelle, niedergeschrieben »in Scheu und Ehrfurcht«, so berichtet uns der Autor, enthält vieles Schreckliche und sehr vieles, das ganz abscheulich ist, aber sie ist nicht ohne eine gewisse ungeschliffene Form der Kraft, oder auf jeden Fall eine gewisse ungeschliffene Wortgewalt, eine Qualität, die in dieser Zeit hoch geschätzt werden sollte, da sie ihr am meisten abgeht. Es ist jedoch angenehmer, zu der folgenden Beschreibung von Giulio Romanos *Kephalos und Prokris* überzugehen:

»Man sollte Moschos Klage um Bion, den süßen Hirten lesen, ehe man dieses Gemälde betrachtet, oder man sollte das Gemälde als Vorbereitung auf die Klage studieren. In beiden haben wir beinahe die gleichen Bilder. Für jedes der Opfer rauschen die hohen Haine und die Waldschluchten; die Blumen verströmen müden Duft aus ihren Knospen; die Nachtigall klagt in einer zerklüfteten Landschaft und die Schwalbe in lang gewundenen Tälern; ›und auch die Satyrn und dunkel verschleierten Faune seufzen‹, und die Quellnymphen im Walde zerfließen in tränendem Naß. Schafe und Ziegen verlassen die Weide und Oreaden, ›die gern die unwegsamsten Gipfel der schroffsten Felsen erklimmen‹ enteilen dem Gesang der windumkosten Pinien; während die Dryaden sich aus den Zweigen der verschlungenen Bäume neigen und die Flüsse um die weiße Prokris klagen, ›in vielen schluchzenden Bächen‹.

›Und füllen das fernglänzende Meer mit ihrer Stimme.‹

Die goldenen Bienen auf dem thymianduftenden Hymettos sind still; und das schallende Horn des Geliebten der Aurora wird nie mehr das kalte Zwielicht auf dem Gipfel des Hymettos zerstreuen. Der Vordergrund unseres Bildes ist ein grasbewachsenes, sonnenverbranntes Gelände, Buckel und Mulden (eine Art Landwellen), noch unebener gemacht von vielen Wurzeln, in denen sich der Fuß verfängt, und den Stümpfen der Bäume, die vorzeitig von der Axt gefällt wurden und wieder lichtgrüne Schößlinge hervortreiben. Dieses Gelände steigt fast jäh zu einem dichten Hain auf der rechten Seite empor, den kein Stern zu durchdringen vermag; an seinem Eingang sitzt wie betäubt der thessalische König und hält den elfenbeinglänzenden Leib auf seinen Knien, der eben noch mit der sanften Stirn das rauhe Gezweig zerteilt und von der Eifersucht beflügelt auf Dornen und Blumen trat – jetzt hilflos, schwer und ohne Bewegung, wenn nicht der Windhauch spöttisch ihr dichtes Haar hochhebt.

Aus dem benachbarten Gehölz drängen die erstaunten Nymphen mit lauten Schreien hervor –

›Und fellumgürtete Satyrn mit Efeuflechten gekrönt nahen sich;
Und zeigen ein ungewöhnliches Mitleid in ihrem gehörnten Gesicht.‹

Lailaps liegt unten, und an seinem Röcheln zeigt sich des Todes rascher Schritt. Dieser Gruppe gegenüber streckt der tugendreiche Amor mit ›hängenden Flügeln‹ den Pfeil einem nahenden Trupp Waldvolk hin, Faunen, Böcken, Ziegen, Satyrn und Satyr-Müttern, die ihre Kinder mit ängstlichen Händen fester an sich drücken und links einen Hohlweg entlangeilen, zwischen dem Vordergrund und einer Felswand, auf deren niedrigstem Grat eine Quellnymphe aus ihrer Urne klageraunendes Wasser schüttet. Höher und weiter entfernt als die Ephidryas, erscheint ein anderes Weib, die Locken raufend, zwischen den weinumschlungenen Stämmen eines unberührten Haines. Die Mitte des Bildes enthält schattige Wiesen, die sich zu einer Flußmündung senken; jenseits dehnt sich ›die unermeßliche Kraft des Meeresstroms‹, aus dem die rosenfarbene Aurora, die die Sterne auslöscht, wütend ihre taubesprengten Kampfrosse hinauftreibt, um den Todeskampf ihrer Nebenbuhlerin zu schauen.«

Würde diese Schilderung mit Sorgfalt neu geschrieben, dann wäre sie ganz bewundernswert. Der Gedanke, aus einem Gemälde ein Prosagedicht zu machen, ist ausgezeichnet. Ein großer Teil der besten modernen Literatur entsteht aus dem gleichen Wunsch. In einem sehr häßlichen und empfänglichen Zeitalter borgen die Künste nicht vom Leben, sondern untereinander.

Auch seine Neigungen waren erstaunlich mannigfaltig. An allem, was z. B. mit der Bühne zusammenhing, war er stets lebhaft interessiert und er vertrat energisch die Forderung nach archäologischer Genauigkeit im Kostüm und in der Bühnendekoration. »In der Kunst«, sagt er in einem seiner Essays, »verdient alles, was überhaupt getan zu werden verdient, gut getan zu werden«; und er führt aus, wie schwierig es wird, Grenzen zu ziehen, wenn wir einmal das Eindringen von Anachronismen erlauben. In der Literatur stand er, wie Lord Beaconsfield bei einem bekannten Anlaß »auf der Seite der Engel«. Er war einer der ersten Bewunderer von Keats und Shelley – den er einen »Dichter von vibrierender Sinnlichkeit« nannte. Seine Bewunderung für Wordsworth war aufrichtig und tief. Er schätzte William Blake aufs höchste. Eine der besten Abdrucke der *Songs of Innocence and Experience*, die wir jetzt besitzen, wurde eigens für ihn angefertigt. Er liebte Alain Chartier und Ronsard, die Dramatiker der elisabethanischen Zeit, Chaucer, Chapman und Petrarca. Und für ihn waren alle Künste eins. »Unsere Kritiker«, bemerkt er sehr klug, »scheinen zu erkennen, daß Dichtung und Malerei den gleichen Ursprung haben, daß jede echte Weiterentwicklung im ernsthaften Studium der einen Kunst, eine entsprechende Vervollkommnung in der anderen mit sich bringt«; und an einer anderen Stelle sagt er, daß ein Mensch, der Michelangelo nicht bewundert und von seiner Liebe zu Milton spricht, sich selbst oder seine Zuhörer betrügt. Seinen Kollegen beim London Magazine gegenüber war er stets sehr großmütig und er lobte Barry Cornwall, Allan Cunningham, Hazlitt, Elton und Leigh Hunt ohne die übliche Bosheit unter Freunden. Einige seiner Skizzen über Charles Lamb sind in ihrer Art wundervoll und nehmen mit der Kunst echter Schauspieler den Stil ihres Gegenstandes an:

»Was könnte ich über dich anderes sagen, als alle wissen? Daß du die Fröhlichkeit eines Knaben besitzest mit dem Wissen eines Mannes: ein Herz, so sanft wie irgendeines, das je den Augen Tränen gab.

Wie witzig pflegte er einen mißzuverstehen und wie wußte er zur passenden Zeit einen unpassenden Scherz einzuflechten. Seine unaffektierte Rede war, ähnlich wie die Sprache der von ihm geliebten elisabethanischen Dichter, bis zur Dunkelheit verdichtet. Er hämmerte seine Sentenzen wie Körner von Feingold zu ganzen Blättern aus. Er hatte wenig Mitleid für falschen Ruhm und eine beißende Bemerkung über das Gebaren gegenüber *Männern von Genie*, hatte er stets bereit. Sir Thomas Browne gehörte zu seinen ›Busenfreunden‹ und ebenso Burton und der alte Fuller. In seinen verliebten Anwandlungen tandelte er mit jener einzigartigen Herzogin von vieldeutigem Ruf; und mit den derben Komödien von Beaumont und Fletscher erweckte er leichte Träume. Er pflegte der Eingebung folgend kritische Anspielungen auf sie zu machen, doch tat man gut daran, wenn man ihn seine eigene Partie wählen ließ; begann ein anderer über die anerkannten Lieblinge zu reden, war er geneigt, ihn zu unterbrechen oder vielmehr etwas hinzuzufügen, in einer Art, daß man nicht wußte, ob es aus einem Mißverständnis oder aus Bosheit geschah. Bei C... bildete eines Abends das oben genannte dramatische Gespann das zeitweilige Gesprächsthema. Mr. X. rühmte die Leidenschaft und den erhabenen Stil einer Tragödie (ich weiß nicht welcher), aber er wurde sofort von Elia unterbrochen, der ihm sagte, ›*das* war nichts, die lyrischen Teile waren das Große – die lyrischen Teile!‹«

Eine Seite seiner literarischen Laufbahn verdient besondere Beachtung. Man darf sagen, daß der moderne Journalismus ihm beinahe soviel verdankt wie nur irgendeinem Mann zu Anfang dieses Jahrhunderts. Er war der Vorkämpfer des asiatischen Prosastils und freute sich an malerischen Beiworten und pompösen Übertreibungen. Einen so glänzenden Stil zu schreiben, daß er den Gegenstand verhüllt, das ist eine der höchsten Errungenschaften einer wichtigen und sehr bewunderten Schule der Leitartikelschreiber in der Fleetstreet, und *Janus Weathercock* kann als Begründer dieser Schule angesehen werden. Er erkannte auch, daß es ganz einfach war, das Publikum durch ständige Wiederholung für seine eigene Person zu interessieren, und in seinen rein journalistischen Artikeln erzählt dieser ungewöhnliche junge Mann der Welt, was er zu Mittag aß, wo er seine Kleider kauft, welche Weine er liebt und in welchem Gesundheitszustand er sich befindet, so als ob er wöchentliche Berichte für eine weitverbreitete Zeitung unserer Tage schriebe. Obgleich dies die am wenigsten wertvolle Seite seiner Arbeit war, hat sie doch den sichtbarsten Einfluß ausgeübt. Heutzutage ist ein Publizist ein Mensch, der die Lesergemeinde mit den Details der Ungesetzlichkeiten in seinem Privatleben langweilt.

Wie die meisten künstlerischen Menschen besaß er eine große Liebe zur Natur. »Ich schätze drei Dinge hoch«, bemerkt er irgendwo: »müßig auf einer Anhöhe sitzen, die über eine reiche Aussicht gebietet; von dichten Bäumen beschattet zu werden, während rings um mich die Sonne scheint; und die Einsamkeit zu genießen mit dem Bewußtsein, daß Menschen in der Nähe sind. Das alles finde ich auf dem Lande.« Er schildert seine Wanderungen über den duftenden Stechginster und über die Heide und wie er Collins »Ode to Evening« vor sich hinspricht, um die Schönheit des Augenblicks einzufangen; er erzählt, wie er sein Gesicht »in ein feuchtes Bett von Schlüsselblumen drückt, vom Maitau benetzt«; und über sein Vergnügen, wenn er die sanften Kühe »langsam durch die Dämmerung heimwärts ziehen sieht« und »das ferne Bimmeln der Schafglocken« hört. Einer seiner

Sätze: »Der Polyanthos glühte in seinem kalten Erdenbett wie ein einsames Bild des Giorgione auf einem dunklen Tafelbild aus Eichenholz« ist merkwürdig bezeichnend für sein Temperament, und auch der nachfolgende Abschnitt ist auf seine Weise hübsch:

»Das kurze zarte Gras war mit Margueriten bedeckt – ›die die Leute in unserer Stadt Maßliebchen nennen‹ – dicht wie Sterne in einer Sommernacht. Das rauhe Gekrächze der emsigen Krähen drang angenehm gedämpft aus einem hohen düsteren Ulmenwald in einiger Entfernung, und von Zeit zu Zeit hörte man die Stimme eines Jungen, der die Vögel von den frischgesäten Körnern verscheuchte. Die blauen Tiefen hatten die Farbe von dunkelstem Ultramarin; nicht eine Wolke streifte den ruhigen Äther; nur am Rande des Horizonts flutete ein leuchtender warmer Streifen feuchten Dunstes, gegen den sich das nahe Dorf mit seiner alten Kirche aus Stein durch sein blendendes Weiß scharf abhob. Ich dachte an Wordsworth *›Lines written in March.‹*«

Wir dürfen jedoch nicht vergessen, daß der kultivierte junge Mann, der diese Zeilen niederschrieb und der sich so empfänglich zeigte für den Einfluß von Wordsworth, zugleich, wie ich zu Beginn dieses Aufsatzes sagte, einer der abgefeimtesten und heimlichsten Giftmischer aller Zeiten war. Wodurch er zuerst zu diesem seltsamen Verbrechen angeregt wurde, erfahren wir nicht, und das Tagebuch, in dem er die Ergebnisse seiner schrecklichen Experimente und das angewandte Verfahren genau eintrug, ist uns unglücklicherweise verlorengegangen. Selbst in späteren Tagen bewahrte er über dieses Thema völliges Stillschweigen und zog es vor, über *The Excursion* und die *Poems founded on the Affections* zu sprechen. Es gibt aber keinen Zweifel darüber, daß das Gift, das er gebrauchte, Strychnin war. Er trug Kristalle der indischen *nux vomica* in einem seiner schönen Ringe, auf die er so stolz war und die dazu dienten, die feine Modellierung seiner zarten weißen Hände hervorzuheben; es ist ein Gift, erzählt uns einer seiner Biographen, »fast geschmacklos, schwer zu entdecken, und man kann es beinah unendlich verdünnen«. Er hat mehr Morde begangen, sagt De Quincey, als je durch die Gerichte bekannt wurden. Das ist zweifellos richtig, und einige davon sind der Erwähnung wert. Das erste Opfer war sein Onkel, Thomas Griffiths. Er vergiftete ihn 1829, um in den Besitz von

Linden House zu gelangen, einen Ort, den er seit jeher sehr geliebt hatte. Im August des nächsten Jahres vergiftete er Frau Abercrombie, die Mutter seiner Gattin, und im darauf folgenden Dezember vergiftete er die bezaubernde Helen Abercrombie, seine Schwägerin. Warum er Frau Abercrombie ermordete, ist nicht geklärt. Vielleicht aus einer Laune oder vielleicht, um sein heimliches Machtgefühl zu stärken, oder weil sie ihn beargwöhnte oder ohne jeden Grund. Doch der Mord an Helen Abercrombie wurde von ihm und seiner Gattin verübt, um einer Summe von ungefähr 18 000 Pfund Sterling willen; für diese Summe hatten sie ihr Leben bei verschiedenen Gesellschaften versichert. Die näheren Umstände waren die folgenden. Am 12. Dezember kam er mit Frau und Kind von Linden House nach London und sie nahmen in der Conduit Street 12, Ecke Regent Street Wohnung. Die beiden Schwestern Helen und Madleine Abercrombie waren bei ihnen. Am 14. abends gingen sie alle ins Theater, und beim anschließenden Abendessen erkrankte Helen.

Am nächsten Tag ging es ihr sehr schlecht, und man rief Dr. Locock vom Hanover Square zur Behandlung. Sie lebte bis Montag, den 20.; an diesem Tag brachten die Wainewrights ihr nach dem Morgenbesuch des Arztes etwas vergiftetes Gelee, und dann gingen sie zu einem Spaziergang weg. Als sie zurückkehrten, war Helen Abercrombie tot. Sie war ungefähr zwanzig Jahre alt, groß und anmutig und hatte helles Haar. Eine sehr bezaubernde Rötelskizze von der Hand ihres Schwagers ist noch vorhanden und macht deutlich, wie sehr sein Stil von Sir Thomas Lawrence beeinflußt war, einem Maler, für dessen Werk er stets eine große Bewunderung hegte. De Quincey behauptet, Frau Wainewright sei in Wahrheit nicht die Mitwisserin des Mordes gewesen. Hoffen wir es. Das Verbrechen sollte einsam sein und keine Komplizen haben.

Die Versicherungsgesellschaften ahnten den wirklichen Tatbestand des Falles und verweigerten die Auszahlung der Police, wobei sie sich auf fachtechnische Gründe stützten: eine falsche Darstellung und mangelnder Rechtsanspruch; aber mit erstaunlichem Mut brachte der Giftmischer eine Klage beim Schiedsgericht gegen die »Imperial Company« ein, da die Übereinkunft besteht, daß eine Entscheidung für alle Fälle verbindlich sein soll. Das Gericht jedoch gelangte fünf Jahre lang zu keinem Ergebnis, worauf nach einer Nichtübereinstimmung, das Urteil schließlich zugunsten der Gesellschaft gefällt wurde. Der Richter in dieser Angelegenheit war Lord Abinger. *Egomet Bonmot* war durch Mr. Erle und Sir William Follet vertreten, und der Kronanwalt und Sir Frederick Pollock erschienen auf Seiten der Beklagten. Der Kläger war unglücklicherweise außerstande, bei einer der Gerichtsverhandlungen anwesend zu sein. Die Weigerung der Gesellschaft, ihm die 18 000 Pfund Sterling auszuzahlen, hatte ihn in höchst peinliche Schwierigkeiten gestürzt. Wenige Monate nach der Ermordung von Helen Abercrombie war er tatsächlich seiner Schulden wegen in den Straßen Londons in dem Augenblick verhaftet worden, als er der hübschen Tochter eines seiner Freunde ein Ständchen brachte. Er überwand diese Schwierigkeiten zwar, aber kurz darauf hielt er es für ratsamer ins Ausland zu gehen, bis er zu irgendeinem praktischen Übereinkommen mit seinen Gläubigern gelangen würde. Er begab sich also nach Boulogne, um den Vater der erwähnten jungen Dame zu besuchen, und während seines Aufenthaltes überredete er ihn, sein Leben bei der Pelican Company für 3 000 Pfund Sterling zu versichern. Sobald die nötigen Formalitäten abgeschlossen und die Police ausgehändigt war, ließ er einige Strychninkristalle in den Kaffee fallen, als sie eines Abends nach Tisch zusammensaßen. Durch diese Tat gewann er selbst keinerlei finanziellen Vorteil. Seine Absicht war nur, sich an der Gesellschaft zu rächen, die sich als erste geweigert hatte, ihm den Preis seines Verbrechens zu zahlen. Sein Freund starb am folgenden Tag in seiner Gegenwart, und er verließ Boulogne sofort, um eine Skizzentour durch die malerischsten Gegenden der Bretagne zu machen und war eine zeitlang zu Gast bei einem alten französischen Edelmann, der ein herrliches Landhaus bei St. Omer besaß. Von dort aus ging er nach Paris, wo er mehrere Jahre blieb und in Luxus lebte, wie die einen sagen, während andere erzählen, »daß er mit dem Gift in der Tasche lauerte und von allen, die ihn kannten, gefürchtet wurde«. Im Jahre 1837 kehrte er unbemerkt nach England heim. Eine seltsame, verrückte Faszination führte ihn zurück. Er folgte einer Frau, die er liebte.

Es war im Juni, und er wohnte in einem Hotel in Covent Garden. Sein Wohnzimmer war im Parterre, und er hielt vorsichtigerweise die Gardinen geschlossen, aus Furcht gesehen zu werden. Vor dreizehn Jahren, als er seine kostbare Sammlung von Majoliken und Marc Antonios anlegte, hatte er die Namen seiner Kuratoren für eine schriftliche Vollmacht gefälscht, um einen Teil des Vermögens in die Hand zu bekommen, das er von seiner Mutter geerbt und in den ehelichen Hausstand eingebracht hatte. Er wußte, daß diese Fälschung entdeckt worden war und daß er durch seine Rückkehr nach England sein Leben gefährdete. Trotzdem kehrte er zurück. Sollte man sich darüber wundern? Es heißt, die Frau sei sehr schön gewesen, und außerdem liebte sie ihn nicht.

Es war ein reiner Zufall, daß er entdeckt wurde. Ein Lärm auf der Straße erregte seine Aufmerksamkeit, und aus seinem künstlerischen Interesse am modernen Leben schob er einen Augenblick die Gardine beiseite. Draußen rief jemand: »Da ist Wainewright, der Bankfälscher.« Es war Forrester, der Geheimpolizist.

Am 5. Juli wurde er nach Old Bailey gebracht. Der folgende Bericht über den Prozeß erschien in der Times:

»Vor dem Richter Vaughan und dem Richter Alderson stand Thomas Griffiths Wainewright, zweiundvierzig Jahre alt, ein Mann von vornehmer Erscheinung mit einem Schnurrbart; er war angeklagt eine schriftliche Vollmacht über 2259 Pfund Sterling gefälscht und in Umlauf gesetzt zu haben, mit der Absicht, den Direktor und die Gesellschaft der Bank von England zu betrügen.

Dem Gefangenen wurden fünf Anklagepunkte vorgehalten, zu denen er sich nicht schuldig erklärte, als er vor dem Polizeibeamten Arabin im Laufe des Vormittags beschuldigt wurde. Als er jedoch vor die Richter geführt wurde, bat er darum, seine frühere Aussage zurücknehmen zu dürfen und bekannte sich daraufhin zu den zwei Punkten der Anklage, die nebensächlicher Natur waren, schuldig.

Nachdem der Anwalt der Bank ausgeführt hatte, daß drei weitere Anklagepunkte vorhanden seien, aber die Bank nicht wünsche Blut zu vergießen, wurde der Antrag auf Schuldspruch bezüglich der beiden geringfügigen Anklagen protokolliert und der Gefangene am Ende der Sitzung durch den höchsten Kriminalrichter zur lebenslänglichen Deportation verurteilt.«

Zur Vorbereitung auf die Überführung in die Kolonien brachte man ihn nach Newgate zurück. In einem seiner frühen Essays schrieb er in einer phantastischen Passage, wie er »zum Tode verurteilt im Horsemonger Gaol liegt«, weil er der Versuchung nicht widerstehen konnte, einige Marc Antonios aus dem Britischen Museum zu stehlen, um seine Sammlung zu vervollständigen. Das Urteil, das jetzt über ihn gefällt war, bedeutete für einen Mann von seiner Kultur gewissermaßen den Tod. Er beklagte sich bitter seinen Freunden gegenüber und wies nicht ganz grundlos darauf hin, wie mancher sich vorstellen kann, daß das Geld eigentlich ihm gehörte, da es ihm von seiner Mutter bestimmt gewesen, und daß die Fälschung, die er nun einmal begangen hatte, dreizehn Jahre zurück lag, was, um seine eigene Formulierung zu gebrauchen, zumindest eine *circonstance attenuante* war. Die Fortdauer der Persönlichkeit ist ein sehr schwieriges Problem der Metaphysik, und die Art, wie das englische Gesetz die Frage löst, ist gewiß äußerst hemdsärmelig. Es liegt aber etwas Dramatisches in der Tatsache, daß ihm diese harte Strafe für etwas auferlegt wurde, was in Anbetracht seines verhängnisvollen Einflusses auf die Prosa des modernen Journalismus sicherlich nicht seine schwerste Sünde war.

Während er im Gefängnis saß, trafen ihn zufällig Dickens, Macready und Hablot Browne. Sie hatten auf der Suche nach künstlerischen Effekten einen Rundgang durch die Londoner Gefängnisse gemacht, und in Newgate stießen sie plötzlich auf Wainewright. Er begegnete ihnen mit trotzigem Blick, erzählt uns Forster, aber Macready war »entsetzt einen Mann wiederzuerkennen, mit dem er in früheren Jahren vertraut gewesen und an dessen Tisch er gespeist hatte«.

Andere waren neugieriger, und eine zeitlang wurde seine Zelle zu einer Art modischem Treffpunkt. Viele Literaten gingen hin, um ihren ehemaligen Kollegen zu besuchen. Doch er war nicht mehr der freundliche, leichtherzige Janus, den Charles Lamb bewundert hatte. Anscheinend war er sehr zynisch geworden.

Dem Agenten einer Versicherungsgesellschaft, der ihn eines Nachmittags besuchen kam und der glaubte, es sei die richtige Gelegenheit festzustellen, daß das Verbrechen im Grunde eine verfehlte Spekulation ist, antwortete er: »Mein Herr, Ihr Leute aus der City unternehmt Eure Spekulationen und versucht Euer Glück damit. Manche Eurer Spekulationen haben Erfolg, andere schlagen fehl. Meine sind zufällig fehlgeschlagen. Ihre sind zufällig geglückt. Dies ist der einzige Unterschied zwischen Ihnen als meinem Besucher und mir. Doch möchte ich Ihnen sagen, daß mir eines bis zum Schluß gelungen ist. Ich bin mein Leben lang entschlossen gewesen, ein Gentleman zu bleiben. Das ist mir immer gelungen und gelingt mir noch. An diesem Ort ist es Brauch, daß jeder der Insassen einer Zelle abwechselnd am Morgen das Fegen besorgt. Ich teile meine Zelle mit einem Maurer und einem Straßenkehrer, aber sie reichen mir nie den Besen!« Als ein Freund ihm den Mord an Helen Abercrombie vorwarf, zuckte er mit den Schultern und sagte: »Ja, es war scheußlich es zu tun, aber sie hatte sehr dicke Fesseln.«

Von Newgate wurde er auf das Schiffsgefängnis von Portsmouth gebracht und von dort aus auf der *Susan* mit dreihundert anderen Verurteilten zusammen nach Van Diemensland transportiert. Die Reise muß sehr widerwärtig für ihn gewesen sein, und in einem Brief, den er an einen Freund schrieb, sprach er voller Bitterkeit über die Schmach, daß »ein Gefährte von Dichtern und Künstlern« gezwungen ist, mit »Bauerntölpeln« zusammen zu sein. Die Bezeichnung, die er seinen Gefährten gibt, braucht uns nicht zu verwundern. Das Verbrechen ist in England selten die Folge der Sünde. Es ist beinahe immer die Folge des Hungers. Wahrscheinlich gab es niemand an Bord, in dem er einen sympathischen Zuhörer oder gar eine psychologisch interessante Natur hätte finden können.

Er verlor jedoch nie seine Liebe zur Kunst. In Hobart Town richtete er sich ein Atelier ein und begann wieder Skizzen zu zeichnen und Portraits zu malen, und seine Unterhaltung und sein Auftreten scheinen ihren Charme nicht verloren zu haben. Auch seine Gewohnheit, andere zu vergiften, gab er nicht auf, und es wird von zwei Fällen berichtet, in denen er versuchte, Leute, die ihn beleidigt hatten, aus dem Weg zu schaffen. Doch scheint seine Hand die Geschicklichkeit verloren zu haben. Beide Versuche mißglückten völlig, und im Jahre 1844, als er der Tasmanischen Gesellschaft gründlich überdrüssig war, reichte er beim Gouverneur der Kolonie, Sir John Eardley Wilmot, eine

Bittschrift um einen Entlassungsschein ein. Er bemerkt darin über sich, daß »er von Ideen gequält sei, die nach einer äußeren Form und Verwirklichung verlangten, daß er abgehalten sei, sein Wissen zu bereichern und keine Gelegenheit habe, sich in der nutzbringenden oder auch nur gefälligen Rede zu üben«. Sein Gesuch wurde jedoch abgelehnt, und der Freund Coleridges tröstete sich, indem er die wunderbaren *Paradis Artificiels* schrieb, deren Geheimnis nur die Opiumesser kennen. 1852 starb er an einem Schlaganfall; das einzige lebende Wesen um ihn war eine Katze, für die er eine ungewöhnliche Zuneigung bewies.

Seine Verbrechen haben anscheinend eine bedeutsame Wirkung auf seine Kunst ausgeübt. Sie gaben seinem Stil eine starke Persönlichkeit, eine Qualität, die seinen frühen Werken ganz sicher fehlte. In einer Anmerkung zu seiner Dickens-Biographie erwähnt Forster, daß Lady Blessington 1847 von ihrem Bruder Major Power, der in Hobart Town eine militärische Stellung bekleidete, das Ölportrait einer jungen Dame von Wainewrights geschicktem Pinsel erhielt; und man sagt, »er habe es fertiggebracht, den Ausdruck seiner eigenen Schlechtigkeit in das Bild eines hübschen, warmherzigen Mädchens zu legen«. Zola erzählt in einem seiner Romane von einem jungen Mann, der einen Mord begangen hat, sich dann der Kunst zuwendet und impressionistische Portraits von sehr ehrbaren Leuten in grünlichem Ton malt, die alle eine sonderbare Ähnlichkeit mit seinem Opfer haben. Die Entwicklung von Wainwrights Stil erscheint mir bedeutend subtiler und wirkungsvoller zu sein. Man kann sich eine starke Persönlichkeit vorstellen, die aus der Sünde gewachsen ist.

Diese seltsame und faszinierende Gestalt, die einige Jahre hindurch das literarische London blendete und ein so glänzendes Debüt im Leben und in der Literatur hatte, ist zweifellos ein hochinteressantes Studium. W. Carew Hazlitt, sein jüngster Biograph, dem ich eine Reihe von Tatsachen danke, die in dieser Abhandlung enthalten sind und dessen kleines Buch in seiner Art tatsächlich ganz unschätzbar ist, glaubt, daß Wainewrights Liebe zur Kunst und zur Natur nichts als Prätention und Überheblichkeit waren, und andere haben ihm jegliche literarische Kraft abgesprochen. Diese Anschauung kommt mir oberflächlich oder mindestens verfehlt vor. Der Umstand, daß jemand ein Giftmischer ist, sagt nichts gegen seine Prosa aus. Häusliche Tugenden bilden nicht die wahre Grundlage der Kunst, obgleich sie eine ausgezeichnete Werbung für einen zweitrangigen Künstler sein können. Mag sein, daß De Quincey seine kritischen Fähigkeiten zu hoch bewertet hat, und ich muß noch einmal wiederholen, daß es vieles in seinen veröffentlichten Werken gibt, das zu privat, zu gewöhnlich und zu journalistisch im schlechten Sinne dieses Wortes ist. Hie und da ist sein Ausdruck entschieden vulgär, und stets mangelt ihm die Selbstzucht des wahren Künstlers. Aber für einige seiner Fehler ist die Zeit verantwortlich, in der er lebte, und schließlich verdient eine Prosa, die Charles Lamb »ausgezeichnet« nannte, kein geringes historisches Interesse. Daß er Kunst und Natur wirklich liebte, erscheint mir unzweifelhaft. Es gibt keine wesentliche Inkongruenz zwischen Verbrechen und Kultur. Wir können nicht die ganze Geschichte umschreiben, damit unsere moralische Empfindung, wie die Welt sein sollte, befriedigt wird.

Natürlich steht er unserer eigenen Zeit viel zu nahe, als daß wir in der Lage sind, ein rein künstlerisches Urteil über ihn abzugeben. Es ist unmöglich, sich eines heftigen Vorurteils gegen einen Mann zu erwehren, der Lord Tennyson oder Gladstone hätte vergiften können oder den »Master of Balliol«. Aber hätte dieser Mann sich durch Kleidung und Sprache von uns unterschieden, hätte er im kaiserlichen Rom gelebt oder zur Zeit der italienischen Renaissance oder im Spanien des 17. Jahrhunderts, in jedem Land und zu jeder Zeit, nur nicht in unserem Jahrhundert und Land, so könnten wir ohne weiteres zu einem völlig unvoreingenommenen Urteil seiner Stellung und seines Wertes gelangen. Ich weiß, daß es viele Historiker gibt oder zumindest Schriftsteller, die historische Gegenstände behandeln, welche noch immer glauben, es sei unerläßlich, moralische Urteile auf die Geschichte anzuwenden, und die Lob und Tadel mit der feierlichen Selbstgefälligkeit eines erfolgreichen Schulmeisters verteilen. Dies ist jedoch eine törichte Gewohnheit, die nur zeigt, daß der moralische Instinkt einen solchen Gipfel der Vollkommenheit erreichen kann, daß er überall dort zutage tritt, wo er nicht gefragt ist. Keinem Menschen mit einem echten historischen

Gefühl kommt es je in den Sinn, Nero zu tadeln oder Tiberius zu schelten oder Caesare Borgia zu kritisieren. Diese Figuren sind gleichsam die Marionetten in einem Stück geworden. Sie mögen uns mit Schrecken oder Entsetzen oder mit Staunen erfüllen, aber sie verletzen uns nicht. Sie haben keine direkte Beziehung zu uns. Wir haben nichts von ihnen zu fürchten. Sie sind in den Bereich der Kunst und der Wissenschaft übergetreten, und weder Kunst noch Wissenschaft kennen moralische Zustimmung oder Ablehnung. Und so möge es eines Tages mit dem Freunde von Charles Lamb geschehen. Gegenwärtig habe ich das Gefühl, daß er noch ein wenig zu modern ist, um mit jenem feinen Sinn der unparteiischen Neugier behandelt zu werden, dem wir so viele reizvolle Studien über die großen Verbrecher der italienischen Renaissance aus der Feder von John Addington Symonds, A. Mary F. Robinson, Vernon Lee und anderen ausgezeichneten Schriftstellern verdanken. Gleichwohl hat die Kunst ihn nicht vergessen. Er ist der Held in Dickens *Hunted Down*, der Varney in Bulwers *Lucretia*; und es ist mit Genugtuung festzustellen, daß die Dichtung dem Mann, der mit »Feder, Pinsel und Gift« so mächtig war, ihre Huldigung nicht versagt hat. Die Dichtung anzuregen, ist mehr wert als eine Tatsache.

Der Kritiker als Künstler

Teil I

Mit einigen Anmerkungen über den Wert des Nichtstuns

Ein Dialog

Personen: Gilbert und Ernest.
Ort: *Die Bibliothek eines Hauses in der Piccadilly, mit der Aussicht auf den Green Park.*

GILBERT *(am Klavier)*. Worüber lachst du, Ernest?

ERNEST *(blickt auf)*. Über eine köstliche Geschichte in diesem Band Lebenserinnerungen, den ich auf deinem Tisch fand.

GILBERT. Was für ein Buch ist es? Ah! Ich sehe schon. Ich hab es noch nicht gelesen. Taugt es etwas?

ERNEST. Nun, ich habe, während du spieltest, nicht ohne Vergnügen darin geblättert, obwohl ich im allgemeinen kein Freund moderner Memoiren bin. Sie werden gewöhnlich von Leuten geschrieben, die entweder völlig ihr Gedächtnis verloren oder nie etwas Erinnernswertes getan haben; genau das ist ohne Zweifel die wahre Erklärung ihrer Beliebtheit, denn dem englischen Publikum wird immer wohl zumute, wenn eine Mediokrität zu ihm spricht.

GILBERT. Ja, das Publikum ist erstaunlich tolerant. Es verzeiht alles – außer Genie. Aber ich muß gestehen, daß mir jede Art von Memoiren gefallen. Ich schätze sie als Form genauso sehr wie als Gegenstand. In der Literatur ist der reine Egoismus entzückend. Er fasziniert uns in den Briefen so verschiedener Persönlichkeiten wie Cicero und Balzac, Flaubert und Berlioz, Byron und Madame de Sévigné. Wann immer wir ihm begegnen – es geschieht merkwürdigerweise ziemlich selten –, müssen wir ihn begrüßen und können ihn nicht leicht wieder vergessen.

Die Menschheit wird Rousseau immer dafür lieben, daß er seine Sünden nicht dem Priester, sondern der Welt gebeichtet hat, und die ruhenden Nymphen, die Cellini in Bronze goß für das Schloß des Königs Franz, selbst der grüngoldene Perseus, der auf der offenen Loggia in Florenz dem Mond das tödliche Schreckbild zeigt, das einst Leben in Stein verwandelte, haben der Welt nicht so viel Genuß bereitet wie seine Autobiographie, in der dieser Erzschurke der Renaissance die Geschichte seines Glanzes und seiner Schande erzählt. Ansichten, Charakter und Werke eines Menschen bedeuten wenig. Mag ein Skeptiker reden wie der edle Sieur de Montaigne, oder ein Heiliger wie der strenge Sohn der Monika, sobald er uns seine Geheimnisse offenbart, gelingt es ihm stets, unser Ohr zu bezaubern und unseren Lippen Schweigen zu gebieten. Die Form des Denkens, die Kardinal Newman vertreten hat – wenn man den Versuch, geistige Probleme dadurch zu lösen, daß man den Vorrang des Intellekts leugnet, überhaupt eine Form des Denkens nennen mag –, wird und kann, glaube ich, nicht von Dauer sein. Aber die Welt wird nie müde werden, dieser gequälten Seele zuzusehen, wie sie von Finsternis zu Finsternis fortschreitet. Die einsame Kirche von Littlemore, wo »die Morgenluft feucht ist und der Gläubigen wenige sind«, wird ihr immer teuer sein, und sooft die Menschen das gelbe Löwenmaul an der Mauer des Trinity College blühen sehen, werden sie an den tugendhaften Studenten denken, der in der steten Wiederkehr der Blumen die Prophezeiung fand, daß er für alle Zeit an seiner Alma Mater weilen werde – eine Prophezeiung, die der Glaube in seiner Weisheit oder seiner Torheit nicht in Erfüllung gehen ließ. Ja, die Autobiographie hat etwas Unwiderstehliches. Mr. Pepys, der arme, alberne, selbstgefällige Sekretär, hat sich in den Kreis der Unsterblichen hineingeschwatzt, und wohl wissend, daß Indiskretion der bessere Teil des Mutes ist, tummelt er sich gewichtig unter ihnen, in seinem »roten Plüschrock mit goldenen Knöpfen, Schleifen und Tressen«, den er uns so gern beschreibt, ganz und gar zu seiner eigenen Genugtuung und zu seinem und unserem unendlichen Vergnügen von dem indischblauen Unterrock schwätzend, den er seiner Frau gekauft hat, dem »guten Schweinsgekröse« und dem »feinen französischen Kalbsfrikassee«, das er so gerne aß, über sein Bowlingspiel mit Will Joyce und »seine Schürzenjägerei«. Er erzählt uns, wie er eines Sonntags Hamlet rezitierte und an Wochentagen seine Bratsche strich und dergleichen mutwillige oder triviale Dinge mehr. Sogar im täglichen Leben besitzt der Egoismus seine Reize. Wenn die Leute über andere reden, sind sie gewöhnlich langweilig. Erzählen sie dagegen von sich, dann werden sie fast immer interessant. Könnte man ihnen so leicht den Mund schließen, wenn sie einen ermüden, wie man ein Buch zuklappt, dessen man müde geworden ist, so wäre an ihnen nichts auszusetzen.

ERNEST. Dieses »wenn« hat viel für sich, würde Touchstone sagen. Aber schlägst du im Ernst vor, jeder solle sein eigener Boswell sein? Was würde in diesem Falle aus unseren emsigen Kompilatoren von Erinnerungen und Lebensbeschreibungen?

GILBERT. Was ist aus ihnen geworden? Sie sind die Pest des Zeitalters, nicht mehr, nicht weniger. Jeder große Mann hat heutzutage seine Jünger, und immer ist es Judas, der die Biographie schreibt.

ERNEST. Aber mein Lieber!

GILBERT. Leider ist es wahr. Früher verherrlichten wir unsere Helden. Die moderne Manier ist es, sie herabzuwürdigen. Billige Ausgaben großer Bücher können etwas höchst Erfreuliches sein, aber billige Ausgaben großer Männer sind einfach abscheulich.

ERNEST. Darf ich fragen, auf wen du anspielst, Gilbert?

GILBERT. Oh, auf alle unsere zweitrangigen Literaten. Wir werden von einer Sorte Menschen heimgesucht, die beim Tode eines Dichters oder Malers mit dem Leichenbestatter zugleich das Haus betritt und vergißt, daß es ihre einzige Pflicht ist, sich stumm zu verhalten. Aber sprechen wir nicht von ihnen. Sie sind nichts als die Leichenfledderer der Literatur. Einer bekommt den Staub und ein anderer die Asche des Toten, doch an die Seele können sie nicht rühren. Aber jetzt will ich dir Chopin spielen oder lieber Dvořak? Soll ich dir eine Fantasie von Dvořak vorspielen? Er schreibt leidenschaftliche, seltsam farbige Stücke.

ERNEST. Nein, im Augenblick möchte ich keine Musik. Sie ist mir viel zu unbestimmt. Übrigens habe ich gestern abend die Baronin Bernstein zum Essen ausgeführt, und obwohl sie in jeder Hinsicht reizend ist, bestand sie darauf, über Musik zu sprechen, als wäre die Musik wirklich in deutscher Sprache geschrieben. Nun mag Musik klingen, wie sie will, zum Glück klingt sie nie auch nur entfernt deutsch. Es gibt Formen des Patriotismus, die sind eigentlich entwürdigend. Nein, Gilbert, spiel nicht mehr. Dreh dich um und unterhalte dich mit mir. Unterhalten wir uns, bis der weißgehörnte Tag ins Zimmer kommt. Deine Stimme hat etwas sehr Wohltuendes.

GILBERT *(steht vom Klavier auf).* Ich habe heute abend keine Lust zu einer Unterhaltung. Lächle nicht so perfid! Ich habe wirklich keine Lust. Wo sind die Zigaretten? Danke. Wie köstlich diese einzelnen gelben Narzissen sind! Sie wirken wie aus Bernstein und kühlem Elfenbein. Sie gleichen den Gebilden griechischer Kunst aus der besten Periode. Was für eine Geschichte in den Bekenntnissen des reumütigen Akademikers reizte dich zum Lachen? Erzähl sie mir. Wenn ich Chopin gespielt habe, überkommt mich immer ein Gefühl, über Sünden geweint zu haben, die ich niemals beging, und über Tragödien zu trauern, die nicht meine eigenen waren. Die Musik ruft scheinbar diese Wirkung hervor. Sie schafft uns eine Vergangenheit, von der wir nichts wußten, und erfüllt uns mit dem Gefühl von Leiden, die unseren Tränen verborgen geblieben waren. Ich kann mir einen Menschen vorstellen, der ein völlig alltägliches Leben führt und zufällig eine ganz seltsame Musik vernimmt; plötzlich wird er gewahr, daß seine Seele, ohne daß es ihm bewußt wurde, schreckliche Erfahrungen gemacht und ein schauerliches Entzücken erlebt hat, wilde abenteuerliche Lieben, große Entsagungen. Und darum erzähl mir diese Geschichte, Ernest. Ich brauche Aufheiterung.

ERNEST. Oh, ich wüßte nicht, daß sie irgendwie bedeutend wäre. Aber sie scheint mir eine wirklich vortreffliche Illustration für den wahren Wert der üblichen Kunstkritik zu sein. Ich glaube, eine Dame fragte einmal in allem Ernst den reumütigen Akademiker, wie du ihn nennst, ob sein berühmtes Bild »Ein Frühlingstag in Whiteley« oder »Warten auf den letzten Omnibus« oder andere Bilder dieser Art, ganz mit der Hand gemalt seien.

GILBERT. Und stimmte das?

ERNEST. Du bist einfach unverbesserlich. Aber reden wir ernsthaft, worin besteht der Nutzen der Kunstkritik? Warum kann man den Künstler nicht in Ruhe lassen, damit er eine neue Welt erschaffe, wenn es ihn danach verlangt, oder damit er die Welt, die wir bereits kennen, vorbildlich darstelle; ich denke, wir wären ihrer längst überdrüssig, wenn nicht die Kunst mit ihrem feinen Sinn für Auswahl und ihrem empfindlichen Instinkt für Auslese sie gleichsam für uns reinigte und ihr für den Augenblick Vollkommenheit verliehe. Es scheint mir, daß die Phantasie Einsamkeit um sich verbreitet oder verbreiten sollte, sie schafft am besten in der Stille und Abgeschiedenheit. Warum den Künstler mit dem lauten Geschrei der Kritik stören? Warum sollten Leute, die selbst nicht imstande sind, etwas zu schaffen, sich anmaßen, den Wert eines schöpferischen Werkes zu beurteilen? Was können sie darüber wissen? Und ist eines Mannes Werk leicht zu verstehen, so ist eine Erklärung unnötig ...

GILBERT. Und ist sein Werk unverständlich, dann ist eine Deutung von Übel.

ERNEST. Das habe ich nicht behauptet.

GILBERT. Ah, aber das hättest du sollen. Uns sind heute so wenig Geheimnisse geblieben, daß wir nicht ein einziges entbehren können. Die Mitglieder der Browning Gesellschaft, wie die Theologen der gemäßigt liberalen Kirchenpartei oder die Autoren in der Reihe großer Schriftsteller von Walter Scott scheinen mir ihre Zeit damit zu verbringen, ihre Gottheit wegzuinterpretieren. Wo wir die Hoffnung hegten, in Browning einen Mystiker zu haben, versuchten sie zu beweisen, daß er sich einfach unklar ausgedrückt hat. Wo wir annahmen, er habe etwas zu verbergen, haben sie dargelegt, daß er kaum etwas zu offenbaren hatte. Aber ich spreche nur von der Uneinheitlichkeit seines Werkes. Im ganzen gesehen, ist er groß. Er gehörte nicht zu den Olympiern, sondern besaß die ganze Unvollkommenheit des Titanen. Er besaß nicht den weiten Blick, und nur selten wurde er zum Sänger. Sein Werk zeigt die Spuren des Kampfes, der Heftigkeit und Anstrengung, er gelangte nicht vom Gefühl zur Form, sondern vom Denken zum Chaos. Dennoch war er groß. Man hat ihn einen Denker genannt, und sicherlich war er ein Mann, der ständig dachte und immer laut dachte; aber es war nicht das Denken, das ihn faszinierte, sondern vielmehr die Vorgänge, durch die das Denken angeregt wird. Das Triebwerk war es, an dem er Gefallen fand, nicht, was das Triebwerk hervorbringt. Der Prozeß, durch den der Narr zu seiner Narrheit gelangt, war ihm so teuer wie die allerletzte Weisheit des Weisen. In der Tat übte der subtile Mechanismus des Geistes einen solchen Reiz auf ihn aus, daß er die Sprache geringschätzte und auf sie wie auf ein unvollkommenes Instrument des Ausdrucks herabsah. Der Reim, dieses herrliche Echo, das im welligen Hügelland der Muse seinen eigenen Ton gebiert und widerklingen läßt, der Reim, der in den Händen des wirklichen Künstlers nicht nur ein formales Element metrischer Schönheit, sondern auch ein geistiges Element des Denkens und der Leidenschaft wird, der möglicherweise eine neue Aussageform anregt oder neue Gedankengänge weckt oder durch die reine Süße und betörende Gewalt des Klangs irgendein goldenes Tor öffnet, an welches selbst die Phantasie vergebens pochte, der Reim, der das Stammeln des Menschen in die Sprache von Göttern verwandeln kann, der Reim, die einzige Saite, die wir der griechischen Lyra hinzugefügt haben, wurde in Robert Brownings Hand zur grotesken Mißgeburt und machte seine Dichtung bisweilen zur Maskerade eines kleinen Komödianten, der den Pegasus zu häufig mit der Zunge in der Backe reitet. Manchmal verletzt er uns durch dissonante Musik. Ja, wenn er nur zu seiner Musik kommt, indem er die Saiten seiner Laute zerreißt, zerfetzt er sie, und sie zerspringen im Mißklang, und keine attische Zikade läßt sich, die zitternden Flügel melodisch schwingend, auf dem elfenbeinernen Horn nieder, den Verstakt vollkommen zu machen oder die Intervalle weniger abrupt. Und doch war er groß: und wenngleich er die Sprache in groben Lehm verwandelte, schuf er doch daraus lebendige Männer und Frauen. Er ist der shakespearehafteste Mensch seit Shakespeare. Vermochte Shakespeare mit Myriaden Lippen zu singen, so konnte Browning durch tausend Munde stammeln. Noch jetzt, während ich spreche und nicht gegen ihn, sondern für ihn spreche, gleitet der Zug seiner Gestalten durch den Raum. Schleicht da nicht Fra Lippo Lippi, die Wange noch brennend von einem heißen Mädchenkuß? Hier steht der furchtbare Saul, an seinem Turban glänzen die prächtigen großen Saphire. Da ist Mildred Tresham und der spanische

Mönch, das Antlitz gelb vor Haß, und Blougram und Ben Ezra und der Bischof von St. Praxed. In der Ecke wispert des Setebos Brut, und Sebald, der Pippa vorübergehn hört, blickt auf das wilde Gesicht der Ottima und verabscheut sie, seine eigene Sünde und sich selbst. Bleich wie der weiße Atlas seines Wamses wartet der melancholische König mit träumerischen Verräteraugen, daß der allzu getreue Strafford in sein Verderben geht, und Andrea erschauert, da er im Garten das Pfeifen seiner Vettern hört; er bittet sein edles Weib hinabzugehn. Ja, Browning war groß. Und wie wird er im Gedächtnis der Menschheit fortleben? Als Dichter? Nein, nicht als Dichter! Man wird ihn als Prosaschriftsteller in Erinnerung behalten, als den größten Prosaschriftsteller vielleicht, den wir je besaßen. Sein Sinn für die dramatische Situation ist unvergleichlich, und findet er auch keine Antwort auf seine eigenen Probleme, so gelingt es ihm zumindest, Probleme herauszustellen, und was sollte ein Künstler mehr tun? Als Schöpfer von Charakteren steht er dem, der Hamlet schuf, am nächsten. Wäre er klar und bestimmt gewesen, er hätte neben ihm stehen dürfen. Der einzige, der den Saum seines Gewandes berühren darf, ist George Meredith. Meredith ist ein Browning in Prosa, und auch Browning ist Prosaiker. Er bedient sich der Poesie als eines Mittels, Prosa zu schreiben.

ERNEST. Manches ist richtig, was du sagst, aber nicht alles. In vielen Punkten bist du ungerecht.

GILBERT. Es ist schwer, nicht ungerecht zu sein, wo man liebt. Aber kehren wir zu dem bestimmten Ausgangspunkt zurück. Was meintest du noch?

ERNEST. Einfach dies: daß es in den besten Zeiten der Kunst keine Kunstkritiker gab.

GILBERT. Diese Bemerkung muß ich schon einmal gehört haben, Ernest. Sie hat die Zählebigkeit eines Irrtums und ist so langweilig wie ein alter Freund.

ERNEST. Sie ist wahr. Ja: du brauchst nicht in dieser ärgerlichen Art den Kopf zu schütteln. Sie entspricht der Wahrheit. In den besten Zeiten der Kunst gab es keine Kunstkritiker. Der Bildhauer schlug aus dem Marmorblock den großen weißgliedrigen Hermes, der in ihm schlief. Die Polierer und Vergolder gaben der Statue Färbung und Glätte, und als die Welt sie erblickte, ward sie von Ehrfurcht erfaßt und blieb stumm. Er goß die glühende Bronze in die Sandform, und der Strom roten Metalls kühlte sich zu edlen Linien ab und nahm die Form einer Göttergestalt an. Durch Email oder geschliffene Edelsteine gab er den blicklosen Augen Leben. Die hyazinthengleichen Locken wurden lebendig unter seinem Stechmeißel. Und wenn dann der Sohn der Leto im dämmrigen, freskengeschmückten Tempel oder in der von Pfeilern getragenen, sonnendurchfluteten Säulenhalle auf dem Sockel stand, fühlten die Vorüberschreitenden, *ἁβρῶς βαίνοντες διὰ λαμπροτάτου αἰθέρος*, daß eine neue Macht von ihrem Leben Besitz ergriffen hatte und wie im Traume, oder mit dem Gefühl einer nie gekannten, neu geweckten Freude kehrten sie nach Hause oder an ihre tägliche Arbeit zurück, oder sie wanderten vielleicht durch die Stadttore hinaus auf jene Wiese, wo die Nymphen spielten, wo der junge Phaidros seine Füße kühlte; und dort im weichen Gras, unter den hohen, raunenden Platanen und dem blühenden »agnus castus«, begannen sie über das Wunder der Schönheit nachzudenken und schwiegen in ungewohnter Ehrfurcht. Damals war der Künstler frei. Aus dem Flußbett nahm er den feinen Ton in seine Hände, und mit einem Werkzeug aus Holz oder Bein bildete er daraus Formen, so köstlich, daß man sie den Toten als Spielzeug mitgab; wir finden sie noch in den düstern Grabgewölben am gelben Hügelabhang bei Tanagra, mit mattem Gold und schwindendem Rot noch auf Haar, Lippen und Gewand. Auf eine frisch getünchte Wand, gefärbt mit leuchtendem Sandyx oder durch Milch oder Safran getönt, malte er eine Gestalt, die mit ermattetem Fuß über die purpurnen, weißbesternten Asphodelenwiesen dahinschritt: Polyxena, Priamus' Tochter, »in deren Augen der ganze Trojanische Krieg beschlossen lag«; oder er stellte den klugen und listenreichen Odysseus dar, mit straffen Seilen an den Mastbaum gebunden, damit er ohne Gefahr dem Gesang der Sirenen lausche, oder wie er am durchsichtigen Acheron wandelt, wo die Geister der Fische über das Kiesbett gleiten; oder er zeigte die Perser in Hosen und Mitra, wie sie vor den Griechen bei Marathon fliehen, oder wie die Galeeren in der engen Bucht von Salamis ihre Bronzeschnäbel ineinanderverkeilen. Er zeichnete mit Silberstift und Kohle auf Pergament und präpariertes Zedernholz. Auf Elfenbein und rosenfarbige Terracotta malte er mit Wachs, das er mit dem Saft von Oliven flüssig machte und durch heißes Eisen festigte. Holztafel, Marmor und Leinwand erwachten wundervoll, wenn sein Pinsel darüberstrich; und das Leben erkannte sein eigenes Bild, schwieg und wagte nicht zu sprechen. Dem Künstler war in der Tat das ganze Leben zu eigen, von den Kaufleuten auf dem Marktplatz bis zum Hirten, der in seinen Mantel gehüllt auf dem Hügel lagert, von den Nymphen, versteckt in Lorbeerhainen, und den Faunen, die um die Mittagsstunde flöten, bis zu dem König, den Sklaven auf ölglänzenden Schultern in einer Sänfte mit langen grünen Vorhängen trugen und mit Pfauenfedern fächelten. Männer und Frauen, das Antlitz freudig oder kummervoll bewegt, zogen an ihm vorüber. Er schaute sie an, und ihr Geheimnis wurde seines. Durch Form und Farbe erschuf er eine neue Welt.

Auch alle kleinen künstlerischen Formen beherrschte er. Er hielt den Edelstein gegen die drehende Scheibe, und aus dem Amethyst wurde das Purpurlager des Adonis, und über den geäderten Sardonyx jagte Artemis mit ihren Hunden. Er hämmerte aus dem Gold Rosen und band sie zum Halsschmuck oder Armband zusammen. Er hämmerte Kränze aus dem Gold für den Helm des Siegers, Palmetten für tyrische Gewänder und Masken für die toten Könige. Auf die Rückseite des silbernen Spiegels gravierte er Thetis, von den Nereiden getragen, oder die liebeskranke Phaedra mit ihrer Dienerin, oder Persephone, die von der Erinnerung gequält, Mohn in ihr Haar flicht. Der Töpfer saß unter seinem Dach, und von der geräuschlosen Scheibe wuchs blütengleich die Vase zwischen seinen Händen empor. Er schmückte Fuß, Stiel und Henkel mit zierlichen Olivenblattmustern, mit dem Blätterwerk des Akanthus oder mit gekrümmten, schaumgekrönten Wellen. Dann malte er in roten und schwarzen Farben Knaben im Ringkampf oder Wettlauf: Helden in voller Rüstung, die sich mit seltsamen Waffenschilden und fremdartigen Visieren aus dem muschelförmigen Streitwagen über die aufbäumenden Kampfrosse beugen: die Götter beim Festmahl oder wie sie ihre Wundertaten vollbringen: die Heroen in ihrem Sieg und ihrer Qual. Zuweilen ätzte er mit dünnen, hochroten Linien auf weißem Grund den sehnsüchtigen Bräutigam und die Braut, von Eros umschwebt – und Eros, einem Engel des Donatello ähnlich, ein kleines lachendes Geschöpf mit vergoldeten oder azurnen Flügeln. Auf die Wölbung schrieb er vielleicht den Namen seines Freundes. *ΚΑΛΟΣ ΑΛΚΙΒΙΑΔΗΣ** oder *ΚΑΛΟΣ ΧΑΡΜΙΔΗΣ** kündet uns die Geschichte seiner Tage. Und weiter zeichnete er auf den Rand der großen, flachen Schale den äsenden Hirsch oder den schlafenden Löwen, wie die Phantasie es ihm eingab. Von der kleinen Duftölflasche lacht Aphrodite bei der Toilette, und mit den entblößten Mänaden in seinem Gefolge tanzt Dionysos um den Weinkrug, die nackten Füße von Traubensaft befleckt, während der greise Silen sich satyrhaft auf üppigen Fellen spreizt oder den magischen Speer schüttelt, der mit einem durchbrochenen Tannenzapfen an der Spitze beschlagen und mit dunklem Efeu umkränzt ist. Und niemand kam, den Künstler bei seinem Werk zu stören. Kein unverantwortliches Geschwätz verwirrte ihn. Er wurde nicht durch Meinungen belästigt. An den Ufern des Ilyssos, mein lieber Gilbert, gab es keine albernen Kunstkongresse, die den Provinzialismus in die Provinzen tragen und die Mittelmäßigkeit lehren, den Mund aufzureißen. An den Ufern des Ilyssos gab es keine langweiligen Kunstzeitschriften, worin betriebsame Leute über Dinge schwätzen, die sie nicht verstehen. An den schilfbewachsenen Ufern dieses Flüßchens brüstete sich kein lächerlicher Journalismus und nahm das Richteramt für sich allein in Anspruch, während er sich auf der Anklagebank rechtfertigen sollte. Bei den Griechen gab es keine Kunstkritiker.

GILBERT. Du bist ganz entzückend, Ernest, aber deine Ansichten sind einfach falsch. Ich fürchte, du hast dem Gespräch von Leuten zugehört, die älter sind als du. Das hat immer seine Tücken, und wenn du das zur Gewohnheit werden läßt, wirst du entdecken, wie fatal es sich auf jede intellektuelle Entwicklung auswirkt. Was den modernen Journalismus angeht, so ist es nicht meine Aufgabe, ihn zu verteidigen. Er rechtfertigt seine Existenz nach dem großen Darwinschen Prinzip vom Überleben der Niedrigsten. Ich habe es nur mit der Literatur zu tun.

* Ehrenwerter Alkibiades

* Ehrenwerter Charmides

ERNEST. Aber was ist der Unterschied zwischen Literatur und Journalismus?

GILBERT. Oh, der Journalismus ist das Lesen nicht wert, und die Literatur wird nicht gelesen. Das ist alles. Und um auf deine Behauptung zu kommen, die Griechen hätten keine Kunstkritiker besessen, so muß ich feststellen, daß sie völlig absurd ist. Man könnte mit mehr Recht sagen: Die Griechen waren ein Volk von Kunstkritikern.

ERNEST. Wirklich?

GILBERT. Ja, ein Volk von Kunstkritikern. Doch möchte ich das bezaubernd unwirkliche Bild nicht zerstören, das du von dem Verhältnis des hellenischen Künstlers zu dem Geist seines Zeitalters entworfen hast. Genau zu beschreiben, was sich nie zugetragen hat, ist nicht bloß die eigentliche Beschäftigung des Historikers, sondern das unveräußerliche Vorrecht eines jeden, der Begabung und Kultur besitzt. Noch weniger wünsche ich mich gelehrt zu unterhalten. Eine gelehrte Unterhaltung ist entweder die Leidenschaft des Unwissenden oder das Bekenntnis der geistig Unbeschäftigten. Das sogenannte veredelnde Gespräch aber ist nichts als ein einfältiger Versuch der noch einfältigeren Philanthropen, auf kleinmütige Weise die gerechte Erbitterung der untersten Gesellschaftsklassen zu entwaffnen. Nein, ich will dir lieber ein tolles, feuriges Stück von Dvořak vorspielen. Die bleichen Gestalten auf dem Gobelin lächeln uns zu, und die schweren Augenlider meines Bronzenarziß sind vom Schlummer geschlossen. Sprechen wir nicht über ernste Dinge. Ich bin mir allzusehr bewußt, daß wir in einer Zeit geboren sind, die nur die Dummheit ernst nimmt, und ich lebe in der Angst, nicht mißverstanden zu werden. Bring mich nicht in die Situation, dir nützliche Aufschlüsse zu geben. Erziehung ist eine wunderbare Sache, doch muß man sich von Zeit zu Zeit besinnen, daß nichts, was von Wert ist, gelehrt werden kann. Durch den geteilten Fenstervorhang sehe ich den Mond wie ein ausgeschnittenes Silberstück. Wie goldene Bienen schwärmen die Sterne um ihn. Der Himmel ist ein harter, gewölbter Saphir. Laß uns hinaus in die Nacht gehen. Denken ist wundervoll, aber noch wundervoller ist das Erlebnis. Wer weiß, vielleicht begegnen wir dem Prinzen Florizel von Böhmen, vielleicht hören wir die schöne Kubanerin, die uns erzählt, daß sie nicht ist, was sie scheint.

ERNEST. Du bist fürchterlich eigensinnig. Ich bestehe darauf, dieses Thema mit dir zu diskutieren. Du hast behauptet, die Griechen seien ein Volk von Kunstkritikern gewesen. Was für eine Kunstkritik haben sie uns hinterlassen?

GILBERT. Mein lieber Ernest, selbst wenn kein einziges kunstkritisches Fragment von den Griechen oder aus griechischer Zeit zu uns gekommen wäre, gälte nichtsdestoweniger die Wahrheit, daß die Griechen ein Volk von Kunstkritikern waren. Sie haben die Kunstkritik ebenso erfunden wie jede andere Kritik. Denn was verdanken wir schließlich den Griechen in erster Linie? Einfach den kritischen Geist. Und diesen kritischen Geist, den sie in Fragen der Religion und Wissenschaft übten, in den Fragen der Ethik und der Metaphysik, in der Politik und Erziehung, den übten sie auch in den Fragen der Kunst. Sie haben uns in der Tat in den beiden höchsten und edelsten Künsten die makelloseste Methode der Kritik hinterlassen, die die Welt je gekannt hat.

ERNEST. Und wie heißen die beiden höchsten und edelsten Künste?

GILBERT. Leben und Literatur. Das Leben und der vollendete Ausdruck des Lebens. Die Grundgedanken des Lebens, wie sie die Griechen formulierten, können wir uns nicht vergegenwärtigen in einem Zeitalter, das von falschen Idealen so verdorben ist wie das unsere. Die Grundgedanken der Literatur, wie sie von ihnen formuliert wurden, sind in vieler Hinsicht so subtil, daß wir sie kaum zu begreifen vermögen. Indem sie erkannten, daß die vollkommenste Kunst jene ist, die den Menschen in seiner unendlichen Mannigfaltigkeit am erschöpfendsten widerspiegelt, führten sie die Kritik der Sprache, welche sie einzig als Material dieser Kunst betrachteten, zu einer Höhe, an die wir mit unserer systematischen Betonung auf Ratio oder Emotion kaum, wenn überhaupt heranreichen können; sie studierten zum Beispiel die metrischen Zeitmaße einer Prosa so wissenschaftlich wie ein moderner Musiker Harmonie und Kontrapunkt, und ich brauche wohl nicht hinzuzufügen, mit weit schärferem ästhetischem Instinkt. Sie hatten darin recht, wie sie in allen Dingen recht hatten. Seit der Einführung des Buchdrucks und seitdem die Lesegewohnheit in den Mittel- und Unterklassen unseres Landes eine fatale Verbreitung gefunden hat, herrscht in der Literatur die Neigung vor, sich immer mehr an das Auge, immer weniger an das Ohr zu wenden; doch vom Standpunkt der reinen Kunst ist das Gehör der eigentliche Sinn, dem sie zu gefallen trachten und an dessen Gesetze des Wohllauts sie sich halten sollte. Selbst das Werk Paters, der im ganzen betrachtet, die englische Prosa am vollendetsten von uns allen meistert, gleicht zuweilen mehr einem Mosaik als einem musikalischen Satz und läßt, wie es scheint, hier und da das wahre rhythmische Leben der Worte, die schöne Freiheit und Vielfalt der Wirkung vermissen, die solch rhythmisches Leben hervorruft. Wir haben in der Tat das Schreiben zu einem bestimmten Kompositionsverfahren gemacht und es als ausgearbeitete Form angesehen. Den Griechen hingegen bedeutete das Schreiben einfach eine Methode der Aufzeichnung. Ihr Prüfstein war immer das gesprochene Wort in seinen musikalischen und metrischen Bezügen. Die Stimme war das Medium, und das Ohr übte Kritik. Ich habe manchmal gedacht, ob nicht die Sage von der Blindheit Homers in Wirklichkeit ein Kunstmythos ist, der in kunstkritischen Tagen geschaffen wurde und der uns daran erinnern soll, daß der große Dichter nicht nur immer ein Seher ist, der weniger mit den leiblichen Augen als mit den Augen der Seele sieht, sondern daß er auch ein wahrer Sänger ist, der seinen Gesang aus der Musik gestaltet, indem er jede Zeile wieder und wieder vor sich hin spricht, bis er das Geheimnis ihrer Melodie erfaßt hat und in der Dunkelheit die lichtgeflügelten Worte singt. Wie immer es sich verhalten mag, sicher war bei Englands großem Dichter seine Blindheit eine, wenn nicht *die* Ursache für die erhabene Bewegung und den klangvollen Glanz seiner späten Verse. Als Milton nicht mehr schreiben konnte, fing er zu singen an. Wer legt an *Comus* den Maßstab, mit dem man *Samson Agonistes* oder *Paradise Lost* oder *Regained* messen darf? Der erblindete Milton dichtete, wie jeder dichten sollte, allein mit der Stimme, und so wurde aus der Pfeife oder Rohrflöte der Frühzeit diese mächtige vielstimmige Orgel, deren volltönende, widerhallende Musik die ganze Würde des homerischen Verses besitzt – wenn sie auch nicht seine reißende Bewegung anstrebt –, und sie ist das unzerstörbare Erbe der englischen Literatur, das durch die Jahrhunderte weitergetragen wird, weil es über ihnen und immer mit uns lebt, unvergänglich in seiner Form. Ja, das Schreiben hat den Schriftstellern viel Schaden zugefügt. Wir müssen uns wieder an die Stimme halten. Das muß unser Prüfstein sein, und vielleicht wird es uns gelingen, manche Feinheiten der griechischen Kunstkritik zu würdigen.

In der gegenwärtigen Lage können wir es nicht. Manchmal, wenn ich ein Stück Prosa geschrieben habe, das ich bescheidenerweise für völlig fehlerlos halte, überfällt mich der furchtbare Gedanke, daß ich mich vielleicht unziemlicher Weichlichkeit schuldig gemacht habe, durch den Gebrauch trochäischer und tribrachyscher Versmaße, ein Verbrechen, das ein gelehrter Kritiker des Augusteischen Zeitalters mit höchst gerechter Strenge dem glänzenden, obschon ein wenig paradoxen Hegesias vorwarf. Es überläuft mich kalt, wenn ich mir das vorstelle, und ich frage mich, ob die bewundernswerte ethische Wirkung der Prosa jenes hinreißenden Schriftstellers, der einmal in einer Stimmung rücksichtsloser Offenheit gegen den unkultivierten Teil unserer Gesellschaft die ungeheuerliche Lehre proklamierte, daß Benehmen drei Viertel des Lebens bedeute, nicht eines Tages völlig vernichtet werden könnte durch die Entdeckung, daß seine Päone an der unrichtigen Stelle stehen.

ERNEST. Ah! Jetzt redest du dich aber in Hitze.

GILBERT. Wer redet sich nicht in Hitze, wenn ihm allen Ernstes gesagt wird, daß die Griechen keine Kunstkritiker hatten? Ich könnte die Ansicht, der schöpferische Geist der Griechen sei in der Kritik untergegangen, begreifen, nicht aber, daß das Volk, dem wir den kritischen Geist verdanken, keine Kritik geübt haben soll. Du wirst nicht von mir verlangen, dir einen Überblick der griechischen Kunstkritik von Platon bis Plotin zu geben. Die Nacht ist zu schön dafür, und der Mond, wenn er uns hören könnte, würde noch mehr Asche auf sein Gesicht streuen, als schon darauf liegt. Aber denke bloß an ein vollendetes kleines Werk der ästhetischen Kritik, an die Poetik des Aristoteles. In der Form ist es keineswegs vollkommen, denn es ist schlecht geschrieben und stellt vielleicht nur eine Zusammenfassung von Notizen dar, die hier und da für eine Kunstvorlesung notiert wurden, oder es handelt sich um vereinzelte Fragmente, die für ein größeres Buch bestimmt waren, aber in Anlage und Behandlung ist es durchaus vollkommen. Die ethische Wirkung der Kunst, ihre Bedeutung für die Kultur und ihr Platz, den sie in der Bildung des Charakters einnimmt, war ein für allemal durch Platon dargelegt worden; hier jedoch wird die Kunst nicht vom moralischen, sondern vom rein ästhetischen Standpunkt aus behandelt. Platon hatte sich selbstverständlich mit vielen, ganz bestimmten künstlerischen Fragen befaßt, wie der Bedeutung der Einheit in einem Kunstwerk, der Notwendigkeit von Klang und Harmonie, dem ästhetischen Wert der Erscheinungsformen, der Beziehung zwischen den sichtbaren Künsten und der äußeren Welt und zwischen Dichtung und Wirklichkeit. Er erweckte vielleicht zum ersten Mal in der Seele des Menschen das Verlangen, das wir noch nicht befriedigt haben, das Verlangen, den Zusammenhang zwischen Schönheit und Wahrheit und den Rang der Schönheit in der sittlichen und geistigen Ordnung des Weltalls zu erkennen. Die Probleme des Idealismus und des Realismus, wie er sie darlegt, mögen innerhalb der metaphysischen Sphäre des abstrakten Seins, in die er sie verlegt, für viele im Ergebnis etwas Unfruchtbares haben, aber übertrage sie auf die Sphäre der Kunst, und du wirst entdecken, daß sie noch immer lebendig und bedeutungsvoll sind. Mag sein, daß es Plato bestimmt ist, als Kritiker der Schönheit weiterzuleben, und daß wir, indem wir den Namen seiner Denksphäre verändern, eine neue Philosophie finden werden. Aristoteles jedoch beschäftigt sich, wie Goethe, mit der Kunst hauptsächlich in ihren konkreten Manifestationen, indem er zum Beispiel die Tragödie nimmt und das Material untersucht, das sie verwendet, nämlich die Sprache; ihren Gegenstand, nämlich das Leben; die Methode, nach der sie arbeitet, nämlich die Handlung; die Bedingungen, unter denen sie sich enthüllt, nämlich die theatralische Aufführung; ihren logischen Aufbau, nämlich die Fabel, und ihre entscheidende, ästhetische Einwirkung auf den Schönheitssinn, der durch die Leidenschaften von Furcht und Mitleid erregt wird. Diese Reinigung und Vergeistigung der Natur, die er *καϑάρσις* * nennt, ist,

* Katharsis

wie Goethe bemerkt, im wesentlichen ästhetisch und nicht moralisch, wie Lessing annahm. Aristoteles befaßt sich in erster Linie mit der Wirkung, die das Kunstwerk hervorruft, er geht daran, diese Wirkung zu analysieren, ihren Ursprung zu erforschen, aufzudecken, wie sie entsteht. Als Physiologe und Psychologe weiß er, daß die Gesundheit einer Funktion in ihrer Energie liegt. Die Fähigkeit zu einer Leidenschaft besitzen und sie nicht verwirklichen, heißt sich unvollständig machen, sich begrenzen. Das mimische Schauspiel des Lebens, das uns die Tragödie bereitet, reinigt die Seele von manchem »gefährlichen« Stoff und dadurch, daß sie hohe und würdige Gegenstände darbietet, um die Gefühle zu bewegen, reinigt und vergeistigt sie den Menschen; ja, sie vergeistigt ihn nicht nur, sondern weiht ihn auch in edle Gefühle ein, von denen er sonst nichts erfahren hätte; das Wort *καθάρσις* enthält, wie mir manchmal scheint, eine bestimmte Anspielung auf den Einweihungsritus, wenn dies nicht sogar, wie ich zuweilen versucht bin zu glauben, hier seine wahre und einzige Bedeutung ist. Das ist natürlich eine bloße Skizzierung des Buches. Aber du siehst, was für ein vollendetes Werk ästhetischer Kritik es ist. Wer sonst als ein Grieche wäre fähig gewesen, die Kunst so gut zu analysieren? Nachdem man es gelesen hat, wundert man sich nicht länger darüber, daß Alexandria sich in so großem Maß der Kunstkritik widmete, und daß die künstlerischen Temperamente jener Zeit jede Frage des Stils und der Technik untersuchten, daß sie zum Beispiel über die großen akademischen Malschulen, wie etwa die Schule von Sikyon, diskutierten, die die erhabenen Traditionen der antiken Form zu bewahren trachtete, oder über die realistischen und impressionistischen Schulen, deren Ziel es war, das wirkliche Leben zu reproduzieren, oder über die Elemente der Idealität in der Portraitkunst, über den künstlerischen Wert der epischen Form in einer Zeit, die so modern war wie die ihre, und über den eigentlichen Gegenstand des Künstlers. Allerdings, fürchte ich, waren auch die unkünstlerischen Naturen jener Tage in Dingen der Literatur und Kunst emsig beschäftigt, denn die Anschuldigungen wegen Plagiats nahmen kein Ende; solche Anschuldigungen entstammen entweder den dünnen, farblosen Lippen der Impotenz oder den grotesken Mäulern jener, die, weil sie selbst nichts besitzen, glauben, sie könnten in den Ruf von Reichtum gelangen, wenn sie hinausposaunen, man hätte sie bestohlen. Ich versichere dir, mein lieber Ernest, daß die Griechen über die Maler genau soviel schwätzten wie die Leute heutzutage; sie hatten ihre eigenen Ansichten, ihre Ausstellungen gegen Eintrittsgeld, Kunst- und Handwerkergilden, sie hatten präraffaelitische Bewegungen und Bewegungen zum Realismus hin und Vorlesungen über Kunst, sie schrieben Essays über Kunst, sie brachten Kunsthistoriker und Archäologen hervor und alles, was sonst noch dazu gehört. Ja, selbst die Theaterunternehmer von reisenden Schauspieltruppen verfügten über ihre eigenen Theaterkritiker, wenn sie auf Tournee gingen, und sie zahlten ihnen sehr ansehnliche Honorare für lobende Artikel. Man sieht, alles, was an unserem Leben neu ist, verdanken wir den Griechen. Wann immer eine Verwechslung der Zeitumstände vorliegt, entstammt sie einem mittelalterlichen Denken. Die Griechen haben uns das Verfahren der Kunstkritik überliefert, und wie fein ihr kritischer Instinkt entwickelt war, vermögen wir aus dem Tatbestand zu schließen, daß das Material, das sie mit großer Sorgfalt beurteilten, ich habe es bereits betont, die Sprache war. Denn das Material, mit dem der Maler oder der Bildhauer umgeht, ist im Vergleich zum Wort ausdruckslos. Nicht nur besitzen die Worte Musik, so süß wie die Viola und die Laute, Farben so reich und lebendig wie nur irgendeine, die die Leinwand der Venezianer und Spanier für uns so wundervoll macht, und plastische Form, nicht weniger fest und bestimmt als jene, die sich in Marmor oder Bronze enthüllt, sondern auch Idee, Leidenschaft und Geistigkeit sind ihnen zu eigen, sind ihnen fürwahr allein zu eigen. Hätten die Griechen lediglich eine Kritik der Sprache hervorgebracht, sie wären allein deswegen die größten Kunstkritiker der Welt. Die Prinzipien der höchsten Kunst kennen, bedeutet soviel wie die Prinzipien aller Künste kennen.

Aber ich merke, daß sich der Mond hinter einer schwefelfarbenen Wolke verborgen hat. Aus lohgelber Mähne oder aus Wolkengestöber leuchtet er wie das Auge des Löwen. Er fürchtet, ich werde dir von Lukian und Longius erzählen, von Quintilian und Dionysius, von Plinius und Fronto und Pausanias, von all jenen, die in der Antike über Kunstthemen geschrieben oder gesprochen haben. Er braucht nichts zu befürchten. Ich bin den Ausflug in die dunklen, dumpfen Abgründe der Fakten leid. Jetzt bleibt mir nichts als die göttliche *μονόχρονος ἡδονή* * einer neuen Zigarette. Das Angenehme an der Zigarette ist zumindest, daß sie einen unbefriedigt läßt.

ERNEST. Probier eine von mir. Sie sind ganz gut; ich bekomme sie direkt aus Kairo. Der einzige Nutzen unserer Attachés ist, daß sie ihre Freunde mit ausgezeichnetem Tabak versorgen. Aber da sich der Mond wieder versteckt hat, sprechen wir noch eine Weile. Ich gebe gerne zu, daß es falsch war, was ich über die Griechen sagte. Sie waren, wie du ausgeführt hast, ein Volk von Kunstkritikern. Ich nehme es zur Kenntnis und bedauere es ein wenig. Denn die schöpferische Fähigkeit steht höher als die kritische. Man kann sie überhaupt nicht miteinander vergleichen.

GILBERT. Die Antithese zwischen ihnen ist vollkommen willkürlich. Ohne kritisches Vermögen ist noch keine Kunstschöpfung, die diesen Namen verdient, entstanden. Du sprachst vorhin von dem feinen Sinn für Auswahl und dem empfindlichen Instinkt für Auslese, durch den der Künstler das Leben für uns darstellt und ihm für einen Augenblick Vollkommenheit verleiht. Nun, dieser Sinn für Auswahl, dieses subtile Gefühl für Auslassung ist nichts anderes als die kritische Fähigkeit in einer ihrer bezeichnendsten Äußerungen; wem diese kritische Fähigkeit nun fehlt, der vermag in der Kunst nichts Schöpferisches hervorzubringen. Arnolds Definition der Literatur als einer Kritik des Lebens war nicht sehr glücklich in der Form, aber sie zeigte, wie scharf er die Bedeutung des kritischen Elements in jedem schöpferischen Werk erkannt hat.

ERNEST. Ich meine, große Künstler schaffen unbewußt, sie sind »weiser, als sie selbst wissen«, wie Emerson, glaube ich, irgendwo bemerkt.

GILBERT. Das ist wirklich nicht so, Ernest. Jedes vortreffliche, phantasievolle Werk ist bewußt und durchdacht. Kein Dichter singt, weil er singen muß, wenigstens tut es kein großer Dichter; ein großer Dichter singt, weil er wünscht zu singen. Das gilt heute und ist immer so gewesen. Wir sind manchmal geneigt, an-

* Ungeteiltes Vergnügen

zunehmen, daß die Stimmen, die sich in der Frühzeit der Dichtung erhoben, naiver und frischer und natürlicher waren als unsere, und daß die Welt, die die ersten Dichter schauten und durch die sie gingen, eine Art eigener poetischer Beschaffenheit besaß und fast ohne Übergang sich in Gesang verwandeln konnte. Jetzt liegt dichter Schnee auf dem Olymp, und seine schroff zerklüfteten Abhänge sind öde und unfruchtbar, einstmals aber, so stellen wir uns vor, streiften die weißen Füße der Musen am Morgen den Tau von den Anemonen, und zur Abendstunde nahte Apoll und sang den Schafhirten im Tal sein Lied. Aber damit leihen wir anderen Zeitaltern nur, was wir für uns selbst ersehnen oder zu ersehnen glauben. Unser historischer Sinn ist da in einem Irrtum befangen. Jedes Jahrhundert ist, soweit es Dichtung hervorbringt, ein künstliches Jahrhundert, und das Werk, das uns als die natürlichste und selbstverständlichste Frucht seiner Zeit erscheint, ist immer das Ergebnis einer höchst bewußten Anstrengung. Glaube mir, Ernest, es gibt keine schönen Künste ohne Selbstbewußtheit, und Selbstbewußtheit und kritischer Geist sind ein und dasselbe.

ERNEST. Ich verstehe, was du sagen willst, und es hat viel für sich. Doch du wirst gewiß zugeben, daß die großen Dichtungen der Frühzeit, die primitiven, namenlosen und kollektiven Dichtungen, das Ergebnis der Phantasie von Völkern mehr als der Phantasie von einzelnen war?

GILBERT. Nicht als sie Dichtung wurden, nicht als sie in eine schöne Form gebracht wurden. Denn es gibt keine Kunst ohne Stil und keinen Stil ohne Einheit; Einheit aber setzt das Individuum voraus. Zweifellos hat sich Homer mit alten epischen Volksdichtungen und Heldenliedern befaßt, wie Shakespeare in seiner Arbeit über Chroniken, Stücke und Novellen verfügte, aber sie boten nur das Rohmaterial. Er bediente sich ihrer und gestaltete sie zum Gesang. Sie wurden sein eigen, denn er verlieh ihnen Schönheit. Sie waren aus Musik gebaut:

Und so gar nicht gebaut,
Und drum gebaut für immer.

Je länger man Leben und Literatur studiert, desto deutlicher empfindet man, daß hinter allem Bewundernswerten das Individuum steht und daß es nicht der Augenblick ist, der den Menschen ausmacht, sondern daß es der Mensch ist, der die Zeit erschafft. Ich bin in der Tat geneigt zu denken, daß alle Mythen und Legenden, von denen wir annehmen, sie seien dem Staunen, der Angst, der Phantasie des Stammes und des Volkes entsprungen, in ihrem Ursprung die Erfindung eines einzelnen Kopfes sind. Die erstaunlich begrenzte Zahl der Mythen scheint mir eine solche Schlußfolgerung nahezulegen. Verlieren wir uns aber nicht in Fragen der vergleichenden Mythologie. Wir wollen bei der Kritik bleiben, und was ich ausführen möchte, ist folgendes: Ein Zeitalter, das keine Kunstkritik besitzt, ist entweder ein Zeitalter, in dem die Kunst starr und hieratisch ist und auf die Wiedergabe herkömmlicher Formen beschränkt bleibt, oder es ist bar jeder Kunst. Es hat kritische Zeitalter gegeben, die, im gewöhnlichen Sinn des Wortes, unschöpferisch gewesen sind, Zeitalter, in denen der menschliche Geist danach verlangte, die Schätze seiner Schatzkammer zu ordnen, das Gold vom Silber zu scheiden und das Silber vom Blei, die Edelsteine zu zählen, den Perlen Namen zu geben. Aber es hat nie ein schöpferisches Zeitalter gegeben, das nicht zugleich kritisch gewesen wäre. Denn es ist das kritische Talent, das neue Formen erfindet. Alle Schöpfung neigt dazu, sich selbst zu wiederholen. Dem kritischen Instinkt verdanken wir jede neu aufkeimende Schule, jede neue Form, die die Kunst bereit findet. Es gibt wirklich nicht eine einzige Form, die die Kunst heute anwendet, die uns nicht der kritische Geist Alexandrias überliefert hätte; dort wurden diese Formen entweder gleichmäßig wiederholt oder erfunden oder vervollkommnet. Ich sage Alexandria nicht nur, weil der griechische Geist hier die höchste Bewußtheit gewann und sich schließlich in Skeptizismus und Theologie verlor, sondern weil Rom aus dieser Stadt, nicht aus Athen, seine Vorbilder nahm; und nur durch ein gewisses Fortleben der lateinischen Sprache ist uns die Kultur überhaupt erhalten geblieben. Als in der Renaissance die griechische Literatur über Europa erscheint, war der Boden dafür in mancher Hinsicht vorbereitet. Aber lassen wir die historischen Einzelheiten beiseite, die immer ermüden und gewöhnlich ungenau sind; stellen wir allgemein fest, daß die Kunstformen dem kritischen Geist der Griechen entstammen. Ihm verdanken wir die Epik und die Lyrik, das Drama in all seinen Entwicklungsstufen, die Burleske mit eingeschlossen, das Idyll, den romantischen- und den Abenteurer-Roman, wir verdanken ihm den Essay, den Dialog, die Rede, die Vorlesung – die wir ihm vielleicht nicht verzeihen sollten – und das Epigramm in der ganzen, umfassenden Bedeutung des Wortes. In der Tat, wir verdanken ihm alles außer dem Sonett – doch finden sich dazu bereits einige merkwürdige gedankliche Parallelen in der Anthologie –, außer dem amerikanischen Journalismus, zu dem sich nirgendwo Parallen finden lassen, und außer der Ballade im erfundenen schottischen Dialekt, die, so hat einer unserer fleißigsten Schriftsteller kürzlich vorgeschlagen, zur Grundlage einer endgültigen und einmütigen Anstrengung von seiten unserer zweitrangigen Dichter gemacht werden sollte, um sich eine wirklich romantische Aura zu geben. Jede neue Schule, so scheint es, setzt sich gegen die Kritik zur Wehr, doch sie verdankt ihr Entstehen der kritischen Fähigkeit im Menschen. Der bloße schöpferische Trieb gestaltet nicht neu, sondern reproduziert.

ERNEST. Du hast über die Kritik als einen wesentlichen Teil des schöpferischen Geistes gesprochen, und ich akzeptiere deine Theorie jetzt vollkommen. Was soll aber die Kritik außerhalb des Schöpferischen? Ich habe die dumme Angewohnheit, regelmäßig erscheinende Zeitschriften zu lesen, und ich werde den Eindruck nicht los, daß der größte Teil der modernen Kritik völlig wertlos ist.

GILBERT. Das gilt auch von den meisten schöpferischen Werken unserer Tage. Die Mittelmäßigkeit hält der Mittelmäßigkeit die Waage, und die Inkompetenz applaudiert ihrer Schwester – dieses Schauspiel gewährt uns Englands künstlerische Aktivität von Zeit zu Zeit. Doch ich fühle, daß ich nicht ganz fair in dieser Sache bin. In der Regel sind die Kritiker – ich spreche natürlich von der besseren Klasse, die für die Wochenblätter schreiben – weit gebildeter als jene, deren Werke sie zu rezensieren haben. Dies entspricht fürwahr dem, was man erwarten darf, denn das Kritisieren erfordert unendlich mehr Bildung als das Schaffen.

ERNEST. Wirklich?

GILBERT. Allerdings. Jedermann kann einen dreibändigen Roman schreiben. Dazu bedarf es nur völliger Unkenntnis des Lebens und der Literatur. Für den Rezensenten liegt die Schwierigkeit meiner Meinung nach darin, irgendeinen Maßstab zu verfechten. Wo es keinen Stil gibt, wird ein Maßstab unmöglich. Die armen Rezensenten werden offensichtlich dazu herabgewürdigt, dem literarischen Polizeigericht als Reporter zu dienen, als Chronisten, die die Taten der künstlerischen Gewohnheitsverbrecher registrieren. Man sagt nicht selten von ihnen, daß sie die Werke, die sie kritisieren sollen, nicht einmal zu Ende lesen. Tatsächlich ist es so. Oder es sollte wenigstens so sein. Würden sie diese Dinge lesen, dann müßten sie für den Rest ihres Lebens ausgesprochene Misanthropen werden. Es ist auch keineswegs notwendig. Um den Jahrgang und die Güte eines Weines zu kennen, braucht man nicht das ganze Faß zu trinken. Man kann in einer halben Stunde sehr leicht ein Urteil darüber gewinnen, ob ein Buch etwas taugt oder nicht. Wenn einer Formgefühl besitzt, genügen wahrhaftig zehn Minuten. Wer wird sich durch ein langweiliges Buch hindurcharbeiten? Man prüft es, das genügt völlig – es ist mehr als genug, meine ich. Ich weiß, daß es viele ehrliche Handwerker in der Malerei wie in der Literatur gibt, die der Kritik ihre Berechtigung völlig absprechen. Diese Leute haben ganz recht. Ihre Werke stehen mit dem Zeitalter in keinem geistigen Zusammenhang. Sie erwecken in uns nicht ein neues Element der Freude. Weder dem Denken noch der Leidenschaft, noch der Schönheit geben sie eine neue Richtung. Man sollte gar nicht über sie sprechen. Man sollte sie der verdienten Vergessenheit überlassen.

ERNEST. Aber, mein Lieber – verzeih, wenn ich dich unterbreche –, mir scheint, du läßt deiner Leidenschaft für die Kritik die Zügel schießen. Denn selbst du mußt am Ende zugeben, daß es viel schwieriger ist, etwas zu tun, als darüber zu reden.

GILBERT. Es ist schwieriger, etwas zu tun, als darüber zu reden? Keineswegs. Dies ist ein grober, weitverbreiteter Irrtum. Es ist sehr viel schwieriger, über etwas zu reden, als es zu tun. Im Bereich des täglichen Lebens ist dies natürlich unverkennbar. Jeder kann Geschichte machen, aber nur ein großer Mann kann sie schreiben. Es gibt keine Handlungsweise, keine Form der Empfindung, die wir nicht mit den niedrigen Tieren teilen. Nur durch die Sprache erheben wir uns über sie oder über den Mitmenschen – durch die Sprache allein, sie ist die Mutter des Denkens, nicht ihr Kind. Tätigsein ist fürwahr immer einfach, und wenn es sich in seiner ärgerlichsten, weil kontinuierlichsten Form darstellt, nämlich in purer Betriebsamkeit, dann wird es einfach die Zuflucht jener, die sonst nichts zu tun haben. Nein, Ernest, sprechen wir nicht vom Tätigsein. Es ist immer etwas Blindes, von äußeren Einflüssen Abhängiges, und es wird von einem Impuls in Bewegung gesetzt, dessen Natur ihm unbewußt ist. Es ist seinem Wesen nach unvollkommen, weil es durch den Zufall beschränkt wird, seine Richtung nicht im voraus kennt und immer im Widerspruch zu seinem Ziel steht. Phantasiemangel bildet seine Grundlage. Es ist der letzte Ausweg jener, die nicht verstehen zu träumen.

ERNEST. Gilbert, du behandelst die Welt wie eine gläserne Kugel. Du hältst sie in der Hand und drehst sie nach deiner Laune. Du tust nichts anderes, als die Geschichte nochmals schreiben.

GILBERT. Die einzige Pflicht, die wir der Geschichte gegenüber haben, ist, sie nochmals zu schreiben. Das ist nicht die geringste der Aufgaben, die dem kritischen Geist vorbehalten sind. Haben wir einmal die wissenschaftlichen Gesetze, die das Leben beherrschen, ganz durchforscht, dann werden wir entdecken, daß der einzige Mensch, der mehr in Illusionen befangen ist als der Träumer, der Tatmensch ist. Er kennt fürwahr weder den Ursprung seiner Handlungen noch deren Ergebnisse. Er glaubt, Dornen auf einem Felde gesät zu haben, doch wir ernten Wein darauf, und der Feigenbaum, den er zu unserer Freude gepflanzt hat, ist so unfruchtbar wie die Distel und noch härter. Nur weil die Menschheit niemals wußte, wohin sie schritt, hat sie immer vermocht, ihren Weg zu finden.

ERNEST. Du bist also der Meinung, daß im Bereich des Handelns ein bewußtes Ziel Täuschung ist?

GILBERT. Es ist schlimmer als eine Täuschung. Würden wir lange genug leben, um die Ergebnisse unserer Handlungen zu sehen, so könnte es geschehen, daß jene, die sich selbst für gut halten, an düsteren Selbstvorwürfen litten, und daß die sogenannten Bösen von stolzer Freude bewegt wären. Jede Kleinigkeit, die wir tun, gerät in die große Maschine des Lebens, die unsere Tugenden zu Staub zermalmen kann und wertlos macht oder unsere Sünden in

Elemente einer neuen Kultur zu verwandeln vermag, einer Kultur, herrlicher und glanzvoller als irgendeine zuvor. Aber der Mensch ist der Sklave des Wortes. Er ereifert sich gegen den sogenannten Materialismus und vergißt, daß es keinen materiellen Fortschritt gibt, der nicht die Welt geistiger machte, und daß es kaum jemals ein geistiges Erwachen gegeben hat, das nicht die Kräfte der Welt in vergeblichem Hoffen, unfruchtbaren Sehnsüchten und leeren oder hemmenden Glaubensbekenntnissen vergeudet hat. Was Sünde genannt wird, bildet ein wesentliches Element des Fortschritts. Ohne sie würde die Welt stagnieren, alt oder farblos werden. Durch ihre Neugierde vermehrt die Sünde die Erfahrung der Rasse. Durch ihre gesteigerte Bejahung des Individualismus bewahrt sie uns vor der Einförmigkeit des Typus. In ihrer Verwerfung der landläufigen Moralbegriffe stimmt sie mit der höheren Ethik überein. Und die Tugenden erst! Was sind die Tugenden? Die Natur, so erklärt uns Renan, kehrt sich wenig an die Keuschheit, und es mag sein, daß es die Schande der Magdalena ist und nicht ihre eigene Reinheit, der die Lukrezien von heute ihr Freisein vom Makel verdanken. Die Nächstenliebe ruft eine Menge Unheil hervor, wie sogar jene zugeben mußten, in deren Religion sie ihren herkömmlichen Anteil hat. Das bloße Vorhandensein des Gewissens, dieser Fähigkeit, von der die Menschen heutzutage so töricht daherreden und auf die sie aus Unwissenheit so stolz sind, ist ein Zeichen unserer unvollkommenen Entwicklung. Es muß mit dem Instinkt verschmelzen, ehe wir wirklich hervorragend werden. Die Selbstverleugnung ist einfach eine Methode, durch die der Mensch sein Wachstum hemmt, und die Selbstaufopferung ist ein Überbleibsel von der Verstümmelung der Wilden, ein Rest jener uralten Anbetung des Schmerzes, der ein so schrecklicher Faktor in der Weltgeschichte ist und der sogar jetzt noch Tag für Tag seine Opfer fordert und dessen Altäre überall stehen. Tugenden! Wer weiß, was Tugenden sind, du nicht, ich nicht, niemand. Es schmeichelt unserer Eitelkeit, den Verbrecher zu töten, denn ertrügen wir, daß er weiterlebt, so könnte er uns eines Tages zeigen, was wir durch sein Verbrechen hinzugewonnen haben. Es ist gut für den Frieden des Heiligen, wenn er das Martyrium erleidet. So bleibt er bewahrt vor dem Anblick seiner schrecklichen Saat.

ERNEST. Gilbert, du schlägst einen zu strengen Ton an. Kehren wir in den angenehmeren Bereich der Literatur zurück. Was hattest du vorher gesagt? Daß es schwerer sei, über eine Sache zu reden, als sie zu tun.

GILBERT *(nach einer Pause)*. Ja, ich glaube, ich habe gewagt, diese einfache Wahrheit auszusprechen. Bestimmt siehst du jetzt ein, daß ich recht habe? Der Mensch ist, wenn er handelt, eine Marionette. Wenn er etwas schildert, ist er ein Dichter. Darin liegt das ganze Geheimnis. Es war leicht genug, auf den sandigen Schlachtfeldern um das stürmische Ilion den geschnitzten Pfeil vom bemalten Bogen zu schnellen oder den langen Speer mit dem eschenen Lanzenschaft gegen den Schild aus Haut und feuergleicher Bronze zu schleudern. Es fiel der ehebrecherischen Königin leicht, die tyrischen Teppiche vor ihrem Gebieter auszubreiten und dann, als er sich im Marmorbade niedergelegt, das Purpurnetz über seinen Kopf zu werfen und ihren glattgesichtigen Liebhaber zu rufen, damit er durch die Maschen nach dem Herz steche, das in Aulis hätte brechen sollen. Selbst für Antigone, die der Tod als Bräutigam erwartete, war es leicht, durch die verpestete Luft des Mittags den Hügel hinanzusteigen und mit sanfter Erde den armseligen, nackten Leichnam zu bedecken, der kein Grab hatte. Aber was ist von jenen zu sagen, die über diese Taten schrieben? Die ihnen Wirklichkeit verliehen und sie unsterblich machten? Sind sie nicht größer als die Männer und Frauen, die sie besingen? »Hektor, der strahlende Held, ist tot«, und Lukian berichtet uns, wie Menippus in der Düsternis der Unterwelt den bleichenden Schädel der Helena erblickte und wie er sich wunderte, daß um eines so grausen Gegenstands der Gunst willen, all jene gehörnten Schiffe ausgefahren waren, all jene herrlichen gepanzerten Helden dahinsanken, jene betürmten Städte in Staub zerfielen. Dennoch erscheint jeden Morgen die schwanengleiche Tochter der Leda auf den Zinnen und blickt auf das Kriegsgetümmel nieder. Die Graubärte bewundern ihre Lieblichkeit, und sie steht an der Seite des Königs. In seinem Gemach aus bemaltem Elfenbein liegt ihr Geliebter. Er putzt seine zierliche Rüstung und kämmt den scharlachroten Helmbusch. Mit Schildknappe und Page schreitet ihr Gemahl von Zelt zu Zelt. Sie kann sein blondes Haar sehen, sie hört oder glaubt seine klare, kalte Stimme zu hören. Unten im Hof legt der Sohn des Priamus den ehernen Panzer an. Die weißen Arme der Andromache sind um seinen Nacken geschlungen. Er stellt den Helm zu Boden, damit ihr Kind nicht erschrecke. Hinter den bestickten Vorhängen seines Zeltes sitzt Achill in duftendem Gewande, während der Freund seiner Seele den Harnisch aus Gold und Silber anlegt, um in den Kampf zu ziehen. Einem seltsam geschnitzten Kästchen, das seine Mutter Thetis ihm an sein Schiff gebracht hatte, entnimmt der Feldherr der Myrmidonen den geheimnisvollen Kelch, den nie eines Menschen Mund berührt hat; und er reinigt ihn mit Schwefel, und mit frischem Wasser kühlt er ihn ab; er wäscht die Hände, füllt seine glänzende Höhlung mit schwarzem Wein, gießt das dicke Rebenblut auf die Erde, zur Ehre dessen, den barfüßige Propheten zu Dodona anbeteten, und ihn fleht er an und ahnt nicht, daß er vergeblich bittet und daß er durch zwei trojanische Helden, den Euphorbus, des Phanthous Sohn, dessen Liebeslocken mit Gold durchflochten waren, und den Priamiden, den löwenherzigen Patroklus, den Gefährten der Gefährten, seinem Schicksal begegnen muß. Sind diese Gestalten Phantome? Heroen aus den Wolken und vom Bergesgipfel? Schatten in einer Dichtung? Nein, sie sind Wirklichkeit. Handeln! Was ist Handeln? Es stirbt im Augenblick seiner Wirksamkeit. Es ist ein billiges Zugeständnis an die Wirklichkeit. Die Welt wird durch den Sänger für den Träumer geschaffen.

ERNEST. Während du sprichst, scheint es mir so zu sein.

GILBERT. Es ist wahrhaftig so. Auf dem zerfallenen Festungsgemäuer von Troja liegt die Eidechse wie ein Gebilde aus grüner Bronze. Die Eule hat ihr Nest in den Palast des Priamus gebaut. Über das leere Schlachtfeld ziehen Schaf- und Ziegenhirten mit ihren Herden; und wo auf der weinfarbenen, öligen Meeresflut, dem *οἶνοψ πόντος*, wie Homer es nennt, mit kupferbeschlagenem Bug und scharlachroten Streifen, die mächtigen Ruderschiffe der Danaer in all ihrem Glanz einherzogen, sitzt der einsame Fischer im kleinen Boot und beobachtet die auf und nieder hüpfenden Korken seines Netzes. Doch jeden Morgen sind die Tore der Stadt weit aufgerissen, und zu Fuß oder in rossegezogenen Streitwagen ziehen die Krieger in die Schlacht und spotten der

Feinde hinter ihren ehernen Masken. Den ganzen Tag lang tobt der Kampf, sinkt aber die Nacht herab, leuchten die Fackeln an den Zelten, und der Dreifuß brennt in der Halle. Jene Gestalten, die in Marmor oder auf der Leinwand leben, kennen vom Leben nur einen einzigen köstlichen Augenblick, fürwahr ewig in seiner Schönheit, aber begrenzt auf einen Ton der Leidenschaft oder eine Tonart der Stille. Jene Gestalten aber, die der Dichter zum Leben erweckt, haben unzählige Empfindungen der Freude und des Schreckens; Mut und Verzweiflung, Lust und Leiden sind ihnen zu eigen. Die Jahreszeiten kommen und gehen im heiteren und melancholischen Gepränge, und beschwingt oder bleischwer ziehen die Jahre an ihnen vorüber. Sie haben ihre Jugend und ihr Erwachsensein, ihre Kindheit und ihr Alter. Es ist immer Morgendämmerung für die heilige Helena, wie Veronese sie am Fenster sah. Durch die unberührte Morgenluft bringen ihr die Engel das Symbol der Leiden Gottes. Der kühle Morgenwind hebt die goldenen Fäden von ihrer Stirn. Auf jenem kleinen Hügel bei Florenz, wo die Liebenden des Giorgione lagern, ist immer die Mittagssonne im Zenit; so ermattend wirkt diese Sommersonne, daß das zarte, nackte Mädchen kaum das runde, geblasene Gefäß aus durchsichtigem Glas in den Marmorbrunnen zu tauchen vermag und die schmalen Finger des Lautenspielers müßig auf den Saiten ruhen. Es ist immer Zwielicht für die tanzenden Nymphen, die Corot unter den Silberpappeln Frankreichs schweben läßt. In ewigem Zwielicht gleiten sie dahin, diese zerbrechlichen, durchsichtigen Figuren, deren flatternde Füße das taufeuchte Gras nicht zu berühren scheinen. Aber jene Gestalten, die durch das Epos, das Drama, den Roman schreiten, sehen durch die schaffende Natur die jungen Monde zunehmen und schwinden und betrachten die Nacht vom Abend bis zum Morgenstern, und von Sonnenaufgang bis zu Sonnenuntergang können sie den Lauf des Tags beobachten mit all seinem Gold und seinem Schatten. Für sie blühen und welken die Blumen wie für uns, und die Erde, die grüngelockte Göttin, wie Coleridge sie nennt, wechselt ihr Kleid zu ihrer Freude. Die Statue ist auf einen einzigen Augenblick der Vollkommenheit gesammelt. Das Bild auf der Leinwand besitzt kein geistiges Element des Wachstums oder der Veränderung. Wenn sie nichts vom Tode wissen, so ist es, weil sie nichts vom Leben kennen. Denn die Geheimnisse des Lebens und des Todes gehören nur jenen und jenen ganz allein, die der Ablauf der Zeit berührt und die nicht bloß die Gegenwart, sondern auch die Zukunft besitzen, und die steigen und fallen können aus einer Vergangenheit des Ruhmes oder der Schande. Die Bewegung, dieses Problem der bildenden Künste, kann allein in der Literatur wahrhaft verwirklicht werden. Es ist die Literatur, die uns den Körper in seiner Behendigkeit und die Seele in ihrer Unrast zeigt.

ERNEST. Ja, ich verstehe jetzt, was du meinst. Aber sicher ist, je höher du den schöpferischen Künstler stellst, um so niedriger muß der Rang des Kritikers sein.

GILBERT. Wieso?

ERNEST. Weil das Beste, das er uns zu geben vermag, nichts ist als ein Echo der volltönenden Musik, das blasse Schattenbild einer klar umrissenen Form. Das Leben mag in der Tat ein Chaos sein, wie du behauptest. Es mag sein, daß seine Marterqualen wertlos, seine Heldentaten unedel sind und daß es die Aufgabe der Literatur ist, aus dem rohen Material des wirklichen Lebens eine neue Welt zu erschaffen, die herrlicher, dauernder und wahrhaftiger sein wird als die Welt, auf die das gewöhnliche Auge blickt und durch welche die gewöhnlichen Naturen ihre Vollendung zu verwirklichen trachten. Und zweifellos, wenn diese neue Welt durch den Geist und das Gefühl eines großen Künstlers geschaffen worden ist, wird sie etwas so Ganzes und Vollkommenes sein, daß für den Kritiker nichts zu tun übrigbleibt. Ich verstehe jetzt sehr wohl und gebe bereitwillig zu, daß es weit schwieriger ist, über eine Sache zu sprechen, als sie zu tun. Doch mir scheint, daß diese gesunde und kluge Maxime, die den Gefühlen wirklich äußerst schmeichelt und von jeder Dichterakademie in der ganzen Welt als Wahlspruch angenommen werden sollte, sich nur an die Beziehungen wendet, die zwischen der Kunst und dem Leben bestehen, und an keinerlei Beziehungen, die es zwischen Kunst und Kritik geben mag.

GILBERT. Aber ohne Zweifel ist die Kritik selbst eine Kunst. Und genauso, wie die künstlerische Schöpfung die Arbeit des kritischen Geistes mit einschließt, und man kann wirklich nicht sagen, daß sie ohne ihn überhaupt existiert, so ist die Kritik schöpferisch in der höchsten Bedeutung des Wortes. Die Kritik ist in der Tat beides, sie ist schöpferisch und unabhängig.

ERNEST. Unabhängig?

GILBERT. Ja, unabhängig. Die Kritik darf ebeno wenig nach dem erbärmlichen Maßstab der Nachahmung oder Ähnlichkeit beurteilt werden wie das Werk des Dichters oder Bildhauers. Der Kritiker nimmt gegenüber dem Kunstwerk, das er kritisiert, dieselbe Stellung ein wie der Künstler zur sichtbaren Welt der Formen und Farben oder der unsichtbaren Welt der Leidenschaften und Ideen. Der Kritiker bedarf zur Vollendung seiner Kunst nicht einmal des kostbarsten Materials. Alles dient seinen Absichten. Und genauso, wie aus den zügellosen, sentimentalen Liebschaften der törichten Ehefrau eines unbedeutenden Arztes in der schmutzigen Kleinstadt Yonville-l'Abbaye bei Rouen Gustave Flaubert ein klassisches Werk zu schaffen vermochte, ein Meisterstück des Stils, so kann der echte Kritiker mit intellektuellem Fingerspitzengefühl, sofern es ihm Vergnügen bereitet, seine Begabung zur Kontemplation darauf zu richten oder zu verschwenden, aus Dingen von geringer oder gar keiner Bedeutung, etwa aus den diesjährigen Bildern der Royal Academy oder den Bildern der vorangegangenen Jahre, aus den Gedichten Lewis Morris, den Romanen M. Ohnets oder den Stücken von Henry Arthur Jones, ein Werk von makelloser Schönheit und Instinktsicherheit schaffen. Warum sollte er es nicht? Glanzlosigkeit ist immer eine unwiderstehliche Versuchung zu glänzen, und Dummheit ist die ewige »bestia trionfans«, die die Klugheit aus der Höhle lockt. Was bedeutet einem so schöpferischen Künstler, wie es der Kritiker ist, der Gegenstand? Nicht mehr und nicht weniger, als er dem Romancier und dem Maler bedeutet. Wie sie, kann er seine Motive überall finden. Die Behandlung allein ist das Entscheidende. Es gibt nichts, das nicht einen Anreiz oder eine Herausforderung enthält.

ERNEST. Aber ist die Kritik wirklich eine schöpferische Kunst?

GILBERT. Warum sollte sie es nicht sein? Sie arbeitet mit Bestandteilen und bringt sie in eine Form, die zugleich neu und faszinierend ist. Was kann man von der Dichtung mehr sagen? Ja, ich möchte die Kritik eine Schöpfung in der Schöpfung nennen. Wie die großen Künstler von Homer und Aischylos bis zu

Shakespeare und Keats ihren Stoff nicht direkt aus dem Leben genommen haben, sondern in Mythen, Legenden und alten Märchen danach suchten, so geht der Kritiker mit Bestandteilen um, die andere gewissermaßen für ihn gereinigt und denen sie bereits eine erfundene Form und Farbe gegeben haben. Mehr noch, ich möchte behaupten, daß die Kritik, indem sie die reinste Form des persönlichen Eindrucks darstellt, auf ihre Weise schöpferischer als eine Schöpfung ist, da sie sich am wenigsten auf einen außerhalb ihrer selbst liegenden Maßstab bezieht und in der Tat ihre eigene Ursache ist, und, wie die Griechen sagen würden, in sich selbst und für sich selbst ihr Ziel hat. Gewiß ist sie niemals durch irgendwelche Fesseln des Verismus gebunden. Keine unedle Rücksicht auf die Wahrscheinlichkeit, diese feige Konzession an die langweilige Wiederholung des privaten oder öffentlichen Lebens berührt sie je. In der Dichtung mag man sich auf Tatsachen berufen. Aber was die Seele angeht, so gibt es keine Berufung.

ERNEST. Die Seele?

GILBERT. Ja, die Seele. Die höchste Kritik ist nämlich nichts anderes als das Zeugnis der eigenen Seele. Sie ist faszinierender als die Geschichte, da sie einfach auf sich selbst bezogen ist. Sie ist fesselnder als die Philosophie, denn ihr Gegenstand ist konkret und nicht abstrakt, wirklich und nicht unbestimmt. Sie ist die einzige zivilisierte Form der Autobiographie, weil sie sich nicht mit den Ereignissen, sondern mit den Gedanken des Lebens befaßt, nicht mit äußerlichen Zufälligkeiten des Handelns oder der Lebensumstände, sondern mit den geistigen Zuständen und schöpferischen Leidenschaften der Seele. Die alberne Eitelkeit jener Schriftsteller und Künstler in unserer Zeit, die zu glauben scheinen, daß es die wichtigste Aufgabe der Kritik sei, über ihr mittelmäßiges Werk zu schwätzen, belustigt mich stets. Das Beste, was man über den größten Teil unserer modernen schöpferischen Kunst sagen kann, ist, daß sie nicht ganz so vulgär wie die Wirklichkeit ist; und darum wird der Kritiker mit seinem genauen Unterscheidungsvermögen und dem sicheren Instinkt für feine Kultur es vorziehen, in den silbernen Spiegel oder durch den gewobenen Schleier zu blicken; er wird seine Augen von dem Chaos und Gelärm des wirklichen Lebens abwenden, mag auch der Spiegel getrübt und der Schleier zerrissen sein. Sein einziges Ziel ist, seine Eindrücke aufzuzeichnen. Für ihn werden Bilder gemalt, Bücher geschrieben und der Marmor behauen.

ERNEST. Ich glaube, ich habe schon eine andere Theorie über die Kritik gehört.

GILBERT. Ja, sie ist von einem aufgestellt worden, dessen anmutiges Bild wir alle in der Erinnerung verehren; der Klang seiner Flöte hat einst Proserpina von den sizilianischen Gefilden fortgelockt; er ließ ihre weißen Füße – und nicht vergeblich – über die Primeln von Cumnor tanzen; sie besagt, daß es das eigentliche Ziel der Kritik sei, den Gegenstand so zu sehen, wie er wirklich ist. Das ist jedoch ein sehr schwerwiegender Irrtum, der die vollkommenste Form der Kritik nicht erkennt, die im wesentlichen rein subjektiv ist und ihr eigenes Geheimnis zu enthüllen sucht, nicht das Geheimnis eines anderen. Denn die höchste Kritik beschäftigt sich mit der Kunst nicht als Ausdruck, sondern als reinem Eindruck.

ERNEST. Ist das wirklich so?

GILBERT. Aber natürlich. Wer kümmert sich darum, ob Ruskins Ansichten über Turner begründet sind oder nicht? Was liegt daran? Seine kraftvolle und majestätische Prosa, so sprühend und so feurig in ihrer noblen Eloquenz, so reich in ihrem vollendeten symphonischen Klang, so sicher und treffend, wo sie auf der Höhe ist, in der subtilen Wahl des Haupt- und Beiwortes, ist kein geringeres Kunstwerk als irgendeiner jener herrlichen Sonnenuntergänge, die in Englands Gemäldegalerie auf ihrer mürben Leinwand bleichen und vermodern; fürwahr größer, ist man manchmal versucht zu denken, nicht bloß, weil seine ebenbürtige Schönheit länger andauert, sondern wegen der reicheren Vielfalt seiner Ausstrahlung; Seele spricht zu Seele in diesen langen Kadenzen, nicht durch Form und Farbe allein, wenn auch in der Tat durch sie vollständig und ohne Einbuße, sondern durch den Ausdruck des Intellekts und des Gefühls, durch hohe Leidenschaft und noch höheren Gedankenflug, durch schöpferische Intuition und dichterische Absicht; ein größeres Kunstwerk, denke ich oft, wie eben die Literatur überhaupt die größere Kunst ist. Wer fragt danach, ob Pater in das Bildnis der Mona Lisa etwas hineingelegt hat, an das Leonardo niemals dachte? Der Maler mag bloß der Sklave eines archaischen Lächelns gewesen sein, wie manche geglaubt haben; aber sooft ich in die kühlen Galerien des Louvre komme und vor jener unergründlichen Gestalt stehenbleibe, »die in ihrem Marmorsessel lehnt, in diesem Halbrund phantastischer Felsen wie unter einem matten Licht in der Meerestiefe«, sage ich zu mir selbst, »sie ist älter als die Felsen, vor denen sie sitzt; wie der Vampir ist sie viele Male tot gewesen und hat die Geheimnisse des Grabes erfahren; sie ist in tiefe Meere hinabgetaucht und bewahrt ihren dämmrigen Tag um sich; sie hat mit den Kaufleuten des Orients um exotische Stoffe gefeilscht; und sie war Leda, die Mutter der trojanischen Helena, und die heilige Anna, die Mutter Mariens; aber all dies war für sie nicht mehr als Lyra- und Flötenklang und lebt einzig in der Zartheit, von der das wechselnde Mienenspiel geprägt ist, und von der Augenlider und Hände sprechen.« Und ich sage zu meinem Freund: »Die Gestalt, die also gar seltsam nah bei den Wassern emporstieg, drückt aus, was dem Menschen im Laufe von einem Jahrtausend begehrenswert geworden war«; und er antwortet mir: »Es ist ihr Kopf, in dem sich alle ›Schicksale der Welt begegneten‹, und die Augenlider sind ein wenig müde.«

Und so erscheint uns das Bild noch wunderbarer, als es in Wirklichkeit ist, und enthüllt uns ein Geheimnis, von dem es in Wahrheit nichts weiß, und der Klang der dunklen Prosa ist so süß in unseren Ohren wie die Musik jenes Flötenspielers, der den Lippen der Gioconda jenen feinen und betörenden Schwung verlieh. Fragst du mich, was Leonardo gesagt hätte, wenn ihm jemand von diesem Bild erzählt haben würde, daß »die Gedanken und Erfahrungen der Welt darin all das eingezeichnet und mitgeformt haben, was ihnen an Kraft zur Vervollkommnung und zur Ausdruckssteigerung der äußeren Form innewohnt: die Sinnlichkeit der Griechen, das wollüstige Rom, den Traum des Mittelalters mit seinem Streben nach dem Übersinnlichen und seinen verzückten Lieben, die Wiederkehr der heidnischen Welt, die Sünden der Borgias?« Er hätte vermutlich geantwortet, daß er über diese Dinge nicht nachgedacht hat, daß es ihm einfach um eine gewisse Anordnung der Linien und Flächen gegangen sei und um neue seltsame Farbharmonien aus Blau und Grün. Und eben aus diesem Grund stellt die Kritik, von der ich sprach, die höchste Form der Kritik dar. Sie behandelt das Kunstwerk einfach als Ausgangspunkt zu einer neuen Schöpfung. Sie beschränkt sich nicht darauf – nehmen wir das wenigstens für den Augenblick einmal an –, die eigentliche Absicht des Künstlers zu erforschen und es dabei bewenden zu lassen. Und darin hat sie recht, denn der Sinn jeder schönen Schöpfung liegt mindestens so sehr in der Seele dessen, der sie betrachtet, wie er in der Seele desjenigen war, der sie schuf. Ja, es ist eher der Betrachter, der dem schönen Gegenstand seine tausendfältigen Bedeutungen gibt und ihn außergewöhnlich für uns macht und ihn in einen neuen Bezug zu seiner Zeit stellt, so daß er ein lebendiger Teil in unserem Leben wird, ein Sinnbild dessen, was wir erflehen oder was wir vielleicht, wenn wir es erfleht haben, fürchten zu empfangen. Je länger ich darüber nachdenke, Ernest, um so klarer wird es mir: Die Schönheit der bildenden Künste beruht, wie die Schönheit der Musik, zuallererst auf dem Eindruck; sie kann – und das ist oft genug der Fall – durch jede Übertreibung einer intellektuellen Absicht auf seiten des Künstlers beeinträchtigt werden. Denn sobald das Werk beendet ist, führt es ein Eigenleben und vermag eine Botschaft zu künden, die weit entfernt von der Botschaft des Künstlers ist. Manchmal, wenn ich die Ouvertüre zum *Tannhäuser* höre, erscheint es mir wirklich, als ob der edle Ritter behutsam seinen Fuß auf das blumenübersäte Gras setzt und als ob ich die Stimme der Venus höre, die aus der Bergeshöhe nach ihm ruft. Ein andermal aber spricht sie mir von tausend verschiedenen Dingen, von mir selbst vielleicht, von meinem eigenen Leben oder von dem Leben anderer, die man geliebt und müde geworden ist zu lieben, oder von den Leidenschaften, die der Mensch erfahren oder die er nicht erfahren und darum ersehnt hat. Heute abend erfüllt uns diese Musik vielleicht mit dem *ΕΡΩΣ ΤΩΝ ΑΔΥΝΑΤΟΝ*, dem »Amour de l'Impossible«, der viele, die glauben, sie lebten sicher und dem Zugriff des Leidens entzogen, wie ein Wahn überfällt, so daß sie plötzlich an dem Gift grenzenloser Sehnsucht erkanken und in der unermüdlichen Jagd nach dem, was sie nicht erhalten können, ermatten und umsinken oder straucheln. Morgen werden diese Töne, wie die Musik, von der Aristoteles und Plato erzählen – die herrliche dorische Musik der Griechen –, die Funktion des Arztes übernehmen und ein Betäubungsmittel gegen den Schmerz sein, den verletzten Geist heilen und »die Seele in Einklang mit allen rechten Dingen bringen«. Und was für die Musik gilt, ist für alle Künste gültig. Die Schönheit hat so viele Bedeutungen, wie der Mensch Stimmungen hat. Die Schönheit ist das Symbol der Symbole. Die Schönheit offenbart alles, weil sie nichts ausdrückt. Wenn sie sich uns zeigt, zeigt sie uns die ganze feuerfarbene Welt.

ERNEST. Aber ist denn ein solches Werk, von dem du gesprochen hast, überhaupt Kritik?

GILBERT. Es ist die höchste Form von Kritik, denn es kritisiert nicht bloß das einzelne Kunstwerk, sondern die Schönheit selbst, und es füllt eine Form mit Wunder, die der Künstler vielleicht unausgefüllt gelassen oder nicht verstanden oder unvollständig verstanden hat.

ERNEST. Die höchste Kritik ist also schöpferischer als die Schöpfung, und das Hauptziel der Kritik ist, den Gegenstand so zu sehen, wie er eigentlich nicht ist; so lautet doch deine Theorie, nicht wahr?

GILBERT. Ja, das ist meine Theorie. Für den Kritiker ist das Kunstwerk einfach eine Anregung zu einem neuen eigenen Werk, das nicht unbedingt eine augenscheinliche Ähnlichkeit mit dem kritisierten Gegenstand zeigen muß. Das charakteristische Merkmal einer schönen Form ist, daß man in sie hineinlegen kann, was immer man möchte, daß man in ihr sehen kann, was immer man darin zu sehen beliebt; und die Schönheit, die dem Kunstwerk das allgemein gültige und ästhetische Element verleiht, macht den Kritiker seinerseits zum Schöpfer, und sie erzählt von tausend verschiedenen Dingen, die nicht in der Seele dessen lebendig waren, der die Statue gemeißelt, das Tafelbild gemalt oder die Gemme geschnitten hat.

Diejenigen, die weder das Wesen der höchsten Kritik noch den Zauber der höchsten Kunst begreifen, behaupten gelegentlich, daß die Bilder, über die der Kritiker am liebsten schreibt, jene sind, die in die Anekdotensammlung der Malerei gehören und die Szenen aus der Literatur oder der Geschichte behandeln. Dem ist keineswegs so. Bilder dieser Art wirken nämlich viel zu verständlich. Im ganzen gesehen stehen sie auf der Stufe von Illustrationen, und selbst von diesem Standpunkt aus sind sie mißglückt, denn sie regen die Phantasie nicht an, sondern setzen ihr endgültige Schranken. Das Reich des Malers ist, worauf ich vorher hingewiesen habe, weitgehend verschieden von dem Reich des Dichters. Dem letzteren gehört das Leben in seiner höchsten absoluten Ganzheit, nicht nur die Schönheit, die der Mensch schaut, sondern auch die Schönheit, der er lauscht, nicht nur die flüchtige Anmut der Form oder die vergängliche Fröhlichkeit der Farbe, vielmehr der ganze Bereich des Fühlens, der gewaltige Umfang des Denkens. Der Maler ist insoweit begrenzt, daß er uns nur durch die Hülle des Körpers das Geheimnis der Seele zeigen kann; nur durch konventionelle Bilder kann er Ideen darstellen; nur durch ihr physisches Äquivalent kann er psychische Phänomene ausdrücken. Und wie unangemessen wird dann eine solche Darstellung: in dem zerfetzten Turban des Mohren sollen wir den edlen Zorn Othellos erkennen oder in einem kindischen Greis, der im Sturm umherirrt, den wilden Wahnsinn des König Lear! Trotzdem sieht es so aus, als könnte ihn nichts davon abhalten. Die meisten der älteren englischen Maler bringen ihr miserables und vergeudetes Leben damit zu, sich am Bereich der Dichter zu vergreifen, indem sie ihre Motive durch grobe Behandlung zerstören und sich abmühen, durch die sichtbare Form oder Farbe das Wunder des Unsichtbaren, den Glanz des niemals Geschauten wiederzugeben. Als eine natürliche Folge davon sind ihre Bilder unerträglich langweilig. Sie haben die sichtbaren Künste zu augenfälligen Künsten herabgewürdigt, und wenn etwas nicht verdient, beachtet zu werden, so ist es das Augenfällige. Ich meine damit nicht, daß Dichter und Maler nicht denselben Gegenstand behandeln dürfen. Das haben sie seit jeher getan und werden es immer tun. Doch während der Dichter malerisch oder nicht malerisch sein kann, je nach Belieben, muß der Maler immer malerisch sein. Denn ein Maler ist beschränkt, und zwar nicht auf das, was er in der Natur sieht, sondern auf das, was man auf der Leinwand sehen kann.

Und darum, mein lieber Ernest, werden Bilder dieser Art den Kritiker nicht wirklich fesseln. Er wird sich von ihnen zu solchen Werken hinwenden, die ihn zum Nachdenken und Träumen und Dichten anregen, zu Werken, die die feine Gabe der Suggestion besitzen und einem zu sagen scheinen, daß selbst von ihnen die

Flucht in eine fernere Welt möglich ist. Es wird oft behauptet, daß der Künstler sein Ideal nicht verwirklichen kann. Aber die wahre Tragödie, von der die meisten Künstler verfolgt werden, besteht darin, daß sie ihr Ideal zu ausschließlich verwirklichen. Denn sobald das Ideal verwirklicht ist, hat es sein Wunder und sein Geheimnis verloren und wird einfach zu einem neuen Ausgangspunkt für ein Ideal, das anders ist als es selbst. Das ist der Grund, warum die Musik der vollkommene Typus der Kunst ist. Die Musik kann nie ihr letztes Geheimnis enthüllen. So erklärt sich zugleich der Wert der Beschränkungen in der Kunst. Der Bildhauer verzichtet gern auf die nachahmende Farbe und der Maler auf die realen Dimensionen der Form, weil sie durch einen solchen Verzicht in der Lage sind, eine allzu genaue Vorstellung von der Wirklichkeit zu vermeiden, die bloße Nachahmung wäre und eine allzu genaue Verwirklichung des Ideals, die zu einseitig intellektuell wäre. Gerade durch ihre Unvollständigkeit gelangt die Kunst zur vollendeten Schönheit und wendet sich darum nicht an die Fähigkeit des Wiedererkennens oder des Verstandes, sondern allein an den ästhetischen Sinn, für den der Verstand und das Wiedererkennen nur Grade der Wahrnehmung sind, die er jedoch beide dem reinen synthetischen Eindruck des Kunstwerkes als Ganzes unterordnet, und der die Komplexität der fremdartigsten Gefühlselemente, die ein Werk besitzen mag, gerade dazu benutzt, um dem letzten Eindruck des Kunstwerkes eine reichere Einheit hinzuzufügen. Du begreifst also, weshalb der ästhetische Kritiker diese augenfälligen Kunstarten ablehnt, die bloß eine Botschaft zu bringen haben und danach nichtssagend und unfruchtbar werden, und weshalb er sich lieber solchen Formen zuwendet, die Träumerei und Stimmung erwecken und durch ihre phantasievolle Schönheit alle Deutungen wahr und keine Deutung endgültig machen. Das schöpferische Werk des Kritikers wird zweifellos einige Ähnlichkeit mit dem Werk besitzen, das ihn zu seiner Schöpfung angeregt hat, aber es wird eine Ähnlichkeit sein, wie sie zwischen der Natur und dem Werk des dekorativen Künstlers besteht, keineswegs eine Ähnlichkeit, wie zwischen der Natur und dem Spiegel, den der Landschafts- oder Figurenmaler ihr vermutlich vorhält. Wie auf den blumenlosen persischen Teppichen fürwahr

Tulpen und Rosen blühen und herrlich anzuschauen sind, obgleich sie nicht in erkennbarem Umriß und Linie nachgebildet sind; wie Perlmutt und Purpur der Seemuschel in der Markuskirche in Venedig widertönen; wie das Deckengewölbe der wundervollen Kapelle zu Ravenna prächtig erscheint durch das Gold und Grün und Saphirblau des Pfauenschweifes, obgleich die Vögel der Juno nicht darüber fliegen; so reproduziert der Kritiker das Werk, das er kritisiert, auf eine Weise, die niemals nachahmend ist und deren Zauber teilweise gerade in der Ablehnung der Ähnlichkeit liegen kann, und er zeigt uns damit nicht nur die Bedeutung, sondern auch das Geheimnis der Schönheit, und indem er jede Kunst in Literatur verwandelt, löst er ein für allemal das Problem der künstlerischen Einheit.

Aber ich sehe, es ist Zeit zum Souper. Nachdem wir den Chambertin und die Ortolanen diskutiert haben, werden wir die Frage des Kritikers als Interpret behandeln.

ERNEST. Ah! Du gibst also zu, daß es dem Kritiker gelegentlich erlaubt ist, den Gegenstand so zu betrachten, wie er wirklich ist.

GILBERT. Ich bin nicht ganz sicher. Nach dem Souper werde ich es vielleicht zugeben. Ein Souper kann zu klugen Gedanken anregen.

Teil II

Mit einigen Anmerkungen über den Wert der Diskussion

ERNEST. Die Ortolanen waren köstlich und der Chambertin ausgezeichnet; und nun laß uns auf den umstrittenen Punkt zurückkommen.

GILBERT. Ach, genug davon! Eine Unterhaltung sollte an alles rühren, aber sich auf nichts konzentrieren. Sprechen wir über »Moralische Entrüstung, ihre Ursache und ihre Behandlung«, ein Thema, über das ich zu schreiben gedenke; oder über »Das Fortleben des Thersites«, nämlich in den englischen Witzblättern; oder über irgendein Thema, das sich plötzlich ergibt.

ERNEST. Nein, ich möchte über den Kritiker und die Kritik diskutieren. Du hast mir gesagt, daß sich die höchste Kritik mit der Kunst nicht als Ausdruck, sondern als reinem Eindruck beschäftigt und deshalb schöpferisch und unabhängig zugleich, ja, in der Tat selbst eine Kunst ist, indem sie dem Kunstwerk gegenüber dieselbe Stellung einnimmt, wie das Kunstwerk zur sichtbaren Welt der Formen und Farben oder der unsichtbaren Welt der Leidenschaften und Ideen. Gut, aber jetzt sage mir, ob der Kritiker nicht manchmal ein echter Interpret sein kann?

GILBERT. Ja, der Kritiker kann, wenn er es vorzieht, auch Interpret sein. Er kann von dem Gesamteindruck des Kunstwerkes zu einer Analyse oder Exposition des Werkes übergehen, und auf dieser niedrigeren Ebene, denn dafür halte ich sie, gibt es viele entzückende Dinge zu sagen und zu tun. Doch sein Ziel wird nicht immer die Deutung des Kunstwerkes sein. Vielleicht wird er versuchen, sein Geheimnis zu vertiefen und um das Werk und seinen Schöpfer den Schleier des Wunders breiten, der den Göttern und den Anbetern gleich teuer ist. Gewöhnliche Menschen fühlen sich »schrecklich behaglich in Zion«. Sie trachten, mit dem Dichter Arm in Arm zu gehn und haben eine glatte ignorante Art zu sagen: »Warum sollten wir lesen, was über Shakespeare und Milton geschrieben wurde? Wir können ja die Theaterstücke und Gedichte lesen. Das ist genug.« Aber die Wertschätzung für Milton ist der Lohn einer vollendeten Bildung – wie der verstorbene Rektor von Lincoln einmal bemerkte. Und wer Shakespeare wirklich verstehen will, muß Shakespeares Verhältnis zur Renaissance, zur Reformation und zum elisabethanischen und jakobinischen Zeitalter verstehen; er muß vertraut sein mit der Geschichte der Auseinandersetzungen um das Supremat zwischen den alten klassischen Formen und dem neuen Geist der Romantik, zwischen den Schulen von Sidney, Daniel und Johnson und der Schule von Marlowe und Marlowes größerem Sohn; er muß die Stoffe kennen, die Shakespeare zur Verfügung hatte, er muß die Methode kennen, nach der er sie verwendete, und die Bedingungen der theatralischen Darstellung im sechzehnten und siebzehnten Jahrhundert, ihre Grenzen und Möglichkeiten der Freiheit, er muß um die literarische Kritik zur Zeit Shakespeares, um ihre Zielsetzungen, Verfahren und Grundsätze wissen; er muß die englische Sprache in ihrem Wachstum, den Blankvers und den gereimten Vers in seinen verschiedenen Entwicklungsstufen studieren; er muß das griechische Drama studieren und die Verwandtschaft zwischen der Kunst des Schöpfers von Agamemnon und der Kunst des Schöpfers von Macbeth; mit einem Wort, er muß imstande sein, das elisabethanische London mit dem Athen des Perikles zu verbinden, und er muß Shakespeares wahre Stellung in der Geschichte des europäischen Dramas und der Weltliteratur kennen. Der Kritiker wird zweifellos ein Interpret sein, doch wird er die Kunst nicht als rätselhafte Sphinx behandeln, deren untiefes Geheimnis einer zu erraten vermag, dessen Füße wund sind und der seinen Namen nicht weiß. Er wird vielmehr die Kunst als Göttin ansehen, deren Geheimnis zu vertiefen sein Amt, deren Majestät in den Augen der Menschen noch wunderbarer erscheinen zu lassen, sein Vorrecht ist.

Und hier, Ernest, geschieht etwas Seltsames. Der Kritiker wird in der Tat ein Interpret sein, aber keineswegs in dem Sinn, daß er nur in einer anderen Form eine Botschaft wiederholt, die ihm in den Mund gelegt wurde. Denn, wie nur durch die Berührung mit der Kunst fremder Nationen, die Kunst eines Landes jenes individuelle und besondere Leben gewinnt, das wir als Nationalcharakter bezeichnen, so vermag in seltsamer Umkehrung, der Kritiker nur durch die Vertiefung seiner eigenen Persönlichkeit, die Persönlichkeit und das Werk anderer zu interpretieren, und je stärker seine Persönlichkeit in die Interpretation eingeht, desto wirklicher wird die Interpretation, desto befriedigender, überzeugender und wahrer.

ERNEST. Ich hätte angenommen, daß die Persönlichkeit ein störendes Element sei.

GILBERT. Nein, sie ist ein Element der Enthüllung. Wer andere verstehen möchte, muß seine eigene Individualität vertiefen.

ERNEST. Was ist daraus zu schließen?

GILBERT. Das will ich dir sagen, und vielleicht kann ich es am besten an einem bestimmten Beispiel erklären. Ich meine, daß wohl der literarische Kritiker den obersten Rang einnimmt, da er über den größeren Bereich, den umfassenderen Blick, den edleren Stoff verfügt, daß jedoch jede der Künste gewissermaßen einen ihr zugehörigen Kritiker besitzt. Der Schauspieler ist der Kritiker des Dramas. Er zeigt das Werk des Dichters unter neuen Bedingungen und durch die ihm eigene Methode. Er nimmt das geschriebene Wort, und Handlung, Gebärde und Stimme werden zu Medien der Enthüllung. Der Sänger, der Flöten- und Bratschenspieler sind die Kritiker der Musik. Der Radierer eines Bildes nimmt dem Gemälde die leuchtenden Farben, doch zeigt er uns durch die Anwendung eines neuen Materials seine wahre Farbqualität, seine Tönungen und Valeurs, sein Verhältnis zur Fläche, und daher ist er auf seine Weise ein Kritiker des Werkes; denn ein Kritiker ist jener, der uns ein Kunstwerk in einer Form darstellt, die sich von dem Werk selbst unterscheidet, und die Anwendung eines neuen Materials ist ein ebenso kritisches wie schöpferisches Element. Die Bildhauerei hat gleichfalls ihren Kritiker, der entweder ein Gemmenschneider sein kann, wie zur Zeit der Griechen, oder etwa ein Maler wie Mantegna, der auf der Leinwand die Schönheit der plastischen Linie und die symphonische Würde der Basrelief-Prozession wiederzugeben suchte. Und am Beispiel all dieser schöpferischen Kunstkritiker wird deutlich, daß die Persönlichkeit für jede wirkliche Interpretation das Wesentliche ist. Wenn Rubinstein die »Sonata Appassionata« von Beethoven spielt, gibt er uns nicht nur Beethoven, sondern ebenso sich selbst, und damit gibt er uns Beethoven ganz – Beethoven, der uns durch eine reiche künstlerische Natur neu interpretiert und durch eine neue starke Persönlichkeit lebendig und wunderbar gemacht wird. Spielt ein großer Schauspieler Shakespeare, machen wir dieselbe Erfahrung. Seine eigene Individualität wird zum lebendigen Teil der Interpretation. Manchmal heißt es, Schauspieler geben ihren eigenen Hamlet, nicht den Hamlet Shakespeares; und dieser Trugschluß – denn das ist er – wird leider von jenem bezaubernden und eleganten Schriftsteller wiederholt, der sich jüngst aus dem Betrieb der Literatur in den Frieden des Unterhauses gerettet hat; ich meine den Autor von *Obiter Dicta.* Tatsächlich gibt es eine solche Gestalt wie Shakespeares Hamlet gar nicht. Wenn Hamlet etwas von der Endgültigkeit eines Kunstwerkes hat, so besitzt er gleichfalls die ganze Dunkelheit, die dem Leben innewohnt. Es gibt ebenso viele Hamlets wie es Melancholiker gibt.

ERNEST. Ebenso viele Hamlets, wie es Melancholiker gibt?

GILBERT. Ja – und weil die Kunst aus der Persönlichkeit kommt, kann sie sich auch nur der Persönlichkeit enthüllen, und aus der Begegnung der beiden entspringt die wahre interpretierende Kritik.

ERNEST. Der Kritiker wird also als der Interpret nicht weniger geben, als er empfängt, und er wird so viel leihen, wie er borgt?

GILBERT. Ja, er wird uns das Kunstwerk immer in einem neuen Verhältnis zu unserer Zeit zeigen. Er wird uns immer daran erinnern, daß große Kunstwerke lebendige Dinge sind – ja fürwahr die einzigen Dinge sind, die leben. Er wird dies in der Tat so sehr empfinden, daß ich sicher bin, daß, wenn die Zivilisation fortschreitet und wir höher organisiert sind, die auserwählten Geister jedes Zeitalters, die kritischen und gebildeten Geister, mehr und mehr das Interesse am alltäglichen Leben verlieren werden; *sie werden versuchen, ihre Eindrücke fast gänzlich aus dem zu schöpfen, was die Kunst gestreift hat.* Denn dem Leben ermangelt es auf erschreckende Weise an Form. Seine Katastrophen geschehen verkehrt und fügen den verkehrten Leuten Schaden zu. Ein groteskes Entsetzen spielt um die Komödien des Lebens, und seine Tragödien gipfeln dem Anschein nach in der Farce. Man wird immer verwundet, wenn man ihm nahe kommt. Die Dinge dauern immer zu lange oder nicht lange genug.

ERNEST. Armes Leben! Armes Menschenleben! Wirst du nicht einmal von seinen Tränen gerührt, die ein Teil seiner Essenz sind, wie ein römischer Dichter sagt.

GILBERT. Sie rühren mich nur zu leicht, fürchte ich. Denn blickt man auf das Leben zurück, das in der Fülle der Empfindungen so lebendig und von den glühendsten Augenblicken der Ekstase oder der Freude erfüllt war, scheint es ein Traum zu sein und ein Wahn. Was ist unwirklicher als die Leidenschaften, die uns einmal wie Feuer brannten? Was ist unglaubhafter als das, was man einmal so aufrichtig geglaubt hat. Gibt es etwas Unwahrscheinlicheres als das, was man selbst getan hat. Nein, Ernest, das Leben narrt uns mit Schatten wie ein Puppenspieler. Wir verlangen nach Freude, und das Leben gibt sie uns, aber sie geht mit Bitterkeit und Enttäuschung einher. Ein edler Schmerz überfällt uns, von dem wir glauben, daß er unseren Tagen die purpurne

Würde des Tragischen verleiht, aber er geht vorüber, und weniger große Dinge nehmen seine Stelle ein, und an einem grauen, stürmischen Morgen oder an einem Abend voll Duft und silbernem Schweigen entdecken wir, wie wir mit kalter Verwunderung oder einem öden, versteinerten Herz die goldschimmernde Haarflechte betrachten, die wir einmal so heiß geliebt, so wahnsinnig geküßt haben.

ERNEST. Das Leben ist also mißglückt?

GILBERT. Vom künstlerischen Standpunkt aus gewiß. Und der Hauptgrund, weshalb das Leben vom künstlerischen Standpunkt aus mißglückt ist und der dem Leben seine gemeine Sicherheit verleiht, ist die Tatsache, daß man niemals genau die gleiche Empfindung wiederholen kann. Wie anders verhält es sich in der Welt der Kunst! Hinter dir in einem Fach des Bücherregals steht die *Göttliche Komödie*, und ich weiß, wenn ich dieses Buch an einer bestimmten Stelle aufschlage, werde ich von glühendem Haß gegen jemanden erfüllt, der mir nie Böses zugefügt hat, oder von einer großen Liebe für jemanden erfaßt, den ich nie sehen werde. Es gibt keine Stimmung oder Leidenschaft, die uns die Kunst nicht geben kann, und wer ihr Geheimnis ergründet hat, vermag im voraus zu sagen, welcher Art unsere Erfahrungen sein werden. Wir können uns den Tag wählen und die Stunde aussuchen. Wir können zu uns selbst sagen: »Morgen in der Dämmerung werden wir mit dem weisen Vergil durch das Tal der Toten schreiten«, und sieh da! die Dämmerung findet uns in dem finsteren Wald, der Mantuaner steht an unserer Seite. Wir gehen durch das Tor mit der Inschrift, die jede Hoffnung tötet, und mit Erbarmen oder Entzücken erblicken wir die Schrecken einer anderen Welt. Mit bemalten Gesichtern und vergoldeten Bleikappen ziehen die Heuchler vorüber. Aus den unaufhörlichen Winden, von denen sie getrieben werden, starrt uns der Lüstling an, und wir sehen, wie sich der Ketzer zerfleischt und der Vielfraß vom Regen gepeitscht wird. Wir brechen die dürren Äste vom Baum im Wald der Harpyen, und aus jedem dunkelfarbenen, giftigen Ast tropft vor unseren Augen rotes Blut und schreit laut und jammervoll. Aus einer Hörnerflamme spricht Odysseus zu uns, und als sich der große Ghibelline aus seinem Flammengrab erhebt, empfinden wir für einen Augenblick den Stolz, der über die Martern dieses Grabes triumphiert. Durch den düsteren, purpurfarbenen Raum fliegen jene, die die Welt mit der Schönheit ihrer Sünde befleckt haben, und in der Hölle seines ekelerregenden Zustandes, den Leib von Wassersucht geschwellt, in der Form einer monströsen Laute, liegt Adamo di Brescia, der Falschmünzer. Er bittet uns, die Geschichte seines Elends anzuhören. Wir halten inne, und mit trockenen, lechzenden Lippen erzählt er uns, wie er Tag und Nacht von den klaren Wasserbächen träumt, die in kühlen, weichen Rinnen die grünen Hügel im Casentino hinabströmen. Sinon, der falschzüngige Grieche von Troja, verhöhnt ihn. Er schlägt ihn ins Gesicht, und sie streiten miteinander. Wir sind gebannt von ihrer Schmach und bleiben stehen, bis uns Vergil tadelt und hinweggeleitet zu jener Stadt, die von Riesen umtürmt ist, und wo der gewaltige Nimrod in sein Jagdhorn bläst. Schreckliche Dinge erwarten uns, und wir machen uns auf den Weg, ihnen in der Gestalt und mit der Seele Dantes zu begegnen. Wir überqueren die Sümpfe des Styx, und Argenti schwimmt durch die Schlammwogen ans Boot heran. Er ruft uns an, und wir stoßen ihn weg. Wie wir sein Jammern hören, sind wir erfreut, und Vergil lobt die Härte unseres Hohnes. Wir treten auf das kalte Kristall des Kocytus, wo die Verräter gleich Halmen im Glase stecken. Unser Fuß stößt an den Kopf des Bocca. Er will uns seinen Namen nicht nennen, und wir reißen ihm eine Handvoll Haare aus dem heulenden Schädel. Alberigo fleht uns an, ihm das Eis aus den Augen zu brechen, damit er ein wenig weinen kann. Wir versprechen es ihm, und nachdem er uns seine qualvolle Geschichte erzählt hat, halten wir unser Wort nicht und gehen von ihm weg; solche Grausamkeit ist eine Höflichkeit, denn gibt es etwas Gemeineres als das Mitleid für die von Gott Verdammten? Im Rachen des Luzifer erblicken wir den Mann, der Christus verkauft hat, und im Rachen des Luzifer die Männer, die Cäsar erschlugen. Wir zittern und eilen fort, wieder die Sterne zu schauen.

Im Fegefeuer ist die Luft freier, und der heilige Berg ragt ins helle Tageslicht. Hier finden wir Frieden, und für diejenigen, die sich eine Zeitlang darin aufhalten, ist es ebenso friedvoll, wenn auch Madonna Pia bleich von den Giften der Maremma an uns vorübergeht und Ismene dort ist, die immer noch an ihrem Erdenschmerz trägt. Seele um Seele läßt uns an ihrer Reue oder ihrer Freude teilhaben. Er, den die Trauer seiner Witwe den süßen Wermut des Leids trinken lehrte, erzählt uns von Nella, die auf ihrem einsamen Lager betet, und wir erfahren aus dem Mund des Buonconte, wie eine einzige Träne einen sterbenden Sünder vor dem Teufel zu retten vermag. Sordello, der edle und hochmütige Lombarde, blickt uns wie ein ruhender Löwe aus der Ferne an. Kaum hört er, daß Virgil ein Bürger Mantuas ist, umarmt er ihn, und als er erfährt, er sei der Sänger Roms, sinkt er ihm zu Füßen. In diesem Tal, wo Gräser und Blumen schimmernder sind als geschliffener Smaragd und indisches Holz, leuchtender als Scharlach und Silber, singen jene, die einst auf Erden Könige waren; aber Rudolf von Habsburgs Lippen öffnen sich nicht zu dem Gesang der andern; Philipp von Frankreich schlägt sich an die Brust, und Heinrich von England sitzt allein. Wir gehen weiter und weiter, wir steigen die wundersame Stufe hinan, die Sterne werden so groß wie nie zuvor, und der Gesang der Könige verhallt; zuletzt gelangen wir zu den sieben goldenen Bäumen und zum Garten des irdischen Paradieses. In einem von Greifen gezogenen Wagen erscheint sie, die Stirn mit Olivenzweigen bekränzt, mit einem weißen Schleier, in einem grünen Mantel und mit einem Kleid von der lebendigen Farbe des Feuers. Die alte Flamme erwacht in uns. Das Blut jagt rascher durch die Pulse. Wir erkennen sie: Es ist Beatrice, die Frau, die wir angebetet haben. Das Eis des Herzens taut, und heiße Tränen der Angst stürzen uns aus den Augen; wir neigen unsere Stirn zur Erde, denn wir wissen, daß wir gesündigt haben. Haben wir Buße getan, uns gereinigt und aus dem Lethefluß getrunken, und haben wir im Eunöefluß gebadet, dann hebt uns die Gebieterin unserer Seele zum himmlischen Paradies empor. Aus der ewigen Perle, dem Mond, neigt sich das Antlitz von Piccarda Donati zu uns. Ihre Schönheit verwirrt uns einen Augenblick lang, und als sie gleich einem Wesen, das durchs Wasser sinkt, entschwindet, folgen wir ihr mit sehnsüchtigen Blicken. Das süße Gestirn der Venus ist voller Liebender. Cunizza, die Schwester Ezzelins, Sordellos Herzensdame, ist da, und Folquet, der leidenschaftliche Sänger der Provence, der aus Schmerz um Azalais der Welt entsagte, und die kanaanitische Dirne, deren Seele Christus als erste erlöst hat. Joachim von Fiore steht in der Sonne, und in der Sonne erzählt Thomas von Aquino die Geschichte des heiligen Franziskus und Bonaventura, die Geschichte des heiligen Dominikus. Durch die strahlenden Rubine des Mars nähert sich Cacciaguida. Er berichtet von dem Pfeil, der vom Bogen der Verbannung geschnellt ward, und wie salzig das Brot der andern schmeckt, und wie steil die Stufen im Haus eines Fremden sind. Auf dem Saturn singt die Seele nicht, selbst sie, die uns führt, wagt nicht zu lächeln. Auf goldener Leiter steigen die Flammen empor und sinken. Zuletzt erblicken wir das Prunkgebilde der mystischen Rose. Beatrice wendet ihre Augen zu dem Antlitz Gottes und bleibt darin versunken. Die selig machende Erscheinung wird uns zuteil; wir erkennen die Liebe, die Sonne und Sterne bewegt.

Ja, wir können die Erde um sechshundert Umläufe zurückdrehen und mit dem großen Florentiner eins werden, mit ihm am gleichen Altar knien und seine Verzückung und seinen Hohn teilen. Und wenn uns die Vergangenheit langweilt, und wir möchten lieber unser eigenes Zeitalter in all seiner Müdigkeit und Sünde wahrnehmen, gibt es nicht Bücher, die uns in einer einzigen Stunde des Lebens stärker empfinden lassen, als es das Leben selbst in vielen schmachvollen Jahren vermag? Dicht vor dir liegt ein kleiner Band, in nilgrünes Leder gebunden, das mit vergoldeter Wasserlilie bestäubt und mit hartem Elfenbein geschmeidig gemacht wurde. Es ist das Buch, das Gautier liebte, Baudelaires Meisterwerk. Schlage es bei dem melancholischen Madrigal auf, das mit den Worten beginnt:

Que m'importe que tu sois sage?
Sois belle! et sois triste!

und du wirst dich einem Kult der Schwermut ergeben, wie du nie zuvor dem Kult der Freude ergeben warst. Dann blättere weiter bis zu dem Gedicht über den Mann, der sich selbst quält, laß seine zarte Musik in dich eindringen und deine Gedanken färben, bis du auf einen Augenblick der bist, der es verfaßte; nein, nicht nur für einen Augenblick, sondern viele leere, mondhelle Nächte und sonnenlos unfruchtbare Tage wird eine Verzweiflung, die nicht die deine ist, sich in dir niederlassen, und die Not eines anderen wird dir das Herz zernagen. Lies das ganze Buch, erleide es, um nur eines seiner Geheimnisse deiner Seele zuzuflüstern, und sie wird begierig werden, mehr zu erfahren; sie wird sich von giftigem Honig nähren und das Verlangen spüren, seltsame Untaten zu bereuen, die sie niemals begangen, Buße zu leisten für schreckliche Lüste, die sie niemals erfahren hat. Und wenn du dann dieser Blumen des Bösen überdrüssig geworden bist, wende dich den Blumen zu, die im Garten Perditas sprießen. In ihren taufeuchten Kelchen kühle dir die fiebernde Stirn und laß dir von ihrem holden Zauber die Seele wieder heilen und kräftigen; oder erwecke aus seinem vergessenen Grab den zärtlichen Syrer Meleager, und laß dir von ihm, dem Liebling Heliodors, musizieren, denn auch er hat Blumen in seinem Gesang, rote Granatäpfel und Irisblüten, nach Myrrhe duftend, beringte Narzissen und dunkelblaue Hyazinthen und Majoran und die gefiederte Hundskamille. Vertraut war ihm der Geruch des abendlichen Bohnenfeldes, vertraut die duftende Narde, die an den syrischen Hügeln wuchs, und der frische grüne Thymian, die Zauberwürze des Weinbechers. Wenn seine Liebste im Garten wandelte, waren ihre Füße wie Lilien, leicht über Lilien streifend. Weicher als die schlaftrunkene Mohnblüte waren ihre Lippen, weicher als Veilchen und nicht minder duftend. Der flammengleiche Krokus sproß aus dem Gras empor, um sie zu betrachten. Für sie speicherte die schlanke Narzisse den kühlen Regen; und für sie vergaßen die Anemonen die Winde Siziliens, die sie umwarben. Und weder Krokus noch Anemone, noch Narzisse kamen ihr an Schönheit gleich.

Es ist etwas Seltsames um die Übertragbarkeit des Gefühls. Wir erkranken an den gleichen Leiden wie die Dichter, und der Sänger leiht uns seinen Schmerz. Tote Lippen haben uns eine Botschaft zu künden, und Herzen, die längst zu Staub zerfallen sind, teilen uns ihre Freude mit. Es drängt uns, den blutenden Mund Fantines zu küssen, und wir folgen Manon Lescaut über die ganze Welt. Wir teilen den Liebeswahnsinn des Tyrers und das Grauen des Orest. Es gibt keine Leidenschaft, die uns fremd, kein Gelüst, das für uns unstillbar wäre; wir dürfen den Augenblick unserer ersten Erfüllung wählen und auch den Augenblick unserer Freiheit! Leben! Leben! Wie dürften wir uns je vom Leben Erfüllung oder Erfahrung erhoffen! Es ist etwas von den

Umständen Eingeengtes, zusammenhanglos in seinen Äußerungen, bar jener Entsprechung von Geist und Form, die das künstlerische und das kritische Temperament einzig und allein zu befriedigen vermag. Das Leben fordert uns einen allzu hohen Preis ab für seine Güter, und was wir ihm für das kläglichste seiner Geheimnisse zu entrichten haben, ist ungeheuerlich, ist ohne Maß.

ERNEST. Müssen wir uns also in allem an die Kunst halten?

GILBERT. In allem. Denn die Kunst verletzt uns nicht. Die Tränen, die wir bei einem Theaterstück vergießen, haben mit jenen köstlich nutzlosen Gefühlen zu tun, die zu erwecken Aufgabe der Kunst ist. Wir weinen, aber wir sind nicht verwundet. Wir grämen uns, aber unser Gram ist nicht bitter. Im wirklichen Menschenleben ist der Schmerz, wie Spinoza irgendwo sagt, das Durchgangsstadium zu einer Vollkommenheit geringeren Grades. Aber der Schmerz, mit dem uns die Kunst erfüllt, reinigt uns und weiht uns ein – um den großen Kunstkritiker der Griechen noch einmal zu zitieren. Durch die Kunst, die Kunst allein erreichen wir unsere Vollendung. Durch die Kunst, die Kunst allein vermögen wir uns gegen die scheußlichen Gefahren des wirklichen Lebens zu schützen; und nicht allein darum, weil nichts von dem, was wir in der Phantasie erleben, in die Tat umzusetzen sich lohnt, und weil schlechthin alles der Einbildungskraft zugänglich ist, sondern weil nach einem kaum greifbaren Gesetz die Kräfte des Gefühls, wie die im physischen Bereich wirkenden Kräfte, in ihrer Tragweite und Stärke begrenzt sind. Man kann soundso viel empfinden – nicht mehr. Und was liegt daran, mit welchen Lüsten uns das Leben zu verlocken trachtet oder mit welcher Qual es uns die Seele zu verstören oder zu verstümmeln sucht, wenn wir im Schauspiel derer, die niemals auf dieser Welt waren, das echte Geheimnis der Freude entdeckt, uns ausgeweint haben über den Tod jener, die wie Cordelia und die Tochter des Brabantio niemals sterben können?

ERNEST. Halt einmal! Es kommt mir so vor, als läge in allem, was du bisher angeführt hast, etwas von Grund auf Amoralisches.

GILBERT. Jede Kunst ist amoralisch.

ERNEST. Jede Kunst?

GILBERT. Ja. Denn Gefühlserregung um der Gefühlserregung

willen ist das Ziel der Kunst, und Gefühlserregung um des Handelns willen ist das Ziel des Lebens; das Ziel auch jener praktischen Organisation des Lebens, die wir Gesellschaft nennen. Die Gesellschaft, Beginn und Voraussetzung jeder Moral, ist lediglich um der Konzentration menschlicher Tatkraft willen da, und um ihr eigenes Weiterbestehen, ihr inneres Gleichgewicht zu sichern, fordert sie, und das zweifellos zu Recht, von jedem ihrer Bürger, daß er durch irgendeine Form produktiver Arbeit zum Allgemeinwohl beisteuere und mit Schweiß und Mühe sein Tagwerk vollbringe. Mehr als einmal vergibt die Gesellschaft dem Verbrecher. Dem Träumer vergibt sie niemals. Die schönen, nutzlosen Gefühle, die die Kunst in unserem Innern erregt, sind hassenswert in den Augen der Gesellschaft, und die meisten Leute stehen so vollständig unter der Tyrannei dieses widerwärtigen gesellschaftlichen Ideals, daß sie schamlos bei Privatausstellungen oder an anderen dem Publikum zugänglichen Orten auf einen zukommen und mit Stentorstimme fragen: »Was tun Sie?«, wogegen die Frage: »Was denken Sie?« die einzige wäre, die ein zivilisiertes Individuum einem andern jemals zuflüstern dürfte. Zweifellos meinen sie es gut, diese biederen, strahlenden Leute. Vielleicht ist das der Grund, warum sie so ausnehmend lästig sind. Aber irgend jemand sollte sie belehren, daß das, was in den Augen der Gesellschaft die schwerste Sünde ist, deren ein Bürger sich schuldig machen kann, nämlich die Kontemplation, in den Augen der Höchstkultivierten die eigentlich menschenwürdige Beschäftigung ist.

ERNEST. Die Kontemplation?

GILBERT. Die Kontemplation. Ich sagte dir vorhin, es sei sehr viel schwieriger, über etwas zu reden, als es zu tun. Und nun möchte ich dir sagen, daß nichts zu tun das Schwierigste ist, was es auf der Welt gibt, das Schwierigste, das am meisten Geist voraussetzt. Für Plato, den so leidenschaftlich um Weisheit Bemühten, war es die edelste Form der Tatkraft. Für Aristoteles, den so leidenschaftlich um Wissen Bemühten, war es gleichfalls die edelste Form der Tatkraft. Es war die Kontemplation, zu der das leidenschaftliche Verlangen nach Heiligkeit den Frommen und den Mystiker des Mittelalters führte.

ERNEST. Wir wären also auf der Welt, um nichts zu tun?

GILBERT. Nichts zu tun ist die Bestimmung der Erwählten. Handeln ist etwas Beschränktes und Relatives. Unbeschränkt und absolut ist das Blickfeld dessen, der sich ruhig zurücklehnt und schaut, der einsam und traumverloren dahinwandelt. Aber wir, die wir am Ende dieses großartigen Zeitalters zur Welt gekommen sind – wir sind zugleich allzu kultiviert und allzu kritisch, intellektuell allzu verfeinert und zu neugierig auf auserlesene Genüsse, um uns als Ersatz für das wirkliche Leben mit Spekulationen über das Leben abzufinden. Für uns ermangelt die »città divina« der Farbe, ist die »fruitio dei« ein leeres Wort. Die Metaphysik genügt unseren Zuständen nicht mehr, und religiöse Ekstase ist für uns etwas Überlebtes. Die Welt, durch die der akademische Philosoph zum »Zuschauer aller Zeit und alles Daseins« wird, ist nicht eigentlich eine ideale Welt, sondern einfach eine Welt abstrakter Ideen. Sobald wir sie betreten, darben wir unter der kühlen Mathematik des Denkens. Die Höfe der Stadt Gottes sind uns jetzt nicht geöffnet. Ihre Tore werden von der Unwissenheit bewacht, und um eingelassen zu werden, müssen wir all das ausliefern, was an unserer Natur das Göttlichste ist. Genug, daß unsere Väter gläubig waren. Sie haben die Glaubensfähigkeit der Spezies erschöpft. Ihr Vermächtnis ist der Skeptizismus, den sie selbst fürchteten. Hätten sie ihn je in Worte gefaßt, brauchte er wahrscheinlich in uns als Gedanke nicht fortzuleben. Nein, Ernest, nein. Zum Heiligen können wir nicht wieder zurück. Da ist vom Sünder weit mehr zu lernen. Wir können auch nicht wieder zur Philosophie zurück, und die Mystik führt uns in die Irre. Wer würde heute, wie Pater irgendwo fragt, die Rundung eines einzelnen Rosenblattes eintauschen gegen jenes gestaltlose, ungreifbare Sein, das Plato soviel bedeutete? Was bedeuten uns heute noch die Erleuchtung Philos, der Abgrund Eckarts, die Gesichte Böhmes, selbst der ungeheuerliche Himmel, der sich vor Swedenborgs geblendeten Augen auftat? Dergleichen gilt uns weniger als der gelbe Blütenbecher einer einzigen wilden Narzisse, und sehr viel weniger als die niedrigste der sichtbaren Künste; denn wie die Natur Materie ist, die sich zum Geist durchringt, so ist die Kunst Geist, der im Gewand der Materie erscheint, und selbst in den unscheinbarsten ihrer Äußerungsformen spricht sie gleicherweise zu Sinn und Gemüt. Für die ästhetische Empfindung ist das Unbestimmte immer abstoßend. Die Griechen waren ein Volk von Künstlern, weil sie vom Gefühl der Unendlichkeit verschont blieben. Wie Aristoteles, wie Goethe – nachdem er Kant gelesen hatte – verlangen wir das Konkrete, und nichts als das Konkrete kann uns befriedigen.

ERNEST. Was schlägst du also vor?

GILBERT. Ich glaube, durch die Entwicklung des kritischen Geistes werden wir imstande sein, nicht nur unser eigenes Leben, sondern das Kollektivdasein der Menschheit zu verwirklichen und auf diese Weise zu absolut modernen Menschen zu werden, modern im eigentlichen Sinne des Wortes. Denn einer, für den die Gegenwart das einzig Gegenwärtige ist, weiß nichts von der Zeit, in der er lebt. Um das neunzehnte Jahrhundert begreifen zu können, muß man jedes Jahrhundert begreifen, das ihm vorausging und zu seiner Form beitrug. Um etwas von sich selbst zu wissen, muß man alles über andere wissen. Es darf keine Stimmung geben, die sich nicht mitempfinden, keine abgestorbene Lebensform, die sich nicht wieder lebendig machen ließe. Ist das unmöglich? Ich glaube, nicht. Dadurch, daß das wissenschaftliche Prinzip der Vererbung uns Einblick in den absoluten Mechanismus allen Handelns gegeben hat und uns so von der selbstauferlegten, hemmenden Bürde moralischer Verantwortlichkeit befreit hat, ist es gleichsam die Bestätigung für das kontemplative Leben geworden. Es hat uns vor Augen geführt, daß wir niemals weniger frei sind als dann, wenn wir zu handeln versuchen. Es hat uns mit Fangnetzen umstellt und an die Wand die Prophezeiung unseres Untergangs geschrieben. Wir werden es vielleicht nicht wahrnehmen, denn es wirkt in uns. Wir wollen es nicht ansehen, es sei denn in einem Spiegel, der die Seele spiegelt. Es ist die Nemesis ohne Maske. Es ist die letzte der Schicksalsgöttinnen und die schrecklichste. Es ist die einzige der Göttinnen, deren wahren Namen wir kennen.

Und doch, während dieses Prinzip im Bereich des praktischen und des äußeren Lebens die Kraft ihrer Freiheit, das Handeln seiner Wahl beraubt hat, kommt dieser furchtbare Schatten im subjektiven Bereich, wo die Seele wirkt, mit zahllosen Gaben zu uns, den Gaben seltsamer Zustände und gesteigerter Empfänglichkeit, den Gaben leidenschaftlicher Inbrunst und eisiger Gleichgültigkeit, den komplizierten, vielgestaltigen Gaben von Gedanken, die im Widerstreit miteinander liegen und von Leidenschaften, die wider sich selbst wüten. Und darum ist es nicht unser eigenes Leben, das wir führen, sondern das Leben der Toten, und die Seele, die in uns wohnt, ist keine einzelne, geistige Wesenheit, die uns Persönlichkeit und Individualität verbürgt, geschaffen, uns zu dienen, und zu unserer Freude in uns eingezogen. Sie ist etwas, das an schrecklichen Orten geweilt, in uralten Gräbern gehaust hat. Sie leidet an vielen Gebrechen und bewahrt die Erinnerung an merkwürdige Sünden. Sie ist weiser, als wir es sind, und ihre Weisheit ist bitter. Sie erfüllt uns mit unerfüllbaren Sehnsüchten und treibt uns unerreichbaren Zielen zu. Nur eines, Ernest, vermag sie für uns zu tun. Sie kann uns aus einer Umwelt befreien, deren Schönheit uns durch den Nebel des Vertrautseins getrübt ist oder deren vulgäre Häßlichkeit und zudringliche Ansprüche die Vollendung unserer Entwicklung hemmen. Sie kann uns dazu verhelfen, aus dem Bannkreis des Zeitalters herauszutreten, in das wir geboren wurden, um in andere Zeitalter zu tauchen, aus deren Sphäre wir uns nicht verbannt fühlen. Sie kann uns lehren, aus unserer eigenen Erfahrung auszubrechen und die Erfahrungen derer wahrzunehmen, die größer sind als wir. Der Schmerz Leopardis, ein einziger Aufschrei gegen das Leben, wird zu unserem Schmerz. Theokrit bläst auf seiner Flöte, und wir lachen mit den Lippen von Nymphen und Hirten. Im Wolfsfell Pierre Vidals flüchten wir vor den Hunden, und in der Rüstung Lancelots reiten wir fort von der Laube der Königin. In der Kutte Abälards haben wir das Geheimnis unserer Liebe geflüstert und im fleckigen Gewande Villons unsere Schmach in Gesang verwandelt. Mit Shellys Augen sehen wir die Dämmerung, und wenn wir mit Endymion wandern, so verliebt sich der Mond in unsere Jugend. Wir teilen die Qual des Atys, das schwächliche Rasen und den edlen Gram des Dänen. Glaubst du, daß es die Phantasie ist, die uns dazu befähigt, all diese zahllosen Leben zu leben? Ja, es ist die Phantasie, und sie ist ein Ergebnis der Vererbung. Sie ist nichts anderes als verdichtete Rassenerfahrung.

ERNEST. Aber wo bleibt hier die Funktion des kritischen Geistes?

GILBERT. Die Kultur, die diese Überlieferung von Rassenerfahrungen ermöglicht, kann nur durch den kritischen Geist vervollkommnet werden, ja, man kann sagen, daß sie mit ihm identisch ist. Denn wer anders ist ein echter Kritiker als der, der die Träume und Vorstellungen und Emotionen ungezählter Geschlechter in sich trägt, dem keine Form des Gedankens fremd, keine Gefühlsregung rätselhaft ist? Und wer darf als wahrhaft kultiviert gelten, wenn nicht der, der durch hohe Gelehrsamkeit und wählerische Ablehnung dem Instinkt zu Bewußtsein und Intelligenz verholfen hat und der ein Werk, das Rang besitzt, zu unterscheiden versteht, von einem Werk, das ihn nicht besitzt? Der also durch Berührung und Vergleich die Geheimnisse der Stile und Schulen beherrscht, ihre Bedeutung erfaßt, ihren Stimmen lauscht und jenen Geist unparteilicher Neugier entwickelt, der die eigentliche Wurzel, aber auch die eigentliche Blüte des geistigen Lebens ist? Und der auf diese Weise zu geistiger Klarheit gelangt und, nachdem er sich »das Beste, was in der Welt gewußt und gedacht wird«, zu eigen gemacht hat, mit jenen lebt – das ist keine Übertreibung –, die die Unsterblichen sind?

Ja, Ernest: das kontemplative Leben, das Leben, dessen Ziel nicht im *Tun* liegt, sondern im *Sein*, und nicht nur im *Sein*, sondern auch im *Werden* – das ist es, was uns der kritische Geist geben kann. So leben die Götter: Entweder sinnen sie, wie Aristoteles uns versichert, ihrer eigenen Vollkommenheit nach, oder sie folgen, wie Epikur es sich vorstellte, mit dem gelassenen Blick des Zuschauers der Tragikomödie der Welt, die sie selbst geschaffen haben. Auch wir könnten leben wie sie und mit den entsprechenden Empfindungen dem Ablauf der wechselvollen Szenen folgen, die Mensch und Natur uns darbieten. Wir könnten unser Wesen vergeistigen, indem wir uns allen Handelns begeben und uns durch Verzicht auf alle Tatkraft vervollkommnen. Es erschien mir öfter so, als habe Browning von alledem eine Ahnung gehabt. Shakespeare nötigte seinem Hamlet ein tätiges Leben auf und zwang ihn, seinem Auftrag durch Kampf gerecht zu werden. Browning hätte uns möglicherweise einen Hamlet geschenkt, der seinen Auftrag durch Denken erfüllt haben würde. Zwischenfälle und Ereignisse waren für ihn unwirklich und bedeutungslos. Er machte die Seele zum Hauptakteur in der Tragödie des Lebens und betrachtete die Handlung als das einzig undramatische Element eines Bühnenwerks. Für uns ist jedenfalls der *ΒΙΟΣ ΘΕΩΡΗΤΙΚΟΣ** das wahre Ideal. Vom hohen Turm des Denkens aus können wir die Welt betrachten. Gelassen, in sich ruhend und erfüllt, betrachtet der ästhetische Kritiker das Leben, und kein zufällig abgeschnellter Pfeil kann ihn zwischen die Fugen seines Panzers treffen. Er wenigstens ist sicher. Er hat herausgefunden, wie man leben sollte.

Ist eine solche Lebensart amoralisch? Ja: alle Künste sind amoralisch – außer jenen niedrigeren Formen der sinnlichen oder belehrenden Kunst, die, im Bösen oder Guten, zum Handeln anzustacheln suchen. Denn Handeln jeder Art gehört in den Bereich der Ethik. Ziel der Kunst ist es einfach, eine Stimmung zu erzeugen. Ist eine solche Lebensart unpraktisch? Ach, es ist nicht so einfach, unpraktisch zu sein, wie der unwissende Philister es sich vorstellt. Was für ein Glück für England, wenn dem so wäre! Kein Land auf der ganzen Welt hätte unpraktische Leute so nötig wie das unsere. Bei uns ist das Denken durch seine ständige Bindung an das Tun heruntergekommen. Wer von denen, die sich mitten im Getriebe und Gedränge des Alltags bewegen, seien es lärmende Politiker, eifernde Sozialreformer oder arme bornierte Priester, die geblendet sind durch das Leiden dieses unerheblichen Teils der Gesellschaft, in die sie das Schicksal gestellt hat – wer von ihnen allen dürfte ernsthaft Anspruch darauf erheben, über irgend etwas ein unparteiisches, durchdachtes Urteil zu fällen? Jeder Beruf bringt ein Vorurteil mit sich. Der Zwang, Karriere zu machen, treibt jeden dazu, Partei zu ergreifen. Wir leben im Zeitalter der Überarbeiteten und der Untergebildeten; einem Zeitalter, in dem die Leute derart geschäftig sind, daß sie völlig verdummen. Und so hart es klingt, ich muß sagen, daß solche Leute ihr Los verdienen. Das sicherste Mittel, nichts über das Leben zu erfahren, ist der Versuch, sich nützlich zu machen.

ERNEST. Eine reizende Doktrin, Gilbert!

GILBERT. Ich bin nicht so sicher, aber sie hat zumindest das beiläufige Verdienst, wahr zu sein. Daß das Verlangen, anderen

* Das kontemplative Leben.

Gutes zu tun, eine solche Unzahl von Tugendbolden hervorbringt, ist nur das geringste der Übel, die es verursacht. Der Tugendbold ist ein höchst interessantes psychologisches Phänomen, und obwohl von allen Arten der Pose, die moralische die anstößigste ist, will es immerhin etwas heißen, überhaupt eine Pose zu haben. Es ist die formale Anerkennung der Notwendigkeit, das Leben von einem bestimmten, begründeten Standpunkt aus anzupacken. Daß das humanitäre Mitgefühl wider die Natur streitet, indem es das Überleben des Mißratenen sichert, mag dem Mann der Wissenschaft seine allzu billigen Tugenden verleiden. Der Nationalökonom mag sich dagegen auflehnen, daß es den sorglos in den Tag hinein Lebenden auf eine Stufe mit dem Vorsorglichen stellt und damit das Leben seines stärksten, weil gemeinsten Antriebes zur Arbeitsamkeit beraubt. Aber in den Augen des Denkenden besteht der eigentliche Schaden, den das sentimentale Mitgefühl anrichtet, darin, daß es die Einsicht begrenzt und somit die Lösung auch nur einer einzigen sozialen Frage verhindert. Im Augenblick versuchen wir, die kommende Krisis oder, wie meine Freunde, die Fabianer, sie nennen, die kommende Revolution mit Hilfe von Spenden und Almosen abzuwenden. Nun, wenn die Revolution oder Krisis eines Tages da ist, werden wir machtlos sein, weil wir nichts wissen. Und darum, Ernest, sollten wir uns lieber nichts vormachen. England wird nicht eher eine Kulturnation sein, als bis es das Reich der Utopie seinem Herrschaftsgebiet eingegliedert hat. Es besitzt mehr als eine Kolonie, die es zu seinem Vorteil für ein so herrliches Land aufgeben könnte. Was wir brauchen, sind unpraktische Leute, die über den Augenblick hinaussehen, über den Tag hinausdenken. Wer auch immer versucht, ein Volk zu führen, ist gezwungen, dem Pöbel zu folgen. Nur die Stimme des Rufers in der Wüste bereitet den Göttern den Weg.

Aber vielleicht bist du der Meinung, daß im Schauen um der bloßen Freude am Schauen, in der Betrachtung um der Betrachtung willen etwas Egoistisches liegt. Wenn das deine Meinung ist, behalte sie für dich. Nur ein so völlig selbstsüchtiges Zeitalter wie das unsere bringt es fertig, die Selbstaufopferung zu vergötzen. Nur ein ausgesprochen raffgieriges Zeitalter, wie es das unsere ist, stellt über die schönen Tugenden des Geistes jene flachen sentimentalen Tugenden, die ihren unmittelbaren praktischen Gewinn in sich tragen. Sie verfehlen auch ihr Ziel, diese Philanthropen und Gefühlsmenschen unserer Tage, die uns immer wieder mit ihrem Geschwätz über die Pflichten der Nächstenliebe im Ohr liegen. Denn die Entwicklung der Rasse hängt von der Entwicklung des Einzelnen ab, und wo die Selbsterziehung aufgehört hat, ein Ideal zu sein, da sinkt sofort der geistige Maßstab ab und geht oft ganz verloren. Wenn man auf einer Abendgesellschaft jemanden trifft, der ein ganzes Leben darauf verwandt hat, sich selbst zu erziehen – ein Menschentyp, der, wie ich zugebe, in unserer Zeit etwas selten geworden, gelegentlich aber noch immer anzutreffen ist –, erhebt man sich vom Tisch, bereichert und im Bewußtsein, daß ein hohes Ideal einen Augenblick lang unser Dasein berührt und verklärt hat. Aber statt dessen, mein lieber Ernest, neben einem Mann sitzen zu müssen, der ein ganzes Leben lang damit beschäftigt gewesen ist, andere zu erziehen! Was für eine schauderhafte Erfahrung! Wie erschreckend ist diese Unwissenheit, die unvermeidlich aus der fatalen Gewohnheit entsteht, die eigenen Ansichten mitzuteilen! Wie beschränkt ist der Gesichtskreis eines solchen Menschen! Wie sehr ödet er uns an, ja, muß er sich selbst anöden mit seinen endlosen und kläglichen Wiederholungen! Wie mangelt ihm jedes Element geistigen Wachstums! In welchem circulus vitiosus bewegt er sich ständig!

ERNEST. Du sprichst seltsam betroffen, Gilbert. Hast du in letzter Zeit diese schreckliche Erfahrung, wie du sie nennst, gemacht?

GILBERT. Es entgehen ihr nur wenige. Man sagt, der Schulmeister stirbt aus. Ich wollte, es wäre so. Denn der Schulmeister ist nur ein Vertreter und sicherlich der unwichtigste einer ganzen Gattung, die, wie mir scheint, unser Leben wirklich beherrscht; und wie im ethischen Bereich der Philanthrop eine Plage ist, so ist es im Bereich des Geistes derjenige, der so sehr damit beschäftigt ist, andere zu erziehen, daß er nie Zeit gehabt hat, sich selbst zu erziehen. Nein, Ernest, Selbsterziehung ist das wahre Ideal des Menschen. Goethe hat das erkannt, und was wir Goethe verdanken, ist mehr, als wir irgendeinem Menschen seit den Tagen der Griechen verdanken. Die Griechen wußten es, und sie haben dem modernen Denken ein Vermächtnis hinterlassen, den

Begriff der vita contemplativa sowie die kritische Methode, durch die allein dieses Leben wahrhaft verwirklicht werden kann. Das war es auch, was die Renaissance groß machte und uns den Humanismus gab. Dadurch allein könnte auch unser Zeitalter groß werden; denn die wirkliche Schwäche Englands liegt nicht in der unvollkommenen Kriegsausrüstung oder den unbefestigten Küsten, nicht in der Armut, die durch lichtlose Gassen schleicht, oder der Trunksucht, die in den ekelerregenden Höfen grölt, sondern einfach darin, daß ihre Ideale Ideale des Gefühls sind und nicht des Geistes.

Ich leugne nicht, daß das geistige Ideal schwer erreichbar ist, noch weniger, daß es bei den Massen unbeliebt ist und noch lange bleiben wird. Es fällt dem Menschen so leicht, Mitgefühl mit dem Leiden zu hegen, es fällt ihm so schwer, Gedanken mitzufühlen. Ja, die meisten verstehen so wenig, was der Gedanke eigentlich ist, daß sie sich einbilden, eine Theorie bereits verurteilt zu haben, wenn sie sie als gefährlich bezeichnen, während in Wirklichkeit gerade diese Theorien es sind, die einen echten geistigen Wert besitzen. Eine Idee, die nicht gefährlich ist, verdient es nicht, überhaupt eine Idee genannt zu werden

ERNEST. Du bringst mich in Verwirrung, Gilbert. Du hast mir gesagt, daß alle Kunst, ihrem Wesen nach, amoralisch ist. Willst du mir jetzt sagen, daß alles Denken seinem Wesen nach gefährlich ist?

GILBERT. Ja, im Bereich des Praktischen verhält es sich so. Die Sicherheit der Gesellschaft beruht auf Gewohnheit und unbewußtem Instinkt, und ihr Fortbestand als ein gesunder Organismus gründet sich auf die Abwesenheit aller Intelligenz unter ihren Mitgliedern. Die überwiegende Mehrzahl von ihnen ist, im vollen Bewußtsein dieser Tatsache, mit jenem großartigen System, das sie zum Rang von Automaten erhebt, natürlich einverstanden und verwahrt sich blindwütig gegen die Einmischung des Intellekts in jede das Leben betreffende Frage; man ist also geradezu versucht, den Menschen als das vernünftige Tier zu definieren, das immer dann außer sich gerät, wenn ihm zugemutet wird, im Einklang mit dem Gebot der Vernunft zu handeln. Aber kehren wir dem Bereich des Praktischen lieber den Rücken, und schweigen wir auch von den abscheulichen Philanthropen, die wir wahrhaftig der Gnade des mandeläugigen Denkers vom Gelben Fluß, dem weisen Chuang Tsu, überlassen können, der schlüssig dargetan, daß solche wohlmeinenden, unangenehmen Wichtigtuer die Tugend der Einfachheit und Natürlichkeit, wie sie dem Menschen angeboren ist, zerstört haben. Ein unerquickliches Thema, und ich möchte mich lieber wieder dem Bereich zuwenden, in dem die Kritik frei ist.

ERNEST. Dem Bereich des Intellekts?

GILBERT. Ja, du erinnerst dich, daß ich früher sagte, der Kritiker sei auf seine Art nicht weniger schöpferisch als der Künstler – ja, das Werk des letzteren sei unter Umständen nur insofern von Wert, als es im Kritiker eine neuartige Stimmung des Denkens und Fühlens auslöse, die er mit gleicher – oder vielleicht sogar stärkerer – Formbestimmtheit wahrnehmen kann und der er, durch Gebrauch eines noch unerschöpften Ausdrucksmittels, eine andere Art von Schönheit und von Vollkommenheit zu verleihen vermöge. Nun, du scheinst im Hinblick auf diese Theorie etwas skeptisch. Aber vielleicht tue ich dir unrecht.

ERNEST. Ich bin nicht so skeptisch im Hinblick auf deine Theorie, aber ich muß zugeben, daß nach meinem Gefühl eine solche Leistung, wie du sie dem Kritiker zuschreibst – und schöpferisch muß sie tatsächlich genannt werden –, notwendig etwas rein Subjektives ist, während die größte Leistung stets objektiv ist, objektiv und unpersönlich.

GILBERT. Der Unterschied zwischen objektiver und subjektiver Leistung ist nur in der äußeren Form vorhanden. Er ist nebensächlich, nicht wesentlich. Jede künstlerische Schöpfung ist absolut subjektiv. Selbst die Landschaft, die Corot betrachtete, war, wie er selbst sagte, nur eine Stimmung der eigenen Seele; und jene großen Gestalten des griechischen und des englischen Dramas, die unabhängig von den Dichtern, die sie geformt und gebildet haben, eine eigene, wirkliche Existenz zu besitzen scheinen, sind im letzten Grunde doch nur die Dichter selbst – nicht das, was diese zu sein, sondern was sie nicht zu sein glaubten und was sie eben deshalb seltsamerweise, wenngleich nur für einen Augenblick, tatsächlich wurden. Denn niemals können wir aus uns heraus, noch kann in eine Schöpfung eingehen, was nicht zuvor im Schöpfer angelegt war. Nein, ich würde sagen:

Je objektiver eine Schöpfung zu sein scheint, um so subjektiver ist sie in Wirklichkeit. Shakespeare könnte Rosenkrantz und Güldenstern auf den grauen Straßen Londons begegnet sein oder gesehen haben, wie die Diener feindlicher Häuser auf offenem Platz einander verächtliche Gesten machten; aber Hamlet kam aus seiner Seele und Romeo aus seiner Leidenschaft. Sie waren Elemente seines Wesens, denen er sichtbare Gestalt verlieh, Triebe, die ihn so heftig aufwühlten, daß er sie gezwungenermaßen durchleiden mußte, um ihre Kraft zu spüren, und zwar nicht auf der niedrigen Ebene des alltäglichen Lebens, wo sie gefesselt und beengt und also beschnitten worden wären, sondern auf jener erfundenen Ebene der Kunst, wo die Liebe wirklich im Tod ihre größte Erfüllung erfährt, wo man den Horcher hinter der Tapete ersticht und im offenen Grabe ringt, wo man dem schuldigen König sein eigenes Gift zu trinken gibt und seines Vaters Geist sieht, wie er im flüchtigen Mondlicht in voller Eisenrüstung und im Nebel von Mauer zu Mauer schreitet. Das Handeln in seiner Begrenztheit hätte Shakespeare nicht befriedigt, und er hätte sich darin nicht ausdrücken können; und genauso, wie er alles vollbringen konnte, weil er nichts tat, so offenbaren ihn seine Stücke vollkommen, weil er nie von sich redet, und sie zeigen sein wahres Wesen und sein Temperament viel erschöpfender als jene seltsamen und herrlichen Sonette, in denen er den kristallklaren Augen den geheimsten Raum seines Herzens enthüllt. Ja, die objektivste Form ist im Grunde die subjektivste. Der Mensch ist am wenigsten er selbst, wenn er in eigener Person spricht. Gib ihm eine Maske, und er wird die Wahrheit sagen.

ERNEST. Der Kritiker wird also, da er an seine subjektive Form gebunden ist, notwendigerweise weniger imstande sein, sich völlig auszudrücken als der Künstler, der immer Formen zur Verfügung hat, die unpersönlich und objektiv sind.

GILBERT. Nicht unbedingt, und auf keinen Fall, wenn er erkennt, daß jede Art der Kritik auf ihrer höchsten Entwicklungsstufe einfach eine Stimmung ist und daß wir uns nie treuer sind, als wenn wir inkonsequent sind. Der ästhetische Kritiker, nur dem Grundsatz der Schönheit in allen Dingen ergeben, wird immer nach neuen Eindrücken Ausschau halten; er gewinnt den verschiedensten Schulen das Geheimnis ihres Zaubers ab; er beugt sich vielleicht vor fremden Altären, oder er lächelt, wenn es ihm einfällt, fremden, neuen Göttern zu. Was andere Leute unsere Vergangenheit nennen, hat ohne Zweifel sehr viel mit ihnen zu tun, aber gar nichts mit uns. Wer in seine Vergangenheit schaut, verdient nicht, eine Zukunft vor sich zu haben, in die er schauen könnte. Hat man für eine Stimmung den Ausdruck gefunden, dann ist man damit fertig. Du lachst, aber glaube mir, es ist so. Gestern war es der Realismus, der uns gefallen hat. Man fand in ihm jenen »nouveau frisson*«, den er hervorrufen wollte. Man analysierte ihn und wurde seiner überdrüssig. Später kam der Luminismus in der Malerei und der Symbolismus in der Dichtung, und der Geist des Mittelalters, der keiner Epoche, sondern einem Seelenzustand angehört, erwachte plötzlich in dem verwundeten Rußland und erregte uns einen Augenblick durch die furchtbare Faszination des Schmerzes. Heute erhebt sich der Ruf nach Romantik, und schon zittern die Blätter im Tal, und auf purpurnen Hügelspitzen wandelt die Schönheit mit zarten goldenen Füßen dahin. Die alten Formen des Schaffens erhalten sich natürlich weiterhin. Die Künstler reproduzieren entweder sich oder einer den anderen in ermüdender Wiederholung. Die Kritik jedoch schreitet immer fort, und der Kritiker entwickelt sich immer weiter.

Also ist auch der Kritiker nicht wirklich an die subjektive Form des Ausdrucks gebunden. Er kann sich der dramatischen, wie der epischen Form bedienen. Er mag die Dialogform anwenden, wie jener es tat, der Milton mit Marvel ein Gespräch über das Wesen der Komödie und der Tragödie führen und Sidney und Lord Brooke unter den Eichen von Penshurst sich über Literatur unterhalten ließ; er kann die Form der Erzählung wählen, wie Pater das mit Vorliebe tut; jedes seiner *Imaginary Portraits* – das ist doch der Titel seines Buches – bietet uns in dem phantastischen Gewande der Dichtung einige feine und auserlesene Stücke der Kritik: eines über Watteau, ein anderes über die Philosophie Spinozas, ein drittes über die heidnischen Einflüsse in der Frührenaissance und das letzte, in gewisser Hin-

* neues Erschaudern

sicht eindringlichste, über die Quelle jener Aufklärung, das Licht, das im letzten Jahrhundert in Deutschland aufging, und der unsere eigene Kultur so viel verdankt. Der Dialog allerdings, jene wundervolle literarische Form, die die schöpferischen Kritiker der Welt von Plato bis Lukian und von Lukian bis Giordano Bruno und von Bruno bis zu jenem großen, alten Heiden, an dem Carlyle solches Entzücken fand, immer angewandt haben, kann als Ausdrucksform für den Denker nie seine Anziehungskraft verlieren. Durch ihn findet er die Möglichkeit, sich zu enthüllen und zu verbergen, jedem Einfall Form zu geben und jeder Stimmung Wirklichkeit zu verleihen. Durch ihn kann er den Gegenstand von jedem Blickpunkt aus darstellen, wie uns ein Bildhauer die Plastik von allen Seiten zeigt; auf diese Weise gewinnt er all den Reichtum und die Kraft der Wirkung, die in jenen Nebenresultaten liegen, die sich im Verfolgen der Hauptidee plötzlich einstellen und sie wirklich vollständiger beleuchten, oder er nutzt jene glücklichen, nachträglichen Einfälle, die dem Hauptthema erst seine Vollkommenheit verleihen und trotzdem etwas von dem feinen Reiz des Zufälligen vermitteln.

ERNEST. Er kann auch einen erdichteten Antagonisten erfinden und ihn, wenn es ihm gefällt, durch irgendein absurd sophistisches Argument bekehren.

GILBERT. Ach, es ist so leicht, andere, und so schwer, sich selbst zu bekehren. Um dahin zu gelangen, was man selbst im Grunde glaubt, muß man mit fremden Lippen reden. Um die Wahrheit zu erfahren, muß man eine Unzahl Lügen erfinden. Denn was ist die Wahrheit? In Fragen der Religion ist es einfach die Anschauungsweise, die überlebt hat. In Fragen der Wissenschaft die neueste Entdeckung. In Fragen der Kunst ist es die letzte Stimmung. Und du siehst jetzt wohl ein, Ernest, daß dem Kritiker ebenso viele objektive Formen des Ausdrucks zur Verfügung stehen wie dem Künstler. Ruskin kleidete seine Kritik in phantasievolle Prosa, und er ist bestechend in seinen Modulationen und Widersprüchen; Browning schrieb sie in Blankversen und ließ Maler und Dichter ihre Gehiemnisse offenbaren; und Renan gebraucht den Dialog, Pater den Roman, und Rosetti hat in der Musik seiner Sonette die Farben Giorgiones, die Linien Ingres und seine eigenen Linien und Farben widerklingen lassen; er empfand mit dem Instinkt des Künstlers, der sich auf vielerlei Arten auszudrücken vermag, daß die höchste Kunst die Literatur ist und das feinste und vollkommenste Medium das Wort.

ERNEST. Gut, du hast jetzt festgestellt, daß der Kritiker alle objektiven Formen zur Verfügung hat; ich möchte nun von dir wissen, welche Eigenschaften den wahren Kritiker auszeichnen.

GILBERT. Welche würdest du ihm zuschreiben?

ERNEST. Ja, ich würde sagen, ein Kritiker sollte vor allem gerecht sein.

GILBERT. Ach – nicht gerecht. Ein Kritiker kann im gewöhnlichen Sinn des Wortes gar nicht gerecht sein. Nur über Dinge, die einen nicht interessieren, kann man wirklich unparteiisch urteilen; das ist auch der Grund, warum ein unparteiisches Urteil immer völlig wertlos ist. Wer beide Seiten einer Frage sieht, sieht überhaupt nichts. Die Kunst ist eine Leidenschaft, und in Kunstdingen wird das Denken unwillkürlich vom Gefühl gefärbt und ist darum eher bewegt als konstant; da es von subtilen Stimmungen und ungewöhnlichen Augenblicken abhängig ist, kann man es nicht in die Starrheit einer wissenschaftlichen Formel oder eines theologischen Dogmas zwängen. Die Kunst spricht zur Seele, und die Seele kann ebensogut zur Gefangenen des Geistes wie des Körpers gemacht werden. Natürlich sollte man keine Vorurteile haben; doch wie ein großer Franzose vor hundert Jahren bemerkte, ist es unsere Pflicht, in diesen Dingen Vorlieben zu besitzen; wenn jemand aber Vorlieben besitzt, hört er auf, gerecht zu sein. Nur ein Auktionar kann in gleich unbefangener Weise alle Kunstschulen bewundern. Nein, Gerechtigkeit ist keine Tugend, die den wahren Kritiker auszeichnet. Sie ist nicht einmal eine Voraussetzung der Kritik. Jede Kunstform, mit der wir in Berührung kommen, beherrscht uns für den Augenblick so sehr, daß sie jede andere Form ausschließt. Wir müssen uns dem betreffenden Werk, was immer es darstellt, ganz und gar ausliefern, wenn wir sein Geheimnis ergründen wollen. Solange wir damit umgehen, dürfen und können wir fürwahr an nichts anderes denken.

ERNEST. Der wahre Kritiker wird auf jeden Fall rational sein, meinst du nicht?

GILBERT. Rational? Es gibt zwei Arten, die Kunst nicht zu

lieben, Ernest. Erstens, indem man sie nicht liebt, zweitens, indem man sie mit dem Verstand liebt. Denn die Kunst – das sah schon Plato zu seinem Bedauern – erweckt im Zuhörer und im Zuschauer eine Art göttlichen Wahnsinn. Sie entspringt nicht der Inspiration, aber sie wirkt inspirierend auf andere. Sie wendet sich nicht an die Vernunft. Wenn man die Kunst überhaupt liebt, muß man sie mehr als alles auf der Welt lieben, und gegen eine solche Liebe müßte die Vernunft, wollte man auf sie hören, protestieren. Es liegt nichts Gesundes in der Anbetung der Schönheit. Sie ist viel zu glänzend, um gesund zu sein. Wer sie zur beherrschenden Form seines Lebens macht, wird der Welt ewig als reiner Träumer erscheinen.

ERNEST. Schön, der Kritiker wird zumindest aufrichtig sein.

GILBERT. Ein wenig Aufrichtigkeit ist gefährlich und viel davon geradezu fatal. Zwar wird der wahre Kritiker in seiner Hingabe an das Prinzip der Schönheit immer aufrichtig sein, doch er wird die Schönheit in jedem Zeitalter und in jeder Schule suchen; er wird sich nie auf eine bestimmte Denkgewohnheit oder eine stereotype Art, die Dinge zu sehen, beschränken lassen. Er wird sich selbst in vielen Formen und auf tausend verschiedene Weisen verwirklichen; er wird immer nach neuen Sensationen und neuen Gesichtspunkten Ausschau halten. Durch beständigen Wechsel, und nur durch beständigen Wechsel, wird er seine wahre Einheit finden. Er wird es nie dahin kommen lassen, der Sklave seiner eigenen Meinungen zu werden. Denn was ist Geist anderes als Beweglichkeit im intellektuellen Bereich. Das Wesen des Denkens, wie das Wesen des Lebens liegt im Wachstum. Du mußt dich nicht durch Worte schrecken lassen, Ernest. Was die Leute Unaufrichtigkeit nennen, ist einfach eine Methode, unsere Persönlichkeit zu vervielfältigen.

ERNEST. Ich fürchte, meine Vorschläge waren nicht sehr glücklich.

GILBERT. Unter den drei Eigenschaften, die du nanntest, waren zwei, Aufrichtigkeit und Gerechtigkeit, wenn nicht der Moral selbst, so doch den Grenzgebieten der Moral entnommen, und die erste Voraussetzung der Kritik ist die Erkenntnis des Kritikers, daß Kunst und Ethik vollkommen verschiedene und getrennte Welten sind. Wenn man sie vermischt, kehrt das Chaos zurück. In England werden sie heutzutage allzu oft vermischt, und wenn auch unsere modernen Puritaner das Schöne nicht zerstören können, so können sie doch durch ihr außerordentliches Verlangen danach die Schönheit für einen Augenblick vergiften. Leider finden solche Leute hauptsächlich durch den Journalismus ihren Ausdruck. Ich sage leider, denn man könnte vieles zugunsten des modernen Journalismus sagen. Er zeigt uns die Meinungen der Ungebildeten, er läßt uns die Ignoranz der Gesellschaft spüren. Durch seine gewissenhafte Berichterstattung über die Ereignisse unserer Tage führt er uns die geringe Bedeutung solcher Ereignisse vor Augen. Er bespricht unentwegt das Unwesentliche, und dadurch lernen wir begreifen, was für die Kultur wichtig ist und was nicht. Aber er dürfte dem armseligen Tartuffe nicht erlauben, Artikel über die moderne Kunst zu schreiben. Tut er es, so macht er sich lächerlich. Und doch haben Tartuffes Artikel und Chadbands Berichte schließlich eine gute Seite. Sie zeigen, wie beschränkt der Bereich ist, über den Ethik und ethische Erwägungen einen Einfluß beanspruchen können. Die Wissenschaft steht außerhalb der Ethik, denn sie richtet ihr Augenmerk auf unabänderbare Wahrheiten. Die Kunst steht außerhalb der Ethik, denn sie richtet ihr Augenmerk auf das Schöne, das Unsterbliche und ewig Wechselvolle. Zur Ethik gehören die niedrigeren und weniger intellektuellen Bereiche. Doch mag man diese großsprecherischen Puritaner gelten lassen. Sie haben ihre komische Seite. Wer muß nicht lachen, wenn ein mittelmäßiger Journalist im Ernst beabsichtigt, das Stoffgebiet des Künstlers zu begrenzen. Man sollte allerdings einigen Zeitungen und ihren Schreibern Schranken setzen. Und ich hoffe, man wird es bald tun. Denn sie bieten uns die nackten, gemeinen, widrigen Tatsachen des Lebens. Sie verzeichnen mit entwürdigender Gier die Vergehen der kleinen Leute, und sie erzählen uns mit der Gewissenhaftigkeit der Ungebildeten genaue und prosaische Details über das Gebaren von Leuten, für die nicht das geringste Interesse besteht. Der Künstler aber, der die Tatsachen des Lebens anerkennt und sie dennoch in Formen der Schönheit verwandelt, sie zum Gefäß des Erbarmens und der Ehrfurcht macht, der ihre Farbigkeit und ihre Wunder zeigt und außerdem ihre wahre ethische Bedeutung, der aus ihnen eine Welt erbaut, die wirklicher ist als die Wirklichkeit selbst und von stolzerer und edlerer Bedeutung – wer sollte ihm Grenzen setzen? Nicht die Apostel dieses neuen Journalismus, der nichts anderes darstellt als die alte Vulgarität »groß geschrieben«. Nicht die Apostel des neuen Puritanismus, der bloß das Gewimmer der Heuchler und so schlecht geschrieben wie gesprochen ist. Allein der Gedanke daran ist lächerlich. Lassen wir dieses Gezücht und sprechen wir weiter über die künstlerischen Eigenschaften, die der wahre Kritiker besitzen muß.

ERNEST. Und welche sind das? Sag *du* es mir.

GILBERT. Das erste Erfordernis für den Kritiker ist Temperament – ein Temperament, das für die Schönheit und die mannigfaltigen Eindrücke, die uns die Schönheit gibt, höchst empfänglich ist. Unter welchen Bedingungen und durch welche Mittel dieses Temperament in der Rasse oder im einzelnen erzeugt wird, das wollen wir jetzt nicht erörtern. Es genügt festzustellen, daß es vorhanden ist, und daß wir einen Schönheitssinn besitzen, der von den übrigen Sinnen getrennt ist und ihnen übergeordnet, der unabhängig von der Vernunft und edler ist und unabhängig von der Seele, aber genauso wertvoll – einen Schönheitssinn, der die einen zum Schaffen drängt und die anderen, ich denke die feineren Geister, zur reinen Betrachtung führt. Um aber rein und vollkommen zu werden, bedarf dieser Sinn einer gewissen erlesenen Umgebung. Ohne sie verkümmert er oder stumpft ab. Du erinnerst dich dieser schönen Stelle, wo uns Platon schildert, wie ein junger Grieche erzogen werden sollte, und mit welchem Nachdruck er auf die Wichtigkeit der Umgebung hinweist; er sagt uns, der Knabe müsse inmitten schöner Gebilde und Töne erzogen werden, damit die Schönheit der sinnlichen Dinge die Seele für die geistige Schönheit empfänglich macht. Unmerklich und unbewußt soll sich in ihm die wirkliche Liebe zur Schönheit entfalten, die, wie Platon nie müde wird, uns zu erinnern, das wahre Ziel der Erziehung ist. In ihm soll langsam jenes Temperament geweckt werden, das ihn auf natürliche und einfache Weise dazu führt, das Gute dem Schlechten vorzuziehen, was vulgär und unharmonisch ist abzulehnen und sich mit feinem, instinktivem Geschmack allem zu widmen, was Anmut, Charme und Schönheit besitzt. Endlich und folgerichtig wird dieser Geschmack kritisch und seiner selbst bewußt; aber zunächst ist er nur als ein ausgebildeter Instinkt vorhanden, und »wer diese wahrhaft innere Kultur des Menschen empfangen hat, wird mit klarem und sicherem Blick die Auslassungen und Fehler in der Kunst oder in der Natur wahrnehmen, und er wird mit unfehlbarem Geschmack loben, was gut ist, seine Freude daran haben, es mit seiner Seele aufnehmen und gut und edel werden; doch was schlecht ist, wird er direkt anprangern und hassen, ja schon sehr früh, noch bevor er fähig ist zu begründen warum«. Und so wird er später, wenn sich sein kritischer, sich selbst erkennender Geist gebildet, »ihn als Freund erkennen und begrüßen, mit dem seine Erziehung ihn längst vertraut gemacht hat«. Ich brauche wohl kaum zu sagen, Ernest, wie weit wir in England von diesem Ideal entfernt sind, und ich kann mir das Lächeln vorstellen, das auf den glatten Philistergesichtern erscheinen würde, wenn jemand wagen wollte, ihnen zu sagen, daß das wahre Ziel der Erziehung die Liebe zur Schönheit sei und daß die Erziehungsmethoden hierfür die Entwicklung des Temperaments, die Bildung des Geschmacks und das Erwecken des kritischen Geistes seien.

Doch selbst für uns gibt es noch schöne Umgebungen, und die Langweiligkeit der Erzieher und Professoren bedeutet wenig, solange man in den grauen Kreuzgängen des Magdalenen-College schlendern und dem flötengleichen Gesang in der Waynfleete-Kapelle lauschen kann, oder wenn man auf der grünen Wiese unter den seltsamen, schlangengefleckten Kaiserkronen liegt und sieht, wie der glühende Mittag die vergoldeten Wetterfahnen der Türme in ein noch schöneres Gold taucht, oder wenn man unter der fächerförmig gewölbten schattigen Decke die Stufen der »Christchurch« hinaufgeht und durch das skulpturengeschmückte Tor des Lauds Palastes in das St.-Johns-College eintritt. Doch der Schönheitssinn bildet, übt und vervollkommnet sich keineswegs nur in Oxford oder Cambridge. Über ganz England hat sich eine Renaissance der dekorativen Künste verbreitet. Mit der Häßlichkeit ist es vorbei. Selbst in den Häusern der Reichen findet man Geschmack, und die Häuser derer, die nicht reich sind, sind anmutig und behaglich geworden, so daß es eine Freude ist, in ihnen zu leben. Caliban, der arme, lärmende

Caliban glaubt, wenn er aufgehört hat, einem Ding Grimassen zu schneiden, hört das Ding auf zu existieren. Aber er höhnt nur deshalb nicht länger, weil man seinem eigenen einen schlagfertigeren, beißenderen Hohn entgegengesetzt hat, und er für eine Weile zum Schweigen gezwungen wurde, das für immer seine unförmig verzerrten Lippen schließen sollte. Was bisher getan wurde, war hauptsächlich eine Wegbereitung. Es ist immer schwieriger zu zerstören als zu erschaffen, und wenn das, was man zerstören muß, die Vulgarität und die Dummheit ist, so fordert die Zerstörung nicht nur Mut, sondern auch Verachtung. Trotzdem scheint mir, ist es in einem gewissen Grade geschehen. Das Schlechte haben wir abgestoßen. Jetzt gilt es, das Schöne zu schaffen. Und obgleich es die Aufgabe der ästhetischen Bewegung ist, die Menschen zur Betrachtung anzuregen, nicht zum Schaffen, so ist doch der schöpferische Instinkt im Kelten stark, und der Kelte führt in der Kunst; wir haben keinen Grund daran zu zweifeln, daß in den kommenden Jahren diese merkwürdige Renaissance auf ihre Weise nicht genauso mächtig werden könnte, wie vor vielen Jahrhunderten jene Neugeburt der Kunst in den Städten Italiens.

Gewiß, wir müssen uns zur Kultivierung des Temperaments an die dekorativen Künste wenden: an die Künste, die uns rühren, nicht an die Künste, die uns belehren. Es ist zweifellos ein Vergnügen, moderne Bilder anzusehen, wenigstens einige von ihnen. Aber es ist ganz unmöglich, mit ihnen zu leben. Sie sind zu ausgeklügelt, zu sicher, zu intellektuell. Ihre Absichten sind zu deutlich, und ihre Technik ist allzu offenkundig. Was sie zu sagen haben, erschöpft sich in kürzester Zeit, und dann werden sie so langweilig wie Verwandte. Ich liebe das Werk mancher Impressionisten in Paris und London. Subtilität und Niveau sind dieser Schule noch immer zu eigen. Manche ihrer Anordnungen und Farbzusammenhänge erinnern uns an die unnahbare Schönheit von Gautiers unsterblicher »Symphonie en Blanc Majeur«, an jenes makellose Meisterwerk der Farbe und Musik, das wohl für viele ihrer besten Bilder als Vorbild und Titel diente. Für eine Gesellschaftsklasse, die das Unzulängliche mit sympathetischer Begierde begrüßt, die das Bizarre mit dem Schönen verwechselt und die Vulgarität mit der Wahrheit, erscheinen sie außerordentlich vollendet. Sie machen Radierungen, die die Brillanz des Epigramms besitzen, Pastelle, die wie Paradoxe fesseln, und von ihren Porträts, was der übliche Geschmack auch gegen sie einwenden mag, kann niemand behaupten, daß sie nicht den einzigartigen und wunderbaren Zauber besitzen, der den Werken der reinen Phantasie innewohnt. Aber so ernsthaft und fleißig die Impressionisten sind, auch sie genügen nicht. Ich mag sie. Ihr Weiß als Grundfarbe mit Variationen in Lila war eine Ära in der Farbgebung. Zwar schafft der Augenblick nicht den Menschen, aber er schafft ohne Zweifel den Impressionisten, und was könnte man nicht für den Augenblick in der Kunst und die »Versteinerung des Augenblicks«, wie Rosetti es nannte, anführen. Sie sind außerdem anregend. Haben sie den Blinden auch nicht die Augen geöffnet, so haben sie zumindest die Kurzsichtigen sehr ermutigt; und während ihre führenden Vertreter die ganze Unerfahrenheit des Alters besitzen, sind ihre jungen Repräsentanten viel zu klug, um überhaupt sensibel zu sein. Trotzdem werden sie die Malerei weiterhin als eine Art Autobiographie behandeln, zum Nutzen der Analphabeten, und sie werden uns auf ihrer rohen, griesigen Leinwand über ihr unerhebliches Selbst und ihre unerheblichen Meinungen andauernd etwas vorschwatzen und durch vulgäre Übertreibung die feine Verachtung der Natur, die das Beste und das einzig Bescheidene an ihnen ist, verderben. Auf die Dauer ermüden einen die Werke von Individuen, deren Individualität sich immer geräuschvoll in Szene setzt und in der Regel uninteressant ist. Weit mehr wäre zugunsten der jüngeren Pariser Schule zu sagen, zugunsten der »Archaicistes«, wie sie sich nennen; sie weigern sich, den Künstler der Gnade des Wetters auszuliefern, sie finden das Ideal der Kunst nicht in der bloßen atmosphärischen Wirkung, sondern erstreben vielmehr die phantasievolle Schönheit der Zeichnung und die Lieblichkeit der hellen Farben; sie verschmähen den langweiligen Realismus derer, die nur malen, was sie sehen; sie versuchen etwas zu sehen, was des Sehens wert ist, und es nicht nur mit ihrem gegenwärtigen, leibhaftigen Blick zu sehen, sondern mit jenem edleren Blick der Seele, dessen geistiger Spielraum in dem Maße größer ist wie seine künstlerische Wirkung großartiger ist. Jedenfalls arbeiten sie unter den dekorativen Bedingungen, deren jede Kunst zu ihrer Vollkommenheit bedarf, und sie besitzen genug ästhetischen Instinkt, um jene gemeine und törichte Beschränkung auf die absolute Modernität der Form zu verwerfen, die so viele Impressionisten verdorben hat. Noch immer ist die Kunst, die sich offen als dekorativ gibt, die Kunst, mit der man leben kann. Sie ist von allen sichtbaren Künsten die einzige Kunst, die Stimmung und Temperament in uns weckt. Die Farbe allein, nicht mit Bedeutungen beladen und losgelöst von einer bestimmten Form, kann auf tausend verschiedene Weisen zur Seele sprechen. Die Harmonie, die in dem feinen Verhältnis von Linie und Fläche liegt, spiegelt sich in der Seele. Die Wiederholung von Mustern beruhigt uns. Die Wunder der Zeichnung erregen die Phantasie. In der bloßen Schönheit der angewandten Materialien liegen Kräfte der Kultur verborgen. Und das ist noch nicht alles. Indem die dekorative Kunst die Natur als Schönheitsideal bewußt ablehnt und ebenso die nachahmende Methode des durchschnittlichen Malers, bereitet sie die Seele nicht nur auf den Empfang des echten, schöpferischen Werkes vor, sondern entwickelt in ihr das Formgefühl, welches die Grundlage des schöpferischen wie des kritischen Werkes ist. Denn ein wirklicher Künstler wird nicht vom Gefühl her zur Form, sondern von der Form zum Gedanken und zur Leidenschaft gelangen. Er konzipiert nicht zuerst eine Idee und sagt sich dann: »Ich will meine Idee in ein Versgebilde von vierzehn Zeilen bringen«, sondern er empfindet die Schönheit der Sonettform und konzipiert gewisse Klangwerte und Methoden des Reims, und die Form selbst gibt ihm ein, wie sie zu füllen ist und ihre geistige und seelische Vollendung erfahren kann. Von Zeit zu Zeit entrüstet sich die Welt über einen bezaubernden artistischen Dichter, weil er – um ihre abgedroschene, alberne Phrase zu gebrauchen – »nichts zu sagen hat«. Aber hätte er etwas zu sagen, dann würde er es wahrscheinlich tun, und das Ergebnis wäre langweilig. Gerade weil er keine neue Botschaft zu verkünden hat, kann er ein schönes Werk schaffen. Seine Eingebung gewinnt er aus der Form und aus der Form allein, wie es beim Künstler sein sollte. Eine wirkliche Leidenschaft würde ihn ruinieren. Alles, was wirklich geschieht, ist für die Kunst verdorben. Die schlechte Dichtung kommt aus dem natürlichen Gefühl. Natürlich sein, heißt einleuchtend sein, und einleuchtend sein, heißt unkünstlerisch sein.

ERNEST. Ich möchte wissen, ob du wirklich glaubst, was du sagst?

GILBERT. Warum bist du überrascht? Nicht nur in der Kunst ist der Körper die Seele. In jedem Bereich des Lebens ist die Form der Anfang aller Dinge. Die rhythmisch-harmonischen Gebärden des Tanzes wecken, so sagt uns Plato, Rhythmus und Harmonie in unserer Seele. Formen sind die Nahrung des Glaubens, rief Newman in einem jener großen Augenblicke der Aufrichtigkeit, die uns den Mann bewundern und kennen lehrten. Er hatte recht, obgleich er nicht wußte, wie furchtbar recht er hatte. Glaubensbekenntnisse werden akzeptiert, nicht weil sie vernünftig sind, sondern weil sie wiederholt werden. Ja, die Form ist alles. Sie ist das Geheimnis des Lebens. Gib der Trauer Ausdruck, und sie wird dir teuer. Gib der Freude Ausdruck, und sie vertieft dein Entzücken. Willst du Liebe empfinden? Dann stimme eine Liebeslitanei an, und die Worte werden jene Sehnsucht hervorrufen, von der die Welt glaubt, daß sie ihr entströmen. Zernagt Gram dein Herz? Dann tauche in die Sprache des Grams ein, lerne ihren Ausdruck von Prinz Hamlet und der Königin Constantia, und du wirst entdecken, daß der reine Ausdruck eine Form der Tröstung ist und daß die Form, die der Ursprung der Leidenschaft ist, gleichzeitig den Tod des Schmerzes bedeutet. Und ebenso, um auf die Kunst zurückzukommen, ist es die Form, die nicht nur das kritische Temperament schafft, sondern auch den ästhetischen Instinkt, diesen unbeirrbaren Instinkt, der uns alle Dinge unter dem Aspekt ihrer Schönheit offenbart. Beginne mit der Anbetung der Form, und kein Geheimnis der Kunst wird dir verborgen bleiben, und denke daran, daß in der Kritik wie in der künstlerischen Schöpfung, das künstlerische Temperament alles ist und die Kunstschulen historisch nicht nach der Zeit ihres Wirkens eingeteilt werden sollten, sondern nach den Temperamenten, an die sie sich wenden.

ERNEST. Deine Erziehungstheorie ist reizvoll. Aber welchen Einfluß wird dein Kritiker, der in einer so ausgesuchten Umgebung aufgewachsen ist, besitzen? Glaubst du wirklich, ein Künstler sei je durch die Kritik beeinflußt worden?

GILBERT. Der Einfluß des Kritikers wird in der bloßen Tatsache seiner Existenz bestehen. Er wird den makellosen Typus verkörpern. In ihm wird sich die Kultur des Jahrhunderts verwirklicht sehen. Du darfst kein anderes Ziel von ihm verlangen, als daß er sich selbst vollende. Der Geist verlangt einzig danach, wie man richtig bemerkt hat, sich lebendig zu fühlen. Der Kritiker wird unter Umständen wünschen, Einfluß auszuüben, doch dann wird er sich nicht an den einzelnen, sondern an das ganze Zeitalter wenden; er wird versuchen, es wachzurütteln und zum Reden zu bringen, neue Wünsche und Begierden zu entfachen und ihm seinen weiteren Blick, seine höhere Gestimmtheit zu geben. Die Kunst von heute wird ihn weniger beschäftigen als die Kunst von morgen und weit weniger als die Kunst von gestern; und wenn der eine oder andere sich heute abplagt, was richten die Fleißigen aus? Sie leisten ohne Zweifel ihr Bestes, und deshalb erhalten wir das Schlechteste von ihnen. Immer werden die schlechtesten Werke mit den besten Absichten geschaffen. Und überdies, mein lieber Ernest, wenn ein Mann erst einmal vierzig Jahre alt ist oder Akademieprofessor wird oder zum Mitglied des Athenaeum-Clubs gewählt ist oder als populärer Romanschriftsteller gilt, nach dessen Büchern auf den Vorstadtbahnhöfen große Nachfrage herrscht, dann kann man sich den Zeitvertreib gestatten, ihn bloßzustellen, aber man wird nie das Vergnügen haben, ihn zu bessern. Und ich wage zu sagen, daß das zu seinem Glück ist; denn Besserung ist ein viel schmerzhafterer Prozeß als Strafe, ja, sie ist die Strafe in ihrer schärfsten und moralischsten Form – eine Tatsache, aus der sich der Fehlschlag unserer Gesellschaft erklärt, wenn sie jenes interessante Phänomen, den Gewohnheitsverbrecher, auf eine bessere Bahn zurückbringen will.

ERNEST. Aber ist nicht vielleicht der Dichter der beste Richter über die Dichtung und der Maler der beste Richter über die Malerei? Jede Kunst wendet sich zuerst an den Künstler, der in ihr schafft. Sein Urteil wird sicherlich den meisten Wert besitzen.

GILBERT. Alle Kunst wendet sich einfach an das künstlerische Temperament. Die Kunst wendet sich nicht an den Spezialisten. Sie erhebt den Anspruch auf Universalität und auf die Einheit in allen ihren Manifestationen. In der Tat ist der Künstler sehr weit davon entfernt, der beste Kunstrichter zu sein, und ein wirklich großer Künstler kann nie über Werke anderer urteilen, ja sogar kaum über seine eigenen. Die intensive Vorstellungskraft, die einen Menschen zum Künstler macht, vermindert gerade durch ihre Heftigkeit seine Fähigkeit für eine scharfsinnige Beurteilung. Die Schöpfungswut treibt ihn blindlings seinem eigenen Ziel entgegen. Die Räder seines Wagens wirbeln den Staub wie eine Wolke rings um ihn auf. Die Götter bleiben einander verborgen. Sie erkennen ihre Anbeter, das ist alles.

ERNEST. Du sagst, ein großer Künstler kann die Schönheit eines fremden Werkes nicht erkennen.

GILBERT. Das ist ihm unmöglich. Wordsworth sah in *Endymion* nur ein hübsches Stück Heidentum, und Shelley war in seiner Verachtung gegen die Wirklichkeit für Wordsworth' Botschaft taub, weil ihn ihre Form abstieß. Byron, diese große, leidenschaftliche, menschlich-unvollkommene Natur, konnte weder den Dichter der Wolken noch den Dichter des Sees würdigen, und das Wunderbare an Keats blieb ihm verborgen. Dem Sophokles war der Realismus von Euripides verhaßt. Er fand in einem Tränenerguß keine Harmonie. Milton verstand mit seinem Sinn für großen Stil Shakespeares Art so wenig wie Sir Josua die Art Gainsboroughs. Schlechte Künstler bewundern sich immer gegenseitig. Das nennen sie weitherzig und vorurteilslos. Aber ein wirklich großer Künstler begreift nicht, wie man das Leben zeigen oder Schönheit unter anderen als seinen eigenen Bedingungen gestalten könne. Die Schöpfung wendet ihre kritische Fähigkeit auf sich selbst an. Auf andere Gebiete als die ihren kann sie sie nicht anwenden. Gerade weil jemand etwas nicht schaffen kann, ist er um so mehr geeignet, es zu beurteilen.

ERNEST. Glaubst du das wirklich?

GILBERT. Ja, denn das Schaffen engt den Gesichtskreis ein, während die Kontemplation ihn erweitert.

ERNEST. Und die Technik? Jede Kunst hat doch wohl ihre besondere Technik?

GILBERT. Gewiß: jede Kunst besitzt ihre Grammatik und ihr Material. Darin liegt kein Geheimnis, und selbst der Inkompetente kann immer fehlerfrei sein. Wenn also die Gesetze, auf denen die Kunst beruht, sich bestimmen und festlegen lassen, so müssen sie, um ihre echte Verwirklichung zu finden, von der Phantasie in solche Schönheit getaucht sein, daß jedes von ihnen als Ausnahme erscheint. Technik ist in Wahrheit Persönlichkeit. Darum kann sie der Künstler nicht lehren, der Schüler nicht erlernen, und der ästhetische Kritiker kann sie eben darum begreifen. Für den großen Dichter gibt es nur eine Musik – seine eigene. Für den großen Maler existiert nur eine Art des Malens, jene, die er selbst anwendet. Dagegen weiß der ästhetische Kritiker, und nur er allein, alle Formen und Stile zu würdigen. An ihn wendet sich die Kunst.

ERNEST. Schön, ich habe dir alle meine Fragen gestellt, und jetzt muß ich zugeben ...

GILBERT. Oh, sag nur nicht, daß du mit mir übereinstimmst. Wenn man mit mir übereinstimmt, fühle ich immer, daß ich unrecht haben muß.

ERNEST. Dann will ich dir lieber nicht sagen, ob ich deiner Meinung bin oder nicht. Doch ich will dir eine weitere Frage stellen. Du hast mir klargemacht, daß die Kritik eine schöpferische Kunst ist. Was für eine Zukunft hat sie?

GILBERT. Die Zukunft gehört der Kritik. Der Inhalt, der dem schöpferischen Künstler zur Verfügung steht, wird in seinen Dimensionen und in seiner Mannigfaltigkeit jeden Tag mehr eingeengt. Die Vorsehung und Walter Besant haben das Greifbare erschöpft. Sollen schöpferische Werke überhaupt noch entstehen, dann ist es nur unter der Voraussetzung möglich, daß sie viel kritischer werden, als es heuzutage der Fall ist. Die alten Straßen und staubigen Wege sind zu oft begangen. Ihr Charme ist durch plumpe Füße ausgetreten, und sie haben den Reiz der Neuheit und der Überraschung verloren, der für die Dichtung so wichtig ist. Wer noch durch Dichtung auf uns wirken will, muß entweder vollkommen neue Hintergründe zeigen, oder er muß uns die Seele des Menschen in ihren innersten Regungen offenbaren. Ersteres tut im Augenblick Rudyard Kipling. Blättert man in seinen *Plain Tales from the Hills*, so hat man das Gefühl, als ob man unter einem Palmenbaum sitzt und im scharfen Lichte der Vulgarität im Buch des Lebens liest. Die leuchtenden Farben der Bazare blenden einem die Augen. Die schäbigen, arroganten Anglo-Inder stehen in vortrefflichem Gegensatz zu ihrer Umgebung. Durch den gänzlichen Mangel an Stil entsteht in diesen Schilderungen ein eigenartig journalistischer Realismus. Vom literarischen Standpunkt aus ist Kipling ein Genie, der seine Aspirate ausläßt. Vom Standpunkt des Lebens gesehen ist er ein Berichterstatter, der die Vulgarität besser kennt als irgendeiner. Dickens kannte ihre Verkleidung und ihre Komödien, Kipling kennt ihr Wesen und ihren Ernst. Er ist unter den zweitrangigen Künstlern der Erste; er hat wunderbare Dinge durch Schlüssellöcher erspäht, und seine Hintergründe sind wirkliche Kunstwerke. Was die zweite Bedingung betrifft, so hatten wir ja Browning und haben Meredith. Aber noch immer bleibt auf dem Gebiet der Seelenerforschung viel zu tun. Man sagt bisweilen, die Dichtung werde allzu krankhaft. Was die Psychologie betrifft, so war sie nie krankhaft genug. Wir haben nur die Oberfläche der Seele berührt, nichts weiter. In einer einzigen Gehirnzelle sind schönere und schrecklichere Dinge bewahrt, als selbst jene sich erträumen ließen, die, wie der Autor von *Le Rouge et le Noir*, in die geheimsten Schlupfwinkel der Seele einzudringen suchten, um dem Leben das Geständnis seiner liebsten Sünden zu entlocken. Doch selbst die Zahl der unerforschten Hintergründe ist begrenzt. Und es ist möglich, daß eine Weiterentwicklung in der Seelenerforschung die schöpferische Fähigkeit untergräbt, der sie neuen Stoff bieten will. Ich selber neige zu der Ansicht, daß das Schöpferische dem Abgesang nahe ist. Es entsteht aus allzu primitiven, allzu natürlichen Impulsen. Doch wie dem auch sei: Sicher ist, daß der Inhalt, der dem schöpferischen Künstler zur Verfügung steht, immer weniger wird, während der Inhalt der Kritik sich täglich erweitert. Der Geist findet immer wieder neue Einstellungen und Gesichtspunkte. Die Verpflichtung, dem Chaos Form zu geben, wird durch den Fortschritt der Welt nicht geringer. Nie gab es eine Zeit, in der man der Kritik notwendiger bedurfte als heute. Nur durch sie kann der Menschheit bewußt werden, an welchem Punkt sie steht.

Du fragtest mich vorher nach dem Nutzen der Kritik, Ernest. Du hättest mich genausogut nach dem Nutzen des Denkens fragen können. Die Kritik, so führt Arnold aus, schafft die geistige Atmosphäre eines Zeitalters. Die Kritik ist es – ich hoffe, dies eines Tages auszuführen –, die den Geist zu einem feinen Werkzeug macht. Wir haben in unserem Erziehungssystem das Gedächtnis mit einer Fülle von unzusammenhängenden Tatsachen belastet, und wir haben uns eifrig bemüht, unser emsig erworbenes Wissen mitzuteilen. Wir lehren die Menschen sich zu erinnern, wir lehren sie nie, wie sie wachsen können. Nie ist es uns eingefallen, einen subtileren Grad des Vorstellungs- und Unterscheidungsvermögens anzustreben und zu entwickeln. Die Griechen taten das, und wenn wir mit dem kritischen Intellekt der Griechen in Berührung kommen, so müssen wir erfahren, daß trotz aller Erweiterung und Differenzierung unserer inhaltlichen Gegenstände ihre Methode der Interpretation die einzige ist. England hat das eine getan: Es hat die öffentliche Meinung erfunden und institutionalisiert, und das ist ein Versuch, die Ignoranz der Gesellschaft zu organisieren und sie in den Rang physischer Macht zu erheben. Aber die Weisheit blieb ihr immer verborgen. Als Denkinstrument betrachtet, ist der englische Geist unbeholfen und unterentwickelt. Was ihn allein läutern kann, ist das Wachsen des kritischen Instinkts.

Und wiederum macht nur die Kritik durch ihre Konzentration die Kultur möglich. Sie destilliert aus der riesigen Menge der schöpferischen Werke einen schärferen Extrakt. Wer noch einen Formsinn behalten möchte, wie könnte er sich durch den ungeheuerlichen Bücherberg, den die Welt hervorgebracht hat, durchkämpfen, Bücher, in denen Gedanken stammeln oder Unwissenheit eifert? Der Faden, der uns durch das ermüdende Labyrinth führen soll, ist in den Händen der Kritik. Ja, noch mehr, dort, wo keine Überlieferung existiert und die Geschichte verlorengegangen ist oder niemals geschrieben wurde, da kann die Kritik die Vergangenheit aus den kleinsten Fragmenten der Sprache und der Kunst wiederherstellen, und zwar mit der gleichen Sicherheit, wie der Mann der Wissenschaft aus einem winzigen Knochen oder dem bloßen Fußabdruck auf einem Felsen uns den geflügelten Drachen wiedererschafft oder die Rieseneidechse, unter deren Tritt einst die Erde erbebte; er kann das Behemoth aus seiner Höhle locken und den Leviathan noch einmal durch das aufgewühlte Meer schwimmen lassen. Die Prähistorie gehört dem philologischen und archäologischen Kritiker.

Ihm enthüllt sich der Ursprung der Dinge. Die selbstbewußte Hinterlassenschaft eines Zeitalters führt fast immer in die Irre. Durch die philologische Kritik wissen wir über Jahrhunderte, aus denen uns keine Aufzeichnungen erhalten sind, mehr als über Jahrhunderte, die uns ihre Schriftrollen hinterlassen haben. Sie kann das leisten, was weder Physik noch Metaphysik zu leisten vermögen. Sie kann uns die genaue Kenntnis vom Werdegang des Geistes vermitteln. Sie vollbringt, was die Geschichte nicht vollbringen kann. Sie kann uns sagen, was der Mensch dachte, noch ehe er schreiben lernte. Du hast mich nach dem Einfluß der Kritik gefragt. Ich denke, diese Frage habe ich schon beantwortet; aber man kann noch folgendes hinzufügen. Die Kritik macht uns auch zu Kosmopoliten. Die Manchester-Schule versuchte, den Menschen die Brüderlichkeit der Menschheit klarzumachen, indem sie die wirtschaftlichen Vorteile des Friedens aufzeigte. Sie versuchte, diese Welt voller Wunder zu einem allgemeinen Marktplatz für Käufer und Verkäufer zu erniedrigen. Sie wandte sich an die niedrigsten Instinkte und erlitt Schiffbruch. Es folgte Krieg auf Krieg, und das Händlerdogma hinderte Frankreich und Deutschland nicht daran, in blutiger Schlacht aufeinanderzuprallen. Andere wollen sich heutzutage an die bloße Sympathie des Gefühls wenden oder berufen sich auf die hohle Lehre irgendeines unklaren ethischen Systems. Sie haben ihre Friedensgesellschaften, die den Sentimentalen so teuer sind, und ihre Vorschläge für ein unbewaffnetes, internationales Schiedsgericht, ungeheuer beliebte Vorschläge bei jenen, die nie in der Geschichte gelesen haben. Aber die reine Sympathie des Gefühls reicht nicht aus. Es ist zu veränderlich und allzu eng mit den Leidenschaften verbunden. Und ein Schiedsgericht, das man zum allgemeinen Wohl der Menschheit der Macht beraubt, seine Entscheidungen in die Tat umzusetzen, wird kaum Erfolg haben. Nur eines ist noch schlimmer als Ungerechtigkeit: Gerechtigkeit ohne das Schwert in der Hand. Recht ohne Macht ist ein Übel.

Nein: Gefühle werden uns nie zu Kosmopoliten machen, ebensowenig, wie es der Gewinnsucht gelingt. Nur wenn wir das Wesen der geistigen Kritik kultivieren, werden wir imstande sein, uns über die Rassenvorurteile zu erheben. Goethe – du wirst nicht mißverstehen, was ich sage – war ein Deutscher unter Deutschen. Er liebte sein Land – niemand liebte es mehr. Seine Menschen waren ihm teuer, und er führte sie an. Doch als der eherne Schritt Napoleons die Weinberge und Kornfelder zerstampfte, blieben seine Lippen stumm. »Wie hätte ich nun Lieder des Hasses schreiben können ohne Haß!« sagte er zu Eckermann. »Wie hätte auch ich, dem nur Kultur und Barbarei Dinge von Bedeutung sind, eine Nation hassen können, die zu den kultiviertesten der Erde gehört und der ich einen so großen Teil meiner eigenen Kultur verdanke?« Dieser Ton, der in der modernen Welt das erste Mal bei Goethe anklingt, wird, so glaube ich, der Anfang jenes zukünftigen Kosmopolitismus sein.

Die Kritik wird die Rassenvorurteile vernichten, indem sie auf der Einheit des menschlichen Geistes in seinen verschiedenen Formen besteht. Wenn wir versucht sind, einer anderen Nation den Krieg zu erklären, werden wir uns erinnern, daß wir im Begriff stehen, einen Teil unserer eigenen Kultur zu zerstören und vielleicht ihren wichtigsten Teil. Solange man den Krieg als etwas Böses ansieht, wird er seine Anziehungskraft behalten. Erst wenn man ihn als Niedertracht erkennt, wird er seine Popularität verlieren. Der Wandel wird sich natürlich langsam vollziehn, und die Menschen werden sich dessen gar nicht bewußt werden. Man wird nicht sagen: »Wir wollen nicht gegen Frankreich Krieg führen, weil seine Prosa vollkommen ist«, aber weil die Prosa Frankreichs vollkommen ist, wird man das Land nicht hassen. Die geistige Kritik wird Europa weit enger miteinander verbinden, als der Kaufmann oder der Gefühlsmensch das vermögen. Sie wird uns den Frieden geben, der aus dem Verstehen kommt.

Doch das ist nicht alles. Die Kritik, die keinen Standpunkt als endgültig anerkennt und es ablehnt, sich durch ein seichtes Schibboleth * einer Sekte oder Schule binden zu lassen, schafft so einen heiteren philosophischen Geist, der die Wahrheit um ihrer selbst willen liebt und nicht weniger liebt, weil er weiß, sie ist unerreichbar. Wie wenig von diesem Geiste haben wir in England, und wie sehr bedürfen wir seiner! Der englische Geist ist

* Parole, Losungswort

immer aufgebracht. Durch den schmutzigen, dummen Zwist unbedeutender Politiker und drittrangiger Theologen wird der Geist der Nation vergeudet. Einem Mann der Wissenschaft blieb es vorbehalten, uns das höchste Beispiel jener »klaren Vernünftigkeit« zu zeigen, von der Arnold so weise und ach! mit so wenig Wirkung gesprochen hat. Der Verfasser von *Origin of Species* besaß zweifellos diesen philosophischen Geist. Betrachtet man unsere üblichen Kanzelredner und Parteiprogramme, dann kann man nur die Verachtung Julians oder die Gleichgültigkeit Montaignes empfinden. Wir werden von Fanatikern beherrscht, deren schlimmstes Laster ihre Offenheit ist. Was an das freie Spiel des Geistes auch nur von ferne erinnert, ist bei uns so gut wie unbekannt. Die Leute erheben ihr Geschrei wider den Sünder, doch ist es nicht der Sünder, sondern der Dummkopf, der uns zur Schande gereicht. Es gibt keine andere Sünde als die Dummheit.

ERNEST. Ach, was für ein Widerspruchsgeist du bist!

GILBERT. Der künstlerische Kritiker ist wie der Mystiker immer ein Widerspruchsgeist. Gut zu sein ist nach allem, was der Pöbel darunter versteht, offenbar ganz einfach. Es erfordert lediglich einen gewissen Grad kleinlicher Angst, einen Mangel an Phantasie und ein gemeines Versessensein auf die Ehrbarkeit des Mittelstandes. Die Ästhetik steht über der Ethik. Sie gehört einer geistigeren Sphäre an. Die Schönheit eines Gegenstandes wahrzunehmen, ist das Höchste, was wir erreichen können. Selbst der Farbensinn ist für die Entwicklung des Individuums wichtiger als das Gefühl für Recht und Unrecht. Ja, im Bereich der bewußten Zivilisation verhält sich die Ästhetik zur Ethik, wie in der äußeren Welt die künstliche zur natürlichen Auslese. Die Ethik macht, wie die natürliche Auslese, das Dasein möglich. Die Ästhetik macht, wie die künstliche Auslese, das Leben reizvoll und wunderbar; sie bereichert es mit neuen Formen, verleiht ihm Wachstum, Vielfalt und Veränderung. Und wenn wir die wahre Kultur gewinnen, die wir erstreben, werden wir jene Vollkommenheit erlangen, von der die Heiligen träumten, die Vollkommenheit derer, denen die Sünde unmöglich ist, nicht weil sie gleich den Asketen Entsagung üben, sondern weil sie, ohne der Seele Schaden zuzufügen, alles tun können, was sie sich wünschen und sich nicht wünschen können, was der Seele schadet; denn die Seele ist ein Wesen von solcher Göttlichkeit, daß sie fähig ist, in Elemente reicherer Erfahrung, gesteigerter Empfänglichkeit und in neue Denkformen, Handlungen und Leidenschaften zu verwandeln, die bei gewöhnlichen Menschen trivial, bei Ungebildeten unedel und bei Schamlosen erniedrigend wären. Ist das gefährlich? Ja, es ist gefährlich – alle Ideen, sagte ich, sind gefährlich. Aber die Nacht geht zu Ende, und das Licht der Lampe flackert. Eins muß ich dir noch sagen. Du hast gegen die Kritik angeführt, daß sie unfruchtbar sei. Das neunzehnte Jahrhundert ist ein Wendepunkt in der Geschichte, und zwar durch das Werk von zwei Männern: durch Darwin und Renan; der eine kritisierte das Buch der Natur, der andere die Bücher Gottes. Sich dieser Erkenntnis verschließen, heißt die Bedeutung eines der für die Entwicklungsgeschichte der Menschheit wichtigsten Zeitalter verkennen. Die Schöpfung ist stets hinter der Zeit zurück. Es ist die Kritik, die der Zeit den Weg weist. Der kritische Geist und der Weltgeist sind ein und dasselbe.

ERNEST. Und wer diesen Geist besitzt oder von ihm besessen wird, der wird vermutlich nichts tun?

GILBERT. Wie Persephone, von der uns Landor erzählt, die süße, sinnende Persephone, um deren Füße Asphodill und Tausendschön blühen, wird er dasitzen, zufrieden »in jener tiefen, regungslosen Ruhe, die die Sterblichen mitleidig bedauern und an der die Götter sich erfreuen«. Er wird auf die Welt schauen und ihr Geheimnis erkennen. Durch die Berührung mit dem Göttlichen wird er selbst göttlich werden. Sein Leben und nur seines wird vollkommen sein.

ERNEST. Heute nacht hast du mir viele seltsame Dinge erzählt, Gilbert. Du sagtest, es sei schwerer, über etwas zu reden als es zu tun, und nichts zu tun sei das allerschwierigste auf der Welt; du sagtest, alle Kunst sei unmoralisch und alles Denken gefährlich; die Kritik sei schöpferischer als die Schöpfung, und die höchste Kritik nennst du jene, die im Kunstwerk offenbart, was der Künstler nicht hineingelegt hat; gerade weil er etwas nicht zu schaffen versteht, könne er es angemessen beurteilen; und der echte Kritiker sei ungerecht, unaufrichtig und nicht rational. Mein Freund, du bist ein Träumer.

GILBERT. Ja, ich bin ein Träumer. Denn ein Träumer ist einer, der seinen Weg nur beim Mondlicht findet, und seine Strafe ist, daß er den Morgen vor der übrigen Welt dämmern sieht.

ERNEST. Seine Strafe?

GILBERT. Und sein Lohn. Doch sieh, es dämmert schon. Zieh die Vorhänge zurück und öffne die Fenster weit. Wie kühl die Morgenluft ist! Piccadilly liegt uns zu Füßen wie ein langes Silberband. Über dem Park hängt ein leichter Purpurnebel, und die Schatten der weißen Häuser sind purpurgetönt. Es ist zu spät zum Schlafen. Laß uns nach Covent Garden gehen und nach den Rosen schauen. Komm! Ich bin des Denkens müde.

Die Wahrheit der Masken
Eine Bemerkung über die Illusion

In vielen der recht heftigen Angriffe, die sich in letzter Zeit gegen die glänzende Szenenausstattung richteten, welche die Wiedererweckung Shakespeares in England kennzeichnet, scheinen die Kritiker stillschweigend davon auszugehen, daß Shakespeare selbst mehr oder weniger gleichgültig war, was die Kostüme seiner Schauspieler betraf, und daß, könnte er Mrs. Langtrys Aufführung von *Antonius und Cleopatra* sehen, er wahrscheinlich sagen würde, daß es auf das Stück und nur auf das Stück ankomme, und alles andere reine Äußerlichkeiten seien. Was aber die historische Genauigkeit der Gewänder angeht, so hat Lord Lytton in einem Artikel des »Nineteenth Century« das Kunstdogma aufgestellt, daß bei der Aufführung von Shakespearestücken die Archäologie nicht am Platze, und der Versuch, sie einzuführen, eine der dümmsten Pedanterien eines eitlen Jahrhunderts sei.

Lord Lyttons Standpunkt werde ich später untersuchen; doch was die Theorie betrifft, Shakespeare habe sich nicht viel um die Garderobe seines Theaters gekümmert, so muß jeder, der Shakespeares Methode wirklich studiert, zu der Einsicht kommen, daß es tatsächlich keinen französischen, englischen oder griechischen Dramatiker gibt, der um der illusionistischen Wirkung willen einen so großen Wert auf die Kostüme seiner Schauspieler legte, wie gerade Shakespeare.

Weil er wußte, wie sehr sich das künstlerische Temperament immer von der Schönheit der Kostüme faszinieren läßt, führt er dauernd Masken und Tänze in seine Stücke ein, einfach als Augenweide; und wir besitzen noch seine Bühnenanweisungen für die drei großen Prozessionen in »Heinrich VIII.«, Anweisungen, die bis ins kleinste Detail gehen, bis zu den Krägen von S. S. und den Perlen in Anna Boleyns Haar. Ja, ein moderner Theatermann könnte ohne Schwierigkeiten diese Aufzüge genauso einrichten, wie Shakespeare sie entworfen hat; und sie waren so genau, daß ein Hofbeamter jener Zeit, der einem Freund einen Bericht über die letzte Aufführung des Stückes im Globe Theatre schrieb, sich tatsächlich über ihren Realismus beklagt, besonders aber darüber, daß die Ritter des Hosenbandordens in den Gewändern und mit den Insignien des Ordens auftraten, in der Absicht, die wirklichen Zeremonien lächerlich zu machen; aus ähnlichen Gründen hat die französische Regierung vor einiger Zeit dem reizenden Schauspieler M. Christian verboten, in Uniform aufzutreten, unter dem Vorwand, daß es den Ruhm der Armee schädige, wenn ein Oberst karikiert wird. Und auch sonst wurde die Pracht der Ausstattung, welche die englische Bühne unter Shakespeares Einfluß kennzeichnete, von den zeitgenössischen Kritikern angegriffen, jedoch fast nie auf Grund der demokratischen Tendenzen des Realismus, sondern meistens aus moralischen Gründen, die immer die letzte Zuflucht von Leuten sind, die keinen Sinn für die Schönheit haben.

Was ich aber hervorheben möchte, ist nicht, daß Shakespeare den Wert des schönen Kostüms würdigte, indem er der Dichtung das malerische Element hinzufügte, sondern daß er erkannte, wie wichtig das Kostüm für die Erzeugung bestimmter dramatischer Wirkungen ist. Bei vielen seiner Stücke: *Maß für Maß*, *Was Ihr wollt*, *Die beiden Veroneser*, *Ende gut, alles gut*, *Cymbeline* und anderen hängt die Illusion von der Art der verschiedenen Kleider ab, die die Helden oder Heldinnen tragen; die köstliche Szene in *Heinrich VI.* über die modernen Wunder einer Heilung durch den Glauben, verliert ihre ganze Pointe, wenn Gloster nicht in Schwarz und Rot erscheint; und das »dénoûment« der *Lustigen Weiber von Windsor* dreht sich um die Farbe von Anne Pages Gewand. Es gibt zahllose Beispiele dafür, welchen Gebrauch Shakespeare von der Verkleidung gemacht hat. Posthumus verbirgt seine Leidenschaft unter dem Kleid des Bauern, Edgar seinen Stolz unter dem Narrengewand; Portia trägt das Gewand des Richters, und Rosalinde ist »ganz und gar als Mann« verkleidet; der Mantelsack Pisanios verwandelt Imogen in den Jüngling Fidele; Jessica flieht aus ihres Vaters Haus in Knabenkleidern, und Julia bindet ihr blondes Haar in phantastische Liebesknoten und legt Hose und Wams an; Heinrich VIII. wirbt um seine Dame als Schäfer und Romeo als Pilger; Prinz Heinz und Poins erscheinen zuerst als Straßenräuber in Steifleinengewändern und später in weißen Schürzen und Lederwämsern, wie die Kellner einer Schenke; und Falstaff! Erscheint er nicht als Räuber, als altes Weib, als Herne der Jäger, und wandert er nicht als Wäschestück in die Wäscherei?

Auch die Beispiele für die Verwendung der Kostüme als ein Mittel zur Steigerung der dramatischen Situation sind nicht weniger zahlreich. Nach der Ermordung Duncans tritt Macbeth im Nachtgewand auf, als sei er aus dem Schlaf geschreckt; Timon endet das Stück in Lumpen, das er im Glanz begonnen hat; Richard erweckt in den Bürgern Londons falsche Hoffnungen, angetan mit einer abgenutzten Rüstung, aber sobald er durch Blut zum Thron geschritten ist, zieht er mit Krone, Ordensbändern und Juwelen durch die Straßen; der Höhepunkt des *Sturms* ist eingetreten, wenn Prospero sein Zaubergewand abwirft und Ariel entsendet, ihm Hut und Degen zu holen und sich als der große italienische Herzog zu erkennen gibt; selbst der Geist im *Hamlet* ändert seine geheimnisvolle Gewandung um der verschiedenartigen Wirkung willen; und Julia hätte ein moderner Stückeschreiber womöglich in ihrem Sterbekleid zur Schau gestellt und so die Szene zu einer bloßen Schreckensszene gemacht; aber Shakespeare kleidet sie in reiche, glänzende Gewänder, deren Schönheit das Grabgewölbe »zur lichten Feierhalle«, die Gruft in ein Brautgemach verwandelt und die Stichwort und Motiv zu Romeos Monolog vom Triumph der Schönheit über den Tod werden.

Selbst die geringsten Kleinigkeiten am Kostüm, wie die Farbe der Strümpfe eines Majordomus, das Muster in einem Damentaschentuch, der Ärmel eines jungen Soldaten, ein eleganter Damenhut, werden in Shakespeares Händen zu wichtigen dramatischen Akzenten, und mitunter hängt die Handlung des betreffenden Stückes genau davon ab. Mancher andere Dramatiker hat sich des Kostüms bedient, um gleich beim ersten Auftritt den Zuschauern den Charakter einer Person anzudeuten, doch keinem ist es so hinreißend gelungen wie Shakespeare im Fall des Gecken Parolles, dessen Kostüm übrigens nur ein Archäologe verstehen kann; der Spaß, daß Herr und Diener vor dem Publikum die Kleider tauschen, daß sich schiffbrüchige Seeleute um die Teilung eines Haufens schöner Gewänder raufen und ein betrunkener Kesselflicker wie ein Herzog gekleidet ist, das alles kann man als Teil der großen Rolle betrachten, die das Kostüm in der Komödie seit Aristophanes bis hin zu Gilbert immer gespielt hat; doch nie hat jemand aus den bloßen Einzelheiten der Kleidung und des Schmuckes einen so ironischen Kontrast, eine so unmittelbare und tragische Wirkung bezogen, so viel Mitleid und so viel Pathos wie Shakespeare. Von Kopf bis Fuß bewaffnet, schreitet der tote König über die Zinnen von Helsingfors, weil etwas faul ist im Staate Dänemark; Shylocks jüdischer Kaftan gehört zum Stigma, unter dem diese verwundete und verbitterte Seele sich windet; Arthur, der um sein Leben fleht, findet keinen besseren Fürsprecher als das Taschentuch, das er Hubert gegeben hat –

> Hast du das Herz? Als nur der Kopf dich schmerzte,
> da knüpfte ich mein Tuch um deine Braue,
> (es war mein bestes, einer Fürstin Gabe)
> und niemals forderte ich es zurück;

und Orlandos blutgetränkte Binde wirft den ersten finsteren Schatten in dieses köstliche Waldidyll und offenbart die Tiefe der Empfindung, die hinter Rosalindes phantastischem Witz und mutwilligen Scherzen liegt.

> Es war an meinem Arm noch in der Nacht,
> ich küßt' es; wenn's nur nicht zu meinem Herrn,
> ihm zu erzählen, geht, ich küßte andre
> als ihn,

sagt Imogen und scherzt über den Verlust des Armbandes, das bereits auf dem Weg nach Rom war, um ihr die Treue des Gatten zu rauben; der kleine Prinz spielt auf dem Weg zum Tower mit dem Dolch im Gürtel seines Onkels; Duncan sendet der Lady Macbeth in der Nacht seiner eigenen Ermordung einen Ring, und Portias Ring verwandelt die Tragödie des Kaufmanns in eine Weiberkomödie. York, der große Empörer stirbt mit einer Papierkrone auf seinem Haupt; Hamlets schwarzes Gewand ist eine Art Farbenmotiv im Stück, wie die Trauer der Cimène im Cid; und der Höhepunkt in der Rede des Marc Anton ist der Augenblick, in dem er Cäsars Gewand vorzeigt: –

Ich erinnere
das erste Mal, daß Cäsar je ihn trug.
Ein Sommerabend war's – in seinem Zelt,
am Tag, da er die Nervier überwand:
Seht her, hier fuhr des Cassius Dolch hinein:
Seht, welchen Riß der neidische Casca machte:
Hier stieß der vielgeliebte Brutus durch...
Ihr treuen Seelen, was, ihr weint? und doch –
ihr seht die Wunden nur in Cäsars Kleid!

Die Blumen, die Ophelia in ihrem Wahnsinn trägt, sind so ergreifend wie die Veilchen, die auf einem Grabe blühen; wenn Lear auf der Heide dahinzieht, wird die Wirkung ins Unsägliche gesteigert durch seine phantastische Aufmachung; und wenn Cloten, vom Hohn des Vergleichs getroffen, den Imogen zwischen ihm und ihres Gatten Kleidung zieht, sich in das Gewand eben dieses Gatten hüllt, um an ihr die schmachvolle Tat zu begehen, dann fühlen wir, daß es im ganzen französischen Realismus, selbst in *Thérèse Raquin,* jener meisterhaften Darstellung des Entsetzlichen, nichts gibt, was an schrecklicher und tragischer Symbolik dem Vergleich mit dieser beklemmenden Szene in *Cymbeline* standhält.

Auch im Dialog selbst werden einige der lebendigsten Stellen durch das Kostüm bestimmt. Rosalindes

Denkst du, weil ich wie ein Mann ausstaffiert bin,
daß auch meine Gemütsart in Wams und Hosen ist?

Constantias

Der Gram füllt aus die Stelle meines Kindes
und gibt den leeren Kleidern Form;

und der rasche, scharfe Schrei der Elisabeth:

Ah! durchschneidet meine Schnüre!

sind nur einige der Beispiele, die man zitieren könnte. Eine der herrlichsten Effekte, die ich je auf der Bühne sah, rief Salvini hervor, als er im letzten Akt des Lear die Feder von Kents Mütze riß und sie auf Cordelias Lippen legte, während er die Zeile sprach:

Die Feder regt sich! Ja, sie lebt!

Mr. Booth, dessen Lear manchen großen Augenblick der Leidenschaft hatte, riß, ich erinnere mich, aus seinem archäologisch inkorrekten Hermelin ein Stückchen Pelz zu diesem Zweck heraus; aber Salvinis Wirkung war schöner und wahrer. Und wer Mr. Irving im letzten Akt von *Richard III.* sah, wird nicht vergessen haben, wie sehr die Qual und das Grauen seines Traumes durch den Gegensatz der vorangegangenen Ruhe und Stille verstärkt wurde, und die Verse:

> Nun, ist mein Sturmhut leichter denn zuvor?
> Und alle Rüstung mir ins Zelt gelegt? Sieh zu,
> daß meine Schäfte fest und nicht zu schwer sind –

hatten für das Publikum eine doppelte Bedeutung und erinnerten an die letzten Worte, die Richards Mutter ihm nachrief, als er nach Bosworth zog:

> So nimm denn mit dir meinen schwersten Fluch,
> der an dem Tag der Schlacht dich mehr ermüde
> als all die schwere Rüstung, die du trägst.

Was die Mittel angeht, die Shakespeare zur Verfügung standen, so beachte man, daß er sich zwar oft über die Kleinheit der Bühne beklagt, auf der er große historische Dramen zu spielen hat, und über den Mangel an Szenerie, der ihn zwingt, viele wirkungsvolle Ereignisse, die unter freiem Himmel stattfinden, wegzulassen, daß er aber immer wie ein Dramatiker schreibt, der eine mustergültige Theatergarderobe zur Verfügung hat und sich auf seine Schauspieler verlassen kann, die sich für ihre Masken große Mühe geben. Sogar heutzutage ist es schwierig, ein Stück wie die *Komödie der Irrungen* aufzuführen; und nur dem kuriosen Zufall, daß Miß Ellen Terry ihrem Bruder gleicht, verdanken wir es, daß wir *Wie es Euch gefällt* in einer angemessenen Aufführung sehen können. In der Tat, um ein Stück von Shakespeare genauso auf die Bühne zu bringen, wie er es vorgeschrieben hat, braucht man die Dienste eines geschickten Perückenmachers, eines Kostümbildners, der einen Farbensinn und die Kenntnisse von Stoffgeweben besitzt, eines meisterhaften Bühnenbildners, eines Fechtmeisters, eines Tanzlehrers und eines Künstlers, der die ganze Aufführung persönlich leitet. Denn er schildert uns mit größter Sorgfalt Kleidung und Erscheinung einer jeden Rolle. Auguste Vacquerie sagt an irgendeiner Stelle: »Racine abhorre la réalité; il ne daigne pas s'occuper de son costume. Si l'on s'en rapportait aux indications du poète, Agamemnon serait vêtu d'un scèptre et Achille d'une épée.«

Aber bei Shakespeare ist es ganz anders. Er gibt uns Anweisungen über das Kostüm von Perdita, Florizel, Autolycus, den Hexen in Macbeth, dem Apotheker in Romeo und Julia, mehrere minuziöse Beschreibungen seines fettwanstigen Ritters und eine genaue Darstellung des ungewöhnlichen Gewandes, in welchem Petruchio zur Hochzeit geht. Rosalinde, so sagt er, ist groß und soll einen Speer und einen kleinen Dolch tragen; Celia ist kleiner und soll ihr Gesicht braun schminken, damit sie sonnenverbrannt aussieht. Die Kinder, die das Feenspiel im Windsor-Walde spielen, sollen in Weiß und Grün gekleidet sein – nebenbei bemerkt ein Kompliment für die Königin Elisabeth, deren Lieblingsfarben es waren –, und in Weiß mit grünen Kränzen und goldenen Masken sollen Katharine in Kimbolton die Engel erscheinen. Bottom tritt im selbstgewebten Rock auf, Lysander unterscheidet sich von Oberon durch sein athenisches Gewand, und Launce hat Löcher in seinen Stiefeln. Die Herzogin von Gloucester steht im weißen Tuch neben ihrem Gatten im Trauergewand. Das bunte Kleid des Narren, der Purpur des Kardinals und die französischen Lilien auf die englischen Röcke gestickt, das alles gibt Anlaß zu Scherz oder Hohn im Dialog. Wir kennen die Ornamente auf der Rüstung des Dauphins und auf dem Schwert der Jungfrau von Orlean, den Helmbusch auf Warwicks Helm und die Farbe von Bardolphs Nase. Portia hat goldblondes Haar, Phoebe ist schwarzhaarig, Orlando hat kastanienbraune Locken, und Sir Andrew Aguecheeks Haar hängt wie Flachs vom Rocken und läßt sich nicht wellen. Manche seiner Gestalten sind beleibt, andere mager, die einen sind gerade gewachsen, die anderen buckelig, manche sind blond, andere dunkel, und wieder andere sollen ihr Gesicht schwärzen. Lear hat einen weißen Bart, Hamlets Vater einen grauen, und Benedick muß sich den seinen im Verlauf des Stückes scheren. Ja, das Thema der Bühnenbärte behandelt Shakespeare ganz ausführlich; er spricht von den verschiedenen Farben, die verwendet werden, und gibt den Schauspielern den Rat, immer darauf zu achten, daß sie gut befestigt sind. Dann kommen Tänze von Schnittern in Roggenstrohhüten und von Bauern vor, die in Felle gekleidet den Satyrn gleichen; es gibt Maskenspiele der Amazonen und der Russen und ein klassisches Maskenspiel; unsterbliche Szenen mit einem Weber, der einen Eselskopf trägt; eine Rauferei wegen der Farbe eines Gewandes, die der Bürgermeister von London schlichten muß, und eine Szene zwischen einem wütenden Ehemann und der Putzmacherin seiner Frau, wegen eines geschlitzten Ärmels.

Die Metaphern, die Shakespeare durch die Kleidung gewinnt und die Aphorismen darüber, seine Seitenhiebe gegen die Mode seiner Zeit, besonders gegen die lächerlich großen Hüte der Damen und die vielen Beschreibungen des »mundus muliebris«, von dem Lied des Autolycus im *Wintermärchen* bis zu der Beschreibung des Gewandes der Herzogin von Mailand in *Viel Lärm um nichts* sind viel zu zahlreich, um sie alle zu zitieren; doch ist es vielleicht angebracht, daran zu erinnern, daß die ganze Philosophie der Kleidung in Lears Szene mit Edgar enthalten ist – eine Stelle, die den Vorzug der Kürze und des Stils besitzt gegenüber der skurrilen Weisheit und etwas geschwollenen Metaphysik des *Sartor Resartus*. Doch ich denke, das Gesagte beweist genügend, daß für Shakesepare das Kostüm etwas sehr Wichtiges war. Ich meine es nicht in jenem oberflächlichen Sinn, in dem man aus seiner Kenntnis von Missetaten und Märzenbechern geschlossen hat, daß er der Blackstone und Paxton des elisabethanischen Zeitalters war; aber er erkannte, daß das Kostüm dazu dienen kann, bestimmte Eindrücke beim Zuschauer hervorzurufen und gewisse Charaktertypen auszudrücken und daß es ein wesentliches Kunstmittel für den wahren Illusionisten ist. Ihm war die verwachsene Gestalt Richards ebenso wertvoll wie die Schönheit der Julia; er stellt den Radikalen in seiner Serge neben den Lord in Seide und erkennt die Bühnenwirkung, die er aus beiden ziehen kann. Ihn entzückt Caliban nicht weniger als Ariel, Lumpen begeistern ihn genauso wie goldgestickte Gewänder, und er weiß um die künstlerische Schönheit des Häßlichen.

Die Verlegenheit, die Ducis bei der Übertragung des *Othello* über die wichtige Rolle eines so gewöhnlichen Dinges, wie es ein Taschentuch ist, empfand und sein Versuch, seine Gewöhnlichkeit zu kaschieren, indem er den Mohren immer wieder ausrufen ließ: »Le bandeau, le bandeau!« * kann als Beispiel für den Unter-

* Der Schleier, die Binde

schied zwischen »la tragédie philosophique« und dem Drama des wirklichen Lebens gelten; und die Einführung des Wortes »mouchoir« * am Théâtre Français war ein Wendepunkt in jener romantisch-realistischen Bewegung, deren Vater Victor Hugo und deren enfant terrible Zola ist; ebenso wie zu Anfang des Jahrhunderts der Klassizismus seinen stärksten Ausdruck fand, als Talma sich weigerte, die griechischen Helden weiter mit gepuderter Perücke zu spielen – das ist übrigens einer von vielen Fällen für das Verlangen nach archäologischer Genauigkeit des Kostüms, das die großen Schauspieler unserer Zeit auszeichnete.

Als Théophile Gautier über die Wichtigkeit der Rolle sprach, die das Geld in der *Comédie Humaine* spielt, sagte er, Balzac gebühre der Ruhm, für den Roman einen neuen Helden erfunden zu haben, »le héros métallique«. Von Shakespeare kann man sagen, er sei der erste gewesen, der den dramatischen Wert eines Wamses erkannte, und daß ein Höhepunkt von einer Krinoline abhängen kann.

Der Brand des Globe Theatre – ein Unglück übrigens, das mitverursacht wurde durch die Leidenschaft für die Illusion, die Shakespeares Theaterverwaltung auszeichnete – hat uns unglücklicherweise vieler wichtiger Dokumente beraubt; aber in dem noch vorhandenen Verzeichnis der Garderobe eines Londoner Theaters zur Zeit Shakespeares werden einzelne Kostüme für Kardinäle, Schäfer, Könige, Clowns, Mönche und Narren erwähnt; grüne Gewänder für Robin Hoods Leute und ein grünes Kleid für Maid Marian; ein weiß-goldenes Wams für Heinrich V. und eine Robe für Longshanks; außerdem Chorröcke, Chormäntel, Gewänder aus Damast, aus Goldtuch und aus Silbertuch, Überwürfe aus Taft und Kattun, Mäntel aus Samt und Satin, Friesröcke, gelbe und schwarze Lederwämser, rote, graue, französische Pierrot-Kostüme, ein Kleid, »um unsichtbar zu gehen« – das für 3 Pfund und 10 Schillinge nicht zu teuer ist –, und vier unvergleichliche Reifröcke; das alles zeigt den Wunsch, jedem Charakter das passende Gewand zu geben. Es gibt auch Eintragungen über spanische, maurische und dänische Kostüme, über Helme, Lanzen, bemalte Schilder, Kaiserkronen

* Taschentuch

und päpstliche Tiaren, über Kostüme für türkische Janitscharen, römische Senatoren und alle Götter und Göttinnen des Olymp, die das archäologische Studium des Theaterunternehmers bezeugen. Allerdings wird auch eine Schnürbrust für Eva erwähnt, doch spielte die Szene wahrscheinlich nach dem Sündenfall.

Jeder, der sich mit dem Zeitalter Shakespeares beschäftigt, wird entdecken, daß die Archäologie eines ihrer besonderen Merkmale war. Nach jenem Wiederaufleben der klassischen Architekturformen, das die Renaissance kennzeichnet, nachdem man begonnen hatte, in Venedig und anderswo die Meisterwerke der griechischen und lateinischen Literatur zu drucken, war natürlich das Interesse an der Ornamentik und dem Kostüm der antiken Welt erwacht. Und die Künstler studierten sie nicht um des Wissens willen, das sie dabei erwarben, sondern wegen der Schönheit, die sie schaffen wollten. Man ließ die seltenen Stücke, die beständig in den Ausgrabungen zutage kamen, nicht in den Museen vermodern, damit sie ein abgestumpfter Kurator betrachte oder ein Polizist, den die Langeweile kitzelt, weil keine Verbrechen geschehen. Man benutzte sie als Motive für eine neue Kunst, die nicht nur schön sein sollte, sondern auch fremdartig.

Infessura berichtet uns, daß im Jahre 1485 einige Arbeiter auf der Appia Antica einen alten römischen Sarkophag ausgegraben haben, der die Aufschrift trug: »Julia, Tochter des Claudius«. Als sie den Deckel hochhoben, fanden sie in seinem Marmorschoß den Leichnam eines wunderschönen Mädchens von ungefähr 15 Jahren, den die Kunst des Einbalsamierers vor der Verwesung und dem Verfall der Zeit bewahrt hatte. Ihre Augen waren halb geöffnet, ihr Haar lockte sich golden, und von Lippen und Wangen war der Blütenhauch der Jungfräulichkeit noch nicht verschwunden. Auf das Kapitol zurückgetragen, wurde sie alsbald der Mittelpunkt eines neuen Kultes, und aus allen Stadtteilen strömten die Pilger herbei, um an dem wunderbaren Schreine zu beten, bis der Papst schließlich fürchtete, diejenigen, die das Geheimnis der Schönheit in einem heidnischen Grabe gefunden haben, könnten vergessen, welche Geheimnisse Judäas rauhes Felsengrab umschließt; und so ließ er den Leichnam bei Nacht entfernen und heimlich begraben. Mag dieser Bericht eine Legende sein, er macht uns nichtsdestoweniger die Haltung der

Renaissance gegenüber der antiken Welt deutlich. Die Archäologie war für sie keine bloße Wissenschaft des Altertumsforschers; sie war ein Mittel, den trockenen Staub des Altertums in den Atem und die Schönheit des Lebens zu verwandeln und mit dem neuen Wein der Romantik Gefäße zu füllen, die sonst alt und abgenutzt geblieben wären. Von der Kanzel des Niccolò Pisano bis zu Mantegnas »Triumph des Cäsar« und dem Service, das Cellini für Franz I. entwarf, kann man den Einfluß dieses Geistes verfolgen; und er beschränkte sich nicht bloß auf die unbeweglichen Künste – die Künste der erstarrten Bewegung –, sein Einfluß zeigte sich auch in den großen griechisch-römischen Maskenspielen, die die beständige Unterhaltung der fröhlichen Fürstenhöfe jener Zeit bildeten, und in den öffentlichen Aufzügen und Prozessionen, mit denen die Bürger großer Handelsstädte die Fürsten zu begrüßen pflegten, die sie gerade besuchten; solche Festzüge hielt man übrigens für so wichtig, daß man große Druckwerke von ihnen anfertigte und veröffentlichte – diese Tatsache beweist, wie allgemein jene Zeit an solchen Dingen anteilnahm. Und diese Anwendung der Archäologie in prunkvollen Aufzügen – weit entfernt von eitler Pedanterie – ist in jeder Hinsicht legitim und schön. Denn die Bühne ist nicht nur der Schauplatz aller Künste, sondern auch die Rückkehr der Kunst zum Leben. In archäologischen Romanen scheint es bisweilen, als verbergen seltsame und veraltete Worte die Wirklichkeit hinter dem Wissen, und ich glaube, daß viele Leser von *Notre Dame de Paris* sich über die Bedeutung von Worten wie *la casaque à mahoitres, les voulgiers, le gallimard taché d'encre, les caraquiniers* und ähnlichen den Kopf zerbrochen haben; auf der Bühne jedoch ist das anders! Die alte Welt erwacht aus ihrem Schlaf, und die Geschichte bewegt sich in langem Zug an unserem Auge vorüber und zwingt uns nicht erst, unsere Zuflucht zu einem Lexikon oder einer Enzyklopädie zu nehmen, um unseren Genuß vollkommen zu machen. Ja, das Publikum braucht nicht einmal die Quellen für die Inszenierung eines Stückes zu kennen. Zum Beispiel aus einem Gegenstand wie dem Kelchteller des Theodosius, den die meisten Leute wahrscheinlich nicht kennen, schuf Mr. E. W. Godwind, einer der phantasievollsten Künstler dieses Jahrhunderts in England, den außergewöhnlich schönen I. Akt des *Claudius* und zeigte uns das byzantinische Leben im 4. Jahrhundert weder durch einen langweiligen Vortrag und eine Reihe verschwommener Entwürfe, noch durch eine Erzählung, die zu ihrem Verständnis eines Glossariums bedarf, sondern durch die sichtbare Darstellung der Glorie dieser großen Stadt. Und während die Kostüme bis in die kleinsten Tüpfel der Farbe und des Musters getreu waren, wurde den Details trotzdem nicht diese abnorme Wichtigkeit beigemessen, die ihnen bei einer Vorlesung in Fortsetzungen notwendigerweise zuteil wird, sie wurden vielmehr den Regeln einer großen Komposition und der Einheit des künstlerischen Effekts untergeordnet. Symond spricht von dem großen Bilde Mantegnas, das sich jetzt in Hampton Court befindet, und sagt, der Künstler habe ein altes Motiv in ein Thema für melodische Linien verwandelt. Dasselbe kann man mit gleichem Recht von Mr. Godwins Szene behaupten. Nur Dummköpfe bezeichneten das als Pedanterie; nur wer weder sehen noch hören wollte, sprach davon, daß die Leidenschaft des Stückes durch seine Farbe zerstört worden sei. In Wirklichkeit war die Szene nicht nur malerisch vollkommen, sondern auch höchst dramatisch, frei von jeder unnötigen Beschreibung; durch die Farbe und den Charakter von Claudius' Gewand und die Gewänder seiner Dienerschaft veranschaulichte sie uns Natur und Leben des Mannes, von welcher philosophischen Schule er beeinflußt wurde, bis zu den Pferden, auf die er beim Rennsport setzte.

Und die Archäologie ist wirklich nur dann reizvoll, wenn sie in irgendeine Kunstform einfließt. Ich will die Leistungen fleißiger Gelehrter nicht unterschätzen, aber ich empfinde den Gebrauch, den Keats von Lemprières Dictionaire machte, als weit wertvoller für uns, als Professor Max Müllers Behandlung der gleichen Mythologie, die er als Krankheit der Sprache verdammt. Mir ist der *Endymion* lieber als irgendeine Theorie von einer Epidemie unter Adjektiven – wie wohlbegründet auch immer oder im vorliegenden Fall unbegründet sie ist! Und wer empfindet nicht, daß es das Hauptverdienst von Piranesis Buch über Vasen ist, daß es Keats zu seiner *Ode on a Grecian Urn* inspiriert hat? Die Kunst und nur die Kunst kann die Archäologie schön machen; und die theatralische Kunst kann sie in unmittelbarer und lebendiger Weise benutzen, denn sie vermag in einer gelungenen Aufführung die Illusion des wirklichen Lebens mit den Wundern der unwirklichen Welt zu verbinden. Aber das 16. Jahrhundert war nicht nur die Zeit von Vitruvius, sondern auch die Zeit von Vecellio. Jede Nation gewann plötzlich Interesse am Kostüm ihrer Nachbarn. Europa begann seine eigene Kleidung zu erforschen, und die Zahl der Bücher, die über Nationalkostüme veröffentlicht wurden, ist ziemlich ungewöhnlich. Anfang des Jahrhunderts erreichte die Nürnberger Chronik mit 2000 Illustrationen ihre 5. Auflage, und ehe das Jahrhundert zu Ende ging, waren über 17 Auflagen von Münsters Kosmographie gedruckt. Außer diesen beiden Büchern gab es noch die Werke von Michael Colyns, Hans Weigel, Amman und Vecellio selbst; alle reich illustriert, einige der Zeichnungen bei Vecellio stammen wahrscheinlich sogar von Tizians Hand.

Und nicht nur aus Büchern und Abhandlungen gewannen sie ihre Kenntnis. Auslandsreisen wurden zur Gewohnheit, der wachsende Handelsaustausch zwischen den Ländern und die Häufigkeit diplomatischer Missionen gaben jeder Nation mannigfaltige Gelegenheit, die verschiedenen Arten der zeitgenössischen Gewänder zu studieren. Als zum Beispiel die Gesandten des Zaren, des Sultans und des Prinzen von Marokko England verließen, gaben Heinrich VIII. und seine Freunde mehrere Maskenfeste in der fremdartigen Kleidung ihrer Besucher. Später sah London – vielleicht allzu oft – den düsteren Glanz des spanischen Hofes, und aus allen Ländern kamen zu Elisabeth Gesandte, deren Kleider, wie Shakespeare sagt, das englische Kostüm stark beeinflußt haben.

Und das Interesse beschränkte sich nicht nur auf das klassische Gewand oder die Kleider fremder Länder; man forschte auch eifrigst – vor allem unter Theaterleuten – nach alten englischen Kostümen: Und wenn Shakespeare im Prolog zu einem seiner Stücke sein Bedauern darüber ausspricht, daß es ihm nicht gelungen sei, sich Helme aus jener Periode zu verschaffen, so spricht er als ein Theaterunternehmer der elisabethanischen Zeit und nicht nur als Dichter. In Cambridge wurde zum Beispiel zu seiner Zeit eine Aufführung von *Richard III.* veranstaltet, in der die Schauspieler echte Kostüme jener Zeit trugen; sie stammten aus der großen Sammlung der historischen Kostüme im Tower, die jederzeit für die Inspizierung der Theaterunternehmer geöffnet war und ihnen manchmal zur Verfügung gestellt wurde. Ich werde den Gedanken nicht los, daß diese Aufführung, was die Kostüme betrifft, weit künstlerischer gewesen sein muß als Garricks Inszenierung von Shakespeares eigenem Stück über das Thema, in dem er selbst in einem unbeschreiblichen Phantasiekostüm erschien und alle anderen im Kostüm der Zeit Georgs III.; ganz besonders wurde Richmond in der Uniform eines jungen Gardeoffiziers bewundert.

Denn welchen Nutzen sollte die Archäologie, die die Kritiker merkwürdigerweise so entsetzt hat, für die Bühne besitzen, außer daß sie und sie allein uns die Architektur und die Ausstattung ermöglicht, die der Zeit entspricht, in welcher das Stück spielt? Sie macht es uns möglich, einen Griechen wie einen Griechen, einen Italiener wie einen Italiener angezogen zu sehen; die Säulenhallen Venedigs, die Balkone Veronas zu bewundern; und wenn das Stück von einer der großen Epochen in der Geschichte unseres Landes handelt, die Zeit in ihrem eigenen Gewande, den König in seiner Lebensweise zu betrachten. Und ich kann mir übrigens kaum vorstellen, was Lord Lytton vor einiger Zeit im Princess Theatre gesagt hätte, als sich der Vorhang vor seines Vaters Brutus hob, der in wallender Perücke und im geblümten Morgenmantel in einem Queen Anne Fauteuil saß, ein Kostüm, das im vergangenen Jahrhundert für einen alten Römer als besonders angemessen galt! Denn in jenen halkyonischen Tagen des Dramas wurde die Bühne von keiner Archäologie gestört oder die Kritiker zur Verzweiflung gebracht, und unsere unkünstlerischen Großväter saßen friedlich in einer erstickenden Atmosphäre von Anachronismen und sahen mit dem stillen Wohlgefallen eines prosaischen Zeitalters einen Jachimo mit Puder und Schönheitspflästerchen, einen Lear in Spitzenmanschetten und eine Lady Macbeth in einer weiten Krinoline. Ich verstehe es, wenn man die Archäologie wegen ihres übertriebenen Realismus angreift, sie aber als pedantisch anzugreifen, geht völlig am Kern vorbei. Ja, sie überhaupt anzugreifen, ist töricht; man könnte ebensogut verächtlich vom Äquator reden. Denn die Archäologie ist eine Wissenschaft und also weder gut noch böse, sondern einfach ein Faktum. Ihr Wert hängt ganz allein davon ab, wie sie angewendet wird, und nur der Künstler versteht sie anzuwenden. Der Archäologe liefert uns den Stoff, der Künstler das Verfahren.

Entwirft ein Künstler die Szenerie und das Kostüm für ein Shakespearestück, so muß er es zuallererst so genau wie möglich datieren. Dies sollte mehr durch den allgemeinen Geist des Stückes geschehen als durch einzelne historische Bezüge, die darin vorkommen können. Fast alle Hamlet-Darstellungen, die ich gesehen habe, waren in viel zu frühe Zeiten verlegt. Hamlet ist im Wesen ein Schüler der wiederaufblühenden Gelehrsamkeit; und wenn auch die Anspielung auf die jüngste Besetzung Englands durch die Dänen das Stück ins 9. Jahrhundert zurückverlegt, so spricht der Gebrauch von Rapieren für eine viel spätere Zeit. Hat man aber einmal das Datum bestimmt, dann muß der Archäologe die Fakten liefern, die der Künstler in Wirkungen verwandeln soll.

Man hat darauf hingewiesen, daß die Anachronismen in den Stücken selbst zeigen, wie gleichgültig Shakespeare gegenüber der historischen Genauigkeit gewesen ist, und aus Hektors unbekümmertem Zitieren des Aristoteles ist viel Kapital geschlagen worden. Andererseits sind die Anachronismen keineswegs zahlreich und nicht sehr wichtig; hätte ein anderer Künstler Shakespeare auf sie aufmerksam gemacht, er hätte sie wahrscheinlich korrigiert. Und obgleich man sie kaum als Makel bezeichnen kann, gehören sie gewiß nicht zu den großen Schönheiten in seinem Werk; oder wenn sie es doch sind, so kann ihr anachronistischer Reiz nur hervorgehoben werden, sofern man das Stück seinem genauen Datum entsprechend inszeniert. Was uns aber bei allen Shakespearestücken ins Auge fällt, ist die große Treue hinsichtlich seiner Figuren und dramatischen Verwicklungen. Viele seiner »dramatis personae« sind Leute, die tatsächlich gelebt haben, und einige von ihnen hat ein Teil seiner Zuschauer wahrscheinlich im wirklichen Leben gekannt. Ja, der heftigste Angriff, der zu seiner Zeit gegen Shakespeare gerichtet wurde, galt seiner mutmaßlichen Karikatur von Lord Cobham. Seine dramatischen Stoffe nimmt Shakespeare immer wieder entweder aus der authentischen Geschichte oder aus alten Balladen und

Überlieferungen, die für das elisabethanische Publikum gleichbedeutend mit Geschichte waren, und die selbst heute kein wissenschaftlicher Historiker als gänzlich unwahr abtun würde. Und er wählte nicht nur Fakten im Gegensatz zu erfundenen Stoffen als Grundlage für viele seiner dichterischen Werke, er gab auch immer jedem Stück den allgemeinen Charakter, mit einem Wort: die gesellschaftliche Atmosphäre der betreffenden Zeit. Er erkennt, daß die Dummheit eine der unveränderlichen Eigenschaften jeglicher europäischen Zivilisation ist, und so macht er keinen Unterschied zwischen dem Londoner Pöbel seiner Tage und dem römischen Pöbel der heidnischen Zeit, zwischen einem albernen Wächter in Messina und einem albernen Friedensrichter in Windsor. Doch sobald er es mit höheren Charakteren zu tun hat, mit jenen Ausnahmen in jedem Zeitalter, die so überragend sind, daß sie zu seinen Vorbildern werden, gibt er ihnen ganz und gar den Stempel und das Siegel ihrer Zeit. Virgilia ist eine jener römischen Frauen, auf deren Grab geschrieben stand: »Domi mansit lanam fecit«, so gewiß wie Julia das romantische Mädchen der Renaissance ist. Er hält sich sogar an die Rasseneigentümlichkeiten. Hamlet besitzt die ganze Phantasie und Unentschlossenheit der nordischen Völker, und die Prinzessin Katharina ist so französisch wie die Heldin von *Divorçons*. Heinrich V. ist ganz Engländer und Othello ein echter Mohr.

Und wenn Shakespeare Englands Geschichte vom 14. bis zum 16. Jahrhundert behandelt, ist es erstaunlich, wie sorgfältig er darauf achtet, daß alle seine Tatsachen genau stimmen – ja, er folgt Holinshed überraschend treu. Die unaufhörlichen Kriege zwischen Frankreich und England werden mit außerordentlicher Genauigkeit beschrieben – bis zu den Namen der belagerten Städte, den Häfen zum Anlegen und Einschiffen, den Orten und Daten der Schlachten, den Titeln der Führer auf beiden Seiten und den Listen der Toten und Verwundeten. Und bei den Rosenkriegen finden wir mehrere genaue Stammbäume der sieben Söhne Eduards III.; die Thronansprüche der beiden rivalisierenden Häuser York und Lancaster werden ausführlich dargelegt; und wenn die englische Aristokratie Shakespeare als Dichter nicht liest, sollte sie ihn wenigstens als eine Art frühen Adelskalender lesen. Es gibt kaum einen Adelstitel im Oberhaus – mit

Ausnahme natürlich der uninteressanten Adelstitel, die von den Peers beansprucht werden –, der nicht bei Shakespeare mit vielen Einzelheiten der Familiengeschichte – glaubhaften und unglaubhaften – vorkäme. Ja, wäre es wirklich nötig, daß die Schulkinder alles über die Rosenkriege wissen, so könnten sie ihre Aufgaben genauso gut bei Shakespeare lernen wie aus Schulbüchern und das, ich brauche es nicht zu sagen, auf viel unterhaltsamere Weise. Selbst zu Shakespeares eigener Zeit wurde dieser Nutzen seiner Stücke anerkannt. »Die historischen Theaterstücke lehren jene Geschichte, die sie nicht in Chroniken lesen können«, sagt Heywood in einer Abhandlung über die Bühne, und dabei bin ich überzeugt, daß die Chroniken des 16. Jahrhunderts weit unterhaltender zu lesen waren als Schulbücher des 19. Jahrhunderts.

Natürlich hängt der ästhetische Wert von Shakespeares Stükken nicht im geringsten von ihren Tatsachen ab, sondern von ihrer Wahrheit, und die Wahrheit ist immer von Tatsachen unabhängig, sie erfindet oder wählt sie nach Belieben. Aber Shakespeares Anwendung der Tatsachen ist ein höchst interessanter Teil seiner Arbeitsweise und verdeutlicht uns seine Einstellung zur Bühne und sein Verhältnis zur großen Kunst der Illusion. Ja, er wäre sicher sehr erstaunt gewesen, wenn jemand seine Stücke als »Märchen« bewertet hätte, wie Lord Lytton es tut; denn es war eines seiner Ziele, England ein nationales, historisches Drama zu geben, das von Ereignissen handeln sollte, die dem Zuschauer wohl bekannt waren und von Helden, die im Gedächtnis des Volkes lebten. Patriotismus, das brauche ich kaum zu sagen, ist keine notwendige Qualität der Kunst; für den Künstler bedeutet sie jedoch den Einsatz eines allgemeinen, anstelle eines individuellen Gefühls und für das Publikum die Darbietung eines Kunstwerkes in der anziehendsten und populärsten Form. Denken wir daran, daß der erste und der letzte Erfolg Shakespeares historische Stücke waren.

Man könnte fragen, was dies alles mit Shakespeares Einstellung zum Kostüm zu tun hat. Ich gebe zur Antwort, daß ein Dramatiker, der so viel Wert auf die historische Genauigkeit der Tatsachen legte, die historische Genauigkeit des Kostüms als ein sehr wichtiges Attribut seiner illusionistischen Methode begrüßt haben würde. Und ich zweifle nicht, daß Shakespeare es tat. Die Erwähnung der Helme aus der Zeit Heinrichs V. im Prolog des Stückes mag seltsam erscheinen, obgleich Shakespeare oft genug

den einen Helm,
der einst die Luft von Azincourt erschreckte,

dort gesehen haben muß, wo er noch immer im dämmrigen Dunkel der Westminster-Abtei hängt, zusammen mit dem Sattel jenes »Sohns des Ruhmes« und dem zerhauenen Schild mit seiner zerfetzten, blauen Samtbekleidung und seinen erblindeten Goldlilien; aber die Anwendung von Waffenröcken in *Heinrich VI.* ist einzig aus der Archäologie zu erklären, weil sie im 16. Jahrhundert nicht getragen wurden, und des Königs eigener Waffenrock war noch – wenn ich daran erinnern darf – zu Shakespeares Zeit über seinem Grabe in der St. George-Kapelle zu Windsor aufgehängt. Denn bis zu dem unglückseligen Sieg der Philister im Jahre 1645 waren Englands Kapellen und Kathedralen die großen Nationalmuseen der Archäologie, und in ihnen wurden die Rüstungen und Gewänder der Helden der englischen Geschichte aufbewahrt. Vieles wurde natürlich im Tower verwahrt, und sogar zu Elisabeths Zeiten zeigte man den Reisenden dort so seltene Reliquien der Vergangenheit, wie die große Lanze von Charles Brandon, von der ich annehme, daß sie noch immer die Bewunderung unserer ländlichen Besucher erregt; aber die Kathedralen und die Kirchen wählte man meistens als die am besten geeigneten Schreine zur Aufnahme historischer Altertümer. Canterbury kann uns noch immer den Helm des schwarzen Prinzen zeigen, Westminster die Gewänder unserer Könige, und in St. Paul wurde das Banner, das auf dem Schlachtfeld von Bosworth flatterte, von Richmond selbst aufgehängt.

Ja, wohin Shakespeare sich auch in London wandte, sah er Gewänder und Zubehör vergangener Zeiten, und zweifellos nutzte er diese Gelegenheit. Der Gebrauch von Lanze und Schild im offenen Kampf zum Beispiel, der so häufig in seinen Stücken vorkommt, ist der Archäologie entnommen und nicht der militärischen Ausrüstung seiner Zeit; und seine allgemeine Verwendung von Rüstungen in der Schlacht war kein Merkmal seiner Zeit, in der sie zugunsten von Feuerwaffen rasch verschwunden waren. Und auch Warwicks Helmschmuck, der in *Heinrich VI.*

eine so wichtige Rolle spielt, ist in einem Stück des 15. Jahrhunderts, wo man ihn üblicherweise trug, vollkommen korrekt, wäre aber in einem Stück zu Shakespeares eigener Zeit verfehlt, als Federn und Federschmuck an seine Stelle getreten waren – eine Mode, wie er uns in *Heinrich VIII.* erzählt, die von Frankreich übernommen war. Wir können also sicher sein, daß in den historischen Stücken die Archäologie angewandt wurde, und ich bin gewiß, daß es sich bei den anderen ebenso verhielt. Jupiter erscheint auf seinem Adler mit dem Donnerkeil in der Hand, Juno mit ihren Pfauen und Iris mit ihrem vielfarbenen Bogen; das Amazonenfest und das Fest der »fünf Helden«, alle sind sie archäologisch fundiert; und ebenso der Traum, den Posthumus im Gefängnis von Sicilius Leonatus träumt: »Ein alter Mann, wie ein Krieger gekleidet, führt eine Matrone.« Von dem athenischen Gewande, das Lysander von Oberon unterscheidet, habe ich bereits gesprochen; doch eins der bemerkenswertesten Beispiele ist die Kleidung des Coriolan, bei der sich Shakespeare direkt auf Plutarch stützt. Dieser Historiker spricht in seiner Lebensbeschreibung des großen Römers von dem Eichenkranz, mit dem Gaius Marcius gekrönt wurde, und von dem seltsamen Gewande, in dem er, einem alten Brauch gemäß, die Wähler für sich gewinnen mußte; beide Male läßt er sich in lange Untersuchungen ein, um den Ursprung und die Bedeutung der alten Sitten zu erforschen. Shakespeare übernimmt als wahrer Künstler die Tatsachen von den Altertumsforschern und verwandelt sie in dramatische und malerische Effekte: tatsächlich ist das Kleid der Demut, die »wölfische Toga«, wie Shakespeare sie nennt, von zentraler Bedeutung im Stück. Ich könnte noch andere Fälle anführen, aber dieser eine genügt für meine Absichten; es zeigt sich jedenfalls, daß, wenn wir ein Stück genau nach seiner Zeit inszenieren und dabei mit den besten Quellen übereinstimmen, wir Shakespeares eigene Wünsche und sein Verfahren ausführen.

Doch auch wenn es nicht so wäre, wir hätten keinen Grund mehr, irgendwelche Unvollkommenheiten, die Shakespeares Inszenierungen höchstwahrscheinlich aufgewiesen haben, fortbestehen zu lassen, keinen Grund mehr, daß wir Julia von einem jungen Mann spielen lassen sollten oder auf den Vorteil der auswechselbaren Bühnendekoration verzichten sollten. Bei einem großen, dramatischen Kunstwerk sollten die modernen Leidenschaften nicht nur durch die Mittel des Schauspielers zum Ausdruck gebracht, sondern in einer Form dargeboten werden, die dem modernen Empfinden am meisten entspricht. Racine brachte seine Römerstücke in Louis-Quatorze-Gewändern auf die Bühne, die angefüllt mit Zuschauern war; wir brauchen jedoch andere Bedingungen, um seine Kunst zu genießen. Wir bedürfen der höchsten Genauigkeit im Detail, um die vollkommene Illusion zu erlangen. Worauf wir achten müssen, ist, daß die Details nicht zur Hauptsache werden. Sie müssen dem Hauptmotiv des Stückes immer untergeordnet sein. Aber Unterordnung in der Kunst bedeutet keineswegs Mißachtung der Wahrheit; sie bedeutet die Verwandlung von Tatsachen in Wirkungen und daß jedem Detail sein eigener relativer Wert zugemessen wird. Hugo sagt:

»Les petits détails d'histoire et de vie domestique doivent être scrupuleusement étudiés et reproduits par le poète, mais uniquement comme des moyens d'accroître la réalité de l'ensemble, et de faire pénétrer jusque dans les coins les plus obscurs de l'œuvre cette vie générale et puissante au milieu de laquelle les personnages sont plus vrais, et les catastrophes, par conséquent, plus poignantes. Tout doit être subordonné à ce but. L'homme sur le premier plan, le reste au fond.«

Diese Stelle ist aufschlußreich, denn sie stammt von dem ersten großen französischen Dramatiker, der die Archäologie auf der Bühne anwandte, und dessen Stücke, trotz ihrer Genauigkeit im Detail, allen wegen ihrer Leidenschaft, nicht wegen ihrer Pedanterie – wegen ihres Lebens, nicht wegen ihrer Gelehrsamkeit bekannt sind. Freilich hat er Konzessionen gemacht, dort wo er merkwürdige und fremde Ausdrücke gebraucht. Ruy Blas spricht von M. de Priego als einem »sujet du roi« statt von einem »noble du roi«, und Angelo Malipieri spricht von »la croix rouge« anstatt von »la croix de gueules«. Aber diese Konzessionen machte er an das Publikum oder besser an einen Teil davon. »J'en offre ici toute mes excuses aux spectateurs intelligents«, sagt er in der Vorbemerkung zu einem seiner Stücke; »espérons qu'un jour un seigneur vénitien pourra dire tout bonnement sans péril son blason sur le théâtre. C'est un progrès qui viendra.«

Und obgleich die Beschreibung des Helms nicht in einer präzisen Ausdrucksweise abgefaßt war, der Helm selbst war vollkommen richtig. Man könnte einwenden, daß das Publikum solche Dinge gar nicht bemerke; auf der anderen Seite sollte man nicht vergessen, daß die Kunst kein anderes Ziel als ihre eigene Vollkommenheit hat und sich einfach durch ihre eigenen Gesetze weiterentwickelt und daß das Stück, das Hamlet als »Kaviar fürs Volk« beschreibt, ein Stück ist, das er sehr lobt. Übrigens hat in England das Publikum eine große Wandlung durchgemacht; man schätzt heute die Schönheit in ganz anderem Maße als noch vor wenigen Jahren; und wenn man auch die Quellen und archäologischen Grundlagen des Dargestellten nicht kennt, so genießt man doch jede Schönheit, die einem geboten wird. Und darauf kommt es an. Es ist besser, sich an einer Rose zu freuen, als ihre Wurzel unter ein Mikroskop zu legen. Archäologische Genauigkeit ist nur eine Voraussetzung der illusionistischen Bühnenwirkung; sie ist nicht ihre Eigenschaft. Und Lord Lyttons Vorschlag, die Kostüme sollten vor allem schön sein, ohne historische Genauigkeit, beruht auf einem Mißverständnis von der Natur des Kostüms und seinem Wert für die Bühne. Es ist ein zweifacher Wert, ein malerischer und ein dramatischer; ersterer hängt von der Farbe, letzterer von Entwurf und Eigenart des Kostümes ab. Aber die beiden sind so miteinander verbunden, daß jedesmal, wenn man in unseren Tagen die historische Genauigkeit vernachlässigt hat und die mannigfaltigen Kostüme eines Stückes aus verschiedenen Epochen genommen wurden, das Ergebnis war, daß sich die Bühne in ein Kostümsammelsurium verwandelte, in eine Karikatur der Jahrhunderte, einen phantastischen Kostümball, der die dramatische und die malerische Wirkung völlig zerstörte. Denn die Kleider der einen Epoche harmonieren künstlerisch nicht mit den Kleidern einer anderen; und was den dramatischen Wert betrifft, so bedeutet, die Kostüme durcheinanderbringen, das gesamte Stück durcheinanderbringen. Das Kostüm ist das Gewachsene, das Entwickelte und ein sehr wichtiges, vielleicht das wichtigste Zeichen der Sitten und Gebräuche und der Lebensweise eines Jahrhunderts. Die puritanische Verachtung für die Farbe, für den Schmuck und die Anmut der Kleidung war ein Teil der großen Revolte der Mittelklassen gegen die Schönheit im 17. Jahrhundert. Ein Historiker, der das außer acht ließe, würde uns ein höchst ungenaues Bild der Zeit geben, und ein Dramatiker, der es sich nicht zunutze machte, würde in der Hervorbringung einer illusionistischen Wirkung auf ein höchst vitales Element verzichten. Die Verweichlichung der Kleidung in der Regierungszeit Richards II. war ein ständiges Thema der zeitgenössischen Autoren. Shakespeare, der 200 Jahre später schrieb, macht des Königs Vorliebe für aufgeputzte Kleider und fremde Moden zu einer Pointe im Stück: man denke an John of Gaunts Vorwürfe und an Richards eigene Rede bei seiner Thronabdankung im dritten Akt. Und daß Shakespeare Richards Grab in der Westminster-Abtei kannte, geht aus Yorks Worten hervor:

Seht, seht den König Richard selbst erscheinen,
So wie die Sonn', errötend mißvergnügt,
Aus feurigem Portal des Ostens tritt,
Wenn sie bemerkt, daß neid'sche Wolken streben,
Zu trüben ihren Glanz.

Denn wir können noch auf dem Gewande des Königs sein Lieblingszeichen wahrnehmen – die Sonne, die aus einer Wolke hervorbricht. Tatsächlich prägen sich die sozialen Zustände einer Zeit so sehr im Kostüm aus, daß die Aufführung eines Stückes aus dem 16. Jahrhundert in den Kostümen des 14. Jahrhunderts, oder vice versa, wirkungslos wäre, weil sie unwahr ist. Und ist die Schönheit der Wirkung auf der Bühne wichtig, so ist die höchste Schönheit nicht nur mit der Genauigkeit im einzelnen vergleichbar, sondern geradezu von ihr abhängig. Ein ganz neues Kostüm zu erfinden, ist nur in der Farce oder in der Burleske möglich, und es wäre wohl sicher ein gefährliches Experiment, wollte man die Kostüme verschiedener Jahrhunderte vereinigen; Shakespeares Meinung über ein solches Mischmasch geht deutlich genug aus seinem unaufhörlichen Spott über die elisabethanischen Dandies hervor, die sich einbildeten, gut angezogen zu sein, weil sie ihre Jacken in Italien, ihre Hüte in Deutschland und ihre Hosen in Frankreich kauften. Man dürfte bemerkt haben, daß die schönsten Szenenwirkungen auf unseren Bühnen erzielt wurden, wenn man mit der höchsten historischen Genauigkeit vorging: z. B. Mr. und Mrs. Bancrofts Wiederauflebenlassen des 18. Jahrhunderts im Haymarket, Mr. Irvings glänzende Aufführung von *Viel Lärm um nichts* und Mr. Barretts *Claudius.* Außerdem aber – und das ist vielleicht die vollständigste Antwort auf Lord Lyttons Theorie – darf man nie vergessen, daß weder im Kostüm noch im Dialog die Schönheit überhaupt das oberste Ziel des Dramatikers ist. Dem wahren Dramatiker kommt es in erster Linie auf das Charakteristische an, und so wenig wie er verlangt, daß alle seine Personen schön gekleidet sein sollten, ebenso wenig verlangt er, daß sie alle schöne Eigenschaften besitzen oder ein herrliches Englisch sprechen müßten. In Wirklichkeit zeigt uns der wahre Dramatiker das Leben unter den Bedingungen der Kunst, nicht die Kunst in der Form des Lebens. Die griechische Kleidung war die schönste Kleidung, die die Welt je gekannt hat, und die englische Kleidung des letzten Jahrhunderts eine der scheußlichsten; trotzdem können wir ein Stück von Sheridan nicht kostümieren, wie wir ein Stück von Sophokles kostümieren würden. Denn wie Polonius in seinem ausgezeichneten Vortrag, dem ich mich hier mit Vergnügen zu Dank verpflichtet bekenne, sagt: eine der ersten Eigenschaften der Kleidung ist ihre Ausdruckskraft. Und der affektierte Stil der Kleidung im letzten Jahrhundert war höchst bezeichnend für eine Gesellschaft der affektierten Sitten und der affektierten Konversation – Zeichen, auf die der realistische Dramatiker bis in die feinsten Details Wert legen wird, und das Material hierfür kann er nur aus der Archäologie gewinnen.

Doch es genügt nicht, daß ein Kostüm historisch genau ist; es muß auch der Statur und der Erscheinung des Schauspielers und der erforderlichen Durchführung der Rolle im Stück angemessen sein. Zum Beispiel bei Mr. Hares Aufführung von *Wie es Euch gefällt* im St. James Theatre wurde der ganze Grund von Orlandos Klage, daß er wie ein Bauer und nicht wie ein Edelmann großgezogen wird, durch den Glanz seines Gewandes hinfällig, und die prächtige Kleidung, die der verbannte Herzog und seine Freunde trugen, war völlig unangebracht. Lewis Wingfields Erklärung, daß der üppige Aufwand dieser Epoche ihren Schritt notwendig mache, ist, fürchte ich, kaum überzeugend. Verbannte, die sich im Walde versteckt halten und von der Jagd ernähren, werden sich wohl wenig um eine vorschriftsmäßige Kleidung kümmern. Sie waren wahrscheinlich wie Robin Hoods Leute gekleidet, mit dem sie ja auch im Verlauf des Stückes verglichen werden. Und daß sie nicht die Kleidung reicher Edelleute trugen, kann man auch den Worten Orlandos entnehmen, als er ihnen begegnet. Er hält sie für Räuber und ist erstaunt, daß sie ihm in freundlicher und wohlgesetzter Rede antworten. Lady Archibald Campbells Aufführung des gleichen Stückes in Coombe Wood unter E. W. Godwins Regie war, was die Ausstattung anbetrifft, weit künstlerischer. Es kam mir jedenfalls so vor. Der Herzog und seine Gefährten waren in Waffenröcke aus Serge gekleidet, in lederne Wämser, mit hohen Stiefeln und in Stulphandschuhen, sie trugen doppelkrönige Hüte und Kappen. Und da sie in einem echten Wald spielten, bin ich überzeugt, daß sie ihre Kleidung als äußerst passend empfunden haben. Jeder Darsteller des Stückes hatte das ihm vollständig angemessene Gewand erhalten, und das Braun und Grün ihrer Kostüme harmonierte vorzüglich mit den Farnkräutern, durch die sie gingen, mit den Bäumen, unter denen sie lagerten, und der lieblichen englischen Landschaft, die die »Pastoral Players« umgab. Die vollkommene Natürlichkeit des Schauspiels ergab sich aus der absoluten Genauigkeit und Angemessenheit der Kostüme. Man hätte die Archäologie keiner strengeren Prüfung unterziehen, noch hätte sie sie glänzender bestehen können. Die ganze Aufführung bestätigt ein für allemal, daß ein Kostüm immer unecht, unnatürlich und theatralisch im Sinne von künstlich wirkt, wenn es archäologisch nicht korrekt und künstlerisch nicht angemessen ist.

Und es genügt auch nicht, daß die Kostüme genau und angemessen sind und schöne Farben besitzen; die Schönheit der Farbe muß die ganze Bühne beherrschen, und solange der Hintergrund von einem Künstler gemalt ist und die Figurinen im Vordergrund unabhängig von einem anderen entworfen werden, besteht die Gefahr einer mangelnden Harmonie der Szene als Bild. Für jede Szene sollte das Farbschema so genau bestimmt werden, wie für die Dekoration eines Zimmers, und man sollte die vorgeschlagenen Stoffe in jeder möglichen Mischung zusammenbringen, und was nicht harmoniert, weglassen. Außerdem, was einzelne Farben betrifft, so wird die Szene oft zu grell, teilweise durch den übertriebenen Gebrauch brennender wilder Rottöne und zum Teil durch Kostüme, die zu neu aussehen. Ausgeblichene Farbtöne, zu denen im modernen Leben nur die unteren Volksschichten tendieren, sind nicht ohne künstlerischen Wert, und moderne Farben sehen oft viel besser aus, wenn sie ein wenig verblaßt sind. Auch Blau wird zu häufig angewendet: es ist, bei Gasbeleuchtung getragen, nicht nur eine gefährliche Farbe, es ist vielmehr wirklich schwierig, in England ein gut gefärbtes Blau zu bekommen. Das schöne, vielbewunderte, chinesische Blau braucht zwei Jahre zur Einfärbung, und das englische Publikum wartet nicht so lange auf eine Farbe. Pfauenblau ist natürlich auf der Bühne mit großem Erfolg angewendet worden, bemerkenswerterweise im Lyzeum; aber alle Versuche, die ich kenne, ein gutes Hellblau oder Dunkelblau zu finden, sind fehlgeschlagen. Der Wert der schwarzen Farbe wird kaum gewürdigt; sie wurde sehr wirkungsvoll von Mr. Irving im Hamlet als die zentrale Note einer Komposition eingesetzt, aber ihre Bedeutung als eine tonangebende, neutralisierende Farbe ist nicht erkannt worden. Und das ist seltsam, wenn wir die allgemeine Farbe der Kleidung eines Jahrhunderts bedenken, in dem, wie Baudelaire sagt: »Nous célébrons tous quelque enterrement.« Der Archäologe der Zukunft wird dieses Zeitalter wahrscheinlich als eine Zeit ansehen, in der man die Schönheit der schwarzen Farbe begriff; aber ich glaube kaum, daß es im Hinblick auf die Bühnenausstattung oder die Wohndekoration wirklich zutrifft. Sein dekorativer Wert ist natürlich der gleiche wie der von Weiß und Gold; er kann die Farben trennen und verbinden. In modernen Stücken gewinnt der schwarze Gehrock des Helden seine eigene Bedeutung, und er sollte den passenden Hintergrund erhalten. Doch das trifft selten zu. Ja, den einzig richtigen Hintergrund für ein Stück in modernen Kostümen, den ich je gesehen habe, war die dunkelgraue und cremefarbene Szene des ersten Aktes von *Princesse Georges* in Mrs. Langtrys Aufführung. In der Regel erstickt man den Helden im »bric-à-brac« und Palmen, oder er versinkt in den vergoldeten Tiefen der Louis-Quatorze-Möbel, oder man macht ihn zu einem bloßen Zwerg inmitten eines Mosaiks; wohingegen der Hintergrund eben immer als Hintergrund gehalten und die Farbe der Wirkung untergeordnet werden sollte. Das kann natürlich nur geschehen, wenn ein einziger Kopf die ganze Inszenierung leitet. Die Werke der Kunst sind verschieden, aber das Wesen der künstlerischen Wirkung ist Einheit. Wo es sich um die Regierung von Völkern handelt, kann man über die Monarchie, die Anarchie und die Republik streiten; aber ein Theater sollte unter der Macht eines gebildeten Despoten stehen. Man mag die Arbeit teilen, aber der Geist darf nicht geteilt werden. Wer das Kostüm einer Zeit versteht, versteht notwendigerweise auch ihre Architektur und ihr Milieu; es ist leicht, an den Stühlen eines Jahrhunderts zu erkennen, ob man damals Krinolinen trug oder nicht. Es gibt in der Kunst kein Spezialistentum, und eine wirklich künstlerische Aufführung sollte den Stempel eines einzigen Meisters tragen, und zwar eines Meisters, der nicht nur alles entwirft und arrangiert, sondern auch einen vollständigen Überblick über die Art hat, wie ein jedes Kostüm getragen werden soll.

In der ersten Aufführung von *Hernani* weigerte sich Mademoiselle Mars entschieden, ihren Liebhaber »Mon Lion!« zu nennen, außer man gestattete ihr, eine kleine elegante »toque« zu tragen, die gerade auf den Boulevards en vogue war; und viele junge Damen auf unseren Bühnen bestehen bis zum heutigen Tag darauf, steifgestärkte Unterröcke unter griechischen Gewändern zu tragen und ruinieren damit vollkommen die Feinheit der Linie und des Faltenwurfs; aber diese geschmacklosen Dinge sollte man nicht erlauben. Und man sollte auch mehr Kostümproben abhalten, als bis heute üblich ist. Schauspieler wie Mr. Forbes-Robertson, Mr. Conway, Mr. George Alexander und andere, ganz zu schweigen von den älteren Künstlern, verstehen sich mit Leichtigkeit und Eleganz in den Kostümen eines jeden Jahrhunderts zu bewegen; doch es gibt nicht wenige, die schrecklich bestürzt über ihre Hände zu sein scheinen, wenn sie keine Seitentaschen haben, und die ihre Kleider immer wie Kostüme tragen. Kostüme sind es natürlich für den Kostümbildner, aber für jene, die sie tragen, sollten es Kleider sein. Und es ist an der Zeit, daß man die auf unseren Bühnen herrschende Idee aufgibt, daß die Griechen und Römer im Freien immer barhäuptig einhergingen – ein Fehler, den die elisabethanischen Theaterleiter nie begingen, denn sie statteten die

römischen Senatoren sowohl mit Kopfbedeckungen als auch mit Überwürfen aus.
Mehr Kostümproben wären auch deshalb vorteilhaft, um dem Schauspieler klarzumachen, daß es eine Form der Gestik und Bewegung gibt, die nicht nur dem jeweiligen Stil des Kleides angemessen, sondern durch ihn bedingt ist. Zum Beispiel war der ungewöhnliche Gebrauch der Arme im 18. Jahrhundert die notwendige Folge großer Reifröcke, und die feierliche Würde Burleighs war gleichermaßen durch seine Halskrause wie durch seinen Verstand bedingt. Außerdem ist ein Schauspieler nicht eher in seiner Rolle zuhause, als bis er in seinem Gewand zuhause ist.

Von der Bedeutung, die das schöne Kostüm für die Erzeugung des künstlerischen Temperaments im Zuschauer hat, indem es jene Freude am Schönen um des Schönen willen schafft, ohne die kein großes Kunstwerk verständlich ist, will ich hier nicht sprechen; trotzdem lohnt es sich vor Augen zu halten, wie sehr Shakespeare dieser Aspekt der Frage bei der Aufführung seiner Tragödien bewußt war, indem er sie immer bei künstlicher Beleuchtung spielen und das Theater schwarz verhängen ließ; was ich jedoch aufzeigen wollte, ist, daß die Archäologie keine pedantische Methode darstellt, sondern eine Methode der künstlerischen Illusion, und daß das Kostüm ein Mittel ist, den Charakter offen darzulegen, ohne ihn beschreiben zu müssen und dramatische Situationen und Effekte zu schaffen. Und ich halte es für bedauerlich, daß so viele Kritiker mit Eifer darangehen, einen der bedeutendsten Schritte der modernen Bühne anzugreifen, bevor dieser Schritt überhaupt seine eigentliche Vervollkommnung erfahren hat. Daß dies geschehen wird, dessen bin ich ebenso sicher, wie ich überzeugt bin, daß wir in Zukunft mehr von unseren Theaterkritikern verlangen werden, als daß sie sich an Macready erinnern können oder Benjamin Webster gesehen haben; wir werden in der Tat von ihnen verlangen, daß sie einen Sinn für Schönheit kultivieren. *Pour être plus difficile, la tâche n'en est que plus glorieuse.*

Und wenn sie einen Schritt nicht ermutigen wollen, den Shakespeare freudiger als irgendein Dramatiker begrüßt hätte, denn er bedeutet die Illusion der Wirklichkeit als Methode und die

Illusion der Schönheit als Ergebnis, so sollen sie sich ihm wenigstens nicht widersetzen. Nicht alles, was ich in diesem Essay gesagt habe, ist meine wahre Meinung. Vielem widerspreche ich ganz und gar. Der Essay gibt einfach einen künstlerischen Standpunkt wider, und in der ästhetischen Kritik kommt alles auf die Haltung an. Denn in der Kunst gibt es so etwas wie eine universelle Wahrheit nicht. Eine Wahrheit in der Kunst ist etwas, dessen Gegenteil ebenfalls wahr ist. Und wie wir nur in der Kunstkritik und durch sie die platonische Theorie von den Ideen verstehen können, so können wir nur in der Kunstkritik und durch sie, Hegels Lehre von den Gegensätzen verwirklichen. Die Wahrheiten der Metaphysik sind die Wahrheiten der Masken.

Die Seele des Menschen unter dem Sozialismus

Der Hauptvorzug, den die Herrschaft der sozialistischen Gesellschaftsordnung mit sich brächte, liegt ohne Zweifel darin, daß der Sozialismus uns befreien würde von dem gemeinen Zwang, für andere zu leben, der in der gegenwärtigen Lage auf fast allen so schwer lastet. In der Tat gibt es kaum jemanden, der ihm zu entgehen vermag.

Dann und wann im Verlaufe des Jahrhunderts hat ein großer Wissenschaftler wie Darwin, ein großer Dichter wie Keats, ein feiner kritischer Geist wie Renan, ein überlegener Künstler wie Flaubert es fertiggebracht, sich zu isolieren, sich dem lärmenden Zugriff der anderen zu entziehen, sich »unter den Schutz der Mauer zu stellen«, wie Plato es nennt, und auf diese Weise seine natürliche Begabung zu vervollkommnen, zu seinem eigenen unvergleichlichen Gewinn und zu dem unvergleichlichen, dauernden Gewinn der ganzen Welt. Dies sind jedoch Ausnahmen. Die meisten Menschen vergeuden ihr Leben durch einen ungesunden und übertriebenen Altruismus, ja, sind sogar genötigt, es zu vergeuden. Sie finden sich umgeben von scheußlicher Armut, von scheußlicher Häßlichkeit, von scheußlichem Hunger. Es ist unvermeidlich, daß ihr Gefühlsleben davon erschüttert wird. Die Empfindungen des Menschen werden rascher erregt als sein Verstand; und es ist, wie ich jüngst in einem Artikel über das Wesen der Kritik hervorgehoben habe, sehr viel leichter, Mitgefühl für das Leiden zu hegen als Sympathie für das Denken. Daher tritt man mit bewundernswerten, jedoch irregeleiteten Absichten sehr ernsthaft und sehr sentimental an die Aufgabe heran, die sichtbaren Übel zu heilen. Aber diese Heilmittel heilen die Krankheit nicht: sie verlängern sie bloß. In der Tat sind sie ein Teil der Krankheit selbst.

Man versucht zum Beispiel das Problem der Armut zu lösen, indem man die Armen am Leben erhält; oder, wie es eine sehr fortgeschrittene Schule vorschlägt, indem man sie amüsiert.

Aber das ist keine Lösung; es verschlimmert die Schwierigkeit. Das wahre Ziel heißt, die Gesellschaft auf einer Grundlage neu zu errichten, die die Armut ausschließt. Und die altruistischen Tugenden haben wirklich die Erreichung dieses Zieles verhindert. Gerade wie die ärgsten Sklavenhalter diejenigen waren, die ihre Sklaven wohlwollend behandelten, und dadurch verhindert haben, daß die Greuel des Systems von denen, die darunter litten, erkannt, und von denen, die darüber nachdachten, verstanden wurden, so richten beim gegenwärtigen Stand der Dinge in England, jene den größten Schaden an, die versuchen, Gutes zu tun; und schließlich haben wir das Schauspiel erlebt, wie Männer, die sich eingehend mit dem Problem befaßt haben und das Leben kennen – Männer von Bildung, die im East End wohnen –, auftreten und die Gemeinschaft anflehen, ihre altruistischen Anwandlungen von Barmherzigkeit, Fürsorge und dergleichen einzuschränken. Sie tun das aus der Erwägung heraus, daß eine solche Barmherzigkeit erniedrigt und demoralisiert. Sie haben vollkommen recht. Aus der Barmherzigkeit entstehen viele Sünden.

Es ist auch noch folgendes zu sagen. Es ist amoralisch, Privateigentum zur Milderung der schrecklichen Übelstände zu verwenden, die aus der Einrichtung des Privateigentums entspringen. Es ist nicht nur amoralisch, sondern auch unehrlich.

Unter dem Sozialismus wird sich das alles selbstverständlich ändern. Es wird keine Menschen mehr geben, die in stinkenden Höhlen, mit stinkenden Fetzen bekleidet wohnen, und kränkliche, durch den Hunger verkümmerte Kinder inmitten einer unmöglichen, widerwärtigen Umgebung großziehn. Die Sicherheit der Gesellschaft wird nicht mehr, wie es jetzt der Fall ist, vom Stande des Wetters abhängen. Wenn Frost kommt, werden nicht mehr hunderttausend Männer ihre Arbeit verlieren und im Zustand abscheulichen Elends durch die Straßen irren, oder ihre Nachbarn um ein Almosen anbetteln, oder sich vor den Toren der ekelhaften Asyle drängen, um sich ein Stück Brot oder ein verwahrlostes Obdach für die Nacht zu sichern. Jedes Mitglied der Gesellschaft wird an dem allgemeinen Wohlstand und Glück teilhaben, und wenn Frost hereinbricht, so wird er niemandem Schaden zufügen.

Auf der anderen Seite wird der Sozialismus einfach deshalb von Wert sein, weil er zum Individualismus führt.

Der Sozialismus, Kommunismus, oder wie immer man ihn benennen will, wird durch die Umwandlung des Privateigentums in allgemeinen Wohlstand, und indem er an Stelle des Wettbewerbs die Kooperation setzt, der Gesellschaft den ihr angemessenen Zustand eines gesunden Organismus wiedergeben und das materielle Wohl eines jeden Mitgliedes der Gemeinschaft sichern. In der Tat wird er dem Leben seine richtige Grundlage und seine richtige Umgebung verschaffen. Um aber das Leben zu seiner höchsten Vollendung zu bringen, bedarf es noch eines anderen. Es bedarf des Individualismus. Wenn der Sozialismus autoritär ist, wenn Regierungen mit ökonomischer Macht ausgestattet werden, so wie sie jetzt mit politischer Macht ausgestattet sind, wenn wir mit einem Wort eine Industrietyrannis bekommen sollten, dann wäre der neue Status des Menschen schlimmer als der bisherige. Heute sind durch das Bestehen des Privateigentums sehr viele Menschen imstande, ihre Individualität in einer gewissen, freilich sehr beschränkten Weise zu entfalten. Entweder brauchen sie nicht für ihren Lebensunterhalt zu arbeiten, oder sie sind in der Lage, einen ihnen wirklich zusagenden Wirkungskreis zu wählen, der ihnen Freude bereitet. Das sind die Dichter, die Philosophen, die Gelehrten, die Gebildeten – mit einem Wort die echten Menschen, die Menschen, die zur Selbstverwirklichung gelangt sind, und in denen die Menschheit ihre Verwirklichung teilweise erreicht. Andererseits gibt es eine große Zahl von Menschen, die kein Privateigentum besitzen, und da sie immer am Rande des nackten Elends stehen, sind sie genötigt, die Arbeit von Lasttieren zu verrichten, Arbeit, die ihnen keinesfalls zusagt und zu der sie nur durch die unabweisbare, widervernünftige, erniedrigende Tyrannis der Not gezwungen werden. Das sind die Armen; in ihrem Lebensbereich fehlt jede Grazie, jede Anmut der Rede, jegliche Zivilisation oder Kultur, jede Verfeinerung der Genüsse und jede Lebensfreude. Aus ihrer kollektiven Kraft schöpft die Menschheit großen materiellen Reichtum. Aber sie gewinnt nur den materiellen Vorteil, und der Arme selbst bleibt dabei ohne die geringste Bedeutung. Er ist nur ein winziges Teilchen einer Kraft, die ihn nicht nur nicht beachtet, sondern zermalmt: ja, ihn mit Vorliebe zermalmt, weil er dann um so fügsamer ist.

Natürlich könnte man sagen, daß der unter den Bedingungen des Privateigentums entstandene Individualismus nicht immer und nicht einmal in der Regel etwas Erlesenes oder Wundervolles sei, und daß die Armen, mag es ihnen auch an Kultur und Anmut fehlen, doch manche Tugenden besitzen. Diese beiden Einwände wären vollkommen richtig. Der Besitz von Privateigentum wirkt sehr oft gänzlich demoralisierend, und das ist natürlich einer der Gründe, weshalb der Sozialismus diese Einrichtung abschaffen möchte. Das Eigentum ist in der Tat etwas überaus Lästiges. Vor einigen Jahren gab es Leute, die überall im Lande verkündeten, daß das Eigentum Verpflichtungen mit sich brächte. Sie haben es so häufig und mit solcher Hartnäckigkeit behauptet, daß zu guter Letzt die Kirche anfing, es nachzusagen. Man kann es jetzt von jeder Kanzel hören. Es ist absolut wahr. Eigentum erzeugt nicht nur Pflichten, sondern erzeugt so viele Pflichten, daß jeder große Besitz nichts als Verdruß mit sich bringt. Unaufhörlich werden Ansprüche an einen gestellt, man muß sich pausenlos um Geschäfte kümmern und kommt niemals zur Ruhe. Wenn das Eigentum nur Freude brächte, so könnten wir es noch hinnehmen, aber seine Verpflichtungen machen es unerträglich. Im Interesse der Reichen müssen wir es abschaffen. Man mag die Tugenden der Armen bereitwillig anerkennen, und doch muß man sie sehr bedauern. Wir bekommen oft zu hören, die Armen seien für Wohltaten dankbar. Einige von ihnen sind es ohne Zweifel, aber die besten unter den Armen sind niemals dankbar. Sie sind undankbar, unzufrieden, ungehorsam und rebellisch. Sie sind es mit vollem Recht. Die Mildtätigkeit empfinden sie als lächerlich unzulängliches Mittel einer Teilrückerstattung oder als sentimentale Almosen, gewöhnlich mit dem unverschämten Versuch des sentimentalen Spenders verbunden, über ihr Privatleben zu herrschen. Warum sollten sie dankbar sein für die Krumen, die vom Tisch des Reichen fallen? Sie selbst sollten beim Mahle sitzen, das beginnen sie jetzt zu begreifen. Was die Unzufriedenheit anbelangt, wer mit einer solchen Umgebung und einer so dürftigen Lebensführung nicht unzufrieden ist, müßte vollkommen abgestumpft sein. Wer die Geschichte gelesen hat, weiß, daß Ungehorsam die ursprüngliche Tugend des Menschen ist. Durch Ungehorsam ist der Fortschritt geweckt worden, durch Ungehorsam und durch Rebellion. Manchmal lobt man die Armen für ihre Sparsamkeit. Aber den Armen Sparsamkeit zu empfehlen, ist grotesk und beleidigend zugleich. Es ist, als gäbe man einem Verhungernden den Rat, weniger zu essen. Ein Stadt- oder Landarbeiter, der sparen wollte, beginge etwas absolut Amoralisches. Der Mensch sollte sich nicht zu dem Beweis erniedrigen, daß er wie ein schlecht genährtes Tier leben kann. Er sollte lieber stehlen oder ins Armenhaus gehen, was viele für eine Form des Diebstahls halten. Was das Betteln betrifft, so ist Betteln sicherer als Stehlen, aber es ist anständiger zu stehlen als zu betteln. Nein: Ein Armer, der undankbar, nicht sparsam, unzufrieden und rebellisch ist, ist wahrscheinlich eine echte Persönlichkeit, und es steckt viel in ihm. Er stellt auf jeden Fall einen gesunden Protest dar. Was die tugendsamen Armen betrifft, so kann man sie natürlich bedauern, aber keinesfalls bewundern. Sie haben mit dem Feinde gemeinsame Sache gemacht und haben ihr Erstgeburtsrecht für eine sehr schlechte Suppe verkauft. Sie müssen außerdem äußerst dumm sein. Ich begreife wohl, daß ein Mann Gesetze annimmt, die das Privateigentum schützen und seine Anhäufung gestattet, solange er unter diesen Bedingungen seinem Leben eine gewisse Schönheit und Geistigkeit zu geben vermag. Doch ist es mir beinahe unverständlich, wie jemand, dessen Leben durch diese Gesetze zerstört und verunstaltet wird, ihren Fortbestand ruhig mit ansehen kann.

Und dennoch ist es nicht wirklich schwer, eine Erklärung dafür zu finden. Es ist einfach dies. Armut und Elend wirken so völlig erniedrigend und üben einen so lähmenden Einfluß auf das Wesen des Menschen aus, daß sich keine Gesellschaftsklasse der Leiden jemals wirklich bewußt wird. Andere müssen sie darüber aufklären, und oftmals glauben sie ihnen nicht einmal. Was mächtige Arbeitgeber gegen Agitatoren sagen, ist fraglos wahr. Agitatoren sind Eindringlinge, die in eine vollkommen zufriedene Gesellschaftsschicht einbrechen und die Saat der Unzufriedenheit unter sie säen. Das ist der Grund, weshalb Agitatoren so absolut notwendig sind. Ohne sie gäbe es in unserem unvollkommenen Staat kein Fortschreiten zur Zivilisation hin. Die Sklaverei wurde in Amerika nicht etwa abgeschafft als Folge einer Bewegung unter den Sklaven selbst oder als Folge des leidenschaftlichen Verlangens der Sklaven nach Freiheit. Sie wurde beendet als Folge der ganz ungesetzlichen Aktionen der Agitatoren in Boston und anderen Orten, die selber weder Sklaven noch Sklavenhalter waren und mit der Frage an sich gar nichts zu tun hatten. Es sind ohne Zweifel die Abolitionisten gewesen, die die Fackel in Brand setzten, die das Ganze in Bewegung brachten. Und es ist seltsam genug, daß sie unter den Sklaven nicht nur sehr wenig Unterstützung, sondern kaum Sympathien fanden; als die Sklaven am Ende des Krieges die Freiheit gewonnen hatten, so vollständig gewonnen hatten, daß sie die Freiheit besaßen zu verhungern, da bedauerten viele ihre neue Lage bitterlich. Für den Denker ist nicht der Tod Marie Antoinettes, die sterben mußte, weil sie Königin war, das tragischste Ereignis der Französischen Revolution, sondern die freiwillige Erhebung der ausgehungerten Bauern in der Vendée, die für die häßliche Sache des Feudalismus starben.

Es ist also klar, daß der autoritäre Sozialismus zu nichts führt. Denn während unter dem gegenwärtigen System eine sehr große Zahl von Menschen ihrem Leben eine gewisse Fülle von Freiheit und Ausdruck und Glück zu verleihen vermag, würde unter einem industriellen Kasernensystem oder einem System der ökonomischen Tyrannei niemandem mehr eine solche Freiheit verbleiben. Es ist bedauerlich, daß ein Teil unserer Gemeinschaft tatsächlich in einem Zustand der Sklaverei dahinlebt, aber es wäre kindisch, das Problem dadurch lösen zu wollen, daß man die gesamte Gemeinschaft versklavt. Jedem muß die Freiheit belassen werden, seine Arbeit selbst zu wählen. Keinerlei Art von Zwang darf auf ihn ausgeübt werden. Sonst wird seine Arbeit weder für ihn selbst, weder an sich noch für andere von Nutzen sein. Und unter Arbeit verstehe ich einfach jede Art von Tätigkeit.

Ich glaube kaum, daß heute ein Sozialist ernsthaft vorschlagen würde, ein Inspektor solle jeden Morgen in jedem Hause vorsprechen, um zu überprüfen, ob jeder Bürger aufgestanden ist und sich an seine achtstündige Handarbeit begeben hat. Die Menschheit ist über dieses Stadium hinausgelangt und zwingt eine solche Lebensform nur denjenigen auf, die sie höchst willkürlich als Verbrecher zu bezeichnen pflegt. Doch ich gestehe, daß viele sozialistische Anschauungen, denen ich begegnet bin, mir mit Vorstellungen von Autorität oder gar unmittelbarem Zwang vergiftet scheinen. Autorität und Zwang kommen selbstverständlich nicht in Betracht. Jeder Zusammenschluß muß völlig freiwillig vor sich gehen. Nur wenn er sich freiwillig zusammenschließt, bewahrt der Mensch seine Würde.

Aber man könnte fragen, wie der Individualismus, der jetzt mehr oder minder vom Bestehen des Privateigentums abhängt, um sich entwickeln zu können, aus der Aufhebung des Privateigentums Nutzen ziehen wird. Die Antwort ist sehr einfach. Es ist wahr, unter den bestehenden Umständen haben einige Männer, die über private Mittel verfügten, wie Byron, Shelley, Browning, Victor Hugo, Baudelaire und andere es vermocht, ihre Persönlichkeit mehr oder weniger vollkommen zu verwirklichen. Keiner von diesen Männern hat einen einzigen Tag seines Lebens um Lohn gearbeitet. Sie blieben von der Armut verschont. Sie hatten einen unerhörten Vorteil. Die Frage ist, ob es dem Individualismus zum Guten gereichte, wenn ein solcher Vorteil aufgehoben würde. Nehmen wir an, er sei aufgehoben. Was geschieht dann mit dem Individualismus? Welchen Nutzen wird er daraus ziehen?

Er wird folgenden Nutzen daraus schöpfen. Unter den neuen Bedingungen wird der Individualismus weit freier, weitaus würdiger und kraftvoller sein als jetzt. Ich spreche nicht von dem großen, in der Phantasie zur Verwirklichung gelangten Individualismus der Dichter, die ich soeben genannt habe, sondern von dem großen, tatsächlichen Individualismus, der in der Menschheit im allgemeinen verborgen und mittelbar wirksam wird. Denn die Anerkennung des Privateigentums hat dem Individualismus wirklich geschadet und ihn getrübt, indem sie den Menschen mit seinem Besitz gleichsetzt. Sie hat den Individualismus völlig irregeleitet. Sie hat bewirkt, daß Gewinn, nicht Wachstum sein Ziel wurde. So daß der Mensch meinte, das Wichtigste sei das Haben, und nicht wußte, daß es das Wichtigste ist, zu sein. Die wahre Vollendung des Menschen liegt nicht in dem, was er besitzt, sondern in dem, was er ist. Das Privateigentum hat den wahren Individualismus zerstört, und an seiner Stelle einen falschen Individualismus hervorgebracht. Es hat einen Teil der

Gemeinschaft durch Hunger von der Individualisierung ausgeschlossen. Es hat den anderen Teil der Gemeinschaft von der Individualisierung abgehalten, indem es ihn auf den falschen Weg geleitet und überlastet hat. In der Tat ist die Persönlichkeit des Menschen so ausschließlich von seinem Besitz absorbiert worden, daß das englische Recht Vergehen wider das Eigentum weit schärfer ahndet, als ein Vergehen wider die Person, und noch immer ist Eigentum unerläßlich für die Gewährung des vollen Bürgerrechts. Der Fleiß, der notwendig ist, um Geld zu machen, wirkt ebenfalls sehr demoralisierend. In einer Gemeinschaft wie der unsrigen, in der das Eigentum unbegrenzte Auszeichnung, gesellschaftliche Stellung, Ehre, Ansehen, Titel und andere angenehme Dinge dieser Art verleiht, setzt sich der von Natur aus ehrgeizige Mensch das Ziel, dieses Eigentum anzuhäufen, und er sammelt hartnäckig und mühevoll immer neue Schätze an, wenn er schon längst mehr erworben hat als er braucht oder verwenden oder genießen oder vielleicht sogar überschauen kann. Der Mensch bringt sich durch Überarbeitung um, damit er sein Eigentum sicherstellt, und bedenkt man die ungeheuren Vorteile, die das Eigentum bringt, so ist man kaum darüber verwundert. Es ist bedauerlich, daß die Gesellschaft auf einer solchen Grundlage aufgebaut ist, und der Mensch in eine Bahn gedrängt wird, wo er das Wunderbare, Faszinierende und Köstliche seiner Natur nicht frei zu entfalten vermag – wo er in der Tat das echte Vergnügen und die Freude am Leben entbehrt. Außerdem ist seine Lage unter den gegebenen Bedingungen sehr unsicher. Ein sehr reicher Kaufmann kann in jedem Augenblick seines Lebens – und er ist es häufig – von Dingen abhängig sein, die außerhalb seiner Kontrolle liegen. Weht der Wind ein wenig stärker, oder schlägt das Wetter plötzlich um, oder ereignet sich irgend etwas ganz Alltägliches, so wird sein Schiff vielleicht sinken, seine Spekulationen schlagen fehl, und er ist plötzlich ein armer Mann, seine gesellschaftliche Stellung ist ruiniert. Nichts sollte dem Menschen Schaden zufügen, es sei denn, er schade sich selbst. Überhaupt nichts sollte imstande sein, den Menschen zu berauben. Es gehört ihm nur das wirklich, was er in sich trägt. Alles übrige sollte für ihn ohne Belang sein.

Die Abschaffung des Privateigentums wird also den wahren,

schönen, gesunden Individualismus mit sich bringen. Niemand wird sein Leben mit der Anhäufung von Dingen und ihrer Symbole vergeuden. Man wird leben. Wirlich zu leben ist das Kostbarste auf der Welt. Die meisten Menschen existieren bloß, sonst nichts.

Es ist fraglich, ob wir jemals die volle Entfaltung einer Persönlichkeit erlebt haben, außer auf der imaginativen Ebene der Kunst. Im Bereich des Handelns haben wir sie nie kennengelernt. Cäsar, so sagt Mommsen, war der vollendete und vollkommene Mensch. Aber wie tragisch gefährdet war Cäsar. Wo immer ein Mann Autorität ausübt, dort gibt es einen, der sich der Autorität widersetzt. Cäsar war nahezu vollkommen, aber seine Vollkommenheit bewegte sich auf einer sehr gefährlichen Bahn. Mark Aurel war der vollkommene Mensch, sagt Renan. Gewiß, der große Kaiser war ein vollkommener Mensch. Aber wie unerträglich waren die unzähligen Anforderungen, die man an ihn stellte. Er trug schwer an der Last des Kaisertums. Er wußte, daß die Kraft eines Einzelnen nicht ausreichte, um das Gewicht dieses titanischen und allzu großen Weltreiches zu tragen. Was ich unter einem vollkommenen Menschen verstehe, ist jemand, der sich unter vollkommenen Bedingungen entwickelt; jemand, der nicht verwundet, getrieben oder gelähmt oder von Gefahren umringt ist. Die meisten Persönlichkeiten sind dazu gezwungen gewesen, Rebellen zu sein. Die Hälfte ihrer Kraft ist in Auseinandersetzungen vergeudet worden. Byrons Persönlichkeit zum Beispiel wurde furchtbar aufgerieben im Kampfe gegen die Dummheit, die Heuchelei und das Philistertum der Engländer. Solche Kämpfe steigern keinesfalls immer die Kraft; oftmals vergrößern sie nur die Schwäche. Byron hat uns niemals zu geben vermocht, was er uns hätte geben können. Shelley ist es besser ergangen. Wie Byron verließ er England so früh wie möglich. Aber er war weniger bekannt. Hätten die Engländer erkannt, was für ein großer Dichter er in Wirklichkeit war, sie wären mit Zähnen und Klauen über ihn hergefallen und hätten ihm das Leben nach Kräften vergällt. Er spielte jedoch keine wesentliche Rolle in der Gesellschaft, und folglich rettete er sich bis zu einem gewissen Grade vor ihr. Und trotzdem ist manchmal auch bei Shelley der Ausdruck der Empörung sehr heftig.

Der Ausdruck der vollkommenen Persönlichkeit ist nicht Empörung, sondern Ruhe.
Die wahre Persönlichkeit des Menschen wird wunderbar sein, wenn sie in Erscheinung tritt. Sie wird natürlich und einfach wachsen, wie eine Blume oder wie ein Baum wächst. Sie wird nicht zwiespältig sein. Sie wird nicht überreden wollen und nicht streiten. Sie wird nichts beweisen wollen. Sie wird alles wissen. Und doch wird sie sich nicht um das Wissen bemühen. Sie wird Weisheit besitzen. Ihr Wert wird nicht an materiellen Maßstäben gemessen werden. Sie wird nichts ihr eigen nennen. Und doch wird sie über alles verfügen, und was immer man ihr wegnimmt, wird sie nicht ärmer machen, so groß wird ihr Reichtum sein. Sie wird sich anderen nicht aufdrängen oder verlangen, wie sie selbst zu sein. Sie wird sie lieben, weil sie so verschieden sind. Und gerade weil sie sich nicht um die andern kümmert, wird sie allen helfen, wie etwas Schönes uns hilft, durch das, was es ist. Die Persönlichkeit des Menschen wird wundervoll sein. So wundervoll wie das Wesen eines Kindes.
In ihrer Entwicklung wird sie vom Christentum gefördert werden, wenn die Menschen danach verlangen; wenn sie es nicht wünschen, wird sie sich trotzdem entwickeln. Denn sie wird sich nicht länger um die Vergangenheit quälen, noch wird sie fragen, ob Ereignisse wirklich stattgefunden haben oder nicht. Und sie wird keine anderen Gesetze als die eigenen anerkennen; keine andere Autorität als die eigene. Doch wird sie jene lieben, die versucht haben, sie zu bereichern und ihrer oft gedenken. Und zu diesen gehört Christus.
»Erkenne dich selbst!« stand am Eingang der antiken Welt geschrieben. Über dem Eingang der neuen Welt wird geschrieben stehen »sei du selbst«. Und die Botschaft Christi an den Menschen lautete einfach »sei du selbst«. Dies ist das Geheimnis Christi.
Wenn Jesus von den Armen spricht, so meint er eigentlich Persönlichkeiten, und wenn er von den Reichen spricht, meint er eigentlich diejenigen, die ihre Persönlichkeit nicht entwickelt haben. Jesus lebte in einem Staat, der die Anhäufung von Privateigentum genauso gestattete, wie es heutzutage bei uns der Fall ist; und die Botschaft, die er predigte, war nicht etwa, daß es in

einer solchen Gesellschaft für den Menschen von Vorteil sei, sich von unbekömmlicher, kärglicher Speise zu nähren, zerlumpte, schmutzige Kleider zu tragen, in schrecklichen, ungesunden Wohnungen zu leben, oder daß es von Nachteil sei, wenn der Mensch unter gesunden, angenehmen und angemessenen Verhältnissen lebt. Eine solche Anschauung wäre zu seiner Zeit falsch gewesen, und sie wäre natürlich erst recht falsch im heutigen England; denn je weiter man nach Norden kommt, desto wichtiger werden die materiellen Lebensvoraussetzungen, und unsere Gesellschaft ist viel komplexer und weist viel schärfere Gegensätze von Luxus und Elend auf als irgendeine Gesellschaft der antiken Welt. Was Jesus dem Menschen sagen wollte, war einfach dies: »Deine Persönlichkeit ist etwas Wertvolles. Entwickle sie. Sei du selbst. Glaube nicht, daß du durch das Anhäufen oder den Besitz von materiellen Gütern deine Vollendung erlangst. In dir selbst liegt deine Vollendung. Wenn du das nur wahrhaben könntest, würdest du nicht nach Reichtum streben. Äußere Reichtümer können dem Menschen geraubt werden. Die echten Reichtümer nicht. In der Schatzkammer deiner Seele liegen unermeßliche Kostbarkeiten, die dir niemand wegnehmen kann. Und darum versuche dein Leben so einzurichten, daß Äußerlichkeiten dir nichts anhaben können. Und versuche auch, dich von deinem persönlichen Eigentum zu befreien. Es verursacht eine kleinliche Befangenheit, unendliche Mühsal, unaufhörlichen Ärger. Das persönliche Eigentum behindert den Individualismus auf Schritt und Tritt. Man sollte sich vor Augen halten, daß Jesus niemals davon spricht, daß die armen Leute notwendigerweise gut seien und die Reichen notwendigerweise schlecht. Das wäre nicht richtig gewesen. Die Reichen sind als Klasse besser als die Armen, sie sind sittlicher, geistiger, besser erzogen. Es gibt nur eine Gesellschaftsklasse, die mehr an das Geld denkt als die Reichen, und das sind die Armen. Die Armen können an nichts anderes denken. Darin liegt ihr Unglück. Jesus will sagen, daß der Mensch nicht durch das, was er hat, nicht einmal durch das, was er tut, sondern nur durch das, was er ist, zu seiner Vollendung gelangt. Und so wird der reiche Jüngling, der zu Jesus kommt, als ein untadeliger Bürger dargestellt, der kein Gesetz seines Staates gebrochen, keine Vorschrift seiner Religion verletzt hat. Er ist höchst achtbar in der gewöhnlichen Bedeutung dieses außergewöhnlichen Wortes. Jesus sagt zu ihm: »Du solltest dich deines Besitzes entledigen. Er hält dich von deiner Selbstverwirklichung ab. Er umstrickt dich wie ein Netz. Er ist eine Last. Deine Persönlichkeit bedarf seiner nicht. In dir und nicht außerhalb deiner selbst, wirst du finden, was du in Wirklichkeit bist und was du wirklich brauchst.« Zu seinen eigenen Freunden sagt er das gleiche. Er gibt ihnen den Rat, sie selbst zu sein. Und sich nicht immer mit anderen Dingen zu quälen. Was ist schon daran gelegen. Der Mensch ist in sich vollkommen. Wenn sie in die Welt hinausgehen, wird sich die Welt im Widerspruch zu ihnen befinden. Das ist unvermeidlich. Die Welt haßt den Individualismus. Aber das soll sie nicht bekümmern. Sie sollten gelassen in sich ruhen. Nimmt ihnen jemand den Mantel, so sollten sie ihm auch noch den Rock geben, nur um zu zeigen, daß materielle Dinge ohne Bedeutung sind. Wenn die Menschen sie schmähen, so sollten sie nichts entgegnen. Was bedeutet es schon. Was über einen Menschen gesagt wird, ändert ihn nicht. Er bleibt, was er ist. Die öffentliche Meinung ist von keinerlei Wert. Selbst wenn ihnen die Menschen mit offener Gewalt begegnen, sollen sie auf jede Gewalt verzichten. Das hieße, sich auf die gleiche niedrige Stufe zu begeben. Schließlich kann der Mensch auch im Gefängnis frei sein. Seine Seele kann frei sein. Seine Persönlichkeit kann unbehelligt bleiben. Er kann mit sich in Frieden sein. Und vor allen Dingen sollen sie sich nicht mit anderen Leuten einlassen und sich ein Urteil über sie anmaßen. Die Persönlichkeit ist etwas sehr Geheimnisvolles. Man kann einen Menschen nicht immer nach seinen Handlungen beurteilen. Er mag das Gesetz achten und doch schlecht sein. Er mag das Gesetz brechen und ist doch edel. Er ist vielleicht verdorben, ohne je etwas Böses getan zu haben. Er begeht vielleicht eine Sünde gegen die Gesellschaft und erreicht durch dieses Vergehen seine wahre Selbstvollendung.

Da war ein Weib, das hatte Ehebruch begangen. Die Geschichte ihrer Liebe wird uns nicht berichtet. Aber sie muß sehr groß gewesen sein; denn Jesus sagte, ihre Sünden seien ihr vergeben, nicht weil sie bereue, sondern weil ihre Liebe so stark und wundervoll sei. Später, kurze Zeit vor seinem Tod, als er bei einem

Mahle saß, trat das Weib ein und goß Wohlgerüche auf sein Haar. Seine Jünger versuchten, sie daran zu hindern und sagten, das sei Verschwendung, und das Geld für die Spezereien hätte besser für ein Werk der Barmherzigkeit an notleidenden Menschen oder ähnliche Zwecke aufgewendet werden sollen. Jesus stimmte dieser Anschauung nicht zu. Er betonte, daß die materiellen Bedürfnisse des Menschen groß und sehr beständig seien, aber die geistigen Bedürfnisse des Menschen seien noch größer, und eine Persönlichkeit könne in einem göttlichen Augenblick zu ihrer Vollkommenheit gelangen, indem sie die Form ihres Ausdrucks selber wähle. Die Welt verehrt dieses Weib noch heute als eine Heilige.

Ja, es liegt sehr viel Anziehendes im Individualismus. Der Sozialismus hebt zum Beispiel das Familienleben auf. Mit der Abschaffung des Privateigentums muß die Ehe in ihrer gegenwärtigen Form verschwinden. Das ist ein Teil des Programms. Der Individualismus nimmt diesen Grundsatz auf und verfeinert ihn. Er wandelt die Abschaffung gesetzlichen Zwanges in eine Form der Freiheit um, die der vollen Entfaltung der Persönlichkeit dient und die Liebe zwischen Mann und Frau wundervoller, schöner und freier machen wird. Jesus wußte dies. Er verwarf die Ansprüche des Familienlebens, obwohl sie zu seiner Zeit und in der damaligen Gesellschaft eine sehr ausgeprägte Rolle spielten. »Wer ist meine Mutter? Wer sind meine Brüder?« erwiderte er, als man ihm berichtete, daß sie mit ihm zu sprechen wünschten. Als einer seiner Jünger um die Erlaubnis bat, sich entfernen zu dürfen, um seinen Vater zu begraben, lautete seine furchtbare Antwort: »Laß die Toten die Toten begraben.« Er ließ keinen wie auch immer gearteten Anspruch gelten, der an die Persönlichkeit gestellt wurde.

Und darum führt nur der ein Leben im Sinne Christi, der ganz und gar er selbst bleibt. Er mag ein großer Dichter sein, oder ein großer Gelehrter, oder ein junger Universitätsstudent, oder einer, der die Schafe auf der Heide hütet; ein Dramendichter wie Shakespeare oder ein Gottesgrübler wie Spinoza; oder ein Kind, das im Garten spielt, oder ein Fischer, der sein Netz ins Meer wirft. Es kommt nicht darauf an, was er ist, solange er alle Möglichkeiten seiner Seele zur Entfaltung bringt. Alle Nachahmung in Dingen der Moral und im Leben ist von Übel. Durch die Straßen von Jerusalem schleppt sich in unseren Tagen ein Wahnsinniger, der ein hölzernes Kreuz auf den Schultern trägt. Er ist ein Symbol aller Menschenleben, die durch Nachahmung zerstört sind. Vater Damien handelte im Sinne Christi, als er auszog, mit den Leprakranken zu leben, denn durch diesen Dienst brachte er das Beste in sich zur Vollendung. Doch war er Christus nicht näher als Wagner, als dieser seine Seele in der Musik verwirklichte; oder als Shelley, der seine Seele im Gesang vollendete. Die Seele des Menschen ist nicht an eine Erscheinungsform gebunden. Es gibt so viele Möglichkeiten der Vollkommenheit, wie es unvollkommene Menschen gibt. Und während man sich den Ansprüchen der Wohltätigkeit unterwerfen und doch freibleiben kann, so bleibt niemand frei, der sich mit den Ansprüchen des Konformismus einläßt.

Den Individualismus sollen wir also durch Sozialismus erlangen. Der Staat muß infolgedessen jede Absicht zu herrschen aufgeben. Er muß sie aufgeben, weil man zwar, wie ein Weiser einmal viele Jahrhunderte vor Christus sagte, die Menschheit sich selbst überlassen kann; aber die Menschheit regieren, das kann man nicht. Alle Arten des Regierens erweisen sich als Mißgriff. Der Despotismus ist ungerecht gegen alle, auch gegen den Despoten, der vielleicht zu etwas Besserem bestimmt war. Oligarchien sind ungerecht gegen die vielen, und Ochlokratien sind ungerecht gegen die wenigen. Einmal hat man große Hoffnungen in die Demokratie gesetzt; aber Demokratie ist nichts anderes als das Niederknüppeln des Volkes durch das Volk für das Volk. Das ist erwiesen. Ich muß sagen, es war höchste Zeit. Denn jede Autorität erniedrigt. Sie erniedrigt gleichermaßen Herrscher und Beherrschte. Wird sie gewalttätig, brutal und grausam ausgeübt, so ruft sie eine positive Wirkung hervor, indem sie den Geist der Revolte und den Individualismus anstachelt, der sie vernichten soll. Wird sie mit einer gewissen Großzügigkeit ausgeübt und werden Preise und Belohnungen vergeben, so ist ihre Wirkung furchtbar demoralisierend. In diesem Fall werden sich die Menschen des furchtbaren Druckes, der auf ihnen lastet, weniger bewußt und gehen in einer Art von vulgärem Wohlbehagen durch das Leben wie zahme Haustiere, ohne jemals zu erkennen, daß sie wahrscheinlich die Gedanken anderer Menschen denken, nach den Normen anderer Menschen leben, daß sie gewissermaßen nur die abgelegten Kleider der anderen tragen und niemals, auch nicht einen Augenblick lang, sie selbst sind. »Wer frei sein will«, sagt ein kluger Kopf, »darf sich nicht anpassen.« Und die Autorität, die den Menschen zum Konformismus verleitet, bewirkt unter uns eine sehr grobe Form der übersättigten Barbarei.

Mit der Autorität wird auch die Strafe verschwinden. Das wird ein großer Gewinn sein – in der Tat ein Gewinn von unschätzbarem Wert. Liest man die Geschichte, aber nicht in den bereinigten Ausgaben für Schüler und Examenskandidaten, sondern in den Originalwerken der Zeit, so ist man angewidert, nicht von den Verbrechen, die die Bösen begangen, sondern von den Strafen, die die Guten verhängt haben; und eine Gesellschaft verroht viel mehr durch die gewohnheitsmäßige Anwendung von Strafen als durch das gelegentliche Vorkommen von Verbrechen. Es ist erwiesen, daß, desto mehr Verbrechen geschehen, je mehr Strafen verhängt werden, und die meisten modernen Gesetzgeber haben das deutlich erkannt, und es sich zur Aufgabe gemacht, die Bestrafung auf ein Minimum zu beschränken. Überall dort, wo die Strafen wirklich vermindert wurden, waren die Ergebnisse außerordentlich günstig. Je weniger Strafen, desto weniger Verbrechen. Wenn es überhaupt keine Bestrafung mehr geben wird, wird das Verbrechen entweder aufhören zu existieren, oder wenn es vorkommt, wird es von den Ärzten als eine sehr quälende Form von Dementia behandelt werden, die durch sorgfältige und liebevolle Pflege zu heilen ist. Diejenigen, die man heutzutage Verbrecher nennt, sind keine Verbrecher. Der Hunger, nicht die Sünde, sind in unserer Zeit die Ursache des Verbrechens. Darum sind unsere Verbrecher, als Klasse, vom psychologischen Standpunkt aus völlig uninteressant. Sie sind keine erstaunlichen Charaktere wie Macbeth oder schrecklich wie Vautrin. Sie sind nur, was die gewöhnlichen achtbaren Spießbürger wären, wenn sie nicht genug zu essen hätten. Mit der Abschaffung des Privateigentums wird die Grundlage des Verbrechens wegfallen, es wird nicht mehr nötig sein; es wird aufhören zu existieren. Natürlich sind nicht alle Verbrechen Vergehen gegen das Eigentum, obwohl das englische Gesetz diese Verbrechen am härtesten bestraft, da es das, was einer besitzt, höher bewertet als das, was einer ist (ausgenommen den Mord, wenn wir davon ausgehen, daß der Tod schlimmer sei als das Zuchthaus, eine Anschauung, der unsere Verbrecher wahrscheinlich nicht zustimmen werden). Aber auch Verbrechen, die nicht gegen das Eigentum gerichtet sind, entspringen dem Elend, der Wut, der Erniedrigung, die allesamt unserem verfehlten System der Eigentumsverteilung geschuldet sind, und die verschwinden müssen, wenn dieses System abgeschafft ist. Wenn jedes Mitglied der Gesellschaft seine Bedürfnisse stillen kann und kein anderer es daran hindert, wer sollte dann ein Interesse verspüren, seine Mitmenschen zu behelligen? Die Eifersucht, ein starker Antrieb zum Verbrechen in unserer Zeit, ist eine Empfindung, die mit unserem Begriff von Eigentum aufs engste verknüpft ist und unter dem Sozialismus und Individualismus aussterben wird. Es ist bezeichnend, daß bei kommunistisch organisierten Stämmen die Eifersucht völlig unbekannt ist.

Nun, da der Staat nicht regieren soll, erhebt sich die Frage, welche Aufgabe ihm eigentlich zukommt. Der Staat soll ein unabhängiger Erzeuger und Verteiler lebensnotwendiger Waren sein. Sache des Staates ist es, das Nützliche zu schaffen. Sache des Individuums ist es, das Schöne hervorzubringen. Und da ich das Wort Arbeit ausgesprochen habe, möchte ich darauf hinweisen, wieviel Törichtes heutzutage über die Würde der Handarbeit geschrieben und gesagt wird. Handarbeit ist durchaus nicht etwas, das Würde verleiht, zumeist ist sie absolut erniedrigend. Irgend etwas zu tun, das man ohne Freude ausführt, ist geistig und moralisch verwerflich, und viele Arbeiten sind völlig freudlose Tätigkeiten und sollten auch als solche betrachtet werden. Eine schmutzige Straßenkreuzung während acht Stunden des Tages bei scharfem Ostwind zu fegen, ist eine widerliche Beschäftigung. Sie mit geistiger, moralischer oder körperlicher Würde zu fegen, scheint mir unmöglich. Sie mit Freude zu fegen, erscheint mir geradezu ungeheuerlich. Der Mensch ist für Besseres geschaffen, als Dreck aufzuwirbeln. Alle diese Arbeiten sollte eine Maschine ausführen.

Ich zweifle nicht, daß das einmal der Fall sein wird. Bislang ist der Mensch in gewissem Sinne der Sklave der Maschine gewesen, und es liegt etwas Tragisches in der Tatsache, daß er zu hungern begann, sobald er Maschinen erfand, die seine Arbeit verrichteten. Dies ist jedoch nur das Ergebnis unserer Eigentumsordnung und unseres Wettbewerbssystems. Ein Einzelner ist Eigentümer einer Maschine, die die Arbeit von fünfhundert Menschen leistet. Dadurch sind fünfhundert Menschen arbeitslos, und weil sie keine Beschäftigung haben, fallen sie dem Hunger und dem Diebstahl anheim. Der Einzelne sichert sich das Produkt der Maschine und behält es und besitzt fünfhundertmal mehr, als er besitzen sollte, und wahrscheinlich, dies ist von noch größerer Bedeutung, sehr viel mehr, als er wirklich begehrt. Wäre diese Maschine das Eigentum aller, so würde jedermann Nutzen daraus ziehen. Das wäre für die Gesellschaft von unermeßlichem Vorteil. Jede mechanische Arbeit, jede einförmige, stumpfsinnige Arbeit, jede Arbeit, die aus schrecklichen Verrichtungen besteht und unter unwürdigen Bedingungen ausgeführt wird, muß von Maschinen geleistet werden. Die Maschine soll für uns in den Kohlenbergwerken arbeiten und alle sanitären Dienstleistungen übernehmen, sie soll die Dampfer heizen, die Straßen säubern und bei schlechtem Wetter Botendienste ausführen und überhaupt alles tun, was langweilig und unangenehm ist. Gegenwärtig konkurriert die Maschine mit dem Menschen. Unter den richtigen Verhältnissen wird die Maschine dem Menschen dienen. Dies ist ohne Zweifel die Zukunft der Maschine; und so wie die Bäume wachsen, während der Landwirt schläft, so wird die Menschheit sich vergnügen oder sich der geistvollen Muße hingeben – denn Muße, nicht Arbeit ist das Ziel des Menschen –, oder sie wird schöne Dinge hervorbringen, oder schöne Dinge lesen, oder einfach die Welt mit Bewunderung und Entzücken betrachten, während die Maschine die notwendige, unangenehme Arbeit verrichtet. Es ist eine Tatsache, daß die Zivilisation Sklaven erfordert. Darin hatten die Griechen ganz recht. Wenn nicht Sklaven die häßliche, unangenehme, uninteressante Arbeit ausführen, werden Kultur und Kontemplation beinah unmöglich sein. Menschliche Sklavenarbeit ist unrecht, inkonstant und demoralisierend. Von der Sklavenarbeit der Maschine, dem mechanischen Sklaventum, hängt die Zukunft der Welt ab. Und wenn Männer der Wissenschaft nicht mehr genötigt sein werden, in so deprimierende

Gegenden wie East End zu gehen und schlechten Kakao und noch schlechtere Wolldecken an hungernde Menschen zu verteilen, werden sie die erquickliche Muße finden, schöne und ungewöhnliche Dinge zu ihrer eigenen Freude und zur Freude der ganzen Welt zu erfinden. Für jede Stadt wird man große Kräftereservoires errichten, und wenn es nötig sein sollte, auch für jedes Haus, und diese Kräfte wird der Mensch in Wärme, Licht oder Bewegung umwandeln, je nach den Lebensnotwendigkeiten. Ist das utopisch? Eine Weltkarte, die das Land Utopia nicht enthielte, wäre nicht wert, daß man einen Blick darauf wirft, denn auf ihr fehlte das einzige Land, in dem die Menschheit immer landet. Und wenn die Menschheit dort gelandet ist, hält sie wieder Ausschau, und sieht sie ein schöneres Land vor sich, setzt sie die Segel. Fortschritt ist die Verwirklichung von Utopien.

Ich habe also ausgeführt, daß die Gesellschaft durch die Organisation des Maschinenwesens die lebensnotwendigen Dinge herstellen wird, und daß die schönen Dinge vom Individuum geschaffen werden. Das ist nicht nur unerläßlich, es ist der einzig mögliche Weg, auf dem wir beides zu erlangen vermögen. Ein Mensch, der für die Bedürfnisse anderer arbeitet und dabei ihre Ansprüche und Sehnsüchte berücksichtigen muß, wird seine Arbeit nicht mit Interesse durchführen und kann infolgedessen nicht das Beste in sein Werk legen. Wenn andererseits eine Gemeinschaft oder eine starke Minderheit dieser Gemeinschaft oder jedwede Regierung versucht, dem Künstler Vorschriften zu machen, so wird die Kunst aus seinem Werk vollkommen verschwinden, oder sie nimmt stereotype Formen an, oder sie degeneriert zu einer niedrigen, unedlen Form des Handwerks. Ein Kunstwerk ist das unverwechselbare Ergebnis eines unverwechselbaren Temperaments. Seine Schönheit beruht auf der Tatsache, daß der Schöpfer ist, was er ist. Es hat nicht das mindeste damit zu tun, daß andere Menschen ganz andere Bedürfnisse haben. In der Tat, sobald der Künstler auf die Bedürfnisse der anderen zu achten beginnt und ihre Forderungen zu befriedigen sucht, hört er auf, Künstler zu sein und wird ein alberner oder amüsanter Handwerker, ein redlicher oder ein unredlicher Händler. Seinen Anspruch, als Künstler zu gelten, hat er verwirkt. Die Kunst ist die intensivste Form des Individualismus, die die Welt kennt.

Ich bin versucht zu sagen, daß sie die einzige, wirkliche Form des Individualismus ist, die die Welt je kannte. Das Verbrechen, von dem man meinen könnte, es habe unter gewissen Bedingungen den Individualismus hervorgebracht, muß mit anderen Menschen rechnen und sie in seine Handlungen einbeziehen. Es gehört dem Bereich des Handelns an. Der Künstler aber kann allein, ohne Rücksicht auf seine Mitmenschen, ohne ihr Dazwischentreten, etwas Schönes gestalten; und wenn er nicht einzig zu seiner eigenen Freude arbeitet, ist er überhaupt kein Künstler.

Wir sollten uns die Tatsache vor Augen halten, daß es gerade diese gesteigerte Form des Individualismus ist, die die Öffentlichkeit zu dem Versuch anstachelt, über die Kunst eine ebenso unmoralische wie lächerliche und ebenso korrumpierende wie verächtliche Autorität zu üben. Das ist nicht allein ihre Schuld. Das Publikum ist immer und zu jeder Zeit schlecht erzogen gewesen. Es hat immer von der Kunst verlangt, daß sie volkstümlich sei, daß sie seiner Geschmacksvorstellung entspreche, daß sie seiner absurden Eitelkeit schmeichle und wiederkäut, was längst bekannt ist, ihm vorführt, wessen es längst müde sein sollte, es unterhält, wenn es sich nach dem üppigen Mahle beschwert fühlt, und es zerstreut, wenn es seiner eigenen Dummheit überdrüssig ist. Die Kunst sollte aber niemals versuchen, volkstümlich zu sein. Das Publikum sollte vielmehr versuchen, künstlerisch zu empfinden. Das ist ein sehr großer Unterschied. Wenn man einem Mann der Wissenschaft sagen würde, die Ergebnisse seiner Forschungen, die Schlußfolgerungen, zu denen er gelangt ist, müßten dergestalt sein, daß sie mit der gängigen Meinung des Publikums übereinstimmen, seine Vorurteile nicht stören oder die Gefühle von Leuten nicht verletzen, die nichts von der Wissenschaft verstehen; wenn man einem Philosophen zugestehen würde, daß er in den höchsten Gedankensphären spekuliert, vorausgesetzt, daß er zu denselben Schlußfolgerungen gelangt wie jene, die niemals in irgendeiner Sphäre nachgedacht haben, nun, der Mann der Wissenschaft und der Philosoph wären heutzutage darüber regelrecht erheitert. Und doch ist es nur wenige Jahre her, seit Philosophie und Wissenschaft einer brutalen, öffentlichen Kontrolle unterworfen waren – genauer gesagt der Autorität der allgemeinen Unwissenheit der Gesellschaft oder dem

Terror und der Machtgier einer geistlichen oder regierenden Klasse. Natürlich sind wir jetzt in sehr großem Maße von jedem durch die Gesellschaft, die Kirche oder die Regierung geübten Versuch befreit, sich in den Individualismus des spekulativen Denkens einzumischen, aber der Versuch, sich in den Individualismus der schöpferischen Kunst einzumischen, dauert an. Ja, weit schlimmer; er ist aggressiv, beleidigend und brutal.

In England sind die Künste am wenigsten behelligt worden, für die sich das Publikum nicht interessiert. Die Dichtkunst ist ein Beispiel dafür. Wir konnten in England eine wundervolle Dichtkunst hervorbringen, weil das Publikum Dichtungen nicht liest und infolgedessen keinen Einfluß darauf nimmt. Das Publikum gefällt sich darin, die Dichter für ihre Individualität zu schmähen, aber nachdem es sie geschmäht hat, läßt es sie in Frieden. Was den Roman und das Drama betrifft, Kunstformen, an denen das Publikum anteil nimmt, ist das Ergebnis der vom Volk geübten Autorität absolut lächerlich gewesen. Kein Land bringt so schlecht geschriebene Romane, eine so langweilige, gewöhnliche Art der erzählenden Prosa, so platte vulgäre Theaterstücke hervor wie England. Das ist nicht verwunderlich. Das Niveau des Volkstümlichen ist so geartet, daß kein Künstler es erreichen kann. Es ist zu leicht und zu schwer zugleich, ein populärer Romanschriftsteller zu sein. Es ist zu leicht, weil die Anforderungen des Publikums an die Handlung, den Stil und die Psychologie, an die Behandlung des Lebens und die Behandlung der Literatur, auch von der allergeringsten Begabung und dem allergewöhnlichsten Geist erfüllt werden können. Es ist zu schwer, weil der Künstler, um solchen Wünschen zu genügen, seinem Temperament Gewalt antun müßte, er könnte nicht mehr aus der artistischen Freude am Schreiben arbeiten, sondern nur zur Zerstreuung halbgebildeter Leute und müßte so seinen Individualismus unterdrücken, seine Kultur vergessen, seinen Stil zerstören und alles Wertvolle in sich aufgeben. Im Drama liegen die Dinge etwas günstiger: das Theaterpublikum liebt das Sinnfällige, aber das Langweilige mag es nicht; und Burleske und Farce, diese beiden volkstümlichen Gattungen sind echte Kunstformen. Mit den Mitteln der Burleske und der Farce können sehr schöne Werke entstehen. Bei Werken dieser Art genießt der

Künstler in England sehr große Freiheit. Erst in den höheren Formen des Dramas wirkt sich die Kontrolle des Publikums aus. Es gibt nichts, was das Publikum so verabscheut wie Neuheit. Jeder Versuch, den Themenkreis der Kunst zu erweitern, ist dem Publikum äußerst verhaßt; und doch beruhen die Lebensfähigkeit und die Entwicklung der Kunst in weitem Maße auf einer ununterbrochenen Ausdehnung des Themenkreises. Das Publikum verabscheut das Neue, weil es sich davor fürchtet. Das Publikum sieht darin eine Form des Individualismus, eine Betonung von seiten des Künstlers, daß er sich seinen eigenen Stoff wählt und ihn nach seiner Vorstellung behandelt. Das Publikum hat ganz recht mit seiner Haltung. Kunst ist Individualismus, und Individualismus ist eine aufrührerische, disintegrierende Macht. Darin liegt sein unschätzbarer Wert. Denn was der Individualismus aufzustören versucht, das ist die Eintönigkeit des Typischen, die Sklaverei des Hergebrachten, die Tyrannis der Gewohnheit, die Herabsetzung des Menschen auf das Niveau einer Maschine. In der Kunst läßt das Publikum das Vergangene gelten, weil es nicht mehr zu ändern ist, und keinesfalls weil man es schätzt. Es verschluckt seine Klassiker im Ganzen, ohne jemals auf den Geschmack zu kommen. Es läßt sie als etwas Unvermeidliches über sich ergehen, und da es sie nicht verderben kann, schwätzt es über sie. Seltsamerweise oder auch nicht, je nach dem Standpunkt, richtet dieses Hinnehmen der Klassiker sehr viel Schaden an. Die unkritische Bewunderung für die Bibel und Shakespeare in England sind Beispiele dafür. Was die Bibel betrifft, kommen noch Erwägungen über die kirchliche Autorität hinzu, so daß ich bei diesem Punkt nicht zu verweilen brauche.

Im Falle Shakespeares ist es ganz deutlich, daß das Publikum weder die Schönheiten noch die Mängel seiner Stücke erkennt. Würden die Leute seine Schönheit erkennen, könnten sie sich nicht gegen die Entwicklung des Dramas sperren; und würden sie seine Mängel erkennen, so könnten sie sich gleichfalls nicht gegen die Entwicklung des Dramas sperren. In der Tat benutzen die Leute die Klassiker eines Landes als Mittel, um die Entwicklung der Kunst aufzuhalten. Sie degradieren die Klassiker zu Autoritäten. Sie benutzen sie als Knüppel, um den freien Ausdruck der Schönheit in neuen Formen zu verhindern. Sie fragen den Schriftsteller immer, warum er nicht schreibt wie irgendein anderer, oder den Maler, warum er nicht wie ein anderer malt, wobei sie vergessen, daß jeder von ihnen, wenn er etwas Derartiges versuchte, aufhören würde Künstler zu sein. Eine neue Art der Schönheit ist ihnen absolut verhaßt, und sooft sie ihr begegnen, geraten sie in solche Wut und Verwirrung, daß sie stets zwei törichte Ausdrücke bereit haben – den einen, daß das Kunstwerk ganz und gar unverständlich, den andern, daß das Kunstwerk ganz und gar amoralisch sei. Sie scheinen damit folgendes ausdrücken zu wollen. Wenn sie sagen, ein Werk sei völlig unverständlich, so meinen sie damit, der Künstler habe etwas Schönes geschaffen, das neu ist; wenn sie ein Werk als ganz und gar amoralisch bezeichnen, so meinen sie damit, der Künstler hat etwas Schönes gesagt oder geschaffen, das wahr ist. Die erste Bezeichnung gilt dem Stil; die zweite dem Stoff. Aber wahrscheinlich bedienen sie sich dieser Worte in einem sehr ungenauen Sinne, wie sich der Mob fertiger Pflastersteine bedient. Beispielsweise gibt es keinen einzigen wirklichen Dichter oder Prosaschriftsteller in diesem Jahrhundert, dem das britische Publikum nicht feierlich das Diplom der Amoral verliehen hätte, und diese Diplome treten bei uns praktisch an die Stelle einer formalen Aufnahme in eine Dichterakademie, wie in Frankreich, und machen erfreulicherweise eine solche Einrichtung in England ganz überflüssig. Natürlich geht das Publikum sehr bedenkenlos mit diesem Wort um. Daß es Wordsworth einen amoralischen Dichter nennen würde, war zu erwarten. Wordsworth war ein Dichter; aber daß es Charles Kingsley einen amoralischen Romanschriftsteller nennen würde, ist erstaunlich. Kingsleys Prosa ist nicht besonders schön. Aber sie haben nun einmal diesen Begriff und wenden ihn an, so gut sie können. Der Künstler läßt sich natürlich nicht davon beirren. Ein wirklicher Künstler glaubt an sich, weil er ganz und gar er selbst ist. Doch kann ich mir vorstellen, daß ein Künstler in England, der ein Kunstwerk hervorbrächte, das sogleich bei seinem Erscheinen vom Publikum durch dessen Medium, die öffentliche Presse, als ein ganz verständliches und höchst moralisches Werk anerkannt wird, anfangen würde ernsthaft zu zweifeln, ob er sich in seiner Schöpfung wirklich selbst ausgedrückt habe, und ob darum dieses Werk seiner nicht ganz unwürdig und entweder absolut zweitrangig sei oder überhaupt keinen künstlerischen Wert besäße.

Vielleicht habe ich jedoch dem Publikum unrecht getan, wenn ich es auf die Worte »amoralisch«, »unverständlich« »exotisch« und »ungesund« beschränke. Es gibt noch ein anderes Wort, das man gern gebraucht, es ist das Wort »morbid«. Man gebraucht es nicht allzu häufig. Die Bedeutung des Wortes ist so einfach, daß man es nur zögernd anwendet. Und doch wird es manchmal benützt, und hin und wieder begegnet man ihm in weitverbreiteten Zeitungen. Selbstverständlich wirkt das Wort, auf ein Kunstwerk angewandt, lächerlich. Denn ist Krankhaftigkeit etwas anderes als eine Gefühlsstimmung oder ein Gedankenzustand, den man nicht auszudrücken vermag? Das Publikum ist durch und durch krankhaft, denn das Publikum findet für nichts einen Ausdruck. Der Künstler ist niemals krankhaft. Er drückt alles aus. Er steht außerhalb seines Gegenstandes und bringt durch ihn unvergleichliche und künstlerische Wirkungen hervor. Einen Künstler morbide zu nennen, weil er sich die Krankhaftigkeit zum Thema nimmt, ist so albern, wie wenn man Shakespeare wahnsinnig nennen würde, weil er den König Lear geschrieben hat.

Im ganzen gewinnt ein Künstler in England dadurch, daß er angegriffen wird. Seine Individualität wird gesteigert. Er wird mehr er selbst. Freilich sind die Angriffe sehr massiv, sehr unverschämt und sehr verächtlich. Aber schließlich erwartet kein Künstler Anmut von einer niedrigen Gesinnung oder Stil von einer Vorstadtintelligenz. Vulgarität und Dummheit sind zwei äußerst lebendige Tatsachen im Leben von heute. Man bedauert das natürlich. Aber sie sind nun einmal da. Sie sind Studienobjekte, wie alles andere auch. Und der Gerechtigkeit halber muß man anerkennen, daß die modernen Journalisten sich stets, wenn man ihnen privat begegnet, dafür entschuldigen, was sie öffentlich gegen einen geschrieben haben.

Es sei vielleicht erwähnt, daß der sehr begrenzte Wortschatz, der dem Publikum im Bereich der Kunstschmähungen zur Verfügung steht, in den letzten Jahren um zwei neue Adjektive bereichert wurde. Das eine Wort ist »ungesund«, das andere »exotisch«. Das zweite Wort drückt nichts als die Wut des kurzlebigen Pilzes gegen die unsterbliche, zauberhafte, unvergleichlich schöne Orchidee aus. Es ist eine Achtungsbezeugung, aber eine Achtungsbezeugung ohne Bedeutung. Das Wort »ungesund« jedoch läßt eine Analyse zu. Es ist ein ziemlich aufschlußreiches Wort. Es ist wirklich so aufschlußreich, daß die Leute, die es gebrauchen, seinen Sinn nicht verstehen.

Was bedeutet es? Was ist ein gesundes oder ein ungesundes Kunstwerk? Alle Begriffe, die man auf ein Kunstwerk anwendet, vorausgesetzt, daß man sie vernünftig anwendet, beziehen sich auf seinen Stil oder seinen Stoff oder auf beides. Was den Stil betrifft, so ist jenes ein gesundes Kunstwerk, dessen Stil der Schönheit des angewandten Materials gerecht wird, mag dieses Material aus Worten oder aus Bronze, aus Farbe oder Elfenbein bestehen, und das diese Schönheit als Element der ästhetischen Wirkung benutzt. Was den Stoff betrifft, so ist ein gesundes Kunstwerk jenes, dessen Wahl des Stoffes vom Temperament des Künstlers bestimmt wird und unmittelbar daraus hervorgeht. Mit einem Wort, ein gesundes Kunstwerk ist dasjenige, das Vollkommenheit und Persönlichkeit in sich vereinigt. Natürlich können Form und Inhalt in einem Kunstwerk nicht getrennt werden; sie bilden immer eine Einheit. Aber zum Zwecke der Analyse verzichten wir einen Augenblick lang auf die Ganzheit des ästhetischen Eindrucks und trennen die beiden Begriffe. Dagegen handelt es sich um ein ungesundes Kunstwerk, wenn dessen Stil platt, altmodisch und gewöhnlich ist, und dessen Stoff mit Vorbedacht gewählt wurde, nicht weil der Künstler irgendwelche Freude daran findet, sondern weil er denkt, daß ihn das Publikum dafür bezahlen wird. In der Tat ist der volkstümliche Roman, den das Publikum gesund nennt, immer ein äußerst ungesundes Gebilde; und was das Publikum als ungesunden Roman bezeichnet, ist immer ein schönes und gesundes Kunstwerk.

Ich brauche kaum zu betonen, daß ich keinen Augenblick lang den Mißbrauch dieser Worte durch das Publikum und die öffentliche Presse bedaure. Ich wüßte nicht, wie sie bei ihrem Mangel an Einsicht in das Wesen der Kunst die Worte in ihrem richtigen Sinn anwenden könnten. Ich stelle lediglich den Mißbrauch fest; und die Erklärung für den Ursprung des Mißbrauchs und die ihm zugrunde liegende Bedeutung ist sehr einfach. Er wurzelt in der barbarischen Konzeption der Autorität. Er rührt her von dem natürlichen Unvermögen einer durch die Autorität verdorbenen Gesellschaft, den Individualismus zu verstehen oder zu würdigen. Mit einem Wort, es rührt von dem monströsen und unwissenden Wesen her, das man die öffentliche Meinung nennt, die schlimm und wohlmeinend ist, wenn sie das Handeln zu kontrollieren versucht, die infam und übelmeinend wird, wenn sie versucht, das Denken oder die Kunst zu kontrollieren.

In der Tat, es läßt sich zugunsten der physischen Kraft der Öffentlichkeit viel mehr vorbringen als zugunsten ihrer Meinung. Jene mag schön sein. Diese aber ist unweigerlich absurd. Man behauptet oft, Kraft sei kein Argument. Das hängt jedoch vollkommen davon ab, was man beweisen will. Viele von den wichtigsten Problemen der letzten Jahrhunderte, wie beispielsweise die Fortdauer der persönlichen Herrschaft in England oder des Feudalismus in Frankreich sind ausschließlich mit Hilfe physischer Kraft gelöst worden. Gerade die Gewalttätigkeit einer Revolution kann das Volk für einen Augenblick groß und herrlich erscheinen lassen. Es war eine böse Stunde, als das Volk entdeckte, daß die Feder mächtiger ist als der Pflasterstein und eine wirksamere Waffe als der Ziegel. Sogleich suchte man sich den Journalisten, fand ihn, erzog ihn und machte ihn zu seinem gut bezahlten Sklaven. Das ist beiden Teilen zum Nachteil geraten. Hinter der Barrikade mag vieles Vornehme und Heroische stehen. Aber was steht hinter einem Leitartikel anderes als Vorurteil, Dummheit, Verblasenheit und Geschwätz? Und wenn diese vier zusammentreffen, bilden sie eine furchtbare Kraft und konstituieren die neue Autorität.

In früheren Zeiten bediente man sich der Folter. Heutzutage bedient man sich der Presse. Das ist gewiß ein Fortschritt. Aber es ist noch immer schlimm genug und unrecht und demoralisierend. Jemand – war es Burke? – nannte den Journalismus den vierten Stand. Das war seinerzeit zweifellos richtig. Gegenwärtig ist er jedoch wirklich der einzige Stand. Er hat die drei anderen geschluckt. Die weltlichen Herren sagen nichts, die geistlichen Herren haben nichts zu sagen, und das Unterhaus hat nichts zu sagen und sagt trotzdem etwas. Wir werden vom Journalismus beherrscht. In Amerika regiert der Präsident vier Jahre, und der

Journalismus herrscht unbegrenzt. Zum Glück hat der Journalismus in Amerika seine Autorität ins plumpeste und brutalste Extrem getrieben. Als natürliche Folge hat er den Geist der Empörung hervorgerufen. Man macht sich über ihn lustig oder ist angeekelt, je nach Temperament. Aber er hat nicht mehr die Wirksamkeit, die er früher besaß. Er wird nicht ernst genommen. In England, wo der Journalismus mit Ausnahmen einiger bekannter Fälle in ähnliche Exzesse der Brutalität verfiel, bildet er immer noch einen wichtigen Faktor, eine echte, nicht zu unterschätzende Macht. Die Anmaßung, mit der er seine Tyrannis über das Privatleben der Leute ausübt, erscheint mir ganz außerordentlich. Wahr ist, daß das Publikum von unstillbarer Neugier erfüllt ist, alles zu wissen, außer dem, was wirklich wissenswert ist. Der Journalismus, dessen bewußt, erfüllt in seinem wachen Geschäftssinn dieses Verlangen. In früheren Jahrhunderten nagelte man die Ohren der Journalisten an Pumpen. Das war sehr grausam. In diesem Jahrhundert haben die Journalisten ihre eigenen Ohren an die Schlüssellöcher genagelt. Das ist weit schlimmer. Und was noch ärger ist, die Journalisten, die den schwersten Tadel verdienen, sind nicht etwa die unterhaltenden Zeitungsschreiber, die für die sogenannten Gesellschaftsblätter schreiben. Das Unheil wird von den seriösen, nachdenklichen, würdigen Journalisten angerichtet, die heutzutage feierlich irgendein Ereignis aus dem Privatleben eines bedeutenden Staatsmannes vor die Augen der Öffentlichkeit zerren; eines Mannes, der Führer einer politischen Gedankenrichtung ist und somit politische Macht begründet; das Publikum wird eingeladen, den Vorfall zu diskutieren, sich ein Urteil darüber anzumaßen, seine Meinung darüber abzugeben und nicht nur seine Meinung abzugeben, sondern diese auch noch zu verwirklichen, dem Mann in allen anderen Punkten Vorschriften zu machen, seiner Partei Vorschriften zu machen, seinem Lande Vorschriften zu machen; kurz gesagt, sich als lächerlich, beleidigend und schädlich zu erweisen. Über das Privatleben eines Mannes oder einer Frau sollte das Publikum nichts erfahren. Das Publikum hat überhaupt nichts damit zu tun.

In Frankreich verhält man sich solchen Dingen gegenüber klüger. Dort gestattet man nicht, daß Einzelheiten aus Ehescheidungsprozessen veröffentlicht und dem Publikum zur Unterhaltung und Kritik vorgelegt werden. Das Publikum erfährt nur, daß die Scheidung ausgesprochen wurde und auf Verlangen des einen oder anderen Ehepartners eingereicht war. In Frankreich sind dem Journalisten Grenzen gesetzt, dafür gewährt man dem Künstler nahezu absolute Freiheit. Hier gewähren wir dem Journalisten absolute Freiheit und beschränken den Künstler ganz und gar. Die öffentliche Meinung in England, darüber können wir nicht hinwegsehen, versucht denjenigen, der der Schöpfer schöner Dinge ist, zu fesseln, zu behindern, zu unterdrücken, und sie zwingt den Journalisten, häßliche, geschmacklose oder empörende Dinge zu berichten, so daß wir die seriösesten Journalisten und die schamlosesten Zeitungen der Welt besitzen. Es ist nicht übertrieben, von einem Zwang zu sprechen. Vielleicht gibt es ein paar Journalisten, denen es ein echtes Vergnügen bereitet, von widerlichen Dingen zu berichten, oder die aus Armut hinter Skandalen herjagen, als einer Art Grundlage, die ihnen ein dauerndes Einkommen garantiert. Aber ich bin sicher, daß es auch andere Journalisten gibt, Männer von Erziehung und Bildung, die diese Sachen nur widerwillig veröffentlichen, die das Falsche ihrer Handlungsweise einsehen und nur deshalb so handeln, weil die ungesunden Verhältnisse, unter denen sie ihren Beruf ausüben, sie zwingen, die Wünsche des Publikums zu erfüllen und sich dabei dem allergewöhnlichsten Geschmack anzupassen, um mit anderen Journalisten zu konkurrieren. Sich in einer solchen Lage zu befinden, ist für jeden kultivierten Menschen äußerst erniedrigend, und ich bezweifle nicht, daß die meisten dies bitter empfinden.

Aber wenden wir uns nunmehr von dieser besonders häßlichen Seite des Gegenstandes ab und kehren zurück zur Frage der öffentlichen Kontrolle über die Kunst, womit ich sagen will, daß die öffentliche Meinung dem Künstler vorschreibt, welcher Form er sich bedienen soll und in welcher Art und Weise und welches Material er auswählen müsse. Ich habe ausgeführt, daß in England diejenigen Künste am freiesten geblieben sind, an denen das Publikum keinen Anteil nahm. Es interessiert sich jedoch für das Drama, und da im Drama während der letzten zehn oder fünfzehn Jahre ein gewisser Fortschritt zu verzeichnen war, muß man unbedingt hervorheben, daß dieser Fortschritt ausschließlich ein paar individuellen Künstlern zu danken ist, die es abgelehnt haben, sich dem Publikumsgeschmack anzupassen und es ebenfalls abgelehnt haben, die Kunst als einen bloßen Gegenstand von Angebot und Nachfrage zu betrachten. Hätte er nichts anderes im Sinne gehabt, als die Wünsche des Publikums zu befriedigen, so hätte Irving, dank seiner wundervollen und lebendigen Persönlichkeit, seinem unverwechselbaren Stil und seiner außerordentlichen Gabe nicht nur zu nachahmenden, sondern zu phantasievollen und geistreichen Schöpfungen, die allergewöhnlichsten Stücke in der allergewöhnlichsten Manier schreiben und so viel Geld und Erfolg damit verdienen können, wie er nur wollte. Aber das war nicht sein Ziel. Sein Ziel war, seine Vollendung als Künstler unter bestimmten Voraussetzungen und in bestimmten Kunstformen zu verwirklichen. Zuerst hat er sich an die wenigen gewandt: jetzt hat er die vielen erzogen. Er hat im Publikum sowohl Geschmack als auch Temperament erweckt. Das Publikum weiß seinen Erfolg außerordentlich zu schätzen. Trotzdem frage ich mich oft, ob die Leute verstehen, daß dieser Erfolg nur der Tatsache zuzuschreiben ist, daß er sich niemals ihrem Maßstab unterwarf, sondern seinen eigenen Vorstellungen folgte. Hätte er ihr Niveau akzeptiert, so wäre das Lyceum-Theater eine zweitrangige Schmierenbühne geworden, wie es gegenwärtig einige volkstümliche Theater in London sind. Ob die Leute es begreifen oder nicht, die Tatsache bleibt bestehen, daß Geschmack und Temperament bis zu einem gewissen Grade im Publikum geweckt worden sind und daß das Publikum fähig ist, diese Eigenschaften zu entwickeln. Daraus entsteht die Frage, warum das Publikum nicht zivilisierter wird. Die Fähigkeit dazu ist vorhanden. Wodurch wird es gehindert?

Was das Publikum hindert, es muß nochmals betont werden, ist sein Verlangen, Autorität über den Künstler und über Kunstwerke auszuüben. In bestimmte Theater, wie das Lyzeum und das Haymarket, kommt das Publikum anscheinend in der richtigen Stimmung. In beiden Theatern waren es individuelle Künstler, denen es gelang, in ihren Zuschauern – und jedes Londoner Theater hat sein eigenes Publikum – den Gemütszustand zu erwecken, an den sich die Kunst wendet. Und was ist das für ein Gemütszustand? Es ist der Zustand der Empfänglichkeit. Das ist alles.

Wenn ein Mensch sich einem Kunstwerk nähert mit dem Verlangen, über das Werk und den Künstler Autorität auszuüben, dann nähert er sich ihm in einem bestimmten geistigen Zustand, der jeden künstlerischen Eindruck unmöglich macht. Das Kunstwerk soll den Zuschauer beherrschen: nicht der Zuschauer das Kunstwerk. Der Zuschauer soll empfänglich sein. Er soll die Violine sein, die der Meister spielt. Und je vollständiger er seine eigenen dummen Ansichten, seine eigenen törichten Vorurteile, seine eigenen absurden Ideen über das, was die Kunst sein und was sie nicht sein sollte, unterdrückt, desto wahrscheinlicher wird er das Kunstwerk zu verstehen und zu würdigen wissen. Das wird natürlich besonders deutlich, wenn man an das gewöhnliche englische Theaterpublikum denkt. Aber es gilt genauso für die sogenannten Gebildeten. Denn die Vorstellungen eines Gebildeten über Kunst leiten sich natürlich davon ab, was Kunst war, während das neue Kunstwerk dadurch schön ist, daß es ist, was die Kunst noch nie war; und es mit den Maßstäben der Vergangenheit zu messen heißt, ein Maß anwenden, von dessen Verwerfung seine wahre Vollendung abhängt. Nur ein Temperament, das durch seine Phantasie, in einem Zustand vertiefter Einbildungskraft neue und schöne Eindrücke zu empfangen vermag, wird imstande sein, ein Kunstwerk zu würdigen. Und so richtig sich dies in der Würdigung der Bildhauerei und der Malerei erweist, so gilt es erst recht für eine Kunst wie das Drama. Denn ein Bild oder eine Statue stehen nicht im Kampf mit der Zeit. Der Zeitablauf ist für sie ohne Belang. Ihre Einheit kann in einem einzigen Augenblick erfaßt werden. Mit der Literatur verhält es sich anders. Ehe die Einheit der Wirkung wahrgenommen wird, muß Zeit vergehen. Und so kann im ersten Akt eines Dramas etwas vorfallen, dessen wirklicher künstlerischer Wert dem Zuschauer erst im dritten oder vierten Akt klar wird. Soll da der törichte Kerl wütend werden und laut schimpfen und das Spiel stören und die Künstler belästigen? Nein. Der Biedermann soll ruhig dasitzen und die köstlichen Empfindungen der Überraschung, der Neugier und der Spannung kennenlernen. Er soll nicht ins Theater gehen, um seine üble Laune abzureagieren. Er soll ins Theater gehen, um eine künstlerische Stimmung in sich zu erzeugen, um eine künstlerische Stimmung zu durchleben. Er ist nicht der Richter über das Kunstwerk. Es wird ihm gestattet, das Kunstwerk zu betrachten und, wenn es ein großes Kunstwerk ist, in seiner Betrachtung all die Überheblichkeit zu vergessen, die ihn zerstört – die Überheblichkeit seiner Unwissenheit, die Überheblichkeit seiner Bildung. Diese Eigenart des Dramas ist, wie ich glaube, noch kaum genügend erkannt worden. Wenn Macbeth zum erstenmal vor einem modernen Londoner Publikum aufgeführt würde, so könnte ich verstehen, daß viele der Anwesenden gegen das Auftreten der Hexen im ersten Akt mit ihren grotesken Redensarten und lächerlichen Worten heftig und entschieden protestieren würden. Aber wenn das Stück zu Ende ist, versteht man, daß das Gelächter im Macbeth ebenso schrecklich ist wie das Gelächter des Wahnsinns im Lear, noch schrecklicher als Jagos Gelächter in der Tragödie des Mohren. Kein Kunstbetrachter bedarf der empfänglichen Stimmung mehr als der Zuschauer eines Dramas. In dem Augenblick, wo er Autorität auszuüben versucht, wird er der ausgesprochene Feind der Kunst und seiner selbst. Die Kunst bleibt davon unberührt. Er ist es, der darunter leidet.

Mit dem Roman verhält es sich genauso. Die Autorität der Massen und das Anerkennen dieser Autorität ist verhängnisvoll. Thackerays *Esmond* ist ein herrliches Kunstwerk, weil er es zu seinem eigenen Vergnügen schrieb. In seinen anderen Romanen, in *Pendennis, Philip* und sogar in *Jahrmarkt der Eitelkeit* ist er sich bisweilen des Lesers allzu bewußt und verdirbt seine Schöpfung, indem er sich offen an die Sympathien des Publikums wendet oder sich offen darüber lustig macht. Ein echter Künstler kümmert sich nicht um das Publikum. Es existiert nicht für ihn. Er hat keine Mohn oder Honig gefüllten Kuchen, mit denen er das Ungeheuer einschläfert oder füttert. Das überläßt er dem volkstümlichen Schriftsteller. Einen unvergleichlichen Romanschriftsteller haben wir heute in England, es ist George Meredith. Es gibt in Frankreich größere Künstler, aber Frankreich hat keinen, dessen Sicht vom Leben so weit gespannt, so vielfältig und in der Phantasie so wahr ist. In Rußland gibt es Erzähler, die eine lebhaftere Empfindung für die

Darstellung des Leidens besitzen. Aber seine Stärke ist das philosophische Element im Roman. Seine Figuren leben nicht nur, sie verstehen zu denken. Man kann sie von unzähligen Blickpunkten aus betrachten. Sie wirken suggestiv. Sie haben eine Seele und eine Aura um sich. Sie geben Aufschlüsse und sind gleichzeitig symbolisch. Und der, welcher sie geschaffen hat, jene wundervollen, beweglichen Gestalten, hat sie zu seiner eigenen Freude erschaffen und hat nie das Publikum nach seinen Wünschen gefragt, er hat sich nie darum gekümmert, hat dem Publikum niemals erlaubt, ihm Vorschriften zu machen oder ihn in irgendeiner Weise zu beeinflussen; vielmehr hat er seine eigene Persönlichkeit weiter vertieft und sein eigenes individuelles Werk hervorgebracht. Zuerst beachtete ihn niemand. Das war gleichgültig. Dann kamen die wenigen zu ihm. Das veränderte ihn nicht. Jetzt ist die Menge gekommen. Er ist der gleiche geblieben. Er ist ein hervorragender Romanschriftsteller.

Mit den dekorativen Künsten verhält es sich nicht anders. Das Publikum klammerte sich mit wahrhaft pathetischer Zähigkeit an dem fest, was ich als die direkten Traditionen der großen Schaustellung der internationalen Gewöhnlichkeit betrachte, Traditionen, die so verheerend waren, daß die Häuser, in denen die Leute lebten, nur für Blinde bewohnbar waren. Da fing man an, schöne Dinge herzustellen, die Hand des Färbers lieferte schöne Farben, der Geist des Künstlers ersann schöne Muster, und der Gebrauch schöner Dinge, ihr Wert und ihre Wichtigkeit wurden aufgezeigt. Das Publikum war sehr ungehalten darüber. Es verlor seine Laune. Es redete Unsinn. Keiner kümmerte sich darum. Niemand fühlte sich um ein Jota geringer. Niemand beugte sich der Macht der öffentlichen Meinung. Und jetzt ist es beinahe unmöglich, in ein modernes Haus zu treten, ohne wenigstens den Anklang eines guten Geschmacks zu entdecken, ein wenig Verständnis für den Wert einer hübschen Umgebung, einer Spur von Schönheit zu begegnen. Wirklich sind heutzutage die Wohnhäuser in der Regel ganz reizend. Die Leute sind in sehr großem Maße kultiviert geworden. Allerdings muß man sich vor Augen halten, daß der außerordentliche Erfolg der Veränderung im Wohnungsdekor und der Möbeleinrichtung und was sonst noch dazu gehört, nicht der Mehrzahl des Publikums zuzuschreiben ist, das in diesen Dingen einen so erlesenen Geschmack entwickelt hätte. Er war vor allem dem Umstand zu verdanken, daß die Kunsthandwerker die Lust, schöne Dinge hervorzubringen, so hoch schätzten und die Häßlichkeit und Gewöhnlichkeit der bisherigen Wünsche des Publikums so deutlich empfanden, daß sie das Publikum einfach aushungerten. Es wäre gegenwärtig ganz unmöglich, einen Raum so auszustatten, wie man noch vor wenigen Jahren einen Raum auszustatten pflegte, ohne jedes Stück in einer Auktion für Gebrauchtmöbel aus einer drittklassigen Pension zu erstehen. Diese Sachen werden nicht mehr hergestellt. Wie sehr die Leute sich auch sträuben mögen, heutzutage müssen sie etwas Hübsches in ihrer Umgebung dulden. Zu ihrem Glück hat ihre Anmaßung der Autorität in diesen Kunstzweigen nichts auszurichten vermocht.

Es ist offensichtlich, daß jede Autorität in diesen Dingen von Übel ist. Manchmal stellen die Leute die Frage, unter welcher Regierungsform ein Künstler am angemessensten lebe. Es gibt darauf nur eine Antwort. Für den Künstler gibt es nur eine passende Regierungsform, nämlich gar keine Regierung. Es ist lächerlich, über ihn und seine Kunst Autorität auszuüben. Man hat behauptet, daß Künstler unter der Herrschaft des Despotismus herrliche Werke hervorgebracht haben. Das verhält sich nicht ganz so. Die Künstler haben Despoten aufgesucht, aber nicht als Untertanen, um sich tyrannisieren zu lassen, sondern als wandernde Wundertäter, als vagabundierende, faszinierende Persönlichkeiten, um gastlich aufgenommen und umschmeichelt zu werden und um die Ruhe zu schöpferischem Werk zu gewinnen. Zugunsten des Despoten ist zu sagen, daß er als Individuum Kultur besitzen kann, während diese dem Pöbel, als einem wahren Ungeheuer, fehlt. Ein Kaiser und ein König werden sich vielleicht bücken, um einem Maler den Pinsel aufzuheben, wenn sich aber die Demokratie bückt, tut sie es vor allem, um mit Dreck zu werfen. Und doch braucht sich die Demokratie nicht so tief zu bücken wie der Kaiser. Ja, wenn sie mit Dreck werfen will, braucht sie sich überhaupt nicht zu bücken. Doch ist es nicht notwendig, zwischen dem Monarchen und dem Pöbel zu unterscheiden; jede Autorität ist gleichermaßen ein Übel.

Es gibt drei Arten von Despoten: den Despoten, der den Leib knechtet, den Despoten, der die Seele knechtet, und den Despoten, der Leib und Seele gleichzeitig knechtet. Der erste ist der Fürst. Der zweite ist der Papst. Der dritte ist das Volk. Der Fürst kann Kultur besitzen. Viele Fürsten besaßen Kultur. Doch vom Fürsten droht Gefahr. Man denke an die Kränkung Dantes auf dem Fest in Verona, an Tasso in der Tollhauszelle in Ferrara. Für den Künstler ist es besser, nicht in der Umgebung von Fürsten zu leben. Der Papst mag Kultur haben. Viele Päpste besaßen Kultur, und zwar gerade die schlechten Päpste. Die schlechten Päpste liebten die Schönheit fast so leidenschaftlich, ja mit ebensoviel Leidenschaft, wie die guten Päpste den Geist haßten. Der Schwäche der Päpste verdankt die Menschheit vieles. Die guten Päpste haben an der Menschheit Schreckliches verschuldet. Doch wenn auch der Vatikan die Rhetorik seines Donnerns beibehalten und die Zuchtrute seiner Blitze verloren hat, ist es besser für den Künstler, nicht bei den Päpsten zu leben. Es gab einen Papst, der in einem Konklave der Kardinäle über Cellini sagte, daß die allgemeinen Gesetze, und die über alle geübte Autorität nicht für seinesgleichen gälten; aber es war auch ein Papst, der Cellini ins Gefängnis warf und ihn dort so lange festhielt, bis er vor Zorn krank wurde und sich unwirkliche Vorstellungen schuf, die goldene Sonne in sein Zimmer kommen sah und sich so sehr in sie verliebte, daß er den Plan zur Flucht faßte und herauskroch von Turm zu Turm, und in der Dämmerung durch die schwindelerregende Luft fiel und sich verletzte; er wurde von einem Winzer mit Weinlaub bedeckt und in einem Karren zu jemandem gebracht, der ein Liebhaber schöner Dinge war und sich seiner annahm. Von den Päpsten droht Gefahr. Und was das Volk betrifft, was soll man von ihm und seiner Autorität sagen? Vielleicht ist über das Volk und seine Autorität schon genug gesprochen worden. Die Autorität des Volkes ist etwas Blindes, Taubes, Häßliches, Groteskes, Tragisches, Amüsantes, Ernsthaftes und Obszönes. Es ist für den Künstler unmöglich, mit dem Volk zu leben. Alle Despoten bestechen. Das Volk besticht und brutalisiert. Wer hat es gelehrt, Autorität zu üben? Es war geschaffen, zu leben, zu lauschen und zu lieben. Jemand hat ihm einen großen Schaden zugefügt. Es hat sich selbst verdorben, indem es seine Oberen nachahmte. Es hat das Zepter des Fürsten an sich gerissen. Wie sollte es imstande sein, es zu gebrauchen? Es hat die dreifache Tiara des Papstes ergriffen. Wie sollte es ihre Last tragen? Es gleicht einem Clown mit einem gebrochenen Herzen. Es ist wie ein Priester, dessen Seele noch nicht geboren wurde. Wer die Schönheit liebt, mag das Volk bemitleiden. Obgleich es die Schönheit selbst nicht liebt, so mag es doch Mitleid mit sich selbst hegen. Wer hat das Volk die Niedertracht der Tyrannei gelehrt?

Es gibt noch viele andere Dinge, auf die man hinweisen könnte. Man sollte ausführen, wie die Renaissance zu ihrer Größe gelangte, weil sie nicht bestrebt war, soziale Probleme zu lösen; daß sie sich um Probleme dieser Art überhaupt nicht bekümmerte, sondern das Individuum in Freiheit und Schönheit und Natürlichkeit sich entfalten ließ und so große und individuelle Künstler und große, individuelle Menschen hervorbrachte. Man könnte deutlich machen, wie Ludwig XIV., indem er den modernen Staat schuf, den Individualismus des Künstlers zerstörte und den Dingen durch die Einförmigkeit ihrer Wiederholung etwas Monströses verlieh und sie herabwürdigte durch die zur Regel erhobene Gleichförmigkeit und in ganz Frankreich all jene edlen Freiheiten des Ausdrucks abtötete, die die Tradition in der Schönheit erneuert und neue Gebilde neben der antiken Form geschaffen hatten. Aber die Vergangenheit ist ohne Bedeutung. Die Gegenwart ist ohne Gewicht. Mit der Zukunft allein haben wir uns auseinanderzusetzen. Denn die Vergangenheit ist, was der Mensch nicht hätte sein dürfen. Die Gegenwart ist, was der Mensch nicht sein sollte. Die Zukunft ist, was die Künstler sind.

Es wird natürlich der Einwand erfolgen, daß ein solcher Entwurf, wie er hier dargelegt ist, unausführbar bleibt und der menschlichen Natur widerspricht. Das ist völlig richtig. Er ist unausführbar und widerspricht der menschlichen Natur. Und eben deshalb ist er es wert, verwirklicht zu werden, deshalb wird er vorgeschlagen. Denn was ist ein ausführbarer Entwurf? Ein ausführbarer Entwurf ist entweder ein Entwurf, der bereits Gestalt angenommen hat, oder ein Entwurf, der unter den bestehenden Verhältnissen ausgeführt werden könnte. Aber gerade die bestehenden Verhältnisse sind es, die bekämpft werden;

und jeder Entwurf, der sich den bestehenden Verhältnissen anpaßt, ist falsch und töricht. Die Verhältnisse werden abgeschafft werden, und die Natur des Menschen wird sich verändern. Man weiß über die menschliche Natur nur das eine mit Sicherheit, daß sie sich verändert. Veränderlichkeit ist die einzige Eigenschaft, über die wir wirklich etwas vorauszusagen vermögen. Die Systeme, die scheitern, sind jene, die auf der Beständigkeit der menschlichen Natur aufbauen und nicht auf ihrem Wachstum und ihrer Entwicklung. Der Irrtum Ludwigs XIV. bestand darin, daß er dachte, die menschliche Natur bleibe stets die gleiche. Das Ergebnis seines Irrtums war die Französische Revolution. Es war ein erstaunliches Ergebnis. Alle Ergebnisse aus den Fehlern der Regierungen sind ganz erstaunlich.

Es ist zu beachten, daß der Individualismus nicht mit irgendeinem widerlichen Gejammer über die Pflicht an den Menschen herantritt, was nichts anderes bedeutet, als daß man das tun soll, was die anderen wollen, weil sie es wollen; noch mit dem häßlichen Winseln der Selbstaufopferung, diesem Überbleibsel barbarischer Selbstverstümmelung. Der Individualismus tritt mit überhaupt keinen Forderungen an den Menschen heran. Er entsteht natürlich und unvermeidlich aus dem Menschen selbst. Zu diesem Ziel tendiert alle Entwicklung hin. Zu dieser Differenzierung reifen alle Organismen heran. Er ist die Vollendung, die jeder Lebensform inhärent ist, und zu der sich jede Lebensform hin entwickelt. Und so übt der Individualismus keinen Zwang auf den Menschen aus. Im Gegenteil, er sagt dem Menschen, er solle keinen Zwang auf sich dulden. Er versucht nicht, die Menschen zu zwingen, gut zu sein. Er weiß, daß die Menschen gut sind, wenn man sie in Frieden läßt. Der Mensch wird den Individualismus aus sich selbst heraus entwickeln, und er entwickelt ihn jetzt auf diese Weise. Zu fragen, ob der Individualismus praktizierbar ist, gleicht der Frage, ob die Evolution praktizierbar ist. Evolution ist das Gesetz des Lebens, und es gibt keine andere Entwicklung als hin zum Individualismus. Wo sich diese Tendenz nicht ausdrückt, liegt immer künstlich aufgehaltenes Wachstum vor, Krankheit oder Tod.

Der Individualismus wird auch selbstlos und aufrichtig sein. Es ist darauf hingewiesen worden, daß eine der Folgen der unerträglichen Tyrannei der Autorität sich darin zeige, daß die Worte in ihrer natürlichen und einfachen Bedeutung völlig entstellt wurden und daß man sie dazu mißbrauchte, das Gegenteil ihres richtigen Sinnes auszudrücken. Was in der Kunst für wahr gilt, ist auch im Leben wahr. Ein Mensch, der sich nach seiner Neigung kleidet, wird jetzt gekünstelt genannt. Aber indem er es tut, handelt er auf völlig natürliche Weise. Die Künstlichkeit liegt in solchen Fällen darin, daß man sich nach dem Geschmack seiner Mitmenschen kleidet, der vermutlich, da er der Geschmack der Mehrzahl ist, sehr dumm sein wird. Oder man nennt einen Menschen egoistisch, wenn er sein Leben auf eine Art und Weise führt, die ihm angemessen erscheint, um seine Persönlichkeit ganz zu verwirklichen; vorausgesetzt, daß die Selbstverwirklichung das beherrschende Ziel seines Lebens ist. Aber jeder sollte in dieser Weise leben. Egoismus besteht nicht darin, daß man sein Leben nach seinen Wünschen lebt, sondern darin, daß man von anderen verlangt, daß sie so leben, wie man es wünscht. Und Selbstlosigkeit heißt, andere in Frieden lassen und sich nicht in ihre Angelegenheiten mischen. Der Egoismus ist immer bestrebt, um sich herum eine absolute Gleichheit des Typus zu schaffen. Die Selbstlosigkeit erkennt die unendliche Vielfalt des Typus als etwas Kostbares an, stimmt ihr zu, geht darauf ein, ja, erfreut sich daran. Es ist keineswegs egoistisch, an sich zu denken. Wer nicht an sich denkt, denkt überhaupt nicht. Es ist äußerst egoistisch, von dem Mitmenschen zu verlangen, daß er in derselben Weise denken, dieselben Meinungen haben soll. Warum sollte er das? Wenn er denken kann, wird er wahrscheinlich verschieden denken. Wenn er nicht denken kann, ist es lächerlich, überhaupt Gedanken irgendwelcher Art von ihm zu verlangen. Eine rote Rose ist nicht egoistisch, bloß weil sie eine rote Rose sein will. Sie wäre schrecklich egoistisch, wenn sie von allen anderen Blumen des Gartens verlangen wollte, daß sie nicht nur rot, sondern auch Rosen sein sollten. Unter dem Individualismus werden die Menschen ganz natürlich und vollkommen selbstlos sein, sie werden die Bedeutung der Worte kennen und sie in ihrem freien, schönen Leben anwenden. Auch werden die Menschen keine Egoisten mehr sein, wie sie es jetzt sind. Denn derjenige ist ein Egoist, der Ansprüche an andere macht, und der Individualist wird gar nicht den Wunsch danach verspüren. Es wird ihm kein Vergnügen bereiten. Wenn der Mensch den Individualismus verwirklicht hat, wird er auch das Mitgefühl lebhaft empfinden und es frei und spontan üben. Bis jetzt hat der Mensch das Mitgefühl noch kaum ausgebildet. Er hat vor allem Mitgefühl mit dem Schmerz, und diese Form des Mitgefühls ist keineswegs die höchste. Jedes Mitgefühl ist edel, aber Mitgefühl mit dem Leiden ist am wenigsten edel. Es ist mit Selbstsucht vermischt. Es trägt den Keim des Ungesunden in sich. Es liegt eine gewisse Angst um unsere eigene Sicherheit darin. Wir fürchten, selbst in den gleichen Zustand wie der Aussätzige oder der Blinde zu geraten, und wir fürchten, daß dann niemand für uns sorgen würde. Es führt auch zu einer eigenen Begrenztheit. Man sollte mit der Unversehrtheit des Lebens empfinden, nicht bloß mit seinen Wunden und Gebrechen, sondern mit der Freude und Schönheit, der Kraft, der Gesundheit und der Freiheit des Lebens. Je weiter das Mitgefühl reicht, desto schwieriger wird es natürlich. Es verlangt größere Selbstlosigkeit. Jedermann vermag für die Leiden eines Freundes Mitgefühl zu empfinden, aber es setzt ein sehr edles Wesen voraus – es setzt in der Tat das Wesen eines echten Individualisten voraus –, an dem Erfolg eines Freundes teilzunehmen.

In dem modernen Konkurrenzzwang und dem Kampf um einen Platz ist solche Teilnahme natürlich selten, und sie wird auch durch das unsittliche Ideal der Gleichförmigkeit des Typus und durch die Anpassung an die Regel sehr unterdrückt, ein Ideal, dem man vielleicht vor allem in England verfallen ist.

Mitgefühl für den Schmerz wird es natürlich immer geben. Es ist einer der primären Instinkte des Menschen. Die Tiere, die individuell sind, die »höheren« Tiere sozusagen, teilen diese Empfindung mit uns. Aber man muß daran erinnern, daß zwar das Mitgefühl für die Freude die Summe der Lebensfreude in der Welt steigert, das Mitgefühl für den Schmerz dagegen keineswegs die Fülle des Leidens wirklich verringert. Es mag dem Menschen das Elend erleichtern, aber das Elend selbst bleibt. Das Mitgefühl mit dem Opfer der Schwindsucht heilt die Schwindsucht nicht, das ist die Aufgabe der Wissenschaft. Und wenn der Sozialismus das Problem der Armut und die Wissenschaft das

Problem der Krankheit gelöst hat, dann wird der Spielraum der Sentimentalen verringert sein, und das Mitgefühl der Menschen wird weit, gesund und spontan sein. Der Mensch wird Freude empfinden in der Betrachtung des freudigen Lebens der anderen.

Denn durch die Freude wird sich der Individualismus der Zukunft entfalten. Christus hat keinen Versuch gemacht, die Gesellschaft neu aufzubauen, und so ist es folgerichtig, daß der von ihm gepredigte Individualismus sich nur durch Leiden oder in der Einsamkeit verwirklichen läßt. Die Ideale, die wir Christus verdanken, sind die Ideale des Menschen, der sich von der Gesellschaft völlig abkehrt oder der ihr absoluten Widerstand entgegensetzt. Aber der Mensch ist von Natur aus gesellig. Selbst die Thebais wurde schließlich bevölkert. Und wenn auch der Mönch seine Persönlichkeit verwirklicht, ist es oft eine verarmte Persönlichkeit, die er so verwirklicht. Andererseits übt die furchtbare Wahrheit, daß das Leiden eine Möglichkeit zur Selbstverwirklichung ist, eine große Faszination auf die Menschen aus. Seichte Redner und seichte Denker schwätzen oft von den Tribünen und Kanzeln herab über die Genußsucht der Welt und jammern darüber. Aber es ist selten in der Weltgeschichte, daß Freude und Schönheit ihr Ideal gewesen sind. Die Anbetung des Leidens hat in der Welt weit öfter vorgeherrscht. Das Mittelalter mit seinen Heiligen und Märtyrern, mit seiner Vorliebe für die Selbstquälerei, seiner wilden Leidenschaft für die Selbstverwundung, mit seinen tief ins Fleisch schneidenden Messern und seinen Geißelungen – das Mittelalter ist das wirkliche Christentum, und der mittelalterliche Christus ist der wirkliche Christus. Als die Renaissance aufkam und die neuen Ideale von der Schönheit des Lebens und der Lebensfreude brachte, verstanden die Menschen Christus nicht mehr. Selbst die Kunst zeigt uns das. Die Maler der Renaissance stellten Christus als einen kleinen Jungen dar, der mit einem anderen Jungen in einem Palast oder in einem Garten spielt, oder im Arm der Mutter liegt und ihr oder einer Blume oder einem glänzenden Vogel zulächelt; oder sie malten ihn als edle und erhabene Gestalt, die würdevoll durch die Welt schreitet; oder als eine wunderschöne Gestalt, die sich in einer Art Ekstase vom Tod zum Leben erhebt. Selbst wenn sie den gekreuzigten Christus darstellten, malten sie ihn als einen herrlichen Gott, über den die bösen Menschen Leiden verhängt haben. Aber er beschäftigte die Menschen nicht sehr. Was sie entzückte, war die Darstellung von Männern und Frauen, die sie bewunderten, und sie wollten die Schönheit dieser lieblichen Erde zeigen. Sie haben viele religiöse Bilder gemalt – in der Tat viel zu viele, und die Eintönigkeit des Typus und der Motive ist ermüdend; sie hat der Kunst geschadet. Sie war das Ergebnis der Autorität des Volkes in Sachen der Kunst und ist bedauerlich. Aber ihre Seele war nicht in dem Gegenstand. Raffael war ein großer Künstler, als er sein Bildnis des Papstes schuf. Als Maler seiner Madonnen und Christusknaben ist er durchaus kein großer Künstler. Christus hatte der Renaissance keine Botschaft zu bringen, der Renaissance, die so wundervoll war, weil sie ein Ideal hervorbrachte, das von dem seinen völlig abwich, und um den wirklichen Christus zu finden, müssen wir uns in die Kunst des Mittelalters vertiefen. Da erscheint er als der Verstümmelte und Gemarterte, einer, der nicht anmutig anzusehen ist, weil Schönheit Freude erzeugt, einer, der kein kostbares Gewand trägt, denn auch dieses könnte eine Freude sein: Er ist ein Bettler mit einer wundervollen Seele, er ist ein Aussätziger mit einer göttlichen Seele, er bedarf weder des Besitzes noch der Gesundheit, er ist ein Gott, der seine Vollkommenheit durch Leiden gewinnt.

Die Entwicklung des Menschen schreitet langsam voran. Die Ungerechtigkeit der Menschen ist groß. Es war notwendig, das Leiden als eine Form der Selbstverwirklichung darzustellen. Selbst heute ist die Botschaft Christi an manchen Orten in der Welt notwendig. Keiner, der im modernen Rußland lebt, könnte seine Vollkommenheit anders als durch das Leiden gewinnen. Einige wenige russische Künstler haben sich in der Kunst verwirklicht, im Roman, der mittelalterlich in der Haltung ist, weil sein vorherrschendes Merkmal die Verwirklichung des Menschen durch das Leiden ist. Aber für die, die keine Künstler sind und kein anderes Leben als das eigentlich tätige Leben kennen, ist das Leiden das einzige Tor zur Vollendung. Ein Russe, der unter dem bestehenden Regierungssystem in Rußland fähig ist, glücklich zu leben, glaubt entweder, der Mensch besitzt keine Seele, oder die Seele sei der Entwicklung nicht wert. Ein Nihilist, der jede Autorität ablehnt, weil er die Autorität als Übel erkannt hat, und der alles Leiden willkommen heißt, weil er dadurch seine Persönlichkeit verwirklicht, ist ein echter Christ. Für ihn ist das christliche Ideal eine Wahrheit.

Und doch hat Christus nicht gegen die Autorität revoltiert. Er ließ die kaiserliche Autorität des römischen Imperiums gelten und zollte ihr Tribut. Er ertrug die ekklesiastische Autorität der jüdischen Kirche und wollte sich ihrer Gewaltsamkeit nicht durch eigene Gewalt widersetzen. Er hatte, wie ich bereits sagte, keinen Plan, die Gesellschaft neu aufzubauen. Aber die moderne Welt hat Pläne. Sie schlägt vor, die Armut und das daraus erwachsende Leiden zu beseitigen. Sie will sich vom Schmerz und den daraus fließenden Qualen befreien. Sie vertraut dem Sozialismus und der Wissenschaft als ihren Methoden. Ihr Ziel ist ein Individualismus, der sich durch Freude ausdrückt. Dieser Individualismus wird weiter, reicher, herrlicher als jede bisherige Form des Individualismus sein. Der Schmerz ist nicht die letzte Stufe der Vollendung. Er ist bloß ein vorläufiger Zustand und ein Protest. Er steht im Zusammenhang mit falschen, ungesunden, ungerechten Verhältnissen. Wenn die Schlechtigkeit, die Krankheit und die Ungerechtigkeit aus der Welt verschwunden sind, dann wird er keinen Platz mehr haben. Er hat ein großes Werk vollbracht, aber es ist fast beendet. Sein Wirkungskreis wird von Tag zu Tag geringer.

Auch wird ihn niemand entbehren. Denn was der Mensch erstrebt hat, das ist in der Tat weder Schmerz noch Vergnügen, sondern einfach Leben. Der Mensch verlangt danach, intensiv, ganz und vollkommen zu leben. Wenn er das vermag, ohne auf andere Zwang auszuüben, oder selbst Zwang zu erleiden, und wenn ihn alle seine Arbeiten befriedigen, dann wird er geistig gesünder, stärker, zivilisierter und mehr er selbst sein. In der Freude drückt sich die Natur aus, ihr stimmt sie zu. Wenn der Mensch glücklich ist, lebt er im Einklang mit sich und seiner Umgebung. Der neue Individualismus, in dessen Diensten der Sozialismus wirkt, ob er es wahrhaben will oder nicht, wird vollkommene Harmonie sein. Er wird die Erfüllung dessen sein, wonach sich die Griechen sehnten, und was sie nur in Gedanken vollkommen zu verwirklichen vermochten, weil sie sich Sklaven hielten und sie ernährten; er wird die Erfüllung dessen sein, wonach sich die Renaissance sehnte, aber nur in der Kunst wahrhaft verwirklichen konnte, weil sie sich Sklaven hielt und sie verhungern ließ. Er wird vollkommen sein, und durch ihn wird jeder Mensch zu seiner Vollkommenheit gelangen. Der neue Individualismus ist der neue Hellenismus.

Das Bildnis des W. H.

Ich hatte mit Erskine in seinem hübschen, kleinen Haus in Birdcage Walk zu Mittag gegessen, und nun saßen wir in der Bibliothek bei Kaffee und Zigaretten, als die Frage der literarischen Fälschungen ins Gespräch kam. Ich kann mich jetzt nicht mehr erinnern, wie wir auf dieses einigermaßen seltsame Thema gekommen waren, denn seltsam war es zu jener Zeit, aber ich weiß, daß wir eine lange Diskussion über Macpherson, Irland und Chatterton hatten und daß ich im Hinblick auf letzteren darauf beharrte, seine sogenannten Fälschungen seien nur das Ergebnis eines künstlerischen Verlangens nach vollkommener Darstellung; ich blieb dabei, daß wir kein Recht haben mit einem Künstler um die Bedingungen zu streiten, die er wählt um sein Werk vorzustellen; und, da alle Kunst bis zu einem gewissen Grad eine Form der Verstellung ist, ein Versuch, seine eigene Persönlichkeit auf einer erfundenen Ebene außerhalb der hemmenden Zufälligkeiten und Begrenzungen des wirklichen Lebens zu verwirklichen, es die Verwechslung eines ethischen mit einem ästhetischen Problem bedeute, wenn man einen Künstler wegen einer Fälschung kritisiert.

Erskine, der viel älter war als ich und der mir mit der heiteren Nachsicht eines Mannes von vierzig zugehört hatte, legte plötzlich seine Hand auf meine Schulter und sagte: »Was würdest du von einem jungen Mann halten, der eine sonderbare Theorie über ein bestimmtes Kunstwerk hat, an seine Theorie glaubt und um sie zu beweisen eine Fälschung begeht?«

»Oh! Das ist etwas ganz anderes«, antwortete ich.

Erskine blieb einen Augenblick lang still und schaute auf die dünnen grauen Rauchfäden, die von seiner Zigarette aufstiegen.

»Ja«, sagte er nach einer Pause, »etwas ganz anderes.«

Im Ton seiner Stimme lag etwas, vielleicht eine leichte Spur von Bitterkeit, was meine Neugier reizte. »Hast du jemanden gekannt, der das getan hat?« rief ich.

»Ja«, gab er zur Antwort und warf seine Zigarette ins Feuer – »einen sehr guten Freund von mir, Cyril Graham. Er war sehr faszinierend, sehr verrückt und sehr herzlos. Er hat mir übrigens das einzige Vermächtnis hinterlassen, das ich je in meinem Leben empfing.«

»Was war das?« fragte ich lachend. Erskine stand von seinem Sessel auf und ging zu einem hohen Intarsienschrank zwischen den beiden Fenstern, schloß ihn auf und kam mit einem kleinen Tafelbild in einem alten, etwas verblichenen elisabethischen Rahmen zu mir zurück.

Es war das Portrait eines jungen Mannes in ganzer Figur, im Kostüm des ausgehenden 16. Jahrhunderts, der an einem Tisch stand und die rechte Hand auf ein offenes Buch stützte. Er mochte 17 Jahre alt sein und war von einer ganz ungewöhnlichen, eigenwilligen Schönheit, wenn auch offensichtlich etwas weich. Ja, wäre nicht das Gewand und das kurzgeschnittene Haar gewesen, hätte man sagen können, daß dies Gesicht, mit seinen träumerischen, ernsten Augen und seinen zarten roten Lippen das Gesicht eines Mädchens sei. Im Stil, und besonders in der Behandlung der Hände, erinnerte das Bild an das Spätwerk von François Clouet. Das schwarze Samtwams mit seinen phantastischen Goldtupfen und der pfauenblaue Hintergrund, gegen den es sich so wundervoll abhob und aus dem es seinen leuchtenden Farbwert gewann, waren ganz in der Manier von Clouet; und die beiden Masken der Tragödie und der Komödie, die etwas förmlich an dem Marmorsockel hingen, zeigten die harte strenge Pinselführung – so verschieden von der leichten Anmut der Italiener –, die der große flämische Meister auch am französischen Hofe nie ganz verloren hatte und die eigentlich immer ein Charakteristikum des nordischen Temperamentes gewesen ist.

»Ein bezauberndes Bild«, rief ich aus, »aber wer ist dieser wunderbare junge Mann, dessen Schönheit uns die Kunst so glücklich bewahrt hat?«

»Dies ist das Portrait von W. H.«, sagte Erskine mit einem traurigen Lächeln. Es war vielleicht nur ein zufälliger Lichteffekt, aber mir schien es, als wären seine Augen mit Tränen gefüllt.

»W. H.?« wiederholte ich, »wer war W. H.?«

»Erinnerst du dich nicht?« antwortete er, »schau das Buch an, auf dem seine Hand ruht.«

»Ich sehe eine Schrift darauf, aber ich kann sie nicht entziffern«, erwiderte ich.

»Nimm dieses Vergrößerungsglas und versuche es«, sagte Erskine mit dem gleichen traurigen Lächeln, das noch immer um seinen Mund spielte.

Ich nahm das Glas, rückte die Lampe ein wenig näher und fing an, die schwer lesbare Handschrift aus dem 16. Jahrhundert zu buchstabieren. »Dem einzigen Urheber der folgenden Sonette ...«

»Lieber Himmel!« rief ich, »ist das Shakespeares W. H.?«

»Cyril Graham behauptete es«, murmelte Erskine.

»Aber es sieht Lord Pembroke überhaupt nicht ähnlich«, erwiderte ich.

Ich kenne die Wilton Portraits sehr gut. Ich habe sie erst vor einigen Wochen gesehen.«

»Glaubst du also wirklich, daß die Sonette an Lord Pembroke gerichtet sind?« fragte er.

»Ich bin davon überzeugt«, antwortete ich. »Pembroke, Shakespeare und Mary Fitton sind die drei Figuten der Sonette; es gibt überhaupt keinen Zweifel darüber.«

»Nun, ich stimme mit dir überein«, sagte Erskine, »aber ich dachte nicht immer so. Ich glaubte – ich nehme an, ich glaubte an Cyril Graham und seine Theorie.«

»Und wie lautete sie?« fragte ich und schaute auf das wundervolle Portrait, das bereits eine seltsame Faszination auf mich auszuüben begann.

»Das ist eine lange Geschichte«, sagte er leise und nahm mir das Bild weg – ziemlich abrupt, wie es mir damals schien – »eine sehr lange Geschichte; aber wenn du sie hören möchtest, will ich sie dir erzählen.«

»Jede Theorie über die Sonette interessiert mich, aber ich glaube nicht, daß man mich zu einer neuen Auffassung bekehren kann. Die Sache ist für niemanden mehr ein Geheimnis. Ja, ich wundere mich, daß sie je ein Geheimnis war.«

»Da ich an diese Theorie nicht glaube, kann ich dich kaum

dazu bekehren«, sagte Erskine lachend, »aber sie könnte dich interessieren.«

»Natürlich, erzähl' mir davon«, antwortete ich. »Wenn sie nur halb so reizvoll ist wie das Bild, bin ich mehr als zufrieden.«

»Nun«, sagte Erskine und zündete sich eine Zigarette an, »ich muß damit beginnen, daß ich dir von Cyril Graham selbst erzähle. Er und ich waren im selben Haus in Eton. Ich war ein oder zwei Jahre älter als er, aber wir waren dicke Freunde und arbeiteten und spielten stets zusammen. Es war natürlich mehr Spiel als Arbeit, aber ich kann nicht sagen, daß ich es bedaure. Es ist immer ein Vorzug, keine gründliche kaufmännische Ausbildung erhalten zu haben, und was ich auf den Spielplätzen von Eton lernte, ist mir genauso nützlich gewesen, wie das, was mir in Cambridge beigebracht wurde. Ich muß erwähnen, daß Cyrils Vater und Mutter beide tot waren. Sie waren bei einem fürchterlichen Yachtunglück nahe der Insel Wight ertrunken. Sein Vater hatte im diplomatischen Dienst gestanden und hatte eine Tochter, d.h. die einzige Tochter des alten Lord Crediton geheiratet, der nach dem Tod seiner Eltern Cyrils Vormund wurde. Ich glaube nicht, daß Lord Crediton sich viel aus Cyril machte. Er hat es seiner Tochter nie wirklich verziehen, daß sie einen Mann ohne Titel geheiratet hatte. Er war ein sonderbarer alter Aristokrat, der wie ein Fischhändler fluchte und die Manieren eines Bauern besaß. Ich erinnere mich, ihn einmal bei einer Schulfeier gesehn zu haben. Er knurrte mich an, schenkte mir einen Sovereign und sagte, ich sollte nicht so ein ›verfluchter Radikaler‹ werden wie mein Vater. Cyril liebte ihn nicht sehr und war herzlich froh, seine Ferien mit uns in Schottland verbringen zu können. Sie sind nie miteinander ausgekommen. Cyril sah in ihm einen Bären, und er fand Cyril weibisch. Ich glaube, in einigen Dingen war Cyril feminin, obgleich er ein erstklassiger Reiter und Fechter war. Er erhielt sogar einen Preis im Fechten, bevor er Eton verließ. Aber er hatte sehr lässige Manieren und war auf sein gutes Aussehen nicht wenig eitel; außerdem hatte er eine starke Abneigung gegen Fußball, von dem er sagte, es sei ausschließlich ein Spiel für die Söhne der Mittelklasse. Die beiden Dinge, die ihm wirklich Vergnügen bereiteten, waren die Dichtung und das Theaterspielen. In Eton

kostümierte er sich ständig und rezitierte Shakespeare, und als wir ins Trinity College gingen, wurde er in seinem ersten Studienjahr Mitglied des A. D. C. Ich erinnere mich, daß ich immer sehr eifersüchtig auf seine Schauspielerei war. Ich hing ganz unsinnig an ihm; wahrscheinlich weil wir in den meisten Dingen so verschieden waren. Ich war ein ziemlich linkischer, schwächlicher Junge, mit großen Füßen und entsetzlich sommersprossig. Sommersprossen sind in schottischen Familien ebenso häufig, wie in englischen Familien die Gicht. Cyril pflegte zu sagen, daß er von den beiden die Gicht vorziehen würde; aber er legte einen unsinnig hohen Wert auf die persönliche Erscheinung, und einmal las er in unserem Debatierklub eine Abhandlung vor, die bewies, daß es besser sei, gut auszusehen, als gut zu sein. Er sah allerdings sehr gut aus. Leute, die ihn nicht mochten, Philister, Tutoren und junge Theologen meinten, er sei bloß hübsch; aber es lag doch bedeutend mehr in seinem Gesicht als lediglich Hübschheit. Ich glaube, er war das herrlichste Geschöpf, das ich je gesehen habe, und nichts übertraf die Anmut seiner Bewegungen, den Charm seiner Manieren. Er faszinierte jeden, der es wert war, fasziniert zu werden, und auch eine ganze Menge Leute, die es nicht wert waren. Oft war er eigensinnig und unverschämt, und ich hielt ihn für schrecklich unaufrichtig.
Ich glaube, das lag hauptsächlich an seinem unmäßigen Verlangen zu gefallen. Armer Cyril! Ich sagte ihm einmal, daß er sich mit sehr billigen Triumphen zufrieden gäbe, aber er schüttelte nur den Kopf und lächelte. Er war entsetzlich verwöhnt. Vielleicht sind alle bezaubernden Leute verwöhnt. Das ist das Geheimnis ihrer Anziehungskraft.
Doch ich muß dir noch von Cyrils Schauspielkunst erzählen. Du weißt, daß im A. D. C. keine Frauen spielen dürfen. Wenigstens zu meiner Zeit. Ich weiß nicht, wie es jetzt ist. Und natürlich wurden Cyril immer die weiblichen Rollen zugeteilt und als »Wie es Euch gefällt« aufgeführt wurde, spielte er die Rosalinde. Es war eine wunderbare Aufführung. Du wirst über mich lachen, aber ich versichere dir, Cyril Graham war die einzig vollkommene Rosalinde, die ich je gesehen habe. Ich kann dir unmöglich die Schönheit, die Zartheit, die erlesene Vollkommenheit der ganzen Unternehmung beschreiben. Es erregte ein ungeheures

Aufsehen und das scheußliche kleine Theater von damals war jeden Abend überfüllt. Selbst heute noch, wenn ich das Stück lese, muß ich an Cyril denken; die Rolle hätte für ihn geschrieben sein können, mit so außergewöhnlicher Grazie und Würde spielte er sie. Im folgenden Semester promovierte er und ging nach London, um sich auf die diplomatische Laufbahn vorzubereiten. Aber er arbeitete nie etwas. Seine Tage verbrachte er damit, die Shakespeare Sonette zu lesen, die Abende im Theater. Er war natürlich ganz besessen davon, zur Bühne zu gehen. Es war das einzige, was Lord Crediton und ich ihm ausreden konnten. Vielleicht würde er heute noch leben, wenn er zur Bühne gegangen wäre. Es ist immer dumm, einen Rat zu geben, aber einen guten Rat zu geben, ist ganz und gar fatal. Ich hoffe, du wirst niemals diesen Irrtum begehen. Wenn du es tust, wirst du es bereuen. Nun, um auf den wirklichen Kern der Geschichte zu kommen, eines Nachmittags bekam ich einen Brief von Cyril, in dem er mich bat, ihn abends zu besuchen. Er besaß eine zauberhafte Wohnung in Piccadilly, mit dem Blick auf den Green Park, und da ich ihn beinahe jeden Tag sah, war ich einigermaßen überrascht, daß er sich die Mühe nahm zu schreiben. Natürlich ging ich hin, und als ich ankam, fand ich ihn in einem Zustand großer Erregung. Er sagte mir, daß er endlich das wahre Geheimnis der Shakespeareschen Sonette entdeckt hätte; daß alle Kenner und Kritiker eine völlig falsche Spur verfolgt hätten; und daß er der erste sei, der, indem er rein nach der inneren Beweisführung vorgegangen sei, herausgefunden habe, wer W. H. wirklich war. Er war vollkommen außer sich vor Freude, und wollte mir lange Zeit seine Theorie nicht erzählen. Schließlich brachte er einen Haufen Notizen herbei, nahm sein Exemplar der Sonette vom Kaminsims, setzte sich nieder und hielt mir einen langen Vortrag.

Er wies zunächst darauf hin, daß der junge Mann, an den Shakespeare diese ungewöhnlich leidenschaftlichen Verse gerichtet hatte, jemand gewesen sein müsse, der ein wirklich wesentlicher Faktor in der Entwicklung seiner dramatischen Kunst gewesen war und daß dies weder von Lord Pembroke noch von Lord Southampton behauptet werden könne. Ja, wer immer es sei, es könne niemand von hoher Geburt sein, was sehr deutlich aus dem XXV. Sonett hervorgehe, in welchem Shakespeare sich selbst in Gegensatz zu den Männern stellt, die *great princes favourites* sind; er sagt ganz offen:

Let those who are in favour with their stars
Of public honour and proud titles boast,
Whilst I, whom fortune of such triumph bars,
Unlooked for joy in that I honour most;

»Laß die, so in der Gunst der Sterne stehn,
Mit Titelprunk sich blähn und lauter Ehre,
Ich, fern von solchem Glanz, will ungesehn
An dem mich freun, was ich zumeist verehre.«

und beendet das Sonett, indem er sich zu dem niederen Stande desjenigen beglückwünscht, den er so anbetete:

Then happy I, that love and am beloved
Where I may not remove nor be removed

»Darum glücklich ich! Ich lieb und bin geliebt,
Wo ich nie wank und nichts beiseit mich schiebt.«

Dieses Sonett, erklärte mir Cyril, wäre ganz unverständlich, wenn man sich vorstellte, daß es an den Earl of Pembroke oder den Earl of Southampton gerichtet sei, zwei Männer von höchstem Rang in England und mit vollem Recht *great princes* genannt; und um seine Ansicht zu bestärken, las er mir das CXXIV. und das CXXV. Sonett vor, in denen Shakespeare uns sagt, daß seine Liebe nicht *the child of state* ›ein Kind der Größe‹ sei, daß sie *suffers not in smiling pomp* ›nicht im Lächeln stolzer Pracht kränkelt‹, sondern *builded far from accident* ›fern vom Zufall erbaut‹ sei. Ich hörte mit großem Interesse zu, denn ich glaube nicht, daß dies jemals beachtet worden war; aber was folgte, war noch viel seltsamer und schien mir damals Pembrokes Anspruch vollkommen zu erledigen. Von Meres wissen wir, daß die Sonette vor 1598 geschrieben sind und aus dem CIV. Sonett entnehmen wir, daß Shakespeares Freundschaft für W. H. bereits drei Jahre gedauert hatte. Nun ist Lord Pembroke, der 1580 geboren wurde, nicht vor seinem 18. Lebensjahr, das heißt nicht vor 1598 nach London gekommen, und Shakespeares Bekanntschaft mit W. H. muß 1594 oder spätestens 1595 begonnen haben. Shakespeare konnte folglich Lord Pembroke erst kennengelernt haben, nachdem die Sonette geschrieben worden waren.

Cyril wies auch darauf hin, daß Pembrokes Vater nicht vor 1601 starb, indes aus der Zeile

You had a father, let your son say so,

»an deinen Vater denk zurück,
Und gönn auch deinem Sohn ein gleiches Glück.«

hervorgeht, daß der Vater von W. H. im Jahre 1598 bereits tot war; und er legte großes Gewicht auf den Beweis, den die Portraits von Wilton ergeben, die Lord Pembroke als einen dunkelhäutigen, schwarzhaarigen Mann darstellen, während W. H. jemand war, dessen Haar wie gesponnenes Gold erschien und in dessen Gesicht *lilys white* und *deep vermilion in the rose* zusammentrafen; und der außerdem *fair* und *red* und *white and red* war und einen wunderschönen Gesichtsausdruck hatte. Überdies war es unsinnig, anzunehmen, daß ein Verleger der damaligen Zeit – und die Vorrede stammt von der Hand des Verlegers – es sich hätte einfallen lassen, William Herbert, Earl of Pembroke als W. H. anzusprechen; der Fall von Lord Buckhurst, von dem als Sackville gesprochen wurde, ist keine wirkliche Parallele, da Lord Buckhurst, der erste, der diesen Titel trug, einfach Mr. Sackville war, als er am *Mirror for Magistrates* mitarbeitete, während Pembroke zu Lebzeiten seines Vaters stets als Lord Herbert bekannt war. So weit über Lord Pembroke, dessen angebliche Ansprüche Cyril mühelos abtat, während ich staunend dasaß. Mit Lord Southampton hatte Cyril sogar noch weniger Schwierigkeit. Southampton wurde in sehr jungen Jahren der Liebhaber von Elisabeth Vernon, so daß er keiner dringenden Aufforderung bedurfte, sich zu verheiraten; er war nicht schön; er sah seiner Mutter nicht ähnlich, wie W. H.:

Thou art thy mother's glass, and she in thee
Calls back the lovely April of her prime;

»Wie du ein Spiegel deiner Mutter scheinst,
Der ihren holden Mai ihr ruft zurück«,

und obendrein war sein Vorname Henry, indes die Wortspiele

im CXXXV. und CXLIII. Sonett zeigen, daß der Vorname von Shakespeares Freund der gleiche war, wie sein eigener – Will. Was die übrigen Mutmaßungen glückloser Kommentatoren betraf, daß W. H. ein Druckfehler für W. S. sei und William Shakespeare bedeute, daß ›Mr. W. H. all‹ als ›Mr. W. Hall‹ gelesen werden müsse, daß Mr. W. H. Mr. William Hathaway sei, daß Mr. W. H. für Mr. Henry Willobie stehe, den jungen Oxforder Dichter, mit den vertauschten Anfangsbuchstaben seines Namens, und daß nach *wisheth* ein Punkt gesetzt werden müsse, so daß W. H. als der Schreiber und nicht als der Gegenstand der Widmung erscheine, – so wurde Cyril in sehr kurzer Zeit mit ihnen fertig; und es lohnt sich nicht, seine Begründungen aufzuzählen, obwohl ich mich erinnere, daß er mich zu einem Lachanfall reizte, als er mir einige Auszüge von einem deutschen Kommentator namens Barnstorff vorlas – gottlob nicht im Original – der darauf bestand, daß Mr. W. H. niemand anderer sei als *Mr. William Himself*. Er ließ auch keinen Augenblick lang gelten, daß die Sonette bloß Satiren auf das Werk von Drayton und John Davies of Herford sein sollten. Ihm, wie übrigens auch mir, erschienen sie als Gedichte von ernster und tragischer Bedeutung, die Shakespeare der Bitterkeit seines Herzens abgerungen und mit dem Honig seiner Lippen versüßt hatte. Noch weniger wollte er zugeben, daß sie bloß eine philosophische Allegorie seien und daß Shakespeare in ihnen sein ideales Selbst anspricht oder das Ideal der Männlichkeit oder den Geist der Schönheit oder die Vernuft oder den göttlichen Logos oder die katholische Kirche. Er fühlte, wie wir tatsächlich alle fühlen müssen, daß die Sonette an ein Individuum gerichtet sind – an einen bestimmten jungen Mann, dessen Persönlichkeit aus irgendeinem Grunde Shakespeares Seele mit furchtbarer Freude und mit nicht weniger furchtbarer Verzweiflung erfüllt haben muß.

Nachdem Cyril auf diese Weise gleichsam den Weg freigelegt hatte, bat er mich, alle vorgefaßten Meinungen, die ich mir vielleicht über den Gegenstand gebildet hatte, beiseite zu lassen und seiner Theorie fair und vorurteilslos Gehör zu schenken. Das Problem, das er aufzeigte, lautete folgendermaßen: Wer war jener junge Mann zu Shakespeares Zeit, der, ohne von edler

Geburt oder auch nur edler Wesensart zu sein, von ihm in Ausdrücken einer so leidenschaftlichen Anbetung angeredet wurde, daß wir nur staunen können über diese seltsame Verehrung und uns beinahe fürchten, an den Schlüssel zu rühren, der das Geheimnis im Herzen des Dichters öffnet? Wer war es, dessen körperliche Schönheit dergestalt war, daß sie zum Eckstein von Shakespeares Kunst wurde, zur Quelle von Shakespeares Inspiration, zur Verkörperung von Shakespeares Träumen? Ihn lediglich als Gegenstand von Liebesgedichten zu betrachten, hieße den ganzen Sinn der Gedichte verkennen: denn die Kunst, von der Shakespeare in den Sonetten spricht, ist nicht die Kunst der Sonette selber, die für ihn bekanntlich nur etwas Unbedeutendes und Verborgenes waren – es ist die Kunst des Dramatikers, auf die er immer wieder anspielt; und er, zu dem Shakespeare sagte:

Thou art all my art, and dost advance
As high as learning my rude ignorance,

»Mir bist du alle Kunst, und meine Roheit
Hebst du so hoch wie der Gelehrten Hoheit«

er, dem er Unsterblichkeit versprach:

Where breath most breathes, even in the mouths of men, –

»Wo Lebensluft meist lebt, im Menschenmunde.«

er, der für ihn die zehnte ›Muse‹ war und

Ten times more in worth
Than those old nine which rhymers invocate,

»zehnmal so sehr
Wie jene neun, zu denen Reimer flehen«,

war sicher niemand anderer, als der jugendliche Schauspieler, für den er Viola und Imogen schuf, Julia und Rosalinde, Portia und Desdemona und selbst Kleopatra.«

»Der jugendliche Schauspieler von Shakespeares Stücken?« rief ich.

»Ja«, sagte Erskine. »Das war Cyril Grahams aus den Sonetten entwickelte Theorie, deren Annahme nicht so sehr von einem handfesten Beweis oder formaler Evidenz abhing, als vielmehr von einer Art geistigem und künstlerischem Einfühlungsvermögen, durch das allein, wie er behauptete, die wahre Bedeutung der Gedichte erfaßt werden könne. Ich erinnere mich, daß er mir das schöne Sonett vorlas:

How can my Muse want subject to invent,
While thou dost breathe, that pour'st into my verse
Thine own sweet argument, too excellent
For every vulgar paper to rehearse
O give thyself the thanks, if aught in me
Worthy perusal stand against thy sight;
For who's so dumb that cannot write to thee,
When thou thyself dost give invention light?

»Kann meine Muse Stoffs zu wenig haben,
Solang du lebst? Du strömst in mein Gedicht
Dein eignes Thema, lieblich und erhaben;
Dafür genügen Alltagsverse nicht.
O, dir allein muß aller Dank verbleiben,
Wenn Lesenswertes du entdeckst in mir;
Wer ist zu stumm, dir ein Gedicht zu schreiben,
Wenn unsre Dichtkunst Licht empfängt von dir!«

und betonte, wie vollständig es seinen Standpunkt bestätige; er ging alle Sonette sorgfältig durch und zeigte, oder glaubte zu zeigen, daß, nach seiner neuen Erklärung ihrer Bedeutung Dinge, die dunkel, schlecht oder übertrieben erschienen waren, nun klar und vernünftig und von hoher künstlerischer Tragweite wurden, und daß sie Shakespeares Auffassung von den wahren Beziehungen zwischen der Kunst des Schauspielers und der Kunst des Dramatikers veranschaulichten.

Es ist natürlich einleuchtend, daß es in Shakespeares Truppe einen wunderbaren jugendlichen Schauspieler von großer Schönheit gegeben haben muß, dem er die Darstellung seiner edlen Heldinnen anvertraute; denn Shakespeare war ebensosehr praktischer Theaterdirektor wie phantasievoller Dichter. Und Cyril hatte nun den Namen des jungen Schauspielers entdeckt. Es war Will oder, wie er ihn zu nennen liebte, Willie Hughes. Den Vornamen fand er natürlich in den Wortspielsonetten CXXXV und CXLIII; der Zuname war, ihm zufolge, in der siebten Zeile des XX. Sonettes verborgen, wo W. H. beschrieben wird als:

A man in hew, all Hews *in his controwling.*

»An Farb ein Mann, die Farben all verdunkelnd«,

In der Originalausgabe der Sonette ist *Hews* mit einem großen Anfangsbuchstaben und kursiv gedruckt und dies, behauptete er, zeige deutlich, daß ein Wortspiel beabsichtigt war. Seine Ansicht wurde beträchtlich bestärkt durch jene Sonette, in denen merkwürdige Wortspiele mit den Worten *use* und *usury* gemacht werden und durch solche Zeilen wie:

Thou art as fair in knowledge as in hew.

»Dein Urteil, hell wie deine Farbe, weiß,«

Ich war natürlich sofort bekehrt, und Willie Hughes wurde für mich eine ebenso leibhaftige Persönlichkeit wie Shakespeare. Als einzigen Einwand erhob ich gegen diese Theorie, daß der Name von Willie Hughes nicht in dem Schauspielerverzeichnis von Shakespeares Truppe vorkommt, das in der ersten Folioausgabe abgedruckt ist. Cyril wies jedoch darauf hin, daß das Fehlen von Willie Hughes Namen in diesem Verzeichnis die Theorie eigentlich stütze, denn es ginge aus dem LXXXVI. Sonett hervor, daß er Shakespeares Truppe verlassen hatte, um in einem Konkurrenztheater zu spielen, wahrscheinlich in einigen Stücken von Chapman. Darauf bezog sich, was Shakespeare in dem großen Sonett über Chapman zu Willie Hughes sagt:

But when your countenance filled up his line,
Then lacked I matter; that enfeebled mine –

»Als deine Gunst begann sein Lied zu feilen,
Da schwand mein Stoff, da lahmten meine Zeilen.«

der Ausdruck *when your countenance filled up his line* ›als deine Gunst begann sein Lied zu feilen‹ bezieht sich deutlich auf die Schönheit des jungen Schauspielers, der Chapmans Versen Leben und Wirklichkeit gab und ihnen Zauber verlieh; der gleiche Gedanke sei noch einmal im LXXIX. Sonett ausgedrückt:

Whilst I alone did call upon thy aid,
My verse alone had all thy gentle grace,
But now my gracious numbers are decayed,
And my sick Muse doth give another place;

»Als ich allein noch anrief deine Gunst,
Floß meinem Lied allein dein Anmutschatz!
Nun aber welkt die Anmut meiner Kunst;
Die Muse, krank, macht einer andern Platz.«

und in dem unmittelbar vorangehenden Sonett, wo Shakespeare sagt:

Every alien pen hath got my use
And under thee their poesy disperse,

»Daß nun die ganze Zunft, wie ich's begann,
Gedichte ausstreut unter deinem Schutze.«

sei das Wortspiel *use* = *Hughes* natürlich offensichtlich, und die Formulierung *under thee their poesy disperse* bedeute ›mit deiner Hilfe, als Schauspieler, bringst du ihre Stücke vor das Publikum.‹

Es war ein wundervoller Abend, und wir saßen beinahe bis zur Morgendämmerung beisammen und lasen die Sonette wieder und immer wieder. Nach einiger Zeit begann ich jedoch einzuwenden, daß, ehe die Theorie in einer wirklich unangreifbaren Form der Welt vorgelegt werden könne, es notwendig sei, einen hinreichenden Beweis für die Existenz dieses jungen Schauspielers Willie Hughes zu erbringen. Wenn sie einmal festgestellt wäre, dann gäbe es keinen Zweifel mehr an seiner Identität mit W. H.; andernfalls jedoch würde die Theorie hinfällig werden. Ich setzte dies Cyril sehr ernsthaft auseinander, der sich einigermaßen über meine, wie er es nannte, philiströse Anschauung ärgerte und sogar ziemlich erbittert darüber war. Ich nahm ihm jedoch das Versprechen ab, daß er im eigenen Interesse seine Entdeckung nicht veröffentlichen würde, ehe die ganze Sache nicht unbezweifelbar feststand. Wochenlang durchforschten wir die Kirchenregister, die Alleyn Handschriften in Dulwich, das Staatsarchiv, die Akten des Lord Chamberlain – ja alles, wovon wir dachten, daß es einen Hinweis auf Willie Hughes enthalten könnte. Wir fanden natürlich nichts, und die Existenz von Willie Hughes schien mir jeden Tag problematischer zu werden. Cyril befand sich in einem schrecklichen Zustand und ging die ganze Frage wieder und wieder durch und bat mich, ihm zu glauben. Aber ich sah die eine schwache Stelle in der Theorie und weigerte mich überzeugt zu sein, ehe nicht die tatsächliche Existenz von

Willie Hughes, dem jugendlichen Schauspieler der elisabethanischen Bühne, über jeden Zweifel oder jede Spitzfindigkeit erhaben war.

Eines Tages verließ Cyril die Stadt, um, wie ich damals glaubte, seinen Großvater zu besuchen, aber dann hörte ich von Lord Crediton, daß dies nicht der Fall war, und ungefähr vierzehn Tage später erhielt ich ein Telegramm von ihm, das in Warwick aufgegeben war, worin er mich bat, am gleichen Abend um 8 Uhr bestimmt zu kommen und bei ihm zuhause zu speisen. Als ich bei ihm eintrat, sagte er zu mir: »Der einzige Apostel, der keinen Beweis verdient hat, war der heilige Thomas, und der heilige Thomas war der einzige Apostel, dem er zuteil wurde.« Ich fragte ihn, was er damit meine. Er antwortete, daß es ihm nicht nur gelungen sei, die Existenz eines jugendlichen Schauspielers namens Willie Hughes im 16. Jahrhundert festzustellen, sondern daß er den schlagenden Beweis erbracht habe, daß dieser der W. H. der Sonette sei. Er wollte mir im Augenblick nicht mehr sagen: aber nach dem Essen holte er das Bild, das ich dir gezeigt habe, feierlich hervor und erzählte mir, daß er es durch den reinsten Zufall entdeckt habe; es war an der Innenseite einer alten Truhe genagelt, die er in einem Bauernhaus in Warwickshire gekauft hatte. Die Truhe selbst, ein sehr schönes Beispiel elisabethanischer Arbeit und vollkommen authentisch, hatte er natürlich mitgebracht, und in der Mitte der Vorderseite waren unzweifelhaft die Initialen W. H. eingeschnitzt. Dieses Monogramm hatte seine Aufmerksamkeit erregt, und er sagte mir, daß die Truhe schon mehrere Tage in seinem Besitz gewesen sei, ehe er daran gedacht habe, das Innere sorgfältig zu untersuchen. Eines Morgens jedoch habe er gesehen, daß die rechte Innenseite viel dicker als die andere war und als er genauer hinschaute, entdeckte er, daß ein gerahmtes Holzbild mit Klammern daran befestigt war. Als er es herausnahm, war es das Bild, das hier auf dem Sofa liegt. Es war sehr schmutzig und mit Schimmel bedeckt; aber es war ihm gelungen, es zu reinigen, und zu seiner großen Freude hatte er gesehen, daß er aus reinem Zufall auf den Gegenstand gestoßen war, nach dem er gesucht hatte. Hier war ein authentisches Portrait von W. H., die Hand ruhte auf dem Widmungsblatt der Sonette und in der Ecke des Bildes konnte man undeutlich den Namen des jungen Mannes lesen, von ihm selbst in goldenen Unziallettern auf einen verblichenen *bleu de paon* Grund geschrieben: *Master Will Hews.*

Nun, was sollte ich sagen? Aus dem XLVII. Sonett ging ganz deutlich hervor, daß Shakespeare im Besitz eines Portraits von W. H. gewesen war, und es kam mir mehr als wahrscheinlich vor, daß es sich hier um das *painted banquet* handelte, an dem sein Auge sich ergötzt hatte; das Bild, das sein Herz erweckte *to heart's and eye's delight.* Es kam mir nicht einen Augenblick in den Sinn, daß Cyril Graham mir einen Streich spielen oder versuchen könnte, seine Theorie mit Hilfe einer Fälschung zu beweisen.«

»Aber ist es denn eine Fälschung?« fragte ich.

»Natürlich«, sagte Erskine. »Es ist eine sehr gute Fälschung, aber nichtsdestoweniger eine Fälschung. Damals glaubte ich, daß Cyril bei der ganzen Sache ziemlich gelassen war; aber ich erinnere mich, daß er mir mehr als einmal sagte, er selbst brauche keinen Beweis dieser Art und halte die Theorie ohne einen solchen für vollständig. Ich lachte über ihn und sagte ihm, daß seine Theorie ohne Beweis nicht haltbar sei, und ich beglückwünschte ihn begeistert zu seiner wunderbaren Entdeckung. Wir beschlossen dann, daß das Bild gestochen oder faksimiliert und als Titelblatt für Cyrils Ausgabe der Sonette verwendet werden solle; drei Monate lang taten wir nichts anderes, als jedes Gedicht Zeile für Zeile durchzugehen, bis wir jede Schwierigkeit des Textes oder der Bedeutung geklärt hatten. Es war ein unglückseliger Tag, an dem ich in einer Kunsthandlung in Holborn war und auf dem Ladentisch einige außerordentlich schöne Silberstiftzeichnungen sah. Sie gefielen mir so sehr, daß ich sie kaufte, und der Ladenbesitzer, ein Mann namens Rawlings, sagte mir, daß sie von einem jungen Maler, der Edward Merton hieß, stammten, der sehr geschickt sei, aber arm wie eine Kirchenmaus. Einige Tage später suchte ich diesen Merton auf, dessen Adresse ich von dem Kunsthändler erhalten hatte, und fand einen interessanten jungen Mann mit einer ziemlich gewöhnlich aussehenden Frau – sein Modell, wie ich hernach erfuhr. Ich sagte ihm, wie sehr ich seine Zeichnungen bewunderte, was ihn zu freuen schien, und fragte ihn, ob er mir etwas von seiner anderen Arbeit zeigen wolle. Während wir eine Mappe mit wirklich guten Sachen durchsahen – denn Merton hatte einen höchst feinen und reizvollen Strich – fiel mein Blick plötzlich auf eine Zeichnung des Bildes von W. H. Es gab keinen Zweifel. Es war fast ein Faksimile – der einzige Unterschied war der, daß die beiden Masken der Tragödie und der Komödie nicht an dem Marmorsockel hingen, wie auf dem Bild, sondern auf dem Boden zu Füßen des jungen Mannes lagen. ›Wo um Himmels willen haben Sie das her?‹ fragte ich. Er wurde ziemlich verlegen und antwortete: ›O, das ist nichts. Ich wußte nicht, daß es in dieser Mappe ist. Es ist ohne den geringsten Wert.‹ ›Es ist das Bild, das du für Mr. Cyril Graham gemacht hast‹, rief seine Frau, ›und wenn der Herr es kaufen will, gib es ihm doch.‹ ›Für Mr. Cyril Graham?‹ wiederholte ich. ›Haben Sie das Bild von W. H. gemalt?‹ ›Ich verstehe nicht, was Sie meinen‹, antwortete er und wurde sehr rot. Nun, die ganze Sache war ziemlich peinlich. Die Frau verriet alles. Ich gab ihr fünf Pfund als ich wegging. Es ist mir jetzt unerträglich daran zu denken, aber natürlich war ich wütend. Ich ging sofort in Cyrils Wohnung, wartete dort drei Stunden bis er mit der schrecklichen mir ins Gesicht starrenden Lüge, kam und sagte ihm, ich hätte seine Fälschung entdeckt. Er wurde sehr bleich und erwiderte: ›Ich habe es einzig und allein um deinetwillen getan. Anders wärst du nicht zu überzeugen gewesen. Es greift die Wahrheit der Theorie nicht an.‹ ›Die Wahrheit der Theorie!‹ rief ich, ›je weniger wir darüber sprechen, umso besser. Sogar du selbst hast nie daran geglaubt, sonst hättest du keine Fälschung begangen, um sie zu beweisen.‹ Es fielen erregte Worte zwischen uns, wir hatten einen fürchterlichen Streit. Jedenfalls war ich ungerecht, und am nächsten Morgen war er tot.«

»Tot?« rief ich.

»Ja, er erschoß sich mit einem Revolver. Als ich eintraf – sein Diener hatte sogleich nach mir geschickt – war die Polizei bereits da. Er hatte einen Brief für mich hinterlassen, der offensichtlich in größter Aufregung und geistiger Qual geschrieben war.«

»Was stand darin?« fragte ich.

»Es stand darin, daß er unbedingt an Willie Hughes glaube, daß die Fälschung des Bildes einfach als Zugeständnis an mich entstanden sei und nicht im geringsten die Wahrheit der Theorie entkräfte und daß er, um mir zu zeigen, wie fest und unerschütterlich sein Glaube an die ganze Sache sei, sein Leben dem Geheimnis der Sonette zum Opfer bringen wolle. Es war ein törichter, wahnsinniger Brief. Ich erinnere mich, daß er am Schluß sagte, er vertraue mir die Willie-Hughes-Theorie an und es sei nun meine Aufgabe, sie der Welt bekanntzumachen und das Geheimnis von Shakespeares Herzen zu enthüllen.«

»Das ist eine höchst tragische Geschichte«, rief ich, »aber warum hast du seinen Wunsch nicht erfüllt?«

Erskine zuckte die Schultern. »Weil die Theorie von Anfang bis Ende gänzlich unfundiert ist«, antwortete er.

»Mein lieber Erskine«, sagte ich und stand auf, »du hast in der ganzen Sache durchaus unrecht. Die Theorie ist der einzige vollkommene Schlüssel zu Shakespeares Sonetten, der jemals gefunden wurde. Jedes Detail stimmt. Ich glaube an Willie Hughes.«

»Sag das nicht«, erwiderte Erskine ernst. »Ich glaube, es ist etwas Verhängnisvolles an der Idee, und intellektuell läßt sich nichts für sie vorbringen. Ich habe die ganze Sache untersucht und ich versichere dir, die Theorie ist ganz und gar trügerisch. Bis zu einem gewissen Punkt ist sie einleuchtend. Dann hört es auf. Um Himmels willen, mein lieber Junge, beschäftige dich nicht mit dem Thema Willie Hughes. Dein Herz wird darüber brechen.«

»Erskine«, erwiderte ich, »es ist deine Pflicht, diese Theorie der Welt vorzulegen. Falls du es nicht tust, werde ich es tun. Dadurch, daß du sie verschweigst, verunglimpfst du das Andenken von Cyril Graham, dem jüngsten und glänzendsten aller Märtyrer der Literatur. Ich bitte dich, laß ihm diesen reinen Akt der Gerechtigkeit widerfahren. Er starb um dieser Sache willen – laß seinen Tod nicht vergeblich sein.«

Erskine sah mich erstaunt an. »Das Gefühl für die ganze Geschichte reißt dich hin«, sagte er. »Du vergißt, daß eine Sache nicht notwendigerweise wahr ist, weil ein Mensch dafür stirbt. Ich habe Cyril Graham sehr gerne gehabt. Sein Tod war ein furchtbarer Schlag für mich. Ich glaube nicht, daß ich mich jemals davon erholt habe. Aber Willie Hughes! Es ist nichts an der Idee von Willie Hughes. Eine solche Person hat nie existiert. Und die Angelegenheit vor die Welt bringen – die Welt glaubt, daß Cyril Grahams Schuß ein Unglücksfall war. Der einzige Beweis für seinen Selbstmord war in dem Brief an mich enthalten, und von diesem Brief hat die Öffentlichkeit nie etwas erfahren. Lord Crediton hat bis heute den Eindruck, daß die ganze Sache ein unglücklicher Zufall war.«

»Cyril Graham hat sein Leben einer großen Idee geopfert«, antwortete ich, »und wenn du nicht von seinem Märtyrertum berichten willst, erzähle wenigstens von seinem Glauben.«

»Sein Glaube«, sagte Erskine, »galt einer Sache, die falsch war, einer Sache, die irrig war, einer Sache, die kein Shakespeare-Forscher auch nur einen Augenblick ernst nehmen kann. Man würde über die Theorie lachen. Mach dich nicht zum Narren und folge nicht einer Spur, die nirgends hinführt. Du gehst von der Existenz einer Person aus, deren Existenz gerade das ist, was bewiesen werden muß. Außerdem weiß jeder, daß die Sonette an Lord Pembroke gerichtet waren. Die Sache ist ein für allemal geklärt.«

»Die Sache ist nicht geklärt«, rief ich. »Ich will die Theorie dort aufnehmen, wo Cyril Graham sie verlassen hat, und ich will der Welt beweisen, daß er recht hatte.«

»Dummer Junge!« sagte Erskine, »geh nach Hause, es ist drei Uhr vorbei, und denk nicht mehr über Willie Hughes nach. Es tut mir leid, daß ich dir etwas darüber erzählt habe, fürwahr sehr leid, dich zu einer Sache bekehrt zu haben, an die ich selbst nicht glaube.«

»Du hast mir den Schlüssel zu dem größten Geheimnis der modernen Literatur gegeben«, antwortete ich, »und ich werde nicht ruhen, bis du, bis jedermann anerkennt, daß Cyril Graham der scharfsinnigste Shakespeare-Kritiker unserer Tage ist.«

Ich war im Begriff das Zimmer zu verlassen, als Erskine mich zurückrief. »Mein lieber Junge«, sagte er, »laß mich dir den Rat geben, deine Zeit nicht mit den Sonetten zu vergeuden. Es ist mir ganz ernst. Was sagen sie uns schon über Shakespeare? Nur, daß er der Sklave der Schönheit war.«

»Nun, das ist die Bedingung um Künstler zu sein!« erwiderte ich.

Für einige Augenblicke herrschte ein sonderbares Schweigen. Dann stand Erskine auf und indem er mich mit halb geschlossenen Augen ansah, sagte er: »Ach, wie du mich an Cyril erinnerst! Er hat oft genau dasselbe zu mir gesagt.« Er versuchte zu lächeln, aber in seiner Stimme war der Ton eines scharfen Pathos, das ich bis heute nicht vergessen habe, wie jemand sich an den Ton einer bestimmten Violine erinnert, die einen bezauberte, an die Berührung einer bestimmten Frauenhand. Die großen Ereignisse des Lebens lassen einen oft unbewegt; sie entschwinden dem Bewußtsein und wenn man an sie denkt, werden sie unwirklich. Es scheint, daß selbst die Purpurblumen der Leidenschaft auf der selben Wiese wachsen wie die Mohnblumen des Vergessens. Wir beklagen die Last ihrer Erinnerung und haben Linderungsmittel gegen sie. Aber die kleinen Dinge, die Dinge, die keinen Augenblick haben, bleiben uns. In irgendeiner winzigen elfenbeinernen Zelle speichert das Gehirn die subtilsten und flüchtigsten Eindrücke.

Als ich durch den St. James Park nach Hause ging, brach die Morgendämmerung gerade über London an. Die Schwäne lagen schlafend auf der weichen Fläche des glatten Sees, wie weiße Federn auf einen Spiegel aus schwarzem Stahl gefallen. Der schlanke Krystall-Palast hob sich purpurn gegen den blaßgrünen Himmel ab, und im Garten des Stafford House begannen soeben die Vögel zu singen. Ich dachte an Cyril Graham, und meine Augen füllten sich mit Tränen.

2

Es war zwölf Uhr vorbei, als ich erwachte, die Sonne strömte durch die Vorhänge meines Zimmers in langen staubigen Strahlen aus zitterndem Gold. Ich sagte meinem Diener, daß ich für niemanden zu Hause wäre, und nachdem ich eine Tasse Schokolade und ein *petit-pain* genommen hatte, holte ich aus der Bibliothek mein Exemplar der Shakespeare Sonette und Tylers Faksimile-Ausgabe im Quartformat und fing an, sie sorgfältig durchzugehen. Jedes Gedicht schien Cyril Grahams Theorie zu bekräftigen. Ich hatte das Gefühl, meine Hand liege auf Shakespeares Herz, und ich zählte jeden einzelnen Pulsschlag der Leidenschaft. Ich dachte an den wunderbaren, jugendlichen Schauspieler und sah in jeder Zeile sein Gesicht.

Ich muß zugeben, daß es mir vorher, in meinen Lord-Pembroke-Tagen, wenn ich sie so nennen darf, immer sehr schwierig erschienen war zu begreifen, warum der Schöpfer des Hamlet, des Lear und des Othello sich mit solch ungewöhnlichen Worten der Huldigung und der Leidenschaft an jemanden wendet, der nur ein gewöhnlicher junger Adliger seiner Zeit war. Zusammen mit den meisten Shakespeare-Kennern fand ich mich genötigt, den Sonetten eine Sonderstellung zu geben, als etwas, was mit Shakespeares Entwicklung als Dramatiker nichts zu tun hatte, als etwas, was möglicherweise nicht zur intellektuellen Seite seiner Natur paßte. Aber jetzt, als ich mir die Wahrheit von Cyril Grahams Theorie zu vergegenwärtigen begann, sah ich, daß die Stimmungen und Leidenschaften, die sie spiegelten, ganz und gar wesentlich waren für Shakespeares Vervollkommnung als Künstler, der für die elisabethanische Bühne schrieb, und daß es die eigentümlichen Theaterbedingungen jener Bühne waren, aus denen die Gedichte ihren Ursprung hatten. Ich erinnere mich der Freude, die ich darüber empfand, daß diese wundervollen Sonette:

Subtle as Sphinx, as sweet and musical
As bright Apollo's lute, strung with his hair,

»Schlau wie die Sphinx, so süß und musikalisch
Wie Phöbus' Lei'r, bespannt mit seinem Haar«,

nicht länger von den großen ästhetischen Energien in Shakespeares Leben getrennt waren, sondern einen wesentlichen Teil seiner dramatischen Tätigkeit ausmachten und uns etwas von dem Geheimnis seiner Methode enthüllten. Es bedeutete vergleichsweise nichts, den wahren Namen von W. H. entdeckt zu haben: andere hätten das tun können, hatten es vielleicht getan: aber seinen Beruf entdeckt zu haben, war eine Revolution in der Kritik.

Zwei Sonette, erinnere ich mich, berührten mich besonders stark. In dem ersten von beiden (LIII) beglückwünscht Shakespeare Willie Hughes zu der Vielseitigkeit seiner Darstellungskunst, zu der großen Spannweite der Rollen, von der wir wissen, daß sie von Rosalinde bis Julia, von Beatrice bis zu Ophelia reichte, und er sagt zu ihm:

What is your substance, whereof are you made,
That millions of strange shadows on you tend?
Since everyone hath, every one, one shade,
And you, but one, can every shadow lend –

»Aus welchen Stoffen schuf dich die Natur,
Daß tausend fremde Schatten dich begleiten?
Ein Schatten folgt uns, jedem einer nur;
Dir folgt der Schatten aller Herrlichkeiten:«

Zeilen, die unverständlich blieben, wenn sie nicht an einen Schauspieler gerichtet wären, denn das Wort »Schatten« hatte zu Shakespeares Zeiten eine technische Bedeutung, die mit der Bühne zusammenhing. »Die Besten in dieser Gattung sind bloß Schatten«, sagt Theseus von den Schauspielern im Sommernachtstraum;

»Leben ist nur ein wandelnd' Schattenbild,
Ein armer Komödiant, der spreizt und knirscht
Sein Stündchen auf der Bühn'«,

ruft Macbeth im Augenblick seiner Verzweiflung, und es gibt in der damaligen Literatur zahlreiche ähnliche Anspielungen. Dieses Sonett gehörte offensichtlich zu jenen, in denen Shakespeare das Wesen der Schauspielkunst und das eigentümliche und seltene Temperament behandelt, das dem vollkommenen Schauspieler eigen ist. »Wie kommt es«, sagt Shakespeare zu Willie Hughes, »daß du so viele Persönlichkeiten in dir hast?« und dann legt er dar, daß seine Schönheit dergestalt sei, daß sie jede Form und Wandlung der Phantasie zu verwirklichen scheine, daß sie jeden Traum der schöpferischen Einbildungskraft verkörpere – eine Vorstellung, die im gleich darauf folgenden Sonett noch weiter ausgeführt wird, in dem Shakespeare, mit dem schönen Gedanken beginnend:

O, how much more doth beauty beauteous seem
By that sweet ornament which truth *doth give!*

»O wie viel schöner wird die Schönheit doch,
Wenn sie der holde Schmuck der Treue hebt;«

uns auffordert zu beobachten, wie die Wahrheit der Schauspielkunst, wie die Wahrheit der sichtbaren Darstellung auf der Bühne, das Wunder der Dichtung erhöht, indem sie ihrem Zauber Leben und ihrer idealen Form Wirklichkeit verleiht. Und doch bittet Shakespeare im LXVII. Sonett Willie Hughes, die Bühne mit ihrer Künstlichkeit, dem unechten Leben des geschminkten Gesichts und der nachgeahmten Kostüme, den amoralischen Einflüssen und Verlockungen, ihrer Ferne von der wahren Welt der edlen Tat und der aufrichtigen Rede, zu verlassen.

Ah! wherefore with infection should he live,
And with his presence grace impiety,
That sin by him advantage should receive,
And lace itself with his society?
Why should false painting imitate his cheek'
And steal dead seeing of his living hue?
Why should poor beauty indirectly seek
Roses of shadow, since his rose is true?

»O warum lebt er heut in kranker Welt,
Mit seiner Gegenwart das Laster zierend,
Wo Sünde Vorschub nur durch ihn erhält,
Mit seinem Umgang sich herausstaffierend?
Wo falsche Schminke nachäfft seine Wangen
Und seinem Leben stiehlt ihr totes Rot,
Wo dürft'ge Schönheit, um gleich ihm zu prangen,
Gemalte Rosen sucht in ihrer Not?«

Es mag seltsam erscheinen, daß ein so großer Dramatiker wie Shakespeare, der seine eigene Vollendung als Künstler und seine volle menschliche Reife auf dem idealen Boden der Bühnendichtung und der Schauspielkunst erreichte, solche Worte über das Theater geschrieben haben sollte. Aber wir müssen uns daran erinnern, daß er uns im CX. und CXI. Sonett kundtut, auch er sei der Welt der Marionetten müde und schäme sich, sich selbst zum *motley to the view* gemacht zu haben. Das CXI. Sonett ist besonders bitter:

O, for my sake do you with Fortune chide,
The guilty goddess of my harmful deeds,
That did not better for my life provide
Than public means which public manners breeds.
Thence comes it that my name receives a brand,
And almost thence my nature is subdued
To what it works in, like the dyer's hand:
Pity me, then, and wish I were renewed –

»Schilt auf Fortunen für mein übles Leben,
Die schuld'ge Göttin meines argen Handels,
Die mir zum Leben Beßres nicht gegeben
Als freie Kunst, die Mutter freien Wandels.

Drum trägt mein Nam ein Brandmal eingebrannt;
Drum geht mein Wesen fast in dem verloren,
Worin es wirkt, wie eines Färbers Hand.
Fühl Mitleid denn und wünsch mich neugeboren.«

und auch an anderen Stellen gibt es Anzeichen für das gleiche Gefühl, Anzeichen, die allen wirklichen Shakespeare-Forschern vertraut sind.

Ein Punkt machte mir beim Lesen der Sonette großes Kopfzerbrechen, und es dauerte Tage, bis ich auf die richtige Interpretation kam, die Cyril Graham selbst entgangen zu sein schien. Ich konnte nicht verstehen, weshalb Shakespeare einen so hohen Wert auf die Verheiratung seines jungen Freundes legte. Er selbst hatte jung geheiratet, und das Ergebnis war unheilvoll gewesen; es ist unwahrscheinlich, daß er von Willie Hughes verlangte, den gleichen Irrtum zu begehen. Der jugendliche Darsteller der Rosalinde hatte von einer Ehe oder von den Leidenschaften des wirklichen Lebens nichts zu gewinnen. Die frühen Sonette, mit ihrer merkwürdigen Aufforderung Kinder zu haben, schienen ein falscher Ton zu sein.

Die Erklärung des Geheimnisses kam mir ganz plötzlich, und ich fand sie in der seltsamen Widmung. Bekanntlich lautet diese Widmung folgendermaßen:

To the · onlie begetter · of ·
These · insuing · sonnets
Mr. W. H. all · happinesse ·
AND · THAT · ETERNITIE ·
Promised · by ·
Our · ever-living · poet ·
Wisheth ·
The · well-wishing ·
Adventurer · in
Setting ·
Forth
T. T.

»Dem einzigen Erzeuger dieser
folgenden Sonette, Hrn. W. H.
wünscht alles Glück und jene
von unserm unsterblichen Dichter
verheißene Ewigkeit, der Gutes
wünschende Abenteurer beim
Auslaufen
T. T.«

Manche Forscher haben angenommen, das Wort *begetter* meine hier einfach den Vermittler der Sonette an den Verleger Thomas Thorpe; aber diese These ist jetzt allgemein aufgegeben worden, und die höchsten Autoritäten sind sich einig, daß das Wort im Sinne eines Anregers verstanden werden muß, und daß die Metapher aus der Analogie des physischen Lebens genommen ist. Nun fand ich, daß dieselbe Metapher von Shakespeare auch in den Gedichten gebraucht wird, und das führte mich auf den richtigen Weg. Schließlich machte ich meine große Entdeckung. Die Ehe, die Shakespeare Willie Hughes vorschlägt, ist die *marriage with his Muse,* ein Ausdruck, der in dieser Form im LXXXII. Sonett vorkommt, wo er in der Bitterkeit seines Herzens über die Treulosigkeit des jugendlichen Schauspielers, für den er seine größten Rollen geschrieben und dessen Schönheit sie ihm eingegeben hatte, seine Klage mit den Worten beginnt:

I grant thou wert not married to my Muse.

»Du bist ja meiner Muse nicht vermählt,«

Die Kinder, die zu zeugen er ihn beschwört, sind keine Kinder aus Fleisch und Blut, sondern vielmehr die unsterblichen Kinder unvergänglichen Ruhmes. Der ganze Zyklus der ersten Sonette ist nichts anderes als die Aufforderung an Willie Hughes, zur Bühne zu gehen und Schauspieler zu werden. Wie unfruchtbar und ohne Gewinn ist deine Schönheit, sagt er, wenn du sie nicht nützt:

When forty winters shall besiege thy brow,
And dig deep trenches in thy beauty's field,
Thy youth's proud livery, so gazed on now,
Will be a tattered weed, of small worth held:
Then being asked where all thy beauty lies,
Where all the treasure of thy lusty days,
To say, within thine own deep-sunken eyes,
Were an all-eating shame and thriftless praise.

»Wann vierzig Winter erst dein Haupt berennen
Und in der Schönheit Plan Laufgräben ziehn,
Wer wird dein Jugendstaatskleid dann noch kennen,
Und den zerfetzten Rock, wer achtet ihn?
Befragt alsdann: »Wo blieb all deine Zier?
Wo deines Frühlings stolzes Eigentum?«
Zu sagen: »In den hohlen Augen hier«,
Wär' allverzehrnde Schmach und Bettelruhm.«

Du mußt etwas in der Kunst schaffen: mein Vers *is thine and born of thee;* hör nur auf mich, ich will

bring forth *eternal numbers to outlive long date.*

»Rhythmen schaffe der
Unsterblich, die in fernster Frist bestehen.«

und du wirst die imaginäre Welt der Bühne mit den Gestalten deines eigenen Bildes bevölkern. Diese Kinder, die du zeugst, fährt er fort, werden nicht dahinwelken wie sterbliche Kinder, sondern du wirst in ihnen und in meinen Stücken leben:

Make thee another self, for love of me,
That beauty still may live in thine or thee!

»Schaff dir ein andres Du, zuliebe mir,
Daß Schönheit leb im Dein'gen oder dir.«

Fürchte dich nicht, deine Persönlichkeit aufzugeben, deine *semblance to some other* zu leihen:

To give away yourself keeps yourself still,
And you must live, drawn by your own sweet skill.

»Gib dich hinweg, daß du dich nicht verlierst,
Und leb, indem du lieblich dich kopierst.«

Ich mag in der Sterndeuterei nicht erfahren sein und doch, in jenen *constant stars*, deinen Augen:

I read such art
As truth and beauty shall together thrive,
If from thyself to store thou wouldst convert.

»haben mich gelehrt:
›Wahrheit und Schönheit werden blühn im Bunde,
Wann du von dir zum Mehren wirst bekehrt.‹«

Was haben andere damit zu tun?

Let those whom Natur hath not made for store,
Harsh, featureless, and rude, barrenly perish:

»Wen die Natur nicht schuf zur Früchtezier,
Starr, formlos, roh, der geh fruchtlos zu Grabe;«

Mit dir ist es anders, die Natur:

carv'd thee for her seal, and meant thereby
Thou shouldst print more, nor let that copy die.

»Sie schnitt zu ihrem Siegel dich und wollte,
Daß mehr es prägen, nicht zerbrechen sollte.«

Denke auch daran, wie bald die Schönheit sich verliert. Ihre Wirkung ist nicht kräftiger als eine Blume, und wie eine Blume lebt und stirbt sie. Denk an *the stormy gusts of winter's day*, an den *barren edge of Death's eternal cold*, und:

ere thou be distilled,
Make sweet some vial; treasure thou some place
With beauty's treasure, ere it be self-killed.

»eh du gekeltert bist;
Mach irgendein Gefäß süß durch die Spende
Der Schönheit, eh sie selbst getötet ist.«

Ja, sogar Blumen sterben nicht völlig. Wenn die Rosen welken,

Of their sweet deaths are sweetest odours made:

»Ihr süßer Tod noch liefert süßen Duft.«

und du, der *my rose* ist, solltest nicht hinweggehen ohne deine Form in der Kunst zurückzulassen. Denn die Kunst besitzt das eigentliche Geheimnis der Freude.

Ten times thyself were happier than thou art,
If ten of thine ten times refigur'd thee.

»Zehnmal du selbst wär' glücklicher als du,
Wenn zehn der Deinen zehnmal dich erneuern;«

Du brauchst nicht die *bastard signs of fair*, das geschminkte Gesicht, die phantastischen Verkleidungen der anderen Schauspieler:

... the golden tresses of the dead,
The right of sepulchres,

»das goldne Haar vom toten Schopfe,
Das Eigentum der Grüfte«,

braucht dir nicht geschoren zu werden. In dir:

those holy antique hours are seen,
Without all ornament itself and true,
Making no summer of another's green.

»seht ihr die alte Zeit erblühn,
Schmucklos und echt und wahr in heil'ger Treue,
Die keinen Sommer macht mit fremdem Grün«,

Alles was nottut ist, *to copy what in you is writ*; dich auf die Bühne zu stellen, wie du im wirklichen Leben bist. Alle jene alten Dichter, die von *ladies dead and lovely knights* geschrieben haben, träumten von jemandem wie du es bist, und:

All their praises are but prophecies
Of this our time, all you prefiguring.

»Ihr Lob war nur Weissagung unsrer Zeit,
Vorzeichen, die auf deine Schönheit gingen;«

Denn deine Schönheit scheint allen Zeiten und allen Ländern anzugehören. Deine Schattengestalt kommt nachts zu mir, aber ich möchte deinen »Schatten« bei lebendigem Tage schauen, ich möchte dich auf der Bühne sehen. Die bloße Beschreibung von dir genügt hier nicht:

If I could write the beauty of your eyes,
And in fresh numbers number all your graces,
The age to come would say, ›This poet lies;
Such heavenly touches ne'er touched earthly faces.‹

»Könnt' ich die Schönheit deiner Augen schreiben,
Mit deinen Zierden zieren mein Gedicht,
Die Nachwelt spräche: ›Dichter übertreiben;
So himmlisch schön ist Erdenschöne nicht.‹«

Es ist notwendig, daß *some child of yours* irgendeine künstlerische Schöpfung, die dich verkörpert und der durch deine Einbildungskraft Leben verliehen wird, dich den staunenden Augen der Welt darstellt. Deine eigenen Gedanken sind deine Kinder, deine Nachkommen von Gefühl und Geist; gib ihnen Ausdruck und du wirst:

Those children nursed, delivered from thy brain

Vertrau dem Buch als Pflegekinder an;
Von deinem Hirn entbunden so,«

finden. Auch meine Gedanken sind meine *children.* Sie sind durch dich gezeugt und mein Gehirn ist:

the womb wherein they grew.

»im mütterlichen Boden wo es entsprang?«

Denn unsere große Freundschaft ist fürwahr eine Vermählung, es ist die *marriage of true minds.*
Ich sammelte alle Stellen, die diese Auffassung zu bestätigen schienen; sie machten einen starken Eindruck auf mich und bewiesen mir, wie vollständig Cyril Grahams Theorie in Wirklichkeit war. Ich sah auch, daß es ganz leicht war, die Verse, in denen Shakespeare von den Sonetten selbst spricht, von jenen zu trennen, in denen er von seinem großen dramatischen Werk spricht. Das war ein Punkt, der bisher von allen Kritikern bis zu Cyril Graham hin völlig übersehen worden war. Und doch war es einer der wichtigsten Punkte der ganzen Gedichtfolge. Shakespeare war den Sonetten gegenüber mehr oder weniger gleichgültig. Er wollte seinen Ruhm nicht auf sie gründen. Sie bedeuteten für ihn die *slight Muse,* wie er es nennt, und sie waren, wie Meres erzählt, nur bestimmt, unter wenigen, sehr wenigen Freunden insgeheim von Hand zu Hand zu gehen. Andererseits war er sich des hohen künstlerischen Wertes seiner Stücke sehr genau bewußt und zeigte ein nobles Selbstvertrauen in sein dramatisches Genie. Wenn er zu Willie Hughes sagt:

But thy eternal summer shall not fade,
Nor lose possession of that fair thou owest;
Nor shall Death brag thou wander'st in his shade,
When in eternal lines *to time thou growest:*
So long as men can breathe or eyes can see,
So long lives this and this gives life to thee; –

»Nie aber wird dein ew'ger Sommer schwinden,
Noch jene Schönheit missen, die du hast;
Nie wird der Tod im Schattenreich dich finden,
Wann dich die Zeit in ew'ge Verse faßt.
Solang noch Menschen atmen, Augen sehn,
Lebt dies und gibt dir Leben und Bestehn.«

spielt der Ausdruck *eternal lines* deutlich auf eines seiner Stücke an, das er ihm zu dieser Zeit übersandte, genauso wie das abschließende Reimpaar sein Vertrauen in die Wahrscheinlichkeit zeigt, daß seine Stücke immer gespielt werden. In seiner Anrufung der dramatischen Muse (im C. und CI. Sonett) finden wir dasselbe Gefühl.

Where art thou, Muse, that thou forget'st so long
To speak of that which gives thee all thy might?
Spend'st thou thy fury on some worthless song,
Darkening thy power to lend base subjects light?

»Wo bist du, Muse, daß du säumst so lange,
Dem, was dir alle Macht gab, Lob zu weihn?
Verbrauchst du deine Glut in eitlem Sange,
Verdunkelst dich, um Schlechtem Glanz zu leihn?«

ruft er aus, und dann beginnt er der Geliebten der Tragödie und der Komödie Vorhaltungen zu machen wegen ihrer *neglect of truth in beauty dyed* und sagt:

Because he needs no praise, wilt thou be dumb?
Excuse not silence so; for 't lies in thee
To make him much outlive a gilded tomb,
And to be praised of ages yet to be.
Then do thy office, Muse, I teach thee how,
To make him seem long hence as he shows now.

»Schweigst du, weil er des Lobs dich überhebe?
O leere Ausflucht! Deines Amtes ist,
Daß er sein gülden Grabmal überlebe
Und Lob ihm werde bis zur fernsten Frist.
Ans Werk denn, Muse! Wie, das lehr ich dir,
Daß ihn die späte Zukunft kennt wie wir.«

Vielleicht aber ist es das LV. Sonett, in dem Shakespeare diesem Gedanken den vollsten Ausdruck verleiht. Anzunehmen, daß der *powerful rhyme* in der zweiten Zeile sich auf das Sonett selbst bezieht, hieße Shakespeares Absicht völlig mißdeuten. Es schien mir, aus dem allgemeinen Charakter des Sonettes zu schließen, höchst wahrscheinlich, daß ein bestimmtes Stück gemeint, und das Stück kein anderes als »Romeo und Julia« sei.

Not marble, nor the gilded monuments
Of princes shall outlive this powerful rhyme;
But you shall shine more bright in these contents
That unswept stone besmeared with sluttish time.

When wasteful wars shall statues overturn,
And broils root out the work of masonry,
Not Mars his sword nor war's quick fire shall burn
The living record of your memory
'Gainst death and all-oblivious enmity
Shall you pace forth; your praise shall still find room
Even in the eyes of all posterity
That wear this world out to the ending doom.
So, till the judgment that yourself arise,
You live in this, and dwell in lovers' eyes.«

»Kein gülden Fürstenbild, kein Marmelstein
Wird diese mächt'gen Verse überleben;
Sie werden dir ein hellres Denkmal sein
Als Quadern, die vom Schmutz der Zeiten kleben.
Ob Zwietracht stürzt der Häuser fest Gemäuer,
Ob wüster Krieg die Statuen niederrennt,
Kein Schwert des Mars, kein fressend Kriegesfeuer
Tilgt deines Ruhms lebendig Monument.
Trotz Tod und feindlicher Vergessenheit
Sollst du bestehn, soll Raum dein Name finden
Noch in den Augen allerfernster Zeit,
Bis die Geschlechter dieser Welt verschwinden.«
Bis am Gerichtstag du dich selbst erhebst,
Wohnst du im Auge Liebender und lebst.

Es war auch faszinierend festzustellen, wie Shakespeare hier und anderswo Willie Hughes Unsterblichkeit versprach, in einer Form, die sich an die Augen der Menschen richtete – das heißt, in der Form des Schauspiels, in einem Theaterstück, das man sich anschaut.

Zwei Wochen arbeitete ich eifrig an den Sonetten, ging kaum aus und lehnte alle Einladungen ab. Jeden Tag glaubte ich etwas Neues zu entdecken, und Willie Hughes bekam für mich eine Art geistige Präsenz, wurde zu einer alles beherrschenden Persönlichkeit. Ich konnte mir fast einbilden, ihn im Schatten meines Zimmers stehen zu sehen, so gut hatte Shakespeare ihn gezeichnet, mit seinem goldenen Haar, seiner zarten blumenhaften Anmut, seinen träumerischen, tiefliegenden Augen, seinen feinen lebhaften Gliedern und seinen weißen Lilienhänden. Selbst sein Name bezauberte mich. Willie Hughes!

Willie Hughes! Wie musikalisch das klang! Ja, wer anders als er konnte Herr und Herrin von Shakespeares Leidenschaft gewesen sein (Sonett XX/2), der Herr seiner Liebe, dem er untertan war (Sonett XXV/1), der köstliche Spielgefährte der Lust (Sonett CXXVI/9), die Rose der ganzen Welt (Sonett CIX/14), der Herold des Frühlings (Sonett I/10), mit dem stolzen Kleid der Jugend geschmückt (Sonett II/3), der bezaubernde Junge, den zu hören süße Musik war (Sonett VIII/1) und dessen Schönheit die eigentliche Hülle von Shakespeares Herz (Sonett XX/6), wie auch der Angelpunkt seiner dramatischen Kraft war? Wie bitter erscheint nun die ganze Tragödie seines Abfalls und seiner Schmach! – einer Schmach, die er süß und lieblich machte (Sonett XCV/1) durch den bloßen Zauber seiner Persönlichkeit, die aber dennoch eine Schmach blieb. Aber da Shakespeare ihm verzieh, sollten nicht auch wir ihm verzeihen? Ich wollte nicht das Geheimnis seiner Sünde erforschen oder der Sünde – wenn es eine war – des großen Dichters, der ihn so zärtlich geliebt hatte.

I am that I am, sagte Shakespeare voll edler Verachtung in einem Sonett:

I am that I am, and they that level
At my abuses reckon up their own;
I may be straight, though they themselves be level;
By their rank thoughts my deeds must not be shown.

»ich bin, was ich bin, und all ihr Zielen
Auf meine Schuld wird ihnen zum Gericht;
Vielleicht seh ich gradaus, und jene schielen;
Ihr arger Sinn mißt meine Taten nicht,«

Daß Willie Hughes Shakespeares Theater verließ, war eine andere Sache, und ich ging ihr sehr ausführlich nach. Am Ende kam ich zu dem Schluß, daß Cyril Graham sich geirrt hatte, als er annahm, der rivalisierende Dramatiker im LXXX. Sonett sei Chapman gewesen. Es war offensichtlich Marlowe, dem die Anspielung galt. Zu der Zeit, als die Sonette entstanden, es muß zwischen 1590 und 1595 gewesen sein, konnte ein Ausdruck wie *the proud full sail of his great verse* unmöglich auf Chapmanns Werk angewandt werden, mochte er auch für den Stil seiner späteren jakobinischen Stücke gelten. Nein, offensichtlich war Marlowe der Dichter-Rivale, von dem Shakespeare mit so lobenden Worten sprach; die Hymne, die Marlowe zu Ehren von Willie Hughes schrieb, war die unvollendete »Hero und Leander«, und der

Affable familiar ghost
which nightly gulls him with intelligence,

»Nicht er noch jener Kobold-Famulus,
Der nächtlich ihn betört mit hoher Kunde,
Darf triumphieren, daß ich schweigen muß;«

war der Mephistopheles seines Doktor Faustus. Zweifellos war Marlowe von der Schönheit und Anmut des jugendlichen Schauspielers fasziniert und lockte ihn vom Blackfriars Theatre weg, damit er den Gaveston in seinem »Edward II.« spiele. Daß Shakespeare ein gesetzliches Recht besaß, Willie Hughes in seiner eigenen Truppe zu behalten, geht aus dem LXXXVII. Sonett hervor, wo er sagt:

Farewell! thou are too dear for my possessing,
And like enough thou know'st thy estimate:
The charter of thy worth *gives thee releasing;*
My bonds *in thee are all determinate.*
For how do I hold thee but by thy granting?
And for that riches where is my deserving?
The cause of this fair gift in me is wanting,
And so my patent back again is swerving.
Thyself thou gav'st, thy own worth then not knowing,
Or me, to whom thou gav'st it, else mistaking;
So thy great gift, upon misprision growing,
Comes home again, on better judgment making.
Thus have I had thee, as a dream doth flatter,
In sleep a king, but waking no such matter.

»Leb wohl! Du weißt, dein Wert ist viel zu groß,
Als daß ich dauernd dich besitzen könnte;
Der Pachtbrief deiner Freundschaft spricht dich los;
Erloschen ist der Pakt, der mir dich gönnte.
Durch deine Schenkung wardst du mein Habe,
Und wie verdient' ich je so reiche Spende?
Der Rechtsgrund fehlt in mir für solche Gabe,
Und folglich ist's mit meinem Recht zu Ende.
Du gabst dich mir, unkundig deines Wertes,
Wohl auch getäuscht in mir, der ihn empfangen.
Nun ist die Schenkung als ein aufgeklärtes
Versehen deinerseits zurückgegangen.
So hab ich dich gehabt, wie Träum entweichen,
Im Schlaf ein König, wachend nichts dergleichen.«

Aber ihn, den er durch Liebe nicht halten konnte, wollte er auch nicht durch Gewalt festhalten. Willie Hughes wurde Mitglied von Lord Pembrokes Truppe, und vielleicht hat er im offenen Hof der Red Bull Tavern die Rolle von König Edwards zärtlichem Günstling gespielt. Nach Marlowes Tod scheint er zu Shakespeare zurückgekehrt zu sein, der, was immer seine Teilhaber darüber gedacht haben mögen, nicht zögerte, dem jungen Schauspieler die Eigenwilligkeit und den Verrat zu verzeihen.

Wie gut hat übrigens Shakespeare das Temperament des Schauspielers gezeichnet! Willie Hughes war einer von denen:

That do not do the thing they most do show,
Who, moving others, are themselves as stone.

»Nie tut, was er zu tun am meisten scheint,
Wer andre rührt und bleibt doch selber still,«

Er konnte Liebe spielen, aber er konnte sie nicht fühlen, er konnte Leidenschaft darstellen, ohne sie zu empfinden.

In many's looks the false heart's history
Is writ in moods and frowns and wrinkles strange,

»Bei vielen liest man gleich, was sich begeben,
In Launen, Runzeln, finstrem Angesicht;«

Aber mit Willie Hughes verhielt es sich nicht so. *Heaven* sagte Shakespeare in einem Sonett voll wahnsinniger Vergötterung:

Heaven in thy creation did decree
That in thy face sweet love should ever dwell;
Whate'er thy thoughts or thy heart's workings be,
Thy looks should nothing thence but sweetness tell.

»Dich aber hat der Himmel so geschaffen,
Daß süße Liebe stets dein Aug erfüllt,
Und welche Abgründ auch im Herzen klaffen,
Dein Blick nur Süßigkeit von dort enthüllt.«

Es war leicht, in seinem *inconstant mind* und seinem *false heart* die Unaufrichtigkeit und den Verrat zu erkennen, die in gewisser Weise untrennbar von der künstlerischen Natur erscheinen, wie in seiner Liebe zum Ruhm jenes Verlangen nach sofortiger Anerkennung, das allen Schauspielern eigen ist. Und doch sollte Willie Hughes, darin glücklicher als andere Schauspieler, etwas von der Unsterblichkeit kennenlernen. Zu innerst verbunden mit Shakespeares Stücken, sollte er in ihnen und durch ihre Aufführung leben.

Your name from hence immortal life shall have,
Though I, once gone, to all the world must die:
The earth can yield me but a common grave,
When you entombed in men's eyes shall lie.
Your monument shall be my gentle verse,
Which eyes not yet created shall o'er-read,
And tongues to be your being shall rehearse,
When all the breathers of this world are dead.

»Dein Name wird fortan unsterblich leben;
Ich, einmal tot, sterb ab für alle Zeit;
Mir wird die Erd ein Grab wie andern geben;
Dir ist der Nachwelt Aug als Gruft geweiht.
Mein feines Lied wird dann dein Grabmal sein,
Und unerschaffne Augen werden's lesen:
Ruhm, der erst sein wird, preist dereinst dein Sein,
Wann alle Atmer dieser Zeit verwesen.«

Nash, mit seiner boshaften Zunge, hatte über Shakespeare gelästert, weil er »die Unsterblichkeit in den Mund eines Schauspielers legt« und bezog sich damit offensichtlich auf die Sonette.

Aber für Shakespeare war der Schauspieler ein selbständiger und selbstbewußter Mitarbeiter, der der Phantasie eines Dichters Form und Inhalt gab und in das Drama die Elemente eines edlen Realismus brachte. Sein Schweigen konnte so beredt sein wie Worte und seine Gebärden ebenso ausdrucksvoll, und in jenen furchtbaren Augenblicken einer übermenschlichen Agonie oder einer göttergleichen Qual, wenn das Denken die Sprache übersteigt, wenn die Seele krank durch das Übermaß des Schmerzes stammelt oder betäubt ist, und das Gewand der Worte vom Sturm der Leidenschaft zerfetzt ist, dann konnte der Schauspieler, obgleich nur für einen Augenblick, ein schöpferischer Künstler werden und durch seine bloße Gegenwart und seine Persönlichkeit an den Ursprung des Schreckens und des Mitleids rühren, an den sich die Tragödie wendet. Diese volle Anerkennung der Kunst und der Macht des Schauspielers, war eines der Elemente, welches das romantische vom klassischen Drama unterschied und folglich eines der Elemente, das wir Shakespeare verdanken, der, begünstigt in vielem, auch darin begünstigt war, daß es ihm gelang, Richard Burbage zu finden und Willie Hughes zu formen.

Mit welchem Vergnügen betonte er die Wirkung, die Willie Hughes auf seine Zuschauer ausübte – die »Gaffer«, wie er sie nannte; mit welcher bezaubernden Phantasie analysierte er die ganze Kunst! Sogar in der »Klage einer Liebenden« spricht er von seiner Schauspielerei und erzählt uns, daß seine Natur für die Beschaffenheit dramatischer Situationen so empfänglich war, daß er *all strange forms* annehmen konnte:

Of burning blushes, or of weeping water,
Or swooning paleness:

»Daß er jetzt bleich erschien, jetzt Tränen troffen,
Jetzt jüngferlich sich seine Wangen schämen.«

und er erklärt seine Bedeutung später ausführlicher, wo er uns erzählt, wie Willie Hughes fähig war, andere durch seine wunderbare Kraft zu täuschen:

Blush at speeches rank, to weep at woes,
Or to turn white and swoon at tragic shows.

»Wenn er errötet, weint, in Ohnmacht fällt,
So spielt er gut, wie ein Theaterheld.«

Es ist nie darauf hingewiesen worden, daß der Schäfer dieses lieblichen Schäfergedichtes, dessen *youth in art and art in youth* mit einer solchen Subtilität des Ausdrucks und der Leidenschaft beschrieben werden, niemand anderer war, als der W. H. der Sonette. Und doch gab es keinen Zweifel, daß er es war. Nicht nur in ihrer äußeren Erscheinung sind die beiden Jünglinge gleich, auch ihre Natur und ihr Temperament sind identisch. Wenn der falsche Hirte dem schwankenden Mädchen zuflüstert:

All my offences that abroad you see
Are errors of the blood, none of the mind;
Love made them not;

»Hab' ich an andern jemals mich verfehlt,
Ließ ich das Blut mich, nicht das Herz verleiten,
Das war nicht Liebe.«

wenn er von seinen Geliebten spricht:

Harm have I done to them, but ne'er was harmed;
Kept hearts in liveries, but mine own was free,
And reigned, commanding in his monarchy:

»*Sie* härmten sich, *ich* wußte nichts von Härmen,
Und trug manch Herz auch meine Liverei,
So blieb ich unbeschränkt und herrschte frei.«

wenn er von den *deep-brained sonnets* spricht, die ihm eine von ihnen geschickt hatte und in knabenhaftem Stolz ausruft:

The broken bosoms that to me belong
Have emptied all their fountains in my well:

»Die Herzen all, die mein verlangend denken,
Ergießen ihre Flut in meine Welle,«

ist es unmöglich nicht zu fühlen, daß Willie Hughes es ist, der zu uns spricht. Fürwahr *deep-brained sonnets* hatte Shakespeare ihm dargebracht, *jewels*, die in seinen sorglosen Augen nichts als *trifles* waren, obgleich:

Each several stone,
With wit well blazoned, smiled or made some moan;

»Auch der Opal, dem Namen eingeschnitten:
Sie sollten alle mich um Liebe bitten.«

und in den Brunnen der Schönheit hatte er die süße Fontäne seines Gesanges gegossen. Daß an beiden Stellen auf einen Schauspieler angespielt wurde, war ebenfalls klar. Die betrogene Nymphe erzählt uns von dem *false fire* auf den Wangen ihres Geliebten, von dem *forced thunder* seiner Seufzer und seiner *borrowed motion:* von wem sonst, als von einem Schauspieler, konnte man sagen, daß ihm *thought, characters, and words merely Art* waren, oder daß:

To make the weeper laugh, the laugher weep,
He had the dialect and different skill,
Catching all passions in his craft of will?

»Ihm mußten Lacher weinen, Weiner lachen,
Er konnte jede Leidenschaft erregen,
Und der Gefühle Sturm zur Ruhe legen.«

Das Spiel mit den Worten in der letzten Zeile gleicht den Wortspielen in den Sonetten und wird in der folgenden *stanza* des Gedichtes fortgeführt, wo von dem Jüngling erzählt wird, der:

did in the general bosom reign.
Of young, of old; and sexes both enchanted,

»Die Herzen alle mußten ihn verehren,
Von Jung und Alt, von Männern und von Frauen,«

daß es jene gab, die:

... dialogued for him what he would say,
Asked their own wills, and made their Wills obey.

»Was er als Gunst gedachte zu erflehn,
Sah er als fremden Herzenswunsch entstehn.«

Ja: der *rose-cheeked Adonis* des Venus Gedichtes, der falsche Hirte in *Lover's Complaint,* der *tender churl,* der *beautious niggard* in den Sonetten war niemand anderer als ein junger Schauspieler; und während ich die verschiedenen Beschreibungen von ihm durchlas, begriff ich, daß die Liebe, die Shakespeare für ihn hegte, wie die Liebe eines Musikers zu einem empfindlichen Instrument war, auf dem es ihm Vergnügen macht zu spielen, wie die Liebe eines Bildhauers für ein seltenes und erlesenes Material, das eine neue Form der plastischen Schönheit anregt, eine neue Art des plastischen Ausdrucks. Denn alle Kunst hat ihr Medium, ihr Material, seien es rhythmische Worte oder angenehme Farben oder ein reiner scharf getrennter Ton; und, wie einer der faszinierendsten Kritiker unserer Tage gezeigt hat, sind es die jedem Material innewohnenden und es charakterisierenden Eigenschaften, denen wir das sinnliche Element in der Kunst verdanken und damit alles, was in der Kunst wesentlich artistisch ist. Was sollen wir also von dem Material sagen, welches das Drama für seine vollkommene Vorführung braucht? Was sollen wir vom Schauspieler sagen, der das Medium ist, durch das allein sich das Drama wahrhaft enthüllen kann? Ohne Zweifel gibt es in dieser sonderbaren Nachahmung des Lebens durch die Lebenden, woraus die Form und die Methode der theatralischen Kunst besteht, sinnliche Elemente der Schönheit, die keine der anderen Künste besitzen. Von einem gewissen Gesichtspunkt aus gesehen sind die gewöhnlichen Schauspieler der safranbestreuten Bühne die vollkommensten und befriedigendsten Instrumente der Kunst. Es gibt keine Leidenschaft in Bronze, keine Bewegung in Marmor. Der Bildhauer muß auf die Farbe verzichten und der Maler auf die Plastizität der Form. Das Epos verwandelt Taten in Worte, und die Musik verwandelt Worte in Töne. Das Drama allein ist es, um den schönen Ausspruch von Gervinus zu zitieren, das alle Mittel zugleich benutzt, und indem es sich an Auge und Ohr wendet, hat es Form und Farbe, Ton, Blick und Wort, die Schnelligkeit der Bewegung, den eindringlichen Realismus der sichtbaren Handlung zu seiner Verfügung und in seinem Dienst.

Es mag sein, daß gerade in dieser Vollständigkeit des Instruments das Geheimnis mancher Schwäche der Schauspielkunst liegt. Jene Künste sind am glücklichsten, die ein von der Wirklichkeit abstrahiertes Material verwenden, und es liegt eine Gefahr in der absoluten Übereinstimmung von Mittel und Material, die Gefahr des schlechten Realismus und der phantasielosen Nachahmung. Doch Shakespeare selbst war Schauspieler und schrieb für Schauspieler. Er sah die Möglichkeiten, die in einer Kunst verborgen lagen, die sich bis zu seiner Zeit nur in Schwulst und Possenreißerei ausgedrückt hatte. Er hat uns die vollkommensten Regeln über die Schauspielkunst hinterlassen, die jemals geschrieben worden sind. Er schuf Rollen, die uns nur auf der Bühne wahrhaft offenbart werden können, schrieb Stücke, die für ihre volle Verwirklichung das Theater brauchen, und wir dürfen uns nicht wundern, daß er denjenigen so anbetete, der der Interpret seiner Vision und die Verkörperung seiner Träume war.

Aber in seiner Freundschaft lag mehr als das bloße Entzücken des Dramatikers an jemandem, der ihm hilft, seine Absicht zu verwirklichen. Es war ein subtiles Element der Freude, wenn nicht gar der Leidenschaft und ein nobles Fundament für eine Kameradschaft unter Künstlern. Aber das war noch nicht alles, was die Sonette uns enthüllten. Es gab noch etwas darüber hinaus. Das war sowohl die Seele, wie auch die Sprache des Neuplatonismus.

»Die Furcht vor dem Herrn ist der Anfang der Weisheit«, sagte der strenge jüdische Prophet. »Der Anfang der Weisheit ist Liebe«, war die freundliche Botschaft der Griechen. Und der Geist der Renaissance, der den Hellenismus bereits in so vielen Punkten berührte, indem er die verborgene Bedeutung dieses Satzes erfaßte und sein Geheimnis ahnte, suchte die Freundschaft zu der hohen Würde des antiken Ideals zu erheben, sie zu einem wesentlichen Faktor in der neuen Kultur und zu einer Form der selbstbewußten intellektuellen Entwicklung zu machen. Im Jahre 1492 erschien Marsiglio Ficinos Übersetzung des »Symposion« von Plato; und sein wundervoller Dialog, – von allen platonischen Dialogen vielleicht der vollkommenste, da er der poetischste ist, – begann einen seltsamen Einfluß auf die Menschen auszuüben und ihre Worte und Gedanken und ihre Lebensart zu färben. In seinen subtilen Ansichten über das Geschlecht in der Seele, in den merkwürdigen Analogien, die er zwischen der intellektuellen Begeisterung und der physischen Leidenschaft der Liebe zieht, in seinen Träumen von der Verkörperung der Idee in einer schönen und lebendigen Form und von einer echten geistigen Empfängnis mit Wehen und Gebären, lag etwas, das die Dichter und Gelehrten des 16. Jahrhunderts faszinierte. Gewiß war Shakespeare davon fasziniert und hatte den Dialog gelesen, wenn nicht in der Übersetzung von Ficino, von dem viele Kopien ihren Weg nach England fanden, dann vielleicht in der französischen Übersetzung von Leroy, zu der Joachim du Bellay so viele anmutige metrische Versionen beitrug.

Wenn er zu Willie Hughes sagt:

he that calls on thee, let him bring forth
Eternal numbers to outlive long date,

»wer dich anruft, Rhythmen schaffe der
Unsterblich, die in fernster Frist bestehen!«

denkt er an die Theorie der Diotima, daß Schönheit die Göttin ist, die über die Geburt wacht und die dunklen Vorstellungen der Seele ans Tageslicht zieht: wenn er uns von der *marriage of true minds* erzählt und seinen Freund ermahnt Kinder zu zeugen, die die Zeit nicht zerstören kann, so wiederholt er nur die Worte, in denen uns die Prophetin sagt, daß »Freunde durch ein viel engeres Band vermählt sind, als jene, die sterbliche Kinder zeugen, denn schöner und unsterblicher sind die Kinder, die ihre gemeinsame Nachkommenschaft sind.« Genau in diesem Sinn spricht Edward Blount in seiner Widmung zu »Hero und Leander« von Marlowes Werken als seinen »rechtmäßigen Kindern«, die »Nachkommen seines Gehirns« sind; und wenn Bacon behauptet, daß »die besten Werke, die für die Welt von allergrößtem Wert sind, von unverheirateten und kinderlosen Männern stammen, die sich mit ihrer Leidenschaft und ihrem Können der Welt vermählten und sie mit ihrer geistigen Hinterlassenschaft beschenkten«, paraphrasiert er eine Stelle im »Symposion«.

Die Freundschaft konnte wirklich keine bessere Gewähr für ihre Dauer und ihre Inbrunst verlangen, als die platonische Theorie oder, wie wir es lieber nennen sollten, den Glauben, daß die wahre Welt die Welt der Ideen sei, und daß diese Ideen sichtbare Form annähmen und im Menschen Fleisch würden und nur, wenn wir uns den Einfluß des Neuplatonismus auf die Renaissance vergegenwärtigen, können wir die wahre Bedeutung der verliebten Sätze und Worte begreifen, mit denen Freunde zu jener Zeit einander anzureden pflegten. Es gab ein Art mystischer Übertragung der Ausdrücke der physischen Welt in einen geistigen Bereich, der der rohen körperlichen Begierde fernlag und in dem die Seele herrscht. Die Liebe war wirklich eingetreten in den Olivenhain der neuen Akademie, aber sie trug das gleiche flammenfarbene Gewand und hatte die gleichen Worte der Leidenschaft auf ihren Lippen.

Michelangelo, der »stolzeste Geist in Italien«, wie er genannt wurde, redet den jungen Tommaso Cavalieri mit solch glühenden und leidenschaftlichen Worten an, daß einige glaubten, die in Frage stehenden Sonette müssen für jene adlige Dame, die Witwe des Marchese di Pescara bestimmt gewesen sein, über deren weiße Hand, als sie im Sterben lag, der große Bildhauer sich zum Kusse neigte.

Aber daß sie für Cavalieri geschrieben wurden und daß die wörtliche Interpretation die richtige ist, geht nicht nur aus der Tatsache hervor, daß Michelangelo mit seinem Namen spielt,

wie Shakespeare mit dem Namen von Willie Hughes, sondern auch aus dem unmittelbaren Zeugnis von Varchi, der den jungen Mann gut kannte und der uns erzählt, daß er »außer seiner unvergleichlichen persönlichen Schönheit, so viel natürlichen Charme, solche vortrefflichen geistigen Anlagen und eine solch anmutige Art besaß, daß er es verdiente und noch verdient, desto mehr geliebt zu werden, je besser man ihn kennt.« So fremdartig uns diese Sonette jetzt erscheinen mögen, richtig interpretiert, dienen sie lediglich dazu, uns zu zeigen, mit welcher heftigen und religiösen Inbrunst Michelangelo sich der Anbetung der intellektuellen Schönheit zuwendete, und wie er, um ein schönes Wort von Symonds zu entlehnen, durch die Hülle des Fleisches hindurchblickte und die göttliche Idee suchte, die es umschloß. In dem Sonett, das er für Luigi del Riccio anläßlich des Todes von dessen Freund Cecchino Bracci geschrieben hat, können wir außerdem, wie Symonds aufzeigt, die platonische Vorstellung der Liebe als etwas rein Geistiges und die Vorstellung von der Schönheit als einer Form, die ihre Unsterblichkeit in der Seele des Geliebten findet, verfolgen. Cecchino war ein Junge, der mit 17 Jahren starb, und als Luigi Michelangelo bat, ein Portrait von ihm zu machen, antwortete Michelangelo:
»Das kann ich nur tun, wenn ich dich, in dem er noch lebt, zeichne.«

»So müßt, entsteht im Freund der Freund uns wieder,
Und kann der Kunst ohn' Vorbild nichts gelingen,
Luigi, Ihr für ihn Modell mir sein.«
(aus dem Italienischen von Heinrich Nelson)

Die gleiche Idee äußert auch Montaigne in seinem vorzüglichen Essay über die Freundschaft, eine Leidenschaft, die er höher bewertet als die Liebe des Bruders zum Bruder oder die Liebe des Mannes zur Frau. Er sagt – ich zitiere aus der Übersetzung von Florio, einem der Bücher, mit dem Shakespeare vertraut war – wie »vollkommene *amitié*« unauflöslich ist, wie sie »die Seele erfüllt und bei aller Souveränität beeinflußt« und wie »durch die Vermittlung einer geistigen Schönheit, das Verlangen nach einer geistigen Empfängnis in dem Geliebten erzeugt wird.« Er schreibt von einer »inneren Schönheit, einem diffizilen Wissen und einer absonderlichen Entdeckung«, die sich Freunden und nur Freunden enthüllt. Er trauert in den Worten wilden Grams und untröstlicher Liebe um den toten Etienne de la Boëtie. Der gelehrte Hubert Languet, der Freund von Melanchthon und den Führern der reformierten Kirche, erzählt dem jungen Philip Sidney, wie er sein Portrait einige Stunden bei sich behielt, um seine Augen daran zu laben und wie sein Verlangen »bei dem Anblick eher gesteigert wurde, als daß es schwand«, und Sidney schreibt an ihn: »Die höchste Hoffnung meines Lebens, neben dem immerwährenden Segen des Himmels, wird stets die Freude an der wahren Freundschaft sein, und dort sollst du den höchsten Platz einnehmen.« Später kam in Sidneys Haus in London einer, der eines Tages in Rom verbrannt werden sollte für die Sünde, Gott in allen Dingen zu sehen: Giordano Bruno, geradewegs von seinem Triumph an der Universität von Paris. »A filosofia è necessario amore«, waren immer wieder die Worte auf seinen Lippen, und in seiner ungewöhnlichen, feurigen Persönlichkeit lag etwas, was die Menschen fühlen ließ, daß er das neue Geheimnis des Lebens entdeckt hatte. Ben Jonson schreibt an einen seiner Freunde und unterzeichnet mit »dein getreuer Liebhaber« und widmet seine noble Lobrede auf Shakespeare »Dem Andenken an meinen Geliebten«. Richard Barnfield spielt in seinem »zärtlichen Hirten« auf lieblicher virgilscher Rohrflöte die Geschichte seiner Zuneigung zu einem jungen Elisabethaner seiner Zeit. Aus allen Eklogen wählt Abraham Fraunce die zweite zur Übersetzung aus, und Fletchers Verse an Master W. C. zeigen, welche Faszination in dem bloßen Namen von Alexis verborgen war.

Es war also kein Wunder, daß Shakespeare von einem Geist aufgewühlt worden war, der sein Zeitalter so aufwühlte. Es hat Kritiker wie Hallam gegeben, die bedauerten, daß die Sonette jemals geschrieben wurden, und die in ihnen etwas Gefährliches, sogar etwas Gesetzwidriges gesehen haben. Es hätte genügt, ihnen mit Chapmans vortrefflichen Worten zu antworten:

There is no danger to a man that knows
What Life and Death is: there's not any law
Exceeds his knowledge: neither is it lawful
That he should stoop to any other law.

»Für den, der weiß, was Leben ist und Tod, ist nichts gefährlich; es kann kein Gesetz sein Wissen übertreffen; noch ist es recht, daß er sich irgend einem Rechte beugen soll.«

Aber gewiß bedurften die Sonette keiner solchen Verteidigung und jene, die von »der Narrheit der übermäßigen und unangebrachten Liebe« gesprochen hatten, waren weder imstande gewesen, die Sprache, noch den Geist dieser großen Gedichte zu interpretieren, die so eng mit der Philosophie und der Kunst ihrer Zeit verbunden waren. Es ist zweifellos wahr, daß von einer verzehrenden Leidenschaft erfüllt sein bedeutet, auf die Ruhe des eigenen niederen Lebens zu verzichten, und doch mag in einem solchen Verzicht ein Gewinn liegen, für Shakespeare war es sicher einer. Als Pico della Mirandola über die Schwelle der Villa Careggi trat und in der Grazie und Anmut seiner bezaubernden Jugend vor Marsilio Ficino stand, schien der bejahrte Gelehrte in ihm die Verwirklichung des griechischen Ideals zu sehen und beschloß, seine verbleibenden Jahre der Übersetzung von Plotin zu widmen, diesem neuen Plato, in dem sich, worauf Pater uns aufmerksam macht, »das mystische Element in der platonischen Philosophie bis zur äußersten Grenze der Vision und Ekstase entwickelt hatte.« Eine romantische Freundschaft mit einem jungen Römer seiner Zeit, führte Winckelmann in das Geheimnis der griechischen Kunst ein, lehrte ihn das Geheimnis ihrer Schönheit und die Bedeutung ihrer Form. In Willie Hughes fand Shakespeare nicht nur ein höchst empfindliches Instrument für die Darstellung seiner Kunst, sondern auch die sichtbare Verkörperung seiner Idee von der Schönheit, und es ist nicht übertrieben zu sagen, daß diesem jungen Schauspieler, dessen Namen die beschränkten Schreiber seiner Zeit in der Chronik zu verzeichnen vergaßen, die romantische Bewegung der englischen Literatur tief verpflichtet ist.

3

Eines Abends glaubte ich Willie Hughes wirklich in der elisabethanischen Literatur entdeckt zu haben. In einem wunderbar anschaulichen Bericht über die letzten Tage des großen Earl of Essex, schildert uns sein Kaplan Thomas Knell, daß der Earl in der Nacht bevor er starb »William Hewes rief, seinen Musiker, damit er auf dem Spinett spiele und singe. ›Spiele mein Lied, Will Hewes, und ich will es singen‹, sagte er. Und so tat er es höchst freudig, nicht wie der heulende Schwan, der unausgesetzt hinabblickt und sein Ende beklagt, sondern wie eine süße Lerche, indem er seine Hände hochhob und seine Augen aufschlug zu seinem Gott und sich so zu den kristallenen Höhen schwang und mit nimmermüder Stimme den Gipfel der höchsten Himmel erreichte.« Gewiß war der Knabe, der vor dem sterbenden Vater von Sydneys Stella auf dem Spinett spielte, kein anderer als Will Hews, dem Shakespeare die Sonette widmete und der selbst, wie er uns erzählt, süße *music to hear* war. Aber Lord Essex starb 1576, als Shakespeare erst zwölf Jahre alt war. Es war unmöglich, daß sein Musiker der W. H. der Sonette hätte sein können. Vielleicht war Shakespeares junger Freund der Sohn des Spielers am Spinett? Es war immerhin etwas, entdeckt zu haben, daß Will Hews ein elisabethanischer Name war. Ja, der Name Hews schien eng mit Musik und Bühne verknüpft gewesen zu sein. Die erste englische Schauspielerin war die bezaubernde Margaret Hews, die Prinz Rupert so heftig anbetete. Was ist wahrscheinlicher, als daß zwischen ihr und Lord Essex' Musiker der jugendliche Schauspieler der Shakespearestücke kam? Im Jahre 1587 brachte ein gewisser Thomas Hews im Grays Inn eine Tragödie im Stil des Euripides mit dem Titel »Arthurs widriges Geschick« heraus und fand in einem gewissen Francis Bacon, der damals Student der Rechte war, einen tüchtigen Assistenten für das Arrangement der Pantomimen. Bestimmt war er ein naher Verwandter des Jungen, zu dem Shakespeare sagte:

Take all my loves, my love, yea, take them all;

»Nimm all mein Liebstes, Lieber, ganz und gar;«

der *profitless usurer*, der *unused beauty*, als den er ihn beschreibt. Aber die Beweise, die Verbindungsglieder – wo waren sie? Ach! Ich konnte sie nicht finden. Es schien mir, als wäre ich immer am Rand einer absoluten Bestätigung, aber ich konnte ihrer nie wirklich habhaft werden. Ich fand es seltsam, daß nie jemand eine Geschichte der englischen Knaben-Schauspieler des 16. und 17. Jahrhunderts geschrieben hatte, und war entschlossen, diese Aufgabe selbst zu unternehmen und zu versuchen, ihr wirkliches Verhältnis zum Drama zu ermitteln. Der Gegenstand war gewiß von hohem künstlerischem Interesse. Diese Jünglinge waren die empfindlichen Mundstücke gewesen, durch welche unsere Dichter ihren süßesten Gesang hatten tönen lassen, die begnadeten Gefäße der Verehrung, in welche sie den Purpurwein ihres Gesangs gegossen. An erster Stelle war da natürlich der junge Mann, dem Shakespeare die Verwirklichung seiner kostbarsten Schöpfungen anvertraut hatte. Schönheit war ihm eigen, wie sie unser Zeitalter nie oder nur selten gesehen hat, eine Schönheit, die den Zauber beider Geschlechter zu vereinigen, und, wie die Sonette uns sagen, die Anmut des Adonis und die Lieblichkeit der Helena in sich zu vermählen schienen. Dazu war er schlagfertig und beredt gewesen, und von jenen fein geschwungenen Lippen, über die sich die Spötter mockierten, waren Julias leidenschaftlicher Schrei und das strahlende Lachen der Beatrice, Perditas blumengleiche Worte und die Lieder der umherirrenden Ophelia gekommen. Aber genauso, wie Shakespeare nur einem Gott unter Giganten glich, war auch Willie Hughes nur einer von vielen hervorragenden Jünglingen gewesen, denen die englische Renaissance etwas von dem Geheimnis ihrer Freude verdankte, und mir schien, daß auch sie des Studiums und der Aufzeichnung wert wären.

In einem kleinen Buch mit feinen Velin-Blättern und einem damastseidenen Einband – eine Schwärmerei von mir in jenen schwärmerischen Tagen – sammelte ich jede Information, die ich über sie finden konnte, und noch heute liegt etwas in der knappen Aufzeichnung ihres Lebens, in der bloßen Erwähnung ihrer Namen, das mich anzieht. Sie kamen mir alle bekannt vor: Robin Armin, der Goldschmiedsjunge, der von Tarlton verlockt wurde zur Bühne zu gehen; Sandfort, dessen Darstellung der Courtisane Flamantia im Grays Inn Lord Burgleigh bezeugt; Cooke, der die Agrippina in der Tragödie »Sejanus« spielte; Nat. Field, dessen junges, bartloses Portrait uns in Dulwich noch erhalten ist und der in »Cynthias Trinkgelage« die »Königin und Jägerin keusch und schön« spielte; Gil Carie, der als Bergnymphe gekleidet, in der gleichen bezaubernden Maske Echos Klagelied um Narcissus sang; Parsons, die Salmacis des merkwürdigen Schauspiels »Tamburlaine«; Will. Ostler, der einer »der Sängerknaben aus der Kapelle der Königin« war und König Jakob nach Schottland begleitete; George Vernon, dem der König einen Mantel aus Scharlachtuch sandte, ein Gewand und einen Umhang aus karminrotem Samt; Alick Gough, der die Rolle der Caenis darstellte, der Konkubine Vespasians in Massingers »Der römische Schauspieler« und drei Jahr später die Acanthe im »Bildnis« des gleichen Dramatikers; Barrett spielte in Richards Tragödie »Messalina«; Dicky Robinson, »ein sehr hübscher Junge«, erzählt uns Ben Jonson, war ein Mitglied von Shakespeares Truppe und sowohl für seinen ausgezeichneten Kostümgeschmack bekannt, wie für seine Liebe zu Frauenkleidern; Salathiel Pavy, dessen frühen und tragischen Tod Jonson in einem der zartesten Klagegesänge unserer Literatur betrauert; Arthur Savile, der zu den »Schauspielern des Prinzen Karl« gehörte und eine Mädchenrolle in einer Komödie von Marmion spielte; Stephen Hammerton, »ein sehr berühmter und wunderschöner Frauendarsteller«, dessen blasses, ovales Gesicht mit den schweren Augenlidern und dem ein wenig sinnlichen Mund uns aus einer sorgsam gearbeiteten Miniatur der Zeit ansieht; Hart, der seinen ersten Erfolg hatte, als er die Herzogin in der Tragödie »Der Kardinal« spielte und der in einem Gedicht, das deutlich ein Sonett Shakespeares zum Vorbild hat, von einem, der ihn sah, als »Schönheit für das Auge und Musik für das Ohr« beschrieben wird; und Kynaston, von dem Betterton sagte, daß »die Kenner untereinander uneins waren, ob eine Frau die Leidenschaften hätte zarter berühren können«, und dessen weiße Hände und bernsteinfarbenes Haar die Einführung von Schauspielerinnen auf der Bühne anscheinend um einige Jahre verzögert hat.

Die Puritaner mit ihrer sonderbaren Moral und ihrer unedlen Gesinnung waren natürlich über sie hergezogen und hatten sich über die Ungehörigkeit der Jungen aufgehalten, die sich als Frauen verkleiden und lernen, die Manieren und Leidenschaften des weiblichen Geschlechtes nachzuahmen. Gosson mit seiner schrillen Stimme und Prynne, der alsbald für seine schamlosen Verleumdungen seine Ohren verlieren sollte und andere, denen das seltene und feine Gefühl für abstrakte Schönheit versagt war, hatten von der Kanzel und in Pamphleten verletzende und dumme Worte zu ihrer Beschimpfung gesagt. Für Francis Lenton, der im Jahre 1629 schreibt, ist das, was er als »loses Treiben, Scheingebärde von kümmerlichen Wichten im Fürstengewande« bezeichnet, nur einer von vielen »lockenden Höllenködern, die mehr junge Leute in die verruchten Kammern wütender Lust zerren, als es der ganze Teufel jemals könnte, seit ihm die erste Verderbnis gelungen ist.«

Das Deuteronomium wurde zitiert, und das schlecht verdaute Wissen der Zeit trug das seine dazu bei. Sogar unsere eigene Zeit hat die künstlerischen Bedingungen des elisabethanischen und jakobinischen Dramas nicht richtig erfaßt. Eine der brillantesten und klügsten Schauspielerinnen des Jahrhunderts hat über die Vorstellung gelacht, daß ein Junge von 17 oder 18 Jahren Imogen oder Miranda oder Rosalinde spielt. »Wie könnte ein junger Mann, wie begabt und eigens dafür ausgebildet er auch sein mag, nur im entferntesten diese schönen und edlen Frauen einem Publikum verständlich machen? ... Man bedauert Shakespeare geradezu, der es sich gefallen lassen mußte, seine berühmtesten Schöpfungen entstellt, falsch dargestellt und verdorben zu sehen.« In seinem Buch über »Shakespeares Vorgänger« sprach John Addington Symonds ebenfalls von den »linkischen Jungen«, die versuchen, das Pathos von Desdemonas und Julias Leidenschaft darzustellen. Hatten sie recht? Haben sie recht? Ich dachte damals nicht so. Ich denke jetzt nicht so. Wer sich an die Oxforder Aufführung von »Agamemnon« erinnert, an den schönen Ausdruck und die marmorne Würde der Klytemnestra, an die romantische und phantasievolle Darstellung des prophetischen Wahnsinns der Kassandra, der wird den kritischen Bemerkungen von Lady Martin oder Symonds über die Gegebenheiten der elisabethanischen Bühne nicht zustimmen.

Von allen Motiven, die die dramatische Neugier unserer großen Theaterdichter angeregt haben, gibt es kein subtileres und faszinierenderes, als die Doppeldeutigkeit der Geschlechter. Diese

Idee, von Lyly erfunden, sofern man behaupten kann, daß eine künstlerische Idee erfunden wird, von Shakespeare vervollkommnet und für uns zum Genuß erhoben, scheint mir ihren Ursprung und gewiß ihre Möglichkeit lebendiger Darstellung dem Umstand zu verdanken, daß die elisabethanische Bühne, wie die Bühne der Griechen, das Auftreten weiblicher Schauspieler nicht zuließ. Weil Lyly für die jugendlichen Schauspieler von St. Paul schrieb, haben wir die Verwechslung der Geschlechter und die komplizierten Lieben von Phillida und Gallathea: weil Shakespeare für Willie Hughes schrieb, legt Rosalinde Wams und Hose an und nennt sich Ganymed, kleiden sich Viola und Julia als Edelknaben und stiehlt sich Imogen heimlich in Männerkleidern davon. Zu behaupten, daß nur eine Frau die Leidenschaften einer Frau darzustellen vermag und daß deshalb kein Knabe Rosalinde spielen kann, heißt die Schauspielkunst ihres ganzen Anspruchs auf Objektivität berauben und dem bloßen Zufall des Geschlechts zuzuteilen, was eigentlich dem phantasievollen Einblick und der schöpferischen Energie angehört. Wenn das Geschlecht tatsächlich ein Element in der künstlerischen Schöpfung ist, sollte lieber nachdrücklich darauf hingewiesen werden, daß die bezaubernde Verbindung von Witz und Romantik, die so viele Heldinnen von Shakespeare kennzeichnet, zumindest durch die Tatsache bewirkt, wenn nicht wirklich verursacht war, daß die Darsteller dieser Rollen Jungen und junge Männer waren, deren leidenschaftliche Reinheit, rasche bewegliche Phantasie und gesunde Unabhängigkeit von Sentimentalität kaum verfehlt haben können, einen neuen bezaubernden Typ der Mädchenhaftigkeit und der Weiblichkeit anzuregen. Die Verschiedenheit des Geschlechtes zwischen dem Schauspieler und der Rolle, die er darstellte, muß auch, wie Professor Ward aufzeigt, »eine zusätzliche Anforderung an die imaginativen Fähigkeiten der Zuschauer« gestellt und sie vor der überrealistischen Identifikation des Schauspielers mit seiner *rôle* bewahrt haben, die einer der schwachen Punkte in der modernen Theaterkritik ist.

Man muß auch zugeben, daß wir diesen jugendlichen Schauspielern die Einführung jener herrlichen lyrischen Gedichte verdanken, die die Stücke Shakespeares, Dekkers und so vieler

Dramatiker der Zeit schmücken, jene »Augenblicke des vogelgleichen oder göttergleichen Gesanges«, wie Swinburne sie nennt. Denn die meisten Jungen kamen aus den Kathedralen und königlichen Kapellen Englands, und von ihren frühesten Jahren an waren sie im Singen von Hymnen und Madrigalen und in allem, was zu der subtilen Kunst der Musik gehört, ausgebildet worden. Zunächst ausgewählt wegen ihrer schönen Stimme und wegen einer gewissen Anmut und Lebhaftigkeit der Erscheinung, wurden sie dann in Körperhaltung, Tanz und Sprechen ausgebildet und im Tragödien- und Komödienspiel in englischer, sowie lateinischer Sprache unterrichtet. Es scheint in der Tat, als wäre das Theaterspielen ein Teil der üblichen Erziehung jener Zeit gewesen und nicht nur von den Schülern in Eton und Westminster, sondern auch von den Studenten der Universitäten Oxford und Cambridge gründlich studiert worden, von denen einige später zur Bühne gingen, was in unserer Zeit immer häufiger vorkommt.

Auch hatten die großen Schauspieler ihre Schüler und Lehrlinge, die ihnen kraft einer gesetzlichen Befugnis förmlich überantwortet waren, denen sie die Geheimnisse ihres Handwerks mitteilten und die so hoch geschätzt wurden, daß wir von Henslowe, einem der Leiter des Rose Theatre lesen, er hätte einen ausgebildeten Jungen mit dem Namen James Bristowe für 8 Goldstücke gekauft. Die Beziehungen, die zwischen den Lehrern und ihren Schülern bestanden, scheinen sehr herzlicher und liebevoller Art gewesen zu sein. Robin Armin wurde von Tarlton wie ein Adoptivsohn behandelt und in einem Testament, datiert »der vierte Tag im Mai, anno Domini 1605«, vermachte Augustine Phillips, Shakespeares teurer Freund und Schauspielkollege, einem seiner Lehrlinge seinen »purpurroten Mantel, seinen Degen und seinen Dolch«, seine »Schminkphiole« und viele prächtige Gewänder und einem anderen eine Geldsumme und viele schöne Musikinstrumente, »die an ihn gegeben werden sollen nach Ablauf seiner vorgeschriebenen Lehrlingszeit«. Hin und wieder, wenn ein dreister Schauspieler einen Jungen für die Bühne entführte, gab es ein Geschrei oder eine Untersuchung. Im Jahre 1600, zum Beispiel, machte sich ein Herr aus Norfolk mit Namen Henry Clifton in London ansässig, damit sein Sohn, der damals ungefähr dreizehn Jahre alt war, Gelegenheit haben sollte, die Bluecoat School zu besuchen, und durch ein Gesuch, das er an die Star Chamber richtete und das kürzlich durch Greenstreet zutage gefördert wurde, erfahren wir, daß dem Jungen, als er an einem Wintermorgen gemächlich zum Christ Church Kloster ging, von James Robinson, Henry Evans und Nathaniel Giles aufgelauert wurde und man ihn zum Blackfriars Theatre entführte, »unter eine Truppe von liederlichen, wüsten, gewinnsüchtigen Schauspielern«, wie sein Vater sie nennt, damit er »im Spielen von Rollen in schlechten Stücken und Zwischenspielen« ausgebildet würde.

Als Mr. Clifton von dem Unglück seines Sohnes erfuhr, ging er sofort zu dem Theater und verlangte seine Auslieferung, aber »die besagten Nathaniel Giles, James Robinson und Henry Evans antworteten auf der Stelle höchst arrogant, daß sie genügend Macht hätten, um eines jeden Edelmannes Sohn in diesem Land zu nehmen«, und indem sie dem Schuljungen »eine Papierrolle aushändigten, die die Rolle eines ihrer besagten Stücke und Zwischenspiele enthielt«, befahlen sie ihm, sie auswendig zu lernen. Durch einen Vollzugsbefehl, von Sir John Fortescue erlassen, wurde der Junge jedoch am nächsten Tag seinem Vater wieder zugeführt, und das Star Chamber Gericht scheint Evans Privilegien zeitweise aufgehoben oder gestrichen zu haben.

Es ist eine Tatsache, daß Elisabeth, einer Verfügung Richards III. folgend, eine Anordnung erlassen hatte, die gewisse Personen dazu ermächtigte, Jungen, die eine schöne Stimme besaßen, gewaltsam in ihren Dienst zu nehmen, damit sie in der königlichen Kapelle für sie singen, und Nathaniel Giles, ihr Hauptbevollmächtigter, der herausfand, daß er mit den Leitern des Globe Theatre einträgliche Geschäfte machen konnte, sich bereit fand, sie mit hübschen und anmutigen Knaben für die Darstellung der Frauenrollen zu versorgen, unter dem Anschein, sie in den Dienst der Königin zu nehmen. Die Schauspieler konnten sich demnach auf ein gewisses Maß an gesetzlicher Befugnis berufen, und es ist interessant, daß viele der Jungen, die sie von ihren Schulen oder von Zuhause weggeschleppt hatten, z. B. Salathiel Pavy, Nat. Field und Alvery Trussell, von ihrer neuen

Kunst so fasziniert waren, daß sie sich ständig an das Theater banden und es nicht verlassen wollten.

Einmal schien es, als ob Mädchen die Stelle der Jungen auf der Bühne einnehmen sollten und unter den Taufen, die man in den Registern von St. Giles, Crippelgate, verzeichnete, erscheint folgende seltsame und bedeutungsvolle Eintragung: »Comedia, von niedrigerer Geburt, Tochter der Alice Bowker und des William Johnson, eines Schauspielers der Königin, am 10. Feb. 1589.« Aber das Kind, in das man so hohe Hoffnungen setzte, starb im Alter von sechs Jahren, und als später einige französische Schauspielerinnen herüberkamen und im Blackfriars Theatre spielten, erfahren wir, daß sie »von der Bühne heruntergepfiffen, ausgeschrien und mit Äpfeln beworfen wurden.«

Ich glaube, daß wir dies, ausgehend vom oben Gesagten, keineswegs zu bedauern brauchen. Die wesentlich männliche Kultur der englischen Renaissance, fand ihren vollsten und vollkommensten Ausdruck durch ihre eigene Methode und ihren eigenen Stil.

Ich erinnere mich, daß ich mich damals fragte, welcher Art die gesellschaftliche Stellung und das frühe Leben von Willie Hughes gewesen sein mochten, bevor Shakespeare ihn getroffen hatte. Meine Nachforschungen in der Geschichte der jugendlichen Schauspieler hatte mich auf jede Einzelheit über ihn neugierig gemacht. Hatte er im geschnitzten Gestühl eines vergoldeten Chores gestanden und aus einem großen Buch gelesen, in das eckige rote Noten und lange schwarze Notenlinien gemalt waren? Wir wissen aus den Sonetten, wie klar und rein seine Stimme war, und welche Kenntnis er in der Kunst der Musik besaß. Edelleute, wie der Earl of Leicester und Lord Oxford hatten jugendliche Schauspielertruppen in ihrem Dienst; sie gehörten zu ihrer Haushaltung. Als Leicester 1585 in die Niederlande ging, brachte er einen gewissen »Will« mit, der als »Schauspieler« bezeichnet wurde. War das Willie Hughes? Hatte er in Kenilworth für Leicester gespielt, und hatte ihn Shakespeare dort kennengelernt? Oder war er wie Robin Armin einfach ein Junge von niederem Stand, der eine fremdartige Schönheit und wunderbare Faszination besaß? Aus den ersten Sonetten geht hervor, daß er, als Shakespeare ihn zum ersten Mal traf, noch keine

Beziehung zur Bühne hatte, und das er nicht von hoher Geburt war, ist bereits gesagt worden. Ich begann ihn mir vorzustellen, nicht als zarten Chorknaben in einer königlichen Kapelle, nicht als verzärtelten Liebling, der ausgebildet war, um in Leicesters prächtigen Maskenspielen zu singen und zu tanzen, sondern als blondhaarigen, englischen Jungen, den Shakespeare in einer der geschäftigen Straßen von London oder auf den grünen, stillen Wiesen in Windsor gesehen hatte und dem er gefolgt war, weil er die künstlerischen Möglichkeiten erkannte, die in einer so hübschen und anmutigen Form verborgen lagen, und weil er mit raschem und feinem Instinkt erriet, was für ein Schauspieler der Junge sein würde, wenn man ihn dazu bewegen könnte auf die Bühne zu gehen. Zu dieser Zeit war Willie Hughes Vater tot, wie wir aus dem XIII. Sonett erfahren und seine Mutter, deren bemerkenswerte Schönheit er geerbt haben soll, mag veranlaßt worden sein, ihm zu erlauben, Shakespeares Schüler zu werden, auf Grund der Tatsache, daß Knaben, die weibliche Rollen spielten, eine sehr hohe Gage erhielten, ja eine höhere Gage als erwachsene Schauspieler sie bekamen. Auf jeden Fall wissen wir, daß er Shakespeares Schüler wurde, und wir wissen, was für ein wesentlicher Faktor er in der Entwicklung von Shakespeares Kunst war. In der Regel dauerte die Fähigkeit, weibliche Rollen auf der Bühne darzustellen, höchstens ein paar Jahre. Solche dramatischen Charaktere wie Lady Macbeth, die Königin Constantia und Volumnia blieben natürlich immer in Reichweite derjenigen, die ein echtes dramatisches Genie und eine edle Erscheinung besaßen. Jugendlichkeit war hier nicht unbedingt erforderlich, ja nicht einmal wünschenswert. Aber mit Imogen, Perdita und Julia verhielt es sich anders. »Dein Bart hat zu sprießen begonnen, und ich bete zu Gott, du hast keinen Stimmbruch«, sagt Hamlet scherzhaft zu dem jugendlichen Schauspieler der Wandertruppe, die ihn in Helsingör besuchen kam; und gewiß, wenn das Kinn rauh und die Stimme harsch wird, muß viel von dem Zauber und der Anmut der Darstellung schwinden. Von daher kommt Shakespeares leidenschaftliche Besorgnis um die Jugend von Willie Hughes, seine Angst vor dem Alter und den schwindenden Jahren, seine heftige Anrufung der Zeit, die Schönheit seines Freundes zu schonen:

Make glad and sorry seasons as thou fleet'st,
And do whate'er thou wilt, swift-footed time,
To the wide world and all her fading sweets;
But I forbid thee one most heinous crime:
O carve not with the hours my Love's fair brow
Nor draw no lines there with thine antique pen;
Him in thy course untainted do allow
For beauty's pattern to succeeding men.

»Mach, wie du fliehst, die Tage süß und bitter;
Tu, was du willst, schnellfüßige Göttin, hier
Der weiten Welt und ihrem flücht'gen Flitter;
Nur eins, die ärgste Tat, verbiet ich dir:
Auf seine schöne Stirn grab nicht die Stunden;
Schreib Zeilen nie mit ehrnem Stift darauf;
In deinem Laufe heb ihn frei von Wunden
Als Schönheitsmuster künft'gen Menschen auf.«

Die Zeit scheint Shakespeares Gebete erhört zu haben, oder vielleicht hat Willie Hughes das Geheimnis der ewigen Jugend besessen. Nach drei Jahren ist er ganz unverändert:

To me, fair friend, you never can be old,
For as you were when first your eye I eyed,
Such seems your beauty still. Three winters' cold
Have from the forests shook three summers' pride,
Three beauteous springs to yellow autumn turned,
In process of the seasons have I seen,
Three April perfumes in three hot Junes burned,
Since first I saw you fresh which yet are green.

»Mir, holder Freund, mir wirst du nimmer alt;
So wie zuerst mein Blick dich hat erblickt,
So prangst du noch. Dreimal schon hat im Wald
Der Winter dreier Sommer Pracht geknickt;
Drei wonn'ge Lenze sah ich falb verblühn,
Wie sich der Lauf der Jahreszeit erneute,
Drei Maiendüft in Junibrand verglühn,
Seit ich zuerst dich sah, so frisch wie heute.«

Weitere Jahre vergehen, und er scheint noch immer die Schönheit seiner Knabenhaftigkeit zu besitzen. Als Shakespeare im »Sturm« in Prosperos Sprache den Zauberstab seiner Phantasie weggab und seine dichterische Souveränität in die schwachen, anmutigen Hände von Fletcher legte, könnte es sein, daß die

Miranda, die staunend dabeistand, kein anderer als Willie Hughes war und in dem letzen Sonett, das sein Freund an ihn richtete, ist der gefürchtete Feind nicht die Zeit, sondern der Tod.

O thou, my lovely boy, who in thy power
Dost hold time's fickle glass, his sickle hour;
Who hast by waning grown, and therein show'st
Thy lovers withering as thy sweet self grow'st;
If Nature, sovereign mistress over wrack,
As thou goest onwards, still will pluck thee back,
She keeps thee to this purpose, that her skill
May Time disgrace and wretched minutes kill.
Yet fear her, O thou minion of her pleasure!
She may detain, but not still keep, her treasure.
Her audit, though delay'd, answer'd must be,
And her quietus is to render thee.

»O du mein holder Knabe, dessen Hand
Der Zeit die Sichel und ihr Glas entwand;
Du, der durch Altern wuchs und so beweist,
Daß ich verdorre, während du gedeihst:
Wenn die Natur, Monarchin über Trümmer,
Dich, wie du vorwärts gehst, zurückzieht immer,
So schont sie deiner nur, weil sie die Zeit
Beschämen will und strafen ihren Neid.
Doch fürchte sie, du Liebling der Natur;
Sie fristet ihren Schatz doch Jahre nur:
Der Zahltag kommt, so oft sie ihn verschiebt,
Wo sie dich schuldet und hinweg dich gibt.«

4

Erst einige Wochen, nachdem ich mit dem Studium dieses Themas begonnen hatte, wagte ich mich an die merkwürdige Gruppe der Sonette (CXXVII – CLII), die von der geheimnisvollen Frau handeln, die wie ein Schatten oder ein böses Omen Shakespeares große Romanze kreuzte und eine Zeitlang zwischen ihm und Willie Hughes stand. Sie sind offensichtlich nicht an ihrem eigentlichen Platz abgedruckt, denn sie hätten zwischen dem XXXIII. und dem XL. Sonett eingefügt werden müssen. Psychologische und künstlerische Gründe machten diese Abänderung notwendig, eine Abänderung, die, wie ich hoffe, von allen zukünftigen Verlegern angenommen wird, weil ohne sie ein völlig falscher Eindruck über die Natur und das entscheidende Ergebnis dieser edlen Freundschaft vermittelt wird.

Wer war sie, jene Frau mit den schwarzen Brauen, dem olivfarbenen Teint und dem liebeshungrigen Mund, *that Love's own hand did make,* dem *cruel eye* und dem *foul pride,* der unerhörten Kunstfertigkeit auf dem Spinett und ihrer treulosen, faszinierenden Natur? Ein übergescheiter Gelehrter von heute hat in ihr ein Symbol der katholischen Kirche gesehen, die Braut Christi, die *black but comely* ist. Professor Minto hat, auf den Spuren von Henry Brown, die ganze Gruppe der Sonette einfach als »Kunstübung« angesehen »unternommen im Geist der mutwilligen Herausforderung und Verspottung der Gewöhnlichkeit.« Gerald Massey hat ohne geringsten historischen Beweis und ohne Wahrscheinlichkeit darauf bestanden, daß sie an die gefeierte Lady Rich gerichtet waren, die Stella in Sir Philip Sidneys Sonetten, die Philodea seiner »Arcadia«, und daß sie keine persönliche Enthüllungen über Shakespeares Leben und Liebe enthielten, da sie im Namen von Lord Pembroke und auf seine Bitte hin geschrieben worden waren. Tyler hatte vermutet, daß sie sich auf eine der Hofdamen von Königin Elisabeth mit dem Namen Mary Fitton beziehen. Aber keine dieser Auslegungen entsprach den Voraussetzungen des Problems. Die Frau, welche zwischen Shakespeare und Willie Hughes trat, war eine leibhaftige Frau, schwarzhaarig, verheiratet und von üblem Leumund. Es ist wahr, der Ruf von Lady Rich war übel genug, aber ihr Haar war wie:

fine threads of finest gold,
In curled knots man's thought to hold,

»feine Fäden von feinstem Gold,
Mit lockigen Knoten des Mannes Sinne einzufangen«

und ihre Schultern wie *white doves perching.* Sie war, wie König Jakob zu ihrem Liebhaber Lord Mountjoy sagte: »eine schöne Frau mit einer schwarzen Seele.«

Was Mary Fitton betrifft, wissen wir, daß sie im Jahre 1601 unverheiratet war, zu der Zeit, als ihre Liebschaft mit Lord Pembroke entdeckt wurde. Außerdem wurden, wie Cyril Graham gezeigt hat, alle Theorien, die Lord Pembroke mit den Sonetten in Verbindung bringen, völlig widerlegt durch die Tatsache, daß Lord Pembroke erst nach London kam, als Shakespeare sie bereits geschrieben gehabt und seinen Freunden vorgelesen hatte.

Es war jedoch nicht ihr Name, der mich interessierte. Ich war geneigt, mit Professor Dowden zu behaupten, *to the eyes of no diver among the wrecks of time will that curious talisman gleam.* Was ich entdecken wollte, war einerseits die Natur ihres Einflusses auf Shakespeare und andererseits die charakteristischen Merkmale ihrer Persönlichkeit. Zwei Dinge waren sicher: sie war viel älter als der Dichter, und die Faszination, die sie auf ihn ausübte, war zuerst rein intellektuell. Am Anfang stand bei ihm keine körperliche Leidenschaft für sie. *I do not love thee with mine eyes,* sagte er:

Nor are mine ears with thy tongue's tune delighted;
Nor tender feeling to base touches prone,
Nor taste, nor smell, desire to be invited
To any sensual feast with thee alone.

»Auch schwelgt nicht mein Ohr in deinem Ton;
Kein niedrer Kitzel des Gefühls in mir,
Geschmack nicht noch Geruch begehrten schon
Nach einem Sinnenschmaus allein mit dir.«

Er fand sie nicht einmal schön:

My mistress' eyes are nothing like the sun;
Coral is far more red than her lips' red:
If snow be white, why then her breasts are dun;
If hairs be wires, black wires grow on her head.

»Mein Mädchen hat nicht Augen wie zwei Sonnen,
Noch Lippen wie Korallen anzuschaun;
Ist Haar Gespinst, so ist sie schwarz besponnen;
Ist Schnee recht weiß, sind ihre Brüste braun.«

Zuweilen verabscheute er sie, denn, nicht zufrieden Shakespeares Seele zum Sklaven zu machen, scheint sie versucht zu haben, die Gefühle von Willie Hughes zu umgarnen. Denn laut ruft Shakespeare:

Two loves I have of comfort and despair,
Which like two spirits do suggest me still:
The better angel is a man right fair,
The worser spirit a woman colour'd ill.
To win me soon to hell, my female evil
Tempteth my better angel from my side,
And would corrupt my saint to be a devil,
Wooing his purity with her foul pride.

»Zwei Liebste hab ich, mir zu Wonn und Pein,
Die wie zwei Geister allezeit mich locken;
Der beßre Engel ist ein Mann gar fein,
Der schlechtre Geist ein Weib mit finstern Locken.
Um mich zu werben für den Höllenrachen,
Lockt mir das Weib den guten Geist abseits,
Will meinen Heiligen zum Teufel machen
Und kirrt sein lautres Herz mit argem Reiz.«

Dann sieht er sie, wie sie wirklich ist, die *bay where all men ride*, der *wide world's common place*, die Frau, die sich im *very refuse* ihrer bösen Taten suhlt und die *as black as hell, as dark as night* ist. Dann schreibt er das große Sonett über die Lust *(Th'expense of spirit in a waste of shame)*, von dem Theodore Watts zurecht sagt, es sei das größte Sonett, das je geschrieben wurde. Und dann bietet er ihr sogar an, ihr sein Leben und sein Genie zu verpfänden, wenn sie ihm nur diesen *sweetest friend* wiedergibt, den sie ihm geraubt hatte.

Um dieses Ziel zu erreichen, gibt er sich ihr hin, heuchelt erfüllt zu sein von dem verzehrenden und sinnlichen Verlangen, sie zu besitzen, erfindet falsche Liebesworte, belügt sie und sagt ihr, daß er lügt.

My thoughts and my discourse as madmen's are,
At random from the truth vainly express'd;
For I have sworn thee fair, and thought thee bright,
Who art as black as hell, as dark as night.

»Denk ich und rede wie verrückte Toren
Ins Blaue, leeren Schall, der Wahrheit bar.
Dich nannt' ich schön, dich hab ich rein gedacht,
Und bist doch schwarz wie Hölle, wüst wie Nacht.«

Lieber will er selbst treulos gegen seinen Freund sein, als zu erleiden, daß sein Freund treulos gegen ihn ist. Um seine Reinheit zu schützen, will er selbst niederträchtig sein. Er erkannte die Schwäche in der Natur des jugendlichen Schauspielers, seine Empfänglichkeit für Lob, seine unbändige Liebe für die Bewunderung, und er ging vorsätzlich daran, die Frau zu faszinieren, die zwischen sie getreten war.

Nie sagt ein Mund die Liebeslitanei ungestraft her. Worte haben eine geheimnisvolle Macht über die Seele, und Form kann das Gefühl erzeugen, dem sie hätte entspringen sollen. Selbst Aufrichtigkeit, die glühende, spontane Aufrichtigkeit des Künstlers, ist oft das unbewußte Ergebnis des Stils, und im Falle jener seltenen Temperamente, die für die Einwirkungen der Sprache höchst empfänglich sind, kann der Gebrauch gewisser Worte und Ausdrucksweisen den Impuls der Leidenschaft wecken, das rote Blut durch die Adern jagen und in eine seltsame, sinnliche Energie verwandeln, was ursprünglich ein bloßer aesthetischer Reiz und ein Kunstverlangen gewesen waren. So scheint es wengstens bei Shakespeare gewesen zu sein. Er beginnt Liebe vorzutäuschen, kleidet sich mit dem Gewand des Liebhabers und trägt die Worte eines Liebhabers auf den Lippen. Was tuts? Es ist nur Schauspiel, nur eine Komödie im wirklichen Leben. Aber plötzlich entdeckt er, was seine Zunge gesprochen, seine Seele gehört hat und, daß das Gewand, das er sich als Verkleidung angezogen, etwas Pestbehaftetes, Giftiges ist, das sich in sein Fleisch frißt und das er nicht mehr abwerfen kann. Danach kommt das Verlangen mit seinen vielen Leiden und die Lust, die einen alles lieben macht, was man haßt, und die Scham mit ihrem grauen Gesicht und dem geheimen Lächeln. Er ist bezaubert von dieser dunklen Frau, ist eine Zeitlang von seinem Freund getrennt und wird der *vassal-wretch* einer, von der er weiß, daß sie böse, pervers ist und unwert seiner Liebe, wie der Liebe Willie Hughes. O, *from what power,* sagt er:

hast thou this powerful might,
With insufficiency my heart to sway?
To make me give the lie to my true sight,
And swear that brightness does not grace the day?
Whence has thou this becoming of things ill,
That in the very refuse of thy deeds
There is such strength and warrantise of skill
That, in my mind, thy worst all best exceeds?

»O welche Macht gab dir so mächt'ge Kraft,
Die durch ein Nichts mein Herz bezwingen mag,
Daß mir ein ehrlich Auge lügenhaft,
Daß mir verdunkelt scheint der helle Tag?
Wer gab dir diese Anmut böser Werke,
Daß noch der ärgste Kehricht deiner Schmach
Den Stempel trägt der Meisterschaft und Stärke,
Dein Schlimmstes mehr als Bestes mich bestach?

Er ist sich seiner eigenen Erniedrigung deutlich bewußt, und als er schließlich wahrnimmt, daß sein Genie ihr im Vergleich zu der körperlichen Schönheit des jungen Schauspielers nichts bedeutet, schneidet er mit einem raschen Schnitt das Band entzwei, daß ihn an sie bindet, und sagt ihr mit diesem bitteren Sonett lebewohl:

In loving thee thou know'st I am forsworn,
But thou art twice forsworn, to me love swearing:
In act thy bed-vow broke, and new faith torn,
In vowing new hate after new love bearing.
But why of two oaths' breach do I accuse thee,
When I break twenty? I am perjur'd most;
For all my vows are oaths but to misuse thee,
And all my honest faith in thee is lost:
For I have sworn deep oaths of thy deep kindness,
And, to enlighten thee, gave eyes to blindness,
Or made them swear against the thing they see;
For I have sworn thee fair; more perjur'd I,
To swear against the truth so foul a lie!

»Daß meine Lieb ein Eidbruch ist, das weißt du;
Doch doppelt Eidbruch war dein Schwur der Treue;
Du brachst dein Bettgelöbnis, nun zerreißt du
Nach neuer Lieb in neuem Haß das neue.
Doch was verschlägt zweimal gebrochner Schwur?
Brach ich nicht zwanzig? Was ich dir geschworen,
War falscher Eid, um dich zu täuschen nur;
Mein Treu und Glaube ging in dir verloren.
Ich schwor auf deines Herzens Wohlgesinntheit,
Auf deine Lieb und Treue bis ans Grab;
Dich zu beleuchten, schlug ich mich mit Blindheit,
Und was mein Auge sah, das schwor ich ab.
Ich schwor, du seiest schön! gottloser Eid:
Ein Schwur, durch solche garst'ge Lüg entweiht!

Seine Haltung gegen Willie Hughes in der ganzen Angelegenheit, zeigt sogleich die Heftigkeit und die Selbstverleugnung der großen Liebe, die er für ihn hegte. Am Ende seines Sonetts ist ein bitterer Anflug von Pathos:

Those pretty wrongs that liberty commits,
When I am sometime absent from thy heart,
Thy beauty and thy years full well befits,
For still temptation follows where thou art.
Gentle thou art, and therefore to be won,
Beauteous thou art, therefore to be assailed;
And when a woman woos, what woman's son
Will sourly leave her till she have prevailed?
Ay me! but yet thou mightst my seat forbear,
And chide thy beauty and thy straying youth,
Who lead thee in their riot even there
Where thou art forc'd to break a two-fold truth, –
Hers, by thy beauty tempting her to thee,
Thine, by thy beauty being false to me.

»Die art'gen Sünden, die dein Übermut
Manchmal begeht, wann mich dein Herz vergißt,
Stehn deiner Schönheit, deinen Jahren gut;
Denn die Versuchung folgt dir, wo du bist.
Schön bist du: folglich wird Angriff dir drohn;
Sanft bist du: folglich kann man dich gewinnen;
Und wenn ein Weib wirbt, welches Weibes Sohn
Geht grämlich, eh er sie erhört, von hinnen?
Ach, dennoch solltest meinen Sitz du meiden
Und schelten deine Reiz und Jugendlust;
In ihrem Taumel führen dich die beiden,
Wo du zwiefache Treue brechen mußt:
Die ihre, weil du sie verlockst zu dir,
Die deine, weil du untreu wirst an mir.«

Aber er macht es auch deutlich, daß seine Vergebung ganz und vollkommen war:

No more be griev'd at that which thou hast done:
Roses have thorns, and silver fountains mud;
Clouds and eclipses stain both moon and sun,
And loathsome canker lives in sweetest bud.
All men make faults, and even I in this,
Authorising thy trespass with compare,
Myself corrupting, salving thy amiss,
Excusing thy sins more than thy sins are;

For to thy sensual fault I bring in sense, –
The adverse party is thy advocate, –
And 'gainst myself a lawful plea commence:
Such civil war is in my love and hate,
That I an accessary needs must be
To that sweet thief which sourly robs from me.

»O häng dem Gram um deine Schuld nicht nach;
Sturm und Verfinstrung trüben Sonn und Mond;
Die Ros hat Dornen, Schlamm der Silberbach,
Und garst'ger Wurm in schönsten Knospen wohnt.
Wohl jeder fehlt – ich selbst jetzt, durch Vergleiche
Rechtfertigend an dir, was unrecht ist;
Durch eigne Sünde sühn ich deine Streiche,
Dich mehr entschuld'gend, als du schuldig bist.
Für deiner Sinne Fehltritt Gründ ersinn ich,
Dein Widersacher dient als Anwalt dir,
Und mit mir selber den Prozeß beginn ich.
Solch innern Krieg führt Haß und Lieb in mir,
Daß ich ein Helfer sein muß ohne Wahl
Dem süßen Dieb, der bitter mich bestahl.

Kurz darauf verließ Shakespeare London, um nach Stratford zu gehen (Sonette XLIII – LII), und als er zurückkehrte, scheint Willie Hughes der Frau, die ihn eine Zeitlang fasziniert hatte, müde geworden zu sein. Ihr Name wird nie wieder in den Sonetten erwähnt, noch findet sich eine Anspielung auf sie. Sie ist aus ihrem Leben verschwunden.

Aber wer war sie? Und selbst, wenn ihr Name nicht auf uns gekommen ist, gab es irgendwelche Anspielungen auf sie in der zeitgenössischen Literatur? Ich glaube, sie war nicht von hoher Geburt, obgleich sie gebildeter war als die meisten Frauen ihrer Zeit, aber sie war wahrscheinlich das zügellose Weib irgendeines alten reichen Bürgers.

Wir wissen, daß Frauen aus dieser Klasse, die in jener Zeit erstmalig zu gesellschaftlichem Ansehen aufstieg, von der neuen Kunst des Theaterspiels seltsam fasziniert waren. Man traf sie beinahe jeden Nachmittag im Theater an, wenn dramatische Vorstellungen stattfanden und »Die Schauspielererinnerungen« legen ein beredtes Zeugnis ab von ihren Amouren mit jungen Schauspielern.

Cranley spricht in seiner »Amanda« von einer Frau, die es liebte, die Masken der Schauspieler nachzuahmen und die an einem Tage »geschmückt, geschnürt, parfümiert in glänzender Aufmachung... so fein wie eine Gräfin« erschien und am nächsten Tag »ganz in Trauerschwarz und schwermütig«, darauf in dem grauen Mantel eines Bauernmädchens und dann »in der hübschen Kleidung einer Bürgerin.« Sie war eine merkwürdige Frau, »veränderlicher und schwankender als der Mond«, und die Bücher, die sie zu lesen liebte, waren Shakespeares »Venus und Adonis«, Beaumonts »Salamacis und Hermaphroditus«, Liebestraktate und »Liebeslieder und erlesene Sonette«. Diese Sonette, für sie die »Bücher ihrer Hingabe«, waren keine anderen als Shakespeares Sonette, denn die ganze Beschreibung liest sich wie das Portrait der Frau, die sich in Willie Hughes verliebte, und damit wir keinen Zweifel an der Sache haben, erzählt uns Cranley, indem er sich Shakespeares Wortspiel leiht, daß sie in ihren »proteusgleichen, seltsamen Gestalten« jemand ist, der:

Changes hews *with the chameleon.*

Manninghams Notizbuch enthält ebenfalls eine deutliche Anspielung auf die gleiche Geschichte. Manningham war Student am Middle Temple, zusammen mit Sir Thomas Overbury und Edmund Curle, mit denen er das Zimmer geteilt zu haben scheint; und sein Tagebuch wird immer noch unter den Manuskripten von Lord Harley im Britischen Museum aufbewahrt, ein schmaler Duodezband, in einer hübschen und leidlich lesbaren Handschrift geschrieben, der viele unveröffentlichte Anekdoten über Shakespeare, Sir Walter Raleigh, Spenser, Ben Jonson und andere enthält. Die Daten, die mit großer Sorgfalt eingesetzt sind, reichen vom Januar 1600–1 bis zum April 1603, und unter der Überschrift »13. März 1601« berichtet uns Manningham, er hätte von einem Mitglied aus Shakespeares Truppe erfahren, daß sich die Frau eines bestimmten Bürgers, als sie eines Nachmittags im Globe Theatre war, in einen der Schauspieler verliebte; und ihre Zuneigung zu ihm ging so weit, daß sie, bevor sie die Vorstellung verließ, mit ihm verabredete, er sollte in dieser Nacht zu ihr kommen, daß aber Shakespeare, der »ihre Abmachung zufällig hörte«, seinem Freund zuvorkam und als erster zum Haus der Dame ging, »den Vorrang erhielt und unterhalten wurde«, wie Manningham es nennt und mit einigen losen Worten ausschmückt, die zu zitieren sich nicht lohnt.

Mir schien, als hätten wir hier eine gewöhnliche und verzerrte Version der Geschichte, die sich uns in den Sonetten enthüllt, der Geschichte von der Liebe der geheimnisvollen Frau zu Willie Hughes und Shakespeares tollem Versuch, sie anstelle seines Freundes in sich verliebt zu machen. Es ist natürlich nicht nötig, sie in jeder Einzelheit als völlig wahr anzunehmen. Manninghams Berichterstatter zufolge war zum Beispiel der Name des betreffenden Schauspielers nicht Willie Hughes, sondern Richard Burbage. Wirtshausklatsch ist jedoch sprichwörtlich ungenau, und Burbage wurde zweifellos in die Geschichte hineingezogen, um den törichten Spaß über Wilhelm den Eroberer und Richard den III. eine Pointe zu geben, mit der die Eintragung in Manninghams Tagebuch endet. Burbage war unser erster großer tragischer Schauspieler, aber es bedurfte seines ganzen Genies, um die körperlichen Nachteile einer kleinen Statur und einer korpulenten Figur, mit denen er sich abmühte, auszugleichen, und er war nicht der Typ von Mann, der die geheimnisvolle Frau der Sonette fasziniert haben würde, oder dem daran gelegen gewesen wäre, von ihr fasziniert zu sein. Es gab keinen Zweifel, daß Willie Hughes gemeint war, und das geheime Tagebuch eines jungen Rechtsstudenten jener Zeit bestätigte somit seltsamerweise Cyril Grahams wunderbare Ahnung von dem Geheimnis der großen Romanze Shakespeares. Ja, zusammen mit »Amanda« schien mir Manninghams Notizbuch ein besonders starkes Glied in der Beweiskette und geeignet, die neue Interpretation der Sonette auf so etwas wie einen sicheren historischen Grund zu stellen. Die Tatsache, daß Cranleys Gedichte erst nach Shakespeares Tod veröffentlicht wurden, spricht eher zugunsten dieser Ansicht, da es unwahrscheinlich ist, daß er zu Lebzeiten des großen Dramatikers gewagt haben würde, die Erinnerung an diese tragische und bittere Geschichte zu wecken.

Diese Leidenschaft für die geheimnisvolle Dame ermöglichte es mir außerdem, das Datum der Sonette mit noch größerer Sicherheit zu bestimmen. Aus der inneren Beweisführung, an den Merkmalen der Sprache, des Stils und dergleichen, wurde

sichtbar, daß sie in Shakespeares frühe Periode gehörten, die Periode der »Verlorenen Liebesmüh« und von »Venus und Adonis«. Tatsächlich sind sie mit dem Stück eng verbunden. Sie zeigen den gleichen zarten Euphuismus, die gleiche Freude an phantastischen Sätzen und an besonderen Ausdrücken, die künstlerische Eigenwilligkeit und die absichtliche Koketterie der gleichen *fair tongue, conceit's expositor;* Rosalinde, die:
»Ein bläßlich Ding mit einer samtnen Braue, mit zwei Pechkugeln im Gesicht statt Augen«, die geboren ist, »das Schwarze aufzuhellen«, und deren »Antlitz lenkt die Mod' auf neue Bahn«, ist die geheimnisvolle Dame der Sonette, die »beauty's successive heir« dunkel macht. In der Komödie, wie in den Gedichten haben wir jene halb-sinnliche Philosophie, die das Urteil der Sinne »über alle langsameren, mühsameren Mittel der Erkenntnis« stellt und Berowne ist vielleicht, wie Walter Pater vermutet, ein Wiederschein von Shakespeare selbst, »als es ihm bereits gelungen war, von der ersten Periode seiner Dichtung Abstand zu gewinnen und sie zu beurteilen«.

Und obgleich »Verlorene Liebesmüh« nicht vor 1598 erschien, besteht kein Zweifel, daß das Stück, das »neu überarbeitet und erweitert« von Cuthbert Burby veröffentlicht wurde, bereits zu einer viel früheren Zeit geschrieben und auf der Bühne aufgeführt worden war, wahrscheinlich, wie Professor Dowden darlegt, im Jahre 1588 bis 89. Falls dies stimmt, ist es klar, daß Shakespeares erste Begegnung mit Willie Hughes 1585 gewesen sein muß, und es ist letzten Endes sogar möglich, daß dieser junge Schauspieler als Knabe der Musiker von Lord Essex war.

Auf jeden Fall ist es klar, daß Shakespeares Liebe zu der geheimnisvollen Dame vor 1594 ihr Ende gefunden haben muß. In diesem Jahr erschien unter der Herausgeberschaft von Hadrian Dorell jenes bezaubernde Gedicht oder jene Reihe von Gedichten »Willobie his Avisa«, welches Swinburne als das zeitgenössische Buch bezeichnet, von dem man annahm, daß es ein direktes oder indirektes Licht auf die geheimnisvolle Frage der Sonette wirft. Darin erfahren wir, wie ein junger Edelmann des St. John's College in Oxford, namens Henry Willobie, sich in eine Frau verliebte, die so »schön und keusch war«, daß er sie Avisa nannte, entweder, weil eine solche Schönheit wie die ihre nie gesehen worden war oder weil sie wie ein Vogel von der Fessel seiner Leidenschaft floh und ihre Flügel zum Flug ausbreitete, als er nur ihre Hand zu berühren wagte. Voll Sehnsucht seine Liebe zu gewinnen, holt er Rat bei seinem nahen Freund W. S., »der nicht lange zuvor die Gunst einer ähnlichen Leidenschaft erfahren und erst jüngst von einer ähnlichen Vergiftung genesen war«. Shakespeare ermutigte ihn, die Festung der Schönheit zu belagern, indem er ihm sagte, daß jede Frau umworben und jede Frau erobert werden muß; er betrachtete diese »Liebeskomödie« aus der Distanz, um zu sehen, »ob sie sich für diesen neuen Schauspieler zu einem glücklicheren Ende fügen würde, als für den alten Schauspieler« und »vergrößerte die Wunde mit dem scharfen Rasiermesser des spontanen Begreifens«, da er als Künstler ein rein ästhetisches Interesse an den Zuständen und Gefühlen der anderen empfand. Es ist jedoch nicht notwendig, noch weiter in dieses seltsame Ereignis von Shakespeares Leben einzudringen, da ich auf nichts anderes hinweisen wollte, als daß er im Jahre 1594 von seiner Vernarrtheit in die geheimnisvolle Dame geheilt und bereits seit mindestens drei Jahren mit Willie Hughes befreundet war.

Mein ganzes System der Sonette war jetzt vollständig, und indem ich jene Verse, die sich auf die geheimnisvolle Dame beziehen, in ihre richtige Reihenfolge und Stellung brachte, erkannte ich die Einheit und Vollkommenheit des Ganzen. Das Drama – denn sie stellen fürwahr ein Drama und eine Tragödie glühender Leidenschaft und edler Schwermut der Seele dar – teilt sich in vier Szenen oder Akte. In der ersten von Sonett I – XXXII fordert Shakespeare Willie Hughes auf, als Schauspieler zur Bühne zu gehen und seine wundervolle Schönheit und die jugendliche Anmut in den Dienst der Kunst zu stellen, ehe die Leidenschaft ihm die eine und die Zeit ihm die andere geraubt hat. Nach einiger Zeit willigt Willie Hughes ein, Schauspieler in Shakespeares Truppe zu werden, und bald ist er der eigentliche Mittelpunkt und der Grundton seiner Inspiration. Plötzlich, an einem rosenroten Julitag (Sonette XXXIII – LII, LXI und CXXVII – CLII) kommt ins Globe Theatre eine geheimnisvolle Frau mit wunderschönen Augen, die sich leidenschaftlich in Willie Hughes verliebt. Shakespeare, krank vor quälender Eifersucht und toll von vielen Zweifeln und Ängsten, sucht die Frau, die zwischen ihn und seinen Freund getreten ist, zu faszinieren. Die Liebe, die zuerst erheuchelt war, wird echt, und er findet sich unterworfen und beherrscht von einer Frau, die er als böse und unwürdig erkennt. Ihr bedeutet das Genie eines Mannes nichts, verglichen mit der Schönheit eines Knaben. Willie Hughes wird eine zeitlang ihr Sklave und das Spielzeug ihrer Laune, und der zweite Akt endet mit Shakespeares Abreise von London. Im dritten Akt ist es mit ihrem Einfluß zu Ende. Shakespeare kehrt nach London zurück und erneuert seine Freundschaft mit Willie Hughes, dem er Unsterblichkeit in seinen Stücken verspricht. Marlowe, der von dem Wunder und der Anmut des jungen Schauspielers hört, lockt ihn vom Globe Theatre weg, damit er den Gaveston in der Tragödie Edward II. spielt, so ist Shakespeare ein zweites Mal von seinem Freund getrennt.

Der letzte Akt (Sonette C – CXXVI) berichtet uns von Willie Hughes' Rückkehr zu Shakespeares Truppe. Böses Gerede hat jetzt die weiße Unschuld seines Namens befleckt, aber Shakespeares Liebe dauert noch immer an und ist vollkommen. Über das Geheimnis dieser Liebe und das Geheimnis der Leidenschaft erfahren wir seltsame und wunderbare Dinge; die Sonette schließen mit einer zwölfzeiligen Schlußstrophe, deren Thema der Triumph der Schönheit über die Zeit und des Todes über die Schönheit ist.

Und was für ein Ende hat er genommen, der, der Shakespeares Seele so teuer war und der durch seine Gestalt und Leidenschaft Shakespeares Kunst Wirklichkeit gegeben hat? Als der Bürgerkrieg ausbrach, nahmen die englischen Schauspieler die Partei ihres Königs und viele von ihnen, wie Robinson, der bei der Einnahme des Basing House von Major Harrison durch einen gemeinen Schlag getötet wurde, gaben ihr Leben im Dienste des Königs. Vielleicht wurde der tote Körper von Willie Hughes auf der zerstampften Heide von Marston oder auf den kahlen Hügeln von Naseby von einem rohen Bauern der Gegend gefunden, sein goldenes Haar »blutbespritzt« und seine Brust von unzähligen Wunden aufgerissen. Oder es könnte auch sein, daß die Pest, die zu Beginn des 17. Jahrhunderts in London sehr häufig auftrat und in der Tat von vielen Christen als Strafgericht angesehen wurde, das über die Stadt kam, wegen ihrem Vergnügen an »eitlen Stücken und götzendienerischen Spielen«, den Jungen auf der Bühne berührt hatte; er war heimgekrochen in sein gemietetes Zimmer, um dort allein zu sterben, während Shakespeare weit weg in Stratford war und alle die, die in solchen Scharen zusammengeströmt waren, um ihn zu sehen, – *the gazers,* die er *led astray* hatte, wie die Sonette sagen –, hatten zu viel Angst vor Ansteckung, um zu ihm zu gehen.

Eine Geschichte dieser Art war damals über einen jungen Schauspieler im Umlauf und wurde von den Puritanern bei ihren Versuchen, die freie Entfaltung der englischen Renaissance zu unterdrücken, benutzt. Doch wäre dieser Schauspieler Willie Hughes gewesen, die Kunde von seinem tragischen Tod wäre Shakespeare sicher rasch überbracht worden, während er träumend unter dem Maulbeerbaum in seinem Garten am New Place lag, und er hätte in einer Elegie, so süß wie jene, die Milton auf Edward King geschrieben, um den Jungen getrauert, der solche Freude und solches Leid in sein Leben gebracht hatte und dessen Verbindung mit seiner Kunst von so lebendigem und innigem Charakter gewesen war. Etwas gab mir das bestimmte Gefühl ein, daß Willie Hughes Shakespeare überlebt und in einem gewissen Maß die hohen Prophezeiungen des Dichters erfüllt hatte. Eines Abends wurde mir das wahre Geheimnis seines Endes plötzlich klar.

Er war einer jener englischen Schauspieler gewesen, die 1611, in dem Jahr, als Shakespeare sich von der Bühne zurückzog, übers Meer nach Deutschland gingen und vor dem großen Herzog Heinrich Julius von Braunschweig spielten, der selbst ein Dramatiker von nicht geringem Range war, und am Hofe jenes seltsamen Kurfürsten von Brandenburg, der in die Schönheit so verliebt war, daß es von ihm heißt, er habe den jungen Sohn eines reisenden griechischen Kaufmanns für sein Gewicht in Bernstein gekauft und habe zu Ehren seines Sklaven Feste gegeben, das ganze schreckliche Hungerjahr 1606/07 hindurch, als das Volk auf den Straßen der Stadt an Entkräftung starb und sieben Monate lang kein Regen fiel. Die Bibliothek in Kassel ist bis auf den heutigen Tag im Besitz eines Exemplares der Erstausgabe von Marlowes »Edward II.«, dem einzig vorhandenen Exemplar, sagt Bullen. Wer könnte es in diese Stadt gebracht haben, wenn nicht er, der die Rolle des königlichen Lieblings gestaltet und für den sie geschrieben worden war? Seine weißen Hände hatten einst diese fleckigen, gelben Seiten berührt. Wir wissen auch, daß »Romeo und Julia«, ein Stück, das besonders mit Willie Hughes verbunden war, 1613 in Dresden herauskam, gleichzeitig mit »Hamlet« und »König Lear« und einigen Stükken von Marlowe, und es war gewiß niemand anderer als Willie Hughes, dem im Jahre 1617 Shakespeares Totenmaske durch jemanden aus dem Gefolge des englischen Botschafters überbracht wurde, ein bleiches Abschiedszeichen des großen Dichters, der ihn so heiß geliebt hatte. Es lag in der Tat etwas besonders Bestrickendes in der Vorstellung, daß der jugendliche Schauspieler, dessen Schönheit ein so vitales Element im Realismus und in der Romantik von Shakespeares Kunst gewesen war, der erste gewesen sein sollte, der den neuen Samen der neuen Kultur nach Deutschland gebracht hat und so auf seine Weise zum Vorläufer der Aufklärung oder Illumination des 18. Jahrhunderts geworden war, jener glanzvollen Bewegung, die, wenn auch durch Lessing und Herder begonnen und durch Goethe zur Reife und Vollendung gebracht, zu nicht geringem Teil durch einen jungen Schauspieler gefördert wurde – Friedrich Schröder – der das Bewußtsein im Volke aufrüttelte und durch das Mittel der gespielten Leidenschaften und der mimetischen Methode auf der Bühne, die innere, die vitale Verbindung zwischen Leben und Literatur aufzeigte. Wenn es sich so verhielt – und es gab gewiß nichts dagegen einzuwenden – war es nicht unwahrscheinlich, daß Willie Hughes einer jener englischen Komödianten war (*mimi quidam ex Britannia*, wie sie in den alten Chroniken genannt werden), die in Nürnberg bei einem plötzlichen Volksaufstand erschlagen und heimlich in einem kleinen Weinberg außerhalb der Stadt von einigen jungen Leuten begraben wurden, »die Gefallen an ihren Vorstellungen gefunden und von denen einige Unterweisung in den Geheimnissen der neuen Kunst gesucht hatten«. Zweifellos konnte es für ihn, von dem Shakespeare gesagt hatte, *thou art all my art*, keinen passenderen Ort geben, als diesen kleinen Weinberg außerhalb der Stadtmauern. War nicht die Tragödie aus den Leiden des Dionysos entstanden?

War nicht das helle Gelächter der Komödie mit ihrer sorglosen Fröhlichkeit und ihren schlagfertigen Antworten zuerst auf den Lippen der sizilianischen Winzer zu hören gewesen? Ja, hatten nicht die purpurnen und roten Flecken des schäumenden Weins auf Gesicht und Gliedern die erste Idee vom Zauber und von der Faszination der Verkleidung eingegeben? – das Verlangen sich zu verhüllen, den Sinn für den Wert der Objektivität, der sich auf diese Weise in den rohen Anfängen der Kunst zeigt. Jedenfalls, wo immer er begraben liegt – ob in dem kleinen Weinberg vor dem Tor der gotischen Stadt oder in einem düsteren Londoner Kirchhof mitten im Lärm und der Geschäftigkeit unserer großen City – kein prächtiger Gedenkstein bezeichnet seinen Ruheplatz. Sein wahres Grabmal war, wie Shakespeare es sah, der Vers des Dichters, sein wahres Denkmal die Fortdauer des Dramas. So ist es auch mit anderen gewesen, deren Schönheit ihrem Zeitalter einen neuen schöpferischen Impuls gegeben hat. Der elfenbeinerne Körper des bithynischen Sklaven modert im grünen Schlamm des Nils, und auf den gelben Hügeln des Kerameikos ist die Asche des jungen Atheners verstreut; Antinous aber lebt in der Plastik und Charmides in der Philosophie.

5

Ein junger Elisabethaner, der in ein Mädchen von so weißer Haut verliebt war, daß er sie Alba nannte, hat den Eindruck niedergeschrieben, den eine der ersten Vorstellungen von »Verlorene Liebesmüh« in ihm hervorrief. Obgleich die Schauspieler bewundernswert waren und, wie er sagt, auf »routinierte Weise« spielten, wußte er, daß besonders bei jenen, die die Rollen der Liebenden darstellten, alles »Schein« war, daß nichts »von Herzen« kam, daß sie, obgleich sie zu trauern schienen, »keinen Kummer fühlten«, und nur »im Scherz ein Schauspiel« darboten. Doch plötzlich wurde ihm, wie er im Publikum saß, diese Scheinkomödie einer unechten Romanze zur echten Tragödie seines Lebens. Die Stimmungen seiner eigenen Seele schienen Gestalt und Inhalt angenommen zu haben und sich vor ihm zu bewegen. Sein Kummer hatte eine Maske, die lächelte, und sein

Leid trug ein fröhliches Gewand. In dem glänzenden und schnell wechselnden Spiel auf der Bühne sah er sich selbst, wie jemand sein Bild in einem phantastischen Spiegel. Die selben Worte, die aus dem Mund des Schauspielers kamen, waren seiner Qual entrungen. Ihre falschen Tränen waren von ihm vergossen.

Es gibt wenige unter uns, die nicht etwas Ähnliches empfunden haben. Wir werden Liebende, wenn wir Romeo und Julia sehen, und Hamlet macht uns zu Studenten. Das Blut des Duncan klebt an unseren Händen, mit Timon rasen wir gegen die Welt, und wenn Lear draußen über die Heide irrt, berührt uns der Schrekken des Wahnsinns. Die weiße Unschuld der Desdemona ist die unsrige und auch die Sünde des Jago. Kunst, selbst die Kunst mit dem weitesten Spielraum und der tiefsten Vision, kann uns niemals die äußere Welt zeigen. Alles, was sie uns zeigt, ist unsere eigene Seele, die einzige Welt, von der wir überhaupt eine wirkliche Kenntnis haben. Und die Seele selbst, die Seele von jedem Einzelnen von uns, ist für jeden von uns ein Geheimnis. Sie verbirgt sich im Dunkel und brütet, und das Bewußtsein kann uns nicht sagen, was in ihr vorgeht. Das Bewußtsein ist in der Tat vollkommen unzulänglich, den Inhalt der Persönlichkeit zu erklären. Es ist die Kunst und die Kunst allein, die uns uns selbst enthüllt.

Wir wohnen dem Schauspiel bei mit der Frau, die wir lieben oder lauschen der Musik in einem Garten in Oxford oder schlendern mit unserem Freund durch die kühlen Säulengänge des Papstpalastes in Rom und plötzlich werden wir gewahr, daß wir Leidenschaften besitzen, von denen wir nie geträumt haben, Gedanken, die uns Furcht machen, Lüste, deren Geheimnis uns verweigert wurde, Kummer, der unseren Tränen verborgen gewesen ist. Der Schauspieler ist sich unserer Anwesenheit nicht bewußt; der Musiker denkt an die Subtilität der Fuge, an den Ton seines Instrumentes; die marmornen Gottheiten, die uns so geheimnisvoll zulächeln, sind aus leblosem Stein. Aber sie haben dem, was in uns war, Form und Inhalt gegeben; sie haben es uns ermöglicht, unsere Persönlichkeit zu verwirklichen; und ein Gefühl gefährlicher Freude oder die Empfindung oder das Erbeben des Schmerzes oder das sonderbare Selbstmitleid, das der Mensch so oft für sich fühlt, überkommt uns und läßt uns verwandelt zurück.

Etwas von dieser Wirkung hatten zweifellos Shakespeares Sonette in mir hervorgerufen. Während ich sie von opalenen Morgendämmerungen bis zur welkenden Röte der Sonnenuntergänge im Garten oder im Zimmer las und wieder las, kam es mir so vor, als ob ich die Geschichte eines Lebens entzifferte, das einst meines gewesen war, als ob ich die Vergangenheit einer Romanze aufrollte, die, ohne daß ich es wußte, die Beschaffenheit meiner Natur durchdrungen, sie mit seltsamen und subtilen Farben getönt hatte. Die Kunst, wie es so häufig geschieht, hatte die Stelle der persönlichen Erfahrung eingenommen. Ich hatte das Gefühl, als wäre ich in das Geheimnis dieser leidenschaftlichen Freundschaft eingeweiht worden, in die Liebe der Schönheit und die Schönheit der Liebe, von der uns Marsilio Ficino erzählt, und als deren vollkommenster Ausdruck die Sonette in ihrer edelsten und reinsten Bedeutung angesehen werden können.

Ja: ich hatte alles gelebt. Ich war in dem Rundtheater mit dem offenen Dach und den flatternden Fahnen gestanden, ich hatte die Bühne schwarz ausgeschlagen gesehen für eine Tragödie oder mit bunten Girlanden geschmückt für ein heiteres Schauspiel. Die jungen Galane zeigten sich mit ihren Pagen und nahmen ihre Plätze vor dem braungelben Vorhang ein, der von den Säulen mit den geschnitzten Satyrmasken der Innenbühne herabhing.

Sie waren anmaßend und artig in ihren phantastischen Kleidern. Einige von ihnen trugen französische Liebeslöckchen und weiße Wämser steif von italienischer Goldstickerei und lange Strümpfe aus blauer oder blaßgelber Seide. Andere waren ganz in Schwarz und hatten große Federhüte auf. Sie beeinflußten die spanische Mode. Während sie Karten spielten und dünne Rauchringe aus ihren winzigen Pfeifen bliesen, die die Pagen für sie anzündeten, spotteten die faulen Lehrlinge und müßigen Schuljungen, die sich im Hof drängten, über sie.

Aber sie lächelten einander bloß zu. In den Seitenlogen saßen einige verhüllte Damen. Eine von ihnen wartete mit hungrigen Augen und zerbissenen Lippen, daß der Vorhang zurückgezogen würde. Als die Trompete zum dritten Mal ertönte, beugte sie sich vor, und ich sah ihre olivfarbene Haut und ihre Haare schwarz wie Rabenflügel. Ich kannte sie. Sie hatte eine Zeitlang die große Freundschaft meines Lebens gestört. Dennoch war etwas an ihr, was mich faszinierte.

Das Stück wechselte je nach meiner Stimmung. Manchmal war es »Hamlet«. Taylor spielte den Prinzen, und viele weinten, als Ophelia wahnsinnig wurde. Manchmal war es »Romeo und Julia«. Burbage war Romeo. Er sah einem jungen Italiener kaum ähnlich, aber in seiner Stimme war ein großer Wohlklang, und eine leidenschaftliche Schönheit lag in jeder Geste. Ich sah »Wie es Euch gefällt« und »Cymbeline« und »Was Ihr wollt«, und in jedem Stück gab es einen, dessen Leben mit dem meinen verbunden war, der für mich jeden Traum verwirklichte und jeder Phantasie Gestalt gab. Wie anmutig er sich bewegte! Die Augen des Publikums hingen an ihm.

Und doch war es in diesem Jahrhundert, in dem alles geschah. Ich hatte meinen Freund nie gesehn, aber er ist viele Jahre bei mir gewesen, und seinem Einfluß verdanke ich meine Leidenschaft für das griechische Denken und die griechische Kunst, ja meine ganze Neigung zum hellenischen (*Φιλοδοψεῖν μὲτ᾽ ἐρῶτος!*) Wie mich dieser Satz in meiner Oxforder Zeit aufgewühlt hatte! Damals verstand ich nicht, warum das so war. Aber jetzt wußte ich es. Immer war etwas neben mir gewesen. Mit silbernen Füßen war es über die nachtdunklen Wiesen geschritten, und mit weißen Händen hatte es die zitternden Schleier der Morgendämmerung beiseite geschoben. Es war mit mir durch die grauen Kreuzgänge gewandert, es war da, wenn ich lesend in meinem Zimmer saß. Und ich sollte mir seiner nicht bewußt gewesen sein? Die Seele hat ihr eigenes Leben und das Gehirn seinen eigenen Handlungsbereich. Es gibt etwas in uns, das weiß nichts von Reihenfolge oder Ausdehnung und ist doch, wie der Philosoph der idealen Stadt, der Zuschauer aller Zeiten und aller Existenz. Die Seele hat Begierden, die sich regen, Leidenschaften, die ans Licht kommen, geistige Ekstasen der Kontemplation, die Inbrunst der glühenden Liebe. Wir sind es, die unwirklich sind, und unser bewußtes Leben ist der am wenigsten wichtige Teil unserer Entwicklung. Die Seele, die geheimnisvolle Seele ist die einzige Wirklichkeit.

Auf welch merkwürdige Weise sich mir alles enthüllt hatte! Ein Buch mit Sonetten, vor beinahe dreihundert Jahren veröffentlicht, von einer toten Hand geschrieben, einem toten Jungen zu Ehren, hatte mir plötzlich die ganze Geschichte von der Romanze meiner Seele erklärt. Ich erinnerte mich, wie ich einmal in Ägypten bei der Öffnung eines freskenbemalten Sarges zugegen war, der in einem der Basaltgräber von Theben gefunden worden war. Darin lag der Körper eines jungen Mädchens, in schmale Leinenbänder gewickelt und mit einer goldenen Maske auf dem Gesicht. Als ich mich hinunterbeugte um ihn anzuschauen, sah ich, daß eine der kleinen welken Hände eine Rolle aus gelbem Papyrus hielt, die mit seltsamen Schriftzeichen bedeckt war. Wie ich jetzt wünsche, daß ich sie mir hätte vorlesen lassen! Sie hätten mit etwas mehr über die Seele gesagt, die sich in mir verbarg und die ihre geheimnisvollen Leidenschaften besaß, über die ich in Unwissenheit gehalten wurde. Seltsam, daß wir so wenig über uns selbst wissen und daß unsere eigenste Persönlichkeit vor uns verborgen ist! Müssen wir in Gräbern nach unserem wirklichen Leben suchen und in der Kunst nach der Legende unserer Tage?

Woche für Woche studierte ich die Gedichte, und jede neue Form der Erkenntnis erschien mir eine Art Rückerinnerung. Schließlich, nachdem zwei Monate vergangen waren, entschloß ich mich, Erskine energisch zu mahnen, dem Andenken Cyril Grahams Gerechtigkeit widerfahren zu lassen und der Welt seine großartige Deutung der Sonette vorzulegen – die einzige Deutung, die das Problem vollständig erhellt. Bedauerlicherweise habe ich von meinem Brief keine Abschrift und es ist mir nicht möglich gewesen, das Original in die Hand zu bekommen; aber ich erinnere mich, daß ich alle Gründe durchdachte und viele Briefbögen mit der leidenschaftlichen Wiederholung der Argumente und Beweise füllte, die mir meine Nachforschungen eingebracht hatten.

Es schien mir, daß ich nicht nur Cyril Graham an den ihm zukommenden Platz in der Literaturgeschichte rückte, sondern die Ehre Shakespeares von der lästigen Erinnerung einer platten Intrige befreite. Ich legte meinen ganzen Enthusiasmus in den Brief. Ich legte meinen ganzen Glauben in den Brief.

Aber kaum hatte ich ihn abgeschickt, als eine merkwürdige Reaktion bei mir eintrat. Mir war, als hätte ich die Fähigkeit an die Willie-Hughes-Theorie der Sonette zu glauben eingebüßt, als wäre etwas gleichsam von mir gewichen und als wäre ich der ganzen Sache gegenüber vollkommen gleichgültig geworden. Was war geschehen? Das ist schwer zu sagen. Vielleicht hatte ich, indem ich den vollkommenen Ausdruck für eine Leidenschaft gefunden hatte, die Leidenschaft selbst erschöpft. Gefühlskräfte haben, wie die Kräfte des physischen Lebens, ihre positiven Begrenzungen. Vielleicht enthält die bloße Anstrengung, jemand anderen zu einer Theorie zu bekehren, eine Art Verzicht auf die Kraft des Glaubens. Beeinflussung ist einfach eine Übertragung der Persönlichkeit, eine Art wegzugeben, was einem selbst höchst kostbar ist, und ihre Ausübung läßt ein Gefühl des Verlustes und möglicherweise einen wirklichen Verlust entstehen. Jeder Schüler nimmt von seinem Meister etwas weg. Vielleicht war ich der ganzen Sache einfach müde geworden, von ihrem Zauber erschöpft, und meine Begeisterung war ausgebrannt, meine Vernunft war ihrem eigenen leidenschaftslosen Urteil überlassen. Was immer auch geschah, ich vermag es nicht zu erklären; es gab keinen Zweifel, daß Willie Hughes für mich plötzlich ein reiner Mythos wurde, ein müßiger Traum, die kindische Phantasie eines jungen Mannes, dem es, wie den meisten glühenden Geistern, mehr darum zu tun war, andere zu überzeugen, als selbst überzeugt zu sein.

Ich muß zugeben, daß dies eine bittere Enttäuschung für mich war. Ich hatte jede Phase dieser großen Romanze durchgemacht. Ich hatte mit ihr gelebt, und sie war Teil meiner Natur geworden. Warum hatte sie mich verlassen? Hatte ich an ein Geheimnis gerührt, das meine Seele zu verbergen trachtete? Oder besaß die Persönlichkeit keine Beständigkeit? Kamen und gingen die Dinge lautlos, schnell und ohne Spuren durch das Gehirn, wie Schatten durch einen Spiegel? Waren wir der Gnade solcher Eindrücke ausgeliefert, wie sie die Kunst oder das Leben für uns wählten? Es wollte mir so scheinen.

Es war Nacht, als dieses Gefühl zum erstenmal in mir entstand. Ich hatte meinen Diener weggeschickt, den Brief für Erskine einzuwerfen, und saß am Fenster und schaute auf die blaue und goldene Stadt. Der Mond war noch nicht aufgegangen, und es stand nur ein Stern am Himmel, aber die Straßen waren voll lebhafter Bewegung und aufblitzender Lichter, und die Fenster von Devonshire House waren für ein großes Dîner erleuchtet, das einem der ausländischen Fürsten gegeben wurde, die London derzeit besuchten. Ich sah die scharlachroten Livreen der königlichen Kutschen und die Menschenmenge, die sich an den düsteren Toren des Hofes drängte.

Plötzlich sagte ich mir: »Ich habe geträumt, und mein ganzes Leben ist in diesen beiden Monaten unwirklich gewesen. Es gab die Person Willie Hughes nicht.« Etwas wie ein schwacher Schmerzensschrei kam auf meine Lippen, als ich wahrzunehmen begann, wie ich mich selbst betrogen hatte, und ich vergrub mein Gesicht in den Händen, von einem Leid getroffen, das größer war als alles, was ich seit meiner Knabenzeit gefühlt hatte. Nach einigen Augenblicken stand ich auf, ging in die Bibliothek, nahm die Sonette und fing an sie zu lesen. Aber es half nichts. Sie gaben mir nichts von der Empfindung zurück, die ich ihnen entgegengebracht hatte; sie offenbarten mir nichts, was ich in ihren Zeilen verborgen gefunden hatte. War ich bloß beeinflußt gewesen von der Schönheit des gefälschten Portraits, von diesem Shelleygleichen Gesicht behext worden zu Glauben und Vertrauen? Oder war es, wie Erskine angedeutet hatte, die pathetische Tragödie von Cyril Grahams Tod, von der ich so tief bewegt worden war? Ich konnte es nicht sagen. Bis zum heutigen Tag kann ich Anfang oder Ende dieser seltsamen Zeit in meinem Leben nicht begreifen.

Da ich jedoch Erskine einige sehr ungerechte und bittere Dinge in meinem Brief gesagt hatte, entschloß ich mich, ihn so bald wie möglich zu besuchen und mich bei ihm wegen meines Benehmens zu entschuldigen.

Ich fuhr also am nächsten Morgen nach Birdcage Walk und fand ihn in seiner Bibliothek sitzen, vor sich das gefälschte Bild von Willie Hughes.

»Mein lieber Erskine!« sagte ich, »ich bin gekommen, um mich bei dir zu entschuldigen.«

»Bei mir zu entschuldigen?« fragte er. »Wofür?«

»Für meinen Brief«, antwortete ich.

»Du brauchst nichts in deinem Brief zu bedauern«, sagte er. »Im Gegenteil, du hast mir den größten Dienst erwiesen, der in deiner Macht lag. Du hast mir gezeigt, daß Cyril Grahams Theorie vollkommen richtig ist.«

Ich sah ihn in blanker Verwunderung an.

»Willst du sagen, daß du an Willie Hughes glaubst?« rief ich.

»Warum nicht?« gab er zurück. »Du hast mir die Sache bewiesen. Glaubst du, ich kann den Wert einer Beweisführung nicht abschätzen?«

»Aber es gib überhaupt keinen Beweis«, stöhnte ich und sank in einen Sessel. »Als ich dir schrieb, stand ich unter dem Einfluß einer vollkommen törichten Begeisterung. Ich war von der Geschichte von Cyril Grahams Tod gerührt, fasziniert von seiner künstlerischen Theorie, von dem Wunder und der Neuheit der ganzen Idee eingenommen. Ich erkenne jetzt, daß die Theorie auf einem Wahn beruht. Der einzige Beweis für die Existenz von Willie Hughes ist dieses Bild vor dir, und dieses Bild ist eine Fälschung. Laß dich in dieser Sache nicht durch ein bloßes Gefühl hinreißen. Was auch die Romantik zu der Willie-Hughes-Theorie zu sagen haben mag, die Vernunft ist unempfindlich dagegen.«

»Ich verstehe dich nicht«, sagte Erskine und sah mich erstaunt an. »Du hast mich durch deinen Brief überzeugt, daß Willie Hughes eine Realität ist. Warum hast du deine Ansicht geändert? Oder ist alles, was du mir gesagt hast, ein bloßer Scherz?«

»Ich kann es dir nicht erklären«, erwiderte ich, »aber ich sehe jetzt ein, daß zugunsten von Cyril Grahams Theorie nicht das geringste vorzubringen ist. Die Sonette mögen nicht an Lord Pembroke gerichtet sein. Wahrscheinlich sind sie es nicht. Aber verlier um Himmels willen deine Zeit nicht mit dem törichten Versuch, einen jungen elisabethanischen Schauspieler zu entdekken, der niemals existiert hat, und eine Geisterpuppe zum Mittelpunkt des großen Zyklus der Shakespeareschen Sonette zu machen.«

»Ich sehe, daß du die Theorie nicht verstehst«, antwortete er.

»Mein lieber Erskine«, rief ich, »nicht verstehen! Mir ist, als hätte ich sie erfunden. Gewiß zeigt dir mein Brief, daß ich nicht nur in die ganze Sache eingedrungen bin, sondern daß ich Beweise jeder Art beigebracht habe. Der einzige Fehler in der Theorie ist, daß sie die Existenz der Person voraussetzt, deren

Existenz der Gegenstand des Streites ist. Wenn wir annehmen, daß es in Shakespeares Truppe einen jungen Schauspieler mit dem Namen Willie Hughes gegeben hat, ist es nicht schwer, ihn zum Gegenstand der Sonette zu machen. Aber da wir wissen, daß es keinen Schauspieler dieses Namens in der Truppe des Globe-Theatre gegeben hat, ist es müßig, die Nachforschungen weiter zu betreiben.«

»Das ist es aber gerade, was wir nicht wissen«, sagte Erskine. »Es ist allerdings wahr, daß sein Name in dem Verzeichnis der ersten Folioausgabe nicht vorkommt; aber, wie Cyril ausführte, ist das eher ein Beweis für die Existenz von Willie Hughes als gegen sie, wenn wir uns erinnern, wie verräterisch er Shakespeare wegen eines Dramatikerrivalen verlassen hat. Außerdem« – und hier muß ich zugeben, daß Erskine eine Bemerkung machte, die mir jetzt als ziemlich gutes Argument erscheint, obgleich ich damals darüber lachte, – gibt es überhaupt keinen Grund, warum Willie Hughes nicht unter einem angenommenen Namen zur Bühne gegangen sein sollte. Ja, das ist sogar höchst wahrscheinlich. Wir wissen, daß zu seiner Zeit ein sehr starkes Vorurteil gegen das Theater herrschte und nichts ist wahrscheinlicher, als daß seine Familie darauf bestand, daß er einen *nom de plume* annahm. Die Herausgeber der ersten Folioausgabe werden ihn sicherlich unter seinem Bühnennamen genannt haben, dem Namen, unter dem er dem Publikum am besten bekannt war, aber die Sonette waren natürlich eine vollkommen andere Sache, und auf dem Widmungsblatt wendet sich der Verleger sehr richtig an ihn unter seinen wirklichen Initialen. Wenn dies so ist, und es erscheint mir als die einfachste und vernünftigste Erklärung der Sache, betrachte ich Cyril Grahams Theorie als absolut bewiesen.«

»Aber was für einen Beweis hast du?« rief ich und legte meine Hand auf seine. »Du hast überhaupt keinen Beweis. Es ist eine bloße Hypothese. Und welcher von Shakespeares Schauspielern glaubst du, war dieser Willie Hughes? Der »hübsche Junge« etwa, von dem uns Ben Jonson erzählt, der so stolz darauf war, Mädchenkleider zu tragen?«

»Das weiß ich nicht«, antwortete er ziemlich irritiert. »Ich habe noch keine Zeit gehabt, diesem Punkt nachzugehen. Aber ich fühle ganz sicher, daß meine Theorie die richtige ist. Natürlich ist sie eine Hypothese, aber es ist schließlich eine Hypothese, die alles erklärt, und wenn man dich nach Cambridge geschickt hätte um Naturwissenschaften zu studieren, anstatt nach Oxford, um mit Literatur die Zeit zu vergeuden, dann wüßtest du, daß eine Hypothese, die alles erklärt, eine Gewißheit ist.«

»Ja, ich bin mir klar darüber, daß Cambridge eine Art Erziehungsanstalt ist«, murmelte ich. »Ich bin froh, daß ich nicht dort war.«

»Mein lieber Junge«, sagte Erskine und richtete plötzlich seine scharfen grauen Augen auf mich, »du glaubst an Cyril Grahams Theorie, du glaubst an Willie Hughes, du weißt, daß die Sonette an einen Schauspieler gerichtet sind, aber aus irgendeinem Grund willst du es nicht anerkennen.«

»Ich wünschte, ich könnte es glauben«, erwiderte ich. »Ich würde alles geben, um dazu imstande zu sein. Aber ich kann nicht. Es ist eine Art Mondstrahlen-Theorie, sehr schön, sehr faszinierend, aber ungreifbar. Sobald man glaubt, daß man sie erfaßt hat, entgleitet sie einem. Nein: Shakespeares Herz ist uns noch immer *a closet never pierc'd with crystal eye,* wie er es in einem seiner Sonette nennt. Wir werden niemals das wahre Geheimnis von der Leidenschaft seines Lebens kennen.«

Erskine sprang vom Sofa auf und ging im Zimmer hin und her. »Wir kennen es bereits«, rief er, »und die Welt soll es eines Tages kennenlernen.«

Ich hatte ihn nie so aufgeregt gesehn. Er wollte nicht, daß ich ihn verließ und bestand darauf, daß ich den Rest des Tages dablieb.

Wir argumentierten stundenlang über die Sache, aber nichts, was ich sagte, konnte Erskines Glauben an Cyril Grahams Interpretation erschüttern. Er sagte mir, daß er die Absicht habe, sein Leben dem Beweis der Theorie zu widmen und daß er entschlossen sei, dem Andenken Cyril Grahams Gerechtigkeit widerfahren zu lassen. Ich beschwor ihn, lachte ihn aus, ich bat ihn, aber es half nichts. Schließlich trennten wir uns, nicht gerade im Zorn, aber sicherlich mit einem Schatten zwischen uns. Er hielt mich für oberflächlich, ich hielt ihn für verrückt. Als ich ihn wieder aufsuchte, sagte mir sein Diener, daß er nach Deutschland gereist sei. Die Briefe, die ich ihm schrieb, blieben unbeantwortet.

Zwei Jahre später, als ich in meinen Klub ging, übergab mir der Portier in der Halle einen Brief mit einer ausländischen Briefmarke. Er war von Erskine und im Hôtel d'Angleterre in Cannes geschrieben. Als ich ihn gelesen hatte, war ich entsetzt, obgleich ich nicht ganz glaubte, daß er so wahnsinnig sein könnte, seinen Entschluß auszuführen. Der Kern des Briefes war, daß er auf jede Weise versucht hatte, die Willie-Hughes-Theorie zu beweisen und daß es ihm mißlungen sei; und da Cyril Graham sein Leben für diese Theorie gegeben hatte, sei er gleichfalls entschlossen, sein Leben für dieselbe Sache hinzugeben. Die letzten Worte des Briefes lauteten: »Ich glaube noch immer an Willie Hughes; und wenn du dies empfängst, werde ich durch meine eigene Hand für die Sache Willie Hughes' gestorben sein: für seine Sache und für die Sache von Cyril Graham, den ich durch meine törichte Skepsis und den ignoranten Mangel an Glauben in den Tod getrieben habe. Die Wahrheit wurde dir einst offenbart, und du hast sie zurückgewiesen. Sie kommt jetzt zu dir, mit dem Blut von zwei Menschen befleckt – wende dich nicht von ihr ab.«

Es war ein schrecklicher Augenblick. Ich fühlte mich krank vor Elend und doch konnte ich nicht glauben, daß er seine Absicht ausführen würde. Der schlimmste Gebrauch, den ein Mensch von seinem Leben machen kann, ist, für seine theologischen Überzeugungen zu sterben; aber für eine literarische Theorie sterben! Das schien unmöglich.

Ich sah auf das Datum. Der Brief war eine Woche alt. Ein unglücklicher Zufall hatte mich einige Tage vom Klub ferngehalten, sonst hätte ich den Brief rechtzeitig bekommen, um ihn zu retten. Vielleicht war es noch nicht zu spät. Ich fuhr nach Hause, packte meine Sachen und reiste mit dem Nachtzug von Charing Cross ab. Die Fahrt war unerträglich. Ich glaubte, ich würde niemals ankommen.

Sobald ich an Ort und Stelle war, fuhr ich zum Hôtel d'Angleterre. Es war wirklich wahr. Erskine war tot. Man sagte mir, daß er zwei Tage zuvor auf dem englischen Friedhof begraben worden war. Es lag etwas entsetzlich Groteskes in der ganzen

Tragödie. Ich redete wildes Zeug durcheinander, und die Leute in der Halle sahen mich neugierig an.

Plötzlich kam Lady Erskine in tiefer Trauer durch die Halle.

Als sie mich sah, kam sie auf mich zu, murmelte etwas von ihrem armen Sohn und brach in Tränen aus. Ich führte sie auf ihr Zimmer. Ein älterer Herr war dort und las Zeitung. Es war der englische Arzt.

Wir sprachen ausführlich über Erskine, aber ich sagte nichts über das Motiv, das ihn zum Selbstmord geführt hatte. Es war offensichtlich, daß er seiner Mutter nichts über den Grund gesagt, der ihn zu einer so fatalen und wahnsinnigen Tat getrieben hatte. Endlich stand Lady Erskine auf und sagte: »George hat Ihnen etwas zur Erinnerung hinterlassen, etwas, das er sehr hoch schätzte. Ich hole es Ihnen.«

Kaum hatte sie das Zimmer verlassen, wendete ich mich an den Arzt und sagte: »Welch ein entsetzlicher Schlag muß das für Lady Erskine gewesen sein! Ich wundere mich, daß sie es so gut trägt.«

»Oh, sie wußte seit Monaten, was kommen mußte«, antwortete er.

»Sie wußte es seit Monaten?« rief ich. »Aber warum hat sie ihn nicht daran gehindert? Warum ließ sie ihn nicht beobachten? Er muß seinen Verstand verloren haben.«

»Der Arzt starrte mich an. »Ich weiß nicht, was Sie meinen«, sagte er.

»Wie«, rief ich, »wenn eine Mutter weiß, daß ihr Sohn im Begriff ist, Selbstmord zu begehen –«

»Selbstmord!« antwortete er. »Der arme Erskine hat keinen Selbstmord begangen. Er starb an Auszehrung. Er kam hierher um zu sterben. In dem Augenblick, als ich ihn sah, wußte ich, daß keine Hoffnung mehr bestand. Die eine Lunge war fast ganz zerstört, und die andere war sehr angegriffen. Drei Tage vor seinem Tode fragte er mich, ob noch Hoffnung bestünde. Ich sagte ihm offen, daß es keine gab und daß er nur noch einige Tage zu leben habe. Er schrieb mehrere Briefe, war ganz gefaßt und blieb bis zum Ende bei Bewußtsein.«

Ich stand auf, ging zu dem geöffneten Fenster hinüber und sah auf die überfüllte Promenade. Ich erinnere mich, daß mir die bunten Strandschirme und die fröhlichen Sonnenschirme wie riesige phantastische Schmetterlinge vorkamen, die am Ufer eines metallblauen Meeres hin und her flatterten und daß der schwere Geruch von Veilchen, der über den Garten heraufdrang, mich an jenes wunderbare Sonett denken ließ, in dem Shakespeare uns sagt, daß der Duft dieser Blumen ihn immer an seinen Freund erinnerte. Was bedeutete das alles? Warum hatte mir Erskine diesen ungewöhnlichen Brief geschrieben? Warum hatte er sich, am Tor des Todes stehend zurückgewandt, um mir zu sagen, was nicht wahr war? Hatte Hugo recht? Ist Affektiertheit das einzige, was einen Menschen die Treppe zum Schafott hinaufbegleitet? Hatte Erskine bloß eine dramatische Wirkung hervorrufen wollen? Das sah ihm nicht ähnlich. Das war eher etwas, was ich selbst getan hätte. Nein: er war einfach von dem Verlangen getrieben, mich wieder zu Cyril Grahams Theorie zu bekehren, und er dachte, wenn man mich glauben machen könnte, daß auch er sein Leben dafür gegeben hat, würde ich durch die pathetische Vortäuschung des Märtyrertums verführt. Armer Erskine! Ich war wissender geworden, seit ich ihn gesehen hatte. Märtyrertum war für mich nur eine tragische Form des Skeptizismus, ein Versuch, durch das Feuer zu verwirklichen, was einem durch den Glauben nicht gelungen war. Kein Mensch stirbt für etwas, von dem er weiß, daß es wahr ist. Die Menschen sterben für etwas, von dem sie wollen, daß es wahr sei, von dem ihnen aber eine Angst in ihrem Herzen sagt, daß es nicht wahr ist. Die Nutzlosigkeit von Erskines Brief tat mir doppelt leid für ihn. Ich sah den Leuten zu, wie sie in die Cafés hinein- und herausschlenderten und fragte mich, ob einer von ihnen ihn gekannt hatte. Der weiße Staub trieb die heiße, sonnenbeschienene Straße hinunter, und die fedrigen Palmen bewegten sich ruhelos in der zitternden Luft.

In diesem Augenblick kehrte Lady Erskine ins Zimmer zurück und brachte das verhängnisvolle Portrait von Willie Hughes. »Als George starb, bat er mich, Ihnen dies zu geben«, sagte sie. Ihre Tränen fielen auf meine Hand, als ich es entgegennahm.

Dieses seltsame Kunstwerk hängt jetzt in meiner Bibliothek, wo es von den Künstlern unter meinen Freunden sehr bewundert wird; einer von ihnen hat einen Stich für mich angefertigt. Sie sind sich darüber einig, daß es kein Clouet ist, sondern ein Ouvry. Ich habe nie das Verlangen gehabt, ihnen seine wahre Geschichte zu erzählen; aber manchmal, wenn ich es ansehe, glaube ich, daß sich wirklich sehr viel für die Willie-Hughes-Theorie der Shakespeareschen Sonette sagen läßt.

Zitate aus den Sonetten Shakespeares in der Übersetzung von Otto Gildemeister (1823–1902).

Maximen zur Belehrung der Über-Gebildeten

Bildung ist etwas Wunderbares. Doch sollte man sich von Zeit zu Zeit daran erinnern, daß wirklich Wissenswertes nicht gelehrt werden kann.

Eine Öffentliche Meinung gibt es nur dort, wo Ideen fehlen.

Die Engländer entwerten immer Wahrheiten zu Fakten. Wenn eine Wahrheit zum Faktum wird, verliert sie jeden intellektuellen Wert.

Es ist höchst bedauerlich, daß man heutzutage so wenig unnütze Neuigkeiten erfährt.

Das einzige Bindeglied zwischen Literatur und Theater, das wir heute in England noch haben, ist das Programmheft.

Früher wurden Bücher von Literaten geschrieben und vom Publikum gelesen. Heute werden sie vom Publikum geschrieben und von niemandem gelesen.

Die meisten Frauen sind so gekünstelt, daß ihnen jeder Sinn für die Kunst fehlt. Die meisten Männer sind so natürlich, daß ihnen jeder Sinn für die Schönheit fehlt.

Freundschaft ist weit tragischer als Liebe. Sie dauert länger.

Das Abnorme im Leben steht in normalem Verhältnis zur Kunst. Es ist das Einzige im Leben, was in normalem Verhältnis zur Kunst steht.

Ein Gegenstand, der vollkommen schön ist, regt den Künstler nicht an. Es fehlt ihm das Unvollkommene.

Der Künstler kann nur eins nicht sehen: das Offensichtliche. Das Publikum kann nur eins sehen: das Offensichtliche. Resultat: die Zeitungskritik.

Die Kunst ist das einzig Ernsthafte auf der Welt. Und der Künstler ist der einzige Mensch, der nie ernsthaft ist.

Um wirklich mittelalterlich zu sein, dürfte man keinen Körper haben. Um wirklich modern zu sein, dürfte man keine Seele haben. Um wirklich griechisch zu sein, dürfte man keine Kleider haben.

Das Dandytum ist der Beweis für die absolute Modernität der Schönheit.

In der Armut ist der einzige Trost die Verschwendung. Im Reichtum ist der einzige Trost die Sparsamkeit.

Man sollte niemals anderen zuhören. Es ist ein Zeichen von Gleichgültigkeit den eigenen Zuhörern gegenüber.

Auch ein Jünger ist einem von Nutzen. Er steht hinter dem Thron und flüstert einem im Augenblick des Triumphs ins Ohr, daß man trotz allem unsterblich sei.

Die Verbrecherklasse ist uns so nah, daß sogar der Gendarm sie sieht. Sie ist uns so fern, daß nur der Dichter sie versteht.

Wen die Götter lieben, den lassen sie jung werden.

Inhaltsverzeichnis

Gedichte in Prosa

Märchen

Erzählungen

Versuche und Aphorismen